教育部人文社会科学重点研究基地
复旦大学中国古代文学研究中心 丛刊

视角与方法

复旦大学第三届中国文论国际学术研讨会论文集

黄霖 周兴陆 主编

凤凰出版社

图书在版编目（CIP）数据

视角与方法 ：复旦大学第三届中国文论国际学术研讨会论文集 / 黄霖，周兴陆主编. -- 南京 ：凤凰出版社
2013.8
ISBN 978-7-5506-1850-3

Ⅰ. ①视… Ⅱ. ①黄… ②周… Ⅲ. ①中国文学－古代文论－国际学术会议－文集 Ⅳ. ①I206.2-53

中国版本图书馆CIP数据核字(2013)第173652号

书　　名	视角与方法——复旦大学第三届中国文论国际学术研讨会论文集
主　　编	黄　霖　周兴陆
责任编辑	李相东
出版发行	凤凰出版传媒股份有限公司 凤凰出版社(原江苏古籍出版社) 发行部电话025-83223462
出版社地址	南京市中央路165号，邮编:210009
出版社网址	http://www.fhcbs.com
经　　销	凤凰出版传媒股份有限公司
照　　排	江苏凤凰制版有限公司
印　　刷	南京大众新科技印刷有限公司 南京浦口大桥北路京新村546号，邮编:210031
开　　本	787×1092毫米　1/16
印　　张	54.5
字　　数	1292千字
版　　次	2013年8月第1版　2013年8月第1次印刷
标准书号	ISBN 978-7-5506-1850-3
定　　价	158.00元

(本书凡印装错误可向承印厂调换，电话:025-58849828)

目　录

弁言 ………………………………………………………… 黄霖　周兴陆（1）

阿伯拉姆斯的艺术四维坐标与中国文论 ……………………… 王靖宇（1）
典范转移：卢飞白、“芝加哥批评学派”与中国文论 ………… 王润华（10）
叶维廉寻求中西文学的汇通 ………………………………… 徐志啸（26）
人物评论与文学评论中的“清”字 …………………………… 兴膳宏（32）
文学名著汇评本的文论价值 ………………………………… 黄　霖（40）
“文化诗学”的本土化与“中国文化诗学”之建构 …………… 李春青（46）
中国古代文体学的理论谱系 ………………………………… 李建中（54）
为“意象”正名——古典诗歌意象艺术札记之一 …………… 陈伯海（61）
文章理论命题四论 …………………………………………… 詹杭伦（73）
诗歌曾经被这么解读——文字狱与自由释义的关系 ……… 邬国平（84）
“文”学的声音：一篇札记 …………………………………… 陈引驰（96）
中国古代文艺理论中审美关系的特征 ……………………… 张　晶（105）
中国古代文论中的“通变说” ………………………………… 黄仁生（114）
中国文论话语方式的危机与变革 …………………………… 代　迅（122）
古代文论“命题”之理论建构功能 …………………………… 吴建民（135）
中国古代“小说”概念的演化 ………………………………… 吕玉华（140）
中国传统文化语境中文学“典型”批评的文体学意义 ……… 汪　泓（155）

先秦汉晋言实之论与陆机、刘勰的文学创作论 …………… 蔡宗齐（170）
先秦礼乐诗学浅论 …………………………………………… 丁　进（188）
论杨恽 ………………………………………………………… 汪春泓（198）
从风俗批评到审美批评——应劭《风俗通义》新探 ……… 袁济喜　宋亚莉（215）
《诗》本事的文学价值 ………………………………………… 曹建国（223）
论《周易》易象对《礼记·乐记》乐论的影响 ……………… 黄　鸣（230）
关于魏晋哲学与文论关系的一些思考
——读汤用彤先生《魏晋玄学与文学理论》志疑 ……… 杨　明（239）
《文心雕龙·史传》篇“传体”说发微 ………………………… 王先霈（248）
论刘勰《文心雕龙》之文学本质论及其玄学基础 …………… 戴景贤（256）
《文心雕龙·征圣》“正言”疏解 ……………………………… 归　青（285）

中国古代诗学语境中的风骨观述论 …… 陈允锋(290)
若即若离与“唯务折衷”
——从刘勰与时流的社会距离看其文学思想的形成 …… 刘　畅(298)
据于儒经与面对文学
——论《文心雕龙》“剖情析采”与其“文之枢纽”的价值取向之差异问题 …… 力　之(309)
“窥意象而运斤”的解释问题 …… 羊列荣(318)
刘勰与中国散文学 …… 罗书华(327)
神理与物色:《文心雕龙》体道思想源流探要 …… 欧阳艳华(345)
刘勰论陶渊明和《文心雕龙·隐秀》补文真伪新证 …… 胡耀震(363)
《文选序》“事出于沉思,义归乎翰藻”本意探赜
——兼论《文选》的选录标准问题 …… 葛云波(367)
《诗品》原貌再考 …… 梁临川(389)
魏晋六朝用典论及沈约“三易”说的批评史意义 …… 李　翰(395)
序文析义及其源流、体制略论 …… 赵厚均(402)

诗学史背景下的《八种韵》研究 …… 卢盛江(410)
论唐代文章之演进:以“大手笔”作家为视角 …… 曲景毅(420)
孔颖达《毛诗正义》对中国文论的一个贡献 …… 甲斐胜二(429)
辨伪存真:《文笔眼心抄》古抄卷献疑 …… 陈　翀(435)
近年日本关于《文镜秘府论》研究中值得注意的问题 …… 顾春芳(444)
《文选》与《文集》——对东亚古代汉籍流变史的一个考察 …… 静永健　陈　翀(450)
王昌龄的“意境”理论与其七绝边塞诗中意境的塑造 …… 罗建伦(459)
宋学背景中的诗歌鉴赏论 …… 周兴陆(466)
朱熹“兴”论的思想背景 …… 张万民(473)
“妙悟”与“活参”——佛禅思想影响下的诗学解释学原则 …… 邓新华(482)
郑思肖的文论和诗论 …… 陈福康(490)
《唐诗鼓吹》的诗学批评 …… 雷恩海　顾卫国(494)
《西厢记》笔法通《左传》——金圣叹《西厢记》评点学发微 …… 张高评(504)

解困皇明文治及明初文学境遇 …… 饶龙隼(521)
唐寅魅力的思想渊源 …… 阮国华(532)
后七子“修辞”说与文章观析论——以李攀龙、王世贞相关论说为考察中心 …… 郑利华(542)
陈深及其《楚辞》评点的价值 …… 罗剑波(555)
“跨界”借镜与中国古代小说文本批评 …… 李桂奎(568)
《三国演义》与《水浒传》叙事者之比较 …… 徐志平(579)
陆深的诗文观及诠释系统 …… 朱丽霞(592)
从诗学到曲学:陈铎与明中期文学复古思潮的滥觞 …… 李舜华(600)
何良俊戏曲批评的审美标准 …… 陈维昭(614)

徐渭的戏曲评点与明代文学思想的新变 …………………………… 吴冠文(622)
朱石津校订《西厢记》:又一个"前元旧本"的批点本 ……………………… 杨绪容(635)
清人辑选清诗总集评点之考论 ………………………… 马卫中　刘和文(641)
评点学之笔法研究——从吕祖谦到金圣叹 ……………………………… 王基伦(648)
序跋题词与蒋士铨的戏曲创作 …………………………………………… 杜桂萍(659)
求唐诗"神韵"以"肌理"——王士祺、翁方纲唐诗接受思想合论 ………… 张　毅(671)
袁枚性灵说与传统诗学的分歧和冲突
——从山左诗人性灵说接受态度谈起 ………………………………… 石　玲(684)
《艺概·诗概》的诗歌叙事理论——刘熙载叙事观探索之一 …………… 董乃斌(691)
王文治批点本《灵岩山人诗集》谫论 …………………………………… 杨　焄(700)
重九与夜起——郑孝胥诗歌初探 ……………………………………… 张　煜(708)
东云西雁两迟迟:狄葆贤《平等阁诗话》探析 ………………………… 郑雅尹(716)
小说:作为戏剧传播的软媒介 ………………………………………… 朱崇志(732)

历史的论定:二十世纪词学传人 ………………………………………… 施议对(738)
论中国传统词学的现代化进程 ………………………………………… 朱惠国(748)
文之奥窔,萃于此编——读姚永朴《文学研究法》 ……………………… 严寿澄(756)
唐文治古文批评探要 …………………………………………………… 邓国光(770)
论钱基博、钱钟书对王国维文学研究的批评 …………………………… 李　庆(780)
胡适的"科学情结"与新红学的"科学方法"
——论新红学的价值取向及其得失 ………………………………… 陈文新(792)
郭绍虞与西方文学思潮——《中国文学批评史》研究范例论析 ………… 闫月珍(804)
台刊中国文学史的体例与史观之研究 ………………………………… 李腾渊(818)
日本五山诗论发微——绝海中津的"性情之正"与"物化之元" ………… 海村惟一(830)
朝鲜女性诗学理论的重要载体——明清文人所编朝鲜女性汉诗文献简论 …… 刘　婧(841)
高丽词接受中国词的情况考察——以金九容词为中心 ………… 金贤珠　金瑛美(848)

复旦大学第三届中国文论国际学术研讨会综述 ………………………… 孙　超(857)

弁　言

这是复旦大学中国古代文学研究中心与中国语言文学系、中国语言文学研究所联合举办的“复旦大学第三届中国文论国际学术研讨会”的论文集。

这次会议是在2011年12月召开的。我们学校，自前辈郭绍虞、朱东润、刘大杰到王运熙、章培恒、顾易生先生，一直重视中国文学批评史的研究与学术交流。早在上世纪八十年代，我们学校曾经举办过一次《文心雕龙》国际学术讨论会，以后又举办过两次有关古代文学评点的学术讨论会以及若干次关于文论和文学的学术研讨会。中国古代文论专题讨论的国际学术研讨会也曾开过两次：第一次在2000年，时处世纪之交，我们就以“回顾与前瞻”为主题展开了讨论；2005年又以“科学与创新”为主旨，举办了复旦大学第二届中国文论国际学术会议。这次是复旦大学第三届中国文论的国际学术讨论会，想突出“视角与方法”这个话题，和学界同仁一起探讨中国古代文论的相关问题。

这次会议又一次得到了海内外学者的热烈响应与广泛支持，出席会议的学者共有130余人，其中海外学者有30余人，收到论文120余篇，所讨论的问题十分广泛，视角多样。有的从古今通变的流程来纵向考虑，有的从中西对话的权衡来横向比较：有的注重考察文论与文学创作的关联，有的仔细研究文论形成的思想文化背景；有的分论各种文体的文论特点，有的则将各体文论进行比较或综论；有宏观的、理论的把握，也有具体文论家、文论专著的细究；有文论思想、范畴、观点的论析，也有文论形式、体制、作法的探讨：真是百花齐放，绚丽多彩。这就说明了对于中国古代文论的研究，只要让研究者们解放思想，独立自主地去思考问题，深入研究，一定能取得可喜的成果，也说明了学术的交流很有必要，相互切磋，相互启发，有助于我们大家共同提高。

我们中国的传统文论内涵丰富、特色鲜明，中国文论的研究生生不息，将不断深入，继续去发明传统文论的优秀精神，为当代的精神文明建设与东西方的文论对话作出贡献。

本论文集的出版，得到了复旦大学“985工程”三期学科建设经费的资助，特致谢忱！

黄　霖　周兴陆

2012.11

阿伯拉姆斯的艺术四维坐标与中国文论

王靖宇

说起业师阿伯拉姆斯(M. H. Abrams,以下径称 Abrams)先生的艺术四维坐标(以下简称四维坐标),大家也许并不陌生,因为提出以四维坐标来分析西方艺术(包括文学)批评史的方法的他的经典名著《镜与灯》(*The Mirror and the Lamp*),在多年前已经译成中文①,而曾经借鉴过他的分析方法的已故刘若愚教授的名著《中国文学理论》(*Chinese Theories of Literature*),也有多种中文译本②。不过,为了下面讨论的方便,我们仍有必要先对 Abrams 先生所谓的四维坐标分析方法作一简单说明。

《镜与灯》虽然主要是在评介浪漫主义文学理论,但为了凸显该理论的特色及其在整个西方文论传统里所占的地位,书中第二章即将西方文论从柏拉图(427? —347B. C.)和亚里士多德(384—322B. C.)一直到该书出版时十分盛行的新批评(New Criticism)的主要论点,都一一简明扼要地介绍了一遍,所以读过这本书就好像读了一本完整的西方文学批评史。更重要的是,为了将几千年错综复杂的文学理论解说清楚,Abrams 先生设计了一个四维坐标的分析架构。他认为,一个包括文学在内的艺术世界不外四个要素:作品、艺术家、宇宙、观众(读者),而且这四个要素之间的关系可以用一个三角形的简图来表示:

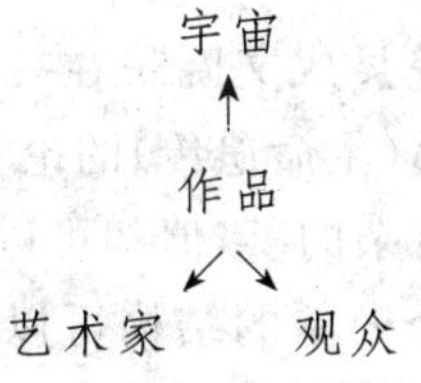

如此一来,西方文学史主要的批评理论,就可以依据它们所强调的四组关系分为四大类:模仿(mimetic——强调作品如何模仿宇宙和人生)、实效(pragmatic——强调作品对观众或读者的影响)、表现(expressive——强调作品为艺术家的自我表现)、本体(objective——强调作品本身的价值)。

值得注意的是,上述四维坐标的架构,并非 Abrams 先生凭空想象出来的,而是在他精

---

① 如郦稚牛、张照进、童庆生译:《镜与灯:浪漫主义文论及批评传统》,北京大学出版社,1989 年,2004 年;袁洪军等译,《镜与灯:浪漫主义理论批评传统》,中国社会科学出版社,1991 年。

② 如杜国清译:《中国文学理论》,台北:联经出版文化事业公司,1981 年;赵执声译:《中国的文学理论》,郑州:中州古籍出版社,1986 年;田守真、饶曙光译:《中国的文学理论》,成都:四川人民出版社,1987 年。

研整体西方文论传统之后所得出的结论，既富有概括性，又有坚实的实证基础。在四个文学理论之中，模仿论历史最悠久，于公元前第五、第四世纪时，分别由希腊大哲学家柏拉图和亚里士多德正式提出之后，就成了西方文论中至为重要的一支，一直到十八世纪末才真正式微。实效论由公元前第一世纪罗马大诗人贺瑞斯（Horace，65—8B. C.）正式提出，很快也成了西方文论中的主流之一。事实上，根据 Abrams 先生的考察，就其影响的久远以及服膺其信条的评论家的人数之众多来看，实效论才是西方文论的主流①。相比之下，表现论出现得相当晚，一直要到第十九世纪才真正盛行，取代模仿论和实效论而成了西方文论的主导。本体论出现得更晚，在 1953 年《镜与灯》一书出版时方才盛极一时。

另外值得注意的是，Abrams 先生对上述四种理论的界定相当宽松而灵活。譬如，就模仿论来说，模仿的对象可以包罗万象，从具体的人物和他们的行动，他们的观念和情感，以及日常生活中的实物和事件，一直到抽象的超感觉世界的本质。因此，即使同属模仿论的批评家，大家所强调的模仿对象却可能有所不同。如对柏拉图来说，模仿的真正对象应当是一些永恒不变的理念（Ideas）或真理；而对亚里士多德来说，模仿对象则为人类的日常生活种种。另一方面，不同的理论也可能同时出现在同一个批评家那里。例如，就创作方法来说，某一个批评家可以说是模仿论者，但就他对创作的目的来说，又可能是实效论者。而所谓实效论，也并非完全指作品对读者所起的教化作用，单纯的娱乐和美感经验也可以归属于其中。这都需要我们在阅读批评家们的论著时，去进一步分辨的②。

Abrams 先生当然可以将他的分析架构变得更加细致、更加详尽。但他不愿意那么做，因为他认为那样反而会让事情变得复杂而紊乱。一个有用的架构应该是既简单又灵活，用起来才有效。他说：

> 我们当然可以设计更复杂的分析方法……来作出更精致的区别。然而，[理论间的]差异的大量增加固然可以增强我们的分辨能力，但却牺牲了容易操纵的好处以及可以作出初步富有概括性总结的能力。③

这就不免使我想起台湾卫生学院吴成文院长在一篇演讲中曾经说过的一段话，他说他在大学三年级时，读到一篇有关 DNA（生命遗传）的论文，受到很大震撼，因为一个人通过遗传而长得像父亲或母亲本是一件很复杂的事，但却可以用一个简单的结构加以解释。他说："世界上最美的事情就像这样子，一个简单的结构可以解释最复杂的事情，这对我是一个很大的震撼。"④Abrams 先生有关文学理论的四维坐标也许可以称得上是这一类的简单结构。

《镜与灯》出版之后，在英、美学术界引起轰动，好评如潮。1999 年兰德姆出版社（Random House）的 Modern Library 推选出二十世纪一百部最优秀的非小说（nonfiction）著作，《镜与灯》不但入选，而且高居第 25 名⑤。对一本枯燥的学术性著作来说，实在难能可贵。

---

① M. H. Abrams. *The Mirror and the Lamp: Romantic Theory and the Critical Tradition* (Oxford: Oxford University Press, 1953), p. 21. 以下简称 Abrams。

② Abrams, pp. 6–7 *passim*.

③ Abrams, p. 7.

④ 《我的学思历程》，第 29 页，台北：台湾大学共同教育委员会编印，1999 年。

⑤ 见 http://www.modernlibrary.com。

不过由此也可以看出这本书在英、美学术界的崇高地位及影响之大。但在英、美的汉学界，一直要到1960年代末、1970年代初才有人注意到Abrams先生的书，这也许是因为那时汉学界曾受过西方文学或比较文学训练的人才多起来的缘故。有意思的是，一旦英、美汉学界开始注意到Abrams先生的书，兴趣就十分浓厚，从1970年到1975年，在短短五年期间，竟不约而同地出现了两篇博士论文、三本专书和一篇文章，都和文论有关，而且都曾引用或参考过《镜与灯》里的理论和分析方法。下面就让我们按照时间先后来对这些著作作一简单评介。

1970年，华盛顿大学（西雅图）的Donald A. Gibbs提出博士论文，题为"《文心雕龙》中的文学理论"（"Literary Theory in the *Wen-hsin Tiao-lung*"）。全文共分九章：第一章讨论分析的方法，着重介绍了Abrams先生的四维坐标以及由此而产生的四种文学理论。他在本章中表示，希望通过Abrams先生的分析方法能将《文心雕龙》中的种种文学观点整理出一个头绪，并与西方文论置于同一平台来加以比较和讨论。

第二章和第三章介绍了刘勰之前，以儒家为代表的一些重要文学观点。他认为这些观点所强调的首先是实效论，其次为表现论。

第四章到第八章集中介绍刘勰本人的文学观，他认为刘勰的最中心理论是表现论，其次是本体论，这从书的名字就可以看出来：所谓"文心"是指情感和思想，是一篇作品所要传达的内容；所谓"雕龙"则是指如何以最恰当、最有效的方式将"文心"展现出来，换言之，就是指写作技巧，而在他看来，全书后半部主要探讨的就是艺术作品的技巧问题，属于Abrams先生的本体论。相比之下，书中讨论实效论的篇幅不多，而讨论模仿论的就更少了。

论文的最后一章才是作者生平。之后有两个附录：第一个附录是对刘勰《灭惑论》的英文节译；第二个附录简单介绍了有关《文心雕龙》的各种注释本、选本以及札记等。

紧随Gibbs之后，1971年在斯坦福大学完成博士学位的林理彰（Richard J. Lynn）教授也提出论文，题目是"传统与综合：诗人和批评家王士禛"（"Tradition and Synthesis: Wang Shih-chen as Poet and Critic"）。论文共分四章，外加导论及结论两章。

在导论里，林教授参照Abrams先生的四维体系理论提出了类似的四种理论：(1) 表现理论；(2) 认知理论（cognitive theory）；(3) 形式或技巧理论（formalistic or technical theory）；(4) 实效理论。他所谓的认知理论，其实就是Abrams先生的模仿理论。所谓的形式或技巧理论，就是Abrams先生的本体理论。他之所以用了不同的名称，大概是因为考虑到了中国文学批评的实际情况：改模仿为认知，本体为形式或技巧，更容易得到熟悉中国文论者的理解与接受。他在导论里特别说明他何以要使用Abrams先生的分析方法：他认为文学批评无论是在西方或在中国，都极其复杂。理论与方法千变万化，从事文学批评史研究的人，必须找出文学批评中一些共有的要素，否则就很难取得好成果。在他看来，Abrams先生已经找到了这些要素，那就是作品、作者、题材和观众（读者），因为文学批评所要探讨的对象实际上都和这四个要素有关。

论文第一章谈传统。因为林教授认为王士禛（1634—1711）最重要的文学理论是神韵说，所以在这一章里就列举了众多可能影响过王士禛的思想家以及文学和艺术理论家，并一一作了简要而精辟的论述。这些人包括了庄子（369—289B. C.）、孟子（385—304B. C.?）、司马相如（179—117B. C.）、扬雄（53B. C.—18A. D.）、王充（27—91）、曹丕（187—226）、陆机

(261—303)、刘勰(c. 465—522)、谢赫(五世纪人,著有《古画品录》)、司空图(837—908)、郭若虚(十一世纪末人,著有《图画见闻志》)、严羽(1180—1235)等等。在这些前人当中,林教授认为司空图和严羽对王士禛的影响最大。

第二章在对王士禛的身世作了简短说明之后,即集中介绍明代文坛的整体情况,诸如前后七子以及公安、竟陵等派的代表人物对文学的看法,都在讨论之列。

第三章讨论王士禛的诗论。林教授认为,王士禛诗论里的中心思想是神韵说。所谓"神",既指诗人对宇宙的直觉认知(intuitive cognition),也指诗人对如何呈现此一认知的方法的彻底直觉掌控(perfect intuitive control);而所谓"韵",则是指诗中所表现的诗人个人的心理和精神状态。

第四章分析王士禛的诗。林教授认为,王的最具代表性的诗作,可以说都是他的神韵说的体现。

论文最后是结论。林教授在这里重新回到在导论里已介绍过的 Abrams 先生的四维坐标分析方法,并认为王士禛诗论中"神"的概念实包涵了 Abrams 先生的模仿论(对宇宙万象的直觉认知)和本体论(对呈现直觉认知的方法的彻底直觉掌控——即指写作技巧),而其"韵"的概念则类似 Abrams 先生的表现论。至于实效论,王士禛在他的诗论中似乎完全忽略了。

林教授在结论里还指出,尽管王士禛文论中的一些概念明代评论家们也曾讨论过,但没有人能像他那样将这些概念彻底阐释出来,甚至将一些看似矛盾的概念综合起来,建构了一套完整而有系统的理论,这就是王士禛对中国文学批评最大的贡献。最后林教授还语重心长地表示,因为他使用了西方学者都熟悉的 Abrams 先生的分析方法,所以希望他们能认识到,在比较文学研究领域内包括中国诗论和诗的重要性。

1972 年出版的拙著《金圣叹》(*Chin Sheng-t'an*)是在我 1968 年于康乃尔大学提出的博士论文的基础上,应特温出版社(Twayne Publishers)的邀约,为他们的"世界作家系列丛书"而写成的[①]。这是西方汉学界第一次,也是仅有的一次,对金圣叹(1608—1661)的生平、思想和文学批评比较全面而深入的探讨。全书共分七章:第一章评介了金圣叹的一些前辈,包括李贽(1527—1602)、袁宏道(1568—1610)三兄弟(兄宗道、弟中道)等,证明金氏和他们一脉相承的关系;第二章介绍他的生平;第三章探讨他的文学观;第四章谈他的《水浒传》评;第五章分析了他的《西厢记》评;第六章讨论他的杜甫诗评;最后第七章简单评介了同时代以及后人对他的评价。

谈到金圣叹的文学观,因为他的看法散见于他的信札、书序和各种评点中,要想从中整理出一个头绪来并非易事,所以就采用了 Abrams 先生的四维坐标分析方法,结果许多问题就迎刃而解,而金圣叹对于文学的主要看法也就清楚地显示出来。结论是:他的文学观主要属于表现论和本体论,同时也兼带一些实效论的色彩。

拙著《金圣叹》出版同年的春天,美国亚洲研究学会(Association for Asian Studies)在纽约召开年会,我乘机在会上组织了一个小型研讨会(panel),主题就叫"阿伯拉姆斯的艺术四维坐标与中国文论",还特别邀请 Abrams 老师作讲评,耶鲁大学的已故傅汉思(Hans

---

① 拙著中译本有谈蓓芳译:《金圣叹的生平及其文学批评》,上海古籍出版社,2004 年,2006 年。译文附有原文。

Frankel)教授主持,与会听众反应热烈。拙文《阿伯拉姆斯的艺术四维坐标与中国传统的小说批评》("Abrams' Four Artistic Coordinates and Traditional Chinese Fiction Criticism")的初稿就是在那次研讨会上宣读的[①]。文中从李贽、冯梦龙(1574—1646)、金圣叹、毛宗岗(c. 1632—1709)、脂砚斋一直讨论到梁启超(1873—1929)、王国维(1877—1927)以及晚清一些其他小说评论家,文章的结论是:传统的中国小说批评事实上包含了Abrams先生所提出的模仿、实效、表现和本体等四大主要理论。不过我也再次强调,按照Abrams先生的分析模式来分析中国小说批评,目的不是为了寻找适合这一模式的实例,而是探求某种简单可行的方法,来有效地向一般读者解释有关中国小说批评的庞杂材料。在Abrams先生的模式中,我们可以说已经找到了这样一种方法。

在这里,我想就小说批评里的模仿论再多说几句,因为在《金圣叹》一书中,我忽略了金圣叹在这方面的看法,而在下面我们就要讨论到的刘若愚教授的《中国文学理论》一书中,因为他的重点是诗论,所以也没有注意到中国小说批评里的模仿论,给人的印象好像在中国传统文论中就看不到这种理论。其实不然。明容与堂版百回本《忠义水浒传》卷首《水浒传一百回文字优劣》里有如下一段话:

> 世上先有《水浒传》一部,然后施耐庵、罗贯中借笔墨拈出。若夫姓某名某,不过劈空捏造,以实其事耳。如世上先有淫妇人,然后以杨雄之妻、武松之嫂实之……若管营、若差拨、若董超、若薛霸、若富安、若陆谦,情状逼真,笑语欲活,非世上先有是事,即令文人面壁九年,呕血十石,亦何能至此哉!亦何能至此哉!此《水浒传》之所以与天地相始终也。[②]

这是很明显的一种模仿理论,而这种说法在金圣叹的评点里也可以看到,例如他在读第六才子书《西厢记》法第一条里写道:

> 《西厢记》不同小可,乃是天地妙文。自从有此天地,他中间便定然有此妙文,不是何人可以做得出来,是他天地直会自己劈空结撰而出。若定要说是一个人做出来,圣叹便说,此一个人即是天地现身。[③]

在他的《水浒传》评里,像"如画"、"活画"、"活画出来"等评语更是屡见不鲜。

1973年卜立德(David E. Pollard)教授研究周作人(1885—1968)的文艺思想的专书问世[④]。在书中,卜教授并未特意使用Abrams先生的四维坐标来分析周作人的文学观,只是因为周氏的文艺思想里有明显的抒情或表现倾向,而正好《镜与灯》主要就是在论述代表表现论的浪漫主义文艺思潮,所以卜教授就常引用该书作为比较和说明。在他为中译本所写前言中,说到书中所附书目时,他语带幽默地写道:

---

① 修订稿发表于 *Literature East & West*, XVI:3(1972),中文翻译收入谈蓓芳译:《金圣叹的生平及其文学批评》,作为附录一。

② 见陈曦钟、侯忠义、鲁玉川辑校:《〈水浒传〉会评本》(上),第26页,北京大学出版社,1981年。

③ 金圣叹:《第六才子西厢记》,第1页,台北:文光图书公司,1956年。

④ *A Chinese Look at literature: The Literary Values of Chou Tso-jenin Relation to the Tradition* (Berkeley: The University of California Press, 1973).中译本有陈广宏译:《一个中国人的文学观——周作人的文艺思想》,复旦大学出版社,2001年。

在西方的著作中，读者会注意到阿伯拉姆斯(M. H. Abrams)的《镜与灯》经常被提及，其理由不是我仅读过这本有关文学批评的西方著作——尽管这部书当然是最好的——而是因为中国的抒情主义和欧洲的浪漫主义之间存在显著的共鸣，而阿伯拉姆斯著作的主旨是欧洲浪漫主义。这样的材料也见于书中，以便让读者去评判。①

顾名思义，上述各著作所讨论的对象或是某一专书，或是某一批评家，或是某一文类。虽然它们也都涉及一些一般性的中国传统文论，但真正借鉴Abrams先生的四维坐标分析框架，对中国传统文论——也许应该说是诗论——作出全面分析和归类的，是我们在前面提到的刘若愚教授的大著《中国文学理论》②。我们说"借鉴"而不说"引用"，那是因为刘教授虽然也认为一个文学世界不外作品、作者、宇宙和读者四个要素，但对四者之间的组合关系却有不同的看法，因而在书中将Abrams先生的三角形简图改为双向互动的圆形简图：

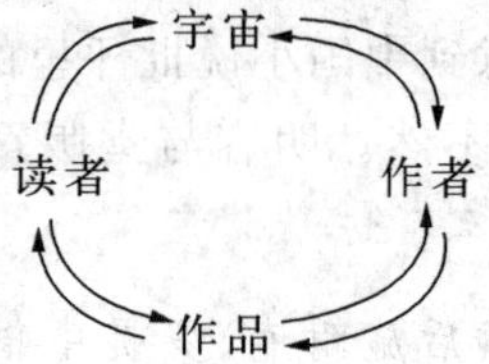

并由此而认为中国传统诗论大体上可以归纳成六类：形上论(metaphysical theories)、决定论(deterministic theories)、表现论(expressive theories)、技巧论(technical theories)、审美论(aesthetic theories)和实效论(pragmatic theories)。

刘教授的分类固然更加精细，但我觉得仍有可商榷的地方，而且严格地说也并未完全跳出Abrams先生的四大理论体系。首先就本体论来说，根据Abrams先生的三角形图式，作品在一个文学世界里占有中心位置，所以在西方文论才有本体论的出现。而在刘教授的圆形图式中，作品的独立性就没有了。刘教授也注意到了这一点，并在书中有所辩解。他说他并不否认一个文学作品客观存在的可能性，但他仍然认为，"没有人在讨论文学时能不采用作者或读者的观点，即使是持本体论者也不例外"③。也就是说，我们在讨论一个作品时，必须从作者或读者的视角出发。这样说固然也有一定的道理。但事实上的确有批评家，就像英美新批评家一样，主张文学批评仅限于对作品本身的探讨，而不应当考虑到作者在创作时的意图或读者在阅读作品时的心态，否则就容易犯上所谓的"[作者]意图说的谬误"(intentional fallacy)或"[读者]情感说的谬误"(affective fallacy)。

刘教授因为不认可作品的独立性，所以在他自己设定的理论体系里就缺少了本体论，取而代之的是技巧论。然而事实上技巧论在很多地方和本体论很相似，所以Gibbs和刘教授的高足林理彰教授在谈到刘勰和王士禛有关写作技巧的看法时，都把它们归属到本体论中去讨论。我在《金圣叹》一书中，也特别注意到金氏对写作技巧的重视，并认为他这种对语言和文本细读的强调，不免使我们想起英、美文学批评中的新批评流派，而新批评则正是Abrams先生本体论的主要代表。有意思的是，刘教授在书中第一章注41里告诉我们，他在

① 中译本，第3页。
② James J. Y. Liu, *Chinese Theories of Literature* (Chicago: The University of Chicago Press, 1975).
③ 见原书第11页。

早年《中国诗学》(*The Art of Chinese Poetry*)一书中将中国的传统诗论分为四种观点:说教理论观点(Didactic View)、个性主义观点(Individualist View)、技巧理论观点(Technical View)、直觉理论观点(Intuitionalist View)。他又说,前面三个观点和Abrams先生的实效论、表现论以及本体论有相似之处,但第四个直觉理论(现书中改称"形上理论")则有其特殊性①。可见刘教授事实上也感到技巧理论和本体论有相似之处。既然如此,为何在书的正文中不加以说明呢?

刘教授的理论体系里还多出了决定论和审美论两种。所谓决定论,是指社会的大环境可以决定文学作品的性质。刘教授引用《礼记·乐记》中的话来对此加以说明:"是故治世之音安以乐,其政和;乱世之音怨以怒,其政乖;亡国之音哀以思,其民困。"②也就是说,文学乃是社会情况的反映。其实我们未尝不可以把《乐记》中的这几句话作为表现理论来看待,因为从另一个角度来看,所谓"安以乐"、"怨以怒"、"哀以思"等,都是在特殊情况下,乐人有感而发的表现——正如陆机、刘勰等人后来所说,当诗人受到外界刺激时,就会自然而然地有所反应,而这种在作品中因"感物"而不自觉地真情流露,连刘教授自己也认为是一种表现论的文学观③。刘教授自己也许也意识到了这一点,所以他并没有像对其他理论一样,将决定论作单章处理,而是把它和表现论放在同一章里来讨论的,而且篇幅很短,有如表现论的附属。

至于审美论,刘教授认为它和技巧论十分相似,可以说是一个硬币的两面(two sides of the same coin)。所不同的是:审美论的着眼点是作品当下对读者所产生的效果。根据刘教授的分析框架,这属于创作过程中的第三阶段;而技巧论的着眼点则在作者与作品的关系,是作者对作品在技巧上的要求,属于创作过程中的第二阶段④。这样看来,审美论其实更应该归属于实效论中,因为持审美论的批评家所关心的是一个完美作品对读者所产生的美感和愉悦。

最后让我们来看一看刘教授的形上论。可以看得出来,在刘教授的六种理论中这是最受到重视的一种,不但书中首先讨论的就是这种理论(第二章),而且篇幅也最长。这是因为他认为,形上论乃是中国文论中最具特色,同时也是对世界文论最可能作出贡献的一种理论⑤。简单地说,刘教授所谓的形上论,是指一种人生观,一种在人生修养过程中所能达到的浑然忘我、与道合一的最高境界,而最上乘的文学作品就是能在字里行间将这种主体与客体合而为一的最高境界显示(manifest)或体现(embody)出来的作品。这种人生观可以追溯到老子和庄子,而将这种人生观应用到文学理论中的则以刘勰、司空图、严羽、王夫之(1619—1692)、王士禛等人为代表⑥。

的确,刘教授这里所说的形上论的大部分内涵是在西方文化传统里不容易找到的东西,

① 见原书第144页。

② 吴树平等点校:《十三经》,上册,第826页,台北:晓园出版社,1994年。

③ 见原书第72、75页。刘教授在这里引用了陆机《文赋》里的"遵四时以叹逝/瞻万物而思纷/悲落叶于劲秋/喜柔条于芳春"和刘勰《文心雕龙·明诗》篇里的"人禀七情/应物斯感/感物吟志/莫非自然",而《礼记·乐记》一开始所说的——"凡音之起,由人心生也。人心之动,物使之然也。感于物而动,故形于声"(同前注)——不就是这个意思吗?

④ 见原书第99页。

⑤ 见原书第16页。

⑥ 见原书第二章,特别是第30页到第45页。

但我认为这并不妨碍将形上论归入模仿论的可能性。因为我们前面说过，按照Abrams先生的说法，模仿的对象本来就可以包罗万象，而模仿对象的不同并不影响其为模仿论的可能性。再说，模仿的方式也可以不同，原原本本地将实物“复制”固然是模仿，设法以文字使一个抽象的意境再现，就广义来说，又何尝不是一种模仿呢？王士禛是刘教授形上论的代表人物之一，而如前所述，他的大弟子林理彰教授就认为王士禛所主张的对宇宙万象的直觉认知可以归属于模仿论。这样做并没有淡化形上论的特殊性，虽然在广义上被定位为一种模仿论，但如果在其他文学传统里找不到类似的模仿理论，那就是形上论独特的地方，也就是中国文论可能为世界文论所作的特殊贡献。

刘教授告诉我们，他写《中国文学理论》的目的有三个。第一个，也是最重要的一个目的，是不仅仅要让西方读者也能看到一套在另外一个不同文化背景里所产生的理论系统，而是要建立一个能超越不同文化与历史传统的更为普及的一般性文学理论。我想这是他何以要参考并借重Abrams先生的分析架构的主要原因，因为如我们在本文开始时所说，Abrams先生的四维坐标的架构虽然是他在研究西方文论传统的基础上得出的结论，但却富有概括性和普遍性。既然如此，是直接采用他的分析架构还是另立名目，就值得再斟酌了。再说，Abrams先生的分析方法既然在西方文论界可以说已经是家喻户晓，那么使用他的方法来让西方学者了解到中国文论与西方文论之间的相同和相异处，岂不更能收到事半功倍的效果？

当然，也有学者认为，像这样使用一种外来的分析方法来分析中国固有的文学理论，并不妥当。譬如，曹顺庆教授在《中国文学理论的世纪转折与建构》一文中就说：

> 刘若愚的《中国文学理论》，这是一部典型的以西释中之著，该书根据艾布拉姆斯(M. H. Abrams)《镜与灯》(*The Mirror and the Lamp*)中所提出的艺术四要素，对中国文学理论加以梳理排列，总结出六种理论，即“形而上的理论”、“决定的理论”、“表现的理论”、“技巧的理论”、“审美的理论”、“实用的理论”。这样的理论梳理，的确前无古人，“可以说在架构方面有重大的突破”。刘若愚的这部论著，几乎成了中国文学理论研究的典范之作，在海内外产生了巨大影响。但平心而论，由于以西释中，完全以西方理论话语来切割中国文论，不可避免地会曲解中国文论，甚至弄得面目全非，失去了中国文论应有的特质。刘若愚的《中国文学理论》，由于运用艾布拉姆斯之文论话语，将中国文论加以切割，牵强之处似乎无法避免。全书为迁就架构而寻找证据的味道非常浓，甚至有一些论证不准确，例如说《文心雕龙》没有“决定的理论”，事实上，《文心雕龙·时序篇》讲的就是“文变染乎世情，兴废系乎时序”，这就是刘若愚所谓“决定的理论”，奇怪的是为什么刘若愚说《文心雕龙》“没有决定的理论”。或许，刘若愚这种以西方文论话语来切割中国文学理论的以西释中，有着其先天不足，注定了这种研究方式所必然带来的不可避免的缺憾。①

蔡宗齐教授在他2002年出版的大著《比较诗学》(*Configurations of Comparative Poetics*)一书中也对刘教授的方法提出质疑，认为Abrams先生的分析架构乃是在西方特定文化下的产物，而“刘氏显然未能理解到这种因文化特性而衍生出来的种种问题，而只是假

---

① 引自北京师范大学文艺学研究中心:《文艺学网站》http://www.wenyixue.com/view.asp?id=516。

定四维论乃是具有普遍性的坐标,可以轻而易举地应用到中国诗学上"[①]。

的确,我们在比较不同文学时,必须考虑到彼此所具有的不同文化背景,而事实上刘教授在书中也一再指出这一点。然而,文学固然因时因地因文化背景而异,但也有其所以为文学的共通性。适用于分析西方文学的方法,并非绝对不能用到中国文学的分析上。Abrams先生所提出的作品、作者、宇宙和读者乃是任何一个文学世界——不论在西方还是在中国——都必须具备的四个要素。以这四个要素为基准来探讨在不同文学传统里文论家们对它们以及它们彼此之间关系的看法,才比较扎实而具体,才不至于流于印象式的没有交集的各说各话的讨论,也才真正能看出因文化背景不同而产生的不同观点。

作者单位:美国斯坦福大学

① Zong-qi Cai, Configurations of Comparative Poetics: *Three Perspectives on Western and Chinese Literary Criticism* (Honolulu: University of Hawaii Press, 2002), p. 34.《中国文学理论》出版之后,学界反应热烈,不少学者对刘教授在书中使用的分析架构和方法提出意见。有关情况,可参阅詹杭伦:《刘若愚融合中西诗学之路》第七章"中国文论的系统化",北京出版社,2005年。

典范转移:卢飞白、"芝加哥批评学派"与中国文论

王润华

一、被遗忘的卢飞白:芝加哥学派批评家、现代派诗人与文论典范转移

卢飞白(李经,1920—1972)①是一位被遗忘的现代派诗人、西方与中国文论家。在六十年代,他一方面继承与发展中国现代主义诗歌的书写,另一方面又通过西方文论典范的转移,企图建构中国文论,重新诠释中国古今文学。可惜很少人知道他的努力与成就,更遗憾的是他还未完成典范转移与建构就逝世了。他的现代主义诗歌与诗学的实践,作品虽然不多,却已被承认为代表性诗人②。他的艾略特研究,更奠定了其为美国芝加哥批评学派中的唯一非白人批评家③。而他文论典范转移与重建中国文论与重新诠释中国古今文学的努力,虽少人注意,但这是中国文论重构史上,极其重要的一章,不能遗漏。

卢飞白首先以著名的艾略特(T. S. Eliot,1888—1965)学者出现于学术界。1966年出版专书《艾略特诗论中的辩证结构》(*T. S. Eliot: The Dialectical Structure of His Theory of Poetry*, 1966),一举成名,受到美国文学批评界的重视,被承认为美国芝加哥学派批评家(Chicago critics)的成员。书出版后,美国的重要学术刊物如《维吉尼亚季刊评论》(*Virginia Quarterly Review*)、《选择》(*Choice*)及芝加哥的《诗刊》(*Poetry Magazine*)都给予好评④。1972年夏志清在追悼卢飞白时,也佩服他的艾略特研究功力之深厚:

> 直到六十年代,因为自己改行教中国文学,才无余力多看有关艾略特的新材料。到那时候,研讨艾略特的专著论文早已汗牛充栋,要有创见,实在不容易。飞白的论文专研究艾略特的诗论,题目叫《艾略特:他的诗论的辩证式的结构》(*T. S. Eliot: The*

---

① 卢飞白小学在浙江临海父亲办的附小就读,中学则为杭高,战时在西南联大,大学三年级从军,担任盟军缅甸远征军翻译官,在滇缅地区盟军一年,战争胜利后去北平清华教了一年大一英文。考上庚款(同届有杨振宁、何炳棣等),战后于清华外语系当助教时,曾教过经济与红学专家赵冈一年英文作文。一九四八年来美,就读芝加哥大学英文系,获得硕士与博士学位,一直在纽约长岛大学坡斯特学院(C. W. Post College)英文系教书。一九五一年与傅再绍女士结婚,大女宣哲(Selena)、小女琴仪(Jeanie)。

② 关于他的诗歌与白马社,见周策纵编《纽约楼客:把马社新诗选》(台北:汉艺,2004年);周策纵、心笛、王润华编《海外新诗选》(台北:新地出版社,2010年)。他的诗歌全集及学界对其现代诗的肯定,见王润华编《卢飞白诗文集》(台北:文史哲出版社,2010年)。

③ 见淡莹、王润华《美国学术界对卢飞白的艾略特诗论之评价》,见王润华编《卢飞白诗文集》,第173—179页。

④ 见淡莹、王润华《美国学术界对卢飞白的艾略特诗论之评价》,见王润华编《卢飞白诗文集》,第173—179页。

> *Dialectical Structure of His Theory of Poetry*)，一九六六年芝加哥大学出版，全书一百七十页，一百三十八页是正文，外加廿七页参考文献，广征博引，实在很显功力。书出版后，飞白即赠我一册，当晚我就把它读完了，不独英文写得扎实，而且能自成一家言，着实使我佩服。芝大教授研究西洋文学，宗亚里士多德为经典，自成一个系统，廿年前常同耶鲁大学“新批评派”的教授笔战。飞白可说是芝大的嫡系，而我自己受耶鲁熏陶较深，观点不大同，但飞白能坚持艾略特从早年到晚年，对诗的了解有一贯的主张，真是难能可贵。普通一般人重视他的早期批评而觉得他的晚期批评无多创新处；同时，一般人认为艾氏写的是诗人的诗评，论点前后不常一致。飞白能抓住艾氏“吾道一以贯之”的三条大线索，力排前说，真见功夫。这本书国内各大图书馆应该都备有一本。国外学人专攻英美文学的人数根本就不多，有专著出版的，更是绝少。飞白这本有分量的论著，我认为带给了国人不少光荣。①

上左：《艾略特诗论中的辩证结构》(芝加哥大学出版社，1966)
上右：卢飞白 1964 年于芝加哥大学取得英文文学博士时留影(卢夫人傅再绍女士提供)

1972 年卢飞白因癌症突然逝世，原芝加哥大学英文系的老师，也是芝加哥批评学派的老大艾尔德·奥尔逊(Elder Olson，1919—1992)在写给卢夫人的慰问信中，肯定卢飞白是他一生教过最优秀的学生：

> 他是如此的一个好人，如此有天才——是我所有的学生之中最有才华的一位。②

另一位芝加哥大学英文系教授奎恩·柯布(Gwin Kolb)也说自己早已承认卢飞白为芝加哥批评学派的一员③：

---

① 夏志清《悼诗友卢飞白》，见王润华编《卢飞白诗文集》，第 189—190 页。

② 《卢飞白诗文集》，第 215 页。

③ 《卢飞白诗文集》，第 216 页。

飞白是一个光华四射、才气横溢的学者，他的去世令所有认识他的人黯然神伤。我们系里把他看作是最值得推崇的毕业生之一，我把他视作是艾略特的批评家，与罗讷尔德·柯闰(Ronald Crane)、艾尔德·奥尔逊(Elder Olson)和乔治·威廉姆逊(George Williamson)并列。

卢飞白是第一位获得芝加哥大学英文系博士的中国留学生。毕业后任纽约长岛大学(Long Island University)坡斯特学院(C. W. Post College)英文系教授，教授英美文学。周策纵教授说"他在长岛大学实是教英美文学，不仅是英文。东方人能在英美教这种课的并不多"①。1968年的9月由于周策纵教授的推荐，前往威斯康辛大学担任中文与比较文学的访问教授。可惜当他计划将西方文学理论研究转移到中国文论与诗歌创作时，即发现患上癌症了。

我们对他在留学美国之前，在昆明的西南联大读书、现代文学活动、担任盟军缅甸远征军翻译官以及战后在清华大学教授英文与诗歌创作活动，几乎一片空白，没有资料可查。他与周策纵聊天，最喜欢谈卞之琳、冯至、沈从文、李广田这些诗人和小说家，他说与他们相当熟悉②。我曾尝试挖掘资料，毫无所得，尚待学者去发现和研究③。我在威斯康辛跟他读书时，没有请教他，实在可惜。现在我们只知道在1960年前后，他曾以李经为笔名，在海外如美国的《海外论坛》与台湾地区的《文学杂志》、《自由中国》等刊物发表很有分量的文学批评与现代诗，但数目不多④。一直到1972年因癌症逝世，才开始引起美国及台湾少数学者注意，但至今对其成就仍然认识不多，在中国大陆、港澳及其他地区就更为陌生。我搜集了卢先生逝世时好友发表的追悼文章，比较重要者附录，在《卢飞白诗文集》之后。⑤

研究卢飞白的文学理论，要把他放在1940年代崛起于芝加哥大学英文系的芝加哥批评学派中始能准确理解，这些批评家，主张多元的批评，重视论述文学艺术的理论基础，一如亚里士多德的批评，所以又称多元文学批评学派。他们进行批评时，凡是历史语言、语义学、音韵学、神话原型、心理分析与新批评的文本细读，都会根据文本的需要而运用。虽然卢飞白属于新亚里士多德学派，与它为敌的新批评学派(New Criticism)的老大艾略特也绝不可忽略，尤其是他的诗歌艺术与辩证法诗学理论，如艾略特的《诗与诗人》⑥与《圣林》⑦里面的论文，后者所收的《完美的批评家》(Perfect Critic)⑧。艾略特认为诗人批评家(poet-critic)是最好的批评家，他最能深入了解作家及作品。卢飞白自己就如芝加哥批评学派的批评家，是一

---

① 周策纵的代序，见王润华编《卢飞白诗文集》(台北文史哲出版社，2010年)，第11页。

② 周策纵代序，《卢飞白诗文集》，第13页。

③ 最近发现 http://www.cnpoet.com/网站上有三首诗，奥登《安眠曲》、惠特曼《一只沉默而耐心的蜘蛛》与《我在路易斯安那看见一棵栎树在生长》，都署飞白译，不知是否真为卢飞白，待查。

④ 见《卢飞白诗文集》的附录《卢飞白(李经)作品发表目录》，第220—222页。根据资料，周策纵曾请他翻译韩愈的《与李生书》成英文，已经翻译完；在给周策纵的信中，他说准备写一本专论 Coleridge 的书。另外他的夫人也知道，逝世前三四年他与 Twayne Publishers 签了约，出版一本《刘勰研究》(Twayne's World Authors Series, edited by William Schultz, U of Arizona)，不知有没有遗稿，无从查询。卢夫人与孩子早已搬迁，学术界无人与她有联系。

⑤ 《卢飞白诗文集》的附录，页码151—227。

⑥ T. S. Eliot, *On Poetry and Poets* (New York: Noonday Press, 1967).

⑦ T. S. Eliot, *The Sacred Wood* (New York: Methuen & Co, 1966).

⑧ T. S. Eliot, "Perfect Critic", *The Sacred Wood*, pp. 1-16.

位典型的诗人批评家。

1972年3月卢飞白老师逝世后,淡莹与我在周策纵老师的指导下,马上利用威大及美国其他图书馆搜寻与复印他的学术、批评与诗歌,为他编辑出版《卢飞白诗文集》,得到白先勇的推荐,我把编好的《卢飞白诗文集》寄给台北的晨钟出版社,耽搁了一年多,没见出版,在我追问之下,出版社说,在一次台北大水灾中,书稿弄不见了,而我也没有多存一份书稿,要再收集,非常不易,因此只好放弃出版计划,虽然周老师的序文〈卢飞白诗文集代序〉,早在1973年的《传记文学》发表了[①]。2009年我以〈卢飞白:芝加哥批评、诗人批评家的典范及其辩证、离散的现代诗学〉为研究课题,成功申请到2009年的台湾的"国科会"研究计划。[②] 因此马上又从零开始,四处搜寻与复印卢飞白老师的著作[③],终于又编辑整理与出版《卢飞白诗文集》,相信很多学者都在等着阅读这些论文与诗歌,并加以深入的研究。

从7种台北和美国出版的中文刊物里[④],我们搜集到38篇均以李经为笔名发表的中文作品,其中论文13篇,诗25首。这些文论中,特别重要的6篇属于重建中国文论的论述:(一)《文学批评中的美》;(二)《诗与诗人》;(三)《从文艺的应用性谈文艺政策》;(四)《感性的自觉》;(五)《文艺政策的两重涵义》;(六)《戴五星帽的文学批评》[⑤]。这13篇论文都是在1950至1960之间写的。尤其是上述6篇,它的重要性不但在于它所提出关于中国新文学批评理论的真知灼见,更重要的,是因为这一系列论文有其系统性,篇篇有互相关联的关系。很显然的,卢飞白作为一个批评家,把作为一个批评家的责任、立场、批评方法和理论,以及批评的目标,都很有条理、很有系统性地建立起来了。

上图:王润华编辑《卢飞白诗文集》封面

① 王润华编《卢飞白诗文集》(台北文史哲出版社2009年),第5—30页。

② 部分研究成果见王润华《卢飞白:离散华人现代主义诗人与批评典范》,《第八届东亚现代中文文学国际学术研讨会论文集》(2010年11月3—4日,日本庆应大学),第23—47页。

③ 非常感谢我当年的学生与助理黄文倩、颜建富、张瑞欣等年轻学者的协助搜集资料。

④ 这7种刊物是:《自由中国》、《文学杂志》、《海外论坛》、《幼狮文艺》、《星座诗季刊》、《汇流》及《喷泉》。

⑤ 这六篇都是发表在《自由中国》,其发表期数与日期见王润华编《卢飞白(李经)作品发表目录》,《卢飞白诗文集》(台北文史哲出版社,2009年),第220—223页。

卢飞白的著述不多,除了英文的专书《艾略特诗论中的辩证结构》,目前搜索到(应该还有遗漏),就是发表在各杂志的中文论文 13 篇与诗歌 16 首,都已收集在《卢飞白诗文集》中。他的著作,一半批评一半创作,又一次支持了我的观察:作为诗人批评家,卢飞白的文学理论与创作论有密切的关系。令人最心疼的,他在撰写中或计划开始写的英文《刘勰》与《柯列治诗论》(Samuel Taylor Coleridge,1772—1834),都没有遗稿[①]。

二、芝加哥批评的典范:建构多元的、分析的、辨别类型的文论

卢飞白在 1948 年进入芝加哥大学英文系跟随罗讷尔德·柯闰(R. S. Crane,1886—1967)、乔治·麦肯安(George Richard Mc Keon,1900—1985)与艾尔德·奥尔逊(Elder Olson,1909—1992)这些芝加哥学派的批评家读博士,最后成为这个学派唯一的亚裔成员。所以现在研究卢飞白的文论,自然芝加哥批评学派即新亚里士多德派(New Aristotelian)的批评理论与方法,是非常重要的参考系统,他们的代表批评与理论经典著作,收集在罗讷尔德·柯闰(R. S. Crane)编的《批评家与批评:古典与现代》中[②],这等于是芝加哥学派批评家的宣言,自称是"芝加哥批评学派批评方法的论述"(Essaysinmethodbyagroup of the Chicago Critics)。他们以一篇篇代表性论文,宣示多元的、分析的、辨别类型的批评思考与主张,深深影响了卢飞白。1957 年又出版精简本《批评家与批评》(*Critics and Criticism*),只收了这六位大师的八篇文章。罗讷尔德·柯闰自己写的《诗学理论纲要》放在第一篇,打头阵[③]。

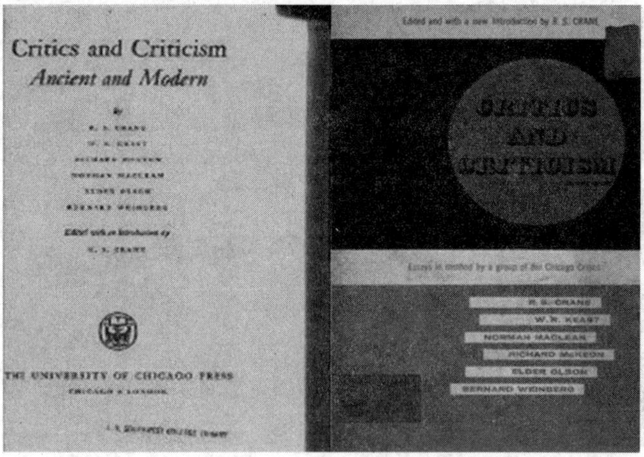

Critics and Criticism; Ancient and Modern (Hardcover)

---

① 周策纵:《一个中国知识分子的风骨——〈卢飞白诗文集〉代序》,《传记文学》第二十二卷第四期(1973 年 4 月),第 21—28 页,又见周策纵代序,《卢飞白诗文集》,第 13 页。周策纵曾请他翻译韩愈的《与李生书》成英文,已经翻译完;在给周策纵的信中,他说准备写一本专论 Coleridge 的书。另外他的夫人也知道,逝世前三四年他与 Twayne Publishers 签了约,出版一本《刘勰研究》(Twayne's World Authors Series, edited by Wiiliam Schultz, University of Arizona),不知有没有遗稿。无从查询。卢夫人与孩子早已搬迁,学术界无人与她有联系。

② R. S. Crane(ed.), *Critics and Criticism : Ancient and Modern*,(Chicago: University of Chicago Press, 1952).

③ R. S. Crane(ed.), *Critics and Criticism* (Chicago: University of Chicago Press, 1957).收集了多位成员(W. R. Keast、Richard Mc Keon、Norman Ma Clean、Elder Olson、Bernard Weinberg)的论文。

这个学派开始于1930年代中期，当时罗讷尔德·柯闰担任芝加哥大学英文系主任，同时又是芝加哥大学出版的《现代历史语言学》(*Modern Philology*)的主编，该学报强调以历史语言学与考证来研究文学。这批集中在芝加哥大学英文系的批评家正与当时只用“文本分析”的新批评学派打对台[1]，因为作为文学教授(teachers of literature)、实用批评家(practical critics)、文学史家(literary historians)，他们注重亚里士多德建立的《诗学》(*Poetics*)的文学系统，采用多方法来探讨作品，比如注重诗的形式与内容关系密切、也关注文学的模仿与非模仿性。他们之所以被冠上“新亚里士多德派批评”(Neo-Aristotelian)的“新”，是因为他们主张多元的批评，认为批评的方法是不能规范固定的，批评只是方法，不是目的，所以对当时权威式的新批评有所不满。他们固然重视亚里士多德建立的《诗学》的规律，也同时采用心理分析、神话原型等切入方法。

罗讷尔德·柯闰、艾尔德·奥尔逊和乔治·威廉姆逊(George Williamson)都是卢飞白的论艾略特博士论文的指导教授[2]，奥尔逊在精简版的《批评家与批评》的两篇论文“An Outline of Poetics Theory”和“William Empson, Contemporary Criticism, and Poetic Diction”，要力挽当前批评界的混乱现象，语言与方法都如此。所以他主张诠释建构论述文学艺术的理论基点，思考声韵与非声韵的原则，他要求多元的批评，甚至采用包括当时被认为敌对的新批评方法。

在《艾略特诗论中的辩证结构》的序文中，卢飞白坦诚说“我无从感谢芝加哥学派批评家对我的学术思想的影响”[3]。证据很显然，如果我们把《卢飞白诗文集》中的十三篇论文与精简版的《批评家与批评》一起阅读，就能很清楚地看出其中思想关联性超强。首先像他的芝加哥学派批评家老师，反对单元的、定性的批评传统。在《文学批评中的“美”》一文中，他分析朱光潜《文艺心理学》所宣扬的，一种以美为文学作品唯一标准(criterion)的批评传统的得失，请看他非常近似于艾尔德·奥尔逊的话语：

> 从他认美为唯一批评标准这一点说，我们可以称这一批评传统为单元批评(Monisticcriticism)；从它底批评程序来说，我们可以称它为定性批评(Qualitativecriticism)；从它底应用方式来看，我们更可以称它为警句批评(Quotation-huntingcriticism)。
>
> ……以美为衡量作品唯一的标准。由于这一基本假定，文学的批评程序必然地包括了下列几个步骤：(一)确定美的属性，(二)在作品里寻出这些属性，(三)孤立作品中拥有这些属性的片段作为示范。[4]

因此这种单元批评在假定(hypothesis)上和应用上都有困难。譬如，如果美是可分裂的观念，可以把许多东西分裂成美或丑，则必将许多作品淘汰，将“无法解释再现无限的人生经

---

① Cleanth Brooks, “The New Criticism.” *The Sewanee Review* 87:4(1979), p. 592.

② 卢飞白在序文中说：“I am especially grateful to Professors R. S. Crane, Elder Olson, and George Williamson. Professor Olson even took the trouble to suggest many stylistic improvements for my completed manuscript.” *T. S. Eliot: The Dialectical Structure of His Theory of Poetry*, p. ix.

③ “My intellectual obligations to the” Chicago School of critics are beyond my acknowledgement.” 见 *The Dialectical Structure of His Theory of Poetry*, p. ix.

④ 《文学批评中的“美”》,《卢飞白诗文集》第40—41页。

验的作品"。如果美是指素材或题材的美,则美的观念区分了可以"入诗"与"不可入诗"的素材,大大地限制了诗的丰富性和多样性,使诗在繁复丰富的人生经验前撤退下来,苍白无力。或者美是指文字的美,但一样有严重的错误:

……同样的限制了诗的丰富性。更严重的是:诗人或作家着眼于文字的音乐,形象及观念的美以后,根本忽视了文字在创造作品的感动力(emotional power)或情感效果(emotional effect)时所负的责任,斤斤于美的辞藻的搜集,诗遂成为"七宝楼台,拆开不成片段",失去它存在的凭借。……五四是文字的解放运动,使诗摆脱了"美的文字"的梏桎。(《文学批评中的"美"》)①

很显然的,认为美是文字的客观属性,不从文字与作品的价值的关系作选择文字的原则,却以美为文学作品最终价值,大大违反了上述李经先生对作品的全面价值的定义:"一个文学作品存在的最后依据是它激动情感或唤起情感共鸣的力量。"

从另一方面来说,即使美是指综合诸元的作品本身的美,这种单元批评,或定性的批评往往阻挠批评家认识作品的整体性、组织性,因此使批评停留在文学的边缘上,约束了作家选择题材的范围,使作品与丰富复杂的人生和世界脱节。

所以卢飞白评论道:

一个作品不能全部都是最美的,单元批评家势必只好在部分里寻求美。他们的注意力既集中于部分所拥有的客观的美,自然承认了部分的独立性,忽视了作品中部分与部分的关系,部分与整体的关系;忽视了作品的组织与组织的"力"。单元批评家所能指摘和赞扬的也就只限于片段中可见到的几种特性。他们在有意无意之间已将作品有机的整体性(wholeness)降为机械的总和性(totality)……使我们觉得所有文学作品都是一串串混着鱼目的珍珠项链;或者,更妥当点,是夹杂有几颗珍珠的鱼目项链!②

我们知道卢飞白企图建构一种多元化的批评传统。他始终相信,"文学作品存在的最后依据是它激动情感或唤起情感共鸣的力量",文学应该以人性的尊严为它的"基准",扎根于丰富的生活里。因此他最后提出的新的批评是这样的一种批评:

一种多元的(pluralistic)、分析的(Analytic)、辨别类型的(Specific)文学批评。而这新批评的基础必须建立在对:(一)知识的可分析性,(二)人生经验的丰富性,(三)作品类型的多样性,(四)构成各类型作品特殊情感形态的诸元的可分析性的认识上。③

芝加哥学派批评家特别重视论述文学艺术时的基点。一个有系统性的文学批评家,如果他的批评区域很广泛,他通常会有一个固定的文学批评的基点,作为指导原则。在《戴五星帽的文学批评》里,卢飞白以作品、作者和读者为三个基本的文学批评的基点:

作品、作者、读者是文学批评的三个基点(Co-ordinates)。在实际分析过程中,批评家往往从这三者中间选择一项作为指导原则;探究它的特质,再以这些性质为基础,推

① 《文学批评中的"美"》,《卢飞白诗文集》,第 44 页。

② 《文学批评中的美》,《卢飞白诗文集》,第 46 页。

③ 《文学批评中的美》,《卢飞白诗文集》,第 47—48 页。

演出文学的定义,作品的类别,评价的标准。亚里士多德(Aristotle,384 - 322B. C.)的诗学(Poetics)以作品为原则,雪莱(Shelley,1792—1822)的诗辩(Defence of Poetry)以作者为原则,贺拉西(Horace,65 - 8B. C.)的诗艺(Ars Poetica)则以读者为原则。[①]

在《从文艺的应用性谈文艺政策》中,他完全反对偏执文学的应用性。前面已说过,"思想"在作品中只是创造情感的工具,如果认"思想"或"应用性"为文艺的最高价值,"也就是否认文艺的存在"。贺拉西的"诗的说服力"和卢飞白的"诗的感染力"与"说服力"(《诗与诗人》)表面相似,但所指的也相异。前者的说服力是以读者的性质而定,譬如为了要某种读者所爱好,则作品题材与文字技巧等都要符合某种读者。而后者的说服力是完全靠作品的创作成功,也就是说艺术的成功。所以在对一首诗的评价时,卢飞白认为不能在诗本身以外寻求诗的范畴。因此毫无疑问的,卢飞白的批评基点是"作品"。有些以"作品"作为指导原则的批评家以美为作品的最高价值,可是卢飞白却以其艺术成功后所能激动情感的能力作为文艺最高价值,或者作为创作者创作时的指导原则——这点也是应该明白的[②]。

三、作家、作品、生活、思想、感情:文艺的现实性与应用性

一个完整的文论建构往往以他对文学作品的诸元的认识作为指导原则。因此在还没有去探讨卢飞白建立的文论典范之前,有归纳出他对文学作品的定义及作品中诸元的界说的必要。首先看看他对作家、作品、生活的定义。

卢飞白认为,"我们的文艺作品应该不是案头的瓶供,而是一棵在人性的肥沃、深厚的土壤里结了根的橡树"[③]。同样的,一个好作家不是生活在象牙塔里,整天做梦的人,我前面已引述过这句话:"诗人更不是生活在真空里的,诗人的生活态度生活环境无疑是诗的必须条件。"所谓"作品不是案头的瓶供"不单是指文艺作品不该沦为"宣传某一切身政治目标的工具"[④],也应该是指无聊文人的无病呻吟的发泄器。因为他在《诗与诗人》的第一段中讲得很清楚,诗人和他的生活环境、种族、时代、价值观念等有着不可分割的联系。更重要的,他认为作家的作品应该化成时代的声音,不是非常个人、别人看不明白、不能引起共鸣的声音。他说:

> ……正如采珠者必须潜入海水中探采珍珠,诗人必须向生活中寻求诗,在体验、观照、感应中寻求他所处身的时代的典型情感,将自己化成时代的声音,使读者们在这些典型情感的表现里发现他们自己的悲苦与喜悦。[⑤]

卢飞白虽然肯定作家必须向生活寻求作品,但是像上面已引申过,生活、思想、意识都不

① 《戴五星帽的文学批评》,《卢飞白诗文集》,第 66—67 页。

② 以作品(work)、世界(universe)、作家(artist)、读者(audience)四大基点之间所形成不同文学理论与批评的系统理论,卢飞白与美国的艾布拉姆斯,都同时出现在 1960 年代。参考 M. H. Abrams, *The Mirror and the Lamp: Romantic Theory and the Tradition* (Oxford: Oxford University Press, 1953)。中译本 M. H. 艾布拉姆斯著,郦稚牛等译,《镜与灯——浪漫主义文论及批评传统》(北京大学,2004 年)。

③ 《从文艺的应用性谈文艺政策》,《卢飞白诗文集》,第 59 页。

④ 《从文艺的应用性谈文艺政策》,《卢飞白诗文集》,第 59 页。

⑤ 《诗与诗人》,《卢飞白诗文集》,第 49 页。

足以决定诗的价值。他的理论是："文艺作品综合实际生活经验中的种种，使它们成为一个具有感召力的综合体。经过了这个综合过程，文艺不再等于生活，而具备了它自己存在的法则和规律。"[①]在《〈翡翠猫〉的世界》的第一段里，卢飞白把生活进化到艺术作品的程序说得更详细，当然他是特别针对小说和生活的关系而说的。他说：

> 艺术作品是经验的形式化。作者的创造力也就是赋形式于经验的能力，也就是化生活为一个轮廓鲜明的世界的能力。就艺术而言，所谓"忠"于生活，至少，应该蕴涵有两种意义；一、作品必须是一个完整的世界：一个官能情感实际上接触得到的实体世界。二、这个世界是完整的，一方面固然有赖于它的具体性……生活是混沌未分的经验，艺术则是分解生活，重新组合生活的过程。[②]

所以他总结说：

> 作者的"匠心"可以见之于他观察生活的角度，也可以见之于他将生活重新组合为艺术世界的能力。作品，这样说来，是生活的建构，不是生活的反映。[③]

卢飞白说："文艺作品综合实际生活经验中的种种，使他们成为一个具有感召力的综合体。"什么是最重要的元素使文艺作品会产生"感召力"？很显然的，是上面所引述的所谓作者"所处身的时代的典型情感"。在这些"典型的情感"里，会使读者发现"他们自己的悲苦与喜悦"。因此任何生花妙笔，或最符合美学的文字都远比不上感情这元素重要。在《文学批评中的美》一文中，他以诗为例子说：

> ……诗是一幅高度复杂的情感的构图，以相反相成，对比平行等等多种方式将部分的情感力综合成全面的力量（final or over-all effect），成为一个有力的组织（Structure），作为这复杂的组织的一个原素，作为一种表现的工具，文字的功能在于充分地雕塑这些情感，使它最完整，最明晰地出现。脱离了这情感，文字也就失去它的力量的凭借，与指导的原则。[④]

接下去让我们看看他怎样分析作品激动情感的程序的问题。他认为文艺作品：

> 为了获得某种特定的情感反应，为了使读者有所爱有所憎，作品必须建立起一个不容含混的"行为标准"或"价值观念"。作品所包含的"行为标准"也就是流行报章杂志上所谓作品所宣示的"真理"、"思想"、"哲学"。只有在这"标准"或"思想"已经被明确地建立起来，有机地综合入作品所代表的具体经验中，而又被读者所接受时，作品才能从心所欲地操纵读者的情绪。在作品里，"思想"或"标准"是创造某种预期的情感的工具。反过来说，作品非但暗示某一"思想"，而且有力地通经情感经验宣传这一"思想"，进而影响读者的情绪状态，人生态度，左右社会的舆情。[⑤]

---

① 《从文艺的应用性谈文艺政策》，《卢飞白诗文集》，第55—56页。

② 《〈翡翠猫〉的世界》，《卢飞白诗文集》，第104页。

③ 《〈翡翠猫〉的世界》，《卢飞白诗文集》，第104页。

④ 《文学批评中的美》，《卢飞白诗文集》，第44页。

⑤ 《从文艺的应用性谈文艺政策》，《卢飞白诗文集》，第56页。

因此卢飞白的结论是“文艺藉情感的共鸣而施展它的说服力”,或者说“一个文学作品存在的最后依据是它激动情感或唤起情感共鸣的力量(emotional power)”。因此又说“唤起情感共鸣的力量”是文艺的价值,所以他说:“剥夺了作品激动情感的能力也就是剥夺了它的文艺价值。”

由上面所论,可见卢飞白认为作家必须向生活中寻求作品,在体验、观照、感应中寻求他所处身的时代的典型情感,作品中要建立不容含混的“思想”,以便激起读者的共鸣,文艺的价值则在作品激动情感的能力。从这些基点出发,他自然肯定文艺有其应用性。

而文艺作品本身,因为具有强大的感召力,因此它可以有力地通过情感宣传多样性的“思想”,进而影响读者的情绪反应、人生态度,左右社会舆情。退而广之,文艺“非但可以担负起当前的历史任务,而且也将成为我们新的文化传统最有力的因子之一”①。因为文艺的目的是扩大自我(depersonalization)和解脱(catharsis),或者更简单地说是“从多方面去激发人性中最基本的力量,从多方面去激发人内心的创造力”,因此文艺作品的目的也就是解除人类心灵的“偏”和“蔽”,使人“心智保持清明(sanity),使感性保持活泼的警觉”②。

所以特别强调“多样性的‘思想’”和“多方面去激发”是有重大的含意的。卢飞白认为,正因为文艺有其应用性,因此它往往被人们用来宣传某一政治目标。文艺一旦从人性深厚的基础被连根拔起,专为某一从人生全面价值割开的“标准”或“思想”而宣传,它非但不能达成“扩大自我”的目的或完成“解脱”的作用,反而毁灭了文艺的目的。因为以政治的原则为文学的原则,使人“狭、偏、蔽、陋”,“结果势将使感性简陋化,终致心灵丧失清明”③。在〈戴五星帽的文学批评〉里,卢飞白指出,所谓“新现实主义”,事实上是反现实性,是一股“历史的逆流”。他特别指出,文学在某种情况下是可怕的,它“简陋化再简陋化了感性”,企图摧毁人性的尊严④。

正因为文艺可以担负当前的历史任务,可以成为新文化传统的重要因子,卢飞白在《我们为什么要大学》一文里,特别指出过分重视“理工教育”和完全鄙视人文价值所带来的社会危机。他说:“心灵机械化、简陋化,对事物失去冷静辨认的能力,人的行为自然而然地为情感冲动所操纵支配。”⑤为了达到文艺的目的,我们应该向人性最基本处寻求作品的“基准”,换句话说,“作品的‘思想’、‘基准’能够被延展到足以包容人生的全面价值”。回顾中国新文学的过去,卢飞白认为最好的作品是“‘人的文学’,以人性的尊严为它的‘基准’的文学”。可是因为1949年后的大陆的特殊环境,卢飞白把整个中国新文学的希望寄托于台湾地区:“人的文学。在这一片自由的土地上,我们该有勇气接受四十年来人的文学的成就,该有勇气尝试建立一个真正有力的、丰富的人的文学的传统。”⑥

① 《从文艺的应用性谈文艺政策》,《卢飞白诗文集》,第56、59页。
② 《文艺政策的两重涵义》,《卢飞白诗文集》,第85—86页。
③ 《文艺政策的两重涵义》,《卢飞白诗文集》,第85—87页。
④ 《戴五星帽的文学批评》,《卢飞白诗文集》,第68—70页。
⑤ 《我们为什么要大学》,《卢飞白诗文集》,第63—64页。
⑥ 《从文艺的应用性谈文艺政策》,《卢飞白诗文集》,第60页。

三、诗人批评家:感性自觉、创作室副产品、呼唤伟大作家与作品

艾略特在1956年说,他常感到惶恐不安,因为他经常被人看做是现代文学批评的一位开山祖师。他不但被肯定为美国"新批评"(New Criticism)的创立者,甚至是西方现代文学批评运动的源头与动力。他所以感到惶恐不安,因为自己看不出为什么现代文学批评会从他的批评中衍生出来。他自始至终很清楚自己所写的文学批评,纯粹属于"诗人批评家"(poet-critic)的批评论述,视野与论点都很有局限性,主要评论影响过自己的诗人与作品,只批评自己有兴趣又努力去创作的诗歌。因此艾略特又称这种文学批评为"创作室批评"(workshop criticism),因为这种批评文字只是一个诗人在从事创作时的一种副产品(by-product)①。其实艾略特在1920年出版了《圣林》(*The Sacred Wood*)②,他的文学批评已经很清楚的被人看到,那是属于"诗人批评家"的传统。艾略特对诗歌的看法,所以具有权威性,并不是他对西方诗学有特别深广的研究,更不只是他有一套完整严密的理论,最主要的原因,是因为他是一位具有创作经验的艺术家(craftsman),他所论的问题,全是道出他人未能道的经验之谈。艾略特在《圣林》的第一篇论文《完美的批评家》("The Perfect Critic")中,就公开承认他是一位诗人批评家:

> 本文的作者就曾极力主张诗人批评家批评诗歌的目的是创作诗歌……如果说批评是为了创作或创作是为了批评,我现在认为那是愚昧的……但是我还是期望批评家也是作家,作家也是批评家。③

艾略特本人就是左手写诗,右手写批评的一位集创作与批评于一身的"诗人批评家",他的文学批评,就是标准的创作室的文学批评。

虽然卢飞白属于芝加哥学派批评家,或称新亚里士多德学派,但与它为敌的新批评的老大艾略特的批评传统也融入了他的血液中。卢飞白就是一位典型的诗人批评家,在思考上,他将他拿手的分析艾略特的诗论的辩证法,也带入其诗歌的语言与批评论述里。文学批评家的主要责任是什么?作为文学批评家的他的答复简单、扼要且肯定。《诗与诗人》一文中说:"批评家的责任是双重的,他帮助诗人创作,他也帮助读者了解,欣赏优秀的诗人。"④在他的文学批评理论体系中,批评家和作家是志同道合、最亲密的朋友。批评家和伟大作家或作品的出现,往往息息相关。譬如他又说,批评家和诗人的关系是这样的:"凡是企图指点诗人,鼓励诗人,帮助诗人寻觅素材的批评家都是值得我们赞扬的,他们的努力是建立新诗传统不可或缺的基石。"⑤

批评家的努力为什么是建立新诗传统不可或缺的基石?在《感性的自觉》里,卢飞白便

---

① T. S. Eliot, "The Frontiers of Criticism". *On Poetry and Poets* (New York: The Noonday Press, 1961), pp. 117-118.

② T. S. Eliot, *The Sacred Wood: Essays on Poetry and Criticism* (London: Methuen, 1920).

③ T. S. Eliot, "The Perfect Critic", *The Sacred Wood*, pp. 15-16.

④ 《诗与诗人》,《卢飞白诗文集》,第49—54页。

⑤ 《诗与诗人》,《卢飞白诗文集》,第49页。

从文学史上探讨批评如何“帮助诗人创作”，如何协助时代产生大诗人和诗篇。卢飞白以他研究英国文学史的透彻的学识，指出像一些大作家如莎士比亚（William Shakespeare，？—1616）、蒲柏（Alexander Pope，1688—1744）和济慈（John Keats，1795—1821），他们的天才固然不容否认，但他们的成就却以时机的成熟为条件。历史很清楚地告诉我们，在上述三人的时代之前，都有过一段诗人与批评家高度自觉地研讨文学的方向、锤炼新的形式，要不然也许上述三人也会像台湾目前许多有才华的诗人一样，把天才“浪掷在彷徨摸索之中”。因此他得到下面的辩证法的结论：

> 我们无法制造天才，可是我们却能够制造一些有利于天才的条件和情势。英国文学史上的事实使我在回顾中国传统诗歌发展时得到不少启示。汉魏古诗、唐的律绝、宋词元曲的发生和成熟——每一次文学史上的大变动都有他的准备酝酿时期。伟大诗篇的产生是诗人和批评家努力的终极目标……
>
> 伟大诗人什么时候出现不是我们所能够预言的，但是伟大诗人出现的条件却是可以分析的。文学转变时期也是感性高度自觉时间，艺术磨炼、形式锻造时期。也许当批评家的“意”（ideas）和诗人的“见”（vision）各方接触之下，渐渐地调和起来时，诗才具备了一些有利的条件。①

作为批评家的第二项责任是“帮助读者了解，欣赏优秀的诗人”。《诗与诗人》便是借分析诗人和诗人生活的关系，“帮助读者了解诗的道路之一”。他在这篇论文里说：“诗人更不是生活在真空里的，诗人的生活态度生活环境无疑是诗的必须条件。”可是他指出：“思想”和“意识”不足以决定诗的价值（Poetice xcellence），“只有以诗的感染力与说服力作为分析诗的起点，我们才可以更精密的来衡量‘诗’的价值”，要不然在诗以外去寻求诗的范畴，则必陷入机械的定命论的批评。这就是他的辩证，由矛盾开始，最后得出开始相反的，惊人的结论。一般批评家一说诗人必要根据生活写作，必然要求诗歌反映生活社会。卢飞白有两篇书评《〈翡翠猫〉的世界》（1960）和《介绍〈埋沙集〉》（1961）②便是属于第二责任而完成的作品。他对海外及台湾文学发展最为注意和鼓励，像在《介绍〈埋沙集〉》里，除了透视艾山（1912—1996）的现代诗的造诣，也指出痖弦、覃子豪、余光中曾给新诗带来光彩。后来读到女诗人淡莹的诗集《千万遍阳关》和《单人道》也叹为“后生可畏”。

四、重新诠释中国古今文学新典范

细读卢飞白留下的上述论文，可见他文论工程蓝图的完整，企图在完成建构新的文论系统之后，尝试重新诠释中国古今文学，在《文艺政策的两重涵义》、《文学批评中的“美”》、《诗与诗人》等论文中，他尝试以芝加哥批评学派或新亚里士多德的理论，解读《红楼梦》及古典与现代文学，包括王维、司空图等人的唐诗，《红楼梦》，张爱玲的《赤地之恋》，聂华苓的《翡翠猫》，艾山的《埋沙集》等。现以《红楼梦》的简单解读为例，其中处处显露出他的透视力的强

① 《感性的自觉》，《卢飞白诗文集》，第71—78页。

② 《介绍〈埋沙集〉》、《〈翡翠猫〉的世界》收入《卢飞白诗文集》，第94—96、104—108页。

而有力[①]。

在《文艺政策的两重涵义》一文里，卢飞白重复提起《红楼梦》三次，首先他以亚里士多德的文学的功能"扩大自我"和"解脱"开始，再以"交感"或称之为"移情"的过程，与《红楼梦》的"……不免带他下界一走，了此未了之情"作为呼应，请看其独特的见解：

> 文艺的目的在"扩大自我"(depersonalization)和"解脱"(catharsis)。文艺以唤起情感的共鸣为手段，以文艺作品为工具。唯实论者和经验论者对"解脱"一词有种种不同的解释。唯实论者以为文艺是绝对的真(reality, being, etc.)的象征。"解脱"乃是人和真际接触时候的"体会"、"灼见"、"了悟"。在那一瞬间人从纷乱的现象界中窥见事物的秩序和意义，由"幻"入"真"。在那一瞬间自我摆脱了束缚，进入文艺作品所构成的世界，因"解脱"而得到"快感"。这一解脱的程序，柏拉图(Plato)称之模仿，考律治(Coleridge)称之为想象，克罗齐(Croce)称之为直觉。红楼梦的作者说得最好："……不免带他下界一走，了此未了之情。"经验论者则以为文艺是经验的综合；在综合的过程中，经验协调矛盾，获得和谐，发现意义。经验不断和谐化的过程也就是人格不断扩展的过程。这一过程近代美学家或称之为"交感"(sympathy)，或称之为"移情"(empathy)，或称之为"和美"(synaesthetics)。[②]

曹雪芹作为伟大的作家，他成功创造一个虚拟的艺术的世界："在那一瞬间人从纷乱的现象界中窥见事物的秩序和意义，由'幻'入'真'。在那一瞬间自我摆脱了束缚，进入文艺作品所构成的世界；因'解脱'而得到'快感'。这一解脱的程序，柏拉图(Plato)称之模仿，考律治(Coleridge)称之为想象，克罗齐(Croce)称之为直觉。"当读者引起共鸣，文学的"扩大自我"和"解脱"的功能就达到了：

> "作品"的艺术则为文学上讨论的焦点。上文曾提起曹雪芹的文学观："……不免带他下界一走，了此未了之情。"文学家之所以成为文学家也就因为他能够带人"下界一走"，因为他能够运用文字符号创造一个作品中的"世界"。[③]

在《文学批评中的美》一文中，他从多元的批评的角度谈论《红楼梦》。他指出，以美为文学作品最终价值，以美为衡量作品唯一的标准的文学批评，往往会无法解释，或否定一些无法确定美的属性的伟大作品。这样《红楼梦》很多部分的艺术就被忽略了，因此这一种认"美"为文学作品唯一轨范(criterion)的批评传统，有很大的局限：

> 文艺心理学所代表的批评传统以美为文学作品最终价值，以美为衡量作品唯一的标准。由于这一基本假定，文学的批评程序必然地包括了下列几个步骤：(一) 确定美的属性，(二) 在作品里寻出这些属性，(三) 孤立作品中拥有这些属性的片段作为示范。从它认美为唯一批评标准这一点说，我们可以称这一批评传统为单元批评(Monistic criticism)；从它底批评程序来说，我们可以称它为定性批评(Qualitative criticism)；从它底应用方式来看，我

① 本人曾作《西方的"解脱说"和红楼梦的"还泪说"》，见王润华《中西文学关系研究》(台北：东大图书，1987年)，第1—15页。

② 《文艺政策的两重涵义》，《卢飞白诗文集》，第85—86页。

③ 《文艺政策的两重涵义》，《卢飞白诗文集》，第87页。

们更可以称它为警句批评(Quotation-hunting criticism)。[①]

所以像《红楼梦》书写乡下人进入贾府的故事结构是非常重要的艺术,却不属于美的范畴,就会被排除出去:

> 刘姥姥这个乡下老太婆闯进了大观园,闹了一些不甚"美"的故事。吃饭时丢鸽蛋,喝醉酒乱吐乱泻。但我们似乎无法否认刘姥姥进大观园是《红楼梦》里成功的事故(episode)之一。[②]

因此单元的、以美为衡量作品唯一标准的批评家,却没法把《红楼梦》刘姥姥的文学书写归入美的观念内。因此以美为文学作品最高价值的批评家,往往忽视了作品的复杂性和整体性。反过来说,卢飞白肯定了《红楼梦》是植根于丰富的人生经验里的作品。正如他所说的,作者的匠心是"见之于他将生活重新组合为艺术世界的能力"。《红楼梦》是作者经验形式化的作品,作者在第一回一开始便说:"作者自云曾历过一番梦幻之后,故将真事隐去,而借'通灵'说此《石头记》一书也,故曰甄士隐云云。"

卢飞白虽然在建构文论时,为了说明,只对《红楼梦》下了三言两语的评论。他这几句话所启示的,比他要说明的还要重要。他提出西方的"解脱说"、"快感"、小说世界创造的能力和基准,来探讨《红楼梦》的作者的文学观与文学创作手法,的确突破传统的视野与角度,提出充满新意的阅读,使中国文学可以与西方文学对话。

五、结论

在《卢飞白诗文集》中,他不但在西方文论典范的基础上,努力建构中国文论的基础,同时也展现出他预备重新评论古今中国文学的努力。如单元批评以美为文学作品最终价值的评论与作家的写作,以旧诗而言,"限制了诗的丰富性和多样性",所以五四运动要打倒所谓宫廷文学、山林文学,那是对只写唯美题材的抗议:

> 单就素材的选择而论,美的观念区分了可以"入诗"与"不可入诗"的素材,大大地限制了诗的丰富性和多样性,使诗在繁复丰富的人生经验前撤退下来,苍白无力。从中国诗词的发展来看,二三流诗词作家题材的贫乏,情感领域的狭窄,不能说不是由于他们坚持选用美的素材的结果。五四运动要打倒所谓宫廷文学、山林文学可以说是对于限制文学作品题材的抗议。类似的例子可以在十九世纪后期英国的唯美运动(Aesthetic movement)里找到。十九世纪末叶自然主义作家专从人世丑恶黑暗的一面猎取题材,也无非是一种扩大作品题材的尝试而已。我们似乎无法否认自然主义的作家曾经留给我们若干伟大的作品。[③]

同时他洞见"五四是文字的解放运动,使诗摆脱了'美的文字'的梏桎":

① 《文学批评中的美》,《卢飞白诗文集》,第41页。
② 《文学批评中的美》,《卢飞白诗文集》,第42页。
③ 《文学批评中的美》,《卢飞白诗文集》,第43页。

> 在批评的应用上单元批评认为美可以是文字声音，文字形态的组合，或文字所代表的观念的属性。这一应用的延展，同样地限制了诗的丰富性。更严重的是：诗人或作家着眼于文字的音乐、形象及观念的美以后，根本忽视了文字在创造作品的感动力(emotional power)或情感效果(emotional effect)时所负的责任，斤斤于美的辞藻搜集，诗遂成为“七宝楼台，拆开不成片段”，失去它存在的凭借。这里我们不想追究喋喋不休坚持诗的音乐美，形象美或观念美的流派的兴衰分合。但文学史指示我们，历次大的文学运动都是对这一趋向的抗议。五四便是个例子。从这一角度来看，五四是文字的解放运动，使诗摆脱了“美的文字”的桎梏。①

卢飞白认为文学作品应该包容人生的全面价值，成为新文化传统最有力的因子之一，所以他肯定以人性尊严为基准的文学，给新文学作家如沈从文、冯至、沙汀很高的评价：

> 可喜的是过去四十年间，“人的文学”，以人性的尊严为它的“基准”的文学，在中国已经产生了数量质量都颇为可观的作品。他们至少已经给人的文学这一传统划出一个清楚的轮廓。随便举几个例子：沈从文以浪漫的细致的表现手法，讴歌人类原始的力的奔放；将人性在被未在文明所销蚀以前的粗朴，呈现在读者的面前，震撼了古中国的心灵。冯至的十四行诗集采用西洋诗中最谨严的格律与德国表现派的素朴，用哲人的沉思渲染了人生的庄严的痛苦。沙汀充满乡土气味的淘金记则以写实主义者犀利的目光捕捉人性的黑暗面，无情地揭穿了以“阶级”划分人类的虚伪和愚蠢。他们的题材与技巧是如此的不同，但是他们的成就则是同样的卓越。他们的成就也更显示了作者以前提及的“生活的丰富性”、“作品的多样性”两个现象。②

周策纵说：“飞白对古典主义和正统派文学思想了解深切……其实《文心雕龙》自然是更重大的作品，必然更适合他的兴趣。”另外他有说：“我们讨论中国文学思想的次数越来越多，我又约他翻译，所以他的兴趣也逐渐偏到中国方面来。我想以他来研究《文心雕龙》，由于他对西洋文学批评的熟悉，一定会有许多新的发现。不料天不永年，真不免有‘长使英雄泪满襟’之感。”③

卢飞白在逝世前正开始撰写的英文《刘勰研究》，逝世前三四年前他与 Twayne Publishers 签了约，与周策纵的通信里就表示“醉心文心”，也提到他翻译了《文心雕龙》的《风骨篇》：“《文心》后半廿五篇，前后贯穿，所用术语亦多互相发明之处。前译《风骨篇》，其中甚多不妥之处，容再修改，另邮奉呈。”可惜至今都没有找到遗稿④。

从卢飞白未完成的重建中国文学理论的工程来看，我们需要具有西洋文论的学者，去发现中国经典批评著作如《文心雕龙》文论资源，另一方面需要重读我们的经典著作如《红楼

① 《文学批评中的美》，《卢飞白诗文集》，第 44 页。

② 《从文艺的应用性谈文艺政策》，《卢飞白诗文集》，第 59 页。

③ 周策纵，《一个中国知识分子的风骨——〈卢飞白诗文集〉代序》，《卢飞白诗文集》，第 24—26 页。

④ 卢飞白夫人也知道，逝世前三四年他与 Twayne Publishers 签了约，出版一本《刘勰研究》(*Twayne's World Authors Series*, edited by William Schultz, University of Arizona)，是否有遗稿，无从查询。卢夫人与孩子早已搬迁，学术界无人与她有联系。

梦》,建立与世界文学的对话。

作者单位:台湾元智大学

[本文为2009年台湾“国科会”研究计划(NSC98-2410-H-155-058)的部分研究成果,谨此感谢其赞助]

叶维廉寻求中西文学的汇通

徐志啸

美籍华裔学者叶维廉对中国古代诗学的研究着眼于寻找东西方文学的共同"模子"(Mould),以便藉助这种"模子"作贯穿内在机理的打通,这是他有别于其他美国学者研究中国文学和中西比较文学的独特之处。大约正由于此,他才会被美国诗人罗森堡(Jerome Rothenberg)称为"美国现代主义(庞德系列)与中国诗歌艺术传统的汇通者"[The linking figure between American modernism (in-the-line-of-Pound) and Chinese traditions and practices]。具体地说,他认为,中国和西方的文学中存在着共同的"模子",这种"模子"是文学中结构行为的一种力量,它可以由使用者按自己的设想拼配而成,而"模子"所采取的方式可以有多种,观念的、美感经验形态与语言的、文类或体制的、主题或母题的,等等,以此通过比照,寻找异同,诠释和认识存在于不同地域和文化中的人类共同的文学规律。毫无疑问,叶维廉的这种探究和认识,具有其独特之处,我们试对他由"模子"而生发的一系列寻求中西文学汇通的论述作番论析,并结合中英诗歌的具体案例作比较分析,从中了解他对中国古代诗学和中西文学比较的独到见解。

一、由"模子"引发的比较

叶维廉是在《东西方文学中"模子"的应用》一文中明确提出"模子"(Mould)这个概念的[①],他认为,在东西方文学中,存在着可以概括各自文学形态和特征以及或可兼顾两者共同特点的"模子",这种"模子"的存在形式可以多种多样,有观念形态的,有美感经验的,也有涉及文类或体制的,我们在对它们作寻根了解时,不能认为它们是一成不变的,它们其实是不断变化和生长中的,它们会增改衍化,我们在研究这类"模子"或在为其下界义时,必须要顾及"模子"形成的历史,即文学的外在因素和文学史的领域[②]。由此便牵涉到了中西比较文学问题。当人们将东西方不同的文学(作品或作家)作比较时,会自然地遇到"模子"问题的冲突,因为两种不同文化根源的文学,有着不同的"模子",虽然它们之间可能会有"共相"(Common Appearance)存在,却也无可否认地有着相异之处,这种"共相"(Common

---

① 原载《寻求跨中西文化的共同文学规律——叶维廉比较文学论文选》,温儒敏、李细尧编,北京大学出版社,1987年。

② 参见《寻求跨中西文化的共同文学规律》,第12页。

Appearance)是两个“模子”(Mould)的交叠重合处,而它们的相异处便是不相重合的各自独立部分。叶维廉认为,这相重叠的部分乃是中西比较文学的重要焦点,也就是通常所谓的超越文化异质限制的“基本形式及结构行为”(从理论上说,这种超越也应包括同质文化范畴,因为比较文学的涉及范围,既在异质文化间,也在同质文化间,只是异质文化从比较的价值和意义上说,似乎更具有典型性和代表性,而同质文化间的比较,其典型性和代表性就不那么显著了——笔者)。这就要联系到比较文学的“法国学派”和“美国学派”了。这两个学派是比较文学学科领域迄今为止公认的两个具有开创性意义的基本学派,它们各自创导了自己的研究范畴和研究对象。前者着重于有实证依据的影响关系研究,强调文学和文学之间的实际联系或互相关系,通过寻找其间实际存在的实证依据,探讨不同国度或民族之间文学的影响关系,此可称为影响研究或实证研究;后者偏重于毫无任何客观联系或相互关系,完全在平行的条件下,对两种(或两种以上)文学作品,作具有文学本质价值或意义的共性或各自具有独特个性特点的探讨,此可称为平行研究或文学的共通性研究。叶维廉指出,“法国学派”认为,文学和文学之间作比较,必须每事每物都有历史或现实的根据(即所谓实证依据),因而其特别注重资料的全面搜索,不能有任何的遗漏,也不可有丝毫的作伪,这是所谓的“影响”(实证)研究——比较文学的关系研究。“美国学派”认为,法国人从事的所谓文学关系研究,完全不是对文学的内在本质作研究,而是在做文学的外部研究工作,此或可谓“文学外贸”研究,从他们(法国学派)的观念来说,似乎两种文学如果不发生直接的“外贸”关系,就不能作比较研究了,美国人(美国学派)主张,文学作品完全可以超脱历史(或现实)事件本身而具有自身的美学结构,完全可以作不同文化根源条件下文学之间不发生任何关系的平行比较研究,从中探讨存在于两者(或两者以上)之间的文学的共同规律。由此可知,法、美两派显然是难以相融的,那么,如何才能解决这两家(法国学派和美国学派)客观存在的矛盾?叶维廉提出,唯有通过对“模子”的寻根探源的比较和对比,才可以解决法国和美国这两个学派的争论,因为“模子”的探寻和讨论,正好可以兼及文学的历史衍生态(影响关系)和文学的美学结构行为(平行比较)两个方面①。由此,叶维廉认为,确立“模子”的概念,寻找共同的“模子”,在东西方文学的比较实践中有着重要的意义和迫切的需要,不能只找同而消除异,也不能只找异而忽略同,必须要藉异而识同,藉无而得有,从而做到同异全识,历史与美学汇通。他为此列举了一些实例加以说明。例如,我们在讨论中国屈原的诗歌及其创作风格时,常常说到浪漫主义,认为屈原诗歌属于浪漫主义特色,屈原本人是个具有浪漫主义风格的诗人。这个所谓的浪漫主义,究其实,并非中国的特产,它乃是来自于西方的一个文学流派概念,兴盛于欧洲的十八、十九世纪,如果我们缺乏对西方浪漫主义这个“模子”的认识和把握,恐怕难以确定中国的屈原及其诗歌究竟是否属于西方概念上的浪漫主义,更难以确定这种浪漫主义在屈原作品中的具体内涵和艺术表现;反之,倘有了寻根的认识,知道了“模子”的概念,认识到屈原诗歌与西方浪漫主义不仅两者本身各为“模子”,且两者之间也有着共同的“模子”——它们有相重叠之处,然后再来具体看屈原诗歌的风格表现及其人物形象,我们就会有比较切实的认识了,对屈原作品中那些充满想象和浪漫色彩的艺术表现,特别像《离骚》后半段那样在理想的天国展开想象的翅膀驰骋翱翔,就能做出比较切合作品实际的

① 《寻求跨中西文化的共同文学规律》,第15页。

描述和合理的解释了。

正由于叶维廉有了"模子"概念的创设及对其具体内涵的定义,因而他探讨和寻求跨中西文化的共同文学规律便有了较为扎实的底气。他认为,西方的思维模子在字母的系统下,趋于抽象意念的缕述、直线追寻的细分、演绎的逻辑发展,中国的思维模子趋于形象构思、顾及事物的具体显现,捕捉事物并发的空间多重关系的玩味,用复合意象提供全面环境的方式以呈示抽象意念。由此,他提出了一个很实在的概念——文学中"共同美学据点"(Common Aesthetic Grounds)。这个所谓美学据点(Aesthetic Grounds),其实也就是我们通常所说的文学规律,只是它在概念上比文学规律似乎更具体更实在些,也更便于人们把握,更具有可操作性。在为台湾东大图书公司主编出版的《比较文学丛书》所写的"总序"中,叶维廉特别提出,不同的文化和不同的美学系统各有着不同的美学据点,我们要从中找出它们之间的歧异和可能汇通的线路,以寻求跨文化和跨国度的共同美学据点。为此,叶维廉专门对跨中西文化的比较文学作了阐述,因为跨中西文化,也即跨了东方和西方两个完全不同的异质文化体系。他指出,跨东西方文化的中西比较文学与在欧美文化系统内作跨国度的比较文学是完全不相同的,后者的文化体系,从根子上说,乃是希腊罗马文学体系(简称希罗文化体系)和中世纪的修辞学,它们不论是文学观点还是文学的结构、技巧、修辞、题材等,都脱离不了这个总根子基础上的大体系框架内涵,这也就很清楚地说明了一个问题:在欧洲文化系统里(实际还应该包括欧洲之外的北美和拉丁美洲,因为后两者的文化主体上实际也是受欧洲文化极为浓厚影响的结果,尤其是北美——笔者)所作的比较文学,都比较容易寻找出其间共同的文学规律和美学据点,因为它们属于同质文化范畴,是单一文化体系内属同一文化的传统。由此,叶维廉说道:

> 在欧美文化系统的比较文学研究里,其所应用的批评模子,其历史意义、美学意义的衍化,其哲学的假定,大体上最后都要归源到古希腊柏拉图和亚里士多德的"关闭性"的完整、统一的构思。①

毫无疑问,欧美文学中的共同美学据点,无法也不能贸然用于东方中国的文学,因为它们属于不同文化体系下的不同文化传统,分属两种异质文化范畴,如盲目套用,势必会引出明显不合情理的歪曲甚至误导;但话要说回来,如果我们能将欧美文化与东方中国的文化作有目的、有客观依据的互照、互比、互证,那就可以使得东西方文化和文学通过这种言而有据的比较,达到互补互识的效果,这样,东西方文学的比较就有了实际的意义和价值,也就是说,这种比较乃是异质文化背景下的平行比较,通过比较,寻找存在于它们之间可能具有共同美学据点的东西,或虽形式与名称相同,但实质上并不合一的东西。为此,叶维廉列举了西方的悲剧、史诗和神话三种文学类型作说明,指出,在古代中国(指汉族),这三种文学类型虽曾存在,但都不具备西方概念上的文学原型,自然也就远不如西方那样发达——中国虽有悲剧成分的戏剧,却没有产生过西方严格概念上的悲剧,中国的悲剧几乎全都是始悲后乐、或由悲转喜,最终以大团圆告终,没有一悲到底的,更没有试图以主人公的悲剧下场结局作为戏剧的美学宗旨而告诫人们,必须从中获得生活的惨痛经验和教训,以汲取悲剧的美学价

---

① 《寻求跨中西文化的共同文学规律》,第23页。

值和意义;中国也缺乏西方盛行的长篇叙事性史诗,虽然早期的《诗经》中有少数诗篇也可属史诗类,但全不同于西方希腊罗马时代的长篇史诗,况且中国的诗歌传统历来是抒情诗发达,叙事诗不发达,抒情传统决定了中国古代的诗坛占主导地位的是以短篇居多的抒情诗为主;中国的神话很不发达,虽说早期在长江中下游地区曾盛行过充满巫风影响而染有神话色彩的作品,如《山海经》、《楚辞》、《庄子》等,但由于北方黄河流域文化的影响以及儒家传统思想占主导地位,排斥或削弱了神话的发展,致使神话在中国的土壤上远不如西方发达。而西方文学史上,这三种文学类型早在古希腊时期就达到了高峰,涌现了一大批杰出的文学家和优秀的代表作品,在欧洲乃至世界文学史上影响巨大。由此,叶维廉认为,只有当东西两大系统的文学在互为辨识、互作对照时,才能区别和认识文学的类型或体裁在东西方不同历史文化背景下实际存在的状况及其显示出的差异,以及由此衍生的价值和意义。

二、汇通与歧异

对于叶维廉来说,他所主张的乃是寻求中西文学的汇通,且这种汇通,必须建立在中西两种文学互识、互证、互比、互照的基础之上,如此方能有效地认识存在于两种文学之间潜在的文学规律或文学准则。这是问题的一个方面。其实问题还有它的另一方面。对比较文学来说,求同和求异其实是同时并存而各有所重的:当被比较的对象是异中求同时,求同是问题的主要方面,异虽是客观存在,却实际上退居次席了,或有意识地被予以忽略了,但异本身还是客观存在的,并不因为被忽视而遭废弃;当被比较的对象是同中求异时,则求异就成了问题的主要方面,同虽也是无可置疑的,但毕竟不是论证或比较的主要目的了。应该说,叶维廉在他的比较研究中,这两个方面都注意到了,也都予以了充分的论及——既有求同的,也有求异的,或异中寻同,或同中辨异。我们试看他的具体论述。

在《语法与表现:中国古典诗与英美现代诗美学的汇通》一文中,叶维廉就中国文言的特色及其固有的美学上表达的特长,论述其对于西方诗人所提供的可能性,并从西方文化模型美学理想的求变逼使语言的革新,论述其对我们所提供的新的透视①。这就是说,叶维廉是东西方两个方面都考虑到了,也都顾及到了——既有中国古诗的美学长处对西方诗人的启发,也有西方美学模式对中国诗歌创作的借鉴。具体来说,他首先以孟浩然《宿建德江》一诗的中文译成英语为例,说明不论是英语诗歌写作,还是中诗英译,都必须考虑许多因素,如动词的时态语态变化、单数复数问题、句子中主词与动词的关系以及冠词的用法等,而这些因素在中国的古诗创作中都可以不考虑,或甚至完全不存在,这是因为中国古诗所用的语言(方块汉字),可以超脱呆板的文法与语法约束,使语言本身获得完全自由的表达,从而显出诗歌在摆脱羁绊后本真的独特表现,这是西方(英语)诗歌不可能达到的,因为它们所受的语法和词法的限制太多太繁杂了。在这方面,叶维廉指出,苏东坡的回文诗更是典型的例子。该诗共八句,仅取其中一句,即可说明问题——“潮随暗浪雪山倾”,这句诗,在中文里,既可顺读,也可反读,甚至还可以从任何一个字读起,其所产生的每一句都能成立,且都能表示其意义(读者诸君如有兴趣,不妨一试——笔者)。但在英语中这就简直不可思议了,也根本不

① 原文收入《寻求跨中西文化的共同文学规律》一书,参见该书第49页。

可能做到，因为英语的每一个句子都有着严格的文法和语法限制，只要有一点不符合，它就犯错，这个句子就不能成立，因而对苏东坡的这篇回文诗中的任何一句，如从英语角度（中译英），只能顺读，而无法倒读，更无法从句子的任何一个字开始读起。文法语法无约束的自由，导致了中国古诗创作的随意自如，而正由于这种随意自如，给了诗人以充分的想象天地，也给了诗歌作品以充分的表现天地，让读者可以展开丰富的想象力，其所创造的美感想象力大大增强了诗歌的表现力和生命力。不光如此，中国古诗语言的多义性、不受限制性，也为诗句（及诗篇）提供了丰富的联想力，造成了诗歌意在言外的效果，而同样的作品，如将其译成英语，它的内在的丰富含义就会丧失，甚至难以存在，这方面的例子很多。为此，叶维廉说了以下这段话，很形象也很概括地表述了中国古诗的特色及其生命力表现（其中融入了庄子的语言）：

> 中国诗的艺术在于诗人如何捕捉视觉事象涌现及演出于我们的眼前，使其超脱限制性的时空而从浑然不分的存在中跃出。诗人不站在事象与读者之间缕述和分析，其能不隔之一在此。中国诗人不把“自我的观点”硬加在存在现象之上，不如西方的诗人之信赖自我的组织力去组合自然。诗中少用人称代名词，并非一种“怪异的思维习惯”，实系暗合中国传统美学中的虚以应物，忘我而万物归怀，溶入万物万化而得道之观物态度。①

不光如此，叶维廉还举例指出，中国古诗由于其每个方块汉字自身的形与意所蕴涵的意味，在它们组合成诗句后，导致产生了许多意想不到的效果和特色：如，利用物象罗列并置，造成蒙太奇效果，强化了物象的活动与演出，且使具体事象的活动能够存真，比如温庭筠的“鸡声茅店月，人迹板桥霜”，比如马致远的“枯藤老树昏鸦，古道西风瘦马，小桥流水人家”；又如，依赖文言的超脱语法及词性的自由，而使诗人加剧了物象的独立性、视觉性及其空间的玩味余地，且让诗篇的诗句保持了物象的多面暗示性和多元关系，比如王维的“大漠孤烟直，长河落日圆”，比如柳宗元的“千山鸟飞绝，万径人踪灭。孤舟蓑笠翁，独钓寒江雪”等等。而这些，对西方来说，不论是柏拉图、亚里士多德，还是二十世纪的诗学界，都难以做到，因为英语本身的字母以及语言规则、文法语法都决定了其表现力的局限，它不可能像汉字那样不受语法、词法的约束而表现出灵活多变、多元暗示、意在言外的特点。对此，叶维廉用庞德及美国意象派诗人为例，结合他们创作的诗歌作品，说明了美国意象派之所以会受中国古诗影响而创作出具有意象派诗歌特色的原因，在于汲取了中国古诗的上述特点，并在此基础上作了创造性的发挥，从而创作出了令人耳目一新的意象派诗歌，表现出了融中西诗歌特色于一炉的艺术魅力，庞德的《地铁车站》一诗便是典型个案。

叶维廉认为，中西诗歌的汇通是存在的，它们大约包括以下七个方面：1. 用超脱分析性和演绎性的方式达到事物直接和具体的演出；2. 使时间空间化和空间时间化，以达到视觉事象共存并发展到空间张力的绘画性和雕塑性；3. 用语意的不限制性或关系的不决定性达到多重暗示性；4. 不作直线因果式的追寻，而是偏向多线的发展、以求多线发展、全面网取；5. 用连结媒介的稀少甚至切断，使物象有强烈的视觉性、具体性及独立性；6. 因诗人的“丧

① 《寻求跨中西文化的共同文学规律》，第59页。

我”，而使读者可以与物象直接接触而不隔，并参与美感经验的完成；7. 由艺术表现的蒙太奇(意象并发性)而达到叠象美的效果。这七个方面，叶维廉认为，从艺术表现角度看，不仅中国诗歌在这些方面表现特色鲜明，且英美诗歌也几乎都可以适用，即英美诗歌在其艺术表现方面也能或多或少表现出上述七个方面的风格特色。但以下三个方面，中国诗歌能够具备，英美诗歌则不太适用，即在这三点上，叶维廉认为中西诗歌表现出了它们的歧异之处：1. 作者自我融入浑然不分的存在，融入事象万变万化之中；2. 任无我的“无言独化”的自然作物象本样地呈露；3. 以物观物①。由于叶维廉没有在文章中对上述中西(英美)诗歌七个方面的适用和三个方面的不适用，作展开性论述，致使我们难以了解具体适用和不适用的内涵。笔者以为，三个不适用的部分基本没有大问题，中西方诗歌表现的差异确实比较明显的，但七个适用部分似乎与叶维廉文章中之前部分的论述有些矛盾。比如第3点“语意不限制性或关系不决定性达到多重暗示性”，这显然是中国古诗的独特之处，因为汉字的方块字特点决定了它所创制的诗歌必定会有这样的效果，即在所要表达的语意上很可能产生不限制性、不决定性和多重暗示性，但英语诗歌就未必了，它的严格的语法规定和复杂的语词特点决定了它的语意和语句关系不可能如同汉语诗歌那样会产生不限制性、不决定性和多重暗示性，尤其动词的多种词态和语态的变化要求，方位词、系词和冠词等的严格规定，等等，把本来可以拓宽的语意和多种关系都限制死了，况且，叶维廉在这里所说的适用，只是点及了一下，没有作具体的阐释，不免使人感觉这或许是叶氏论述中出现的疏漏不照之处。

对于汇通和歧异还值得一说的是，叶维廉在阐述东西方文化和文学差异的同时，将眼光也投注到了东方诸国的文化与文学，他发现，在一般人看来，东亚的中国、朝鲜(包括韩国)、日本，应该属于同宗的汉文化圈——东亚汉文化圈，他们共同的文化来源是汉文化，朝鲜(韩国)和日本虽说与中国分属不同的国度，但他们的民族性、宗教性，乃至人们的思维方式、审美意识和审美习惯等，都和中国有着本质上的相似，正因此，叶维廉提出，应该特别注意他们(中、日、朝、韩)文学中的歧异，辨识他们文学中的诸多不同，这是在寻求汇通过程中不忽略歧异的表现。对于比较文学来说，这的确是应该特别引起注意的，因为比较文学，从本意上说，其实并非一味地要寻求存在于所比较对象中的同，同时也应注意它们的同中之异，我们寻求汇通的目的，乃是为了发现存在于不同国家和民族文学中的共同文学规律，而发现歧异，乃是为了更好地了解国别和民族文学的独特个性，而这种独特个性，有时不通过比较是难以发现的。为此，叶维廉举了不少例子加以说明，这些例子涉及中国传统的道家、儒家、佛教，以及汉语的语词表达、诗歌的典故和绘画等，它们实际上与日本和朝、韩有着不少差异，虽然从总体上说，日本和朝、韩显然是受了中国传统文化的影响②。

作者单位：复旦大学

(本文部分内容曾刊《社会科学》2008年第10期)

① 《寻求跨中西文化的共同文学规律》，第80—81页。

② 参见《跨越中国风格：东方国家共有诠释体制里同中之辨异》，原载《寻求跨中西文化的共同文学规律》。

人物评论与文学评论中的“清”字

兴膳宏

众所周知，魏晋人物评论中经常用“清＋某”式的评语。比如只就《世说新语》看，也可以发现如下不少例子：“山公举阮咸为吏部郎，且曰，清真寡欲，万物不能移也。”（赏誉）“有人目杜弘治，标鲜清令，盛德之风，可乐咏也。”（同上）“世称，荀子秀出，阿兴清和。”（同上）“〔乐〕广清淳，爱〔杨〕髦之有神检。”（品藻）“卞望之云，郗公体中有三反。方于事上，好下佞己，一反。治身清贞，大修计校，二反。自好读书，憎人学问，三反。”（同上）

那么，评论人物时，如此频用“清＋某”式评语的风尚从哪个时代起呢？我推想其开端可能在东汉后期。因为这时期选拔人才上很重视乡闾的清议，于是人物评论在当时政治上起了极重要的作用。下面将要以《后汉书》为材料，对这个问题进行仔细探讨。但其前，应当按顺序先看《汉书》中的“清＋某”式的评语的用法如何[①]。

首先说结论，《汉书》中的“清＋某”式的评语用得还不多。对它们加以整理分析，知道其中与人物评论有关的词汇只有以下三种。

第一是“清静”，共有12例：“天气清静。”（宣帝纪）“清静少欲。”（楚元王传）“盖公为言治道贵清静而民自定。”（曹参传）“载其清靖，民以宁壹。”（同上）“黯学黄老言，治官民，好清静。”（汲黯传）“郡中清静。”（杜延年传、薛宣传）“议者又以为清庙之诗言交神之礼，无不清静。”（韦贤传）“邺子林，清静好古。”（杜邺传）“爰清静，作符命。”（扬雄传下）“相国萧、曹以宽厚清静为天下帅。”（循吏传）“清静乐道。”（王莽传）“清静”本来指天气清朗宁静的样子，也有时“郡中清静”那样指社会安定太平的样子，但《汉书》中最多的用法表示人的心性纯正恬静的情形。

第二是“清廉”，共有2例：“自吉至崇，世名清廉。”（王吉传）“性清廉，妻子不至官舍。”（何并传）这些用法与现代汉语的“清廉洁白”，意思完全一样。

第三是“清虚”，只有1例：“清虚澹白，归之自然。”（叙传）这个词也意味着没有世俗上的欲望。此外，《汉书》里还有“清明”、“清和”、“清燕”、“清闲”等词汇，但均与人物评论毫无关系。

值得注目的是，“清”、“静”、“虚”等字眼的含意与老庄思想有很密切的关系。《老子》中有以下的例子：“孰能浊以静之徐清。”（第十五章）“致虚极，守静笃。”（第十六章）“昔之得一

---

① 以下本论用台湾“中央研究院”的汉籍电子文献查阅《汉书》、《后汉书》等正史的用例，然后用中华书局版二十四史逐一确定。

者，天得一以清，地得一以宁，神得一以灵。”(第三十九章)“躁胜寒，静胜热，清静为天下正。”(第四十五章)“我无为而民自化，我好静而民自正。”(第五十七章)

《庄子》中也有许多例子，现在举出其中代表性的一部分：“必静必清，无劳女形，无摇女精，乃可以长生。”(刻意)“澹而静乎，漠而清乎。”(知北游)“其动若水，其静若镜，其应若响。芴乎若亡，寂乎若清，同焉者和，得焉者失。”(天下)“以虚静推于天地，通于万物。”(同上)

可以肯定《汉书》中的“清静”和“清虚”都依据老庄思想。在人物评论的历史上，前汉还是属于前史的时代，但对评语的用法来说，可以说它起了一种出发点的作用。

一到了《后汉书》，“清＋某”式的评语比《汉书》增加了好几倍。现在把它们一一整理，分为 17 类。其中前 3 类在《汉书》中已经有一些用例。

1. 清静：“征拜河南尹，以清静称。”(郭贺传)“鯈清静自保，无所交结。”(樊鯈传)“父瑞，好黄老言，清静寡欲。”(樊准传)“善说老子，清静不慕荣名。”(淳于恭传)“时同郡赵康叔者，隐于武当山，清静不仕。”(朱穆传)“贵清静者，以席上为腐议。”(王充等传轮)“慕老聃清静，杜绝人事。”(左雄等传论)“修德清静，百姓以安。”(陈寔传)“朝廷初立，颇存清静。”(李固传)“植深达政宜，务存清静，弘大体而已。”(卢植传)“〔甄宇〕清静少欲。”(儒林列传)“清静自守，无好戏笑。”(班昭《女戒》，列女传)

2. 清廉：“孔君清廉仁贤，举县蒙恩。”(孔奋传)“〔孙〕堪清廉，果于从政。”(周泽传)

3. 清虚：“此道清虚，贵尚无为。”(襄楷传)

4. 清絜(洁)：“惟霸积善清絜，视事九年。”(侯霸传)“士多不修节操，而奋力行清絜，为众人所笑。”(孔奋传)“以清絜称，所在化行。”(第五伦传)“清絜循行，尽敬宗庙。”(周泽传)

5. 清俭：“彪清俭好施，禄赐分与宗族，家无余财。”(韦彪传)“新营祠堂，费功亿计，非以昭明令德，崇示清俭。”(李固传)“〔良〕贺清俭退厚，位至大长秋。”(孙程传)“贵尚清俭，礼神唯以东流水为酌，削桑皮为脯。”(徐登传)

6. 清平：“再迁并州牧，有清平称。”(郭丹传)“性节俭而政治清平。”(杜诗传)“转兑州刺史，亦有清平称。”(张禹传)“皆履正清平，贞高绝俗。”(刘陶传)“察选清平，多得其人。”(左雄传)“力求猛敌，不如清平。”(皇甫规传)“君清平之奸贼，乱世之英雄。”(许劭传)

7. 清方：“宣、贞二王，奉身清方。”(宣秉等传赞)；“太尉陈蕃荐畅清方公正。”(王畅传)

8. 清亮：“耽道乐术，清亮自然。”(郎𫖮传)“为沛相，乘苇车到官，以清亮称。”(袁忠传)“以前太尉刘宠、司隶校尉许冰、幽州刺史杨熙、凉州刺史刘恭、益州刺史庞艾清亮在公，荐举升进。”(羊陟传)“清亮忠孝，学通古今。”(戴凭传)

9. 清贫：“家至清贫，子孙不免寒馁。”(虞延传)“陶既清贫，而耻以钱买职，称疾不听政。”(刘陶传)

10. 清白：“奋在位清白，无它异绩。”(张奋传)“绲弟允，清白有孝行。”(冯绲传)“〔张〕盘字子石，丹阳人，以清白称。”(度尚传)“补公家之阙，不累清白之素。”(朱晖传)“彪在位清白，为百僚式。”(邓彪传)“使后世称为清白吏子孙。”(杨震传)“父棱亦有清白行。”(蔡邕传)“中兴以后，复增敦朴、有道、贤能、直言、独行、高节、质直、清白、敦厚之属。”(左雄等传论)“〔高〕顺为人清白有威严。”(吕布传)“〔孙堪〕有志操，清白有贞正。”(周泽传)“操节清白，有称乡闾。”(楼望传)“清白异行，敦悦道训。”(谢该传)“〔李历〕清白有节，博学善交。”(李合传)

11. 清简：“咨在官清简，计日受奉，豪党畏其俭节。”(赵咨传)

12. 清高:“故论者说清高以种为上。”(第五种传)“六世祖刚,清高有志节。”(胡广传)“臣从事中郎周举,清高忠正,可重任也。”(周举传)“刘季陵清高士,公卿多举之者。”(党锢列传杜密传)“北海邴原清高亮直。”(郑太传)“臣无清高之行,横蒙鹰犬之任。”(阳球传)“性清高,未尝修刺候人。”(逸民列传井丹传)“要离烈士,而伯鸾清高,可令相近。”(同上梁鸿传)。

13. 清淳:“更选海内清淳之士,明达国体者,以补其处。”(朱穆传)“高士弘清淳之风。”(列女传序)

14. 清约:“清约不烦,用刑平正。”(张敏传)“以清约率下,常席羊皮,服布被。”(李恂传)“清约省素,家无货积。”(刘宠传)

15. 清苦:“清苦好学,能通经教授。”(爰延传)“显宗以咸有师傅恩,而素清苦,常特赏赐珍玩束帛,奉禄增于诸卿。”(包咸传)“少以清苦建志,入太学受业。”(儒林列传・服虔传)“以孤特清苦自立,善明天官、算术。”(方术列传・单扬传)“宣尝就少君父学,父奇其清苦,故以女妻之。”(列女传・鲍宣妻传)

16. 清公:“朝廷以举清公亮直,方欲以为宰相,深痛惜之。”(周举传)

17. 清忠:“在朝清忠,权幸惮之。”(陈球传)“为人清忠奉公。”(吕强传)“时宦者济阴丁肃、下邳徐衍、南阳郭耽、汝阳李巡、北海赵佑等五人称为清忠,皆在里巷,不争威权。”(宦者列传・吕强传)

18. 清英:“又臣所上将校,率皆清英宿德,令名显达。”(袁绍传)“伏惟幕府初开,博选清英。”(文苑列传边让传)“是时灵帝用中常侍曹节等谗言,禁锢海内清英之士,谓之党人。”(五行志四)

此外还有清猛、清裁、清直、清闲、清辩、清澄、清修、清净等评语,但其用次并不多。

以上诸语中,《后汉书》跟着《汉书》多用“清静”,共有13个例子,但它更多着重强调其纯正恬静的性质,积极地赞扬寡欲的品德。“清虚”在《后汉书》里仅仅有一个例子,但襄楷上书中的“此道清虚”一句,因为上面有“又闻宫中立黄老浮屠之祠”一文,很明白是对汉桓帝尊重黄老、佛教的批评,与人物评论毫无关系。可是值得注意的是,西晋以后,人们逐渐注重“清虚”,评论人物时频繁用这个评语。可见“清虚”经过相当长期的酝酿时期后,才成为人物评论的术语。“清絜(洁)”、“清俭”、“清平”、“清方”、“清亮”等评语都在东汉以后出现,各自都有“清洁”、“俭约”、“公平”、“方正”、“明亮”的含义。“清贫”这在现代汉语和日语中也常用的词汇,也可以肯定在东汉时代产生了。与此同时产生的“清白”、“清高”、“清淳”、“清约”、“清苦”等词汇也都可能在意义上跟“清贫”有密切关系。我们容易想象在清议盛行的时代,以“清贫”、“清苦”等评语来象征的人才当然受到广大社会的欢迎。同时值得注意的是,被评为“清”的人才中,东汉后期的人居多。

总之,这些“清+某”式的评语太抽象,意思一般都模糊不清,若我们要具体分析其含意时,不能不感到相当困难。

到了三国曹魏的时代,在前代清议的基础上奠定了九品官人的制度。就《三国志》(包括裴松之注在内)调查来说,‘清+某’式的评语继续前代仍然频用(评语的排列顺序与《后汉书》同。〈〉指出裴松之注的引文):

1. 清静:〈“〔刘〕虞在幽州,清静俭约,以礼义化民。”〉(公孙瓒注引《魏书》)“欲风俗清静,其可得乎。”(夏侯玄传)“清静足以厉俗,贞固足以干事。”(邴原传)“以为政清静不烦,吏民感而爱之。”（华歆传）“其冗散未齿，且悉分出，务在清静。”（蒋济传）“古之刺史，奉宣六条，以清静为名，威风著称。”（杜恕传）“清静之人慕其玄虚退让。”（刘劭传）“今境守清静，无所展其智能。”（杨俊传）

2. 清廉：〈“拣选清廉以为守将。”（糜竺传注，曹公集载公表曰）〉

3. 清虚：〈“张璠《汉纪》称〔荀〕悦清虚沉静，善于著述。”〉（荀彧传注）“〔孔〕融书喻原曰，修性保贞，清虚守高。”（邴原传）“遂下诏曰，太中大夫管宁，耽怀道德，服膺六义，清虚足以侔古，廉白可以当世。”（管宁传）〈“弟宽，字务叔。清虚玄静，敏而好古。”〉（杜恕传注引《杜氏新书》）〈“钦少居名位，不顾财利，清虚淡泊，动修礼典。”〉（卢毓传注引虞预《晋书》）〈“〔张〕敦德量渊懿，清虚淡泊。”〉（顾邵传注引《吴隶》）

4. 清絜（洁）：没有用例。

5. 清俭：“性清俭，有余材辄以分施，不足资之于官，不治产业。”（夏侯惇传）〈“伏见征士北海管宁，行为世表，学任人师。清俭足以激浊，贞正足以矫时。”〉（管宁传引《傅子》）“〔桓禺〕清俭有威惠，名亚于聘。”（文聘传）“论其所长以比古人，忠直不回则史鱼之俦，清俭守约则季文之匹也。”（崔林传）“复履清俭，轻省租赋。”（高堂隆传）“豫清俭约素，赏赐皆散之将士。”（田豫传）“躬履清俭，不治产业。”（刘巴传）

6. 清平：〈“〔袁侃〕历位黄门选部郎，号为清平。”〉（袁涣传注引《袁氏世纪》）“望宜使文武之臣各守其职，率以清平，则和气祥瑞可感而致也。”（蒋济传）〈“〔满〕奋性清平，有识检。”〉（满宠传注引荀绰《冀州记》）

7. 清方：“亮直清方，则司隶校尉崔林。”（卢毓传）

8. 清亮：〈“太尉山阴郑公，清亮质直，不畏强御。”〉（虞翻传引《会稽典录》）

9. 清贫：〈“灵帝以〔刘〕虞清贫，特不使出钱。”〉（公孙瓒传注引《魏书》）“歆素清贫，禄赐以振施亲戚故人，家无担石之储。”（华歆传）“转为太常，清贫守约，至卖田宅以自给。”（和洽传）

10. 清白：〈“〔高〕顺为人清白有威严，不饮酒，不受馈遗。”〉（张邈传注引《英雄记》）〈“〔李丰〕始为白衣时，年十七八，在邺下名为清白。”〉（夏侯尚传注引《魏略》）〈“原亦自以高远清白，颐志澹泊。”〉（邴原传注引《原别传》）〈“〔鲍〕勋清白有高节，知名于世。”〉（鲍勋传注引《魏书》）“或哀矜折狱，或推诚惠爱，或治身清白，或擿奸发伏，咸为良二千石。”（仓慈传）〈“林性既清白，当官又严。”〉（常林传注引《魏略》）“田豫居身清白，规略明练。”（满宠传等传评）〈“《山涛启事》称〔武〕韶清白有识，终于散骑常侍。”〉（胡质传注引虞预《晋书》）〈“〔胡〕威字伯虎。少有志尚，厉操清白。”“威跪曰，大人清白，不审于何得此绢。”〉（胡质传注引《晋阳秋》）〈“吴故光禄大夫石伟，秉志清白，皓首不渝。”〉（孙休传注引《楚国先贤传》）“或清白忠勤，或姿才卓茂，皆社稷之贞干，国家之良辅。”（陆凯传）“楼玄清白节操，才理条畅。”（楼玄传评）

11. 清简：没有用例。

12. 清高：〈“昔蒋诩姻于王，无损清高之操。”〉（荀彧传注引《典略》）〈“〔田〕畴之所守，虽不合道，但清高耳。”〉（田畴传注引《魏书》）“宁清高恬泊，拟迹前规，德行卓绝，海内无偶”（管宁传）〈“北海邴根矩，清高直亮，群士之楷式。”〉（郑浑传注引张璠《汉纪》）〈“〔杜安〕既名知人，清高绝俗。”〉（杜袭传注引《先贤行状》）〈“夫陵虚之鸟，爱其清高，不愿江汉之鱼。”〉（方技

传管辂传注引《辂别传》)〈"臣松之以玄之清高,必不以安危易操。"〉(楼玄传注)

13. 清淳:〈"〔乐〕广性清淳,爱毫之有神检。"〉(陈思王植传注引荀绰《冀州记》)"宜得闲静以展神思,呼翕清淳,与天同极。"(楼玄传)

14. 清约:"为长安令,清约有方,吏民畏而爱之。"(仓慈传)"还迁益州太守,其清约如前。"(董和传)"入为射声校尉,所在清约不烦。"(杨戏传)

15. 清苦:"或清苦自立,资能足用。"(陆抗传)

16. 清公:〈"乃使清公大吏往经营琰。"〉(崔琰传)"少为县吏,忆清公称。"(毛玠传)"毛玠清公素履。"(毛玠传论)"宜得清公大德以镇统之。"(徐宣传)

17. 清忠:〈"琰清忠高亮,雅识经远。"〉(崔琰传)"赐田十顷,谷五白斛,钱二十万,以明清忠俭之节焉。"(满宠传)〈"〔张纲〕威惠清忠,名振郡国。"〉(张翼传注引《续汉书》)〈"〔车〕浚在公清忠,值郡荒旱,民无资粮,表求振贷。"〉(孙皓传注引《江表传》)"玄清忠奉公,冠冕当世。"(楼玄传)

18. 清英:〈"清英俨恪,莫干其志。"〉(陶谦传注引谢承《后汉书》)

19. 清素:"浑清素在公,妻子不免于饥寒。"(郑浑传)"观治身清素,帅下以俭,僚属承风,莫不自励。"(王观传)"往者毛孝先、崔季珪等用事,贵清素之士,于时皆变易车服以求名高。"(徐邈传)"又治身清素,不营产业,久在重任,家无私积。"(王基传)"如姜维之乐学不倦,清素节约,自一时之仪表也。"(姜维传)〈"〔薛兼〕清素有器宇,资望故如上国,不似吴人。"〉(薛综传注引王隐《晋书》)

此外还有清爽、清粹、清省、清良、清恪、清秀、清和、清当、清励、清厉、清贞、清踏、清隽、清正、清贤、清识、清淡、清玄、清闲、清雅、清澄、清明、清妙、清冲、清能、清尚、清严、清介、清茂、清纯、清远等许多种评语。虽然其用次不多,但评语的种类较之《后汉书》又增加很多。当然有像"清絜"和"清简"那样词汇在《三国志》里没有用,但就大体的情况来说,很明白《三国志》中的评语是基本上继承前代的用法而把它更加发展的。可以肯定《三国志》的人物评论用语比前代更加多样化了。

比如"清素"这个在意思上和"清贫"很相似的评语,是《后汉书》还未用,至《三国志》才出现的。《抱朴子》审举篇严厉谴责东汉后期选举的腐败情况说:"故时人语曰:'举秀才,不知书。察孝廉,父别居。寒素清白浊如泥,高第良将怯如鸡。'"值得注意的是,在当时不正常的情况下被歧视为'浊如泥'的'寒素清白'的人,其用语一到了三国时代却反而受到重视。"清寒"、"清素"、"清白"等评语在后代也仍然继续用于积极推重人才的场合。由此可以窥见"清+某"式的评语随着时代发展越来越多彩而复杂了。同时应该唤起注意的是,到三国时代就出现了刘邵《人物志》那样论察举用人和品鉴人才的理论著作。该书《流业篇》把人才分为十二类而加以详细的分析,其中第一就是"清节家"。据此可以想象当时人如何重视"清"的概念。

从《三国志》到《晋书》,"清+某"式的评语增加得真不胜枚举。以下按照前例举出《晋书》中的"清+某"式的评语。

1. 清静:"故我清静而人自正。"(元帝纪)"臣闻为国者以清静为基。"(何曾传)"昔萧曹相汉,载其清静,致画一之歌,此清心之本也。"(荀勖传)"汉相清静,见机于旷务。"(山涛等传论)"敷字颖根,清静有道。"(傅敷传)"清静寡欲,不营当世。"(庾峻传)"简清静比杨子云,默

识拟张安世。”(成公简传)“导为政务在清静。”(王导传)(此外还有3例)

2. 清廉:“中尉该、大农诞皆清廉淑贞,恪居所司。”(陆云传)“盗跖引少,则为清廉。”(祖纳传)

3. 清虚:“及长,清虚寡欲,尤善玄言。”(简文帝纪)“恬远清虚,确然绝世。”(郑冲传)“性理不恒,而颇清虚静退,简于情欲。”(平原王干传)“周史清虚,不嫌于尸禄。”(山涛等传论)“性清虚寡欲,自得于怀。”(阮瞻传)“清虚寡欲,无所修尚。”(王承传)“近见荀监子,清虚名理,当不及父。”(荀崧传)“伏惟陛下圣质天纵,凝旷清虚。”(江逌传)“夷清虚冲淡,与俗异轨。”(儒林传杜夷传)(此外还有7例)

4. 清洁:“清洁绝伦,禄赐皆散之亲故。”(王述传)“以清洁见称。”(丁潭传)“清洁善抚边,则平陆子王元始。”(姚兴载记下)

5. 清俭:“清俭有鉴识,敬爱人物。”(石苞传)“祜立身清俭,被服率素。”(羊祜传)“沉素清俭,不营产业。”(王沉传)“帝以涛清俭无以供养,特给日契。”(山涛传)“并履忠清俭,身没,家无余积。”(李胤传)“以玄虚宏放为夷达,以儒术清俭为鄙俗。”(应詹传)“冲上疏陈温素怀每存清俭。”(桓冲传)(此外还有7例)

6. 清平:“清平者,政化之美也。”(刘毅传)“人心多故,清平者寡。”(同上)“守宰之任,宜得清平之人。”(范宁传)

7. 清方:“处履德清方,才量高出。”(周处传)“嶷清方有干略”(慕容廆载记)“李绩清方忠亮,堪任大事。”(慕容俊传)

8. 清亮:“前大司马苞忠允清亮,才经世务。”(石苞传)“光禄大夫李胤清亮简素,立身在朝。”(羊祜传)“下邳王晃清亮中正,体行明洁。”(下邳王晃传)“容貌绝异,音声清亮。”(王哀传)“卿清亮质直,可作郡纲纪。”(夏统传)“〔尹〕纬性刚清亮,慕张子布之为人。”(姚兴载记下)

9. 清贫:“以清贫,特赐绢百匹。”“并素清贫,身没之后,居无私积。”(卢钦传)“帝以毅清贫,赐钱三十万。”(刘毅传)“虞素清贫,遂以馁卒。”(挚虞传)“其后帝以贺循清贫,下令曰云云。”(贺循传)“少清贫,好学。”(祈嘉传)“勒以参军樊坦清贫,擢授章武内史。”(石勒载记下)

10. 清白:“士庶有好学笃道。孝弟忠信,清白异行者,举而进之。”(武帝纪)“以平州刺史傅询、前广平太守孟桓清白有闻,询赐帛二百匹,桓百匹。”(同上)“其中或有清白,亦复不见甄异。”(范汪传)“清白异行,皆不降志。”(孝友庾衮传)“以修勤清白见称河右。”(良吏窦允传)“再举清白异行,又举寒素,一无所就。”(隐逸范乔传)“少以清白著称。”(苻登载记徐嵩传)

11. 清简:“为政清简,甚得朝野声誉。”(卫瓘传)“迁乐平侯相,政尚清简。”(李胤传)“颐身于清简之宇,留心于虚旷之域。”(华峤传)“为政清简,甚得百姓欢心。”(和峤传)“清简无欲,正身率下。”(李重传)“法令清简,旬日而还。”(阮籍传)“转河间内史,在郡清简寡欲。”(张协传)“尚为政清简。”(谢尚传)(此外还有2例)

12. 清高:“父蕃,清高冲俭。”(刘琨传)“大人清高,不审于何得此绢。”(良吏胡威传)“指礼法为流俗,目纵诞以清高。”(儒林传序)“昔许由辞尧以天下让之,全其清高之节。”(隐逸辛谧传)“二千石长史清高有惠化者,皆封亭侯、关内侯。”(秃发利鹿孤载记)

13. 清淳:“博士皆取履行清淳,通明典义者。”(职官志)“广性清淳。”(乐广传)“潭清淳

贞粹，雅有隐正。”（丁潭传）

14. 清约：“放素知名，而性清约，不营产业。”（阮放传）“在位者服其清约。”（周颉传）“及长，恭孝清约。”（孙晷传）“为政清约，宿盗逃奔他郡。”（王育传）“在官清约，虽居方伯，恒使私童樵采。”（褚裒传）“不修小洁，而以清约见称。”（外戚王蒙传）

15. 清苦：“尹少履清苦，事亲色养。”（庾纯传）“嘉其清苦，数赐谷帛。”（邵续传）“加以处身清苦，衣不重帛，家无儋石之储。”（刘超传）

16. 清公：“系等清公正直，为奸邪所疾。”（解系传）“令足代耕，然后可责以清公耳。”（温峤传）“清公贞修者，虽微虽贱，必亲而近之。”（刘隗传）

17. 清忠：“光厉志守约，有清忠之节。”（侯史光传）“帝以芝清忠厉正，素无居宅，使军兵为作屋五十间。”（鲁芝传）

18. 清英：“并综采繁缛，杼轴清英。”（文苑传序）

19. 清素：“又以太保高洁清素，家无宅宇。”（王祥传）“武帝以舒清素，特赐绢百匹。”（魏舒传）“太尉寔体清素之操，执不渝之洁。”（刘寔传）“恒字敬则，博学以清素为称。”（华恒传）“兼清素有器宇。”（薛兼传）（此外还有 4 例）

20. 清远：“及与之言，理致清远。”（王祥传）“征南大将军南城侯祜，蹈德冲素，思心清远。”“祜执德冲虚，操尚清远。”（羊祜传）“惟未举清远有礼之臣，以敦风节。”“举清远有礼之臣者，此尤今之要也。”（傅玄传）“导少有风鉴，识量清远。”（王导传）“才鉴清远，服膺道素。”（贺循传）（此外还有 5 例）

21. 清通：“裴楷清通，王戎简要，皆其选也。”“楷则机神幼发，目以清通。”（裴楷传）

22. 清冲：“清冲履道，德量允塞。”（戴若思传）“执心清冲，才识备济。”（应詹传）“〔焦〕出自寒素，禀质清冲。”（陈頵传）

23. 清慎：“〔羊〕篇历官清慎。”（羊祜传）“然为清慎者所鄙，由是损名。”（王戎传）“非有清慎素著，忠公足称。”（陆云传）“〔刘群〕性清慎，有裁断。”（刘琨传）“以忠谨清慎为元帝所拔。”“讷子享，亦清慎。”（刘超传）“冰天性清慎，常以俭约自居。”（庾冰传）“司隶以密在县清慎，弗之劾也。”（孝友李密传）（此外还有 3 例）

《晋书》中的“清＋某”式的评语此外还有如下好多种：清能、清劭、清切、清恬、清显、清畅、清辩、清正、清徽、清和、清修、清粹、清纯、清重、清惠、清妙、清明、清赏、清澹、清贞、清恪、清实、清干、清直、清尚、清雅、清当、清壮、清悟、清渤、清芬、清警、清贵、清勤、清真、清净、清肃、清隽、清整、清允、清审、清裕、清澄、清晖、清穆、清蔚、清举、清激、清会、清定、清赡。由此可以知道，单在数目上说，《晋书》中的“清＋某”式的评语比《三国志》用得更多，而且不少新的评语在晋代陆续产生了。

比如“清慎”这个评语在《后汉书》中还没有用，然而一到了《晋书》，这个词汇一共出现十次之多。王隐《晋书》（《魏书》李通传注引）介绍李秉的《家诫》说：有次司马昭问李秉曰：“为官长当清、当慎、当勤，修此三者，何患不治乎？”后来又问他曰：“必不得已，于斯三者何先？”秉对曰：“清固为本。”然后又曰：“清慎之道，相须而成，必不得已，慎乃为大。夫清者不必慎，慎者必自清。”司马昭说：“卿言得之耳。”值得注目的是，“清”和“慎”相结合来，一起被看作做官的必须条件。在如此社会气氛中才会出现“清慎”这个评语。

另外还有一件引人注目的事，是老庄思想上有根据的“清静”、“清虚”等评语在晋代的人物评论中很盛行的现象。《晋书》中“清静”有 11 例，“清虚”乃有 17 例之多。这一定与魏晋时期风靡一时的“清谈”（当时叫“清言”）有密切的关系。与“清静”“清虚”相关的是“清高”、“清冲”、“清远”、“清通”、“清简”等词汇。因为它们都在魏晋崇尚老庄风气的清谈中频繁出现。可以说“虚”、“冲”、“远”、“通”、“简”等语都在“清”的共同风气上互相沟通。若看《世说新语》，就容易发现不少这些评语。下面举出的是其中代表性的一些例子：

“王戎云：太保居在正始中，不在能言之流。及与之言，理中清远，将无以德掩其言。”（德行）“会稽贺生，体识清远，言行以礼。”（言语）“伯仁曰：吾无所爱，直是清虚日来，滓秽日去耳。”（言语）“南人学问，清通简要。”（文学）“裴楷清通，王戎简要。”（赏誉）

文学评论在魏晋南北朝时期有了显著的发展。陆机的《文赋》早已着了先鞭，其后《文心雕龙》、《诗品》等代表当时的文学评论著作也经常用“清＋某”式的评语。它们一面受到人物评论的影响，从那里引进了“清英”、“清通”、“清和”、“清畅”、“清峻”、“清允”等一些评语（均见《文心雕龙》），但一面又创造了很多新的文学评论固有的词汇，更加扩大了“清”字的用法和概念。比如刘勰《文心雕龙》明诗篇的“至于张衡怨篇，清典可味”、“五言流调，清丽居宗”，铭箴篇的“唯张载剑阁，其才清采”，颂赞篇的“原夫颂惟典雅，辞必清炼”，声律篇的“又诗人综韵，率多清切”等文里用的“清＋某”式的评语，都可能是由著者创造的词汇。《文心雕龙》中，此外还有“清美”（书记篇）、“清绮”、“清辨”、“清靡”（均才略篇）等评语。钟嵘《诗品》中也有“清浅”、“清怨”、“清巧”、“清润”、“清拔”等新创造的评语。文论里的评语中，“清典”、“清丽”、“清切”、“清采”、“清美”、“清浅”、“清巧”、“清润”等不少评语，在《晋书》以前的人物评论里都见不到。可见刘勰、钟嵘等文论的作者继承历代人物评论的传统性的用法，在文学评论中积极不断地开辟新的境地。

作者单位：日本京都大学

文学名著汇评本的文论价值

黄 霖

评点是一种富有中国特色的文学批评样式。清代罗汝怀说："诗文圈点，未知所始。唐刘蜕《文冢铭》曰：'十五年矣，实得二千一百八十纸，有涂者乙者，有注楷者，有覆背者，有朱墨围者。围当即今之圈是。'唐人已有圈点之法，而宋人则盛行矣。吕东莱《古文关键》、真西山《文章正宗》、谢叠山《文章轨范》、刘须溪评选诸书，其最著也。"①实际上，评点的渊源可上溯到秦汉的经史之学。如《易》之有系辞、说卦，《诗》之有《毛传》、《郑笺》，乃至司马迁的"太史公曰"，《楚辞章句》每篇前的小序等等，均可视之为评点的滥觞。以后再加上看书时根据自己的体悟而略作"钩识"、"朱墨别异"、"丹铅点勘"等，就形成了一套有圈点，有批语的评点模式，并逐步完善化。宋中叶以后，始有刻本②。至明代，由于社会经济的发展，板刻事业的进步，作者、读者、出版商从各自的立场上分别认识到了评点的价值，于是刊刻评点文学作品之风大盛。正是在文学评点繁盛的基础上，产生了一些有别于一个个评家单独批点的"集评"、"评林"、"合评"类作品。这类汇集两人以上众多批点在一个原著正文上面的新的整体，今即统称为汇评本。不可否认，明清两代有相当一部分书商与文士相勾结，出于牟利，用肤浅随意之笔，胡乱拼凑、粗制滥造，炮制了为数不少的评点本与汇评本。这正如晚明黄汝亨所指出的：

> 书之有注，犹食物之有本草；其有评，犹廷尉之覆驳老吏之狱究；其为批点，犹画家之点眼，堪舆家之点穴，皆的有所据。而近之文士不该不洽，乃求似于形容肤泽之间，或轻为标榜，句比字栉；或转相蹈袭，巧翻隙斗；如村学童子师之为，甚至青黄赤碧以相涂饰，有如儿戏，皆古书之罪人也。③

但是，我们应该看到，同时有相当数量的评本与汇评本还是用心批点、认真出版的，不论在文献的保存方面，还是在理论的阐发与文本的传播等方面，都充分地显示了它们的价值。本文仅就其文论价值方面谈一点粗浅的看法。

文学名著的评点主要还是关注名著的文学性。汇评的优势之一就是能汇集各家之说于一处，充分显示了百家争鸣的特点。特别是有的批语是直接下在前人的批语处，给人以一种短兵相接、针锋相对、一针见血、痛快淋漓的冲击。例如刘浚的《杜诗集评》在汇评《八哀诗·故右仆射相国张公九龄》处共引录了朱鹤龄、李因笃、吴农祥、王士禛等人批语多条。在这些

---

① 罗汝怀：《绿漪草堂集》文集卷十六，清光绪九年罗式常刻本。

② 叶德辉："刻本书之有圈点，始于宋中叶以后。"耿素丽点校：《书林清话》卷二，第23页，国家图书馆出版社，2009年。

③ 黄汝亨：《批点前汉书序》，《寓林集》卷一，明天启四年刻本。

人的众多批评中，一般多作赞扬语，而王士禛则发表了与众不同的意见，说：

> 《八哀诗》本非集中高作，世多称之，不敢议者，皆揣骨听声者耳。其中累句须痛刊之方善。石林叶氏之言，其识胜崔德符多矣。余《居易录》中详之。〇《八哀诗》最冗杂，不成章，亦多呓语，而古今称之，不可解也。

后来吴广霈对《杜诗集评》作手批时，就称"王批允为笃论"，并进一步批评《八哀诗》"拉拉杂杂，纷乘庞集"的缺陷：

> 《八哀》篇自是煌煌巨制，惟每篇必详载其人一生事实并才能等等，自不免拉拉杂杂，纷乘庞集。且每篇一韵到底，又不换韵，虽广以通叶，仍难免凑趁之病，大家名作，固不必吹瑕索班[斑]也。

这类批评十分尖锐而实事求是，读后足能增进人的见识。吴广霈的这类批点常常是直截了当，白刃见血，多用"此批亦谬"、"李批大谬"、"盲称瞎赞，那得知诗"之语。有时他还进一步剖析其谬在何处。如关于《早朝大明宫奉和贾至舍人》一诗，李因笃曾批"朝罢香烟携满袖，诗成珠玉在挥毫"一联不甚妥当，并将"朝罢"两字批抹掉，称"摩诘诗用'朝罢'于第七句则可，公作竟是前半早朝，后半朝罢矣"。于此，吴广霈提出了不同意见，并指出李因笃之所以"谬妄"的原因，说："早朝诗岂竟不能预计其退朝时事耶？李批谬妄，是以八股之戒犯下律诗歌也。"当然，有些后人的批点也不仅仅在于发表不同的批评意见，也有补充、完善、发展性的。如对杜甫《发同谷县》一诗，吴农祥称该诗"一气读，一笔写，相见寻常事却说得骇异不同，此人人胸臆所有，人不道耳"。对此，吴广霈补充说："非人不道，实人道不出耳。"从"人不道"，到"人道不出"，就进一步突出了杜诗的超妙和难以企及，是一种发展。这种自由评说，各抒己见的现象，在汇评中触处可见。如有关苏轼诗《秦穆公墓》的评点，袁宏道曾评曰："似论矣，此理学之始也。"指出了它的诗涉议论的特点。谭元春曾接着说："袁此语甚有益。"后查慎行发挥道："议论自开辟，但事出六经，恐难翻案。"对此，纪昀却发表了不同的意见，批曰："纯寓与上官不合之感，所谓借他人酒杯，浇自己垒块。查氏谓'事出六经'，恐难翻案，未详立言之意耳。"诸如此类，与一般隔山开炮、迂回曲折的批评来，显然能使读者更有阅读的快感，更容易引起进一步的思考。

汇评将前后不同时代、具有不同思想品格、艺术趣味的批评家的观点汇集在一起，往往会显出不同观点相互交锋的现象，但也会出现惊人的一致，会将一个问题沿着同一个大方向论述得越来越深入。这在关于论定《西厢记》之类歌颂青年男女爱情的作品中表现得比较突出。当时抒写的青年男女违反封建礼教而自主恋爱，就容易在社会上引起争议。尽管有一批文人力挺"《西厢记》天下夺魁"（贾仲明《录鬼簿》），但掩不住社会上往往将它视之为"淫书"的声浪。如永乐年间李祯所作的小说《贾云华还魂记》，就称崔莺莺是"淫奔之女，以辱祖宗"。稍后所出的小说《三奇合传》，更明确地说："《西厢》，邪曲耳"，"能坏人心术"。以后在明清两代戏曲小说的禁毁书目中，《西厢记》总是名列其中，一直到清末《蜃楼志》小说在罗列一批"淫词艳曲"时，还将《西厢记》列为第一[①]。因此，在明清两代，围绕着《西厢记》究竟是一

---

① 上引《贾云华还魂记》、《三奇合传》、《蜃楼志》三书材料，参见陈益源《小说与艳情》，第25、26、35页，学林出版社，2000年。

部“情词”还是一部淫曲，是充满着争议的。在这里，我们注意到如王世贞称《西厢》为“北词”之“压卷”，李卓吾赞其为“化工”、“至文”等，对端正人们对《西厢记》的认识起了重要作用，但不可否认的是，在这漫长的争议过程中，纷繁的评点在这里也起了作用。为方便起见，略引几家评本的序言来看它们对《西厢》的总体评价：

谢世吉《刻出像释义西厢记引》：“坊间词曲，不啻百家，而出奇拔萃，惟《西厢传》绝唱。……作者未必无劳于心，述者亦未必无补于世也。”（少山堂刻《新刻考正古本大字出象释义北西厢》卷首）

程巨源《崔氏春秋序》：（《西厢》）“词曲之《关雎》，梨园之虞夏。”（徐士范刊本《重刻元本题评音释西厢记》卷首）

王骥德《评语》：“《西厢》，风之遗也；《琵琶》，雅之遗也。《西厢》似李；《琵琶》似杜。二家无大轩轾。”（王骥德校注《新校注古本西厢记》附录）

陈继儒《西厢序》：“其描写神情不露斧斤笔墨痕，莫如《西厢记》。……即所称千古第一神物，亶其然乎！”（《鼎镌陈眉公先生批评会真记》卷首）

如此等等，都从不同的角度来呼应王世贞、李卓吾等人的观点，肯定《西厢记》的价值。在这里，特别引人注目的是，他们往往拉着《国风》、《关雎》等大旗来为包裹《西厢记》。这是当时文人为戏曲小说辩护的常用手法。他们在评点本中肯定《西厢记》时，也注意到社会上认为此书“事涉不经”[①]、“即涉淫靡”[②]的问题，并作了一定的辩解，但往往显得有点理不直气不壮。到金圣叹出，作《贯华堂第六才子书西厢记》，则对“淫书”问题直面对待，其《读第六才子书〈西厢记〉法》一上来就连写六条论“《西厢记》断断不是淫书”，以势不可挡之笔，欲将“淫书”论打入“拔舌地狱”。他首先强调《西厢记》本身就是“天地妙文”，接受者之所以“有人说是妙文，有人说是淫书”，就在于“文者见之谓之文，淫者见之谓之淫耳”。“人说《西厢记》是淫书，他止为中间有此一事耳。”他接着论“此一事”说：“细思此一事，何日无之，何地无之？不成天地中间有此一事，便废却天地耶！细思此身自何而来，便废却此身耶！”因此，读者看《西厢记》，当着眼于“一部书有如许洒洒洋洋无数文字”，而不是专注于“此一事”，应将“此一事直须阁起不复道”。假如有人只认《西厢记》是淫书，那肯定是深深地中了“冬烘先生”之毒，或者本身就是“冬烘先生”了。他在《酬简》总评等处，又反复从不同角度论述“淫书”论的荒谬性。随着《第六才子书》在清代的广泛流传，金圣叹的观点产生了很大的影响。他虽然还不能使“淫书”论销声匿迹，且他的评点本身也存在着不少问题，但他毕竟用文学的观点，对《西厢记》作了许多精彩的解读，对确立《西厢记》在文学史上的地位功不可没。

同样是写情写欲，由于社会文化环境的不同，《牡丹亭》的命运与《西厢记》相比，情况似稍好，尽管有人视汤显祖写《牡丹亭》为“轻薄”[③]，也有人编造了汤氏因此而遭“冥罚”的故

---

① 曹以杜《刻李王二先生批评北西厢序》：“胜国时，王实夫、关汉卿簸弄天孙五彩毫，为崔张传奇。虽事涉不经，要以跳宕滑稽、牢笼月露之态，直是词曲中陈思、太白。”（起凤馆本《元本出相北西厢记》卷首）

② 毛允遂《新校注古本西厢记序》：“《西厢》，桑间濮上之遗也。然几与吾姬、孔之籍并传不朽，李献吉至谓：‘当直继《离骚》。’夫非以其辞藻浓至，即涉淫靡，有不可得而屏斥者哉。”（王骥德校注《新校注古本西厢记》）

③ 王宏：《传奇》，《山志》卷四，转引自王利器《元明清三代禁毁小说戏曲史料》，第220页，上海古籍出版社，1981年。

事[①]，甚至在《红楼梦》第52回中借李纨之口也说《牡丹亭》为“邪书”，但总体上看，在文人学士圈里还是较少有人给它戴上“邪曲”、“淫书”的帽子，而较多的是承认汤显祖自己说的杜丽娘是天下真正的“有情人”，此剧所写青年男女之间为了爱情而“生者可以死，死可以生”是“情之至”的表现[②]。这与众多的评点家的赞扬也是分不开的，如王思任说：“《牡丹亭》，情也。”“情深一叙，读未三行，人已魂销肌栗。”[③]茅暎说“其间情之所在，自有而无，自无而有”，表现得“魂奇愕眙”[④]。因此，尽管《牡丹亭》在音律、文辞等方面还存在着不少瑕疵，但它却一直被认为是一部将情写得既真又深，既奇又正的反映了为明代“主情”潮流的代表作。这不能不说与评点本犹如众星捧月地追捧大有关系。总之，在洗清《西厢记》、《牡丹亭》等“写淫”的罪名，确立它们在文学史上的地位的过程中，评点本是起了重要的作用，将这些评点汇集起来，更能显示它们的文学批评过程中的力量与价值。

评点与汇评工作的文学价值，还表现在各抒已见的过程中，在理论上丰富与发展了中国古代的文学批评的内涵。如我国古代叙事理论中的“文法论”，在《古文关键》卷首就有《总论看文字法》一篇，总结了“笔健而不粗”、“意深而不晦”、“句新而不怪”、“语新而不狂”、“常中有变”、“正中有奇”、“题常而意新”、“意常则语新”、“结前生后”、“曲折斡旋”、“转换有力”、“反复操纵”等多种“作文法”。后在小说批评中得到了发扬。《新刻绣像批评金瓶梅》就曾提出了诸如“躲闪法”（第21回）、“捷收法”（第57回）等文法，虽然比较零碎，但明确概括了一些“文法”。到金圣叹在批评《水浒传》时就比较系统化了。他在《读第五才子书法》中就集中总结了“倒插法”、“夹叙法”、“草蛇灰线法”、“大落墨法”等近20种法。后来的毛宗岗、张竹坡、脂砚斋等又有所发展，名目更多，如“回风舞雪、倒峡逆波法”、“远及近、由小至大法”、“横云断岭法”、“偷度金针法”等等。这些叙事“文法”，虽然有的含义比较模糊，但它毕竟形象地总结了不少叙事文学的表现手法和形式美，对今天的创作也有一定的借鉴作用。再如我国古代的写人论，开始受传统的哲学与画论的影响，标举的是“形神论”，大量的古代小说与戏曲的评点本中，都以这一理论为指导，如《水浒传》的袁无涯本、容与堂本的评点中，都贯彻了“形神兼备”的思想，如第十二回眉批杨志“面皮上老大一搭青记，腮边微露些少赤须。把毡笠子掀在脊梁上，坦开胸脯”的相貌描写时说：“传神。”第三十八回眉批李逵“黑凛凛”的描写说：“只三字，神形俱现。”[⑤]容与堂本第二十四回针对潘金莲因武松警告而恼羞成怒地骂武大一段文字，眉批曰：“将一个烈汉、一个呆子、一个淫妇人描写得十分肖象，真神手也。”[⑥]同时，还先后在夹批中连评了三十三个“画”字，另外又在眉批处赞道：“传神，传神！当作淫妇谱看。”[⑦]作为形神论的补充与发展，在中国古代文论中、特别是在小说戏曲的评点中，又引人注目地提出了一个富有创意的理论范畴“态”。“态”超越了描写对象的形与神，而又相容了人物形象的神与形。正因为“态”具有形神兼容而又超越形神的特点，它似无形而有形，说有形

---

① 黄正元：《欲海慈航禁绝淫类》，转引自王利器《元明清三代禁毁小说戏曲史料》，第375页，上海古籍出版社，1981年。

② 汤显祖：《牡丹亭题辞》，《玉茗堂集·玉茗堂文》之六，康熙间刊本。

③ 王思任：《批点玉茗堂牡丹亭词叙》，《清晖阁批点玉茗堂还魂记》卷首，明天启四年张氏著坛刊本。

④ 茅暎：《题牡丹亭记》，《牡丹亭》卷首，明泰昌间朱墨套印本。

⑤ 《忠义水浒传全书》，第553页、第1404页，台北：天一出版社1986年《明清善本小说丛刊》本。

⑥ 《李卓吾批评忠义水浒传》，第742页，上海古籍出版社1993年《古本小说集成》本。

⑦ 《李卓吾批评忠义水浒传》，第748页，上海古籍出版社1993年《古本小说集成》本。

而实无形，故李渔在《闲情偶寄·声容部·态度》中曾经有过这样一段精辟的概括：

吾于“态”之一字，服天地生人之巧，鬼神体物之工，使以我作天地鬼神，形体吾能赋之，知识我能予之，至于是物而非物，无形似有形之态度，我实不能变之、化之，使其自无而有，复自有而无也。态之为物，不特能使美者愈美，艳者愈艳，且能使老者少而媸者妍，无情之事变为有情，使人暗受笼络而不觉者。……态自天生，非可强造，强造之态，不能饰美，止能愈增其陋。同一颦也，出于西施则可爱，出于东施则可憎者，天生、强造之别也。相面、相肌、相眉、相眼之法，皆可言传，独相态一事，则予心能知之，口实不能言之。口之所能言者，物也，非尤物也。噫！能使人知，而能使人欲言不得，其为物也何如！其为事也何如！岂非天地之间一大怪物，而从古及今，一件解说不来之事乎？①

在这里，李渔指出了“态”具有“是物而非物，无形似有形”的基本特点的同时，又特别指出了“态”能“使美者愈美”及“使老者少而媸者妍”。这实际上是进一步说明了“态”是超乎“形”、“神”的，是一个揭示人物形象在个性鲜明生动的基础上，更具愉悦功能与特殊魅力的审美范畴。对此，清代鸳湖烟水散人的小说《女才子书》在写小青临死请画师为之“写照”的一段文字，可以作为具体的诠释：

忽一日，语老妪曰：“可为我传语冤业郎，觅一良画师来。”有顷，师至，即命写照。写毕，揽镜细视曰：“得吾形似矣，犹未尽我神也，姑置之。”画师遂又凝神极巧，重写一图。小青又注目熟视曰：“神是矣，而丰态未流动也，得非见我目端手庄，故尔矜持如此。”乃令置之。复命捉笔于旁，而自与老妪指顾语笑，或扇茶铛，或检书帙，或自整衣褶，或代调丹碧诸色，纵其想会。须臾图成，果极妖纤之致。笑曰：“可矣！”②

这段文字虽来自稗家野语，故事本身无法考究，但其中却蕴含着有关“态”的理论价值。从这段关于小青要求画师三易其稿的描写中，我们可以看到，高层次的“写照”境界至少应当包括三个方面，除了要有“形似”、“神似”外，还应当具备“流动”的亦即活的“丰态”。在此，“形”、“神”、“态”作为三个层次，表述得非常清楚。可见，“态”，就是传统写人论中超越形神的一种特殊的审美境界，具有相对独立的品格。它又与现代的所谓“体语”、“态语”、“体态语”、“态势语”、“人体语言”、“肢体语言”等方面的理论具有相通之处，故值得我们重视③。

除了“态”这个理论范畴之外，我们在汇评过程中，还看到了其他一些富有意味的范畴，如戴问善在《西厢引墨》中提出的“恰”，也颇有价值。在《惊艳》中有这样一则眉批：

圣叹批《西厢》数万言，才子文也。我批《西厢》止一字，曰‘恰’。盖人人心头口头所恰有，而未能道出者也。

“恰”的本义是正好、刚好、适当、贴切。这里从字面上看，似乎是指评家所论正好与读者的接受期待相吻合，但从他的具体批点来看，当是指《西厢记》作者写出了一般人不能道出的读者对作品的接受期待。换一个角度看，也就是剧中人物的一言一行都最恰当地表现了当

① 李渔：《闲情偶寄·选姿第一·态度》，《李渔全集》，第三卷，第115页，杭州：浙江古籍出版社，1992年。
② 鸳湖烟水散人：《女才子书》，第19—20页，上海古籍出版社1991年《古本小说集成》本。
③ 参见李桂奎、黄霖：《中国古代写人论中的“态”范畴及其现代意义》，《学术月刊》2007年第11期。

时的心理状态、性格特征与身份处境等等。比如张生初见莺莺时说“颠不剌的见了万千,这般可喜娘罕曾见”,被批曰:“乍见、惊见,心头恰有此语。”这就十分符合一个广见世面、心高气傲的风流才士初见绝色美女时的情况。又如《酬简》之【后】有云:“你半推半就,我又惊又爱。”此处非常贴切地写出了张、崔初次偷偷性爱时的羞涩、激动与兴奋,戴氏就批曰:“‘推’字、‘惊’字,恰是小儿女初度,真写得出”。再如《哭宴》中【小梁州】曲词“阁泪汪汪不敢垂,恐怕人知。猛然见了把头低,长吁气,推整素罗衣”,这里将一个相府千金送别情人时的难分难舍、极力克制表现得非常生动而真实。所以戴氏批道:“随笔写出,无非是恰有情事,亦何心细。”又如《借厢》之【后】曲词有“我共你多情小姐同鸳帐,我不教你叠被铺床。将小姐央,夫人央,他不令许放,我自写与你从良。”对于此曲前人多有议论,如容与堂本李卓吾批曰:“穷秀才专会算未来帐。”画意本徐文长批曰:“此中未免有得陇望蜀之意。”或者认为借此以衬托小姐的更加高贵脱俗。戴氏在这里则完全从艺术表现的角度来加以批评:“此时满心里俱是莺莺,乍见其家侍婢,心中恰有如此打算。”如此等等,在《西厢引墨》中用“恰”字来批评处甚多。这个“恰”与“真”、“自然”等范畴的意思有点接近,但也略有差别。“真”是侧重在作品所反映的客观世界作为标准来加以衡量,“自然”也关系到主体表现的角度上加以考虑,而“恰”是侧重在从主体表现的角度来批评,又融入了读者接受时的感受,所谓“盖人人心头口头所恰有”者也。有人说:“从哲学渊源来看,‘恰’其实是儒家‘中庸’思想在文学批评领域内的展现。”[①]这话也是有道理的。再如在杜诗的批点中,我们还看到方拱乾以“绪”论诗,也值得注意。“绪”字本义是丝线的端头,由此而衍生为清理头绪之意,就有思路、线索、条理的意思,再有余留、遗下之意,所谓“余绪”等等。此“绪”字自刘勰在《文心雕龙》中引进论文,说“章句在篇,如茧之抽绪”之后,至宋明以下用“绪”论文者渐多,到清代使用者更为普遍。正是在这样的背景中,方拱乾在卷首的题识和序言中提纲挈领地申述了有关“绪”的理论,又辅以大量的批点,将“绪”这个范畴突出了出来,不但成为他论文的一大特色,同时也丰富了中国古代文论的宝库。除方拱乾以“绪”批诗之外,其他如李以峙继宋代江西派之后张扬以“响”论用字、奚禄诒崇尚“婉味”、俞玚专论“法律”等等,都是在批点中阐释和实践着自己的批评原则,而这些关于诗歌批评的系统性理论无疑是诗学批评的重要组成部分,更何况在杜诗未刊评点中所谈到的关于字法、句法、诗歌本事、诗歌艺术、诗歌起源、诗歌传承等诸多方面的理论火花,都属于难得的文学批评史料。

作者单位:复旦大学

(本文是为《中国古代文学名著汇评丛刊》所写的《前言》的部分草稿,有关材料多采之于课题组同仁张洪海、罗剑波、曾绍皇、樊庆彦、杨绪容、路云亭、韦乐等人的汇评及论文,特此致谢)

---

① 韦乐:《清代〈西厢记〉评点研究》,第145页,复旦大学博士学位论文,2010年。

“文化诗学”的本土化与“中国文化诗学”之建构

李春青

早在20世纪80年代后期，稍早一些在美国兴起的“新历史主义”或“文化诗学”的文学研究路向就已经进入中国学界的视野，此后，经过张京媛、王岳川、刘庆彰、蒋述卓、杨正润等学者的译介与评述渐渐为中国学界所熟知。从九十年代开始，这种研究方法或路向也渐渐渗透于中国学者的具体研究实践之中。文化诗学在中国的发展虽然看上去始终不温不火，似乎并没有形成太大的影响，与此前的“新批评”、“结构主义”相比颇显逊色，与“文化研究”的热闹景象更是不可同日而语。然而在我看来，对我们来说这种研究方法或许更有生命力，因为它与中国传统固有的研究模式具有更多相通之处。现在有些学者开始思考，如何才能让文化诗学与中国固有的研究方法相结合，根据中国固有的研究对象进行调整，从而成为我们的文学研究，特别是古代文学、古代文学思想与观念研究的有效方法。这说明，文化诗学的“本土化”问题已经提到了议事日程。如此，则促使我们思考这样的问题：中国传统文化中有哪些因素可以成为建构“中国文化诗学”的有用资源？本土化的“文化诗学”或“中国文化诗学”有哪些基本要素？它在研究实践中如何操作？

一、文化诗学“本土化”的必要性与可能性

任何一种研究方法无不是针对具体研究对象，基于学术研究中出现的具体困境与问题而产生出来的，同时任何新的研究方法也必然以传统的与当下的文化学术资源为依托。正是由于这种具体指涉性，使得任何研究方法都只有有限的适用范围与解释的有效性。20世纪80年代在美国兴起的文化诗学，就其研究对象而言，主要是针对西方古典文学与文化现象，特别是以莎士比亚戏剧为代表的文艺复兴时期的文学与文化；就其所面对的问题而言，则是新批评与结构主义研究路向所坚持的“文本中心主义”的显而易见的偏颇与局限；就其文化学术传统与当下学术资源而言，无疑主要是以福柯为代表的后结构主义以及整个后现代主义思潮。在这样的语境中形成的文化诗学方法与中国的文学研究对象自然存在某种错位与不协调，因此难以原封不动地照搬过来加以运用。但是这并不意味着美国的文化诗学对中国的文学研究是没有意义的，相反应该说这是一种具有重要启发意义的研究方法，在我们的文学研究中可以发挥积极作用。当然，这里有一个“本土化”的问题。只有经过“本土化”的文化诗学才可以成为我们研究中国文学现象的有效方法。所谓“本土化”，据我的理解，也就是与中国固有的研究方法与路向相结合，从而使之适用于中国的研究对象。我们认

为，文化诗学具有“本土化”的可能性。这一判断是基于美国的文化诗学与中国传统的文学阐释学之间存在的若干重要相通性而做出的。这种相通性主要表现在下列三个方面：

其一，在后现代语境中产生的文化诗学不承认原有的学科分类，努力把文学、历史、哲学、宗教、民俗等看成是具有密切关联的整体，力求打破它们之间的学科限制，在文学中看历史，看政治，在历史中看文学，看叙事。文化诗学的这种跨学科特点与中国传统的文学阐释学是十分相近的。中国古代原本就没有西方意义上的学科分类，自两晋以后虽然有“经史子集”的四部分类，但在官方意识形态上“经”高高在上，统摄其他诸科；而在文人士大夫的观念中，则“史”居于核心位置，甚至于有“六经皆史”之谓。在这样的情形下，文学即被置于“经”与“史”的附庸地位，因而从经史的角度评价诗文是再平常不过的事情了。今天中国学者的学科意识是清末民初以来先辈们费尽心力从西方移植过来的，并不是中国文化固有的，那种经史不分、文史哲不分的传统观念在我们这里是根深蒂固的，因此文化诗学的跨学科性质很容易为中国学者所接受。

其二，拒斥概念形而上学，指向具体性。文化诗学与在后现代语境中产生的其他许多研究方法一样，拒斥纯粹抽象的形而上学论证，时时面向具体的文学与文化现象，从不提出抽象的、普遍性的纯理论问题。中国传统文学阐释虽然没有受到过后现代主义影响，但由于我们的学术文化从来也没有走上概念形而上学的路子，故而原本就具有面向具体性的特点，而这也正是我们把文化诗学与中国传统文学阐释学结合，从而建立“中国文化诗学”的最主要的学理基础。

其三，语境化的思考与言说方式。文化诗学反对超越具体文化语境的抽象论述，主张把问题放在具体语境中考察，揭示文本与其生成的社会环境以及文化状况之间的互动关系。中国传统的文学阐释也具有此一特征——总是把言说对象置于具体情境中来把握，随机性地赋予其意义与价值。在中国传统关于文学的言说中，那种天马行空式的架空立论是受到拒斥的。我们从古人对概念的使用上就可以看出这一点，他们对经常使用的那些概念从来不会下一个具有普遍性的定义，总是根据具体语境来赋予其特定涵义，而接受者也同样是根据具体语境来理解其涵义。正是具体的言说语境使得那些简单的、没有定义的语词获得了丰富的涵义。

当然，我们完全可以说，中国古代文学阐释学的上述特点与文化诗学不是一个层面上的，这里的所谓“相通性”也只是说在两种研究路向之间具有某种相契合的可能性，并非说它们是具有同样性质的研究方法。正如某些西方哲学家认为在老庄孔孟身上具有某种后现代主义的特点并非说他们就是后现代思想家一样。中国传统文学阐释学中存在的这些与美国文化诗学的相通性，就使其能够成为我们建构今日“中国文化诗学”的有用资源，也就使得文化诗学的本土化成为可能，这是很重要的，因为没有本土资源的“本土化”是不可能的。

二、“中国文化诗学”的本土资源

在中国文化史上，“诗歌”占据极为重要的位置，因此对于诗歌的解读也就成为最早也是最重要的文学阐释行为。在先秦有孟子的“知人论世”、“以意逆志”，堪称中国诗学阐释学的标志性观点。套用朱自清先生的话，“知人论世”之说诚可谓中国文学阐释学之“开山纲领”。

其基本精神乃是通过了解"诗"、"书"的作者本人的行为及其所处之时代状况来探知"诗"、"书"所传达的意义。用今天的话来说，就是在文化历史语境中对某文学文本进行理解与解释。这一基本精神旨在纠正那种仅就文本字面意义进行阐释的做法。这正是今日许多概念史、范畴史研究中常常出现的情形。由此观之，两千多年前的孟子"知人论世"之说在今天仍然具有重要现实意义。

到了两汉，则有大量的关于《诗经》的传、注、序、谱、笺等解读形式，蕴含着丰富的阐释学思想。董仲舒的"《诗》无达诂，《易》无达占，《春秋》无达辞"①之说，与现代西方的哲学阐释学具有深刻的相通之处，其根本之点在于破除那种试图在文本解释中揭示"真相"或寻求"原意"的幻想。汉代那些治《诗经》的儒者始终坚持在与社会历史事件的关联中寻觅诗歌的含义与意义的解释路向，虽然存在着机械比附的问题，但他们把产生并使用于周代贵族社会的诗歌视为政治文本而非文学文本的大旨是没有问题的②。除开汉儒的意识形态建构与规范君权之政治诉求不说，仅就阐释学本身言之，汉儒实际上依然是力求实践"知人论世"的阐释原则的。例如《毛诗序》和郑玄的《诗谱序》、《六艺论》等在诗学阐释学方面可以说坚持并发扬了孟子开创的解诗路向。如《毛诗序》对诗歌风格与时代政治状况之关系的分析，《诗谱序》对《风》、《雅》之"正"、"变"的划分，《六艺论》对诗歌功能变化与社会政治状况密切关系的论述，都是极为深刻而精辟的。

到了六朝时期，刘勰的《文心雕龙》继承了孟子与汉儒的文学阐释传统，并发扬光大。刘勰不仅深刻认识到社会风尚，特别是帝王的好恶对诗文风格的重要影响，而且也认识到学术文化与意识形态之于诗文的重要影响。其云："然中兴之后，群才稍改前辙，华实所附，斟酌经辞，盖历政讲聚，故渐靡儒风者也。"(《时序》)在中国古代，没有现代学科分类意识，文史哲互相渗透，并无明显界限。在这种情况下学术对于文学的影响就特别大。许多文学观念，特别是标示某一精神旨趣的概念，诸如"温柔敦厚"、"典雅"、"中和"、"飘逸"、"淡远"、"朴拙"、"自然"之类，都出自于儒、道等家的学术话语系统，是先于表现这些精神旨趣的诗词歌赋而存在的，而不是像人们想象的那样是从文学作品中归纳总结出来的。具体到刘勰所说的东汉之初，由于光武帝刘秀出身太学生，原本对经学就有一定的濡染，再加上经学自武帝立五经博士始，虽已经过一个多世纪的发展，然其势未颓，依然有着强大的生命力，天下大乱与政权更迭也未能影响到它在社会文化中的主导地位，故而光武于平定天下之后一则重用儒生，一则弘扬儒学，并通过完善征辟察举之选官制度，非常有效地将儒家伦理推广到整个社会，成为深入人心的主流意识形态。其于世道人心影响之巨，有甚于西汉之时。在这样的情况下，儒学对诗文的影响就自然显现出来了。刘勰从学术思想角度考察文学观念与文风之演变，这正是中国传统文学阐释学的基本研究视角之一。这一研究视角对于我们建构"中国文化诗学"具有重要借鉴价值。

现代以来，西方学术成为时尚，在文学研究中开始了一个用西方文学观念梳理、重构中

---

① 苏舆:《春秋繁露义证》，第95页，中华书局标点本，1992年。

② 许多现代中国学者用西方十八世纪以来的文学观念来重构中国文学史，对汉儒的《诗经》解释深恶痛绝。钱玄同、顾颉刚等"古史辨派"即是如此。在他们眼中《诗经》作品大都是情诗、情歌，是真正的文学，与政治无涉。但在汉儒眼中，每首诗都包含着丰富的政治含义。如果联系到自西周至春秋时期诗歌在社会中的实际功能，则汉儒较之我们的"古史辨派"更加接近事实。

国文学史、文学批评史的宏大学术工程。但即使如此，中国传统固有的文学观念、文学研究方法也依然具有相当大的影响，章太炎、刘师培、黄侃等人的文学研究，从对"文"或"文学"的理解到研究方法，基本上是继承了传统的固有路数。此后，鲁迅的《魏晋风度及文章与药及酒之关系》、李长之的《司马迁的人格与风格》以及关于李白、韩愈的研究、王瑶的《中古文学史论》等都继承了中国自孟子"知人论世"以降的传统文学研究方法。正是由于他们的努力，中国传统文学研究的基本精神才得以存留。建国以后，中国传统文学研究方法渐渐被以阶级分析为主体的社会学批评所取代，直到20世纪80年代末，始有罗宗强先生为代表的"中国文学思想史"研究群体重新从社会文化境况、文人心态角度考察文学思想的生成与演变，可以说是重新接续了中国传统固有的研究路向。

然而学术研究是人类共同的精神财富，故步自封的研究是不可取的，西方学术，特别是20世纪以来的人文社会学科的研究取得了举世瞩目的伟大成就，对此中国文学研究者不能无动于衷。如何继承中国固有学术传统，同时又积极吸收西方学术成果，特别是研究方法与视角，建构既符合中国文学研究对象，又具有现代学术品格的研究方法，就成为摆在今日中国学者面前的重要任务。

三、"中国文化诗学"的基本品格

综合以上分析，我们以为，中国文学研究传统与西方文化诗学存在着融会贯通的可能性，建构"本土化"的文化诗学或者"中国文化诗学"是可行的，也是必要的，这种新的研究路向应该具有如下基本品格：

其一，"对话"的言说立场。所谓"对话"根本上说是一个研究态度和立场问题：面对以往的，已经成为"历史流传物"的文化文本或文学文本，我们应该如何言说？就根本而言，所谓"对话"，就是以平等的态度、尊重的态度对待所要言说的对象，把对象视为一个活生生的、具有独立性的发言人，而不是死的文本或可以随意解读的文字。在现代西方学术界，"对话"已经成为共识。关于对话的思想有三个代表性人物值得借鉴。

首先是前苏联思想家巴赫金。他从陀思妥耶夫斯基和拉伯雷的小说中读出了对话性，也就是所谓"复调"、"多声部"、"狂欢化"或"众声喧哗"。他发现在这类小说中人物与人物之间、人物与作者之间、人物与读者之间、人物与他的环境之间都构成一种对话关系，而不是像其他小说那样是"独白式"的。进而巴赫金还发现了生活本身的对话性，认为"生活中的一切全是对话，也就是对话性的对立"①。这就意味着，在巴赫金看来"对话"是人的本性，是人的社会生活方式所决定的，因此人类的思想也应该是"对话型"的，而不应该是"独白型"的。这里既暗含着他对现实社会的批判性反思，也的确是他对生活的深刻理解。正是由于巴赫金这种"对话"理论的深刻性，才使其在西方学术界产生了重要影响。

其次是哲学阐释学的代表人物伽达默尔。在哲学阐释学的语境中，阐释行为本身即是一种对话：阐释者与阐释对象之间的关系不是主体与客体之间的关系，这在根本上乃是一种对话关系，作为阐释对象的传统或"历史流传物"被提升到主体的地位，在这种主体与主体间

---

① 〔俄〕巴赫金：《陀思妥耶夫斯基诗学问题》，第79页，白春仁、顾亚玲译，三联书店，1988年。

的对话，或者“解释学的对谈”中，“通过与他者的相遇我们便超越了我们自己知识的狭隘。一个通向未知领域的新的视界打开了。这发生于每一真正的对话。我们离真理更近了，因为我们不再固执于我们自己”①。可见在伽达默尔看来，阐释行为对阐释者知识结构和视界的改变与调整是这种“对话”的根本所在。每一个理解某物的人，也在此物中理解他自己——这种发生在阐释过程中的彼此融汇往复就是交流，就是对话。

最后值得一提的是德国社会学家哈贝马斯。这位西方马克思主义思想家有感于现代社会在传统理性受到普遍质疑后出现的精神困境，试图为之寻找新的理性基础，他找到的是“交往理性”。在他看来，建立在语言基本功能基础上的交往理性使人们有可能通过平等对话、商谈消除隔阂，达成一致，形成“共识真理”，从而建立起为人们共同遵守的价值观和行动准则。他说：“……陈述（或者理论）的真理性和行为（或者规范）的正确性，就是公认的要求，这些要求只能用对话的方式，即只能用论证的手段给予解决……规范的公认的要求按其内涵来说，只能用对话的方式来解决。”②由此可见，“对话”在哈贝马斯的交往理论中是居于核心位置的。在哈贝马斯看来，对话具有深刻的人性基础，也具有深刻的社会基础，可以说，对话就是人的基本存在方式。

上述几位学者关于“对话”的理论尽管出发点不尽相同，具体论述也各有差异，但都强调了“对话”在人类生活中的重要性，这些观点对于我们的意义在于都提醒我们在学术研究过程中应该选择一个对话的立场，面对作为“历史流传物”的研究对象保持足够的敬意与平等态度。

值得重视的是，在中国传统的文学阐释学思想中也同样有着这种“对话”精神。孟子的“知人论世”说堪为代表。我们知道，孟子提出“知人论世”的目的在于“尚友”，所谓“尚友”，即与古人交朋友。他说：“一乡之善士，斯友一乡之善士；一国之善士，斯友一国之善士；天下之善士，斯友天下之善士。以友天下之善士为未足，又尚论古之人。颂其诗，读其书，不知其人，可乎？是以论其世也。是尚友也。”（《万章上》）先秦儒家士人中只有孟子有这样的大眼光、大气魄。他前面的孔子把尧、舜、周公之类古代圣贤视若泰山北斗，惟仰之而已。他后面的荀子则把孔子视为不可企及的圣人，并将“五经”统归于圣人名下。惟有孟子能说出“人皆可为尧舜”这样振聋发聩的声音来！因此在他的眼中，古代圣贤也是可以平辈论交的。对那些久已逝去，惟有诗书流传于世的古代圣贤，既不仰视，也不鄙视，只是平等相看，是其是处，非其非处，这是一种真正的对话精神！孟子以“尚友”为“知人论世”之目的，也就确立了诵诗、读书时以“对话”为基本准则的阐释方式，这是极具现代意义的思想。

其二，跨学科的互文性视野。互文性是后结构主义的著名概念，意指不同文学作品的文本之间互相渗透、交叉的关系。后来人们也用这个概念来说明不同文类的文本之间，甚至文本与政治状况、社会状况以及历史、民俗之间的相互渗透关系。我们这里所说的“跨学科的互文性视野”则主要是指在不同文类的文化文本之间寻求内在的关联性与相通性。就中国古代文学研究，特别是文学理论、文学思想的研究而言，这种研究视角显得尤为重要。这是

---

① 〔德〕伽达默尔、杜特：《解释学美学实践哲学——伽达默尔与杜特对谈录》，第 21 页，金惠敏译，商务印书馆，2005 年。

② 〔德〕尤尔根・哈贝马斯：《重建历史唯物主义》，第 332—333 页，郭官义译，社会科学文献出版社，2000 年。

因为，中国古代文学观念与诸如哲学、宗教、政治、伦理道德等话语系统关系极为紧密，只有这种跨学科的互文性视野才能够对其做出合理的阐释，因此欲建构“中国文化诗学”就必须具有这样一种研究视野。例如“自得”这个概念，是孟子提出来的，原本是一种个人道德修养的方式与路径，在宋明儒者那里得到了发扬。但是也正是从宋明时期，这个概念又衍化为重要的诗学概念，成为作诗为文的主要方法。再如“气”、“清”、“远”、“风”、“神”、“骨”等一大批概念，原本都是自然概念，意指某种自然事物或状态，但在先秦诸子的话语系统中这些概念有些被赋予了某种哲学意涵，有些被赋予了道德意涵，渐渐获得了社会人文价值。而在汉末魏晋时期，这些概念又渐渐被用之于人物品评和诗文书画的评价中，从而获得了审美的意义与价值，成为中国古代文论、画论、书论中的基本范畴。对此类概念的研究，就不能仅仅局限于文学艺术领域，必须有跨学科的互文性视野才能够真正理解其中丰富的意蕴及其生成与演变轨迹。

其三，语境化的操作方法。所谓“语境”的本义就是语言环境，指的是一个语词或句子所处的上下文关系。语境的重要性在于：任何单个的词语或句子，只有在具体上下文的关系中才具有确切的含义。后来在哲学、人类学、社会学以及文学研究领域中普遍借用了这个词语，用以指一种文本或理论或思想产生过程与各种外在因素的复杂关联，故而又常常被称为“历史语境”或“文化语境”。美国的文化诗学强调语境化的研究，是其走出文本中心主义和形式主义藩篱而走向历史主义的基本标志。对于我们的“中国文化诗学”来说，对于语境化研究可以从如下几个方面来理解：

首先，语境化研究与非语境化研究的基本区别。这里的确有一个自觉意识问题：对于非语境化研究而言，一个概念、范畴或观念，它是什么意思，具有什么意义，都可以在文本内部进行理解。这种情况在今天我们看到的学术论文中依然比比皆是。例如对古代文论的某一个概念的研究，常常是从不同时期的相关文本中寻章摘句，联结成文，看上去似乎材料丰富，言之有理，但细加分析就不难发现，此类研究完全是一种悬浮在空中的研究，近于“无根游谈”，根本不顾此一概念在不同的具体语境中的意义变化，完全主观臆断地把它归于一个统一的意义框架之内，遮蔽或剥离了其在使用上的差异性，因此也就无法揭示其丰富的具体内涵以及其与各种社会文化因素之间复杂的关联性。语境化研究对任何一个概念、范畴、观点的考察，都必须将其置于具体语境之中，看它是如何被提出和使用的。在这一过程中，尤其要梳理此一概念或观点在使用中的具体指涉以及其与以往的使用有何区别。例如，《毛诗序》首提“吟咏情性”之说，并为后世历代传承，成为一个中国古代诗学中最重要的观点之一。但是在经学语境中的“吟咏情性”与后世六朝文人如钟嵘等所说的“吟咏情性”完全不可以同日而语，与严羽所说的“吟咏情性”更是相去不可以道里计了。盖汉儒的“情性”乃是“民风民俗”范畴，指平民百姓的某种普遍情绪，是一种“集体情感”而非“个人情感”，而且情感的内容也主要是因政治状况而引起的赞美或怨愤之情，即所谓“美刺”是也。这是一种政治性的情感，“吟咏”这样的“情性”，目的在于“以风其上”。钟嵘《诗品序》中所说的“情性”则泛指人的情绪情感与感觉体验，与“用事”相对而言。严羽标举的“情性”与钟嵘相近，但也不是完全等同。严羽的“情性”与“兴趣”相通，反对的是宋人的“以议论为诗”、“以才学为诗”。同一个“吟咏情性”，在不同语境中就有着不同的涵义与意义。如果笼统言之，就必然会遮蔽那些差异，也就无法深入下去。

其次，文化语境或历史语境不同于“时代背景”，语境化研究并非先勾勒出某种时代的政治状况、文化状况就万事大吉。语境化研究的关键之处在于：要把研究对象看成是在与具体语境的互动中的生成过程，而非居于语境中的已成之物。所谓语境化研究，正是要在复杂的关联中梳理、阐述这一生成过程，揭示其复杂性。语境的真正作用就是在这个生成过程中显现才出来的。例如，在古文论中最为人熟知而歧义也最多的“风骨”这个概念，它是如何成为古代文论（或者画论、书论）概念的？它具有哪些方面的涵义？要回答这些问题就必须将这一概念置于复杂的关联中才行，这些关联至少表现在下列方面：“风”和“骨”作为单音节词汉代以来被使用的具体情况，其词义的变化；这个词在人物品评中被使用的情况；它与汉末六朝时期士族文人的精神追求、人生旨趣的关系；它与汉代以来盛行的风骨相术之学的关系等等，都是与“风骨”一词具有关联性的问题维度，都需要认真梳理。“风骨”是汉末魏晋六朝时期社会状况、士族文人精神风貌的产物，同时它也从一个独特的维度参与了社会精神风尚的形成。如果我们要进一步探讨隋唐时期“风骨”概念的涵义，那就要在上述关于风骨的研究的基础上，进而考察隋唐时期文人士大夫精神的变化，以及“风骨”一词被使用的具体情况，通过对比揭示其与六朝时期相对来说的意义的变化，指出其独特性。相比之下那种超越于语境之上，强行为“风骨”确定某种适用于任何情况的定义，则是不可取的，是毫无意义的，根本算不上是真正的学术研究。再如，如果用现代文学观念来看，汉儒的“说诗”实在是毫无可取之处——他们把那些鲜活的、充满情趣的诗歌都理解成了美刺讽谏和政治教化的工具了。但是如果我们进行语境化研究，耐心地考察了汉儒说诗的渊源与演变过程，了解了汉儒究竟为了什么去“说诗”，我们就不难明了，原来“说诗”是彼时士大夫阶层话语建构工程的组成部分，而这个话语建构工程是在新的政治格局中，知识阶层获取和行使政治权力的重要手段。理解了这一层，我们对汉儒或许就不那么轻率否定了。

最后，语境的转换。重建研究对象生成的语境是理解的必要一环，但这并不意味着研究者完全回到研究对象的语境中，那样一来就近乎“以古释古”了。作为研究者，我们要有自己的阐释立场，就是说，在研究过程中，我们必须时时回到当下的阐释语境之中，反思自己的研究路向。这样我们就涉及到评价问题了。

其四，评价与价值维度。西方后现代主义语境的诸多研究流派，包括新历史主义，都被哈罗德·布鲁姆归为“憎恨学派”，认为这类研究以破坏以往一切审美标准与价值原则为旨归，只是破坏而不建设，只是否定而不肯定①。我们所要建构的“中国文化诗学”当然不属于“憎恨学派”，这也正是我们与美国文化诗学的基本差异之一。我们所要建设的是一种以意义建构为根本目的的研究路向。这里就有一个问题：如何判断研究对象的意义与价值？

如果说“原创性”是哈罗德·布鲁姆判断文学经典审美价值的主要标准，那么我们进行意义建构和价值判断的标准则更加复杂一些，由于我们持双重语境的研究立场，故而，确定研究对象在其产生的语境中的意义与价值就是我们要做的第一步。我们必须承认那些经典文本曾经具有重要价值，即在某个历史时期对社会文化与人们的精神生活发挥过重要作用。在这个层面上的研究必须力求避免用今天的标准衡量研究对象，避免指责它没有符合我们的标准与原则。例如儒家的文学观念往往表现出很强烈的政教意识，总是要求诗文成为政

① 〔美〕哈罗德·布鲁姆：《西方正典》，第14页，江宁康译，译林出版社，2005年。

治伦理的工具，这在现代"审美"的或"纯文学"的评价标准看来自然是很难接受的，但是在传统的文化语境中，这却是古代士大夫伟大的历史使命感与社会担当精神之体现，曾经发挥过极为重要的积极作用。从当下阐释者语境出发来判断研究对象的价值与意义则是我们要做的第二步。一种"历史流传物"总要对当下社会生活和人们的精神生活有某种意义才值得研究，这应是人文学科的基本原则。意义并不是固定的东西，不是恒量，它永远处于生成之中，而阐释活动就是意义生成的过程。在阐释过程中，研究者根据当下需求对研究对象的意义世界进行重构，选择其中某些可以进入当下精神生活的部分给予肯定性评价并弘扬之，那些传统经典的新的意义就生成了。

举例言之，中国古代文学经典中呈现出来审美趣味，诸如清、雅、丽、妙以及风、神、气、韵等诗文评语词标识，对这种趣味我们的文化诗学研究首先可以考察其生成语境，揭示其与古代文人士大夫的生存状况和精神旨趣之关联，进而揭示其特有的社会政治的与文化的功能，这是第一个层面的语境化。在此基础上，我们可以进而探讨这种趣味在今天的社会文化系统中的位置问题，探讨其在怎样的范围内依然存在着，它和当前社会生活以及我们追求的价值理想之间存在怎样的关系等等。对于传统的存在于各种经典中的审美趣味，我们既不能像"憎恨学派"那样颠覆、否定，也不能像文化复古主义那样照单全收，而应该在分析的基础上进行判断。既要了解它曾经具有的意义与价值，更要了解它在今天依然可能具有的意义与价值。总之，我们所要建构的"中国文化诗学"对待像"审美"这类范畴，一方面要把它历史化、语境化，不能把它看成是永恒的、亘古不变的价值，探究其具体的社会历史功能，又要考察其当下的依然可能具有的意义，不能像"憎恨学派"那样简单地否定。

作者单位：北京师范大学

（本文发表在《文艺争鸣》2012 年 4 月号）

中国古代文体学的理论谱系

李建中

刘勰将《文心雕龙》的文体学研究概括为四项基本原则："原始以表末，释名以彰义，选文以定篇，敷理以举统。"[①]既有的文体学研究，在"释名彰义，选文定篇"（亦即文体基本理论和文体分类研究）方面已取得可喜成就，而在"原始表末"和"敷理举统"（亦即理论谱系的追寻和建构）方面还有诸多缺憾甚至空白。本文研究中国古代文体学的理论谱系，在"原始以表末"的基础上"敷理以举统"，追溯中国古代文体学的理论谱系，揭示古代文体学的本体论价值，从而将既有的中国古代文体学研究由局部扩展为整体，由现象层面的文体批评深入到本体层面的文体学理论谱系的追问和阐释。

白居易《与元九书》曾用"根情、苗言、华声、实义"来描述诗歌创作。作品的文体构成是一棵树，而文体学理论谱系的构成也是一棵树，是一棵参天大树[②]。文体学的理论谱系，不仅有着地域性（中国与西方）差异，也有着学科阈（语言与文学）分野。中国古代文体学的起源与发展，既有着古汉语文字、词汇及修辞演化之动因，亦有着传统文化通变之因缘。因此，就汉语言的文学性书写而言，中国古代文体学的理论谱系可表述为：以"体"为根株，以"言"为主干，以"用"为华实。

以"体"为根株，喻指中国古代文体学的理论起源，由古汉语辞源学的"体"、原始儒学的"体要"和先秦易学的"体"与"用"整合而成；

以"言"为主干，喻指古代文体学的理论本体和结构，包括：由"体"而来的言说主体的"体性"和"风骨"，由"体要"而来的言说方式的"语体"和"体式"，由"体"与"用"而来的言说类型或外观的"体制"和"体裁"；

以"用"为华实，喻指古代文体理论在批评实践中的具体应用，分别表现为：由"体"、"体性"而来的属于风格批评和意象评点的"体貌"和"体悟"，由"体要"、"语体"而来的属于修辞批评的"辨体"和"尊体"，由"体"与"用"、"体制"而来的属于分类批评和语用分析的"变体"和"破体"。

谱系的建立，其路径是由近而远，由枝叶而根柢。本文对中国古代文体学之理论谱系的建构与阐释，由"华实"而"主干"、由"主干"而"根株"（暗合"树"的由枝到根），因而，我们先从"以'用'为华实"谈起。

---

① 本文所引《文心雕龙》，均据范文澜《文心雕龙注》，人民文学出版社，1958年。

② "谱系"一词的英译可写成 familytree，可见"谱系"与"树"之关联。

一、以“用”为华实

明人顾尔行万历十九年刻印徐师曾《文体明辨》，其序曰：“文有体，亦有用。”主张“体欲其辨”、“用欲其神”，并引《周易》“拟议以成其变化”，称“得其变化，将神而明之，会而通之，体不诡用，用不离体”，“不然，而徒曰某体某体，摹仿虽工，神情未得，是父老之拟新丰，而优孟之效叔敖也，奚裨哉？奚裨哉？”[①]文有体，亦有用：文有体，故须明辨；但若辨“体”而不言“用”，则无所裨益矣。因而“体欲其辨”最终是为了“用欲其神”，明辨文体的目的是为了掌握文体“神而明之，会而通之”之用，是为了“体不诡用，用不离体”。徐师曾《文体明辨序》有“文章必先体裁，而后可论工拙；苟失其体，吾何以观”[②]之说，故顾尔行的“体”、“用”之论是对徐师曾文体观的阐发；但归根结底，还是对《周易》“体”、“用”观的赓续。

“体”与“用”是《周易》重要的理论范畴，它们有着两个层面的内涵，用朱熹《周易本义》的话说，一指“道之体用”，一指“卦爻之用”。而卦爻乃易之体，故“卦爻之用”亦即“《易》体之用”。当然，“道之体用”与“卦爻之用”在特殊的情况下可以重合，如《系辞》下传第六章：“乾，阳物也；坤，阴物也。阴阳合德，而刚柔有体。以体天地之所撰，以通神明之德。”[③]这是讨论乾坤两卦的“体”与“用”；“一阴一阳之谓道”，因而“乾”、“坤”的体与用也就是“道”的体与用。《系辞》上传第五章曰：“一阴一阳之谓道，继之者善也，成之者性也。仁者见之谓之仁，知者见之谓之知，百姓日用而不知，故君子之道鲜矣。”朱熹《周易本义》称“此章言道之体用不外乎阴阳，而其所以然者，则未尝依于阴阳也”[④]。所谓“未尝依于阴阳”，也就是第五章说的“阴阳不测之谓神”，因此需要用不同的卦爻来神而明之，会而通之。又可知，“道之体用”落到实处（亦即“用”到实处）则是“卦爻之用”。顾尔行《刻文体明辨序》所引《周易》“拟议以成其变化”出自《系辞》上传第八章，而朱熹《周易本义》称“此章言卦爻之用”[⑤]。《系辞》上传第八章一口气举了七个例子，专讲卦爻体之用。第九章承上，总结为“大衍之数五十，其用四十有九”；而第十章又将易体之用总括为四：“《易》有圣人之道四焉：以言者尚其辞，以动者尚其变，以制器者尚其象，以卜筮者尚其占。”朱熹《周易本义》称“此章承上章之意，言《易》之用有此四者”[⑥]。第十一章又讲“兴神物以前民用”，“利用出入，民咸用之谓之神”[⑦]。到了这一步，《易》的“道之体用”和“卦爻之用”都实现了。

“文有体，亦有用”，说到底是因为“道有体，亦有用”。刘勰《文心雕龙·原道》篇：“故知道沿圣以垂文，圣因文而明道，旁通而无滞，日用而不匮。”易为圣人之文，易之体与用即为道之体与用，而当“道之体用”垂示为“卦爻之用”时，就与后来的文体学范畴发生关联了。或者

---

① 〔明〕吴讷著，于北山校点；〔明〕徐师曾著，罗根泽校点：《文章辨体序说　文体明辨序说》，第 75 页，人民文学出版社，1982 年。

② 〔明〕吴讷著，于北山校点；〔明〕徐师曾著，罗根泽校点：《文章辨体序说　文体明辨序说》，第 78 页，人民文学出版社，1982 年。

③ 周振甫：《周易译注》，第 266 页，中华书局，1991 年。

④ 周振甫：《周易译注》，第 234 页，中华书局，1991 年。

⑤ 周振甫：《周易译注》，第 240 页，中华书局，1991 年。

⑥ 周振甫：《周易译注》，第 244 页，中华书局，1991 年。

⑦ 周振甫：《周易译注》，第 246 页，中华书局，1991 年。

在某种意义上说，正是《周易》的“道之体用”最终垂示为“卦爻之用”，方能“旁通无滞，日用不匮”：旁通无滞，故能启文体学理论范畴之先；日用不匮，故能明文体学理论谱系之用。

以“用”为华实，是中国古代文体学理论谱系的实际应用即文体功能层面。而这个层面的理论范畴大体上可分为三类：属于风格批评的“体貌”和“体悟”，属于修辞批评的“辩体”和“尊体”，属于分类批评的“变体”和“破体”。风格批评以“人”为主体，其核心范畴是“体貌”和“体悟”，显示出风格批评在两个端点展开：一是看重批评主体的气质个性及其在作品中的呈现（即“体貌”），二是推崇批评主体所具备的文体批评的才情与能力（即“体悟”）。先说“体貌”。《文心雕龙》中“体貌”两见。其一，《时序》篇论及建安文学的三曹七子时，称“并体貌英逸，共俊才云蒸”，此处的“体貌”是对作家个性气质及人格风貌的描述。人有体貌，文亦有体貌，后者便是作家气质个性及人格风貌在其文学作品中的呈现。其二，《书记》篇讨论“状”这种文体时，称“状者，貌也。体貌本原，取其事实，先贤表谥，并有形状，状之大者也”。此处的“体貌”用作动词，可释为对事实情状及本原的体察和描述，属于能力和才情。《四库总目提要》称《二十四诗品》“深解诗理，凡分二十四品，各以韵语十二句体貌之”①，司空图用心体悟并描述二十四种诗歌风格和意境，这里的“体貌”也是用作动词，意指批评家从事风格批评的特殊才能。故知，人不仅有体貌，还有体貌他人及它物之体貌的才能。而用作动词的“体貌”就与“体悟”相关了。“体”作为动词，本来就有“领悟”、“体察”之意，如《庄子·刻意》篇的“能体纯素，谓之真人”。就文体批评而言，能“体”文体之“纯素”者，岂非文苑“真人”乎？曹植《与杨德祖书》称批评家应具备“南威之容”和“龙渊之利”，否则无权“论淑媛”和“议割断”，其中既包括了作为名词的“体貌”（“南威之容”），也包括了作为动词的“体貌”（“论淑媛”）。二者合起来，便成为刘勰《文心雕龙》所辩析的“体性”所标举的“风骨”。追根溯源，风格批评对“人”的高度重视，源自“体”这个字的辞源义：身体之总属、生命之风骨。

现代语境下的中国古代文体学研究，受到西方文体学观念和方法的影响，在强调修辞功能和语用功能这一点上，中西方文体学或可找到对话之通道。“文体学”的英文译名为stylistics，由styl（文体）和istics（语言科学）构成，因而“文体学”被定义为“用语言学方法研究文体风格的学问”②。中国古代文体学亦强调言辞即语言的功用，《周易》讲“极天下之赜者存乎卦，鼓天下之动者存乎辞”，卦爻为易之体，而易体之用又存乎辞，故“圣人立象以尽意，设卦以尽情伪，系辞焉以尽其言”③。在语言学的层面说，“立象尽意”、“设卦尽情（伪）”以及“系辞尽言”实际上是不同的修辞手法。因而，作为文体学之用的修辞批评必然以“语言”为中心。修辞批评的核心范畴是“辩体”和“尊体”，强调修辞批评须在“辩”与“尊”上下功夫。“辩”者，言辩也，辩言也，合起来就是用言辩的方式辨析语言的修辞功能。比如先秦两汉的文体学之辩，《诗》学辨析“赋、比、兴”，《乐》学辨析“声、音、乐”，《辞》学辨析“丽以则”、“丽以淫”等等。“尊”者，尊体也，尊重文体特定的语言规范和修辞功能，诗就是诗，词就是词，文各有体，体各有语，语各有式，不同的文体由不同的语言体式所构成，而这种语言一旦成“式”就具有稳定性甚至恒常性，这也就是《文心雕龙·通变》篇所说“设文之体有常”，故须尊体。而

① 郭绍虞称“司空氏所作重在体貌诗之风格意境”。见郭绍虞：《诗品集解·续诗品注》，第1页，人民文学出版社，1963年。

② 刘世生、朱瑞青编著：《文体学概论》，第1页，北京大学出版社，2006年。

③ 周振甫：《周易译注》，第249页，中华书局，1991年。

"体"之当"尊",从根本上说,是因为特定的"体"(语言规范和修辞方式)适合并且擅长表达特定的意旨,亦即《文心雕龙·宗经》篇所言"或简文以达旨,或博文以该情","正言所以立辩,体要所以成辞"。振叶寻根,修辞学批评以"言"为本,其根在于《尚书·毕命》的"辞尚体要"。

文体学理论的体之用,最基本也是最常见的功能是分类批评。徐师曾《文体明辨序》:"盖自秦汉以下,文愈盛;文愈盛,故类愈增;类愈增,故体愈众;体愈众,故辨当愈严:此吴公《辨体》所为作也。"徐氏又自谓"是篇所录,唯假文以辨体"①,可知"辨体"一事,不仅是"吴公《辨体》所为作也",亦为徐师曾自己《文体明辨》"所为作也"。从徐氏的这番话中,不难看出分类批评的最大特征,在于文体种类的数量和繁杂随时序而增加,因而辨体的难度亦随时序而增大。分类批评的具体工作是对体制即体裁的囿别区分,其核心范畴是"变体"和"破体",表明此项工作的着眼点在于体制即体裁的变化(即"变体")以及后世文体对前代文体的"破"(即"破体")。文体因时序而通变,所谓"变文之数无方"、"一时代有一时代之所胜"、"兴废系乎时序,文变染乎世情",故"分类批评"着眼于体制即体裁的变化,着眼于变化中的文体的差异,着眼于后代文体对前代文体的"破"。文体的差异与变化,从根本上说与文体的功用相关,不同的"体"有着不同的"用",或者反过来说不同的"用"需要不同的"体"。顾尔行《刻文体明辨序》:"体欲其辨,师心而匠意,则逸辔之御也;用欲其神,拘挛而执泥,则胶柱之瑟也。"②无论是辨"体"还是明"用",都不可"匠意"和"执泥";若是着眼于"变体"与"破体",方可免于"逸辔之御"和"胶柱之瑟"也。而这个意义上的"体"与"用"及其二者关联,又源于本文前述《周易》之"体"与"用"及其相互关联。

二、以"言"为主干

刘勰《文心雕龙·原道》篇在引用了《周易》"鼓天下之动者存乎辞"之后感叹:"辞之所以能鼓天下者,乃道之文也。"从文体学的角度论,"鼓天下之动",乃《周易》卦爻体之功用;而卦爻体之所以能"用",其缘由则"存乎辞"也。因此,文体学范畴谱系的"以'用'为华实",往下追问,则是"以'言'为主干"。如果说,"以'用'为华实"、"讲文体理论的实践功能",那么"以'言'为主干"则是讲文体理论自身,讲文体学理论范畴的本体与体系。

中国古代文体学理论是以"体"为元范畴的一整套文学观念和言说方式,因而文体学理论谱系的主干部分则是以"言"为中心的"言说"系统,其核心范畴包括:言说主体的"体性"和"风骨",言说方式的"语体"和"体式",言说类型的"体制"和"体裁"。先讲"言说主体"。严格说来,这里的"言说主体"应有双重含义:一是指文学家,这是文体学的研究对象;二是指文论家,这是文体学的研究主体。好在中国古代二者常常是重合的:文学家同时也就是文论家,他们兼具文论家的思辨、谨严与文学家的性情、才藻,兼具学者和诗人的"体性"乃至"风骨"。在刘勰看来,"体性"问题实际上是一个由主体情理到作品语言的问题,故《文心雕龙·体性》篇一上来就讲"夫情动而言行,理发而文见,盖沿隐以至显,因内而符外者也"。作家"才性异

① 〔明〕吴讷著,于北山校点;〔明〕徐师曾著,罗根泽校点:《文章辨体序说 文体明辨序说》,第78页,人民文学出版社,1982年。

② 〔明〕吴讷著,于北山校点;〔明〕徐师曾著,罗根泽校点:《文章辨体序说 文体明辨序说》,第75页,人民文学出版社,1982年。

区”，故“言行”、“文见”之后必然是“文辞繁诡”，“体性”之别落到文体的实处也就是文辞之别。因而，刘勰总归并对举“八体”，始终以语言为中心，所谓“文辞根叶，艺苑其中矣”。“八体”之别，两两相对，其中，“（远）奥与显（附）殊”，也就是“馥采典文”与“辞直义畅”之殊；“繁（缛）与（精）约舛”，也就是“博喻酿采”与“核字省句”相舛；“壮（丽）与轻（靡）乖”，也就是“卓烁异采”与“浮文弱植”相乖。这三组（六体）的差异，其实就是文辞或语言的差异。剩下的“（典）雅与（新）奇反”，其“熔式经诰”与“危侧趋诡”之反，则与语言的雅正与奇诡相关。正因为“八体”之别实为语言即文辞之别，所以刘勰讲“摹体以定习”、“因性以练才”：“练才”是要解决“辞理庸俊”的问题，“定习”是要解决“体式雅正”的问题。刘勰在辨析“体性”的基础上标举“风骨”，其“风骨”范畴时时关联文辞，所谓圆“骨采”、练“风辞”，使“情与气偕，辞共体并”，终将“藻耀高翔”、“文笔鸣凤”。

言说主体的“体性”和“风骨”兼指文学家与文论家，因而言说方式的“语体”和“体式”亦兼指文学文体与（文学）批评文体。文学作品的“语体”和“体式”谈论者众，已无太大的阐释空间；这里着重讨论批评文体亦即中国古代文学批评的言说方式。宋人真德秀《文章正宗》将文体分为辞令、议论、叙事、诗赋，明人彭时称“天下之文，诚无出此四者，可谓备且精矣”[①]。真德秀的文体四分，“辞令”属于应用性文体，“诗赋”和“叙事”属于文学文体（当然“叙事”也可以是史学文体），而“议论”则属于批评文体。中国古代文体学对文学文体（诗赋）与批评文体（议论）的区分，早在汉魏之际就已经出现，曹丕《典论·论文》称“书论宜理，诗赋欲丽”，陆机《文赋》亦称“诗缘情而绮靡”、“论精微而朗畅”。到了刘勰《文心雕龙》，则有《明诗》与《论说》分述两种文体的体式和语体。就言说方式而言，文学有文学的语体和体式，批评有批评的语体和体式，至迟在两汉之后，批评家们已经有了这种自觉的文体意识。但是，颇为吊诡也是颇为有趣的是，两汉之后的批评家们并没有将这种文体意识付诸实践，而是违“规”逾“矩”，变“体”破“式”，用文学文体去书写文学理论和批评，比如陆机以“赋”的体式“论作文之利害所由”，刘勰用“骈”的语体“擘肌分理”、“弥纶群言”，其话语方式虽说也有“宜理”之处，也有议论的“精微而朗畅”，但其语体和体式终究是骈俪的，是绮靡的。如果进一步追问：他们为何要如此？一个较为合理同时也是让今人羡慕的答案是：中国古代批评家拥有今人所不具备的“文体自由”，他们几乎可以选择自已所擅长所喜爱的任何一种文体来书写文学理论和批评。就“语体”而言，或诗或赋或骈或散；就“体式”而言，或叙事或抒情或议论。真正是“文备众体”。于是，中国文学批评的言说类型才有了论文赋、论诗诗以及诗话、词话、曲话、小说评点等等。

言说类型的核心范畴是“体制”和“体裁”，上述文学批评的体制和体裁同时可以是文学创作的，如诗、赋、骈、话等等。因此，对不同文体类型的囿别区分，不能看它是“文学”的还是“批评”的，甚至也不能看它是“抒情”的、“叙事”的，还是“议论”的、“评点”的。看什么呢？或者说，以什么为依据或标准呢？语言，只能是语言。无论是文学家还是批评家，也无论是哲学家还是历史学家，只要他按某类文体的语言规范制“体”和裁“体”，那么他“制”成和“裁”成的作品就应该属于某类体制和体裁。正是在这个意义上，我们说陆机的《叹逝赋》是“赋”，《文赋》也是“赋”，故二者同收萧统《文选》；杜甫的《秋兴八首》是“诗”，《戏为六绝句》也是

---

① 〔明〕吴讷著，于北山校点；〔明〕徐师曾著，罗根泽校点：《文章辨体序说；文体明辨序说》，第7页，人民文学出版社，1982年。

“诗”，故二者同入《杜工部集》；司马迁的《廉颇蔺相如列传》是“传”，《屈原贾生列传》也是“传”，故二者同在《史记》；王充的《寒温》是“论”，《超奇》也是“论”，故二者同存《论衡》……

中国古代文体学理论谱系的“以‘言’为主干”，其主体、方式和类型三大要素，在唐末司空图的《二十四诗品》那里得到完美的统一。就言说主体而言，司空图同时兼有诗人和文体学家的“体性”和“风骨”；就言说方式而言，《二十四诗品》的“语体”和“体式”既是偶俪的协韵的，同时又是有意境的有韵味的；就言说类型而言，《二十四诗品》的“体制”和“体裁”是四言组诗：二十四首四言诗，既分别创造出二十四种风格意境即二十四种“体貌”，又是分别对二十四种诗歌风格意境即体貌的体悟和体貌。这三大要素中的六个范畴，紧紧地环绕着一个中心：四言诗。所以，司空图的文体批评与批评文体的中心问题是语言问题；笔者曾将《二十四诗品》称为“中国古代文论的诗眼画境”[①]。据此而论，中国古代文体学理论谱系的中心问题也就是语言问题，亦即以“言”为主干的诗性言说。

三、以“体”为根柢

把握到“言”这个文体学的主体或主干，我们离中国古代文体学理论谱系的“根”就不远了。本文第一节讲到文体学理论谱系“以‘用’为华实”的三大分支：风格批评、修辞批评和分类批评。而由这三大分支可以追溯到“以‘言’为主干”的言说系统的三大要素：言说主体、言说方式和言说类型。再进一步，由言说系统的三大要素追根溯源，则可将文体学理论谱系的源起追溯至三个源头：一是辞源学的源头，也就是“体”的最初释义；二是原始儒学的源头，也就是《尚书》的“辞尚体要”；三是先秦易学的源头，也就是《周易》对“体”与“用”及其二者关系的论述。三者合起来，便是本节要讨论的“以‘体’为根柢”。

现代汉语（简体字）的“体”在古代汉语里面读成“笨”，字义也是“笨”，而繁体字的“体”才是真正的“体”：“篆文从骨，豊声。隶变后楷书写作体。如今简化作体，从人本会意。与原本当‘笨’讲的‘体’（bèn），成了同形字。”[②]《说文・骨部》：“体，总十二属也。从骨，豊声。”段玉裁注称“十二属”为身体的十二个部分，即顶、面、颐、肩、脊、尻、肱、臂、手、股、胫、足[③]。可见“体”的原初释义为人的身体之总称、生命之总属，先秦典籍大多是在“身体、生命”的意义上使用“体”这个字的。如《周易・系辞》上传“故神无方而易无体”孔颖达疏“体是形质之称”[④]，《庄子・天地》“形体保神”成玄英疏“体，质”[⑤]，《孟子・告子上》“体有贵贱”孙奭疏“一身合而言之谓之体”[⑥]等等。人之生命是外显之“形”与内蕴之“质”的有机统一，段注强调的是生命的外显之形，孔疏和成疏强调的是生命的内蕴之质，而孙疏则是将形与质合而言之。可见，“体”这个文体学的元范畴的原初释义中充盈着人的生命感和生命力，而这种生命力灌注并流淌在“体”的词义和词性的演变之中。陆机《文赋》：“体有万殊，物无一量。”李善注曰：“文

① 李建中著：《古代文论的诗性空间》，第116页，武汉：湖北人民出版社，2005年。
② 谷衍奎编：《汉字源流字典》，第282页，华夏出版社，2003年。
③ 谷衍奎编：《汉字源流字典》，第282页，华夏出版社，2003年。
④ 谷衍奎编：《汉字源流字典》，第282页，华夏出版社，2003年。
⑤ 郭庆藩撰，王孝鱼点校：《庄子集释》（第二册），第426页，中华书局，1961年。
⑥ 宗福邦等主编：《故训汇纂》，第2559页，商务印书馆，2003年。

章之体有万变之殊，中众物之形，无一定之量也。"[①]这里的"体"已不是"人体"而是"文章之体"，所谓"万变之殊"则是极言"体"的多样性和个性化。后来刘勰《文心雕龙·体性》篇"数穷八体"，强调的也是"体"的多样性和个性化。

《文心雕龙·原道》篇："心生而言立，言立而文明，自然之道也。"天地有"体"（所谓"方圆体分"），必然有自己的"文"（所谓"丽天之象"、"理地之形"），这是自然之道；人有"体"，必然有自己的"文"，这也是自然之道。"道沿圣以垂文"，故人之文须以圣文（经书）为本；经书"辞尚体要，弗惟好异"，故人之文必须"体要"，不体要则不能成辞，不体要则文体解散。《文心雕龙》的《征圣》篇不足五百字，竟连续三次提到"体要"："故知正言所以立辩，体要所以成辞。""微辞婉晦，不害其体要。""体要与微辞偕通，正言共精义并用。"可见刘勰对"体要"这一文体学范畴是何等的重视！《序志》更是重视"体要"。刘勰在斥责他那个时代"文体解散"的种种弊端之后，紧接着说："周书论辞，文贵体要；尼父陈训，恶乎异端：辞训之异，宜体于要。于搦笔和墨，乃始论文。"又可见刘勰写作《文心雕龙》的直接动机，就是要藉"体要"之圣言以除文学之时弊。

刘勰如此地看重"体要"，不仅是因为"体要"乃先秦儒学之文体论精华，还因为"体要"是从"经典"之体到"文章"之体的一脉血统。而后者则与"体"、"用"范畴相关。"经典"如何用之于"文章"？体要。亦即《文心雕龙·序志》篇所述"五礼资之以成，六典因之致用。君臣所以炳焕，军国所以昭明"。本文第一节已经谈到先易学中的"体"与"用"。先秦文献中用作名词的"体"，其诸多义项中，有"卦体"之释，如《诗·卫风·氓》"尔卜尔筮，体无咎言"中的"体"即指"卦体"。卦体是《周易》所特有的"文体"，它包括了卦爻象及其所象征所预言之兆象。卦体是有用的，每一卦有每一卦的用途，而六十四卦作为整体又有着"以言者尚其辞，以动者尚其变，以制器者尚其象，以卜筮者尚其占"之四大用途，即用之于指导人们的言辞、行动、制器和卜筮等。先秦时期，一部典籍就是一种文体，如《易》为"卦体"、《诗》为"诗体"、《尚书》为"记言体"、《春秋》为"编年体"等等；而一体有一体之"用"，如"卦"之"兆象"、"诗"之"言志"、"书"之"记言"、"春秋"之"编年"等等。更进一步说，一种文化就是一种体，比如礼有礼之体，乐有乐之体。《左传·定公十五年》："夫礼，生死存亡之体也……嘉事不体，何以能久？"颜师古注云："体即礼也，礼与体古本可通。"[②]礼有礼的用途，乐有乐的用途，故《荀子·乐论》讲"乐合同，礼别异"，《论语·学而》讲"礼之用，和为贵"。还有，《黄帝内经》作为一种养身文化，也有自己的"体"与"用"：《素问·六微旨大论》"有用有变"，张志聪集注："用者，体之动。"又《五运行大论》"夫变化之用"，张志聪集注引玉师曰："用者，动之体。"[③]"用"，既是"体之动"，又是"动之体"；而"体"正是在"用"的过程中方可实现"体要"之目的。于此，汉语辞源学的"体"、原始儒学的"体要"和先秦易学的"体"与"用"，三者融为一体，共同构成文体学理论谱系的根柢，并最终形成中国古代文体学的本体论价值。

作者单位：武汉大学

① 〔梁〕萧统编，〔唐〕李善注：《文选》（第二册），第765页，上海古籍出版社，1986年。
② 杨伯峻编著：《春秋左传注》（修订本）四昭公定公哀公，第1601页，中华书局，1990年。
③ 张志聪：《黄帝内经素问集注》，第253页，第251页，中国中医药出版社，1999年。

为"意象"正名

——古典诗歌意象艺术札记之一

陈伯海

中国古典诗歌艺术本质上是一种意象艺术，不从"意象"入手，实难以进入古典诗歌的艺术天地。为此，长时期来，人们围绕诗歌"意象"开展了多方面探讨，取得不少成绩，但迄今为止，在一些基本概念的把握上仍存在模糊不清甚至比较混乱的状况，不加妥善处理，将严重妨碍研究工作的继续深入。本文尝试就相关问题作一点辨析、厘清的工作，不指望一劳永逸式地解决疑难，至少能使存在或隐伏着的问题凸显出来，以引起关注和讨论，并推动问题趋向解决。

一、意象即"表意之象"

首先一个问题，是要对谈说中的"意象"作出基本的界定，这才能有共同的话题。在这个问题上，主要有两种对立的意见。一是认意象为"意中之象"，即只有酝酿于作者心目中的图像方称得上"意象"，一旦落实于艺术文本，离开了人的意识活动，便不成其为"意象"。当然，读者凭借文本的提示，从自己内心重新生发出图像来，也可唤作"意象"，总之必须是"意中之象"。另一种意见则以为文本中用艺术符号构建起来的"象"，亦可称之为"意象"，它虽然脱离了艺术家的心理流程，而作为艺术符号的特定建构，其指向仍在于艺术家心意的传达，故当归属"意象"的范畴。通常所谓的"诗歌意象"、"文学意象"乃至"艺术意象"等，便是指的这类文本意象。两种意见各有各的理由，而若要尝试作一整合，我以为，莫若将"意象"界定为"表意之象"更为妥帖。

考"意象"的起源，不能不推本于《易传》里的"言不尽意"、"立象以尽意"之一说①。古人看到了"言""意"之间存在着一定的矛盾，企图以"象"为中介来沟通双方、协调矛盾，立"象"即为了达"意"，所以，尽管当时还没有将"意象"组合成单独的词语，而这"象"里已然蕴含着"表意之象"的涵义，它就是"意象"的前身了。自然，这里的"象"也还不是什么"意中之象"，乃是用卦、爻之类符号所构成的图像；它所要传达的"意"，亦只是占卜时所需叩问的"天意"，尚非诗歌艺术所要表达的诗意。

将"意象"组合成单词使用，首见于东汉王充所著《论衡》一书。其云："天子射熊，诸侯射

---

① 见《易·系辞上》，《十三经注疏》本《周易正义》卷上。

麋，卿大夫射虎豹，士射鹿豕，示服猛也。名布为侯，示射无道诸侯也。夫画布为熊麋之象，名布为侯，礼贵意象，示义取名也。"[①]这段话解说了古代贵族将熊、麋等野兽之像图形于布上用为箭靶子的习俗来由，以"意象"一词指称画布上的图像，因为这图像代表着不遵守礼义王道的乱臣贼子，用为箭靶即含有讨伐无道、伸张礼制的意义。据此，则"意象"一词初出现时，也还是指的借助符号之象来表意（在这里是礼俗之意，而非天意），并不同于后世流传的"意中之象"。

"意象"范畴进入文学创作领域，一般皆以齐梁间刘勰《文心雕龙》为标志，而实质上晋挚虞已开其先河。其《文章流别论》开宗明义说道："文章者，所以宣上下之象，明人伦之叙，穷理尽性，以究万物之宜者也。"看来他很重视"象"的作用，将文章用以"宣象"视作"明人伦"、"穷性理"、"究物宜"的前提，这里的"象"已开始与文学创作挂上了钩。而说得尤为明白的，是该文中论赋的一段表述："赋者，敷陈之称，古诗之流也。古之作诗者，发乎情，止乎礼义。情之发，因辞以形之，礼义之旨，须事以明之，故有赋焉，所以假象尽辞，敷陈其志。"[②]好一个"假象尽辞，敷陈其志"，不就是"立象尽意"说的翻版吗？不过这里所要表达的"意"（志），已不再是那玄妙莫测的"天意"，却是赋家和诗人的文心，而达"意"所须凭借的"象"和"辞"，亦只能是用语言符号构成的文本意象了，这其实便是文学意象说的发端。

下而及于刘勰，则正式将"意象"一词组合起来，应用于作家艺术思维活动的过程。如人们惯常引述的《文心雕龙·神思》篇里的那两句话："玄解之宰，寻声律而定墨；独照之匠，窥意象而运斤。"[③]确系从"意匠经营"的角度来解释文学意象生成的原理，不仅大有助于意象艺术研究的推进，也初步确立了"意象"作为"意中之象"的概念，影响后世深远。即便如此，刘勰的"意象"观也并没有脱离"表意之象"的传统理解，因为艺术家心中的构象亦仍是其内在情意体验的表现，所谓"神用象通，情变所孕，物以貌求，心以理应"的说法[④]，不正揭示了艺术思维活动中由情意孕生出意象，并借助意象以沟通内在神理的奥秘吗？这样的"意中之象"也还属于"表意之象"的范畴。

刘勰之后，"意象"一词的使用在文学艺术领域里显得频繁起来，不过用法上仍有差异。唐王昌龄《诗格》所云"久用精思，未契意象"[⑤]，以及传为司空图所著《二十四诗品》中讲到的"意象欲出，造化已奇"[⑥]，均在"意中之象"的涵义上来加引用，是沿袭刘勰的思路。与此同时，"意象"进入书画界，却常被移用来标示字画的形象，如张怀瓘《文字论》言及"探彼意象，入此规模"[⑦]，杜本议书法主张"倘悟其变，则纵横皆有意象"[⑧]，便都是指的书体的艺术形象。后一种用法入宋后似成习见，如唐庚评谢朓诗"平楚正苍然"句，以为"平楚"原作"平野"解，而吕延济注《文选》却将"楚"解作树丛，"便觉意象殊窘"[⑨]，又如刘克庄指斥江西诗派的末流

---

① 《论衡·乱龙篇》，《四部丛刊》本。

② 均见《全晋文》卷七十七，载严可均编《全上古三代秦汉三国六朝文》，中华书局 1965 年影印本。

③ 见范文澜《文心雕龙注》卷六，人民文学出版社，1960 年。

④ 同上《神思》篇。

⑤ 见《诗格》卷中"诗有三思"条，张伯伟编《全唐五代诗格校考》，第 150 页，陕西人民教育出版社，1996 年。

⑥ 《二十四诗品·缜密》，郭绍虞《诗品集解》，第 26 页，人民文学出版社，1963 年。

⑦ 见《法书要录》卷四，《四库全书》本。

⑧ 《书史会要》卷九所引，《四库全书》本。

⑨ 见强幼安《唐子西文录》，《历代诗话》，第 447 页，中华书局 1981 年。

“不善其学,往往音节聱牙,意象迫切”[①],亦皆针对诗歌文本所呈现之象而立论。至于明清人就诗歌作品来谈论“意象”,则更是不胜枚举。

从上面的论述可以得出结论,即:“意象”作为“意中之象”(心象)或艺术文本之象(以诗歌而言,便是语言符号所显示之象),在我们的传统中都找得到根据,不必非执定一种解说来排斥另一种不可。那种将“意象”拘囿于“意中之象”范围内的见解,实际上导源于西方人的‘image’理念,并不合乎我们民族的思维习惯(细究之下,‘image’和我们的先人对“意中之象”的体认,亦尚有相当差距,兹不具论)。当然,也不必用文本之象的涵义来排除“意中之象”的理解。两者应能统一,就统一在“表意之象”的定位上。这种“表意之象”首先在艺术家的心灵中生成,是艺术家的诗性生命体验的对象化显现,而后通过语言文字符号的媒介作用而落实于文本建构,形成文本的意象层面,更由接受者借助文本的提示在自己内心重新予以生发,以实现与艺术家诗性生命体验的相互沟通。可以说,没有这样一种“表意之象”的转化、运作的过程,人们各自的诗性生命体验便得不到传递交流,也绝不会有任何诗歌作品产生。由此看来,“意象”实在是我们切入诗歌艺术并把握其性能的重要枢纽,离开“意象”谈诗,很容易丢失诗的精髓。

二、意象不能等同于诗中名物

讨论意象问题的另一个误区,是常见有人将诗歌意象混同于诗中名物,甚至拿一个名词来对应一个意象,其实是不妥当的。

名词有抽象与具体之分,用作名物之词的,大多是具体名词,它在形成概念的同时,亦常能在人们心目中引发某种表象,如提及河流、道路、树木、花朵以及牛、羊、鸽子、老鹰等词时,我们的脑海中往往会浮现出相应的图像来,虽带有类型化的倾向,亦还有一定的具象性存在。语词的这种具象性,正是它有可能从概念符号转变为意象符号的前提条件。不过这种具象性并不能等同于意象的性能,因为词语的具象性在人们心目中所能引发的只是表象,而非意象。表象和意象有什么区别呢?表象来自直观经验的积累,当我们将感知活动中所获得的印象储存于大脑,而又在某种境遇的刺激下让它重新浮现出来时,这就成了表象。一般说来,表象较之原初的印象,在鲜明、生动的程度上要略低一些,尤其是由概念化的语词所引发的表象,不可避免地要打上类型化的烙印。更为根本的是,表象充当感知印象的留影,通常只涉及事物的外观,未必能揭示其内在的意蕴。意象则不然。作为“表意之象”,它本身便是诗性生命体验的产物,内里包孕着诗人对生活的各种活生生的感受在。即使转型为诗歌文本,显现为语言文字符号,这些符号所提供的信息也都指向了诗人在诗中所要表达的情意。这正是意象之为意象,而不能等同于诗中名物之象(表象)的重要原因。

举个例子来说,我们都熟悉唐代诗人王维在其《使至塞上》诗中的这一名联:“大漠孤烟直,长河落日圆。”试问:这里包含了几个意象?我想,恐怕不少人会回答是“大漠”、“孤烟”、“长河”、“落日”四个意象,这其实就是将名物(表象)混同于意象的结果。不妨推敲一下。诗句中的“漠”指沙漠,可以形成表象,加上“大”字构成“大漠”,其具象性当更见充分。但单独

① 《后村诗话》后集卷二,中华书局 1983 年版。

一个“大漠”，传达了什么样的意蕴呢？谁也说不清楚。“孤烟”也是一样，它能产生表象，甚至可以从多方面生发联想，而孤零零的“孤烟”亦是难以把握其内在情意体验的。只有将“大漠”与“孤烟直”联为一体，构成单一的画面——在广阔无垠的漠野上空直直地升起一缕狼烟，始能将诗人行经塞上时所感受到的那种空廓、荒凉、寂静、干燥无风以至带有边防示警意味的若干紧张气氛贴切地传达出来，这才称得上诗的意象。同样道理，“长河”与“落日圆”如果分拆开来，也只能算表象而非意象，必须组合在一起，呈现为远处地平线上一轮滚圆的太阳向着奔腾流去、一眼望不到边际的长河水面徐徐沉落，方足以构成宏伟、壮丽的景观，令人目醉神迷、心驰魄动。所以，依我之见，若是将“意象”理解为表达诗意（诗性生命体验）的基本单元，则这联诗句中虽然用了四个表名物的词语，能产生多重表象（不仅名词能产生表象，动词、形容词所提示的事物的动态与性状，亦能生成表象），而其所建构的诗歌意象至多只有两个。换言之，意象作为“表意之象”，决不能将其降格为表象。表象所提供的具象性，只能用为构建意象的原材料，而众多具象性之间所形成的张力，也就是将它们组合在一起所生发出来的互补、互衬、互渗、互动的功效，始足以让诗人所要表达的情意体验藉此传送出来，这情意体验（哪怕是片段的）渗透并照亮了各具象性间的组合，于是这组表象便转化成独立的意象。这样看来，单一的表象通常是难以构成意象的，意象须由表象之间的张力而引发，这也是诗中名物之不能等同于意象的缘由。

从这里会引出一个问题，就是我们平时惯常用名物来标示诗歌意象，如谈论马的意象、鹰的意象、杨柳的意象、流水的意象，甚且将各类名物从具体诗作中抽取出来，以形成系列性的考察，如专题研究杨柳意象系列、桃花意象系列等，这究竟是否科学？应该说，按照上面对“表意之象”的解说，意象只能是特定的“这一个”，它在诗歌文本的特定语境中生成，承载着表达诗人特定情意体验的职能，一旦离开了文本的具体语境，孤立的名物便不复成其为意象了。即使排成系列，也只能算作名物的“类象”（同类名物之象），而不当称之为“意象”。清人施补华《岘佣说诗》中举了这么个例子：“同一咏蝉，虞世南‘居高声自远，端不藉秋风’，是清华人语；骆宾王‘露重飞难进，风多响易沉’，是患难人语；李商隐‘本以高难饱，徒劳恨费声’，是牢骚人语。比兴不同如此。”[①]他所着眼的，是同一个物象（蝉）上面可以寓托不同的比兴含义，而实际上表明了同类名物在不同诗人的不同情思驱策下，生成了意蕴各不相同的意象。《岘佣说诗》里还讲到：“少陵马诗，首首不同。各有寄托，各出议论，各见精彩；合读之，分观之，可悟作诗变化之法。”[②]可见即使是同一位诗人引用同类名物，在不同诗篇的不同语境作用之下，亦仍自意象各别。这不正证明了意象必须是特定的“这一个”，不容许有任何假借吗？当然，作为习惯用语，笼统地说某首诗里的某个名物意象，只要不引起误解，自不必斤斤计较。至于将某类名物之象排成系列进行考察，若能不停留于表面的检索，真正触及其如何由类象转化为具体意象的内在机制与外在条件，则必定大有益于诗歌意象艺术研究的深入开展，亟需鼓励并大力提倡。

在给诗歌意象与名物之象作区划时，还会碰到一个疑案，便是怎样看待那些因历史承传而在自身内部积淀着某些特定意蕴的名物，有如人们常提及的“南浦”、“东篱”之类词语。众

① 见《清诗话》下册，第974页，中华书局，1963年。

② 同上书第986页。

所周知,“南浦”本只是一个普通的地名,但由于大诗人屈原在《九歌·河伯》篇里写下“送美人兮南浦”的名句,被后人袭用来表现送别场景与惜别之意,这个词语便有了比较固定的情感色彩,不同于普通的地名了。同样,“东篱”原先也仅泛指屋东的篱笆,而在陶渊明“采菊东篱下,悠然见南山”(《饮酒》)的诗作后,遂亦取得了与清高的人格、倏然的情怀相联系的韵味,不再是普通的篱笆。这类名物就好比文章里常用的典故、成语,一般都有自身的特殊涵蕴,就它们而言,能不能撇开文本,直接归入“意象”的范畴呢?我以为还是不能。诚然,这类词语在其历史承传的过程中,确实积淀了某种意蕴,有其情感生命的痕迹在,但在抽离了具体作品的语境后,其情感色彩必然趋于固态化和定型化,并不能构成特定的“这一个”。只有当它们返回作品,再度与具体语境相结合,直接参与诗人情意体验的艺术创造,才有可能重新被激活而转化为诗歌意象的有机构成。不妨参看一下晚唐人假托贾岛名义编写的题作《二南密旨》的诗格,其中“论总例物象”一栏列举了大量有特殊意蕴的名物,如谓:天地、日月、夫妇,君臣也,明暗以体判用。同志、知己、故人、乡友、友人,皆比贤人,亦比君臣也。馨香,此喻君子佳誉也。兰蕙,此喻有德才艺之士也。飘风、苦雨、霜雹、波涛,此比国令,又比佞臣也。水深、石磴、石径、怪石,此喻小人当路也。烟浪、野烧、重雾,此喻兵革也。百草、苔、莎,此喻百姓众多也。……[①]诸如此类,不胜枚举。看这些穿凿附会的解说,不免令人哑然失笑,其实也都有出处,在生成原理上与前举“南浦”、“东篱”并无二致。这类含带历史积淀的名物,有点近似于西方文论中所谓的“原型”,但还构不成具体的意象。由固态化的原型向诗歌意象的转变,仍须经过“意匠经营”。前人总结出来的正典反用、死典活用、实典虚用、散典合用乃至“夺胎换骨”、“点铁成金”等一整套推陈出新的技法,正是为了将这类典故、成语、原型改造成为活生生的艺术意象,而其要义仍在于切合所要传达的诗性生命体验。

三、物象、事象、情象、理象

我们说诗歌意象不能等同于诗中名物,除了看到名物之象尚不足以承担意象表意的功能外,还有一层因素,便是不认为意象的构成材料仅限于名物之象。在我看来,名物之外的许多其他成分,也有可能实现诗歌意象构建的职能,故意象更不能与名物之象划等号了。

一首诗,哪怕是抒情诗,通常少不了物象的描绘,尤其是我们民族的古典诗歌,喜欢用寓情于景的手法来表现情怀,于是诗中物象更占据了重要的位置。但诗歌并不能一味摹写物态,写物之余,它还要抒述情怀,情感的直接表白有时是不可少的。情思的引发往往来自具体事件,所谓“感于哀乐,缘事而发”[②],完全符合艺术的规律,这样一来,在抒情的同时必须适当结合其所引发的事件,诗篇也就有了叙事的成分。更有甚者,诗人的情思里不光有情感活动,亦有思想活动,思想活动若脱离情感而自行表露,又形成了诗中的理念(意念)。以此观之,情、理、物、事都应该算作诗歌作品构成的原材料,决不仅限于物象这一端。然而,在以往习见的观念中,一谈论起诗歌意象,人们的着眼点大多集中在物象上,事语、情语更不用说理语,都被简单归入诗歌作品里的非意象成分,轻轻地一笔带过。而实际上,这些成分并不能

① 见《全唐五代诗格校考》,第355页,陕西人民教育出版社,1996年。

② 见班固《汉书·艺文志》,中华书局1962年校点本。

一例看待，有的确实停留于非意象状态，仅作为诗中意象的补充成分发挥作用，但也有直接进入意象组合甚至自身即构成意象的主体，这类事语、情语乃至理语，或可称之为与“物象”相对应的“事象”、“情象”以及“理象”。

且让我们从古代诗论中找寻一点支撑。大家都知道，唐王昌龄《诗格》曾提及“诗有三境”之说，“三境”包括“物境”、“情境”和“意境”，代表诗歌构成的三种型态。按王昌龄的解说，“物境”的创造需要“张泉石云峰之境，极丽绝秀者，神之于心。处身于境，视境于心，莹然掌中，然后用思，了然境象，故得形似”，这显然是指用物象描绘来构造诗歌意象。而“情境”的形成却要求“娱乐愁怨，皆张于意而处于身，然后驰思，深得其情”，乃是指凭借情感心理的抒述来构造意象。至于“意境”，则表现为“亦张之于意，而思之于心，则得其真矣”[①]，当指由内心的意念活动直接产生意象。“三境”的区分，不正好说明了物、情、意都有独立成“象”以构成诗境的可能吗？王昌龄之后，诗歌意象问题的研讨较多地集中在情景关系的处理上，且多从情语与景语的搭配方式来展开话题（有所谓“四实”、“四虚”、“前虚后实”、“前实后虚”之类说法），不免是一种狭隘化的理解。但也有识见高迈者，如清初王夫之论情景关系，完全摆脱了那种平列对待的思考方式，着力从其互生、互渗的作用上来探讨诗歌意象的成因，就很有启发性。尤其是王夫之所讲的下面这段话：“于景得景易，于事得景难，于情得景尤难”[②]，值得我们着意推敲。这里的第一个“景”字，当指景物，就是一般所谓的物象。余下三个“景”字，都是指经诗人“意匠经营”后所构建起来的“象”，亦便是我们正在讨论中的诗歌意象了。依王氏之说，则不仅物料可用以结撰意象，事态与情思亦可用以成“象”（只是比物象加工更难），这样构建起来的意象不就是“事象”与“情象”了吗？我们来分别考察一下。

先看“事象”。“事”在不同的诗歌作品里，起的作用是很不相同的。以叙事诗而言，“事”是主干，贯串首尾，人物与场面都在叙事中展开，其所形成的“象”通常称作人物形象或场景之象，较少用“意象”作表记（因其不属于诗人情意的直接写照）。这类纯粹的叙事诗，在我们古典诗歌的传统中并不多见。我们盛行的是抒情诗，情感的抒发需要事由，抒情诗里的叙事往往就是为了交代事由。若只是抽象的交代，那只能算诗中的“事语”，还构不成“事象”；但有时交代得比较具体，叙述中夹杂描绘甚至含带情意，这就有可能构成“事象”。“故人西辞黄鹤楼，烟花三月下扬州”（李白《黄鹤楼送孟浩然之广陵》），本只是叙说送别的情由，而说得有情致，有气氛，于是产生了意象。“李白乘舟将欲行，忽闻岸上踏歌声”（李白《赠汪伦》），首句是单纯的交代，阑入第二句的场景描绘，“事语”便转化成为“事象”。更为特殊的，是那种将抒情与纪事交织起来加以表现的诗歌作品，它惯常以纪事为线索，串合情感的抒述，情与事打成了一片，叙事中的意象成分便大为增加。如杜甫的名作《羌村三首》之一，抒写诗人于安史乱中经飘零在外而返回家乡时的情景，严格按时间顺序展开，从初入家门时的“柴门鸟雀噪，归客千里至”，始见亲人时的“妻孥怪我在，惊定还拭泪”，反映周围场景的“邻人满墙头，感叹亦唏嘘”，直到夜间夫妻对坐时的“夜阑更秉烛，相对如梦寐”，用一系列感人至深的事象来组织诗篇，而情感的抒发便也自然地融合于其间了。这类“感事写意”式的诗作，杜甫以前亦有，经杜甫大力推行后，广为流传开来，它为抒情传统中“事象”的确立拓开了更大的

① 均见《全唐五代诗格校考》，第 149 页。

② 见《古诗评选》卷一曹植《当来日大难》评语，《船山全书》第十四册，第 511 页，岳麓书社，1996 年。

空间。

再说“情象”。“情”是抒情诗的主宰，但“情”又是深藏于诗人内心、似乎叫人不可捉摸的东西，那么，该怎样来抒情呢？情景关系的创立，便是为了解答这一难题，“景”以显“情”，成为抒情的正道。不过我们过去又常将这个“景”看得太狭隘了，仅限于具体物象甚至自然景物，这样一来，那些直抒胸臆、罕举物象的诗篇，又当如何来解释呢？实质上，情感活动不只限于借自然物象作表达，它自身便能构成意象，并通过这一“情象”的建构来做自我传递。且举两首古诗为证，其一是托名李陵与苏武的送别诗，其云：

良时不再至，离别在须臾。屏营衢路侧，执手野踟蹰。仰视浮云驰，奄忽互相逾。风波一失所，各在天一隅。长当从此别，且复立斯须。欲因晨风发，送子以贱躯。①

另一首从《古诗十九首》中摘录，谓为：

明月何皎皎，照我罗床帏。忧愁不能寐，揽衣起徘徊。客行虽云乐，不如早旋归。出户独彷徨，愁思当告谁？引领还入房，泪下沾裳衣。②

我们看到，前诗写别离，除中间四句借浮云失散的景观托意外，首尾八句都是直抒离情，而这惜别之情只在首联提了一句，其余均从人的一系列行为、动作如“屏营衢路”、“执手踟蹰”、欲别而“复立斯须”、临风而殷勤相送等传达出来，这就是情感自身的意象了。同样道理，后诗写游子思乡，除首联以月光起兴以及五、六句直言思归点题外，其余各联也都是通过“不寐”起床、“揽衣徘徊”、“出户彷徨”、“引领还归”以至“泪下沾裳”等一系列动作、神情的描绘来加表达。这些行为、动作、神情、姿态等，归总起来可统称作“情态”，是情感活动的外在显现；人的情感心理必然要流露于其外在情态上（除非其刻意掩饰，而掩饰也是一种姿态），我们平时也正是通过观察一个人的神情、姿态以了解其内在心理活动的。因此，“情象”的建立便有了根据，它不同于由状物或叙事所构建的“象”，而是自成一类的诗歌意象。

谈论“情象”问题须注意到另一种情况，即人的情感的表露除外现于其动作、神情外，有时也可凭借直接的表白——用言辞以吐露心曲。古典诗歌里不乏这类直诉心曲的好诗，如“海内存知己，天涯若比邻”（王勃《送杜少府之任蜀州》）式的豁达，“亲朋无一字，老病有孤舟”（杜甫《登岳阳楼》）式的感慨，“天生我材必有用，千金散尽还复来”（李白《将进酒》）式的豪迈，“醉卧沙场君莫笑，古来征战几人回”（王翰《凉州词》）式的沉痛，以至于“换我心，为你心，始知相忆深”（顾敻《诉衷情》）式的儿女痴情，都已成为千古传颂的名句，不当排除在意象艺术之外。这里关系到学界既有的一场争议，就是像陈子昂《登幽州台歌》之类纯说白性的诗篇，究竟有没有意象可言。论者多以为此诗不具备意象，而这一判断又同诗学理论中历来以意象为诗歌（特别是抒情诗）本体（实体）的观念显相违背。该如何来评判这场争议呢？据我看来，这还是涉及怎样界定“意象”的问题。“意象”若仅限于物象及事态的描绘，则这首诗里确实缺少这方面的内容，它只是直接抒述了诗人登台览古时所引发的情怀，但情怀写得具体可感，足以让读者凭借这心声的表白来把握诗人内在的生命律动，进而激起自身的强烈共鸣，不就是意象艺术的功能所在吗？这“意象”自亦是区别于“物象”与“事象”的“情象”，而且

---

① 引自逯钦立编《全先秦汉魏晋南北朝诗》，第337页，中华书局，1983年。

② 同上书，第334页。

主要不是通过动作、神情的描绘(《登幽州台歌》里亦偶有神情描绘,如末句的"独怆然而涕下"),却是从语言表白中构建起来的。我们常说,"言为心声",可见言说是足以表达情感的。况且语言跟人的行为、动作、容颜、姿态一样是一种物质性的存在,因亦有了成"象"的资格。所以,作为"心声"的言辞,同作为"心画"的神情、动作相类,皆可视以为人的情感心理活动的表现形态(情态),在诗歌里就称之为"情象"了,它也应该属于诗歌意象的特定的样式。

有关这类直白式抒情诗的意象问题,还可从另一个角度上来加探讨。王夫之在其《薑斋诗话》里曾提出"情中景"和"景中情"这一对范畴,并举例说:"景中情者,如'长安一片月',自然是孤栖忆远之情;'影静千官里',自然是喜达行在之情。情中景尤难曲写,如'诗成珠玉在挥毫',写出才人翰墨淋漓、自心欣赏之景。凡此类,知者遇之,非然,亦鹘突看过,作等闲语耳。"[①]这里举到的"长安一片月",联系下文的"万户捣衣声"(见李白《子夜吴歌》),不难理解。"影静千官里",则取自杜甫《喜达行在所》一诗,写诗人由沦陷中的京城脱身,抵达凤翔肃宗驻跸之地并参与朝拜的景象,可以想见其当时的喜悦之情,故一个"静"字不单摹写出百官列队上朝时的肃穆场景,还贴切地反映了诗人自身的归属感与安宁感,这就是"景中情"了。至于"诗成珠玉在挥毫"一语,亦采自杜甫《和贾至舍人早朝大明宫》诗,这句话是恭维对方诗才高妙,以表达自己的仰慕之情,但能让人见出才士运笔题诗时挥洒自如、欣然自得的状貌,所以称之为"情中景"。按后面这个例子,则读陈子昂《登幽州台歌》时,从他那抚今追昔、不获知音、瞻天瞩地、心乱神迷的深沉感喟与激切表白之中,不亦可鲜明地体认出诗人当年孑立于高台之上,苍茫四顾,无所适从,万念交集,涕泪俱下的孤独身影与悲慨神情吗?可见直白式的抒情不光能构建言辞之"象"(心声),也还有可能透过其情意的表白以折射出说话人的形影神态(心画)来,其"意象"的功能自无可置疑了。

末了,还要稍稍提到王夫之未涉及的"理象"。诗中理念能不能构成意象,是个更为复杂的问题。在我国传统中,诗含"理趣",一般是为人赞许的,"理语"入诗,则每每受到诟病,实际上两者的界线不容易划清。一些富于理趣的诗章,时有可能掺杂理语;而若议论行之以情韵,也常显得生动有趣。这类含带情趣的意理表白,在早期诗歌中屡见不鲜。《诗经·伐檀》里再三痛斥那些"不稼不穑,胡取禾三百廛兮;不狩不猎,胡瞻尔庭有县貆兮"的"大人"、"君子",用的便是直接的议论,但议论出之于事实,且通过一连串反问以强调愤慨不平之情,就有了感染力。后汉桓、灵时民谣:"举秀才,不知书;举孝廉,父别居;寒素清白浊如泥,高第良将怯如黾",更是通体由说理构成,而采用强烈对比的手法,以鲜明的反差昭显一针见血的讽刺,不仅让人懂得亦且能感受到诗中所说的意理。这样的诗虽尚不能说形成了理趣,而已然含带意象化的倾向,则可以断言。下而及于两晋之交,以玄言为诗成风。玄言诗确有"平典似《道德论》"的缺陷[②],然亦时有于玄理中寄寓情怀甚或借山水景观表白玄思的佳句,视以为"理象"的生成和"理趣"的发端,洵属允当。迤逦至唐宋以后,诗中理象与理趣便已进入成熟境地。如常被人称引的王之涣《登鹳雀楼》诗:"白日依山尽,黄河入海流。欲穷千里目,更上一层楼。"前联写景,没问题,后联究竟意在抒述个人情怀,还是要表明某种人生理念,难以判别,其实正是"情"与"理"相结合的好例子,更由于前联景句的烘托,其所蕴有的理思与情趣

---

① 见戴鸿森《薑斋诗话笺注》,第72页,人民文学出版社,1981年。

② 钟嵘《诗品序》评玄言诗语,曹旭《诗品笺注》,第15页,人民文学出版社,2009年。

便提升到了相当高度，而为千古读者啧啧叹赏不已。除此之外，像苏轼的《题西林壁》、王安石的《登飞来峰》、朱熹的《读书有感》等，都因其富于理趣而受人推崇。李清照诗“生当为人杰，死亦作鬼雄。至今思项羽，不肯过江东”（《读史》），虽不属于哲理性的思考，而能将政治见解融于激情表白和历史反思，具有感人的气度与活力，亦应承认其意象艺术而归之于“理象”的范畴。至如刘禹锡“沉舟侧畔千帆过，病树前头万木春”（《酬乐天扬州初逢席上见赠》）、黄庭坚“落木千山天远大，澄江一道月分明”（《登快阁》），完全借自然物象展示意理，则又是“理象”的另一种类型。总之，诗可用来直接表达思想，只要这思想确属诗人诗性生命体验的有机组成，在表达上就有可能做到具体可感，而诗中理语也就自然转化为理象和理趣了①。这亦便是谈论意象艺术不应丢弃“理象”这一环，要将“理象”与“物象”、“事象”、“情象”相提并论、共加研讨的理由。

四、从意象到意境

讨论诗歌意象艺术，不可回避的一个课题，便是对意象与意境的关系加以梳理，我们这里也只能从概念辨析的角度简略地说几句。

以通常的理解而言，这两个概念所标示的对象，多被处理成局部与整体的关系，即：“意象”用以指诗中所呈现的一个个的单“象”，而“意境”则指其相互联结所整合成全景。这样的理解不能算错，但不够周全。因为意象联结所直接产生的应该是意象链、意象群乃至意象系统，并不就是意境。意象群、意象系统和单个意象是处在同一平面上的事物，它们都属于“象”的范畴；“意境”则超越了“象”的层面，它由“象”所生发，却不能局限于“象”的范围。我们看有的诗里并不缺少意象，亦不缺少意象之间的联结，但始终停留于平面的铺开，未形成层深的建构，其所不足的往往就是意境。可见意境与意象并不能简单归之于整体和局部的关系，还须作深入一步的考察。

按“意境”之说本系由佛学移入诗学，初名曰“境”，后来才合成“意境”一词。“境”在佛学中原指“心之所游履攀援者”②，即人们的意识活动所凭附的对象，这跟诗歌意象作为人的诗性生命体验的对象化显现若合符契，故“境”之一词进入诗学，便同“象”有了紧密的联系。前举王昌龄“诗有三境”之说，其“物境”、“情境”、“意境”其实便是诗歌意象构成的三种型态。《诗格》“取思”一节里讲到“搜求于象，心入于境，神会于物，因心而得”③，也是将“象”、“境”、“物”并列为人的审美意识（心）所把握的对象，说明“境”“象”本不可分离。而因为诗歌意象乃情意与“象”的结晶体，所以谈论诗境时也总是指向情景交融，所谓“意与境会”④、“思与境偕”⑤，正是意境在这个方面的规定性。今人多从情景交融的角度来解说“意境”，亦自有其历史的依据。

---

① 按：西方诗歌创作中素有较发达的哲理诗传统，其抒情诗含带哲理亦很通常，如英国大诗人雪莱的名篇《西风颂》，即以“冬天来了，春天还会远吗”的哲理性预言作结，传颂遐迩，观此可悟理语成象之说。

② 参见丁福保《佛学大词典》释“境”。

③ 《全唐五代诗格校考》，第150页。

④ 见权德舆《左武卫胄曹许君集序》，中华书局影印本《全唐文》卷四九〇。

⑤ 见司空图《与王驾评诗书》，《四部丛刊》本《司空表圣文集》卷一。

不过“意境”又不能单纯归结为情景交融。“情”(意)与“景”(象)的结合,是意象艺术的普遍原理,“意境”的生成,则还有其特定的条件,那便是对意象的超越,用唐人刘禹锡的话来说,叫作“境生于象外”[①]。考“象外”之谈导源于三国时荀粲对《易传》“立象尽意”说的质疑,他认为“理之微者,非物象之所举”,还须“通于象外”,去求得“象外之意”[②]。这样一种超越物象以探求真意的倾向,被王弼归纳为“得意忘象”[③],成为魏晋玄学的重要观念。东晋以后,佛教大盛。佛家以现象界为虚妄,主张破除妄念,返归真如,故有“穷微言之美,极象外之谈”之说[④],其“象外”即指涅盘之道和般若之论。玄、佛的推崇“象外”,对艺术创作产生了影响,刘宋宗炳《画山水序》里便讲到“旨微于言象之外”[⑤],南齐谢赫《古画品录》亦主张“若取之象外,方厌膏腴”[⑥]。唐人开始将这个观念引入诗学领域,皎然《诗议》中有“绎虑于险中,采奇于象外”的提法[⑦],而戴叔伦所谓“诗家之景,如蓝田日暖,良玉生烟,可望而不可置于眉睫之前也”[⑧],其实也还是对诗歌象外境界的一种描述。不过诗画家的驰神“象外”,并不同于佛门弟子那样一力破除现象界的虚妄,倒是要立足具象而又穿越具象的描绘,以打开通往象外世界的门户,以引发更丰富也更深刻的人生体验,这跟王弼宣扬的“寻言观象”、“寻象观意”而又“得象忘言”、“得意忘象”[⑨]的路子相近,值得我们细心领会。

为什么诗歌艺术由“立象尽意”发端,最终却要走向“境生象外”的道路呢?这又跟诗歌作品里“意”与“象”的对立统一关系分不开。在诗歌创作过程中,“意”与“象”构成了一对矛盾,“象”用以表达“意”,“意”必须透过“象”来传递,但“意”“象”之间又不尽一致。“象”有限而“意”无穷,“象”凝固而“意”流动,“象”封闭而“意”开放,“象”实在而“意”空灵。所以,“象”对“意”的传达来说,既是一种凭借,亦是一种拘限,“立象”固然为了“尽意”,而“意尽象中”又每常招惹不满。甚至有时候,“意”与“象”的主从关系被颠倒过来,“象”自立为主体,不但不去尽“表意”的职能,反而自我膨胀起来,蜕变成阻挡和遮蔽情意传递的障碍物,这就更违背了“立象尽意”的宗旨。我们看唐以前宋、齐、梁、陈这一段诗歌的演变,从山水、咏物到宫体,物象(宫体诗中的人体描写亦可归入物象范畴)的采择愈来愈受人重视,观察日益细微,刻画日益精工,编列也更加密集,所谓“自近代以来,文贵形似,窥情风景之上,钻貌草木之中。吟咏所发,志惟深远;体物为妙,功在密附”[⑩],确系当时文学风气的写照。这一“体物为妙”的风尚,固然大大拓展了意象艺术的操作技巧,而亦带来诗中情意或多或少被物象所掩埋的负面效应。后人以“性情渐隐,声色大开”来形容并批评这个时期的诗风[⑪],不能算无的放矢。然则,当如何来解决这一矛盾呢?废弃意象自不可能,只有走向超越意象,即从意象自身开发

---

① 刘禹锡《董氏武陵集纪》,上海人民出版社校点本《刘禹锡集》卷一九。

② 见《三国志·魏志·荀彧传》裴松之注引《晋阳秋》所载《荀粲传》,中华书局1959年校点本《三国志》,第319—320页。

③ 见《周易略例·明象》,楼宇烈《王弼集校释》,第609页,中华书局,1980年。

④ 见僧肇《肇论·涅盘无名论》,中华书局1981年版《中国佛教思想资料选编》第一卷,第157页。

⑤ 见《历代论画名著汇编》,第14页,文物出版社,1982年。

⑥ 同上书,第18页。

⑦ 见《全唐五代诗格校考》,第185页。

⑧ 司空图《与极浦书》所引,《四部丛刊》本《司空表圣文集》卷三。

⑨ 参看《周易略例·明象》。

⑩ 《文心雕龙·物色》,范文澜《文心雕龙注》卷十。

⑪ 见沈德潜《说诗晬语》卷上,中华书局1963年版《清诗话》,第532页。

出一个“象外”世界来，让这个“象外”世界接续并深化意象表意的功能，而诗人的诗性生命体验也藉此得到了升华。这正是唐代诗学所致力的追求，亦便是“意境”之所由来了。

然则，意境作为超越性的“象外”世界，它又包含了哪些方面的具体内容呢？刘禹锡“境生象外”一语不免笼统，到晚唐司空图，便进一步提出“象外之象，景外之景”①以及“韵外之致”、“味外之旨”②诸般名目，把问题推向具体化了。司空图本人并没有对这些不同的名目加以解说，但从“象”、“景”、“致”、“旨”的不同提法看来，相互间还是可以作一点区别的。“象”和“景”比较实在，虽处身“象外”，仍须有实相可供人把捉，或许可将其界定为由诗歌意象所生发的想象空间；“致”（趣）与“旨”（味）更为虚灵，它没有实相，却可以让人感受到，那便是“象外”世界的情意空间了。据此，则“意境”说的提出，是要给诗歌意象建立起一套层深的建构，即：不光有文本中直接呈现的实象（“象内之象”），亦且有引发想象所形成的虚象（“象外之象”），甚且有凭附于想象和体验以达致的更为虚灵的情感氛围与意蕴积淀（所谓“韵外之致”、“味外之旨”）。这一“象外”世界的开发，大大提升了古典诗歌意象艺术的视野，使意象的自我超越有了方向。而时下关注意境问题中所出现的用联想、想象乃至情感氛围来界说“意境”的尝试，不也可以归结到这一“象外”空间的构建上来吗？

且让我们举个实例来看一看“意境”的运作。上一节里提到李白的两首送别诗，不妨全文录引以资比较：

> 李白乘舟将欲行，忽闻岸上踏歌声。桃花潭水深千尺，不及汪伦送我情。（《赠汪伦》）
>
> 故人西辞黄鹤楼，烟花三月下扬州。孤帆远影碧空尽，惟见长江天际流。（《黄鹤楼送孟浩然之广陵》）

两首都是好诗，但哪一首更好一些？我个人更欣赏第二首。应该说，前首写得也不差，情真意切，话语天然，还用了个巧妙的比喻，以“桃花潭水”的美丽意象烘托友人惜别之意，相当动人。缺点是明说“深情”，却未提供拓展情思的空间，难以引发读者进一步的想象和体验，不免见得“意尽象中”，余味不足。相比之下，后一首的意境显得更深远些。其开首两句交代送别的时、地、人、事，且不论究，重点看下面的抒情。送别一位“故人”，又是远去扬州，自应有千言万语可待抒述，而篇幅尚余两句十四个字，如何抒写得尽呢？于是索性不著一字，转过身来摹写眼前的实景：先是一个慢镜头，写舟船渐渐离去，从一片孤帆，变为一点远影，而远影也逐渐移至碧空尽头，终于淡出了视线；而后是一个空镜头，只剩长江流水滔滔不尽地向着天际流去。这意味着什么？仅仅是为了观景吗？当然不是。写景是为了写那观景的人。透过这渐行渐远的帆影和滔滔不尽的水流，当能想象出送行者久久伫立江边、神情凝滞地眺望船儿远去的孤独身影，亦可仿佛体认到他那难分难舍的惜别心意和潜藏在内、翻腾不已的各种情思。这些都没有写出来，需要我们从字里行间去发掘，去建构，亦便是诗歌意象为我们开拓的“象外”想象空间与情意空间了。

“象外”世界的开拓，不仅足以丰富我们对诗中情意的感受，有时还能即小见大，从具体情事中体悟到某种人生的理念，窥入生命的本真。如杜甫那首脍炙人口的小诗《江南逢李龟

① 司空图：《与极浦书》。

② 司空图：《与李生论诗书》，《四部丛刊》本《司空表圣文集》卷二。

年》,短短四句,不过是淡淡叙述当年在京城的交往和眼下流落江南时的相逢,而"落花时节又逢君"这一结,就把巨大的人世沧桑都概括进去了。读者可从这大自然的"落花时节",联想到诗人自己及其题赠对象的晚年沦落生涯,还可联想到整个王朝历史的盛衰剧变,真可谓感慨万千,惊心动魄!又如王维《辋川集》里的五绝《辛夷坞》,写辛夷花在山谷中自开自落的景象,用了"涧户寂无人"一句旁衬,使得自然生命无须借助人的观赏而得以自由自在运行的意蕴凸现出来,不单显示了诗人自身的情怀,也提供了某种人生哲理的感悟。我们说诗的意境能突破意象的拘限,让人的诗性生命体验得到不断生发与提升的空间,道理就在这里。

当然,意境的重心虽指向"象外",而其所赖以建立的根基,却仍须立足于"象内"。没有"象"的支撑,绝不会有"境生象外"的现象产生。宗白华先生当年曾倡扬艺术意境的"层深创构"说,并将他所领会的意境的创构区划为三个层面,即:"直观感相的模写"、"活跃生命的传达"和"最高灵境的启示"[①]。如果说,第一层面相当于意象的外观,第二层面揭示了其生命的内涵,则最高层面便体现出由"象外"空间的开拓而最终进入生命的本真。从这个意义上说,"象内"与"象外"原本是一体的,故由意象的建构演进为意境的探求,实也是意象艺术的题中应有之义了。

作者单位:上海社科院

---

① 宗白华:《中国艺术意境之诞生》,《美学散步》,第63页,上海人民出版社,1981年。

文章理论命题四论

詹杭伦

在我国的文学史上，擅长作文的作家多如天上的繁星，文章审美理论命题也多如海边的贝壳，琳琅满目，美不胜收。本文选取论述几个以“文”字开头的理论命题，包括“文如其人”、“文无常体”、“文章本色”和“文章之妙”等，这四个命题对于整个文章理论命题而言，既不全面，也不系统，只是管中窥天、艺海拾贝而已。

一、文如其人

“文如其人”这一命题指文章的风格特色与作者为人的性格特点是相似的。出处见于宋人苏轼的《答张文潜书》：

> 子由之文实胜仆，而世俗不知，乃以为不如。其为人深不愿人知之，其文如其为人，故汪洋澹泊，有一唱三叹之声，而其秀杰之气，终不可没。①

苏轼告诉张耒说，他弟弟苏辙之文实际比自己的文章写得好，苏辙的文章与其为人是一致的。

关于“文如其人”的思想渊源，最早可以回溯到孔子的见解去。在《论语·宪问》中，孔子曾提出“有德者必有言”②，就是指作家道德修养与其作品存在着紧密的关系。其后，汉代扬雄在《法言·问神》中指出：“言，心声也；书，心画也；声、画形，君子、小人见矣。声、画者，君子、小人之所以动情乎。”③扬雄认为，人们所说的话、作的文章、写的字，都应该是心中思想感情的真实流露，从其人的言谈、文章、书法中可以区分他是君子还是小人。唐代韩愈在《进学解》中指出，作家必须加强内在道德修养，方能“闳其中而肆其外”④。苏轼很有可能是在孔子、扬雄和韩愈的见解基础之上，提出“文如其人”命题的。

在苏轼之后，“文如其人”的命题得到许多作家的赞同。宋人吴儆撰《摩苍轩记》说：

> 予既名静之，读书之室曰识斋，又以摩苍名其轩。盖取杜工部草堂之什“黄鹄摩苍天”之句。静之为室，盘旋一席之地，茅茨下垂，仅免伛偻，取名摩苍，无乃不类乎？予谓

---

① 苏轼：《东坡全集》，卷七十四。文渊阁《四库全书》（台北商务印书馆，1986），第1108册，第205页。

② 何晏集解、邢昺疏：《论语注疏》，卷十四。文渊阁《四库全书》，第195册，第653页。

③ 李轨、柳宗元注：《扬子法言》，卷四。文渊阁《四库全书》，第696册，第299—230页。

④ 廖莹中编：《东雅堂昌黎集注》，卷十二《进学解》。文渊阁《四库全书》，第1075册，第201页。

天之苍苍，无有穷尽，而可以木石与之争高。凡人为身之适，以欂栌楶棁为丽者，其人之志止此也，而气亦从之。静之癯然山泽之儒，其志甚高，其行甚峻，其文如其人，一言一字，痛自约束，而其气振作揭厉，愤勇激烈，譬之虎豹不可絷而维之，故谓其室也，不逾蓬蒿之门，有摩苍之势，故取之名其轩。[1]

吴儆自己给读书室取名"摩苍轩"，用杜甫《寄题江外草堂》"黄鹄摩苍天"的诗句来激励自己，励志笃行，并表明自己"文如其人，一言一字，痛自约束"，要做言行一致之人。

宋人林景熙撰《顾近仁诗集序》说：

盖诗如其文，文如其人也。近世剽窃声响，窍蚓争喧，自谓能诗，而不本于吾文，以文其所不能，至裂诗文为二途，而不知归一也。岂有拙于文而工于诗哉！[2]

林景熙认定"诗如其文，文如其人"，并持此标准批评当时某些作家"裂诗文为二途"的错误认识。

明人冯时可撰《雨航杂录》说：

九奏无细响，三江无浅源。文岂率尔哉？永叔侃然而文温穆，子固介然而文典则，苏长公达而文遒畅，次公恬而文澄蓄，介甫矫厉而文简劲，文如其人哉！[3]

冯时可分析宋代著名作家的个性与其文章风格的关系，发现欧阳修个性侃然而其文温和，曾巩个性介然而其文典则，苏轼个性旷达而其文遒畅，苏辙个性恬澹而其文澄澈含蓄，王安石个性矫厉而其文简劲，所以"文如其人"，如印印泥，可以得到证明。

清代学者刘熙载在《艺概·诗概》提出"诗品出于人品"之说：

诗品出于人品，人品悃款朴忠者最上；超然高举，诛茅力耕者次之；送往劳来，从俗富贵者无讥焉。[4]

人品，指诗人的道德品格。刘氏指出"人品"有上中下三等，诗品也有上中下三格。刘熙载又以人品论词，如《艺概·词曲概》论周邦彦词云："周美成词，或称其无美不备。余谓论词莫先于品，美成词信富艳精工，只是当不得个'贞'字，是以士大夫不肯学之，学之则不知终日意萦何处矣。"[5]所谓"当不得个'贞'字"，主要是批评周邦彦词中没有体现正气凛然的品格。至于对柳永的评价，就更加过分了，直斥为："迷意花酒之人，不足以称词客。"刘熙载如此以"品"取人，以"品"论诗词，对作品的审美功能和娱乐效果有所忽视，就难免有些偏颇了。刘熙载《艺概·书概》论书法也极重人品，并提出"书如其人"之说："书，如也，如其学，如其才，如其志，总之曰如其人而已。"[6]可以说，在中国传统文论中，以人品论定文品、诗品、词品、书品等等，到刘熙载达到了极致的状态。

尽管"文如其人"的观点得到大多数人的赞同，但是，对这个观点也并非没有反面的意

---

① 吴儆：《竹洲集》，附录。文渊阁《四库全书》，第1142册，第297页。
② 林景熙：《霁山文集》，卷五。文渊阁《四库全书》，第1188册，第752页。
③ 冯时可：《雨航杂录》，卷上。文渊阁《四库全书》，第867册，第329页。
④ 刘熙载：《艺概》，第82页。
⑤ 刘熙载：《艺概》，第109—110页。
⑥ 刘熙载：《艺概》，第170页。

见。南朝的梁简文帝萧纲对他的儿子讲了一个非常有名的如何做人作文的观点，其《诫当阳公大心书》说：

立身之道与文章异，立身先须谨重，文章且须放荡。①

对于简文帝的这个观点，许多卫道之士表示不同意。如宋人王应麟《困学纪闻》说："梁简文《诫子当阳公书》曰：'立身之道与文章异，立身先须谨重，文章且须放荡。'斯言非也，文中子谓文士之行可见，放荡其文岂能谨重其行乎？"②又如宋人刘清之《戒子通录》在转录此文时，甚至把最后一句改为："文章亦勿放荡。"③其实，王应麟等人对简文帝的原意有所误解，简文帝的意思并非告诉儿子可以文、行不一，而只不过是说，少小之时，写文章要恣意奔放，只有手笔放开，才能促使灵感爆发，意兴升华，让文章格局开张，词彩绚烂。结合后人的见解来看就更容易明白了，苏轼《与侄帖》云："凡文字少小时，须令气象峥嵘，采色绚烂；渐老渐熟，乃造平澹；其实不是平澹，乃绚烂之极也。"④又如谢枋得《文章规范》说："凡学文初要胆大，终要心小；由粗入细，由俗入雅，由繁入简，由豪荡入纯粹。"⑤对比之后就很清楚，萧纲说的"放荡"与苏轼说的"峥嵘"、谢枋得说的"豪荡"，其实是相近的意思。虽然简文帝并不是针对"文如其人"来唱反调，不过，简文帝在这里所提出的"立身之道与文章异"，其实指出了立身修养与文章修养存在着不同的路径。这也启迪后人思考一个问题，读者是否有可能明白无误地从文章中推断出作者的人品来？

金代文学家元好问写过一首论诗诗：

心画心声总失真，文章宁复见为人？高情千古闲居赋，争信安仁拜路尘。⑥

西晋的文学家潘岳，写过一篇很高雅的《闲居赋》，但实际上，他却是个谄媚的小人，马屁拍得非常出格，甚至会在路边拜倒在权贵贾谧的车尘之下，因而元好问写此诗来讽刺他。潘岳人品究竟如何，可以另当别论。值得注意的是，元好问在此诗中提出了一个重要质疑：人们是否能够根据某人的作品来推断某人的人品？根据某些作家的经验，人在写东西的时候，他进入的是另外的天地，扮演的是另外的角色。就像演员唱戏、演电影一样，那只是舞台上、银幕上的角色，与他本人品格无关。生活中，某些贪官做起廉政诗来可能比谁的调子都高。如果我们硬要根据作品来推测人品，很有可能是要失望的。所以，"文如其人"很可能是个理想的命题，是文论家对作家写出反映其真实人品的作品的期许。

还有一个与此相关、值得注意的问题是，某些作家人品低劣在历史上已有定评，但并不说明他不能写出好的作品。例如，初唐诗人宋之问，历史上认定他人品卑劣，但其诗却多佳句。宋末元初诗评家方回在其《初到黄梅临江驿》诗下评说：

之问之为人不足道也，然唐律诗起于之问与沈佺期。此诗贬泷州参军时所作，坐媚

① 欧阳询：《艺文类聚》，卷二十三。文渊阁《四库全书》，第887册，第531页。
② 王应麟：《困学纪闻》，卷十七。文渊阁《四库全书》，第854册，第452页。
③ 刘清之编：《戒子通录》，卷一。文渊阁《四库全书》，第703册，第8页。
④ 张镃：《仕学规范》，卷三十二。文渊阁《四库全书》，第875册，第164页。
⑤ 谢枋得编：《文章轨范》，卷一。文渊阁《四库全书》，第1359册，第544页。
⑥ 元好问：《遗山集》，卷十一。文渊阁《四库全书》，第1191册，第123页。

张易之事而败。其《早发韶州》律诗有云:“珠厓天外郡,桐柱海南漂。日夜晴明少,冬春雾雨饶。身经山火热,颜入漳江销。触景含沙怒,逢人毒草摇。雾浓看袂湿,风扬觉船飘。”又如《发藤州》云:“云峰刻不似,苔壁画难成。雾衮千花气,泉和万籁声。恋结芝兰砌,悲缠梧槚茔。”如《发端州》云:“人意长怀北,江引日向西。破颜看鹊喜,拭泪听猿啼。”如:“失意潜引蛊,猜颜辍报仇。”如:“吴将水为国,楚用火耕田。”皆佳。此篇“北极”、“南溟”(北极怀明主,南溟作逐臣)一联,老杜“北阙心长恋,西江首独回”,亦何以异乎?①

此评既指出宋之问“为人不足道”,又指出其为诗实佳;其诗所抒“身在江湖,心存魏阙”之情,甚至与杜甫无异;并充分肯定其在唐诗发展史上开创律诗的地位。这种一分为二,不以人废言的批评态度是可取的。

我们应当承认,在文学史上,“文如其人”与“文不如其人”两种现象都是存在的。作为文学批评家,应该接受《礼记·曲礼上》所提倡的“爱而知其恶,憎而知其善”②的批评态度。就是说面对作品时,对自己喜欢的其人其作,要知道其缺点所在;对自己憎恶的其人其作,要知道其优点所在。只有这样,才能开展公平允当的文学批评。

二、文无常体

“文无常体”的理论命题出自南朝齐代的文学家张融,据梁代萧子显撰《南齐书》本传说,张融在齐永明中遇疾,写了一篇《问律自序》给他的儿子,其文曰:

> 吾文章之体,多为世人所惊,汝可师耳以心,不可使耳为心师也。夫文岂有常体,但以有体为常,政当使常有其体。丈夫当删《诗》、《书》,制礼乐,何至因循寄人篱下?且中代之文,道体阙变,尺寸相资,弥缝旧物,吾之文章,体亦何异?何尝颠温凉而错寒暑,综哀乐而横歌哭哉?政以属辞多出,比事不羁,不阡不陌,非途非路耳。然其传音振逸,鸣节竦韵,或当未极,亦已极其所矣。汝若复别得体者,吾不拘也。③

张融所说的“文章之体”有两个互相联系的涵义:一个是文章的体裁,一个是文章的风格。大致说来二者的关系是,某种文章的体裁可以显现出某种文章的风格,某种文章的风格又需要某种特定的文章体裁来加以表现。张融在这里谈到“文岂有常体(即文无常体),但以有体为常”的辩证观点,对于后人认识文学的发展是很有意义的。文章是处在不断变化之中的,所以“文无常体”;但文章在变化之中,又自然会形成某种文章的范式,这种范式有其相对稳定的原则和流行时段,所以文章是以“有体为常”。清代学者何焯在评陆机《文赋》时说:“‘虽离方而遯员,期穷形而尽相’二句,盖亦张融所谓文无定体,以有体为常也。”④在何焯看来,“离方而遯员”就是文无定体,“穷形而尽相”则是古今文章的共同追求,认为陆机早已表

---

① 方回:《瀛奎律髓》,卷四十三。文渊阁《四库全书》,第1366册,第473—474页。

② 郑玄注、孔颖达疏:《礼记注疏》,卷一。文渊阁《四库全书》,第115册,第26页。

③ 萧子显:《南齐书》,卷四十一《张融传》。文渊阁《四库全书》,第259册。又见李延寿:《南史》,卷三十二附《张邵传》。文渊阁《四库全书》,第265册。

④ 何焯:《义门读书记》,卷四十五。文渊阁《四库全书》,第860册。

述了与张融近似的意思。

比张融稍晚的刘勰在《文心雕龙·通变》篇中更进一步讨论了这一问题：

> 夫设文之体有常，变文之数无方，何以明其然耶？凡诗赋书记，名理相因，此有常之体也；文辞气力，通变则久，此无方之数也。名理有常，体必资于故实；通变无方，数必酌于新声；故能骋无穷之路，饮不竭之源。[①]

刘勰的意思是说，诗、赋、书、记等各类文体的范式是有常规的，但怎样写作，即作者个人如何发挥"文辞气力"，则是随着时代和个人的经历而变化无方的。黄侃《文心雕龙札记》解释"文辞气力"的变化说："放言遣辞，运思致力，即一身前后所作，亦不能尽同。前篇(《体性》)云'八体虽殊，会通合数，得其环中，则辐辏相成'，是也。况于规摹往文，自宜斟酌损益，非如契舟胶柱者之所为，明矣。"[②]黄侃认为，作家在继承的基础上要勇于革新，这个看法是不错的。我们看到，刘勰在文中提出了"常体"和"变量"两个概念，所谓"常体"，是继承旧有的体裁；所谓"变数"，是追求新变的机制。作家在写作之时，考虑到常体，就必须规模乎旧文；考虑到变量，就必须斟酌于新声。这是文学发展中继承与革新的需要，两者皆不可或缺。

金代文学家王若虚在《滹南文辨》中说："或问文章有体乎？曰：无。又问无体乎？曰：有。然则果何如？曰：定体则无，大体须有。"[③]文章的体裁说有也可，说无也可。从有的角度讲，固然有着大致的常体；从无的角度讲，并无从古到今完全不变的文体存在。这种说法与张融、刘勰的观点是一脉相承的。

各种文体经过长期的历史发展，逐渐形成各自相对独立和稳定的形式特征和风格面貌，这就是所谓的"文之体有常"。唐宋以降，文学批评家在品评文章时，往往以此作为评量的首要尺度。日僧遍照金刚(空海，774—835)《文镜秘府论·南卷·论体》说："词人之作也，先看文之大体，随而用心。"[④]宋人张戒《岁寒堂诗话》卷上说："论诗文当以文体为先，警策为后。"[⑤]宋人倪思(正父)说："文章以体制为先，精工次之。失其体制，虽浮声切响，抽黄对白，极其精工，不可谓之文矣。"[⑥]最有名的是王安石评文的例子，黄庭坚《书王元之竹楼记后》说：

> 或传王荆公称《竹楼记》胜欧阳公《醉翁亭记》，或曰此非荆公之言也。某以谓荆公出此言，未失也。荆公评文章常先体制而后文之工拙。盖尝观苏子瞻《醉白堂记》，戏曰："文词虽极工，然不是《醉白堂记》，乃是《韩白优劣论》耳。"以此考之，优《竹楼记》而劣《醉翁亭记》，是荆公之言，不疑也。[⑦]

黄庭坚认为，王安石秉持"先体制而后工拙"的评论原则，他既然批评苏轼的《醉白堂记》不是记体而是论体，那就很可能认定王禹偁的《竹楼记》[⑧]胜过欧阳修的《醉翁亭记》。王安石

---

① 范文澜注：《文心雕龙注》，人民文学出版社，1962年，第519页。

② 黄侃：《文心雕龙札记》，上海古籍出版社，2000年，第105页。

③ 王若虚：《滹南集》，卷三十七。文渊阁《四库全书》，第1190册。

④ 遍照金刚：《文镜秘府论》，人民文学出版社，1975年，第151—152页。

⑤ 张戒：《岁寒堂诗话》卷上。丁福保：《历代诗话续编》(中华书局，1983年)，第459页。

⑥ 王应麟编：《玉海》卷二百零二。文渊阁《四库全书》，第947册。

⑦ 黄庭坚：《山谷集》卷二十六。文渊阁《四库全书》，第1113册。

⑧ 王禹偁：《小畜集》卷十七《黄州新建小竹楼记》。文渊阁《四库全书》。

之所以看低欧阳修之作，正是因为体裁的关系。陈师道《后山诗话》记载："少游谓'《醉翁亭记》亦用赋体'。"[①]陈鹄《西塘集耆旧续闻》记载："陈后山云：'退之作记，记其事尔，今之记乃论也。'少游谓'《醉翁亭记》亦用赋体'。余谓文忠公此《记》之作，语意新奇，一时脍炙人口，莫不传诵，盖用杜牧《阿房赋》体，游戏于文者也，但以记号醉翁之故耳。"[②]二书所载少游之语，祝尧在《古赋辩体》卷八中亦曾加以引用，并作为"宋时名公于文章必辩体"的重要例证之一。祝尧还因此批评欧、苏文赋说："赋之本义当直述其事，何尝专以论理为体邪？以论理为体，则是一片之文但押几个韵尔，赋于何有？今观《秋声》、《赤壁》等赋，以文视之，诚非古今所及，若以赋论之，恐教坊雷大使舞剑，终非本色。"[③]由此可见，本着"先体制而后工拙"的批评原则，面对作品，首先应当从体裁上辨别其像不像，然后才看其写得好不好。否则，即使写得很好，像《秋声赋》、《赤壁赋》那样，还是会受到"终非本色"的讥评。

一般说来，一种文体自有一种文体相对稳定的风格特征，这是一个方面，但另一方面，从通变的观点来看，文体风格也不是一成不变的。文体的变化遵循由量变到质变的规律，在作家求新求变的努力下，各种文体之间不断发生碰撞和融合，常常给文体带来新的生命力，导致新的文体脱胎而出。不少学者已指出，在宋代尽管没有人在理论上公开宣称破体为文，但事实上，破体为文已经成为一种时代的风气[④]。诸如以文为赋、以古文为骈文、以古诗为律诗，乃至以文为诗、以诗为词等等，在宋以后的文学发展中成为常态。

破体为文的创造性不仅表现在各种文体之间的相互影响与融合，更集中地表现在新文体的产生。明吴讷《文章辨体·凡例》云："四六为古文之变，律赋为古赋之变，律诗杂体为古诗之变，词曲为古乐府之变。"[⑤]说明由古文变为骈文、古赋变为律赋、古诗变为律诗、乐府变为词曲，都是某些作家破体为文造就的结果。明胡应麟《诗薮·内篇》卷二说："四言不能不变而五言，古风不能不变而近体，势也，亦时也。然诗至于律，已属俳优，况小词、艳曲乎？"[⑥]说明文体的变化是文坛大势的推动，也是时代发展的运会使然。

三、文章本色

文章"本色"的概念，最早由刘勰提出，其在《文心雕龙·通变》篇中指出：

> 今才颖之士，刻意学文，多略汉篇，师范宋集。虽古今备阅，然近附而远疏矣。夫青生于蓝，绛生于蒨，虽逾本色，不能复化。[⑦]

刘勰以青色提炼自蓝色，绛色提炼自蒨色为比喻，说明文学创作要注意保持本色，就必须留意继承传统，而不能只是崇尚新奇。

① 陈师道：《后山诗话》，《历代诗话》（中华书局，1982年），第309页。

② 陈鹄：《耆旧续闻》，卷十。文渊阁《四库全书》，第1039册，第634页。

③ 祝尧：《古赋辩体》，卷八。文渊阁《四库全书》，第1366册，第817页。

④ 参看吴承学：《从破体为文看古人审美的价值取向》，《学术研究》1998年第5期；张高评：《破体与创造性思维——宋代文体学之新诠释》，《中山大学学报》2009年3期。

⑤ 吴讷：《文章辨体序说》（人民文学出版社，1998年），第10页。

⑥ 胡应麟：《诗薮·内篇》（上海古籍出版社，1979年），卷二，第23页。

⑦ 范文澜注：《文心雕龙注》，第520页。

北宋作家陈师道借鉴刘勰“本色”之说，而又有新的用法，他在《后山诗话》中指出：

退之以文为诗，子瞻以诗为词，如教坊雷大使之舞，虽极天下之工，要非本色。今代词手，唯秦七、黄九尔，唐诸人不迨也。[①]

陈师道的意思是说，某种文体有其特定的风貌，这是文类的本色；每位作家有自己擅长的文学体裁，即为作家的本色。例如，韩愈擅长古文，他就用古文法来作诗，没有写出诗的特定风貌；苏轼擅长诗歌，他就用写诗的方法来填词，没有写出词的特定风貌。虽然，他们也能写出优秀的其他类别作品来，但毕竟不是自己的当家本色。北宋的词家，唯有秦观、黄庭坚号称当家本色，唐以来的词人都不如他们两人在词学上造诣之深。

北宋晁补之也用“当行本色”评词，不过他对黄庭坚词的看法与陈师道不同：

苏东坡词，人谓多不谐音律，然居士辞横放杰出，自是曲子中缚不住者。黄鲁直间作小辞，固高妙，然不是当行家语，是著腔子唱好诗。晏元献不蹈袭人语，而风调闲雅，如“舞低杨柳楼心月，歌薄桃花扇底风”，知此人不住三家村也。张子野与耆卿齐名，而时以子野不及耆卿，然子野韵高，是耆卿所乏处。近世以来作者，皆不及秦少游，如“斜阳外，寒鸦万点，流水绕孤村”，虽不识字人，亦知是天生好言语。[②]

晁补之认为，黄庭坚与苏轼一样，都是以诗为词，而晏殊、张先、柳永、秦观都是作词的行家高手，而以秦观词学造诣最高。

南宋严羽在《沧浪诗话·诗评》中沿用陈师道的概念，但他指出韩愈作诗自有本色之处，如：“韩退之《琴操》极高古，正是本色，非唐（诸）贤所及。”[③]这里的本色相当于自身本领、手段。

清人王士禛在前人的基础上更有新的见解，他说：

词如少游、易安，固是本色当行；而东坡、稼轩直以太史公笔力为词，可谓振奇矣。元曲之本色当行者不必论，近如徐文长（渭）《渔阳三弄》、《木兰从军》，沈君庸（自征）之《霸亭秋》，梅村（伟业）先生之《通天台》，尤悔庵（侗）之《黑白卫》、《李白登科》，激昂慷慨，可使风云变色，自是天地间一种至文，不敢以小道目之。[④]

王士禛承认陈师道的“本色”之说，但认为苏轼、辛弃疾为宋词加入了新的元素，开出了向上一路，取得了更大的成绩。元曲家固然本色当行，而明代徐文长（渭）、沈君庸（自征）等人在曲学创作上也取得了辉煌的成绩，自是天地间一种至文。这就比陈师道眼界更广阔了。

明代学者唐顺之则将“文章本色”理解为“自成一家”。他在《与茅鹿门主事书》中说：

文莫犹人，躬行未得，此一段公案姑不敢论，只就文章家论之，虽其绳墨布置，奇正转折，自有专门师法，至于中间一段精神命脉骨髓，则非洗涤心源，独立物表，具今古只眼者，不足以与此。今有两人，其一人心地超然，所谓具千古只眼人也，即使未尝操纸笔

① 陈师道：《后山集》，卷二十三《诗话》。文渊阁《四库全书》，第1114册，第726页。
② 吴曾：《能改斋漫录》，卷十六。文渊阁《四库全书》，第850册，第810—811页。
③ 严羽著、郭绍虞校释：《沧浪诗话校释》（人民文学出版社，1961年），第187页。
④ 王士禛：《古夫于亭杂录》，卷四。文渊阁《四库全书》，第870册，第639页。

呻吟，学为文章，但直据胸臆，信手写出，如写家书，虽或疏卤，然绝无烟火酸馅习气，便是宇宙间一様绝好文字；其一人犹然尘中人也，虽其颛颛学为文章，其于所谓绳墨布置，则尽是矣，然翻来覆去，不过是几句婆子舌头话，索其所谓真精神与千古不可磨灭之见，绝无有也，则文虽工而不免为下格，此文章本色也。①

周振甫认为，这里所讲的"文章本色"，即文章中有一段真精神与千古不可磨灭之见②。明代学者唐顺之指出："秦汉以前，儒家者有儒家本色；至如老庄家，有老庄家本色；纵横家，有纵横家本色；名家、墨家、阴阳家，皆有本色。虽其为术也驳，而莫不皆有一段千古不可磨灭之见。是以老家必不肯剿儒家之说，纵横必不肯借墨家之谈，各自其本色而鸣之为言，其所言者，其本色也。是以精光注焉，而其言遂不泯于世。"③为什么秦汉以前的诸子百家都有各自的本色，而两汉以后往往丧失本色了呢？梁代文论家刘勰在《文学雕龙·诸子》篇中揭示了缘由："夫自六国以前，去圣未远，故能越世高谈，自开户牖。两汉以后，体势浸弱，虽明乎坦途，而类多依采，此远近之渐变也。"④这里指出，在先秦百家争鸣的时代，学术没有定于一尊，所以各家各派竞相立说，自成一格，因而形成自己的学术本色；汉代以来，独尊儒术，虽然也是一条正道，但学者往往依附儒家，采其成说，因而逐渐失去了各自立说的学术本色。

刘勰认为"两汉以后"，学者即"类多依采"。这种批评恐怕过于苛刻，因为在魏晋南北朝时期，由于玄学与佛学相继兴盛，学者们还是能够在儒家学说之外，各有所见的。所以，唐顺之就回避了魏晋六朝，特别指出："唐宋而下，文人莫不语性命，谈治道，满纸炫然，一切自托于儒家，然非其涵养蓄聚之素，非真有一段千古不可磨灭之见，而影响剿说，盖头窃尾，如贫人借富人之衣，庄农作大贾之饰，极力装做，丑态尽露，是以精光枵焉，而其言遂不久湮废。"⑤不过，无论在汉代，还是在唐宋时代，依傍儒家立说的学者，其实应该一分为二，就是说有的有真精神、真见解，有的则缺乏真精神、真见解。例如，汉代司马迁的《史记》，是宣称继承孔子《春秋》大业的，而其"通古今之变，成一家之言"⑥，自有千古不可磨灭的真精神。唐宋以来，诸如韩愈、李翱、朱熹、陆九渊各位大儒，虽然也是本着儒家之说立论，但都有各自的真精神，显现出各自的文章本色，故能自成一家。

要之，"文章本色"涵义甚广，或指文学的本原传统、或指作家自己擅长的题材范围、或指作者的看家本领、或指自成一家的风格特色，理解运用这一命题，需要根据文章语境，具体情况作具体分析。

四、文章之妙

清代学者李调元在处理艺术形象构造以及读者欣赏中的虚实问题时，提出了"文章妙处，俱在虚空"的重要美学命题。《雨村诗话》卷上云：

① 唐顺之：《荆川集》，卷四。文渊阁《四库全书》，第1276册，第273页。

② 周振甫：《文章例话》（中国青年出版社，1983年），第115页。

③ 唐顺之：《荆川集》，卷四。文渊阁《四库全书》，第1276册，第273—274页。

④ 范文澜注：《文心雕龙注》，页310。

⑤ 唐顺之：《荆川集》，卷四。文渊阁《四库全书》，第1276册，第274页。

⑥ 班固：《汉书》，卷六十二《司马迁传》。文渊阁《四库全书》，第250册，第445页。

老子曰："当其无，有车之用。"故文章妙处，俱在虚空。或奇峰插天，或千流万壑，或喧湍激濑，或烟波浩渺，只须握定线索，十方八面，自会凭空结撰，并不费力也。今人补缀褎集，遮掩耳目，何足言文乎？观乐府《鸡鸣高树颠》一篇，可以悟矣。[1]

李调元"文章妙处，俱在虚空"这一命题，主要是针对诗歌而言，由于这个命题既是对作家营构艺术形象时处理虚实关系的规定，也是对读者欣赏艺术形象时把握虚实关系的指南，这个原则对于诗歌和古文写作都是实用的，故附论于此。作家在创作时，"只须握定线索"，各种意象自会纷至沓来，"凭空结撰"；而读者在欣赏时由实入虚，寻觅无中之美，方能领悟到"文章妙处"。这就是"文章妙处，俱在虚空"命题的内涵所在。仅仅从理论上阐发，不免有玄虚之感，下面就结合李调元所举诗例《鸡鸣高树颠》来做一些具体分析。诗云：

鸡鸣高树颠，狗吠深宫中。荡子何所之，天下方太平。刑法非有贷，柔协正乱名。黄金为君门，璧玉为轩堂。上有双樽酒，作使邯郸倡。刘玉碧青甓，后出郭门王。舍后有方池，池中双鸳鸯。鸳鸯七十二，罗列自成行。鸣声何啾啾，闻我殿东厢。兄弟四五人，皆为侍中郎。五日一时来，观者满路傍。黄金络马头，颎颎何煌煌。桃生露井上，李树生桃旁。虫来食桃根，李树代桃僵。树木身相代，兄弟还相忘。[2]

这是一首古乐府，最早记载于《宋书·乐志》。据唐人吴兢《乐府古题要解》卷上解说："古词：'鸡鸣高树颠，狗吠深宫中'，初言天下方太平，荡子何所之。次言黄金为门，白玉为堂，置酒作倡乐为乐，兄弟三人近侍，荣耀道路，其文与《相逢狭路间行》同。终言桃伤而李仆，喻兄弟当相为表里。若梁刘孝威《鸡鸣》篇，但咏鸡而已。"[3]可见此诗主要是咏叹兄弟离家出走的事，但全诗无一句言及他离家出走的原因，反而首段写天下正当太平之时；次段极力铺陈夸张描写此家兄弟们富贵荣华、声势煊赫；末段仅以李代桃僵的故事，暗喻兄弟之间应该互相提携帮助。读完全诗不难领悟到，兄弟出走的原因已尽在不言之中了。他在天下动乱之时没有离家出走，反而在天下太平、家势显赫之时出走，一定有难言之隐，一定有切身之痛；而结尾李代桃僵的故事，既是对身为侍中郎的诸兄的指责，也是对他们善意的规劝。此诗的主旨、此诗的精妙之处全在言词之外，尽在不言之中，无怪乎李调元要以它为例，来说明"文章之妙，俱在虚空"的命题了。同类的诗歌，当复不少，皆可准此分析。李调元自己曾用此理分析乐府《陇西行》[4]，他首先从诗题说起：

如乐府《陇西行》，何篇中无陇西之意？为尊者讳也。立是名，补诗之不足也。"陇西"二字是题正面、全诗却是反射旁击。汉武有事于西南，穷兵黩武，陇西男子，无不荷戈从戎，巨室细民莫敢匿。故篇中备言妇人待客，委曲尽礼，以见家中无男子也。言豪富者尚无男子，贫穷者岂容燕息乎？夫劳苦疆场，必餐风宿雾，今反写欢乐，其劳苦却在言外，使后人于无字处默会也。写陇西以反衬天下，写豪富反衬贫苦，写妇人反衬男子，写闺门反衬边庭，可悟作文之法。若唐以后人作《陇西行》，必备写山川风景，有何

① 李调元：《雨村诗话》，卷上。郭绍虞等：《清诗话续编》（上海古籍出版社，1983年），第1520页。
② 沈约：《宋书》，卷二十一。文渊阁《四库全书》，第257册，第372页。
③ 吴兢：《乐府古题要解》，卷上。《四库存目丛书》（台南庄严文化事业有限公司，1997年），第415册，第2页。
④ 《陇西行》，见《乐府诗集》，卷三十七。文渊阁《四库全书》，第1347册，第334页。

妙意。[①]

这段分析极其精彩,它引导读者"于无字处默会"言外之意,它指导作者从反面落笔,反衬出正面题旨,这才是"作文之法"。李调元认为不少古乐府都具有这种特征,他说:"古乐府偏于本题所无者,忽然排宕而出,妙在有意无意之间,如白云卷空,虽属无情,却有天然位次。"[②]其实岂止古乐府,许多诗皆可如是观之。如唐人朱庆余《近试上张水部》,正写新妇待见公婆的言行,反衬出考生待见主考时忐忑不安的心境。又如宋人朱熹的《观书有感》,正写源头活水流入方塘,暗喻书籍知识流入心田。可见,明写题之反面,暗写题之正面,让读者由实入虚、虚中见妙,乃是作诗行文的普遍规律之一。

小说写作有以虚写实之法。清毛宗岗评《三国演义》第三十七回曰:"此回极写孔明,而篇中却无孔明。盖善写妙人者,不于有处写,正于无处写。写其人如闲云野鹤之不可定,而其人始远;写其人如威凤祥麟之不易睹,而其人始尊。且孔明虽未得一遇,而见孔明之居则极其幽秀,见孔明之童则极其古淡,见孔明之友则极其高超,见孔明之弟则极其旷逸,见孔明之丈人则极其清韵,见孔明之题咏则极其俊妙。不待接席言欢,而孔明之为孔明,于此领略过半矣。"[③]这一回是写刘备三顾茅庐欲见孔明,不从正面写,而从侧面写,表面未见孔明,而处处皆有孔明,这就是以虚写实之法。

古文写作有以虚作实之法。宋吕祖谦《古文关键》评苏轼《秦始皇扶苏》文曰:"此篇头使内外相形一句(始皇制天下,轻重之势,使内外相形,以禁奸备乱者,可谓密矣),始皇本无此意。作文之法,要说他后面不是,故先张大,以虚作实也。"[④]吕氏认为,苏轼先扬后抑的写作技巧也是一种以虚写实之法。

以虚写实也可称作化无为有。宋李涂《文章精义》评苏文云:"子瞻《喜雨亭记》结云'太空冥冥,不可得而名,吾以名吾亭',是化无为有。《凌虚台记》结云'盖世有足恃者,而不在乎台之存亡也',是化有为无。"[⑤]李涂所讲的"有"、"无"关系,也是一种虚实关系,二者可以互相转换。

清刘熙载《艺概·文概》说:"文或结实,或空灵,虽各有所长,皆不免著于一偏。试观韩文,结实处何尝不空灵,空灵处何尝不结实?"[⑥]意谓韩愈文章既可以以实写虚,也可以以虚写实,写得结实处与写得空灵处是可以互相渗透、互相贯通,对立而统一的。

"文章妙处,俱在虚空"这一命题同道家哲学的"有、无"之论有密切关系。《老子》第十一章说,正因为有车毂中的空处,才有车子的作用;正因为有陶泥器皿间的空隙,才有器皿的作用,正因为有房屋中的空间,才有房屋的作用。这说明"有"同"无"之间存在着相辅相成的关系,"有"的作用要通过"无"而体现出来。"有无相生"是自然界的普遍规律,这一规律运用在艺术上,就产生了"虚"与"实"这一对美学范畴。作为美学范畴的"虚实"有相互联系的三层含义:一是艺术同现实关系上的虚实问题,包括如何认识现实生活中的虚实现象以及在反映

① 李调元:《雨村诗话》,卷上。郭绍虞等:《清诗话续编》,第1520—1521页。

② 李调元:《雨村诗话》,卷上。郭绍虞等:《清诗话续编》,第1520页

③ 齐烟校点:《毛宗岗批评三国演义》(齐鲁书社,1991年),第449页。

④ 吕祖谦:《古文关键》,卷下。文渊阁《四库全书》,第1351册,第774页。

⑤ 李涂:《文章精义》(人民文学出版社,1960年),第65页。

⑥ 刘熙载:《艺概》(台北汉京文化事业有限公司,2004年),第23页。

现实时写实同虚构的关系等等，这一方面的问题，前文已有所论及。二是艺术形象体系构造中的虚实问题，包括形象画面内经营位置、布局安排上的计白当黑、疏密相间、虚实协调以及文章的实写虚写等等。三是读者审美欣赏中的虚实问题，包括读者对艺术形象中虚实关系的体认，以及在想象的艺术空间中化实为虚、化虚为实的审美活动过程。

唐代刘禹锡提出“境生于象外”①，司空图提出“象外之象、境外之境”②，已经从理论上规定了营构意境的美学原则。到了明代，王骥德《曲律》从戏剧角度指出：“戏剧之道，出之贵实，而用之贵虚。《明珠》、《浣纱》、《红拂》、《玉合》，以实而用实者也；《还魂》、‘二梦’，以虚而用实者也。以实而用实也易，以虚而用实也难。”③清代笪重光《画筌》又从绘画角度指出：“空本难图，实景清而空景现；神无可绘，真境逼而神境生。位置相戾，有画处多属赘疣；虚实相生，无画处皆成妙境。”④李调元则从作诗行文的角度指出：“文章之妙，俱在虚空。”他们都是强调艺术形象的塑造要重视其虚的一面，艺术的美妙精髓就在其虚的一面，形象的创造要由实出虚，充分发挥虚境的作用。否则，仅仅拘泥于实体部分的描写，没有空白，没有暗示，没有象征，就不能给读者留下充分想象的艺术空间，也就没有什么审美价值。

小　结

“文如其人”这一命题指文章的风格特色与作者为人的性格特点是相似的，对这个命题有赞成的观点，也有反对的意见，通盘检讨，可以启人神智。“文无常体，但以有体为常”，这一命题涉及“有体”与“无体”两个方面，前者是继承的要求，后者是革新的要求，必须辩证地看待文体通变的趋势。“文章本色”这一命题涵义甚广，或指文学的本原传统、或指作家自己擅长的题材范围、或指作者的看家本领、或指自成一家的风格特色，理解运用这一命题，需要根据文章语境，具体情况作具体分析。“文章妙处，俱在虚空”这一命题，既是对作家营构艺术形象时处理虚实关系的规定，也是对读者欣赏艺术形象时把握虚实关系的指南。

作者单位：香港大学中文系

① 刘禹锡：《刘禹锡集》（中华书局，2004年），第172页。
② 司空图：《司空表圣文集》，卷三。文渊阁《四库全书》，第1083册，第501页。
③ 王骥德：《曲律》，《中国古典戏曲论著集成》（中国戏剧出版社，1959），第四册，卷四《杂论第三十九上》，第154页。
④ 于安澜编：《画论丛刊》（台北华正书局，1984年），第171页。

诗歌曾经被这么解读

——文字狱与自由释义的关系

邬国平

文人因自己的作品触犯(或被认为触犯)了权势者尤其是朝廷和帝王的忌讳,遭逮捕入狱,受惩罚,乃至祸及生命,这类事件被称为文字狱,历史上屡见不鲜。文字狱制造者采用的手法是,通过对相涉作品作任意解释,使为对手所预设的罪名得以成立。一部文字狱史,差不多也就是一部自由释义的历史。文字狱所涉及的文字,可以是诗歌、词曲、各体文章、学术著作,甚至也可以是科举考试的有关试题等,几乎无所不包,而其中又以诗歌最为常见,因为诗歌多用比兴手法,而且具有言简义丰、旨近意远的特点,留下了很大的阐释空间,容易推衍附会,利用这样的作品锻炼文字狱,操作性最强。故前人也往往称文字狱为诗祸,它将文字狱所有的重要特征集合为一。诗祸大略有三种情况。一是诗歌确有讥讽,而被讥讽的对象没有雅量,便加害于诗人。如李林甫之于李适之:“初,李适之用为左相,一日遂以李林甫之谮罢其政事。适之杜门无以自遣,咏诗曰:‘避贤初罢相,乐圣且衔杯。为问门前客,今朝谁复来?’林甫益谮之,遂累贬宜春太守。复因御史过宜春,恐之,使仰药自杀。”[①]二是忌才。如相传隋炀帝因王胄“庭草无人随意绿”、薛道衡“空梁落燕泥”佳句,恶其出于自己诗作之上,而找借口将两人杀了[②]。又比如刘希夷作《白头吟》,以“今年花落颜色改,明年花开复谁在”为不祥,遂又添补“年年岁岁花相似,岁岁年年人不同”两句,结果遭到宋之问妒忌而遇害[③]。类似这样的记载很不少,其中许多可能是出于传闻(这本身也是文学传播和接受史上有意思的现象),不过具有文人身份的达官贵戚因妒嫉而杀害诗人的例子在历史上确实是有的。三是刻意深求诗歌作品的寓意,罗织罪名,以达到摧残和陷害目的。第三种借助对作品自由释义实现倾轧意图的诗祸或者说文字狱,正是本文所要探讨的。

一

中国古代历朝都发生过文字狱,下面仅举西汉、北宋、清朝的几个例子。

西汉杨恽因《报孙会宗书》特别是其中的“南山种豆”诗被宣帝下令腰斩,是历史上一次

---

① 陈岩肖《庚溪诗话》卷下,《历代诗话续编》,第179页,中华书局,1983年。

② 见吴曾《能改斋漫录》卷四“空梁落燕泥”条,第76页,商务印书馆,1941年。

③ 见阮阅《诗话总龟》卷三十四“诗谶门”,第335—336页,人民文学出版社,1987年。计有功《唐诗纪事》卷十三“刘希夷”条所载略相近,第184—185页,上海古籍出版社,1987年。两书皆引自《大唐新语》。

著名的事件,有人认为这是古代“诗祸之始”①。

杨恽字子幼,司马迁外孙,丞相杨敞子,他因告发霍氏谋反有功,封平通侯,迁中郎将,有政绩,拜光禄勋。《汉书》有传,附《杨敞传》后。史称他公廉好义,然自伐其贤能,性刻害,好发人阴伏,轻慢士人。他树敌不少,人际关系紧张,而且喜直言,好泄发怨语,有时还说一些出格的话,被人以悖逆绝理为由奏了一本,宣帝第一次只是将他免为庶人。居家期间,他依然铺张且招摇,不知收敛,继续乱讲话,发牢骚,又被人揭发下狱,加之查到他的《报孙会宗书》,宣帝这次抓住他刺讥之语,以大逆不道的罪名将他杀了②。《报孙会宗书》写于杨恽削职居家期间,载在杨恽本传,又收入《文选》,是汉文名篇。它是朝廷据以定案、要去了作者性命的重要“罪证”。《汉书》本传介绍杨恽写这封书信的缘起是,“(杨)恽既失爵位,家居治产业,起室宅,以财自娱。岁余,其友人安定太守西河孙会宗,知略士也,与恽书谏戒之,为言大臣废退,当阖门惶惧,为可怜之意,不当治产业,通宾客,有称誉。恽宰相子,少显朝廷,一朝以晻昧语言见废,内怀不服,报会宗书曰”云云。杨恽复信一面流露被罢免的不快,一面为自己逐利享乐的生活作辩护,说卿大夫自然应当关心以仁义化民,庶人则当然可以追逐财利,自己既然已经被逐出官场,自可以选择庶人的生活方式。他以此表示孙会宗“以卿大夫之制而责仆”实难接受。文章亦悲亦怨亦讽,恣肆疏快,确易惹是生非,不过因其散文的风格表意比较明白,别人也不太容易过深地去索求它文外之意,所以不至于对作者的安全构成严重威胁。问题出在插入信里的一首诗歌③,歌曰:“田彼南山,芜秽不治。种一顷豆,落而为萁。人生行乐耳,须(等待)富贵何时。”杨恽这首歌寄及时行乐之意,是有感而发,可是究竟意谓何如,并没有明白地道出,于是就留下了供别人阐释的空间,这正是诗歌的特点。当时办杨恽案子的臣僚和汉宣帝究竟是怎样解读这封书信尤其是信里这首诗歌的具体情况,现已不得而知,而据后来留下来对这首诗歌的解释,我们或许从中对他们的解读还可以有所了解。张晏注《汉书》于这首诗歌曰:“山高而在阳,人君之象也。芜秽不治,言朝廷之荒乱也。一顷百亩,以喻百官也。言豆者贞实之物,当在困仓,零落在野,喻己见放弃也。萁曲而不直,言朝臣皆谄谀也。”④这段话为李善注《文选》所征引(文字略有不同)。同时李善还引了臣瓒按语:“田彼南山,芜秽不治,言于王朝,而遇民乱也。种一顷豆,落而为萁,虽尽忠效节,徒劳而无获也。”⑤张晏、臣瓒都是魏晋间学者,他们的注释与汉人解说《诗经》刺诗的方法如出一辙,比较接近汉人阅读诗歌的习惯,所以其解说很可能反映了当年杨恽案的审理者解读这首诗歌的大致情况。荀悦《前汉纪》:“下廷尉案验,得恽与会宗书,上恶,遂诛恽。”⑥汉宣帝的阅读反应(包括听了审理者对文本的分析)异常激烈,把它理解为是极端严重的信号。杨恽的信及诗歌有牢骚情绪确实不假,不过这种不平之鸣毕竟还是属于人之常情,可是经他们这么一解读,上纲上线,性质就发生了变化。汉人对杨恽这首诗歌的阅读经验在后来产生很大影响,

① 罗大经:《鹤林玉露》乙编卷四“诗祸”条,第187页,中华书局,1983年。

② 见班固《汉书·杨敞传》附《杨恽传》,第2890—2891页;《宣帝本纪》,第266页;《元帝本纪》,第277页,中华书局,1975年。按《宣帝本纪》载杨恽死于五凤二年,《资治通鉴》载五凤四年,以《通鉴》所载为确。

③ 文中入歌的形式汉人常有,是受了汉赋影响,司马相如赋即是。

④ 《汉书》,第2896页。

⑤ 李善注《文选》卷四一,第582页,中华书局1977年据胡克家刻本影印。

⑥ 荀悦《前汉纪》卷二十《孝宣皇帝纪四》,明嘉靖二十七年刻本。

后人一般将它视为一篇怨怼作品，以为这么流露情感对自己不安全，应该从中吸取教训。如宋人汪藻《除授谢舍人启》“固未尝感嗟怨怼，赋南山种豆之诗”[①]，后人甚至相诫：“不作南山种豆歌。”[②]

历史上最著名的文字狱莫过于苏轼乌台诗案。苏轼与王安石持不同政见，对新法多有批评，在当时又有广泛影响力，所以很惹变法派恼恨，想着法子要揿下这一犟牛头。靠一般论辩不解决问题，就在苏轼文字中寻找严重的罪证来达到目的，乌台诗案就是在这种背景下制造出来的。苏轼徙知湖州，写了一篇《湖州谢上表》，御史中丞李定找出文中“侮慢”的语言，并且揭发他自熙宁以来写文章“怨谤君父”，于是经神宗批准苏轼被逮至御史台鞫治[③]。据苏辙《亡兄子瞻端明墓志铭》载，苏轼批评新法的一些诗歌也被作为审问和罗织罪名的证据，“初，公既补外，见事有不便于民者，不敢言，亦不敢默视也，缘诗人之义，托事以讽，庶几有补于国。言者从而媒蘖之”[④]。构陷者加给苏轼的罪名主要有两项，一是批评新法，二是讪谤神宗。说苏轼批评新法诚然是事实，证据确凿，朋九万《乌台诗案》列出多首诗篇，每一篇都有内容分析。如《山村五绝》之二：“烟雨濛濛鸡犬声，有生何处不安生。但教黄犊无人佩，布谷何劳也劝耕。”分析道：“此诗意，言是时贩私盐者多带刀杖，故取前汉龚遂令人卖剑买牛、卖刀买犊，曰‘何为带牛佩犊’意，言但得盐法宽平，令民不带刀剑而买牛犊，则民自力耕，不劳劝督，以讥盐法太峻不便也。”[⑤]这可以为以上批评新法作证。然而构陷者又严重其言，夸大性质，其欲置苏轼于死地的用心实狠。说苏轼讪谤神宗则是空穴来风，纯属虚构，构陷者想借此激怒神宗，达到借钟馗打鬼的目的。如引苏轼《灵壁张氏园亭记》“古之君子不必仕，不必不仕，必仕则亡其身，不必仕则忘其君”的话，控告他不尊君主，其实苏轼的文章只是说明士人仕处两可的态度，没有涉及尊君不尊君问题[⑥]。又如史载：

> 元丰中，轼系御史狱，上本无意深罪之。宰臣王珪进呈，忽言苏轼于陛下有不臣意，上改容曰：“轼固有罪，然于朕不应至是，卿何以知之？”珪因举轼桧诗“根到九泉无曲处，世间唯有蛰龙知”之句，对曰：“飞龙在天，轼以为不知己，而求之地下之蛰龙，非不臣而何？”上曰：“诗人之词，安可如此论。彼自咏桧，何预朕事？”珪语塞。章惇亦从旁解之曰：“龙者非独人君，人臣俱可以言龙也。”上曰：“自古称龙者多矣，如荀氏‘八龙’、孔明

---

① 《浮溪集》卷二十三，清武英殿聚珍版书。按：宋孙觌《鸿庆居士集》卷十八《谢中书王舍人启》与汪藻这篇启相同，不知是谁人之作。又按：宋琬也有类似的诗句曰：“但留东海栽桑地，敢作南山种豆书。”（《怀王敬哉》，《安雅堂全集》，第307页，上海古籍出版社，2007年）沈德潜将此诗选入《国朝诗别裁集》，钦定本删去，可见其被认为有触犯帝王朝廷忌讳的内容。

② 沈梦麟《花溪集》卷三《和邵山人过字韵二首》之二，《丛书集成续编》集部第110册，第230页，上海书店出版社，1994年。

③ 脱脱等撰《宋史·李定传》，第10602页，中华书局，1977年。按：《汉书·朱博传》载：御史府中种列柏树，常有野乌数千栖宿其上，晨去暮来，号曰朝夕乌。后来因称御史台为乌台。

④ 《栾城集》，第1414页，上海古籍出版社，1987年。

⑤ 蔡正孙《诗林广记》后集卷四，第259页，中华书局，1982年。

⑥ 灵壁，一作灵璧，何焯认为“灵”是“零”之误。《义门读书记》卷四十《元丰类稿》“《过灵壁张氏园三首》”条曰：“灵，当作零。《宋史·地理志》云，元祐元年始割虹之零壁镇为县，其改为灵璧，则在政和七年。曾之作诗，苏之作记，皆在未为县之时，不但零之为灵未改也。”第735页，中华书局，1987年。

‘卧龙’，岂人君也?”遂薄其罪，以黄州团练副使安置。①

苏轼被王珪诬陷怀有“不臣”之意的诗歌是七绝《王复秀才所居双桧二首》，其一：“吴王池馆遍重城，奇草幽花不记名。青盖一归无觅处，只留双桧待升平。”其二：“凛然相对敢相欺，直干凌空未要奇。根到九泉无曲处，世间惟有蛰龙知。”这是咏物言志诗，见诗人立身正直，抱负宏大。王珪将苏轼第二首诗歌最后两句解释为讽刺神宗，显然是怀有构罪目的，而其解释本身非常随意，充满悬测成分，是引申、影响之说，属于典型的以望文生义手段实施政治陷害的解诗例子。苏轼完全否认这样的指控。查慎行注此诗：“胡仔《苕溪丛话》：东坡在御史狱，狱吏问曰：‘“根到九泉”云云有无讥讽?’答曰：‘王安石诗“天下苍生待霖雨，不知龙向此中蟠”，此龙是也。’狱吏为之一笑。”②苏轼以其人之道还治其人之身(审理案子的非王安石，而是王安石一党)，回答得很机智，也很策略。神宗始听王珪的话以为事情严重，继而听他具体说明后，觉得他是在编造苏诗的含义，是罗织行为，故不予采信，坚持认为苏轼诗歌是咏“桧”不是讽“朕”，并且说“诗人之词，安可如此论”，根本否定了王珪牵强附会式的解读逻辑，神宗毕竟还是懂得诗歌艺术特点的。苏轼被关押四个月后获释，乌台诗案终于结束，然而它带给苏轼的痛苦和愤慨却是难忘的，出狱后他写诗道，“却对酒杯浑是梦”，“平生文字为吾累”③，是有感而发。

清朝文字狱在重复历史上所有惨酷行为的同时，又将它推向基层，推向普通民众，推向极致。乾隆二十年发生的胡中藻《坚磨生诗钞》案影响甚大。乾隆帝严厉指出，该诗集“悖逆讥讪之语”连篇累牍，他举了四十余条所谓证据，如：“其所刻诗题曰《坚磨生诗钞》，‘坚磨’出自鲁《论》，孔子所称‘磨涅’乃指佛肸而言，胡中藻以此自号是诚何心?”佛肸是春秋末年晋大夫范氏、中行氏的家臣，任中牟县宰。《论语·阳货》：“佛肸召，子欲往。”子路认为“佛肸以中牟畔(叛)”，谏孔子不当应召而前往。乾隆说胡中藻以“坚磨”自号，并作为诗集名，包藏逆心。又如集内有诗句“又降一世夏秋冬”，乾隆认为，这是希望清朝国祚比汉唐宋明短暂；“一

---

① 李焘《续资治通鉴长编》卷三百四十二《神宗》，第3180—3181页，上海古籍出版社1986年据浙江书局本影印。按：叶梦得《石林诗话》也记载了这件事，且说：“子厚(章惇)尝以语余，且以丑言诋时相(王珪)，曰：‘人之害物无所忌惮有如是也！’”(何文焕《历代诗话》，第410页，中华书局，1981年)又按：据王定国《闻见近录》记载，王珪的话实出舒亶。“王和父(王安礼，字和甫，王安石弟)尝言：苏子瞻在黄州，上数欲用之，王禹玉(珪)辄曰：‘轼尝有“此心惟有蛰龙知”之句，陛下龙飞在天而不敬，乃反求知蛰龙乎?’章子厚(惇)曰：‘龙者，非独人君，人臣皆可以言龙也。’上曰：‘自古称龙者多矣，如荀氏“八龙”、孔明“卧龙”，岂人君也?’及退，子厚诘之曰：‘相公乃覆人家族邪?’禹玉曰：‘此舒亶言尔。’子厚曰：‘亶之唾，亦可食乎?’”(引自《苕溪渔隐丛话前集》卷四十六，第312页，人民文学出版社，1981年)又按：徐乾学《资治通鉴后编》卷八十四“考异”曰：“按：王珪谮轼，李焘云：‘此据李丙《丁未录》。’不知丙得之何书?朱胜非《秀水闲居录》曰：‘苏轼既贬黄州，神宗每记怜，一日宣谕曰：“国史大事，朕欲用苏轼成之。”执政有难色，帝曰：“轼不可，则用曾巩。”巩亦不能副帝意，又有旨：“轼以本官知江州。”蔡持正、张粹明皆禀命，而王禹玉以为不可。又令与江州太平观，禹玉亦以为不可。其后禹玉作相，帝语及轼，复欲用之，禹玉曰(以下引苏轼诗句，记章惇、神宗的话，及王珪与章惇对话等，与《苕溪渔隐丛话前集》所载同，略)。’胜非所录，比丙差不同，如王珪独不可江州及太平观，再命，并章惇所言珪云云，当再考。今按胜非所录虽详，然以珪举咏桧诗为七年移汝时事，恐非。今仍依《长编》所采《丁未录》，系之二年治狱之下。章惇语非切要，故略之。”(台湾商务印书馆1986年影印文渊阁《四库全书》第343册，第546—547页)这也可以帮助认识乌台诗案的情况。

② 查慎行《初白庵苏诗补注》卷八，清乾隆二十六年香雨斋刻本。按：胡仔语见《渔隐丛话后集》卷三十《东坡五》。又按：苏轼引用的诗句，出自王安石《龙泉寺石井二首》之一：“山腰石有千年润，海眼泉无一日干。天下苍生待霖雨，不知龙向此中蟠。”《王文公文集》卷六十四，第696页，上海人民出版社，1974年。

③ 苏轼《十二月二十八日蒙恩责授检校水部员外郎黄州团练副使复用前韵二首》之一、之二，《苏轼诗集合注》卷十九，第977—第978页，上海古籍出版社，2001年。

把心肠论浊清”，在国号“清”前面加一“浊”字，这是肺腑歹毒的表现；“南斗送我南，北斗送我北；南北斗中间，不能一黍阔”，“虽然北风好，难用可如何”，“揿云揭北斗，怒窍生南风”，以“南、北”分提，皆是政治隐喻。他还举《吾溪照景石》用“周时穆天子，车马走不停”及“武皇为失倾城色”两则典故，说这些与题目咏照景石没有关涉，“特欲借题以寓其讥刺讪谤”等等[①]。经两个月短暂审讯，胡中藻被判即行处斩。这是乾隆帝钦定的铁案，他之所以对这件事情大动干戈，实是欲借此警示朝廷中党派争斗的人员。鄂尔泰、张廷玉是保驾乾隆继位的两位满、汉大臣，然两人不和，由暗斗发展到明争，形成北党、南党，朝野共知。乾隆羽毛丰满后，对两人开始采取动作，使鄂尔泰感到惶恐而病死，张廷玉也有所约束。乾隆二十年张氏死，鄂尔泰一派又有重聚力量之势，两派后人又重新较劲。胡中藻是鄂尔泰主持考试录取的进士，有师生之谊，也是鄂派重要成员，在文人中有相当名望，为人性傲，喜欢写诗，诗风偏怪，被人告到乾隆那里，乾隆正好借机打击官员党派之争。他说：“胡中藻系鄂尔泰门生，文辞险怪，人所共知，而鄂尔泰独加赞赏，以致肆无忌惮，悖慢诪张……则鄂尔泰从前标榜之私，适以酿成恶逆耳，胡中藻依附师门，甘为鹰犬，其诗中‘谗舌青蝇’，据供实指张廷玉、张照二人，可见其门户之见牢不可破。……大臣立朝当以公忠体国为心，若各存意见，则依附之小人遂至妄为揣摩，群相附和，渐至判若水火，古来朋党之弊悉由于此……使鄂尔泰此时尚在，必将伊革职重治其罪，为大官植党者戒。”[②]乾隆帝呵斥胡中藻诗句故意“南、北”分列，也是指他借此隐喻南北二党，还可能指他隐喻民族关系意义上的南人和北人。这些都是为乾隆帝坚决不允的。“植党者戒”一语道出了乾隆帝一手制造胡中藻文字狱的真实目的，而所谓的罪证则不过捕风系影，刻意罗织罢了。清朝文字狱将下层民间文人卷入进去的例子，如刘裕后《大江滂》书案、陈安兆著书案、蔡显《闲渔闲闲录》案等，主狱事者都是用语言吟咏之间恣行怨诽，或含藏悖逆意识为由，对涉案者实行残酷打击。也有一些是先被官府立案，后来因为理由实在太牵强，漏洞百出，最终得到宽免，如方国泰收藏《涛浣亭诗集》案、余腾蛟诗词案、程明禋代作寿文案等，尽管如此，具体当事人已经被折腾得焦头烂额，仅留下残魂一丝。发生于清朝民间的这些文字狱，绝大多数更像是在上演一出出闹剧。

二

文字狱的实质是政治和权力斗争，目的则是排斥和消灭异己。主狱事者本着这种需要和目的阅读作品，竭力从作品中去寻找可以构成罪行的内容，这决定了他们在制造文字狱的过程中始终是一群特殊的“读者”，而文字狱正是由这群特殊的“读者”锻炼出来的。无论是杨恽《报孙会宗书》案中的汉宣帝及办案臣僚，还是乌台诗案中的王珪、胡中藻《坚磨生诗钞》案中的乾隆帝等人，他们都是心思深刻、眼光殊异、政治嗅觉超级敏感的人。这些主狱事的“读者”其特殊的阅读能力并非先天赋有，而是出于政治需要、由后天熏陶而形成的。以上案件中无论是最高统治者还是为其效命的高级官僚，一个共同的特点就是，他们这么做都是受到了政治利益驱动，政治需要决定其特殊的阅读能力和阅读特点。在乌

① 《清代文字狱挡》(增订本)，第一辑，第34—69页，上海书店出版社，2011年。

② 《清代文字狱档》(增订本)，第一辑，第58—59页。

台诗案中，王珪认为苏轼诗句包藏着“不臣意”，神宗认为此说缺乏根据，之所以会有这种阅读差异，因为在苏轼身上，神宗和王珪的政治利益是不同的。王珪视苏轼为政敌，必欲置之死地而后快，神宗虽然不满苏轼反对自己支持的新法，可是并不怀疑苏轼对自己的忠心，正是由于两人的政治关切不甚相同，导致他们对苏轼诗句不同的解读。试想，假如神宗也是对苏轼恨之入骨，结果会怎样？而如果王珪不以苏轼为重要的政敌，他还会显得这么“不懂”诗歌吗？

切身利益、政治嗅觉、特殊的阅读能力，三者在文字狱制造者身上合而为一，其中切身利益是最基本的，决定后面两者。也就是说，与利益关系紧密，则嗅觉灵敏，特殊的阅读能力也强，反之则弱，甚至麻木不仁。乾隆帝审办胡中藻《坚磨生诗钞》案件时，曾讲过这样一段话：“朕见其诗已经数年，意谓必有明于大义之人待其参奏，而在廷诸臣及言官中并无一人参奏，足见相习成风，牢不可破，朕更不得不申我国法，正尔嚣风，效皇考之诛查嗣庭矣。”[①]在乾隆帝发现胡中藻诗歌的问题以前，它们已经流传多年，然而廷臣、言官却没有人发现问题，“并无一人参奏”，乾隆帝对此极其不满。其实，不是所有的人都能够从这类作品中识别出罪证来的，廷臣、言官不能发现问题，是因为他们没有乾隆帝这种利益关切，没有他这种阅读心理和阅读眼光，没有想到、也不可能想到要借胡中藻诗歌起到“植党者戒”的警示效果。又比如清朝四大文字狱之一徐述夔“《一柱楼诗》”案，也说明这个道理。徐述夔（1703—1763），江苏东台（今如东）人，考进士有违碍文字被取消资格，著述以终。他孙辈与人发生田亩争讼，对方以其祖所作文字有严重问题相要挟，孙辈于是向官府呈交徐述夔著作，开始受理案子的地方官对此并不重视，仇家便越级上告，最后闹到乾隆帝那里，定性为“怀想前朝”，罪该万死，徐述夔被开棺戮尸。检查出来作为“逆诗”的最重要证据“明朝期振翮，一举去清都”句，地方官初审时将“明朝”理解为“明朝（zāo）”，明天的意思，这么理解的话，诗句就一点问题也没有。可是定案者不这么读，他们诘问开始审理这件案子的官员：徐述夔这两句诗“不用‘明当’而用‘明朝’，不用‘到清都’而用‘去清都’，这实系借‘朝夕’之‘朝’读作‘朝代’之‘朝’，意欲兴明朝而去我本朝，其悖逆显而易见，你如何不办呢？况你是举人出身，懂得文理的”[②]。徐述夔案还使死后的沈德潜受到严重连累。沈、徐同年举人，关系亲密，沈德潜曾撰徐述夔传，传称赞徐述夔，还为徐述夔弟入狱事鸣不平。据办案者称，沈德潜在徐述夔传中说，《一柱楼诗》已付梓，而且赞美徐述夔“品性、文章皆可法”。他们据此推断：沈德潜“于徐述夔所作悖逆诗句已经阅看”，沈氏得到朝廷莫大恩宠，“乃其生前既为逆犯之弟徐赓武论叙称冤，且目睹悖逆诗句并不切齿痛恨，转为作传揄扬，是其昏耗颠倒，上负国恩”。乾隆帝下令，“将沈德潜所有官爵及官衔谥典尽行革去，其乡贤祠牌位亦一并撤出，所赐祭葬碑文……仆毁，以昭炯戒”[③]。在这一案子中，无论是沈德潜还是初审案子的官员，都没有发觉徐述夔诗歌有悖逆的内容，可以肯定，他们绝对不是因为发现了问题还故意加以称扬，或掩饰不予追究，这是他们万万不敢为的。他们发现不了问题，是因为他们都是以平常的眼光阅读这些作品，没有夹杂政治心态，没有刻意地要去发现

① 《清代文字狱档》（增订本），第一辑，第38页。

② 《清代文字狱档》（增订本），补辑，第624页。

③ 《清代文字狱档》（增订本），补辑，第650、652页。

徐述夔诗歌中怀明背清的含义。正是由于没有相关的利害关切，所以就没有相关的觉悟，不能发现相关的问题。他们与徐述夔家的仇人不同，与乾隆及其定案的官员也不同。至于徐述夔的诗歌究竟有没有怀明反清的意识，至今也没有定论。就徐述夔诗歌本身来说，确实不能说一定有这种含义。诗歌遣词措语的多义性，引起读者不同理解，竟能招致如此严重的后果！徐述夔死后这种惨烈的结局，究竟是诗人自己给自己安排的，还是特殊的读者为他安排的？后者的可能性大得多。对于卷进文字狱的人来说，最令他们感到惧怕的无疑是自己的作品被主狱事者拿去按照这种方法和逻辑解读，被他们这样解读作品就意味着自己很可能掉进深渊。

清朝文字狱一个最大的特色是将文字狱普及化，泛及民间，这是因为清朝入主中原，引起民族矛盾紧张，统治者以议论华夷为大忌，故屡兴文字狱多与民族意识有关，而这种民族意识是一种普遍的社会意识，上至朝廷官员，下及民间人士，皆可能被拖累，这就是清朝文字狱普及化的原因，与从前发生文字狱主要限于官员（特别是高层官员）范围之内有很大不同。这样的社会氛围一旦形成，一些身处社会底层的民间人士也被孵育成了“特殊读者”，他们形形色色，身份各别，有的人甚至连字也识得很少。他们参入到文字狱中，成为文字狱辅助性的制造成员，所以如此，一般不是出于上层人物的那种政治利益驱动，但是他们也有自己的利益在其中，并且又想巧借朝廷的政治关切来达到他们自己的个人私利，在这方面双方很自然地达成了互相利用的默契。这最能说明文字狱中的特殊读者其阅读能力是由后天熏陶而成的道理。如乾隆二十六年江西武宁县余豹明举报余腾蛟诗词案，余豹明自称是一个“乡愚”，“不晓得诗，也不晓得如何叫做悖逆”，却将余腾蛟的诗词告上官府，要求“严审”。他所以这么做，原因之一是余豹明与人争田，曾任刑部主事的余腾蛟帮别人不帮自己，“恨他不过”。原因之二是举人余璧亦与余腾蛟有仇隙，认识余豹明以后，二人谈话投机，于是联合起来，由余璧分析余腾蛟诗歌的政治问题，由余豹明跑腿向官府投状，准备“弄他个半死”以泄愤恨。所以他俩挑起这场文字狱，完全是出于他们与余腾蛟的利害关系，尽管这种利害关系与朝廷高层所考虑的政治利益不同，为利益驱动的性质却一样。以下是余璧对余腾蛟诗句所做的政治性注释：“其《字云巢与盛仲子夜歌》云：‘南山兴云，北山苦雨。中路回徨，不知所处。’太平盛世荡荡平平，谁为逼仄作此无处安身之语？其《龙潭石》诗‘巨灵劈山骨，倒落神龙渊。明月堕寒影，留客听清猿’，龙潭距县数十步，两岸平壤并无遮蔽，何言‘明月堕’？人烟挤密，行人辐辏，何言‘听清猿’？明月堕影，猿声悲切，与题不肖，意果何指……《枫桥》诗‘村烟绕青枫，寒流下赤鲤。为问虬髯翁，年年钓绿水’，虬翁隋之剑侠，乘隋乱，志意欲有为，见唐太宗而止，腾蛟引此为句，意实何指？又《舟中感怀》诗云‘寂寞向古人，谁是同心者？范蠡与张良，空行若天马。天地一江河，终古自倾泻。出世不须臾，咄嗟辨王霸’等语，古人多矣，必引张良、范蠡为同心何也？岂以张良复韩、范蠡复越乎？且天地惟愿平成，而腾蛟谓‘自倾泻’，是何肺肠？”余璧解释诗歌似曾相识，与乾隆帝剖析胡中藻悖逆诗的逻辑如出一辙。如乾隆帝说胡中藻《吾溪照景石》“武皇为失倾城色”等句与诗题无关，余璧也说《龙潭石》诗歌内容与诗题“不肖”；乾隆帝说胡中藻以“坚磨”自号与《论语》中“佛肸”的名字暗合，寓有叛乱的意思，余璧也指出余腾蛟诗歌用“虬翁乱隋”、“范蠡复越”、“张良复韩”的典故，阴指他有叛清之心。这反映了胡中藻案产生的巨大影响，致使上行下效，轻案重办[①]。余璧的解释处处以影射指发诗意，若其说成立，余腾蛟必死无疑。余腾蛟不得不竭力为自己辩护，他说：写《字云巢夜雨答盛仲子》诗，因为盛仲子"与腾蛟儿女姻亲，字云巢是仲子书屋，彼时腾蛟未第，为族邻所侮，遇过仲子家，时值春雨连绵，昼夜不止，耽延数日，想起要出门游学，家有老母，难以远离，因与仲子夜话，仿古乐府作词歌句。武宁在万山之中，周围都是山，南山、北山是信手写来，如杜甫'舍南舍北皆春水'的意思，并无所指，有何关涉？"《龙潭石》诗"是咏龙潭石的诗，龙潭是武宁县西关外一景，潭上有盘石，旧建水月亭，宋时黄庭坚题'龙潭清影'一匾，这诗上两句说的是盘石，下两句因水月亭想到'清影'二字，又因谢灵运诗有'乘月听清猿'句，遂想到清月寒潭，静闻山响，如听清影，有何讥讪？"《枫桥》诗"赤鲤乃仙家之事，因赤鲤所以下接着有个老渔翁在此垂钓，以切枫桥之景，'虬髯'二字原是有须髯的通用字面，如杜甫诗中有'虬髯'二字说的是李琎，苏轼送张天觉诗有'紫髯'二字说的是长松草，这两个通用字如何说得是讥讪？"《舟中感怀》是写"舟中怀古的，说古人中谁是同心的人，惟范蠡、张良出处一辙，其泛湖求仙若天马之行空，不可羁靮，因想到天地如河一般顷刻不停，即孔子所谓'逝者如斯'，就是张、范二人出世佐成王霸亦只须臾事耳，不过见人生如驹隙，此是诗家常语。况这首诗本是十二句，还有'飘然振袂去，烟霞存故我。斯事邈千秋，几人成高卧'四句，豹明欲诬为罪案特行删去，若通首一看便明明白白说的是古人，不须辨白的了"[②]。照余腾蛟的自我辩解，这些诗歌纯粹是状景咏古，与现实政治毫无干系，所谓讥讪全是瞎扯。乾隆帝在审理过程中，窥透余豹明"系挟仇陷害"的动机之后，撤销了这桩文字狱，毕竟民间人士互相之间的报复行为与统治者自身的利益并非息息相关，不必助长。

总之，在文字狱中，对解读作品起决定性作用的是利益，对于统治者来说，这种利益的核心就是政治，而对于民间人士来说，政治虽然不是他们的目的所在，但是他们十分清楚可以利用它报复私仇，实现自己的利益。利益以及为利益服务的政治，就这样在文字狱整个过程中成为一种强大的动力，指导阐释，产生重大影响。"解释总是受到政治因素、或权力意志影响的。"[③]政治、权力意志与解释的密切关系，在文字狱中表现得淋漓尽致。政治最需要获取的是成功，实现利益，通常不是为追求真理，所以政治总是会适时而变，不断调整，这影响到政治作用下的解释必然也是会根据需要而不断改变。在文字狱中，除了指导解释作品的核心意识政治之外，许多其他的主观因素，比如人缘关系，互相好恶的感情，利益和权势的竞争意识等，都会渗透到文字狱锻造中去，左右办案的进程和结果。主持狱事者有时借口为了国

---

① 胡中藻案产生的威慑力之一，让后来的官员办案宁重勿轻，以免受到渎职的处罚，而且还形成官员办案从重从快、竞相邀功的局面。对此，乾隆帝自己也承认。如余腾蛟诗词案经过一番折腾，乾隆帝最后指示："朕初阅折内所叙事属大逆，已批三法司核拟。及检阅诗文各稿即原首及签出各条，率多蹈袭旧人恶调，语句踳驳，不得谓之诽谤悖逆。胡宝瑔或有鉴于此前胡中藻之案，以为既经首出不得不严行处治，且人告少迟焉知不为谢溶生先得居奇，无以如此具奏。殊不知逆恶大罪，国法不容，胡中藻狂悖实迹种种，朕不能为之贷，若此等诗辞岂可从一例论耶？……若摭拾诗句吹毛求疵，置之重辟，不独无以服其心，即凡为诗者势必不敢措一语矣。"(《清朝文字狱档》，第八辑，第 487—488 页)尽管如此，类似这种避重就轻的处置主动权，臣们究竟还是不敢要的，他们的心理是让帝王自己去实施，所以一般来说，一列入文字狱，当事人总是多少会遭殃。

② 以上引文见《清代文字狱档》第八辑，第 483—486 页。

③ 王晴佳《后现代主义与经典诠释》，黄俊杰编《中国经典诠释传统(一)：通论篇》，第 99 页，华东师范大学出版社，2008 年。按：据王晴佳注，这一观点参考了 David Penchansky 所著 *The Politics of Biblical Theology: A Postmodern Reading*。

家和朝廷利益，为了维护帝王威权，暗中却将自己对某人的厌恶之情掺和到案件中去，这时他们对涉案文字的阅读既是政治化的，又是个人化的，二者总汇成复杂多样的主观性，贯穿于文字狱整个运作过程。

文字狱某些特点与谏官风闻言事有相似之处。风闻言事在南北朝已经有之，唐武则天对此加以利用，不久被纠正。“武后以法制群下，谏官、御史得以风闻言事，自御史大夫至监察得互相弹奏，率以险诐相倾覆。及宋璟为相，欲复贞观之政，戊申，制：‘自今事非的须秘密者，皆令对仗奏闻，史官自依故事。’”①至宋朝风闻言事又得到制度保障②。风闻言事原是为了帝王广耳目，察幽微，在实际施行中，无实诬人之言往往而有，更有甚者，别有用心者希图以此陷害直臣善良，有时并不需要质对，形成暗箱操作，任意性更大，“盖罗织告之别名耳”③。故宋人边归谠提出：“迩来有匿名书及言风闻事，构害善良，有伤风化，遂使贪吏得以报复私怨，谗夫得以肆其虚诞，请明行条制，禁遏诬罔，凡显有披论，具陈姓名，其匿名书及风闻事者并望止绝。”④这些现象在文字狱中也屡见不鲜，二者皆表现为政治驾驭文本（口头的或文字的），主观超越事实。

三

人们对文字狱唤起的总是恐怖的记忆，尤其是当文字狱被推广到民间以后，人人自危，更是为大家普遍厌恶。“呜呼！语言之祸，千古同悲。杨子幼私书耿耿，不保家族；东坡吟咏落落，遂致诗狱。”⑤“险莫险于谈论，危莫危于弄笔。”⑥人们产生这种厌恶心情很好理解，然而应该厌恶的是主狱事者作恶目的，而作为锻造文字狱的手段——自由释义其实是中立的，历史上也有用类似文字狱自由释义的手段对付小人的事例⑦，所以文字狱中的自由释义本身是一种中性的手段，主狱事者这种特殊的阅读和释义方法，并没有违背古人的阅读和释义传统，它不过是将中国历史上的自由释义传统运用于一个特殊的领域，用之于政治斗争和其他重大的利益之争。此外，如果因为文字狱制造者和参与者往往存有害人之心，就认为所有个中人的本意一律都是诬陷、栽赃，故意无中生有，倒也未必。比如民间人士，他们举报某人的

① 司马光《资治通鉴》二百一十一《唐纪》二十七，第1952页，上海古籍出版社，1997年。

② 参见陈植锷《北宋文化史述论》第一章第二节，第36—49页，中国社会科学出版社，1992年。

③ 缪荃孙《云自在龛随笔》卷一，第6页，商务印书馆，1958年。

④ 《宋史·边归谠传》，第9070页。

⑤ （元）刘将孙《跋刘玉渊道州九嶷山虞帝庙碑稿后》，《养吾斋集》卷二十六，台湾商务印书馆1986年影印文渊阁《四库全书》第1199册，第250页—251页。

⑥ 傅山《霜红龛集》卷三十七《杂记二》，第1041页，山西人民出版社1985年据山阳丁氏刊本影印。

⑦ 如北宋吴处厚参奏蔡确即是著名的故事。蔡确初附王安石，及知他已为神宗所厌，转而疏劾王安石。他屡兴大狱，“以起狱夺人位而居之，士大夫交口咄骂，而确自以为得计”，君子视其为“小人”，皆耻之。官至尚书右仆射（《宋史》本传）。其弟硕以赃败，确谪守安州，夏日登车盖亭，作《夏中登车盖亭绝句》十篇。元祐三年，吴处厚解释其语以为谤讪，其略云：“五篇涉讥讽，‘何处机心惊白鸟，谁人怒剑逐青蝇’，以讥谗谮之人；‘叶底出巢黄口闹，波间逐队小鱼忙’，讥新进用事之人；‘睡起莞然成独笑’，方今朝廷清明，不知确笑何事？‘矫矫名臣郝甑山，忠言直节上元间’，按郝处俊封甑山公，唐高宗欲逊位天后，处俊上疏谏此事，正在上元三年，今皇太后垂帘，遵用章献明肃故事，确指武后以比太后。‘沉沉沧海会扬尘’，谓人寿几何，尤非佳语。”“宣仁盛怒，令确分晰，终不自明，遂贬新州。”（陈思编《两宋名贤小集》卷一百九）有人对于这种手段的正当性表示质疑，如罗大经说：“近世蔡持正数其罪恶，虽两观之诛亦不为过，乃以车盖亭绝句谓为讥刺，贬新州，夫小人擿抉君子之诗文以为罪，无怪也，君子岂可亦擿抉小人之诗文以为罪乎？”（《鹤林玉露》卷十）

作品有悖逆的内容，其实也要冒很大风险，一旦不成立，就很有可能反坐，因此而遭受惩罚的不少，杀头的也有，所以他们一般会对此采取谨慎态度。而高层统治者断定涉案文字具有悖逆内容，在常态的情况下也是经过反复斟酌，对证据多加推敲，以为确凿无疑后才大打出手，在这种情况下，他们的本意可能也不以为是在制造冤假错案。所以，文字狱中的自由释义虽然往往被一些人的诬陷动机所挟裹，又未必全都是如此。无论有无诬陷动机，文字狱往往需要自由释义的手段做配合才能够成立，所以关涉一般的思维习惯和释义传统问题。

从思维习惯和释义传统的角度来看文字狱现象，它们与文学批评史上的比兴说、刺诗说、析字法、谐音法、发愤著书说、鸣不平说等，有非常密切的关系。

比兴说。诗人托类以言情，解释者托类以求义，都是对比兴方法的运用。作为阅读和理解方法的比兴，就是通过以此喻彼、由此及彼，即用类推的方法，使诗歌含义不断繁衍扩充。经学家主要用它解释《诗经》，并借此培养读者的解释观念，训练其阅读和解释技巧。这深刻地影响了中国文学批评特色的形成。文字狱主事者审查、解读他们所处理的文本，也往往是使用比兴说诗的方法索求含义。办案者通过对杨恽"南山种豆"诗作政治化地解读，任意阐发含蕴，以此坐实其比兴意义，认为字字句句皆是讽刺当朝，发泄不满，从而罗织罪名，使死罪成立。从杨恽诗祸可以看到，文字狱制造者往往是先有目的，再找借口，政治阐释是服务于目的的手段，至于被解读的作品本身有没有他们需要的寓意，疑似的寓意有多少，这些都不重要，重要的是，他们需要文本有这种寓意，文本就必须有；需要其有多少寓意，文本就必须提供多少，而如果他们所审查的文本恰好使用了便于作含义推衍的比兴手法，就为他们满足需要提供了极大便利。这在后来很多的文字狱中反复出现。相传谢灵运因诗得罪："《吟窗杂录》曰：'池塘生春草，园柳变鸣禽。'谢灵运坐是诗得罪，遂托以阿连梦中授此语。有客以请舒王（引者按：王安石死后被追封为舒王）曰：'不知此诗何以得名于后世？何以得罪于当时？'王曰：'权德舆已尝评之，其略云：池塘者，泉水潴溉之地，今曰生春草，是王泽竭也。《豳》诗所纪，一虫鸣则一候变，今曰变鸣禽，是候将变也。'"①谢灵运名句用赋的手法写成，加其罪者将它们读成比兴之句，说明比兴之说确实为文字狱主事者所喜好。王珪解释苏轼"蛰龙"诗句，乾隆帝解释胡中藻"南斗、北斗"、"南风、北风"，都是采取如此手段。

美刺说。儒家诗学思想肯定时代决定诗歌，所以有治世之音和乱世之音、正风正雅和变风变雅的区别，又肯定不同的时代诗歌需要发挥不同的作用，所以有美刺之说，治世之音、正风正雅，主要是美，乱世之音、变风变雅，主要是刺。所谓"论功颂德，所以将顺其美；刺过讥失，所以匡救其恶"②，"汉儒言诗，不过美刺二端"③，"夫诗人之有美刺，犹史之有褒贬也"④，都说明美刺说广受重视。但是文学批评的实际情况是，美易刺难，儒家诗学本身对于刺诗有时也予限制，比如提出"主文谲谏"、"止乎礼义"的要求。所以刺诗对统治者是严峻的考验，对诗人也是严峻的考验。文字狱涉及的是刺诗问题。前面谈到的文字狱，比如苏轼对新法的批评，被主狱事者认为是恶意的、敌对的行为，是大不可为的犯上举止，超越了儒家诗论传统所允许的范围。这自然是他们一己的看法。又比如乾隆帝斥责胡中藻《吾溪照景石》用穆

---

① 吴景旭《历代诗话》卷三十二"诗祸"条，第280页，京华出版社，1998年。

② 郑玄《诗谱序》，《毛诗正义》，第6页，北京大学出版社，1999年。

③ 程廷祚《诗论十三·再论刺诗》，《青溪集》卷二，《丛书集成续编》集部第129册，第190页。

④ 焦循《诗益说》，《雕菰集》卷十五，第245页，商务印书馆"国学基本丛书"本。

天子、汉武皇的典故,“借题以寓其讥刺讪谤”。又比如余腾蛟《字云巢与盛仲子夜歌》写在途中为云雨所苦,彷徨不知所往的心情,余璧指控他太平盛世,为何写得这么逼仄,好似无路可走样子,言下之意,此诗是发泄对美好现实的不满。他们都是从刺诗的角度解说诗歌含义,窥探诗人创作动机,加以定罪。可见刺诗说在文字狱事件中已经被异化为是对批评的扑灭,对异见的消除,而且还经常被用来曲解诗人批评的性质,甚至不惜无中生有,以无所指为有所指。这与文学批评史上的权势者、统治者对刺诗采取防范态度其实质是相同的。

析字法和谐音法。这些本来都是写作的修辞手法,用析字法写诗也称离合诗,是指将汉字拆开又重新合成构为诗歌。纬书《孝经右契》“宝文出,刘季握。卯金刀,在轸北,字禾子,天下服”,其中“卯金刀”是繁体“刘”字,“字禾子”是“季”字,刘邦字季,整首歌是颂扬刘邦应天命而得天下。析字法也可以作为一种理解的方法,如宋人笔记小说载:“杜甫子宗武,以诗示阮兵曹,兵曹答以石斧一具,随使并诗还之。宗武曰:‘斧,父斤也。兵曹使我呈父,加斤削也。’俄而阮闻之曰:‘误矣,欲子斫断其手。此手若存,天下诗名又在杜家矣。’”[①]说明用析字法理解别人传递的意思,随意性很强,容易发生误解。清朝有的文字狱就是用析字法给对象定罪的。如雍正帝查办查嗣庭科场试题案,一条理由是,查嗣庭任江西乡试主考官,所出《易经》次题:“正大而天地之情可见矣。”《诗经》四题:“百室盈止,妇子宁止。”雍正帝认为,这是暗示把“正”和“止”两字相联系,与已经被正法的汪景祺“‘正’字有一止之象”,以“正”为号非吉兆的意思相同[②]。民间由此进一步传说,查嗣庭以《诗经·商颂·玄鸟》“维民所止”为题,“维止”暗寓去雍正之头。谐音法是利用语言的谐音关系组词造句,使作品显得新颖,收到出其不意的效果,文人和民间的作品都有,民间作品中更多。如北朝无名氏乐府《折杨柳枝歌》:“门前一颗枣,岁岁不知老。阿婆不嫁女,那得孙儿抱?”“枣”与“早”谐音双关,作品因此多一层诙谐。乾隆帝将这种方法用到审理文字狱中,他举胡中藻督学政时所出试题的例子说:“考经义有‘乾三爻不象龙说’……乾隆乃朕年号,‘龙’与‘隆’同音,其诋毁之意可见。”[③]用析字法、谐音法锻炼文字狱,直接地将文本义与主事者臆想的政治喻义挂钩,较之比兴方法更加直接,也更加简单,比附还需要一点艺术化的联想,这种直接挂钩的做法无需任何艺术联想,只需直接进行政治悬测即可。

发愤著书和鸣不平说。司马迁、韩愈将作者的痛苦当作写作的动力,提出“发愤著书”和“不平则鸣”诸说,肯定作者以写作表达内心愿望,抒发真实情感,努力去实现自己的追求,将不平之感化为诗文华章。由于在这些命题中蕴含着一种强烈地与命运、人世相抗争的意识,具有鼓励作者表白不满世事的倾向,故也可以被解释为发泄愤怒,而这有时候是不利于其存在的。如王允将《史记》视为一部“谤书”[④],章学诚也对司马迁“发愤著书”说之后形成的激烈批判精神和传统采取排斥态度[⑤]。陷入文字狱的作者情况各有不同,有些人确实在诗文作品

---

① 《云仙杂记》卷七“石斧欲斫断诗手”条,署唐冯贽撰,《四库全书总目》认为是宋人假托之作。

② 《清代文字狱档》(增订本),补辑,第 961—962 页。

③ 《清代文字狱档》(增订本),第一辑,第 38 页。

④ 范晔《后汉书·蔡邕传》载:王允下令逮捕蔡邕,蔡邕请求黥首刖足,以完成汉史的编撰。马日磾也向王允进谏:“伯喈旷世逸才,多识汉事,当续成后史,为一代大典。”王允回答:“昔武帝不杀司马迁,使作谤书,流于后世。方今国祚中衰,神器不固,不可令佞臣执笔在幼主左右,既无益圣德,复使吾党蒙其讪议。”蔡邕遂死于狱中(第 2006 页,中华书局,1987 年)。

⑤ 见《文史通义·史德》,章学诚著、仓修良编《文史通义新编》内篇五,第 183—184 页,上海古籍出版社,1993 年。

中流露了不满、不平，冒犯了执政者忌讳，这是不是就可以构成文字狱？关键是要把作品的措语妥当与否、诗人抒发感慨牢骚与政治上图谋不轨相区别，然而这种具体鉴别又相当困难，因为诗歌、文章词义隐约，将它往轻微方面解说，没有丁点事儿，即使有也可以巧为掩饰从轻打发；往严重方面解说，则可以无限上纲，将作者投入大牢。这是鞫治文字狱极难掌握、又极好被利用的地方，主狱事者在这里拥有无限的释义空间、高度的审处权利，历史上许多文字狱所以成立实际上就是主事者利用了发愤、不平之作的这一特点。皇甫汸说："尝谓虞卿著论，诞自穷愁；屈子赋骚，由于放逐。故文王拘而演《周易》，宣父厄而作《春秋》。考诸圣哲，盖同斯旨；详之马走，岂或云诬？矧诗本缘情，情悒郁则其辞婉以柔；歌以言志，志愤懑则其音慷以激。是故嵇生揆景，犹憩繁弦；雍周抚膺，遂流哀响。诗可以兴，可以怨，不在兹乎？"他认为写诗就是抒情写真，对于诗人真实抒发情感的诗歌，应予肯定，然而诗祸或文字狱对抒情诗采取任意解释，以构成对诗人的陷害，这种卑鄙的做法让他感到愤怒，他诘问道："或曰：'西子以蛾眉取嫉，曷不为之毁容？越人以神手歼生，胡不为之辍伎？'嗟乎！南山种豆，顾非引慝之辞；空梁燕泥，讵是招愆之牍？世设以此吹齑，则诗可以削草矣。"①

由上可见，仅以文字狱制造者解读作品所使用的方法和手段言，他们只是将前人遗法（尤其是比兴方法）施之于治狱事罢了，而这种攸关生命得丧的酷毒事件将自由释义的某些特点加以凸露，异常醒目。

文字狱与自由释义传统之间还有一层关系：凡涉及文字狱的作者，其作品（不限于与文字狱直接有关的作品）在接受史上一般都会"被文字狱化"，读者在阅读这些作品的时候比较容易产生与文字狱有关的联想而影响到对其寓意和艺术手法的理解，并且进而影响到对作者的认识。这样，"文字狱"就变成了后世读者的一种阅读前见，会持续地渗入到有关作者作品的接受史中，也可以说"文字狱"在接受史上被再一次扩大化。这类文字狱的次生现象是文学接受史研究不可忽视的。

作者单位：复旦大学中文系

［本文是教育部人文社会科学重点研究基地重大项目"中国文学批评自由释义传统研究"(07JJD751077)成果之一］

① 《禅栖集序》，《皇甫司勋集》卷四十一，台湾商务印书馆1986年影印文渊阁《四库全书》，第1275册，第768—769页。

“文”学的声音：一篇札记[①]

陈引驰

中国文学的历史中，文学与音乐之关系极为密切，因有“音乐文学”之说。音乐文学，非仅文字之文学；与以文字为中心之文学相较，音乐文学最大之特质在其首先是音乐的，即音乐性是第一位的，而文字之雕琢美化乃属第二性。

文学与音乐之离合，在文学迁变演化的过程中，特定阶段具有关键的意义。试观中国文学史上最初的《诗经》，其绝大多数合乐歌唱无疑[②]；之后经由楚辞[③]，至汉赋，所谓“不歌而赋”（《汉书·艺文志》“传曰”），成为中国文学史上第一个完全脱离音乐的纯文学类型。汉赋创作中对文字本身的关注及其体现出的美学意识[④]，为其后诗歌文学趋向华美的追求，提供了重要的经验：仅考虑五言诗美学转关中的关键人物如王粲、曹植、陆机等都是当时的主流辞赋家，便可窥见其中消息；而整个中古前期，赋与诗的并行、交错，始终是文学史的重要线索，左思、谢灵运、鲍照、江淹、庾信等皆为诗赋兼擅的能手，这中间赋似乎较之诗更居有核心文类的地位[⑤]，观魏收所谓“会需作赋，始成大才士”（《北齐书》本传）可知矣。

在《诗》——“骚”——赋——诗的脉络之中，文学逐渐脱离音乐，趋向以文字为中心的文学，一则文字本身受到前此从未有过的关注，从听觉转向视觉[⑥]，讲究词藻之华美，同时逐渐在音乐之外建立起立足文字本身声音特质的声韵之美的规范——这样的过程是极为漫长

---

① 此一札记，初拟于2008年初，曾在2008年4月哈佛大学王德威、田晓菲两教授主持之Sound and Interpretation in Chinese Literature会议上报告，得到Stephen Owen（宇文所安）、王德威、田晓菲诸教授的响应和指教；2011年11月又在香港城市大学的中文、翻译与语言学系讲过，叶扬、张万民两位教授有所指示；门下段红伟最后查核了相关文献，统此一并致谢。

② 古代显示《诗经》与音乐关系密切之材料不胜枚举，后代稍有不同意见，但大体当无问题，参皮锡瑞《经学通论》二《诗经》中“论诗无不入乐史汉与左氏传可证”条，中华书局，1954年。

③ 有关楚辞歌、诵之别的分析，参拙稿《由句中“兮”之位置推拟楚辞歌诵之别》，载《中国文学与文化的传统与变革》，南京：南京大学出版社，2008年。

④ 参吉川幸次郎《论司马相如》一文对以司马相如为中心的汉赋创作的论说，见《中国诗史》，尤其是第84—90页，合肥：安徽文艺出版社，1986年。

⑤ 《世说新语·文学》六十六条以下涉及文学批评的条目，论赋者多于论诗，或者也是一个佐证。参拙稿《由〈世说新语文学〉略窥其时“文学”之意谓》，载《古代文学理论研究》第二十三辑，华东师范大学出版社，2005年。

⑥ 从音乐到文学，总体趋势自然如是；即使在脱离音乐的文类中，从听觉转向视觉也有一个过程，朱熹曾提及两汉之间司马相如之“说出”与扬雄等“做文字”的区别（《朱子语类》卷139），而釜谷武志也曾认为司马相如的赋虽用了很多玮字，但还是以语音上的听觉效果为主的，到扬雄时才有明显的转变（参谷口洋《扬雄“口吃”与模拟前人——试论文学书面化与其影响》第47—48页，苏瑞隆、龚航主编《二十一世纪汉魏六朝文学新视角：康达维教授花甲纪念论文集》，台北文津出版社，2001年）。

的,中古时期的永明声律运动乃至初唐近体格律的最后成型,不妨都可以视为此种趋向的结果;二则,脱离音乐,更加个性化的经验与情感之表达才能获得充分的空间,这不仅体现在屈原之《离骚》及《九章》的多数作品里面,中古的乐府以及宋人的词作等音乐文学之变迁突破,在在都显示了这样的轨迹。

诉诸听觉的声音向提供观看的书面文字的转移,乃是文学成立和演进的基本脉络,然而字里行间从来不乏声音的回响。韵文之外,以文章论,汉赋形式上趋于骈偶,为讲究骈对、辞藻和声律的骈文,导夫先路[①];而此赋——骈文——四六——八股[②]的线索里,与骈偶相伴的声音讲究,始终未辍。

骈偶文字之外,中古以下单句散行的古文,相形诗词曲辞,无疑与声音为远。然即使如此,古文亦远非仅供默看的文本而已,尤其在清代桐城古文家的视野中,从刘大櫆始,姚鼐、梅曾亮、方东树、张裕钊、曾国藩,乃至姚永朴,对声音之于古文,皆多有关切、阐发。声音,上通神气、下主字句,不仅是涵咏体味的重要途径,更属缀字成篇的关键因素。值得进而玩味寻绎的是,古文家们突显声音追求的谱系案索,显示了前代诗学的影响:文类的交互关涉,从来是文学异彩纷呈的一大奥秘。

一、古代之文章与声音例说

文字之职在记述,古时识字者盖寡,经由阅看文章而获取书本知识者,或远不及听者,因而文章向来不是沉默的。兹以《庄子·天道》为说:

> 桓公读书于堂上。轮扁斫轮于堂下,释椎凿而上,问桓公曰:“敢问,公之所读者何言邪?”公曰:“圣人之言也。”曰:“圣人在乎?”公曰:“已死矣。”曰:“然则君之所读者,古人之糟粕已夫!”[③]

桓公如果不是读书出声,就无法解释“堂下”“斫轮”的轮扁能有反应。此一传统绵延始终。前已言及汉赋之诵读,之后如《世说新语·文学》记:

> 庾阐始作《扬都赋》,道温、庾云:“温挺义之标,庾作民之望。方响则金声,比德则玉亮。”庾公闻赋成,求看,兼赠贶之。阐更改“望”为“俊”,以“亮”为“润”云。[④]

其“以亮为润”,避庾亮名讳;“改望为俊”则为与“润”协韵。又如同篇:“孙兴公作《天台赋》成,以示范荣期,云:‘卿试掷地,要作金石声。’范曰:‘恐子之金石,非宫商中声。’然每至

---

① 朱自清论及后世班马影响不同时尝说:“《史记》当时还用散行文字;到了《汉书》,便弘丽精整,多用骈偶,句子也长了。这正是辞赋的影响。自此之后,直到唐代,一般文士,大多偏爱《汉书》,专门研习,《史记》的传习者却甚少。这反映着那时期崇尚骈文的风气。唐以后,散文渐成正统,大家才提倡起《史记》来;明归有光及清桐城派更力加推尊,《史记》差不多要驾乎《汉书》之上了。这种优劣论起于二书散整不同,质文各异;其实是跟着时代的好尚而转变的。”(《经典常谈·史记汉书第九》,第75页,北京出版社,2004年)又说:“骈体出于辞赋,夹带着不少的抒情的成分;而句读整齐,对偶工丽,可以悦目,声调和谐,又可悦耳。”(《经典常谈·文第十三》,第125页)

② 朱自清讨论文章流变时述及明代“盛极一时”的八股文,“‘股’是排偶的意思;这种体制,中间有八排文字互为对偶”,“它的格律却是从‘四六’演化的”,“因为排偶,所以讲究声调”(《经典常谈·文第十三》,第135—136页)。

③ 郭庆藩《庄子集释》,第490页,中华书局,2006年。

④ 余嘉锡《世说新语笺疏》,第304页,中华书局,2007年。

佳句，辄云：'应是我辈语。'"[①]凡此皆可见赋作重声韵之事实，与其时文士对文字声音的注重。

至韩愈倡导"古文"，亦尝自述："口不绝吟于六艺之文，手不停披于百家之编。"（《进学解》[②]）"手披目视，口咏其言，心惟其义。"（《至邓州北寄上襄阳于頔相公书》[③]）前文两句互文，谓韩愈于经书百家，"吟""披"不倦。后文中，韩愈所读，乃是于頔之《文武顺圣乐辞》、《天保（宝）乐辞》、《读蔡琰胡笳辞诗》、《移族从》[④]并《与京兆书》，前三者当是乐辞诗篇，后两篇则属文无疑。足见无论是古典文献还是当代篇什，退之都是眼、口并作的。

读书如此，与著述有否关联呢？宋之苏洵有《上欧阳内翰第一书》：

> 洵少年不学，生二十五年，始知读书，从士君子游。年既已晚，而又不遂刻意厉行，以古人自期。而视与己同列者，皆不胜己，则遂以为可矣。其后困益甚，然每取古人之文而读之，始觉其出言用意，与己大别。时复内顾，自思其才则又似夫不遂止于是而已者。由是尽烧曩时所为文数百篇，取《论语》、《孟子》、《韩子》及其他圣人、贤人之文，而兀然端坐，终日以读之者七八年矣。方其始也，入其中而惶然，博观于其外，而骇然以惊。及其久也，读之益精，而其胸中豁然以明，若人之言固当然者，然犹未敢自出其言也。时既久，胸中之言日益多，不能自制，试出而书之，已而再三读之，浑浑乎觉其来之易矣。[⑤]

沉浸古典，而后得以纵横文笔，这在韩愈已然，《答李翊书》：

> 将蕲至于古之立言者，则无望其速成，无诱于势利，养其根而俟其实，加其膏而希其光。根之茂者其实遂，膏之沃者其光晔。仁义之人，其言蔼如也。抑又有难者。愈之所为，不自知其至犹未也；虽然，学之二十余年矣。始者，非三代两汉之书不敢观，非圣人之志不敢存。处若忘，行若遗，俨乎其若思，茫乎其若迷。当其取于心而注于手也，惟陈言之务去，戛戛乎其难哉！其观于人，不知其非笑之为非笑也。如是者亦有年，犹不改。然后识古书之正伪，与虽正而不至焉者，昭昭然白黑分矣，而务去之，乃徐有得也。[⑥]

虽然此处谈及读三代两汉之书，用"观"字，似不明确；不过，我们知道韩愈于古典文献乃是"吟"、"咏"的。苏洵的方法与韩愈一脉相承，而彼处所用是"读"。此"读"，当是出声诵读。宋儒朱子即如此理会，《沧州精舍喻学者》：

> 予谓老苏但为欲学古人说话声响，极为细事，乃肯用功如此，故其所就亦非常人所及。如韩退之、柳子厚亦是如此，其答李翊书、韦中立之书，可见其用力处也。[⑦]

朱子特意强调苏洵"兀然端坐终日以读之者七八年"，深入体味的即是所谓"说话声响"，

---

① 余嘉锡《世说新语笺疏》，第 316 页。

② 《韩愈文集汇校笺注》（刘真伦、岳珍校注），第 147 页，中华书局，2010 年。

③ 《韩愈文集汇校笺注》，第 618—619 页。

④ 马其昶确定此题，以"移"为"移文"之"移"，见《韩昌黎文集校注》，第 147—148 页，上海古籍出版社，1986 年。

⑤ 《嘉祐集笺注》（曾枣庄、金成礼笺注），第 329 页，上海古籍出版社，2001 年。

⑥ 《韩愈文集彙校笺注》，第 700 页。

⑦ 《朱子全书·晦庵先生朱文公文集》，第 3593 页，上海古籍出版社，2002 年。

并视韩愈的阅读为其同调。后代桐城古文家中的姚范特拈出此点,《援鹑堂笔记》下引条(卷四十四)可谓宋人的回声:

> 朱子谓:"韩昌黎、苏明允作文,敝一生之精力,皆从古人声响处学。"此真知文之深者。①

姚范与桐城文派渊源极深,与刘大櫆往来甚密,是姚鼐之伯父与经学导师②;他有如此观察,实与桐城文人对文章的见解有关。

二、桐城诸家之文章声音论

历来,文章的诵读虽然是一绵延久远的传统,而在文人的意识中,文章的声音,大约始终仅在写作实践中回旋;声音之于文章的意义,至桐城文人方有深切的关怀,较之诗学传统,宕后不可以道里计。

桐城法系,向以方苞、刘大櫆、姚鼐为中心;方苞主"义法",与文章之声音似无涉。刘大櫆属异军突起,与方苞原即有脉络之别,《国史·文苑传》说:"大櫆虽游学方苞之门,所为文造诣各殊。方苞盖取义理于经,所得于文者义法;大櫆并古人神气音节得之,兼及庄、骚、左、史、韩、柳、欧、苏之长。"最初,刘大櫆亦未必尊崇方苞,其初师吴直,"同时方侍郎负盛名,先生犹以为不可意也"③。方苞之主"义法","义"、"法"两方面相兼涉,而刘大櫆则似更重于"行文",《论文偶记》:

> 盖人不穷理读书,则出词鄙倍空疏。人无经济,则言虽累牍,不适于用。故义理、书卷、经济者,行文之实,若行文自另是一事。譬如大匠操斤,无土木材料,纵有成风尽垩手段,何处设施?然即土木材料,而不善设施者甚多,终不可为大匠。故文人者,大匠也。义理、书卷、经济者,匠人之材料也。④

重"文人"之能事,《论文偶记》中屡见:

> 孔门圣贤甚众,而文学独称子游、子夏,可见自古文字相传,另有个能事在。
>
> 作文本以明义理,适世用。而明义理,适世用,必有待于文人之能事。⑤

此"能事",自然包括了传统的诵读之功。

诵读文章以证入:

张裕钊《答吴挚甫书》记取前人传说曰:

---

① 姚范《援鹑堂笔记》卷四十四,《续修四库全书》第1149册,第111页。

② 姚鼐《刘海峰先生八十寿序》:"鼐之幼也,尝侍先生,奇其状貌言笑,退辄仿效以为戏。及长,受经学于伯父编修君,学文于先生。"《惜抱轩诗文集》第115页,上海古籍出版社,1992年。

③ 马其昶《桐城耆旧传》,广文书局,1978年,第467页。

④ 刘大櫆《论文偶记》,第3页,人民文学出版社,1959年。

⑤ 并见刘大櫆《论文偶记》,第4页。

往在江宁，闻方存之[①]云："长老所传，刘海峰绝丰伟，日取古人之文纵声读之"。[②]

张裕钊接着记录了方宗诚关于姚鼐的听闻：

姚惜抱则患气羸，然亦不废哦诵，但抑其声，使之下耳。

诵读古文在桐城文人，乃是一传统，且一再强调其重要性。如姚鼐《与陈硕士》教诲陈用光曰：

诗、古文，各要从声音证入，不知声音，总为门外汉耳。[③]

姚鼐《与石甫侄孙》：

深读久为，自有悟入。若只是如此，却只在寻常境界。夫道德之精微，而观圣人者不出动容周旋中礼之事；文章之精妙，不出字句声色之间，舍此便无可窥寻矣。[④]

林纾《春觉斋论文》：

古文中亦不能无声调，盖天下之最足动人者，声也。[⑤]

至于诵读之法，桐城文人亦有一定之规。姚鼐《与陈硕士》言及：

大抵学古文者，必要放声疾读，又缓读，只久之自悟。若但能默看，即终身作外行也。[⑥]

文韵致好，但说到中间忽有滞钝处，此乃是读古人文不熟。急读以求其体势，缓读以求其神味，得彼之长，悟吾之短，自有进也。[⑦]

姚鼐以"急读"、"缓读"分别体味"体势"和"神味"的读诵之法，为桐城后劲曾国藩所延续，《谕纪泽》：

如"四书"、《诗》、《书》、《易经》、《左传》诸经，《昭明文选》，李杜韩苏之诗，韩欧曾王之文，非高声朗读则不能得其雄伟之概，非密咏恬吟则不能探其深远之韵。[⑧]

曾氏所谓"高声朗读"、"密咏恬吟"与姚鼐"急读"、"缓读"可以比类，"雄伟之概"正是一种"体势"，"深远之韵"与"神味"大抵同趣。[⑨]

音节的文中地位：

桐城文人不仅强调诵读以了解前人文章之法，更且将声音因素置入文章理论内部的重

① 存之，方宗诚，东树从弟。

② 《张裕钊诗文集》，第85页，上海古籍出版社，2007年。

③ 《惜抱先生尺牍》，《丛书集成续编》第130册，第964页。

④ 《惜抱先生尺牍》，《丛书集成续编》第130册，第974页。

⑤ 《春觉斋论文》，第78页，人民文学出版社，1959年。

⑥ 《惜抱先生尺牍》，《丛书集成续编》第130册，第945页。

⑦ 《惜抱先生尺牍》，《丛书集成续编》第130册，第946页。

⑧ 《曾国藩全集·家书》，第406页，岳麓书社，1985年。

⑨ 钱基博《现代中国文学史》论及曾国藩，称其"自称私淑于桐城，而欲少矫其懦缓之失，故持论以光气为主，以音响为辅"（第27页，《近代中国史料丛刊续编》第八十三辑，文海出版社），已显示其对文章声响的关切。

要部位。刘大櫆文章论中的"音节",上通"神气",下主"字句",具有关键意义,《论文偶记》:

> 神气者,文之最精处也;音节者,文之稍粗处也;字句者,文之最粗处也。然论文而至于字句,则文之能事尽矣。盖音节者,神气之迹也;字句者,音节之矩也。神气不可见,于音节见之;音节无可准,以字句准之。①

"神气"、"音节"、"字句"以"最精"、"稍粗"、"最粗"形容之,三者的结构关系,虚实相生;而虚实两层次间,姚鼐分疏更为细致而明确,他提出神、理、气、味、格、律、声、色之说,《古文辞类纂序》:

> 凡文之体类十三,而所以为文者八,曰神、理、气、味、格、律、声、色。神理气味者,文之精也;格律声色者,文之粗也。然苟舍其粗,则精者亦胡以寓焉? 学者之于古人,必始而遇其粗,中而遇其精,终则御其精者而遗其粗者。②

其末句,透露了习学古人文章的步序,即由格律声色之粗而进抵神理气味之精③。这一由踏实而蹈虚的步序,其实也是写作实践的门径,刘大櫆《论文偶记》:

> 音节高则神气必高,音节下则神气必下,故音节为神气之迹。一句之中,或多一字,或少一字;一字之中,或用平声,或用仄声;同一平字仄字,或用阴平、阳平、上声、去声、入声,则音节迥异,故字句为音节之矩。积字成句,积句成章,积章成篇,合而读之,音节见矣;歌而咏之,神气出矣。④

"积字成句,积句成章,积章成篇"云云,正是写作的步序;而成文之后,其"神气"或以姚鼐之"神理气味"的体现,则有待"读之"、"咏之",是声音之关键性由此可见。

刘大櫆的神气、音节和字句的三元结构中,两两皆有关涉。先看字句与音节。试以虚字之运用为例。《论文偶记》:

> 上古文字初开,实字多,虚字少。……至孔子之时,虚字详备,作者神态毕出。……至先秦战国,更加疏纵。汉人敛之,稍归劲质,惟子长集其大成。唐人宗汉多峭硬。宋人宗秦,得其疏纵,而失其厚懋,气味亦少薄矣。文必虚字备而后神态出,何可节损?⑤

虚字之运用,乃是古代文章的大关节,刘大櫆提出了自己的观察,以为战国及宋文"虚字详备"而显"疏纵",汉、唐"敛之"故"劲质"、"峭硬"。不妨以范公偁《过庭录》所录为例:

> 韩魏公在相,曾乞昼锦堂记于欧公。云:"仕宦至将相,富贵归故乡。"韩公得之,爱赏。后数日,欧复遣介,别以本至,云:"前有未是,可换此本。"韩再三玩之,无异前者,但于"仕宦"、"富贵"下各添一"而"字,文义尤畅。⑥

虚字之用,可获音调上悠长回旋之效,进而体现文气、神理。

---

① 刘大櫆《论文偶记》,第 6 页。
② 《桐城派文论选》(贾文昭编著),第 105 页,中华书局,2008 年。
③ 神、理、气、味、格、律、声、色八者,姚永朴《文学研究法》卷三尝有分疏,第 109—143 页,黄山书社,1989 年。
④ 刘大櫆《论文偶记》,第 6 页。
⑤ 刘大櫆《论文偶记》,第 8—9 页。
⑥ 范公偁《过庭录》,《影印文渊阁四库全书》1038 册,第 250 页。

次看神气与音节。“神”，妙不可言，且言“气”。文章与气的关系，自曹丕《典论·论文》以来，屡屡可见，而“气”之所指不一。或谓体质之“气”，如张裕钊《答吴挚甫书》：

阁下谓：“苦中气弱，讽诵久则气不足载其辞。”裕钊迩岁亦正病此。往在江宁，闻方存之云：“长老所传，刘海峰绝丰伟，日取古人之文纵声读之；姚惜抱则患气羸，然亦不废哦诵，但抑其声，使之下耳。”①

或谓内在蓄养，韩愈《答李翊书》：

气，水也；言，浮物也。水大而物之浮者大小毕浮。气之与言犹是也，气盛则言之短长与声之高下者皆宜。②

或谓文章气脉，桐城文人明确将其与声音相关，梅曾亮《与孙芝房书》：

古文与他体异者，以首尾气不可断耳。有二首尾焉，则断矣。退之谓六朝文杂乱无章，人以为过论。夫上衣下裳，相成而不可复也，故成章。若衣上加衣，裳下有裳，此所谓无章矣。其能成章者，一气者也。欲得其气，必求之于古人周秦汉及唐宋人文，其佳者皆成诵乃可。夫观书者，用目之一官而已，诵之而入于耳，益一官矣。且出于口，成于声，而畅于气。③

这是从文气的连贯与否论断古文与骈文之别，④诵读出于口而成声，有助于文气之畅一。

涵咏文章以成文：

梅曾亮谓熟诵古人文章，而后可以文气畅达，自成文章，这是韩愈、苏洵的旧途径；欲究其新异，则在突显声音之重要而详加说明。

刘大櫆《论文偶记》下引条，重在由字句求音节复求神气，与古人“神气”、“音节”都“相似”冥合，而后文章自然掷地有金石声：

凡行文多寡短长，抑扬高下，无一定之律，而有一定之妙，可以意会，而不可以言传。学者求神气而得之于音节，求音节而得之于字句，则思过半矣。其要只在读古人文字时，便设以此身代古人说话，一吞一吐，皆由彼而不由我。烂熟后，我之神气即古人之神气，古人之音节都在我喉吻间，合我喉吻者，便是与古人神气音节相似处，久之，自然铿锵发金石声。⑤

方东树的《书惜抱先生墓志铭后》亦谓“精诵”之后“暗通其气”，然后可以自成其辞：

---

① 《张裕钊诗文集》，第85页。

② 《韩愈文集汇校笺注》，第701页。

③ 梅曾亮《柏枧山房诗文集》，第43页，上海古籍出版社，2005年。

④ 陈寅恪曾提及“对偶之文，往往隔为两截，中间思想脉络不能贯通”（《论再生缘》，《寒柳堂集》第64页，上海古籍出版社，1980年），与此处梅曾亮之说相应；其祖陈宝箴曾师事曾国藩，得其古文之法，陈寅恪幼承家学，必有所知。《论再生缘》开篇称其早年不喜弹词七字唱之体，“厌恶其繁复冗长”，后“游学四方，从师受天竺希腊之文，读其史诗名著，始知所言宗教哲理，固有远胜吾国弹词七字唱者，然其构章遣词，繁复冗长，实与弹词七字唱无甚差异，决不可以桐城古文义法及江西诗派句律绳之者”（同上，第1页），则正其家传文学统绪之说明，是为诗传江西，文承桐城也。

⑤ 刘大櫆《论文偶记》，第12页。

夫学者欲学古人之文,必先在精诵,沉潜反复,讽玩之深且久,暗通其气于运思置词、迎拒措注之会,然后其自为之以成其辞也,自然严而法,达而臧;否则心与古不相习,则往往高下短长,龃龉而不合;此虽致功浅末之务,非为文之本,然古人之所以名当世而垂为后世法,其毕生得力,深苦微妙而不能以语人者,实在于此。[①]

张裕钊《答吴挚甫书》更明确地将通过"讽诵"以求"与古人欣合于无间"的过程,与"自为文"的阶段分别开来:

夫作者之亡也久矣,而吾欲求至乎其域,则务通乎其微。以其无意为之而莫不至也,故必讽诵之深且久,使吾之与古人欣合于无间,然后能深契自然之妙,而究极其能事。若夫专以沉思力索为事者,固时亦可以得其意,然与夫心凝形释,冥合于言议之表者,则或有间矣。故姚氏暨诸家因声求气之说,为不可易也。吾所求于古人者,由气而通其意,以及其辞与法,而喻乎其深。及吾所自为文,则一以意为主,而辞、气与法胥从之矣。[②]

当"自为文"的时候,以"意"统"辞"、"气"、"法"等;至于"辞"、"气"间关系如何? 吴汝纶《答张廉卿》曰:

承示姚氏于文未能究极声音之道。弟于此事,更未悟入。……近肯堂为一文,发明声音之故,推本《韶》、《夏》,而究极言之,特为奇妙。窃尝以意求之,才无论刚柔,苟其气之既昌,则所为抗坠、曲直、断续、敛侈、缓急、长短、伸缩、抑扬、顿挫之节,一皆循乎机势之自然,非必有意于其间,而故无之而不合,其不合者必气之未充者也。[③]

是"气"居主位,气既通畅,则音节字句之抑扬顿挫、抗坠缓急,皆可自然解决矣。

三、文章重声音与诗文贯通

桐城古文之突显声音因素,可谓空前。然则其间缘由何在?

可以推想者,当时诸家究心文章之际,于诗学未尝不深造有得。姚莹列数桐城诗学传统,进而说:"海峰出而大振,惜翁起而继之,然后诗道大昌。盖汉魏六朝三唐两宋以及元明诸大家之美,无一不备矣。海内诸贤谓古文之道在桐城,岂知诗亦有然哉!"[④]以刘大櫆论,固以古文名家,而亦长于诗,时人至以为其"诗胜于文"(袁枚《随园诗话》),姚鼐之于晚清诗风甚有影响[⑤],其弟子如梅曾亮、姚莹、方东树等多能诗,其后曾国藩、吴汝纶亦莫不如是。既兼善诗歌,桐城古文家"诗与古文一也"[⑥]的观念也就自然可想了。

以力倡"音节"之重要的刘大櫆论,桐城诗论家方东树《昭昧詹言》中曾指认其《唐诗正

---

① 方东树《考盘集文录》卷五《书后题跋》,《续修四库全书》1497册,第333页。
② 《张裕钊诗文集》,第84页。
③ 吴汝纶《吴汝纶全集》(三),第36页,黄山书社,2002年。
④ 姚莹《桐旧集序》,见徐璈辑《桐旧集》,民国十六年影印本。
⑤ 钱钟书《谈艺录》四二"明清人师法宋诗桐城诗派",中华书局,1984年。
⑥ 方东树《续昭昧詹言》卷一,《续修四库全书》1705册,第552页。

宗》之选“专取高华伟丽，以接引明七子”。由此看去，颇可了解桐城文人论古文之观念，与七子论诗似乎果有合契处。试看后七子巨擘王世贞所重之胡应麟《诗薮》所言：

> 作诗大要不过二端，体格声调、兴象风神而已。体格声调有则可循，兴象风神无方可执。故作者但求体正格高，声雄调鬯，积习之久，矜持尽化，形迹俱融，兴象风神，自尔超迈。譬则镜花水月，体格声调，水与镜也；兴象风神，月与花也。必水澄镜朗，然后花月宛然。[①]

“兴象风神”与“体格声调”虚实相生，而入手在“体格声调”，而后渐臻“超迈”之“兴象风神”。此一模式，与刘大櫆“字句”而“音节”而“神气”（《论文偶记》）、姚鼐“格律声色”与“神理气味”之说（《古文辞类纂序》），大体从同。

桐城中兴之主角曾国藩，“诗学亦本桐城，正如其古文”[②]，其于诗尝劳神竭精，曾有谕子书论读诗乃至作诗中声音之重要，《谕纪泽》：

> 凡作诗，最宜讲究声调。……先之以高声朗诵，以昌其气；继之以密咏恬吟，以玩其味。二者并进，使古人之声调，拂拂然若与我之喉舌相习，则下笔为诗时，必有句调凑赴腕下。诗成自读之，亦自觉琅琅可诵，引出一种兴会来。古人“新诗改罢自长吟”，又云“锻诗未就且长吟”，可见古人惨淡经营之时，亦纯在声调上下工夫。[③]

如细绎此节文字之渊源，或可稍窥桐城文人重文章之声音，与诗学之格律声调之说的潜绪。

曾国藩所谓“先之以高声朗诵，以昌其气；继之以密咏恬吟，以玩其味”云云，袭自前引姚鼐“急读以求其体势，缓读以求其神味”（《与陈硕士》），不过姚以论文，而曾以论诗；且“密咏恬吟，以玩其味”，当自清代承续明人格调说的沈德潜《说诗晬语》转出：

> 诗以声为用者也，其微妙在抑扬抗坠之间。读者静气按节，密咏恬吟，觉前人声中难写、响外别传之妙，一齐俱出。朱子云：“讽咏以昌之，涵濡以体之。”真得读诗趣味。[④]

显示了这位桐城中兴大家与格调诗学沟通的消息。随后文中“使古人之声调，拂拂然若与我之喉舌相习，则下笔为诗时，必有句调凑赴腕下”云云，岂非正是刘大櫆所谓“烂熟后，我之神气即古人之神气，古人之音节都在我喉吻间，合我喉吻者，便是与古人神气音节相似处，久之自然铿锵发金石声”（《论文偶记》）？

曾国藩之论，与格调诗学合契，透露其渊源消息；而承袭海峰、惜抱读古文之法，则表明桐城内部诗与文之情理相通。由此逆观之，桐城古文之重声音，当与同仁之熟于诗学，持诗、文一理态度[⑤]，受诗学启发而移以论文有关。

作者单位：复旦大学

---

① 胡应麟《诗薮》，第97页，中华书局，1958年。

② 钱钟书《谈艺录》增订本，第147页，中华书局，1984年。

③ 《曾国藩全集·家书》，第418页。

④ 《说诗晬语》（霍松林校注），收入《原诗　一瓢诗话　说诗晬语》，第187页，人民文学出版社，1979年。

⑤ 方东树《昭昧詹言》卷一：“大约古文及书、画、诗，四者之理一也。其用法取镜亦一。”“凡古人所为品藻此四者之语，可聚观而通证之也。”（第30页，人民文学出版社，2006年）

中国古代文艺理论中审美关系的特征

张　晶

中国古代的美学思想是渊深而博大的，而且有着与西方美学不同的文化背景与形态特征。通过多年来对古代的文艺理论的濡染，我感觉在审美关系方面，这种独特性最能得以体现。谈及审美关系，自然离不开审美主体和审美客体的对待，这也许会被有的学者讥笑为"主客二分"。而在我看来，要抛开审美主体和客体的二分与对待来谈审美关系，美学将会撤除其赖以存在的基础。超越主客二分，是我们的追求；抛开主客体的对待，也许我们会无所适从。这并非仅是理论的立义，而且也是无数的艺术理论资料的客观维度。

中国古代的文艺理论，不能等同于我们惯常所说的"古代文论"。后者是指古代的文学理论，而我们所说的"文艺理论"，是包含着文论、画论、书论、乐论等主要的内涵的。中国美学，最为集中地包蕴在其中。中国古代当然没有"美学"之目，却很早就在审美的意义上彰显主客体的关系了。如在魏晋南北朝时期业已颇为成熟的"心物"这对范畴，就是典型的主体和客体的关系。中国古代的文艺理论中所展示的审美主体和客体的关系，体现出哪些特征呢？在我看来，一是由感兴而使主客体处于高度激活的状态之中；二是主客体相互作用而生成审美意象；三是审美主体和客体都有属于中华文化传统中的独特品格。主客体并非单纯地对待，而是客体以其宇宙生命为依托，主体与客体并非一对一的对待，而是进入一片浩茫的境界。

一、"感兴"是中国古代文艺理论主客体关系的特殊方式

关于感兴的研究非常之多，仅我自己也不止一篇文章论及。然而，我在这里将其纳入审美主客体关系的向度再来审视，其意蕴自有不同。感兴的基本义即由比兴之兴而来，其义非止一项，如朱自清先生所概括之："《毛传》'兴也'的兴有两个意义。一是发端，一是譬喻；这两个意义合在一块儿才是'兴'。"[①]而兴的本义就是"起也"，已直接是主客体之间的关系了。《毛传》在《大雅·大明》篇"维予侯兴"下云："兴，起也。"《说文》中也释兴为"起也"。刘勰在《文心雕龙·比兴》篇中对比兴的阐释说："故兴者，附也；兴者，起也。附理者切类以指事，起情者依微以拟议。起情故兴体以立，附理故比例以生。"[②]明确指出兴即是对情感的唤起。情

① 朱自清：《诗言志辨》，第57页，凤凰出版社，2008年。

② 范文澜：《文心雕龙注》，第601页，人民文学出版社，1958年。

感自然是主体之情感。是什么唤起艺术家（主体）的情感呢？是进入艺术家视野的“物”。物是审美客体，情则代表主体的方面。值得注意的是，兴是以一种特殊的方式使主体和客体发生关联的。这种特殊方式，可用“触物以起情”来表达。宋人李仲蒙对兴的表述：“触物以起情，谓之兴。物动情者也。”[①]我认为这是对兴最为符合其本质的命题。“触物”是主体与客体之间的偶然邂逅，而非刻意地求取。这也正是感兴的实质所在。刘勰在《比兴》篇的赞语中说：“诗人比兴，触物圆览。”非常凝练地概括出关于兴的这种主客体触遇而生成审美意象的性质。虽是“比兴”并提，其实是偏重于对兴的性质的揭示。宋儒郑樵论诗云：“‘关关雎鸠’——是作诗者一时之兴，所见在是，不谋而感于心也。”[②]宋人叶梦得也指出了兴的“触物”性质：“诗本触物寓兴，吟咏情性，但能输写胸中所欲言，无有不佳。”[③]明代文学家李梦阳更为明确地指出：“情者动乎遇也。——故遇者物也，动者情也。情动而会心，会则契神，契则音所谓随寓而发者也。——契者会乎心者也。动由于遇，然未有不情才最慢，故曰情者动乎遇者也。”[④]李梦阳所说的“遇”，与“触”的意思一样，都是不期然而然的“邂逅”，也即审美主体和客体之间在并无预先立意的情况下偶然的碰撞与交融。这对感兴来说，是最为突出的一个标志。

感兴是审美主体在外物的触发下唤起审美情感、从而产生创作冲动的过程，作为审美客体的“物”，充当着不可或缺的角色。这在汉魏以降的文艺理论中，是相当丰富的。如《礼记·乐记》中所说：“凡音之起，由人心生也。人心之动，物使之然也，感于物而动，故形于声。声相应，故生乐，变成方，谓之音。比音而乐之，及干戚羽旄，谓之乐。”[⑤]认为音乐的产生是人心感物的结果。感物起情，是在文艺创作的范围内说的，并非一般的泛泛之论。如刘勰在《明诗》篇中所说：“人禀七情，应物斯感，感物吟志，莫非自然。”这是指诗人兴发情感的过程。

感兴的这种偶然的触遇的性质，在古代的文艺理论中是有着明确的意识的，而且形成了一以贯之的理论系统。如梁萧统说到自己的创作时：“炎凉始冒，触兴自高，睹物兴情，更向篇什。”[⑥]“触兴”即是说明感兴是触物而发的。“睹物兴情”也非一般的感怀，而是“更向篇什”，即以诗歌创作为其旨归。唐代著名诗人王昌龄论诗有“感兴”势：“感兴势者，人心至感，必有应说，物色万象，爽然有如感会。亦有其例。如常建诗云：‘冷冷七弦遍，万木澄幽音，能使江月白，又令江水深。’又王维《哭殷四》：‘泱漭寒郊外，萧条闻哭声，愁云为苍茫，飞鸟不能鸣。’”[⑦]王昌龄强调了诗人主体的“人心至感”，这样才能“必有应说”，与物色万象触遇，如有感会。宋代大诗人杨万里对此有明确的观点：“大抵诗之作也，兴，上也；赋，次也；赓和，不得已也。然初无意于作是诗，而是物是事，适然触于我，我之意亦适然感乎是物是事，触先焉，

---

① 〔宋〕引自胡寅著、容肇祖点校：《斐然集崇正辩》，第 386 页，中华书局，1993 年。

② 〔宋〕郑樵：《六经奥论》，见中国古代文艺理论专题资料丛刊《意境·典型·比兴编》，第 285 页，中国社会出版社，1994 年。

③ 〔宋〕叶梦得：《玉涧杂书》，见中国古代文艺理论专题资料丛刊《意境·典型·比兴编》，第 285 页。

④ 〔明〕李梦阳：《梅月先生诗序》，见吴文治主编：《明诗话全编》，第二册第 1978 页，凤凰出版社，1997 年。

⑤ 见孙希旦：《礼记集解》，第 976 页，中华书局，1989 年。

⑥ 〔梁〕萧统：《答复晋安王书》，引自郁沅张明高编选：《魏晋南北朝文论选》，第 330 页，人民文学出版社，1996 年。

⑦ 见〔日〕遍照金刚撰、卢盛江校考：《文镜秘府论汇校汇考》，第 393 页，中华书局，2006 年。

感随焉,而是诗出焉,我何与哉?天也。斯之谓兴。”[①]杨万里认为兴在诗歌创作中是最上乘的状态,因为它并非预先立意,而是无意为诗,外在的事物与诗人的内在灵府适然相触,于是诗歌便由此而生了。宋代画论家董逌论画特重“天机”,认为遇物兴怀才是最佳的创作状态,如其评宋代著名画家燕肃(仲穆)画云:“余评燕仲穆之画,盖天然第一。其得胜解者,非积学所致也。想其解衣磅礴,心游神放,冷然有感是应者。”[②]“燕仲穆以画自嬉,而山水尤妙于真形,然平生不妄落笔,登临探索,遇物兴怀。胸中磊落,自成丘壑。”[③]评宋代大画家范宽的山水画云:“当中立有山水之嗜者,神凝智解,得于心者,必发于外。则解衣磅礴,正与山林泉石相遇。虽贲育逢之,亦失其勇矣。故能揽须弥于一芥,气振而有余,无复山之相矣。彼含墨咀毫,受揖入趋者,可执工而随其后耶?世人不识真山而求画者,垒石累土,以自诧也。岂知心放于造化炉锤者,遇物得之,此其真画者也。”[④]董氏在这些画论中不仅是对画家的鉴赏与评价,更是张扬了自己的绘画观念。在他看来,“遇物兴怀”才能创造出画之杰作,而“含墨咀毫,受揖入趋”是无法与之同日而语的。明代诗论家谢榛论诗重兴,也是以偶然触遇为兴的重要特质,如说:“诗有不立意造句,以兴为主,漫然天成,此诗之入化也。”[⑤]“诗有天机,待时而发,触物而成,虽幽寻苦索,不易得也。如戴石屏‘春水渡傍渡,夕阳山外山’,属对精确,工非一朝,所谓‘尽日觅不得,有时还自来’。”[⑥]这种对兴的倡导构成了四溟诗论的一大特色。清代诗论家叶燮同样认为作诗应是“先有所触”的感兴才能产生佳作,他说:“原夫作诗者之肇端而有事乎此也,必先有所触以兴起其意,而后措诸辞、属为句、敷之而成章。当其有所触而兴起也,其意、其辞、其句,劈空而起,皆自无而有,随在取之于心。出而为情、为景、为事,人未尝言之,而自我始言之,故言者与闻其言者,诚可悦而永也。”[⑦]等等,都是将感兴和“触物”直接联系起来的。

感兴是中国的文艺理论中颇具美学价值的思想,在诗论、文论、画论、乐论等领域都是广泛存在的。在审美活动的这个角度上,它非常明确地揭示了审美主客体之间的偶然触遇的相互作用的方式。这在一般的哲学和美学理论中极少见到的。“偶然”在中国美学中的贯通是西方哲学美学所并不存在的。而在中国美学中,却是大量的、自觉的。主客体之间的这种偶然触遇的方式,为文学艺术的创作,带来了什么样的审美效应呢?首先,在我看来最为突出的一点,是使审美主体(艺术家)在偶然的契机下受到外物的召唤,兴发起的情感并非一般性的情感,而是一种达到极致的情感体验,也是无法重复的。宋代诗论家叶梦得评谢灵运诗时说得非常明白:“‘池塘生春草,园柳变鸣禽’,世多不解此语之工,盖欲以奇取之耳。此语之工,正在无所用意,猝然与景相遇,借以成章,不假绳削,故非常情所能到。诗家妙处,当须以此为根本,而思苦言难者,往往不悟。”[⑧]“猝然与景相遇”的主体情感,是极具张力的,也是

① 〔宋〕杨万里:《答建康府大军库军门徐达书》,见中国古代文艺理论专题资料丛刊《意境·典型·比兴编》,第265页,中国社会出版社,1994年。

② 〔宋〕董逌:《广川画跋》,见于安澜编:《画品丛书》,第308页,上海人民美术出版社,1982年。

③ 同上,第297页。

④ 同上,第307页。

⑤ 〔明〕谢榛:《四溟诗话》卷一,见丁福保辑:《历代诗话续编》,第1152页,中华书局,1983年。

⑥ 同上,第1161页。

⑦ 〔清〕叶燮:《原诗·内篇》上。

⑧ 〔宋〕叶梦得:《石林诗话》卷中,见何文焕辑:《历代诗话》,第426页,中华书局,1981年。

超乎普通情感的，因此，才能创造出千古名句来。王昌龄《诗格》中对感兴的界说也是“人心至感，必有应说”，“至感”当然可以理解为情感之极。唐代诗人贾岛的《二南密旨》中论兴云：“兴者，情也，谓外感于物，内动于情。情不可遏，故曰兴。”①都认为触物感怀所兴之情，是一种达于极致的情感，当然也是一种富有形式感的审美情感，这种情感是产生于作家或艺术家的主体世界的，而决非会产生于没有任何创作经验的普通人的内心。作家艺术家在与外物触遇时被唤起的情感，既是一种远异于普通情感的情之极致，也是与内在的艺术语言融而为一的审美情感。刘勰所说的“登山则情满于山，观海则意溢于海，我才之多少，将与风云而并驱矣”②，正是这种情感形态。

主客体的感兴方式，在偶然的触物兴怀中，改变了一般性的审美主客体关系。在后者的情况下，审美主体是主动的，客体是被动的。主体与客体虽是互相依存的，但在主动与被动方面是判然有别的。感兴的触遇则使作为客体的“物”，充满了主动的活跃的色彩，焕发着灵性。刘勰在《物色》篇的赞语说得特别形象：“山沓水匝，树杂云合。目既往还，心亦吐纳。春日迟迟，秋风飒飒。情往似赠，兴来如答。”情与物之间，主体与客体之间，吐纳往还，似同赠答，这也正是现象学所说的“互为主体性”。在感兴的方式中，主体与客体高度的交融互渗，所兴发的情感在瞬间达到极致，具有很强的穿透力，从而使作品具有动人心魄的力量。

二、审美主客体在互动中生成审美意象

中国古代的文艺理论，以艺术创造为其旨归，而非一般性的抽象概括。在讲到主体和客体的相互作用时，着眼点在于审美意象的创生。而“意象”作为成熟的审美范畴，其诞生正在于中国美学的母体里。刘勰在《神思》篇中所提出的“意象”，其意义恰是我们现在所理解的美学意义。其云：“故思理为妙，神与物游。神居胸臆，而志气统其关键；物沿耳目，而辞令管其枢机。枢机方通，则物无隐貌；关键将塞，则神有遁心。是以陶钧文思，贵在虚静，疏瀹五脏，澡雪精神，积学以储宝，酌理以富才，研阅以穷照，驯致以怿辞；然后使玄解之宰，寻声律而定墨；独照之匠，窥意象而运斤：此盖驭文之首术，谋篇章之大端。”③这才是“意象”作为一个稳定的成熟范畴的最早出处。“意象”最原初的意义在此，而其最具审美心理学价值的内涵也在此。在创作构思过程中，经过主客体的交互作用而呈现出的内在形象——它是艺术品产生的前提。后来在很多时候使用的“意象”的意思，已经远非此意了。我并非是“九斤老太”式的保守主义者，只是觉得被用滥的“意象”，缺少了它的特殊含义，和“形象”、“表象”等概念无法区分，也无法发挥它的独特功能。“意象”是在刘勰这里得以凝练成为一个具有深刻美学意义的范畴，却有着非常浓厚的中国美学背景。从《易经》到王弼，意与象的关系得到了高度哲学化的建构，而只有在具体的艺术理论中，意象才真正获得了美学品格。对于意象的理论建构和深度阐发，是中国美学的独特贡献，而这正是置于审美主客体的感通中的。意象是作家艺术家观照物象而以主体的审美情感提摄而成的，刘勰的《神思》篇的赞语前四句：

① 〔唐〕贾岛：《二南密旨》，见叶朗主编：《中国历代美学文库·隋唐五代卷》下，第239页，高等教育出版社，2003年。
② 《文心雕龙·神思》，范文澜：《文心雕龙注》，第494页，人民文学出版社，1958年。
③ 《文心雕龙·神思》，见范文澜：《文心雕龙注》，第493页，人民文学出版社，1958年。

“神用象通，情变所孕。物以貌求，心以理应。”寥寥数语，却有相当高的美学理论价值。在刘勰看来，作家的神思是以意象连通和贯穿的，而意象又是情感的变化所孕育。意象是在摄取了物象的基础上产生的，而主体的思理渗透和把握也是不可少的。南朝画家宗炳的画论经典《画山水序》中提出“圣人含道映物，贤者澄怀味像”，可以视为互文。而“澄怀味像”真可以说是一个完整的审美命题。老子的“虚静”，庄子的“心斋”，都在中国哲学史和美学史上有极为重要的影响，但它们都不是在艺术创造的框架里说的，到了宗炳这里，则完全是在绘画的审美创造过程的意义上提出的。“澄怀”即是“疏瀹五脏，澡雪精神”，使画家真正地进入一个澄明的内心世界。“味”是主体对于客体的一种把握方式，品味、玩味等差可近之，而“像”是山水呈现于画家心中的意象。北宋诗人梅尧臣认为最佳诗作应该是“状难写之景如在目前，含不尽之意见于言外，斯为至矣”①，这是诗歌的审美意象的最重要的特征。诗歌的审美意象有着内视的特征，使人在鉴赏品味时“如在目前”，但同时在文字之外又蕴含着“不尽之意”。审美意象的创造也多是感兴的产物。如晚唐画论家朱景玄作《唐朝名画录》中评李灵省所云：“若画山水、竹树，皆一点一抹，便得其象，物势皆出自然。或为峰岑云际，或为岛屿江边，得非常之体，符造化之功，不拘于品格，自得其趣尔。”②王昌龄在《诗格》中将诗思分为三种：“一曰生思，二曰感思，三曰取思。”所谓“生思”：“久用精思，未契意象，力疲智竭，放安神思，心偶照镜，率然而生。”以此来说，意象的创造便在于“心偶照境”的主体与客体的感兴作用。韩林德先生为此阐发说：“王昌龄的意思是，意象的形成，有待于审美感兴中心与境二者的交融合一，而焦思苦虑的精思之所以‘未契意象’，就在于缺少想象和灵感这种神思的作用。一旦神思勃发，心偶照境，意象在刹那间即形成。可见，意与象的相契，必待审美感兴中心与境的融合。”③韩林德颇为中肯地道出了审美意象的创造过程中，主体与客体的感兴融合的关系。

关于意象的这种创造方式，唐代诗论家殷璠编选《河岳英灵集》，专选盛唐常建、李白以下计 24 位诗人作品 230 首，并附以对每位诗人的评论，使是书具有了文学批评的性质。不惟是具体的评论，而且在序文中也体现出颇为自觉的诗论见解。“兴象”便是殷璠提出的最具创造性的美学范畴。殷璠在《河岳英灵集》的序论中指斥那些浮薄作者说：“然挈瓶庸受之流，责古人不辨宫商徵羽，词句质素，耻相师范。于是攻异端，妄穿凿，理则不足，言常有余，都无兴象，但贵轻艳。”④将“兴象”的有无作为评价诗歌价值的重要标准。在对诗人的评价中，殷璠也是以兴象作为特别重要的尺度，如评陶翰：“历代词人，诗笔双美者鲜矣。今陶生实谓兼之，既多兴象，复备风骨。”⑤评孟浩然：“浩然诗，文采丰茸。经纬绵密，半遵雅调，全削凡体。至如‘众山遥对酒，孤屿共题诗’，无论兴象，兼复故实。”⑥通观《河岳英灵集》，可以认为殷璠是以“兴象”为其诗歌批评的主要尺度的，而且这个范畴也特别体现了它的独创性质。正如傅璇琮和李珍华先生对殷璠提出的“兴象”的阐发：“殷璠也单独使用不过兴，如他说常

① 〔宋〕欧阳修：《六一诗话》引，见何文焕辑：《历代诗话》，第 263 页，中华书局，1981 年。

② 见于安澜编：《画品丛书》，第 88 页，上海人民美术出版社，1982 年。

③ 韩林德：《境生象外》，第 53 页，三联书店，1995 年。

④ 见李珍华、傅璇琮：《河岳英灵集研究》，第 117 页，中华书局，1992 年。

⑤ 同上第 166 页。

⑥ 见李珍华、傅璇琮：《河岳英灵集研究》，第 167 页，中华书局，1992 年。

建诗‘其旨远，其兴僻’，说刘昚虚诗‘情幽兴远’，与盛唐时其他的人用义相近。但是，他把兴与象连起来，作为一个词语，一个概念，却产生了意念的飞跃。——在《河岳英灵集》里，形象与思维不是分开来讲的，而是统一的，整体的，这就是所谓‘兴象’。兴象不同于比兴，也不是寄兴，它指的是形象与思维的结合方式，说得窄一些，是情与景的相融。”①傅李二位先生的意见是值得重视的，认为兴象是形象与思维的结合，是情和景的相熔。这也道出了“兴象”作为诗歌审美要素中的主客体关系。然而，我总是觉得有些不够确切。在我看来，如果直白地说，兴象就是由诗人感兴的方式创造出来的审美意象，是意象的一种，它是特别能够体现盛唐诗歌的创作特征的。叶朗先生对于“兴象”的论述，更能代表中国美学的独特之处，他说：“兴象这个概念是在意象说的基础上提出来的。兴象是意象的一种。它的涵义与战国时期出现的赋比兴这一组美学范畴中的兴有着直接的联系。——战国儒家学者提出的赋比兴这一组范畴，是对于诗歌艺术中意（情意）和象（形象）的关系的一种分析和概括，它们涉及审美意象产生的方式和结构的特点，也就是涉及诗歌艺术中，意与象之间以何种方式互相引发，并互相结合成统一的审美意象，而这种审美意象又以何种方式感发读者的问题。其中所谓‘兴’，是起于物对心的感发，物的触引在先，心的情意感发在后，而且这种感发是自然的，无意的，大多由于感性的直觉的触引，不必有理性的思索安排。而所谓兴象，就是按照兴这种方式产生和结构的意象。”②相对而言，叶朗先生的论述更能揭示“兴象”的本质特征，也更能说明中国美学中的审美关系的独特之处。当下的美学，意象范畴重新得到高度重视，标志性的成果是叶朗先生的新著《美在意象》和《美学原理》。叶先生是将审美的核心归结为审美意象的生成的，并且也是整合和提升了美学思想史上的若干重要成果的理念的。我当然是特别崇尚叶先生的这个基本的美学观念的；我只是由此想到，我国新时期以来在文学艺术批评领域曾经有过的“意象”的泛化和某些误用，无论什么情况都用“意象”，似乎以“意象”取代“形象”是一种理论的时尚。其实，意象作为一个美学的范畴，和形象并不能等同，也没有必要浪潮般地以“意象”来覆盖“形象”。在美学理论的范围内，意象有其特定的内涵。我倒一直认为，刘勰对意象理论的贡献，不仅在于是其首先在《文心雕龙》中最早将意象整合为一个稳定的成熟的范畴，更在于其所用之义，稳固地奠定了意象的美学根基。无疑地，意象产生于审美主体和客体的交互作用之中，同时，也是审美创造活动的最主要的成果。可以进而说明的，主客体之间的感兴方式，是创造出最佳的审美意象的前提。

三、审美主体和审美客体的特殊品格

在中国古代的文艺理论中，从创作论的维度看，审美主体与审美客体都有其特殊的品格，而并非一般的观照与被观照。如果说“感兴”是中国美学中的审美关系最有特色的“亮点”，感兴又是外物对主体的感发，那么，这就有一个问题是需要得到说明的，那就是：什么样的审美主体才能获得感兴，从而创造出绝佳的艺术作品？在一般的感兴论中，特别容易给人的错觉是，人心之感物，物使心动，就会有创作冲动的发生，乃至就会有佳作的降临。“感兴”

① 见李珍华、傅璇琮：《河岳英灵集研究》，第66页，中华书局，1992年。

② 叶朗：《中国美学大纲》，第263页，上海人民出版社，1985年。

特别强调物对心的感发，而且把偶然的触遇作为最佳的契机，如刘勰所说的“人禀七情，应物斯感。感物吟志，莫非自然。”(《文心雕龙·明诗》)钟嵘所说的：“气之动物，物之感人。故摇荡性情，形诸舞咏。”(《诗品序》)这类论述多处可见，也易于使人产生错觉，似乎无论何人，都可以在偶然的感物中发生灵感，从而创造出艺术佳作。其实事情远非如此简单。从审美关系的角度来说，审美主体的条件是至关重要的。无论是诗歌，还是绘画或者音乐、书法，审美感兴都是对创作而言的，所以，泛泛的主客体关系不在我们的视域之中。在这种意义上的审美主体，应该是有着深厚的艺术修养及出色的表现能力的。无论是何种艺术门类，主体对艺术语言的谙熟把握和自由发挥是基本的条件。如陆机在《文赋》中谈及语言的表现能力问题：“其始也，皆收视反听，耽思傍讯，精骛八极，心游万仞。其致也，情曈昽而弥鲜，物昭晰而互进。倾群言之沥液，漱六艺之芳润。浮天渊以安流，濯下泉而潜浸。于是沉辞怫悦，若游鱼衔钩而出重渊之深；浮藻联翩，若翰鸟缨缴而坠层云之峻。收百世之遗文，采千载之遗韵。谢朝华于已披，启夕秀于未振。”这段为人们所熟知的话，其实说的是以出色的语言能力来表现前所未有的审美时空。画论里面谢赫的《古画品录》，提出画之“六法”，也正是画家应当具有的技巧和艺术语言能力，其云：“虽画有六法，罕能尽该；而自古及今，各善一节。六法者何？一，气韵生动是也；二，骨法用笔是也；三，应物象形是也；四，随类赋彩是也；五，经营位置是也；六，传移模写是也。唯陆探微、卫协，备该之矣。”[①]从画家的主体能力来说，这“六法”应该是兼备的。然而事实上难以兼善，谢赫认为只有陆探微、卫协真正能够“六法”兼备。刘勰在论文学创作时则是将吟咏情性和主体的表现能力有机地统一起来，在《体性》篇中说：“夫情动而言形，理发而文见，盖沿隐以至显，因内而符外者也。然才有庸隽，气有刚柔，学有浅深，习有雅郑，并情性所铄，陶染所凝，是以笔区云谲，文苑波诡者矣。故辞理庸隽，莫能翻其才；风趣刚柔，宁或改其气；事义浅深，未闻乖其学；体式雅郑，鲜有反其习：各师成心，其异如面。”刘勰在本篇中其实主要是讲作品的不同风貌与主体的体性之内在关系，但这种沿隐至显、因内符外的过程，是以主体的语言表现能力为其条件的。

作为一个卓越的作家或艺术家，只有娴熟的艺术表现能力还是很不够的，主体的胸襟情怀与人格修养是至关重要的。中国古代的文艺理论，在这方面也多有阐述。宋代画论家郭若虚论画家的主体修养时说：“六法精论，万古不移，然而骨法用笔以下，五者可学，如其气韵，必在生知，固不可以巧密得，复不可以岁月到，默契神会，不知然而然也。尝试论之。窃观自古奇迹，多是轩冕才贤，岩穴上士，依仁游艺，探赜钩深，高雅之情，一寄于画，人品既以高矣，气韵不得不高；气韵既已高矣，生动不得不至，所谓神之又神，而能精焉。凡画必周气韵，方号世珍，不尔虽竭巧思，止同众工之事，虽曰画，而非画。故杨氏不能授其师，轮扁不能传其子，系乎得自天机，出于灵府也。”[②]郭氏从谢赫“六法”说起，认为后五者皆可后天师法，唯独气韵是出自于人品格调的。人品既高，气韵自高。清代诗论家叶燮论诗特重诗人之胸襟，他说：“我谓作诗者，亦必先有诗之基焉。诗之基，其人之胸襟是也。有胸襟，然后能载其性情、智慧、聪明、才辨以出，随遇发生，随生而盛。”[③]叶氏举的最典型的例子便是杜甫。杜甫

① 〔南朝梁〕谢赫：《古画品录》，见于安澜编：《画品丛书》，第6页，上海人民美术出版社，1982年。

② 郭若虚著、黄苗子点校：《图画见闻志》，第14页，人民美术出版社，1963年。

③ 〔清〕叶燮著、霍松林校注：《原诗》，第17页，人民文学出版社，1979年。

在艺术上的卓越成就，在很大程度上与其崇高的人文情怀也即叶氏所说的“胸襟”是直接相关的。叶燮指出：“千古诗人推杜甫。其诗随所遇之人之境之事之物，无处不发其思君王、忧祸乱、悲时日、念友朋、吊古人、怀远道，凡欢愉、离合、今昔之感，一一触类而起，因遇得题，因题达情，因情敷句，皆因甫有其胸襟以为基。如星宿之海，万源从出；如钻燧之火，无处不发；如肥土沃壤，时雨一过，夭矫百物，随类而兴，生意各别，而无不具足。”①叶燮概括道：“由是言之，有是胸襟以为基，而后可以为诗文。不然，虽日诵万言，吟千首，浮响肤辞，不从中出，如剪彩之花，根蒂既无，生意自绝，何异乎凭虚而作室也！”②等等。这类关于主体胸襟或修养的论述在中国古代文艺理论中是很多的。

在中国古代的文艺理论中，关于审美活动的对象的描述是颇为普遍的。在魏晋南北朝时期，相对于主体之心或情，“物”或“物色”是客体一方，但是，我们可以明显感受到，物或物色都并非单纯的具体事物，而是表征着宇宙时空的生命感。使主体的心灵得到触引感发的，是四季轮回所带来的物象之变，如陆机《文赋》中的“遵四时以叹逝，瞻万物而思纷。悲落叶于劲秋，喜柔条于芳春。”钟嵘在《诗品序》中所说的：“若乃春风春鸟，秋月秋蝉，夏云暑雨，冬月祁寒，斯四候之感诸诗者也。”刘勰在其《物色》篇中所说：“春秋代序，阴阳惨舒，物色之动，心亦摇焉。盖阳气萌而玄驹步，阴律凝而丹鸟羞，微虫犹或入感，四时之动物深矣。若夫珪璋挺其惠心，英华秀其清气，物色相召，人谁获安？是以献岁发春，悦豫之情畅，滔滔孟夏，郁陶之心凝；天高气清，阴沉之志远；霰雪无垠，矜肃之虑深。岁有其物，物有其容，情以物迁，辞以情发。”都是以四时的物象之变作为对象。然而，这并非是单纯的对应，其实，在四时的物色变化中，所透射出的是宇宙自然的节律运动。宗炳论山水画，在提出“澄怀味像”后，继言“至于山水，质有而趣灵”，认为山水之像都是蕴含着生命和灵魂的。作为审美客体的物象，它们呈现在作家艺术家的视域中是充盈的、莹澈的，而实际上它们又都不是个体性的，而是吐纳着宇宙大化的生命，如叶梦得评杜甫诗所说：“‘江山有巴蜀，栋宇自齐梁。’远近数千里，上下数百年，只在‘有’与‘自’两字间，而吞纳山川之气，俯仰古今之情，皆见于言外。”③物象是以其蕴含的宇宙生命而与主体相晤对的。南朝画家王微在《叙画》中的名言：“以一管之笔，拟太虚之体。”明代董其昌论画说：“画之道，所谓宇宙在乎手者，眼前无非生机。”④等等，都也体现了同样的审美关系。主体对于客体的观照，并不是笼统的，而是细微的，使进入作品的物象焕发出“灿烂的感性”（杜夫海纳语）；但它却在主体的交融中显现了宇宙造化的气象。王夫之评谢灵运之诗的一段话颇能道出这种特点：“谢诗有极入目者，而引之益无尽；有极不易寻取者，而径遂正自显然；顾非其人，弗与察尔。言情则于往来动止、缥缈有无之中，得灵蠁而执之有象；取景则于击目经心、丝分缕合之际，貌固有而言之不欺。而且情不虚情，情皆可景，景总含情；神理流于两间，天地供其一目，大无外而细无垠。”⑤虽是对谢灵运《登上戍石鼓山诗》的分析评赏，却可以从普遍的意义上给我们以独到的启示。

中国的文艺理论当然是浩繁纷杂的，也是无法穷尽的。不用说区区一篇文字，即便千帙

① 〔清〕叶燮著、霍松林校注：《原诗》，第17页，人民文学出版社，1979年。

② 同上。

③ 〔宋〕叶梦得：《石林诗话》卷中，见何文焕辑：《历代诗话》，第420页，中华书局，1981年。

④ 〔明〕董其昌著、周远斌点校、纂注：《画禅室随笔》，第70页，山东画报出版社，2007年。

⑤ 《古诗评选》卷五，见《船山全书》，第十四册第736页，岳麓书社，1996年。

万卷，亦难道其万一。这个道理，笔者焉能不知？然而，如从审美关系的角度，又能见出一点独特的面目，也就不避谫陋，尝试言之。审美关系当然不是什么新鲜的话题，但从这个视角来考察中国古代的文艺理论，却可以使我们深入一步。

作者单位：中国传媒大学

（本文系由张晶主持的国家社会基金项目《中国古代文艺理论对文艺美学的建构意义研究》之阶段性成果，该项目批准文号为：10BZW019）

中国古代文论中的“通变说”

黄仁生

在中国文学发展的进程中，曾有不少作家和批评家自觉不自觉地思考过有关“通变”的问题，并且形之于文字的理论表述也颇为丰富。自二十世纪以来，学术界对于中国古代文论中的“通变说”也曾予以关注，并已做过一定的研究，但其重点主要集中于刘勰的通变理论，或者在探讨中国文学的继承与革新问题时有所涉及。本文拟从中国文学古今演变的视角出发，就中国古代文论中的“通变说”重新加以考察和阐释。

一、文学“通变说”形成的思想基础

所谓文学“通变说”，是指中国文学发展到一定阶段以后，作家和批评家立足于各自的时代，就文学演变问题所做的思考和表述，其内涵涉及古与今、源与流、常与变、因与革的关系等若干问题，在学理上可归属于文学历史发展观之中。尽管如众所周知，直到刘勰《文心雕龙》的问世，关于中国文学“通变说”才有系统的表述，但自先秦两汉以来，文化学术领域所做的相关探讨，实已为文学“通变说”的形成提供了一定的理论借鉴。

（一）“通变”思想萌生于《周易》的原著和解释中。今传《周易》，包括《易经》和《易传》两部分。《周易》六十四卦，相传为周文王所作，一般认为成书于殷周之际，至汉代立为经，故称《易经》。孔颖达正义曰：“夫易者，变化之总名，改换之殊称。”[①]可见作者以“易”为书名，其本意就是为了强调变化。《易传》十篇，相传为孔子所作，学术界一般认为写成于春秋战国时期。虽然经与传的作者一直存在争议，但自汉儒将经和传合编在一起以后，它们就作为一个整体流传于世。而在《易传》中，就已有了关于“通变”的诸种表述：既可合而以“通变”或“变通”颠倒言之，如“通变之谓事”、“变通者，趣时者也”；也可分而以“变”、“通”对举言之，如“一阖一辟谓之变，往来不穷谓之通”、“化而裁之谓之变，推而行之谓之通”；还可连带阐发“通”与“变”之联系，如“通其变，遂成天下之文”、“变而通之以尽利”、“易穷则变，变则通，通则久”（以上皆引自《周易注》卷七《系辞上》、卷八《系辞下》）。这类产生于先秦时代的“通变”理念，最初都是用以揭示世间事物发展变化的规律，虽然表述有所差异，但内涵丰富，影响深远。

（二）中国文化史上多次进行过的“古今之辨”，在春秋战国时期就已展开，当时讨论的

---

① 《周易正义》卷首。

焦点是“法先王”与“法后王”、“法古”与“法今”等论题。如孔子就是主张“祖述尧舜，宪章文武”[①]的，故而明确表示“述而不作，信而好古”[②]，“周监于二代，郁郁乎文哉！吾从周”[③]；孟子也主张“遵先王之法”，明确宣称“欲为君，尽君道；欲为臣，尽臣道；二者皆法尧舜而已矣。不以舜之所以事尧事君，不敬其君者也；不以尧之所以治民治民，贼其民者也”[④]；荀子虽不否定先王，但已明确提出要“法后王而壹制度”[⑤]；韩非则主张法治，认为“圣人不期修古，不法常可，论古之事，因为之备。……故事因于世，而备适于事。世异则事异，事异则备变”[⑥]。先秦诸子在讨论古与今的关系时，还对因与革、常与变的关系进行过思考。例如，孔子说：“殷因于夏礼，所损益可知也；周因于殷礼，所损益可知也。其或继周者，虽百世可知也。”[⑦]可见他虽然自称“好古”，但也兼顾因革，即认为可以根据现实的发展，对传统加以损益。而以韩非子为代表的法家则更关注现实，主张“变古”以“趋时”。这些论争分别阐发了文化的继承性和变异性等问题，实际上也可看作是通变思想在历史文化领域的酝酿和表述。

（三）司马迁在《太史公自序》中已有“天人之际，承敝通变”、“述往事，思来者”、“略协古今之变”、“厥协六经异传”、“整齐百家杂语”等表述[⑧]，又在《报任少卿书》中自叙其写作《史记》“亦欲以究天人之际，通古今之变，成一家之言”[⑨]，这是首次明确把“通变”表述为“通古今之变”，并以此作为他撰写历史著作的重要原则。所谓“成一家之言”，当然是一种创新，但并不否定传统，而是主张在继承传统、贯通古今、整合各种思想资源基础之上的独家创造。从孔子的“述而不作，信而好古”，到司马迁“欲以究天人之际，通古今之变，成一家之言”，明显可以看出士人历史发展观念和著书立言意识的进步。由于《史记》的写作具有一定的文学色彩，司马迁的这种看法实际上成为后世众多文学家的共识。

（四）随着《诗三百》、《楚辞》在汉代相继被经典化[⑩]，文学领域也开始探讨古与今、源与流、因与革的关系，并已涉及复古与模拟的问题。例如，刘安、司马迁、王逸等人在讨论辞赋时，就已论及从《诗经》到《楚辞》、汉赋之间的源流关系，班固甚至在《两都赋序》中明确地说：“赋者，古诗之流也。”西汉末年扬雄在文学观念上已有明道、征圣、宗经的倾向[⑪]，但在《太玄

① 《中庸》第三十章。

② 《论语·述而第七》。

③ 《论语·八佾第三》。

④ 《孟子·离娄上》。

⑤ 《荀子·儒效》。

⑥ 《韩非子·五蠹》。

⑦ 《论语·八佾第三》。

⑧ 《史记》卷一百三十，第3285—3321页，中华书局，1982年。

⑨ 《文选》卷第四十一，第1865页，上海古籍出版社，1986年。

⑩ 按《诗三百》在汉代立为经，始称《诗经》。又汉武帝曾命刘安撰《离骚经章句》（或称《离骚传》），其书虽已佚，但司马迁在《史记》中评论屈原《离骚》时实是引用刘安之说，如“国风好色而不淫，小雅怨诽而不乱，若《离骚》者可谓兼之矣。上称帝喾，下道齐桓，中述汤武，以刺世事。明道德之广崇，治乱之条贯，靡不毕见。其文约，其辞微，其志洁，其行廉，其称文小而其指极大，举类迩而见义远。其志洁，故其称物芳；其行廉，故死而不容自疏。濯淖污泥之中，蝉蜕于浊秽，以浮游尘埃之外，不获世之滋垢，皭然泥而不滓者也。推此志也，虽与日月争光可也”。至西汉末年刘向首次将《楚辞》辑录成书，分为十六卷，其书虽已佚，但东汉王逸《楚辞章句》实是在刘书基础上增加他自己的《九思》一篇和班固的《离骚序》、《离骚赞序》二篇而成，编为十七卷，成为今存最早《楚辞》注本，传于后世，为历代士人所重。从刘安到王逸关于楚辞的评价来看，都明显有“依经立义”的倾向。

⑪ 参见顾易生、蒋凡《中国文学批评通史·先秦两汉卷》，第528—532页，上海古籍出版社，1996年。

经》卷七提倡"因而能革","革而能因",又在《法言》卷三提出"新则袭之,敝则损益之",所以他既主复古,作赋也常模拟屈原和司马相如,但又不乏革新和创造。而东汉初年的王充则是中国文学批评史上深入探讨古今关系的第一人,他在《论衡》中对当时"述事者好高古而下今,贵所闻而贱所见"、"谓今之文不如古书"这类"尊古卑今"、"褒古毁今"的世俗之性进行了分析和批评,认为"才有浅深,无有古今,文有伪真,无有故新",因而明确反对复古与模拟,提倡"贵今"与独创。他说:"饰貌以强类者失形,调辞以务似者失情。百夫之子,不同父母,殊类而生,不必相似;各以所禀,自为佳好。文必有与合然后称善,是则代匠斫不伤手,然后称工巧也。文士之务,各有所从,或调辞以巧文,或辩伪以实事。必谋虑有合,文辞相袭,是则五帝不异事,三王不殊业也。美色不同面,皆佳于目;悲音不共声,皆快于耳。酒醴异气,饮之皆醉;百谷殊味,食之皆饱。谓文当与前合,是谓舜眉当复八采,禹目当复重瞳。"(《论衡》卷二十九)像这类对于模拟的既深刻又生动的批评,后代也常有回响,例如明代袁宏道对于七子派的批评,与王充的思路是相通的。汉代以降,直至南朝宋齐之际,这类思考仍在继续,如左思《三都赋序》①、陆机《文赋》②、挚虞《文章流别论》③、沈约《宋书·谢灵运传论》④等,也皆论及文学的源流演变或作家的师承取向。

古人在上述四个方面所做的探讨,从不同的领域为文学通变理论的形成提供了的思想基础。其中尤其是第四点,自汉代至南齐之间人们关于文学古与今、源与流、因与革之关系的思考,虽尚未使用"通变"这一范畴,但其理论内涵实际直接成为了刘勰论"通变"的重要思想资源。

二、刘勰构建的文学通变理论

刘勰于南齐末年写成的《文心雕龙》是中国文学批评史上第一部自成体系的巨著,其中第二十九篇专论"通变",在文学领域系统地阐发了发展变化的理论,这在学术界早已成为共识。但如果我们认真通读《文心雕龙》,就会发现作者关于文学"通古今之变"的认识和表述,并不限于《通变》这一篇,而是贯穿于全书的大多数篇章,既与其所建构的文学总体系中的若干分支相互联系,又在"通变说"这个分支领域自成体系。原因在于刘勰是立足于他所处的南齐时代,而对中国文学从古至"今"⑤的发展演变进行探讨和总结。换言之,他并不只是从共时性的视角而运用若干范畴来撰写"中国文学概论",而是更注重从历时性视角审视自古

① 左思《三都赋序》不仅引用班固《两都赋序》中"赋者古诗之流也"之说,而且明确宣称:"余既思摹《二京》而赋《三都》。"

② 陆机《文赋》提出要"颐情志于典坟","游文章之林府,嘉丽藻之彬彬","收百世之阙文,采千载之遗韵;谢朝华于已披,启夕秀于未振"。

③ 挚虞《文章流别论》曰:"诗之流也,有三言、四言、五言、六言、七言、九言。古诗率以四言为体,而时有一句两句杂在四言间,后世演之,遂以为篇。"又曰:"赋者,敷陈之称,古诗之流也。"

④ 按《宋书》纪传部分完成于南齐永明六年,其《谢灵运传论》曰:"自汉至魏,四百余年,辞人才子,文体三变:相如巧为形似之言,班固长于情理之说,子建、仲宣以气质为体,并标能擅美,独映当时。是以一世之士,各相慕习。原其飙流所始,莫不同祖《风》、《骚》。"

⑤ 按本文所论古今关系中的"今",皆指立论者所处的时代。又本文凡提及刘勰等人所论文学实际上是一种大文学观,除了我们现在所说的纯文学体式,往往还包括经史子等著述在内,因此,从严格意义上说,应称为文章学。

至今的文学，既根据中国文学古今演变的现象归纳出若干范畴而构建文学理论体系，又运用这些理论去分析和描述中国文学古今演变的概貌。因此，刘勰的《文心雕龙》实是一部兼述文学原理与文学演变的专著，他所构建的"通变说"也兼具多方面的意义。

首先，从范畴论层面来说，刘勰借用了《周易》和司马迁使用过的与"通变"相关的术语，汲取了先秦至南齐士人在文化、历史和文学领域所探讨过的诸如古与今、源与流、因与革等问题的见解，在《文心雕龙》中首次系统地阐述了文学通变理论的内涵。就刘勰的论述来分析，"通变"这一术语，合而言之，就是讲文学的古今演变，其演变之道包括通古变今与通体变文两个方面[①]。分而言之，"变"即变化，指向于今，既可向好的方面变化，因而视为创新，也可向坏的方面变化，则成为丑腐；"通"即"会通"("贯通")，包括会通诸体之正变和贯通古今之源流。但二者是一种辩证统一的关系，既不能孤立地只求"通"，也不能片面地只讲"变"，而应"通"、"变"兼顾，为了"变"而求"通"，在"通"的基础上求"变"。以往有的学者直接把"通"和"变"解释为"继承"与"创新"，固然不合刘勰原意，詹福瑞、蔡钟翔等已撰文纠正[②]，但刘勰所确立的基本原则是"望今制奇，参古定法"，因而其通变说中实际包含了因(继承)与革(创新)的内涵，是毋庸置疑的。他说：

> 夫设文之体有常，变文之数无方，何以明其然耶？凡诗赋书记，名理相因，此有常之体也；文辞气力，通变则久，此无方之数也。名理有常，体必资于故实；通变无方，数必酌于新声；故能骋无穷之路，饮不竭之源。然绠短者衔渴，足疲者辍涂，非文理之数尽，乃通变之术疏耳。故论文之方，譬诸草木，根干丽土而同性，臭味晞阳而异品矣。……
>
> 赞曰：文律运周，日新其业。变则可久，通则不乏。趋时必果，乘机无怯。望今制奇，参古定法。(《文心雕龙》第二十九《通变》)

这一段话主要是从作品的"有常之体"与"文辞气力"两个方面来讨论通变。所谓"有常之体"，是指每一类文章在体裁样式等方面都有其基本的规格要求，具有恒久稳定的特性，例如《文心雕龙》自《明诗》第六至《书记》第二十五所论诗、赋、书、记等文体都各有常规，因而后人写作时应继承自古以来形成的基本特性，通过"参古定法"、"资于故实"以合于常，如果违背常规，就会不得体，甚至成为"谬体"或"讹体"，这是就"通"的方面而言。所谓"文辞气力"，是指运用文辞以及由此而形成的气势和力度等表现手法，必须要有所变化，才能"日新其业"，流传久远，因此作家应果断地适应时代的需要("趋时必果")，参考当代的新作("酌于新声")，看准当今的趋势而以出奇制胜("望今制奇")，这是就"变"的方面而言。

但刘勰这里所讲的"有常之体"与"文辞气力"，都是指作品的形式方面，那么，在作品的内容方面，是否也要讲求通变呢？答案是肯定的。例如，《文心雕龙》的前五篇，学者一般依据《序志》篇所称"文之枢纽"，而视其为全书的总纲，这固然不错，但实际上这五篇也体现了作者的"通变"思想，并且以着重阐明作品内容的通变为主，仅偶尔兼及形式的通变。前三篇《原道》、《征圣》、《宗经》主张写作应"本乎道，师乎圣，体乎经"，就是关于"通"的基本内容(这是刘勰"通变说"中最为保守的内涵，后世古文家主张文以明道和理学家主张文以载道，实与

---

① 参见钱仲联等主编《中国文学家大辞典》(修订本)，第1906页，上海辞书出版社2000年。

② 参见詹福瑞《中古文学理论范畴》第四章《文变》，第183—228页，中华书局，2005年；蔡钟翔《释"通变"》，收入《蔡钟翔自选集：生生不息的中国文论》，第335—342页，中国书店，2010年。

此一脉相承），但也兼及对圣人著作和经书在文辞运用等形式方面的继承。《正纬》和《辨骚》则主要讨论“变”的原则，也是侧重于内容之“变”而兼及形式之“变”。刘勰认为像符谶、图录之类的纬书，相传是用来“配经”、解经的，但都是后人伪造，相对于经书来说也是一种变化，却因为内容荒诞虚妄，“乖道谬典”太甚，这种“变”是不可取的，所以主张要匡正其讹谬。当然，纬书也并非一无是处，它们中有些篇章运用了想象夸张，写得“事丰奇伟，辞富膏腴”，虽“无益经典，而有助文章”，因此“后来辞人”，也曾从纬书中“采摭英华”。至于《离骚》等楚辞作品，则与纬书不同，在内容方面，它既有四点“论其典诰”而“同于风雅”，也有四点“语其夸诞”而“异乎经典”，但刘勰却从整体上给予了肯定的评价：

> 固知《楚辞》者，体宪于三代，而风杂于战国，乃雅颂之博徒，而词赋之英杰也。观其骨鲠所树，肌肤所附，虽取熔经旨，亦自铸伟辞。故《骚经》、《九章》，朗丽以哀志；《九歌》、《九辩》，绮靡以伤情；《远游》、《天问》，瑰诡而慧巧；《招魂》、《大招》，耀艳而深华；《卜居》标放言之致，《渔父》寄独往之才。故能气往轹古，辞来切今，惊采绝艳，难与并能矣。（《文心雕龙》第五《辨骚》）

在他看来，《楚辞》正是合于通变原则的典范之作，其“同于风雅”是求“通”，其“异乎经典”是求“变”，所以才能“自铸伟辞”，而成为“词赋之英杰”。

由此可见，刘勰讲通变是包括作品的内容与形式的，在论述中，为了讲得深入透彻，有时分而言之，有所侧重。但作品的内容与形式本来是一个整体，既相互依存，也相互影响，故有时也根据行文的需要，合而言之。如他在《通变》篇还论述了上古至刘宋时期咏歌从“淳而质”到“丽而雅”、“侈而艳”再到“浅而绮”、“讹而新”的演变进程，是结合内容与形式构成的总体特征而言，然后总结道：“故练青濯绛，必归蓝蒨，矫讹翻浅，还宗经诰。斯斟酌乎质文之间，而檃括乎雅俗之际，可与言通变矣。”这一段由论通变而涉及复古与模拟、文与质、雅与俗等问题，颇值得重视。针对刘宋人“多略汉篇，师范宋集”这种“竞今疏古”（即模拟今人、疏远古典）的风气，刘勰开出了“矫讹翻浅，还宗经诰”的药方，他不仅批评刘宋人竞相“师范宋集”，而且对扬雄“影写长卿”也颇有微词，可见他对于模拟是反对的[①]，但他主张“还宗经诰”，回归风雅，似乎有复古倾向，如纪昀在《文心雕龙·通变》的眉批中称其为“复古而名以通变”[②]。不过，他这里把文与质、雅与俗这两对范畴提到一个关键的位置来讨论通变，是颇有见地的。

其次，从方法论层面说，刘勰始终是以一种古今联系的视角来对中国文学作整体性的观照和探讨，因而其通变论不仅是讨论文学的一个范畴，而且兼具方法论的意义，即无论是讨论一个文学范畴，还是研究一种文体或一种文学现象，往往都会从通变的角度考察其因革源流。他曾明确指出：

> 是以将阅文情，先标六观：一观位体，二观置辞，三观通变，四观奇正，五观事义，六观宫商。斯术既形，则优劣见矣。夫缀文者情动而辞发，观文者披文以入情，沿波讨源，

---

① 不过，刘勰对于初学者模拟古代的典范之作，并不反对。如《体性》篇说“故童子雕琢，必先雅制，沿根讨叶，思转自圆，八体虽殊，会通合数，得其环中，则辐辏相成。故宜摹体以定习，因性以练才，文之司南，用此道也。”又在《定势》篇说：“是以模经为式者，自入典雅之懿；效《骚》命篇者，必归艳逸之华。”

② 引自黄霖编著《文心雕龙汇评》，第102页，上海古籍出版社，2005年。

虽幽必显。(《文心雕龙》第四十八《知音》)

《知音》篇是专论文章鉴赏与批评的,这里提出的"六观"是必须进行的步骤。"观位体"(指体制安排)和"观置词"(指文辞布置)是进入作品的门径,然后"观通变"和"观奇正"才称得上登堂入室,而"奇正"这一对范畴实是与"通变"相联系的(详后文)。由此可见,刘勰对于"通变"是何等重视。既然鉴赏与批评每一篇作品都要求"观通变",就当然具有方法论的意义了。而这里提及的"沿波讨源",与《序志》篇所说"原始以表末",都是探讨源与流问题,只是前者由流溯源,后者由源探流而已,实际上二者都是与"观通变"相联系的一种具体方法,后世盛行的"溯流探源"法就是由此发展而来的。

上面我们讨论过的《文心雕龙》的前五篇,与其说体现了刘勰的"通变"思想,还不如说他本来就是从"通变"的视角进行研究和写作的。下面我们再来分析刘勰对于各文体的研究和论述,"观通变"作为其重要方法在这里可以说运用得游刃有余。他在《序志》中说:"若乃论文叙笔,则囿别区分;原始以表末,释名以章义,选文以定篇,敷理以举统。"这是对于各类文体的研究方法和写作原则的一个精炼的概括。我们不妨结合《文心雕龙》上半部的篇名来看,按理说"正纬第四"和"辨骚第五"也可以看作是对于文体的讨论,但刘勰本人已把它和前三篇放在一起,视之为"文之枢纽",前面我们已经做了介绍。其后二十篇是按当时人区分文笔的习惯来安排篇章结构的,其中从《明诗》到《谐隐》十篇是论述有韵之文,包括诗、赋、颂、赞、祝、盟、铭、箴、诔、碑、哀、吊、对问、七、连珠、谐、隐等文体;从《史传》到《书记》十篇是论述无韵之笔,包括史传、诸子、论、说、诏、策、檄、移、封禅文、章、表、奏、启、议、对、书信等文体[①]。这就是所谓的"论文叙笔,则囿别区分",而对于每一种文体,他都是按照"原始以表末,释名以章义,选文以定篇,敷理以举统"的原则进行研究和写作的。这四句话翻译成白话就是:"推求各体的起源和叙述其流变,阐释各体的名称以彰显其意义;通过对各体文章的筛选而确定一些有代表性的篇章,来陈述各体的写作法则以建构其理论体系。"这就不难看出,这二十篇都是以"通变"作为视角和方法而对各种文体进行研究与论述的。试以当时最主要的两种文学体式诗赋为例,曹丕《典论·论文》只说"诗赋欲丽",陆机《文赋》也不过说"诗缘情而绮靡,赋体物而浏亮",至挚虞《文章流别论》才开始考察各体文章的起源和演变,并列举著名作家作品而略加评论,虽大多散佚,但后人辑佚所得其关于诗赋的论述,也比前人丰富得多。刘勰《文心雕龙》中对各种文体的考察显然受挚虞的影响最大,但《明诗》第六、《乐府》第七和《诠赋》第八,再加上前已述及的《辨骚》第五,皆以相当篇幅分别论述诗、赋的起源和历代的发展演变,即使对于文体的释名和写作特点的概括,也先依次征引前人的论述,最后才阐明自己的看法,虽很少明言通变,但通变的思路显而易见,因此,溯源探流,贯通古今,成为其文体论最突出的共同特征。换言之,刘勰将通变理论运用于"论文叙笔"的过程中,又在文体研究领域形成了溯源辨体的方法,在后世曾产生深远影响。

再次,从实践层面来说,刘勰将其建构的通变理论又运用于文学研究和《文心雕龙》的写作中,提出了一系列有价值的学术见解,既使其理论通过实践的检验而得以确认,又丰富了《文心雕龙》的内容,使之成为一部自成体系的集大成之作。具体地说,这种实践主要表现在

① 按有的学者还进一步说,从《杂文》至《谐隐》中所论的文体则介于"文"、"笔"之间。本文为简单明了,概而言之,对此不作深究。

如下两个方面：

一是运用通变理论来研究和建构中国文学原理，包括对各范畴的界定和文之枢纽、文体论、创作论、批评论的探讨，大多是从历时性视角考察古今相关领域的思想成果，然后得出新的结论。关于通变理论在范畴论和总纲论、文体论、批评论（指《知音》篇）中的运用，前文已择要做过论述，这里着重就创作论加以考察。所谓创作论、批评论是现代人所作的区分，一般认为全书中有二十篇可划入创作论（采周振甫说），其中少数篇章运用通变理论进一步探讨了作品的"有常之体"，如《体性》篇论作品体貌与性情的关系，篇末说："故童子雕琢，必先雅制，沿根讨叶，思转自圆。八体虽殊，会通合数，得其环中，则辐辏相成。故宜摹体以定习，因性以练才，文之司南，用此道也。"这是指导初学者要先从学习"雅制"的传统开始，甚至可以不避摹拟，然后"沿根讨叶"，知其流变，就能够"思转自圆"，"会通合数"。《定势》篇论作品体裁与风格的关系，主张"因情立体，即体成势"。他说："色糅而犬马殊形，情交而雅俗异势。熔范所拟，各有司匠；虽无严郛，难得逾越。然渊乎文者，并总群势；奇正虽反，必兼解以俱通；刚柔虽殊，必随时而适用。……旧练之才，则执正以驭奇；新学之锐，则逐奇而失正。"这里所用的"正奇"这一对范畴，实与"通变"相联系：凡合于常规即可视为"正"，而表现出"奇"的特征即意味着有"变化"。但他对于"近代辞人"为刻意追求奇巧而"厌黩旧式"、"穿凿取新"给予了批评，主张"执正以驭奇"，反对"逐奇而失正"。而大部分篇章，如《情采》、《熔裁》、《声律》、《章句》、《丽辞》、《比兴》、《夸饰》、《事类》、《练字》、《隐秀》、《指瑕》、《附会》、《总术》等篇，都是从不同角度来进一步深入探讨作品的"文辞气力"等表现手法或写作技巧，如《熔裁》提出"变通以趋时"，《练字》篇主张"该旧而知新"，都是换一种口气讲形式方面的通变。另有《风骨》、《物色》二篇，则是结合内容与形式来探讨创作中的相关问题，但都从不同的角度表达了对《通变》篇主旨的呼应：

> 若夫熔铸经典之范，翔集子史之术，洞晓情变，曲昭文体，然后能莩甲新意，雕画奇辞。昭体，故意新而不乱；晓变，故辞奇而不黩。（《文心雕龙》第二十八《风骨》）
>
> 古来辞人，异代接武，莫不参伍以相变，因革以为功，物色尽而情有余者，晓会通也。（《文心雕龙》第四十六《物色》）

《风骨》篇所论风骨的内涵学术界有争议，或说指一种爽朗刚健的风格，或说指作品表现出来一种昂扬向上的生命力，但都包含内容与形式是毋庸置疑的，所以上面引用的这一段话，不仅合论内容与形式方面的因承与变革，而且指出了内容与形式方面的通变是相互联系、相互影响的。《物色》篇主要讨论关于情景关系的描写，这种触景生情、缘情写景的方法，早在《诗经》、《楚辞》中就形成了优秀的传统，其后历代作家无不是既因承又变革而收到成效的，所以要做到"物色尽而情有余"，必须善于通变。

二是从通变的视角来研究和描述中国文学古今演变的概貌，包括《辨骚》、《明诗》、《乐府》、《诠赋》等篇对各体文学发展的简略描述和《时序》篇对上古到南齐文学演变的总体描述。关于各体文学的发展概况研究，前文已有所涉及，这里着重讨论《时序》篇，他结合时代的变迁，简略地描述了以往文学的演变进程：

> 时运交移，质文代变，古今情理，如可言乎！昔在陶唐，德盛化钧，野老吐"何力"之谈，郊童含"不识"之歌。有虞继作，政阜民暇，薰风咏于元后，"烂云"歌于列臣。尽其美

> 者何？乃心乐而声泰也。至大禹敷土，九序咏功，成汤圣敬，“猗欤”作颂。逮姬文之德盛，《周南》勤而不怨；大王之化淳，《邠风》乐而不淫。幽、厉昏而《板》《荡》怒，平王微而《黍离》哀。故知歌谣文理，与世推移，风动于上，而波震于下者也。春秋以后，角战英雄，六经泥蟠，百家飙骇。方是时也，……屈平联藻于日月，宋玉交彩于风云。观其艳说，则笼罩雅颂，故知炜烨之奇意，出乎纵横之诡俗也。……自献帝播迁，文学蓬转，建安之末，区宇方辑。魏武以相王之尊，雅爱诗章；文帝以副君之重，妙善辞赋；陈思以公子之豪，下笔琳琅；并体貌英逸，故俊才云蒸。仲宣委质于汉南，孔璋归命于河北，伟长从宦于青土，公幹徇质于海隅，德琏综其斐然之思，元瑜展其翩翩之乐。文蔚、休伯之俦，于叔、德祖之侣，傲雅觞豆之前，雍容衽席之上，洒笔以成酣歌，和墨以藉谈笑。观其时文，雅好慷慨，良由世积乱离，风衰俗怨，并志深而笔长，故梗概而多气也。……自中朝贵玄，江左称盛，因谈余气，流成文体。是以世极迍邅，而辞意夷泰；诗必柱下之旨归，赋乃漆园之义疏。故知文变染乎世情，兴废系乎时序，原始以要终，虽百世可知也。

他是以发展的眼光来审视时代与文学的关系，因此知道文章的变化受到时代学风的感染，不同文体的兴衰和时代有关，推求它的开始，归结到它的结束，即使是百世的文学流变也是可以推知的。

三、文学通变理论在后世的发展与影响

随着时代的推移和文学史的发展，刘勰之后的每一个时代，几乎都要面对古今文学的关系问题，因而关于文学通变的理论仍在进一步发展，并与其他问题结合在一起，形成了不同取向的各种话题。例如，强调继承传统的，往往打出复古的旗号，有的是以复古求革新，从而有“点化前作，以铁炼金”、“以故为新，夺胎换骨”、“师其意，不师其辞”、“师心独运，自我作古”等话题；有的则盲目尊古泥古，走向模拟剽窃，从而有“无一字无来处”、“不用三代以后典故”等话题。又如，强调出入古今各自成家的，往往打出革新独创的旗号，从而有“文随世变，与时高下”、“当变而变，不主故常”、“诗文代变，文体屡迁”、“不事模拟，自出面目，成一家之言”、“会古通今，贯串百家，继往开来以集大成”等话题。

新文学运动酝酿和兴起时，也有一些先驱者并未割断与古典文学传统的联系。例如，胡适的《历史的文学观念论》、《谈新诗》、《文学进化观念与戏曲改良》等文以及《白话文学史》等著，仍然从古代文学传统中去寻找与文学革命精神相通的材料作为依据；而周作人的《新文学的源流》则比胡适更进一步，从漫长的中国古代文学进程中，他寻绎出载道与言志两种彼此消长的潮流，认为明末以公安派、竟陵派为代表的文学革新运动是中国现代新文学运动的源头。

作者单位：复旦大学

（作者附言：本文第三部分尚未写完，姑且以提交会议的形态排出，恳请同行专家提出批评或建议）

中国文论话语方式的危机与变革

代　迅

进入现代社会以来，由于社会生活、思想资源、文艺样态的急剧变革，特别是西方文论大量涌入，中国传统文论濒临"秦砖汉瓦"式的博物馆生存状态，存在着基本观念与研究方法失效的危机。这个过程至今仍未完成，还处于动态发展之中，因而值得引起特别的关注，这既是严峻的挑战，也是深刻的变革。这个变革是复杂和多方面的，其中一个关键性环节是话语方式的变革。我们过去在讨论中国文论的现代变革时，对观念范畴等内容性的因素关注较多，而对于话语方式这样一个形式性的因素则较为忽略。

话语方式是思考和阐述问题的方式，因为语言是思维的直接现实，是思想的外衣。我们用什么样的方式来思考，也就决定了用什么样的话语方式来阐述。从这个意义上讲，文论话语方式不是一个单纯的文论问题，在其本质上是一个哲学问题，为哲学话语方式所支配。从中外文论史的发展来看，历史上的哲学经典著作，往往也是美学和文论经典著作，尽管关注的话题和领域有异，但是在话语方式上往往具有本质的同一性。换言之，文论话语方式是哲学话语方式在文学艺术研究领域的继续和延伸，这意味着对文论话语方式的研究，具有不容忽视的重大学术价值。对于中国文论话语方式的探究，是推动未来中国文论发展不可或缺的重要环节。

一

中国传统文论的话语方式目前处于什么样的状况呢？多年从事中国古代文论研究的前辈学者罗宗强、卢盛江不无忧虑地写道：

> 古文论特有的表述方式使它的确切含义在今天有许多已经不易了解，如何解释和评价确实存在问题。比如说，古文论中有一种点悟式的评述方式，往往三言两语，给了比喻、暗示，借助形象引发联想，以说明某一理论问题。这些理论问题往往带着模糊的性质，可以作多种解释。一方面，它容量极大，意蕴无穷；一方面它又极不确定。[①]

那么，我们应该如何改变这种情况呢？罗宗强、卢盛江引用并赞同王元化在《文心雕龙创作论》二版跋中的观点，主张"用今天科学文艺理论之光去清理并照亮古代文论中的暧昧

---

① 罗宗强、卢盛江：《四十年古代文学理论研究的反思》，《文学遗产》1989年第4期。

朦胧的形式和内容”,他们明确指出,“只有用科学的方法、科学的语言给以确定阐释,才谈得上继承的问题。……我们在前面曾经提到几十个独特的理论范畴的阐释问题。这些理论范畴的阐释,不借助现代科学方法、现代文学理论的成就,是很难做到的”。他们进一步做了这样的具体阐述:

> 对于这些含义模糊、且极不稳定的范畴的阐释,如何加以科学的界说,需要借助现代科学的方法,以古证古是不可能做到的。……以古证古无非两途,一是传统的疏证方法,如释“兴象”,或以此“兴象”释彼“兴象”,诸如此类。这样的疏证方法,当然无法确切解释含义极不稳定的理论范畴。另一途,是运用古人使用的点悟式的方法,范畴既模糊与不稳定,也以模糊与不稳定之方法释之:运用象喻、描述诸方法,这当然也只能是以不甚了然对不甚了然。这两途,都不可能达到科学解释范畴的目的,也不可能完全避免比附之病。

怎样用科学的方法去清理和照亮古文论中暧昧朦胧的东西呢?冯友兰对中国哲学史研究方法的阐述,对我们具有指导意义。在谈到西方哲学时,冯友兰把研究方法置于首位并明确指出:“西方哲学对中国的永久性贡献,是逻辑分析方法。”[①]在他看来,我们学习西方哲学,“重要的是这个方法,而不是现成的结论”,他引用了“点石成金”的中国神话并反其意而用之,说“逻辑分析方法就是西方哲学家的手指头,中国人要的是手指头”。冯友兰认为:“对于儒家以外的古代各家的研究,清代汉学家已经铺平了道路。汉学家对古代文献的解释,主要是考据的,语文学的,不是哲学的。但是这确实是十分需要的,有了这一步,然后才能应用逻辑分析的方法,分析中国古代思想中各家的哲学观念。”

中国古代文论传统的“以古证古”包括传统疏证或点悟式的研究方法,为进一步的研究铺平了道路,但是中国文论研究要继续前进,避免“以不甚了然对不甚了然”,我们还需要应用来自西方的逻辑分析的方法来加以研究。冯友兰评论说:“用逻辑分析方法解释和分析中国古代的观念,形成了时代精神的特征。”冯友兰是 1947 年在美国宾夕法尼亚大学讲授中国哲学史时说这些话的,英文讲稿于 1948 年由麦克米伦出版公司出版,这里所说的时代精神,是指民国时期国内学界的通行的研究方法,即“用逻辑分析方法解释和分析中国古代的观念”。

我们不妨回顾一下,冯友兰倡导的这种方法效果如何呢?民国时期的中国学术居于中国近百年现代学术的巅峰时期,这已经没有疑问。文史哲诸多领域在此姑且不论,就中国文论研究而言,中国古代文论作为一门学科即中国文学批评史,从上个世纪 20 年代陈钟凡草创到 30—40 年代郭绍虞为之奠基,就是发生在民国时期。王国维、朱光潜、宗白华、蔡仪等中国现代美学和文艺理论的学术大师,他们主要学术成就也是完成于民国时期。近些年来,西方的逻辑分析方法不能阐释中国文论的观点在国内学界颇为流行,一些学者对以西方文论解释中国中国文论多有诟病,这些指责和民国时期包括中国文论在内的学术发展的实际情况并不吻合。

就中国古代文论自身而言,其话语方式确有自己的鲜明特点。这和中国古代特定的自

① 冯友兰:《中国哲学史》,涂又光译,第 365 页,北京大学出版社,1985 年。

然条件和社会结构，以及在此基础上形成的文学样态之间，存在着不可分割的联系。历史上中华民族活动的区域，以黄河与长江流域为中心，包括东北平原、珠江流域等，土壤肥沃，雨量充沛，大部分地区气候温暖，对农业生产极为有利，历来是富饶的农业生产区域。由于古代技术条件水平的限制，历史上我国相对封闭的地理环境不利于经商，更不利于展开海外贸易。中国先民充分发挥了在农业生产方面得天独厚的条件，农业一直非常发达，而商业则在整个社会生活中仅有微小作用并且受到抑制，“重农抑商”一直是中国古代统治者的一项基本国策，商人在我国社会中历来地位很低并与“无商不奸”的伦理判断联系在一起，“自给自足”和“男耕女织”一直是中国古代社会的典型生活图像。

数千年来，中国社会一直具有强烈的农业性特征，由于农业劳动力的需要，人被固定在土地上，不尚迁徙，流风所及，中国至今仍是世界上为数极少的实行严格户籍管理制度的国家之一。在这种农业社会里，“一箪食，一瓢饮，在陋巷，人不堪其忧，回也不改其乐”（《论语·雍也》），“父母在，不远游”（《论语·里仁》），崇尚安贫乐道，冒险和旅行非常稀少，遵循的是“日出而作，日入而息，起居有时”的有规律的生活，人们每天所经历的几乎没有什么差别，用钟嵘《诗品·序》中的话来说，中国古代诗歌所描写的都是“即目所见”，也就是古代农业社会里随处可见的日出日落、云起云飞、春花秋月、月缺月圆等日常景观。这种农业社会从生活样态上讲，种地是“靠天吃饭”，取决于地理环境和气候条件。从文学体裁上讲，形成了以抒情短诗为纯文学的基础文类的中国古典文学。从中国哲学关注的重心来看，是伦理学和政治哲学，而不是形而上学和认识论[①]；从思维方式来讲，不需要精密的计算和严格的推理，更多地依赖农耕技术直接经验的积累，来自父辈的耳提面命。中国古代“由于缺乏纯粹的逻辑训练，将知识限制在直观经验的范围内，对理论科学的长足发展极为不利”[②]。

中国古代农业社会的经验性特征，体现在社会生活，就是老人享有智慧的权威，体现在文化领域，就是远古的典籍具有毋庸置疑的崇高地位，使整个社会笼罩在崇古和学古的浓厚氛围之中。中国古代“万世师表”孔子“述而不作，信而好古”（《论语·述而》），有志于文献整理而不是理论创新，就是中国古代社会特征的典型化。在中国古人看来，“夫文章者，原出《五经》：诏命策檄，生于《书》者也；序述论议，生于《易》者也；歌咏赋颂，生于《诗》者也；祭祀哀诔，生于《礼》者也；书奏箴铭，生于《春秋》者也”（《颜氏家训·文章》），这是天经地义的，“依经立义”和“微言大义”顺理成章地成为中国古代哲学话语的基本方式。

在中国古代正统和官方的意识形态看来，六经包括了全部真理，许多学者把一生的精力与才智用在为六经作传疏上。这种经学笺注主义的思维把某一学科的原始经典神圣化，采取“述而不作”的态度，“有了经验知识，不去另作一本书，却往往通过笺注的形式附加到经注中去，这样就使得一门学科始终维持在原来的体系上”。这种注经式的话语方式，其优点是长于整理和阐释传统典籍，但是对现实提问和解答的能力则明显薄弱。中国传统哲学以经学形式发展，经典注释不需另立新说，更不需要详细的理论论证和繁复的逻辑展开，甚至可以达到“一字褒贬”（杜预《春秋经传集解序》）的程度。

---

① http://www.newworldencyclopedia.org/entry/Chinese_philosophy.

② 姜广辉：《理学与中国文化》，第403页，上海人民出版社，1994年。

二

希腊传统诞生和孕育了西方哲学。希腊哲学传统和古希腊的地理环境存在着不可分割的联系。希腊位于欧洲巴尔干半岛南端,西濒亚得里亚海与意大利相邻,南隔地中海与非洲相望,东面是爱琴海,过海便是亚洲,处于东西方交通要冲。从岛内情况来看,群山环绕,土地贫瘠,崎岖不平,不利于农耕。但是希腊人从别的方面获得了丰厚补偿,这就是海上贸易。大海有着便于发展海上贸易的优越条件,特别是在古代内陆交通极为不便的情况下,希腊半岛是东西方海上贸易的必经之途,这使古希腊的商品经济高度发展,形成了以工商业城邦为核心的古希腊社会的商业性特征。

在古希腊商业城邦中,海上贸易的开展、财产诉讼的频繁、民主政治的斗争、雄辩术的兴盛等,无不需要雄辩的逻辑和严格的论证,以及在商业活动中精准的计算。浩瀚的大海美丽动人而又神秘莫测,海外贸易生活富于传奇性,它与探险、旅行、战争、掠夺、财富的寻求和未知地理领域的开辟等联系在一起,奠定了惊险刺激而不是平静如水的生活基调,刺激了西方人大胆开拓的勇气和敢于冒险的精神,不利于形成崇古的社会氛围,也难于盲目地迷信远古典籍的权威。

这给西方人的思维方式以决定性的影响。西方人很早就有了自觉建立知识体系的意识并划分了学科。古代西方哲学不仅包括我们当今所理解的哲学,也包括其他诸多学科。古希腊人已经自觉意识到算术、几何、天文学、音乐等相互关联但有彼此区别的领域,并称之为“学科”①。如果说中国古代哲学更多地建立在人文学科的基础上,那么,西方哲学则更多地建立在自然科学的基础上,因此西方哲学很早就系统地发展出了用逻辑分析来进行精密研究的方法。李约瑟在《中国科学技术史》中指出:“希腊人……很早就仔细地考虑形式逻辑。”②在古代西方,逻辑学是哲学的一个主干学科,逻辑分析的基本方法被运用于哲学的所有分支学科③。

从苏格拉底以来,西方哲学的目标不仅是建立知识体系,而且就其自身性质而言,是“爱智慧”,因此重视逻辑思维能力的训练,是西方哲学的重要传统。亚里士多德最早奠定了逻辑分析的思想。“亚里士多德首先出来分析人的思想,找出人类思想原来亦有一定法则可循,这就是他在哲学上最有贡献的地方,也是影响后世最深的一种哲学方法”④。亚里士多德把逻辑学称为分析学,他认为逻辑是获取真正可靠的知识和方法的工具,我们必须掌握这种方法和工具,才能进行科学的研究⑤。中国古代哲学中尽管也有公孙龙子关于“白马非马”的逻辑问题的思考,但总体上讲,就逻辑思维能力重视程度和思考的深度而言,我们远不及西方哲学,这给予中西文论不同的话语方式以深刻影响。

---

① Daniel Kolak, *Lovers of Wisdom: An Introduction to Philosophy with Integrated Readings*, second edition, “introduction”, Beijing: Peking University Press, 2002, p. XIX.

② 杨宪邦主编:《中国哲学通史》第一卷,第34页,中国人民大学出版社,1987年。

③ http://en.wikipedia.org/wiki/Western_Philosophy.

④ 邬昆如:《西洋哲学史》,第150页,台北:“国立编译馆”,1972年。

⑤ 参阅全增嘏主编:《西方哲学史》上册,第207—208页版,上海人民出版社,1983年。

亚里士多德指出,“辩证法”探求方式的中心之点是怎样提出一个“论题”或“问题”,因为它要讨论的是一些重要的意见及其分歧。讨论首先要把这些分歧的意见集合在一个“位置”,使之相遇形成一个恰当的论题或问题,才能正确地通过对问题开展讨论,分辨真理与谬误,达到探求真理的目的。辩证法思维学说的第一条,就是要研究如何善于提出问题[①]。我们通常把辩证法简单地理解为对立面的统一,很少从这样的思维形式上来把握辩证法,其实善于正确地提出问题,是建立知识体系的前提,也是思维能力训练的重要内容,这构成了西方哲学话语的重要特点。

西方文论从一开始就不是以顺向继承为主,不是古籍整理式的“述而不作”,而是面向现实不断提问,在批判和否定中建立自己的理论体系。在西方文论史上柏拉图第一个自觉地建立了自己的文艺理论体系,并有着自己的鲜明特点。从话语方式来讲,其特点是“柏拉图反对以前的文艺最力,破坏多于建树,他的文艺理论,总的说来,与其是阐明文艺的理论,不如说是反对文艺的理论”[②]。柏拉图的摹仿说是对德谟克利特摹仿说的彻底否定,柏拉图反对智者学派提出的“美是视听引起的快感”的观点,提出了美是理念的学说,柏拉图反对希腊社会流行的推崇艺术教育的观点,激烈批判艺术的危害性,并引发了中世纪教会对世俗文艺的仇视。这种话语方式后来被亚里士利多德概括为“我爱我师,我更爱真理”的思想传统,即在对前人的否定和批判中建立自己的理论体系,这对后代西方文论产生了重大和深刻的影响。

中国文论的话语方式有着不同的特点。宇文所安(Stephen Owen)在《中国文论:英译与评论》(*Readings in Chinese Literary Thought*)中,曾经从一个西方学者的独特视角,批评了严羽《沧浪诗话》的话语方式,他指出,“《沧浪诗话》的流行产生了一个严重后果(或许是最严重的),那就是把盛唐诗经典化了,盛唐诗从此成为诗歌的永恒标准”,“让读者感到,如果有任何不忠,都将受到嘲笑。本来有许多可供选择的风格,一旦信奉《沧浪诗话》,正确的选择就只剩下了一个了”[③]。如果我们参照孔子的“攻乎异端,斯害也已”(《论语·为政》),就不难了解这种独断式的话语方式在中国文化和文论所具有典型意义。这种话语方式以顺向继承为主,反对任何与主流和传统相悖的具有异质性的东西,不利于新异和叛逆的文艺理论生长。

亚里士多德生活的时代,悲剧艺术非常繁荣。针对当时的文艺创作实践,亚里士多德在《诗学》中系统总结了古希腊悲剧艺术中的重大理论问题,并由此建构了他的文艺理论主体部分。亚里士多德在《诗学》中逆向继承了他的老师柏拉图的摹仿说,针对柏拉图认为艺术对现实是依样画葫芦的描摹,亚里士多德肯定艺术的创造性,针对柏拉图认为艺术是“照镜式的摹拟”,亚里士多德认为艺术是“创造性的摹拟”。柏拉图认为诗诽谤神灵,有伤风化,贬低英雄,对青年有很坏的影响,亚里士多德则提出了“净化”说,认为艺术是正当和高尚的有益活动,给人以“无害的快感”而达到伦理教育的目的。

这样的话语方式对后代西方文论产生了积极和深刻的影响。黑格尔彻底否定了摹仿

---

① 杨适:《古希腊哲学探本》,第 509 页,商务印书馆,2003 年。

② 缪朗山:《西方文艺理论史纲》,第 57、69 页,中国人民大学出版社,1985 年。

③ 宇文所安:《中国文论:英译与评论》,王柏华、陶庆梅译,第 430、431 页,上海社会科学院出版社,2003 年。

说，在《美学》中他睿智地指出，按照摹仿说的观点，艺术只是纯形式地按照自然的本来面貌来复制(copying nature forms just as they are)一遍，这纯属多余，因为自然原已存在着，如果依靠单纯的摹仿，艺术将无法和自然竞争，这犹如小虫爬着去追大象①。现代西方马克思主义则是在新的历史条件下，针对现代西方富裕社会用消费需要控制人的自我意识并加以全面奴役，从日常生活和文化消费等方面，对包括艺术在内的日常生活进行批判性研究，试图给现代人指出一条摆脱“消费控制”的道路，把艺术、审美同反对异化、追求解放、自由、人的全面发展等结合起来，进而重建马克思主义文论②。俞吾金、陈学明对包括西方马克思主义文论在内的整个西方马克思主义，做了如下概括：

> 西方马克思主义思潮的出现并不是偶然的，它实际上是对本世纪初以来发生的一系列重大的社会历史事件所提出的问题的一份答卷。……西方马克思主义在其发展中之所以保持了顽强的生命力，之所以留下了一连串富于创发性和开拓性的理论著作，因为它从来不使自己与现实生活绝缘。③

现代西方文论中所产生的消费文化转向、图像转向、生态转向以及女权主义和少数族裔文论研究等，无一不是对现实文艺生活中的重大理论问题积极回应的结果。随着近30年中国经济的快速增长，有感于当今世界文论格局中在西方和中国之间的强烈不对等地位，海内外华人学者忧心忡忡。黄维梁写道：“在当今的西方文论中，完全没有我们中国的声音。二十世纪是文艺理论风起云涌的时代，各种主张和主义，争妍斗丽，却没有一种是中国的。……中华的文评家也无人争取到国际地位。”④对于这样一种文艺现象，我们不仅要看到它是什么，更要解释它是为什么，仅仅归结为西方文化霸权，未免失之肤浅而缺乏足够的说服力。在复杂多样的因素中，就学术因素而言，中西文论话语方式的差异，作为文艺思维规则的差异，是比个别的理论观点的差异更为重要和深刻的东西，毫无疑问地构成了我们反思的核心内容之一。

三

冯友兰简洁地概括了中国古代哲学的话语方式，他写道：“中国哲学家惯于用名言隽语、比喻例证的形式表达自己的思想。《老子》全书都是名言隽语，《庄子》各篇大都充满比喻例证。这是很明显的。但是，甚至在上面提到过的孟子、荀子著作，与西方哲学著作相比，还是有过多的名言隽语、比喻例证。名言隽语一定很简短；比喻例证一定无联系。”早在作为中国思想源头的先秦哲学那里，孔孟的语录体和随感式，老庄的寓言化和格言式，都为后来的中国文论，奠定了一个诗性话语的言说方式，作为中国传统思想主干的儒道佛(特别是佛教中国化以后产生的禅宗)三家，莫不如此。

---

① G. W. F. Hegel, *Aesthetics: Lectures on Fine Art*, Trans. by T. M. Knox, Vol. 1, Oxford: Oxford University Press 1975, p. 41-43.

② 参阅冯宪光：《“西方马克思主义”美学研究》，第47页，重庆出版社，1997年。

③ 俞吾金、陈学明：《国外马克思主义哲学流派》，第5—7页，复旦大学出版社，1990年。

④ 黄维梁：《〈文心雕龙〉“六观”说和文学作品的评析》，《北京大学学报》1996年第3期。

中国古代文论中常用的语录体，就是用名言隽语式来表达自己的观点，不注重而且通常也没有逻辑展开的过程，《论语》就是这样的典型文本。作为用语录体撰写的儒家经典的开创之作，《论语》主要记录孔子的言论和行动。由于孔子是以教师的权威地位和学生讲话，师生之间的地位是极不对等的，学生并不拥有和他同等对话和争辩的话语权力。孔子以智慧老人和百科全书的姿态出现，针对学生提出的各种问题，无需严密的逻辑论证，直接给出简短和精辟的结论，学生无需辩驳欣然接受。长期影响着中国文论的诸多重要命题，如"思无邪"(《论语·为政》)、"乐而不淫，哀而不伤"(《论语·八佾》)，"辞达而已矣"(《论语·卫灵公》)等，都是孔子以这样的方式给出的。西方学者指出，"不同于欧洲和美国的大多数哲学家，孔子不依赖于演绎推理来使他的听众信服。而是使用诸如类比和格言警句等修辞手法来解释他的思想"[①]。《论语》、《孟子》、《朱子语类》、《二程遗书》和禅宗语录，直至"文革"期间的各种语录，语录体的话语方式贯穿了包括中国文论史在内的整个中国思想史，影响极为深远。

中国古代文论话语方式的特点之一，是喜用类比思维，往往采用比喻的方法说明问题，在一点上《庄子》非常突出。用轮扁斫轮(《庄子·天道》)来比喻事物的精微之处只可意会而不可言传，用"凫胫虽短，续之则忧；鹤胫虽长，断之则悲"(《庄子·骈拇》)来比喻仁义是不符合本然的多余的东西，用河伯见大海来阐述认识事物的相对性观点(《庄子·秋水》)。这种思维方式在中国古代文论中得到广泛运用，"文若春华，思若涌泉"(曹植《王仲宣诔》)，"范诗清便宛转，如流风回雪。丘诗点缀映媚，似落花依草"(钟嵘《诗品》)，以比喻和描述的方法，而不是理论演绎的展开来阐述文学观念，是中国古代文论话语方式的典型特征。

佛教中国化以后产生的禅宗，与印度佛教在理论思维上有着显著差别。印度佛教卷帙浩繁，注重详细的逻辑论证和系统总结，某些经典如《大毗婆沙论》甚至带有经院哲学的繁琐特点。唐代慧能创立的禅宗则高度简约化，标榜"不立文字"、"直指人心"，推行一套排斥语言文字、"以心传心"即直观思维的禅悟成佛方法。禅宗语录记录的是不加文字修饰的师徒问答，其特点是含蓄、简短、形象、直观。禅师教导门人时采用奇特的教学方法，对于初学者所问，多数情况下不作正面回答，而是采用棒打、脚踢、口喝、打耳光等，教人自己去体会和证悟。马祖道一法师原主坐禅，怀让以磨砖不能成镜为喻，说明说明成佛不必坐禅，使其顿然开悟[②]。宋代以后，"以禅喻诗"说盛行，严羽的《沧浪诗话》极具代表性，其中的"诗有别才，非关书也；诗有别趣，非关理也"等观点，都是强调创作思维和诗学知识的非理性与非逻辑。

姜广辉对中国古代思维模式特征作了这样的概括："古人常常把形象相似、情境相关的事物，通过比喻、象征、联想、推类等办法，使之成为可以理喻的东西。我们称这种方法叫取象比类的思维方法。"[③]类比是一种较为形象直观的逻辑推理形式，它基于这样的假设，如果已知两个事物在某些方面是相似的，那么它们在其他方面也一定是相似的。类比推理的优点是鲜明生动，它抓住两种事物的特征进行类比，容易化抽象为具体，增强说服力，比喻在本质上就是类比。正是类比思维的普遍运用，使中国古代文论擅长于化抽象为形象，能够把原

---

① http://en.wikipedia.org/wiki/Confucianism.

② 方立天：《佛教哲学》，第39页，第241、244页，商务印书馆，2007年。

③ 姜广辉：《理学与中国文化》，第395—397页，上海人民出版社，1994年。

本抽象的理论著述写得如同文学作品一般形象优美，生动感人。

但是任何比喻都是跛足的。类比推理的弱点在于，逻辑上不够充分，是一种主观的不充分的似真推理，要确认其推理的正确性，还需要经过严格的逻辑论证①，而这一点却往往为我们所忽略。当我们称颂中国古代哲学的"天人合一"时，我们很少注意到，把天和人简单地加以类比，认为"天有喜怒之气，哀乐之心，与人相副，以类合之，天人一也"（董仲舒《春秋繁露·阴阳义》）、"人生有喜怒哀乐之答，春夏秋冬之类也"（董仲舒《春秋繁露·为人者天》），严格地说来，这在逻辑上是站不住脚的。取向比类的思维方式在中国古代很普遍，但是正如有学者所指出的那样：

> 认识的一般过程应该由感觉、知觉、表象的感性阶段上升到概念、判断、推理的理性阶段。中国古人重视"象"，实际上是强调了思维过程中的表象作用，而概念思维却因此未能得到正常的发育。因此中国古人在认识过程中往往以表象代替概念，进行类比推理。……应该承认，人们有时会通过风马牛不相及的东西所表现出的相似性、相关性，发现隐藏在其中的深刻规律。但是，如把类比推理当作思维的基本方法，就难免得出许多似是而非、牵强附会的结论。②

中国古代文论的许多名篇佳作，如陆机《文赋》、刘勰《文心雕龙》、钟嵘《诗品》、杜甫《戏为六绝句》、元好问《论诗三十首》等，其共同特点在于，都是用优美的辞赋、骈文、诗歌写成，寓深刻的文学理论于浅显优美的铺陈和描写之中。如果说，亚里士多德《诗学》、康德《判断力批判》、黑格尔《美学》等西方文论经典更像是理论著作，那么，中国文论经典更像是文学作品。诗话这种文论体裁更富于中国民族特色，诗话也就是用漫谈和随笔的形式写成的关于诗的故事，诗歌理论即寓于其中。在大量的诗话和词话中，其点悟性、模糊性、经验性就更为突出。

中国古代文论这种诗意化的话语方式有一个显著特征，即缺乏明晰性与富于暗示性并存，"因而名言隽语、比喻例证就不够明晰。它们明晰不足而暗示有余。前者从后者得到补偿。当然，明晰与暗示是不可得兼的。一种表达，越是明晰，就越少暗示……正因为中国哲学家的言论、文章不很明晰，所以它们所暗示的几乎是无穷的"，"中国哲学所用的语言，富于暗示而不很明晰。它不很明晰，因为它并不表示任何演绎推理中的概念。哲学家不过是把他所见的告诉我们。正因为如此，他所说的也就文约义丰。正因为如此，他的话才富于暗示，不必明确"③。

中国古代的文艺创作和理论批评因此未能得到明确和自觉的区分，而是被看作是一个整体。和现代意义上的文学理论比较接近的，在中国古代称之为"诗文评"，依据中国传统的古籍分类，"诗文评"附属于文学而没有取得独立地位。按照朱自清的说法，诗文评只有"一个附庸的地位和一个轻蔑的声音"，只是"集部（文学作品——引者注）的尾巴"④。中国古代文论确实给人以美的感受和多方面暗示，但是也鲜有精密宏大的理论体系，不注重论证的过

① http://baike.baidu.com/view/441788.htm.

② 姜广辉：《理学与中国文化》，第397—398页，上海人民出版社，1994年。

③ 冯友兰：《中国哲学史》，涂又光译，第14、29—30页，北京大学出版社，1985年。

④ 朱自清：《朱自清古典文学论文集》下册，第540、539页，上海古籍出版社，1981年。

程，更多是经验的而不是理论的，更多是文学的而不是思辨的，通常是要言不烦，言简意赅，往往散见于浩如烟海的古籍之中，随感而发，不成体系。正如赵汀阳所说：

> 尽管早就有许多深刻的问题摆出来了，但却没有由一个问题引出一些论证、由某种论证生成另一些问题这样一个明显的推进过程，结果2000年来的问题演变发展不大……不再面对问题，只在乎一些基本概念和教条的释义，这是中国传统哲学长期以来发展缓慢的一个重要原因。①

如果我们把中国古代思想史作为一个整体来看待，就会发现这种注经式话语方式的一个基本特征在于，历史上不同的理论文本之间的联系，远胜于理论与现实之间的联系。以哲学领域为例，先秦孔子在《礼记·檀弓下》中讲“苛政猛于虎”，汉代贾谊《过秦论》讲“仁义不施而攻守之势异”，到唐代柳宗元《捕蛇者说》讲“赋敛之毒有甚于蛇”，讲的无非就要施仁政，至于如何通过程序正义的保证，真正迫使官员必须施行仁政，其核心问题即体制性的制约，则缺乏深刻的反思和实质性的理论推进，导致古代中国不管王朝如何更迭，始终是理论上空洞地倡导仁政而实际政治运作中难于实行，造成整个社会周期性的剧烈动荡而带来大规模的破坏。

从文论自身来看，先秦孔子的诗“可以怨”说，经汉代司马迁的“发愤著书”说，唐代韩愈的“不平则鸣”说，到宋代欧阳修的“穷而后工”说，都是重视文艺和现实生活之间的联系，强调艺术创作主体对黑暗现实的怨愤激情和否定性的批判态度，要求作家创作出具有充实的现实内容和深刻思想力量的文艺作品，这是正确的但又是不够的，因为理论的实质性推进依然有限，顺向的理论传承远远大于逆向的创造性发展。由于面向现实提问和解答的能力不足，如果说在发展缓慢的中国古代农业社会，不同理论之间的竞争被“罢黜百家、独尊儒术”的思想独裁所压抑，那么当置身于当今世界多种理论的飞速发展与激烈竞争之中，我们很容易发现中国文论的生存竞争和向异质文论的辐射能力明显不足。

赵汀阳所论，不仅是制约中国传统哲学长期发展缓慢的重要原因，也是制约中国传统文论长期发展缓慢的重要原因，在进入中国文论与西方文论互动的现代社会之后，这种制约性更加凸显。因为中国传统文论所面对的，主要是诗文正宗的经典文本，而现代中国的基础文类早已从小说、戏剧转为影视文艺，中国古代文论的基本概念“风骨”、“气韵”等和现代文艺基本绝缘。中国文论注经式的思维惯性妨碍了理论与现实文艺生活的源头活水之间相互流动，点悟性与模糊性的传统话语方式，又妨碍了作为思维之网的网上纽结即概念范畴的清晰性，这既不利于把现实文艺生活中产生的重大理论课题纳入研究视野，也不利于理论思维逻辑的积极展开和快速推进。如果说，中国古代文论的话语方式，和中国古代农业社会及其文学样态是相适应的，但是对于深受西方影响而急剧变化的中国现代社会及其文艺样态，则是远远不够的，我们必须赋予它与新时代相适应的东西，积极推动中国文论话语方式的现代化变革。

---

① 赵汀阳：《没有世界的世界观》，第163页，中国人民大学，2003年。

四

传统的中国社会本质上是宗法制农业社会，对血缘关系的高度重视所形成的强大家族意识，形成了中国社会宗教意识的普遍淡漠。类比推理的思维模式所产生的“天人合一”的观念，使封建帝王作为“真龙天子”的君权神授论得以合法化，中国古代封建社会成为神权和政权合一的社会结构，造成了中国古代社会长期处于思想独裁和政治专制。专制社会中的思想独裁和政治高压给思想领域的影响，是整个社会的思想智慧受到严重压抑而导致社会智力资源极度贫乏。作为中国封建社会官方主流意识形态所具有的浓厚的崇古和复古倾向，使得中国社会思想文化领域的发展滞重而缓慢。就汉字而言，我们并未像其他国家和地区那样从象形文字进化到拼音文字，而是始终停留于象形文字阶段。作为表述思想的物质手段，汉字对中国古人的认知和思维产生了深刻影响。姜广辉认为：

> 由于中国文字具有象形意义，因而它的文字系统在相当程度上反映客观事物的相互联系。客观事物不断发展变化，原来文字的内涵也随之扩大，有的名词甚至包含一两千年间不同的规定性，由此造成中国传统思维的概念（实为表象，这里姑且称之为概念）的流动性和模糊性。

我们不妨对照西方文字，“西方的拼音文字……不带有任何象形的意义，文字的意义完全是人主观加上去的。你提出一个概念并要人家能懂，就必须规定概念的确定意义。客观事物发展变化，新的事物不断出现，就要重新界定概念，或创造新的概念，因而西方人的思维始终保持概念的确定性和对应性”[①]。如果说，中国文论传统的点悟式模糊话语，和中国文字的象形性自身带有意义相关，那么，西方文论严格遵循形式逻辑、“习惯于精密推理和详细论证”[②]，则和拼音文字需要仔细规定概念的意义有着不可分割的联系。

我们从文字和多种艺术形式中，很容易感觉到中西思维样态的差别。有学者把传统的中国思维概括“朦胧意象思维”，认为“中国思维往往有些不确定的对象，如哲学概念的道、理、气、玄、禅、太极、元、亨、利、贞，都是很难描述清楚的……中国传统的水墨画，烟雨濛濛，似有似无，中国人都喜欢沉浸在这种感觉中。相反，西方的文字、西方的油画，都以很清晰的方式传达信息”。这两种不同的思维方式，既相互区别，又相互补充。就中国文论思维传统而言，在我们面对快速发展的现代文艺生活并自觉地建立中国现代文论体系时，就会感到它确实在一定程度上“限制了主体思维对客观现实及其映像的确认，不易对感知对象进行分析、整理、抽象、演绎”[③]。“他山之石，可以攻玉”，在这方面，西方文论的话语方式恰恰对我们构成了有益的补充。

自柏拉图以来，西方文论的特点在于，不是满足于提供现成的结论，而是重在正确的提问和论证过程中详细展开。《大希庇阿斯》篇是柏拉图为美下定义的最初尝试，文章的精彩之处不在于结论，而在于对“什么是美”这一中心问题所展开的有趣而深入的讨论。文章逐

---

① 姜广辉：《理学与中国文化》，第397页，上海人民出版社，1994年。

② 冯友兰：《中国哲学史》，涂又光译，第13页，北京大学出版社，1985年。

③ 王玉德：《文化学》，第147页，第147页，云南大学出版社，2006年。

一考察了当时流行的关于美的定义和看法,却没有找到美的令人满意定义,最后仅以宣布“美是难的”而告结束。文章的功绩在于,第一次把“美本身”即美的本质和形形色色的美的现象加以区分,形成了一个开放性的正确提问,吸引着后代无数的美学家为此孜孜不倦地探索,从西方美学史上的亚里士多德、康德、黑格尔到当代中国的朱光潜、李泽厚、高尔泰等人莫不如此。

在前人理论思维的基础之上,亚里士多德进一步对作为理论基本规则的形式逻辑进行了系统总结,确定了形式逻辑的基本内容,使之成为一门科学。他提出了形式逻辑的三大规律,即矛盾律、同一律和排中律,研究了概念、判断和推理等逻辑形式,研究了演绎推理和归纳推理,强调思维形式的正确性,首创了三段论推理的格和规则的学说①。亚里士多德把这些思维规则运用于他的文艺研究之中,这就是《诗学》。其实《诗学》篇幅不长,并非亚里士多德的完整著作,也未经作者认真润色,在多次传抄中文字也存在增删毁损。此书作为一部西方文论开创时期的经典之作,其中的话语方式比具体的思想观念更值得后人反复研习。

亚里士多德从摹仿艺术的区别性特征入手,研究了摹仿的媒介,划分了绘画与雕塑、音乐和诗歌等不同的艺术种类,接下来研究了摹仿的对象,区分了悲剧和喜剧摹仿的不同人物,然后讨论了摹仿的三种不同方式,还逐一探究了戏剧的起源、悲剧的定义、情节、诗与历史的不同,乃至人物性格、语言等,几乎囊括了当时的古希腊戏剧及文艺理论的所有主要内容。《诗学》之所以能在西方文论史上享有崇高地位,除了得益亚里士多德广博的学识,和作者科学严谨的话语方式也存在着不可分割的联系。

亚里士多德身为逻辑学家和科学家,秉承了毕达哥拉斯和柏拉图等的科学传统,自觉采用严密的逻辑推理和冷静的科学分析来研究和解决文艺问题。事实上,建立理论体系的强烈和自觉意识始终是西方文论的一个重要特征,早在古希腊时代,柏拉图和亚里士多德就自觉寻找各种艺术门类的共同特征即摹仿,并把诗歌、音乐、舞蹈、绘画、雕塑等,看成是摹仿的不同形式。当传统的美的艺术在现代社会呈现衰败迹象时,现代西方文论又思考其历史起源和局限所在②。这和西方注重理论话语方式研究的传统紧密相关,造成了理论思维严格而明晰的特点。这种话语方式抽丝剥茧,不断展开,层层推进,成为西方文论的思维工具和牵领西方文论向前发展的火车头。

自鲁迅以来,国内学界往往将《文心雕龙》与《诗学》并称,这是中西文论史上的代表性著作,我们可以将二者的理论话语方式加以对照。其实《文心雕龙》尽管以“体大虑周”著称,但是依然带有中国文论所特有的意象思维的朦胧性,如其中的名篇《神思》,通篇并未给神思一个明确定义,从一开始把“形在江海之上,心存魏阙之下”说成是“神思之谓也”,到“故寂然凝虑,思接千载;悄焉动容,视通万里;吟咏之间,吐纳珠玉之声;眉睫之前,卷舒风云之色;其思理之致乎”,再到“登山则情满于山,观海则意溢于海,我才之多少,将与风云而并驱矣”,都是直觉感悟式的话语方式,是一种形象性的富于感染力的文学描绘,不是理论逻辑的清晰说明。刘勰自己在结语处也承认:“伊挚不能言鼎,轮扁不能语斤,其微矣乎!”

---

① 参阅全增嘏主编:《西方哲学史》上册,第207—208页,上海人民出版社,1983年。

② Steven M. Cahnand Aaron Meskin, *Aesthetics: A Comprehensive Anthology*, Malden M A: Blackwell Publishing, 2008, p.6, p.15.

从文学性的角度来讲,《文心雕龙》远胜于《诗学》,但是从理性和清晰地把握文艺现象来讲,《诗学》则有过之。如果我们要想避免中国传统文论研究的中的"以不甚了然对不甚了然",试图以清晰的理论逻辑和强大的思辨能力,来展开与西方文论的对话并设法谋求我们在世界文论格局中的应有位置,那么,我们将不得不选择从《文心雕龙》话语方式到《诗学》话语方式的自觉转型。不管我们主观上是否愿意承认,事实上这一转型至少从王国维时代就已经开始,一直延续至今并仍将持续下去。值得注意的是,就话语方式来讲,现在国内赞誉较多的王国维《人间词话》,追随和仿效者少;相反,现在国内批评较多的工国维《〈红楼梦〉评论》,历来追随和仿效者甚众。后者援西释中的思路和精密论证的方式,被认为是开了比较文学中国学派的基本方法即"阐发法"的先河。这意味着时下国内对于王国维的研究和评论,由于受到偏激的民族主义情绪影响,和王国维的实际学术贡献之间存在着较为明显的出入。

中西文论话语方式的确有着各自不同、特色鲜明的传统,问题的关键在于如何评估这两种不同的理论传统。正如联合国教科文组织《世界文化多样性宣言》中所说的那样,在承认文化差异现实存在的同时,又"不能把文化多样性视为一种一成不变的遗产……防止那些借文化差异之名把这些差异神圣化"①,其实"抽象理论对中国并不是不可能的,只是不必要而已"②,不必要的原因是古代农耕文明的中国不需要严格的精确化和逻辑化。人不能两次跨入同一条河流,现代中国早已是今非昔比。西方文明向全球范围扩张的结果,从社会结构而言,中国从古代农业社会的农业文明,向着现代工业社会和商业文明急剧转型,在繁复的现代社会中,抽象的理论思辨和严密的逻辑论证取代意象思维和类比思维,不仅必要,而且已经成为历史发展的必然趋势。从文学样态而言,中国古代文学的基础文类,即占据古代文学秩序中心的诗歌、散文,已经被小说、戏剧,后来是影视艺术所代替。中国古代与抒情短诗相适应的描述性、经验性、点悟性文论,无论是从研究对象还是话语方式来看,都已经不再适用。

从作为思维直接现实的汉语语言来讲,也发生了剧烈和深刻的变化,王力写道,"现代汉语曾经接受和正在接受西洋语言的巨大影响,这种影响包括语法在内,这是不能否认的事实"③。在从古代汉语发展到现代汉语的过程中,汉语的结构发生了重大变化,古代汉语中占优势地位的单音节词已经让位于现代汉语里的双音节词。胡裕树指出,"现代汉语中,双音节词占绝大多数"。这种演变的结果是,"汉语里音节结构的单纯化促进了词汇双音化,词汇双音化又促使了词义和词性明确化,同时语法上词序的规则化也促使了词义和词性明确化"④。王力明确指出,"句法的严密化,和逻辑思维的发展是有密切联系的。所谓严密化,是指句子由简单到复杂的发展","五四以后,汉语的句子结构,在严密性这一点上起了很大变化。……要求在语句的结构上严格地表现语言的逻辑性"⑤。

进入现代社会以后,汉语所发生的这些显著变化,直接影响到中国文论话语方式的变

---

① http://unesdoc.unesco.org/images/0012/001271/127160m.pdf.

② 陈汉生:《中国古代的语言和逻辑》,周云之等译,第 63 页,社会科学文献出版社,1998 年。

③ 王力:《汉语史稿》中册,第 485 页,中华书局 1980 年。

④ 胡裕树主编:《现代汉语》增订本,第 18、2 页,上海教育出版社,1981 年。

⑤ 王力:《汉语史稿》中册,第 475、479 页,中华书局,1980 年。

化，或者说，已经构成了中国文论话语方式新变的一个重要组成部分。书面体的古代汉语被口语体的现代汉语所取代，以不确定性的单音节词为主和含意相对模糊的古代汉语，被以双音节词为主并更为严密精准的现代汉语所取代。这种变化，既是西方语言影响的结果，也是作为活着的汉语自身语言实践所做出的选择。从古代汉语到现代汉语的变化，古今汉语之间语法结构上的变化，意味着内在思维方式的深刻变化。这是包括文学在内的西方思想文化影响的结果。如果说古代汉语更适合于表达中国古代文论的弹性、模糊性、点悟性和诗意化特征，那么，现代汉语则无疑更适合于表达深受西方文论影响的中国现当代文论理论明晰化、逻辑化、精密化和确定性特征。如果我们承认实践优先的原则，承认实践总是先于理论上的先验设计而且优于理论上的先验设计，那么，合乎逻辑的结果是，我们就必须承认，中国文论话语方式的现代转型是中国文论研究实践的必然结果，也是中国文论不可逆转的发展走向。

当代美国分析哲学家丹托（Arthur C. Danto）认为，“严格说来，分析哲学并不是一种哲学，而只是一套分析用于解决哲学问题的工具。可以推想，如果没有哲学问题，这些工具根本就不存在”[①]。黑格尔有一句名言“手段比目的更长久”。从这个意义上讲，较之中国文论和西方文论在理论观念上产生的剧烈冲突，中国文论的话语方式作为解决现实中国文艺问题的思维工具，它所发生的深层次的变革，看起来波澜不惊，但是对于近百年中国文论的发展，影响更为深远，更富于革命性意义。近些年来国内学界对于中国文论话语方式的关注，体现了中国文论研究领域问题意识的觉醒和对于文论思维工具的自觉，这对于中国文论的发展将会产生重要影响。

中国哲学史家郭齐勇认为，当今中国哲学面临的主要问题是，“面向世界的能力尚待加强……问题意识和理论深度还有待提升”[②]。从哲学话语与文论话语在本质上的同一性而言，这也是当今中国文论亟待加强和提升的问题。我们当然可以满腔义愤地抨击西方文论话语霸权，但是破中有立，以立为主，中国文论的发展还是应当在自我反思基础之上重在建设。努力把当今文艺生活中的重大现实问题纳入自己的学术视野，吸收异域文论话语中有益于自己的东西，与时俱进，建立起与之相适应的中国现代文论话语，积极推动已经展开并且尚未完成的话语方式现代转型，才是我们自立于世界文论之林的更为有效的途径。不怀偏见的人都不会无视这一点，那就是在近百年中国文论发展历程中，话语方式的自觉转型已经发挥了而且仍继续发挥着重要的杠杆作用。

作者单位：西南大学

① 刘悦笛：《分析美学史》，第1—2页，北京大学出版社，2009年。

② 郭齐勇：《中国哲学研究的七大缺失》，《社会科学报》2010年8月5日。

古代文论“命题”之理论建构功能

吴建民

“命题”本是一个逻辑学概念，其内涵是指“表达判断的句子。……凡陈述句所表达的意义为命题，被断定了的命题为判断。也有对命题和判断不作区别，把判断叫做命题的”①。由此可知，“命题”的基本形式是“句子”，“把判断叫做命题”，也就是判断性的短语。命题的这一特征，使之与“范畴”有了根本性的区别，因为范畴“是各个知识领域中的基本概念”②，在形式上类似“名词”，如风骨、韵味、意象、义法、含蓄、趣、丽、神等，这些范畴都是古代文论的基本概念。古代文论的“命题”通常表现为陈述句、判断句，或者表现为陈述文论观点、判断文论思想的短语。如“诗言志”、“情以物兴”、“文已尽而意有余”、“境生于象外”、“独抒性灵，不拘格套”、“文，心学也”、“诗品出于人品”等皆为句子；而“文质彬彬”、“知人论世”、“发愤著书”、“化下刺上”、“感物吟志”等则为短语，这些句子或短语都是古代文论的典型命题。由于命题以简明精炼的“句子”或“短语”表达深刻的理论观点，以其稳定的理论内涵体现着古代文论的内在规律，具有极强的理论生命力和广泛的应用价值，因而，对于古代文论来说，是其理论建构不可缺少重要因素。“命题”具有多方面的建构功能，主要体现在三个方面。

第一，“命题”是古代文论家表述思想观点的重要方式。

运用命题来表达自己的文论思想，是古代文论家经常采用的理论表述方式。特别是那些做出重要贡献的理论家，经常把命题作为他们表现文论思想的基本手段。孔子、孟子是典型代表，他们虽然没有文论专著或文章，但却提出了一系列影响深远的经典性文论命题。如孔子提出的“文质彬彬”、“尽善尽美”、“绘事后素”、“思无邪”、“诗可以兴，可以观，可以群，可以怨”等一系列命题，构成了孔子文论思想的核心，或者说孔子的文论思想主要是通过这些命题而体现出来的。孟子的文论思想主要体现在“知人论世”、“知言养气”、“以意逆志”和“与民同乐”这四个命题中，这四个命题构成了孟子文论思想的核心。由于孔、孟的这些文论命题都包含着深刻的思想，体现了古代文论的某方面规律，不但对于儒家文论体系的建立及对古代文论发展产生了巨大而深远的影响，而且在当代仍然具有重要的理论意义和应用价值。老子和庄子的情况也颇类似。虽然他们没有像孔、孟那样直接地提出一系列文论命题，而是提出了一系列哲学命题，但他们的很多哲学命题对古代文论都产生了重大影响，从而为文论家所吸收利用，并演化为古代文论的基本命题。如老子提出的“味无味”、“无为而无不

---

① 辞海编辑委员会编：《辞海》，第 322 页，上海辞书出版社，1980 年。

② 辞海编辑委员会编：《辞海》，第 573 页，上海辞书出版社，1980 年。

为”、“以身观身”、“涤除玄鉴”、“见素抱朴”、“大象无形”、“大巧若拙”等，都对古代文论产生了极其深刻的影响。庄子提出的“法天贵真，不拘于俗”、“得意忘言”、“用志不分，乃凝于神”、“以天合天”、“自适其适”、“不精不诚，不能动人”、“淡然无极而众美从之”、“素朴而天下莫能与之争美”、“以神遇而不以目视”、“无听之以耳而听之以心”等一系列哲学命题，对古代文论的巨大影响是不言而喻的。这些命题集中体现了道家对于文学艺术的基本态度，对于道家文论和古代美学理论建构的作用及在当代的意义，也是不言而喻的。

自魏晋南北朝，古代文论进入了自觉时代，自此而后的重要文论家也都有大量的文论命题提出，如曹丕、刘勰、钟嵘、韩愈、皎然、白居易、司空图、欧阳修、苏轼、朱熹、严羽、谢榛、王骥德、金圣叹、李渔、叶燮、刘熙载、王国维等都提出过影响深远的命题，并通过所提之命题而建构自己的文论思想系统。韩愈是较为典型的代表，因为他虽然没有专门的文论文章、著作，却有多方面的文论思想，而他的文论思想主要就是以命题的形式表述出来的。他提出的“文以明道”、“不平则鸣”、“穷言易好”、“陈言务去”、“文从字顺”、“气盛言宜”、“闳中肆外”、“以文为戏”等，都是古代文论史上著名的命题。司空图的诗学理论在诗论史上具有深远影响，但他的诗学理论主要也是通过“象外之象”、“韵外之致”、“味外之旨”、“思与境谐”等一系列命题而体现。再如苏轼提出了“身与竹化”、“有为而作”、“不能不为之为工”、“随物赋形”、“欲令诗语妙，无厌空且静”、“无意于佳乃佳”等一系列命题，这些命题不但意义重大、影响深远，而且在当代仍然具有重要的理论价值和切实的应用性。文论史上还有一些文论家，如董仲舒提出“诗无达诂”说，司马迁提出“发愤著书”说，刘禹锡提出“境生于象外”说，张璪提出“外师造化，中得心源”说，周敦颐提出“文以载道”说，朱熹提出“玩味义理，咀嚼滋味”说等，虽然提出的命题不多，但是意义却格外重大，影响特别深远，对于古代文论的建构做出了巨大贡献。

古代文论家之所以经常通过运用命题来表达自己的思想观点，原因主要有三。一是因为命题是体现文论思想观点较为有效的方式，能够以简洁明了的语言表达出文论家的思想观点，因而为文论家所乐于使用。古代文论“命题”一般表现为判断句、陈述句或判断性短语，具有简明判断、客观陈述的特征，文论家一旦产生了较成熟的思想观点，就非常适合使用这种简明的判断句、陈述句或判断性短语来表达，并且古代文论家的思想观点通常来源于自己的经验，对自己的思想观点一般不作论证，而是直接陈说，这种情况也容易使他们乐于运用命题来表达自己的思想观点。二是由于古代汉语具有文字简略的特征，从而容易形成命题。语句简略是古代汉语的固有特征，古代文论家在运用古代汉语表达思想观点时，将精妙的思想观点高度浓缩在简短的语句中，就很容易形成概括性强的命题。三是“命题”在语言运用上，主要是采用明晰的理论化语言，而不像古代文论的“范畴”，善于运用具有突出的描述性、审美性特征的语言，如“风骨”、“神韵”、“滋味”、“瘦硬”等。古代文论命题的语言具有明晰性、直接性特征，一般都是直截了当地表达出文论家的思想观点，让人一目了然，内涵清楚明白，容易理解把握，这样就能产生更好的表达效果。这也是导致古代文论命题大量出现的又一原因。

第二，“命题”是古代文论文章、著作思想观点的集中体现。

在古代文论的文章、著作中，特别是在那些重要的文论文献中，都有大量的命题运用，这些命题集中地体现着文论家的思想观点，是古代文论文章、著作中最灿烂的思想火花，也是把握古代文论思想精髓的关键。

在这方面,《文心雕龙》最具有典型性。本书几乎每篇都有命题的提出,《神思》、《通变》、《明诗》、《诠赋》等篇目提出的命题都多达十几个。如《通变》篇就提出了“设文之体有常”、“变文之数无方”、“名理相因”、“文辞气力,通变则久”、“资于故实,酌于新声”、“参伍因革,通变之数”、“规略文统,宜宏大体”、“凭情以会通,负气以适变”、“文律周运,日新其业”、“变则其久,通则不乏”、“望今制奇,参古定法”等十多个命题[①]。《神思》篇也提出了“文之思也,其神远矣”、“神与物游”、“寂然凝虑,思接千载”、“陶钧文思,贵在虚静”、“窥意象而运斤”、“规矩虚位,刻镂无形”、“积学以储宝”、“秉心养术,无务苦虑”、“神用象通”、“物以貌求,心以理应”、“文之制体,大小殊功”等十多个命题[②]。这些命题是作者思想观点最集中的体现,在篇目中就像闪闪发光的金子,放射着理论观点的灿烂光辉,是文章中的思想精华,集中地体现着文章的理论价值。

事实上,古代文论的很多重要文献,如《乐记》、《毛诗序》、《典论·论文》、《文赋》、《文心雕龙》、《诗品》、《与元九书》、《二十四诗品》、《岁寒堂诗话》、《沧浪诗话》、《麓堂诗话》、《诗家直说》、《诗薮》、《曲律》、《原诗》、《薑斋诗话》、《艺概》、《人间词话》等之所以是经典文献,原因之一在于这些文献提出了众多的经典性命题。如《毛诗序》提出的“上以风化下”、“下以风刺上”、“发乎情,民之性也”、“在心为志,发言为诗”、“情动于中而形于言”等命题[③],对于儒家诗学来说,具有确立基本原则的意义。再如《典论·论文》提出的“审己以度人”、“文以气为主”、“文非一体”、“文本同而末异”、“文章,经国之大业,不朽之盛事”等[④],都是经典性命题,对后世文论的影响及在当代的意义,都是不言而喻的。这些文论文献若无命题的运用,其思想观点的表达将是不可想象的,其理论价值也将在很大程度上受到影响。

由于命题具有语言简明精炼、表述清晰透彻等特点,古代文论的著作、文章大量运用命题来表达思想观点时,也就具有了极佳的表达效果。命题以警醒的语言明晰地表达了深刻的思想观点,对于读者来说,格外容易接受理解,也便于运用。如金圣叹提出“以文运事”与“以文生事”[⑤]两个简明扼要的命题来区别小说与历史著作的性质不同,非常具有说服力,从而取得了非常好的效果。再如邵雍提出“以物观物,性公而明”与“以我观物,情偏而暗”[⑥]两个命题,所用语言都是通俗易懂的陈述性语言,表述清晰,让人一看就懂,不会产生任何歧义,并且二者形成非常鲜明的对比关系,通过直接地对比关系,而使二者的内涵表现得清清楚楚,其效果显著也是不言而喻的。当然,这些命题的形成是与古代汉语精炼简约的特征分不开的。

第三,“命题”是古代文论体系建构的基本因素。

虽然古代文论的体系建构仍是当下学者们继续努力研究的对象,体系的模式、框架、构成因素、基本特点等问题还有待进一步探索与完善,但体系的存在以及所包含的基本理论,

---

① 刘勰著,范文澜注:《文心雕龙注》,第519—521页,人民文学出版社,1958年。
② 刘勰著,范文澜注:《文心雕龙注》,第493—495页,人民文学出版社,1958年。
③ 张少康、卢永璘编选:《先秦两汉文论选》,第342页,人民文学出版社,1999年。
④ 郭绍虞主编:《中国历代文论选》第一册,第158—159页,上海古籍出版社1979年。
⑤ 金圣叹著,曹方人、周锡山标点:《金圣叹全集》(一),第18页,江苏古籍出版社,1985年。
⑥ 北京大学哲学系美学教研室编:《中国美学史资料选编》(上),第18页,中华书局,1981年。

诸如本体论、创作论、作品论、文体论、作家论、风格论、功能价值论、通变发展论、欣赏批评论等，基本为当代学者所认可。在构成古代文论体系的各个理论层面上，都有大量的命题运用。如谈到文学批评论，就不能不提“知人论世”、“以意逆志”、“无私于轻重，不偏于憎爱”、“以诗解诗”等命题。谈到风格论，就不能不提“文以气为主”、“因内而符外”、“各师成心，其异如面”、“不主一格”、“诗品出于人品”等命题。可以说，命题对于古代文论体系的建构具有支撑性作用，因为命题具有更丰富的理论内涵，体现着更深刻的思想观点，具有更好的表达效果。因而，对于古代文论体系的建构也就具有更为重要的作用。如果说古代文论的体系是个巨大网络的话，这一网络系统当然离不开范畴的联络，但是更离不开命题的支撑。如果说范畴是连接整个古代文论体系网络的“纽结”，命题则是构成整个网络的“纲线”。这些“纲线”体现着古代文论体系的基本思想观点，是支撑体系框架得以形成的“骨骼”，古代文论体系的各个理论层面往往主要是借助于命题而构成。

如文学本体论，古代文论家提出了“诗言志”、“诗缘情”、“诗达义”、“文，心学也”等一系列命题，这些命题从志、情、义及人心等不同角度揭示了文学之本体，体现了古代文论家关于文学本体的基本思想，从而建构了古代文学本体论的基本理论框架。如果没有这些命题的运用，古代文学本体论就难以建构起来。再如文学创作论，古代文论家提出了“感于物而动”、“其本在人心之感于物”、“情动于中而形于言”、“立象尽意”、“心生而言立，言立而文明”、“情以物兴”、“物以情观”、“感物吟志”、“窥意象而运斤”、“人之感于事，则必动于情；然后兴于嗟叹，发于吟诵，而形于歌诗”①等一系列命题，这些命题揭示了文学创作之本源、感情之产生、由言而文之创作必然性等创作理论中的根本性问题。通过这些命题，古代文论家阐释了文学创作的基本过程在于由物而情、由情而文，由物而情是创作发生，由情而文是艺术表现，作家感物而产生的审美感情是创作的关键因素等。这些命题表明，文学创作的根本原因是“人心之感于物”，即作家之心感动于外在之物，由此产生审美感情是创作之关键。“物”是创作之最终本源，由物而情是创作发生之环节；由情而文是艺术表现之环节。情兴于物，作家感的虽然是“物”，吟的却是“志”；作家“吟志”却又必须“立象”等等。如果没有这些命题，古代文学创作论的建构是不可想象的。文学作品论也是由一系列命题构成，如“文质彬彬”、“尽善尽美”、“理扶质以立干，文垂条而结繁”、“文章，非采而何”、“文附质，质待文”、“情者文之经，理者辞之纬”、“情周而不繁，辞运而不滥”、“文不灭质”、“繁采寡情，味之必厌”等，这些命题揭示了文学作品构成的基本因素、作品形式与内容的关系、思想感情的核心地位、艺术形式的重要性、作品的形式美等，古代文论家通过提出这些命题，表达了他们对于文学作品的基本看法和要求，这些命题也构成了古代文学作品论的基本框架，或者说古代文学作品论主要是由这些命题而得以形成的。古代文论体系的其他理论层面，情况也都类似。如文学通变发展论，仅在《文心雕龙》中就有“文辞气力，通变则久”、“资于故实，酌于新声”、“参伍因革，通变之数”、“凭情以会通，负气以适变”、“文律周运，日新其业”、“变则其久，通则不乏”、“望今制奇，参古定法”、“时运交移，质文代变”、“歌谣文理，与世推移”和“文变染乎世情，兴废系乎时序”等一系列命题，此外还有“踵事增华”、“世道既变，文亦因之”、“必籍师承”、“推陈出新”等，这些命题基本概括了古代文学发展论的主要内容。古代文论中的风格

① 周祖譔编选：《隋唐五代文论选》，第243页，人民文学出版社，1990年。

论、文体论、作家论、欣赏批评论、功能价值论等,其理论建构也都离不开大量的命题运用,如果抽去这些命题,古代文论体系的框架或许会像大厦抽去栋梁一样坍塌倒落。

总之,"命题"是古代文论的一个核心因素,对于古代文论来说,具有重要的理论建构功能。古代文论的思想精髓,往往通过命题而体现出来。因而,对其展开深入研究,是把握古代文论思想精髓的有效途径。

作者单位:江苏师范大学

中国古代"小说"概念的演化

吕玉华

"六经国史而外，凡著述皆小说也……"（冯梦龙《醒世恒言·序》）此语虽不准确，却也说明了中国古代小说包罗之广、品类之丰富。正因为包罗太广，故"最易混淆者小说也"（胡应麟《少室山房笔丛》）①。直到今天，诸多研究中国古代小说理论的著作开篇第一件事就是辨析"小说"概念②。古代"小说"的概念是在传承过程中逐渐分化、演变的，"某种概念的历史并不总是，也不全是这个观念的逐步完善的历史以及它的合理性不断增加、它的抽象性渐进的历史，而是这个概念的多种多样的构成和有效范围的历史，这个概念的逐渐演变成为使用规律的历史"③。

一、《汉书·艺文志》确立小说的基本特征

中国传统学术意义上的"小说"乃是一个文类概念，总括各类不入经史的杂著，内容极其驳杂。"'小说'一词最早见于《庄子·外物》，但原意不是指一种著作文体。小说作为一种著作，甚至作为一种学派，独立成为一家之言，是在班固的《汉书·艺文志》里才出现的。"④小说的原初概念也以班固《汉书·艺文志》表达得最为完整和明确。

> 小说家者流，盖出于稗官。街谈巷语，道听途说者之所造也。孔子曰："虽小道，必有可观者焉，致远恐泥，是以君子弗为也。"然亦弗灭也。闾里小知者之所及，亦使缀而不忘。如或一言可采，此亦刍荛狂夫之议也。⑤

从班固的著录和判断来看，汉代的小说是琐碎的、无重大意义的、多舛讹的，"小说"属诸子之列。"子曰：'道听而途说，德之弃也。'"（《论语·阳货》）北宋邢昺疏曰："闻之于道路则于道路传而说之，必多谬妄，为有德者所弃。"道听途说既为有德者嫌弃，自然属于"不可观"。那么，班固何以著录小说呢？

---

① 〔明〕胡应麟：《少室山房笔丛》卷二十八"九流绪论"下，第 374 页，中华书局，1958 年。

② 参见陈洪《中国小说理论史》，天津教育出版社，2005 年；王汝梅、张羽《中国小说理论史》，浙江古籍出版社，2001 年；方正耀《中国古典小说理论史》，华东师范大学出版社，2005 年。

③ 〔法〕米歇尔·福柯著，谢强、马月译：《知识考古学》，第 3 页，三联书店，2007 年。

④ 程毅中：《古代小说史料简论》，第 37 页，山西人民出版社，2005 年。

⑤ 〔汉〕班固撰、〔唐〕颜师古注：《汉书》卷三十《艺文志》，第 1744—1746 页，中华书局，1997 年。

先秦直到汉代，书写仍然是一件不易为的事情，书写的材料难得，书写的工具也难得，耗时费力，则古人对于要书写的内容很慎重，只有具备重大意义和价值的事情、言论才值得书写。“古人未有无所为而著书者。小说家虽不能为‘六经之支与流裔’（汉志论九流语），然亦欲因小喻大，以明人事之纪，与后世之搜神志怪，徒资谈助者殊科，此所以得与九流同列诸子也”[①]。可见，即使小说家“浅薄”、“迂诞”，也是有为而作的。

与此同时，人们的言谈趣味也是与生俱来的。书写典重，无妨闲谈。除了“以小喻大”、“明人事之纪”，最初小说的产生恐怕也多缘于趣味，因为这些琐碎散乱的不经之谈，可以给谈论者和听众一种愉悦、一种小小的教益甚至一种窥视秘密的趣味，更多的记录形式是口耳相传，没有载诸竹木的资格。随着书写方式的进步，毛笔、纸张得到广泛应用，书写的心情也变得更加随意，原本的道听途说、饭余闲谈，在随手可得的纸片上、竹木简上，就可能被记录下来了。这种记录也开始变得随意起来，琐碎的言谈、琐碎的记录，自然多有谬误，故不被看重也属情理当中。

但是，文字材料既然已经书于竹木，弃之可惜，不免给它找个存在的意义，于是就从《论语》中找到了。汉代独尊儒术，儒家经典作为依据自然最有说服力。班固引用的孔子语，实为《论语·子张》中子夏曰：“虽小道，必有可观者焉；致远恐泥，是以君子不为也。”所谓“小道”，就是“小说”，郑玄注曰：“小道，如今诸子书也。”何晏《集解》曰：“小道谓异端。”这个“观”，也是“兴、观、群、怨”之观。《论语正义》曰：“此章勉人学为大道正典也。小道谓异端之说，百家语也。虽曰小道，亦必有小理可观览者焉，然致远经久则恐泥难不通，是以君子不学也。”[②]

《汉书·艺文志》的编纂底本是刘向、刘歆父子的《七略》。班固对《七略》又“删其要”，即取其精要，作了删减调整，又作了辨伪工作，发展了《七略》的体例，而为《汉书·艺文志》。则“小说家”这个名称，应该是班固继承了刘氏父子的说法，也可能是当时社会上的通称。如桓谭有论：“小说家合丛残小语，近取譬论，以作短书，治身理家，有可观之辞。”（《新论》）与《汉书·艺文志》的定义如出一辙。对于“小说”、“小说家”的看法，已成为一种集体认识，并且是逐渐形成的，可以代表汉代主流观念。

《汉书·艺文志》是在尊儒的大框架之下，包容各家思想，对于各类文体进行了客观展示。小说家的著录位置，在“诸子略”之后，“诗赋略”之前，这种安排，说明了小说家应当是诸子末流，乃学术意义上的知识总汇，与诸子著作同样是散体的叙事、说理形式，仅仅是理论的系统性和价值的重要性上次于诸子。小说被列于诸子之末，作为“正经”的补充，是符合实际情况的，也是恰如其分的安排。“小说”这个名称，也是恰如其分的，形象地说明了这类言论琐碎、无足轻重的性质。小说这种文类本身就是依附史学著作而存在的，它的名称乃是相对于“大道”而言，它的性质乃是相对于经史的堂皇及重要而言。

在班固的时代，诗赋的抒情特征、个人化色彩、有意创设的艺术手法、韵文特征等都非常鲜明，此时的小说显然并不具备诗赋这些更文学化的特征。《汉书·艺文志》将小说置于诸子略和诗赋略中间，也客观呈现出小说家的过渡性，是由学术记录向文学创作的过渡。这种

---

① 余嘉锡：《小说家出于稗官说》，《余嘉锡文史论集》，第255页，岳麓书社，1997年。

② 《十三经注疏》，第2531页，中华书局，1980年。

安排，不管有意还是无意，都符合了小说文类在这个阶段的特征。

刘向、刘歆、班固等人的文学意识仍很淡薄。班固本人就是辞赋家，但是他批评汉赋"虚辞滥说"(《汉书·司马相如传赞》)、《离骚》之"虚无之语"(《离骚序》)，仍秉承纯粹的史家征实观念。具体到《汉书·艺文志》，班固正是以史家的、儒学的眼光来看待传世文献，并为之辨彰源流。由此亦可见，纠缠于所著录的这十五家小说究竟有多少文学意味，实在是一个伪命题。对于汉代的历史学家们来说，这些小说无非就是经学标准之下的浅薄记录、无稽之谈，仅仅出于不废文字的目的，将之记录在案，以供莫须有的备查，别无重大意义。这十五家一千三百十八篇，学者研究发现其中多数是钞纂之书，内容庞杂[①]；至南朝梁时仅余《青史子》，至隋代已经全部亡佚[②]。对于后世文学意义的小说创作，《汉书·艺文志》中的小说也许没有任何作用，可能连素材价值也不存在。

因此，《汉书·艺文志》对小说的著录，其意义不仅仅在于提供了当时小说的目录，更在于著录这种行为本身。班固在主观意识上不妨轻视小说，但他将之郑重记录在史著上，就使小说具备了客观上的呈现价值。史著的重要性毋庸置疑，能够被纳入史著，哪怕是列于末流，也相当于获得了一种认可，更何况班固还进行了明确的价值判断。

班固将小说划在"可观者"之外，同时，他也以史学为标准，确立了"小说"概念的重要特征。小说者，其来源——稗官、街谈巷语者、道听途说者、闾里小智者、刍荛狂夫，其思想内涵——浅薄、迂诞依托等，其文本形态——琐碎、杂纂，其功用——裨补史阙、有益教化。这种小说，就是中国文献目录学所认可的正统小说，也就是有资格进入正史之"艺文志"、"经籍志"著录目录的。文献目录学意义的小说概念，其范围、界定一直从东汉保持到清末。此类小说文本，是古典文献当中的大宗；与其有关的理论，当然也是重要的小说理论。

二、正史著录的文献目录学意义的小说

从《汉书·艺文志》以后，在历代的史书当中，小说也有了自己的位置，虽然经常有所变动，但万变不离其宗，总是被目为史之支裔，多归属于子部。其特征为文言、杂纂、内容包罗万象。也就是说，在实际归类的操作当中，"小说"等同于杂货筐，"盖旧时史官，以三部无可归属者纳诸子，而又以子部他类所无可归属者，纳诸小说类，故小说类最杂"[③]。

《汉书》之后的正史当中，《隋书》、《旧唐书》有"经籍志"，《新唐书》、《宋史》、《明史》有"艺文志"，其中均有"小说"之目。

《隋书·经籍志》中小说列于子部，在儒、道、法、名、墨、纵横、杂、农诸家之后：

> 小说者，街说巷语之说也。《传》载舆人之诵，《诗》美询于刍荛。古者圣人在上，史为书，瞽为诗，工诵箴谏，大夫规诲，士传言而庶人谤。孟春，徇木铎以求歌谣，巡省观人诗，以知风俗。过则正之，失则改之，道听途说，靡不毕纪。《周官》，诵训"掌道方志以诏

---

① 参见张舜徽《广校雠略汉书艺文志通释》，华中师范大学出版社，2004年；王齐洲《〈汉书·艺文志〉著录之〈虞初周说〉探佚》，《南开学报》2005年第3期；王齐洲《〈汉书·艺文志〉著录之小说家〈务成子〉等四家考辨》，《南京师范大学文学院学报》2008年第1期；罗宁《〈黄帝说〉及其他〈汉志〉小说》，《四川师范大学学报》1999年第3期。

② 参见《隋书·经籍志》、余嘉锡《小说家出于稗官说》。

③ 范烟桥：《中国小说史》第二章第二节，第44页，苏州秋叶社1927年排印本。

观事，道方慝以诏辟忌，以知地俗”；而训方氏“掌道四方之政事，与其上下之志，诵四方之传道而观衣物”，是也。孔子曰：“虽小道，必有可观者焉，致远恐泥。”①

小说处于一个分野的位置，前面是偏重文化思想的学说理论，其后是兵、天文、历数、五行、医方等应用性学科。《隋书·经籍志》的编者是有意采取这种归类顺序。“《易》曰：‘天下同归而殊途，一致而百虑。’儒、道、小说，圣人之教也，而有所偏。兵及医方，圣人之政也，所施各异。世之治也，列在众职，下至衰乱，官失其守。或以其业游说诸侯，各崇所习，分镳并骛。若使总而不遗，折之中道，亦可以兴化致治者矣。《汉书》有《诸子》、《兵书》、《数术》、《方伎》之略，今合而叙之，为十四种，谓之子部。”②小说与儒、道一样，皆为圣人之教，可以知风俗得失，《隋书·经籍志》具体著录了二十五部小说作品，按照今天的观念可以称为小说的作品，如《穆天子传》在史部起居注类，《汉武帝故事》在史部旧事篇，《山海经》在史部地理类，《搜神记》在史部杂传类。尤其杂传类中，多有鬼神故事，如《神仙传》、《列异传》、《幽明录》等，仅从书名上就可以推知其内容。由这些归类以及上述目录可见，《隋书》的“小说”类不以故事性、虚构性、创造性为收录标准，琐事、琐语、杂纂方是其显著的共同特征。

《旧唐书·经籍志》子部小说家的著录位置等同于《隋书·经籍志》，在儒、道、法、名、墨、纵横、杂、农诸家之后，“九曰小说家，以纪刍辞舆诵”(《旧唐书》卷四十六)。《旧唐书·经籍志》对于小说的著录和《隋书·经籍志》并无二致，而《新唐书·艺文志》当中的小说家则实现了显著的扩容③。

《新唐书·艺文志》小说类除了《燕丹子》、《博物志》、《笑林》、《世说》等传统项目之外，又新增了大量唐人著作，如狄仁杰《家范》、牛僧孺《玄怪录》、张读《宣室志》、裴铏《传奇》、陆羽《茶经》等。这些著作皆秉承杂纂、琐语、琐事的小说传统，是多种材料的缀辑之作。

对于鬼神题材的处理，更是《新唐书·艺文志》的一大特色，原本在《隋书·经籍志》、《旧唐书·经籍志》中列入史部杂传的众多作品，都被收编入了子部小说，如干宝《搜神记》、刘义庆《幽明录》、颜之推《冤魂志》等。欧阳修等人的这种重新分类暗含贬损，即这些作品不配入史部，只适合作小说。但是在客观效果上，这些作品被归入小说类，实际上是放宽了小说类的收录标准，实现了小说阵容的扩张。

研究者认为：“《新唐书·艺文志》把神怪灵异等纳入小说，反映了北宋人对小说的认识，即将小说限制在虚构的或传奇的，总之是艺术化地写人写事的领域内。这种观念没有在专门的理论领域里树立起来，而仅表现于目录，这又一次提醒我们，中国古代目录学对于文学研究具有多么重要的意义。这无声地宣示，对于研究小说观念的发展具有不可低估的意义，在文学史上具有重要的价值，它对后世产生了深远的影响。”④本文则认为《新唐书·艺文志》虽然收录标准有所放宽，把一些神怪灵异之作纳入了小说的范围，但是北宋人对小说的认识并不是“将小说限制在虚构的或传奇的，总之是艺术化地写人写事的领域内”，而是仍然沿袭班固的观念，对小说基本内涵的认识并无任何扩容，把神怪灵异之类虚构题材归入小说，正

① 〔唐〕魏征等撰：《隋书》卷三十四志第二十九经籍三，第1011—1012页，中华书局，1997年。

② 《隋书》卷三十四，第1051页。

③ 〔宋〕欧阳修、宋祁撰：《新唐书》卷五十九志第四十九艺文三，第1539—1543页，中华书局，1997年。

④ 蒋寅：《从目录学看古代小说观念的演变》，《广西师范大学学报》1991年第1期，第83页。

是对小说"迂诞"特征的强调。倘若说《新唐书·艺文志》认可了小说是虚构的、传奇的、艺术化写人写事的，那么，最符合这些特征的唐传奇作品何以不被收录呢？

传统文献目录一般不著录单篇，而传世的唐传奇多为单篇，这可能是《新唐书·艺文志》不予收录的原因之一。但是，同样单篇行世的《补江总白猿传》却为何被收录在内呢？那么，仅仅以单篇不入目录来解释多数唐传奇不见收，理由就不充分了。本文认为必须要结合史书编撰时期的文学观念来看。

从《隋书》到《旧唐书》、《新唐书》，正是唐宋时期，在这个阶段里，文言小说——传奇发展壮大至成熟，产生了众多佳作，今人称之为小说文体的独立[①]。可是，小说理论观念与小说创作的成就并不匹配。唐宋时代的人，并不以为这种文言的故事性的文章是新的文体，而是把它看作史传旁裔。《补江总白猿传》被视为小说而收录，同样单篇行世的诸多唐传奇《莺莺传》、《霍小玉传》、《柳毅传》等均不见收，这种情形不能仅仅以单篇不入书目来解释，还应该考虑到作品的主人公之虚实。《补江总白猿传》的主人公是真实人物欧阳纥，其子乃大名鼎鼎的书法家欧阳询，而莺莺、霍小玉、柳毅等却是纯粹的虚构人物。或许正是因为这种情况，在《新唐书·艺文志》的编者看来，《补江总白猿传》虽然事涉仙妖，却有真实基础，不可否定，可以归入小说，以补正史之阙。

从《新唐书·艺文志》的小说著录情形可以看出一个优先次序：首先，真人真事的琐闻琐语最有价值，可以补史之阙；其次，真人而涉及虚幻神怪之事，也无妨其增广见闻的价值；其三，神鬼之事，无法证实，也无法证伪，故不再入史部，降为小说，也同样可以发挥惩戒、多闻的功用；最后，完全虚构的人物故事，如《柳毅传》等传奇作品根本不配作小说，无法进入正史的视野，当然就不予收录。

《宋史·艺文志》、《明史·艺文志》对"小说"的分类以及作品著录标准，均沿袭《新唐书》，仅仅是另外补充本朝著作而已。

因此，从正史的记载和归类可见，文献目录学上所指的小说，其主要特征不在于内容，而在于形式：杂纂、琐碎，无体系，多采取条录方式，每条记载之间也基本无联系。就像细碎稗米拢入一个口袋，或者满地散珠收入一个盒子而已；满足这种形式的同时，还要用史传的标准来衡量材料的真伪，以发挥补阙功用。

历代的私家目录著作，也与官方正史文献系统保持一致，如宋代晁公武《郡斋读书志》[②]，以及稍后的陈振孙《直斋书录解题》等。唐代刘知几《史通》、明代胡应麟《少室山房笔丛》、清代《四库全书总目》等所应用的小说概念，也基本属于文献目录学意义。

文献目录学意义上的小说，体现了传统学术规范，以严谨的历史标准为衡量标准，这类小说从撰写目的、写作范例到评价标准，始终不出史的范围，属于"史"之旁支、"子"中流派。在考察纯文学意义的小说时，必须以目录学意义上的小说为参照。综合官私目录的著录情况，可以看到文献目录学意义上的小说注重文献搜集和编辑，本着实录的原则，发挥为正史补阙的功能。

总而言之，"凡古杂说短记，不本经典者，概比小道，谓之小说"（清代翟灏《通俗编》）。这

---

① 参见董乃斌《中国古典小说的文体独立》，中国社会科学出版社，1994 年。

② 〔宋〕晁公武：《郡斋读书志》，上海古籍出版社，1990 年。

种"小说"分类遵循文言原则，强调短小琐屑，突出特点是"杂"，与依照今天的文学概念所称呼的"小说"有实质的不同，虚构性、叙事性、修饰性并非主要标准。刘知几对这类小说功能的概括很有代表性：

> 盖语曰："众星之明，不如一月之光。"历观自古，作者著述多矣。虽复门千户万，波委云集。而言皆琐碎，事必丛残。固难以接光尘于五传，并辉烈于三史。古人以比玉屑满箧，良有旨哉！然则刍荛之言，明王必择；葑菲之体，诗人不弃。故学者有博闻旧事，多识其物，若不窥别录，不讨异书，专治周、孔之章句，直守迁、固之纪传，亦何能自致于此乎？且夫子有云："多闻，择其善者而从之"，"知之次也"。苟如是，则书有非圣，言多不经，学者博闻，盖在择之而已。①

这种小说概念，是两千年来的主流观念，被史书编撰尤其是文献目录归类所落实。其发展脉络，是比较清晰的，也有章可循。对于这个概念，正统文人采取了维护的态度，可谓杂也要杂得纯正。举凡超出范围的东西，一律清出去，另立名目。对"小说"概念的维护，与文化传统当中的复古传统相关，与强调继承而不是变革相关。

"传统目录学的'小说'概念，以《四库全书总目》的观念为准，其内涵是叙事散文，文言，篇幅短小，据见闻实录；其外延包括唐前的古小说，唐以后的笔记小说。按这个标准，背离实录原则的传奇小说基本上不叫'小说'，白话的话本小说和长篇章回小说更不叫'小说'了"②。本文认为这个定义当中，"据见闻实录"可以修订补充一下，即：一般是据见闻实录，但也往往采录具有虚无怪诞色彩的传闻。

我们以今天的理论眼光所认可的文学意义的小说，比如唐传奇，比如宋元话本，比如明代演义，它们的著录位置在哪里？

因为古代书目著录的习惯是单篇一般不入书目，收录唐传奇最多的《太平广记》一向被置入小说类。《太平广记》被当作小说，是因为其记载内容广博而繁杂，材料琐碎，多有不经之谈，这些都符合文献目录意义上的小说概念。虽然《太平广记》是当然的小说，其中收录的单篇作品却不被称为小说，该书卷四八四至卷四九二收录了十四篇传奇文章，总名曰"杂传记"③。唐传奇因为其传记外貌、叙述手法，相对地位还要高于话本、演义；饶是如此，在正统文献当中，也常常被黜落。"唐人说部最夥，原书所载，如《会真记》之事关风化，谨遵旨削去。此外如《柳毅传》、《霍小玉传》之猥琐，《周秦行纪》、《韦安道传》之诞妄，亦概从削"(《全唐文凡例》)④。

至于白话通俗小说，在官方正统书目中几乎没有任何位置。宋元两代说话伎艺兴盛，但是这个时期的公私书目都没有记录相应的话本信息。直到明代嘉靖前后，才有部分书目著录了通俗小说，包括《三国志演义》、《水浒传》、《李唐五代通俗演义》、《三遂平妖传》等章回小说⑤。这与白话通俗小说多刊刻于嘉靖前后有关(详见下文)，也因为这些被著录的通俗小说

① 《史通通释》卷十，第 277 页。
② 石昌渝：《"小说"界说》，《文学遗产》1994 年第 1 期。
③ 〔宋〕李昉等编：《太平广记》，中华书局，1961 年。
④ 〔清〕董诰等编：《全唐文》，第 16 页，中华书局，1983 年。
⑤ 参见潘建国《古代通俗小说目录学论略》，《文学遗产》2000 年第 6 期。

多以演史面目出现，似乎更加“正经”一些。清代文网严密，官方不断出台禁毁小说的命令，举凡创作、刊刻、收藏小说皆受到法律惩罚、舆论打压[①]。仅有的几部著录通俗小说的书目，“譬如《续文献通考》、《百川书志》、《读书敏求记》诸书，就曾被周亮工、孙诒让等人横加指责，这给藏书界收藏及著录通俗小说投下了浓重的阴影”[②]。白话通俗小说只能存活在民间、口头，恰恰是它们以强大的生命力改换了文学的天空。

三、文学意义的小说概念之兴起

除却文献目录上的记载，“小说”一词也活跃在古人的日常生活当中。

> 魏略曰：淳一名竺，字子叔。博学有才章……太祖遣淳诣植。植初得淳甚喜，延入坐，不先与谈。时天暑热，植因呼常从取水自澡讫，傅粉。遂科头拍袒，胡舞五椎锻，跳丸击剑，诵俳优小说数千言讫，谓淳曰：“邯郸生何如邪？”[③]

上面引文中的“淳”即邯郸淳，是《隋书·经籍志》、《旧唐书·经籍志》、《新唐书·艺文志》小说类中所著录的《笑林》的作者，曹植“诵俳优小说”可谓投其所好。

优是先秦时就已出现的职业伎艺人，其表演内容涉及歌舞、语言调谑、杂技等[④]。战国时代，出现“俳优”的说法，如荀子所言：“乱世不然，污漫突盗以先之，权谋倾覆以示之，俳优、侏儒、妇女之请谒以悖之。”[⑤]至汉代，俳优已成为专有名词，所谓“俳优侏儒之笑，不乏于前”（《汉书·徐乐传》）。他们的社会地位极其低下，甚至不如声乐伎艺之人，但因其表演滑稽可笑，娱乐性强，上至王公贵族，下至乡里小儿，无不爱赏。后世出土的汉画像砖就有很多俳优百戏题材[⑥]。

俳优作为职业的表演人，所诵的小说应当与邯郸淳的《笑林》内容相似，供人哈哈一乐，如同今天的相声表演。在此，市井伎艺和史著当中的作品显现出了联系。《魏略》这一段记载当中的“小说”也是文献目录学意义上的概念，指琐碎的、不经的、社会政教价值不高的言谈逸事，比如邯郸淳的《笑林》。这一类著作，往往是魏时俳优的素材来源，尤其偏重其中滑稽谐谑的部分。

南朝梁时刘勰著《文心雕龙》，其中《谐隐》一篇论到了俳优与小说：

> 谐之言皆也，辞浅会俗，皆悦笑也。昔齐威酣乐，而淳于说甘酒；楚襄宴集，而宋玉赋好色：意在微讽，有足观者。及优旃之讽漆城，优孟之谏葬马，并谲辞饰说，抑止昏暴。是以子长编史，列传滑稽，以其辞虽倾回，意归义正也。……自魏代以来，颇非俳优，而君子嘲隐，化为谜语。……然文辞之有谐隐，譬九流之有小说，盖稗官所采，以广视听。

---

① 参见王利器《元明清三代禁毁小说戏曲史料》，上海古籍出版社，1981年。

② 潘建国：《古代通俗小说目录学论略》，《文学遗产》2000年第6期，第73页。

③ 〔晋〕陈寿撰，〔南朝宋〕裴松之注：《三国志》，“魏志”卷二十一《王粲传》裴松之注引《魏略》，第603页，中华书局1997年。

④ 参见王国维《宋元戏曲史》，东方出版社1996年；冯沅君《古优解》、《古优解补正》，《冯沅君古典文学论文集》，济南：山东人民出版社，1980年。

⑤ 〔清〕王先谦：《荀子集解》卷七《王霸篇》第十一，第147页，影印本《诸子集成》(2)，上海书店出版社，1986年。

⑥ 参见于天池《两汉俳优解》，《中国典籍与文化》2005年第2期。

若效而不已，则髡袒而入室，旃孟之石交乎！[①]

刘勰的类比着眼于谐隐之辞与小说的性质相似。作为表演伎艺，俳优取材于小说，两者的关系自然很紧密。

类似的现象再如：

(侯白)字君素……通侻不恃威仪，好为俳谐杂说，人多爱狎之，所在之处，观者如市。(《隋书》卷五八《陆爽传》附《侯白传》)

元和十年……韦绶罢侍读，绶好谐戏，兼通人(民)间小说。(《唐会要》卷四)

予太和末，因弟生日观杂戏，有市人小说，呼扁鹊作褊鹊，字上声。(段成式《酉阳杂俎》续集卷四)

从三国魏到晚唐时期，俳优小说、民间小说、市人小说应当是同一种市井伎艺，其特征是诙谐打趣，讲说的内容取材于小说，即各种轶闻趣事，表演形式或许类似于今天的相声，以说为主，且篇幅短小，比较能随机应变。这种伎艺一直为人喜闻乐见，士大夫侯白“滑稽”、“辩俊”，像市井艺人一样说笑话讲故事，都能引来观者如市。

另外，唐代的寺院俗讲非常发达，寺庙、道观内外成为民间的主要娱乐场所，前引《酉阳杂俎》中市人小说也是首先在“上都斋会”演出的。俗讲比市人小说故事性更强，并且是说唱结合，篇幅也较长，情节完整，引人入胜，敦煌文献当中的诸多变文就是最好的佐证。

宋代“说话”伎艺最为兴盛，是主要的市井娱乐方式，当是在前朝俳优小说、市人小说以及俗讲的基础上发展起来的。也正是在宋代，“小说”又成为一种市井伎艺的专有名称。

目前用来说明宋代市井伎艺的材料多为南宋人著作，如《东京梦华录》、《都城纪胜》、《梦粱录》、《醉翁谈录》等。其中，孟元老《东京梦华录》卷五“京瓦伎艺”条载：

崇、观以来，在京瓦肆伎艺，张廷叟、孟子书主张。……孙宽、孙十五、曾无党、高恕、李孝详，讲史。李慥、杨中立、张十一、徐明、赵世亨、贾九，小说。……孙三神鬼，霍四究说三分，尹常卖五代史，文八娘叫果子，其余不可胜数。不以风雨寒暑。诸棚看人，日日如是。教坊，钧容直，每遇旬休按乐，亦许人观看。每遇内宴，前一月，教坊内勾集弟子小儿，习队舞作乐，杂剧节次。[②]

这段文献当中，对于汴梁城里的各色伎艺及其代表艺人一一开列(限于篇幅，引文从略)，从所述种种名目来看，主要的市井伎艺应该是罗列无遗了。其中，“讲史”、“小说”、“霍四究说三分”、“尹常卖五代史”历来被当做说话伎艺的证明材料。“说三分”、“五代史”这两种说话的题材来源，应该主要是正史《三国志》、《五代史》，再加上种种民间传说，添油加醋，敷衍成市井之人喜闻乐见的故事系列。

由此亦可推断，北宋汴梁城里的说话伎艺以讲史为主，倘若还有其他题材的说话非常受欢迎，孟元老没有理由不记录。而且，“小说”并不包括“讲史”，二者是并列的关系。

其后，说话伎艺在南宋进一步发展兴盛，题材也越来越丰富。南宋灌圃耐得翁《都城纪胜》中记载了说话有四大家数，其中小说“谓之银字儿，如烟粉、灵怪、传奇。说公案，皆是朴

① 〔南朝梁〕刘勰著，范文澜注：《文心雕龙注》卷三，第270、271页，人民文学出版社，1958年。

② 〔宋〕孟元老撰，伊永文笺注：《东京梦华录》，第461—462页，中华书局，2006年。

刀杆棒，及发迹变泰之事。说铁骑儿，谓士马金鼓之事……最畏小说人，盖小说者能以一朝一代故事，顷刻间提破”[①]。

南宋吴自牧《梦粱录》当中也沿用了说话有四大家数的说法：“且小说名银字儿，如烟粉、灵怪、传奇、公案……盖小说者，能讲一朝一代故事，顷刻间捏合……”[②]

这些记载表明，南宋时期“小说”取代了“讲史”，成为说话伎艺的大宗，而且还有子类划分，包括了烟粉、灵怪、传奇等。小说的具体情形，以《醉翁谈录》记载最详。

《醉翁谈录》[③]的作者罗烨约生活于宋末元初。该书甲集卷一“舌耕叙引”之下分为两部分，一为“小说引子”，一为“小说开辟”。

“小说引子”下注“演史讲经并可通用”，所谓引子是开场话，以引起正文，有诗歌、有套语。如“诗曰”：“破尽诗书泣鬼神，发扬义士显忠臣，试开戛玉敲金口，说与东西南北人。”套语则曰：“大概既分，阴阳已定，书契已呈河洛，皇王肇判古初。圆而高者为天，方而厚者为地。其人禀五行之气，为万物之灵。气化成形，道与之貌。形乃分于妍丑，名遂别于尊卑。由是有君有臣，从此论将论相……所业历历可书，其事班班可纪。乃见典坟道蕴，经籍旨深。试将便眼之流传，略为从头而敷演。得其兴废，谨按史书；夸此功名，总依故事。”其后注曰：“如有小说者，但随意据事演说云云。”

这本《醉翁谈录》俨然具有说话伎艺教辅书的性质，既提供现成的材料，又注意提示使用方法。“小说引子”下注“演史讲经并可通用”，说明在具体的说话伎艺当中，虽然有讲说题材的不同，但引子常常通用；这个特意的标注，也说明小说与演史、讲经是并列的伎艺，彼此不可互相涵盖。

“小说开辟”部分则像是对于“小说”的全面介绍。

> 夫小说者，虽为末学，尤务多闻。非庸常浅识之流，有博览该通之理。幼习《太平广记》，长攻历代史书。烟粉奇传，素蕴胸次之间；风月须知，只在唇吻之上。《夷坚志》无有不览，《琇莹集》所载皆通。动哨、中哨，莫非《东山笑林》；引倬、底倬，须还《绿窗新话》。论才词有欧、苏、黄、陈佳句；说古诗是李、杜、韩、柳篇章。……有灵怪、烟粉、传奇、公案，兼朴刀、杆棒、妖术、神仙。自然使席上风生，不枉教坐间星拱。说杨元子、汀州记、崔智韬、李达道、红蜘蛛[④]……讲论处不滞搭、不絮烦；敷演处有规模、有收拾。冷淡处提掇得有家数，热闹处敷演得越长久。曰得词，念得诗，说得话，使得砌。言无讹舛，遣高士善口赞扬；事有源流，使才人怡神嗟讶。

这段话首先需要注意的是小说伎艺的材料来源，罗烨先后提到了《太平广记》、《夷坚志》、《琇莹集》、《东山笑林》、《绿窗新话》，以及欧（阳修）、苏（轼）、黄（庭坚）、陈（师道）佳句，李（白）、杜（甫）、韩（愈）、柳（宗元）篇章。前面所列举的五种书，都属于文献目录学意义的小说。

《太平广记》编撰于北宋初年，宋太宗太平兴国六年（981）“诏令镂板[《广记》镂本颁天

① 〔宋〕灌圃耐得翁：《都城纪胜》“瓦舍众伎”，第98页，古典文学出版社，1956年。
② 〔宋〕吴自牧：《梦粱录》卷二十《小说讲经史》，第312—313页，古典文学出版社，1956年。
③ 罗烨：《醉翁谈录》，古典文学出版社，1957年。
④ 以下按灵怪、烟粉、传奇等顺序列举小说名称，从略。

下，言者以为非学者所急，收墨板藏太清楼]”[①]。则《太平广记》北宋时虽然刻版，并未普遍印行，士大夫中间偶有人阅读，但影响不大，直到南宋初年才正式印行并流传开来[②]。

《夷坚志》卷帙浩繁，历时六十年，约始撰于1143年，约完成于1202年[③]，“《夷坚》之书成，其志十，其卷二百，其事二千七百有九。盖始末凡五十二年，自甲至戊几占四纪，自己至癸才五岁而已”(《支甲序》)[④]。总体规模如陈振孙《直斋书录解题》卷十一所载：“《夷坚志》甲至癸二百卷，支甲至支癸一百卷，三甲至三癸一百卷，四甲四乙二十卷，大凡四百二十卷。”[⑤]规模几乎可比五百卷的《太平广记》。《夷坚志》就是一部故事集，故事的提供者形形色色，除了贤士大夫，还有山僧道士俚妇走卒等，遍及社会各个阶层。洪迈对这些素材一律如实记录、不作评论，“一话一首，入耳辄录”(《三志己序》)，以资闲览、仅供娱乐的目的很突出，这样做的结果使得《夷坚志》散乱芜杂，但是也留下了无数二次创作的余地，成为极好的素材库。

《绿窗新话》[⑥]，署名皇都风月主人编，从这个笔名可以看出编者当为生活在京城之人，熟悉市井风月。《绿窗新话》分上下卷，共收录了154篇故事，全部为宋代及宋代以前作品的节录或改编，每个故事的篇幅都不长，只是略陈梗概而已。标题全部是整齐的七言，如《刘阮遇天台女仙》、《裴航遇蓝桥云英》等，看来是编集者或者整理者刻意所为。这些故事基本上都是男女情事、风月闲谈。从《绿窗新话》以上特征来看，该书作为说话伎艺的参考底本，正适合小说伎艺进行发挥表演。

《醉翁谈录》中所提到的《琇莹集》已失传。《东山笑林》不详，从书名来看，当为笑话杂俎集，大约继承了邯郸淳《笑林》之衣钵。

“小说”在北宋说话伎艺当中并不突出，至南宋却成为最重要的说话伎艺之一，这其中的发展演变，应当跟说话艺人的取材来源有关。如上所述，南宋人得以广泛阅览《太平广记》，就使得说话的素材大为增加。

作为成熟的市井伎艺，说话伎艺之小说的材料来源主要是文献目录学意义的小说，尤其是《太平广记》(五百卷)、《夷坚志》(四百二十卷)这样的大部头故事渊薮。因此，既然文献目录学意义上的正宗小说就是说话伎艺的材料来源，那么，专门讲说这类小说所载故事的伎艺，也被称为“小说”，就是顺理成章的事情。故本文认为，市井伎艺说话当中的“小说”门类，主要取材于文献目录学意义的小说，其命名就是借用了该文类现成的名称——“小说”。但是在具体表演当中，说话之小说把原本的文言材料转化为口语通俗形式，又进行了市井趣味的加工。因此，在现实情况的推动下，“小说”一词作为概念，其内涵发生了迁转和扩展。

---

① 〔宋〕王应麟：《玉海》卷五十四，第1030页，江苏古籍出版社，1988年。

② 张国风：《〈太平广记〉宋本原貌考》，《中华文史论丛》第五十六辑，第71—98页；张国风《〈太平广记〉在两宋的流传》，《文献》2002年10月第4期，第101—105页、第116页。

③ 李剑国：《〈夷坚志〉成书考——附论“洪迈现象”》，《天津师范大学学报》1991年第3期，第55—63页。

④ 〔宋〕洪迈撰，何卓点校：《夷坚志》，中华书局，1981年。

⑤ 〔宋〕陈振孙：《直斋书录解题》卷十一，第336页，上海古籍出版社，1987年。该书“夷坚志”条下曰：“翰林学士鄱阳洪迈景庐撰。稗官小说，昔人固有为之者矣。游戏笔端，资助谈柄，犹贤乎已可也，未有卷帙如此其多者，不亦谬用其心也哉！且天壤间反常反物之事，惟其罕也，是以谓之怪。苟其多至于不胜载，则不得为异矣。世传徐铉喜言怪，宾客之不能自通与失意而见斥绝者，皆诡言以求合。今迈亦然。晚岁急于成书，妄人多取《广记》中旧事，改窜首尾，别为名字以投之，至有数卷者，亦不复删润，径以入录。虽叙事猥酿，属辞鄙俚，不恤也。”

⑥ 〔宋〕皇都风月主人编，周夷校补：《绿窗新话》，古典文学出版社，1957年。

文献目录学意义的小说是一种文类，包涵甚广，着重在文献的记录，意图补正史之阙。口头讲说的小说则是一种伎艺，其讲说题材既来源于前者，也来源于正史经典，是为了大众娱乐。前者全部表现为书面形式，后者在宋元时代主要指口头的说话伎艺；明代之后，主要指与该伎艺相关的书面文学形式。从书面文献到市井伎艺，从补史阙到娱乐独立，文学意义的小说概念就在这个过程当中生成，从文献目录学的意义到文学的意义，小说概念在古典文论当中一步步获得了独立的空间。

正是从宋代开始，"小说"既指文献目录的杂纂笔记，也指市井伎艺以及相关的话本，两种概念并行不悖，活跃于文人记载当中。以下就是一些使用例证。

宋赵令畤《元微之崔莺莺商调蝶恋花词》："夫传奇者，唐元微之所述也。以不载于本集而出于小说，或疑其非是。今观其词，自非大手笔孰能与于此！"①《莺莺传》在唐代单行，至宋代载于《太平广记》，赵令畤此处所讲的"小说"应该指《太平广记》而言，则其概念内涵是文献目录学意义上的。

宋代洪迈《容斋随笔》卷十五"唐诗人有名不显者"："大率唐人多任务诗，虽小说戏剧，鬼物假托，莫不宛转有思致，不必颛门名家而后可称也。"②此处"小说"所指以唐传奇最为符合，属于文学意义的概念。

元代陶宗仪《南村辍耕录》："唐有传奇，宋有戏曲小说，金有院本杂剧。"此处小说和传奇、戏曲、院本、杂剧并列，则"小说"指说话伎艺。作为元代人，他能够直接欣赏说话伎艺，也能够看到有关的话本，故此处"小说"可兼指话本。比如元代刻本《红白蜘蛛》残页，其最后一行就写明是"新编红白蜘蛛小说"，这个话本应该就是罗烨《醉翁谈录·小说开辟》中的《红蜘蛛》③。

以上例证就说明了宋元时代小说概念的多义扩展。

四、文学意义的小说概念的普遍应用

文学意义的小说概念兴起于宋代，但直到明代嘉靖年间，文学意义的"小说"一词才被频繁使用，且多指通俗文学。

嘉靖二十年到三十年（1541—1551）之间，杭州洪楩编集、刻印了《六十家小说》，包括宋、元、明三代的小说六十篇，分为六集：《雨窗集》、《长灯集》、《随航集》、《欹枕集》、《解闲集》、《醒梦集》，每集又分上下卷。从这六集的命名上可以看出，《六十家小说》以资闲谈的性质比较突出。后《六十家小说》亡佚。

今天常见的《清平山堂话本》实际是《六十种小说》的残编④。这是迄今所见最早的话本小说汇编，也是话本被称为"小说"的一大例证。

---

① 黄霖、韩同文选注：《中国历代小说论著选》（上），第60页。

② 〔宋〕洪迈：《容斋随笔》，第194页，中华书局，2005年。

③ 参看程毅中《古代小说史料简论》，第55—56页，山西人民出版社，2005年；黄永年《记元刻〈新编红白蜘蛛小说〉残页》，《中华文史论丛》1982年第1辑。

④ 王一工《前言》，阿英《记嘉靖本〈翡翠轩〉及〈梅杏争春〉——新发现的〈清平山堂话本〉二种》，见〔明〕洪楩编《清平山堂话本》，上海古籍出版社，1992年。

现存《清平山堂话本》当中收录的文类相当杂，题材上包括说经劝善（如《花灯轿莲女成佛记》）、讲史（如《汉李广世号飞将军》）、爱情（如《风月相思》）、公案（如《曹伯明错勘赃记》）、志怪（如《西湖三塔记》）等；体裁上也不统一，有文言的如《蓝桥记》、《风月相思》，也有白话韵散结合的，如《快嘴李翠莲记》等。行文结构等方面都体现出话本发展初期的粗糙特征。从《清平山堂话本》的文章面貌，可以推知《六十家小说》的全貌，该书所认可的"小说"就是在前代传奇、说话基础上相承发展而来的、以市井娱乐为主要目的、讲故事的文学形式。

与洪楩大约同时的郎瑛编撰了《七修类稿》，全书分为七类：天地、国事、义理、辩证、诗文、事物、奇谑。《七修类稿》本身就是一部文献目录学意义的小说，内容极其驳杂，其中卷二十二"辩证类"中专门列有"小说"条：

> 小说起宋仁宗，盖时太平盛久，国家闲暇，日欲进一奇怪之事以娱之，故小说得胜头回之后即云话说赵宋某年，闾阎淘真之本之起亦曰"太祖太宗真宗帝，四帝仁宗有道君"，国初瞿存斋过汴之诗有"陌头盲女无愁恨，能拨琵琶说赵家"，皆指宋也。若夫近时苏刻几十家小说者，乃文章家之一体，诗话、传记之流也，又非如此之小说。①

这段话的价值在于它把两种意义的小说都注意到了，也分别说明了。

首先使用的"小说"一词是与说话伎艺相关的话本，虽然此处讲这一类小说起源于宋代并不准确，但是对于小说概念的理论意义并无影响。如前面章节所论述，宋代确实是小说的文学意义兴起的时期。其次，所谓"苏刻几十家小说"，指诗话、传记之流的小说，正是传统的文献目录学意义的小说。短短一段话，概括了明代中期的两类小说，一是通俗白话文本，一是诗话传记类的文言文本，而且郎瑛清楚地认识到两类小说是根本不同的。

其后，谢肇淛撰《五杂组》，对小说概念应用更多。《五杂组》分为天、地、人、物、事五部，其中卷十五事部三中，连续用到"小说"一词：

> 小说载华光天王之母以喜食人，入饿鬼狱经数百年，其子得道，乃拔而出之，甫出狱门即求人肉，其子泣谏……
>
> 小说野俚诸书，稗官所不载者，虽极幻妄无当，然亦有至理存焉。如《水浒传》无论已，《西游记》曼衍虚诞……
>
> 凡为小说及杂剧戏文，须是虚实相半，方为游戏三昧之笔，亦要情景造极而止，不必问其有无也。古今小说家，如《西京杂记》、《飞燕外传》、《天宝遗事》诸书，《虬髯》、《红线》、《隐娘》、《白猿》诸传，杂剧家如《琵琶》、《西厢》、《荆钗》、《蒙正》等词，岂必真有是事哉？近来作小说，稍涉怪诞，人便笑其不经，而新出杂剧，若《浣纱》、《青衫》、《义乳》、《孤儿》等作，必事事考之正史，年月不合、姓字不同，不敢作也，如此则看史传足矣，何名为戏？②

这几段话中所列举的作品，文言形式的有《西京杂记》、《飞燕外传》、《天宝遗事》，以及唐传奇《虬髯客传》、《红线》、《聂隐娘》、《补江总白猿传》等，也有白话的《水浒传》、《三国演义》、《杨六郎》以及目莲救母故事等，则谢肇淛所运用的小说概念，其内涵基本就是文学意义上

① 《七修类稿》卷二十二辩证类，第229页，上海书店出版社，2009年。

② 〔明〕谢肇淛撰：《五杂组》卷十五事部三，第312、313页，上海书店出版社，2009年。

的，注重的综合特点是虚构性、故事性，因此，他所归类的小说作品也比较符合今天的小说定义。

明代嘉靖至万历时期是通俗小说发展的黄金时期，《三国志演义》、《水浒传》、《西游记》等均在此时刊刻，小说理论也真正实现了文学转向。"小说"概念的文学意义已经确立，与文献目录学上的意义构成双轨制。小说概念的文学化，以及文论家们对文学意义的小说概念的普遍接受，与小说实际的创作和流传情况有关。

宋代时期，文学化意义的小说取材于文献目录学意义的小说，讲史类作品取材于正史。就市井伎艺来说，小说与讲史一直是并列的关系，其文本形态也有长短不同。至明代，长篇的、取材于正史的白话作品也被纳入小说行列，以《三国志通俗演义》为代表，又带动了大批白话长篇作品的流传。这一现象尤其值得注意，它说明渊源于宋代讲史的白话长篇通俗作品也被归入"小说"类，小说概念再次扩容。

明代中晚期，文化思想方面纲纪松弛，民间游冶之风兴盛，尚奇尚趣，整个时代风尚为之改易。商业潮流冲击了农耕传统下的作息、休闲习惯，培养了新型的消费娱乐方式，影响了社会时尚，使人们不满于程朱理学为核心的意识形态的压制，急于解除约束，急于张扬个性情欲。社会现实产生了王阳明心学，王学又转而促进了社会生活的变化，并深刻影响了一代士人的思想、意识，使明代晚期出现了自由论学的风气，进而影响到文化艺术的走向。李贽、公安三袁、汤显祖、董其昌等均是王学左派影响下的人物。正如研究者所云："通俗小说创作的变化始于万历朝后期，从时间上看，这正与以袁宏道、袁中道为代表的公安派，以及以钟惺、谭元春为代表的竟陵派对拟古主义的猛烈批判相呼应。若是再联系到哲学领域，则又可以看到这些变化与王学左派的兴起互相平行。这一切对于通俗小说并非只有间接的影响与联系，因为他们的代表人物如李贽、袁宏道等人对于通俗小说的发展，特别是在摆脱旧来窠臼方面都作出过这样或那样的贡献。"①

万历年间，通俗小说事业达到了新的高峰。文人们积极地投身其中，或编写，或点评。如李卓吾开始评点《水浒传》。至于奇书《金瓶梅》，更因为文人寓目而得到较为合理的认识。袁宏道写信给董其昌，对之大加赞扬："伏枕略观，云霞满纸，胜于枚生《七发》多矣。"（《与董思白书》）当时文人无不称许《金瓶梅》，董其昌云"极佳"，袁中道云："琐碎中有无限烟波，亦非慧人不能。"（袁中道《游居柿录》卷九）冯梦龙"见之惊喜，怂恿书坊以重价购刻"（沈德符《万历野获编》卷二十五词曲·金瓶梅）。冯梦龙尤其致力于通俗小说事业，编写成著名的"三言"等。

嘉靖、万历时期的著名文人对通俗文学的重视扭转了时代风气，使得通俗白话作品正式进入"小说"领域，对小说特点的认识实现了突破。当一种理论意义确立时，古典文论家们最喜欢做的事情是为这种新的理论建立历史谱系，以证明其传承的合法性，使这种新的理论能够迅速得到现实的认可。

> 史统散而小说兴，始于周季，盛于唐，浸淫于宋。（绿天馆主人《古今小说序》）②
>
> 夫小说家盛于唐而滥于宋，溯其初，则萧梁殷芸，始有小说行世。（沈德符《万历野

---

① 陈大康：《明代小说史》，第27页，人民文学出版社，2007年。

② 黄霖、韩同文选注：《中国历代小说论著选》(上)，第225页，江西人民出版社，2000年。

获编序》)①

小说始于唐宋，广于元，其体不一。田夫野老能与经史并传者，大抵皆情之所留也。情生，则文附焉，不论其藻与俚也。《金瓶梅》旧本言情之书也。情至则流，易于败检而荡性。今人观其显，不知其隐；见其放，不知其止；喜其夸，不知其所刺。蛾油自溺，鸩酒自毙。袁石公先叙之矣，作者之难于述者之晦也。今天下小说如林，独推三大奇书，曰《水浒》、《西游》、《金瓶梅》者，何以称夫？《西游》阐心而证道于魔，《水浒》戒侠而崇义于盗，《金瓶梅》惩淫而炫情于色。(西湖钓史《续金瓶梅集序》)②

绿天馆主人实为《古今小说》编著者冯梦龙，西湖钓史实为《续金瓶梅》作者丁耀亢。两人化名来为自己的作品写序，说明自己的小说理论观点，与创作实际相呼应，取得了更好的阐释效果。

由以上例证可知，明清时代序、跋、评等所使用的“小说”概念，基本都是文学意义的，而且主要指唐宋开始兴起的白话通俗小说。白话通俗小说，获得了文运发展中的合理地位，可与经史并列而论，获得了承续史统的意义。故相关的理论都围绕它们而来，随着对人性人情的推崇，最能反映人之本真性情的作品也被正视、被提倡，在政教伦理体系中获得了正式的位置，也同样具备了文献目录学意义之小说的补阙功能和教化功能。

五、对小说概念的总结

综合上文，总结一下。本文认为中国古代的“小说”概念有两大序列，三条发展脉络。

一大序列是班固《汉书·艺文志》确立的小说概念，也就是本文命名为文献目录学意义的小说，该概念为小说正宗，从汉代一直沿用到清末。这一大序列就是一条独立的发展脉络，从始至终，其概念内涵保持稳定性，也为历代正统史家所固守。该序列小说的语言特征为文言。

另一大序列是文学意义的小说概念，包括两条发展脉络，均与正宗的文献目录学意义的小说有关。下面就结合作品实际来看。

发展脉络之一是杂传记，是在文献目录学意义的小说材料基础上发展起来的，并且接受了史传散文的写法，形成杂传记，其典型代表就是唐传奇。该发展脉络可抽绎为：汉魏晋志人、志怪、杂传记——唐传奇(杂传记)——宋传奇——明文言小说——清文言小说。该类小说体现了文献目录学意义的小说和史传的结合。有许多小说集是一书二体，既有曼妙铺陈的杂传记部分，也遵循文献目录学意义的小说传统，体现为大量的材料杂纂。清代著名小说集《聊斋志异》就是如此。该类小说的语言特征是文言形式。

发展脉络之二是白话通俗小说，是市井伎艺以文献目录学意义的小说为表演材料，并进行了口语化通俗化的加工，逐渐形成的新型文本，其发展脉络可抽绎为：俳优小说——俗讲/说话——话本——白话通俗小说。因为题材来源以及服务对象、影响范围的相似，戏曲也经常被归入此类小说。该类小说的语言形式为通俗白话，体现了文献目录学意义的小说和市

---

① 〔明〕沈德符撰：《万历野获编》，第3页，中华书局，1959年。
② 《中国历代小说论著选》(上)，第332页。

井伎艺的结合，其创作取材范围包括了文献目录学意义的小说，以及文学意义的小说之杂传记。

文学意义的小说概念被广泛应用，是从明代中晚期开始的。这个理论现象，与相应的白话通俗小说创作蓬勃发展大有关系。

文献目录学意义上的小说，属于史之旁裔，基本归属于子部。而文学意义上的小说，尤其是白话通俗小说，直到明代后期，方才获得与子史并传的舆论地位，但是官方正统文献基本不录。再具体到理论层面，文献目录学意义上的小说概念，随着正史编纂的停止，也自动停止，在事实上丧失了理论生命，对于理论研究也不再具备生成意义。而文学意义上的"小说"概念仍然活跃在当下的日常生活和理论视野当中。

作者单位：山东大学

中国传统文化语境中文学“典型”批评的文体学意义

汪　泓

典型论是中国20世纪现实主义文学理论最为重要的理论形态之一。其主要内涵可概括为：典型是普遍性与特殊性、本质与现象、理性与感性相统一的文学形象的理想形态；文学创作要运用典型化的手段，塑造典型环境中的典型人物等等。中国20世纪典型理论与批评的兴盛显然受到西方典型理论的启发。古希腊典型论，近代康德、黑格尔的典型理论，以至马克思主义典型理论，都对中国20世纪典型理论的运用及意义生成产生了不小的影响。学者们在建立典型理论体系、界定其基本内涵并将之运用于阐释20世纪以来文学作品，尤其是叙事性作品之余，自然会将现代意义上的典型理论运用于古代文学作品的阐释中，并希冀由此进一步还原与建构中国古代典型理论形态。中国传统文化语境中有没有典型理论与批评？不少学者都试图解答这个问题。阅读现有题为“中西典型理论比较”或“中国古典美学的典型理论”一类的著作与文章，笔者发现有以下几个特点：

第一，几乎所有的研究者都是从西方典型理论的视角来考察古代文论中与其内涵相同或相近的理论。

第二，目前有关中国古代典型理论的讨论主要局限在叙事性作品范围内进行，重点阐释古代小说批评中关于人物形象的典型性格的塑造理论与批评①。

第三，有学者运用典型理论分析中国古代抒情性作品，认为中国古代关于典型意境的理论得到了充分发展，中国古代的抒情艺术重“创造典型意境”，这是中国古典美学典型理论的独特之处。此种研究方法与视角的运用，加深了我们对古典意境理论的认识。但这是否就是生长于中国传统文化语境中的“典型”理论与批评呢？

第四，也是最为重要的一点，几乎所有研究“典型”的学者都认为，中国古籍中的“典型”主要指规范、模型的意思，并不作美学、文艺学的范畴使用，本身不具有审美意义，或认为其在文艺批评中运用较少。

“典型”批评在中国古代文艺批评中真的运用较少吗？笔者以为现有研究对中国传统文

---

①　叶纪彬《中西典型理论述评》（上海：华东师范大学出版社，1993年）一书侧重讨论建国以后的中国典型理论，对古代典型理论的述评只谈到有关古代小说的典型批评。汪涌豪在《中国古代文学理论体系・范畴论》之《小说体式与相关范畴》一节论及古代文献中的“典型”具有“常规规范”的含义。他评价金圣叹所论典型曰：“不就现代意义上的艺术典型言，但两者实有紧密的联系，且由其第一次引入小说批评，是足以催生常规规范向艺术典型转化的。”（上海：复旦大学出版社，1999年，第378页）然汪涌豪的着眼点仍在于以现代典型理论阐释中国古代小说，并由此建构古代小说理论与批评的核心内容。

化背景下"典型"理论的内涵挖掘不够,对"典型"批评在中国文学批评史上的地位认识不够。而如何理解中国传统文化语境中文学"典型"的内涵是本文试图解决的核心问题。

典型一语在古代文献中出现频繁。清以前,典型与"典刑"经常混用。从语源上看,刑与型,是古今字的关系,"型"字后出。故释"典型",首先要看"典刑"之义。很显然,这是一个与法律制度相关的概念。"典刑"一语最早见于《尚书·舜典》:"象以典刑,流宥五刑,鞭作官刑,扑作教刑,金作赎刑。"孔传曰:"象,法也。法用常刑,用不越法。"又曰:"舜陈典刑之义,敕天下,使敬之,忧欲得中。"①《尚书·泰誓》下又云:"屏弃典刑,囚奴正士,郊社不修,宗庙不享,作奇技淫巧以悦妇人。"孔传曰:"屏弃常法而不顾,箕子正谏而以为囚奴。"②刑为法度之义,"典刑"则指五刑等常法、重法。

然《尚书》各篇成书时间难以确定。"典刑"亦见于《诗·大雅·荡》。其曰:"文王曰咨,咨汝殷商。匪上帝不时,殷不用旧。虽无老成人,尚有典刑。曾是莫听,大命以倾。"《毛传》曰:"召穆公伤周室大坏也。厉王无道,天下荡荡,无纲纪文章,故作是诗也。"③"典刑"的基本涵义亦是指常刑,即治理邦国重要的法律制度。战国时"刑"字又有"器形"之义,《荀子·强国》曰:"刑范正,金锡美,工冶巧,火齐得,剖刑而莫邪已。"唐代杨倞注"刑范正"曰:"刑与形同;范,法也。刑范,铸剑规模之器也。"④东汉许慎编《说文解字》收有"型"字,释云:"铸器之法也,从土刑声。"⑤已含"方法"、"法度"之义了。

从现存文献看,"典"与"型"的连用大体自宋代始。治理国家的重典、常用的政治法律制度,仍多用"典刑"一语;表达典范、规范之义,"典刑"、"典型"则往往通用,如"虽无老成人,尚有典刑"一句,现存宋以后文献中"尚有典刑"常写为"尚有典型"。

典型(刑)这一范畴,在中国传统文化语境中使用的范围非常广,除具有最初的"典刑"制度层面意义外,尤常见于后世的人物品评当中,一般指人物品行所遵守的传统的道德规范或具有垂范后世的典范意义,杜甫即有"大雅何寥阔,斯人尚典刑"⑥之句。人有典型,属于道德层面的规范要求;而江山、梅柳、酒等自然与物亦可传达人的种种精神状态,故亦有典型。"江山自典型"⑦,生动体现出中国美学将自然与道德相比附的传统,体现出"人化的自然"的审美意识。典型又广泛运用于书、画、音乐等艺术批评,亦大体始于宋代。艺术"典型",或指艺术家典型、艺术创作的时代典型,或指某种艺术风格,或指艺术创作的某种体制形式的正体。其中艺术家典型,如书法批评中的"钟(繇)王(羲之、献之)典刑"⑧、"右军(王羲之)典

---

① 孔颖达:《尚书正义》卷3,北京:中华书局影印十三经注疏本,1980年,第128页。

② 孔颖达:《尚书正义》卷11,第182页。

③ 孔颖达《毛诗正义》卷18,北京:中华书局影印十三经注疏本,1980年,第552页。

④ 杨倞注:《荀子》卷11,抱经堂丛书本。

⑤ 许慎:《说文解字》,北京:中华书局,1963年,第287页。

⑥ 杜甫:《秦州见敕目薛三璩授司议郎毕四曜除监察与二子有故远喜迁官兼述索居凡三十韵》,钱谦益:《钱注杜诗》卷10,清康熙刻本。

⑦ 赵蕃:《闰月二十日离玉山八月到余干易舟又二日抵鄱阳城追集途中所作得诗十有二首》之十一,《乾道稿》卷下,文渊阁四库全书本。

⑧ 黄庭坚:《题绛本法帖》,《豫章黄先生文集》卷28,四部丛刊本。

型”[①]极为常见[②]。

典型(刑)何时始用于文学批评?《文心雕龙·奏启》曰:“必使理有典刑,辞有风轨,总法家之式,秉儒家之文。”[③]“理有典刑”指“弹事”类文章弹劾他人之时,尚须遵守法律法规,相对于“辞有风轨”而言,是对文章内容的要求。从“总法家之式”一句来看,“典刑”表达的仍属法律制度层面上的意义。整体上来批评诗文创作具有“典型”的,从现存文献看,应始于唐代。然唐代典型批评运用较少,宋元以后则逐渐增多。至明、清,典型批评运用十分普遍。大体包括两方面,一为“文章见典型”,读者从文章中可察见作者的典型人格与风范,属作家论。如司马光(1019—1086)诗曰:“佳城郁郁闷英灵,幸有文章见典型。开卷未终双袖湿,目前仿佛对渊庭。”[④]言欧阳修其人虽亡,却幸而有文章存其人品、风范。二指“文章终典型”、“文章最典型”。苏轼曰:“别君二十载,坐失两鬓青。吾道虽艰难,斯文终典型。”[⑤]论其生平坎坷,然文章终以有前人风范为理想。汪广洋(?—1379)曰:“济南山水多佳丽,工部文章最典型。”[⑥]称赞杜甫文章(当指诗)具有典范之义,代表诗歌创作的最高境界。王世贞(1526—1590)评李伯承乐府诗、《选》体诗“大是风人典刑”[⑦],颇有《风》诗的特点。由“文章见典型”到“文章最典型”,意味着文学作品本身成为典型。“文章最典型”又主要体现在两个方面:一是重视对传统的继承,一是以进入后世视野中的经典系列为创作理想。与此相应,文学“典型”一方面意味着“规范要求”,成为文学批评的基本水准,“典型”具有“典范”之义,代表着中国人传统的审美理想;另一方面,成为后世的“典型”,又是衡量文学成就的最高标准,正所谓“言有根据,文足典刑”[⑧],“气极厚,味极腴,典刑之文”[⑨]。

明代王世贞、胡应麟等复古派最重典型的树立,往往将典型的树立与文体正变的辨析联系起来。清代是典型批评成熟时期。清初即有汪琬、万树、王士禛、朱彝尊等人强调不失文学典型的重要性。清中叶的典型批评以纪昀等四库馆臣为代表。纪昀尤重推源溯流的批评方法,认为文章创作不是无根之木,无源之水,皆有本源;而有典型,即有本源;讲究基本的规范要求,即有典型。典型批评在《四库全书总目》中使用相当普遍。章学诚、方东树、梁章钜及近代朱庭珍等亦均颇重典型批评。

典型批评最初见于有关诗文的批评,晚明开始进入戏曲、小说批评。王骥德、祁彪佳等人戏曲批评颇重典型;明末至清初以凌濛初、金圣叹、张竹坡等人为代表的小说批评中的典型,开始运用于对虚构的人物形象的评价,这就为20世纪小说批评接受西方典型理论奠定了基础。

限于篇幅,本文重点论述中国古代,尤其是明清以来文学“典型”批评的文体学内涵与意

① 张守:《跋了翁乞铭帖》,《毗陵集》卷10,又载宋董更《书录》卷中、明陶宗仪《书史会要》卷6,文渊阁四库全书本。

② 参见拙文:《中国古代人物品评中的“典型”批评》(《江西师范大学学报》哲社版,2011年第5期)。有关自然物的“典型”美,及对文学以外其他艺术形式的“典型”批评,笔者另有专文详论。

③ 刘勰撰,范文澜注:《文心雕龙注》卷5,北京:人民文学出版社,1958年,第423页。

④ 司马光:《读颍公清风集四首》之三,《传家集》卷9,文渊阁四库全书本。

⑤ 苏轼:《送家安国教授归成都》,施元之注:《施注苏诗》卷26,文渊阁四库全书本。

⑥ 汪广洋:《历下亭临眺》,《凤池吟稿》卷8,文渊阁四库全书本。

⑦ 王世贞:《与李伯承书》,《弇州四部稿》卷120,文渊阁四库全书本。

⑧ 刘榛评田兰芳《本生父母降服说》,见田兰芳:《逸德轩诗文集》中卷,清康熙二十六年(1687)刘榛等刻本。

⑨ 刘榛评田兰芳《樊望莪先生君臣二鉴序》,见田兰芳:《逸德轩诗文集》上卷,清康熙二十六年(1687)刘榛等刻本。

义。另外，需要说明的是，本文对文学的义界，乃遵从古人，持“大文学”观念，文学即文章之义，包括诗、文、戏曲、小说及各种应用文体。

一、文体流变中的典型批评

中国古代文献中的“文体”具有体裁分类、体制规范、语言形式、风格等多方面的内涵，动态地辨析文体的源流正变，论时世正变与文体正变之关系，述师承，品高下，构成了中国传统文学批评之核心内容。文体批评发达的原因与中国文学批评注重树立文学典范有密切关系。追慕古人典型，遵守传统规范，是作者进行文学创作的努力追求，亦为中国文学批评的重要标准之一。而文学典型的树立总是与文体流变的辨析联系在一起的。刘勰《文心雕龙》早已较为系统地概述了当时已出现的各体文章的源流正变，而将“原始以表末”与文章“典型”联系起来，则要更晚一些。

卢藏用(664—713)为笔者所见最早将“尚有典刑”运用于文学批评之人。他在《陈伯玉文集序》一文中论述了历代文风的演变：西汉文章有“老成人”雅正之风；东汉至两晋间，班固、张衡、崔瑗、蔡邕、曹植、刘桢、潘岳、陆机等人文章则“大雅不足”，“然其遗风余烈，尚有典刑”；宋、齐以后文风则更加憔悴流靡；至梁之徐陵、庾信，孔子树立的经典传统不复存在，已至“天之将丧斯文也”；至初唐宫体诗的流行，文学创作流弊已极，“风雅之道扫地尽矣”；而陈子昂“崛起江汉，虚视函夏，卓立千古，横制颓波，天下翕然质文一变”①。此处“典刑”，显然无关法律制度与人物品评，指《诗经》等儒家经典体现的雅正文风。

然典型批评广泛用于文体流变论中，要到南宋以后。此时传统诗文创作发展趋于极致，诗文理论批评的总结期已经到来。从现存资料看，南宋以后有关文体流变的讨论中，“典型”批评频繁出现。

赵孟坚(1199—1264)论唐宋文章流变时列举了唐宋文章的代表作家及其文风的流变。他认为一代之有代表性的文章，即构成一代文章之典型，可供后世作者参考学习，前人书写的文字虽已成灰，然“胸中有不灰者，在典型其有自”②。方回(1227—1305)曾梳理宋诗流变，并评宋末以来学诗者，不于三千年间推源溯流，只追逐近世六七十年间创作风尚，遂生流弊；他认为当时晚唐体诗日益浅俗，然尚有余杭二赵(赵汝说、赵汝啖)、上饶二泉(赵蕃、韩淲)，“典刑未泯”③。薛始亨(1617—1686)序弘光朝南海陈子升诗指出，洪武、永历、成化、弘治以来，天下之诗数变，“独粤中犹奉先正典型”④，自明初岭南著名诗人孙蕡之后，粤中杰出诗人无不奉唐代张九龄之流风为先正典型。对唐诗正变的讨论由来已久，汪琬(1624—1690)则明确将唐诗正变与“典型”联系起来。其《唐诗正序》云：

> 有唐三百年间，能者相继，贞观、永徽诸诗，正之始也；然而琱刻组缋，殆不免陈隋之遗焉。开元、天宝诸诗，正之盛也；然而李、杜两家并起角立，或出于豪俊不羁，或趋于沉

---

① 陈子昂:《陈伯玉文集》卷首,四部丛刊影明本。

② 赵孟坚:《凌愚谷集序》,《彝斋文编》卷3,文渊阁四库全书本。

③ 方回:《送罗寿可诗序》,《桐江续集》卷32,文渊阁四库全书本。

④ 朱彝尊:《静志居诗话》卷21,北京:人民文学出版社,1990年,第665页。

着感愤，正矣，有变者存。降而大历，以讫元和、贞元之际，典型具在，犹不失承平故风，庶几乎变而不失正者与？自是之后，其辞渐繁，其声渐细，而唐遂陵夷，以底于亡，说者盖比诸郐曹无讥焉。①

汪琬述唐诗经历了正之始、正之盛、正而存变、变而不失其正、变而以至于亡几个阶段，其中中唐因“典型具在”，属“变而不失正者”。

朱庭珍(1841—1903)《筱园诗话》描述了清诗的流变：顺治中海内诗家有“南施北宋”，康熙中有“南朱北王”；清初南方有宣城施闰章、秀水朱彝尊，北方则有新城王士禛、莱阳宋琬；又南取海宁查慎行，北取益都赵执信，号“六大家”。朱庭珍特重宋琬诗，评其诗格老成，笔力健举。分而论之：其七古师法唐人高、岑、王、李，整齐雅炼，时有警语，篇幅局阵最为完密；五律亦是高、岑、王、李一派；七律虽不脱明七子面目，往往堕入空声，至其得体之作，固堪与李梦阳、何景明相比，所少者唯变化之妙，“然而宗法既正，规格复整，固是节制之师，唐贤典型，于斯未坠”②。朱庭珍点明了宋琬诗与唐诗的承继关系。

中国古代文学批评一向有尊体的传统，而文学创作又往往出现不合体的问题或展现破体的欲望，由此便形成了文体发展的正与变。其中既包括体裁的正与变，又有文风的正与变，二者往往是一致的。典型即往往代表着文体发展中的正体。

二、典型即文体辨析中的正体

某种体裁文章的写作，符合该文体的基本规范要求，文学批评史上称为得该文体之“正体”，此即该文体之“典型”。

明代极为重视研究诗歌源流承传关系的胡应麟(1551—1602)云：“晋以下，若茂先《励志》，广微《补亡》，季伦《吟叹》等曲，尚有前代典刑。康乐绝少四言，元亮《停云》、《荣木》，类其所为五言。要之叔夜太浓，渊明太淡，律之大雅，俱偏门耳。”③认为张华、束皙、石崇等人的四言诗符合基本的体制规范要求。“前代典刑”指《诗经》为代表的四言诗之正体；而嵇康、陶渊明四言诗或太浓，或太淡，有失四言诗之本色，为“偏门”，属于变体。

胡应麟又论歌行体，除汉七言古乐府可法之外，汉之《四愁》，魏之《燕歌》，晋之《白纻》尚可取法；宋、齐诸子，多用力于五言诗创作，七言诗较少；梁乃有七言长篇，陈隋渐盛，风格婉丽；初唐，汉魏风骨，殆无复存；至李白、杜甫，七言歌行才再次崛起，一振古今，“然东、西京古质典刑，邈不可观矣”④。“东、西京古质典刑”，即指汉乐府的古质之风，为七言歌行之正体。

明中叶王穉登(1535—1612)《与方子服论诗书》曰：

虽然匠不为拙工而废绳墨；羿不为拙射而变彀率。《三百篇》者，诗之绳墨彀率也。今之作者即不能为《三百篇》，然古诗必准于建安、黄初，律诗必期于开元、天宝。诗云

---

① 汪琬：《尧峰文钞》卷26，文渊阁四库全书本。

② 朱庭珍：《筱园诗话》卷2，郭绍虞编选，富寿荪校点：《清诗话续编》本，上海：上海古籍出版社，1983年，第2357页。

③ 胡应麟：《诗薮》卷1，上海：上海古籍出版社，1979年，第10页。

④ 胡应麟：《诗薮》卷3，第42页。

“尚有典刑”，此之谓也。[①]

王穉登揭示了一个事实：南宋以降，逐渐树立的古诗学汉魏、律诗学盛唐的审美标的，正是诗坛树立的“典型”。从文学批评史来看，重传统，则重学古。文学史上的复古派，重学古，故尤重典型，而文学复古运动的展开即首先要树立其认可的文学“典型”。

清初邹祗谟（顺治进士）、王士禛有评晚明俞彦《无题》词。俞词云：“春色天涯，孤馆凄惋，才到小屏山。双成不解便相看，还摩还，还摩还。”词以雅淡婉约为正宗，而邹、王评俞彦词体“清浊抑扬，备审源委，不趋佻险，而尊雅澹，独见典刑”[②]，为词体之正宗。

清中叶纪昀（1724—1805）亦有较强的文体意识，其曰：“窃以为文章各有体裁，亦各有宗旨，区分畛域，不容假借于其间。”[③]他梳理了用于科考的经义的源流正变，认为经义昉于北宋，沿于元代，而大备于明。经义之用“本以发明义理，观士子学术之醇疵”；经义之体“其初犹为论体，后乃代圣贤立言”；经义之格“主于纯粹精深，不主相矜以词藻”。他将经义视为文章之一体：“由明洪武以来，先正典型一一具在，是又文章之一体也。”（同上）所谓先正典型，乃符合经义代圣贤立言，纯粹精深，不以词藻相矜的规范要求之作。纪昀又把经义分成汉学与宋学两派，认为既然经义主于明理，即当以宋学为正宗，以汉学为补遗。

经义之作又有主理与主法之别。一般认为，晚明艾南英论文主理，钱禧论文主法。俞长城（1668—?）评熊伯龙（1616—1669）曰：“先生（熊伯龙，别号钟陵）主试两浙，督学京师，乃取艾、钱诸选发扬鼓励，于是天下向风。典型如故，一人之力也。”[④]言清初经义取法艾、钱的风气。

“典型”作为文章之正体，又往往与变体、野体、伪体相对。纪昀评方回《瀛奎律髓》选诗之“大弊”曰：

> 其选诗之大弊有三：一曰矫语古淡，一曰标题句眼，一曰好尚生新。夫古质无如汉氏，冲淡莫过陶公，然而抒写性情，取裁风雅，朴而实绮，清而实腴，下逮王、孟、储、韦，典型具在。虚谷乃以生硬为高格，以枯槁为老境，以鄙俚粗率为雅音，名为尊奉工部，而工部之精神面目迥相左也，是可以为古淡乎……虚谷以长江、武功一派，标为写景之宗，一虫一鱼一草一木，规规然摹其性情，写其形状，务求为前人所未道，而按以作诗之意，则不必相涉也。骚雅之本，果若是耶？

指出方回选诗之弊，究其原因在于标举贾岛、姚合为写景之宗，旨所选诗摹其性情，写其形状，务求生新，然与诗意未融，故偏于生硬、枯槁与俚俗，实有违“骚雅之本”，“是皆江西一派先入为主，变本加厉，遂偏驳而不知返也”[⑤]。

《四库全书总目》评明袁华撰《耕学斋诗集》曰：“明之初年，作者林立，华为诸家盛名所掩，故人与诗皆不甚著。实则衔华佩实，具有典型，非后来伪体所能及，固未可以流传未广轻

① 王穉登：《王百谷集》，《晋陵集》卷下，明刻本。

② 邹祗谟、王士禛辑：《倚声初集》卷1，清顺治十七年（1660）刻本。

③ 以上见纪昀：《丙辰会试录序》，《纪文达公遗集》文集卷8，清嘉庆十七年（1812）纪树馨刻本。

④ 梁章钜：《制义丛话》卷8引，清咸丰九年（1859）刻本。

⑤ 纪昀：《瀛奎律髓刊误序》，《纪文达公遗集》文集卷9，清嘉庆十七年（1812）纪树馨刻本。

之。”[①]又评明薛瑄撰《薛文清集》云：“明代醇儒，瑄为第一，而其文章雅正，具有典型，绝不以俚词破格。”[②]评明余继登撰《淡然轩集》云：“诗文则应酬之作，未免失于刋削。然大抵平正淳实，无万历中佻薄之习，亦尚不失典型。”[③]均树明初诗文为典型，与后来诗之伪体或万历诗“佻薄之习”相比较而论。

而梁章钜（1775—1849）亦视明成化以前李东阳的文章为典型，曰：“明文自宣德、正统以后盛行台阁体，始于杨文贞士奇、杨文敏荣，主持风气者数十年。其末流至于肤廓庸沓，万口一音，遂为艺林口实。中间导源唐宋，具有典型者惟一李文正。”他对李梦阳、何景明文章的复古倾向大加批判：“自李空同梦阳、何大复景明唱为复古之说，而明之文体一变，厥后摹拟剽贼，日就窠臼，风会递转，门户愈分，追原本始，惟李、何实职其咎。”又评程敏政《明文衡》所录，在成化以前“终有典型，尚无七子伪体”，认为黄宗羲编《明文海》兼录嘉、隆以后何、李盛行之余文章，意在“扫除摹拟，空所倚傍，以情至为宗”[④]。在此，“典型”与“伪体”是相对的。而视七子之体为“伪体”，表明了梁氏的文章宗主倾向。

三、守典型乃不离法度

在中国文论中，文法理论相当丰富。守典型则必然讲究文体规范，强调写作不离法度。

董其昌（1555—1636）评王阳明诗文曰：“以自得为宗，自然为趣，其才无所不骋，而驭之以法。”又详而论之云：“不为战国之纵横，其学无所不窥，而束之以裁；不为六朝之雕绘，于境无所不收，而以情附境；不为庄列之虚恢，于情无所不摹，而以礼定情；不为屈宋之怨诽，盖率尔泛应，不离典型。寂寥短篇，各标闳巨。若入清庙，所见无非法物；若骤广陌，所践无非坦途。奚以句比字栉，用非圣之书；气尽语竭，逞无穷之辨为哉！”[⑤]“不离典型”，指王文尚未背离儒家经典“哀而不伤”、“怨而不怒”的规范要求。

万树（1692 年前后在世）康熙二十六年（1687）撰《词律自叙》指出，金元人尚工声律，其词篇“尚有典型”；明兴之初，余风未泯，高启之“体裁幽秀”、刘基之“丰格高华”，“矩矱犹存，风流可想”；此后则“按律之学未精，自度之腔乃出”，即世所脍炙人口之王世贞、杨慎两家词，亦“撷芳则可佩，就轨则多歧”[⑥]，往往不合词律。

雍正帝谈礼部制科取士用四书文时，对四书文的写作提出了他的要求：“况四书文号为经义，原以阐明圣贤之义蕴。而体裁格律，先正具在，典型可稽。虽风尚日新，华实并茂，而理法、辞气、指归则一。”认为四书文在体裁、格律、风格等方面均有“典型”可考，无论习尚如何变化，理法、辞气及阐明圣贤之义的旨归是不变的。他还申明，近科以来，文风大变，士子们欲逞才气辞华，冗长浮靡之习渐盛，故特颁谕旨，晓谕考官，所拔之文，“务令雅正清真，理

---

① 永瑢、纪昀等：《四库全书总目》卷 169，北京：中华书局，1965 年，第 1475 页。
② 永瑢、纪昀等：《四库全书总目》卷 170，第 1486 页。
③ 永瑢、纪昀等：《四库全书总目》卷 172，第 1513 页。
④ 梁章钜：《退庵随笔》卷 19，清道光十六年（1836）刻本。
⑤ 董其昌：《重刻王文庄公集序》，《容台集》文集卷 1，明崇祯三年（1630）董庭刻本。
⑥ 万树：《词律》卷 1，上海：上海古籍出版社影印清光绪二年（1876）本，1984 年，第 6 页。

法兼备”[①]。

《四库全书总目》亦往往将守典型与讲法度联系起来。如评吴则礼《北湖集》曰：“杂文虽寥寥数首，而法律严密，具有典型。”[②]吴所作《欧阳永叔集跋》、《曾子固大般若经钞序》，于古文一脉具有渊源，“折矩周规，动符轨度”，固非南宋以后讲学家们支离冗漫之体所能比肩。又潘昂霄撰《金石例》之提要云：“然明以来金石之文，往往不考古法，漫无矩度。得是书以为依据，亦可谓尚有典型，愈于率意妄撰者多矣。”[③]

又张云璈(1774—1829)评汪月樵诗云：“其诗神明于唐宋声律法度，而参以国初诸老之格调气韵，故能不囿于浙派，而时见先正典型。其气和，其字洁，洵非折肱之三，未易臻此也。”[④]包世臣(1775—1855)云：“天下之事，莫不有法。法之于文也，尤精而严。夫具五官，备四体，而后成为人。其形质配合乘互，则贵贱妍丑分焉。然未有能一一指其成式者也……孟、荀，文之祖也；子政、子云，文之盛也：典型具在，辙迹各殊。然则所谓法者，精而至博，严而至通者。”[⑤]张、包强调，典型之作于法度上往往达到精严与博通的水准，甚至臻于神明的境界。

以上为古人有关守典型与讲法度关系的总体论述。还有更进一步细说诗词用律及结构法则的“典型”批评的。

如万树之说词律。张炎《探春》词云：“银浦流云，绿芳迎晓，一抹墙腰月淡。暖玉生香，悬冰解冻，碎滴瑶阶如霰。才放些晴意，早瘦了、梅花一半。也知不作花香，东风何事吹散。

摇落似成秋苑。甚酿得春来，怕教春见。野渡舟回，前村门掩，应是不胜清怨。次第寻芳去，灞桥外、蕙香波暖。犹听檐声，看灯人在深院。”万树评道：

> 此调句中平仄，颇多不同，“一抹”句，或作“平平平仄平仄”，“怕教春见”或作“平仄平仄”，“才放”句与“次第”句或作“平仄仄平平”，结句或作“平平仄仄平仄”，或作“仄仄平平平仄”，皆与此词稍异。而君衡结云“画栏闲立东风，旧红谁扫”，则上六下四矣。总之数者，皆可照填。而白石词中典型，于“腰教”二字用“旋泪”两仄声，从之可也。“人在”二字与前段“何事”二字同。白石用“零乱”，其前段亦用“闲共”二字是也。汲古及图谱等，刻作“乱零”，大误。盖“旋泪共乱”，四去声字发调，白石所以为名家高手正在此处。改作“乱零”，白石冤矣。[⑥]

陈允平，字君衡，其《探春》(苏堤春晓)词之结句，与张炎词之结句用律有所不同。词作往往有一调多体的状况。相比之下，姜夔词堪称典型，用韵不失为名家高手。又蒋捷《解连环》词云：“妒花风恶。吹青阴涨却，乱红池阁。驻媚景、别有仙葩，遍琼甃小台，翠油疏箔。旧日天香，记曾绕、玉奴弦索。自长安路远，腻紫肥黄，但谱东洛。　　天津霁虹似昨。听鹃声度月，春又寥寞。散艳魄、飞入江南，转湖渺山茫，梦境难托。万叠花愁，正困倚、钩阑斜角。待

① 雍正：《世宗宪皇帝圣训》卷10，文渊阁四库全书本。

② 永瑢、纪昀等：《四库全书总目》卷155，第1338页。

③ 永瑢、纪昀等：《四库全书总目》卷196，第1791页。

④ 张云璈：《简松草堂诗文集》文集卷5，清道光刻三影阁丛书本。

⑤ 包世臣：《与杨季子论文书》，《小倦游阁集》卷9，清小倦游阁钞本。

⑥ 万树：《词律》卷6，上海：上海古籍出版社影印清光绪二年(1897)本，1984年，第171—172页。

携樽、醉歌醉舞，劝花自落。”万树评曰：

按前结一五、两四，各家皆同。补之本和美成者。美成云：“想移根换叶，还是旧时，手种红药。”补之则云，“‘自无心强陪醉笑，负他满庭花药’，应于‘笑’字分句，或一气贯下，可以不拘。”然“陪”字平声，终觉不顺。

蒋捷词前结为一五、两四，而周邦彦（美成）《片玉词》有《解连环》（怨怀无托）一词，杨无咎（补之）《逃禅词》中有《解连环》（素书谁托）一词，两词前结则略有不同。万树认为杨无咎词“陪”字用平声，有违常法，“学者自有周方及他家典型在也”。又论词之后结曰：“两醉字，劝字自字俱用去声，是定格，即高杨亦守之矣。谱乃无一字不注，可平可仄，安在其为《解连环》也？”[①]

对于一调多体的现象，他还是认为一调之用韵当自有定格。

又如方东树（1772—1851）评六朝诗。谢朓《休沐重还丹阳道中》诗云：“薄游弟从告，思闲愿罢归。还卭歌赋似，休汝车骑非。灞池不可别，伊川难重违。汀葭稍靡靡，江菼复依依。田鹄远相叫，沙鸨忽争飞。云端楚山见，林表吴岫微。试与征徒望，乡泪尽沾衣。赖此盈樽酌，含景望芳菲。问我劳何事，沾沐仰清徽。志狭轻轩冕，恩甚恋闺闱。岁华春有酒，初服偃郊扉。”[②]方东树分析诗之结构曰：

起四句，休沐。“灞池”二句，重还。“汀葭”六句，丹阳道中景。“征徒”以下，述作指归宿。十首一片清绮，似刘公干。何云：“‘还卭’二句，义取家徒四壁，而无袁绍之兼辆。”此言得之。注泛引，非是。“灞池”用枚乘，“伊川”亦必使事，而注不能详。“汀葭”六句写景，韦、柳所模，多在此等而已。古人皆以叙题交代为本分，无阑入泛剩长语，求之谢、鲍皆然。至韦、柳乃不见此典型，但一味空象浮虚，寻其事绪，仿佛而已，了无实际。[③]

方东树对唐人韦应物、柳宗元诗以写景为主，不叙题交代的写法深为不满，指出南朝以来五言古诗具有叙事与写景相结合的结构形式，当为五古之正体。

四、时世正变与典型时代

正如朱自清先生《诗言志辨》之《正变》篇所言，中国古代文学批评中的正变观，先有时世正变论，再演变为文体正变观。然二者又不可截然分开来看，文体流变与国家治乱虽非完全一致，亦往往有关联。

汪琬《唐诗正序》概述唐诗流变之后言“凡此皆时为之也”。他具体分析道：

当其盛也，人主励精于上，宰臣百执趋事尽言于下，政清刑简，人气和平。故其发之于诗，率皆冲融而尔雅。读者以为正，作者不自知其正也。及其既衰，在朝则朋党之相讦，在野则戎马之交讧，政烦刑苛，人气愁苦。故其所发又皆哀思促节为多，最下则浮且

① 以上见万树：《词律》卷19，第414页。

② 谢朓：《谢宣城诗集》卷3，明末毛氏汲古阁景写宋刻本。

③ 方东树：《昭昧詹言》卷7，北京：人民文学出版社，1961年，第193页。

靡矣。中间虽有贤者，亦尝博大其学，掀决其气，以求篇什之昌，而讫不能骤复乎古。读者以为变，作者亦不自知其变也。①

汪琬显然是在强调儒家诗教"正变之所形，国家之治乱系焉。人才之消长，风俗之污隆系焉"(同上)的传统观点；而元和、贞元之际的复古思潮与政治上的求治密切相关，诗歌创作亦表现为"典型具在"，不失雅正诗风。汪琬所论基本上继承了元明以来学者对唐诗正变的描述②，不过将时世正变、文体正变及复古的倡导与典型的树立联系起来，无疑深化了各自的内涵。

前代典型的传承，固然会影响到一个时代的文风，而一个时代文风的个性与特色，又往往构成了那个时代的典型，即所谓"一代之体"③。如有"三代典型"④及前文已提及的"东、西京古质典刑"、"唐贤典型"等。

不过，某个时代文章何以成为后世典范，进入经典的统系，当时或后世亦往往有所选择。兹以《四库全书总目》为例。

首先，《四库全书总目》高度评价"北宋典型"。如评陆游撰《渭南文集》云："元祐党家，世承文献，遣词命意，尚有北宋典型。"⑤陆游祖父陆佃，徽宗时官至尚书右丞，被判入元祐党籍，罢知亳州。陆游文章虽不甚著，然其文受北宋元祐党人影响，故有北宋苏轼等人学有根柢、文有波澜的"典型"，"较南渡末流以鄙俚为真切，以庸沓为详尽者，有云泥之别矣"。评叶梦得撰《石林居士建康集》云，叶梦得为蔡京门客，章惇姻家，南渡以后，"所著诗话，尚尊熙宁而抑元祐，往往于言外见之"。然叶梦得本晁补之外甥，犹及见张耒诸人。张耒游学于苏轼、苏辙之门，叶梦得"耳濡目染，终有典型。故文章高雅，犹存北宋之遗风"，"与陈与义可以肩随。尤、杨、范、陆诸人皆莫能及。固未可以其绍圣余党，遂掩其词藻也"⑥。《四库全书总目》虽未绝对以党派之分评文章之优略，然明显对北宋元祐派文章褒许有加。又评王洋撰《东牟集》曰："文章以温雅见长，所撰内外制词，尤有典则。盖洋生当北宋之季，犹及睹前辈典型。故其所作，虽未能上追古人，而蝉蜕于流俗之中，则翛然远矣。"⑦评郑刚中撰《北山集》曰："至其诗文则出于南北宋间，犹及见前辈典型，方回作是集跋，称其文简古，诗峭健，在封州诗尤佳。其品题则颇不谬云。"⑧在四库馆臣看来，北宋之文整体上优于南宋文章。

其次，《四库全书总目》推崇明初诗文。如李贤撰《古穰集》之提要曰："贤为英宗所倚任，自'三杨'以来，得君未有其比……文章非所注意，谈艺者亦复罕称。然其时去明初未远，流风余韵，尚有典型。故诗文亦皆质实娴雅，无矫揉造作之习。"⑨英宗天顺五年(1461)，李贤等奉敕修成《大明一统志》，此评李贤文章尚有明初典型。又倪谦撰《倪文僖集》之提要云："'三

① 汪琬：《尧峰文钞》卷26，文渊阁《四库全书》本。

② 可参见陈国球《明代复古派唐诗论研究》第4章《从唐诗品汇到李攀龙选唐诗》(北京大学出版社，2007年)及笔者拙文《许学夷诗体正变论之再评价》(《江西师范大学学报》哲社版2003年第5期)。

③ 赵孟坚：《凌愚谷集序》，《彝斋文编》卷3，文渊阁四库全书本。

④ 董其昌：《八大家集序》，《容台集》文集卷1，明崇祯三年(1630)董庭刻本。

⑤ 永瑢、纪昀等：《四库全书总目》卷160，第1381页。

⑥ 永瑢、纪昀等：《四库全书总目》卷156，第1349页。

⑦ 永瑢、纪昀等：《四库全书总目》卷156，第1351页。

⑧ 永瑢、纪昀等：《四库全书总目》卷158，第1361—1362页。

⑨ 永瑢、纪昀等：《四库全书总目》卷170，第1486—1487页。

杨’台阁之体，至宏、正之间而极弊。冗阘肤廓，几于万喙一音。谦当有明盛时，去前辈典型未远。故其文步骤谨严，朴而不俚，简而不陋。体近‘三杨’而无其末流之失。虽不及李东阳之笼罩一时，然有质有文，亦彬彬然自成一家矣。固未可以声价之重轻为文章之优劣也。”①倪谦官正统三年(1438)进士，宪宗时官至礼部右侍郎、南京礼部尚书，其文章亦自成一家。又王樵撰《方麓集》之提要云：“其文章颇切实际，非模山范水，嘲风弄月之词。其诗虽不能自辟门径，而冲和恬澹，要亦不失雅音。盖当七子争驰之日，尤能守成、宏先正之典型焉。”②王樵乃嘉靖二十六年(1547)进士，官至刑部侍郎改南京都察院右都御史。四库馆臣评其诗歌尚有成、弘之间李东阳等台阁之风。由上所引可见，四库馆臣颇为钟情于明代学有根柢、文辞雅正的“三杨”、李东阳等人的台阁体，而对个性张扬的七子派则颇有微词。

很显然，四库馆臣对某个时代文学是否成为后世文章典范的选择，往往从是否服从君主统治的政治需求去考虑的，所推崇的文章风格亦是儒家传统的文质彬彬的雅正文风。

五、典型的守与破

从文体学史来看，古人一方面强调尊体的重要性，另一方面又必须正视破体的现象，这就构成了有关文学创作的继承与发展关系的讨论。守典型，则要面对一个要不要破典型的问题。守典型，即重师承，重学识；破典型，即求新变，重性情。

中国学人最重师承关系。尚有典型，往往体现出作者的师承关系。

《四库全书总目》宋李昭玘《乐静集》提要云：“又早为苏轼所知，耳濡目染，具有典型，北宋之末，翘然为一作者，当时与晁补之齐名，固不虚也。”③戴栩有《浣川集》，与徐照、徐玑、翁卷、赵紫芝等同里，其诗风亦与“四灵”为近，然其命词琢句，多以镂刻为工，与“四灵”专主清瘦的气格稍有不同。《四库全书总目·浣川集》提要曰：“盖同源异流，各得其性之所近。”又评戴栩：“本为叶适之弟子，一一守其师传。故研炼生新，与《水心集》尤为酷似。中如《论圣学》、《论边备》诸札子，亦复敷陈剀切，在永嘉末派，可云‘尚有典型’。”④

重师承，即重学。文章有典型，又往往体现出著作者学之有本的意识。

董其昌评唐宋八大家文犹有“三代之典型”，“故其蕴酿也厚，其镕裁也雅，其造义也深”，“而世不得以意废之，盖文之有本者如此”⑤。崇尚传统，尚有“典型”，即“文之有本”。

《四库全书总目》宋吕祖谦撰《东莱集》之提要云：“祖谦于《诗》、《书》、《春秋》，皆多究古义，于十七史皆有详节。故词多根柢，不涉游谈。所撰《文章关键》，于体格源流，具有心解，故诸体虽豪迈骏发，而不失作者典型。”⑥指出祖谦文，无以语录为文之习，在南宋诸儒之中，可谓衔华佩实。又评元张昱撰《可闲老人集》云：“其诗学出于虞集，故具有典型。”⑦又评元赵

① 永瑢、纪昀等：《四库全书总目》卷170，第1487页。
② 永瑢、纪昀等：《四库全书总目》卷172，第1509页。
③ 永瑢、纪昀等：《四库全书总目》卷155，第1338页。
④ 永瑢、纪昀等：《四库全书总目》卷162，第1395页。
⑤ 董其昌：《八大家集序》，《容台集》文集卷1，明崇祯三年(1630)董庭刻本。
⑥ 永瑢、纪昀等：《四库全书总目》卷162，第1370页。
⑦ 永瑢、纪昀等：《四库全书总目》卷168，第1463页。

汸撰《东山存稿》云，有元一代，经术莫深于黄泽，文律莫精于虞集。而赵汸的经术出于黄泽，文律得于虞集，其所学皆源自天下第一，故其"议论有根柢，而波澜意度，均有典型"，在元季当翘然独出。赵汸对诗词不甚留意，然其诗词颇近元祐体，无雕镂繁碎之态。可见，赵汸诗文"盖有本之学，与无所师承，剽窃语录，自炫为载道之文者，固迥乎殊矣"①。

又评清施闰章撰《学余堂文集》。提要首先指出王士祯诗风自然高妙，固非施闰章所及。然末学沿其余波，言之无物，多成虚响。接着，又以讲学譬王、施之功：王士禛的造诣，如陆九渊所造的境界；施闰章所达到的高度，如朱熹所下的工夫。二人区别在于"陆天分独高，自能超悟，非拘守绳墨者所及。朱则笃实操修，由积学而渐进"。然陆学惟陆能为之，杨简以下一传而为禅矣，而"朱学数传以后，尚有典型，则虚悟实修之别也"。此一"典型"，乃指朱学"笃实操修，由积学而渐进"的学术传统。再次，提要又引施闰章《蠖斋诗话》批评清初诗歌创作内容虚空的风气，曰："山谷言近世少年，不肯深治经史，徒取给于诗，故致远则泥。此最为诗人针砭，诗如其人，不可不慎。浮华者浪子，叫号者粗人。窘瘠者浅，痴肥者俗。风云月露，铺张满眼，识者见之，直一叶空纸耳。故曰'君子以言有物'。"②评者暗示闰章所论或亦微有所讽，寓规于颂，并借以申明诗歌创作应"言之有物"的观点。

与"学之有本"观念得到强调一致的是，知识统系建构的自觉意识的彰显。王士禛弟子卢见曾(1690—1768)评宋琬诗曰："其才情隽丽，格合声谐，明艳如华，温润如璧。而抚时触事，类多凄清。激宕之调，又如秋隼盘空，岭猿啼夜，境事既极，亦复不盭于和平，庶几乎备文质而兼雅怨者。"总之，宋琬诗"典型之未沦"，乃"大雅之复作"，"欲使世之习读者，知统系在斯"③。卢见曾强调后学者知"统系"之重要性。而尚有典型，即知"统系"；知统系，即识得源流正变。

典型意味着规范，代表着传统，彰显了承传，这就往往与新变相对。如明初唐宋古文派渐生流弊，遂有七子派重树秦汉典型；七子末流模拟之风盛行，又势必招来同时人或后来如公安派的求变呼声，再树宋人典型，其流变大体如此。又如清初汤斌论明人王鏊、唐顺之制义"典型具备"④，而王鏊(守溪)对制义的影响，正如俞长城《可仪堂一百二十名家制义・序》所云："制义之有王守溪，犹史之有龙门、诗之有少陵、书法之有右军，更百世而莫并者也。前此风会未开，守溪无所不有；后此时流屡变，守溪无所不包。理至守溪而实，气至守溪而舒，神至守溪而完，法至守溪而备。"⑤然汤斌指出，当时之人，固然未料其后有茅坤、归有光二人"变而之古，浩气逸情，笼络一代"，又不意其后有金声之"奇变"与陈际泰之"奇横"。考察清初制义写作的状况，当时士子，多务剽窃摹拟，至书肆购决科之文数百篇，闭门诵之。幸有获第，后来之人又从而效之，"所谓太仓之粟，陈陈相因，朽败而不可食，而天下几无真性情矣"。汤斌指出经典文章皆从"有本之学"，此"本"非前人固有的创作范式，而是指作者之真性情："人必有真性情而后有真学术，有真学术而后有真文章。"前面所述数君子"皆负孤特无所附

① 永瑢、纪昀等：《四库全书总目》卷168，第1461页。
② 永瑢、纪昀等：《四库全书总目》卷173，第1521页。
③ 王士祯辑，卢见曾补注：《感旧集》卷9，清乾隆十七年(1752)刻本。
④ 汤斌：《唐成斋制义序》，《汤子遗书》卷3，文渊阁四库全书本。
⑤ 转引自梁章钜：《制义丛话》卷4，清咸丰九年(1859)刻本。

丽之志，而又深以数年之学，故其文能自树立，不谓前之人已极，后之人遂无以加也”①。王鏊、唐顺之、茅坤、归有光等人制义文堪称典型，而典型又并非不可突破。

然明清以来，人们对尚典型与求新变关系的认识上，并非一味强调新变。区启图有论曰：“国朝之词章，自北地以还，历下继之，盛于嘉、隆，而即衰于嘉、隆。其病在夸大而不本之性情，率意独创而不师古。”②区启图秉承家学，与李烟客、罗季作、欧子建、邝湛若四五公相唱和，其诗雄才绝力，皆“兢兢先正典型，弗敢陨越，绝不为新声野体”（同上）。独创固然重要，然不可率意，否则乃为“野体”。

《四库全书总目》编撰者的态度尤为耐人寻味。四库馆臣并非完全反对新奇的文风，他们还是重才气，重创造的。如评元陈泰撰《所安遗集》，云其所作七言歌行居诗十之七八，气格较近李白，语言则多学李贺、温庭筠，“虽或不免奔轶太过，剽而不留。又不免时伤粗犷，不及元之风规大雅具有典型”。然“要其才气纵横，颇多奇句，亦自有不可湮没者”③。

不过四库馆臣又认为，文章著作能有新变，自成一家，固然最佳，然谨守典型，不堕伪体、野体，亦不失为后世典范。高启撰《凫藻集》之提要云：“唐时为古文者主于矫俗体，故成家者蔚为巨制，不成家者则流于僻涩。宋时为古文者，主于宗先正，故欧、苏、王、曾而后，沿及于元，成家者不能尽辟门户，不成家者，亦具有典型。”④认为高启诗才富健，“工于摹古，为一代巨擘”，其古文则不甚著名，然生于元末，距宋未远，“犹有前辈轨度”，非洪武、宣德以后逐渐流为“肤廓冗沓，号‘台阁体’者所及”。又杨士奇撰《东里全集》之提要云：“盖其文虽乏新裁，而不失古格，前辈典型。遂主持数十年之风气，非偶然也。”⑤李流芳撰《檀园集》之提要云，李流芳虽才地稍弱，不能与其同乡归有光等抗衡，而当天启、崇祯之时，竟陵派盛气方新，七子派余波未绝，流芳“独恪守先正之典型，步步趋趋，词归雅洁。二百余年之中斯亦晚秀矣”⑥。

由上所引可见，《四库全书总目》的作者并非一味地谨守“述而不作”的观念，尚能肯定新变。但他们显然对那些才弱而偏求新异的作者颇有微词，认为守住“典型”，乃为文章作者立足文坛的法宝。

六、从典型“文体”到典型“人物”

中国文学批评史上的典型批评最初出现于诗文批评中。典型批评后来运用于戏曲、小说批评。有关戏曲、小说的典型批评经历了一个由典型“文体”至典型“人物形象”的转变。

戏曲批评中的典型论，始见于晚明。王骥德（？—1623）《曲律自序》论曲律之变，言北方之词曲先后以元代周德清《中原音韵》、明人朱权《太和词谱》（即《太和正音谱》）为规范；而南曲则多为“呜呜之调”、“靡靡之音”，南曲之流行以至于“俾太古之典刑，斩于一旦；旧法之澌

① 以上见汤斌：《唐成斋制义序》，《汤子遗书》卷3，文渊阁四库全书本。

② 转引自陈田辑：《明诗纪事》辛签卷18引屈大均《广东新语》，上海：上海古籍出版社，1993年，第3263页。

③ 永瑢、纪昀等：《四库全书总目》卷168，第1444页。

④ 永瑢、纪昀等：《四库全书总目》卷169，第1472页。

⑤ 永瑢、纪昀等：《四库全书总目》卷190，第1484页。

⑥ 永瑢、纪昀等：《四库全书总目》卷172，第1515页。

灭，怅在千秋”[①]。祁彪佳（1602—1645）《远山堂曲品》评《琼台》曰：“吴彩鸾，琼台仙女，下嫁文箫，其意境俱无足取，但颇有古曲典型。”[②]王、祁讨论的对象均为曲律或曲调，体现二人对曲律雅正的规范要求。中国古典戏曲理论与批评重戏曲之体制论、本色论，重戏曲的抒情性功能及词曲的诗性特征，对词、曲的研究超过对关目等有关情节、结构等方面的讨论。至于有关戏曲人物形象的性格、心理等问题，除少数评点略有涉及外，极少进入研究者的视野，更勿论“人物”典型了。

小说批评中的典型论，亦始见于晚明。谢肇淛（1567—1624）评晋之《世说新语》、唐之《酉阳杂俎》曰：“叙事文采，足见一代典刑。非徒备遗忘而已也。”[③]“典刑”，指作品的语言组织形式具有典范意义。桃源居士评《杜阳杂编》、《幽闲鼓吹》等“足以存故实，见典刑，如司马《通鉴》所借资”[④]，此“典型”当指作者之典范人格。清光绪间人谢幼衡云：“历览诸种传奇，除《醒世》、《觉世》，总不外才子佳人，独让《平山冷燕》、《玉娇梨》出一头地，由其用笔不俗，尚见大雅典型。”[⑤]“典型”指小说之结构、语言等方面体现的雅正风格。黄世仲序《洪秀全演义》云：“其中近三十万言，皆洪氏一朝之实录，即以传汉族之光荣。吾同胞观之，当知虽无老成，尚有典型，祖宗文物，犹未泯也，亦伟矣乎！”[⑥]“典型”当就汉族文化传统而言。

明清小说的评点中，已出现对作品中“人物形象”的典型批评。金圣叹（1608—1661）批点《水浒》三十一回武松送宋江，曰：“真正哥哥既死，且把认义哥哥远送。所谓虽无老成人，尚有典型也。”[⑦]谓武松尊宋江为讲义气的“典型”人物，此“典型”非指虚构性的人物塑造手段，尚指人物形象在道德行为上堪称楷模。张竹坡（1670—1698）《金瓶梅》第八十六回批西门庆死后陈敬济偷娶潘金莲云：“又一个偷娶，西门典型尚在。”[⑧]“西门典型”指西门庆一类人的所作所为，“典型”亦尚指人物行为类型，强调的是陈敬济与西门庆行为上的共性，与现代意义上的典型批评仍有不同。然上述两处批评对象已为人物形象。再者，明清两代本不乏现代意义上的人物形象塑造的相关批评，这就为文学典型批评的现代转化奠定了基础。

然总体而言，“典型”用于古代戏曲小说批评实属希见，其使用频率远远低于诗文批评。意指“典型”人物则更少之又少。直至 1921 年鲁迅评俄国作家阿尔志跋绥夫塑造的“文学典型”[⑨]，1924 年成仿吾评阿 Q“典型的性格”[⑩]，典型之义才指向作品塑造的典型人物形象。此后 20 世纪的典型批评与理论论争则伴随着现实主义文学理论的发展一发不可收拾了。

综上所述，中国传统文化语境中的文学典型批评在明清之后得到极为普遍的运用，其产生的深刻原因及深远意义可从以下几个方面加以概括：

---

① 俞为民、孙蓉蓉编：《历代曲话汇编》明代第 2 集，合肥：黄山书社，2009 年版，第 4 页。

② 俞为民、孙蓉蓉编：《历代曲话汇编》明代第 3 集，第 551 页。

③ 谢肇淛：《五杂俎》卷 13，明万历四十四年（1616）潘膺祉如韦馆刻本。

④ 桃源居士：《唐人小说序》，丁锡根编著：《中国历代小说序跋集》下，人民文学出版社 1996 年，第 1789 页。

⑤ 谢幼衡：《驻春园序》，丁锡根编著：《中国历代小说序跋集》下，第 1306 页。

⑥ 黄世仲：《洪秀全演义自序》，丁锡根编著：《中国历代小说序跋集》中，第 1058 页。

⑦ 曹方人、周锡山标点：《金圣叹全集》，江苏古籍出版社 1985 年版，第 489 页。

⑧ 秦修容整理：《金瓶梅》（会评会校本），中华书局，1998 年，第 1277 页。

⑨ 鲁迅：《译了工人绥惠略夫之后》，《鲁迅全集》第 10 卷，人民文学出版社，1981 年，第 168 页。

⑩ 《创造》第 2 卷第 2 期，1924 年 2 月 28 日。

首先，典型批评在中古以前未受到文学艺术批评界的重视。这与其旨在揭示中国人注重人文传统的价值观有关。典型批评的盛行需文学艺术创作发展到相当成熟的阶段，作为政治法律制度层面的“典刑”才有可能进入到文学艺术批评中，与铸物之模型的“典型”，脱胎换骨地结合在一起，构筑起中国古代文学典型批评。南宋以后，尤其是明、清时期的批评家，显然关注到文学“典型”的意义。历代累积的文学传统，一方面促使批评家们文学史意识的增强，另一方面更增强作家们由师法典型进而突破旧典型、创造新典型的意识，这些都促成了旨在推源溯流的典型批评的广泛运用。而文学典型的内涵，一方面指向传统、正宗、普遍性，一方面又指向审美理想。这两方面看起来对立，实际又是统一的。

其次，中国传统文化语境中典型之“型(刑)”本身是沟通于“形”、“象”与“体”的。体，亦可呈现为形或象；形、象亦有实体或虚体。故典型“文体”，亦如同道德意义上的典型“人物”与梅、柳等典型“自然物”一样，人们可从其整体风貌中体味出特定的审美韵味。现有的研究，更多的注意到典型与“形神”、“意象”的沟通，而忽略了典型与“文体”的关联。从审美的角度来看，“典型”在中国美学史上的地位与意义，虽不能与“道”、“气”、“情”、“理”、“心”等本体论意义层面的美学观念相提并论，然亦绝不亚于“风骨”、“意境”、“意象”、“神韵”、“格调”、“滋味”等审美范畴。

再次，中国传统文化语境中的文学典型批评，毫无疑问，更具有文体学的意义，是中国古代文体学注重文体辨析的集中显现。典型是中国古代文体学最为重要的核心范畴之一，典型论主要涉及中国古代体制规范论、形式论、风格论、文学史论等多层面的内容，与现代典型论以人物形象为讨论重点有很大不同。在有关文体正变的辨析中，典型即正体，守典型即守法度，此即代表着文章写作的普遍性、规范性要求。典型批评还是中国古代文学批评推源溯流法论师古与论师承的基本形态。中国古代文论强调在继承传统的基础上进行文学艺术的创新。典型的承传与重新树立，亦往往体现了一个时代的文学个性，虽强调普遍性或共性，但又不完全排斥特殊性或个性，显然与现代典型理论强调塑造普遍性与特殊性、共性与个性相结合的典型人物有相通之处。这也正是20世纪叙事性作品人物论借用“典型”一语的基础所在①。

最后，传统文化语境中的文学典型批评，承载了诸多中国传统文学观念的激进与保守，典型的承传与知识统系的强调、典型的树立与主流话语的价值认同，其间深厚的关系，亦当值得后人去作进一步的整理与研究。

作者单位：江西师范大学

（本文已发表于《中山大学学报》2012年第1期）

① 笔者另有拙文专论中国传统文化语境中文学典型批评的“现代转化”问题。

先秦汉晋言实之论与陆机、刘勰的文学创作论

蔡宗齐 著 陈 婧 译

在中国文学批评史中，陆机（261—303）的《文赋》和刘勰（约 465—约 522）的《文心雕龙·神思》可以说是有关文学创作的最全面最深刻的论述。细读两文，一个有趣的问题自然在我们脑中隐现：在陆机和刘勰生活的年代，文学创作才刚刚成为一种自我独立的追求，是什么使得他们此时就能提出如此精湛缜密的创作论？

为了回答上述问题，本文将探寻陆机和刘勰的文学思想的哲学基础，研究他们如何在此基础上发展他们自己的创作论。具体来说，本文第一部分检视先秦汉晋言实之论中发展起来的一些关键术语、概念和范式。第二部分试图通过对陆机和刘勰著作的细读，来论证他们如何巧妙地改造和组合这些术语、概念、范式，来完成两项重要的任务：一是建构文学创作论的理论构架；二是辨别和描述创作过程不同阶段的复杂的精神和语言活动。本文的结语着重反思陆刘创作论对后世文学和美学思想的发展之巨大影响。

一、陆机和刘勰文学创作论的哲学基础

言、象、意是在魏晋玄学中形成的重要哲学范畴。然而，当时沸沸扬扬的"言尽意"和"言不尽意"之辩并非魏晋思想家凭空臆想出来的议题，而是先秦以来儒道诸家有关语言与现实关系长期论争的总结。先秦以来有关语言和现实关系的种种理论（以下简称"言实论"），大致可以归纳为三大类：一，儒家的"本质论"（essentialist theory）；二，道家的"解构论"（deconstructive theory）；三，《系辞传》的"（儒道）汇合论"（syncretic theory）。这三种言实论的互动和互竞在魏晋时期"言—意"之辩中达到高峰，并催生出"意—象—言"的本体认识论范式。陆刘两人创作论的理论框架，以及他们在描绘微妙复杂的文学创作过程时所用的术语、概念、范式，无不可以追溯到这三种言实论。

（一）"言尽意"：儒家本质言实论

在英文中，"essentialist"（本质化的）一词指含有本体实质，即西方哲学和神学中的精神本体或本质。在当下以后现代主义为主流的学术话语中，此词往往带有贬义。但如果我们去其"主观精神"而取"本质"之义，此词也许可以用来描述早期儒家言实论的共通特性。孔子和其追随者都认为，"名"与外在存在的"实"、与内在思想的"意"都有着不可分离的关系。不管有什么距离存在于名和名所指代物之间，他们依然相信，此距离可以通过"正名"来缩

小，使得“名”趋向本质化，乃至成为外在存在或者内在思想的直接表现或化身。

《论语》中，我们可以在孔子对名和辞的讨论中察觉这一本质言实论立场。当被学生问到如若孔子统治国家，他首先会做什么时，孔子答道：

必也正名乎。……名不正。则言不顺。言不顺。则事不成。事不成。则礼乐不兴。礼乐不兴。……故君子、名之必可言也。言之必可行也。君子于其言。无所苟而已矣。①

这里，孔子将“正名”当做是国家的首要任务。对他来说，“名”构成了人之言语和行动的基础。正确使用“名”则保证了畅通有效的言语，正确的言语则进而确保了礼仪的恰当实行。这一段落清楚揭示出，孔子相信“言”和社会政治现实有内在的，不可分割的关系。基于这个理念，他认为“正名”基本上自动担保了道德社会政治事业的成功。同时，孔子也相信“言”和人的思想之内在联系：“子曰。辞达而已矣。”②

在这里，“辞”可被看做是“言”的同义词，“辞”（或“言”）所能“达”的很大可能指的是某人的理念，意图，旨意——而所有这些都能归入“意”。从这句话的语气看来，孔子显然相信“言能尽意”。虽然《论语》中不见作名词用的“意”字，但作动词用的“意”及其异体“亿”字一共出现了三次，皆作“理解”、“臆想”或“投机取巧”解③。每次使用，他都对“意”和“亿”的思想行为加以批判，因为他认为这是君子不应有的陋习。既然孔子从不谈论怪力乱神等超现实现象，他自然认为任何不基于外在现实的臆想都没有用处。

“名”与社会政治现实有内在联系的根据是什么？解释这个问题，则成了荀子（前313—前238）的任务。《正名》即是荀子为完成这个任务所作的长文。他以说明正名的重要性开篇，并援用了两个互补的历史事实来证明其观点。第一个是正面例子：早期周王朝之安定繁荣，他认为，是由于周朝统治者对名的正确使用。第二个是反面例子：他把“奇辞以乱正名”认为是导致社会政治秩序之乱的原因。接着，他进入一个更难的任务：证明“名”、“实”的内在联系。

名无固宜，约之以命。约定俗成谓之宜，异于约则谓之不宜。名无固实，约之以命实，约定俗成谓之实名。名有固善，径易而不拂，谓之善名。④

荀子首先承认“名”本身没有实际存在，尽管如此，他接着坚持“实名”、“善名”仍然通过“约定俗成”和对应的实际有着紧密联系。他把名和实的联姻称为“成名”，而且将此当做是“后王”（早期周朝的统治者）成功的关键。他认为“后王之成名，不可不察也”⑤。接着，他进一步详细分析语言如何在不同层面上和现实互动：

名闻而实喻，名之用也。累而成文，名之丽也。用、丽俱得，谓之知名。名也者，所

① 哈佛燕京学社引得编纂处编：《论语引得》，第25页，上海古籍出版社，1986年。英译参见 Arthur Waley, trans., *The Analects of Confucius* (New York: Random House, 1938), pp. 171-172.

② 《论语引得》，第33页。

③ 《论语引得》，第16、29、21页。

④ 王先谦撰：《荀子集解》下册卷十六，第420页，中华书局，1988年。英译可见 Wing-tsit Chan, *A Source Book in Chinese Philosophy* (Princeton, New Jersey: Princeton Univ. Press, 1963), p. 126.

⑤ 王先谦撰：《荀子集解》下册卷十六，第420页。

以期累实也。辞也者，兼异实之名以论一意也。辨说也者，不异实名以喻动静之道也。[1]

荀子认为，语言和现实的互动有三个层次。第一层次，“名之用”，主要是指单独的“名”与一个具体的外在之“实”的联姻。第二层次，“名”之累产生了“文”或“辞”，而“辞”本身则足以表达内在之“实”——“一意”。这里“辞”和“意”的并置似乎很好地回答了孔子的“辞达而已”所达到的是什么(参§2)。第三层次，由短语和句子组成的“辩说”，可用来“喻动静之道”。在荀子重申自己对“言”的类似本质论的看法时，他由内到外再次回顾了“言”“实”的关系链：

心合于道，说合于心，辞合于说。[2]

如果说先秦儒家已显露将语言本质化的倾向，那么汉代鸿儒董仲舒(前179—前134年)则毫无掩饰试图将语言彻底本质化，达到登峰造极的地步。在《春秋繁露·深察名号》一章中，他写道：

名号之正，取之天地，天地为名号之大义也。古之圣人，謞而效天地谓之号，鸣而施命谓之名。名之为言，鸣与命也，号之为言，謞而效也。謞而效天地者为号，鸣而命者为名。名号异声而同本，皆鸣号而达天意者也。天不言，使人发其意；弗为，使人行其中。名则圣人所发天意，不可不深观也。[3]

董仲舒毫不含糊的本质化“名”和“号”，使它们成了“意”或者说“天意”的化身。为了这一目的，董仲舒使用了相当复杂的音训方法。首先，他将“名”等同于“鸣”这一拟声同音词，“号”等同于“謞”这一拟声近似同音词[4]。然后，通过将每组的词都当做可互换的同义词，董仲舒将“名”和“号”的源头追溯到圣人之鸣与謞。鸣和謞是首要的自然之音，则董仲舒声称生于这些声音的“名”和“号”不是由人所作的随意的符号，而是天之自然生发。为了解释这一点，董仲舒写道“天不言，使人发其意”。也就是说，“名”和“号”只是天意通过圣人之口所发出的表达。董仲舒证明了“名”和“号”最终源头起于自然，然后由圣人所发，通过这样的论述，董仲舒完成了他对“名”和“号”的彻底本质化，从而为他神化儒家社会政治等级制度的宏伟大业打下了基础。

由于先秦儒家和董仲舒对“言”的本质化，到了汉朝，整个儒家社会政治系统终于基于“名”而体系化了，成为名副其实的“名教”。基于此，维护本质化的“名”或“言教”意味着维护儒家社会政治系统本身。所以，当名教在魏晋时期受到激烈攻击时，欧阳建(？—300)奋起卫护“言”之神圣，写下他著名的《言尽意论》。

这篇文章以两个虚构人物——雷同君和违众先生——的对话为形式。违众先生是欧阳建的代言人，而雷同君代表了欧阳建的思想对立者。雷同君质问违众先生为何他不愿接受“言不尽意”理论，因为这一理论当时风行天下，比如当时出名的思想家蒋济(？—249)，钟会(225—264)和傅嘏(三国时期)都会引用此理论。

---

① 王先谦撰：《荀子集解》下册卷十六，第422—324页。

② 王先谦撰：《荀子集解》下册卷十六，第423页。

③ 董仲舒著，苏舆撰：《春秋繁露义证》卷第十，第285页，中华书局，1992年。

④ 关于“号”与“謞”之训读，见《春秋繁露义证》卷第十，第285页。

回答这一问题时，违众先生给出他自己对语言和现实的长长的评说：

先生曰。夫天不言。而四时行焉。圣人不言。而鉴识存焉。形不待名。而方圆已著。色不俟称。而黑白以彰。然则名之于物无施者也。言之于理无为者也。而古今务于正名。圣贤不能去言。其故何也。诚以理得于心。非言不畅。物定于彼。非言不辩。言不畅志。则无以相接。名不辩物。则鉴识不显。鉴识显而名品殊。言称接而情志畅。原其所以。本其所由。非物有自然之名。理有必定之称也。欲辩其实。则殊其名。欲宣其志。则立其称。名逐物而迁。言因理而变。此犹声发响应。形存影附。不得相与为二。苟其不二。则无不尽。吾故以为尽矣。①

为了反对"言不尽意"论，欧阳建没有使用董仲舒的本质化论述，这大概是因为董的论述到了晋朝已不被人接受了。他回到更早的荀子，而重复了《正名》篇对名实的理性分析。像荀子一样，他首先承认"名"本身缺少"实"，但是接着强调，没有"名"，我们既不能分辨不同的"实"也不能理解物之理。正如荀子一样，他还自信地说出名实的内在联系。他强调"名"和"实"如"声"与"响"、"形"与"影"一样，不可分割。在某种程度上，他甚至把言提到了比荀子所说的更高的地位。在描绘"名之于物无施者也"，以及"言之于理无为者也"的时候，他其实是偷梁换柱，把道家对"道"的称颂嫁接到"名"之上。在传统道家文本中，道和古之圣人均被称赞为对万物天下"无施"、"无为"。欧阳建借用著名的道家用语，充分神圣化了"名"，从而显露出他所处时代儒道思想汇合的大趋势。

（二）"言不尽意"：道家解构言实论

"解构的"(deconstructive)一词，如若清除其原本的德里达解构主义之意思，也许可以用来描述早期道家言实论的共通特性。既然儒家社会政治等级制度很大程度上是基于"言"之本质化而建立的，那么，儒家最大竞争对手的道家，自然通过强调"言"的内在之"意"和外在之"实"之距离，从而对"言"进行解构或说非本质化(de-reification)。不过，老子和庄子并没有点名批驳儒家的言实论，而是热衷于在自诩高深的哲学层面上探索"言"和"道"、"言"和"意"、"言"和"象"的关系。

"道可道，非常道；名可名，非常名。②"这个著名的《老子》(或《道德经》)的开篇叙述，就详细说明了最为人所知的道家对"言"的看法：强调"名"不能体现"实"(尤其是"道")。然而，老子仍然使用语言来描绘"道"。这个事实揭示了道家解构言实论的另一方面："言"可喻示言之外所存在之物，故承认"言"不可或缺。道家对"言"两种似乎相互矛盾的看法，在《庄子》中有所说明：

夫精粗者，期于有形者也；无形者，数之所不能分也；不可围者，数之所不能穷也。可以言论者，物之粗也；可以意致者，物之精也；言之所不能论，意之所不能察致者，不期

---

① 收于欧阳询等纂，汪绍楹校，《艺文类聚》卷十九，第348页，上海古籍出版社，1982年。

② 王弼注：《老子道德经注》，收于楼宇烈编：《王弼集校释》上册，第1页，中华书局，1980年。英译可见D. C. Lau, trans. *Lao Tsu: Tao Te Ching* (London: Penguin, 1963), p. 57。

精粗焉。[①]

这一段告诉我们，“言”只能揭示“物之粗”，而“意”，即“意致”，能抓住“物之精”[②]。这一段也认出“意”之外所隐者，认为其已经超出了“精”、“粗”界限。探明“言”中所隐者需要精神上的努力，而“意”则指代了这种努力，这一用法可以追溯到其与“隐”字的同源关系[③]。这里，庄子的确突出了“隐”之概念。据他所说，“意”不仅展现了“物之精”——那些不能被感官和语言探求的“精”；而且还指向了“物之精”之外所隐藏的什么。在下面的段落中，从显到隐，到最深之隐的三段渐进思想，也得以重述：

> 世之所贵道者书也。书不过语，语有贵也。语之所贵者意也，意有所随。意之所随者，不可以言传也，而世因贵言传书。世虽贵之，我犹不足贵也，为其贵非其贵也。[④]

庄子说的“意之所随者”，他指的是什么？庄子没有明确告诉我们，但是我们可以很容易地推断出，他说的是“道”的终极存在。所以这个三段渐进过程，表示了从有形的“言”到内在认知的“意”再到超感知的“道”的认知过程。无疑，对庄子来说，他解构了儒家的本质主义观点，并把从“言”到“意”、从“意”到“道”的过程描绘为三个分离存在之间的一系列跳跃：

> 筌者所以在鱼，得鱼而忘筌；蹄者所以在兔，得兔而忘蹄；言者所以在意，得意而忘言。吾安得夫忘言之人而与之言哉！[⑤]

鱼筌与兔蹄的著名隐喻，明显是要强调“言”作为达到更高之“实”之跳板作用，然而也同时重申了“言”本身和内在的虚无性和不足性。尽管这两个隐喻已某种程度上调和了道家言实论的两个方面之间的对立，但是只有在下面即将讨论的《系辞传》中，这一对立才得以真正解决。

（三）早期道家文本中的“象”

“象”这个术语的出现和发展都和持续以来的“言—意”关系的争论有很大关系。正如笔者将在下文说明的一样，“象”涵盖了广义范围上的各种意思：“物象”、“心象”、超感知的“大象”、道之“象罔”、以及传说中体现了古圣人对宇宙奥秘之直觉构思的“易象”。

作为一个关键哲学术语，“象”常常被当做存乎“言”与“意”之间的第三个术语。“象”究竟是矗立在“言”和“意”之间的障碍物，还是促使两者结合的媒介？上述各类“象”中，哪一种

---

① 郭庆藩编：《庄子集释》第三册卷十七，第 572 页，中华书局，1961 年。英译可见 Burton Watson, trans., *The Complete Works of Chuang Tzu* (New York: Columbia University Press, 1968), p. 178.

② 这里，庄子显然取“意”的“探寻”、“想象”、“构想谋事”之义。在这段中，“意”没有理性思考的意思。实际上，当“意”一词被用作动词时，它常常表示了非理性思考。比如，韩非子所说的“意想”（参 § 14）。

③ 季孙意如，在《春秋》中提及数次的人物，在《左传》和《穀梁传》中写做“季孙意如”，却在《公羊传》中写做“季孙隐如”。这似乎表示了“意”和“隐”在三传写作的年代可以互换，也暗示了两个词之间的语源联系。见高亨（1900—1986）编，《古字通假字典》，第 374 页，齐鲁出版社，1987 年。

④ 郭庆藩编：《庄子集释》第二册卷十三，第 488 页。英译参见 Burton Watson, trans., *Complete Works of Chuang Tzu*, p. 152.

⑤ 郭庆藩编：《庄子集释》第四册卷二十六，第 944 页。英译参见 Watson, trans., *Complete Works of Chuang Tzu*, p. 302.

或哪几种有碍于“言”和“意”的结合？哪一种或哪几种可连通融合“言”和“意”？对这些问题，儒家本质言实论、道家解构言实论、汇合言实论都持有自己的立场，并在不同的程度上加以阐述。

先秦儒家较少谈论“象”，这也许因为他们认为“言”与“实”之间没有不可消除的鸿沟，无需求助于什么别的东西。最先引入“象”的哲学概念大概是老子和庄子。他们论“象”似乎抱有双重目的：使形而上之道变得“可及”，以及说明“言”自身没有呈现“道”的能力。《道德经》中，老子认为超感官的“象”就是“道”本身：

道之为物，惟恍惟惚。惚兮恍兮。其中有象，恍兮惚兮。其中有物。①

为了区分这里的“恍兮惚兮”大道之“象”与普通的视觉之象，他称之为“大象”：

大音希声，大象无形。道隐无名，夫唯道善贷且成。②

老子建立了一类特殊的“象”——道之超感官的“象”，庄子则道出能得此“象”之人所需要的特殊天赋：

黄帝游乎赤水之北，登乎昆仑之丘而南望，还归，遗其玄珠。使知索之而不得，使离朱索之而不得，使吃诟索之而不得也。乃使象罔，象罔得之。黄帝曰：“异哉，象罔乃可以得之乎？”③

这个寓言说了四种认知的方法：概念思维（“知”），言语论辩（“吃诟”），视觉感知（“离朱”）和直观心象（“象罔”）。而“道”（“玄珠”）仅仅通过“象罔”可以得之。这四种方法中的“离朱”与“象罔”貌似一样，但实际上迥然不同。庄子所说的直观心象比视觉感知更加有力，更加深入：它通过“恍兮惚兮”之“象”展示了“道”（“玄珠”），而视觉感知仅仅捕捉了事物的外在面貌。通过创造“象罔”这位隐喻人物，庄子给了“象”一个新的意思。如果说，老子把他的“大象”描绘成是最初的混沌存在，庄子则将他的“象罔”刻画成一个直观的想象。后来，遵循庄子的这一新思路，韩非（前280—前233）描绘了老子笔下的古圣如何通过直观想象的方式来感知“道”的：

人希见生象也，而得死象之骨，案其图以想其生也，故诸人之所以意想者皆谓之象也。今道虽不可得闻见，圣人执其见功以处见其形，故曰：“无状之状，无物之象”。④

解释老子“无状之状，无物之象”的思想时，韩非强调了“臆想”（或“臆”）的能动作用，即一种揣想非目睹之物的心理活动。孔子认为这一精神活动是不可信的（见上文），而老子、庄子和其他道家人士却明显有赖于“臆想”而跳脱时空界限，接近形而上之道。根据韩非的解释，这一“意想”或说“象”的行为以真实世界的某一实物（死象之骨）为始，以某种虚幻存在的

① 王弼注：《老子道德经注》第二十一章，收于楼宇烈编：《王弼集校释》上册，第52页。英译可见 D. C. Lau, trans. *Lao Tsu: Tao Te Ching* (London: Penguin, 1963), p. 78.

② 王弼注：《老子道德经注》第四十一章，收于楼宇烈编：《王弼集校释》上册，第112页。英译可见 D. C. Lau, trans. *Lao Tsu: Tao Te Ching* (London: Penguin, 1963), p. 102.

③ 郭庆藩编：《庄子集释》第二册卷十二，第414页。英译参见 Watson, trans., *Complete Works of Chuang Tzu*, p. 302.

④ 王先慎纂：《韩非子集解》卷二十，第148页，中华书局，1998年。

意识图像(生象)为终。韩非认为,如果普通人只可以臆想不存在的具体事物,那么古圣则能够臆想出道的"无状之状,无物之象",或者说是"大象"。

(四) 儒道汇合言实论:《系辞传》

《系辞传》大概是《周易》"十翼"中最重要的一篇,传统上被认为是孔子所作。可是很多现代学者认为,孔子作《系辞传》仅是传说而已,这篇注释大概出于战国某无名氏之手。有些学者甚至质疑其作为一部儒家经典文本的地位,因为篇中明显包含了很多道家观点。也许我们不应该走极端,称其为道家著作,但是我们不得不承认,《系辞传》糅合了许多儒家和道家观点①,其中尤为引人注目是儒家本质言实论和道家解构言实论之汇合。以下两段引言可见一斑。第一段引言含有一个显著的道家论断:

> 子曰。书不尽言。言不尽意。然则圣人之意。其不可见乎。②

很明显,"书不尽言,言不尽意"是道家语言。尽管它在这儿被认为是孔子所说,这一论断和孔子在《论语》中所认为的"辞"之传达"意"的观点正好截然相反(参§2)。同时,这个论断和《老子》言不可传道的开篇论断似乎恰好一致(参§8)。并且,随后的问题"则圣人之意,其不可见乎"正好默许了第二种道家观点——即言是不可或缺的。尽管"言"是虚无的,可就像庄子的鱼筌一样,"言"是传达圣人之"意"的有用工具。

但是,紧接着的第二段引言却又回到了儒家本质言实论的立场上。

> 子曰。圣人立象以尽意。设卦以尽情伪。系辞焉以尽其言。变而通之以尽利。鼓之舞之以尽神。③

第一段引言使用了两次"不尽",而这段引言则包含了五个紧密联系的排比句,每个都包含了"以尽×"的目的从句。这五个从句陈述了圣人立象设卦的目标:

(1) 通过"象"想象宇宙运作,从而完全表达他们对宇宙奥秘的认知("以尽意");

(2) 基于"象",发明八卦和六十四卦,从而完全揭示事物的真伪存在("以尽情伪");

(3) 将语言加于卦象,从而完全表达八卦和六十四卦的内容("以尽其言");

(4) 使变化发生、运行,从而充分运用变化之利("以尽利");

(5) 充分使用《易》,从而完全穷尽其神圣力量("以尽神")④。

---

① 关于对《系辞传》特性的争论,见 Willard J. Peterson, "Making Connections: 'Commentary on the Attached Verbalizations' of the *Book of Changes*", *Harvard Journal of Asiatic Studies* 42.1(1982):77—79.最近对《系辞传》研究的概述,可见陈鼓应:《易传与道家思想》,第232—276页,三联书店,1996年。陈鼓应希望通过文本校勘证实《系辞传》的道家特征。将注释的标准文本和现存的马王堆帛书对比,陈鼓应发现在后一版本中缺少详述儒家思想的几篇注释,因此认为这些篇目其实是后来对原本的道家文本的窜改。为了证明这一注释的道家源头,陈也将《系辞传》里面的关键哲学概念追溯到道家文本的广阔范围,并以图表格式展现了他的文本校勘的成果(第225—231页)。

② 王弼注:《周易正义》,见阮元编纂:《十三经注疏》(下称SSJZ)第一册,第70页,中华书局,1980年。英译参见 Richard John Lynn, trans., *The Classics of Changes: A New Translation of the I Chingas Interpreted by Wang Bi* (New York: Columbia Univ. Press,1994), p. 67.

③ 《周易正义》,见SSJZ第一册,第70页。英译见 Lynn, *Classics of Changes*, p. 67.

④ 参见笔者对"神"的讨论,见"The Conceptual Origins and Aesthetic Significance of '*Shen*' in Six Dynasties Textson Literature and Painting,"收入 *Chinese Aesthetics: The Orderings of Literature and Arts, and the Universein the Six Dynasties*, ed. Zong-qi Cai(University of Hawaii Press, 2004), pp. 310—432.

这一系列的"以尽"无疑强调了儒家的某一信念:图像符号和语言都拥有能够展现所有现实存在,包括宇宙终极的神圣力量。在这五个论断中,第一个是最值得注意的,因为它需要巧妙的移用道家对"象"和"意"的观点。如果说老子的"大象"、庄子的"象罔"和"言"没有任何内在联系,那么《系辞传》的作者则希望建立这一联系。通过排比句式,作者先把"象"(圣人之直观心象)和图像符号(八卦和六十四卦)联系,然后再和实际的书写文字(系辞)联系。由于这一关系,作者使得"言"也有了如同老子、庄子的"象"一样的神性力量。的确,他赞颂了八卦和六十四卦能够"尽情伪";而在《系辞传》其他地方,他本质化"言"的努力更加明显:

> 极天下之赜者。存乎卦。鼓天下之动者。存乎辞。①
>
> 易之为书也。广大悉备。有天道焉。有人道焉。有地道焉。兼三才而两之。故六。六者非他也。三才之道也。②

这里,《系辞传》把图像符号和语言提高到不可能更高的地位,与天道、地道、和人道相提并论。有趣的是,这种"言"的本质化完全是以它与老庄所说的那种超感官"象"的内在联系为前提的。由此可见,《系辞传》的言实论乃是儒家本质论和道家解构论奇妙的融合。

(五) 魏晋时期对"言—意"关系的争论以及"意—象—言"范式的建立

魏晋时期,长久以来儒道言实论之争最终演变为一场公开的激烈辩论。辩论的一方,是所谓"名教"的拥护者:他们热烈地重申儒家的本质言实论,从而来捍卫以"名"之本体化为基础的儒家伦理社会政治体系。欧阳建的《言尽意论》一文即是这一名教立场的最广为人知的论述。

辩论的另一方,是玄学的实践者:他们试图使用《系辞传》最先建立的"意—象—言"范式来系统化老子和庄子的言实论。然而,在使用"意—象—言"范式的时候,玄学家们意识到,他们必须消除《系辞传》作者对"言"和"象"的本质化。而他们"去本质化"(de-reify)的策略是截然不同的。

荀粲(209? —238?)采用的是简单删除和重新定义的策略。在下面这一段中,荀粲刻意把《系辞传》中的"象"和"言"当做平常话语,无关宏旨:

> 盖理之微者,非物象之所举也。今称"立象以尽意",此非通于意外者也;"系辞焉以尽其言",此非言乎系表者也。斯则象外之意,系表之言,固蕴而不出矣。③

根据他的观点,"立象以尽意"里面的"象"不是真实之"象",因为它无法展示出"理之微者"。同样,"系辞焉以尽其言"里面的"言"也不是真实之"言",因为它不能超越普通之言。他设想的真"意"是"通于意外"的,而真"言"是"言乎系表"的。正如此,这二者是常常"蕴而不出"的。

王弼的策略则是偷换论证前提。在《周易略例》里面,他以重述《系辞传》本质化"言"、

---

① 《周易正义》,见 SSJZ 第一册,第 71 页。英译见 Lynn, trans, *Classics of Changes*, p. 68.

② 《周易正义》,见 SSJZ 第一册,第 78 页。英译见 Lynn, trans. *Classics of Changes*, p. 92.

③ 引自《荀彧传》,见《三国志》卷十。陈寿撰,《三国志》第二册卷十,第 319—320 页,中华书局,1959 年。

“象”思想开篇：

> 象者，出意者也。言者，明象者也。尽意莫若象，尽象莫若言。言生于象，故可寻言以观象；象生于意，故可寻象以观意。意以象尽，象以言著。

从这里反复使用的“尽”一词判断，王弼似乎受到了《系辞传》中描写《易》成书过程的句子的影响。但是，如果我们把这段和上引《系辞传》原文比较，我们会注意到两个重要的不同。第一，在《系辞传》中，“意”、“象”、“言”是专属于圣人的一系列具体行为：立象、设卦、系辞。而对王弼来说，这三个术语则成为广泛的哲学术语，标示出本体从隐到显之转变的三个主要阶段。第二，如果《系辞传》的作者仅仅用意、象、言揭示圣人行为之间的因果关系，那么王弼则描绘了从一者生成另一者，三者互联不可分的过程。如果“言”生于“象”，那“言”一定也有“象”；同样，“象”生于“意”，那“象”一定也有“意”的神圣力量。按此推理，“言”也带有了相当的本体含义。这里，我们可以很容易地重构他的三段论的推论过程如下：

(1) 大前提(未说明的)：所有血缘关系都指的是内在的，不可区分的，甚而是共同认知的关系。

(2) 小前提：“言”和“象”都由“意”所生，有血缘关系。

(3) 结论：“象”“言”皆是“意”的直接呈现，故有本体之质。

使用这一三段论，王弼明显把“言”和“象”的本质化提到了一个新的高度，不过，他的本质论接着就被下一段他所说的内容颠覆了。

> 言者所以明象，得象而忘言；象者，所以存意，得意而忘象。犹蹄者所以在兔，得兔而忘蹄；筌者所以在鱼，得鱼而忘筌也。然则，言者，象之蹄也；象者，意之筌也。是故，存言者，非得象也；存象者，非得意者也。

如果说前面一段复述了《系辞传》的本质论观点，这一段则是一个解构论的论述。开头，他在“言”和“意”之间插入“象”，从而重写了庄子鱼筌和兔蹄的隐喻，正如“言”仅仅是“象”的鱼茎或兔蹄一样，“象”于“意”也是如此。因此，“言”和“象”不能是同体同样的，“象”和“意”的关系也是如此。进一步深入论述时，王弼声称只有逐一忘记或者去掉“言”和“象”，一个人才有希望能认知作为本体的“意”。这一解构论观点是基于相反的、偷偷调换的前提而得出的结论：

(1) 大前提(未说明的)：方法和目的是两个不相关联的实体，二者没有联系。

(2) 小前提：“言”是达到“象”的方法，“象”是达到“意”的方法。

(3) 结论：“言”和“象”仅仅是达到目的的快捷方法，两者都不可能成为“意”。“言”和“象”因此都是如同庄子的鱼筌和兔蹄一样，可被丢掉。

由于他偷偷改换了前提，王弼成功地把《系辞传》里面的三者相通为一体的“意—象—言”改造成跟老子和庄子的言实之论一致的解构主义本体认识论范式，成为魏晋玄学“言不尽意”说的理论基础。

为何王弼在前后的段落中展示出两个互相矛盾的观点？在笔者看来，这也许源自一种实用的需要。当他详述《易》的意思时，《系辞传》的本质主义观点太过重要，不能忽视。因此他觉得有必要在中重申这一观点。当然，这也不能排除他真诚的但有条件的接受了这一本质论。而王弼接着改变立场,高调地阐述解构言实论,也许很大程度上和他力图攻击汉代易经解释学,尤其是汉代的象数派沉迷于僵化的具体意象之倾向有关。在王弼的本质主义和解构主义观点中,当然是后者对当时以及后世的影响极大。实际上,前者很少被重视。的确,王弼哲学思想对《系辞传》的承袭很少被传统和当代研究者所承认。然而,在文学创作论的发展过程中,却恰恰是这一被忘却的本质主义思想,产生了极大极丰富的影响。在我下面对陆机和刘勰的文学创作论的讨论中,这一点会变得更加清楚。

二、陆机和刘勰的文学创作论

前文讨论了早期哲学的言实之论和它们最后如何催生了"意—象—言"范式,我现在将进一步讨论陆机和刘勰如何别具匠心地采用这些理论,从而发展了一个全面而精深的文学创作论。

(一) 文学活动的重新认识:从"言志"到"言意"

在六朝时期,论文学的文本从"言志"到"言意"的转变是一个值得细察的重要现象。六朝以前,文学活动常常被认为是"言志"的过程。"诗言志"的论述在汉以前以及汉代的著作中大量出现。不过,在陆机的《文赋》中,这一非常重要的论述却不见踪迹:

> 每自属文,尤见其情,恒患意不称物,文不逮意。盖非知之难,能之难也。故作《文赋》,以述先士之盛藻,因论作文之利害所由,他日殆可谓曲尽其妙。余每观才士之所作,窃有以得其用心。至于操斧伐柯,虽取则不远,若夫随手之变,良难以辞逮,盖所能言者,具于此云。①

在这一散文序言中,陆机提到文学活动是一个表达或说外在化"意"而不是"志"的过程。也许我们很难不提出以下问题:这一改"志"为"意"之变化是否有深远的意义?这两个词,其实可被互换使用,而且也互相融合成为了新的复合词"志意"②。《说文解字》中,许慎紧接"志"而列"意",并以前者解释后者。

> 意,志也。从心音。察言而知意。③

这里许慎认为"意"和"志"一样,都意味心之活动。他也指出"意"和"言"的内在联系也体现在其字体结构中——"音"加上"心"。因为"意"是"心中之音",许慎相信"察言而知意"。尽管"意"和"志"在语源上都指"心之活动",但是,它们在早期论文学的文本中,常常被用以指大为不同的各种心理活动。

如果我们再看看汉之前和汉代文本中"诗言志"的论断时,我们可以很容易看到"意志"

---

① 张少康:《文赋集释》,第1页,人民文学出版社2002年。英译可见 Stephen Owen, *Readings in Chinese Literary Thought* (Cambridge, Massachusetts: Councilon East Asian Studies, Harvard University), pp. 77, 80, 84.

② 许慎著,段玉裁笺:《说文解字注》,第502页。扬州:广陵书社影印,1997年。

③ 许慎著,段玉裁笺:《说文解字注》,第502页。

常常指的是响应某种社会政治状况或者事件的自发言辞行为[①]。这一行为常常出现在公共情境下，特别是在上古时代，常常是音乐和舞蹈的先导。在大部分情况下，“言志”也许可以看做一种社会政治行为，在这些行为中，大家通过赞扬或者批评朝廷来达到某种实际功用[②]。可是，当我们来看陆机对“言意”的解释时，我们注意到了另一种完全不同的行为：不是公开的、自发的言辞行为，而是一种私人的、唯我的写作过程。不同于“志”这个词，“意”几乎没有积累什么社会政治内涵。所以，以“意”代替“志”，陆机有效地甩开了从前的社会政治包袱，把文学活动视为一个没有公开功用目的的美学追求。

刘勰也以同样的态度来重新认识文学活动，他以“言意”代替“言志”的举动更为明显：

> 是以意授于思，言授于意；密则无际，疏则千里；或理在方寸而求之域表，或义在咫尺而思隔山河。[③]

这一段概括了按照从思到意到言所描绘的文学活动轨道。这里“思”指代的不是思想的理性活动，而是在篇首所描绘的无意识的神游。刘勰的第一个论断“意授于思”强调了最初神游非常重要。下一个论断“言授于意”强调了作品之心象的产生的重要性。只有在作者已经形成了作品之虚幻心像之后(或可用刘勰新造的“意象”一词)，作者才有希望以有形文字为媒介创造出真正的作品。

在陆机和刘勰的文章中，从“言志”到“言意”的转换意味着对文学活动之起源、形式、功能、目的的重新定义。他们对新文学的新认识无疑折射出了当时文人如何写作文学作品的实际情况。

陆机和刘勰对“言意”过程的说明揭示了解构言实论和本质化言实论的影响。解构论的影响在表面上看非常明显。陆机明确提到他对自己言语价值的担心：“恒患意不称物，文不逮意。”同样，刘勰提到“意”与“言”可能“疏则千里”。这些陆机和刘勰的论断很多都可以追溯到庄子关于“意”和“言”的论述(参§10,11)。

陆机和刘勰的论述似乎和庄子的看起来一样，但是实际上却恰好相反。庄子强调“物”和“意”，“意”和“言”的内在距离。相反，陆机仅仅表达了他担心在创作文学作品过程中不能缩小这些距离。有趣的是，刘勰对“意”、“言”不可沟通的担心泄露了他相信二者结合的可能。只有因为他有这样的信念，他才会担心失败。对于不可能的事，我们不会担心失败而只会在绝望中完全放弃。确实，当承认他想要捉住文学创作的精妙秘密也有局限性的时候，陆

① “志”被理雅各布翻译为“诚挚的思想”(“earnest thought”)，见 James Legge, *The Shoo King or the Book of Historical Documents*, *The Chinese Classics* vol. 3. (rpt. Taibei: Wenxin, 1971), p. 48。被刘若愚翻译为“心之意志”(“the heart's intent”)，见 James J. Y. Liu, *Chinese Theories of Literature*, p. 75。刘若愚的翻译似乎更适当，因为这个翻译避免了理雅各布翻译的理性主义之内涵，而且精妙的暗示了这个词的道德倾向。不过，“志”一词基于其出现的特别文本和历史语境包含了很广泛范围内的不同意思。因此，刘若愚认为很有必要在其他语境下翻译为“情感意图”(“emotional purport”)，“道德目的”(“moral purpose”)，或者“心之意向”(“heart'swish”)(p. 184)。刘若愚的翻译被余宝琳采用，并加以小小改动。见 Pauline Yu, *The Readings of Imagery in the Chinese Tradition* (Princeton: Princeton Univ. Press, 1987), p. 31. 关于对“志”的翻译的讨论，参见 Stephen Owen, *Readings in Chinese Literary Thought* (Cambridge, Massachusetts: Harvard Univ. Press, 1992), pp. 26-29.

② 参见笔者对“诗言志”传统的详细讨论。见 *Configurations of Comparative Poetics: Three Perspectives on Western and Chinese Literary Criticism* (Honolulu: University of Hawaii Press, 2002), pp. 35－49.

③ 范文澜纂，《文心雕龙注》第二十六，第 495 页，人民文学出版社，1958 年。英译参见 Owen, *Readings in Chinese Literary Thought*, p. 206.

机表达出“他日殆可谓曲尽其妙”的希望。单单根据这一论述，似乎可以安全地论证陆机的“意—象—言”范式不是建筑在庄子的解构论基础上，而是建立于《系辞传》的“言象”和“象意”关系的本质论基础之上。

刘勰的文章表现出《系辞传》的更大影响。刘勰追溯了从思到意到言的渐进式因果关系，则正是《系辞传》作者所说的意、象、言是一者生出另一者的关系（参§21）。而且，他和《系辞传》作者一样，从这一关系链推导出同样的本质主义结论。虽然承认“言”和“意”可以相距甚远，刘勰也表达了他认为这二者也可以天衣无缝地结合：“密则无际”。

看起来，对陆机和刘勰而言，本质言实论是他们创作论的基础。如果“言”和“意”不可能完美结合，那么有关文学创作的理论阐述还有什么价值？的确，本质论立场是他们唯一的选择，而且是想要极力颂扬文学力量的任何人的必然选择。当要提高文学地位时，没有什么可以胜过本质论，因为本质论表示，作为媒介的语言，有能力展示内在之“道”。所以，难怪乎刘勰全盘接受王弼的本质主义论点（§21），仅仅改“生于”一词为“授于”，藉以解释文学创作中“意”与“言”的关系。

在接受本质论“言—意”立场的同时，陆机和刘勰都引入了第三个术语“象”，并且为讨论文学创作而建立了一个宽广的理论范式，这一范式包含了三个阶段的活动过程：从“意”（最初的艺术构想）（the initial artistic conception）到“意象”（最终的艺术构想）（final artistic conception），再到“言”（最终的语言成品）（the final produce of language）。在许多方面，这个三段过程也是对“意—象—言”范式本身的重新发明。的确，在《系辞传》中，这一范式仅仅刻画出圣人作《易》的三个阶段。《系辞传》的无名作者或者王弼都没有说清楚每一阶段起作用的具体精神活动。但是，这些过于简单的描绘，其实对陆机和刘勰来说，是一件好事，因为他们这样，可以在框架中填入文学创作中格外重要的精神和语言活动：情感的过滤（the mediation of emotion），超验神思（transcendental contemplation），形象联想（imagistic association），写作成文（compositional execution）。正如我们下面看到的，在他们描绘文学创作的三个阶段时，陆机和刘勰对这些精神和言语活动都给予了充分描绘。

（二）创作过程的第一阶段：从“情志”到“意”，或从情感到最初的艺术构想

陆机的《文赋》在谈到文学创作的第一阶段时，以描绘两个重要的精神过程开篇：

> 伫中区以玄览，颐情志于典坟。遵四时以叹逝，瞻万物而思纷。悲落叶于劲秋，喜柔条于芳春。心懔懔以怀霜，志眇眇而临云。咏世德之骏烈，诵先人之清芬。游文章之林府，嘉丽藻之彬彬。慨投篇而援笔，聊宣之乎斯文。①

这一开篇是独具匠心的安排。开头一联详细说明了两个精神活动：与自然的情感交汇，在古代文本中发酵感情。结尾一联表示这两个过程以作家在纸上展开写作而告终。长长的中间部分包含了两组的对偶句。第一组（第3句到第8句）告诉我们作者与自然的情感交汇有两种：一是如四季转换一样，对外界刺激的自然情感反应（第3句到第6句）；二是先有情感在胸，以情观物，移情于自然（第7句到第8句）。第二部分（第7句到第12句）说明了作

① 张少康：《文赋集释》，第20页；英译参见 Owen, *Readings in Chinese Literary Thought*, pp. 87、90、92、94.

家沉浸于古代经典中的所得:道德情感的培养和写作行为的完善。非常要注意的是,陆机唯美的"情"或"情志"的概念在这些句子中得以表达。《诗大序》的作者按照对特定社会政治现实的直接情感反应来理解"情",而陆机没有这样做,他也没有把文学创作和直接情感抒发相等同。他把"情"仅仅看做原材料,需要在古代经典中得以沉淀和滋养。用当代批评的话来说,滋养情感就是在历代文本的互文视野中升华为艺术情感的努力。在尾联,陆机暗示,通过情感的互文升华,一个作者在脑中获得了某物,并感到"聊宣之乎斯文"的冲动。尽管陆机没有告诉我们作者获得的到底是什么,但是似乎就是后来批评家所说的"意":即初期的艺术构想。比如,范晔(398—445)写道:

常谓情志所托,故当以意为主,以文传意。以意为主,则其旨必见;以文传意,则其词不流。然后抽其芬芳,振其金石耳。[①]

刘勰以同样的观点来阐述文学创作的第一阶段,但是他没有像陆机一样对此阶段进行全面讨论。他最感兴趣的似乎是作家对外界刺激的情感反应。他《物色》一章的大部分都集中讨论这一点。

(三)第二阶段:从"意"到"意象",或从最初到最终的艺术构想

提炼情感所生成的最初艺术构想("意")基本上是一种创作冲动所驱使的非常模糊的心理状态,而且对写作的表达来说,还不成熟。陆机和刘勰认为,一个作者需要经历两个心理过程——超验神思和形象联想——从而将最初艺术构想转变为"意象",或说整个作品的心象。

让我们先来看看陆机和刘勰怎么描绘超验神思的。就在说完滋养情感的有意识行为之后,陆机描绘了一个超验神思的忘我行为:

其始也,皆收视反听,耽思傍讯,精鹜八极,心游万仞。[②]

陆机告诉我们,超验神思以所有感官的静止开始,跟着是神游万里,用他自己的话说,"心游"。明显的,陆机的"心游"将庄子的"游心"一词倒置,但基本上是同样的意思。庄子写道:"且夫乘物以游心,托不得已以养中,至矣。"[③]对"游心"的效果,庄子认为"汝游心于淡,合气于漠,顺物自然而无容私焉,而天下治矣[④]"。无疑,陆机对心游的描绘是基于庄子"游心"的范本而发展的,和庄子一样,陆机强调神游的准备条件是精神上的专注,而且神游超越了所有时空界限到达了宇宙的尽头。

同样的,在《神思》[⑤]一章中,刘勰描绘了作者的超验神思。在作者达到"虚静"[⑥]的精神

① 范晔:《狱中与诸甥侄书》,见范晔编:《后汉书》附录,第12册,中华书局,1959年。

② 张少康:《文赋集释》,第20页;英译参见 Owen, *Readings in Chinese Literary Thought*, p. 96.

③ 郭庆藩编:《庄子集释》第一册卷四,第160页。英译可见 Watson, *Complete Works of Chuang Tzu*, p. 61.

④ 郭庆藩编:《庄子集释》第一册卷七,第294页。英译可见 Watson, *Complete Works of Chuang Tzu*, p. 94.

⑤ 此章英译参见 Ronald Egan, "Poet, Mind, and World: A Reconsideration of the 'Shensi' Chapter of *Wenxindiaolong*"和 Shuen-fu Lin, "Liu Xieon Imagination,"收入 Zong-qi Cai, ed. *A Chinese Literary Mind: Culture, Creativity, and Rhetoric in Wenxindiaolong* (Stanford: Stanford University Press, 2001), pp. 101 - 126; 127 - 160.

⑥ 刘勰所说的"虚静"明显是基于庄子对庖丁解牛之精神准备的模板上发展起来的。庖丁解牛之精神准备包括:"以神遇","不以目视","官知止","神欲行"。刘勰对"虚静"的描绘也折射了老子和荀子对无思无虑状态的讨论,参见张少康:《中国古代文学创作论》,第5—47页,台北文史哲出版社,1991年。

状态之后，刘勰坚持，其最深处的精神能神接万物，超越时空限制。

古人云：形在江海之上，心存魏阙之下。神思之谓也。文之思也，其神远矣！故寂然凝虑，思接千载；悄焉动容，视通万里。[①]

这里对神游的描绘让我们回想到陆机的描绘。刘勰的神游也以感官静止和不被时空所拘的漫游为特征。唯一区别是刘勰以“神思”这个术语定义了这个过程。

不像庄子，陆机和刘勰都认为作者的神游只是短暂的。如果说道家熟练的希望永远在“太清”中超验神游，那么一个作家让自己的精神远游，不是为了达到时空的永久超脱，而是为了得到了文学创作的不可思议的力量。在描绘了“精骛八极”之后，立刻，陆机描绘了一个作者的精神如何回到情感、意象、语言的世界中：

其致也，情曈昽而弥鲜，物昭晰而互进。倾群言之沥液，漱六艺之芳润。……于是沉辞怫悦，若游鱼衔钩而出重渊之深；浮藻联翩，若翰鸟婴缴而坠曾云之峻。[②]

这里的“物”不是真接感知的物象，而是作者脑海中虚象。同样，“情”不是对外在刺激的粗糙情感反应，而指的是能够在对“情”的沉思中所升华的艺术感情。而且，“言”也不是真正的出于笔尖的言，指的作者对语言的思索。

和陆机一样，刘勰相信紧接超验神游的是回到情感、意象、语言世界的返程旅行。在他下面的段落中，他追溯了神游之精神如何把物象从远方带回作者眼中耳中，从而非常清楚的描绘了精神的“往返旅行”：

吟咏之间，吐纳珠玉之声；眉睫之前，卷舒风云之色：其思理之致乎！……夫神思方运，万涂竟萌；规矩虚位，刻镂无形。登山则情满于山，观海则意溢于海；我才之多少，将与风云而并驱矣。[③]

虽然这里他没有提到情感，但是刘勰随后的句子，说的是象的纷至沓来总是有情感、思想融入其中(《文心雕龙注》第二十六，第44—45行)。按照刘勰的说法，有很多重要因素影响了神游万里之旅程和回到意象世界之归程：

故思理为妙，神与物游。神居胸臆，而志气统其关键；物沿耳目，而辞令管其枢机。枢机方通，则物无隐貌；关键将塞，则神有遁心。[④]

刘勰告诉我们神游的旅程被“志”和“气”所控制，关于归途，他将感性过程(耳目之用)和思维过程(语言之用)认为是筛选提炼从远处接踵而来的物象的重要因素。对刘勰来说，这些思想和语言过程的巧妙配合可保证“往返之旅”畅通无阻，而且带来了情、象、言的融合，成为了他所称的“意象”或即作品的心象。

陆机和刘勰对超验神思的描绘和随后的情、象、言的相互作用明显生发于《系辞传》所描

① 朱迎平编：《文心雕龙索引》第26章，第1—10行。上海古籍出版社，1987年。本文中其他引用均来自范文澜：《文心雕龙注》，人民文学出版社，1958年。

② 张少康：《文赋集释》，第36页；英译参见Owen，*Readings in Chinese Literary Thought*，pp. 98、101.

③ 范文澜：《文心雕龙注》第二十六，第39—45行。

④ 范文澜：《文心雕龙注》第二十六，第18—19行。

绘的从"意"到"象"到"言"的线性渐进过程。正如王弼所说,"意—象—言"进程是一者产生另一者的过程:"象者,出意者也。言者,明象者也。"在陆机和刘勰的文章中,我们可以看到同等的三段进程:从"意"到"象"到"言"。圣人之直观认知产生了八卦六十四卦之"象",而作者的超验神思也引领产生了"意象"。同样的,圣人系辞以明象,作者的精神之象也通过语言而传达——或者用刘勰的话"辞令管其枢机"。

在陆机和刘勰的段落中,也有在《系辞传》中没有见到的:他们引入"情",将它当做"象"不可分割的关联物,还详细描绘了情和象如何互动并联合成为"意象"。对他们来说,将"情"引入"意—象—言"范式在所必然,因为情是文学的基本要素,在文学创作论的讨论中不可或缺。在笔者看来,陆机和刘勰描绘了情和象的互动以及最终融合,是他们对"意—象—言"范式最为精妙的改造。

(四) 第三阶段:从"意象"到"言",或从最终艺术构想到文学作品

文学创作的第三阶段也是最终阶段即写作成文。陆机和刘勰认为,作者必须努力来转换其虚幻的心象成为实际文本。他的心象,仅仅包含单纯精神层面上"言"的使用,那么成文过程则必然包括所有实践层面上对语言的有意识处理——从结构、用语、修辞到风格等各个方面。

对陆机而言,这样的有意识语言使用必须尽力而为。他声明"抱暑者咸叩,怀响者毕弹"。陆机坚持,一个作者必须内观心象,并依此安排作品结构。然后他必须细查用词,并恰当组合词语顺序。颇带讽刺的是,当我们期待陆机可以在处理结构和句子的主题上会论述更加精确时,他反而变得更加抒情化和模糊。他没有规定具体的写作规则,而是给我们一些含义不清的描绘和比喻:

> 或因枝以振叶,或沿波而讨源;或本隐以之显,或求易而得难;或虎变而兽扰,或龙见而鸟澜;或妥帖而易施,或岨峿而不安。①

这些描绘和比喻没有就作者应该关于结构和构思而做些什么给出清楚的线索。突然之间,逻辑统一变弱,这一点使得传统学者和现代学者同样困惑。尽管大家对此给出了非常多的文本注释和解释,但没有一个是特别使人信服的。在笔者看来,这里的逻辑不一致揭示出,陆机描绘从无形"意"到有形"言"之转变过程时候遇到了困难。这样的解释似乎更合情理。这一转变自身就完全没有固定的规则,而逻辑不一致则恰好说明,用散漫语言描绘这一转变虽然不是不可能,但确实很难。

陆机在这里没有规定固定的写作规则,而是用四联对句来展示四种相反相成的行文动势。

(1) 从本到末势和从末到本势。("或因枝以振叶,或沿波而讨源")

(2) 从隐到显势和从易到难势。("或本隐以之显,或求易而得难")

(3) 离心扩散势和向心聚合势。("或虎变而兽扰,或龙见而鸟澜")

(4) 言辞的妥帖流动势和言辞凝滞不安势。("或妥帖而易施,或岨峿而不安")

---

① 张少康:《文赋集释》,第60页;英译参见 Owen, *Readings in Chinese Literary Thought*, p. 107.

陆机列出了这四对相反相成的文势，看起来想要强调一个创作要旨：艺术心象得通过与语句之动态构思才可以传达出来。

陆机也强调了艺术心象的传达也依存于“澄心以凝思”。在这一状态中，作者可以“眇众虑而为言，笼天地于形内”（第45—50行）。在讨论了所有“言”的冗杂技术问题后，陆机在倒数第二段又回头谈论超感官经验。此刻，超感官经验是灵感的迸发：

> 若夫应感之会，通塞之纪。来不可遏，去不可止。藏若景灭，行犹响起。方天机之骏利，夫何纷而不理。思风发于胸臆，言泉流于唇齿。纷葳蕤以馺遝，唯毫素之所拟。文徽徽以溢目，音泠泠而盈耳。[①]

为什么陆机以对诗性灵感的壮丽描绘来结束前面技术方面的冗长平淡的讨论？主题的突然转变，乍看上去是行文失误，但实际上陆机是要突出强调，文学创作实质上是感性和超感性经验之间、有意识行为和无意识自发行为之间、学问和才华之间的节奏律动。陆机相信，没有这样创作力的律动，伟大的文学作品是不可能产生的。

在讨论文学创作的最后阶段时，刘勰有同样的观点。将作品的心象转换为真实的文本之时，刘勰要求作者要“窥意象而运斤”[②]。这一隐喻“运斤”暗含工匠完美创作作品的各种典故[③]。首先，它让我们想到了庄子“庖丁解牛”的著名故事[④]。那个故事告诉我们艺术家创作完美作品需要的两个事情：数年的积极技巧训练，出于自然的创作行为的导引。像陆机一样，刘勰强调了二者都很重要。尽管他没有在《神思》一章提到任何文学写作的技术问题，但是，他在其他章节一个一个的彻底检视了这些问题。陆机毫不隐藏地描绘了诗性灵感的突然迸发（参§27），而刘勰则满足于承认，这些自发创作行为其实是难以用语言解释清楚的。

三、反思：陆机和刘勰的文学创作论之影响

这篇论文已经展现了陆机和刘勰比我们想象中借鉴了更多早期的哲学思想。早期哲学思想的影响可以在两个不同层面上进行追溯：术语上和概念上。在术语层面上，这一影响最为明显，而且已经在陆机刘勰的文学创作论的很多注疏和研究中被彻底研究。然而，在概念层面上，没有多少研究或者至少没有什么较为满意的研究。在辨识陆机和刘勰的术语来源时，很多学者仅仅引用这些术语最为人所知的例子，特别是那些在《庄子》和魏晋玄学文本中能够找到的例子，所以他们的来源研究仅停留于这一步。而继续采用这一术语方法的学者却又似乎忽视了一个简单的事实：在中国的哲学或者批评文本中，一个术语往往传达出多层

---

① 张少康：《文赋集释》，第241页；英译参见 Owen, *Readings in Chinese Literary Thought*, pp. 173-175.

② 《文心雕龙注》第二十六，第37行。

③ 这一短语的典故是庖丁解牛（见下文）和匠石运斤成风而不伤友人鼻的故事（《庄子集释》第四册卷二四，第843页）。两个故事都隐喻了作家作品的精妙制作，这一制作是通过和道的超感性结合实现的。刘勰所用“陶钧文思”的短语（《文心雕龙注》第二十六，第26行）却带给我们另一个庄子的故事，即轮扁通过有意识的练习达到“得之于手而应于心”的境界（《庄子集释》第二册卷十三，第491页）。

④ 参见《庄子集释》第一册卷二，第117—119页；英译参见 Burton Watson, trans., *Complete Works of Chuang Tzu*, pp. 50-51.

次的且互相矛盾的概念。"意"、"象"、"言"这些术语尤其如此,然而这些术语对陆机和刘勰的文学创作论之论述又是至关重要的。所以,要探寻陆机和刘勰的文学思想的源头,最好应该在概念层面上得以追溯。这篇论文就是一个概念导向的源头研究,我首先希望厘清早期哲学文本中"意"、"象"、"言"及其相关术语所表达的多重概念,然后通过文本细读,来判断陆机和刘勰在使用这些术语时究竟要表达什么概念。

本文的研究显示,陆机和刘勰对早期哲学文本的挪用比现存研究所认为的更为巧妙,更为细微,更为富有成效。和目前所接受的观点相反,比起道家的解构言实论,陆机和刘勰更多地受到了儒家本质言实论思想的影响。这主要是因为本质论,特别是《系辞传》的本质论,促使了他们来重新认识和定义文学行为。他们不是从直接感情抒发("言志")的方面来讨论的,而是从个人艺术构思的进程方面来分析阐述文学创作的。尤其是《系辞传》中所建立的"意—象—言"范式,使得他们能够将个人文学创作当做从"意"到"象"到"言"的三段式创作过程而加以考察,因为这一过程和圣人创《易》的过程可以模拟。陆机和刘勰在这三个阶段中对"言"极为重视,这也足以说明本质论思想的巨大影响。他们重视古代经典对第一阶段所形成的"意"(最初的艺术构想)之催化发酵作用。同样,他们突出了意、象、言对第二阶段所形成的"意象"(最终的艺术构想)之工具作用。在最后阶段,他们强调了在成功把意象转变为完美文学作品("言")的过程中,语言和修辞的严格训练和自然灵感皆是不可或缺的。对比之下,道家的解构论主要给陆机和刘勰提供了术语、概念和模拟来描绘某些超感官的思想状态,比如说第一阶段的超验神思,最后阶段的灵感迸发。多亏了陆机和刘勰对不同言实之论的巧妙移用,他们对文学创作的过程作出了精湛的理论阐述,并辨别了所有最能反映我们实际创作经验的内在心理、精神、言语活动,从而取得了极为辉煌的成功。正因如此,尽管他们生活于中国文学理论的形成期,仍然能建立中国文论史上最为全面完整的文学创作论。

陆机和刘勰的文章在中国文学批评领域影响深远。虽然后来没有人尝试写一篇全面的可与陆机相抗衡的文章,然而后代批评家们却选择详细描绘文学创作中特定阶段的某种精神活动。虽然他们很多追随陆机和刘勰,也在"意—象—言"范式中探究文学创作过程,但是其中有的人也回到了早期"言志"传统,或转而支持新的佛家自发创造的观点,从而反对这一范式。在或追随或反对的个案里,陆机和刘勰的文章无不提供了思考文学创作的理论参照。同时,陆机和刘勰也为中国美学接受理论规定了方向。刘勰在《隐秀》等篇中颠倒"意—象—言"而成"言—象—意",为中国美学建立了一个非常重要的理念:对"×外之×"的追求:比如"言外之意"、"象外之象"、"景外之景"等等。

陆机和刘勰的文学创作论其实也超越了文学思想的范畴。著名的书法家批评家王羲之(303—361)基本上采用陆机的方法来理解和阐述书法创作的过程[①]。很难想象大概出生于陆机去世那年的王羲之,在写书法创作论的论文之前没读过或者没听说过陆机的《文赋》。另外,陆机和刘勰身后大约五百年,苏轼(1037—1101)采用和陆机、刘勰同样的方式来创立

① 见王羲之《书论》:"凡书贵乎沉静,令意在笔前,字居心后,未作之始,结思成矣。"又见《题卫夫人笔阵图后》:"夫纸者阵也,笔者刀鞘也,墨者鍪甲也,水砚者城池也,心意者将军也,本领者副将也,结构者谋略也,扬笔者吉凶也,出入者号令也,屈折者杀戮也。夫欲书者,先干研墨,凝神静思,预想字形大小、偃仰、平直、振动,令筋脉相连,意在笔前,然后作字。"

绘画创作论，甚至他引用的《庄子》的典故都和刘勰完全一样①。这两个例子足以证明陆机和刘勰的文学创作论已然影响到更为宽广的美学思想领域。

作者单位：美国伊利诺大学

① 见苏轼《文与可画筼筜谷偃竹记》："竹之始生，一寸之萌耳，而节叶具焉。自蜩腹蛇蚹以至于剑拔十寻者，生而有之也。今画者乃节节而为之，叶叶而累之，岂复有竹乎！故画竹必先得成竹于胸中，执笔熟视，乃见其所欲画者，急起从之，振笔直遂，以追其所见，如兔起鹘落，少纵则逝矣。与可之教予如此。予不能然也，而心识其所以然。夫既心识其所以然而不能然者，内外不一，心手不相应，不学之过也。故凡有见于中而操之不熟者，平居自视了然而临事忽焉丧之，岂独竹乎？子由为《墨竹赋》以遗与可曰：'庖丁，解牛者也，而养生者取之；轮扁，斫轮者也，而读书者与之。今夫夫子之托于斯竹也，而予以为有道者，则非耶？'子由未尝画也，故得其意而已。若予者，岂独得其意，并得其法。"

先秦礼乐诗学浅论

丁　进

笔者认为从前的《诗经》研究存在四种类型：礼乐诗学、经学诗学、文学诗学和文化诗学。礼乐诗学萌芽于先周居豳期间，奠基于西周初年，历经成、康、昭、穆的兴盛和东周的中变，结束于战国时代。礼乐诗学是中华诗学中最早成熟起来的诗学批评形态，对数千年的中华诗论有着深刻的影响，因此有必要深入探讨。

在当前的《诗经》学研究中，先秦礼乐诗学一般被笼统地称之为“儒家诗学”。但考虑到《诗经》早期文本的诞生早于儒家学派，这样划分是不妥当的。而且称之为“儒家诗学”掩盖了礼乐诗学与经学诗学的差别。虽然经学诗学以礼乐诗学的成果为基本材料，但是礼乐诗学的基础是两周礼乐制度，经学诗学的基础是西汉博士制度。由于两者的基础不同，造成它们在解诗、用诗上的重大差异。例如在用诗方面，礼乐诗学强调“达政”和“专对”；《毛诗序》却强调美刺。在诗学方法上，礼乐诗学讲究“离经辨志”和“断章取义”；经学诗学注重诗篇本事的落实。正是出于这样的考虑，本文提出“礼乐诗学”的概念，并试图利用有限的文献资料对礼乐诗学的主要内容和特点作一些描述。

一、礼乐诗学的性质

礼乐诗学是指在礼乐文明时代形成的关于写诗、说诗、用诗与论诗的思想和观念，它是《诗经》学史上最早出现的一种诗学类型。

礼乐诗学的时间跨度很大，有四个比较重要的时期。第一个时期是周部落居豳时期，它是礼乐诗学的萌芽期，其作品据《周礼·春官》，被保存在《豳诗》、《豳雅》和《豳颂》中[①]。由于时代久远，这一时期关于作诗、解诗、评诗的思想已经不得而知了；但正如豳地三诗构成将来西周《诗经》诗体基本框架一样，先周诗学为西周礼乐诗学奠定了基础。第二个时期，从武王伐纣到康王作乐，是礼乐诗学的奠定时期[②]，包括三个阶段：武王伐纣到周公制礼作乐是礼乐

---

① 郑玄《豳风谱》以为《七月》一篇包含了《豳诗》、《豳雅》和《豳颂》，但自朱熹以来，历代都有学者反对郑玄一诗三体说。本文从朱熹说，以为《七月》只是《豳诗》之一。

② 文献中关于西周制礼作乐的记载有《尚书大传》的周公摄政六年制礼作乐；《今本竹书纪年》的周康王三年的定乐歌；以及《诗经》本身反映的周穆王时期的一批颂歌。本文认为到周康王时期，关于仪式用乐的思想已经定型，因此将成康时代定为礼乐诗学的成熟时期。

诗学的建立阶段，部分祭祀用乐建立起来[①]；周公摄政六年制礼作乐，用于燕享的雅乐也基本定型了；成、康时代，西周礼乐制度的建设达到顶峰，礼乐诗学进入成熟时期，以祭祀、燕享为主体的用诗用乐制度基本完善起来。第三个时期是幽、厉以降至孔子从事学术活动之前，礼乐诗学进入转变期，所谓"变《风》"、"变《雅》"开始出现，批判意识进入诗学体系。第四个时期则为礼乐诗学的总结时期，这个时期开始于孔子创《诗》教，结束于秦灭六国，成果散见于《论语》、《礼记》托名孔子的说诗言论，以及上海博物馆藏《孔子诗论》，它们总结了两周礼乐诗学成果，为西汉经学诗学的出现提供了思想宝库。

礼乐诗学具有自己的知识体系。这个知识体系建立在西周礼乐制度的框架内，包括仪式制度知识、历史知识、乐章知识和礼乐实践知识。每一乐章都被定位在某一礼仪之内，这就要求表演和欣赏者必须明白这个仪式有多少仪注，每个仪注所代表的含义。《周颂》所祭祀的对象为自然神灵和祖先神灵，它背后隐藏着周人的信仰和历史记忆，向国子传授相关的历史知识和信仰是大司乐的责任，作为王朝后备官员的国子必须掌握这些知识。至于诗篇字词句的含义与音乐构成，是理解乐章的基础。由于礼乐诗学强调礼乐实践，每一次具体场合的演奏往往在乐章固定意义之外产生新的含义，要求士大夫必须具备即兴发挥和现场领悟的能力，这就是文献中所说的"赋诗"与"离经辨志"，礼乐诗学则包含了这方面的知识。

与文学《诗经》学的私人性质不同，礼乐诗学带有国家文化法典的性质。它最关心的是乐章使用场合是否准确，听者是否领会了乐章的现场性含义。因此对于诗篇尤其是风诗，可以不顾作诗者的本意，在一定的规则内现场发挥。

二、礼乐诗学的主要类别

根据礼乐诗学的内容、场合和形式的差异，本文将礼乐诗学再划分为乐工乐教诗学、国子乐教诗学、士大夫礼乐实践诗学和文本诗学四个类别。

(一) 乐工乐教中的礼乐诗学

从春秋列国士大夫的文化素质和知识结构看，贵族们虽然来自不同地区，却接受了大致接近的文化教育。那时候的东周天子名义上还是天下共主，实际上已经没有实力发号施令，在诸侯国强制推行一种强势文化教育。唯一能够解释这种现象的就是西周曾经有过统一的文化教育，文化的惯性引导着春秋时期的文化生活。

由于西周、春秋时代诗、乐、舞三位一体，诗教从属于乐教，因此在《周礼》中，关于诗的教育由王朝音乐机构大司乐负责。由此类推，诸侯的诗教也应该由诸侯的音乐机构承担。西周礼乐文明中，乐占有重要地位，周礼实践需要器乐和声乐配合。从《仪礼》看，《乡饮酒礼》、《乡射礼》、《燕礼》、《大射礼》、《聘礼》、《公食大夫礼》、《觐礼》都有诗篇演唱的仪节，演唱者一般为"工"。有时候"大师"也参与演唱。在《左传》中，这类人往往被称为"师"。这些人是怎样获得专业技能的？根据《周礼》，这些专业演奏和歌唱人员的培养由大司乐机构中的大师

① 《逸周书·世俘解》中记载武王伐纣后两个月就有乐奏《武》、《万》、《明明》和《崇禹生开》，可见用于祭祀的颂乐在灭商之初就开始创作和改编了。

负责：

教六诗，曰风、曰赋、曰比、曰兴、曰雅、曰颂。以六德为之本，以六律为之音。

大师教育对象是瞽矇，训练瞽矇是为王朝培养专业的音乐人才，这些人是国家重要典礼上歌唱和演奏人员。从引文看，大师六诗之教有三个方面的内容：第一是教授诗句，即讲解字词的含义[①]，让这些盲人首先理解所记诵诗篇的含义，这是最基本的功夫；第二是讲授体现在六诗和相关乐曲中的"六德"，即用以统率诗篇的六类主题；第三是教授演唱和演奏六诗的乐曲。根据《周礼》，瞽矇的职责为"掌播鼗、柷、敔、埙、箫、管、弦、歌，讽诵诗、世奠系，鼓琴瑟。掌九德、六诗之歌以役大师"。瞽矇职责不但要歌唱诗篇，还要讽诵诗篇，诵记王朝贵族的世系。歌唱诗篇要知道在哪些场合下歌唱哪些诗篇；讽诵诗篇要领会诗篇的主旨；记诵世系要寓褒贬于其中……这些构成了礼乐诗学的基本内容。大师在传授有关技能过程中，也将王朝"法定"的诗学思想传授给了乐工。这方面直接的资料虽然已经看不到，但在有些典籍中还是能够间接地透露出这方面的消息。《礼记·乐记》的《师乙》篇说：

子赣见师乙而问焉，曰："赐闻声歌各有宜也。如赐者宜何歌也？"师乙曰："乙，贱工也，何足以问所宜！请诵其所闻而吾子自执焉。爱者宜歌《商》，温良而能断者宜歌《齐》。夫歌者直己而陈德也，动己而天地应焉，四时和焉，星辰理焉，万物育焉。故商者，五帝之遗声也。宽而静、柔而正者宜歌《颂》；广大而静、疏达而信者宜歌《大雅》；恭俭而好礼者宜歌《小雅》；正直而静、廉而谦者宜歌《风》；肆直而慈爱，商之遗声也，商人识之，故谓之《商》。《齐》者，三代之遗声也，齐人识之，故谓之《齐》。明乎《商》之音者临事而屡断；明乎《齐》之音者，见利而让。临事而屡断，勇也；见利而让，义也。有勇有义，非歌，孰能保此！"

这段引文讨论了诗篇歌唱的社会作用、演唱者个人禀赋与诗篇演唱的关系以及精通诗乐对个人处事的积极影响。根据师乙所说，引文的诗学思想不是他个人的见解，他只不过"诵其所闻"，可见这是乐工世代相传的诗乐思想。其中关于《颂》、《大雅》、《小雅》、《风》、《商》、《齐》六种诗篇的演唱与个人禀赋关系的思想具有独特的价值，显示乐工教育课程较之国子教育课程更加重视演唱和演奏技能的培养，个人的禀赋和潜质是选择人才的重要参照。乐工在学习阶段根据这个原则来专攻适合自己的诗篇；大师挑选演唱者也有可能参照乐工个人气质。《师乙》篇所反映的诗学思想，正是产生于这个背景之下。

引文后半部分也值得注意。前半部是说禀赋与相关乐章合拍，那么，歌唱相关诗篇就能最大限度地体现诗篇的感染力；后半部分讨论乐章对人的性格和行为的影响，认为乐章具有很强的文化功能，可以提高智能、改变个性、提升道德水平。这里谈的是乐章，实际上诗、乐、舞三位一体，是乐论，也是诗论。乐章对人性和人们行为具有积极影响是西周诗学教育的前提，是当时人普遍接受的诗学观点。孔子生在礼崩乐坏之时，却以复兴周礼为己任，他把握着礼乐诗学的精髓。《论语·泰伯》记载他的话说："兴于诗、立于礼，成于乐。"《礼记·经解》记载说："人其国，其教可知也：温柔敦厚，诗教也。"又说："温柔敦厚而不愚，则深于诗教者

---

① 关于"六诗"，目前学界有不同见解，一种以为"六诗"就是"六义"，风雅颂为诗体，赋比兴为创作方法；一种认为"六诗"皆诗篇。笔者赞成后者，《周礼·瞽蒙》职文明确提出"掌九德、六诗之歌"，六诗可歌，可见六诗为诗篇。

也。”我们不难看出这些观点与师乙所说思想的联系。它们已经接触到了诗歌的本质属性。七十子后学深入研究了人性、诗、乐三者的关系，在礼乐制度的终结期作了高水平的总结，其成果今见于《礼记·乐记》和上海博物馆藏战国竹简《孔子诗论》。

（二）国子教育中的礼乐诗学

国子教育是礼乐教育的核心部分，其内容相当复杂。传世文献还残存一些相关资料。《尚书·尧典》说：

帝曰：“夔！命汝典乐，教胄子：直而温，宽而栗，刚而无虐，简而无傲。诗言志，歌永言，声依永，律和声，八音克谐，无相夺伦，神人以和。”

《礼记·文王世子》也说：

凡学世子及学士必时。春夏学干戈，秋冬学羽籥，皆于东序。小乐正学干，大胥赞之；籥师学戈，籥师丞赞之；胥鼓《南》；春诵夏弦，太师诏之。

类似的说法还出现在《礼记·王制》中：

乐正崇四术、立四教，顺先王诗、书、礼、乐以造士。春秋教以礼、乐；冬夏教以诗、书。王大子、王子、群后之大子、卿大夫元士之适子、国之俊选皆造焉。

《周礼·大司乐》同样也有记载：

大司乐掌成均之法，以治建国之学政而合国之子弟焉。凡有道者、有德者使教焉，死则以为乐祖，祭于瞽宗。以乐德教国子中、和、祇、庸、孝、友；以乐语教国子兴、道、讽、诵、言、语；以乐舞教国子舞《云门》、《大卷》、《大咸》、《大韶》、《大夏》、《大濩》、《大武》。

以上文献中，夔教胄子不一定就是五帝时代的事实，然而那种诗、乐、舞三位一体的艺术思想绝不是后人能够想象出来的，它反映的是中华文明雏形期教育的状况；其余三则也是两周礼乐制度下的产物。由于这些文献记载相当简略，教学中体现的诗学思想难以追踪，我们不得不从士大夫礼乐实践中寻找。通过文献研读，不难发现，国子教育至少包含解题析句、用诗规则、评判标准等内容。“季札观乐”是著名的文化事件，其中透露着国子礼乐教育的信息：

请观于周乐。使工为之歌《周南》、《召南》，曰：“美哉！始基之矣，犹未也。然勤而不怨矣。”为之歌《邶》、《鄘》、《卫》，曰：“美哉！渊乎！忧而不困者也。吾闻卫康叔、武公之德如是，是其《卫风》乎？”为之歌《王》，曰：“美哉！思而不惧，其周之东乎？”为之歌《郑》，曰：“美哉！其细已甚，民弗堪也，是其先亡乎？”为之歌《齐》，曰：“美哉！泱泱乎大风也哉！表东海者，其大公乎？国未可量也。”为之歌《豳》，曰：“美哉！荡乎！乐而不淫，其周公之东乎？”为之歌《秦》，曰：“此之谓夏声，夫能夏则大，大之至也。其周之旧乎？”为之歌《魏》，曰：“美哉！沨沨乎！大而婉，险而易行，以德辅此，则明主也。”为之歌《唐》，曰：“思深哉！其有陶唐氏之遗民乎？不然，何忧之远也！非令德之后，谁能若是？”为之歌《陈》，曰：“国无主，其能久乎？”自《郐》以下无讥焉。为之歌《小雅》，曰：“美哉！思而不贰，怨而不言，其周德之衰乎？犹有先王之遗民焉。”为之歌《大雅》，曰：“广哉！熙熙乎！曲而有直体，其文王之德乎?"为之歌《颂》，曰："至矣哉！直而不倨，曲而不屈，迩而不偪，远而不携，迁而不淫，复而不厌，哀而不愁，乐而不荒，用而不匮，广而不宣，施而不费，取而不贪，处而不底，行而不流。五声和，八风平，节有度，守有序，盛德之所同也。"见舞《象箾》、《南籥》者，曰："美哉！犹有憾。"见舞《大武》者，曰："美哉！周之盛也，其若此乎?"见舞《韶濩》者，曰："圣人之弘也，而犹有惭德，圣人之难也。"见舞《大夏》者，曰："美哉！勤而不德，非禹其谁能修之?"见舞《韶箾》者，曰："德至矣哉！大矣！如天之无不帱也，如地之无不载也，虽甚盛德，其蔑以加于此矣！观止矣！若有他乐，吾不敢请已！"

由于季札来自蛮夷地区而向往周乐，因此《左传》作者对此热情赞颂。其实季札观乐并没有提出什么惊人的见解，对于大部分诗乐，他只不过重复了教科书的说法，再结合当时的诸侯国家态势加了一点个人的预测而已。从他的评语有很强的程序化倾向看，季札所说大多应当是老师所教。例如每听完一种曲子，其评价方式几乎是一致的：赞叹——形容——评价——结论。引文记载了季札欣赏十八种歌舞曲，其中十一种赞叹句用"美哉"，余下用"广哉"、"思深哉"、"至矣哉"、"德至矣哉"，只对《陈风》、《秦风》没有赞美。接在赞叹之后的是形容乐曲之美的句子，使用渊、细、泱泱、荡、沨沨、熙熙等形容词。接在形容之后的是对乐曲的思想内容的评价："勤而不怨"、"忧而不困"、"思而不惧"、"迁而不淫"、"乐而不荒"、"险而易行"、"思而不贰"、"怨而不言"、"曲而有直体"。这些句子公式化很明显，内容上重在揭示各具特点的中和之美，其中对于《颂》的评价连续使用了十四个固定句式，分别对《颂》诗、《颂》乐、《颂》舞的内容和主题特点进行了描述性评价。

这些典型的程序化批评表明当时士大夫贵族接受了大致相近的诗乐批评教育。吴国地处偏远，乐教之风虽然盛行，由于不得正传，季札想亲耳聆听、亲眼观赏"正宗"的周乐，以印证自己在吴国接受的礼乐教育是否正规。他对于各种乐曲舞曲的判断都小心翼翼，一方面表现他谦虚的美德，另一方面也反映出他对自己所接受的礼乐教育的纯正程度还存在自信心不足的微妙因素。

（三）士大夫礼乐实践中的诗学

孔子企图通过兴办私学来复兴周礼，诗教是一项核心课程。《论语·子路》篇记载说：

子曰："诵诗三百，授之以政，不达；使于四方，不能专对。虽多，亦奚以为！"

《论语·阳货》篇也记载道：

子曰："小子何莫学夫诗！诗可以兴，可以观，可以群，可以怨。迩之事父，远之事君，多识于鸟兽草木之名。"

子谓伯鱼曰："女为《周南》、《召南》矣乎？人而不为《周南》、《召南》，其犹正墙面而立也与！"

孔子的言论透露出礼乐诗学的一个重要思想：诗不是凝固在诗句中的艺术品，而是一种工具，一种通过教育而内化在国子才能结构中的技能。从技能的培养到技能的运用有一套有别于经学诗学和文学诗学的措施，显示出礼乐诗学的独特性。第一条引文中点出学诗的两个目的，一是授政能达，二是出使能专对。第二条引文只是对这两条的细化。授政能达与《大司乐》乐德之教成对应关系；出使专对与乐语之教有对应关系。孔子认为，要做到达政、专对，仅仅会记诵《诗经》是不够的，必须学会领悟诗篇在具体场合被开发出来的隐喻意义；同样，也应当具备在不同场合开发诗句的隐喻功能。孔门诗学中就有这种能力开发，《论语·八佾》记载了一段孔子与高足子夏的谈话：

> 子夏问曰："巧笑倩兮，美目盼兮，素以为绚兮，何谓也？"子曰："绘事后素。"曰："礼后乎？"子曰："起予者商也，始可与言诗已矣。"

子夏问诗，孔子按照诗的本义作了解答，这当然是初级的诗学知识，子夏不满意于在文质关系层次安顿诗意，他升发到礼与忠信关系层次上理解，获得孔子的赞赏。

在礼乐实践中，一个合格的士大夫必须具备这种能力。《礼记·大学》说国子经过教育，"一年视离经辨志"。"离经辨志"就是对于别人赋诗言志的领会，属于欣赏方面。反过来说，能够离经辨志，也就能赋诗言志了。通过这样的教育，培养出"断章取义"的技能。《左传·文公十三年》说：

> 冬，公如晋朝，且寻盟，卫侯会公于沓，请平于晋。公还，郑伯与公宴于棐，子家赋《鸿雁》，季文子曰："寡君未免于此。"文子赋《四月》。子家赋《载驰》之四章，文子赋《采薇》之四章。郑伯拜。

杜预注解释说：

> 《鸿雁》，《诗·小雅》，义取侯伯哀矜鳏寡，有征行之劳，言郑国寡弱，欲使鲁侯还晋恤之。《四月》，《诗·小雅》，义取行役逾时，思归祭祀，不欲为还晋。《载驰》，《诗·鄘风》，四章以下，义取小国有忧，欲引大国以救助。《采薇》，《诗·小雅》，取其"岂敢定居，一月三捷"，许为郑还，不敢安居。拜，谢公为行。

参照杜预注我们知道，郑国、鲁国之间一场复杂的外交斗争通过赋诗四首，就比较完满地解决了。双方当事人不但熟悉四首诗，而且领会赋诗者所要表达的意图，这就是"断章取义"和"离经辨志"，是礼乐诗学中用诗原则之一。士大夫们每一次赋诗言志的活动都是对相关诗篇生命力的发掘，都是一次不可重复的诗学思想的创造活动。

（四）文本诗学

文本诗学即被书写下来的诗学专论。根据《周礼》并参照其他文献，两周乐工大多是盲人，因此乐工诗教是没有文本的。我们不能排除国子诗教中国子持有文本的可能，但是将诗学思想单独作为主要内容书写在文本上，七十子之前还没有发生过。《左传》人物论辩涉及《尚书》和《诗经》的，往往点明著作名称，但涉及诗学思想的，没有一处提过书籍名称。《文公四年》说："卫宁武子来聘，公与之宴，为赋《湛露》及《彤弓》。不辞，又不答赋。使行人私焉，对曰：'臣以为肄业及之也……'"他不辞不答的根据在于"肄业及之"，即这种认识来源于老师的教导，而不是什么具体的著作。同样，《宣公十二年》记载楚子对大臣潘党说：

> 武王克商……又作《武》，其卒章曰："耆定尔功"……夫《武》，禁暴、戢兵、保大、定功、安民、和众、丰财者也。

引用《诗经》原文，直接点明出处，然后对《大武》乐章含义进行评论。这些评论属于诗论，却没有点明来历。看来不是引自某一部书，而是时人普遍接受的常识性看法。

战国诸子兴起，民间著书之风盛行。诸子著作中出现引诗、论诗现象。有的用诗句作为论证材料，有的还对诗句加以阐释，后者可以说是诗论了。但这些诗论缺乏系统性，还不足以和教学诗学相提并论。

专门的诗学著作不得不首推上海博物馆藏战国竹简本《孔子诗论》。由于竹简残缺严重，不能恢复全貌，对于它论说方式无法作穷尽式研究。不过就目前所能看到的竹简仍然可以窥见其诗论方式。它的论说方式中，通论式与总分总式两种形式比较突出。通论式是对《诗经》以及其中的颂、大小雅、风的性质合内容的概括：

孔子曰："诗无隐志，乐无隐情，文无隐言。"（第一简）

《颂》，坪德也，多言后，其乐安而迟，其歌绅而易，其思深而远，至矣！《大夏》，盛德也。（第二简）①

总分总式是先简单总说数篇大意，再细致分说各篇之义，然后再就各篇予以简单总结：

《关雎》之改，《樛木》之时，《汉广》之智，《鹊巢》之归，《甘棠》之保，《绿衣》之思，《燕燕》之情，曷？曰：动而皆贤于其初者也。《关雎》以色喻于礼……（第十简）

其四章则喻矣：以琴瑟之悦，拟好色之愿，以钟鼓之乐……（第十四简）

《关雎》之改，则其思益矣。《樛木》之时，则以其禄也。《汉广》之智，则知不可得也。《鹊巢》之归……（第十简）

这种写法已经具有论说文的规模，笔力集中，恰当地展开，再顺理成章地收束，可见《孔子诗论》是具有逻辑联系的著作，其系统性远远强于《论语》，直逼《毛诗序》，但与《毛诗序》不属于同一个类型。前者以综论为主，属于专题论文；后者则以一个个简要的论述汇集而成，与后世的诗话、诗说比较接近。

文本诗论的出现标志礼乐诗学进入总结期，为经学诗论的出现奠定了基础。

三、礼乐诗学的主要内容和形式

礼乐诗学是中国诗学最初的形式，它的主要内容包括解题析句、词语训释、用诗规则等，下面作简单的讨论。

（一）解题析句和词语训释

《左传·襄公四年》记载穆叔的话说：

《皇皇者华》，君教使臣曰必咨于周，臣闻之，访问于善为咨，咨亲为询，咨礼为度，咨事为诹，咨难为谋。臣获五善，敢不重拜！

---

① 本文所有竹简释文出自马承源主编《上海博物馆藏战国楚竹书（一）》，同时吸收时贤的研究成果，为便于读者阅读，对于其中的难认字作了处理，各简断文则省去。次序则根据笔者的理解，作了部分调整。

从引文可以看出，穆叔所接受的诗篇知识至少包括词汇解释和用诗规则两个方面。“臣闻之，访问于善为咨，咨亲为询，咨礼为度，咨事为诹，咨难为谋”，这是对《皇皇者华》一诗相关的咨、询、度、诹、谋五个词语的训释。这五个词语都出现在《皇皇者华》一诗中，穆叔用“咨”字统率其余四词，采取近义词辨析法解释词语。穆叔用“臣闻之”说明这个训释不是他自己的发明，而是传承有自。从这个例子看，至少在春秋时期，国子教育内容中依然有词语训释。我们还可以从《国语·周语下》羊舌肸的评论中看出来：

且其语说《昊天有成命》，《颂》之盛德也。其诗曰：“昊天有成命，二后受之。成王不敢康，夙夜基命宥密。于缉熙，亶厥心，肆其靖之。”是道成王之德也。成王能明文昭、能定武烈者也。夫道成命者而称昊天，翼其上也。二后受之，让于德也。成王不敢康，敬百姓也。夙夜，恭也。基，始也。命，信也。宥，宽也。密，宁也。缉，明也。熙，广也。亶，厚也。肆，固也。靖，和也。其始也，翼上德让而敬百姓；其中也，恭俭信宽，帅归于宁；其终也，广厚其心以固和之。始于德让，中于信宽，终于固和，故曰“成”。

羊舌肸这段评论包括解题、释句和析词三方面的内容。整首诗分析解释的细密程度不亚于汉代经师解经。羊舌肸就是晋国有名的政治家叔向，他在外交场合如此熟练地讲解有关《昊天有成命》的基本知识，说明他所接受的教育里有诗篇字词句训释这一项。同样，诗篇基本主题的教育也是礼乐诗学不可缺少的。《左传·宣公十二年》还说：

武王克商，作颂曰：“载戢干戈，载橐弓矢，我求懿德，肆于时夏，允王保之。”又作《武》，其卒章曰：“耆定尔功”，其三曰：“铺时绎思，我徂惟求定。”其六曰：“绥万邦，屡丰年。”夫《武》，禁暴、戢兵、保大、定功、安民、和众、丰财者也……《武》有七德，我无一焉，何以示子孙！

楚庄王将“禁暴、戢兵、保大、定功、安民、和众、丰财”视为《大武》乐章的“七德”，正可与《周礼·大司乐》所谓“乐德”相印证。

（二）用诗规则

春秋时代，由于东周朝廷已经没有实际能力维护周礼，诸侯僭越礼制的事情常有发生，一些外交家或者出于维护礼制的目的，或者出于外交斗争的需要，利用这种用诗规则维护周礼的尊严，为自己赢得尊敬。《左传》作者对此类事件往往带着赞赏的笔调加以记录。《左传·文公四年》说：

卫宁武子来聘，公与之宴，为赋《湛露》及《彤弓》，不辞，又不答赋。使行人私焉，对曰：“臣以为肄业及之也。昔诸侯朝正于王，王宴乐之，于是乎赋《湛露》，则天子当阳，诸侯用命也。诸侯敌王所忾而献其功，王于是乎赐之彤弓一、彤矢百、玈弓矢千，以觉报宴。今陪臣来继旧好，君辱贶之，其敢干大礼以自取戾！”

由于鲁文公赋诗级别不当，宁武子不敢答谢，为了维护鲁文公颜面，他也没有拒绝。鲁文公派人私下询问，宁武子才说出了《湛露》与《彤弓》两首诗的使用规则。对于自己这方面的知识，宁武子说是“臣肄业及之”，即从老师那里学来的，可见这两首诗的用诗规则自有渊源。

《左传·襄公四年》记载了另外一件用诗不当的事件：

四年夏，穆叔如晋，报知武子之聘也。晋侯享之，金奏《肆夏》之三，不拜；工歌《文王》之三，又不拜；歌《鹿鸣》之三，三拜。韩献子使行人子员问之曰："子以君命辱于敝邑，先君之礼藉之以乐，以辱吾子。吾子舍其大而重拜其细，敢问何礼也？"对曰："《三夏》，天子所以享元侯也，使臣弗敢与闻；《文王》，两君相见之乐也，臣不敢及；《鹿鸣》，君所以嘉寡君也，敢不拜嘉！《四牡》，君所以劳使臣也，敢不重拜！"

穆叔对于自己拜与不拜的说明，表明国子教育中包含诗篇使用场合方面的内容。春秋中、后期，列国纷纷僭越礼制，西周建立的用诗规则被抛弃了，以至于晋国君臣竟然不能理解穆叔的举动；鲁国对于周礼还心存敬意，虽然在实践中也僭越礼制了，但关于用诗规则的知识还在传授。用诗规则是西周礼乐诗论的重要内容，由它们构筑起来的用诗体系，是维护周礼的一道重要的防洪堤坝。

（三）诗乐批评标准

诗歌词语训释和用诗规则的教育属于礼乐诗学的基础教育。在士大夫的礼乐实践中，往往要涉及乐章的评价。前引《左传》所记季札观乐透露了一点这方面的讯息：政治批评、道德批评和审美批评，以道德批评为最高要求。对于十八种表演，季札几乎都肯定了它们审美价值，用"美哉"、"大而婉"、"泱泱乎"、"飒飒乎"等等予以赞叹。然而季札更看重"德"，例如《郑风》虽美，其政不美而受到季札批评。即使美如《周南》、《召南》，他也认为"犹未也"；《象箾》、《南籥》也是"犹有憾"；《韶濩》"犹有惭德"。在季札心目中，"乐"的最高标准是"至德"。季札这种诗乐批评不是孤立现象，《论语·八佾》记载说：

子谓《韶》尽美矣，又尽善也；谓《武》，尽美矣，未尽善也。

子曰："《关雎》乐而不淫，哀而不伤。"

又如上博简《孔子诗论》第二十一简：

孔子曰："《宛丘》，吾善之；《猗嗟》，吾喜之；《鸤鸠》，吾信之；《文王》，吾美之……"

大司乐与大师教科书式的诗学见解虽然没有直接传下来，他们的诗说在孔子及其后学中发扬光大，例如在《礼记·乐记》中有关内容大多是七十子后学在大司乐和大师诗乐教育思想的基础上发展起来的诗学和乐学理论。

（四）诗乐批评方式：乐语

在两周礼乐实践中有一种诗乐批评形式，文献称之为"语"：

古者于旅也语。（《仪礼·乡射礼·记》）

既歌而语以成之也，言父子、君臣、长幼之道，合德音之致，礼之大者也。（《礼记·文王世子》）

君子于是语。（《礼记·乐记》）

晋羊舌肸聘于周，单靖公享之，语说《昊天有成命》。（《国语·周语》）

以乐语教国子兴、道、讽、诵、言、语。（《周礼·大司乐》）

清人孙诒让指出，以上“语”和“语说”就是《周礼·大司乐》所说的乐语[①]。孙诒让的判断是正确的。文献中所记之“语”都出现在演奏和歌唱之后，因此《周礼·大司乐》以“乐”对“语”进行限定是恰当的，由于礼乐实践中，大多数场合下诗与乐、舞难以分开，因此“乐语”之称符合当时的实际情况。关于乐语六技，前人未能就文献所记一一指实，从“既歌而语以成之也，言父子、君臣、长幼之道，合德音之致”、“君子于是语”、“单靖公享之，语说《昊天有成命》”等材料看，春秋赋诗活动中的对与答就是乐语[②]。

借助于《左传》、《国语》等文献，我们今天依然能够看到乐语的真实面目。《左传·襄公八年》记有赋诗中的对答：

> 晋范宣子来聘，且拜公之辱，告将用师于郑。公享之，宣子赋《摽有梅》，季武子曰：“谁敢哉！今譬于草木，寡君在君，君之臭味也。欢以承命，何时之有?”武子赋《角弓》。宾将出，武子赋《彤弓》。宣子曰：“城濮之役，我先君文公献功于衡雍，受彤弓于襄王，以为子孙藏。匄也，先君守官之嗣也，敢不承命。”君子以为知礼。

晋范宣子来聘的目的是邀请鲁国迅速出兵，配合晋国讨伐郑国，赋《摽有梅》取诗篇“及时”之义；季武子赋《角弓》，取诗篇兄弟不相远之义，表示鲁国将追随晋国，讨伐郑国；季武子再赋《彤弓》，意在激励晋国继承晋文公业绩。他们对答之语，所讨论的不在诗篇的本义，而在于此时赋诗的意图上，但是又没有完全脱离本诗。就它们议论的起点看，这是诗论，但不是今天文学意义上的诗论。由此生出礼乐实践中诗句含义的多产性和不确定性，这正是礼乐诗论与经学诗论、文学诗论的差别所在。正是这种多产性和不确定性训练出中华民族所特有的诗性智慧，从而召唤含蓄蕴藉的诗歌诞生，在一定程度上铸造了中华诗歌的民族气派。

四、结语

礼乐诗学有自己的知识体系，该体系是一个广泛的知识框架，是礼乐诗学发生的基础，它包含了当时人们对于自然、社会、宗族、宗教、祖先以及神话与历史的知识。对于这套知识体系的陌生，造成我们今天对于礼乐诗学理解的困难，由此引发《诗经》学史上几个重要命题，例如六诗与六义问题、春秋赋诗问题、《九夏》问题、乐语问题……探索这套知识体系是我们解开礼乐诗学诸多奥秘的必由之路。

与经学诗学侧重于解诗不同，礼乐诗学更加注重用诗规则的学习和遵循，侧重于诗学知识在实际政治生活中的运用。这种运用是建立在文化认同的社会心理基础之上的，因此礼乐诗学的理论和实践形成了中华文化大一统的核心力量，显示了中华文化温文尔雅的气度，是中华文化共同体中文化认同魅力的集中体现。

作者单位：安徽财经大学

① 孙诒让著，王文锦、陈玉霞校点：《周礼正义》，第七册，第1724页，中华书局，1987年。

② 笔者认为春秋赋诗依然属于规范的礼乐活动，不是礼崩乐坏中衍生文化现象。见拙文《春秋赋诗的真相》，《学术月刊》2006年3期。

论杨恽

汪春泓

司马迁惨遭宫刑，但按史书记载，他至少育有一女。此女所嫁者，乃杨敞，《汉书》有传。杨敞与其子杨恽，在昭、宣二帝朝，尤其霍光专政之时，均为朝中重要人物。由于其人与太史公的特殊关系，其有待发覆者，亟需厘清。

一、两场政治惨祸与杨氏父子尴尬境遇

武帝驾崩，继位者是年仅八岁的昭帝，以霍光为首，还有金日磾、上官桀和桑弘羊，四人一起辅佐幼帝。可是数年之后，这个同盟内讧，《汉书·杨敞传》说："元凤中，稻田使者燕苍知上官桀等反谋，以告敞。敞素谨畏事，不敢言，乃移病卧。以告谏大夫杜延年，延年以闻。苍、延年皆封，敞以九卿不辄言，故不得侯。后迁御史大夫，代王欣为丞相，封安平侯。"在霍光铲除上官桀、桑弘羊等人过程中，无咎无誉之杨敞，由于得到霍光信任，后竟官至丞相。

迄昭帝崩，霍光征昌邑王继位，由于昌邑王迫不及待地想控制权力，霍光与车骑将军张安世联手，密谋废黜昌邑王，遂将计谋报知杨敞。杨敞惊恐，手足无措，端赖其夫人提醒[①]，才决定追随霍光，共废昌邑王，改立宣帝。值此政治险境，杨敞无从躲避，而且，群臣联名上奏太后，以废昌邑王，诛杀昌邑群臣二百多人，均以杨敞领衔署名。处在风口浪尖，内心矛盾重重，宣帝即位一个多月后，杨敞就在忧惧中死去。杨敞死后，虽然由其子杨忠为嫡嗣，但本传对杨忠生平行状语焉不详，浓墨重彩落到杨敞另外一子杨恽身上，简短的《杨敞传》后，更多篇幅留给了所附的《杨恽传》。

《史记》在前汉之传播，王利器《盐铁论校注》根据时人辩论所引材料，指出，宣帝时《太史公书》已颇有流传[②]；《汉书·宣元六王传》记载东平王来朝求诸子及《太史公书》，此说明当时外界已知道有《太史公书》，而王凤等十分了解其书的情形。

《杨恽传》谓："恽母，司马迁女也。恽始读外祖《太史公记》，颇为《春秋》。以材能称。好交英俊诸儒，名显朝廷，擢为左曹。"

按《汉书·司马迁传》说："迁既死后，其书稍出。宣帝时，迁外孙平通侯杨恽祖述其书，

---

① 王先谦《汉书补注》引何焯曰："敞夫人是后妻，非司马迁女，观下《恽传》中'后母无子'之文可证。"故此贤明夫人非杨恽母，第 4561 页，上海古籍出版社，2008 年。

② 《盐铁论校注》，王利器校注，第 237 页，中华书局，2006 年。

遂宣布焉。”[①]

此二条材料对看，向来未曾引起读者足够的注意。其实透露的信息十分重要。一则，对于外祖司马迁的史学著作，杨恽兴趣盎然；另则，颇为《春秋》，除了可以理解为好读儒家经典《春秋》之外，《春秋》乃史学的代名词[②]，颇为《春秋》指杨恽也从事史学编撰。而在宣帝时，杨恽“祖述其书”[③]，此指杨恽效法、继承外祖事业，然后把《太史公书》（或《太史公记》）公之于世。

而杨恽的特殊遭际，必然对其《春秋》事业产生深刻影响。杨恽本传记述：“霍氏谋反，恽先闻知，因侍中金安上以闻，召见言状。霍氏伏诛，恽等五人皆封，恽为平通侯，迁中郎将。”前者杨恽之父杨敞领衔署名废黜昌邑王，而今杨恽本人又告发霍氏谋反，透过“霍氏伏诛”四字背后，乃见血流成河之惨像。《汉书·霍光传》说：“以尽诛霍光妻子家人。”甚至“与霍氏相连坐诛灭者数千家”，此无疑是前汉规模最大的一场大屠杀。前汉朝中之大事，像废除昌邑王和剿灭霍氏及其党羽，真正的主事者，譬如前之霍光和后之宣帝，通常躲在幕后，假借某人之名，或带头上奏以诋毁政敌，或捏造罪行以证成谋反，而昭帝死后，两桩政坛惨剧，却偏偏都与杨敞、杨恽父子结下不解之缘。因此，杨恽本传指他“又性刻害，好发人阴伏”，不言而喻，此乃宣帝将自己的凶残推卸于杨恽，令之成为舆论的替罪羔羊，杨恽当时必然承受着巨大的心理压力。

二、舆论冲击与宣帝亲信铸成杨恽特殊心态

杨恽本传记载数事，犹可玩味。一则杨恽为中郎将，整治郎官弊制，体现执法的手腕，堪谓能吏。“由是擢为诸吏光禄勋，亲近用事”，此对其一生结局存在着关键的影响；二则杨恽对于钱财，似可视之如浮云，前后获得大笔钱财，杨恽均毫不吝惜地分施宗族亲戚，本传称他“轻财好义”，目睹无辜者鲜血横流，在政治中，人生无常，而且自己被利用，间接地害死无数性命，此令杨恽有负罪感，也刺激杨恽，遂看轻了钱财的意义。

前汉朝廷内部，亦有中外之分。《汉书·刘辅传》，按王先谦《汉书补注》，孟康曰：“中朝，内朝也。大司马左右前后将军、侍中、常侍、散骑、诸吏为中朝。丞相以下至六百石为外朝也。”《补注》刘奉世曰：案文，则丹、永皆中朝臣也。盖时为给事中、侍中、诸吏之类。钱大昕曰：《汉书》称中朝官或称中朝者，其文非一，唯孟康此注最为分明。《萧望之传》“诏遣中朝大司马车骑将军韩增、诸吏富平侯张延寿、光禄勋杨恽、太仆戴长乐问望之计策”，《王嘉传》“事下将军中朝者，光禄大夫孔光、左将军公孙禄、右将军王安、光禄勋马宫、光禄大夫龚胜”（《龚胜传》又有司隶鲍宣）。光禄大夫非内朝官，而孔光、龚胜得与议者，加给事中故也。此传太中大夫谷永亦以给事中故得与朝者之列。则给事中亦中朝官。孟康所举不无遗漏矣。光禄勋掌宫殿、掖门户，在九卿中最为亲近。昭宣以后，张安世、萧望之、冯奉世、辛庆忌皆以列将

① 王国维《太史公行年考》指：“所谓宣播者，盖上之于朝，又传写以公于世也。”《观堂集林》卷十一，《王国维遗书》第二册，第17页，上海古籍书店，1983年。

② 《汉志》说：“而齐辕固、燕韩生皆为之传。或取《春秋》，采杂说，咸非其本义。”又说：“古之王者世有史官，君举必书，所以慎言行，昭法式也。左史记言，右史记事，事为《春秋》，言为《尚书》，帝王靡不同之。”

③ 《汉志》谓儒家者流“祖述尧舜”。

军兼领光禄勋，而杨恽为光禄勋亦加诸吏，故其与孙会宗书自称与闻政事也。然中、外朝之分，汉初盖未之有，武帝始以严助、主父偃辈入直承明，与参谋议，而其秩尚卑。卫青、霍去病虽贵幸，亦未干丞相、御史职事。至昭、宣之世，大将军权兼中外，又置前后左右将军，在内朝与闻政事，而由庶僚加侍中给事者，皆自托为腹心之臣矣。此西京朝局之变，史家未明言之，读者可推验而得也。"[①]此《补注》所援引钱大昕的考证十分精彩，由此可深入了解前汉政治的权力架构。

邢义田采访劳干谈及《秦汉史》的撰写，劳干说："这本书对于政治制度的'内朝'的问题及地方制度也谈得不够。"[②]此说明汉代的实际情形，有的属于内朝之事，即使《史记》、《汉书》也十分隔膜，譬如探究杨恽，就必须关注内朝或中朝的问题。在宣帝朝，杨恽属典型的中朝之臣，在《汉书·萧望之传》里，可以见到杨恽备受宠幸，宣帝作政策咨询，其程序是"遣中朝大司马车骑将军韩增、诸吏富平侯张延寿、光禄勋杨恽、太仆戴长乐问望之计策"，按《汉书·苏武传》，甘露三年，宣帝图画名臣于麒麟阁，入选者就有韩增、张延寿之父张安世，杨恽与其人同列，可见受宣帝之亲信，已属心腹之臣矣。而俟宣帝不满萧望之，杨恽则参与诘问、策诏望之，亦为宣帝施政的股肱之臣，身处朝廷机枢。

宣帝置于身边的人物，大约有几类组成，其中第一类，《汉书·刘向传》说："向字子政，本名更生。年十二，以父德任为辇郎。既冠，以行修饬擢为谏大夫。是时，宣帝循武帝故事，招选名儒俊材置左右。"此出于缘饰政事之需要；另一类，《汉书·王褒传》说："王褒字子渊，蜀人也。宣帝时修武帝故事，讲论六艺群书，博尽奇异之好，征能为《楚辞》九江被公，召见诵读，益召高材刘向、张子侨、华龙、柳褒等待诏金马门。"[③]此类人物善作诗赋，润色鸿业；第三类，则是与闻政事之密勿大臣，即上述所谓的中朝官员，杨恽也厕身其中。而此三类人物之间，似亦无截然的界线。

前汉提倡独尊儒术，虽早在武帝朝，但是儒家经学植根社会，迎来全面昌盛，却要晚至宣、元、成帝时期。而杨恽之"颇为《春秋》"，一方面折射出当时的学术风尚，另一方面，亦由于杨恽接近宣帝，他必须迎合宣帝好"名儒俊材"，因此，他亦"好交英俊诸儒"；而前汉儒学，迄武帝即位，各经之发展，以及与朝廷官学发生之联系，各经之间存在着一定的时间差，大致按照《诗》、《尚书》、《礼》、《易》和《春秋》这样一个先后次序[④]，故而至昭帝盐铁会议时，观《盐铁论》，贤良、文学称引儒家典籍，盖以《论语》、《孟子》和《诗经》等为较多，笔者拟考察《春秋公羊》学在前汉如何成为官学主流，其时间和特点诸端，以至何以具备准法律的性质，藉以约束臣下之行为。

《汉书·邹阳传》说："庆父亲杀闵公，季子缓追免贼，《春秋》以为亲亲之道也。"

《汉书·邹阳传》说："(齐人)公孙玃遂见梁王曰：'……昔者郑祭仲许宋人立公子突，以活其君，非义也，《春秋》记之，为其以生易死，以存易亡也。'"

---

① 王先谦《汉书补注》，第4999页。劳干据此撰成《论汉代的内朝与外朝》一文，收于《中研院历史语言研究所集刊论文类编》(历史编秦汉卷)一，第277页，中华书局，2009年。

② 见《劳干院士访问记》收入《地不爱宝——汉代的简牍》，邢义田著，第346页，中华书局，2011年。

③ 《汉书·萧望之传》说："(华)龙者，宣帝时与张子蟜等待诏。"故张子侨或作张子蟜。

④ 王国维《汉魏博士考》说："案文景时已有《诗》、《书》、《春秋》博士，则武帝所新置者《易》与《礼》而已。"这是指立《五经》博士的次序。文收于《观堂集林》卷四，《王国维遗书》第一册，第6页。

《汉书·淮南衡山济北王传》说:“《春秋》曰:‘臣毋将,将而诛。’”

《汉书·严助传》说:“《春秋》:天王出居于郑,不能事母,故绝之。”

《汉书·食货志》说:“自公孙弘以《春秋》之义绳臣下取汉相,张汤以峻文决理为廷尉,于是见知之法生,而废格沮诽穷治之狱用矣。”

《汉书·食货志》说:“是后,外事四夷,内兴功利,役费并行,而民去本。董仲舒说上曰:‘《春秋》它谷不书,至于麦禾不成则书之,以此见圣人于五谷最重麦与禾也。今关中俗不好种麦,是岁失《春秋》之所重,而损生民之具也。’”

《汉书·终军传》说:“今天下为一,万里同风,故《春秋》‘王者无外’。”

《汉书·路温舒传》说宣帝初即位,路温舒上书曰:“臣闻《春秋》正即位,大一统而慎始也。”

《汉书·隽不疑传》说始元五年,有一男子自称卫太子,京兆尹隽不疑喝令逮捕,其理据是:“昔蒯聩违命出奔,辄距而不纳,《春秋》是之。”

《汉书·文三王传》说:“太中大夫谷永上疏曰:‘是故帝王之意,不窥人闺门之私,听闻中冓之言。《春秋》为亲者讳。’”

《汉书·赵敬肃王彭祖传》说:“故《春秋》之义,诛君之子不宜立。”

《汉书·王吉传》说:“《春秋》所以大一统者,六合同风,九州共贯也。”①

《汉书·魏相传》说:“(魏)相因平恩侯许伯奏封事,言:‘《春秋》讥世卿,恶宋三世为大夫,及鲁季孙之专权,皆危乱国家。’”

《汉书·霍光传》说:“《春秋》曰‘天王出居于郑’,繇不孝出之,绝之于天下也。”

《汉书·王褒传》说:“纪曰:共惟《春秋》法五始之要,在乎审己正统而已。”

《汉书·杨敞传》说杨恽语长乐曰:“正月以来,天阴不雨,此《春秋》所记,夏侯君所言,行必不至河东矣。”

《汉书·张敞传》说:“故仲尼作《春秋》,迹盛衰,讥世卿最甚。”

《汉书·孙宝传》说:“《春秋》之义,诛首恶而已。”

《汉书·毋将隆传》说:“《春秋》之谊,家不臧甲,所以抑臣威,损私力也……孔子曰:‘奚取于三家之堂。’”《补注》沈钦韩曰:《公羊·定十三年传》:“孔子曰:‘家不臧甲,邑无百雉之城。’”

《汉书·萧望之传》说:“望之对,以为‘《春秋》昭公三年大雨雹,是时季氏专权,卒逐昭公。乡使鲁君察于时变,宜亡此害’。”

《汉书·萧望之传》说:“《春秋》晋士匄帅师侵齐,闻齐侯卒,引师而还,君子大其不伐丧,以为恩足以服孝子,谊足以动诸侯。”

《汉书·冯奉世传》说:“《春秋》之义,大夫出疆,有可以安国家,则颛之可也。”

《汉书·翟方进传》说:“《春秋》之义,王人微者序乎诸侯之上,尊王命也。”

《汉书·宣元六王传》说:“《春秋》之义,大能变改。”

《汉书·匡衡传》说:“《春秋》之义,诸侯不得专地,所以壹统尊法制也。”

《汉书·薛宣传》说:“《春秋》之义,意恶功遂,不免于诛。上浸之源不可长也。”

① 《汉书·终军传》说:“夫天命初定,万事草创,及臻六合同风,九州共贯,必待明圣润色,祖业传于无穷。”

《汉书·薛宣传》说："《春秋》之义，原心定罪。"

《汉书·朱博传》说："初何武为大司空，又与丞相方进共奏言：'……《春秋》之义，用贵治贱，不以卑临尊。'"

《汉书·朱博传》说："《春秋》之义，奸以事君，常刑不舍。鲁大夫叔孙侨如欲颛公室，谮其族兄季孙行父于晋，晋执囚行父以乱鲁国，《春秋》重而书之。"

《汉书·酷吏传》说："御史大夫田广明谓太仆杜延年：'《春秋》之义，以功覆过。'"

《汉书·京房传》说："《春秋》纪二百四十二年灾异，以视万世之君。"

《汉书·眭弘传》说："孟推《春秋》之意，以为'石柳皆阴类，下民之象，泰山者岱宗之岳，王者易姓告代之处。今大石自立，僵柳复起，非人力所为，此当有从匹夫为天子者'。"

《汉书·哀帝纪》说："诏曰：《春秋》'母以子贵'。尊定陶太后曰恭皇太后……"

《汉书·律历志》说："夫历《春秋》者，天时也，列人事而目以天时。"

《汉书·佞幸传》说："盖'君亲无将，将而诛之'。是以季友鸩叔牙，《春秋》贤之；赵盾不讨贼，谓之弑君。"

《汉书·外戚传》说："《春秋》讥不亲迎。"

《汉书·外戚传》说："《春秋》二百四十二年，变异为众，莫若日蚀大。"

《汉书·王莽传》说："《春秋》天子将娶于纪，则褒纪子称侯，安汉公国未称古制。"

《汉书·五行志》、《汉书·楚元王传》引用《春秋公羊传》者，十分密集。

《汉志》之《春秋》二十三家中，首列"《春秋古经》十二篇"，顾实《汉书艺文志讲疏》认为："此《左氏春秋》古文经也。"《汉志》其后列"《经》十一卷"，顾实指"《公羊》、《穀梁》二家"[①]。单独存世的《春秋》文本，到汉代已经不存在了。从上述材料可以见证，虽则武帝时已有"具以《春秋》对"的要求[②]，此《春秋》盖属《公羊》之学，然而，当时朝中大臣熟悉《春秋》者毕竟不多，如汲黯那样，尚未完成从黄老道德之术向《春秋》之学转型的人物，应具普遍性。晚至武帝末年，《春秋》之义，尚非士人共治之显学。所以，言必称"《春秋》之义"，"《春秋》之义"真正成为一种政治话语，当盛行于宣帝一朝，延续至元、成朝，则蔚为风气。《汉书·食货志》所谓"自公孙弘以《春秋》之义绳臣下取汉相"，《春秋》大义本属君臣共同尊奉的行为准则，而公孙弘则以此单向约束臣下，却割裂了双向相反的一面，即臣民亦有限制君权的权利，此亦体现武帝所崇尚《春秋公羊》学，起始就有被迅速刑名化的特点，在非法制的社会形态中，借助《春秋公羊》学，以作为君臣分际之对证点，君与臣，尤其是臣，其言行是非善恶的裁断，可以在其中寻找根据或标准。然而其流弊，便是"张汤以峻文决理为廷尉"[③]，最终导致儒家与法家之间泯灭了界限，换言之，按《史记·平津侯列传》所谓："习文法吏事，而又缘饰以儒术。"当时学术，只不过用儒家包装法家，儒表法里耳。"《春秋》之义"沦为无限上纲，甚至"《春秋》之义，原心定罪"，社会陷于酷吏当道的恐怖气氛中。故而，《春秋》之义，多出自公孙弘之推毂[④]，而董氏《公羊》学在当时较为寂寞，《盐铁论·刺复》说："其欲据仁义，以道事君者寡，偷合取容

① 《汉书艺文志讲疏》，顾实讲疏，上海古籍出版社，2009年。

② 《汉书·严助传》。

③ 《汉书·食货志》说："自公孙弘以《春秋》之义绳臣下取汉相，张汤以峻文决理为廷尉，于是见知之法生，而废格沮诽穷治之狱用矣。"此本乎《史记·平准书》。

④ 《汉书·儒林传》说："而公孙弘以治《春秋》为丞相封侯，天下学士靡然乡风矣。"

者众。独以一公孙弘,如之何?"[1]所谓"独以一公孙弘",即指尚不知其他。而《盐铁论·论菑》曰:"文学曰:'始江都相董生推言阴阳……'"[2]而作为江都相的董仲舒,其影响力自然不敌丞相公孙弘。

杨恽和其父亲杨敞,已在政坛付出了惨痛的代价,恶名昭彰,在此情形下,造成杨恽依违两难的困境,一方面,不能抵御权势诱惑,竭力依附于宣帝,要保持中朝之臣的身份,另一方面,已心存对政治的恐惧与厌倦;一方面,必须追随主流学术,也即《春秋》之学,另一方面,对此种官学之本质,具有清醒的认识和深刻的怀疑。此种近乎分裂的人格,令他在日常言行中,不经意地流露腹诽,作为家世显赫的杨恽,公子性情,因言贾祸,亦属性格使然,终究难逃大厄矣。

三、辨析传世本《史记》之"儒家倾向"

按《史记·儒林列传》,该传以《春秋公羊》学为儒学之核心,且凸显董仲舒在武帝朝儒林之地位,其实此种叙述并不符合事实,而该列传的儒学观,亦并不属于司马迁之时代,所以,察此列传,显然依据《汉书·楚元王传》记载刘向所称颂"仲舒为世儒宗",而且《春秋》最为显学,这样一个基调来撰写的,其中篡改司马迁原文,当可断定。

按《史记》,除《儒林列传》外,关于董仲舒,司马迁与之并无明显的交集,并且在《史记·太史公自序》中,司马迁也从未述及自家学术曾受董生之影响[3];《汉书·儒林传》记载,司马迁曾从《尚书》专家孔安国"问故",这确实是司马迁除了家学之外的学术新元素。因此,史学史上,关于司马谈与司马迁父子之间存在学术差异的观点,需要重新审视。

《汉书·儒林传》记述辕固警告公孙弘曰:"公孙子,务正学以言,无曲学以阿世!"留下如此警策的千古名言,体现辕固生坚持民本思想,具备学者的良知和忧患,洵为大儒,足以垂名不朽。

司马谈推崇道家,而司马迁是否已经向儒家转向了呢?此是问题的关键。首先如何看待孔、老分置《世家》与《列传》,是否意味司马迁崇儒而贬道?笔者以为,在武帝时期,太史公不会无视以孔子为代表的儒家的巨大影响力,深悉国家政治与儒术相结合,这是必然趋势,而司马谈《论六家要指》也不排斥道家"采儒墨之善",因此,古来一些学者认为,在学术上,太史公父子存在很大分歧,甚至以为父属道家,而子则偏向于儒家,司马迁彻底背离了父亲司马谈的宗旨。此种观点,其实并不可靠。

《史记·太史公自序》说:"太史公学天官于唐都,受易于杨何,习道论于黄子。太史公仕于建元元封之间,愍学者之不达其意而师悖,乃论六家之要指曰……"建元至元封之间,譬如自元光五年始,公孙弘拜为博士、待诏金马门,至左内史,再到御史大夫,直至元朔中,代薛泽为丞相,其升迁过程,象征着《春秋公羊》学之得势,而对此,司马谈"愍学者之不达其意而师悖",就是针对这种学术状况而言,恰与辕固生直指公孙弘"曲学阿世"意思相吻合。

---

① 《盐铁论校注》,第 132 页。
② 《盐铁论校注》,第 556 页。
③ "余闻之董生"云云,疑为杨恽所杜撰,杨恽称董仲舒为"董生"。

太史公父子并不认同王权强力笼罩，而道家"与时迁移，应物变化，立俗施事，无所不宜"，给人以自由的空间，宜其为太史公父子所赞赏。故而，《史记》虽将孔子跻身《世家》，而老子则被置于《列传》，然而《史记·老子列传》记载孔子对弟子说："吾今日见老子，其犹龙邪！"此近乎后世的"老子化胡"说，隐含老为孔师、老高于孔的意味。

观汉代学者的评述，多以司马迁为道家，如扬雄《法言·寡见》说："或问：'司马子长有言，曰《五经》不如《老子》之约也，当年不能极其变，终身不能究其业。'"①儒家繁琐，而实际上，人间的道理简洁明快，有时凭直觉尽可以判断；扬雄《法言·君子》说："文丽用寡，长卿也；多爱不忍，子长也。仲尼多爱，爱义也，子长多爱，爱奇也。"《汉书·扬雄传》说："及太史公记六国，历楚汉，讫麟止，不与圣人同，是非颇谬于经。"一言以蔽之，《汉书·司马迁传》说："赞曰：……又其是非颇缪于圣人，论大道则先黄老而后六经，序游侠则退处士而进奸雄，述货殖则崇势力而羞贱贫。"②

分析上述批评，《史记·游侠列传》说："今游侠，其行虽不轨于正义，然其言必信，其行必果，已诺必诚，不爱其躯，赴士之厄困，既已存亡死生矣，而不矜其能，羞伐其德，盖亦有足多焉……今拘学或抱咫尺之义，久孤于世，岂若卑论侪俗，与世沈浮而取荣名哉！而布衣之徒，设取予然诺，千里诵义，为死不顾世，此亦有所长，非苟而已也。"所谓"不轨于正义"，以及"今拘学或抱咫尺之义"，均对锱铢必较于《春秋》之义者，动辄引《春秋》大义为圭臬者，司马迁深致不屑，斥其小儒拘拘焉；《史记·货殖列传》虽然否定《老子》"小国寡民"的思想，然而，司马迁肯定财富积累、社会富足，此对于社会中人之仁义道德的培养，具有决定性的作用，若舍弃财富，或言义而不及利，会陷于高谈阔论。他不像把道德理想绝对化的儒生那般，孤立地谈论仁义建设，而指出"使孔子名布扬于天下者"，子贡比原宪的力量要大得多。对待道、儒两家最重要的人物老子和孔子，考察《史记》之轩轾判分，至少可以断定，老绝对不在孔之下。至于已偏离了孔学本原的学说，譬如《春秋公羊传》之类，司马迁持十分审慎的态度，《史记·老子韩非列传》说："世之学老子者则绌儒学，儒学亦绌老子。'道不同不相为谋'，岂谓是邪？"孔子尊重老子，而当今的儒学却"绌老子"，足证此儒学去圣久远、乖绝大道，司马迁对此颇有微词。

而令人疑窦丛生者在于，《史记·太史公自序》等篇，显露出浓重的儒家倾向，尤其念兹在兹于《春秋》之学，似乎已超前至宣、元时代，然则几乎可视司马迁为弘扬《春秋公羊》学之先驱，这显然不符合司马迁的学术和政治观。而学术史上，关于司马迁的儒、道倾向，至少有两家极具代表性，一家是朱熹，《朱子语类》卷第一百二十二《吕伯恭》说："浙间学者推尊《史记》，以为先黄老，后《六经》，此自是太史谈之学。若迁则皆宗孔氏，如于《夏纪赞》用行夏时事，于《商纪赞》用乘商辂事，《高祖纪赞》则曰'朝以十月，车服黄屋左纛'，盖讥其不用夏时商辂也。迁之意脉恐诚如是，考得甚好。然但以此遂谓迁能学孔子，则亦徒能得其皮壳而已。假使汉高祖能行夏时，乘商辂，亦只是汉高祖，终不可谓之禹汤，此等议论，恰与欲削《乡党》者相反。（必大）。"③朱熹认为，不能以《史记》局部、片段尊孔之痕迹，来指认司马迁有别于乃

① 《法言义疏》，汪荣宝撰，第222页，中华书局，1987年。

② 刘勰《文心雕龙·史传》篇认同班氏的说法："尔其实录无隐之旨，博雅弘辩之才，爱奇反经之尤，条例踳落之失，叔皮论之详矣。"

③ 《朱子语类》，朱熹撰，黎靖德编，第2956页，中华书局，1999年。

父司马谈，并以此判定，司马迁在根本上，已经皈依孔子儒家。朱熹能从整体和大处着眼看问题，堪谓击中肯綮之论也。

而另一家则可以清人方苞为例，他发现《史记》中儒、道及其他问题的抵牾之处，在相信文献可靠的前提下，他采取弥缝矛盾的方式，来强为之说。方苞《书太史公自序后》说："子长作《封禅书》，著武帝愚迷，而序其父之死，则曰：'是岁，天子方建汉家之封，而太史公滞留周南，不得与从事，故发愤且卒。'又记其言曰：'今天子接千岁之统，封泰山，而余不得从行，命也夫！'余少读而疑焉。及读《封禅书》，至'群儒不能辨明封禅事'，然后得其意。盖封禅用事虽希旷，其礼仪不可得而详；然以是为'合不死之名，致怪物，接仙人蓬莱士'之术，则夫人而知其妄矣。子长恨群儒不能辨明，为天下笑，故寓其意于《自序》，以明其父未尝与此；而所为发愤以死者，盖以天子建汉家之封，接千岁之统，乃重为方士所愚迷，恨已不得从行，而辨明其事也。"①《史记·太史公自序》明确叙述司马谈之死因，元封元年，武帝封禅泰山，而司马谈未能从行，遂幽愤而死。然而，此对照《史记·封禅书》以及司马迁对武帝的批判态度，若认为这些文字出自司马迁之手，则前后不一致，故而方苞只好认为此《太史公自序》乃运用曲笔，意在和武帝愚迷划清界限。然而，范晔《后汉书·班彪列传》指司马迁的风格："迁文直而事核。"司马迁无须如此隐晦地表达自己，因此方苞的上述见解并不可信。

东晋葛洪站在司马迁一边，其《抱朴子·内篇》卷之十《明本》批驳班固之谬论说："而班固以史迁先黄老而后六经，谓迁为谬。夫迁之洽闻，旁综幽隐，沙汰事物之臧否，核实古人之邪正，其评论也，实原本于自然，其褒贬也，皆准的乎至理。"②葛洪所谓"自然"、"至理"，与经学家纠葛不已的"《春秋》之义"泾渭判分，道出了司马迁史学精髓之所在。儒家文献，在司马迁眼里，更多从史料真伪角度加以处理，《汉书·司马迁传》总结司马迁撰史之所本曰："故司马迁据《左氏》、《国语》，采《世本》、《战国策》，述《楚汉春秋》，接其后事，迄于天汉。"③叙述司马迁撰史之所本，关于《春秋》三传，此处单表《左氏》，比较接近事实。广义而论，《三传》均可视作史料来源，譬如宋洪迈《容斋随笔》卷第三《三传记事》，辨析异同，认为《三传》记事，各具特色④。然而，朱熹《朱子七经语类》第十九卷《春秋》说："以《三传》言之，《左氏》是史学，《公》、《穀》是经学。"⑤此言精辟，揭示了《左氏》与《公》、《穀》性质之不同，史学所需纪实性，依据《春秋》记事，司马迁采择《左氏》为主，而《公》、《穀》仅为之参照，此可以大量实例佐证。况且，若处处以《公羊》之所谓"微言大义"来叙述历史，历史也将沦为某种"教义"的注脚，史学则丧失了以求真为目的的独立地位，《太史公书》(《史记》)也必然面目全非、不伦不类⑥！

关于《春秋》之"公羊大义"，究其性质，按《汉书·董仲舒传》，评价董氏，向、歆父子均以伊吕、管晏作比，刘向以为有过之无不及，而刘歆则认为这样评价有过分之嫌。因此，即使司马迁尊崇孔子，却不会对"犹未及游夏"的董氏顶礼膜拜，自然也不会唯"公羊大义"马首是

① 方苞《方苞集》，刘季高校点，第59页，上海古籍出版社，1983年。

② 《抱朴子内篇校释》(增订本)，王明著，第184页，中华书局，1985年。

③ 《史记·五帝本纪》说："太史公曰：……予观《春秋》、《国语》……"

④ 《容斋随笔》，洪迈著，第40页，上海古籍出版社，1995年。

⑤ 朱熹《朱子七经语类》第十九卷《春秋》，上海古籍出版社，1992年。

⑥ 近代吴汝纶《答贺松坡》说："得手柬，并寄示所为《论左传》一首，其谓《左氏》书但纪述事始末，而未尝为之条例，以解诂《春秋》之文，其条例而解诂之者，浅学自喜者之所为也。此诚卓识闳议，鄙人私蓄此疑于胸臆久矣。"《吴汝纶全集》(三)，吴汝纶撰，施培毅、徐寿凯校点，第67页，黄山书社，2002年。

瞻。吴汝纶《答何豹丞》说："尊论：《尚书》古训舍《史记》无由考，惜近代经师，不能通《太史公书》。此最卓识。仆说《易》以《太玄》为主，说《书》以《史记》为主，向来私旨与大教略同，此可仰攀以自慰也。"①司马迁学《尚书》于孔安国，寻绎此种请益的结果，反映在《史记》中，吴汝纶认为司马迁将《尚书》处理成史学材料，结撰其人物、事迹等，而非接受《尚书》之义理，笔者以为，传世儒家文献，对于司马迁而言，皆具此种文献足征的价值和意义。

四、杨恽之"颇为《春秋》"与《史记·太史公自序》等

令读者心存上述疑惑者，尤以《史记·太史公自序》为甚，此盖良有以也！上述朱熹、方苞等人的议论，颇集中在《史记·太史公自序》以及篇末之"太史公曰"，《太史公自序》堪称整部《史记》之序，而"太史公曰"则可视为各篇之序，刘勰《文心雕龙·序志》篇说："长怀《序志》，以驭群篇。"序，置于书末或篇末，这符合古代文体的特点，具有统摄群篇或各篇、起画龙点睛作用，以阐明主旨。

观《史记·宋微子世家》记载宋襄公事迹，"宋襄公与楚成王战于泓"，由于宋襄公的迂腐，宋师大败，子鱼曰："兵以胜为功，何常言与！必如公言，即奴事之耳，又何战为？"可是其文末之"太史公曰"，却发出这样的评论："襄公既败于泓，而君子或以为多，伤中国阙礼义，褒之也，宋襄之有礼让也。"②战争，即使不论兵不厌诈，然兵戎相见，总以取胜为目的。在泓之战中，宋襄公一再礼让，导致宋师大败。子鱼一针见血指出，像宋襄公那般指挥作战，那还不如投降算了，这属于常识判断，无须夹缠，一望而知者也。但是，在篇末的"太史公曰"，却引用《公羊》"大义"来褒扬宋襄公之"有礼让"，将整篇题旨转移到《公羊》之学上去了。此二者之间，存在常识判断与理论曲解的矛盾，顺着行文笔势，篇末之"太史公曰"颇有画蛇添足之嫌，与前边的叙述极不协调③。

《后汉书·蔡邕列传》所谓："昔武帝不杀司马迁，使作谤书，传于后世。"此对于《太史公书》的接受反应，着墨于君臣之际，司马迁对"今上"也即武帝毫不留情，所以贻人以"谤书"之口实。如何保存外祖倾注毕生心血的这部巨著，并且使它能够流传世间，必须顾及作为一个非常强势的君王，宣帝重视君臣礼义建设，对于影响朝廷形象的言行，断断不会放任自流。杨恽"祖述其书，遂宣布焉"，此"祖述"暗含修订《太史公书》的意思，令其符合当时某种主流口径，方能流布于社会。

所以，首先，观《史记》，孝景和孝武之《本纪》，张晏均指原作"亡"，以崔适的眼光看，孝文、孝景之《本纪》，乃司马迁身后某人取《汉书》补缀而成，至于孝武之《本纪》，则大面积袭取《汉书·郊祀志》④。可见司马迁原著之文、景、武帝《本纪》部分，另外还有一些篇章，很早就被销亡或撤换，想必这是此书存世所须付出的代价，而这亦正印证了王允所谓"谤书"的指责；其次，上述行为可能由杨恽操刀，实出于无奈。而要润饰全书，藏锋敛颖乎各篇，以获取

① 《吴汝纶全集》(三)，第163页。

② 《史记·太史公自序》说："襄公伤于泓，君子孰称。"

③ 逯耀东撰《史传论赞与"太史公曰"》一文，追溯"太史公曰"之缘起，并加以系统的评述，未曾怀疑"太史公曰"存在任何问题。见逯耀东著《抑郁与超越——司马迁与汉武帝时代》，第265页，生活·读书·新知三联书店，2008年。

④ 《史记探源》，崔适著，张烈点校，第65页，中华书局，2005年。

朝廷审查之开禁，在书于简册的前汉时代，较简捷的手段，也是对全书不太伤筋动骨的做法，那就是修改或撤换全书之“后记”——《太史公自序》，同时窜改或制造某些篇末的“跋”——“太史公曰”，这番工夫，虽不彻底，然在一定程度上，可为司马迁“离经叛道”缓颊，此令浏览者之印象顿然改观，会觉得此书与当代主旋律并不冲突，于是，虽然此书获取了传世的合法性，却也产生了一些自相矛盾的疑惑，假如也从杨恽动过手脚的角度看问题，这些疑惑也会涣然冰释。

上述朱熹之所言，验证了“太史公曰”与司马迁整体学术倾向之龃龉，而矛盾制造者，怀有缘饰以“儒术”之目的，盖以杨恽为始作俑者，其可能性最高，即使“太史公曰”可信性不容置疑，然则其所援引儒家，亦大抵出于史料角度，不可与司马迁学术倾向混为一谈；而方苞所言，则引导后人思考，一篇《太史公自序》与全书是否首尾协调？方苞想消弭其间存在的自相矛盾，可惜难有说服力。其症结所在，就是相信《太史公自序》与他篇一致，同出自司马迁之手，而其实却不然！考定《太史公自序》等遭杨恽大幅修改甚至太半出自其手，证据有四：

一则，《五经》(或《六艺》)及《春秋》之义密集出现之含义。统计《史记·太史公自序》，自“太史公曰：‘先人有言：“自周公卒五百岁而有孔子。孔子卒后至于今五百岁，有能绍明世，正《易传》，继《春秋》，本《诗》、《书》、《礼》、《乐》之际？”意在斯乎！意在斯乎！小子何敢让焉。’”始，迄乎“于是卒述陶唐以来，至于麟止，自黄帝始”，在此短短的篇幅之间，《春秋》一词出现十七次，频率之高，令人警悟，其必有深意焉！

在此节文字中，何谓《春秋》？明文记述太史公曰：“余闻董生曰……”所以确指董氏《公羊学》或者《春秋公羊传》，而且引“司马迁”标举《六经》，说：“夫《春秋》，上明三王之道，下辨人事之纪，别嫌疑，明是非，定犹豫，善善恶恶，贤贤贱不肖，存亡国，继绝世，补敝起废，王道之大者也。《易》著天地阴阳四时五行，故长于变；《礼》经纪人伦，故长于行；《书》记先王之事，故长于政；《诗》记山川溪谷禽兽草木牝牡雌雄，故长于风；《乐》乐所以立，故长于和；《春秋》辩是非，故长于治人。是故《礼》以节人，《乐》以发和，《书》以道事，《诗》以达意，《易》以道化，《春秋》以道义。”关于《五经》(或《六经》)各自性质，先秦时期就有许多类似上述言论的阐发。《汉志》将《太史公百三十篇》置于《春秋》二十三家之内，说明在《左氏》尚微之时，刘向等实际上将太史公著述视作赓续《公》、《穀》的事业，或谓孔子之后五百年，远绍圣人，司马迁继作《春秋》。

《史记·平津侯主父列传》篇末羼入一段班固曰：“汉之得人，于兹为盛。儒雅则公孙弘、董仲舒、兒宽……文章则司马迁、相如……孝宣承统，纂修洪业，亦讲论《六艺》，招选茂异，而萧望之、梁丘贺、夏侯胜、韦玄成、严彭祖、尹更始以儒术进，刘向、王褒以文章显。”武帝初年崇儒，后期则转向方士仙道，儒术并未真正落到实处。孝宣时，才讲论《六艺》，儒学人物和政治重臣始有合二为一之趋势，《汉书·王褒传》说：“王褒字子渊，蜀人也。宣帝时修武帝故事，讲论六艺群书……”《汉书·楚元王传》说：“会初立《穀梁春秋》，征更生受《穀梁》，讲论《五经》于石渠。”《汉志》引述刘向的话：“凡六艺一百三家，三千一百二十三篇。六艺之文，《乐》以和神，仁之表也；《诗》以正言，义之用也；《礼》以明体，明者著见，故无训也；《书》以广听，知之术也；《春秋》以断事，信之符也。五者，盖五常之道，相须而备，而《易》为之原。”

《五经》或者《六艺》作为一个整体，被凸显出来，且以《春秋》和《易》学为核心，希冀发挥《五经》各自特性，并起到综合性的社会作用，然则其语境之时空概念必须厘清。《汉书·武帝纪》说:"建元五年春,置《五经》博士。"但此后却懈怠于尊儒。《汉书·盖宽饶传》记录盖宽饶所谓:"以刑余为周、召,以法律为《诗》、《书》。"此指宣帝倚重乎中朝臣,可见汉宣帝时,虽以周、召、《诗》、《书》包装其法家本质,但从学以致用看,儒家也算生逢其时。《汉书·儒林传》说:"昭帝时举贤良文学,增博士弟子员满百人,宣帝末增倍之。"这为更多经生提供了谋生出路。《汉书·儒林传》说:"甘露中与《五经》诸儒杂论同异于石渠阁。"《汉书·儒林传》说:"甘露中,奉使问诸儒于石渠……琅邪王吉通《五经》,闻(梁丘)临说,善之。"《汉书·儒林传》说:"(夏侯)始昌通《五经》。"至宣帝朝,《五经》博士和诸儒阵容整齐,且常备顾问。《汉书·儒林传》说:"自元康中始讲,至甘露元年,积十余年,皆明习。乃召《五经》名儒太子太傅萧望之等大议殿中,平《公羊》、《穀梁》同异,各以经处是非。"关乎重要学术问题,也须《五经》名儒一起论证。而宣、元、成帝时期,儒学之走向,当以《易》学之天人对应,以及《春秋》学之是非褒贬,结合成一种前汉特有的学术,如《汉书·五行志》即具代表性。《汉书·于定国传》记述于定国本学法家:宣帝立,霍光重用于定国,因而,"定国乃迎师学《春秋》,身执经,北面备弟子礼"。此透露消息,在宣帝朝,《春秋》学已炙手可热,为了掌握政治话语,于定国必须拜师学习;《汉书·眭弘传》说眭弘:"少时好侠,斗鸡走马,长乃变节,从嬴公受《春秋》。"在昭帝时代,此亦印证受《春秋公羊传》,并非单纯的学术修养,而是进身仕途所亟需。《汉书·王吉传》说在宣帝朝:"初,(王)吉兼通《五经》,能为驺氏《春秋》,以《诗》、《论语》教授,好梁丘贺说《易》,令子骏受焉。"所谓"能为驺氏《春秋》",及"好梁丘贺说《易》",都凸显出《易》与《春秋》在《五经》中特殊的地位[①]。《汉书·主父偃传》说:"晚乃学《易》、《春秋》、百家之言。"武帝朝,作为智谋之士,主父偃已得风气之先。《汉书·眭两夏侯京翼李传》说:"赞曰:幽赞神明,通合天人之道者,莫著乎《易》、《春秋》。"可见通天人之际,是治《易》、《春秋》者所独擅。而上述观点成为主流共识,不在武帝之世,而在昭、宣之际,尤其在宣帝强势执政期,更蔚然成风。

《太史公自序》记载司马迁说"《易》著天地阴阳四时五行",以及"《春秋》以道义",皆与太史公的学术学风,存在歧异。《汉志》中刘向所谓:"《春秋》以断事,信之符也。五者,盖五常之道,相须而备,而《易》为之原。"两相对照,"《春秋》以道义"和"《春秋》以断事,信之符也",其本质是一致的,意在强化王权独断[②],而这样的政治哲学恰与司马谈《论六家要指》思想相悖,此属后人将主流观点塞进了司马迁《自序》中,显得十分突兀,《太史公自序》说:"太史公曰:'先人有言……正《易传》,继《春秋》,本《诗》、《书》、《礼》、《乐》之际?'"突出《易》与《春秋》在《五经》或《六经》中主导的地位,此显然不是司马谈的遗言,而《太史公自序》除了司马谈之《六家要指》外,大部分文字出于宣帝时代人之手笔,无疑当属杨恽"颇为《春秋》"实绩之一。

二则,从史实谬误,以证作者非精于史学之司马迁。《太史公自序》曰:"于是论次其文。七年而太史公遭李陵之祸,幽于缧绁。乃喟然而叹曰:'是余之罪也夫!是余之罪也夫!身

---

① 赵翼《廿二史札记》卷二《汉儒言灾异》说:"即以六经而论,《易》最先出,所言皆天道。《尚书》次之,《洪范》一篇备言'五福'、'六极'之征,其他诏诰亦无不以'惠迪'、'从逆'为吉凶。至《诗》、《礼》、《乐》盛于商、周,则已多详于人事,而天人相应之理略焉,如'正月繁霜'诸作,不一二见也。惟《春秋》记人事,兼记天变,盖犹是三代以来记载之古法,非孔子所创也。"亦说明《易》、《春秋》及一篇《洪范》尤具天变和人事相结合的特性。见《廿二史札记校证》,王树民校证,第 38 页,中华书局,2001 年。

② 胡安国《春秋传序》说:"故君子以谓《五经》之有《春秋》,犹法律之有断例也。"见《春秋胡氏传》,浙江大学出版社,2010 年。

毁不用矣。'退而深惟曰:'夫《诗》、《书》隐约者,欲遂其志之思也。昔西伯拘羑里,演《周易》;孔子戹陈蔡,作《春秋》;屈原放逐,著《离骚》;左丘失明,厥有《国语》;孙子膑脚,而论兵法;不韦迁蜀,世传《吕览》;韩非囚秦,《说难》、《孤愤》;《诗》三百篇,大抵贤圣发愤之所为作也。此人皆意有所郁结,不得通其道也,故述往事,思来者。'"此段文字铿锵激昂,历来被视为真切道出了太史公之心声。然而令人置疑者在于,其中有些叙述,岂止与世人通晓之史实大有出入,就连太史公为上述人物撰史之原文,也与此节文字不相吻合。

对此辨析甚严者,首推清人崔述,崔氏所撰《丰镐考信录》说:"孔子作《春秋》在归鲁之后,非厄陈蔡之时;《吕览》之成,悬诸国门,是时不韦方为丞相,亦未迁蜀;《屈原传》作《离骚》在怀王之时,至顷襄王乃迁之江南,非放逐而赋《离骚》也;《韩非传》作《说难》、《孤愤》皆在居韩时,秦王见其书而好之,韩乃遣非使秦,亦非囚秦而作《说难》、《孤愤》也……至《国语》与《左传》事多抵牾,文亦不类,必非一人所作。"[①]崔述在其《洙泗考信录·余录》中,甚至认为文王羑里演《周易》之说,也不可信,他指出上述人物事迹"皆与本传之说互异"[②]。所叙七事,竟然错误占其六!或曰:此是司马迁愤激之词,无暇推敲,因而瑕疵迭出,犹如草书之飞白,更有一分兴到笔不到的意味。然而,这种解释尚未能说明司马迁为何"传"与"序"前后相左。若认为此节文字之作者,其特征是富有激情与文采,却疏于史学之谨严,而杨恽恰是其人哉!

三则,质疑两种史学观之表述。《太史公自序》说:"凡百三十篇,五十二万六千五百字,为《太史公书》。序略,以拾遗补艺,成一家之言,厥协《六经》异传,整齐百家杂语,藏之名山,副在京师,俟后世圣人君子。"此间"序略"二字颇为费解,在全书之末,司马迁所作序莫非是一篇未成稿?而且"拾遗补艺"一词,《集解》引李奇曰:"《六艺》也。"此与"厥协《六经》异传"一样,所呈现一种强烈的著述抱负,以期完成儒家圣贤般的人生愿望,而此难道属于司马迁之追求吗?但是,此文毕竟还是透露了重要的信息,那就是争夺《太史公书》之发表权,藏之名山,意指正本,而副在京师,指朝廷藏本则属副本,司马迁把正本留给其唯一的后人,那就是杨恽,期待杨恽能保证其书流传后世。而副在京师之副本,极有可能遭到篡改,司马迁、杨恽怀有深深的此忧虑。

司马迁史学观,另有一种表述,《报任安书》说:"为十表、本纪十二、书八章、世家三十、列传七十,凡百三十篇。亦欲以究天人之际,通古今之变,成一家之言。"管东贵《从宗法封建制到皇帝郡县制的演变》之《自序》说:"司马迁在《报任少卿书》中述其撰写《史记》的心意:'亦欲以究天人之际,通古今之变,成一家之言。'他虽然把历史的'变'委于'天'与'人'之间的感应互动,但那是受限于当时的人都无法超脱的知识框架的缘故;然而,他的'通古今之变,成一家之言',却显示他已意识到历史的'变'有'古今一脉相通'的道理,也就是他看出了其中有贯穿时间的'纵'的'整体性'系统。"[③]这番议论按之于司马迁,并不恰当。因为叙述历史人物、事迹,是否应倾注于"天"的因素?在前汉同样有时段性。《史记·天官书》说:"为国者必贵三五,上下各千岁,然后天人之际续备。"然而又说:"太史公推古天变,未有可考于今者……近世十二诸侯七国相王,言从横者继踵,而皋、唐、甘、石因时务论其书传,故其占验凌

---

① 《丰镐考信录》,崔述撰,第187页,北京:中华书局,1985年。

② 《洙泗考信录·余录》,崔述撰,《儒藏·孔孟史志》第13册,第260页,四川大学出版社,2005年。

③ 管东贵《从宗法封建制到皇帝郡县制的演变》之《自序》,第4页,中华书局,2010年。

杂米盐。"司马谈虽"学天官于唐都",《天官书》却只是此一学派关乎星变与人事关系的记录[①],司马迁对言之凿凿论天人关系者深表怀疑[②]。故《史记·天官书》说:"太史公曰……幽厉以往,尚矣。所见天变。皆国殊窟穴,家占物怪,以合时应,其文图籍禨祥不法。是以孔子论六经,纪异而说不书。至天道命,不传;传其人,不待告;告非其人,虽言不著。"《史记·太史公自序》说:"星气之书,多杂机祥,不经,推其文,考其应,不殊。"否定了天人之间存在对应之关系。此启迪今人如何看待司马迁之"天人之际"。司马迁学术与战国精神遗响尚有联系,《郭店楚简》之《穷达以时》简文曰:"有天有人,天人有分。察天人之分,而知所行矣。有其人,无其世,虽贤弗行矣。苟有其世,何难之有哉?"[③]此反映所谓的"天",他对人有决定性的作用,而何谓"天"?实际上近乎今人所谓"时运"之概念,时运之济否,却来去无踪;《郭店楚简》之《性》简文曰:"性自命出,命自天降。"[④]《中庸》曰:"天命之谓性。"一个人的"性",其涵盖甚广,包括性格、性情以及性之善恶等内容,它出自命,而命却是由天所铸定或提供的,而所谓天,则不可知、不可掌控之谓也!《论语·颜渊》说:"子夏曰:'商闻之矣:死生有命,富贵在天……'"虽"王侯将相宁有种乎"!可是,人有性有命,而这一切归诸天之所赐所定,而天意却归诸"滑疑"。太史公父子均信命,故有"命也夫"之感喟。命与天,在太史公父子眼里,指生命遭遇困厄,当事者心存不可诘问之惑,在冥冥之中,似乎早有安排,对此,人只有无奈地接受,却无法抗拒。作为史家,必须重人事,亦敬天命,而假使认为史家可以参透人事背后之天命,乃虚妄之谈,属小人之无忌惮者也。

要到武帝朝,讲求《春秋公羊传》之经学家出,此辈才好议论"天人之际",《史记·儒林列传》记载公孙弘说:"臣谨案诏书律令下者,明天人分际,通古今之义,文章尔雅,训辞深厚,恩施甚美。"《汉书·礼乐志》说:"后董仲舒对策言:'王者欲有所为,宜求其端于天。天道大者,在于阴阳。阳为德,阴为刑……'"《春秋》之公羊学一派,借天以说人,所以指斥上政,既达谲谏之领会默契,又可免除犯颜之惊挺险急。于是,"明天人分际,通古今之义",几乎成为朝中大臣议论臧否的比兴手段。

察《汉书·眭两夏侯京翼李传》说:"赞曰:幽赞神明,通合天人之道者,莫著乎《易》、《春秋》。"《汉书·五行志》说:"昔殷道弛,文王演《周易》;周道敝,孔子述《春秋》。则《乾》、《坤》之阴阳,效《洪范》之咎征,天人之道粲然著矣。汉兴,承秦灭学之后,景、武之世,董仲舒治《公羊春秋》,始推阴阳,为儒者宗。宣、元之后,刘向治《穀梁春秋》,数其祸福,傅以《洪范》,与仲舒错。"《汉书·楚元王传》说:"歆及向始皆治《易》,宣帝时,诏向受《穀梁春秋》,十余年,大明习。"[⑤]可以认为,"明天人分际,通古今之义",这由董仲舒肇其端,至刘向等人,形成专以灾异祸福论政的时代话语,而此亦在宣帝朝始达成古为今用之共识。

杨恽有曰:"古与今如一丘之貉。"《汉书·元帝纪》说:"壮大,柔仁好儒。见宣帝所用多

---

① 钱大昕《与梁耀北论〈史记〉书二》说:"《天官书》文字古奥,非太史公所能自造,必得于甘石之传。"见钱大昕著《潜研堂文集》卷三十四,收于《潜研堂集》,吕友仁标校,第624页,上海古籍出版社,1989年。

② 崔适《史记探源》认为《天官书》录《汉书·天文志》,第101页。但是,笔者以为其中尚保留司马迁的一些观点。

③ 《郭店楚简校读记》(增订本),李零著,第111页,中国人民大学出版社,2007年。

④ 《郭店楚简校读记》(增订本),第136页。

⑤ 钱穆《刘向歆父子年谱》说:"五凤三年,丙寅。向年二十五岁,待诏受《穀梁》。"收于《两汉经学今古文平议》,钱穆著,第22页,商务印书馆,2001年。

文法吏，以刑名绳下，大臣杨恽、盖宽饶等坐刺讥辞语为罪而诛，尝侍燕从容言曰：‘陛下持刑太深，宜用儒生。’宣帝作色曰：‘汉家自有制度，本以霸王道杂之，奈何纯任德教，用周政乎！且俗儒不达时宜，好是古非今，使人眩于名实，不知所守，何足委任！’”这里元帝为杨恽、盖宽饶等鸣冤，而宣帝的回答，其中提及：“且俗儒不达时宜，好是古非今。”杨恽等借古以讽今，为其显著的议政风格[①]。而作为“实录”，司马迁虽然具有当代意识，可是在记载古今史实时，撰古，则进入古代语境，而记今，亦复以交代前因后果为主干，至于古今联系之探究，毕竟属于历史哲学的范畴，司马迁秉承古代朴素的“实录”精神，其精力灌注却并不在“通古今之变”。

四则，杨恽凭借极限心理体验以代撰《报任安书》。以《汉书·司马迁传》所载《报任安书》和《史记·太史公自序》相对看，两者共同的文字，就有谈古代贤圣发愤著书的一段话，崔述已证其讹误，从此一段落即可证明其文非司马迁所撰；逯耀东根据《报任安书》字数，认为全文篇幅“当在百简以上”，所以这是一封“欲寄不能寄的信”[②]，这样的分析已经十分接近史实了。劳干指出：“其实《报任安书》文章好，并且还有内容，作者对于司马迁的思想，了解得相当深刻，从来就没人怀疑过。但是这封信的本身却有很深的矛盾，影响到是否可以合理存在的问题。此书中‘今少卿抱不测之罪，涉旬月，迫冬季’表示写的时候是正在巫蛊之祸以后，汉武帝的大整肃时期，当时天下嚣然，人人自危。司马迁当时未被巫蛊之祸牵入，自保还来不及，怎样可以写这封激切的信给当时重罪的囚犯？如其说这是一封写好未发的信，那司马迁连《景纪》和《武纪》都不敢保留，又怎敢家藏这篇激切的信，来做牵连入罪的证据？试看一看《昭明文选》卷四十一中有司马迁的《报任安书》，接着就是杨恽的《报孙会宗书》(恽文出《汉书》本传)。这两封信都是气势雄肆的好文章，比较之下很有相似之处。如其《报任安书》为一篇仿作，而非司马迁的亲笔，应当只有杨恽才有此资格。”[③]此说平实公允，还需补充者在于，在《昭明文选》之前，《文心雕龙·书记》篇说：“观史迁之《报任安》，东方之《难公孙》，杨恽之《酬会宗》，子云之《答刘歆》：志气盘桓，各含殊采；并杼轴乎尺素，抑扬乎寸心。”已经暗示太史公和杨恽两书之间存在微妙的关系，《昭明文选》可能受其说之影响。

设若《报任安书》作者为司马迁，该书写作时间之考定，赵翼《廿二史札记》卷一《司马迁作史年岁》认为此书写作，与戾太子事相关，时在征和二年间[④]。而王国维《太史公行年考》则将《报任安书》系于太始四年。设若真有任安与司马迁通书之事，任安在益州刺史任上写信给司马迁，司马迁并不马上作答，而是到任安改任北军使者护军，且牵连进巫蛊大祸并待罪之时，司马迁才写成《报任安书》，故考定为征和二年间，较为允当。若此书果真非司马迁作，那这些考证就遭釜底抽薪，失去了意义。而为何要将通书人物定为任安，而且牵涉巫蛊大事件，这倒引人深思。关于武帝末期内情，《史记》记述有阙如之憾，而《汉书》则多饰词，所叙盖为昭、宣之间，刘德、刘向等蒙恩扬名者虚构史实，回护汉刘政统连续性、合法性，以致历史真实性严重受损[⑤]。

---

① 前汉论古今，好以暴秦为殷鉴，如贾谊、张释之、邹阳、贾山、路温舒、吾丘寿王、徐乐、严安等，这便是借古讽今的论说风气。

② 逯耀东撰《“巫蛊之祸”与司马迁绝笔》，载逯耀东著《抑郁与超越——司马迁与汉武帝时代》，第315页。

③ 《古代中国的历史与文化》之《自序》，劳干著，台湾联经出版事业股份有限公司，2006年。

④ 《廿二史札记校证》，第1页。

⑤ 班固《汉书》记载武帝命终前后之事，深受刘德、刘向之影响。

《汉书·外戚传》记载成帝采刘向、谷永之言以质问失宠的许皇后，其中有曰："朕亦当法孝武皇帝也，如此则甘泉、建章可复兴矣……孝文皇帝，朕之师也。"此言话中有话，古来罕有读者发现，见《汉书》记述，武帝末期往来甘泉、建章，殊不知其本人已经被霍光操纵，甚至是否在人世亦不可测。故而，所谓的甘泉、建章，乃霍光为拖延时间所布迷魂阵。这在武帝身后之皇室内部，当属不可告人之机密。因此，成帝所谓"朕亦当法孝武皇帝也，如此则甘泉、建章可复兴矣"，意指许皇后也会重蹈卫皇后之覆辙，警告她知所进退。《汉书·霍光传》说："时卫尉王莽子男忽侍中，扬语曰：'帝崩，忽常在左右，安得遗诏封三子事，群儿自相贵耳。'"当戾太子事败之后，武帝尚有燕王旦、广陵王胥这样的成年王子，竟然尽弃而不用，却选择年仅八岁的少子为继位者，即汉昭帝，此匪夷所思，极其不合情理。所以，当李广利、刘屈牦扶助李夫人，企图立昌邑王髆继承皇位，此辈挑起巫蛊之祸，虽然消灭了卫皇后和戾太子一系，可是，局面很快被霍光扭转，随即李广利一边就引火烧身，均遭铲除。而此时政局演变，已经非出于武帝旨意，实为幕后之霍光所操控，立昭帝，自然是霍光之所定。

按王国维《太史公行年考》，司马迁一生与武帝相始终，司马迁之结局亦与武帝一样，史书缺乏可信的记载，外祖是寿终正寝或死于非命，杨恽自然清楚，然而，他亦讳莫如深。而司马迁最后之立身，却为宦海风波中的外孙杨恽多所发挥。《史记·太史公自序》之《集解》说："骃案：卫宏《汉书旧仪注》曰：'司马迁作《景帝本纪》，极言其短及武帝过，武帝怒而削去之。后坐举李陵，陵降匈奴，故下迁蚕室。有怨言，下狱死。'"此说或许道出真相。要了解为何杨恽选择任安作为外祖通书之人，首先要回溯汉宣帝之坎坷人生。

汉宣帝，据称是蒙冤失踪的戾太子之孙，也就是武帝之曾孙。观《报任安书》有意凸显司马迁左袒卫皇后及戾太子一边，《报任安书》说："明主不深晓，以为仆沮贰师，而为李陵游说。"贰师将军李广利正是害死戾太子之主谋，此即为外祖与之划清界限；而至于任安其人，他是田仁的挚友，按《史记·田叔列传》，此篇列传，颇令人生疑，其中传主田叔，着墨甚少，由田叔这位"天下长者"，引出田叔的少子田仁，而由田仁，则引出褚先生记述的任安事迹。《史记·田叔列传》说："(田)仁以壮健为卫将军舍人，数从击匈奴……月余，上迁拜为司直。"田仁在此职位上，遭遇不幸，其列传曰"数岁，坐太子事。时左丞相自将兵，令司直田仁主闭守城门，坐纵太子，下吏诛死。仁发兵，长陵令车千秋上变仁，仁族死……太史公曰：孔子称曰'居是国必闻其政'，田叔之谓乎！义不忘贤，明主之美以救过。仁与余善，余故并论之。"特别说明田仁是自己的好友，而且还称颂此人，其实在巫蛊案"黑云压城城欲摧"之际，如此说法，会陷自己于险境，司马迁不至于如此粗率，此要为杨恽之代言，亦表明，当戾太子事发之日，司马迁的友人田仁冒死放纵戾太子及家人，然则田仁堪谓有恩于宣帝者也；《史记·田叔列传》引"褚先生曰"，则叙述在武帝末期，任安亦被诛死。但是其死因与田仁同，那就是不忍置太子于死地，出乎一己仁厚之心，田、任保全戾太子一线血脉，为汉宣中兴，创造机缘①。

观《史记·太史公自序》，其中杨恽伪造司马谈临终前，与司马迁的对话，反映杨恽对汉刘政权的微妙心理：爱恨交加。杨恽曾"与闻政事"，身处中朝，令他对政治心生依赖和攀附的惯性，已不复有其外祖、曾外祖之慎独与洒脱，竟夸张地写其曾外祖的死因。因此，《史

---

① 赵翼《廿二史札记》卷一《史记自相歧互处》指《田仁传》"文既繁复，且不可解"。笔者推测《史记》专设此传，连带"褚先生曰"，都是为《报任安书》作注脚。《廿二史札记校证》，第14页。

记·太史公自序》及《报任安书》等，均属杨恽代笔，杨恽写作时，怀有期待心理，希望后人尤其“今上”深知司马迁及自己的“苦心”，虽则《报任安书》格调高古，但是“任安”这样的名字，也会激起宣帝的感念之心，由此还报外祖和自己以起码的礼遇。

武帝时代，枚皋“诙笑类俳倡”[①]，而《报任安书》说自己“固主上所戏弄，倡优畜之”，伴君生涯，个体的尊严感大受伤害。杨恽《报孙会宗书》、“恽家方隆盛时，乘朱轮者十人，位在列卿，爵为通侯，总领从官，与闻政事。”父为丞相，自己也封平通侯，然而，祸福倚伏，总在一瞬间，《汉书·杨雄传》说：“扬子笑而应之曰：‘客徒欲朱丹吾毂，不知一跌将赤吾之族也！’”一旦究罪，杨恽《报孙会宗书》说：“怀禄贪势，不能自退，遭遇变故，横被口语，身幽北阙，妻子满狱。当此之时，自以夷灭不足以塞责，岂意得全首领，复奉先人之丘墓乎？伏惟圣主之恩，不可胜量。君子游道，乐以忘忧；小人全躯，说以忘罪。窃自思念，过已大矣，行已亏矣，长为农夫以没世矣。”而《报任安书》说：“今交手足，受木索，暴肌肤，受榜棰，幽于圜墙之中。当此之时，见狱吏则头枪地，视徒隶则心惕息。何者？积威约之势也。”两相对照，均写出了当时吏治之残暴，以及沦为阶下囚之恐惧。此种宦海沉浮的极限心理体验，对杨恽了解政治和读懂外祖，具有极大的益处。

五、“发愤著书”乃杨恽对外祖史学之总结

仿佛伟大作家，需后人或者批评家来评论其创作经验，司马迁撰《史记》，他生前亦无夫子自道的总结，而中国文学批评史上关乎司马迁著名的“发愤著书”说，竟然并不出自太史公本人，此不足为奇。原因在于，其外孙杨恽确实神会外祖，对《史记》之写作心理作了精确的概括。与外祖一样，杨恽与朝廷经历了惊心动魄的离合转变，其厄运在于“与闻政事”，他不幸成为前汉武帝、昭帝、宣帝以至霍光等重要历史人物、事件的知情者，命运使他踏上政治阴谋的不归路，所以《汉书》本传所记载其人因言语尖刻而陷罪，俱是皮毛琐碎，而令他真正难逃一死的在于，外祖、父亲及自己，见证了太多的血腥杀戮，手握太多不可告人之事。本传透露杨恽自言：“我不能自保，真人所谓鼠不容穴衔窭数者也。”起初，他被免为庶人，在《报孙会宗书》中，既看到他远离政治中心后，油然而生的一种率意的欢欣，以及欢欣之余，内心泛起的苦涩的苍凉感。

最后，宣帝还是没有忘记杨恽，终于找借口杀了他，让他满肚子的秘密泥牛入海。而且，他的朋友们都跟着遭殃，《汉书·张敞传》说：“为京兆九岁，坐与光禄勋杨恽厚善，后恽坐大逆诛，公卿奏恽党友，不宜处位，等比皆免，而敞奏独寝不下。”《汉书·韦贤传》说：“数岁，玄成征为未央卫尉，迁太常。坐与故平通侯杨恽厚善，恽诛，党友皆免官。”宣帝如此重视杨恽一案，说明此案非同小可，关乎重大机密。中朝臣与一般经学家迥然不同，那就是有机会直面真正的政治，杨恽颇为《春秋》，这部《春秋》更多是活生生的政治，他看透现实政治，也就真正读懂了《史记》。

按赵翼《廿二史札记》卷一《司马迁作史记年岁》考证司马迁作《史记》，以遭遇李陵之祸为分界，此前已动笔积十年，此后至《报任安书》所呈现的年份，也有八年，此时若离司马迁命

① 《汉书·枚皋传》。

终尚余两年，则以遭受宫刑为分界，前后各有十年之久。

司马迁撰写《史记》之前十年，所谓发愤著书，观《史记·儒林列传》说："陈涉起匹夫……然而缙绅先生之徒负孔子礼器往委质为臣者，何也？以秦焚其业，积怨而发愤于陈王也。"然而，此"积怨而发愤"，说出其大意就是泄愤；但是，继父职为太史令，司马迁怀着巨大使命感，来从事史学撰述，而且对身处时代，充满激情，因此，这一时期若谓"发愤著书"，就绝对不是泄愤，而是激情、使命感使然，驱使他用笔记录这个宏大的帝国图景。

而司马迁生命的最后十年，目睹"今上"穷兵黩武、倒行逆施，那是在逐渐看清"今上"嘴脸，以及自己惨遭宫刑的情形下度过的。作为见证者，杨恽清楚外祖这十年的心路历程，在《报任安书》中，有极其传神、具体的描述。那是一场只剩精神、摒弃肉身的殊死之战，对于武帝，太史公经历了一个情感过程，先是憎恶，后是怨恨，到最后，太史公穿越了时空和个人的局限，升华到一种忘却世上特定人物的境界，否则，太史公史学仅能识其小者，却未能识大。他以宽阔的胸襟，观古今于须臾，抚四海于一瞬，故此，发愤著书，就成为一种内在生命的自我搏斗，以有限、短促而追逐无限和不朽，终令《史记》成为我们民族精神的基因图谱，亦令渺小的生命重于泰山！

作者单位：香港岭南大学

从风俗批评到审美批评

——应劭《风俗通义》新探

袁济喜　宋亚莉

东汉建安年间应劭的《风俗通义》是一部关于风俗的书，内容庞杂，近乎说部，《隋书·经籍志》及其后目录学著作多将其归为子部杂家类。对《风俗通义》的研究，多集中在历史学、民俗学和"可资博洽"的文献资料方面，近年又有学者关注其文学价值尤其是小说价值，但从文艺审美角度探讨的论文尚未出现。

一个时代的文化精神，既沉潜在精英文化之中，又浸润在社会风俗之中。感性可观的社会风俗往往能将典籍与学术中不易察觉的社会公众心理与文化意识彰显出来。儒家早有观风俗、知厚薄的观点，周代的采诗观风及汉代的乐府制度，盖源于这种文化自觉意识。因此，中国古代包括文学批评在内的审美文化批评，不仅要从传世的典籍与学术中寻绎，更要从社会风俗与公众心态中探讨，这是关涉到中国古代文学与审美批评历史拓展的不容忽视的问题。本文以东汉应劭《风俗通义》为切入点，考察中国古代风俗批评与审美批评的关系。

一、风俗视野与批评精神

应劭著述宏富，然除《风俗通义》尚存外，其他著作或已亡佚，或仅有只言片语散见于典籍中。《风俗通义》在历代流传过程中亦散佚甚多，今本篇目，有《皇霸》、《正失》、《愆礼》、《过誉》、《十反》、《声音》、《穷通》、《祀典》、《怪神》、《山泽》十篇，另有佚文若干[①]。《风俗通义》偏重风俗批评，其著述缘由本身就体现着应劭的风俗批评观。应劭在《风俗通义·序》中指出：

> 俗间行语，众所共传，积非习贯，莫能原察。今王室大坏，九州岛幅裂，乱靡有定，生民无几。私惧后进，益以迷昧，聊以不才，举尔所知，方以类聚，凡一十卷，谓之《风俗通义》，言通于流俗之过谬，而事该之于义理也。风者，天气有寒暖，地形有险易，水泉有美恶，草木有刚柔也。俗者，含血之类，像之而生，故言语歌讴异声，鼓舞动作殊形，或直或邪，或善或淫也。圣人作而均齐之，咸归于正；圣人废，则还其本俗。……昔客为齐王画者，王问："画孰最难？孰最易？"曰："犬马最难，鬼魅最易。"犬马旦暮在人之前，不类不可，类之故难；鬼魅无形，无形者不见，不见故易。今俗语虽云浮浅，然贤愚所共咨论，有

① 《风俗通义》的版本情况，见《风俗通义校注·叙例》，王利器校注，北京：中华书局，1981年。

似犬马，其为难矣；并综事宜于今者，孔子称："幸苟有过，人必知之。"俾诸明哲，幸详览焉。[①]

这种采风观俗意识，源于其深沉的文化批判责任感。汉末社会动荡不安，风衰俗怨，序中批评当时的社会政治现实："王室大坏，九州幅裂，乱靡有定，生民无几。"书中还指出，"灵帝之末，礼乐崩坏，赏刑失中，毁誉无验，竞饰伪服，以荡典制，远近翕然"，"郡用从事，县用府吏，上下溷淆，良可秽也"。故身处官僚士大夫阶层的应劭，欲从民间风俗入手，澄清流俗过谬，以正世风世俗。序中应劭关注民间风俗人情，认为它们是生民鲜活血气性情的生发，更能表现出深层的伦理精神与社会心态，歌谣文理、鼓舞动作无不展现风俗的淳厚与淫邪，故历来被圣人重视。而画鬼易画犬马难，日常风俗虽云浅薄，然贤愚共论，是非杂陈，因而更值得特别辨析与批评。

应劭的风俗批评体现在书中的各个层面的风俗辨析中，有对民间俗语的纠谬，有对地方风俗的批评，也有对士风、士俗的讨论。《风俗通义·正失》篇针对民间传说之失实，认为"传言失指，图景失形，众口铄金，积毁销骨，久矣其患之也"，故对俗言有必要纠谬正名。如《乐正后夔一足》条针对"俗说夔一足而用精专，故能调畅于音乐"的说法，引《吕氏春秋》"夔能和之(乐)，平天下，若夔一足矣"，说明原意是"夔一足，非一足行"[②]。《淮南王安神仙》条也多有此类辨析。正是本着这种人文理性的批评精神与方法，应劭对诸多传说和不实之词进行了厘定。

《风俗通义》对汝南、河内等地民风进行了批评。应劭因与曹操集团政见不合，论及汝南风俗有自己的看法。应劭以长沙太守汝南郅恽指责太守司徒欧阳歙推举不当一事，批评该地风俗特点，认为汝南风俗深受楚风影响，"急疾有气决"，然郅恽作为太守，并未引领民俗向淳厚方向发展，未能起到表率作用，郅恽久见授任，昭德塞违，选择官吏知延贪邪，罔上害民，其人又暴谏露言，致使此地"好干上怵忮，以采名誉"，风俗不正。应劭对此地的风俗批评，由人事直指汝南"月旦评"之风俗。汉末汝南地区以"月旦评"闻名，许氏兄弟等核论乡党人物，每月辄更其品题，诸多士人以此获益而成为名流。汝南地区此风俗，有褒有贬，评价不一。曹丕《又报钟繇书》对此颇多赞赏："至于荀公之清谈，孙权之妍媚，执书嗢噱，不能离手。若权复黠，当折以汝南许劭月旦之评。"然指责汝南风气之失，更非应劭一人。《晋书》卷六十二记载，祖纳对汝南"月旦评"之风气亦持批评，认为一月便行褒贬，会致使评价有失公允，人品的鉴定需要长久的时间。应劭又论赵仲让而及河内风俗，《过誉》篇曰：

今仲让不先谒府，乃径到县，俱谍吏民，尔乃入舍。《论语》："升车必正立，执绥，不内顾。"不掩不备，不见人短见。《礼记》："户有二屦不入。""将上堂，声必扬。"家且犹若此，况于长吏乎？君子之仕，行其道也，民未见德，唯诈是闻，远荐功曹，策名委质，就有不合，当徐告退，古既待放，须起乃逝，何得乱道，进退自由，傲很天常，若无君父？《洪范》陈五事，以貌为首，《孝经》列三法，以服为先。仲让居有田业，加之禄赐，势可免冻馁之厄，未必须冬日之暖也，利不体皆此也。河内，殷之旧都，国分为三，康叔之风既激，而

---

① 应劭撰，王利器校注：《风俗通义校注》，第4—16页，北京：中华书局，1981年。

② 应劭撰，王利器校注：《风俗通义校注》，第62页，北京：中华书局，1981年。

纣之化由存，其俗士大夫本矜好大言，而少实行。[①]

应劭依据《论语》、《礼记》、《孝经》等典籍，一一指出赵仲让之过，并进而对河内好大言、少实行的风俗追溯渊源。应劭说“他事若此非一也”，说明自己的评价并非就一事一时而发。应劭论及地方风俗，多先从该地官吏入手进行批评，认为身为百姓父母官者应对地方风俗负责任，关注的重点在士阶层。

汉末士大夫群体是当时社会的中坚力量，士风是社会风俗的重要组成部分。在论及汝南、河内地区民俗时，应劭对狂捐任诞、虚妄矜夸的士林士风并不赞赏，而是持较为严苛批评的态度。同样，他批评西汉文人东方朔“文辞不逊，高自称誉”，“逢占射覆，其事浮浅，行于众，僮儿牧竖，莫不炫耀”；指责西汉淮南王刘安“招募方伎怪迂之人，述神仙黄白之事，财殚力屈，无能成获，乃谋叛逆”。九江太守武陵陈子威，生不识母，路拾同姓孤独老妇供养以为母，应劭认为“如仁人恻隐，哀其无归，直可收养，无事正母之号耳”；山阳太守汝南薛恭祖，丧其妻，不哭，临殡，于棺上大言，应劭评“当内崩伤，外自矜饬。此为矫情，伪之至也”。这些官吏文人，在应劭看来，或浮浅，或矫情，皆未能正确引领社会风俗走向。应劭的风俗批评，关涉君臣、夫妇、人伦、孝道等各个层面，遍及巨公名臣，无所曲挠，却一一依据典籍制度，平允纯正。如皇甫规乃是朝廷重臣，连在高位，应劭针对其欲退避弟、故意犯错、擅远军营、赴私违公，以及自附党事，说：“规顾弟，私也；离局，奸也；诱巧，诈也；畏舟，慢也：四罪是矣，杀决可也。”[②]义正严词地指出皇甫规身为朝廷重臣，却挟功念私，扰乱法度，未能以国家为先，认为世家纯儒的皇甫规较之武夫出身的霍去病更应引导风俗之正。故将皇甫规放在“中心笃诚，而无妨于化者”、“覆其违理”的《过誉》篇里论述，显然作者认为应当纠正世俗对其评价过高的谬误。再如论袁夏甫。袁夏甫在当时就被以隐士高人誉之，《太平御览》转引魏晋皇甫士安《高士传》记载：“范滂美而称之曰：‘隐不违亲，身不绝俗，可谓至贤也。’”但《风俗通义·衍礼》篇记载：袁夏甫“为司徒掾，人间之事，无所关也。其后，闭户塞牖，不见宾客。清旦，东向再拜朝其母，念时时往就之，子亦不得见，复逾拜耳。头不著巾，身无单衣，足常木蹺，食止壃菜，云我无益家事，莫之能强。及母终亡，不列服位”[③]。应劭认为他不符合《孝经》的“生事爱敬，死事哀戚”，头不著巾，身无单衣，更与士君子之风相去甚远，世俗却以为高士，名实不相称，这些对时风潜移默化，是造成风俗衰败的重要原因。

应劭对士风、士俗的批评，是汉末清议时政、识鉴人物之社会风尚的产物。汉末品鉴人物盛行，除前文中提到汝南有许氏兄弟的“月旦评”，还有郭林宗的人物品鉴。《后汉书》称郭林宗“善谈论，美音制”，“其奖拔士人，皆如所鉴”，又载“林宗虽善人伦，而不为危言核论，故宦官擅政而不能伤也。及党事起，知名之士多被其害，唯林宗及汝南袁闳得免焉。遂闭门教授，弟子以千数”[④]。值得注意的是，《风俗通义》中品藻人物，依据典籍，以儒家思想作为品鉴的审美原则，其人伦鉴识的方法与郭林宗等人有所差异，表现手法也不尽相同。如应劭熟悉典章制度，以事论人，就事言事，而郭林宗颇为形而上，力求通过观察外在的形貌，而探知内

---

① 应劭撰，王利器校注：《风俗通义校注》，第205页，北京：中华书局，1981年。
② 应劭撰，王利器校注：《风俗通义校注》，第189页，北京：中华书局，1981年。
③ 应劭撰，王利器校注：《风俗通义校注》，第160页，北京：中华书局，1981年。
④ 范晔撰，李贤等注：《后汉书》卷六十八，第2226页，北京：中华书局，1965年。

在的品行能力。但实质都以儒学为评判标准，以期达到为统治者招揽人才的实用目的。试以《衍礼》篇对徐稚品鉴为例：

公车征士豫章徐孺子，比为太尉黄琼所辟，礼文有加；孺子隐者，初不答命。琼薨，既葬……醊哭于坟前。孙子琰故五官郎将，以长孙制杖，闻有哭者，不知其谁，亦于倚庐哀泣而已。孺子无有谒刺，事讫便去，子琰大怪其故，遣琼门生茅季玮追请辞谢，终不肯还。[①]

应劭评曰："孺子所以经三千里，越度山川而亲至者，非徒徇于已，顾义报乎？哭醊坟前，是也；讫，当即其帐衾，问劳子琰——子琰宿有善名，在礼无违，傥见微阙，教诲可乎！如何倏忽，甚于路人？昔黔敖忽于嗟来；然君子犹以为其嗟可去，谢可食。今与黄有恩故矣，孝子寝伏苫块，又孺子到便诣坟，无介，夫何为哉？"[②]应劭依据儒家的"礼"，指出了徐稚应当做到于礼无违，问劳子琰，于生者有所交待。然郭林宗却另有评价：

稚尝为太尉黄琼所辟，不就。及琼卒归葬，稚乃负粮徒步到江夏赴之，设鸡酒薄祭，哭毕而去，不告姓名。时会者四方名士郭林宗等数十人，闻之，疑其稚也，乃选能言语生茅容轻骑追之。及于途，容为设饭，共言稼穑之事。临诀去，谓容曰："为我谢郭林宗，大树将颠，非一绳所维，何为栖栖不遑宁处？"及林宗有母忧，稚往吊之，置生刍一束于庐前而去。众怪，不知其故。林宗曰："此必南州高士徐孺子也。《诗》不云乎，'生刍一束，其人如玉'，吾无德以堪之。"[③]

吊祭亡者，不言而去，似乎是徐稚一贯的作风，对黄琼和林宗母亲的吊唁皆是如此。林宗点评其"南州高士徐孺子"，"吾无德以堪之"，可谓褒奖之至。郭林宗是了解徐稚的，结合之前徐稚的"大树将颠，非一绳所维"，可知徐稚深知当时社会现状，而之后又以生刍吊祭林宗母亲，林宗以《诗经》"生刍一束，其人如玉"释之，可知二人皆秉承传统儒家之法。社会的现实使得儒学大坏，同样内心尊崇儒学的士人，或如应劭，正面倡导，欲重振传统礼仪于末世；或如徐稚、郭泰，反其道而为之，以破为立，但在内在追求和审美理想上却是一致的。

二、风俗批评与审美批评

审美是社会生活的反映，审美批评与风俗观察融为一体，成为汉魏时期独特的文化现象。《风俗通义》中，除了上述人物评鉴所体现的审美选择和评价标准外，我们通过应劭对汉末审美风尚的批评，以及对其他艺术形式如歌谣、音乐的品鉴，亦可对中国古代风俗批评与审美批评的关系有更深一步的了解。

审美风尚展现了社会的文化审美价值取向，《风俗通义》记载了汉代尤其是汉末的以悲为美、以怪诞为美的审美风尚，并有所批评。《风俗通义·佚文》中记载：

灵帝时，京师宾婚嘉会，皆作魁櫑，酒酣之后，续以挽歌。魁櫑，丧家之乐；挽歌，执

① 应劭撰，王利器校注：《风俗通义校注》，第162页，北京：中华书局，1981年。
② 应劭撰，王利器校注：《风俗通义校注》，第166页，北京：中华书局，1981年。
③ 范晔撰，李贤等注：《后汉书》卷五十三，第1747—1748页，北京：中华书局，1965年。

绋相偶和之者。天戒若曰：国家当急殄悴，诸贵乐皆死亡也。自灵帝崩后，京师坏灭，户有兼尸，虫而相食，魁櫑挽歌，斯之效乎！①

汉乐府相和歌挽歌，本为王公贵族和士大夫庶人出殡时演唱歌曲，却在婚宴嘉会酒酣乐极之时吟唱。宾婚嘉会的欢庆场合与悲凉凄美的挽歌构成鲜明对照，应劭认为是上天惩戒，是“国家当急殄悴，诸贵乐皆死亡”的末世征兆，并指出灵帝之后的京师坏灭的惨像正是这种审美风尚的应验。挽歌的吟唱，的确是末世情绪的宣泄。动荡的社会，混乱的政权，人命的转瞬即逝，引发了内心深处的及时行乐、乐极而悲的潜在情绪，应劭批评为不祥之兆，却不能够跳出历史的局限反观其因。其实这反映了当时文人自我意识崛起，思想活跃以及社会以悲为美的时代风尚。以悲为美，于汉末这个特定的时代有其历史的必然性和合理性，而这种审美取向，泽溉了魏晋“慷慨激昂”、“悲凉”等审美元素，颜延之裸袒挽歌，范晔夜饮以听挽歌为乐，说明以吟唱挽歌为表现形式的以悲为美的审美风尚仍然流行。

汉末，世俗装扮以怪诞为美，《风俗通义·佚文》多有记载：

桓帝元嘉中，京都妇女作愁眉、啼妆、堕马髻、折腰步、龋齿笑。愁眉者，细而曲折；啼妆者，薄拭目下若啼痕；堕马髻者，侧在一边；折要步者，足不任体；龋齿笑者，若齿痛不忻忻。始自梁冀家所为，京师翕然皆仿效之。天戒若曰：将收捕冀，妇女忧愁，跛眉将啼也。②

延熹中，京师长者，皆著木屐。妇女始嫁至，作漆画屐，五采为系。谨案：党事始发，传诣黄门北寺，临时惶恐，不能信天任命，多有逃亡不就考者，九族拘系，及所过历，长幼妇女，皆被桎梏，应木屐像矣。③

孝灵帝建宁中，京师长者，皆以苇辟方笥为妆，其时有识者窃言：苇方笥，郡国谳箧也，今珍用之，天下皆当有罪，谳于理官也。后党锢皆谳廷尉，人名悉苇方笥中，斯为验矣。④

这些流行审美风尚，当时人以为具有神秘的应验功能，实则是贵族阶层畸形的社会心理和空虚的末世心态的外现。应劭是否相信谶纬之说难以确定，但不满这些流行于京师的审美潮流，意欲通过批评流行的审美风尚直指社会政治动荡、人心混乱的现实则是确定无疑的。表面是对以悲为美、以怪诞为美的社会审美风俗的批评，实质上反映了身处士大夫官僚阶层的应劭对社会现状痛心疾首而又无力改变的心态。这些反映世俗世风的审美风尚，多不见于正史，依赖于应劭的《风俗通义》才得以记载。许多表面的时尚流行之风俗，往往深藏着特定的政治与文化因素，许多正统学人对此不屑一顾，多专注典籍文化，应劭却能独辟蹊径，敏锐地捕捉到社会风俗与现实生活中的人情风俗之萌动并加以批评。

歌谣乃古代诗歌中之一体，隐含着极深的政治与历史内容，时常被打上谶言的神秘印迹。汉魏时期的歌谣，具有民间与官方相呼应的功能，是一种承载着丰富的社会意蕴的文体，《风俗通义》记载的歌谣，多出现桓灵帝时，以艺术审美的形式反映着社会的政治文化批

① 应劭撰，王利器校注：《风俗通义校注》，第569页，北京：中华书局，1981年。

② 应劭撰，王利器校注：《风俗通义校注》，第567页，北京：中华书局，1981年。

③ 应劭撰，王利器校注：《风俗通义校注》，第567—568页，北京：中华书局，1981年。

④ 应劭撰，王利器校注：《风俗通义校注》，第568页，北京：中华书局，1981年。

评。正如《文心雕龙·时序》所言:"故知歌谣文理,与世推移,风动于上,而波震于下者也。"[①]这些歌谣表现手法多样,或直叙其事,或曲折隐晦,如《轶文》记载的二首:

桓帝世谣曰:"直如弦,死道边;曲如钩,反封侯。"梁冀欲树幼主,李固欲立清河王,梁冀遂奏李固,死于狱中,曝尸路边。如钩,梁冀;如弦,李固。[②]

桓帝之末,京都童谣曰:"茅田一顷中有井,四方纤纤不可整。嚼复嚼,今年尚可后年铙。"于时,中常侍管霸、苏康,憎疾海内英哲,与长乐少府刘嚣、太常许永、尚书柳分、寻穆、史佟、司隶唐珍等,代作唇齿。史佟,左官偷进者也。[③]

第一首采用"三三三三"句式,"弦"、"边"押韵,"钩"、"侯"押韵。结合史料,知其反映了当时朝廷的政治斗争。歌谣的意思是,性格正直如弓弦的李固曝尸路边,性格狡猾多诡的梁冀反封官列侯。歌谣以巧妙的比喻传达了世俗对李固和梁冀的不同评价。第二首采用"七七三七"句式,"井""整"押韵,"嚼"、"铙"押韵。朗朗上口,但内容隐晦。表面写一顷田地难以整治,吃了又吃,今年尚可勉强,下年无从维持。据《后汉书·五行志》解释,"茅田一顷"言群贤众多,"中有井"言虽厄穷却不失法度,"四方纤纤不可整"言奸慝大炽不可整治,"嚼复嚼"是京都饮酒相强之辞,言食肉者不恤王政,徒耽宴饮歌呼而已。"今年尚可"言禁锢,"后年铙者"言陈、窦被诛,天下大坏。这实际上是一首暗喻宦官管霸、苏康等人结党擅权,忌恨贤能,挑起党锢之祸,危害国家的政治歌谣。这些歌谣蕴涵着对汉末党锢之祸中人物的品评,既有对党人耿直风骨的赞美,也有对宦官等邪恶势力的抨击。

歌谣直接来源于社会现实事件,是世俗民众对社会现状的直接反应。社会上层的文士官吏身处政治斗争的漩涡,或不敢直接抒写,或无暇反思,所咏叹的往往滞后于歌谣。如汉末董卓之乱,给人民造成深重灾难,直接导致东汉王朝的毁灭,而董卓的暴虐与乱亡,首先在童谣中得到表现,直到后来才在建安文士中得到咏叹。《轶文》载:

"千里草,何青青,十日卜,不得生。"此董卓字也。青青,暴盛之貌。[④]

京师谣歌曰:"乌腊,乌腊。"案:逆臣董卓,滔天虐民,穷凶极恶,关东举兵,欲共诛之,转顾望,莫肯先进,处处停兵数十万,若乌腊虫相随,横取之矣。[⑤]

中平中,京师歌董逃。董卓以董逃之歌,主为己发,大禁绝之,死者千数。[⑥]

第一首解董卓之字,解字又与谶语结合,暗示董卓之暴盛速亡的下场,传达了民间对董卓的憎恨。第二首以乌腊虫比喻董卓军队"转顾望,莫肯先进"的丑态,将其滔天虐民、穷凶极恶的罪行展露无疑。董逃歌流传京师,致使董卓大怒,大肆杀戮,董卓此举,无疑激化了矛盾。侯外庐在《中国思想通史》第二卷第十章《汉末的风谣题目与清议》中指出:"谣言与谶纬结合,又发展成童谣的形式,用可解与不可解的语句,作广泛的宣传,而收到政治上极大的效

① 刘勰撰,范文澜注:《文心雕龙注》,第671页,北京:人民文学出版社,1958年。
② 应劭撰,王利器校注:《风俗通义校注》,第569页,北京:中华书局,1981年。
③ 应劭撰,王利器校注:《风俗通义校注》,第569页,北京:中华书局,1981年。
④ 应劭撰,王利器校注:《风俗通义校注》,第570页,北京:中华书局,1981年。
⑤ 应劭撰,王利器校注:《风俗通义校注》,第569页,北京:中华书局,1981年。
⑥ 应劭撰,王利器校注:《风俗通义校注》,第569页,北京:中华书局,1981年。

果。”[①]歌谣是世俗百姓以其特有的审美倾向表达自己观感的艺术形式，在社会生活中发挥着不可小觑的作用。

《风俗通义》中《声音》一章，集中反映了应劭的审美思想。应劭的音乐思想，基本上是站在正乐的立场上来看待音乐本质的：

> 夫乐者，圣人所以动天地，感鬼神，按万民，成性类者也。故黄帝作咸池，颛顼作六茎，喾作五英，尧作大章，舜作韶，禹作夏，汤作护，武王作武，周公作勺。勺，言能斟勺先祖之道也；武，言以功定天下也；护，言救民也；夏，大承二帝也；韶，继尧也；大章，章之也；五英，英华茂也；六茎，及根茎也；咸池，备矣。其后，周室陵迟，礼乐崩坏，诸侯恣行，竞悦所习，桑间、濮上，郑、卫、宋、赵之声，弥以放远，滔湮心耳，乃忘平和，乱政伤民，致疾损寿。重遭暴秦，遂以阙忘。汉兴，制氏世掌大乐，颇能纪其铿锵，而不能说其义。武帝始定郊祀，巡省告封，乐官多所增饰，然非雅正，故继其条畅曰声音也。[②]

应劭从《周易》天地人三才出发阐述音乐美学思想，认为雅乐是联系天地、圣人与百姓的纽带，雅乐与先祖之道、功定天下、救民护国等关系紧密，历代帝王倍加重视。音乐是生民感官世界的直接反映，能于无形之中触发情感，感化人心，变民也易，化人也著，故而儒家通过雅乐来移风易俗。而“郑、卫、宋、赵之声”却是“乃忘平和，乱政伤民”的淫乐，无可取处。应劭在解说五音的功能时更加强调了音乐和社会政治、王权统治之关系：

> 故闻其宫声，使人温润而广大；闻其商声，使人方正而好义；闻其角声，使人整齐而好礼；闻其徵声，使人恻隐而博爱；闻其羽声，使人善养而好施。宫声乱者，则其君骄；商声错者，则其臣坏；角声缪者，则其民怨；徵声洪者，则其事难；羽声差者，则其物乱。春宫秋律，百卉必凋；秋宫春律，万物必荣；夏宫冬律，雨雹必降；冬宫夏律，雷必发声。夫音乐至重，所感者大。故曰：“知礼乐之情者能作，识礼乐之文者能述。作者之谓圣，述者之谓明，明圣者，述作之谓也。”[③]

应劭认为五音在感化人心的同时塑造了人的品格，闻宫声则温润广大，闻商声则方正好义，闻角声则整齐好礼，闻徵声则恻隐博爱，闻羽声则善养好施。乐不正则诸事乖，君骄、臣坏、民怨、事难、物乱，皆由五音混乱而生，故而“音乐至重，所感者大”。音乐的正乱既与人的品格相关联，又与社会安定相呼应，还是宇宙自然的显现，可见雅正之乐的重要地位，亦表明了他以雅润为宗的音乐美学思想。汉末新音乐审美观念兴起，通俗艺术方兴未艾，表现之一就是流行音乐成为贵族新宠。异域音乐伴随着异域文化的渗透而进入社会生活，《风俗通义》载“灵帝好胡服、胡帐、胡床，京师皆竞为之”，又载“汉灵帝好胡舞”，说明异族的艺术形式已经进入到汉末上层统治阶层之中了。就连不少名士大儒如马融等，也未能免俗。应劭极力维护传统雅正的音乐审美原则，并认为流行音乐与郑卫宋赵之淫乐一样，都是滔湮心耳，乱政伤民之乐，作为正统儒学世家，必然期望辨正世风，重振雅乐，摒弃异族音乐。

但事实说明，以流行音乐为代表的通俗文学艺术成为汉末的审美风尚已是大势所趋。

---

① 侯外庐：《中国思想通史》(第二卷)，第369页，北京：人民出版社，1957年。
② 应劭撰，王利器校注：《风俗通义校注》，第267页，北京：中华书局，1981年。
③ 应劭撰，王利器校注：《风俗通义校注》，第278页，北京：中华书局，1981年。

光和元年，灵帝开鸿都门学，《后汉书》卷六十载："光和元年，遂置鸿都门学，画孔子及七十二弟子像。其诸生皆敕州郡三公举用辟召，或出为刺史、太守，入为尚书、侍中，乃有封侯赐爵者，士君子皆耻与为列焉。"[①]在儒术独尊的汉代，灵帝此举，打破儒经传统教育，提倡文学艺术，通俗艺术在上层统治者的倡导下，必然迅速发展。生活在此时期的应劭不会不知社会审美走向，故而在《风俗通义》中持较为含蓄的批判态度。后代的刘勰在《文心雕龙·时序》篇中批评态度则更明确："降及灵帝，时好辞制，造皇羲之书，开鸿都之赋，而乐松之徒，招集浅陋，故杨赐号为驩兜，蔡邕比之俳优，其余风遗文，盖蔑如也。"[②]刘勰认为鸿都之学，聚集的都是浅薄之徒，犹如俳优，余风遗文，影响甚恶，虽是尖刻的批评，却清楚表明当时俗文化在帝王的支持下不可逆转的发展趋势。应劭《声音》篇中竭力提倡和意欲恢复的雅乐，于动荡乱世已是强弩之末，难以担负起重振风俗的审美批评之功能。从《风俗通义》中的音乐审美批评，恰恰可以看到汉魏之际文艺由上层士大夫向下层大众转变的趋势。

作者单位：中国人民大学

（本文发表于《学术研究》2011 年 12 月）

---

① 范晔撰，李贤等注《后汉书》卷六十下，第 1998 页，北京：中华书局，1965 年。

② 刘勰撰，范文澜注：《文心雕龙注》，第 673 页，北京：人民文学出版社，1958 年。

《诗》本事的文学价值

曹建国

作为一种《诗经》阐释方法，本事创作的主要目的是为了诠释诗的内涵。它一般是配合诗歌文本而存在的，通过编造故事传达诗歌文本创作的历史信息，在一定的历史语境中本事原志。因此，《诗》本事的文学价值主要体现在两个方面：一是作为一种诗歌解读方式的文学批评价值，二是作为一种故事文本的文学价值及其再生产意义。缘此，我们拟从以下三个方面开展讨论，即本事自身的文学性、本事的文学再生产以及本事的文学批评价值。

一、《诗》本事自身的文学性

就大多数的本事而言，不仅有情节，也有人物形象，其中不乏精彩篇章。以《邶风·二子乘舟》与《王风·黍离》之本事为例，《新序·节士》记载：

> 卫宣公之子，伋也，寿也，朔也。伋前母子也，寿与朔后母子也。寿之母与朔谋，欲杀太子伋而立寿也。使人与伋乘舟于河中，将沉而杀之。寿知不能止也，因与之同舟，舟人不得杀伋。方乘舟时，伋傅母恐其死也，闵而作诗，《二子乘舟》之诗是也。其诗曰："二子乘舟，泛泛其景。愿言思子，中心养养。"

《二子乘舟》之毛传说解中，其曰"国人伤其涉危遂往，如乘舟而无所薄，泛泛然迅疾而不碍也"，便是把"二子乘舟"视作一种比喻的说法。而在《新序》中，"二子乘舟"本身就是一个具体事件，是密谋杀伋的一部分。本事说"傅母恐其死"，显然是没死，也就预示事件没有结束。所以《新序》本篇接着写到：

> 于是寿闵其兄之且见害，作忧思之诗，《黍离》之诗是也。其诗曰："行迈靡靡，中心摇摇。知我者谓我心忧，不知我者谓我何求。悠悠苍天，此何人哉！"又使伋之齐，将使盗见载旌，要而杀之。寿止伋，伋曰："弃父之命，非子道也，不可。"寿又与之偕行。寿之母知，不能止也，因戒之曰："寿无为前也。"寿又为前，窃伋旌以先行，几及齐矣，盗见而杀之。伋至，见寿之死，痛其代己死，涕泣悲哀，遂载其尸还，至境而自杀。兄弟俱死，故君子义此二人，而伤宣公之听谗也。

这样就把整个事件的曲折过程写出来了，可谓是一计不成，又生一计，一波三折，扣人心弦，借此突出了伋、寿勇于赴死的道义精神。在整个事件过程中，通过人物的言行，又刻画出了不同人物形象的性格特征。比如通过伋不"弃父之命"以及载寿尸至境而自杀之行，突出伋之忠义。而寿是整个事件的中心人物，也是这则本事着力表现的人物，本事通过两次救兄，一次不惜代死，塑造出一个孝弟形象。

不仅如此，《诗》本事还具有强烈的感情色彩。本事有一个非常显著的文本特征，它常常结合诗篇，征引诗中最具感情色彩的诗句，以渲染本事中人物之感情。如上引《大车》本事之息夫人吟诵“谷则异室，死则同穴。谓予不信，有如皦日”的诗句，与丈夫一起悲情自杀，表现出对爱的忠贞。而《黍离》本事中，寿也同样吟“忧思”之诗，伋则“见寿之死，痛其代己死，涕泣悲哀，遂载其尸还，至境而自杀”，兄弟之情深与境遇之悲惨，让读者也为之动容。而在《韩诗》所记载之“黍离”本事中，作者特意申说“诗人求亡不得，忧懑不识于物，视彼黍离离然，忧甚之时，反以为稷之苗，乃自知忧之甚也”。尤其是《燕燕》本事，《列女传·母仪篇》曰：

> 卫姑定姜者，卫定公之夫人，公子之母也。公子既娶而死，其妇无子，毕三年之丧，定姜归其妇，自送之，至于野，恩爱哀思，悲心感恸。立而望之，挥泣垂涕，乃赋诗曰：“燕燕于飞，差池其羽。之子于归，远送于野。瞻望弗及，泣涕如雨。”送去，妇泣而望之。又作诗曰：“先君之思，以畜寡人。”

本事反复强调“送”、“望”、“泣”等动作，以表现定姜送归妇之内心情怀。

此外，还有一点也需要我们注意，就是《诗》本事的虚构性。虚构是文本文学性的重要表征，虚构通过细节的补充和心理的刻画，使事件完整，也使人物形象更加丰满。尤其是虚构使作者获得更大的自由度，它可以“根据数据源的情况增补或重写叙事”，将历史人物移入虚构世界中，甚至改变人物的个性化属性和生活情节①。在上举的《二子乘舟》本事与历史本事有很大的不同，《左传》桓公十六年记载：

> 初，卫宣公烝于夷姜，生急子，属诸右公子。为之娶于齐，而美，公取之，生寿及朔，属寿于左公子。夷姜缢。宣姜与公子朔构急子。公使诸齐，使盗待诸莘，将杀之。寿子告之，使行。不可，曰：“弃父之命，恶用子矣！有无父之国则可也。”及行，饮之酒，寿子载其旌以先，盗杀之。急子至，曰：“我之求也，此何罪？请杀我乎！”又杀之。

对比《左传》就会发现，作为虚构叙事的《诗》本事对历史叙事作了较大的改变，增加了二子乘舟、寿作《黍离》以及伋子自杀等情节。在细部方面，则增补了密谋、偕行、诫寿、盗旌等细节。在很大程度上改变了历史叙事的原貌，人物形象也更加饱满。

事实上，很多《诗》本事都可以作如上分析，尤其是《韩诗外传》、《列女传》、《新序》等书中记载的本事，它们在文本上明显呈现出小说的特征。这既与汉代小说发展水平有关，也和刘向等人的书写观念有关②。

二、《诗》本事之经典再生产价值

毫无疑问，《诗》本事依附于作为经典的《诗经》而存在，而其自身的文学性则为其后世的

① 赫尔曼主编：《新叙事学》，马海良译，第188页，北京大学出版社，2002年。

② 马振方：《〈韩诗外传〉之小说考辨》，《北京大学学报》2007年第3期，第38—47页。《〈新序〉、〈说苑〉之小说考辨》，《文艺研究》2008年第4期，第46—56页。

存在提供了内在的合理性依据。因为此二者，《诗》本事成为能引起后人关注的具有特定意义的“潜文本”，被不断地改写、重构，并创造出新的文本。《诗》本事的再生产见诸后世诸多文体，尤其是汉代的琴曲题辞。琴是中国古代最有民族特色的乐器之一，历史悠久。琴不仅可以怡情，还可以修身养性，故《左传》昭公元年：“君子之近琴瑟，以仪节也。”《礼记·曲礼》曰：“君无故玉不去身，大夫无故不彻县，士无故不彻琴瑟。”《荀子·乐论》亦曰：“君子以钟鼓道志，以琴瑟乐心。”缘此，先秦两汉之士君子常以琴抒怀，援琴明志。如舜弹五弦之琴而化天下，孔子被围陈蔡而弦歌之声不绝。汉代士人对琴也特别喜爱，《汉书·艺文志》便记载了《雅琴赵氏》、《雅琴师氏》、《雅琴龙氏》等书，而刘向、傅毅、马融、蔡邕等以琴为题而作赋。与此同时，汉人也创作了一些琴论之书，如扬雄《琴清英》、桓谭《琴道》、蔡邕《琴操》等。这些书在品评琴曲、琴道的同时，也记载了一些琴曲题辞。琴曲题辞记载的是与琴曲相关的故事，道述琴曲产生的缘由。这些故事多是托名之作，一般是依据某些史事或传说敷演而成，如虞舜作《南风操》，许由作《箕山操》，周太王作《岐山操》，周文王作《拘幽操》，周公作《越裳操》，孔子作《猗兰操》、《获麟歌》等等。这些琴曲故事可以看作是汉人的再创造，表达的是“汉代文人士大夫对现实政治的关怀，对自身政治生活遭际的感叹”①。

我们以《小弁》本事为例。正如上文所说，至少在孟子时代，已经流传《小弁》本事，故其能明确以“亲过”之大小说诗。据《后汉书·黄琼传》李贤注及《汉书·冯奉世传赞》颜师古注所引《说苑》记载的伯奇事，大抵可知先秦时期《小弁》本事之面貌。李贤注所引《说苑》稍详，兹录如下：

> 《说苑》曰：王国子，前母子伯奇，后母子伯封。后母欲其子立为太子，说王曰：“伯奇好妾。”王不信，其母曰：“令伯奇于后园，妾过其旁，王上台视之，即可知。”王如其言。伯奇入园，后母阴取蜂十数置单衣中，过伯奇边，曰：“蜂螫我。”伯奇就衣中取蜂杀之。王遥见之，乃逐伯奇也。

今本《说苑》无之，李贤注及颜师古注所引当为《说苑》佚文。就故事内容而言，它表达的是忠而被谤、孝而罹祸的忠孝之人的不幸遭遇。其矛盾冲突的展开一般有比较固定的模式，矛盾的焦点常常是王位，大多涉及父、后母、前母子、后母子。由于双方力量的不平衡，故事中的前母子常常成为悲剧性人物。史书记载的周幽王与太子宜臼、晋献公与太子申生、卫宣公与太子伋等均属于这种类型，人们也以此为蓝本创造了诸多的这一类型的故事。李贤注所引《说苑》也许不是完篇，所以我们不知道故事中的“王”到底指何人。到了汉代，伯奇故事流传颇广，如《韩诗外传》卷七之“伯奇孝而弃于亲”，中山靖王刘胜《闻乐对》之“伯奇所以流离，比干所以横分”，壶关三老令狐茂《救太子据书》之“孝已被谤，伯奇放流，骨肉至亲，父子相疑”等皆可证②。但这些汉初的文献中，仍只是突出伯奇至孝，故事情节也止于伯奇被逐。但至少在西汉末年，伯奇故事已被谱之于琴曲，故事的主题与人物、情节发生了变化。扬雄《琴清英》曰：

> 尹吉甫子伯奇至孝，后母谮之，自投江中。衣苔带藻，忽梦见水仙赐其美药，唯念养

① 赵敏俐：《先秦两汉琴曲歌辞研究》，《文学遗产》2010年第2期，第60—70页。

② 分别见于《韩诗外传》，第257页，中华书局，1980年。《汉书》，第2425页，第2744页，中华书局，1962年。

亲，扬声悲歌。船人闻而学之。吉甫闻船人之声，疑似伯奇，援琴作《子安之操》。①

这说明在扬雄时代，有托名尹吉甫的琴曲曰《子安之操》，突出的当是尹吉甫的悔悟和痛惜之情，与《说苑》仅渲染伯奇至孝不同。同时故事的情节也有了变化，写到了伯奇之死以及死后之孝思，这就进一步渲染了故事的悲剧性。到了蔡邕的《琴操》，故事进一步复杂化。《文选》马融《长笛赋》李善注引《琴操》曰：

尹吉甫，周上卿人也，有子伯奇。伯奇母死，更娶后妻，生伯邦。乃谮伯奇于吉甫曰："见妾有美色，然有邪心。"吉甫曰："伯奇为人慈仁，岂有此也？"妻曰："试置空放中，君登楼而察之。"后妻知伯奇仁孝，乃取毒蜂缀衣领，伯奇前持之。于是吉甫大怒，放伯奇于野。宣王出游，吉甫从。伯奇乃作歌，感之于宣王。宣王曰："此放子辞。"吉甫乃收伯奇，射杀后妻。

李善注所引《琴操》之伯奇故事情节曲折，且伯奇未死，谗人终受到惩罚，表达了创作者的良苦用心和美好愿望。但这样处理在一定程度上削弱了故事的悲剧性力量，使整个故事显得平淡了。郭茂倩《乐府诗集》引蔡邕《琴操·履霜操》与之不同，且记有《履霜操》辞，似乎更符合《琴操》原本。其曰：

《履霜操》，尹吉甫之子伯奇所作也。伯奇无罪，为后母谗而见逐，乃集芰荷以为衣，采楟花以为食。晨朝履霜，自伤见放，于是援琴鼓之而作此操。曲终投河而死。

履朝霜兮采晨寒，考不明其心兮听谗言。孤恩别离兮摧肺肝，何辜皇天兮遭斯愆。痛殁不同兮恩有偏，谁能流顾兮知我冤。

这里尤其值得注意的是《履霜操》辞，它用一首骚体诗，表现出伯奇内心的摧伤，而且骚体的形式，很容易让我们想起另一个信而见疑、忠而被谤并最终投水而死的贤良君子屈原，正如《汉书·冯奉世传》赞所说："谗邪交乱，贞良被害，自古而然。故伯奇放流，孟子宫刑，申生雉经，屈原赴湘，《小弁》之诗作，《离骚》之辞兴。经曰：'心之忧矣，涕既陨之。'"由此可见，汉人歌咏伯奇，一方面是同情他的不幸遭遇，另一方面也是对社会现实的批判以及对忠臣孝子的颂扬。

到了曹植的笔下，伯奇的故事更加曲折。其《令禽恶鸟论》曰：

吉甫后悟，追伤伯奇。出游于田，见异鸟鸣于桑，其声噭然。吉甫动心，曰："无乃伯奇乎？"鸟乃抚翼，其音尤切。吉甫曰："果吾子也。"乃顾谓曰："伯奇，劳乎！是吾子，栖吾舆；非吾子，飞勿居。"言未卒，鸟寻声而栖于盖。归入门，集于井干之上，向室而号。吉甫命后妻载弩射之，遂射杀后妻以谢之。②

故事中，伯奇死后化为鸟与父相认，其悲伤之表达与人无异。而读者在体会同情伯奇冤屈的同时，似乎也看到作者曹植的影子，体会到曹植内心的悲伤。

伯奇故事之外，琴曲题辞中还有一些以《诗》本事为模板而加以改编创作的故事，如《鹿

① 李昉等撰：《太平御览》，第2608页，中华书局，1960年。

② 赵幼文：《曹植集校注》，第305页，人民文学出版社，1984年。

鸣操》、《伐檀操》、《岐山操》、《雉朝飞操》[1]、《思归引》等。这些故事或思念贤才，或思念亲人，或表达归隐之志，或感伤忠贞被谗，带有强烈的悲情色彩，都是后人"借古人姓名而引其所寓"[2]的产物。

不仅在琴曲题辞这样依据《诗》本事为蓝本的文学再创造，而且有的《诗》本事中的人物主题还成为文学表达的母题。如韩愈写伯奇的《履霜操》："父兮儿寒，母兮儿饥。儿罪当笞，逐儿何为？儿在中野，以宿以处。四无人声，谁与儿语。儿寒何衣，儿饥何食？儿行于野，履霜以足。母生众儿，有母怜之。独无母怜，儿宁不悲。"[3]韩愈此诗颇受后人好评。朱彝尊称之"通首精工"，程学恂认为这首诗得《小弁》之怨，而陈沆甚至将之与韩愈的《潮州谢表》相联系[4]。又如息夫人，宋之问、王维、杜牧、罗隐等皆曾赋诗歌咏息夫人对爱情的忠贞。如宋之问《息夫人》："可怜楚破息，肠断息夫人。仍为泉下骨，不作楚王嫔。楚王宠莫盛，息君情更亲。情亲怨生别，一朝俱杀身。"[5]

三、《诗》本事的文学理论价值

论及《诗》本事的文学理论价值，当然不能忽视集本事之大成的《诗序》。《诗序》，尤其是《诗大序》作为中国文学批评史上第一篇理论体系严密的理论专著，无论如何评价都不为过。此正如蒋凡老师所说："后世儒者大体上是按照《诗大序》的启迪，来建立自己的诗论框架的。"[6]不仅如此，其实中国文学理论注重文学的经世功能，强调文学与现实的关系，都与《诗序》息息相关。关于《诗序》的批评史意义，学术界已经有非常深刻的认识，在此就不赘述了。而我们感兴趣的是作为一种诗歌解读方式的《诗》本事是如何解读《诗经》作品的，以及它的方法论意义。

作为一种诗歌解读方式，本事既是中华民族重实际而黜玄想之文化特征的体现，也是孔子征诸文献和孟子"知人论世"的阐释传统在文学批评领域的自然延伸。它注重历史语境的还原，以事逆志。在对诗歌的具体理解中，《诗》本事表现出以下特征。一是交代诗歌创作的背景，以此探求诗的本义。作为一种文学形式，诗更具情绪化的特征，诗人常常是在某种情绪或心理状态下创作诗歌的。而一旦离开了特定的情境，即便是作者自己对作品的理解也会存在差异。尽管诠释学是一个庞大而复杂的系统工程，对作品与作者的关系，作品与历史的关系有诸多异说[7]。但无论如何，保留事件、还原当下的历史语境不仅有利于理解作品的意义，尤其有助于理解作品的意味，正所谓"诗者，情动于中而形于言。故怨思悲愁，常多感慨。抒怀佳作，讽刺雅言，虽著于群书，盈厨溢阁，其间触事兴咏，尤所钟情，不有发挥，孰明

---

① 《雉朝飞操》虽然写卫女嫁齐太子，却与《列女传·贞顺篇》记载的《邶·柏舟》本事相类，也与《毛诗》之《鄘·柏舟》序之"共姜自誓"相类。

② 郑樵：《通志·乐略》，第 910 页，中华书局，1995 年。

③ 钱仲联：《韩昌黎诗系年集释》，第 1164 页，上海古籍出版社，1984 年。

④ 所引俱见钱仲联《韩昌黎诗系年集释》第 1166 页。

⑤ 陶敏，易淑琼：《沈佺期宋之问集校注》，第 581 页，中华书局，2001 年。

⑥ 顾易生，蒋凡：《先秦两汉文学批评史》，第 405 页，上海古籍出版社，1996 年。

⑦ 可参看赵毅衡选编之《"新批评"文集》（社会科学出版社，1988 年），其中的《意图谬见》、《感受谬见》诸文皆论及作者、读者与作品之间的关系。

厥义"[①]，这一点是毫无疑问的，这也是本事批评意义之所在。二是《诗》本事在解读作品时表现出关注文本的特征，这种关注既有诗意方面的，也有诗句方面的。诗意解读，许多诗本事就是根据诗意敷演而成，故事本事便是对诗意的描述。如《列女传》与《韩诗》以夫有恶疾而妻誓不改嫁说《芣苢》，《韩诗》以郑交甫求江汉神女事解说《汉广》等，皆属此类。诗句方面，即本事特别关注诗中的某些诗句，特意提出以证其事，如《汝坟》本事之周南大夫之妻吟诵"鲂鱼赪尾，王室如毁。虽则如毁，父母孔迩"，《燕燕》本事定姜吟赋"'燕燕于飞，差池其羽。之子于归，远送于野。瞻望弗及，泣涕如雨"等，颇类后世之摘句批评。三是《诗》本事之重情倾向。以往学者讨论《诗》本事乃至《诗序》时常常批评其伦理化倾向，这其实有失偏颇。有的本事十分重视渲染故事中的人物感情，所以在本事中，"伤"、"悲"、"痛"等词习见。在某种意义上说，这代表对《诗经》接受的一种转向。在揭示诗歌的政治意义和道德意义的同时，也重视诗歌的文学意义，把诗看作是情的产物，在"言志"和"缘情"之间构建一种和谐的共存关系，对后世"诗缘情"说有启发意义。

作为一种批评方法，《诗》本事对后世文学批评的影响是显然的。魏晋六朝时期产生了许多诗本事、文本事，如庾阐因庾亮而改《扬都赋》(见《世说新语·文学》)、谢灵运梦小谢而吟"池塘生春草"(钟嵘《诗品》)等。魏晋六朝时期的乐府诗多附会故事，如《子夜歌》、《莫愁乐》、《桃叶歌》之类，此类本事尤其可看出是受到了《诗》本事的影响[②]。而其尤偏好于才子佳人的爱情故事，显然是受到了六朝小说的影响。论及这一时期的诗文本事，有两点需要注意。一是许多诗文本事表现出对名篇佳句的欣赏，反映出当时的文学风尚。如《世说新语·文学》：

> 孙兴公作《天台赋》成，以示范荣期云："卿试掷地，要作金石声。"范曰："恐子之金石，非宫商中声。"然每至佳句，辄云："应是我辈语。"

故事中，孙绰显然非常自负其所作《天台赋》，而范启虽不满意其文，却仍禁不住赞赏其中佳句，即"赤城霞起而见标，瀑布飞流而界道"之类[③]。二是文论家对本事批评意义的关注。刘勰在《文心雕龙》中专设《事类》篇，他的本意虽是强调文章之功，莫切于事类，但其曰"据事以类义"，也与本事批评有相通之处。钟嵘《诗品》也记载了一些本事，以证其评，如区惠恭作《双枕诗》托名谢惠连、释宝月窃名柴廓《行路难》之类。在文本批评方面，最早利用本事的当推乐府诗。《宋书·乐志》多记载乐府本事，以推求其义，如"《团扇歌》者，晋中书令王珉与嫂婢有情，爱好甚笃，嫂捶挞婢过苦，婢素善歌，而珉好捉白团扇，故制此歌"[④]。至陈，释智匠作《古今乐录》，大量征引本事作乐府解题。《古今乐录》已亡佚，但智匠的解题还大量保留在郭茂倩的《乐府诗集》中。至唐，吴兢作《乐府古题要解》，有感于世人"不睹于本章，便断题取义"，故"涉阅传记"搜求本事，以求本义[⑤]。

唐时有大量诗文本事产生，其内容涉及方方面面。与此同时，本事批评方法也益发受人

---

① 丁福保：《历代诗话续编》，第2页，中华书局，1983年。

② 罗根泽：《南朝乐府中的故事与作者》，《罗根泽古典文学论文集》，第341—381页，上海古籍出版社，1985年。

③ 徐震堮：《世说新语校笺》，第144页，中华书局，1984年。

④ 沈约：《宋书》，第550页，中华书局，1974年。

⑤ 丁福保：《历代诗话续编》，第24页。

重视，唐人注疏多事义兼释，如李善之《文选注》。更有集本事批评之大成的孟棨《本事诗》出现，其间所表现出来的文学风尚、诗学观念颇值得关注。而且其确立了本事作为批评方法的地位，对诗话、词话等批评体式也产生了很大的影响。后世以“本事”名篇者颇多，如《续本事诗》、《本事曲》、《本事词》之类。以本事解诗文和批评诗文的更多，故《四库全书总目》以“旁采故实”将本事批评列为诗文评五例之一[①]。

总之，我们认为，作为一种经典诠释方法，《诗》本事具有确立《诗》经典地位的价值。而作为一种文学文本和文学批评方法，《诗》本事的意义和内涵更加丰富，并对后世文学尤其是文学批评产生了深远的影响。

作者单位：武汉大学

（本文刊于《文学遗产》2012 年第 2 期）

① 永瑢等：《四库全书总目》，第 1779 页，中华书局，1965 年。

论《周易》易象对《礼记·乐记》乐论的影响

黄　鸣

在中国古典哲学中,《周易》毫无疑问是集中体现了阴阳观念的思想源泉。它以阳爻一与阴爻--作为其符号系统的基本构件,以此来代表万物之始的阳与阴两种属性。阴与阳的结合,构成了世界万物。此种宇宙发生论的观念,集中体现在《易传》之中。阳为万物之始,所谓"大哉乾元,万物资始,乃统天"(《乾彖》)[①];阴继阳的创生之后,以其坤德承载万物,使其成长,所谓"至哉坤元!万物资生,乃顺承天"(《坤彖》)。阴阳的和谐,是万物顺利地生长、繁荣、周而复始的必要条件。

先秦两汉乐论中,儒家系统的乐论特别强调"和"、"一"、"简"、物感论等观念,这些观念,可以说都是从阴阳观念生发出来衍化而成的相关子概念。它们在孔子、孟子、荀子的乐论中都有所反映,并在《礼记·乐记》这篇西汉中期之前集儒家乐论之大成的文献中占有中心地位。《周易》,特别是其中的《易传》哲学,对塑造儒家乐论的这些基本特质影响很大,前人也多有论及。但事实上,对原始《周易》的理解,要以象数作为基础。所谓阴阳、物感、易简的观念,均是从易象而生发。先秦时代的易学主要是易象学,从《易传》的成立开始,《周易》才更多地以义理的一面来影响学者,但两汉时代的《易》学,还是象数之学的天下。《乐记》作为西汉中期以前的一部古代乐论著作,它所受《周易》的影响,其根源也多来自于象。以前的论者多从哲学概念(义理)的角度上去探讨《周易》对《乐记》的影响,如李平教授于1995年发表的《〈周易〉与〈乐记〉》是在《周易》对《乐记》的观念影响上梳理得最为简明扼要的文献,他从阴阳观、"易象"观与"易简"观三方面阐述了《周易》对《乐记》的理论影响。赵东栓教授的《〈易传〉的哲学体系与〈乐记〉的文艺理论体系》着重从体系构造上入手,来观照《易传》的天人合一哲学、辩证观念、和谐观念对《乐记》体系的影响。张义宾教授的《〈易传〉对〈乐记〉音乐美学思想的影响》一文,从《周易》"生"的观念入手辨析其对《乐记》美学思想的重要影响[②]。以上诸文,似乎已从义理角度将此问题剖析得几无余义了。但是,从《周易》理论的根源入手,探讨其象数理论系统是如何影响到《乐记》的,论者尚不甚多,本文即于此做相应努力。

限于篇幅,涉于易数学的部分,在此不能展开,易数学对《乐记》的影响集中在某些具体

---

① 黄寿祺、张善文:《周易译注》,第5页,上海古籍出版社,1989年。本文所引《周易》原文皆出于此书,以下不再一一注明。

② 李平:《〈周易〉与〈乐记〉》,《周易研究》1995年第2期,第63—69页;赵东栓:《〈易传〉的哲学体系与〈乐记〉的文艺理论体系》,《孔子研究》2002年第2期,第66—75页;张义宾:《〈易传〉对〈乐记〉音乐美学思想的影响——兼谈〈乐记〉中两个相互游离的美学观》,《周易研究》2002年第4期,第32—39页。

的乐律学的影响上，就乐论本身的理论而言并没有歧异之处，兹不多论。本文所论，多集中在易象学领域。

一、《周易》的阴阳观念对《乐记》的影响

《乐记》中有这样一段话：

> 天尊地卑，君臣定矣。卑高已陈，贵贱位矣。动静有常，小大殊矣。方以类聚，物以群分，则性命不同矣。在天成象，在地成形，如此，则礼者，天地之别也。地气上齐，天气下降，阴阳相摩，天地相荡，鼓之以雷霆，奋之以风雨，动之以四时，煖之以日月，而百化兴焉。(《乐礼》)[①]

按此段文字，直接取自《周易·系辞上》，字句偶有微异，如“君臣定矣”，《周易》作“乾坤定矣”；“小大殊矣”，《周易》作“刚柔断矣”；“阴阳相摩”，《周易》作“刚柔相摩”；“阴阳相荡”，《周易》作“八卦相荡”，等等。

这段话讲阴阳、刚柔、贵贱、小大的划分和定位。阳象天，阴象地，则君为天，臣为地；卑为阴，高为阳，则卑为贱，高为贵；阳为动，阴为静，则阳为大，阴为小。此外，震象雷霆，巽象风，离象日，坎象月，所谓“天地相荡，鼓之以雷霆，奋之以风雨，动之以四时，暖之以日月”，即指由阴阳衍化出乾、坤、坎、离、震、巽、艮、兑等八卦，并由这八卦化生万物(百化生焉)的过程。值得注意的是，《乐记》的作者看来并不精通《周易》，他所说的“地气上齐，天气下降”是战国至秦汉时代的农家的观念，如《礼记·月令》：“天气下降，地气上腾。”这两句话是《周易》中所无，而《礼记》中独有的[②]。如果是出于《月令》的自然物候观念而产生这种质朴的天气下降、地气上腾的观念，这当然是无可厚非的。但是按《周易》的抽象性的哲理观念，则地为阴，阴性下沉；天为阳，阳性上炎。所以《泰》卦卦形为䷊，乾下坤上，阳气上腾而与下沉之阴气遇合，达到阴阳交合的效果，故此卦为吉；而《否》卦卦形为䷋，乾上坤下，则阳气上腾而阴气下沉，阴自阴，阳自阳，阴阳二气不能交合，则闭塞而不通，自然就会进入否塞的境遇。这种升降观念与《乐记》的观念是刚好相反的。

由此，我们似乎可以得出这样的结论，《乐记》的作者虽然引用了《周易》的思想，但他并没有很深入地去理解它，而只是将它引入自己的理论体系作为构建其乐论的理论基础。他对于阴阳观念的理解，多是照抄《易传》，而在抄的过程中随文加入了自己的理解，并由此生发出相关理论。这种理解在有的地方符合《周易》的原意，但也有的地方具有随意性、比附性的特点，需要我们具体情况具体分析。

---

① 〔清〕孙希旦集解，沈啸寰、王星贤点校：《礼记集解》卷十九之一，第993页，中华书局，1998年。本文所引《礼记》原文皆出于此书，以下不再一一注明。

② 《管子·度地篇》亦有“天气下，地气上，万物交通”之说，见〔清〕黎翔凤撰、梁运华整理：《管子校注》卷十八，第1063页，中华书局，2006年。然《管子》之说，以为春三月之时，时雨未下，山川干涸，等到天气渐暖之后，万物得以交通。《管子》为战国时代齐国稷下学派学者所作。《度地》篇中所涉及的战国时代齐国所用历法，不能确知其种类。按战国时代列国多用古六历，除颛顼历外，其余六历多以冬至为岁首。如以此计算，齐国所用历法中的春三月正当北方地区的冬天，即“山川涸落”之时。资料不足，难以推知，然《管子》此篇为战国时代农家之说，则可确知。农家观察物候，自然有“天气下，地气上”的直观感受，这与《礼记·月令》的相关叙述是类似的。

又如"乐由天作"的理论：

乐者，天地之和也。礼者，天地之序也。和，故百物皆化；序，故群物皆别。乐由天作，礼以地制。过制则乱，过作则暴。明于天地，然后能兴礼乐也。(《乐论》)

及夫礼乐之极乎天而蟠乎地，行乎阴阳而通乎鬼神，穷高极远而测深厚。乐著大始，而礼居成物。著不息者天也，著不动者地也，一动一静者，天地之间也。故圣人曰"礼乐"云。(《乐礼》)

君子曰：礼乐不可斯须去身。致乐以治心，则易、直、子、谅之心油然生矣。易、直、子、谅之心生则乐，乐则安，安则久，久则天，天则神。天则不言而信，神则不怒而威，致乐以治心者也。(《乐化》)

按这几段话将礼、乐与天地相配，乐配天，礼配地，则天为乾，乾著大始，其性为动；地为坤，坤居成物，其性为静。所以礼乐配于天地。然而，《周易》中对乾、坤的创始与成物的属性规定，着重在其从无至有的创造过程，以及创造之后的养成过程。正如《坤彖》所说："万物资生，乃顺承天。坤厚载物，德合无疆；含弘光大，品物咸亨。"所谓乾动坤静，正是在形容其创始之时的磅礴激荡的伟大、以及养育万物的坚持而笃实的德行。又"通乎鬼神"与"穷高极远"，也正是"一阴一阳之谓道"的《易》的功能。如《周易·系辞上》所说："《易》与天地准，故能弥纶天地之道。仰以观于天文，俯以察于地理，是故知幽明之故，原始反终，故知死生之说；精气为物，游魂为变，是故知鬼神之情状。……阴阳不测之谓神。"然而礼乐刑政，皆为后天所设施，有待于"圣人"之出而为之，其在实际上并无创造以及成物的功能，所以《乐记》中所说的"乐由天作"，即乐遵循天的规律而制作之意。由于礼乐是遵循天地的规律而作，所以才能"行乎阴阳而通乎鬼神，穷高极远而测深厚"，乘阴阳之气而流行，礼乐才能"通乎鬼神"以及"穷高极远"。上引《乐化》之说，讲的是用乐来陶冶人的内心，使人生出平和正直慈爱诚实之心，这样，人就能快乐，快乐能使人心安，心安则能长久，长久就能上通于天，上通于天就能与神交会。这不啻于是对"通乎鬼神"和"穷高极远"的具体过程的注解。《乐论》又说："明则有礼乐，幽则有鬼神。"明为阳，幽为阴；乐通明，礼通幽；明而神，幽而鬼，此处为古汉语中偏言之例。阴阳之气就是礼乐之所以能够探幽索赜、追深究远的媒介，是它们发挥作用的主要依据。这样，传统乐论中的用乐来沟通天地鬼神的功能(祭祀功能、娱神功能)就有了坚实的理论基础①。这是《周易》的阴阳学说对《乐记》理论建构的一个重要影响，而《乐记》的作者对这个问题的理解是基本准确的。

---

① 古籍中多有与天(上帝)有关的古乐的记载。如《山海经·大荒西经》："开上三嫔于天，得《九辩》与《九歌》以下。此天穆之野，高二千仞，开焉得始歌《九招》。"开即夏后启。见袁珂：《山海经校注》，第473页，巴蜀书社1992年。《吕氏春秋·古乐》记载帝颛顼令飞龙作乐，名曰《承云》，以祭上帝；又有帝尧命质拊石击石，以象上帝玉磬之音，以祭上帝。等等。见许维遹撰、梁运华整理：《吕氏春秋集释》卷六，第123—126页，中华书局2010年。《史记·赵世家》载赵简子有疾，昏迷七日，醒来后对人说："我之帝所甚乐，与百神游于钧天，广乐九奏万舞，不类三代之乐，其声动人心。"见司马迁撰：《史记》，第1787页，中华书局1982年。赵简子是春秋战国之交的人，他所说的梦中所聆之乐"不类三代之乐"，又"其声动人心"，梦境是现实的反映，赵简子如果不是在现实生活中听到过许多"动人心"的音乐新声，他是不会在梦中将之重新组合成"不类三代之乐"的音乐的。值得注意的是，赵简子的梦境的形式也是"之帝所"，这与传说中夏后启的"上嫔于天"是近似的。

二、由阴阳说发展而来的乐和观念

《乐论》说："乐者，天地之和也。礼者，天地之序也。"又说："大乐与天地同和，大礼与天地同节。……礼者，殊事合敬者也；乐者，异文合爱者也。"

此种"乐和"观念，其来源也是《周易》。天地之和，即阴阳之和。阴阳以生八卦，而"水火相逮，雷风不相悖，山泽通气，然后能变化既成万物也"(《说卦传》)。水为坎，火为离，雷为震，风为巽，山为艮，泽为兑，它们与乾坤一起，这基本的八卦达到和合交通的效果，则自然界能变动运化而生万物。正如上节所言，礼乐既然是顺应天地阴阳的规律而运行的，天地阴阳之道为和谐，礼乐也必然会助成达致相应的和谐效果。

值得注意的是，此种"乐和"的观念，先秦时代多有人提出。如《左传·昭公二十一年》载泠州鸠答周景王问说："小者不窕，大者不摦，则和于物。物和则嘉成。故和声入于耳，而臧于心，心亿则乐。"①此处的"和声"已经摆脱了单纯的乐律学的范畴，而进入到音乐美学的较为抽象的概念领域。它与《国语·郑语》中史伯所持的"和实生物，同则不继"②的观念是有共通之处的。

然而，《乐记》中对"乐和"观念的大力强调，是一个较晚的事实，应是战国时代中后期的产物，我们认为《易传》的思想对它具有直接的影响。因为在上面所举的《左传》和《国语》的例子中，乐律、声音之和还只是作为"和"这种抽象观念的一个子观念而出现，比如在《国语·郑语》中，"和六律以聪耳"是与"和五味以调口"、"刚四支以卫体"、"正七体以役心"等构成并列关系，来共同说明"和实生物"的道理的，其后文所称"声一无听，物一无文，味一无果，物一不讲"亦是如此③。而在《左传·昭公二十五年》子产论礼的讲话中，"为九歌、八风、七音、六律，以奉五声"是作为论证"夫礼，天之经也，地之义也，民之行也"而提出的证据④。在《易传》产生之后，"乐和"作为一种与"善"的伦理相联接并进而与政治教化相联接的观念，就更为固定了。

《周易》中本有"和"的观念，并对和与同的观念有着极为精微的辨析。所谓和，指和而不同。如《同人·六二》："同人于宗，吝。"《同人》卦的卦形为䷌，六二为本卦唯一的阴爻，虽然应该上与九五相应，然而其下乘初九，上畜九三，九四，就近者而求同，亦是题中应有之义。但六二只一味向上与九五求同，正如不能广交朋友，求贤于异于己者，而只是求同于宗族一样，终嫌其器局不远，所以占得此爻者必有吝惜⑤。而《兑卦·初九》："和兑，吉。"《兑》卦卦形为䷹，卦辞为"君子以朋友讲习"，朋友之间切磋讲学是至为和悦之事。此卦初九虽与九四不应，但此卦下互卦为离，离者明也，上互卦为巽，巽者顺也，初九之爻为阳爻当位，有健进之质，前行则既明且顺，所以占得此爻者为吉。

待到战国早期《易传》的成立时代，"和"的观念更加明确而突出。如《系辞上》："'鸣鹤在

---

① 〔清〕洪亮吉撰、李解民点校：《春秋左传诂》卷十七，第748—749页，中华书局，2004年。

② 〔清〕徐元诰撰、王树民、沈长云点校：《国语集解》卷十六，第470页，中华书局，2002年。

③ 〔清〕徐元诰撰、王树民、沈长云点校：《国语集解》卷十六，第470—472页。

④ 〔清〕洪亮吉撰、李解民点校：《春秋左传诂》卷十八，第766页。

⑤ 此处之分析，参见蒋凡师《周易演说》，第105页，湖南文艺出版社，1999年。

阴，其子和之；我有好爵，吾与尔靡之。’子曰：‘君子居其室，出其言善，则千里之外应之，况其迩者乎？居其室，出其言不善，则千里之外违之，况其迩者乎？’”按“鸣鹤在阴”一段，为《中孚》九二之爻辞，《中孚》卦的卦形为䷼，“鸣鹤”比喻九二，“其子”比喻九五，九二以阳刚居中位，虽不当位，但笃实诚信。此卦下互卦为震，震者雷也，其声闻于外；上互卦为艮，艮者止也，其声闻止于九五。九五之爻虽然离九二甚远，但其位既中且正，又能以诚信下接于九二，所以能谐其和鸣之声。孔子由此卦而感慨善言能引起千里之外者应之，更何况近处之人，如果不以诚信，出以恶言，则千里之外的人也会与自己相违，更何况近处之人呢？以善相从，和而不同，此即君子和谐之道。

《乐施》篇说：“然则先王之为乐也，以法治也，善则行象德矣。……乐者，所以象德也。”所谓象德，即以乐来表现出道德，而道德的标准就是善。在此基础上，用善的标准达到“乐和”的功能。此即《乐情》所言“正声感人而顺气应之，顺气成象而和乐兴焉。倡和有应，回邪曲直，各归其分；而万物之理，各以类相动也”。《乐施》又说：“乐也者，圣人之所乐也，而可以善民心。”在这里，“善民心”是作为乐的主要功能而出现的，它也构成了乐教论的基础。《乐化》篇讲“立乐之方”，也强调先王立乐使其“足以感动人之善心而已”，它也构成了物感论的基础。从这里，我们可以看到由《易传》到《乐记》的“善”之“和”思想的血缘脉络。

当然，战国时代的先秦诸子，也对“乐和”的思想多有贡献，其思想也或多或少地影响到了《乐记》。如《荀子·乐论》，将“乐和”的功能分解为“和敬”、“和亲”、“和顺”，从家庭内部到乡里族长，均通过乐达到“和”的效果①。《吕氏春秋·大乐》：“万物所出，造于太一，化于阴阳。萌芽始震，凝凙以形；形体有处，莫不有声。声出于和，和出于适。先王定乐，由此而生。……凡乐，天地之和，阴阳之调也。”②这也是从阴阳发生论的角度肯定“乐和”的观念。

从乐律上说，“和”也是乐之本。如《国语》中说：“乐从和，和从平。”③所谓“和”，在乐律中即指几个乐音因其频率相同或可构成简单整数比而共振时，就能达到谐和，谐和的音响效果就是“和”。由于声音是通于人心又能作用于外物的，于是，“和”也能向外伸延及于人事与政事。

《乐情》亦向我们贡献了一段与《易传》的风格并无二致的论述“乐和”的文字：

> 礼乐偩天地之情，达神明之德，降兴上下之神，而凝是精粗之体，领父子君臣之节。是故大人举礼乐，则天地将为昭焉。天地䜣合，阴阳相得，煦妪覆育万物，然后草木茂，区萌达，羽翼奋，角觡生，蛰虫昭苏，羽者妪伏，毛者孕鬻，胎生者不殰，而卵生者不殈，则乐之道归焉耳。

这简直就是一曲“乐和”的赞歌了！天地合而阴阳相得，万物萌生和发展，这就是“乐和”之道啊！

---

① 〔清〕王先谦撰、沈啸寰、王星贤点校：《荀子集解》卷十四，第379页，中华书局，2008年。

② 许维遹撰、梁运华整理：《吕氏春秋集释》卷五，第109—110页，中华书局，2010年。

③ 〔清〕徐元诰撰、王树民、沈长云点校：《国语集解》卷三，第111页，中华书局，2002年。

三、物感说与《乐记》中的乐本论和乐教论

物感说是《乐记》乐论的理论基础。如：

> 凡音之起，由人心生也。人心之动，物使之然也，感于物而动，故形于声。声相应，故生变，变成方，谓之音。比音而乐之，及干戚、羽旄，谓之乐。乐者，音之所由生也，其本在人心之感于物也。是故其哀心感者，其声噍以杀；其乐心感者，其声啴以缓；其喜心感者，其声发以散；其怒心感者，其声粗以厉；其敬心感者，其声直以廉；其爱心感者，其声和以柔。六者非性也，感于物而后动。(《乐本》)

论者一般认为，《乐记》就是关于艺术(乐)的产生、艺术与现实的关系、艺术的本质与特点诸问题的阐述[1]。而乐产生的实质就是建立在物感说基础上的乐本论。它构成了以下的关系链条：

物 ⟹(动) 人心 ⟹ 声 ⟹ 音 ⟹ 乐

外物感动于人心，形之于声，变化成音，排比音律而成乐，乐即产生。这个关系链是相当清楚的。而构成先秦时代物感论的源头，也正在《周易》之中。

《周易·咸卦》为下经之首，咸即感，其卦象为䷞，兑上艮下，兑为泽，艮为山，山泽通气，二气相感而成物。故《咸》之卦辞曰："亨，利贞，取女吉。"其《彖》曰："咸，感也。柔上而刚下，二气感应以相与。止而悦，男下女，是以亨利贞，取女吉也。天地感而万物化生，圣人感人心而天下和平。观其所感，而天地万物之情可见矣！"大抵艮性止，兑性悦，艮为少男，兑为少女，艮在下卦，兑在上卦，是为"止而悦，男下女"，艮男求女，而少女悦之，此为婚姻之成，故曰"取女吉也"[2]。婚姻者，男女之道，亦阴阳之道。故施于自然之道，则天地阴阳相感，万物化生；施于人文之道，圣人感于人心，作仁作义，天下和平。试观《咸》卦各爻，初与四、二与五、三与上皆阴阳相应有感，所以我们读《咸》卦而知感应之道，天下万物之理皆在其中了。

此外，《周易》各爻之间有感应之道，即初与四交应，二与五交应，三与上交应。对应之爻如为一阴一阳，则可交感，称为"有应"；若均为阴爻或阳爻，则不能交感，称为"无应"。它构成《周易》爻位关系中的一种基本关系。观察这种交感模式，则能通过爻位的相互感应关系来把握事物的辩证统一的运动规律。这种思维模式，长期影响着先秦时代的掌握文化知识的士人，也必然会对与其直接相关的以阴阳学说为基础的乐论产生影响。

《乐记》之论物感，则是先由外物来感动人心，再由人心作为审美主体去感知外物(审美客体)，从而在人心中产生相应的刺激与反应，由这种喜怒哀乐的刺激与反应，发之于口即为声，变化之声即为音，排比之音即为乐。由于这种直接作用于人心的喜怒哀乐均非人之本性，而是物感之后的结果，所以"先王慎所以感之者"。这种"所以感之者"既可以是具体的

---

① 顾易生、蒋凡著：《中国文学批评通史——先秦两汉卷》，第383页，上海古籍出版社，1996年。

② 参见尚秉和：《周易尚氏学》，第152页，中华书局，1979年。

物，也可以是“乐”的完成形态。因为当一首音乐完成之后，它自身也就变成了物对象，可以独立地充当感动人心的物。所以乐亦有好坏精粗之分。有先王之乐，也有郑、卫之音和桑间、濮上之乐；有古乐，也有新乐。而《乐施》认为，好的音乐就是能够以善来感染人心的音乐：“乐也者，圣人之所乐也，而可以善民心，其感人深，其移风易俗，故先王著其教焉。”由此，从物感说出发，乐教论在这个环节上正式奠定了它的理论基础。

由之而来的，就是在乐教的观念之下对音乐的分类。《乐记》称：

> 夫民有血气心知之性，而无哀乐喜怒之常，应感起物而动，然后心术形焉。是故志微、噍杀之音作，而民思忧；啴谐、慢易、繁文、简节之音作，而民康乐；粗厉、猛起、奋末、广贲之音作，而民刚毅；廉直、劲正、庄诚之音作，而民肃敬；宽裕、肉好、顺成、和动之音作，而民慈爱；流辟、邪散、狄成、涤滥之音作，而民淫乱。（《乐言》）

《乐记》在此处对音乐风格的分类非常细致，但使民“思忧”和“淫乱”的乐，当然是不善之乐，而使民“康乐”、“刚毅”、“慈爱”的乐，自然就是善乐。又有所谓的“奸声”与“淫乐”：“凡奸声感人而逆气应之，逆气成象而淫乐兴焉。”（《乐象》）还有所谓的“德音”与“溺音”：“天下大定，然后正六律，和五声，弦歌《诗》、《颂》。此之谓德音，德音之谓乐。……郑音好滥淫志，宋音燕女溺志，卫音趋数烦志，齐音敖辟乔志。此四者，皆淫于色而害于德，是以祭祀弗用也。”（《魏文侯》）

不管是善音抑或不善之音，它们都是发自人心的，所以，《乐记》又得出“唯乐不可以为伪”（《乐象》）的命题。

既然乐不可以为伪，而乐又为人性所必需，那么，在承认这个“人情之所不能免”的基础上，《乐记》给出了“先王立乐之方”：

> 夫乐者，乐也，人情之所不能免也。乐必发于声音，形于动静，人之道也。声音动静，性术之变尽于此矣。故人不耐无乐，乐不耐无形。形而不为道，不耐无乱。先王耻其乱，故制《雅》、《颂》之声以道之，使其声足乐而不流，使其文足论而不息，使其曲直、繁瘠、廉肉、节奏足以感动人之善心而已矣，不使放心邪气得接焉。是先王立乐之方也。（《乐化》）

而先王“立乐之方”一旦废驰或崩溃，则“德音”（善乐）或“治世之音”消亡，代之而起的是乱世之音与亡国之音：

> 是故治世之音安以乐，其政和；乱世之音怨以怒，其政乖；亡国之音哀以思，其民困。声音之道，与政通矣。宫为君，商为臣，角为民，徵为事，羽为物。五者不乱，则无怗滞之音矣。宫乱则荒，其君骄；商乱则陂，其官坏；角乱则忧，其民怨；徵乱则哀，其事勤；羽乱则危，其财匮。五者皆乱，迭相陵，谓之慢。如此，则国之灭亡无日矣。郑、卫之音，乱世之音也，比于慢矣。桑间、濮上之音，亡国之音也，其政散，其民流，诬上行私而不可止也。（《乐本》）

《周易》的感应论影响了《乐记》的乐本论、乐教论以及音声和政事相通的观念，也影响到了战国至秦汉时代的其他乐论和诗论，如《吕氏春秋·音初》：“凡音者，产乎人心者也。感于心则荡乎音，音成于外而化乎内，是故闻其声而知其风，察其风而知其志，观其志而知其德。

盛衰、贤不肖、君子小人皆形于乐,不可隐匿。故曰乐之为观也深矣。"[①]此段文字的意蕴以及其"乐观"说,就曾被《乐记·乐言》篇所吸收。《诗大序》所称"治世之音安以乐,其政和;乱世之音怨以怒,其政乖;亡国之音哀以思,其民困。故正得失、动天地、感鬼神,莫近于诗。先王以是经夫妇、成孝敬、厚人伦、美教化、移风俗"[②],都可说是受到这种感应论的影响。

四、易简论与乐简论

"易"一名而含三义:变易,简易,不易。此说早已经《易纬·乾凿度》揭出:"易者,易也,变易也,不易也。"[③]其中"变易"一义,为原始的作为卜筮之书的《周易》的精髓,其意皎然可知;"不易"之义,是很高的哲学智慧,识者难知[④]。如清人张尔岐说:"愚以简易、变易,皆顺文立义,语当不谬。若不易则破此立彼,两义背驰,如仁之与不仁、义之与不义。以不易释易,将不仁可以释仁、不义可以释义乎?承讹袭谬如此,非程、朱谁为正之!"[⑤]张尔岐是理学家,其思维拘束于程、朱理学,没有艺术化的发散思维,他不知道不易之理早已被文学家道出了,如苏轼《前赤壁赋》所言:"逝者如斯,而未尝往也;盈虚者若彼,而卒莫消长也。"万物看似在不断变动,但其本质又何曾变动过呢?

然而纬书后起,就《易传》中对"易"的把握来说,其重点还是落在"简易"之道上。如:

天下之动,贞夫一者也。夫乾,确然示人易矣;夫坤,隤然示人简矣。爻也者,效此者也;象也者,像此者也。(《系辞下》)

乾以易知,坤以简能;易则易知,简则易从。……易简,而天下之理得矣。(《系辞上》)

阴阳之义配日月,易简之善配至德。(《系辞上》)

"一"在这里是一个抽象的数字,它代表着专一和纯一。大抵万物之起,起于阴阳之遇合,而阴与阳,皆从一化出。纷繁芜杂的事象,终归于简易之道。《周易》卦爻之演进,亦同此理。如下图所示:

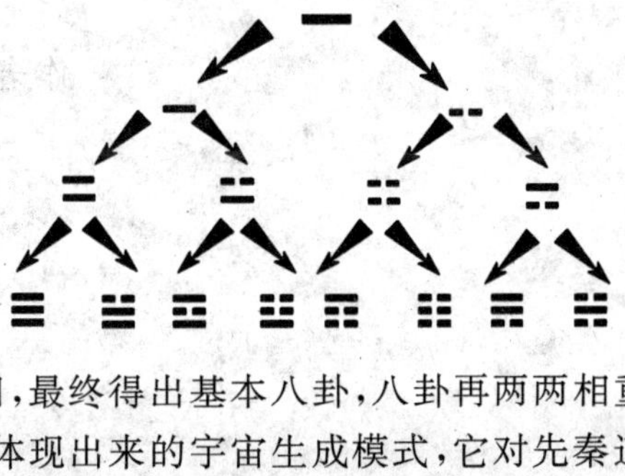

此种由"一"而分阴分阳,最终得出基本八卦,八卦再两两相重,得到六十四卦,以象征万物生成的模式,是《周易》所体现出来的宇宙生成模式,它对先秦道家的宇宙生成论以及后世

① 许维遹撰、梁运华整理:《吕氏春秋集释》卷六,第143页,中华书局,2010年。
② 〔清〕阮元校刻:《十三经注疏·毛诗正义》卷一,中华书局2009年影印清嘉庆刊本。
③ 〔日〕安居香山、中村璋八辑:《纬书集成》,第3页,河北人民出版社,1994年。
④ 参见钱钟书:《管锥编》,第1—8页,中华书局,1991年。
⑤ 〔清〕张尔岐:《蒿庵闲话》卷上,收入《续修四库全书》第1136册,上海古籍出版社2002年影印清康熙刻本。

儒家的以“太极”为中心的宇宙生成模式具有深刻的影响①。

《乐记》曰：

是故乐之隆，非极音也。食飨之礼，非致味也。《清庙》之瑟，朱弦而疏越，一倡而三叹，有遗音者矣。大飨之礼，尚玄酒而俎腥鱼，大羹不和，有遗味者矣。（《乐本》）

大乐必易，大礼必简。（《乐论》）

故乐者，审一以定和。（《乐化》）

《乐记》认为，隆盛之乐，并非是穷极音的极致。《乐记》中经常强调对音乐的控制，如“乐盈而不反则放”、“先王耻其乱，故制雅颂之声以道之，使其声足乐而不流”（《乐化》）、“奸声乱色，不留聪明；淫乐慝礼，不接心术；惰慢邪僻之气，不设于身体”（《乐情》）、“乐极则忧，礼粗则偏”（《乐礼》）等等。这些告诫，均是针对乐的逾度而发，其精神实质，直接上接孔子的“乐而不淫，哀而不伤”的乐论②，而其对乐的基本特质的判断，则为“大羹不和，有遗味者矣”的“易”、“简”之乐。此种审美趣味，则直接来源于《周易》的“易简”的精神。

《周易》将纷繁芜杂的万物化归简易，所以能执简而驭繁。音乐之道与此同理，审“一”而能定和。“一”指的是基音，在中国古代乐律中，十二律之首的黄钟就是所有音高的基准，如《吕氏春秋·古乐》：“黄钟之宫，律吕之本。”③在此基础上，用各种生律方法，得出其他各律的度数。执守其一，使音律、人及万物各得其和。这就是乐简论的实质所在。

以上从几个方面论及了《周易》对《礼记·乐记》的影响。本文并没有试图去依托《周易》给《乐记》创制一个互相参考的理论体系，是因为就影响而论，《周易》的体系无法代替《乐记》的体系，而《乐记》的思想来源也并非只有《周易》一家。但是，阴阳观念、感物观念、易简观念对《乐记》的影响是显而易见的。如果能够明了隐藏在这些观念之后的《周易》象学的演绎逻辑，则相关观念施之于乐论，其所衍生出来的诸如与天地相配、乐本、乐和、乐教、乐简等观念的内在逻辑也就能够眉目清楚，不至于停留在知其然而不知所以然的层面。限于水平，本文所论还甚为粗浅，恳请方家不吝赐教。

作者单位：中央民族大学

---

① 如《老子》第四十二章：“道生一，一生二，二生三，三生万物。万物负阴而抱阳，冲气以为和。”见〔魏〕王弼注、楼宇烈校释：《老子道德经注校释》，第117页，中华书局，2008年。周敦颐《太极图说》：“无极而太极。太极动而生阳，动极而静，静而生阴。静极复动。一动一静，互为其根，分阴分阳，两仪立焉。”见〔宋〕周敦颐著、陈克明点校：《周敦颐集》，第3—4页，中华书局，2009年。

② 程树德撰、程俊英、蒋见元点校：《论语集释》，第198页，中华书局，1997年。

③ 许维遹撰、梁运华整理：《吕氏春秋集释》卷五，第122页，中华书局，2010年。

关于魏晋哲学与文论关系的一些思考

——读汤用彤先生《魏晋玄学与文学理论》志疑

杨　明

研究中国古代文论，当然应该结合其哲学思想背景，以求得深一层的了解。魏晋时思想界发生巨大变化，出现了崭新的面貌，无论文学思想还是哲学思想都是如此，因此学者们对于这一时期二者之间的关系，尤其具有兴趣，努力加以探讨。然而笔者在学习诸家论述的过程中，感到存在一些疑惑，颇思有所质疑问难，以求贤达之教诲。

汤用彤先生有《魏晋玄学与文学理论》一文，发表既早，影响亦大[①]。汤先生是中国古代哲学史、宗教史研究的大师，其学术成就具有奠基的性质，实乃难以企及之高峰，我辈深受其沾溉。先生知识之广博，见解之深湛，真是令人高山仰止，景行行止。但读先生该文之后，也觉得有难解之处。乃不揣简陋，以之为例，略志所疑如下。

一

汤先生此文，首先声明其所欲论者，并不在于文学的内容方面，不在于诗赋内容、情思所受玄学的影响，而在于“论文”之作，在于时人对文学之基本看法与玄学的关系。“魏晋玄学之影响于文学者自可在于其文之内容充满老庄之辞意，而实则行文即不用老庄，然其所据之原理固亦可出于玄谈”[②]。笔者也正是对于魏晋文论之原理“出于玄谈”这一方面感到有所疑惑，至于玄学影响于文人心态、文学创作，并无异议，也不在本文讨论之列。

汤先生认为，魏晋玄学的根本性论题乃是本末有无之辨，而其治学的新眼光、新方法则是言意之辨。魏晋贵无之学以“无”为宇宙万物之本，它是抽象而不可言说、只能以意体悟之本体。欲把握此本体，既不能不透过言，又不能拘于言，必须领悟言外之意。汤先生又认为，凡思想史上一个新的时代，其各种文化活动靡不受其新理论、新方法之陶铸而各表现出新的特质，魏晋时期的文学理论也是如此。汤先生说，魏晋文学原理“出于玄谈”，“魏晋南朝文论

---

① 该文系由汤一介先生根据汤用彤先生在昆明西南联大的讲演提纲和在美国加州大学授课的讲义（英文）整理而成，最初发表于《中国哲学史研究》1980 年第 1 期，后附入《魏晋玄学论稿》。参见汤一介：《论魏晋南北朝时期的文学理论·附记》，《汤一介学术文化随笔》，第 245 页，中国青年出版社，1996 年。又参见汤一介、孙尚扬：《〈魏晋玄学论稿〉导读》，汤用彤：《魏晋玄学论稿》，“导读”第 36 页，上海古籍出版社，2001 年。

② 汤用彤：《魏晋玄学与文学理论》，《魏晋玄学论稿》，第 195 页。以下引该文不再注作者、篇名。

之所以繁荣，则亦因其在对于当时哲学问题有所解答也”[①]。汤先生据此而认为魏晋南北朝时期的文论有两方面重要内容：一，探讨文之本质，“宇宙之本体为一切事物之宗极，文亦自为道（明按：即指本、无）之表现”[②]；二，探讨如何方能找到适当的方法，以表现此宇宙本体（或云“通于天地之性”、“感受生命和宇宙之价值”等[③]），其方法即在于求“言外之意”。

汤先生引用曹丕《典论·论文》、陆机《文赋》、刘勰《文心雕龙·原道》和《隐秀》等对上述观点加以论证。而笔者对其引用、论证感到存在一些疑问。

关于《典论·论文》。曹丕云：“夫文本同而末异。盖奏议宜雅，书论宜理，铭诔尚实，诗赋欲丽。此四科不同，故能之者偏也，唯通才能备其体。”汤先生从两个方面阐释这段话：第一，从文章体裁说，“所谓‘本’者即‘文之所为文’，‘末’者为四科”；第二，“就为文之才能说则有‘通才’，有‘偏至’，‘通才能备其体’，而‘偏至’则孔（融）、王（粲）、徐（幹）、陈（琳）、阮（瑀）、应（玚）、刘（桢），此七子以气禀不同而至殊，因才气不同而分驰。……因有‘偏至’，故‘文人相轻’，此非和平中正之道也。惟圣人中正和平，发为文章可通天地之性，则尽善尽美也”[④]。

对此阐释，窃有疑焉：关于第一点，汤先生说“本”就是“文之所以为文”[⑤]。那么，“文之所以为文”是什么意思呢？通读《魏晋玄学与文学理论》，可知汤先生所谓“文之所以为文”，就是说文乃道（本体）的表现，文之功用、性质，就是表现道。好的文章，能够体道，能够表现天地之自然，表现“对生命和宇宙之价值的感受”[⑥]。这就是文章之“本”，它表现于各种体裁的文章之中，正如道体现于万事万物之中。“本”是唯一的，各种体裁的文章之中的“本”都是同一的，故曰“本同”，正如道是唯一的，万物中的道都是那个作为宇宙本体的道。汤先生认为，魏晋文论受哲学影响，此即一例。但我们想，曹丕的原意真是这样吗？依笔者之见，曹丕说本同末异，大约是说：凡是文章，都起于连缀文字以达意，但发展到后来，乃形成各种不同的体裁。如此而已。曹丕这个观点，来自对文章发展历程的总结，未必是受玄学本末体用之说的启发。所谓本同末异，原为汉人常用语。如王符《潜夫论·志氏姓》：“或复分为古氏、成氏、堂氏、开氏、公氏、冶氏、漆氏、周氏。此数氏者，皆本同末异。凡姓之离合变分，固多此类。”谓同一姓氏，后来衍化成若干不同的姓氏。又《隶释》卷五《汉成阳令唐扶碑》：“赫赫唐君，帝尧之苗。氏族不一，各任所安。本同末异，盖谓斯焉。”是说尧之氏族分化迁移。又荀悦《汉纪·元帝纪论》曰：“杨朱哭多歧，墨翟悲素丝，伤其本同而末殊。”一条路分歧为数条，一种白色染成不同的颜色，故曰本同末殊。又《三国志·魏志·臧洪传》载臧洪答陈琳书：“悲哉！本同而末离。努力努力，夫复何言！”臧、陈二人皆广陵郡人，原有“婚姻之义”、“平生

---

① 《魏晋玄学论稿》，第195、197页。

② 《魏晋玄学论稿》，第197页。

③ 《魏晋玄学论稿》，第204、206页。

④ 《魏晋玄学论稿》，第203—204页。

⑤ 原文“文之所为文”，当是“文之所以为文”之意，大约误脱一“以”字。兹举二证。一，汤先生《魏晋文学与思想》（讲演提纲）有如下表述：“本同而末异：本同——文之所为文；末异——四科不同——各有所偏。”又：“但文之所以为文，即表现在此四者之中。”（见《魏晋玄学论稿》，第126页，著重点为笔者所加，下同）二，《魏晋玄学与文学理论》有云：“刘勰之《文心雕龙》首篇为《原道》，论文之为文者更详，曰……”（同上书，第205页）而汤一介、孙尚扬《〈魏晋玄学论稿〉导读》则云：“刘勰的《文心雕龙》对文之所以为文者有更详细、深入之探讨，首篇《原道》曰……”（同上书，“导读”第41页）相互对照，可见“文之所为文”、“文之为文”皆“文之所以为文”之意。

⑥ 汤一介、孙尚扬：《〈魏晋玄学论稿〉导读》，《魏晋玄学论稿》“导读”第42页。

之好”，后来趋舍不同，遂相离绝，故曰本同末离。凡此诸例，就时代言，均在魏晋玄学有无本末之辨以前；就内容言，均未见有何哲学意味。曹丕所言，也就是论文章体裁而已，从其上下文语言环境看，都很具体，丝毫未曾论及文之本原为道、文是道的表现之类，为何一定要用哲学上的本末体用关系加以解释呢？关于第二点，曹丕的意思本也很明白。“通才”就是指各体文章都很擅长的人，与“圣人”不是一回事。而汤先生将“通才”与“偏至”的对立关系，转化为“中正和平”与“文人相轻”的关系，中正和平者乃是圣人，然后进一步说唯圣人“发为文章可通天地之性”，于是似乎曹丕之说又体现了本末有无的原理：圣人体道，“通天地之性”，是本；“偏至”者“非和平中正”，是末。这样转换的依据是什么呢？如果我们要将曹丕之说与哲学思想背景相联系，那么联系到东汉以来的人物品藻风气及其理论，那是恰当的，自然的；一定要联系到本末有无，就觉得费解。

《典论·论文》又说：“盖文章经国之大业，不朽之盛事。年寿有时而尽，荣乐止乎其身。二者必至之常期，未若文章之无穷。”汤先生对此解释道：“年寿有限，荣乐难常；而文章为不朽之盛事，或可成千载之功。如欲于有限时间之中完成千载之功业，此亦与用有限之语言表现无限之自然同样困难。然若能把握生命，通于天地之性，不以有限为有限，而于有限之生命中亦当可成就‘不朽之盛事’也。”[①]这还是说，好的、理想的文章能以有限之语言表现无限之道，其作者也就是能“把握生命，通于天地之性”的人，这样的文章，这样的作者，方能不朽。汤先生的这一解释，与他所说“文之所以为文”是一致的。但是曹丕的话里似乎看不出原有这样的意思。“把握生命，通于天地之性，不以有限为有限”，陈义甚高，但如果结合文章写作、文学创作的实际看，林林总总、内容极其丰富、用途极为广泛的作品（包括奏议、铭诔等等实用性文章），似不可能都做到“通于天地之性”云云，也不需要都做到“通于天地之性”吧。似也不能说凡没有做到这样的就都不是好文章，不能传世不朽吧？而且，究竟怎样的文章算是“把握生命，通于天地之性，不以有限为有限”呢？我们希望能举出实例来加以说明。张若虚《春江花月夜》“江畔何人初见月？江月何年初照人？人生代代无穷已，江月年年只相似。不知江月待何人，但见长江送流水”几句，受到闻一多先生激赏，称之为“更夐绝的宇宙意识，一个更深沉、更寥廓更宁静的境界”[②]。也许这可以说是通于天地之性的体道之作吧？闻先生举出了实例，所以容易明白。但这固然是佳作，却未必所有作品都得如此才称得上佳作吧？如果那样，文苑翰林岂不太单调了。事实上也不可能那样。闻先生也不曾将此作为衡量一切作品的标准。

下面再看陆机《文赋》。

汤先生说：“万物万形皆有本源（本体），而本源不可言，文乃此本源之表现，而文且各有所偏。文人如何用语言表现其本源？陆机《文赋》谓当‘伫中区以玄览’。盖文非易事，须把握生命、自然、造化而与之接，‘笼天地（形外）于形内，挫万物于笔端’。文当能‘课虚无以责有，叩寂寞以求音’。盖文并为虚无、寂寞（宇宙本体）之表现，而人善为文（善用此媒介），则方可成就笼天地之至文。至文不能限于‘有’（万有），不可囿于音，即‘有’而超出‘有’，于‘音’而超出‘音’，方可得‘弦外之音’、‘言外之意’。文之最上乘，乃‘虚无之有’、‘寂寞之

① 《魏晋玄学论稿》，第 204 页。

② 闻一多：《宫体诗的自赎》，《唐诗杂论》，第 15 页，山西古籍出版社，2001 年。

声’,非能此则无以为至文。”[①]

汤先生这里仍然强调文乃本体(道、无)之表现;此外,提出为表现此本体,作者“须把握生命、自然、造化而与之接”,于是其文乃有弦外之音、言外之意。先生认为《文赋》体现了这样的文学思想。笔者亦窃有疑焉。

汤先生于《文赋》“伫中区以玄览”之“玄览”,似解释为“把握生命、自然、造化而与之接”,亦即体道、悟道之意。陆机有此意否?学者们是有不同见解的。笔者之见,以为陆机并无此深意。“玄览”一语,首见于《老子》十章“涤除玄览,能无疵乎”,可以认为是有体道、悟道意味,但汉晋文献,并不都这样运用。张衡《东京赋》:“睿哲玄览,都兹洛宫。”曹植《卞太后诔》:“玄览万机。”玄览都只是深远地观察、了解、思考之意。当然,也有含有悟道之意的例子,如《易·系辞上》“阴阳不测之谓神”韩康伯注:“不思而玄览,则以神为名。”东晋庐山诸道人《游石门诗序》:“乃悟幽人之玄览,达恒物之大情,其为神趣,岂山水而已哉?”总之,“玄览”一语,仍须就上下文语言环境决定其含义,不可因其出于《老子》,便一概以为悟道之意。《文赋》此句,下启“遵四时以叹逝,瞻万物而思纷。悲落叶于劲秋,喜柔条于芳春。心懔懔以怀霜,志眇眇而临云”数句,显然是说深远观照自然景物,引起伤春悲秋、感叹时光流逝种种情绪,并未显言触发生命、宇宙之感慨。伤春悲秋乃文人常态,也常常是文人情动于中而形于言的契机,但它可能进而引起某种宇宙意识,也可能并不引起。陆机此处只是举出作为经常引起创作冲动的契机之一(另一契机为“颐情志于典坟”即阅读典籍文章),我们看不出其中含有作者应该体悟作为宇宙本体的“道”、必须悟“道”、必须“把握生命、自然、造化而与之接”之类意思。不但此处,整篇《文赋》都看不出此类意思。《文赋》谈文章利病,谈得很具体,没有形而上的意味。其所论来自鉴赏、创作的体会,而不是来自玄学清谈。钱钟书先生认为陆机“只借《老子》之词”,而反对“牵率魏晋玄学,寻虚逐微”。笔者赞成此种意见[②]。

“课虚无以责有,叩寂寞而求音”二句,“虚无”、“寂寞”确是道家、玄学用语,但这里也只是借用而已。“伊兹事之可乐,固圣贤之所钦。课虚无以责有,叩寂寞而求音。函绵邈于尺素,吐滂沛乎寸心”,联系上下文,这两句是说文学创作乃一“无中生有”的过程。本来无所见、无所闻,然而通过微妙的构思,乃形诸文辞,闻诸吟咏,竟成为可见可诵之文章。此二句连下二句,都是叹美写作之神奇,叹美作家之创造力,那也就是“兹事之可乐”的可乐之处;其中也看不出表现宇宙本体之意。至于“笼天地于形内,挫万物于笔端”二句,也不过是形容运思作文时,天地万物均可由我播弄,笼于文内,也并无笼取“形外”之本体置于“形内”之意。

汤先生又说以“有”表现了“无”,即超越具体之“有”表现无限之“本体”的作品,便有“弦外之音”、“言外之意”。这样定义“弦外之音”、“言外之意”,有其特殊内涵,与人们一般论文章、论文学时所指实不相同。此点留待下文再谈。

最后看刘勰的《文心雕龙》。

《文心雕龙·原道》谓文源于道,文是道的体现。此“道”乃宇宙本体,而并非如后世“文以载道”那样,专指儒家经世之道,然而也包括儒道,因为儒道当然也是宇宙本体的表现。将

① 《魏晋玄学论稿》,第204页。

② 钱钟书:《管锥编》第三册,第1181页,中华书局,1979年。但钱先生关于《文赋》此处文脉的意见,笔者并不赞成,此不赘。

道家、儒家打成一片，正是玄学的特点。若要举出古代文论论述文之表现宇宙本体的例子，《原道》确是最恰当不过。不过汤先生因《原道》有“心生而言立，言立而文明，自然之道也”之语，《明诗》有“感物吟志，莫非自然”之语，便认为《原道》所持为“文以寄兴”的观点，认为刘勰“以‘文’为感受生命和宇宙之价值，鉴赏和享受自然”[①]，这却又令人费解。“自然之道”和“莫非自然”之“自然”，都是“自然而然”、“必然如此”、“本来如此”之意，不是表示道、表示宇宙本体的那个“自然”。事实上刘勰并不认为文章都是“寄兴”的，都是“感受生命和宇宙之价值，鉴赏和享受自然”的。对于文章宣扬儒道的政治教化作用，刘勰也充分肯定。《宗经》称经书是“恒久之至道，不刊之鸿教”，《序志》称“文章之用，实经典枝条。五礼资之以成，六典因之致用，君臣所以炳焕，军国所以昭明”，都清清楚楚地表明刘勰重视文章的政教功能。还有，汤先生说“文以寄兴”的观点“为美学的”，“是情趣的，它是从文艺活动本身引出之自满自足，而非为达到某种目的之手段”，与“文以载道”的实用的观点相对立。对此我们表示同意，但说寄兴之文便是“以‘文’为感受生命和宇宙之价值，鉴赏和享受自然”，也就是说寄兴之文便是表现宇宙本体的“至文”，就也还是费解。因为“寄兴的”、“情趣的”、“美学的”作品也是多种多样。同是嵇康的《赠秀才入军》组诗，“目送归鸿，手挥五弦。俯仰自得，游心太玄”，固然可说是“感受生命和宇宙之价值”，但“仰慕同趣，其馨若兰。佳人不存，能不永叹”那样的怀人之思，“风驰电逝，蹑景追飞。凌厉中原，顾盼生姿”那样的人物形象描绘，也是“美学的”、“情趣的”吧，却恐怕不能用“感受生命和宇宙之价值”来概括。汤先生将文学观点区分为“实用的”、“美学的”两大类，很对，但说“美学的”就是“以‘文’为感受生命和宇宙之价值，鉴赏和享受自然”，是否不够全面？事实上刘勰等六朝文论家也并未做过这样的概括。大约先生之意，认定六朝论者持“文”为宇宙本体之体现的观点；而如何才算是体现宇宙本体？毕竟太抽象了，于是具体化为“感受生命和宇宙之价值，鉴赏和享受自然”之类吧。但林林总总的文章著述、文学作品，似乎很难笼统地全都概括到“感受生命和宇宙”、“享受自然”里面去。

《文心雕龙·隐秀》也是汤先生十分重视的篇章。《隐秀》云：“隐也者，文外之重旨者也。……隐以复意为工。……夫隐之为体，义生文外，秘响傍通，伏采潜发。”汤先生对“隐”的解释是：“虽言浅而意深，言有限而意无穷”，“‘得意’于言外”，“所寻觅之充足的媒介必当能通过文言（明按：即文辞）以达天道，而非执著文言以为天道。”[②]言浅意深、言有限意无穷容易理解，“达天道”则又觉费解。为何能表达言外之意就是“达天道”呢？那些未说出来的意可能多种多样，似不能用“天道”来加以概括。依笔者的理解，刘勰所谓“隐”类似于汉儒阐释《诗经》时所说的“兴”，即所谓“托事于物”[③]。例如东汉郦炎《见志诗》之二的开头：“灵芝生河洲，动摇因洪波。兰荣一何晚，严霜瘁其柯。哀哉二芳草，不植泰山阿。”其言外之意是慨叹文士托身非所、生不逢时。又如颜延之《秋胡诗》首章开头：“椅梧倾高凤，寒谷待鸣律。”言外之意是说男女婚嫁前充满相思、期盼。如此之类，所寄托的意思是多种多样的，不能统言之曰“天道”吧。刘勰实未曾这样概括过。汤先生对刘勰言“隐”是十分重视的。他说“意在言外”是魏晋南北朝文学理论所讨论的核心问题，而《文心雕龙·隐秀》为此问题作一总结。但

---

① 《魏晋玄学论稿》，第206页。

② 《魏晋玄学论稿》，第208页。

③ 参见杨明：《刘勰论“隐秀”和钟嵘释“兴”》，中国文心雕龙学会编：《论刘勰及其〈文心雕龙〉》，学苑出版社，2000年；后收入杨明：《汉唐文学辨思录》，上海古籍出版社，2005年。

如果我们承认所谓“隐”、所谓“言外之意”、“弦外之音”的多样性，那么就会觉得汤先生关于“隐”就是“通过文言以达天道”的结论是令人费解的。

现在再回过头来，探寻汤先生关于魏晋南朝文论的总的思路，似乎是这样的：这个时期的文学理论受玄学的深刻影响，相对应地有两方面的重要内容。一，探讨文的本质。文与任何具体的事物一样，是道的表现，道与文是本末、有无、体用的关系。本与末、有与无、体与用是一而二、二而一的，融合无间的，因此文之体道，就是表现人与道亦即与天地宇宙本体的融合，表现“神思”与“天地自然接”。这样的文为“至文”，它是审美的而不是实用的、功利的，是“寄兴”的、“情趣”的而不是“载道”的。二，道、本体是难于用语言表达的，因此要写作表达道、表现与天地宇宙本体相融合的“至文”，就必须运用语言而不拘限于语言，要追求“隐”、“意在言外”的表达效果。而笔者的疑问主要在于：魏晋南朝文论是否具备上述内容？上文已就汤先生所引到的曹丕、陆机、刘勰的一些话语，表示了不同的理解，下面再综合地表述一下自己的想法。

二

第一个问题：关于文的本原问题。

魏晋南朝文论认为道是文的本原，文是道的表现，此点毫无问题。这确实是魏晋玄学熏陶的结果。但是，魏晋南朝文论有没有由此而认为文章必须“传达天地自然”[①]、表现与道相融合方为“至文”呢？没有。《文心雕龙·原道》大谈其道，并不是为了强调文必须表现人与“天地自然接”，必须表现人与道的融合。在刘勰看来，一切文章著述，包括儒家经典、实用性文章，当然也包括“感受生命和宇宙之价值，鉴赏和享受自然”的寄兴的、情趣的诗文，统统都是“道”的体现。刘勰的目的其实不过是：一，借谈论“道”以抬高文的地位，说明文之存在的必然性（文章是宇宙本体“道”的产物，地位岂能不高尚）；二，借此说明文章应该注重文采（天地万物都具有美丽的文采，乃“道之文”，文章必也如此）；三，借此提出文章应该在写作方面向儒家经典学习（“道沿圣以垂文，圣因文以明道”，儒经是体现道的最高典范）。《文心雕龙》以《原道》为首，虽然在哲学上没有什么新的东西，但就文论而言，是第一次谈得如此完整、系统，构思巧妙，辞采美丽，因此深得人们欣赏，现代研治古文论、古代美学的学者也心折于它的美学意味。实际上它只是一个帽子、引子，所述原理并无贯彻全书、指导写作的意义。汤先生因篇中有“自然”字样，遂云“文章当表现人与自然合为一体”，其实刘勰并无此意，已见上文；又因刘勰倡原道、征圣、宗经，遂云“圣人中庸之极，无所不能；经亦平淡中正，无所不容”[②]，盖以道家、玄学所说的“本体”的性质形容儒家圣人与经典，但刘勰也从无类似的表述。

《原道》只是一个引子，或者说拉起的一面旗帜，在刘勰的文学思想中，并不占多么重要的地位。这里想引用钱钟书先生的一段话：“简文帝《答张缵谢示集书》：‘日月参辰，火龙黼黻，尚且著于玄象，章于人事，而况文词可止，咏歌可辍乎？’按卷一二（指《全梁文》）简文帝《昭明太子集序》‘窃以文之为义，大矣远哉’一节亦此意，均与《文心雕龙·原道》敷陈‘文之

① 《魏晋玄学论稿》，第208页。

② 《魏晋玄学论稿》，第206、207页。

为德也大矣’，词旨相同，《北齐书·文苑传》、《隋书·文学传》等亦以之发策。盖出于《易·贲》之‘天文’、‘人文’，望‘文’生义，截搭诗文之‘文’，门面语、窠臼语也。刘勰谈艺圣解，正不在斯，或者认作微言妙谛，大是渠侬被眼谩耳。”[①]确实，魏晋文论内容非常丰富，其受玄学影响而以道为文原的观点，并不占重要的地位。笔者十分赞同钱先生的意见。

第二个问题：言与意的关系问题。

《周易》、《庄子》中已经谈到这一问题，而言意之辨、言能否尽意在魏晋清谈里尤为人们所感兴趣。玄学家王弼、郭象在阐释经典时，为了突破旧说的限制，自由地发挥自己的思想，提出了“得意而忘象”[②]、“忘言以寻其所况”[③]的原则，从而使寻求言外之意这一命题深入人心。王弼、郭象所说的“意”还是实在的，可以言传的，只不过为了解此意便不能局限于眼前之言，必须探寻言外之意而已。至于荀粲提出的“象外之意……固蕴而不出”[④]，所说的“意”其实是指道家之“道”(宇宙本体)而言，那当然是玄虚的，只能体悟而不可言传的。

魏晋文论中谈到言、文与意的关系，谈到言外之意时，有哪些情况呢？《文心雕龙·隐秀》所谓“隐”，《文心雕龙·比兴》和钟嵘《诗品》所谓“兴”(也就是汉儒解释《诗经》时所举六义之一的“兴”)，都是要求看出字面以外的意思，但那“文外之意”还是质实的，可以说明白的，只是作家没有直说罢了。上文已经举过例子。此外还有一种情况：作者并未在作品里寄托什么别的意思，但读者读了之后，总觉得余音袅袅，似乎被笼罩在一种境界、气氛、情味里，觉得有余味，却又说不明白。《文心雕龙·定势》载刘桢语：“使词已尽而势有余。”《晋书·文苑传》载张华称赞左思《三都赋》云：“读之者尽而有余。”《世说新语·文学》载阮孚摘句嗟赏郭璞诗句“林无静树，川无停流”曰：“泓峥萧瑟，实不可言。每读此文，辄觉神超形越。”《颜氏家训·文章》载萧纲、萧绎称赞王籍诗句“蝉噪林逾静，鸟鸣山更幽”为“文外断绝”，又载南朝人士欣赏萧悫诗句“芙蓉露下落，杨柳月中疏”，称其“萧散”。李善注曹植《七哀》“明月照高楼，流光正徘徊”引前人语：“文外傍情。”这些例子，表明魏晋南朝读者已体会到那种虚灵的“言外之意”。那与刘勰所说的“隐”是不一样的。这两种情况，两种“言外之意”，似都不能概括为体现“道”，体现宇宙本体。

上述魏晋南朝文论中的这两种情况，都是在阐释、鉴赏时寻味言外之意，那是不是受玄学言意关系讨论的影响呢？笔者认为，即使受到一些影响，但主要还是文学创作和文学鉴赏逐步发展的结果。类似于《诗》六义之“兴”的那种写法，即刘勰所谓“隐”的写法，主要是受汉儒解释《诗经》和《楚辞》的影响。至于人们之所以能体会到那种虚灵的“文外”之意趣，与作品描写风景、场景能够做到逼真、宛然在目，能够引人入胜，大有关系。那种审美趣味来自审美的实践，绝非能由某一哲学命题推衍而得。玄学家强调“忘言”，诗文欣赏恰恰不能忘言，必须仔细品味作家运用语言文辞所描画的情景，深入其中，才能体会到那种“言外”的韵味。而且，这种体会作品的虚灵的“文外”意趣的表述，在魏晋南北朝为数甚少，因此只能说是那种文学趣味的萌芽而已，更不曾提升到某种理论的、原则性的高度，与汤先生所说“魏晋南北朝文学理论实以‘得意忘言’为基础”，恐怕相去尚远。

---

① 钱钟书：《管锥编》第三册，第1392页，中华书局，1979年。

② 王弼：《周易略例·明象》，楼宇烈校释：《王弼集校释》，第609页，中华书局，1980年。

③ 郭象：《庄子·逍遥游注》，郭庆藩撰、王孝鱼点校：《庄子集释》，第24页，中华书局，1961年。

④ 《三国志·魏志·荀彧传》注引《晋阳秋》，《三国志》，第320页，中华书局，1982年。

有没有显然受玄学讨论言意关系影响的例子呢？有的，多见之于谈论写作、言及如何用言辞进行表达的场合。如陆机《文赋》："恒患意不称物，文不逮意。"又："若夫随手之变，良难以辞逮，盖所能言者，具于此云。"又陶渊明《饮酒》之五："此中有真意，欲辩已忘言。"又庐山诸道人《游石门诗序》："当其冲豫自得，信有味焉，而未易言也。"又康僧渊《代答张君祖诗序》："省赠法颖诗，经通妙远，亹亹清绮。虽云言不尽意，殆亦几矣。"又谢灵运《山居赋序》："意实言表，而书不尽。遗迹索意，托之有赏。"其赋中自注也说："此皆湖中之美，但患言不尽意，万不写一耳。"又《文心雕龙·神思》："意翻空而易奇，言征实而难巧也。是以意授于思，言授于意，密则无际，疏则千里。""至于思表纤旨，文外曲致，言所不追，笔固知止。至精而后阐其妙，至变而后通其数。伊挚不能言鼎，轮扁不能语斤，其微矣乎！"凡此之类，几乎都是慨叹以语言文字达"意"之困难。至于所欲表达的"意"，则多种多样，绝不是仅指那种对于宇宙本体"道"的体悟。庐山诸道人的诗序里有"乃悟幽人之玄览，达恒物之大情，其为神趣，岂山水而已哉"的话，那么可说其所谓"意"里既有山水审美之乐，又有悟道之趣。陶渊明的两句诗也可作如是观，但陆机、刘勰则是泛说，谢灵运主要是说山水之美。从这些资料看，玄学言意关系之论对于文论的影响实在是很有限的。魏晋南朝的文论只是慨叹尽意之难，并没有解决如何以有限的语言文辞传达无尽之意的问题。作家们并不曾如汤先生所说那样，因为玄学里的有无本末之辨，亦即有限无限之辨(有、末是有限，无、本是无限)，而想到用有限之"言"，表达无限之"意"。拿谢灵运来说，他的山水诗总是详细描述游历的过程，而且在描画之后，还要将自己的想法、体会直接写出来，唯恐读者不知，以至于作品往往显得冗长。这正是他"但患言不尽意，万不写一"的缘故，他还不懂得以少胜多。我们将六朝诗与唐诗比较，就会感到就含蓄有余味这一点而言，六朝诗实瞠乎其后(当然是就总体而言)。即使是说理，王维《酬张少府》的"君问穷通理，渔歌入浦深"，杜甫《缚鸡行》的"鸡虫得失无了时，注目寒江倚山阁"，苏轼《百步洪》的"但应此心无所住，造物虽驶如吾何。回船上马各归去，多言哓哓师所呵"，何等耐人寻味，富于理趣！汤先生说"魏晋文学争尚隽永"[①]，窃以为不然。魏晋清谈论辩或可谓"争尚隽永"；至于诗文写作，实还未达到自觉追求隽永的地步吧。先生又说："依言意之辨，普遍推之，而使之为一切论理之准量，则实为玄学家所发现之新眼光新方法。王弼首唱得意忘言，虽以解《易》，然实则无论天道人事之任何方面，悉以之为权衡，故能建树有系统之玄学。"[②]但在笔者看来，在文学理论方面，似看不出玄学"得意忘言"、自觉追求言外之意的明显的影响。

三

从以上所述，笔者想到，研究古代哲学对于文论的影响时，似应思考如下几点：

首先，一时代的哲学思想，对于其他文化、学术领域，包括文学创作和批评、理论，确实很可能产生影响。但此种影响表现在哪些问题上，影响的范围、程度如何，还是要实事求是地加以估量。哲学中的热点，未必就是文学理论中的热点；哲学思想的核心问题，未必就成为

① 汤用彤：《言意之辨》，《魏晋玄学论稿》，第36页。

② 《言意之辨》，《魏晋玄学论稿》，第24页。

文学理论中的重要问题。同时,哲学思想对不同文化领域的影响,可能是不平衡的。

其次,考察、研究此种影响,应从文学本身出发,尽可能完整地搜集资料,尽可能准确地理解这些资料,然后看它们与哲学思想的关系如何。亦即应该从文学到哲学,不应从哲学到文学,不应先入为主地认定哲学必然发生重要影响,然后去寻找一些哲学观点在文论中有何表现。应充分尊重文学的独立性,注意文学自身的特点、特殊的规律。研究文学与哲学的关系,首先还是要对文学本身有尽可能详尽深切的了解。文学理论归根到底是文学鉴赏、创作实践活动的总结。文学实践尚未达到某种水平,文学理论也不可能提出相应的概念、命题。

还有,尽可能准确地解释文论话语十分重要。许多时候文论中出现一些哲学的概念、用语,只不过是借用而已。借用当然也是影响的表现,但不应夸大。为了准确地理解文论话语,应该尽量结合文学创作、结合具体的文学作品加以研究,从理论到理论往往得不出正确的结论。

业师王运熙先生反复强调,研习古代文论必须要多读古代文学作品,必须把批评史研究和文学史研究结合起来[①]。笔者深切感到,先生的教导来自其亲身的体会,来自其长期的研究工作的实践,实在是非常重要。讨论文论与哲学思想的关系,也应该遵循这样的原则。

最后,应该说明:笔者认为在上文所说的一些具体问题上,看不出魏晋哲学对文论具有多大的影响,但并不是否认哲学与文论的关系。哲学是人们对于人生、宇宙的根本性看法。魏晋时期形成的新的哲学观点在一定程度上影响了士人的人生观、生活态度。上流社会相当一部分士人重本轻末、尚玄远轻实际的心态,有利于审美意识的发展。魏晋南朝文论与汉代主流意识——儒家的文论不同,它不再屈从、附属于政教目的,其功利性大为减弱,而审美方面、探讨文学内部规律的内容大为发展。这是魏晋南朝文论与汉代文论的重大区别,是文学进入"自觉时代"的重要标志。就这一点而言,魏晋南朝文论的发达与哲学思潮可能有相当的关系——哲学通过士人心态而影响及于文学和文论。

笔者学殖浅薄,理论水平不高,写作本文,实出于求教的目的。学习、工作中有不明了、想不通之处,总得搞明白才是。亟愿方家有以见教。

作者单位:复旦大学

① 王先生在许多文章里都曾谈到这方面的问题,可参见其《谈中国古代文学的学习与研究》,复旦大学出版社,2010年。

《文心雕龙·史传》篇“传体”说发微

王先霈

《文心雕龙·史传》篇评述中国古代历史书写的开创情形时指出，孔子所修《春秋》，“睿旨幽隐，经文婉约，丘明同时，实得微言，乃原始要终，创为传体”。他在这里提出，左丘明开创了中国历史书写的范式——以后成为基本的范式——“传体”。那么，什么是“传体”？从刘勰《史传》篇的论述看，从古人对《左传》的论述看，更重要的，从《左传》以及其后的《史记》和两《汉书》、《三国志》等等富有文学性的史书文本的实际看，“传体”有哪些基本的书写原则？有哪些叙事学上的特征？究竟构成了怎样的叙事范式？刘勰《史传》篇对“传体”的论述，蕴含了哪些叙事学的思想？这些，是值得深入探讨的问题。

一、“史传”的“传体”非“经传”的“传体”

在中国古代很长的时期，“传”作为一个名词有两个主要的不同的意指，一是史传之传，一是经传之传。在上面所引那句话的后面，刘勰接着解释说：“传者，转也，转受经旨，以授于后。”这是刘勰对“传体”的第一个解释，说“传”就是“转”，《左传》之作，为的是转述、阐发孔子编定的《春秋》里面蕴涵的意旨。这一解释，不会是左丘明著书的原意。因为《左传》并不是它的作者自拟的书名，后世流行的书名中那个“传”字，是后人加上去的，很可能是汉代学者刘歆定下《左氏春秋传》之名，继之被简缩为《左传》。至于左丘明本人，则并不是要给孔子的《春秋》作“传”，即写一本诠释经书句意、词义的著作，而是要继续孔子的史书著述事业，撰写他自己的“春秋”，即一部新的史书，因此，《史记·十二诸侯年表》把它叫做《左氏春秋》。在左丘明生活和写作的时代，在战国时期，百家争鸣，异说纷起，没有哪一家可以成为被独尊之宗，那个时候还没有形成“宗经”的观念，当然也不会有与“经”对应的“传”的概念。《文心雕龙·宗经》说的：“三极彝训，其书言经。经也者，恒久之至道，不刊之鸿教也。”《文心雕龙·论说》说的：“圣哲彝训曰经，述经叙理曰论。”那都是汉武帝之后才逐渐形成的观念，不是左丘明及其同时和以前人的观念。

考秦以前载籍，“经”的含义、用法略近于后世的，有《荀子·劝学》中的：“学恶乎始？恶乎终？曰，其数则始乎诵经，终乎读礼。”唐代杨倞注：“经，谓《诗》、《书》。”杨倞的解说为历来许多学者采纳，其实他并没有提出任何根据，而是把后代的理解附会到荀子的言论。荀子把“经”和“礼”对举、并列，应是指处世实用的书籍。《国语·吴语》“建旌提鼓，挟经秉枹”，“载常建鼓，挟经秉枹”，说的是军伍中将士所执持的几样东西。三国时代吴人韦昭注：“经，兵书也。”清人俞樾《群经评议》质疑：“世无临阵而读兵书者，‘经’当读为‘茎’，谓剑茎也。”俞樾的解释只是一种猜测，缺少版本学、训诂学的证明，用的是“改字解经”的方法，难成定论。而韦昭的注释则说明，即使在三国时期，人们对“经”的理解也不限于“圣哲彝训”，还把“经”理解为某一个领域的重要典籍，不同行业的人需要随时查阅的书籍。所以，没有充足理由确定《劝学》说的“经”指的是《诗》、《书》、《春秋》，也没有理由确定左丘明认为《春秋》的价值在于内涵“恒久之至道”，需要他来发现、阐说。

至于“传”，在先秦当然也就不会是作为对于“经旨”的“转受”，倒是有过作为传世典籍的含义。《孟子·梁惠王下》，孟子回答齐宣王之问，关于“文王之囿方七十里”的说法有何依据，说：“于传有之。”“传”在这里指的是可靠的文献。《墨子·尚贤中》：“且以尚贤为政之本者，亦岂独子墨子之言哉？此圣王之道，先王之书，距年之言也。传曰，求圣君哲人，以裨辅而身。”《荀子·修身》以及《不苟》、《非相》、《王制》等篇也有同样用法。在这些地方，“传”里面的话，被当做权威的论断或记述而引用，“传”是独立的典籍，它的地位，不比《荀子·劝学》里说的应当诵习的“经”低。只是在《公羊传·定公元年》里可以看到“主人习其经而问其传”，这里的“传”，才是指对经文的解释，但显然已经是汉代经学家的设想之辞，而不是《左传》里面人物的说法。

刘勰说“传”是“转受经旨”，符合于《春秋公羊传》和《春秋穀梁传》，那两本书是“转受经旨”的。所以，浦起龙说：“《公》、《穀》主释义，《左传》主载事。《公》、《穀》非史法，《左》具史法也。”《公》、《穀》是解经之“传”，《左传》乃独立之“史”。《公羊》和《穀梁》是口耳相传，在汉代用今文写成，先后在汉景帝和汉宣帝时立于学官。《左传》是用战国的“古文”写成，汉武帝时在孔子故宅里被发现，长期不被立于学官。刘歆要求立《左传》于学官，遭到强烈反对，分歧、争议的关键之点在哪里？在《移让太常博士书》中，他指责当时那些掌握经学大权的人，“谓《左氏》为不传《春秋》”。那些人排斥《左传》，因为《左传》和《公羊传》、《穀梁传》性质完全不同，它不是“转受经旨”之作，不是诠释经书的微言大义，而是一部具有独立性的史书。那些人如刘歆所言是“抱残守缺”，但他们认定《左传》不是按照他们的期望“转受经旨”，岂不正是事实吗？

不过，“转受经旨”并不是刘勰对“传体”的唯一的阐释，更不是他对“传体”性质的认定。刘勰没有在《征圣》、《宗经》中去谈《左传》如何诠释圣人经典，而是在《史传》篇论述“史传”写作的发展过程时，讲左丘明“创为传体”，他说的不是“经传”之传，而是“史传”之传。在《史传》篇他没有提及《公羊》、《穀梁》，单只说《左传》。因此，我们可以认为，刘勰虽然未能摆脱汉代以来独尊儒术的强大的习惯思维，提到了转受经旨，但是，作为一位艺术感觉敏锐的文体学家，实际上，他所说的“传体”，其性质、特征并不在于“转受经旨”。那么，“传体”的特质在哪里呢？这正是下面要讨论的。

二、《左传》开创的“传体”，重要特征不是“转受经旨”，而是“原始要终”

刘勰说，左丘明“乃原始要终，创为传体”，这才是《史传》篇立论的要义和精髓。“原始要终”一语最早出于《易·系辞下》：“《易》之为书也，原始要终，以为质也。”又，《系辞上》：“《易》与天地准，故能弥纶天地之道，仰以观于天文，俯以察于地理，是故知幽明之故，原始反终，故知死生之说。”其后，“原始要终”被历代许多学人反复运用，还变化出“原始察终”、“原始见终”、“原始要末”、“要终原始”、“睹终原始”等大同小异的说法。

“原始要终”有哪些含义呢？在古代学者的言语实际中，“原始要终”主要有以下几项涵义。第一，就《周易》来说，指的是卦象的始终。魏王弼解释《系辞下》“原始要终，以为质也”：“质，体也；卦兼终始之义也。”宋项安世《周易玩辞・原始要终章第八》：“凡画卦之法，必始于初爻，终于上爻，然后成一卦之体。”清张兴仲《周易玩辞困学记》：“《易》之为书，纲纪在卦，卦必合爻之全而后成，一不肖似，又成他局。圣人之系卦也，原其何以始，要其何以终，弥纶包举，而成其体质，未尝遗于纤微也。”《周易》用卦来占卜，每一个卦由三个爻组成，共八卦；八卦里的单个卦两两相连或自已重叠，每卦六爻，组成六十四卦。卦有卦辞，爻有爻辞。解卦的人要从始至终掌握卦爻的整体，从而据此掌握要占卜的事情的整体。这是狭义的、“易学”的“原始要终”，《文心雕龙・史传》“原始要终”一语虽由此出，讲的却不是这个。

第二，从词义上理解，“原始”是推原其本始、源头；“要终”是究察其后果、结局。宋司马光《温公易说》：“《易》以穷物之终始为本质。”这是学术研究、历史著述应该有的，在全过程中把握对象整体、本质的思维方法。每一个民族到了文明成熟的时代，思维周密严谨，就会自觉地原始要终，这是广义的“原始要终”。每一个具体的事物、事件有始有终，进而，更高的、最高的本质是什么呢？那就是要追寻人生、宇宙的终极意义。三国孙吴学者虞翻解释《系辞下》那句话说：“质，本也；以乾原始，以坤要终，谓原始反终，以知死生之说。”原始要终就是对终极意义的追寻，这是哲学思维的高境界。我们可以认为，《春秋》、《左传》、《史记》的作者，中国史学的传统，逐渐明确地追求思维的严密性，并且立意高远，究天人之际，通古今之变，探问终极意义。但是，《史传》篇谈论的重点也不在这里。

第三，从早期的史官到左丘明再到司马迁，有一个重大的转换，就是把“原始要终”引进到历史研究和史书撰著中，《史记・太史公自序》明确地说：“罔（网）罗天下放失旧闻，王迹所兴，原始察终，见盛观衰，论考之行事。”这简单的几句话，包含了历史叙事学的丰富内容。司马迁认为，考察历史，要考察它的全过程，要尽可能搜罗被遗漏的各种细节，严格地审核对历史人物行为的各种记载，揭示历史发展的趋势。晋代杜预《春秋左传集解序》指出《左传》不同于之前的史书，是它记述的“广”和“备”，既有主干还有“枝叶”：“身为国史，躬览载集，必广记而备言之，其文缓，其旨远，将令学者原始要终，寻其枝叶，究其所穷。”唐代孔颖达《正义》又进而发挥说：“将令学者本原其事之始，要截其事之终，寻其枝叶，尽其根本。”刘勰从理论上综括了司马迁和杜预的论断，并把原始要终视为历史叙述方式，这也就是《史传》篇着重讨论的，为左丘明所新创的“传体”的特征所在。于是，“原始要终”成为了中国叙事学的一个重要命题。

刘勰对“原始要终”十分重视，在《文心雕龙》中，“原始要终”不止出现于《史传》篇一处，此外还有三处。《章句》篇：“章句在篇，如茧之抽绪，原始要终，体必鳞次，启行之辞逆萌中篇之意，绝笔之言追媵前句之旨，故能外文绮交，内义脉注，跗萼相衔，首尾一体，若辞失其朋，则羁旅而无友，事乖其次，则飘寓而不安。”《附会》篇：“赞曰：篇统间关，情素稠叠，原始要终，疏条布叶，道味相附，悬绪自接，如乐之和，心声克协。”这两处是讲写作中必须时刻具有结构意识、全局观念，全盘结构在胸，方始着笔；每个词、每一句、每一段不再是单独的存在，而是相互关联，共同构成血脉贯注的整体。后来李渔《闲情偶寄》把“结构”列在作剧的第一位，提出"当其精血初凝、胞胎未就，先为制定全形，使点血而具五官百骸之势"，他这些说法显然是从战国以至汉唐宋明文章写作经验引发出来，是从古代文论家的论述中引申出来。古人作文，讲究起承转合，评点派喜欢卖弄的"草蛇灰线"、"琴瑟间钟"、"来年下种"、"先时伏著"……也是把文章的结构技巧挪移到小说和戏曲创作。《章句》、《附会》里这两段论述中提出的结构思想、结构理论，是中国古代叙事理念逐渐自觉的体现。

另一处是《时序》篇所讲："故知文变染乎世情，兴废系乎时序，原始以要终，虽百世可知也。"那是讲寻究文学的盛衰、兴废的规律，要把它放在历史长过程里面来观察，不可单看一人、一篇、一个小时段，是指文学研究者历史的意识、历史的眼光。文学史的研究者，是文学领域里的历史学家，也少不了原始要终的思维方式。

《史传》篇里的"原始要终"，更主要地还是从文学叙事的角度，从理论上总结古代历史叙事的宝贵经验。刘勰说《左传》"创为传体"，为什么要说"创"呢？因为，"传体"的产生，意味着历史书写从记事进到叙事，这是中国历史书写的一个大飞跃。在春秋以前的中国，各诸侯国史官所作的各种历史书写，直到孔子所修的《春秋》，都只是记事。所谓记事，就是记录下重要事件的名目。记事只有事件的名目，叙事才有事件的过程，而叙述事件过程的第一条就是原始要终，讲述出事件的开头、中间和结局。杜预在《春秋左传集解序》中说到《左传》之于《春秋》的新创，"故传或先经以始事，或后经以终义"，把《春秋》里干巴巴的一个个名目，变成有头有尾的事件全过程的叙述。例如，《春秋》在隐公元年记有"夏五月，郑伯克段于鄢"，记下了事件发生的时间——当年五月，事件的主体——郑伯，他所做的事情——攻伐他的弟弟共叔段，事件发生的地点——鄢。九个字是记事的全部，记事的要素全都有了，但却完全没有过程，没有讲起因，没有讲酝酿发展、起伏波澜，没有讲后果和影响，更没有讲到参与其事的人物在整个过程中的行为、心理和言语。《左传》叙此事用了 541 个字，是《春秋》的六十倍。开头第一个字，就是"初"。有人统计，《左传》为了追溯事件之原，共计用过 86 个"初"字[①]。这类"初"字的使用，是历史叙事的原其始的一种重要方式，是作者原始要终叙事意识的强烈的、鲜明的表现。《左传》从郑庄公和共叔段的父母讲起，庄公为难产，取名寤生，母亲不喜欢寤生，希望立段为太子，父亲武公不答应：家庭里母亲对小儿子的偏爱，演变为长期而激烈的宫廷权力斗争。下面，"及庄公即位"的"及"，"既而大叔命西鄙北鄙贰于己"的"既而"，都是"始"和"终"之间的事件发展的不同阶段。"既而悔之"那个"既而"，则是一点余波。五百多字的描述，对于寤生和段之间发生的故事来说，是有始有终，完满俱足了。孔颖达《春秋左传正义》说："杜（预）以为凡倒本其事者，皆言'初'也。贾逵云，凡言'初'者，隔其年后有祸福将终之，乃言'初'也。"杜预、贾逵所说其实是一个意思。什么是"倒本其事"？就是现代叙事学所说的"倒叙"或者叫做"追叙"、"前史"、"回顾"。

到了二十世纪初，林纾把《左传》定为自觉的叙事意识的开端，对于传体的倒本其事他也有新的解说，他说："《左传》为文家叙事祖庭，每到插叙处，辄用一'初'字领起。……史家全循此例，用为插补之法，而《史记》用之尤极自然。"[②]《左传》是历史著述，并且是编年体，这就使它的原始要终有着先天的特殊困难。历史事件的始和终大多数并不在一年之内，往往前

① 参见傅修延：《先秦叙事研究》，第 201 页，东方出版社，1999 年。

② 林纾：《春觉斋论文》，见《论文偶记　初月楼古文绪论　春觉斋论文》第 122 页，人民文学出版社，1962 年。

前后后经历若干年。《春秋》只记事件的名目，“郑伯克段于鄢”系于隐公元年，很准确。《左传》原始要终，讲述事件的来龙去脉，不能局限在一年、两年，这才使得“倒本其事”非有不可。据《史记·十二诸侯年表》，郑武公十年（前761）娶武姜，十四年（前757）生庄公，十七年生共叔段。武公娶姜到庄公克段于鄢的郑庄公二十二年（前722），前后近四十年，而庄公即位、封段于京、大叔完聚等等，是在这中间若干年里陆续发生的。《左传》既要遵循历史事实，又要保持编年体的框架，它的原始要终要做到“篇统间关”而“疏条布叶”，就需要在叙事技巧上做多种创新，倒本其事只是其中之一。刘勰对传体叙事艺术的丰富性，作了扼要的述评。

三、“传体”之“传”非“纪传”之“传”，传体是优秀的纪传体与编年体史著共有的叙事范式

中国古代的历史书写，主要有编年体和纪传体。刘知几《史通·二体》说，有了《左传》和《史记》，史书的体式就全备了，“后来继作，孰能逾此”。《左传》一直是被当做编年体的代表，刘勰说《左传》“创为传体”，当然就不是指纪传体了；刘勰所说的传体不但不是经传之传，也不是纪传之传，而是由《左传》开创的中国古代历史叙事成熟的书写范式，其后的纪传体和编年体的优秀之作，都继承、借鉴了左丘明开创的传体，并且不断丰富它。《史传》篇说：

> 然纪传为式，编年缀事，文非泛论，按实而书，岁远则同异难密，事积则起讫易疏，斯固总会之为难也。或有同归一事，而数人分功，两记则失于复重，偏举则病于不周，此又铨配之未易也。

这一段话是刘勰对传体的具体解说，如何理解这段话非常重要。许多学者认为这里讲的是编年和纪传两种体式，范文澜先生《文心雕龙注》说，“纪以编年，传以缀事”；金毓黻先生在《文心雕龙史传篇疏证》①一文中说，刘勰在这里肯定纪传体是撰史的正轨，编年体重于记事，并由此引出“总会”是就编年体而言、“铨配”是对纪传体而言的结论——这些说法值得商榷。《文心雕龙》书中“纪传”多是总指所有史著，如《征圣》“纪传铭檄，则《春秋》为根”。《史传》篇说“左氏缀事”，可见“缀事”也适用编年体。刘勰从诸多优秀史著中概括出的“总会”、“铨配”这两种叙事方法，不能说“总会”只适用于编年体，“铨配”只适用于纪传体。《史记》等纪传体的写作也离不开“总会”，《左传》等编年体的写作也有需要“铨配”。如果对这一点存在误解，就难以认识《史传》篇的论述在中国叙事学上的巨大价值。

林纾《春觉斋论文·流别论》第七节，先对《文心雕龙·史传》之“传”作出三种解释，即史传、经传和人物传记，接着提出：“化编年为列传，成正史之传体，其例实创自史迁。”②林纾在这里说到传体，和刘勰《史传》讲的传体是很接近的。他翻译多种近代西方小说，对于西方作家积累起来的叙事技巧多所体悟，由此反观中国古代叙事，就有了异于前人的细腻的新体会，从而对《左传》和《文心雕龙·史传》篇，对中国古代叙事的实际与理论能做出新的阐发。

所谓总会，是说在叙事中，对于具有或近或远关系的大的和小的事件，间隔久远和间隔短暂的事件，密集发生的和单个流传的事件，先叙还是后叙，详叙还是略叙，要有总体周到的

① 金毓黻：《文心雕龙史传篇疏证》，载《中华文史论丛》1979年第一辑，上海古籍出版社，1979年。

② 林纾：《春觉斋论文》，见《论文偶记　初月楼古文绪论　春觉斋论文》第58页，人民文学出版社，1962年。

安排。所谓诠配，是说叙事中，一个事件涉及若干人，或与若干其他事件相关联，放在哪里叙述，如果几次提到怎样不至于重复而能彼此照应，要有细密的布置。两者都是讲的叙事方法和技巧。金毓黻引刘知几之言，说《左传》对宣公、成公以前的史事，“三纪而成一卷”，昭公、襄公以下，“数年而占一篇”，推论出“此非所谓‘岁远则同异难密’乎”，这完全不符合刘知几的原意。《史通·烦省》列举三纪一卷、数年一篇之后，得出的结论是：“此丘明随闻见而成传，何有故为简约者哉！”史料缺少，需要的是搜集、鉴别、考证、整理的工作，实在找不到材料，只好简约或省略。史料的欠缺，难道是“总会”所能弥补的吗？史料丰富就叙述翔实，史料缺少就从简略，这里也不存在什么困难，不需要加以深入讨论。理解刘勰这一段话关键在于，这里的“岁远”，说的不是史事发生距离撰史年代之长久，而是指插进来叙述的事件与正在叙述的事件的时间间隔很长，不同时期发生的事件，在同一文本中叙述起来如何衔接得紧密；“岁远”与“事积”对应，“事积”是指连续插叙到一起的事件不止一件，而是有两件以上，每个事件从哪里开始、到哪里截止，如何处理得法。以上叙事中的困难，适宜于用总会的办法来处理。

为了把问题谈得清楚，不妨引进现代叙事学的理论，做一比较。西方现代叙事学家把插叙、倒叙所叙的事件与插入前所叙的当下事件之间的时间距离称之为“跨度”，而把所倒叙的事件经历的时间称为“幅度”。法国热奈特《叙事话语》举例说，荷马的《奥德修纪》第19章，欧律克勒亚给奥德修斯洗脚，看到脚上的疤痕，回忆他在少年时受伤。受伤距洗脚有几十年，是为跨度；受伤的经历则只有几天，是为幅度。在这里，“幅度大大小于跨度”，“倒叙在此……讲述以往悠悠岁月中一个孤立的时刻，并且不求与现在的时刻衔接”①。“跨度大”也就是刘勰所说的“岁远”，“不求衔接”也就是“难密”。岁远为什么就同异难密呢？叙述学讲叙述层次，那是指作为叙述对象的人物，也可以讲述故事；人物讲述的故事里面，又可以有人物在讲述故事，故事里套故事，就构成层次。后面的故事依赖于前面的故事而存在，最前面的故事叫做第一叙事，接在后面的是第二叙事。倒叙提供的如果是正在讲述的人物或故事的过去的情况，称为同故事倒叙；倘若提供的是关于另一个人物或另一事件的情况，称为异故事倒叙。同故事倒叙和异故事倒叙，处理起来自然有所区别。刘勰当然没有关于同故事倒叙与异故事倒叙的理性观念。但在他所熟悉的《左传》、《史记》等诸多史籍中，第一叙事和第二叙事客观上是存在的，是多次出现过的。在若干叙事层次中，叙事主人公的变换，第二叙事的事件与第一叙事的事件没有直接关联的情况也是存在的，这样就有了“同异”的问题。意识到叙事中“同异难密”的问题，说明刘勰的叙事思想已经很深入、很细致了。

林纾对“同异难密”做过解释，他说，《史记》有前后矛盾之处，如一处说某人某年已死，另一处却又记在那以后此人活动；还有分一人为二人、合二人为一人的，“即所谓同异难密者也”②。这也说错了。林纾说的是史书记载史实的正误问题，而刘勰讲的是叙事技巧的高下问题。插叙的故事与插叙前的故事，跨度很大，在内容上和艺术上如何做到结合自然，不重复、不疏漏、不抵牾，这才是“岁远则同异难密”的问题。如果史料很多，则插叙在何处，怎么将事件的“幅度”与插叙篇幅的多寡掌握好，就是“起讫易疏”的问题。本文前面提到《左传》

① 〔法〕热拉尔·热奈特：《叙事话语 新叙事话语》，王文融译，第34页，中国社会科学出版社，1990年。

② 林纾：《春觉斋论文》，见《论文偶记 初月楼古文绪论 春觉斋论文》第59页，人民文学出版社，1962年。

里用“初”字提起的倒叙，还有另一种，就是用“昔”字提起的倒叙，也有很多。当君主与臣下讨论重大决策，臣下借前朝、他国事例表达自己的看法，于是就插进一段，相当于今人所谓“异故事倒叙”。例如，襄公四年，魏绛说服晋悼公与戎人各部讲和，任用贤人，不要沉溺于美色、田猎，引用了两个故事：“昔有夏之方衰也”、“昔周辛甲之为太史也”。这是很典型的异故事插叙，插叙的故事是很久以前发生的，但很能打动晋悼公。当魏绛刚刚说出“《夏训》有之曰‘有穷后羿’”那半句话，悼公急不可待地打断他追问：“后羿何如？”魏绛要帮助晋悼公重振国威，恢复霸主地位，以古之君主的教训启发悼公，插进的故事与当下的决策密切相关。《左传》用很大的篇幅记录魏绛说的故事，有助于读者了解当时各国强弱盛衰转化的规律，也有助于表现当时的具体场景，表现魏绛和晋悼公的神情和性格，还有助于文章的节奏变化造成的美感。这就是传体发挥总会叙事技巧产生的功效。

热奈特还讲到叙事中的“重复”，“同一事件可以讲述好几次，不仅文体上有变异……而且‘视点’有变化”[①]。这和刘勰讲的两记则复重、偏举则不周也有些近似。晋文公重耳的故事，在《左传》里占有重要位置。《左传》把他流亡十九年里的故事与他在位九年里的故事，分别集中在两处，两者中间有间隔，而两者又有许多是相呼应、相映衬的。流亡十九年的故事在晋惠公去世，晋国政局不稳之时集中追叙，在狄十二年，接着先后到卫、齐、曹、宋、郑、楚、秦诸国。可以想见，发生的事情很多很多，《左传》记载的，是最能表现重耳的性格，对重耳的命运影响最大的，也是和后面发生的重要事件紧密相关的。如何相关，就属于铨配。比如，曹共公对重耳不礼，僖负羁按照妻子的建议给重耳赠送食品和玉璧，此事在僖公十六年（前644）。后来，重耳在晋国即位之后，带兵攻进曹国，责备曹国不重用僖负羁，命令部下保护僖负羁宅邸。那个事件在所发生的僖公二十八年（前632）叙述，事件相隔十多年，《左传》的叙述分别放在僖公二十二年和二十八年，相隔也有六年。又如，楚成王宴请重耳，问他将来何以为报，重耳回答，如果晋楚发生军事冲突，会退避三舍。这个对话是在僖公二十三年（前637年），到了僖公二十八年，晋楚成濮之战，重耳果然实践诺言，那是僖公二十八年了。这些地方，都可以看出作者叙事的文心。

《春觉斋论文》几次讲到《史记》在叙事艺术上对《左传》的继承，其实就是对“传体”的完善。林纾说，《史记》讲述近似的故事，“此著似存史公专长，能于复中见单，令眉目皎然，不至于淆乱”[②]。他举出《史记·樊郦滕灌列传》为例，说司马迁“于四传中各异其书法以别之”。《左传》中已经有过，司马迁加以创新。《左传》写重耳在狄娶季隗，在齐娶姜氏，在秦娶文嬴、怀嬴，也是各异其书法，复中见单，这也就是热奈特所说的文体和视点的变化。林纾说左氏“能于百忙中紧紧穿插”，“以琐碎事熔成整片，唯其善于穿插，故神闲气定，初不着力。而善学者厥唯史公。迁文或一传而数事，或从中变，或自旁人。今试问一传数事，如何安置？……故知非穿插不为功。所云，从中变，自旁人，真道得穿插之妙”[③]。这些都在总会和铨配的范围。

“同异难密”和“起讫易疏”这两句是骈体文中常见的互文见义，都是讲如何处理好“第一

① 〔法〕热拉尔·热奈特：《叙事话语新叙事话语》，王文融译，第75页，中国社会科学出版社，1990年。
② 林纾：《春觉斋论》，见《论文偶记　初月楼古文绪论　春觉斋论文》第59页，人民文学出版社，1962年。
③ 林纾：《春觉斋论文》，见《论文偶记　初月楼古文绪论　春觉斋论文》第123页。

叙事”与“第二叙事”的关系，理解时不应把前后句割裂开来。

刘熙载《艺概·文概》对《左传》的叙事艺术给予高度评价：“左氏叙事，纷者整之，孤者辅之，板者活之，直者婉之，枯者腴之，剪裁运化，斯为大备。”[①]这几句话有些夸张，历史叙事不是文学叙事，必须严格遵循历史事实，如实反映事件的发展变化，不能任意剪裁，更不能随意增添没有根据的情节。如何把实际发生的杂乱的事实，叙述得清楚明白而富有阅读趣味？常常遇到的困难是，历史事件在时间之流里面环环相套，往往难以截然划分出始和终。一个事件的终，可能是另一个事件的始。“纷者整之”，怎么把不同年份里的事整在一起？在编年体的大框架下，《左传》的作者尽力建立合理的叙述层次，当有密切关联的事件分隔在不同的年份，就设法交代出它们的承续关系，让它们遥遥呼应。《史传》篇讲过：“至于寻繁领杂之术，务信弃奇之要，明白头讫之序，品酌事理之条，晓其大纲，则众理可贯。”这些，都是传体叙事范式的具体内容。对于后世的小说、尤其是长篇小说创作，具有直接的指导作用。

总之，刘勰的传体说对于中国叙事学的贡献，需要我们进一步去探究。

作者单位：华中师范大学

① 刘熙载：《艺概·文概》，《艺概》第1—2页，上海古籍出版社，1978年。

论刘勰《文心雕龙》之文学本质论及其玄学基础

戴景贤

一、刘勰以“文”为“德”之论所涉及之议题与其尝试建构之哲学系统

刘彦和(勰,? 465—?)《文心雕龙》一书于中国文学批评史占有重要地位,今日学者多言之。然彦和本人之所深造,究竟其论议,仅是属于文学批评之理论? 抑于其间,尚有属于“一般哲学”与“美学”之部分? 则论及之者,相对较少。本文即以此角度,针对彦和文学批评理论之核心部分,其所具有之“一般哲学”与“美学”之义涵,乃至其立说之形而上学(metaphysics)基础,为一探论之尝试。

彦和立说之具有清楚之“组织”概念①,此但检视其自述成书之体例时,区分“文之枢纽”、“文之纲领”与“文之情采”为三部而可知②。然此“位理定名”之思维内,是否亦具有“系统哲学”(systematic philosophy)之认知? 可观察之要点有二:一在其论述中有关“道”与“德”之关联;另一则是彼对于“心”、“性”、“情”三者之理解。至于在此同时,彦和是否尚具有可以明确指陈之“美学”方面之建设,则须据其论述中所蕴含之“美学”与“艺术论”议题,加以条理。

彦和论述中有关“道”与“德”之关联,其说见于全书之首篇《原道》。其文云:

> 文之为德也大矣,与天地并生者,何哉? 夫玄黄色杂,方圆体分,日月迭璧,以垂丽天之象;山川焕绮,以铺理地之形:此盖道之文也。仰观吐曜,俯察含章,高卑定位,故两仪既生矣;惟人参之,性灵所钟,是为三才。为五行之秀,实天地之心。心生而言立,言立而文明,自然之道也。傍及万品,动植皆文,龙凤以藻绘呈瑞,虎豹以炳蔚凝姿;云霞

---

① 范文澜(字仲沄,1893—1969)谓彦和之作此书,“盖采取释书法式而为之,故能鰓理明晰若此”[见〔南朝梁〕刘勰撰,范文澜注:《文心雕龙注》(下册)卷十,《序志第五十》,第 728 页,人民文学出版社,2006 年。]唯所谓“法式”云云,不过以指“界品”、“问论”、“赞语”及“带数释”之类[参见饶宗颐(字伯濂,号选堂,又号固庵,1917—):《〈文心雕龙〉与佛教》,《饶宗颐二十世纪学术文集》,第 11 卷,第 757—765 页,北京:中国人民大学出版社,2009 年],皆仍属释典之“表述”形式;若论而仅及于此,未深涉其叙义中所蕴含之哲学思维之运用,与因阅读佛典所可能形塑之“思想导引”及训练,则亦难见出《文心雕龙》与佛学间真正之关联。

② 刘勰云:“盖《文心》之作也,本乎道,师乎圣,体乎经,酌乎纬,变乎骚,文之枢纽,亦云极矣。若乃论文叙笔,则囿别区分,原始以表末,释名以章义,选文以定篇,敷理以举统,上篇以上,纲领明矣。至于割情析采,笼圈条贯,摛神性,图风势,苞会通,阅声字,崇替于《时序》,褒贬于《才略》,怊怅于《知音》,耿介于《程器》,长怀《序志》,以驭群篇,下篇以下,毛目显矣。”[见刘勰撰,詹锳(字振文,1916—1998)义证:《文心雕龙义证》(下册),《序志第五十》,第 1924—1927 页,上海古籍出版社,1999 年]此处约括其言而为之标目。

雕色，有逾画工之妙；草木贲华，无待锦匠之奇。夫岂外饰，盖自然耳。至如林籁结响，调如竽瑟；泉石激韵，和若球锽。故形立则章成矣，声发则文生矣。夫以无识之物，郁然有彩；有心之器，其无文欤！

人文之元，肇自太极，幽赞神明，《易》象惟先。庖牺画其始，仲尼翼其终。而乾坤两位，独制《文言》。言之文也，天地之心哉！若乃《河图》孕乎八卦，《洛书》韫乎九畴，玉版金镂之实，丹文绿牒之华，谁其尸之？亦神理而已。自鸟迹代绳，文字始炳，炎皞遗事，纪在《三坟》，而年世渺邈，声采靡追。唐虞文章，则焕乎始盛。元首载歌，既发吟咏之志；益稷陈谟，亦垂敷奏之风。夏后氏兴，业峻鸿绩，九序惟歌，勋德弥缛。逮及商周，文胜其质，《雅》《颂》所被，英华日新。文王患忧，繇辞炳曜，符采复隐，精义坚深。重以公旦多材，振其徽烈，制《诗》缉《颂》，斧藻群言。至夫子继圣，独秀前哲，镕钧六经，必金声而玉振；雕琢情性，组织辞令，木铎起而千里应，席珍流而万世响，写天地之辉光，晓生民之耳目矣。

爰自风姓，暨于孔氏，玄圣创典，素王述训，莫不原道心以敷章，研神理而设教，取象乎《河》《洛》，问数乎蓍龟，观天文以极变，察人文以成化；然后能经纬区宇，弥纶彝宪，发辉事业，彪炳辞义。故知道沿圣以垂文，圣因文以明道，旁通而无滞，日用而不匮。《易》曰："鼓天下之动者存乎辞。"辞之所以能鼓天下者，乃道之文也。[①]

此篇综叙天象、地形乃至修辞之文，而以"乃道之文"一语概括；就思维之路径言，即是将哲学中所讨论与人所讲求之"真"(truth)、"善"(good)与"美"(beauty)，追溯之于一切"存有"(being)之根源。且因于此论述中，"自然"之道用[②]，乃于所诚然中，兼有"善"、"美"之义，而可以"文"字之概念为之统括，故其论述之途径，实际乃是近于以"美学"议题为切入之角度，由此建构其完整之形而上学[③]。

所谓彦和之论，乃是近于以"美学"议题为切入之角度，由此建构其完整之形而上学，关键之点，在于书中首句"文之为德也大矣"一语。盖因以"德"字论"道"之功能，于先秦最要者

---

① 同前注，上册，《原道第一》，第2—28页。"河"、"洛"加书名号。

② 以"自然"之观点为因果法则之基础，就先秦之子学言，可归纳为三种形态：即"道化"说、"神化"说与"气化"说。主"道化"者，为《老子》；即"道常无为，而无不为"之说[见老聃撰，王弼(字辅嗣，226—249)注：《老子道德经注》，第三十七章，收入〔魏〕王弼撰，楼宇烈(1934—　)校释：《王弼集校释》(上册)，第91页，中华书局，2009年]。主"神化"者，为《易传》，即"神无方而易无体"、"显诸仁，藏诸用，鼓万物而不与圣人同忧，圣德大业至矣哉"[见朱熹：《周易本义》，《周易系辞上传第五》，收入〔宋〕朱熹撰，朱杰人(1945—　)等主编：《朱子全书》(修订本)，第1册，第126—127页，上海古籍出版社，2010年]之说。而主"气化"者，为《庄子》；即所谓"吹万不同，而使其自已也，咸其自取，怒者其谁邪"[见《庄子·齐物论》，〔晋〕郭象(字子玄)注：《南华真经》卷一，第13b页，台北艺文印书馆，1972年影印北宋、南宋合璧本]之说。彦和于此则有其参取与设立之义，须依其整体之论述而观；而非可但因其用语之有所近似，即与接合。然此事各人理解不同，学者以是而诠义多歧。如陈良运(1940—2008)即主彦和之著书精神、写作动机、主论安排，及其《原道》一文之核心概念，皆系受《淮南子》一书之启迪(见陈良运：《〈文心雕龙〉与〈淮南子〉》，中国文心雕龙学会编：《论刘勰及其文心雕龙》，第130—142页，学苑出版社，2000年)；饶宗颐则以为刘勰之说，多与颜延之(字延年，384—456)《庭诰》之论符同(参见饶宗颐：《〈文心雕龙〉探原》，《饶宗颐二十世纪学术文集》，第11卷，第694—711页)。论皆与此所述差异。

③ 以"美学"议题为切入之角度，由此建构完整之形而上学，另有一明确之事例，即是明末清初之方药地(以智，字密之，1611—1671)；论详拙作《论方以智王船山二人思想之对比性与其所展显之时代意义》[本文初稿原发表于"中央研究院"中国文哲研究所举办之《方以智及其时代学术研讨会》(台北"中央研究院"，2007年9月13日)；后刊登于《文与哲》，2008年第12期，第455—528页，并收入戴景贤撰：《明清学术思想史论集》(上编)，第257—352页，香港：中文大学出版社，2012年]一文。

有两家：一为道，一为儒。道家之论，以《老子》“道生之，德畜之，物形之，势成之”①之论为主轴，而以“玄德”之义言之②；儒家之论，如《易传》，则取彖辞所谓“元”、“亨”、“利”、“贞”，说为天德之四序③，而以“乾”、“坤”之“知”、“能”为其内涵④。就二者之相较言，彦和之以“文”为德，如前所言，乃主有所“诚然”，自是偏近于儒义；非宗本于“虚无”。故其文中亦引《易系传》所谓“鼓天下之动者存乎辞”⑤为证。然儒义之论“文”，本皆就“德”之外现者为言⑥，其所指，属于“德”之功效，而非“德”之本质；并未即以“所以为善、美之文”者，为“道”之本体所预涵，而能于“道体”之“功能”层次中自然展现。彦和此说，由“玄黄色杂，方圆体分”之文，下及于“有心之器”之文，而确然以“文”为“德”，明显具有其自身所关注之焦点与立论之结构。究论彦和此一近“儒”而又有所增益之取径，其所原出，盖一方面来自彼对于儒家学术与思想之“系统性理解”；一方面亦本于其有意识之一种“补充作为”。彦和之自序其志云：

> 予生七龄，乃梦彩云若锦，则攀而采之。齿在逾立，则尝夜梦执丹漆之礼器，随仲尼而南行；旦而寤，乃怡然而喜。大哉圣人之难见也，乃小子之垂梦欤！自生人以来，未有如夫子者也。敷赞圣旨，莫若注经，而马郑诸儒，弘之已精，就有深解，未足立家。唯文章之用，实经典枝条，五礼资之以成，六典因之致用。君臣所以炳焕，军国所以昭明，详其本源，莫非经典。而去圣久远，文体解散，辞人爱奇，言贵浮诡，饰羽尚画，文绣鞶帨，离本弥甚，将遂讹滥。盖《周书》论辞，贵乎体要；尼父陈训，恶乎异端。辞训之异，宜体于要。于是搦笔和墨，乃始论文。⑦

文中所谓“尝夜梦执丹漆之礼器，随仲尼而南行”，以彦和之笃志佛法，论定经藏⑧，且最终出家为僧之信行而论，其视梦兆为预示，本无足奇；然由于彦和乃同时盛赞孔子，以为“自生人以来，未有如夫子者也”，则彼本人于所谓三教之分歧，乃至“真”、“俗”二谛之解义，亦必

---

① 见老聃撰，王弼注：《老子道德经注》，第五十一章，收入王弼撰，楼宇烈校释：《王弼集校释》（上册），第136页。

② 《老子》云：“生之、畜之，生而不有，为而不恃，长而不宰，是谓玄德。”（同前注，第十章，第23—24页）

③ 《周易·彖传》云：“大哉乾元！万物资始，乃统天。云行雨施，品物流形。大明始终，六位时成，时乘六龙以御天。乾道变化，各正性命，保合大和，乃利贞。”[见朱熹：《周易本义》，《周易彖上传第一》，收入朱熹撰，朱杰人等主编：《朱子全书》（修订本），第1册，第90页]又曰：“至哉坤元！万物资生，乃顺承天。坤厚载物，德合无疆，含弘光大，品物咸亨。”（同上，第91页）

④ 《周易·系辞传》云：“乾知大始，坤作成物。乾以易知，坤以简能。”（同前注，《周易系辞上传第五》，第123—124页）

⑤ 同前注，第135页。

⑥ 《论语·公冶长第五》载子贡曰：“夫子之文章，可得而闻也；夫子之言性与天道，不可得而闻也。”朱子注之云：“文章，德之见乎外者，威仪、文辞皆是也。性者，人所受之天理；天道者，天理自然之本体，其实一理也。言夫子之文章，日见乎外，固学者所共闻；至于性与天道，则夫子罕言之，而学者有不得闻者。盖圣门教不躐等，子贡至是始得闻之，而叹其美也。”[见朱熹撰：《四书章句集注·论语集注》，收入朱熹撰，朱杰人等主编：《朱子全书》（修订本），第6册，第103页]是即其说。

⑦ 见刘勰撰，詹锳义证：《文心雕龙义证》（下册），《序志第五十》，第1907—1913页。按，“五礼资之以成，六典因之致用”二句，《义证》引《校证》云：“《御览》引《梁书》，‘成’下有‘文’字。”唯二句既为对句，则“文”字应衍。

⑧ 史载彦和之事迹云：“刘勰字彦和，东莞莒人也。父尚，越骑校尉。勰早孤，笃志好学。家贫不婚娶，依沙门僧佑（445—518）居，遂博通经论，因区别部类，录而序之。定林寺经藏，勰所定也。梁天监中，兼东宫通事舍人，时七庙飨荐已用蔬果，而二郊农社犹有牺牲，勰乃表言二郊宜与七庙同改。诏付尚书议，依勰所陈。迁步兵校尉，兼舍人如故，深被昭明太子爱接。初，勰撰《文心雕龙》五十篇，论古今文体……既成，未为时流所称。勰欲取定于沈约（字休文，441—513），无由自达，乃负书候约于车前，状若货鬻者。约取读，大重之，谓深得文理，常陈诸几案。勰为文长于佛理，都下寺塔及名僧碑志，必请勰制文。敕与慧震沙门于定林寺撰经证。功毕，遂求出家，先燔须发自誓，敕许之。乃变服改名慧地云。”见李延寿（字遐龄）撰：《南史》卷七十二，《列传第六十二》，第1781—1782页，中华书局，1975年。

有其独特之观点，值得深论。彦和之论“征圣”云：

夫作者曰圣，述者曰明。陶铸性情，功在上哲。夫子文章，可得而闻，则圣人之情，见乎文辞矣。先王声教，布在方册；夫子风采，溢于格言。是以远称唐世，则焕乎为盛；近褒周代，则郁哉可从。此政化贵文之征也。郑伯入陈，以文辞为功；宋置折俎，以多文举礼。此事迹贵文之征也。褒美子产，则云：“言以足志，文以足言。”泛论君子，则云：“情欲信，辞欲巧。”此修身贵文之征也。然则志足而言文，情信而辞巧，乃含章之玉牒，秉文之金科矣。夫鉴周日月，妙极机神；文成规矩，思合符契；或简言以达旨，或博文以该情，或明理以立体，或隐义以藏用。故《春秋》一字以褒贬，“丧服”举轻以包重，此简言以达旨也。《邠诗》联章以积句，《儒行》缛说以繁辞，此博文以该情也。书契断决以象《夬》，文章昭晰以效《离》，此明理以立体也。“四象”精义以曲隐，“五例”微辞以婉晦，此隐义以藏用也。故知繁略殊形，隐显异术；抑引随时，变通适会。征之周孔，则文有师矣。

是以论文必征于圣，窥圣必宗于经。《易》称：“辨物正言，断辞则备。”《书》云：“辞尚体要，不惟好异。”故知：正言所以立辩，体要所以成辞；辞成无好异之尤，辩立有断辞之美。虽精义曲隐，无伤其正言；微辞婉晦，不害其体要。体要与微辞偕通，正言共精义并用；圣人之文章，亦可见也。颜阖以为：“仲尼饰羽而画，从事华辞。”虽欲訾圣，弗可得已。然则圣文之雅丽，固衔华而佩实者也。天道难闻，犹或钻仰；文章可见，胡宁勿思？若征圣立言，则文其庶矣。①

彦和文中历举“政化贵文”、“事迹贵文”与“修身贵文”三阶，以明上哲“陶铸性情”之功，见彼之于世教，非仅以“无累于物”为极致②，而系以“导性”为圣功。以“导性”为圣功，则以“制作者”之“机神”而言，必有可鉴之“妙理”，然后“文”之成规矩，得以思合符契。如是，则以“有”“无”之论之“立”与“扫”而言，亦必有精义待辨。彦和之论析“论说”一体云：

圣哲彝训曰经，述经叙理曰论。论者，伦也；伦理无爽，则圣意不坠。昔仲尼微言，门人追记，故抑其经目，称为《论语》；盖群论立名，始于兹矣。自《论语》已前，经无“论”字；《六韬》二论，后人追题乎！

详观论体，条流多品；陈政，则与议说合契；释经，则与传注参体；辨史，则与赞评齐行；铨文，则与叙引共纪。故议者，宜言；说者，说语；传者，转师；注者，主解；赞者，明意；评者，平理；序者，次事；引者，胤辞；八名区分，一揆宗论。

论也者，弥纶群言，而研精一理者也。是以庄周《齐物》，以论为名；不韦《春秋》，六论

---

① 见刘勰撰，詹锳义证：《文心雕龙义证》（上册），《征圣第二》，第33—52页。按，“妙极机神”之“机”字，何焯（字屺瞻，号义门，1661—1772）、黄叔琳（字昆圃，又字宏献，号金墩，1672—1756）疑应作“几”；范注引《释文》，证《易系》“几”字或作“机”，二字本通。范说无误，后之疑之而作别解者非。

② 以“无累于物”为极致之说，乃当时辨“情”之“有”、“无”者，一种以“自然论”为主轴，沟合儒、道之论义，说出王辅嗣。汤锡予（用彤，1893—1964）曾有《王弼圣人有情义释》（见汤锡予：《魏晋玄学论稿》，收入汤锡予撰：《汤用彤全集》，第4卷，第62—71页，石家庄：河北人民出版社，2000年）一文，详论其旨。唯汤氏诠解辅嗣“性其情”之说，谓其意乃指“性全能制情，性情合一而不相碍”，则依其所释，“性”、“情”之为体、用，实仅契一而非一，否则无所云“制”；故汤氏最终乃主辅嗣说之“应物”，即与时义不同，仍系袭自老氏。钱师宾四（穆，1894—1990）持异见，彼撰《记魏晋玄学三宗》（钱穆：《庄老通辨》，收入《钱宾四先生全集》，第7册，第434—435页，台北联经出版事业公司，1998年），则强调辅嗣之说，独遥与理学家“定性”之旨扶同，故系近儒不近道。此处取义合于宾四师之论。

昭列；至石渠论艺，白虎讲聚，述圣通经，论家之正体也。及班彪（字叔皮，3—54）《王命》，严尤（字伯石）《三将》，敷述昭情，善入史体。魏之初霸，术兼名法；傅嘏（字兰石，209—255）王粲（字仲宣，177—217），校练名理。迄至正始，务欲守文；何晏之徒，始盛玄论。于是聃周当路，与尼父争途矣。详观兰石之《才性》，仲宣之《去伐》，叔夜（嵇康，223—263）之辨声，太初（夏侯玄，209—254）之《本玄》，辅嗣之两《例》，平叔之二论，并师心独见，锋颖精密，盖论之英也。至如李康（字萧远）《运命》，同《论衡》而过之；陆机（字士衡，261—303）《辩亡》，效《过秦》而不及；然亦其美矣。次及宋岱、郭象，锐思于几神之区；夷甫（王衍，256—311）、裴頠（字逸民，267—300），交辨于有无之域；并独步当时，流声后代。然滞有者全系于形用；贵无者专守于寂寥；徒锐偏解，莫诣正理；动极神源，其般若之绝境乎？逮江左群谈，惟玄是务；虽有日新，而多抽前绪也。至如张衡（字平子，78—139）《讥世》，韵似俳说；孔融（字文举，153—208）《孝廉》，但谈嘲戏；曹植（字子建，192—232）《辨道》，体同书抄；言不持正，论如其已。原夫论之为体，所以辨正然否；穷于有数，究于无形，迹坚求通，钩深取极；乃百虑之筌蹄，万事之权衡也。故其义贵圆通，辞忌枝碎，必使心与理合，弥缝莫见其隙；辞共心密，敌人不知所乘。斯其要也。是以论如析薪，贵能破理。斤利者，越理而横断；辞辨者，反义而取通；览文虽巧，而检迹知妄。唯君子能通天下之志，安可以曲论哉！

若夫注释为词，解散论体，杂文虽异，总会是同；若秦延君（恭）之注《尧典》，十余万字；朱普（字公文）之解《尚书》，三十万言：所以通人恶烦，羞学章句。若毛公（大毛公亨；小毛公苌）之训《诗》，安国（孔安国，字子国）之传《书》，郑君（玄，字康成，127—200）之释《礼》，王弼之解《易》，要约明畅，可为式矣。

说者，悦也；兑为口舌，故言资悦怿；过悦必伪，故舜惊谗说。说之善者，伊尹以论味隆殷；太公（吕尚，字子牙）以辨钓兴周；及烛武行而纾郑，端木（赐，字子贡，前520—前446）出而存鲁，亦其美也。暨战国争雄，辨士云涌；从横参谋，长短角势；转丸骋其巧辞，飞钳伏其精术；一人之辨，重于九鼎之宝，三寸之舌，强于百万之师；六印磊落以佩，五都隐赈而封。至汉定秦楚，辨士弭节；郦君（食其）既毙于齐镬，蒯子（通）几入乎汉鼎。虽复陆贾（前240—前170）籍甚，张释（释之，字季）傅会，杜钦（字子夏）文辨，楼护（字君卿）唇舌，颉颃万乘之阶，抵嘘公卿之席；并顺风以托势，莫能逆波而泝洄矣。

夫说贵抚会，弛张相随，不专缓颊，亦在刀笔。范睢（字叔，？—前255）之言事，李斯（前280—前208）之止逐客，并烦情入机，动言中务，虽批逆鳞，而功成计合，此上书之善说也。至于邹阳（？—前120）之说吴（吴王刘濞，前216—前154）梁（梁孝王刘武，公元前184—前144），喻巧而理至，故虽危而无咎矣。敬通（冯衍）之说鲍（永，字君长）邓（禹，字仲华，2—58），事缓而文繁；所以历骋而罕遇也。凡说之枢要，必使时利而义贞；进有契于成务，退无阻于荣身。自非谲敌，则唯忠与信。披肝胆以献主，飞文敏以济辞，此说之本也。而陆氏直称"说炜晔以谲诳"，何哉？

赞曰：理形于言，叙理成论。词深人天，致远方寸。阴阳莫贰，鬼神靡遁。说尔飞钳，呼吸沮劝。①

---

① 见刘勰撰，詹锳义证：《文心雕龙义证》（中册），《论说第十八》，第665—721页。按，"白虎讲聚，述圣通经"或作"《白虎通》讲聚，述圣言通经"，诸家据《御览》、《玉海》删"通"、"言"二字。

此说中之所以取“述圣通经”，为论家之正体，即是以“性”、“道”之义本寓于“文章”为说[①]。至于彦和论及后代之锐思于“几”、“神”之区，交辨于“有”“无”之域之玄论，则其所评议，必以不落于“滞有”、“耽空”者为诣理。可见其于“词深人天，致远方寸”，本有“文言形式”外之解义；凡依“有”而说“有”者，非即是以“有”为“有”[②]。否则亦将无所谓“般若之绝境”。

然此处当进一步分疏其理者，依般若学之论理，“乖理为惑，惑必万殊；反则悟理，理必无二”[③]，依“有”而说“有”，本须因人、因事而为之解惑，果取“辨物正言，断辞则备”为依准，则难于通局。故何以落于“数”、“制”与“名”、“言”者，犹能以其所积累于“文”者化世？此必有当时论三教者所未及而为彦和所独识者；而此亦是彦和之所以有以“文”为“德”之论。

彦和之以“文”为“德”，就哲学之义涵而言，即是将“文之为德”之所指涉，提升为所谓“超越特性”(transcendental)。且由于天象、地形之成文与人文中所表现之“言文”、“身文”与“礼制之文”，其层级与成立之条件，皆所不同，故虽将之同归于所谓“道之自然”，此一造成分殊之原理，仍须于道体之“预涵性”与其实然为变之“因素组合”中，有所说明[④]。此则有二层之义可辨：一在“化之理”之所原生；一在“化之几”之所以为变合。

第一层，所谓“化之理”之所原生，依“体”之“整体”义言，即是贞一之“道”[⑤]；依“体”之“功能”义言，则是出于道之体性中所寓含之丰富性(abundance)与趋向性(tendency)[⑥]。而人之所以有感于玄黄色杂，方圆体分，日月叠璧之象，乃至山川焕绮之形而得美感，则是出于一种“同体”之感通，或说相应[⑦]。

而正因“化之理”之所原生，其所含藏，器、识之所以可能，皆在其内，故以人乃天地之气所钟会而为“有心之器”言，无论敷写器象，综述性灵，皆可谓之为“天地之德”之一种展现。

---

① 参前文注。

② 以有为有，乃执有为有；依有说有，而得“妙有”，则非执有。参前文注。

③ 竺道生云：“如来观知一切诸法至一切智地，所释所以至于一切智地也。一以穷法玄趣，二以知众生心行。既知药病相治，服之，必逾烦恼患灭。终得一切智也。譬如三千，乖理为惑，惑必万殊。反则悟理，理必无二。如来道一，物乖谓三。三出物情，理则常一。”见竺道生撰：《妙法莲华经疏》卷下，《药草喻品》第五，收入藏经书院编：《卍续藏经》，第150册，总第818页，台北：新文丰出版公司，1994年。

④ 陈顺智诠释《文心雕龙》所论及之“道”字，谓彦和之论，基本之主张乃是以“道为文学的本体，文学则为道的感性显现”[陈顺智：《论〈文心雕龙〉之道的本质特征》，《武汉大学学报》(社会科学版)1992年第2期，第86—91页]。此一说法，即是未将应有之议题层次辨明，故不免产生混淆。至于论中谓儒家之言“道”，乃重“当然”而不谈天道，亦属不确。

⑤ 《老子》云：“昔之得一者，天得一以清，地得一以宁，神得一以灵，谷得一以盈，万物得一以生，侯王得一以为天下贞。”[见老聃撰，王弼注：《老子道德经注》，第三十九章，收入王弼撰，楼宇烈校释：《王弼集校释》(上册)，第105—106页]《周易·系辞传》则曰：“八卦成列，象在其中矣。因而重之，爻在其中矣。刚柔相推，变在其中矣。系辞焉而命之，动在其中矣。吉凶悔吝者，生乎动者也。刚柔者，立本者也；变通者，趣时者也；吉凶者，贞胜者也。天地之道，贞观者也；日月之道，贞明者也；天下之动，贞夫一者也。夫乾，确然示人易矣。夫坤，隤然示人简矣。爻也者，效此者也；象也者，像此者也。爻象动乎内，吉凶见乎外，功业见乎变，圣人之情见乎辞。”[见朱熹：《周易本义》，《周易系辞下传第六》，收入朱熹撰，朱杰人等主编：《朱子全书》(修订本)，第1册，第137—138页]二者皆以天下之动乃贞夫一者也。

⑥ 就《老子》书中所谓“道生之，德畜之”之说言，既谓“道”能“生之”，则必于其体性中，蕴涵有完美之“丰富性”；此“丰富性”，系依“含藏”论，以是与实然化迹中所展现之“错杂性”(complexity)不同。前者不离于道之纯一性(simplicity)，而后者之形成，若依《易传》之说为释，则来自气之变合中，由于“偶然”(chance)因素之介入，从而造成化育之“不测”[关于后者，王船山(夫之，字而农，1619—1692)曾有深论，说详拙作《王船山学术思想总纲与其道器论之发展》上编(香港：中文大学出版社，2013年)各论]。

⑦ 所谓“同体”，即是基于“心体”与“道体”之本质关联，从而于人之心识中产生感应。彦和后文言“神用象通，情变所孕。物以貌求，心以理应”(参前文注所揭引文)，其说即是本之于此。

故彦和之论“情采”乃云：

圣贤书辞，总称文章，非采而何？夫水性虚而沦漪结，木体实而花萼振，文附质也。虎豹无文，则鞹同犬羊；犀兕有皮，而色资丹漆：质待文也。若乃综述性灵，敷写器象，镂心鸟迹之中，织辞鱼网之上，其为彪炳缛采名矣。故立文之道，其理有三：一曰形文，五色是也。二曰声文，五音是也；三曰情文，五性是也。五色杂而成黼黻，五音比而成《韶》《夏》，五情发而为辞章，神理之数也。①

文中彦和以凡“文”之外现者，皆隐符于“神理之数”。彼所举论之“神”、“理”、“数”三词，“数”属于“形式”(form)构成之原理；“理”属于美学中所指涉之形式美之根源；而“神”则指非可依“形式”而理解之化体。

“理”字于彦和论中所处之位置，显示彦和之著论，不仅与三教之会同相涉，且与玄学中特定观念之发展相关。此一“理”字，并不皆宜以释氏经论中所使用之观念为释②。而“理”字之所以于此处，表现出属于“玄学时代”③之观念特质，在于其所具有之形而上学意义。其最可代表“理”字此种观念之提升者，为今人所重视之王辅嗣、郭子玄二人④；而辅嗣之论尤重要。辅嗣之撰《明象》云：

夫《彖》者，何也？统论一卦之体，明其所由之主者也。夫众不能治众，治众者，至寡者也。夫动不能制动，制天下之动者，贞夫一者也。故众之所以得咸存者，主必致一也；动之所以得咸运者，原必无二也。物无妄然，必由其理。统之有宗，会之有元，故繁而不乱，众而不惑。故六爻相错，可举一以明也；刚柔相乘，可立主以定也。是故杂物撰德，辩是与非，则非其中爻，莫之备矣！故自统而寻之，物虽众，则知可以执一御也；由本以观之，义虽博，则知可以一名举也。故处璇玑以观大运，则天地之动未足怪也；据会要以观方来，则六合辐辏未足多也。故举卦之名，义有主矣；观其《彖辞》，则思过半矣！夫古今虽殊，军国异容，中之为用，故未可远也。品制万变，宗主存焉；《彖》之所尚，斯为盛矣。⑤

此文之所谓“贞一”，其说虽得自《老子》，然《老》书仅言“道”之有恒体，不言“道”之有恒则。故辅嗣虽亦以道体为“无”；此所谓“无”，一以言“道体”之“超绝”，一以言品制之有“宗主”。而“道体”实即“理”之宗、元；故“理”于物象中所见，有可“统”、“会”之义。其所谓“物无

① 见刘勰撰，詹锳义证：《文心雕龙义证》(中册)，《情采第三十一》，第1147—1153页。《义证》引《校证》云：“‘五情’，王惟俭本作‘五性’。冯舒(字已苍，1593—1645)、何焯校均谓：‘情’，疑作‘性’。”

② 石垒(字天垣)论《文心雕龙》，强调彦和于《原道》篇中所原之道，乃佛道，而“神理”二字，亦即“道”之别称(参见石垒：《文心雕龙与佛儒二教义理论集》，第1—31页；第32—77页，香港：云在书屋，1977年)，论虽奇而颇疏，难于成说。

③ 此处所谓“玄学时代”，系依哲学史之发展，标识该时代思想之主要特征，而为之一种方便之论；非谓此一时期之各式形而上学思想，皆可以“玄学”之概念为之综括；亦不主此时带有“玄风”色彩之佛学论述，属于“玄学”之范围。

④ 关于二人论“理”字观念之概要，钱师宾四曾有钞释，可参考。说详所撰《王弼郭象注易老庄用理字条录》(见钱穆：《庄老通辨》，收入钱穆撰，钱宾四先生全集编辑委员会辑：《钱宾四先生全集》，第7册，第457—499页)一文。

⑤ 见王弼：《周易略例》，收入王弼撰，楼宇烈校释：《王弼集校释》(下册)，第591页。

妄然，必由其理"，则更显示辅嗣乃主"化"有定则，非同老氏之"虚无"观①。至于子玄，其论则有不同。其注《庄子·天地》"泰初有无，无有无名，一之所起，有一而未形"句云：

无有故无所名。

一者，有之初，至妙者也。至妙，故未有物理之形耳。夫一之所起，起于至一，非起于无也。然庄子之所以屡称无于初者，何哉？初者未生而得生。得生之难，而犹上不资于无，下不待于知。突然而自得此生矣。又何营生于已生，以失其自生哉？②

论中子玄有云"一之所起，起于至一，非起于无"，又谓"初者未生而得生。得生之难，而犹上不资于无，下不待于知"，则见道体之为"至一"，依其说，无"知始"之义③；得生者乃突然而自得此生。此即彼所谓"自然"。道体虽有"至一"之义；此"至一"之义，但为"理"之"根"而未尝见之为理④，故亦非能即以所谓"知"、"能"者说为其德。道体乃妙体，非理体。

由此所述王、郭之异论可知，无论主"道体实即理之宗、元"，或"理虽能化中见，与化迹相合，然道体之至一，非能即以天德之知、能说之"，"理体"之概念，皆尚未于此时正式成形；如后世朱子所论。彦和论"立文"之道，而以"神理之数"为言，"理"字之具有形而上学义，而与道论为配合，就其成说之条件与历程而言，皆系站立于此一"玄学时代"哲学发展之新基础之上，有其立论之背景。

唯依上论，辅嗣之以"道体"实即"理"之宗、元，终是较近于儒。特其所取儒、道之论以成其说，有一不同于先秦儒、道之观点，即是彼于论"道"之"为用"过程中，实际上乃将"德畜"之义，约限于所谓"物之不塞其性"；从而将"冲而用之，用乃能不穷"之旨，释为"守中"。辅嗣之解《老子》"道冲而用之或不盈。渊兮似万物之宗。挫其锐，解其纷，和其光，同其尘。湛兮，似或存。吾不知其谁之子，象帝之先"一章云：

夫执一家之量者，不能全家；执一国之量者，不能成国；穷力举重，不能为用。故人虽知万物治也，治而不以二仪之道，则不能赡也。地虽形魄，不法于天则不能全其宁；天虽精象，不法于道则不能保其精。冲而用之，用乃不能穷。满以造实，实来则溢。故冲

① 史云："魏正始中，何晏、王弼等祖述《老》、《庄》，立论以为：'天地万物皆以无为本。无也者，开物成务，无往而不存者也。阴阳恃以化生，万物恃以成形，贤者恃以成德，不肖恃以免身。故无之为用，无爵而贵矣。'衍甚重之。"[见（唐）房玄龄等撰：《晋书》卷四十三，第1236页，中华书局，1974年，点校本于"天地万物皆以无为本"句校云："皆以无为本，原作'皆以无为为本'。王懋竑（字予中，号白田，1668—1741）《读书记疑》七：文多一'为'字。按：王说是。《通鉴》八二引，正少一'为'字，今据删。"（同上，页1248）]文中谓王、何之学乃以"无"为本；此所谓"为本"，论之所涉非一，而最上义，则系依存有学（ontology）为言。唯就个别之学者而论，所谓"以无为本"之立场，虽指道体之"超绝"，其降而及于宇宙之构成论（cosmology）与"性"、"命"之说，是否即是符同道家之原旨，亦未必然。记史者于何、王等，但知其延《老》、《庄》而畅玄风，并未深涉其论，故凡此所云，皆仍是混同为说。

② 见郭象注：《南华真经》卷五，《天地》，第6a页。

③ 此云"知始"，即"乾知大始"之"知始"（参注〈9〉）；朱子云："知犹主也"[见朱熹：《周易本义》，《周易系辞上第五》，收入朱熹撰，朱杰人等主编：《朱子全书》（修订本），第1册，第123—124页]

④ 郭子玄注《庄》，有"理有至极，外内相冥"之说（见郭象注：《南华真经》卷三，《大宗师》，第13a页）。"外内相冥"，即理之极，则所谓"养生者，理之极也"（同上，卷二，《养生主》，第1a页，总第71页）之"极"，应指"自然之至"。而非如《易系》之推"理"于太极。至于此理之所从出，依前注所揭子玄注，当即是所谓"至一"；故有"埋根于太初之极，不可谓之浅"（同上，卷十，《天下》，第21b页，总第580页）之论（"埋根"故深，深则非浅，符《庄》书原文"以深为根"之旨。"埋"字或作"理"，然即云"理根于太初之极"，亦仍是以"至一"为理之根之意；未必即谓"理"具完整之"本体"义，同于"道体"）。然前注既谓"至妙，故未有物理之形"，则"至一"虽理之根，亦尚不得即以"理"字称之。

而用之又复不盈，其为无穷亦已极矣。形虽大，不能累其体；事虽殷，不能充其量。万物舍此而求主，主其安在乎？不亦渊兮似万物之宗乎？锐挫而无损，纷解而不劳，和光而不污其体，同尘而不渝其真，不亦湛兮似或存乎？地守其形，德不能过其载；天慊其象，德不能过其覆。天地莫能及之，不亦似帝之先乎？①

解《老子》"多言数穷，不如守中"一章云：

愈为之则愈失之矣。物树其(恶)〔慧〕，事错其言，〔不慧〕不济，不言不理，必穷之数也。橐钥而守数中，则无穷尽。弃己任物，则莫不理。若橐钥有意于为声也，则不足以共吹者之求也。②

解"上德不德，是以有德；下德不失德，是以无德"一章则云：

德者，得也。常得而无丧，利而无害，故以德为名焉。何以得德？由乎道也。何以尽德？以无为用。以无为用，则莫不载也。故物，无焉，则无物不经；有焉，则不足以免其生。是以天地虽广，以无为心；圣王虽大，以虚为主。③

辅嗣此一解"德"之命义为"物之所得"，而由"天地虽广，以无为心"之说降而论及"弃己任物，则莫不理"之取径，主旨在将道用之自然，说明为即是"理"之所以无须有"积极之趋向"而能成"化"之原由。先秦儒、道二家于"化"论"势"之义中所蕴含之不同程度之积极性，皆因此而遭剥夺④。此一思想之转向，虽多少与玄学时代针对两汉盛言"五德终始"而为一思想之反动相关，然玄家于解离汉代"象数之学"之同时，如不能同时建构一足为替代之"宇宙构成论"，而仅能以"存有学"之框架，论述天、人，则难以餍足学者之需求⑤；佛学之于玄学气氛中，

① 见王弼：《老子道德经注》，第四章，收入王弼撰，楼宇烈校释：《王弼集校释》(上册)，第10—11页。

② 同前注，第五章，第14页。

③ 同前注，第三十八章，第93页。

④ 此所谓"积极性"，乃是就"创化"之动能与趋向而言，而非以指人文义理之积极性；故兼概儒、道。

⑤ 汤用彤云："贵玄言，宗老氏，魏晋之时虽称极盛，而于东汉亦已见其端矣。然谈玄者，东汉之与魏晋，固有根本之不同。桓谭曰：'扬雄作玄书，以为玄者天也，道也。言圣贤著法作事，皆引天道以为本统。而因附属万类王政人事法度。'亦此所谓天道，虽颇排斥神仙图谶之说，而仍不免本天人感应之义，由物象之盛衰，明人事之隆污。稽察自然之理，符之于政事法度。其所游心，未超于象数。其所研求，常在乎吉凶。(扬雄《太玄赋》曰：'观大《易》之损益兮，览老氏之倚伏。'张衡因'吉凶倚伏，幽微难明，乃作《思玄赋》')魏晋之玄学则不然。已不复拘拘于宇宙运行之外用，进而论天地万物之本体。汉代寓天道于物理。魏晋黜天道而究本体，以寡御众，而归于玄极(王弼《易略例·明象章》)；忘象得意，而游于物外。(《易略例·明象章》)。于是脱离汉代宇宙之论(原注：Cosmology or Cosmogony)而留连于存存本本之真(原注：ontology or theory of being)。汉代之又一谈玄者曰：'玄者，无形之类，自然之根。作于太始，莫之与先。'(张衡《玄图》)此则其所谓玄，不过依时间言，万物始于精妙幽深之状，太初太素之阶。其所探究不过谈宇宙之构造，推万物之孕成。及至魏晋乃常能弃物理之寻求，进而为本体之体会。舍物象，超时空，而研究天地万物之真际。以万有为末，以虚无为本。夫虚无者，非物也。非无形之元气，在太始之时，而莫之与先也。本无末有，非谓此物与彼物，亦非前形与后形。命万有之本体曰虚无，则无物而非虚无，亦即物未有时而非虚无也。汉代偏重天地运行之物理(原注：按扬雄、张衡之玄亦有不同，兹不详析)，魏晋贵谈有无之玄致。二者虽均尝托始于老子，然前者常不免依物象数理之消息盈虚，言天道，合人事；后者建言大道之玄远无朕，而不执著于实物，凡阴阳五行以及象数之谈，遂均废置不用。因乃进于纯玄学之讨论。汉代思想与魏晋清言之别，要在斯矣。"(汤锡予：《魏晋玄学流别略论》，见汤锡予撰：《魏晋玄学论稿》，收入《汤用彤全集》，第4卷，第41—42页)汤氏所论，为一种"议题之替代"，乃至所涉及之"方法之转换"。然"宇宙构成论"与"存有学"虽属不同层次，乃相互支撑，不得相无；特所论有显、隐。故依理而言，亦不得谓汉代仅有宇宙构成论，而魏晋则专精存有学。本文前后所持"玄学"之定义，乃至论及玄学之发展，观点皆与汤氏之说有所差异。

逐渐展现其优势，此为关键之一。彦和之于此时，搦笔论文，自以可补儒说立论之缺，而为孔氏之功臣，即是有见于此。

彦和之以“数”指“形式”构成之原理，“理”指美学中所指涉之形式美之根源，并同时以“神”指非可依“形式”而理解之化体，就其展现之理论结构而言，虽系将“道体”之内容，以“相对可知”与“终极不可测”互为对峙之观念分别论述；然此之见为“可知”与“不可测”，并非来自人之“智性”之限制，而系因宇宙之构成中，本即存在“受约制”与“不受约制”二种因素之交织；从而使“化”之为变合，虽有“可知”而亦“不可测”[①]。所谓“文”之为德，展现“化”之“能”中，所具有之“组织性”、“条理性”与“动态之发展性与创造性”，即是出之于此二者之和合。因而若依此而言，彦和之取径，实近《易》而并不近《老》。彦和之屡引《易系》为言，甚且以其全书之结构，暗符于所谓“大衍之数”[②]，皆是一种自觉性选择之表现[③]。特在彦和之说，以“理”合于“妙”，则亦有属于当时思想背景之承袭，须加细论。

“理”字之合于“妙”，以彦和之前之用例言，本出于释氏“有”、“无”之辨。其创为词例，实乃以佛义中“中观”之立场，释“真”、“俗”二谛，有“不真空”之论。故其所辨“真谛”之境：“有”乃假有，为妙有；“空”则非断空，为妙空[④]。凡“妙”之说为妙，皆因有“诠”、“拨”之二途；合二者，故云“妙”。即后世论者之所谓“四重二谛”之说[⑤]，并是循此而为言。至于《易传》之所言，

---

① 彦和之观点，若为之申义与分析，则可谓：凡“可知”者，皆属气化中所呈现之规律；论及“不可测”，则归于“道体”之所含藏。而“道体”之所以无从以“理”之已然，逆推其体，以《易系》之说为之释，即是因道体自身兼具足以展现为“象”、“数”之“恒常性”，与其“知”、“能”和合，因气化摩荡而产生之“动态之不可测性”。如以释氏之说为论，则是因世界乃惑业所成，故染、净各有因缘。此二种观点，与辅嗣“统宗”、“会元”之论相较，皆存在可辨识之差异。

② 彦和云：“位理定名，彰乎《大易》之数。”见刘勰撰，詹锳义证：《文心雕龙义证》(下册)，《序志第五十》，第 1930 页。

③ 周勋初(1924—)著论分析彦和引《易》之说，谓其论乃兼崇“汉《易》”与“王弼《易》学”，而二者难于相协，因谓非可据此以言其书具有完整之经学或哲学系统(见周勋初撰：《〈易〉学中的两大流派对刘勰〈文心雕龙〉的不同影响》，收入饶芃子主编：《文心雕龙研究荟萃》，第 167—181 页，上海书店出版社，1992 年)。然《易》学之影响哲学，与《易》学作为一种“经学”之特殊传承，本系分属不同论域之事；即至后世亦然。彦和于“宗经”之义，推广《易》理之用，不废象、数，与其承“谈玄”之影响，而有取于《易系》；若以“经学”而言，诚难成家，若以哲学而言，则以“议题”为导引而有创新之论，本是玄学风气下之常有，无足为奇。本文此处即是以彦和自身建构其哲学之系统者为说。

④ 僧肇(？384—414)著论，有《不真空论》。憨山(释德清，1546—1623)释题云：“此论真空不空，以为所观真谛之境也。‘不真’有二义：一有为之法，缘生故假，假而不实，其体本空；此俗谛不真故空，名‘不真空’。真性缘起，成一切法，体非断灭，不是实实的空，名‘不真空’，‘有’是‘假有’，为‘妙有’；‘空’非‘断空’，为‘妙空’。此则非有非空，为中道第一义谛。以‘妙空’破‘心无论’、‘本无论’二宗。以‘妙有’破‘即色游玄论’一宗。”见〔后秦〕僧肇撰，〔明〕憨山德清注：《肇论略注》卷二，收入《憨山大师全集》，第 16 册，第 45 页，河北禅学研究所，2005 年。

⑤ 吉藏(549—623)云：“他但以‘有’为世谛，‘空’为真谛。今明：若有、若空皆是世谛，非空非有始名真谛。三者，空、有为二，非空〔非〕有为不二，二与不二皆是世谛；非二、非不二名为真谛。四者，此三种二谛皆是教门；说此三门，为令悟不三，无所依得始名为‘理’。问：前三皆是世谛，不三为真谛？答：如此。问：若尔，‘理’与‘教’何异？答：自有二谛为‘教’，不二为‘理’；皆是转侧适缘无所防也。”(见〔隋〕吉藏撰：《大乘玄论》卷第一，《二谛体》，收入《大正新修大藏经》，第 45 册，第 1853 号，第 15 页，台北：新文丰出版公司，1983 年)又云：“问：何故作此四重二谛耶？答：对毗昙事、理二谛，明第一重空有二谛。二者，对《成〔实〕论》师空、有二谛。汝空、有二谛是我俗谛，非空、非有方是真谛。故有第二重二谛也。三者，对大乘师依他、分别二为俗谛；依他无生，分别无相，不二真实性为真谛。今明，若二、若不二，皆是我家俗谛；非二、非不二方是真谛。故有第三重二谛。四者，大乘师复言：三性是俗，三无性非安立谛为真谛。故今明汝依他、分别二，真实不二，是安立谛；非二、非不二，三无性非安立谛，皆是我俗谛。言忘虑绝方是真谛。”(同上)

则其论本有“穷神知化”，与“穷理尽性以至于命”之二说[①]。依后一说，“穷理”但可为“尽性”之阶，其目标在于“至命”；依前一说，“精义入神”而知化，则须别有“洗心”功夫。说详后论。故于“有”言“有”，与不于“有”言“有”[②]，于儒义亦非无可发展之空间。特须有所增义，然后可以成说。此则涉及前论所指之第二层，所谓“化之几之所以为变合”。

盖《易系》之所以亦有“不于‘有’言‘有’”之取径，依其立论之架构而言，主要之关键，在于其所标示之“几”、“神”之义。《易系》云：

> 《易》无思也，无为也，寂然不动，感而遂通天下之故。非天下之至神，其孰能与于此！夫《易》，圣人之所以极深而研几也。唯深也，故能通天下之志；唯几也，故能成天下之务；唯神也，故不疾而速，不行而至。[③]

《易系》此处“感”、“寂”分言，而以通志而成务者，“至精”、“至变”皆在于我[④]；而凡“神”之所为，莫不见微于“几”。显示道之为体，虽若为化之“宗”、“元”，如辅嗣所论，然并非皆可即以其所迹者，回溯于其“所以迹”。化之几之所以为变合，有其不测[⑤]，必极深而研几，乃得“与”之；故《易系》一面有“摩荡”之说[⑥]，而另一面，于“方知”之外，亦有“圆神”之教；以此区分蓍、卦之异[⑦]。此《易》之“易”体，所以通于化体。而《易系》所谓“穷理尽性以至于命”中所见知之所谓“理”、“性”、“命”三者，就概念而言，则皆仅系于有限之知识范围内，为达成其有限之目的而确认之认识对象。至于由“几”而通“神”，于不可测者，亦得圆神之智，其所据以建

---

① 《周易·系辞上传》云：“《易》与天地准，故能弥纶天地之道。仰以观于天文，俯以察于地理，是故知幽明之故。原始反终，故知死生之说。精气为物，游魂为变，是故知鬼神之情状。与天地相似，故不违；知周乎万物而道济天下，故不过；旁行而不流，乐天知命，故不忧；安土敦乎仁，故能爱。范围天地之化而不过，曲成万物而不遗，通乎昼夜之道而知。故神无方而易无体。”[见朱熹：《周易本义》，《周易系辞上传第五》，收入朱熹撰，朱杰人等主编：《朱子全书》(修订本)，第1册，第125—126页]又曰：“《易》曰：‘憧憧往来，朋从尔思。’子曰：天下何思何虑？天下同归而殊涂，一致而百虑，天下何思何虑？日往则月来，月往则日来，日月相推而明生焉。寒往则暑来，暑往则寒来，寒暑相推而岁成焉。往者，屈也；来者，信也。屈信相感而利生焉。尺蠖之屈，以求信也；龙蛇之蛰，以存身也。精义入神，以致用也；利用安身，以崇德也。过此以往，未之或知也。穷神知化，德之盛也。”(同上，《周易系辞下传第六》，第139—140页)《说卦传》则云：“和顺于道德而理于义，穷理尽性以至于命。”(同上，《周易说卦传第八》，第153页)

② 于“有”言“有”，即是于化所已然之迹，穷其理以知其所不妄然；不于“有”言“有”，则是以“几”通“神”，知“化”之所以“不测”。

③ 见朱熹：《周易本义》，《周易系辞上传第五》，收入朱熹撰，朱杰人等主编：《朱子全书》(修订本)，第1册，第132页。朱子注之云：“《易》指蓍卦。无思无为，言其无心也。寂然者，感之体；感通者，寂之用。人心之妙，其动静亦如此。”然又曰：“研犹审也。几，微也。所以极深者，至精也；所以研几者，至变也。”又曰：“所以通志而成务者，神之所为也。”(同上)是虽举人心有动静之妙，论乎“几”，则以“变之微”言之；其说若泛指于事。然事之微，察于心，“几”、“神”之出于“化”，与“几”、“神”之出于“心”，于《易》正同一理；所以得感应而相通。

④ “至精、至变皆在于我”，借藕益智旭(1599—1655)语。智旭云：“苟极其深，则至精者在我，而能通天下之志；苟极其深，则至变者在我，而能成天下之务。”见〔明〕释智旭撰：《周易禅解》卷八，第19b—20a页，总第502—503页，台北：新文丰出版公司，1994年。

⑤ 《周易·系辞上传》云：“阴阳不测之谓神。”[见朱熹：《周易本义》，《周易系辞上传第五》，收入朱熹撰，朱杰人等主编：《朱子全书》(修订本)，第1册，第127页]

⑥ 《周易·系辞上传》云：“刚柔相摩，八卦相荡。”(同前注，第123页)又曰：“刚柔相推，变在其中矣。”(同上，页137)关于“摩荡”之说，乃至《易系》“参伍以变，错综其数”(同上，第132页)之论，船山《周易内传》皆有深解，说详拙作《王船山学术思想总纲及其道器论之发展》上编各论。

⑦ 《周易·系辞上传》云：“蓍之德，圆而神；卦之德，方以智。”智旭云：“蓍之德，极其变化而不可测也；卦之德，有其定理而不可昧也。”见释智旭撰：《周易禅解》卷八，第20页，总第503—504页。

立之基础，则别有在；即所谓“以此洗心，退藏于密”之说。故《易系》续云：

> 夫《易》，何为者也？夫《易》，开物成务，冒天下之道，如斯而已者也。是故圣人以通天下之志，以定天下之业，以断天下之疑。是故蓍之德圆而神，卦之德方以知，六爻之义易以贡。圣人以此洗心，退藏于密，吉凶与民同患。神以知来，知以藏往，其孰能与于此哉！古之聪明叡知，神武而不杀者夫！①

《易系》此种以人之心体乃与“道”相通、相应之说，其最上义，虽仅于“感应”中见，然心之寂然而能不假物而有神知之用，显示所谓“几”之有，非仅于“天”，亦系于“人”。所谓“复，其见天地之心乎”②，必有此“几”之相通，乃可成说。此一“几”字之所指，其概念层次，不仅超越于“命”，亦超越于儒义之所谓“性”。前引彦和说所指“鉴周日月，妙极机神”之所承论，正是彦和贯通儒、释之论而有之说。至于玄家之论“几”、“神”，如彼所举宋、郭之伦，其所锐思，于今虽不可得而详③，亦不必与《易系》本有之立场无差异，然依其所关切之议题，乃至先后之论势为判断，则亦当与此相关。

唯儒、释之于“几”、“神”，循此脉络，虽可谓论有交集，实并非一体之说。其在彦和，则有“理虽一而教殊”之论；“道”、“俗”由此而别④。彦和于它著《灭惑论》中云：

> 夫栖形禀识，理定前业；入道居俗，事系因果，是以释迦出世，化洽天人；御国统家，并证道迹，未闻世界，普同出家。良由缘感不一，故名教有二，搢绅沙门所以殊也。但始拔尘域，理由戒定。妻者爱累，发者形饰。爱累伤神，形饰乖道，所以澄神灭爱，修道弃饰。理出常均，教必翻俗。若乃不跪父母，道尊故也；父母礼之，尊道故也。礼新冠见母，其母拜之；嘉其备德，故屈尊礼卑也。介胄之士，见君不拜；重其秉武，故尊不加也。缁弁轻冠，本无神道；介胄凶器，非有至德。然事应加恭，则以母拜子；势宜停敬，则臣不跪君。礼典世教，周孔所制，论其变通，不由一轨。况佛道之尊，标出三界，神教妙本，群致玄宗。以此加人，实尊冠胄。冠胄及礼，古今不疑，佛道加敬，将欲何怪？⑤
>
> 至道宗极，理归乎一。妙法真境，本固无二。佛之至也，则空玄无形，而万象并应；寂灭无心，而玄智弥照。幽数潜会，莫见其极。冥功日用，靡识其然。但言万象既生，假

---

① 朱熹：《周易本义》，《周易系辞上传第五》，收入朱熹撰，朱杰人等主编：《朱子全书》（修订本），第1册，第133页。朱子注之云：“开物成务，谓使人卜筮以知吉凶而成事业。冒天下之道，谓卦爻既设，而天下之道皆在其中。”又曰：“圆、神，谓变化无方。方、知，谓事有定理。易以贡，谓变易以告人。圣人体具三者之德，而无一尘之累，无事则其心寂然，人莫能窥；有事则神知之用，随感而应，所谓无卜筮而知吉凶也。神武不杀，得其理而不假其物之谓。”（同上）

② 同前注，《周易彖上传第一》，第95页。朱子注之云：“积阴之下一阳复生，天地生物之心几于灭息，而至此乃复可见。在人则为静极而动，恶极而善，本心几息而复见之端也。”（同上）

③ 范文澜云：“《隋书·经籍志》《易》家有刺史宋岱《周易论》一卷。《晋书·郭舒传》有荆州刺史宗岱，疑即宋岱之误。《晋书·郭象传》：‘郭象字子玄，少有才理，好老庄，能清言，常闲居以文论自娱。永嘉末，病卒。著碑论十二篇。’《世说新语·文学篇》注引《文士传》曰：‘象少有才理，慕道好学，托志老庄；时人咸以为王弼之亚。’又曰：‘象作《庄子注》，最有清辞遒旨。’”见刘勰撰，范文澜注：《文心雕龙注》（上册），《论说第十八》，第343页，注25。

④ 《灭惑论》见收《弘明集》，其成书在梁；而《文心雕龙》一书，则近日学者多认乃出于齐代。故论者谓二者间立场，本不必然一致；或进而臆测彦和一生实经历思想之前、后转变，前期主儒，后期则弃而归佛。甚且疑彦和之作《灭惑论》，乃本于迎合上意而为［论详王元化（1920—2008）：《〈灭惑论〉与刘勰的前后期思想变化》，收入王元化撰：《文心雕龙讲疏》（修订本），第27—52页，上海古籍出版社1996年］；论与此异。

⑤ 刘勰：《灭惑论》，见〔梁〕僧佑集：《弘明集》卷八，第9b—10b页，台北：新文丰出版公司，2001年影印光绪金陵刻经处本。

名遂立。梵言菩提,汉语曰道。其显迹也,则金容以表圣;应俗也,则王宫以现生。拔愚以四禅为始,进慧以十地为阶,总龙鬼而均诱,涵蠢动而等慈。权教无方,不以道俗乖应。妙化无外,岂以华戎阻情。是以一音演法,殊译共解;一乘敷教,异经同归。经典由权,故孔释教殊而道契;解同由妙,故梵汉语隔而化通。但感有精粗,故教分道俗;地有东西,故国限内外。其弥纶神化,陶铸群生,无异也。[①]

彦和于文中明谓"经典由权,故孔、释教殊而道契;解同由妙,故梵、汉语隔而化通",足见在其理解之中,"语隔而化通"者,乃因神化之妙而心有同智;而孔、释教殊而道契解同者,则因教有实、权。以善论者而言,权教无方,正不以"道"、"俗"而乖应。而其论中所谓"佛之至也,则空玄无形,而万象并应;寂灭无心,而玄智弥照",则亦正是其所以有取于《易系》而说为"鉴周日月,妙极机神"之所以故。且既云"权教无方,不以道、俗乖应",则虽感有精、粗,粗中即应有精,不以教分道、俗而隔。就彦和而云,此由"感"而得"鉴"之历程,不仅显示人心所造之文,其理与神化相通;凡二谛之同为"谛"义,亦是人之心能于"情变"得"理"之依据。前论所谓"无识之物,郁然有采,有心之器,其无文欤",必以此说实之,乃显精旨。故彦和于《神思》篇之赞语乃云:

神用象通,情变所孕。物以貌求,心以理应。刻镂声律,萌芽比兴。结虑司契,垂帷制胜。[②]

夫"情变"所孕,不因彼于究竟义之属"不真",而遂无"象"之可通与"理"之有可应。此点即是说明"教"之分道、俗,虽语境有差,"妄"识之中仍有"不妄"者在。

彦和此一"至道宗极,理归乎一"之立场,由于具有此处所述"教分道、俗"之说法,因此就其立论之建构而言,实际上亦可将之区分为"宗教教义系统"与"一般哲学理论"二种不同之论域[③]。前者之系统,虽可有"形而上学"或"法义"方式之说明;其判论之最终基础,在于修行者自身之证悟。而后者,无论立说者于"智体"之预设为何,其可为论者共同接受之条件,则建立于限定义之"理智"(intellectus)与"理性"(ratio)之认可[④]。而此所云二种论域间之接轨,于彦和之说,则在所谓"几"、"神"之论。亦即:以佛教之究竟义而言,所谓"空玄无形而万象并应;寂灭无心而玄智弥照",乃去"偏悟"而求"大觉",故有"旷照"之说;其入圣,乃由"一道、俗"而得,无"二际"则无"中观"。至于《易系》之有"鉴周日月",如彦和所诠,则是以"心应"而得;承其教者,是否亦足以"妙极机神",由粗而精,则不皆能然。虽则如此,以识有同感,缘虽不一,心应之中,仍有陶化;故世教之得乎权理者,亦道之所不废。

---

① 刘勰:《灭惑论》,见〔梁〕僧佑集:《弘明集》卷八,第12b—13a页,台北:新文丰出版公司,2001年影印光绪金陵刻经处本。

② 见刘勰撰,詹锳义证:《文心雕龙义证》(中册),《神思第二十六》,第1007页。

③ 李泽厚(1930—)虽谓儒、释并尊,于彦和不冲突,然同时亦主张:彦和之作《灭惑论》,不过为"应景",其立场与论调,大体类近于沈约之《均圣论》[见〔唐〕释道宣(596—667)集:《广弘明集》卷五,收入《大正新修大藏经》,第52册,第121—122页]。并谓《文心雕龙》一书虽有若干涉及佛理之字词、辨义,皆无改于其书之根本立场属于儒家(见李泽厚、刘纲纪撰:《中国美学史·魏晋南北朝编》,第551—571页,合肥:安徽文艺出版社,1999年),论亦与此异。

④ 此处"理智"、"理性",系依中古哲学拉丁文之语意而区分。前者指精神直观能力,后者指特定之思辨能力;与近代哲学中康德(Immanuel Kant,1724—1804)之批判哲学(Critical Philosophy),或黑格尔(Georg Wilhelm Friedrich Hegel,1770—1831)所建构之学说,义界不同。

唯就彦和而言，凡彼所论于“文”者，依其所据以分野者观之，乃属“权法”中一支，故其所展现之形而上学系统，亦系依“一般义之哲学”[①]之框架而为之。彦和之所以于论中，仅止于援引《易系》“几”、“神”之说，而未将其所指“藏密之体”进一步深论[②]，即有此依“权”说“权”之态度。否则其《宗经》以下诸论，皆无得画域而成说。于此立场上，彦和所建构之一般义之哲学，与其最终所皈依之佛法，二者虽相关而非无别。

而自另一面言，彦和此种以“道”、“俗”二教同有“弥纶神化陶铸群生”之见解，由于具有理论上支撑“世教”之严肃性，故解义者，实亦须将其“心以理应”之说，放置于更为宽广之心性论中讨论。前论谓分析彦和之见，是否具有“系统哲学”之认知，除须讨论其说解中有关“道”与“德”之关联外，亦应观察彦和对于“心”、“性”、“情”三者之理解，即是承此而为论。

二、刘勰依“几”、“神”说所建构之哲学理论与其导引产生之文学本质论

前论所以谓《易系》“神”、“理”二说，其于“不于有言有”之一面，本有开拓之空间，而其所牵涉，则当于“穷理”、“尽性”之言之外见之者，辨义之关键，在于：《易系》之言“取象”，除“观物”之旨外[③]，另主有所谓“感应”；所谓“《易》无思也，无为也，寂然不动，感而遂通天下之故”云云，实显示儒门中如《易系》一脉，本主有藏密之智体，故有“洗心”之说，“几”、“神”之论。今若比较《易系》原旨与彦和所主，其同者，在于二者之于“心”，皆于智体之发用论“几”与“神”；而其所异，则在彦和之言“动极神源，其般若之绝境乎”，于“几”与“神”之用外，尚有“神源”与“般若”一层，为《易系》之合“易体”与“化体”为一者所未涉论。此点显示彦和之以释教立场，论说儒义，当系以“般若”通之于《易系》所言“藏密”之体，而以“神源”二字，保留儒、释可以参合之空间。其所以如此之故，乃因般若之智以“无知”知[④]，虽近《易系》所指藏密之体无思无为而能感通；然释氏所言之“性”，本有“净”、“染”之分，彼依“染位”而言之性，本视之

---

① 此所谓“一般义之哲学”，乃指其建构知识系统与形而上学论述之基础，与所延伸之批判标准，皆系本于人人所可自我发掘与操作之理性；对于“宗教信仰”与“神秘经验”之可能，亦系以同一种理性之态度，为之讨论，或分析。故其形态，可与基于宗教信仰而发展之“教义理论”或“神学”区隔。然此一态度，亦并不必然确立“无神论”(atheism)或“反观念论”(anti-idealism)之立场。

② 船山解《易》，常以“藏密”为说；“藏密之体”四字，则见于其解《庄》(见〔清〕王夫之撰：《庄子解》卷六，《大宗师》，收入王夫之撰，船山全书编辑委员会编校：《船山全书》，第 13 册，第 158 页，长沙：岳麓书社，1996 年)，且其前尚有“真知”二字。今借用其语。

③ 《周易·系辞传》之论“观物”，所谓“仰则观象于天，俯则观法于地”[见朱熹：《周易本义》，《周易系辞下传第六》，收入朱熹撰，朱杰人等主编：《朱子全书》(修订本)，第 1 册，第 138 页]，初基在于物变，中阶在于“法”、“象”；而最终之所得，则在于阴阳变合之理，乃至以形而上学之方式，探测“化”之所以为“不测”。

④ 僧肇著论，有《般若无知论》。憨山释之云：“般若者，此云智慧，乃诸佛妙契法身之实智也。经云，诸佛智慧，甚深无量，即此名为根本智。法界幽玄，非此莫鉴，故称本智。然三乘同秉此智为因，但心有大小不同，故唯佛为极。以前不迁、不真二论，以显真俗不二之真谛，为所观之境。今此般若为能观之智，谓以无知之般若，照不二之中道，以此为因，将证不生不灭之涅盘为果。故次来也。然般若唯一，其用有三：一实相般若，以般若乃诸法之实相故。二观照般若，即中道妙心之实智，照中道之妙理，理智冥一，平等如一，故理事双彰，权实并显，是为因心果德。故名二智。三文字般若，以诸佛言教，乃般若所流，故一一文字能显总持要即文字以明般若。此般若义也。无知者有二义：一离妄，谓本无惑取之知；二显真，有三义：一本觉离念，灵知独照，知即无知；二始觉无知，谓穷幽亡鉴，抚会无虑，故无对待之知；三文字性空，非知不知。然虽三义，盖以真谛无相，亡知绝鉴，照体独立。正无知义也。”见僧肇撰，释德清注：《肇论略注》卷三，第 73—74 页。

为“和合”，故于佛义中，如无“修因”之学，则不可得终极之种智[①]。以是取“般若”之概念，比之于《易系》所谓“藏密”之位，虽系可通；其所可推导之论，仍属有差。而依彦和之意，所谓“鉴周日月”，本《易系》所有，极深而研几，亦可达妙；特此“妙极机神”之过程中，心与物之感通，则尚有“精”、“粗”之别。此一因“教分道、俗”而定义之“精”、“粗”，其区判之疆界何在？“粗”之于“精”，如何而可得通义？皆须由心之体、用处分辨。而前文所指彦和以“文”为“德”之说，于此议题之讨论中，又系如何而与之关联？亦有亟待厘清之环节。

此处谓彦和“几”、“神”之论，实际乃援“般若”之义，通之于《易系》所指言“退藏于密”之所本，此义如就儒、释之分教而为之细辨，要点在于儒义于所谓“洗心”之论，无释氏所标示之层级；故就“实践”之意义言，彦和之欲以彼所提“心以理应”之说，绾合之于《易系》之言“穷理”与“感通”，须将“心”之智用如何于“可经验”之过程中，产生转换与提升，作出说明。

今若依前引彦和说，所谓“神用象通，情变所孕”之论论之，彼说中所指“神”、“象”与“情变”，三者皆以“心”而言：“神”指心之识用，“象”指心所取观，而“情变”则为识变所生诸执，依种而为之迁流者。彦和不于此区分“真”、“妄”，而即以儒义之“性”、“情”为说，其主要之创解，在于以“情变”中所得之“理”，具有“导妄趋真”之用；以此贯通“真”、“俗”。此说之来历，最初源于释家“即色宗”所谓“即色游玄”。唯在道林（支遁，314—366）之论，唯知依他起名假，而未知圆成体真，故肇《论》破之[②]。彦和则改由“执”中见出非执之“真”，故以之合于儒义，而有此所诠“神”、“理”之说。此一取径，若为之分析，精旨在于其释“性”之不离于释“心”；凡其于人心而论所谓“几”、“神”之义，皆必于所谓“道心”见之。彦和于《原道》篇之赞语云：

> 道心惟微，神理设教。光采玄圣，炳耀仁孝。龙图献体，龟书呈貌。天文斯观，民胥以效。[③]

“道心惟微”之说本出伪古文《尚书》之《大禹谟》[④]，彦和以之为不昧之正念，由此起智，故

① 彦和《石城寺石像碑》云：“夫道源虚寂，冥机通其感；神理幽深，玄匠思其契。是以四海将宁，先集威凤之宝；九河方导，已致应龙之书。况种智圆照，等觉遍知，扬万化于大千，摛亿形于法界。当其云起摄诱之权，影现游戏之力，可胜言哉！”（刘勰：《梁建安王造剡山石城寺石像碑》，见〔宋〕孔延之编：《会稽掇英总集》卷十六，第3b—4a页，收入《景印文渊阁四库全书》，第1345册，总第113—114页，台北：台湾商务印书馆，1983年）论中所谓“冥机通其感”、“元匠思其契”，一言“通感”，一言“司契”，皆人和合之性中自然可显之用；即《文心雕龙》一书中所叙。至于后云“种智圆照，等觉遍知”，则必修证佛果，得等正之觉始有；否则无“云起摄诱之权，影现游戏之力”。凡此，则为《文心》所未言。

② 僧肇《不真空论》云：“即色者，明色不自色，故虽色而非色也。夫言色者，但当色即色，岂待色色而后为色哉！此直语色不自色，未领色之非色也。”憨山注云：“夫凡言色者，但当在色本就是色，岂待人名彼青黄，然后为色哉？此直下，言得失。此但言色不自色而已，未了色体本空也。以唯知依他起名假，不知圆成体真，故非正论。”见僧肇撰，憨山德清注：《肇论略注》卷二，收入《憨山大师全集》，第16册，第50页。

③ 见刘勰撰，詹锳义证：《文心雕龙义证》（上册），《原道第一》，第30页。

④ 见旧题孔安国传，〔唐〕孔颖达（字仲达，574—648）等正义：《尚书正义》卷四，第8b页，收入《十三经注疏》，第1册，总第55页，台北艺文印书馆，1997年影印清嘉庆二十年江西府学刊本。《荀子·解蔽篇》亦有“《道经》曰：人心之微，道心之微”之语。郝懿行云：“今《书·大禹谟》有此，乃梅赜所采窜也。”[参见荀卿撰，王先谦集解，沈啸寰、王星贤点校：《荀子集解》（中华书局，2010年），第400页]

说为“神理设教”所本[①]。且直以得乎神理之教者，即人亦天。可知“道心”所符应之理，付之施为即文，凡众以此而感，故胥以效。以是而言，“心”之有依“文”而言之德，溯其所符应，一面而言，即是心所取象而应之理；自另一面言，则是化中所见之不妄然。人之所得于“粗”中得“精”者，本乎此。

彦和此一于“心”论“文”之诠释，由于乃立基于“神理”之说，故具有合“善”于“美”之特质。亦即：以“德”之决断言，“善”出于心之直而得应于感，此所谓“不疾而速”；若以“德”之成效言，则志气所符，成风感化，遂有所谓“光采”、“炳耀”之观。反面言之，心之蔚然有采，得乎自然，即证人之情变所孕，其中亦有神用象通之几，可以即“人”而达于“天”。彦和之为“言文”确认一种文学之“本质论”，即是于此而建构其说。

唯此处仍有一待于厘清之要点，即是：“几”、“神”之义，皆必于“道心”见之，则未符于“净”之染心[②]，其所为变现之情识，是否即无“近理”之用？彦和于此，则兼取道家之“精”“神”义。彦和于《神思》篇云：

> 古人云：“形在江海之上，心存魏阙之下。”神思之谓也。文之思也，其神远矣。故寂然凝虑，思接千载；悄焉动容，视通万里。吟咏之间，吐纳珠玉之声；眉睫之前，卷舒风云之色：其思理之致乎！故思理为妙，神与物游。神居胸臆，而志气统其关键；物沿耳目，而辞令管其枢机。枢机方通，则物无隐貌；关键将塞，则神有遯心。是以陶钧文思，贵在虚静。疏瀹五藏，澡雪精神。积学以储宝，酌理以富才，研阅以穷照，驯致以绎辞。然后使玄解之宰，寻声律而定墨；独照之匠，窥意象而运斤。此盖驭文之首术，谋篇之大端。夫神思方运，万涂竞萌。规矩虚位，刻镂无形。登山则情满于山，观海则意溢于海；我才之多少，将与风云而并驱矣。方其搦翰，气倍辞前，暨乎篇成，半折心始。何则？意翻空而易奇，言征实而难巧也。是以意授于思，言授于意。密则无际，疏则千里，或理在方寸，而求之域表；或义在咫尺，而思隔山河。是以秉心养术，无务苦虑；含章司契，不必劳情也。
>
> 人之禀才，迟速异分；文之制体，大小殊功。相如含笔而腐毫，扬雄辍翰而惊梦，桓谭疾感于苦思，王充气竭于思虑，张衡研《京》以十年，左思练《都》以一纪；虽有巨文，亦思之缓也。淮南崇朝而赋《骚》，枚皋应诏而成赋，子建援牍如口诵，仲宣举笔似宿构，阮瑀（字符瑜，？—212）据案而制书，祢衡（字正平，173—198）当食而草奏。虽有短篇，亦思之速也。若夫骏发之士，心总要术，敏在虑前，应机立断。覃思之人，情饶歧路，鉴在疑后，研虑方定。机敏，故造次而成功；虑疑，故愈久而致绩。难易虽殊，并资博练。若学浅而空迟，才疏而徒速，以斯成器，未之前闻。是以临篇缀虑，必有二患：理郁者苦贫，辞溺者伤乱。然则博见为馈贫之粮，贯一为拯乱之药，博而能一，亦有助乎心力矣。
>
> 若情数诡杂，体变迁贸。拙辞或孕于巧义，庸事或萌于新意。视布于麻，虽云未费。

---

① 唯“道心”与“神理”，一以“心”言，一以“理”言，于哲学义中，指涉之对象性质不同。兴膳宏（1936— ）以二句对文，因谓二者间可能存在“互换关系”（见〔日〕兴膳宏撰，彭恩华译：《〈文心雕龙〉的自然观》，王元化编：《日本研究文心雕龙论文集》，第191—216页，济南：齐鲁书社，1983年），其说不确。

② 《尚书·大禹谟》与荀子所引《道经》之有“道心”之说，乃与“人心”相对，而魏晋译经家之取“道心”一词以指“菩提心”（无上正真道意），则亦有藉此相对为论而分“净”、“染”之义。特于彦和，“道心”一词乃以俗义之“正念”，通之于释氏义之“求觉”，故维持以《尚书》为其出处，不引佛典。

杼轴献功，焕然乃珍。至于思表纤旨，文外曲致；言所不追，笔固知止。至精而后阐其妙，至变而后通其数。伊挚不能言鼎，轮扁不能语斤，其微矣乎！[①]

于《养气》篇则云：

夫学业在勤，〔功庸弗怠，〕故有锥股自厉，〔和熊以苦之人。〕志于文也，则有申写郁滞，故宜从容率情，优柔适会。若销铄精胆，蹙迫和气，秉牍以驱龄，洒翰以伐性，岂圣贤之素心，会文之直理哉！且夫思有利钝，时有通塞，沐则心覆，且或反常；神之方昏，再三愈黩。是以吐纳文艺，务在节宣，清和其心，调畅其气，烦而即舍，勿使壅滞，意得则舒怀以命笔，理伏则投笔以卷怀，逍遥以针劳，谈笑以药倦，常弄闲于才锋，贾余于文勇，使刃发如新，凑理无滞，虽非胎息之迈术，斯亦卫气之一方也。[②]

彦和前段以"神"字与"思"字分合言之，见同一心而可有不同之论述。凡其言"神凝"而为心之存主者，乃"静虑"后有，故可藉思理之妙，而与物游；其发而为一般之识用者，则情数诡杂，神不皆为关键。通、塞之于"念"中分别，系于灵府，而非仅"当下"之一刻。故善于养者，或疏瀹五藏，澡雪而致虚极，或秉志涵气以通其枢机，并能因才制体，而成风格。凡所谓"积学以储宝，酌理以富才，研阅以穷照，驯致以绎辞"云云，必于此立基，乃易见功。至于后段所析，除"吐纳文艺，务在节宣"，乃是儒义外，其余所言"清和其心，调畅其气"，以达于"使刃发如新"云云，则胥是道家之说。此种参合道家"心、气交养"之义，以释所谓"精"、"神"，虽非直见心性之本；然所谓洗涤尘垢，重在澄心以去习，一日可有一日之功，一刻可有一刻之效，虑中见机，时时而发，合之于艺，亦导心之一术。庄生所谓"庖丁解牛"之喻，即是有见于此。特彦和之有取"澡雪"之义，因另有合之于《中庸》所云"中"、"和"，而以"节"、"宣"为说之一层，故于道家之原旨外，尚有别解。

盖就道家之义言，"精"、"神"之日养，乃于静中见性，而非于动；故动之专一，即同静功。无所谓"节"、"宣"为说。《中庸》之言"致中"、"致和"，则系分合"动、静"而论[③]，故"性"必兼"情"而言：不于"情"之"已发"处，见有所倚重，则不知己性之"未发在中"已偏；不于"情"之未动处，见有所未静，则不知己情之将有所累。故所谓"节"者，必于性之未动，清和其气；所谓"宣"者，必将情之所郁滞，畅之于理。以是而言，道家之致虚，胜处在合动、静于静；儒家之明、诚[④]，胜处在于动中见所未尝动。二者皆世教中之善法。而以艺而言，则亦可两合之。

唯若以此而论"神"，"枢机"、"关键"之云，既有通、塞之分，则前论所谓"神用象通，情变所孕。物以貌求，心以理应"者，皆属作者自知自为，将如何而可为民所同效乎？亦必应有说。此则当回归于彦和以"文"为"德"之论。

盖所谓"德"，虽原出于"道"，必"畜之"而后然；此所谓"畜"，即"积势"之谓。故以《老》书

① 见刘勰撰，詹锳义证：《文心雕龙义证》(中册)，《神思第二十六》，第975—1005页。

② 同前注，下册，《养气第四十二》，第1575—1581页。

③ 《中庸》云："喜怒哀乐之未发，谓之中；发而皆中节，谓之和。中也者，天下之大本也；和也者，天下之达道也。致中和，天地位焉，万物育焉。"见郑玄(字康成，127—200)注、孔颖达等正义：《礼记正义》卷五十二，第1b页，收入《十三经注疏》，第5册，总第879页。

④ 《中庸》云："诚者，天之道也；诚之者，人之道也。诚者，不勉而中，不思而得，从容中道，圣人也。诚之者，择善而固执之者也。博学之，审问之，慎思之，明辨之，笃行之。"(同前注，卷五十三，第1b—2a页，总第894页)

而言，必“德畜”而后有“物形”与“势成”；以《易传》而言，则元、亨之后，方有利、贞。所谓天、地之各有自然之文，即是道于运行之际，因德畜而逐步展现者；其于人心之为德，亦然。凡所谓“积学以储宝，酌理以富才，研阅以穷照，驯致以绎辞”云云，并属根于“所能有”而为之实践。特在彦和之论，人心之依“性”为德，除各有禀赋之殊外，心则有同理，故虽醇、驳有异，道心之偶发，亦能因象而通神；故《才略》篇之赞语乃云：

> 才难然乎，性各异禀。一朝综文，千年凝锦。余采徘徊，遗风籍甚。无曰纷杂，皎然可品。[①]

彦和此种“性虽异禀而心有可同”之论，不仅为艺术之批评奠立基础，同时亦显示彦和之于当时玄学论争中所谓“才”、“性”之辨[②]，亦有其依一般义之哲学架构而论述之立场。此一立场，依义论之，即是主“才”出于“性”，而“性”则人各殊异，近而非同。虽则非同，智有同用，故一朝综文，亦足以千年凝锦[③]。

而正唯彦和之论“神思”，乃以人心普同所有之用为说，而其立基则有“性异”之论；故其所谓“情变所孕”，必先涵括一切心象，乃能于其间有所“陶铸”。否则“余采”、“遗风”各自不同而无通理，何以蔚然成文？而所谓“通理”，关键即在于“神”；无“神”，则“象”、“理”二字皆将无所着落。此一以“神”通“象”而言“理”之说，相较于辅嗣于“物”言“理”之论，固所不同。然此不同，乃因“物论”之异所衍生？抑尚涉及辨“道体”时之殊义？则仍须探论。

就儒家之义言，虽彼所谓“性”，乃依“禀赋”论，然“禀赋”之于人，“性”不离于心，而非仅以形质之功能为言，故先秦儒家完整之论，虽乃将天之为道，合于“气化”，而以“命”与“性”之“付”与“成”，归于天道之“利”、“贞”；其论“性”之关键，仍在依心说性[④]。故如前所举《易系》之说，乃有“神”、“几”之论。若然，则“理”之层次，虽若犹高于“性”，“命”即为“理”之用；其与“道体”相通相应者，乃系“心”而非“理”。与辅嗣之以“物性”看待“人性”而主张“道体”乃一“贞一”之宗、元者不同。以是而言，人之“性”之见有分殊，才质之异，乃形成“心”之有位；若

---

① 见刘勰撰，詹锳义证：《文心雕龙义证》(下册)，《才略第四十七》，第 1833 页。

② 《世说新语》：“钟会撰《四本论》毕，甚欲嵇公(康)一见。置怀中，既定，畏其难，怀不敢出，于户外遥掷，便回急走。”刘孝标(462—521)注云：“《魏志》曰：四本者，言才性同，才性异，才性合，才性离也。尚书傅嘏论同，中书令李丰(字安国，?—254)论异，侍郎钟会论合，屯骑校尉王广(字公渊，?—251)论离。”[见〔南朝宋〕刘义庆(403—444)撰，〔南朝梁〕刘孝标注，余嘉锡(字季豫，1884—1955)笺疏，周祖谟(字燕孙，1914—1995)等整理：《世说新语笺注》(上册)，第 195 页，上海古籍出版社，1993 年]此当时玄学论争中所谓“才”、“性”之辨之四种类型。陈寅恪(1890—1969)于此，撰有《书〈世说新语〉文学类钟会撰四本论始毕条后》(收入陈寅恪撰，陈美延编：《陈寅恪集・金明馆丛稿初编》第 47—54 页，三联书店，2001 年)一文，为论者所关注，可参看。

③ 此理若由其所谓“粗”者转“精”，而以释氏之教为之说解，则以“物从因缘故不有，缘起故不无”(僧肇《不真空论》：“以物非无，故邪见为惑；以物非有，故常见不得。然则非有非无者，信真谛之谈也。故《道行》云：‘心亦不有亦不无。’《中观》云：‘物从因缘故不有，缘起故不无。’寻理即其然矣！”见僧肇：《肇论》，收入《大正新修大藏经》，第 45 册，第 152 页)，众生之殊，皆由业、惑所集不等，故受解缘别而生差异(竺道生云：“禀气二仪者，皆是涅盘正因。三界受生，盖唯惑果。”引见〔日〕宗法师：《一乘佛性慧日抄》，收入《大正新修大藏经》，第 70 册，第 173 页；“受解缘别”借《大乘起信论》语)；至于其所同，则因“泥洹永存，为应照之本”(出僧慧叡《喻疑论》，见〔梁〕僧佑撰：《出三藏记集》卷五，同上，第 55 册，第 41 页)，真般若者，“无作无缘”(僧肇《般若无知论》云：“经云：真般若者，清净如虚空，无知无见，无作无缘。”见僧肇：《肇论》，同上，第 153 页)，以是觉性无二。

④ 此所谓“完整之论”，系指具备理论上支撑“存有学”、“宇宙构成论”、“认识论”(epistemology)、“性情论”，并足以完成整体“形而上学”论述之思想结构而言。若就此点而言，先秦儒者之说，唯《易传》最全。

以其皆能感应而言，则差在“神”之通、塞，而非“性”之能否。所谓“情变所孕”，皆心应物所现；心之所能无异，则象有可通，不因“禀赋”不同而有别。“情变”之见有，与“神理”之可通，乃分属不同之层次。

彦和不于“物”言“理”，而于“象”言“理”，且谓之“妙理”，虽乃以二氏之说，通之于《易传》之“取象”；然于其论中，一面不破“物见”，另一面则主“理之一”不离于心。故依其说，但有心证之“理一”，而无由“物性”推原之“理一”；其论在真、俗之间。

据此而论，彦和之以“妙理”通之于《易传》之“取象”，显示儒学之观点，延伸于玄学之时代，以“理”之宗、元，为“道体”，而以“物性”说“性”，固是一种选择；以“心体”通于“道体”，而以二重之“性论”说“性”，亦是另一种可能[①]。日后宋、明二代之理学、心学，虽非径承此二种取径，凡彼所牵涉之种种问题，固皆已先由此歧径凸显[②]。

今若本此而为进一步之讨论，由于彦和之释“妙理”，乃通之于《易传》之“取象”，故凡前所谓“陶铸性情”，而得以“写天地之辉光”、“晓生民之耳目”者，亦可分向讨论。就前者而言，此所谓“辉光”之美，乃由情深而得，从而有“理发而文见”之符应；即所谓“因内而符外”之说。“作者”之地位，乃至美学中“神”与“理”契之原理，皆由此而确立。故彦和之论“体性”云：

> 夫情动而言形，理发而文见；盖沿隐以至显，因内而符外者也。[③]

推而广之，凡“象”之符契“内”、“外”者，心皆可“以理应之”；此种“应理”之方式，可由“作者”之地位，转至“读者”[④]。故就前论之后者，所谓“晓生民之耳目”言之，篇籍之流传既广，作者转相为习而有陶染，积累而富，则有“体式”之高下。以是彦和于同篇中乃复云：

> 才有庸儁，气有刚柔，学有浅深，习有雅郑；并情性所铄，陶染所凝，是以笔区云谲，文苑波诡者矣。故辞理庸儁，莫能翻其才；风趣刚柔，宁或改其气；事义浅深，未闻乖其学；体式雅郑，鲜有反其习。各师成心，其异如面。若总其归涂，则数穷八体：一曰典雅，二曰远奥，三曰精约，四曰显附，五曰繁缛，六曰壮丽，七曰新奇，八曰轻靡。典雅者，镕式经诰，方轨儒门者也。远奥者，馥采典文，经理玄宗者也。精约者，核字省句，剖析毫厘者也。显附者，辞直义畅，切理厌心者也。繁缛者，博喻酿采，炜烨枝派者也。壮丽者，高论宏裁，卓烁异采者也。新奇者，摈古竞今，危侧趣诡者也。轻靡者，浮文弱植，缥缈附俗者也。故雅与奇反，奥与显殊，繁与约舛，壮与轻乖，文辞根叶，苑囿其中矣。[⑤]

然既同是情性所铄，陶染所凝，人之各师其成心，其异如面，何以八体之外，尚有“雅”、“郑”之分？则以八体虽殊，会通合数，必得其环中，始能辐辏相成；此即“理”之所以为“妙”。

---

① 前引彦和《灭惑论》所云“寂灭无心，而玄智弥照”，即是依“智”说“性”；与他处论“才”、“情”时，依“禀赋”说“性”之义区隔。

② 关于理学发展中“二重性论”之建构，论详拙作《论张横渠之二重性论及其位于北宋理学中之位置》、《朱子理气论之论域分野及其有关“存有”之预设》二文（待刊）。

③ 见刘勰撰，詹锳义证：《文心雕龙义证》（中册），《体性第二十七》，第1011页。

④ “情动”因性，“理发”由几，“性”、“几”在内，故曰“隐”。理因言而成文，文则在外。作者之创作，其途径乃“沿隐以至显”，故为以内契外。至于读者，其由言文以感，则系“沿显以至隐”，故为由外以契内。然无论“沿隐以至显”、“沿显以至隐”，其所凭借，皆为“心以理应”而感生之“象”。

⑤ 见刘勰撰，詹锳义证：《文心雕龙义证》（中册），《体性第二十七》，第1011—1020页。

故初学者必于艺中得"雅"①,沿根讨叶,始能思转而圆。故彦和又云:

> 夫才有天资,学慎始习。斫梓染丝,功在初化;器成彩定,难可翻移。故童子雕琢,必先雅制。沿根讨叶,思转自圆。八体虽殊,会通合数,得其环中,则辐辏相成。故宜摹体以定习,因性以练才。文之司南,用此道也。②

由是而论,所谓"理发而文见",对于作者而言,其因性以练才,核心之目标,盖即是一"美之追求"(the quest for beauty);此一以"神"契"理"之过程,其最终所得,若能如道枢之御无穷,则是一智境。此智境藉才力而得,因志气而发,其所符应,因情、辞而感物,文明以此而健;而论及其言文之所本,即所谓"骨鲠"之"骨"。至于读者之由情辞而得感,则系由"感"契"理",由"美"契"善";故其所得虽非智境,然耳目因是而启。此所得效,即《诗》总六义之所谓"风"。彦和云:

> 诗总六义,风冠其首,斯乃化感之本源,志气之符契也。是以怊怅述情,必始乎风;沈吟铺辞,莫先于骨。故辞之待骨,如体之树骸;情之含风,犹形之包气。结言端直,则文骨成焉;意气骏爽,则文风清焉。若丰藻克赡,风骨不飞,则振采失鲜,负声无力。是以缀虑裁篇,务盈守气,刚健既实,辉光乃新。其为文用,譬征鸟之使翼也。故练于骨者,析辞必精;深乎风者,述情必显。捶字坚而难移,结响凝而不滞,此风骨之力也。若瘠义肥辞,繁杂失统,则无骨之征也。思不环周,索莫乏气,则无风之验也。昔潘勖(字符茂,?—215)锡魏,思摹经典,群才韬笔,乃其骨髓峻也。相如赋仙,气号凌云,蔚为辞宗,乃其风力遒也。能鉴斯要,可以定文,兹术或违,无务繁采。③

论中所谓"沈吟",指取义时之犹豫;而"怊怅",则谓临文前之动情。二者皆撰作之历程所必经,而文之高下,则视其间"情"、"义"之充实与否而判。"风骨"二字之成为彦和评文之核心,即是基于此一观点而确立。而于其中,有一涉及"风骨"之关键,即是"志气"。所谓"志",依"心"而言,即是追求"价值"之意志;然此所谓"价值",必须源自人之天性中所禀赋之无私之念,由此而生向往。故以心之当下而言,念不皆能安素,而有"有主"之时;善持之则能生导引,此所谓"志气"。天机之发,即出于是。以此而铺辞,则辞中有义;义而能精,则其于文,如骨鲠之在身。此持志之理,彦和不以释教"精进"④之教门说之,而实之以儒义之所期于君子者;对于全书而言,正是符合其"宗经"、"征圣",而以"言文"为"德"之意。余前论谓彦和之立说取径,一方面来自其对于儒家学术与思想系统之理解,一方面亦系出自一种有意识之"补充作为",而非仅是自为一种特殊之美学体系或文学论,其故在此。

---

① 所谓"艺中得雅","雅"即文学批评观念中所谓"经典性"(canonicity)。此一"经典性"概念之运用,参见 Harold Bloom(1930—),*The Western Canon*:*The Books and School of the Ages*(New York:Harcourt Brace,1994).中译本,〔美〕哈罗德·布鲁姆撰,江宁康译:《西方正典》,译林出版社,2005 年。

② 见刘勰撰,詹锳义证:《文心雕龙义证》(中册),《体性第二十七》,第 1034—1036 页。

③ 同前注,《风骨第二十八》,第 1047—1057 页。

④ 音译作毗梨耶、毗离耶。即于修善断恶、去染转净之修行过程中,勇猛勤策进修诸善法不懈。有种种名数。

三、刘勰于其文论中所设定之艺术论议题

以上所阐释，主要为彦和所创为之文学本质论，与其结构性之哲学支撑。对于此一部分而言，彦和系于玄学所建构之"三教对话"之新哲学基础之上，为儒家之美学，寻求一种立论之可能。至于其书中与美学相关之议题，则尚有属于"艺术论"之部分①；此一部分则多与建安以下之文论相关②。以下亦试为之概括：

彦和之辨文理，除前所论之通义外，其于文学之艺术论，主轴则有二：一在辨体；一在审美。

所谓"辨体"，"体"之义有二：一为体制；一为风格。对于彦和而言，"言文"之应辨明"体制"，涉及"言文"之传统，及其透过"政治"、"教化"，从而产生社会功能之方式；即彦和文中所谓"晓生民之耳目"之效益。于其观念中，"体制"之存在，除事实之条件外，亦应有以"文明理念"为核心之导引；艺术之提供"审美"趣味，虽关乎艺术所以成为艺术之特质，然艺术不能仅为耳目之娱，从而背离更深层次之"价值追求"。特此所谓"更深层次之价值追求"，乃以"美感"之方式接近真理；且于其最终所激发之创作中，系凭作者之艺术直观，经由"艺术媒介"所传导之"艺术性"，将其"神"与"理"之相契者，加以表达；而非为一种"概念式"之铺陈。"艺术"之不同于哲学或宗教，正在其能以"艺术"之方式感动人心，从而启示人趋向于价值。彦和全书之所以举《征圣》、《宗经》列为"文之枢纽"，居于《明诗》、《乐府》诸篇之前，即以是故。

唯以"文"之成为"艺"而言，必有代变，变而得常，则成奇而不失真；斯为文章之大道。此所以"骚体"之必辨，而得以附于《宗经》之后。而其文中所以极赞屈原之才，而以"词赋之英杰"称之，说亦同于其后论中所标"风骨"之义。彦和于《辨骚》篇云：

《楚辞》者，体宪于三代，而风杂于战国，乃《雅》《颂》之博徒，而词赋之英杰也。观其骨鲠所树，肌肤所附，虽取镕经旨，亦自铸伟辞。③

复赞之曰：

不有屈原，岂见《离骚》！惊才风逸，壮志烟高。山川无极，情理实劳。金相玉式，艳溢锱毫。④

---

① 所谓"美学"，如以"哲学美学"之架构而言，应分"有关美之理论"（the theory of beauty）与"有关艺术之理论"（the theory of art）二部。

② 彦和评其所观文论云："详观近代之论文者多矣：至于魏文（曹丕，字子桓，187—226）述典，陈思序书，应玚（字德琏，？—217）《文论》，陆机《文赋》，仲治（挚虞）《流别》，弘范（李充）《翰林》，各照隅隙，鲜观衢路。或臧否当时之才，或铨品前修之文，或泛举雅俗之旨，或撮题篇章之意。魏典密而不周，陈书辩而无当，应论华而疏略，陆赋巧而碎乱，《流别》精而少巧，《翰林》浅而寡要。又君山公干（刘桢，？—217）之徒，吉甫（应贞）士龙（陆云，262—303）之辈，泛议文意，往往间出，并未能振叶以寻根，观澜而索源。不述先哲之诰，无益后生之虑。"（见刘勰撰，詹锳义证：《文心雕龙义证》（下册），《序志第五十》，第1915—1923页。）饶宗颐据《隋志》、两《唐志》及今所可见南北朝史传、故书，条列与彦和各论可能相关之篇籍，可参考；见饶宗颐撰：《〈文心雕龙〉探原》，收入《饶宗颐二十世纪学术文集》，第11卷，第694—711页。

③ 同前注，上册，《辨骚第五》，第152—155页。按，"体宪于三代"，洪注《楚辞》、施注《苏诗》"宪"字并作"慢"，"风雅"二字，施注《苏诗》作"风雅"；诸家据唐写本改。"经旨"二字，原作"经意"，诸家亦据唐写本、《玉海》改。

④ 同前注，第168页。

于此论中，彦和说明《楚辞》之所以体宪于三代，乃因有屈原之逸才，取镕经旨而自铸伟辞。“自铸伟辞”乃“体制”、“风格”之创新；属“肌肤所附”。而“取镕经旨”，则是其由己之志节，通于圣人“言文成化”之宗领，而能于玄宰通神之中得其立义之精；属“骨鲠所树”。屈原盖即此情、辞之相丽，纵其才性以成相、式，而后得以博徒之所肖似，成词赋之英杰。对于后人而言，此固雅颂以下，凡秉笔者之可宗与可法；斯为“作者”之道。故亦列之枢纽之部。

至于“体制”之外，以“风格”成体，据前所引，则总其会归而有“八体”之论。此八体本于人之情性，由“才”、“气”、“学”所陶铸。倘依所谓“八体虽殊，会通合数，得其环中，则辐辏相成”之语观之，其间之关联，以《易》理明之，则似卦象之以“八”成局；既有“对反”、“相成”之义，其间亦有“合数”之义。盖即“象本于刚柔，而体成于数理”之说。然此“言文”所孕之数理，虽神所通，举凡声律之刻镂，比兴之萌芽，结虑司契之中，皆须心以理应，然后得以垂帷制胜。若以“认识论”之角度释之，“合数”之道，内必有“能应”，而外亦必有“可应”；然后有“象”之可通[①]。此点显示象、数之合心，而能以玄宰管辖，得其环中，“美”之由感应而得直观之判断，即是“心之理”与“象之理”相符契之征验[②]。所谓“八体”，就“言文”之艺术形式而言，即是“美感”于情性纷然不一之所铄中，所见有之基本类型[③]。若以“美感”所根源之“形塑要件”而言，风趣品鉴中之所谓“刚”、“柔”[④]，则是贯串于美感形式中之“动态原理”[⑤]。“刚”、“柔”以其作为人产生美感之动态原理，形塑人于面对艺术品时，所涌现之直觉感受；而对于人“以神契理”之原始心理之认知，则有助于人发展其创作时之艺术思维。至于积累艺术美感之经验而加归纳，如此之言“八体”，则有助于理解特殊媒介下，“美感形式”发展之方式。此种透过艺术批评而建构之美感形态观，经后世作者之选择与创作，可由其间之参错运用，产生出个人或时代，可鉴识之独特风格[⑥]。

彦和之辨文理，除此云“辨体”之外，其次则有“审美”之论。彦和于《情采》篇云：

> 故立文之道，其理有三：一曰形文，五色是也；二曰声文，五音是也；三曰情文，五性是也。五色杂而成黼黻，五音比而成《韶》《夏》，五情发而为辞章，神理之数也。[⑦]

而《征圣》篇之赞语则云：

---

① 以“能应”言，心与理一，所谓“道心”；以“所应”言，心与象契，所谓“通神”。此即“沿隐以至显，因内而符外”之道。

② 彦和之论“知”，乃以儒家所云“生知”通于佛家所言智体之发用，故心之以“理”应，以形式而言，为“直观”。

③ 唯此所云“基本类型”，就性质言，由于仍是依“综合美感”而区分，故于义，尚不得归属于所谓“范畴”(categories)。

④ “风趣”二字参注前文所引。

⑤ “刚”、“柔”依《易》理而言，乃所以表阴、阳而成爻。就“美”之形式与“美感”之关系而言，“刚”、“柔”之由参伍错综而多样，即是形成二者相契之原理。故彦和有“刚柔以立本”之说。此一援《易》理而以“刚”、“柔”为“美”之范畴之观点，不仅表现于文艺之美学，亦适用于绘画与音乐。

⑥ 所谓“美之范畴”，应指美感作用之形式而能对应于形上原理者；而所谓“艺术美感之基本类型”，则系美之范畴落实于具体之艺术表现形式，并基于历史累积而形成之“形态认知”。至于非纯粹类型之个别风格，则是创作者凭借其艺术思维之“选择”与“作为”，表现于其作品中可为人鉴别之美感印记；具有其不可复制之独特性(uniqueness)。若以前所引“八体虽殊，会通合数，得其环中，则辐辏相成”为言，“八体”指透过批评而得之形态类型，“环中”之所取，指由心通而得之艺术之理，“辐辏相成”则指独特风格之完成。

⑦ 见刘勰撰，詹锳义证：《文心雕龙义证》(中册)，《情采第三十一》，第1151页。按，《义证》引《校证》云：“‘五情’，王惟俭本作‘五性’。冯舒、何焯校均谓‘情’，疑作‘性’。”

妙极生知，睿哲惟宰。精理为文，秀气成采。鉴悬日月，辞富山海。百龄影徂，千载心在。[①]

前段所明，所谓“五情发而为辞章”，乃言“情”为“辞”本；然“情”必以五常为归宿，故原之于“性”。其说盖与“义”合。后段谓“精理为文，秀气成采”，则指辞之成采，必精于文理，乃能成“秀”；而所谓“文理”，即是构辞中所鉴“神理之数”。于是而有“修辞”之学。彦和《镕裁》篇云：

情理设位，文采行乎其中。刚柔以立本，变通以趋时。立本有体，意或偏长；趋时无方，辞或繁杂。蹊要所司，职在镕裁。檃括情理，矫揉文采也。规范本体谓之熔，剪截浮词谓之裁。裁则芜秽不生，镕则纲领昭畅，譬绳墨之审分，斧斤之斫削矣。骈拇枝指，由侈于性；附赘悬肬，实侈于形。一意两出，义之骈枝也，同辞重句，文之肬赘也。[②]

文中所云“情理设位，文采行乎其中”，“情”指五性所发之当下，而“理”则是修辞所应合之数；二者各得其位，则文采于焉而有。所谓“立本有体”，则指文之成体，全盘之格局，须以统一之风格为要；而风格之树立，辞、义并有，则以“刚”、“柔”为其中“数”之所因。“刚”、“柔”之参互既定，则意有所偏长；然终必以“纲领昭畅”，为整体经营之目标。此即前言“凡数之所变，莫不可执中而御，以成其辐辏”之说。以此而参上论，彦和之援用《易》理为说之取向益显。至于“变通以趋时”，则是言乎文章雕缛[③]之有习尚，故贵能以雅合俗，舒华布实，得其“节文”之理。否则术不素定[④]，委心逐辞，骈赘必多，风力因之而不振。彦和于是而为之赞，则云：

篇章户牖，左右相瞰。辞如川流，溢则泛滥。权衡损益，斟酌浓淡。芟繁剪秽，弛于负担。[⑤]

语中所谓“辞如川流，溢则泛滥”，说明修辞所营造之艺术性，必以结体流畅为依准，达之即是自然；过于其理，则成芜秽。凡其《丽辞》篇所云“契机者入巧，浮假者无功”[⑥]者，皆是依此而言。而此一概念，亦成为彦和评文程才之标准。彦和之论诗云：

晋世群才，稍入轻绮，张、潘、左、陆，比肩诗衢，采缛于正始，力柔于建安，或析文以为妙，或流靡以自妍，此其大略也。江左篇制，溺乎玄风，嗤笑徇务之志，崇盛亡机之谈，袁、孙已下，虽各有雕采，而辞趣一揆，莫与争雄，所以景纯仙篇，挺拔而为俊矣。宋初文咏，体有因革，庄老告退，而山水方滋，俪采百字之偶，争价一句之奇，情必极貌以写物，

---

① 见刘勰撰，詹锳义证：《文心雕龙义证》(上册)，《征圣第二》，第 53 页。按，《义证》引《校证》云：“‘五情’，王惟俭本作‘五性’。冯舒、何焯校均谓‘情’，疑作‘性’。”

② 同前注，中册，《镕裁第三十二》，第 1177—1180 页。

③ 彦和云：“古来文章，以雕缛成体。”(同前注，下册，《序志第五十》，第 1899 页)

④ 前引彦和之论，有云：“练于骨者，析辞必精；深乎风者，述情必显。捶字坚而难移，结响凝而不滞，此风骨之力也。若瘠义肥辞，繁杂失统，则无骨之征也。思不环周，索莫乏气，则无风之验也。……能鉴斯要，可以定文，兹术或违，无务繁采。”(同前注，中册，《风骨第二十八》，第 1054—1057 页)

⑤ 同前注，《镕裁第三十二》，第 1207 页。

⑥ 同前注，《丽辞第三十五》，第 1302 页。

辞必穷力而追新,此近世之所竞也。①

而前引其论"风骨"则云:

辞之待骨,如体之树骸;情之含风,犹形之包气。结言端直,则文骨成焉;意气骏爽,则文风清焉。若丰藻克赡,风骨不飞,则振采失鲜,负声无力。是以缀虑裁篇,务盈守气,刚健既实,辉光乃新,其为文用,譬征鸟之使翼也。故练于骨者,析辞必精;深乎风者,述情必显。捶字坚而难移,结响凝而不滞,此风骨之力也。若瘠义肥辞,繁杂失统,则无骨之征也。思不环周,索莫乏气,则无风之验也。昔潘勖锡魏,思摹经典,群才韬笔,乃其骨髓峻也;相如赋仙,气号凌云,蔚为辞宗,乃其风力遒也。能鉴斯要,可以定文,兹术或违,无务繁采。……

若夫熔铸经典之范,翔集子史之术,洞晓情变,曲昭文体,然后能孚甲新意,雕画奇辞。昭体故意新而不乱,晓变故辞奇而不黩。若骨采未圆,风辞未练,而跨略旧规,驰骛新作,虽获巧意,危败亦多。岂空结奇字,纰缪而成经矣!《周书》云:"辞尚体要,弗惟好异。"盖防文滥也。然文术多门,各适所好,明者弗授,学者弗师。于是习华随侈,流遁忘反。若能确乎正式,使文明以健,则风清骨峻,篇体光华。能研诸虑,何远之有哉!②

所谓"正式",以"风"与"骨"分言之,即是"清"、"峻";篇体以此而光华。此为文术之极致。唯对于如何而成篇,风骨本于情性,结体于练字、述情,亦尚有"秀"、"隐"之二分,彦和云:

夫心术之动远矣,文情之变深矣。源奥而派生,根盛而颖峻。是以文之英蕤,有秀有隐。隐也者,文外之重旨者也;秀也者,篇中之独拔者也。隐以复意为工,秀以卓绝为巧,斯乃旧章之懿绩,才情之嘉会也。③

所谓"秀"、"隐",一外现,一内蕴。外现者以"卓绝"动人;内蕴者,以"复意"回韵。外现者可以"巧"求,内蕴者,则必源奥根盛而后然。前所谓"积学以储宝,酌理以富才,研阅以穷照,驯致以绎辞"云云,皆是基于此"心术"、"文情"之说而有。

至于彦和论中总合文艺之赏音,则有所谓"六观"之义。彦和云:

凡操千曲而后晓声,观千剑而后识器;故圆照之象,务先博观。阅乔岳以形培塿,酌沧波以喻畎浍,无私于轻重,不偏于憎爱,然后能平理若衡,照辞如镜矣。是以将阅文情,先标六观:一观位体,二观置辞,三观通变,四观奇正,五观事义,六观宫商。斯术既形,则优劣见矣。④

此所谓"六观",就文学批评而言,即是鉴知优劣之标准;就文学之艺术论而言,则是由文体之形制,依次论及文学"艺术营造"之各方面。凡彦和书中自《明诗》、《乐府》、《诠赋》、《颂赞》、《祝盟》、《铭箴》、《诔碑》以下,以迄《情采》、《镕裁》、《声律》、《章句》、《比兴》、《夸饰》、《事

---

① 见刘勰撰,詹锳义证:《文心雕龙义证》,上册,《明诗第六》,第202—208页。
② 同前注,中册,《风骨第二十八》,第1048—1071页。
③ 同前注,下册,《隐秀第四十》,第1483页。
④ 同前注,《知音第四十八》,第1850—1853页。

类》、《炼字》、《指瑕》种种，皆可依类而细说。彦和之论，诚亦可谓体大而思精。

四、综述刘勰文论之价值与其影响

有关彦和《文心雕龙》文论之价值，约可分三方面述之：一于哲学，一于美学，一于文学之艺术论。

关于哲学方面，彦和之论显示：一，依佛教教义而延伸之哲学论述，具有“复构”之可能；此种可能，不仅于佛教教内之说义可行，即于佛教教义之外，亦可能产生连结。佛教教内之义之复构，即是建立于所谓“判教”之说；①佛教与教外之义之复构，即是建立于所谓“儒、佛”，或“佛、道”会通之论。彦和之主张“孔、释教殊而道契解同”，即是其一端②。二，彦和之于“权法”中主张“儒、佛理一”，关键点在：于不究竟之“粗”义中，承认妄境所显别之“象”、“数”，具有相对义之真理性；并以一般义之哲学概念中之“道心”观念，通之于佛义中之“菩提心”。三，彦和于一般义之哲学系统中，主张一种“唯心哲学”之取向③，并以《易传》为依据，为儒家哲学另辟新径。四，彦和于一般义之哲学系统中，主张一种“非物性论”之“性”观；以此会通儒、释之义理。五，彦和于一般义之哲学系统中，主张一种“发展”之宇宙构成论；并于特定之限义中，主张“真”、“善”、“美”之同一④。六，彦和于一般义之哲学系统中，主张一种以“儒义”为核心之文明观；以此确立“现世”之价值⑤。

关于美学方面，彦和之论显示：一，“美”之形上根源，出于道体之本有，而其展现，则立基于道体自然作用之蓄积；此展现，即所谓“文”。二，道体自然作用之蓄积，乃一持续发展之过程，且具层级；故所谓“文”，亦相应而有不同之展现形态。三，人类文明之积累，乃人心之共业，具创造性，亦具延续性。其间所产生之“善”，有属于社会功能之层级，有属于道德实践之层级，亦有属于艺术表现之层级。于艺术表现之层级中，“善”之内涵之适当呈现，即是“美”。

---

① 如宗密（780—841）之著《华严原人论》，即判教为五阶：一为人天教，一为小乘教，一为大乘法相教，一为大乘破相教，一为一乘显性教（见〔唐〕沙门宗密论，〔元〕沙门圆觉解，〔明〕寨云居士删合：《华严原人论合解》卷上，第40b页，至卷下，第1—33页，台北广文书局1977年影印扬州藏经院流通经房民国四年刊本）。

② 此所谓“复构”，乃指理论结构之双重性；既非以言立场之“折衷”（主刘勰之论为“折衷”，陶礼天曾有细分，参见陶礼天撰：《试论〈文心雕龙〉“折中”精神的主要体现》，收入中国文心雕龙学会编：《论刘勰及其文心雕龙》，页294—309），亦非以言审美观中之“视域融合”（以“视域融合”论刘勰之审美观，论详陶礼天撰：《视域融合：〈文心雕龙〉审美心物观之建构论》，收入《政大中文学报》，2005年第4期，第3—28页）。

③ “唯心哲学”中之“唯心”二字，本于释氏之说。此处将“唯心哲学”说为哲学义“观念论”（idealism）中之一种。

④ 由于依佛教之义，世界乃惑业所成，故此所指“超越特性”中之真、善、美，于彼论中，皆非究竟之义。以是彦和之于“权法”理论中蕴含此种思想结构，与西方哲学，如柏拉图（Plato）之论三者之先在性，仍有立论基础上之差异；并非一致。

⑤ 清乾隆年间章实斋（学诚，1738—1801）著论，由社会群体结构之演进，以论文明之积渐而化成[论详章学诚：《原道》，收入〔清〕章学诚撰，叶瑛（字石甫，1890—1950）校注：《文史通义校注》（上册）卷二，第119—146页，中华书局，1985年]。就其形而上学之基础而言，虽系中国“近代哲学”中之一种改进形态，受有同时代戴东原之影响[论详拙作《论戴东原章实斋认识论立场之差异及其所形塑学术性格之不同》（《文与哲》，2007年第10期，第375—446页）；后收入戴景贤撰：《明清学术思想史论集》下编，页1—71]，然其有关“群化”之“人性”观与“历史”观，实有部分近于彦和以“德”论“文”之文明论。实斋曾谓《文心雕龙》一书乃“体大而虑周”[见章学诚：《诗话》，收入章学诚撰，叶瑛校注：《文史通义校注》（上册）卷五，第559页]，并谓其说“自出心裁，发挥道妙”[见章学诚：《校雠通义・宗刘》，收入章学诚撰，叶瑛校注：《文史通义校注》（下册）卷一，第958页]。其确实所指，虽难于定论；然实斋不取韩昌黎（愈，字退之，768—824）“道统”之说，而以相近于彦和之论法，撰作《原道》之篇，且于其说中，表现某种广义之人类学意义，彼之得出此义，或亦受有彦和之启示，故文中乃有“发挥道妙”之语。

“美”之展示，同时可为“表现”（expression）与“再现”（representation）[①]。四，“艺术创造”之层级中之“善”与“美”，具有“原理性”；此“原理性”之存在，不离于“神”与“理”之相契。

关于文学之艺术论方面，彦和之论则显示：一，文学创造既属“艺术表现”层级中“善”与“美”之融合，且其根源，可上溯于“生成法”中“真”、“善”与“美”之同一[②]，故“文学”具有可予确认之“本质”[③]。二，“艺术表现”之主体为作者，而其成为“审美”之对象，则系透过媒介形式之“客体化”[④]。“创作”与“接受”之双向，虽因人因时而异，然以人“才性”之分别之上，尚有“道心”之同有，故“艺术创作与表现”之原理性，可经由“静虑”而后有之鉴识力，予以辨明[⑤]。三，文学以展现作者“主体之性情”为本；而所谓“性情”，其中即包含个体“存有价值”之追求，且因此而产生“存在之感受”。此种内容，经选择与安排，成为文学作品之骨鲠；至于其“感人”之力量，则来自语言风格之经营。四，理想之作者，既应有“自我存在价值”之追求与实践，亦应有“个人才性”之发挥。五，艺术应藉专业之“批评”（criticism）而理解，理想之艺术，其思维虽来自直观之判断，然判断能力之积累，则应有“艺术理解”（understanding of art）之涉入。六，文学之理解，无法离于群体经由“集体意识”所形成之文明氛围[⑥]。文学之制作，亦应于传统中产生创新之变化。而文学“经典性”之认知，则为后代作者于学习过程中所不可少。七，“基本风格”来自艺术中自然孕育之美感形态；而其融合、变化之多样幅辏，则系透过创作主体“直观之选择”而形成。八，作品“艺术性”（artistry）之呈现，可经由“感受”而确认；亦可经由“比较”而分析。

以上所述，为有关彦和《文心雕龙》文论之价值，至于其影响，则亦可分从以上所标举之三方面述之：

---

① 彦和此种“沿隐以至显，因内而符外”之观点，若应用于绘画之理论，则可反转为类如其稍前宗少文（炳，375—443）《画山水序》一文中所谓：“以应目会心为理者，类之成巧，则目亦同应，心亦俱会。应会感神，神超理得，虽复虚求幽岩，何以加焉。”[张彦远《历代名画记》引《宗炳别传》；收入〔清〕严可均（字景文，号铁桥，1762—1843）校辑《全上古三代秦汉三国六朝文》，第3册，卷二十，《全宋文》，第9a页，总第2546页，中华书局，1985年]之说。特在宗氏之论，未详释所谓“神超理得”，究竟立论之基础何在，故其说难于扩演。

② 此处“生成法”三字，借方药地语。药地之总论“象数”与“虚空”云：“宗通、说通，皆为治心设方便耳。曰‘无所得’者，至矣，然‘无所得’亦一方便也。本无所得，即有所得，直下有即是无。象数之与虚空，一乎？二乎？有法相宗，有破相宗，有法性宗，究竟遮与双遮适显此正表耳。表相者多言其不得不然，而破者专取所以然以破其执；贯性相者则明其所以然，而安其不得不然，所以然即在不得不然中。一乘实相，全密是显，全显是密，谓之真空，即妙有也，况方便法之必归生成法乎？”（见方以智：《象数》，收入方以智撰：《东西均》，第98页，中华书局，1962年）

③ “文学”是否具有真正之“本质”？此一问题，若肯定其为有，先决条件，须于“美”之成为“超越特质”，能获得形上理论之支撑；而非仅于文学之形式、媒介或艺术性中，加以一种“特质”之说明，即可奏功。就现代学术而言，此为文学研究是否可建构“理论”之关键；有其不可轻忽之困难。有关“文学理论”建构之困难，初步之讨论，可参见 René Wellek（1903—1995）& Austin Warren（1899—1986），*Theory of Literature*（New York：Harcourt，Brace & World，c1977），3rd edition，pp. 38—45. 中译本，〔美〕韦勒克等撰，王梦鸥译：《文学理论》，台北志文出版社1990年再版。

④ 审美对象之藉媒介形式而客体化，仅是“条件设立”之对象；至于其真实成为美感之对象，则是存在于与“识”相对之“境”。

⑤ 即所谓“陶钧文思，贵在虚静。疏瀹五藏，澡雪精神。积学以储宝，酌理以富才，研阅以穷照，驯致以绎辞。然后使玄解之宰，寻声律而定墨；独照之匠，窥意象而运斤”[见刘勰撰，詹锳义证：《文心雕龙义证》〔中册〕，《神思第二十六》，第976—980页；参前文注所揭引文]。

⑥ 彦和《原道》承《易系》之说而谓“辞之所以能鼓天下者，乃道之文”，文中“天下”二字不唯指天下之人，亦以指其共有之意识；故同篇有“晓生民之耳目”之语。而群体共有之意识，其氛围之塑造，其间即存在种种历史经验之积累传播，故其述“言文”之功，乃追溯自“炎皞”以来，以迄六经，而将种种治化之文章，皆说解为具有“陶铸性情”之效。

关于哲学方面，彦和之影响在于：一，玄学时代之思想，既有会通，亦有争议。会通者，在于哲学“问题意识”之导引，以及一种新形式之“形而上学”之成立。此种新形式之形而上学，必须以可供批判之“宇宙构成论”及“存有学”为依据①；而其主脉之由“玄学”转向“佛学”，最终脱离所谓“玄学”之范围，则是由认识论议题所主导②。至于玄学之争议，则在“儒、道调和论”之内部③，以及“儒”、“道”、“释”三教立场之差异。其中部分“儒”、“道”论者对于释氏理论之攻击，常为佛教论者所注意；《三破论》即其中之一。故对于关切传法者而言，如何于教言中，会通“道”、“俗”，即成为一迫切之议题④。唯对于多数佛教论者而言，其以“实”、“权”分判“道”、“俗”，关键在于三教于“万法生起本末”之论不同；即儒、道以气为本，释教以业惑、八识、真如之说为本，各有所宗。此一态度，即至唐代宗密之撰作《华严原人论》，亦仍大致无变⑤；而彦和之论，则颇有异。彦和之区隔“道”、“俗”，所辨在于心识中之“观”与“所观”⑥。亦即以终极之智解而言，识中所现，诚属暂有，然道心不离识心，妄识之中本涵妙理。故依俗义而说世界，玄学亦可凭借⑦；但须为之增述耳。彦和以此而有取儒家之说而为之深化。此一深化之方式，虽非即形塑日后之理学；然儒学之欲进一步完善其形而上学，应于宇宙构成论将“道”之体、用分论，然后合一，并为“智体”之根源，寻求一形上之依据⑧，彦和已预示此种可能。二，彦和之“几”、“神”论，已为“玄学后”之儒、道哲学，设立一新形态之“唯心哲学”之模型。此一新形态之唯心哲学，著重心体之超越性(transcendence)；并为一般义之哲学与宗教教义系统间之“对话”，提供论辩之场域。

关于美学方面，彦和之影响在于：一，彦和之将魏晋时期艺术论之层次，提升为具有哲学

---

① 此一定义，由于奠立基础之限制，乃依一般义之“哲学形而上学”为基准，故不包含佛学在内。

② “玄学”与“子学”于概念上之差异，在于：“子学”之形成，关键在于学派之分宗；而“玄学”，则以议题为导向，并设立其对于“理论结构”之方法学要求。至于以“玄学”名家者，其立论之趋向，无论偏向儒、道，或为调合之论，则系本于其自身一种“义理立场”之抉择。以是，后之论者，并不宜即以当时思潮之偏向，即将“玄学”本身之性质，直接视之为乃是“子学”中流派之延续。

③ “玄学时代”之或以“三教异同”为论题，乃是思潮影响下“对话”之结果。然玄学之“非宗教性”与佛学之“宗教性”，仍使二者无法统一于“玄学”之概念中。汤用彤之论玄学流别，将二者会通为一，建立“理论形态”上之共同分类，易使人忽略“受玄风影响之佛学”所仍具有之自身之“宗教性”。

④ 《弘明集》中除彦和之《灭惑论》外，尚有同性质之文章，如释玄光之《辩惑论》、释僧顺《释三破论》等。见僧佑集：《弘明集》卷八，第1—6页、第14—21页。

⑤ 宗密《华严原人论》云：“孔老释迦，皆是至圣。……策万行，惩恶劝善，同归于治，则三教皆可遵行；推万法，穷理尽性，至于本源，则佛教方为决了。”又曰：“策勤万行，明因果始终；推究万法，彰生起本末；虽皆圣意，而有权有实。”圆觉解云：“利物之心，三圣虽同。权实之用，三圣则异。儒道一向是权，佛教兼通权实。今取实教了义，故偏宗佛耳。策勤万行者，行门之多，不但说施戒等，至于四谛、缘生、十善、五戒、儒老五常、道德等，皆在其中也。因果始终，惟明佛教。修因为始，感果为终也。万法生起本末，亦通三教而言，儒道以气为本，释教以业惑八识真如为本，随宗不同，末则可知矣。”见沙门宗密论，沙门圆觉解，寨云居士删合：《华严原人论合解》卷上，第6—7a页。

⑥ 彦和所沿取“中观”之论，在破大小乘“法相”之执。然龙树之教，乃随执即破，无定时节［宗密《华严原人论》云：“大乘破相教者，破前大小乘‘法相’之执，密显后真性空寂之理。”圆觉解云：“破相之谈，不唯诸部般若遍在大乘经，前之三教，依次先后。此教随执即破，无定时节，故龙树立二种般若：一共，二不共。共者，二乘同闻信解，破二乘法执故；不共者，唯菩萨解密显佛性故。天竺戒贤、智光二论师，各立三时教，指此空教。或云在唯识、法相之前，或云在后。今意取后。”(见沙门宗密论，沙门圆觉解，寨云居士删合：《华严原人论合解》卷下，第19页)］今彦和之论“俗教”，既约“性”论于儒义，则在其所谓“精”、“粗”之分际，“观”与“所观”自有不同。

⑦ 唯此之云“依俗义而说世界”，与晋以来如竺法雅之“以经中事数拟配外书，为生解之例，谓之格义”(见〔南朝梁〕释慧皎撰，汤用彤校注，汤一玄整理：《高僧传》卷四，《竺法雅传》，第152页，中华书局，1992年)者，并非一旨。

⑧ 如朱子之于“宇宙构成论”分说“理”、“气”，却于“存有学”中将之合一，即是一例。

"系统意义"之美学，对于中国多数停留于"艺术论"层次之论者而言，虽以《文心雕龙》一书之难解，无明显承受之影响；然其说中所蕴含之"哲学美学"(philosophical aesthetics)之建构原理，则具有预示性。明末方药地与王船山之同以《易》学为根基之美学建构，即是实践此种可能之二显例[①]。尤其药地之参合三教，以阿赖耶识为本有种子，而谓"象"、"数"为世界之"生成"所依[②]，更系于宇宙构成论中，与彦和之说有可契合[③]。特药地以"诗"、"禅"合一，属后来之说，则为彦和论中所无[④]。二，彦和以"文"为"德"之说，不仅为儒、道二家所未发，亦释氏之论中本无[⑤]。然此种于"究竟"义中所不言，却于"不究竟"之"生成法"中构筑之文明论与美学观，实是东、西各式理论中所未曾有，具有极高价值之"形态"意义，值得续为探讨。

关于艺术论方面，彦和之影响则在于：一，彦和所提"宗经"、"征圣"、"辨骚"之说，为中国以"言志"为核心之士人文学树立标准；并将"非以文学本身为目的之文学"与"以文学表现为目的之文学"于更高层次之义涵中合而为一[⑥]。儒学之文学观，由是确立[⑦]。二，彦和所提"风骨"之说，成为唐以后文学审美之重要观点；"气格"之概念，因此具有理论之基础[⑧]。三，彦和藉"神理"说所开拓之艺术论，为中国日后整体之美学发展，奠立系统化之形而上学基础[⑨]。后人之说，虽因未识其说背后之完整结构，因而未必乃直接由其说延伸；然其论"文"而溯本于"道"，且将"几"、"神"、"象"、"理"等概念为一系统之讨论，仍具有藉"文论"之扩散，以激励儒、释、道三家，共为一种美学讨论之效益。四，彦和区分"性"、"情"、"才"，并于"心体"之辨析中，提出所谓"动极神源"之论，其所谓"神用象通，情变所孕。物以貌求，心以理应"云云，由于乃合"神理说"与"性情论"为一，故产生一种"性理论"之深化，有助于艺术论之推

---

① 参见拙作《论方以智王船山二人思想之对比性与其所展显之时代意义》。

② 药地云："有方便法，有生成法，生成法即一切现成者也。破相宗重在权巧破人之执，而佛为中道。法性宗归于性相一如，相即无相，非扫相也。愚尝曰：一是多中之一，多是一中之多。混沌之先，先有图书象数，圣人乃是一抄书客耳，以无分别智知一切差别。后人不知佛语落处，而守定胡涂，以废学为无心，直是未梦见在！"见方以智：《象数》，方以智撰：《东西均》，第105页。

③ 药地所谓"以无分别智知一切差别"，即是二人之说之可相通处。

④ 参见拙作《论方以智王船山二人思想之对比性与其所展显之时代意义》。

⑤ 依释教之说而言，净、染乃各有因缘，故儒义所指"天德"于化势中显现，本是二者和合而生，故不在其所释之"真"义中。

⑥ 周勋初谓彦和之文学观具有双重标准，此双重标准，来自魏晋南北朝两股不同之思潮，一属"大文学"，一属"纯文学"；而彦和为之折衷(见周勋初：《评刘勰文学观的双重标准》，收入中国文心雕龙学会编：《论刘勰及其文心雕龙》，第172—184页)。其说议题与此近，而观点则异。

⑦ 此所谓"确立"之义，非谓儒学之文学观，肇始于是，而系言儒学之文学观，乃由此而获得完整之美学支撑。

⑧ 唐皎然云："语与兴驱，势逐情起，作不由意，气格自高。"(见皎然撰，李壮鹰校注：《诗式校注》，第110页，人民文学出版社2003年)其所言之"自然"，虽越出彦和"辞"、"义"之讨论，而系专就"诗意"所带动于"文思"者言；然唐人所谓"气格"之论，其初始，本由"提振风骨"之说来，此但观于陈伯玉(子昂，661—702)、李太白(白，701—762)之论而可知。而"风骨"之说，则固已先发之于彦和。

⑨ 以"通神"为论，于晋代，本亦见于论画者"以形写神"之主张中。如顾恺之(字长康)于探论画者"瞩其所对"时之"悟境"问题，即有"一像之明昧，不若悟对之通神也"(引见《历代名画记》卷五，第10页，收入《景印文渊阁四库全书》，第812册，总第322页，台北：台湾商务印书馆，1983年)之说。特于此类之论义中，论及"象"之所以为"象"，"理"之所以为"理"，乃至"神"之所原，未必皆有完整之属于美学导向之形而上学结构，故未若彦和之论之深至。

展[①]。五,彦和有关"体制"之说,配合《文选》之影响,成为唐以下"文体"观之主脉。其延续而有之文论,虽有变、合乃至精、粗之不同,然"依体溯源,沿体为变"之观点,实由是而确立[②]。六,彦和之"宗经"论,扩大"《诗》教"之观点,成为儒学艺术论之重要基础。

以上所概述,即依哲学、美学,与文学之艺术论而表述之有关彦和《文心雕龙》文论之价值与影响。此价值与影响,于过往之历史中,由于中国思想中结构性之"哲学美学"之概念,相对薄弱[③],故未于学术史之讨论中,清楚勾勒。须至清末以来,由于西学之输入,其论述中所蕴含之理论意义,始逐渐为人所注意与重视;此《文心雕龙》之学之于今日所以兴盛之原因。本文之论述,亦是建立于此种学术新视野之上,而为之一种诠论(本文节本曾刊登于《台大中文学报》,2012 年 6 月第 37 期)。

作者单位:台湾中山大学

① 彦和云:"才力居中,肇自血气。气以实志,志以定言,吐纳英华,莫非情性。"(见刘勰撰,詹锳义证:《文心雕龙义证》,中册,《体性第二十七》,第 1022 页)其以"才"、"性"为异区,盖甚显。然心识之用,亦不离于血气,此所以彦和有"率志委和,则理融而情畅;钻砺过分,则神疲而气衰"之论(同上,下册,《养气第四十二》,第 1565 页)。唯就彦和而言,其以神通象而有"心应"之说,关键在心之藏智体,故其接合"道"、"俗"之义,乃于"心"而非于"性";"性"论仍以"受命以后"为言,不必更改儒义。然此项接合之论,就哲学而言实已展现:若欲构筑具有形上意义之"价值"信仰,"心体"为何,必是应予追索之重点。日后理学之建立其"非宗教"之形而上学系统,无论设立一种"二重之性论",如朱子;或追溯"心体"于"道体",如阳明(王守仁,字伯安,1472—1529);皆是循此脉络而深究。

② 章实斋《文史通义》、《校雠通义》,各有《原道》篇,而重点不同。其于前者中见者,在于说明"文明"之源起;而于后者中见者,则在说明文字篇籍之功用。虽其合"经"、"子"于"文"、"史"之视野,乃至以社会"伦理结构"为核心之演化观点,与彦和之专就"言文"之用为着眼,并上溯"文"之所原出者,论有不同;然实斋之眼光,常不脱此所言"依体溯源,沿体为变"之取径,亦彦和影响之一端。

③ 此所谓"薄弱",系指相对于西方哲学传统而言。

《文心雕龙·征圣》“正言”疏解

归　青

刘勰在《文心雕龙·征圣》中分别引用了《易传·系辞下》和《尚书·毕命》中的名言，提出要宗法圣人的文章，写文章要做到“正言”和“体要”。原文是这样的：

是以论文必征于圣，窥圣必宗于经。《易》称：“辨物正言，断辞则备”；《书》云：“辞尚体要，不惟好异”。故知：正言所以立辨，体要所以成辞；辞成无好异之尤，辨立有断辞之美。虽精义曲隐，无伤其正言；微辞婉晦，不害其体要。体要与微辞偕通，正言共精义并用；圣人之文章，亦可见也。[①]

王运熙先生认为，“正言”和“体要”就是《序志》中说的“先哲之诰”[②]，这是非常有道理的。不过对于其中“正言”一词的确切涵义究竟应如何理解，人们在认识上还存在着一些分歧。比较普遍的理解是，“正言”就是正确（或规范、雅正）的言论，它涉及到思想和语言两个方面，但重点是思想内容。这样的理解固然有一定的道理，但是不是已经贴切地揭示了“正言”的内涵呢？刘勰的原意究竟是什么呢？看来问题还需要继续探讨。

我以为《征圣》中所谓的“正言”不是指正确的思想，也不是说要用准确的语言表达正确的思想，而是指能够准确贴切表达内容的语言。换句话说，这里涉及的只是语言表达的问题，没有思想本身正确与否的问题。为什么这样说呢？我们可以从以下几个途径来考察：

一、从“正言”的出处来推求

“正言”一词出自《易传·系辞下》。文曰：

开而当名，辨物正言，断辞则备矣。

韩康伯注曰：“开释爻卦，使各当其名也。理类辨明，故曰‘断辞’也。”孔颖达疏曰：“‘开而当名’者，谓开释爻卦之义，使各当所象之名，若乾卦当龙，坤卦当马也。‘辨物正言’者，谓辨天下之物各以类正定言之。”[③]大致的意思是说，解释爻卦之象的意思，首先要辨别所呈现

① 刘勰著、詹瑛义证《文心雕龙义证·征圣》，第46—48页，上海古籍出版社，1989年。“正言所以立辨”、“辨立有断辞之美”，两处“辨”字，詹本原作“辩”，此据唐写本改。

② 王运熙《〈文心雕龙·序志〉“先哲之诰”解》，《文心雕龙探索》，第46—52页，上海古籍出版社，1986年。

③ 《周易正义》卷八，《十三经注疏》，第89页，中华书局，1980年。

出来的爻卦之象,然后再用相应的名称来命名对应的象。这就好像用乾之名来指称龙之实,用坤之名来指称马之实,涉及的是名(也就是言)与实的关系问题,是表述与被表述的关系问题。如果名与实之间的关系是一致的,名能准确说明象的,那就是"各以类正定言之",也就是"正言"了。另外,对于卜筮者而言,不管所得卦爻之象是凶是吉,他都必须准确、如实地传达出来,而无须也无权对卜筮的结果加以选择,不存在哪些内容是正面的,因而是可说的,哪些内容是负面的,因而是不可说的问题。由此可见,这里所谓的"正言"应该是指能准确表达内容的语言,而不是指正确的思想。

这样的理解究竟对不对,我们还可以通过对另外两个关键词:"辨物"和"断辞"的疏解来求得确解。什么叫"断辞"?《说文》云:"断,截也。"段注曰:"截下曰断也。"[①]这说明截下的两段本来是紧密连在一起的,是有着高度相似性的。要对有相似性的对象作出区分,这就需要"辨物",就需要在相似的两事物间仔细辨别,寻找出差异,这不是一个轻易随便的认识过程。只有"辨物"辨清楚了,认识透彻了,事物间的细微差别抓准了,表达出来的言辞才有可能是斩截分明的,才是丁是丁,卯是卯,清清楚楚,毫不含糊的。这就是"断辞",是有截断之辞。可见,"辨物"和"断辞"实际是一个过程的两个阶段,"辨物"是认识,"断辞"是表达;"辨物"是因,"断辞"是果。如果言辞做到截断分明,那就已经不是一般的准确,已经可以说是精准了,当然也就是"正言"了。

我以为,《易传》中所以要使用"断辞"这一称谓,原因在于有时卜筮的结果比较幽隐曲折,呈现出来的特征不够鲜明、典型,不易让人看清,因而也就难以用恰当的名称来命名。这与写文章的情况非常类似,一些精微深细的问题,只有思考深入,才能表述得清楚分明,否则就会含糊其辞。刘勰在《征圣》中说:"虽精义曲隐,无伤其正言。"显在的意思是说精义曲隐是与"正言"不矛盾的,但隐含的意思则是说,要把精义曲隐表述清楚实际是很不容易的,是需要下一番"辨物"功夫的。只有把问题认识透彻后,才有可能说出"正言"(也就是"断辞")。

人们可能要问,在"精义曲隐,无伤其正言"这句话里,是不是包含着正确的思想的意思呢?我觉得是不包括的。这里所谓的"精义"之"精"只是指精深微妙的意思,而不是思想正确的意思。何以见得呢?我们来看《征圣》中的另一段话:

> "四象"精义以曲隐,五例微辞以婉晦,此隐义以藏用也。

曲隐和婉晦都是说圣人文章的含蓄风格。五例是指《左传》的五种写作方法,四象的解释并不一致,或谓"四时"[②],或谓六十四卦中的实象、假象、义象和用象[③]。无论取何种解释,四象都是中性词,并不涉及思想正确与否的问题。对于卜筮者而言,无论呈现出来的是何种象,无论象中的内容是否正面,他所要做的只是把象的精妙意义表述出来,而无须去区分象中的意思是否正确,是否有必要加以取舍。

由此可见,"正言"指的应是表意准确的语言,而不是正确的思想内容。

---

① 许慎撰、段玉裁注《说文解字注》,第717页,上海古籍出版社,1981年。

② 孙星衍《周易集解》卷八,第598页,上海书店,1988年。

③ 《周易正义》卷八,《十三经注疏》,第82页,中华书局,1980年。

二、从《征圣》的主旨来推求

我们知道,《征圣》的主旨在指出学习作文的正确方向和途径,讨论作文的基本要求,指出作文必须效法圣人,必须牢记"先哲之诰",那就是篇中引用的《易传》和《尚书》中的两段话,把"正言"和"体要"作为写好文章的两个基本要素。按照骈文的表达习惯和一般的理解,这里"正言"和"体要"两两相对,应该是同一层面上的两个并列或相对的问题。因此通过对"体要"一词的疏解也能在一定程度上帮助我们弄清"正言"的确切含义。

什么是"体要"呢?《尚书·毕命》云:

> 政贵有恒,辞尚体要,不惟好异。

《伪孔传》曰:"辞以理实为要,故贵尚之。"①就是语言要精要的意思。但我觉得《伪孔传》的这个解释还不够到位。因为他只释了"要",而没有释"体"。按,《说文》:"体,总十二属也。"②意思是说,体是身体十二个部分的总称,也就是身体的意思。《广雅·释亲》云:"体,身也。"③引申之,则可谓之主干、主体。如此"体"与"要"合起来就有突出主干、语言精要的意思,再简单一点就是简明扼要的意思,讲的也是一个语言表达的问题,不涉及思想内容本身。这与我们上文讨论的"正言"一词的涵义都在一个层面上,都属于文风的范畴。两个词语合起来就是说,写文章要做到表意确切清晰,要言不烦。实际上也就是风骨中"风"的意思,讲究的是"意气骏爽","述情必显",是"风清"、"文明"的意思④。反过来,如果说"体要"和"正言"一指语言,一兼指思想和语言的话,就会觉得不平衡,不匹配,总有一种圆凿方枘的感觉。

所以,我以为"正言"和"体要"都是同一层面并列的两个问题,是文辞如何表达思想的问题,是文风的问题,而不是思想本身是否正确的问题。

三、从"正言"的对立面来推求

《文心雕龙·序志》在阐述写作动机时说了这样一段话:

> ……详其本源,莫非经典。而去圣久远,文体解散,辞人爱奇,言贵浮诡,饰羽尚画,文绣鞶帨,离本弥甚,将遂讹滥。盖《周书》论辞,贵乎体要;尼父陈训,恶乎异端。辞训之异(疑作"奥"),宜体于要。

这一段话对我们准确理解"正言"的确切涵义帮助很大。这段话可分两层。从"去圣久远"到"将遂讹滥"为第一层,这是从反面立说,讲的是近世文坛流行的"讹滥"文风。"《周书》论辞"以下为第二层,是从正面立论,推出的是优良文风的基本要求,也就是"正言"和"体要",这显然是对《征圣》主旨的概括。二层一正一反,以反托正,两相对照,互为对应。因此,通过对反

---

① 《尚书正义》卷十九,《十三经注疏》,第245页,中华书局,1980年。

② 许慎撰、段玉裁注《说文解字注》,第166页,上海古籍出版社,1981年。

③ 王念孙《广雅疏证》卷六下,第202页,江苏古籍出版社,1984年。

④ 刘勰著、詹瑛义证《文心雕龙义证·风骨》,第1048页、1054页、1071页。参考王运熙《〈文心雕龙〉风骨论诠释》,见作者《文心雕龙探索》第81—90页,上海古籍出版社,1986年。

面现象的描述，也可以在一定程度上推测出正面主张的内涵。

现在我们看得很清楚，第一层讲的是与圣人文风相对的不良文风。“文体”是说文章风格，“文体解散”是说圣人的文风中断。奇与正反(《定势》谓：“文反正为乏，辞反正为奇”[①])。“辞人爱奇”，也就是刘勰屡次批评的“楚艳汉侈”、“穿凿取新”，片面追求新奇的“浮诡”、“诡巧”文风[②]。“饰羽尚画”云云，则是讲的堆砌辞藻，繁复琐细的文风。刘勰认为，这样的语言风格，将会妨碍作者清楚明白的表意，也会给读者理解文意增加难度，是所谓“言隐荣华”，“翠纶桂饵，反所以失鱼。”[③]可见讲的都是语言表达问题，是文风问题，并不是思想内容问题。那么问题很清楚，与之相对应，作为对这种“讹滥”文风纠偏的“正言”和“体要”也应该是语言表达问题，是文风问题，同样也不是思想内容的问题。

不过，问题就来了。第二层中在“盖《周书》论辞，贵乎体要”之后，紧接着的是“尼父陈训，恶乎异端”。很明显，刘勰在这里是用孔子的话来代表他的“正言”主张。孔子的原话是这样的：

> 子曰：“攻乎异端，斯害也已。”[④]

由于对句中“攻”、“已”的意义理解不同，因而对整句的意思理解也有不同。但不管如何不同，对于文中“异端”一词，人们一般都理解为是背离圣人思想的异端邪说，指的是思想问题。那么是不是刘勰认为，“正言”中包含着思想内容，“正言”是指与异端相对的正确思想呢？我想刘勰恐怕不是这个意思。我以为，人们在引用他人语言的时候，会有两种情况。一是袭用引语的原意；还有一种只是借用引语中的一部分意思。刘勰这一段话只是借用孔子的话来表达自己的意思，而非袭用孔子的原意。这里“异端”一词的内涵事实上已经被刘勰作了改造，成了与“正言”对立的“讹滥”文风的代名词。“恶乎异端”也就是反对讹滥，坚守“正言”的意思。这样的理解能不能成立呢？我想也许是可以成立的。

最后需要特别提出来的是，《文心雕龙》只是一部指导写作的书，其性质相当于今天的《作文指导概论》，它所要解决的问题是如何写好文章，如何掌握写作各类文章的要领。作为贯穿全书的“先哲之诰”，“正言”、“体要”只是写好文章的基本规范，而不是评选优秀之作的最高标准。事实上，刘勰在具体评价作品的优劣时，也多是从这一基本标准出发的。特别是一些他作了高度评价的作品，若从思想内容方面考虑的话，却是存在着这样那样的问题的。例如他评楚辞曰：

> 故其叙情怨，则郁伊而易感；述离居，则怆怏而难怀；论山水，则循声而得貌；言节候，则披文而见时。[⑤]

评价很高，但讲的都是言意间的关系问题，既有“正言”，又有“体要”，并不涉及思想感情是否正确。倘要追究楚辞的思想，则是并不纯正的，它既有“同于风雅”的一面，又有“异乎经典”的一面，刘勰是不会作出太高评价的。又如他高度赞扬汉末古诗和建安诗歌，说它们：

---

① 刘勰著、詹瑛义证《文心雕龙义证·定势》，第1136页。

② 参考王运熙《钟嵘〈诗品〉论奇》，《中国古代文论管窥》，第123页，齐鲁书社，1987年。

③ 刘勰著，詹瑛义证《文心雕龙义证·情采》，第1168页。

④ 刘宝楠《论语正义》卷二，第58页，中华书局，1990年。

⑤ 刘勰著、詹瑛义证《文心雕龙义证·辨骚》，第161—162页。

> 直而不野，婉转附物，怊怅切情，实五言之冠冕也。……慷慨以任气，磊落以使才，造怀指事，不求纤密之巧；驱辞逐貌，唯取昭晰之能。[①]

“直”、“切”、“附物”云云，都是显豁、“昭晰”的意思；“不求纤密之巧”，也就是不繁芜，不繁复，简明扼要的意思，都是兼备了“正言”、“体要”的优点，侧重的仍然是文风，而不是思想内容的正确。倘从思想的角度去衡量，则这些诗歌中表现出来的思想感情仍然是有很多问题的。这样的例子还有很多。这说明，倘若“正言”包含着思想正确的要求的话，那不仅要求很高，一般人很难达到，就连刘勰自己在《文心雕龙》中赞扬的那些佳作也有很多不符合这一标准。

综上所述，我以为“正言”的确切涵义是指能准确传达思想内容的语言，不含思想正确的意思。这虽然是一个小问题，但却关涉到如何准确理解《文心雕龙》的整体思想，如何把握刘勰概念的原意，因此也就有了一辨的必要。

作者单位：华东师范大学

① 刘勰著、詹瑛义证《文心雕龙义证·明诗》，第193页，196页。

中国古代诗学语境中的风骨观述论

陈允锋

“风骨”是古代文艺理论批评中运用十分广泛的一个重要审美范畴，散文理论、词论、曲论、画论、书论等领域皆能见其用例，诗学领域则更为普遍。“风骨”又是一个不断发展演变的范畴，其内涵究竟应当如何界定，诚可谓众说纷纭，莫衷一是。鉴于此，本文不以另立新说为要务，而以梳理、归纳为重点，在学界既有成果的基础上，综合考察历代诗学理论中“风骨”这一概念的使用情况，将传统诗歌风骨理论涉及的主要问题概括为三：一是情感类型，二是作者的本源功夫，三是以语言文字为载体的形式技巧。明乎此，或有助于进一步探讨古代诗学理论中“风骨”审美范畴之内涵。

一、诗歌风骨美与情感类型之关系

历代诗歌评论家在使用“风骨”这一概念表达其诗学观点时，往往确立一个比较具体的诗歌审美范型，并以此为标准，体现自己对风骨美的推崇。这一现象的大量存在，实际上为我们确切理解风骨美的内涵提供了一个重要启示。我们可以通过对他们所确立的诗歌范型的分析，来把握他们所崇尚的风骨美的具体涵义。在历代诗学家所列举的具有风骨美的诗歌范型中，最为重要的有两类：一类是建安风骨，另一类是盛唐风骨。

比较纯粹的诗歌风骨观，应始于南朝钟嵘《诗品》，其诗歌审美理想之一，即崇尚建安风力。《诗品·序》曰：“永嘉时，贵黄老，稍尚虚谈。于时篇什，理过其辞，淡乎寡味。爰及江表，微波尚传，孙绰、许询、桓、庾诸公诗，皆平典似《道德论》，建安风力尽矣。”①其所谓“建安风力”，即建安风骨。钟嵘把建安风骨当成诗歌的一种典范，并用来衡量晋末以还诗歌发展情况。在具体评论中，钟嵘又认为建安时期的曹植、刘桢最能体现风骨之美，故将二人置于上品，并指出：曹植诗歌的主要特征之一是“骨气奇高”，刘桢作品则具有“壮气爱奇”、“真骨凌霜”之动人魅力。这都是从风骨美的层面作出的高度评价，说明钟嵘所崇尚的建安风力，就是以“骨气”、“壮气”为主的诗歌审美境界，其情感类型显然偏重于阳刚壮大，情感浓烈，气势充沛，境界阔大。

自钟嵘提出“建安风力”这一审美范型后，此一审美理想即为后代诗人、诗论家所接受，影响极为深远。在唐代，就有不少诗人继承了钟嵘的思想。其中较为重要者有三：一是陈子

---

① 钟嵘撰，吕德申校释：《钟嵘诗品校释》，第38页，北京大学出版社，1986年。

昂，二是李白，三是高适。

陈子昂诗歌自有风骨之美，在理论上更是大力倡导建安诗风。《修竹篇序》说："文章道弊五百年矣！汉魏风骨，晋宋莫传。"他所说的"汉魏风骨"，主要就是指建安风力，也就是"骨气端翔，音情顿挫"之美。

李白的作品也以风骨见长，在诗学理想上同样推崇风骨之美。他一方面批评"自从建安来，绮丽不足珍"，另一方面则推崇"蓬莱文章建安骨"。这里所说的建安之"骨"，即建安风骨；所谓"蓬莱文章"，实际上也是指风骨，因为"蓬莱文章"主要是针对西汉大赋而言，如司马相如的《大人赋》。这篇作品令汉武帝读后"飘飘有凌云之气"，艺术感染力强，颇有气势。所以《文心雕龙·风骨》篇就曾把《大人赋》视为具备风骨美之典范，以为"相如赋仙，气号凌云，蔚为辞宗，乃其风力遒也"。凌云之气，正是构成作品风骨的基本条件之一。由此可见，李白说的建安风骨，重点也在其中所包含的壮大气势。这一点跟钟嵘讲"骨气奇高"是相一致的。

高适诗歌创作的主要成就体现在边塞题材的作品中，这类作品的审美特点之一，就是具有风骨之美。后人在评价高适诗歌时，多强调这一点。如胡应麟《诗薮》内编卷五说："达夫歌行五言律，极有气骨。"胡震亨《唐音癸签》卷五引徐献忠语曰："常侍诗气骨琅然，词锋峻上。"如果从诗学观念上看，高适跟陈子昂、李白一样，对建安风骨也是推崇备至：

> 故交负灵奇，逸气抱謇谔。隐轸经济具，纵横建安作。（《淇上酬薛三据兼寄郭少府微》）
>
> 周子负高价，梁生多逸词。周旋梁宋间，感激建安时。（《宋中别周梁李三子》）
>
> 东道有佳作，南朝无此人。性灵出万象，风骨超常伦。吾党谢王粲，群贤推郄诜。（《答侯少尉》）

这三个诗例，都是高适在赞美自己朋友的诗歌创作时提到建安风骨的。他以建安风骨为诗歌审美标准，这种思路跟钟嵘是相同的。

唐代推崇建安风骨的材料绝不止于此，但从以上三个诗人的言论中，已不难看出：建安风骨所体现的，主要是一种气势雄健有力、足以动人心魄的浓烈情思，偏向于阳刚壮大之美。唐代以后，不少诗学家提到建安风骨时，也体现出同样的思想倾向。如宋代严羽《沧浪诗话·诗评》中说："黄初之后，惟阮籍《咏怀》之作，极为高古，有建安风骨。"这里的"高古"主要指雄浑气象，跟一气贯注的浓烈情感关系密切，而这也正是建安诗风的一大特点。又如胡应麟《诗薮》外编卷二说："宋齐之末，靡极矣。而袁阳源《白马》，虞子阳《北伐》，大有建安风骨，何从得之?"这两首诗虽然创作于南朝时期，但由于情感浓郁、气势不凡，所以说"大有建安风骨"。再如清代乔亿《剑溪说诗》认为：左思、刘琨、郭璞的诗歌境界可以跟建安作家王粲、刘桢相媲美，"三家诗体不同，各具建安风骨"[①]。乔亿所讲的"建安风骨"，也就是慷慨激昂的情感气势，因此，他又说："汉诗和平。魏诗激昂。晋诗高处与魏相颉颃。"[②]由此可见，在乔亿看来，左思、刘琨、郭璞三人是属于西晋作家中足以"与魏相颉颃"者，原因则在于他们的诗篇具备了魏诗的激昂之情。

诗歌风骨之美与浓烈壮大情感的内在关系，在人们所推崇的盛唐风骨这一诗歌美学典

---

① 郭绍虞编选、富寿荪校点：《清诗话续编》(上册)，第1078页，上海古籍出版社，1983年。

② 郭绍虞编选、富寿荪校点：《清诗话续编》(上册)，第1075页，上海古籍出版社，1983年。

范中，也体现得极为清楚。盛唐诗歌评论家殷璠就是一个典型的例子。《河岳英灵集·叙》曰："璠今所集，颇异诸家。既闲新声，复晓古体。文质半取，风骚两挟。言气骨则建安为传，论宫商则太康不逮。"他认为，自玄宗开元十五年后，唐诗进入繁荣发展阶段，"声律风骨始备"，标志着盛唐之音的确立。这说明，在殷璠的诗歌美学理想中，风骨美是盛唐之音的重要构成部分。他在具体评论盛唐作家作品时，也很关注风骨问题。如评陶翰诗："既多兴象，复备风骨。"又认为王昌龄、储光羲的诗篇很好地继承了建安风骨。此外，评高适"诗多胸臆语，兼有气骨"，评崔颢"晚节忽变常体，风骨凛然"等等，都体现了殷璠对盛唐诗人作品中风骨美的重视。对于那些缺乏风骨的作家，他又有所批评，如说刘眘虚"声律宛态，无当其右，唯气骨不逮诸公"；又评祖咏"气虽不高，调颇凌俗"，认为祖咏的诗歌在气骨方面略有欠缺。殷璠对盛唐风骨的推崇与强调，既准确地揭示了盛唐诗歌的本质特征，又对后代诗学家评价盛唐诗起到直接的引导作用。所以，在后人的心目中，盛唐诗歌至少具有两类审美境界：一类是王士禛所标榜的以王孟山水田园诗为典范的神韵美，强调空灵、超脱，言有尽而意无穷；另一类是以情思激越、境界雄壮为核心的风骨美，强调惊心动魄之气势。

从时间上讲，第一次明确提出"盛唐风骨"这一概念的，当是南宋严羽。其《沧浪诗话·诗评》谓：顾况"诗多在元、白之上，稍有盛唐风骨处"。严羽之所以将顾况与元稹、白居易相比较，是因为在诗歌语言的浅易通俗和反映民生疾苦方面，顾况对元白诗派都有直接影响。但是，严羽认为，顾况的诗歌境界多少还保留了一些盛唐风骨，与元白诗歌所呈现的纯粹的中唐面目有所不同。在这里，严羽是将有无盛唐风骨当成判断诗境高低的一条重要标准。

关于顾况诗歌所具有的风骨美，明代徐献忠《唐百家诗》也曾论及："况诗天才不足，而问辨有余，虽有骨气，殊乏风采。"[①]这里有褒有贬，对"有骨气"这一点是予以肯定的。清代贺裳《载酒园诗话》又编"顾况"条曰："顾况诗极有气骨，但七言长篇，粗硬中时杂鄙句，惜有高调而非雅音。"[②]在此类评论中，除了贺裳比较明确地指出具体的体裁（七言长篇）外，严羽、徐献忠都未讲到顾况诗歌风骨美与诗歌体制的关系。如果综合考察顾况的诗篇，那些歌行体作品在境界上更接近盛唐诗风，因此，严羽所说的顾诗"稍有盛唐风骨"，应当也是针对这类作品而言。实际上，中唐皇甫湜在给顾况文集作序时，就已经指出这一点，他说顾况"偏于逸歌长句，骏发踔厉，往往若穿天心，出月胁，意外惊人语，非寻常所能及，最为快也"[③]。"逸歌长句"，指句式长短不一的歌行体。盛唐诗人中，李白、高适皆擅长此诗体，而且往往写得很有气骨。皇甫湜说顾况的逸歌长句具有"骏发踔厉"之特点，也就是指激扬飞动、意气纵横的风骨。王启兴、张虹《顾况诗注·前言》中认为，《行路难》三首、《悲歌六首》"这两组抒情诗或以生动的比喻，抒发备受压抑的情怀，或以长短错落的诗句，倾吐坎坷蹭蹬的郁闷，或一气流注，摅写胸中的不平之气，有着扣人心弦的艺术力量。这些篇什应该说是继李白《行路难》之后光照诗坛的佳作"[④]。如《行路难》其一："君不见担雪塞井空用力，炊砂作饭岂堪食。一生肝胆向人尽，相识不如不相识。冬青树上挂凌霄，岁晏花凋树不凋……"其二："君不见少年头上如云发，少壮如云老如雪。……少年恃险若平地，独倚长剑凌清秋。……"这种浓烈情

① 王启兴、张虹：《顾况诗注》附录二"诗话评论"，第290—291页，上海古籍出版社，1994年。

② 王启兴、张虹：《顾况诗注》附录二"诗话评论"，第294页，上海古籍出版社，1994年。

③ 王启兴、张虹：《顾况诗注》附录一"事迹交游"，第282页，上海古籍出版社，1994年。

④ 王启兴、张虹：《顾况诗注·前言》，第4页，上海古籍出版社，1994年。

感、人生意气，常见于盛唐诗人作品。因此，从严羽对顾况的评论中，结合有关资料，我们可以很清楚地看到：严羽所说的“盛唐风骨”，在情感类型上同样是偏重于浓烈、激扬、壮大。

二、诗歌风骨美与创作主体内在本源之关系

《文心雕龙·风骨》篇讲到风骨美创造问题时说：“缀虑裁篇，务盈守气，刚健既实，辉光乃新。”刘勰说文章写作要达到风骨美的境界，很重要的一点是作家“务盈守气”。作家的精神世界具备了充实的“刚健”之气，才有可能创造出“辉光乃新”的风骨之美。因此，这几句话的重要意义，就在于启发我们在研究风骨问题时，应当注意从创作主体与作品风骨美的关系角度进行探讨。具体落实到传统诗学的风骨论，情况也是如此。因为有些诗论家在讲风骨美时，侧重点就是创作主体的精神世界，也就是作家的内在本源因素。

在传统诗歌风骨论所涉及的创作主体本源因素中，除上文提到的情感类型外，还有以下三点比较重要。

首先是先天的气质个性。殷璠《河岳英灵集》评薛据：“为人骨鲠，有气魄，其文亦尔。”就是讲薛据性情耿介，气质豪放，体现在诗歌作品中，同样如此。所以，气骨美也就成为薛据诗歌的主要特征。《河岳英灵集》评高适诗“有气骨”，同时又说高适“性落拓”，落拓不羁的个性跟诗歌气骨之间显然也有很密切的关系。从唐诗发展的历史看，魏征的诗歌起过重要作用。沈德潜评魏征《述怀》诗说：“气骨高古，变从前纤靡之习，盛唐风格，发源于此。”[①]翁方纲也说：“入唐之初，永兴、巨鹿并起，而巨鹿骨气尤高。”[②]魏征诗歌“骨气尤高”，同样取决于他“落拓有大志”、“性又抗直，无所屈挠”[③]的个性。

其次是后天的学问功夫。这一点在《文心雕龙》中已有所涉及。《风骨》篇说：作家要“镕铸经典之范，翔集子史之术”，才能“孚甲新意，雕画奇辞”，创造出富有风骨的作品。刘勰又说：“昔潘勖锡魏，思摹经典，群才韬笔，乃其骨髓峻也。”范文澜注曰：“潘文规范典诰，辞至雅重，为九锡文之首选，其事鄙悖而文足称者，练于骨之功也。”这也说明潘勖的文章风骨，得益于他对儒家经典的摹仿和学习。《辨骚》篇评论以《离骚》为代表的屈原作品时，刘勰用“气往轹古”、“惊才风逸，壮志烟高”来形容。这种超越往古之气和凌云壮志，既是屈原非凡才华和崇高思想的表现，同时又是《离骚》风骨之所在。但在刘勰看来，其中也包含着屈原后天的学习因素。所以，他指出：“观其骨鲠所树，肌肤所附，虽取镕经意，亦自铸伟辞。”自铸伟词，属于天才的创造；取镕经意，则属于后天学习、融会贯通的结果，这是构成“《楚辞》风骨高”[④]的重要因素。宋代朱熹说：“前辈文字有气骨，故其文壮浪。欧公、东坡亦皆于经术本领上用功，今人只是于枝叶上粉泽尔。”[⑤]这都说明风骨美的创造，有时是跟作者对前代作品的学习存在着非常密切的关系。

第三，在所谓的后天工夫中，道德人格修养也是很重要的一项内容，并且跟风骨美的创

① 沈德潜编：《唐诗别裁集》卷一，第7页，中华书局1975年影印乾隆二十八年教忠堂重订本。
② 翁方纲：《石洲诗话》卷一，第23页，人民文学出版社，1981年。
③ 刘昫等撰：《旧唐书》卷七十一魏徵本传，第2545、2547页，中华书局，1975年。
④ 刘熙载：《艺概》卷三《赋概》，第93页，上海古籍出版社，1978年。
⑤ 贾文昭主编：《中国古代文论类编》（上册），第275页，海峡文艺出版，1988年。

造紧密相连[①]。有些诗学家在评断某一作家诗歌是否有风骨时，往往侧重从道德人格的角度立论。因此，道德人格因素，虽然属于伦理学“善”的范畴，但在中国传统文化系统中，往往又转化为审美对象。诗歌风骨论与道德人格的关系，就是一个典型的例子。明代屠隆《王茂大修竹亭稿序》说：“士不务养神而务工诗，刻画斧藻，肌理粗具，气骨索然，终不诣化境。”[②]所谓“养神”，主要指道德人格的磨砺与陶冶。屠隆认为，要达到诗歌创作的最高境界，使诗歌作品成为作者内在精神的自然流露，就必须首先充实道德修养。这就是《文心雕龙·风骨》篇说的“刚健既实，辉光乃新”。用韩愈的话来讲，就是“气盛”才能“言宜”。清代纪昀《书韩致尧翰林集后》亦曰：“致尧诗格，不能出五代诸人上。有所寄托，亦多浅露。然而当其合处，遂欲上躏玉溪、樊川，而下与江东相倚轧。则以忠义之气发乎情，而见乎词，遂能风骨内生，声光外溢，足以振其纤靡耳。”[③]这里的“忠义之气”，就是指孟子所说的“至大至刚”的浩然正气，体现在作品中，则为风骨之美。在某些评论家看来，作家如果缺乏必要的人格支撑，就会影响作品风骨美的形成。最突出的例子是朱熹对王维的评论：“王维以诗名开元间，遭禄山乱，陷贼中不能死，事平复幸不诛，其人既不足言，词虽清雅，亦萎弱少气骨。”[④]这个评价是否正确，后人可以有不同的意见，但有一点却不无道理，即作品是否具备“气骨”，很大程度上确实取决于作家内在的人格精神。从这个意义上说，古人强调作品风骨跟作家道德人格修养之关系，确有一定道理。从理论上讲，人格气骨之所以能够成为审美对象，根本原因在于正义的力量足以震撼人心。对这一问题讨论得比较充分的是清代诗论家朱庭珍。他在《筱园诗话》中说，作者之“气”是决定作品风骨的根本：“畅流于神骨之间，潜贯于筋节之内，随诗之抑扬断续，曲折纵横，奔放充满于中，而首尾蓬勃如一。”他所说的这种“气”，不是先天的气质，而是后天不断修炼的浩然正气，所以他提出作家要“养气”、“炼气”，目的就是通过“真气”的修炼，以助成作品之风骨：“外虽浩然茫然，如天风海涛，有摇五岳、腾万里之势，内实渊渟岳峙，骨重神寒，有沉静致远之志。”

三、诗歌风骨论与形式技巧之关系

以上分别从情感类型和创作主体本源因素两个方面分析了诗歌风骨论的相关内涵，而这些内涵之所以能够促成风骨美，很关键的一点是有所依托、有所附丽，比如诗歌的体制、语言形式及某些特定的技巧等等。这一点，《文心雕龙·风骨》篇已经注意到了，故曰：“结言端直，则文骨成焉；意气骏爽，则文风清焉……练于骨者，析辞必精；深乎风者，述情必显。捶字坚而难移，结响凝而不滞，此风骨之力也。若瘠义肥辞，繁杂失统，则无骨之征也。”刘勰从正、反两面论述风骨的创造问题：从正面说，“意气骏爽”、“结言端直”，才能使作品具备风骨之美；从反面说，“瘠义肥辞”，即缺乏充实骏爽之意气，徒有华丽之外表，则不可能产生所谓

① 参见汪涌豪：《风骨的意味》，第 218 页，百花洲文艺出版社，2001 年。又，张少康《六朝文学的发展和“风骨”论的文化意蕴》（《夕秀集》，华文出版社，1999 年）、陶礼天《刘勰“风骨”论新探——“风骨”论与人格理想及建安风力之关系》（《文心雕龙研究》第三辑）等论文，在风骨论与传统文化精神、士人品格之关系问题上，皆有深入之阐述。

② 贾文昭主编：《中国古代文论类编》（上册），第 278 页，海峡文艺出版，1988 年。

③ 贾文昭主编：《中国古代文论类编》（上册），第 284 页，海峡文艺出版，1988 年。

④ 贾文昭主编：《中国古代文论类编》（上册），第 275 页，海峡文艺出版，1988 年。

的风骨。由此看来,如果仅仅就作品本身而言,风骨美也应当分为内在精神层面和外在形式层面。也就是说,只有将骏爽的“意气”与端直的“结言”完美地统一起来,才谈得上风骨。随着风骨理论的发展,有些诗论家相对偏重于从形式技巧的角度讲风骨问题①。就后者而论,传统诗学风骨论讲风骨与形式技巧关系问题时,主要涉及以下四个层面。

首先,诗歌作品的风骨美,往往体现为句法的劲健有力。下面几条评论或有助于说明这一点:

镇康王西岩《题宋参政瞻远楼》:“江楼悬树杪,山色到窗中。”精拔有骨,上句尤奇。(谢榛《四溟诗话》卷四)

杜子美《不离西阁》云:“江云飘素练,石壁断空青。”下句奇特有骨。(谢榛《四溟诗话》卷四)

宋元排律少大篇,独高子勉《上黄太史》三十韵,傅与砺《寿陈都事》四十韵,风骨苍然,多得老杜句格。(胡应麟《诗薮》外编卷六)

这些例子体现了一个共同的特点,就是把风骨创造问题跟句法联系起来。在这种情况下,所谓的风骨,主要是就作家的艺术表现功力而言,用字老到,句法有力。比如“江楼悬树杪”,由于运用了动词“悬”字,显示了江楼所处位置之高峻,体现了腾空而上之气势;而“石壁断空青”一句,“断”字很成功地把石壁高耸入云天的峭拔之势表现出来,笔力千钧,故曰“奇特有骨”。

其次,在古代诗论家的观念中,诗歌的风骨美,跟语言的音调也有很密切的关系。《文心雕龙·风骨》篇除了讲“结言端直”外,还进一步提出要“结响凝而不滞”。所谓的“结响”,主要就是针对音调洪亮铿锵而言。后来陈子昂在《修竹篇序》赞美东方虬《咏孤桐篇》时也说:“骨气端翔,音情顿挫,光音朗练,有金石声。”有人说陈子昂的诗歌理论不注重审美形式,只强调比兴内容,显然不合实情。因为在这篇序中,他讲风骨问题,除了重视比兴寄托,也没有忽略诗歌的音律之美。所谓“音情顿挫,光音朗练”之金石声,正是构成作品端翔之气骨的重要因素之一。

明代诗学理论颇重“格调”,讲究由声调入手,揣摩前人作品之风韵。这种思想倾向也影响到明人对风骨的理解,以“格调”释“风骨”。比如杨慎评点《文心雕龙·风骨》篇:“诗有格有调,格犹骨也,调犹风也。”这个解释,未必就是刘勰的本意,但他指出风骨与音调的关系,还是非常确切的。再如胡应麟指出:“中唐钱、刘虽有风味,气骨顿衰,不如所为近体。”他之所以认为钱起、刘长卿诗歌“气骨顿衰”,除了缺乏内在的情感因素外,还跟音调有关。他说:“钱、刘诸子排律,虽时见天趣,然句格偏枯,或音调孱弱,初唐鸿丽气象,无复存者。”这里的“鸿丽气象”指初唐排律所具有的恢弘“句格”、“音调”,而中唐诗人的作品却缺乏这些壮美的“格调”。在胡应麟看来,这是造成中唐诗歌“气骨顿衰”的主要原因。但他又认为中唐“杨巨源《圣寿无疆词》十首,典赡精工,庄严律切,大有沈、宋风骨”,属于中唐同类作品里最为杰出者。胡应麟所谓的“沈、宋风骨”,重点指的就是音调方面的“庄严”之美。清代翁方纲也谈到类似的问题:“韩君平‘鸣磬夕阳尽,卷帘秋色来’,已渐开晚唐之调。盖律体奇妙,已无可以

① 参见汪涌豪:《风骨的意味》第四编第一章《诗学风骨论的历史发展和逻辑演进》、第二章第二节《有格句堪夸》,百花洲文艺出版社,2001年。

争胜前人，故不得不于一二平仄间小为变调。而骨力渐靡，则不可强为也。”[①]他也是将“骨力”与音调联系起来，认为晚唐诗歌“骨力渐靡”的原因，就在于故意“小为变调”，不合律诗之正调，以尖新纤巧之音代替雄壮浑成之声。从传统文化背景上讲，风骨美之所以能够跟诗歌音调联系在一起，与古人推崇洪钟巨响、黄钟大吕的美学思想有很大关系。

第三，从艺术表现的角度说，诗歌风骨美跟作品整体结构的浑厚自然有密切联系。这一点，在严羽的《沧浪诗话》中表现得很突出。他认为：“汉魏古诗气象混沌，难以句摘。”“建安之作，全在气象，不可寻枝摘叶。”这里所说的汉魏古诗之气象，跟严羽提出的建安风骨有关，重点是指汉魏诗歌包括建安诗歌的整体风貌，也就是浑融一气，诗歌的风骨是从诗篇的总体气象中流露出来的。他在《答出继叔临安吴景仙书》中又说：“盛唐诸公之诗，如颜鲁公书，既笔力雄壮，又气象浑厚。”[②]这里的“气象浑厚”，一方面指诗意含蓄，不直露；另一方面则指诗篇气势连贯，浑然一体。清人朱庭珍《筱园诗话》评厉鹗诗歌“神骨不俊，气格不高，力量不厚”，原因就在于“无雄浑阔大之局阵篇幅”。可见，整体结构布局是否雄浑自然、阔大有力，直接影响到诗歌风骨之有无。

第四，传统诗学在评论诗歌风骨之美时，还有一个很突出的特点，就是往往跟诗歌体制联系起来。从理论上讲，由于决定诗歌风骨美的因素很多，各种体制的作品都有可能具备骨气。比如清人方东树《昭昧詹言》卷一《通论五古》一方面强调“文字要有气骨”，另一方面又反对“气骨浮轻”；卷十四《通论七律》认为七律之妙“在讲章法与句法”，以求达到“雄奇杰特”的境界，具体地说，就是：“句法须如铸成，一字不可移易，又须奇紧华妙典贵，声响律切高亮。章法则须一气呵成，开合动荡，首尾一线贯注。”这里实际上是运用了《文心雕龙·风骨》篇“捶字坚而难移”、“结响凝而不滞”之义，来论述七律体制所应达到的审美境界，也就是要有骨力。因此，被前人视为风骨凛然的作品中，既有五言，也有七言，更有不少句式参差错落的歌行；既有古体诗，也有很多近体诗。

与此相关联，诗论家侧重从诗歌体制的角度考察某类作品的风骨美。如明代高棅《唐诗品汇》的选诗标准就“颇重风骨”[③]，其《七言古诗叙目》卷十一曰：“韩愈、李贺文体不同，皆有气骨。”这里的“文体”不是指诗体，而是指两人诗歌不同的风格特征，但就韩愈、李贺的七言古诗而言，在具备风骨这一点上则是相同的。又，《五言古诗叙目》卷二十：“《秋怀》数首及《暮行河堤上》等篇，风骨颇逮建安，但新声不类，此正中之变。”这是评论孟郊诗歌：一方面说孟郊的五言古诗如《秋怀诗》、《暮行河堤上》等，颇具建安风骨；另一方面则指出“新声不类”，也就是说孟郊的五言律诗跟五言古诗不同，未必有甚风骨。因此，高棅对风骨的理解，跟他从总体上对诗体的看法有关。胡应麟《诗薮》内编卷五对高适诗歌的评论也是如此，认为高适“歌行、五言律，极有气骨。至七言律，虽和平婉厚，然已失盛唐雄赡，渐入中唐矣”。又胡震亨《唐音癸签》卷五引弇州语曰：“高、岑一时不易上下。岑气骨不如达夫遒上，而婉缛过之。选体时时入古，岑尤陡健；歌行磊落奇俊，高一起一复，取是而已，尤为正宗。”这是比较高适、岑参诗风之差异，着眼点同样是诗体：从总体上讲，岑诗气骨不如高适，但语言婉转、意

① 翁方纲：《石洲诗话》卷二，第57页，人民文学出版社，1981年。
② 严羽著，郭绍虞校释：《沧浪诗话校释》附录，第253页，人民文学出版社，1983年。
③ 何良俊《四友斋丛说》卷二十四：“近世选唐诗者，独高棅《唐诗正声》，颇重风骨，其格最正。”

象丰美，又是高适所无法比拟的。具体而言，岑参的"选体"由于"时时入古"，具备浑厚郁勃之情气，往往体现出"陡健"之美，有骨力；高适诗歌的骨力美，则主要体现在歌行体的作品中，所谓"磊落奇俊"、"一起一复"，就是指豪荡激烈的情感及其所形成的抑扬顿挫的节奏。

由以上述论可知，风骨之美跟诗体本身的基本特征未必存在着一种必然的因果关系。不同的诗人借助不同的诗体，都可以创造出富有风骨的作品，说明决定性的因素仍是作家的情感与才能。情感问题已如上述，才能问题，在此主要指由于作家天赋禀性之差异，所擅长的诗体也就有所不同。有的擅长古体，有的擅长近体；有的擅长五言，有的则擅长七言，等等。翁方纲说："余忠宣五言，卓有风骨，非同时诸家所可及。此与陈龙泉泰七言，并当拔萃者也。"[①]表明余氏擅长五言，陈氏擅长七言，各有成就，卓有风骨。具体落实到某个作家，则如潘德舆所云："茶山五言，时有清迥之格……他作则多笔率气羸……评者谓其'全集风骨高骞，蕴含深远，居涪翁、剑南间，未为蜂腰'，非笃论也。"[②]此中所体现的诗体意识颇为显著，意谓茶山五言诗多具备"清迥之格"，也就是端翔之风骨；但其他类型的诗体则不然，"多笔率气羸"，不仅写得草率，而且情气羸弱，缺乏挺拔劲健的骨力。或以为传统诗学推崇建安风骨和盛唐风骨，说明古代诗学家比较倾向于把风骨跟五言古诗联系在一起。这有一定的道理，并且体现了传统诗歌风骨论的一种思想特征。但是，我们也应当充分意识到：在具体的诗歌评论中，传统诗学家又往往能够具体问题具体分析，并没有绝对地将近体诗、七言体排除在"风骨美"范畴之外。因此，从总的情况看，风骨概念可以在所有诗体的评论中得到普遍运用。

以上结合相关材料，从情感类型、作家本源功夫、语言文字形式等三个层面，归纳概括了传统诗学语境中风骨观所涉及的主要问题。其基本立意，在于为进一步探讨风骨观之内涵，大致厘定若干基本关系与范围，重在梳理、归纳，在学界既有研究成果的基础上，试图"化繁为简"，俯瞰"风骨"观所涉及之相关方面。当然，由于风骨观相关材料至为繁富，文中所作述论难免挂一漏万，敬请方家不吝教正。

作者单位：华东师范大学

① 翁方纲：《石洲诗话》卷五，第176页，人民文学出版社，1981年。

② 潘德舆：《养一斋诗话》卷九，郭绍虞编选、富寿荪校点：《清诗话续编》（下册），第2140—2141页，上海古籍出版社，1983年。

若即若离与“唯务折衷”

——从刘勰与时流的社会距离看其文学思想的形成

刘　畅

刘勰与齐梁文坛主流究竟合拍还是异趣，他倾向于新变派还是复古派，目前学界仍有异议，今后还会争论下去。如刘文忠先生的《刘勰美学思想体系的特色》就说：“刘勰到底在折衷新旧两派中倾向于哪一派，我过去未敢下结论。（李泽厚、刘纲纪主编的）《中国美学史》明确地指出，刘勰是倾向于新变派的。这一看法，笔者不敢苟同。”[①]笔者以为，争论双方都能拿出足够自圆其说的确凿证据，说明《文心雕龙》本身就包含着“以子之矛，攻子之盾”的丰富原质，具有极大的理论弹性，所以，导致“东向而望，不见西墙”式的剖解，毫不奇怪。攻其一点，是一种方法；窥其全貌，也不失为一种角度。《序志篇》云：“夫铨序一文为易，弥纶群言为难……同之与异，不屑古今，擘肌分理，唯务折衷。”唯务折衷，即调和对立双方，取其中正，持论周洽，无所偏颇。这可视为刘勰分析问题的一种原则性方法，《文心雕龙》通篇几乎都留下了这种思维痕迹。

近来，不断有学者从“唯务折衷”的角度重新认识《文心雕龙》[②]。这些意见，笔者基本同意。这样，确实能使一些争执不休的问题得到圆满解释：例如刘勰思想属儒家、道家还是佛家，他与文坛主流合拍还是异趣，他倾向于新变派还是复古派，他对“文贵形似”的时流风尚赞同还是反对……从资料分类还原梳理的层次看，这一问题似乎已解决。但是，深入探讨刘勰思想的成因，还有许多工作要做。笔者注意到，已有学者试图从齐梁时代文化崇尚多元人手，剖析“唯务折衷”思想形成的原因[③]。确实，齐梁之际宽松的文化氛围是孕育多元折衷思想的温床，但在时代氛围面前人人平等，多元的文化精神同样可以影响其他人，况且多元的时代也可产生偏激的见解，如裴子野的《雕虫论》。由此入手，只能解释问题的普遍性，却未能解释为何偏偏是刘勰产生了“唯务折衷”思想这一特殊性。具体情况还需具体分析。

本文意欲略人所详，而详人所略，拟从刘勰与时流的距离关系探讨“唯务折衷”思想的成因。时流者，一代之时尚名流也。《宋书·蔡廓传》：“廓年位并轻，而为时流所推重。”本文认

---

① 刘文忠：《刘勰美学思想体系的特色》，《文心雕龙研究》第一辑，第115页，北京大学出版社，1995年。

② 刘文忠：《刘勰美学思想体系的特色》，《文心雕龙研究》第一辑，第115页，北京大学出版社，1995年。彭铁浩《〈文心雕龙〉文学论的折衷性格》，《文心雕龙研究》第二辑，第257页，北京大学出版社，1996年。王运熙：《刘勰文学思想中的折衷倾向》，《刘勰文学研究荟萃》，上海书店，1992年。罗宗强：《魏晋南北朝文学思想史》，第262—283页，中华书局，1996年。

③ 王运熙：《〈文心雕龙〉产生的历史条件》，《文史》二十二辑。罗立乾：《〈文心雕龙〉思维方式论纲》，《临沂师专学报》，1996年4期。

为，刘勰与当时领袖文坛之"时流"的距离，处于一种若即若离的边缘性微妙状态。实际上，《梁书·刘勰传》已透露出了这种消息。即者，入其寰内也，其云："昭明太子好文学，深爱接之。"离者，出其圈外也，其云："(《文心雕龙》)既成，未为时流所重。"结合二者，就是不即不离。不即不离者，既入乎其内，又出乎其外者也。如能对这种边缘性状态把握准确，分析透彻，就找到了解释刘勰"唯务折衷"思想形成的另一把钥匙。

一

刘勰与时流的距离之一，是他骨子血脉里遗存着浓厚的北人意识。汪春泓先生曾撰《梦仲尼而南行——论刘勰的北人意识》一文[①]，对此有详细辨析，本文这部分直接受其启发。

齐梁之际，南风劲吹。不仅政坛南人秉政，文坛也是南人的一统天下。作为南渡北人的后裔，刘勰有借助北方思想文化矫正时弊的意图。《序志》中，他对前人文论最不满的就是"并未能振叶以寻根，观澜而索源。不述先哲之诰，无益后生之虑"(《序志》)。而他用来"寻根"、"索源"的武器恰恰是北方儒家的思想意识。值得注意的是，这里的"寻根"、"索源"、"述诰"云云，并非书面上简单的引经据典，而是有深层的文化心理内涵。

从家世渊源看，刘勰的"根"和"源"都在北方。刘勰为南渡北人之后，其祖籍莒(今山东莒县)，属齐鲁旧邦。莒，周时为莒国，春秋属齐。后又入楚，楚灭鲁后，迁鲁君于此。《论语·子路》所云"子路为莒父宰"，即此。《宋书·州郡志》："南东莞太守领县三：东莞，莒，姑幕。户一千四百二十四，口九千八百五十四。"西晋末年之北人南渡，往往有举族迁徙、聚居的特点，易地而不移俗。《宋书·州郡志》载："南琅邪太守，晋乱，琅邪国人随元帝过江千余户，太兴三年，立怀德县。"按南东莞一郡领户不过千余，而琅邪郡一次性过江就有千余户，几与之相埒，可见其整族迁徙之人多势众。东莞郡的迁徙也有千户规模。事见《晋书·徐邈传》："徐邈，东莞姑幕人也。祖澄之，为州治中。属永嘉之乱，遂与乡人臧琨等率子弟并闾里士庶千余家南渡江，家于京口。"按东莞领县有三，东莞、莒、姑幕各居其一，同属一郡，姑幕乱则莒必无宁日。以姑幕移民的数量推之，刘勰祖上一族由莒南迁的规模也不会太小。勰祖灵真。据梁书本传，灵真为宋司空刘秀之之弟，而秀之则为刘宋开国元勋刘穆之之从兄子。《宋书》刘穆之本传云其"东莞莒人，世居京口"。这种北人整族整郡南迁的直接结果就是易地而不改名，不移俗，身居南土，不忘北音，保留了许多北方的社会习俗，并把北方思想文化直接带到南方。正如《通典·州郡》所云："永嘉之后，帝室东迁，衣冠避难，多所萃止，艺文儒术，斯之为盛。"处于这种特殊的南迁文化氛围中，刘勰祖上也不会例外。杨明照曾分析说："南朝之际，莒人多才，而刘氏犹重，其本支与舍人同者，都二十余人，虽臧氏之盛，亦莫之与京。是舍人家世渊源有自，其于学术，必有启厉者。"(《梁书刘勰传笺注》)不无道理。

这种聚族迁徙、群居的移民特征，不仅保留了北方风俗，而且遗传了北方的思想意识。中华文明，崛起北土；齐鲁旧邦，斯文尤盛。作为有着齐鲁文化背景的南迁北人后裔，其血脉骨子里北方文化的正宗意识和自负感是非常浓厚的。如颜之推祖籍山东琅邪，永嘉南迁至之推之世已历四代，可他《观我生赋》还念念不忘自己祖籍是北方："吾王所以东运，我祖于是

① 汪春泓：《梦随仲尼而南行》，《文心雕龙研究》第一辑，第203页，北京大学出版社，1995年。

南翔。去琅邪之迁越，宅金陵之旧章。作羽仪于新邑，树杞梓于水乡。"无独有偶，在刘勰的《文心雕龙·序志》篇中，我们也看到了这种痕迹："予生七龄，乃梦彩云若锦，则攀而采之。齿在逾立，则尝夜梦执丹漆之礼器，随仲尼而南行。"一曰"南翔"，一曰"南行"，传播齐鲁文化的荣幸和自负之意溢于言表，可见其潜意识中根深蒂固的北土观念。正如汪春泓先生所说，假如刘勰的籍贯潜意识是世居之京口，淡忘了北方祖居之地，那就应称"迎"仲尼而南"来"，而不应称"随"仲尼而南"行"，这一"随"一"行"，明显透露出刘勰身为孔子乡人的骄傲①。《序志》又说："旦而寤，乃怡然而喜，大哉圣人之难见也，乃小子之垂梦钦！自生人以来，未有如夫子者。"梦里梦外，以与至圣孔子同乡为荣的口吻溢于言表。此外，在《原道》、《征圣》、《宗经》、《正纬》诸篇中，刘勰一再盛赞孔子对中华文化的卓越贡献，《原道》云："至夫子继圣，独秀前哲，熔铸《六经》，必金声而玉振；雕琢情性，组织辞令，木铎启而千里应，席珍流而万世享，写天地之辉光，晓生民之耳目矣。"《宗经》云："譬万钧之洪钟，无铮铮之细响。"

作为圣人同乡和齐鲁移民后代，在心态感觉上，刘勰对南方主流社会不无俯视之态，内心深处始终有一种文化心理上的优越感和距离感，尤其当他处于想进入又难以进入这种主流文化圈的边缘状态之时，这种距离感就尤为强烈，对圈内风气看得就更清楚，言辞也趋于激烈——"而去圣久远，文体解散，辞人爱奇，言鬼浮诡，饰羽尚画，文绣鞶帨，离本弥甚，将遂讹滥"(《序志》)。这种距离感使他本能地从北方圣贤的著述中去寻找思想武器，其见解超出圈内人士，超出南方时流，乃有一种逻辑上的必然——"盖《周书》论辞，贵乎体要；尼父陈训，恶乎异端；辞训之异，宜体于要，于是搦笔和墨，乃始论文"(同上)。可以这样说，当他以齐鲁文化后继者自任，有意识地借助北方儒家经典矫正时弊之日，就是他无意识地超越了自己所处的南方主流文化氛围之时。他在《序志》中明确提出："唯文章之用，实经典枝条；五礼资之以成，六典因之致用，君臣所以炳焕，军国所以昭明，详其本原，莫非经典。"

这种思想，与齐梁之际儒学衰微，文坛求新变、贵形似的整体风气是大异其趣的。按《文心雕龙》成于齐末，已成定论②。另有成于梁说，也在天监初年③。与日见繁荣的文坛相比，此期儒术的情况很不妙。据《南史·儒林传序》，天监初年之前，即《文心雕龙》付梓之时，南方儒学，式微已甚——"逮江左草创，日不暇给，以迄宋齐，国学时或开置，而劝课未博，建之不能十年，盖取文具而已。是时乡里莫或开馆，公卿罕通经术，朝廷大儒，独学而莫肯养众，后生鼓励孤陋，拥经而无所讲习，大道之郁也久矣"(同上)。刘勰之欲用北方儒家思想规范文体，提倡《原道》、《征圣》、《宗经》，其社会背景正是这种局面。这对以齐鲁文化传人自居的刘勰来说，独立苍茫，一览众山，更有一种文化优越感和责任感。何况他之著书立说，本来就有弘扬圣贤经典之意，所谓"敷赞圣旨，莫若著经"是也，只是因为"马郑诸儒，宏之已精，就有深解，未足立家……于是搦笔和墨，乃始论文"(《序志》)。可见，在他心目中，论文与著经有着同等地位。

刘勰生当南北分裂之时，主要活动在以建康(今南京)为中心的江南地区，这些都明显限制了他对北朝或北方文学本质特征的观察与认识。但文学是一种通过书写符号传播、可以

① 汪春泓：《梦随仲尼而南行》，《文心雕龙研究》第一辑，第205页，北京大学出版社，1995年。
② 杨明照：《梁书刘朗传笺注》，第405页，上海古籍出版社，1982年。
③ 贾树新：《〈文心雕龙〉历史疑案新考》，《文心雕龙研究》第一辑，第219页，北京大学出版社，1995年。

超越时间、空间限制的艺术形式。刘勰一生虽缺乏在北方生活的亲身体验，但并不缺乏间接了解、认识北方文学审美特质的精神渠道，这种渠道就是建安文学或“建安风骨”。

刘勰在《文心雕龙》中多次提到建安风骨，字里行间充溢着欣赏、赞美之意。如《时序》篇：“魏武以相王之尊，雅爱诗章；文帝以副君之重，妙善辞赋；陈思以公子之豪，下笔琳琅。并体貌英逸，故俊才云蒸。……傲雅觞豆之前，雍容衽席之上，洒笔以成酣歌，和墨以藉谈笑。观其时文，雅好慷慨，良由世积乱离，风衰俗怨，并志深而笔长，故梗概而多气也。”不仅描绘出其文学活动的生动图画，而且指出其“雅好慷慨”、“梗概多气”这一精神上的本质特征。又《明诗》篇：“暨建安之初，五言腾踊。文帝陈思，纵留以骋节；王、徐、应、刘，望路而争驱。并怜风月，狎池苑，述恩容，叙酣宴，慷慨以任气，磊落以使才。造怀指事，不求纤密之妙；驱辞取貌，唯取昭晰之能。”《风骨》篇中，还从理论的高度总结了建安文人的整体美学追求，其云：“故魏文称：‘文以气为主，气之清浊有体，不可力强而致。’故其论孔融，则云‘体气高妙’；论徐干，则云‘时有齐气’；论刘桢，则云‘有逸气’。公干亦云，‘孔氏卓卓，信含逸气，笔墨之性，殆不可胜’，并重气之旨也。”可见他对建安文学的高度重视和积极评价。

无论从哪方面来看，建安文学都带有明显的北方文化审美特征。刘勰抓住了建安文学“多气”、“任气”、“重气”这一特点，等于抓住了北朝或北方文学的核心审美特征。从多种角度观察，建安风骨具有鲜明的北方艺术审美属性，是北方精神孕育出的一朵文学之花。简略言之，其北方属性主要有以下几点：一为地域性文学集团，主要活动在中原一带，这决定了其慷慨悲凉带有鲜明的北方地域性特征；二为文武兼备型文学集团，尚武为其精神内核，不仅曹操一生戎马，曹丕亦“长于戎旅之间……逐禽辄十里，驰射常百步”，曹植也是“生乎军，长乎乱”，其《白马篇》中骁勇的幽并游侠儿就是他内心精神的写照，这与单一崇文的南方文学集团很不一样，很符合刘勰“文武之术，左右惟宜”的观点；三为征服意识强烈，北方古为华夏政权中心所在，所谓“尧之都，舜之壤，禹之封”，北胜南是中国历史军政格局演变的规律之一，从地利上看，曹魏集团已处于征服者的地位，这就决定其诗多有忧患意识和刚猛之气。钟惺论曹氏父子，称其“高古之骨，苍凉之气”（《古诗选》）；谭元春评曹操云“此老诗歌中有霸气”（《古诗归》）；《世说新语·豪爽》记：“王处仲每酒后，辄咏‘老骥伏枥，志在千里。……’以如意打唾壶，壶口尽缺。”均指其刚健力度而言。

从三曹、七子的籍贯、活动范围和其作品反映的内容三方面来看，建安文学具有浓烈的北方地域色彩，有一种“铁马秋风冀北”式的阳刚博大之美，是地道的北方文化产物。从籍贯看，三曹和七子都是北方人，血脉骨子里就有北人的刚性血气；从身份看，他们是统一中原的君臣，以北方为基地，怀有进而扫荡天下的雄心霸气；从活动范围看，其洒笔酣歌、耳濡目染的环境都被南北分裂的条件限制在北方；从其接触的景物看，是视野开阔、线条劲直的北方山川，不仅体积巨大，气魄雄伟，而且人文历史积蓄深厚，古代圣贤、帝王的精神贯注其中，易于寄托感悟人生、建功立业的博大情思；从其吟咏的对象看，由于建安文人所处动荡、战乱的社会环境的特殊性，局势变化不定，人的寿命变短，于是生命意识特别敏感、强烈，形成其独有的一种忧患意识和悲凉风格。这与处在温暖环境中、重感官享乐的南朝文化精神是大异其趣的。慷慨悲凉的人生感悟，建功立业的浓烈情思，哀怜民生多艰的人世咏叹，构成“建安风骨”重刚健、尚骨力的审美特征。

刘勰骨子血脉里遗存着浓厚的北人意识，他对借助北方思想文化来规范文体和文坛风气，本来就有一种本能的自觉，刘勰之重视并推崇建安风骨，实为找到了一条与北方文化审美精神沟通的渠道，他总结的建安文学"雅好慷慨"、"梗概多气"，抓住了问题的关键之处。这种评价不仅适用于建安文学，而且可以扩展到评价整个北方文学的审美特征，为他进一步思考融合南北文化两长的问题奠定了基础。这些都使刘勰的眼光、见识能够超越自身所处的南方文化氛围。

二

刘勰与时流距离之二，是士庶之别。

这种距离和区别不仅是社会地位上的，更是文化心理上的。关于刘勰究竟属于士族还是庶族，王元化的《刘勰的身世与士庶区别问题》一文辨析甚详[①]，我倾向于这种判断。但感觉辨明刘勰士庶属性这一成果的学术价值尚未被充分利用，仍有思维驰骋的空间。笔者认为，辨明刘勰士庶属性的最大价值在于：据此又找到了判定刘勰与时流距离的另一把钥匙。

南朝齐梁，文在皇室宫廷，故社会主流和文坛主流具有同构共趋性，刘勰与社会时流的距离是由其庶族地位决定的。据《梁书》本传："家贫，不婚娶，依沙门僧佑，与之居处。"关于刘勰依僧佑，有王元化的逃避租役说（同上），及张少康的结交名流说[②]。逃避租役是由于出身微贱，结交名流是为寻找登仕捷径，从不同角度证明了刘勰的庶族地位。也正微妙地说明了他与主流若即若离的社会地位因素。入寺清贫著书；而不是出没于官场文坛，这本身就是一种距离。《文心雕龙》约在此期成书，就是这种距离的产物。据《梁书》本传，书成后，无人赏识，而刘勰本人却是"自重其文"，可见时流所轻和他自己所重是矛盾的，其间有一段不可逾越的距离。

应该看到，这种距离，并非刘勰的主观愿望，而是"士庶天隔"的社会产物。刘勰想通过主观努力改变命运，但时代对他的接纳十分苛刻，尤其在《文心雕龙》构思、酝酿及写作的齐末梁初，他尚为贫寒庶族，与主流社会如隔天壤。距离既是一种拒绝，也是一种旁观者清的有利位置。处于社会底层，对锐意求仕进、自视自期均极高的刘勰来说，是难以接受的，其心态中常有压抑、愤懑、不满的阴影，对士庶天隔这一社会现象提出了批评。这在《文心雕龙》中时有表露。如《史传》的尖锐批评："勋荣之家，虽庸夫而尽饰，迍败之士，虽令德而常嗤。吹霜照露，寒暑笔端，此又同时之枉，可为叹息者也！"《程器》中慨叹"将相以位隆特达，文士以职卑多诮，此江河所以腾涌，涓流所以寸折也"，又如《知音》篇："知音其难哉！音实难知，知实难逢，逢其知音，千载其一乎！夫古来知音，多贱同而思古，所谓'日进前而不御，遥闻声而相思'也。"结合《文心雕龙》终齐梁之世"未为时流所称"的史实，可以见出其中个人怀才不遇的愤激之情。出于庶族立场，刘勰对世家大族多有批评，集中表现在《程器》中。由于旁观者清，所言寄慨遥深，多愤世嫉俗之语。尤其可贵的是，在南朝狂热尚文的氛围中，刘勰能指出："安有丈夫学文，而不达于政事哉？彼扬马之徒，有文无质，所以终乎下位也。"

齐梁之世，举世崇文，所谓"二汉求贤，率先经术；近代取人，多由文史"（《梁书·江淹任

---

① 王元化：《文心雕龙创作论》，第3—10页，上海古籍出版社，1979年。

② 张少康：《刘勰为什么要"依沙门僧佑"》，《文心雕龙研究论文集》，第87页，齐鲁书社，1982年。

昉传论》)。刘勰此说,略显突兀。但考之史实,可知其有极强的针对性。刘跃进先生在考察了东南豪族,尤其是吴兴沈氏在东晋、南朝的兴衰遭际后,得出结论说:“以吴兴沈氏在政治上的衰微及沈约在文化上的振起为标志,东南最有影响的豪族都已弃武从文,先后从武力强宗转向文化士族。同东南豪族一样,绝大多数侨姓士族也相继弃武从文,逐渐走上文化士族的道路。至齐梁之际,这种转变已经大体完成。”[①]《梁书・到洽传》载任昉对梁武帝语:“臣常窃议,宋得其武,梁得其文。”极简洁地道出这一士风的嬗变。这种崇文时尚导致的弊端就是士人“迂诞浮华,不涉世务”,世中文学之士“品藻古今,若指诸掌,及有试用,多无所堪”,终日“褒衣博带,大冠高履,出则车舆,入则扶持,郊郭之内,无乘马者”,其风俗柔脆至于此。及侯景乱起,这些“肤柔骨脆,不堪行步,体羸气弱,不耐寒暑”的虚弱文士,多不堪一击,“坐死仓促者,往往而然”(《颜氏家训・涉务》)。正是在这种背景下,刘勰提倡文武并重:“文武之术,左右惟宜。郤縠敦书,故举为元帅,岂以好文而不练武哉?孙武《兵经》,辞如珠玉,岂以习武而不晓文也?”(《程器》)此种崇文弊端,害国误政不浅。以朱异为例,此人以文起家,“遍治五经,尤明《礼》、《易》,涉猎文史,兼通杂艺,博弈书算,皆为其长……高祖召见,使说《孝经》、《周易》义,甚悦之,谓左右曰:‘朱异实异。’”大同六年,“异启于仪贤堂奉述高祖《老子义》,敕许之。及就讲,朝士及道俗听者千余人,为一时之盛”(《梁书・朱异传》)。颇得宠任,所谓“四官皆珥貂……四职并趋卤簿,近代未之有也”(同上)。而在是否收纳侯景这一关乎国家命运的问题上,朱异善窥人主之意,阿谀以承上旨,以致酿成梁末大乱。此为单纯崇文之恶果,亦可见刘勰不幸而言中,他对举世崇文、士人不堪器用的担忧中含有一种“后之视今”的远见。

当然,《文心雕龙》是一部论文著作,但从贫寒庶族的立场和心态出发,刘勰可以把对社会的批判精神融注到文学批评之中。如他强调风骨,明显是针对文风靡弱;而文风之靡弱,又与士大夫重文轻武,其中多“肤柔骨脆”之辈有关。《文心雕龙》对柔靡文风批评的最原始动力,无疑来自他郁郁不得志的庶族地位,对此,《序志》篇已言之甚详。刘永济分析说:“盖自魏文时创为九品中正之法,日久弊生,宋齐以来,循之未改……是以六代甄拔人才,终不出此制。于是士流咸重门第,而寒族无进身之阶,此舍人所以兴叹也。于后义可见尔时显贵,但以辞赋为勋绩,致国事废弛。盖道文既离,浮华无实,乃舍人所深忧,亦《文心》之所由作也。”(《文心雕龙校释》)可谓切中肯綮。世风之重文轻武和文风之弃质崇文,本来就具有同根共生的性质;被社会主流拒绝,与被文坛主流排斥,也明显有一种内在联系。

欲接近主流社会而被排斥,自贵重其文而难遇知音,就决定了他对南风劲吹的文坛有一种清醒冷峻的批判态度。齐梁之际,沈约为代表的南方派统领文坛,追求新变,构成“近代”文坛主流。《程器》云“近代辞人,务华弃实”,《物色》云“自近代以来,文贵形似,窥情风景之上,钻貌草木之中”,《明诗》云“俪采百字之偶,争价一句之奇,情必极貌以写物,辞必穷力而追新,此近世之所尚也”,《定势》云“自近代以来,率好诡巧,原其为体,讹势所变,厌黩旧式,故穿凿取新”,《通变》云“今才颖之士,刻意学文,多略汉篇,师范宋集,虽古今备阅,然近附而远疏也”。在这种对“近代”极高的批评频率中,可见刘勰对文坛上南风劲吹的态度。这里“近代”、“近世”云云,即指由北趋南、至齐梁达到极盛的文风演变,这种南北风气易位的变化

---

① 刘跃进:《门阀士族与永明文学》,第64页,三联书店,1996年。

实滥觞于魏晋,刘师培认为,建安七子还“悲哀刚劲,洵乎北土之音”,但到“魏晋之际,文体变迁,而北方之士侈效南文……嵇、阮诗歌,飘忽峻佚,言无端涯,其旨开于庄周,及其弊也,则宅心虚阔,失所旨归。左思歌赋,广博沉雄,慷慨卓越,其旨开于苏、张,及其弊也,则浮嚣粗犷,味厥修辞。北方文体至此混淆……诗歌亦然,故力柔于建安,句工于正始,此亦文体由北趋南之渐也”(《南北文学不同论》)。此期文学,颇染浓厚的南国地域色彩,讲究形式美的文风弥漫朝野内外。理论的研讨,也都围绕着文学特质、形式技巧进行,如文笔之辨,模山范水之作,声律音韵的探索,格律诗雏形的出现,用典使事的讲求,骈体文的成熟,宫体诗的流行等。其主流趋势一言以蔽之曰:文贵形似,气尚阴柔。其文学思想如影随形,同样重文轻质,求新思变,所谓“若无新变,不能代雄”。萧纲《与湘东王书》,萧绎《金楼子·立言》,萧子显《南齐书·文学传叙》,都十分注重“文”的特质。萧统编纂《文选》,更是迂回委婉地把经、史、子、传排除在外,向辞采情思倾斜:“若其赞论之综辑辞采,序述之错比文华,事出于沉思,义归乎翰藻。”(《文选序》)他把佳诗美文比作愉悦视听感官的音乐锦绣——“譬陶匏异器,并为入耳之娱;黼黻不同,俱为悦目之玩”。这就是环绕着刘勰的时流风尚,刘勰对“近代”、“近世”的批评,多指此而言。

士庶天隔,郁郁不得志,是刘勰指摘社会弊端的动力,也是批评文坛病态的角度。与时流所保持的距离使他能站在主流圈外,清醒地观察,冷静地思考,看到表面热闹喧嚣背后的种种病态。这种视角,圈内人是不会具备的。如以上所举萧纲至萧统、沈约等“贵盛”者,都是倡导一时风气的人物,他们独步文坛,领袖群伦,常醉心于自己所倡导的时尚之中,口吻中多有欣赏、自负、得意之态,萧纲就说:“文章未坠,必有英绝,领袖之者,非弟而谁?”(《与湘东王书》)沈约也认为“音律调韵”乃为诗关键,很自负地说:“自骚人以来,此秘未睹。”把声律视为一己独得之秘。有这种孤芳自赏心态,不可能意识到自己所热衷倡导、参与的文学运动中的弊端,因为无论时代或社会,都没有赋予他们这种冷眼旁观的位置和视角。刘勰被主流社会排斥,始终“未被时流所称”,从他个人发展、命运角度看,是不幸;但从他因此得以冷眼旁观围内弊病的角度看,又是大幸之事。身在圈外,才能看到圈内的弊端;知道什么是弊端,才会萌生矫正、超越的意识。犹如人不能拔着自己的头发离开地球一样,贵形似、尚阴柔的南方文坛本身显然也不会提供这种自我更新的武器。于是,借助北方的气质风骨以纠其偏、矫其弊,乃有一种逻辑上的必然。

从思想意识角度,刘勰借用纠偏的武器是儒家伦理政教;而从文质角度,刘勰矫弊的武器则是建安风骨。《文心雕龙》的《时序》、《明诗》、《风骨》中多次提到建安文学“雅好慷慨”“梗概多气”的特征,尤其是《风骨》篇强调了曹丕的“文以气为主”,并一一分列孔融、徐干、刘桢“气”之不同,总结建安文学特点为“重气”。值得注意的是,《风骨》篇中,有时“风”、“骨”对举,有时“风骨”连用,在这两种情况下,都能找到与气同等的关系。前者如“情之含风,犹形之包气”,后者如“若风骨乏采,则鸷集翰林;采乏风骨,则雉窜文囿”。刘勰作《程器》,是提倡政事练达,文武兼备,纠士风之靡柔,作《风骨》,则是提倡情感饱满,刚柔相济,矫文风之靡弱,从而合南北两长,树立一种“风清骨峻,遍体光华”的理想文风。“辞之待骨,如体之树骸;情之含风,犹形之包气”,这本来就是以人体生理之道喻为文之理;所以,《程器》与《风骨》,一说人,一论文,实有内在联系。

三

若离，是排斥，是异趣，但这只是问题的一个方面；还有另一面：若即，即接近和趋同。若离，使他获得一种思想原则上的把握；而若即，则使他得以接触、熟悉圈内风气，从内行的角度和眼光分析文学现象，公允地看到南方文学重特质和形似的长处。学者之论《文心雕龙》与当时主流合拍，多从这一角度立脚。刘勰之向文坛圈内靠拢，是在向主流社会的接近中同时进行的。同传统文人一样，刘勰的仕进意识很强，他正常的、理想的生活道路是“摛文必在纬军国，负重必在任栋梁”（《程器》）。通观其一生，也是朝此方向实践的。无机会仕进时，他选择了“穷则独善其身”，入寺闭门读书，清贫的环境中仍跳动着一颗炽热焦灼的功名心——“是以君子藏器，待时而动，发挥事业，因宜蓄素以弸中，散采以彪外，楩楠其质，豫章其干。”而一旦有“达时奉时以骋绩”的机会，他马上就离开寺庙，登仕去也。他自称感梦而撰《文心雕龙》，梦见的是主张“用之则行，舍之则藏”的孔子，而非主张遁世的佛教祖宗释迦牟尼，可见即使身在寺庙，其用世之心仍很强烈。天监初年，儒学复兴，四年诏曰：“今九流常选，年未三十，不通一经，不得解褐。若有才同甘颜，勿限年次。”并置《五经》博士各一人。这无疑让贫寒庶族士人看到了一线希望，《序志》中所表现出的功名心如此炽热，其文化背景正是儒学衰微后的复兴。

刘勰著《文心雕龙》，以文章求显达的动机很明显。书成之后，又急于表露于世——“（《文心雕龙》）既成，未为时流所称，勰自重其文，欲取定于沈约。约时贵盛，无由自达，乃负其书，候约出，干之于车前，状若货鬻者”（《梁书·刘勰传》）。这番良苦用心取得了成功，“约便命取读，大重之，谓深得文理，常陈诸几案”。又据《梁书》昭明太子本传载：“（统）引纳才学之士，赏爱无倦。恒自讨论篇籍，或与学士商榷古今；闲则继以文章著述，率以为常。于时东宫有书几三万卷，名才并集。文学之盛，晋宋以来未之有也。”而刘勰也身在昭明太子所引纳的才学之士的行列中，本传云：“昭明太子爱文学，深爱接之。”后来成为萧统的东宫通事舍人，二人有过直接交往。萧统以太子之尊雅爱诗章，沈约以尚书之重妙善辞赋，并为文坛盟主，均为倡导一代风气的人物，其中萧统编纂《文选》，为文坛一时盛事，影响深远，功在百代；沈约发现音韵的奥妙，从根本上影响和左右了中国此后韵文学的发展。沈约对《文心雕龙》的态度是“谓深得文理，常陈诸几案”，萧统对刘勰的态度是“深爱接之”，可见刘勰虽未为时流所重，但明显接触到了圈内的领袖人物，呼吸到了圈内的空气，所谓“若即”是也。

《序志》称：“盖《文心》之作也，本乎道，师乎圣，体乎经，酌乎纬，变乎骚：文之枢纽，亦云极矣。”枢纽者，提纲挈领之关键也。笔者以为，“文之枢纽”说集中体现了刘勰“唯务折衷”的文学思想。其中，《原道》、《宗经》、《征圣》是为“人文”寻找理论依据，借助儒家思想意识规范文体，是尚北；《辨骚》则是肯定南方文学的特质和技巧，是宗南。其中典型体现了“唯务折衷”的精神。这样说，理由有二：一是《离骚》等楚辞作品本身是南国风土的产物，带有鲜明的地域特色，所谓“若乃山林皋壤，实文思之奥府……然则屈平所以能洞监《风》、《骚》之情者，抑亦江山之助乎”（《物色》）；二是刘勰讲宗经，并非呆板地文以载道，亦很重视文学特质，相对《诗经》来说，楚辞是一种变体，所谓“正声何微茫，哀怨起骚人”（李白《古风》），所以楚辞在“文之枢纽”中的地位是“变乎骚”。经是正，骚是变。无经来规范，则脱离圣贤正道；无骚以新变，则背离文学特质。讲变，是在合乎经典的前提下为文学技巧找到了一条合理出路，给形式美留下一席之地，而形式、技巧恰恰是南朝尤其是齐梁文坛之所崇尚。尤其值得一提的是，刘勰之强调“变”，有着鲜明的时代烙印和极强的针对性。《文心雕龙》酝酿及成书前后，齐梁文坛正处于由古体诗向近体诗转型的“新变”的关键时期。以沈约为代表，讲求声律的永明作家步入文坛，其特点是厚今薄古，骛奇追新，如萧子显所云“习玩为理，事久则渎，在乎文章，弥患凡旧，若无新变，不能代雄”（《南齐书·文学传论》）。刘勰对新变派的态度较为复杂，从宗经角度看，如上所论，不无微辞；而从文艺规律出发，他又主张“通变无方”、“日新其业”，对“变”和“新”都持肯定态度。从某种意义来说，楚辞之“变”与永明文学之“变”，在“文律运周，日新其业”上有惊人的相似之处，并且都是南风劲吹的产物，他在文之枢纽中强调要“变乎骚”，在《通变》中提出“望今制奇”，实际是对齐梁文坛新变派的一种委婉迂回的肯定。

辨骚，就是辨析骚的价值。骚的价值何在？就是“奇”。《辨骚》开篇就说：“自风雅寝声，莫或抽绪，奇文郁起，其《离骚》哉！”相对《诗经》的正而言，奇是一种变化，有着浓郁的南方地域特色。从宗经文学观出发，刘勰认为《离骚》有四点合乎经典，即“典诰之体”、“规讽之旨”、“比兴之意”和“忠怨之辞”，而这四点，恰为北方思想文化特点；又说它有四点不异于经典，即“诡异之辞”、“谲怪之谈”、“狷狭之志”和“荒淫之意”，这四点，又明显多染南方文化色彩。就刘勰对骚的总体看法而言，有抽象否定，但更多的是具体肯定，多赞誉之词，如“固已轩翥诗人之后，奋飞辞家之前，岂去圣之未远，而楚人之多才乎”，又“故能气往轹古，辞来切今，惊彩绝艳，难与并能矣”，并称“其衣被词人，非一代也”，“乃《雅》、《颂》之博徒，而词赋之英杰也”（《正纬》），具有全篇总结性质的赞中更是这样——“不有屈原，岂见《离骚》？惊才风逸，壮志烟高”。

在“文之枢纽”关键的五个座位中给《辨骚》留下一席之地，其意义要远远大于五分之一：它在带有浓重北方文化色彩的宗经思想之外另辟出一片天地，使讲求文学特质、形式、技巧的南方文风有所依归。可以说，正因为有了《辨骚》，才会有《丽辞》、《声律》、《事类》、《夸饰》、《情采》、《神思》、《物色》等一脉篇章存在的合理性，而其背后活跃的恰恰是肯定文学特质、注重形式技巧的南方审美因素。

从《声律》篇中，就可见出刘勰对时流风气即“近代文学”的参与程度。音韵声律属于纯粹技巧方面的探讨，以宗经文学观视之，纯属雕虫小技，沈约也看到了这一点：“若斯之妙，而圣人不尚，何耶？此盖曲折声韵之巧，无当于训义，非圣贤立言之所急也。”（《答陆厥书》）但又十分自负，称“自骚人以来，此秘未睹”。对这种“新变”之物，裴子野专门著《雕虫论》反对，钟嵘也有异议，甚至持批评否定态度——“于是士流景慕，务为精密，襞积细微，专相凌驾，故使文多拘忌，伤其真美。”（《诗品序》）而刘勰却专著《声律》篇，从文艺科学角度认真研究了这一“新变”之物。篇中所论多有与沈约意见相合者，如沈约认为宫商音韵出于自然情性，“天机启则律吕自调，六情滞则音律顿舛也”；刘勰也说：“夫音律所始，本于人声者也。声含宫商，肇自血气……故言语文章者，神明枢机，吐纳律吕，唇吻而已。”二者如出一辙。当然，《声律》篇中更多的是对永明声律说的进一步阐发。如刘勰认为：“古之教歌，先揆以法，使疾呼中宫，徐呼中徵。夫商徵响高，宫羽声下，抗喉、矫舌之差，攒唇、激齿之异，廉肉相准，皎然可分。”这里提到喉、舌、唇、齿之别，辨析显然更为精细。自范晔、谢庄，直至王融、谢朓、沈约、周颙都没有涉及声律论和喉、舌、齿、唇等发音部位的关系，只有《声律》篇才明确指出：人的声音存在着“抗喉”、“矫舌”、“攒唇”、“激齿”的差异，揭示了除众所周知的律吕五音之别外，还存在着喉、舌、唇、齿五音的差异。这显然是对沈约声律说的创造性补充。又如，沈约提出“欲使宫羽相变，低昂互节，若前有浮声，则后需切响”，但什么是“浮声”、“切响”，并无确解。刘勰对此作了扼要的描述：“凡声有飞沈，响有双叠；双声隔字而每舛，叠韵杂句而必睽，沈则响发而断，飞则声飏不还。并辘轳交往，逆鳞相比，迕其际会，则往蹇来连，其为疾病，亦文家之吃也。”这种种见解，不仅高于钟嵘，就是与声律论倡导者沈约等相比，也不无雏凤清于老凤声之势。纪昀认为《声律》篇“论声病详尽于沈隐侯”，洵为旷世知音。

此外，其他篇章中也多表现出刘勰对“近代文学”的热情参与和积极肯定这一基本态度。例如《物色》。笔者以为，《物色》一篇，南国情味最重，最能流露出刘勰对“近代文学”的立场和态度，因为它本质上是肯定形式美的，是感性的，而非理念判断的。其赞曰：“山沓水匝，树杂云合。目既往还，心亦吐纳。春日迟迟，秋风飒飒。情往似赠，兴来如答。”纪昀曾评云：“诸赞之中，此为第一。”既为“第一”，必有不同凡响之处，究竟好在哪里？窃以为，好就好在它本身就是一首情景交融的山水小诗，而非严谨的理论思辨。此赞虽短小，但从中透露出的审美讯息却不简单。分析《物色》，有一个长期为人所忽略却很有意思的问题，即作者写作本篇时的口吻与角度。这一问题看似无足轻重，实际上牵涉到刘勰对时流文坛的态度。《物色》对自然形式美，采取的是一种赏玩式的审美态度，其口吻和心态纯粹是南方式的。《物色》开篇即描绘出一幅心物交感的和谐图画：“春秋代序，阴阳惨舒，物色之动，心亦摇焉。盖阳气萌而玄驹步，阴律凝而丹鸟羞，微虫犹或入感，四时之动物深矣。若夫圭璋挺其惠心，英华秀其清气，物色相召，人谁获安？……岁有其物，物有其容，情以物迁，辞以情发。一叶且或迎意，虫声有足引心，况清风与明月同夜，白日与春林共朝哉！”这本身就是在进行自然山水审美，而非理论思辨。

细读《物色》及《情采》、《原道》涉及自然美的部分，会感觉不是在读逻辑严密的理论著作，而是在欣赏一首诗、一幅画，你看：“云霞雕色，有逾画工之妙；草木贲华，无待锦匠之奇……林籁结响，调如竽瑟；泉石激韵，和若球篁。”“春日迟迟，秋风飒飒。情往似赠，兴来如答。”此外，你还会感受到作者面对美丽自然景物所产生的激动和兴奋——“物色之动，心亦摇焉”，“山沓水匝，树杂云合。目既往还，心亦吐纳”。试看这样的句子：“若夫圭璋挺其惠心，英华秀其清气，物色相召，人谁获安？”逻辑判断中充满情感色彩，读者能感觉到他在大自然的感召下跃跃欲试的心态，其中充溢着一种欣赏、把玩、惊喜的审美直觉愉悦。刘勰写作本篇时，心理上有很强的移情于物的倾向，才能感受到“一叶且或迎意，虫声有足引心，况清风与明月同夜，白日与春林共朝哉”的愉悦。这不由使人联想到谢灵运的《石壁精舍还湖中作》：“昏旦变气候，山水含清辉。清晖能娱人，游子憺忘归。出谷日尚早，入舟阳已微。林壑敛暝色，云霞收夕霏……”面对自然风光的感召，二者的审美心理逻辑极其相似。如果这种联系能够成立，那么就自然把我们的视线引向这一方面：即刘勰对晋宋以来形成的山水审美情趣是认同的，他本身就在南朝唯美主义氛围的主流之中。在讴歌山水的大合唱中，他自觉或不自觉地充当了其中一名队员，使《物色》的字里行间充溢着一种欣赏、把玩的审美感受，而这也正是齐梁时流对自然美所持的一种普遍态度。南国物性的细致、精巧，培养出审美心性感觉的细腻、精微，如同音乐会促进产生欣赏“音乐的耳朵”一样，特定的景物也会培养出“物色的眼睛”，即主体的审美敏感。《世说新语·言语》记：“简文入华林园，顾谓左右曰：‘会心处不必在远，翳然林水，便自有濠濮间想也，觉鸟兽禽鱼，自来亲人。'"对刘勰"深爱接之"的萧统也说：

与其饱食终日，宁游思于文林。或日因春阳，其物韶丽，树花发，莺鸣和，春泉生，喧风至，陶嘉月而嬉游，藉芳草而眺瞩；或朱炎受谢，白藏纪时，玉露夕流，金风多扇，悟秋山之心，登高而远托；或夏条可结，倦于邑而属词，冬云千里，睹纷霏而兴咏。（《答湘东王求文集及〈诗苑英华〉书》）

审美趣味盎然。又《梁书·萧子显传》曰：

追寻平生，颇好词藻，虽在名无成，求心已足。若乃登高目远，临水送归，风动春朝，月明秋夜，早雁初莺，开花落叶，有来斯应，每不能已也。

所谓"有来斯应，每不能已"，也就是刘勰"物色相召，人谁获安"之意。又如《总术》篇专论方法、技巧，说理想的文章是"视之则锦绘，听之则丝簧，味之则甘腴，佩之则芬芳"，这与萧统所云"譬陶匏异器，并为入耳之娱；黼黻不同，俱为悦目之玩"（《文选序》），用意、语句都很相似。由此，再联系一下梁元帝萧绎所说："至如文者，惟须绮縠纷披，宫徵靡曼，唇吻遒会，情灵摇荡。"（《金楼子·立言》）可见刘勰说的都是内行话，与文坛时流的主导观念十分接近。

结　语

综上所述，若即若离的边缘性状态是刘勰与时尚主流的社会距离，这种距离导致了他在思想意识和审美取向上，均能够折衷南北，从而能对新变和复古派持一种通融折衷的态度。但又应看到，这种边缘性状态并非任何人的一厢情愿，而是一种主客观条件相互作用的"合力"的结果。若即若离，这两种力量既相互排斥又相互吸引，在刘勰身上综合作用，形成一种"合力"，使他始终能与时流处于一种边缘性微妙状态，对刘勰形成"唯务折衷"思想影响至大。当然，围绕这一问题意绪纷繁，已远非小小一篇论文所能包容。日月之下，不息爝火，荧豆微光，理无远照，冀多思敏求者正之。

作者单位：南开大学

据于儒经与面对文学

——论《文心雕龙》“剖情析采”与其“文之枢纽”的价值取向之差异问题

力　之

众所周知，刘勰在《序志》中明言将《文心雕龙》五十篇分为五个部分：一，“文之枢纽”，包括开头的《原道》、《征圣》、《宗经》、《正纬》、《辨骚》五篇，是为全书总纲；二，“论文叙笔”，包括第六《明诗》到第二十五《书记》凡二十篇，这部分以文体为单位，分述并论种种文体的源流、特点与写作过程中应该遵循的基本准则；三，“剖情析采”，包括第二十六《神思》至第四十四《总术》凡十九篇，这部分打破文体之界限，总论文章写作中的种种问题；四，论“时序”、“才略”、“知音”、“程器”，这部分相互间没有密切的联系，但每篇都单独探讨文学上的某些重大问题；五，“长怀《序志》”，说明本书的写作宗旨与其写作缘起。论南朝之文学思想（理论批评）者往往认为刘勰属折衷派，这大抵是不错的。作为一个理论批评家，其理论建构与批评精神都是非常自觉的。不过，“文之枢纽”部分，尤其是其中的《原道》、《征圣》、《宗经》三篇与其他部分如“剖情析采”十九篇，两者在价值取向上存在着某些差异。就前者言，其所表现出的文学思想与被学界公认为南朝文学思想之保守人物的裴子野并无本质的不同；而就后者言，其所表现出的文学思想与略后的昭明太子编《文选》时之文学追求几无二致。

探讨这方面的问题，不仅对我们从整体上把握《文心雕龙》有其特殊意义，而且对考察同一作家何以会出现创作实践与其理论表述差异等等，亦不无启示意义。因此，我们不揣识小见窄而为此小文以究之。不当处，祈海内外的方家不吝以斧之。

一、“文之枢纽”以重文之功用与矫文之弊为依归

《序志》云：“盖《文心》之作也，本乎道，师乎圣，体乎《经》，酌乎《纬》，变乎《骚》，文之枢纽，亦云极矣。”[①]杨明照先生云：“由于刘勰以儒家思想为出发点，所以他用《原道》、《征圣》、《宗经》三篇来笼罩《文心雕龙》全书，确立了文学的基本原则：‘道心’是文学的本原，‘圣人’是立言的标准，经书是文章的典范。……不过，‘论文’毕竟不等于‘注经’，《文心雕龙》包含了极其丰富的内容，对大量的文学现象进行了具体而细致的分析，提出了许多真知灼见，这是不能简单地用儒家思想来包括的；《文心雕龙》的卓越贡献也正在这里。”[②]牟世金先生亦云：“《文心雕龙》中评论的作家作品虽然众多，研讨的文理文术虽然多种多样，但其评其论的

---

① 〔南朝〕刘勰撰，范文澜注：《文心雕龙注》，人民文学出版社，1958年。又，本文引《文心雕龙》文均此。

② 杨明照：《文心雕龙校注拾遗·前言》，上海古籍出版社，1982年。

基本观点，就是本道、师圣、体经。”[①]从大处着眼，我们认为这是符合实际的。因之，先考察这三者。

> 文之为德也大矣，与天地并生者何哉！……至夫子继圣，独秀前哲，熔钧《六经》，必金声而玉振；雕琢情性，组织辞令，木铎起而千里应，席珍流而万世响，写天地之辉光，晓生民之耳目矣。爰自风姓，暨于孔氏，玄圣创典，素王述训，莫不原道心以敷章，研神理而设教，取象乎河洛，问数乎蓍龟，观天文以极变，察人文以成化；然后能经纬区宇，弥纶彝宪，发挥事业，彪炳辞义。故知道沿圣以垂文，圣因文而明道，旁通而无涯，日用而不匮。《易》曰："鼓天下之动者存乎辞。"辞之所以能鼓天下者，乃道之文也。(《原道》)
>
> 陶铸性情，功在上哲，夫子文章，可得而闻，则圣人之情，见乎辞矣。先王声教，布在方册；夫子风采，溢于格言。是以远称唐世，则焕乎为盛；近褒周代，则郁哉可从。此政化贵文之征也。……故《春秋》一字以褒贬，《丧服》举轻以包重，此简言以达旨也。《邠诗》联章以积句，《儒行》缛说以繁辞，此博文以该情也。……征之周孔，则文有师矣。是以论文必征于圣，窥圣必宗于《经》。《易》称"辨物正言，断辞则备"；《书》云"辞尚体要，不惟好异"。故知正言所以立辨，体要所以成辞，辞成无好异之尤，辨立有断辞之美。虽精义曲隐，无伤其正言，微辞婉晦，不害其体要。体要与微辞偕通，正言共精义并用；圣人之文章，亦可见也。……圣文之雅丽，固衔华而佩实者也。天道难闻，犹或钻仰；文章可见，胡宁勿思？若征圣立言，则文其庶矣。(《征圣》)
>
> 三极彝训，其书言"经"。经也者，恒久之至道，不刊之鸿教也。故象天地，效鬼神，参物序，制人纪，洞性灵之奥区，极文章之骨髓者也。……自夫子删述，而大宝咸耀。于是《易》张《十翼》，《书》标"七观"，《诗》列"四始"，《礼》正"五经"，《春秋》"五例"，义既极乎性情，辞亦匠于文理，故能开学养正，昭明有融。然而道心惟微，圣谟卓绝，墙宇重峻，而吐纳自深。譬万钧之洪钟，无铮铮之细响矣。……故论说辞序，则《易》统其首；诏策章奏，则《书》发其源；赋颂歌赞，则《诗》立其本；铭诔箴祝，则《礼》总其端；纪传盟檄，则《春秋》为根……所以百家腾跃，终入环内者也。若禀"经"以制式，酌《雅》以富言，是即山而铸铜，煮海而为盐也。故文能宗"经"，体有六义：一则情深而不诡，二则风清而不杂，三则事信而不诞，四则义贞而不回，五则体约而不芜，六则文丽而不淫。……夫文以行立，行以文传，四教所先，符采相济，迈德树声，莫不师圣；而建言修辞，鲜克宗《经》。是以楚艳汉侈，流弊不还，正末归本，不其懿欤！(《宗经》)

毫无疑问，从上述引文看，刘勰非常重儒家之"道"[②]，是以政治(教化)功用作为文学的第一要务的，而其撰《文心雕龙》的目的，《序志》说得十分清楚，即通过以儒家经典纠正近世以来"离本弥甚"的各种"文体"与教学子们如何写好各体文章。于此亦可见，彦和对自己立言能达"不朽"之地甚有自信。所谓"形同草木之脆，名逾金石之坚，是以君子处世，树德建言，岂好辩哉，不得已也！……自生人以来，未有如夫子者也。敷赞圣旨，莫若注《经》，而马、郑诸儒，弘之已精，就有深解，未足立家。唯文章之用，实经典枝条，五礼资之以成，六典因之致

---

① 牟世金：《文心雕龙研究》，第101页，人民文学出版社，1995年。

② 《原道》之"道"，当是"自然之道"。然合观《原道》、《征圣》、《宗经》，可以这么说："自然之道"若是"天"，儒家之道便是"天之子"。

用，君臣所以炳焕，军国所以昭明，详其本源，莫非经典。而去圣久远，文体解散，辞人爱奇，言贵浮诡，饰羽尚画，文绣鞶帨，离本弥甚，将遂讹滥。盖《周书》论辞，贵乎体要；尼父陈训，恶乎异端；辞训之异，宜体于要。于是搦笔和墨，乃始论文"者，是也。

再看《正纬》、《辨骚》。这两篇尽管同为"文之枢纽"，然《正纬》更多的是因纬"前代配《经》，故详论焉"；《辨骚》的实质则"是'楚辞'论"[①]。《正纬》云："按《经》验《纬》，其伪有四。……义非配《经》。……仲尼所撰，序录而已。于是伎数之士，附以诡术……必假孔氏。"其实，从当时的学科分类来说，"纬"是依附于"经"的。因之，如以"论经"为目，便可附而论之，然如上所述，刘勰之撰《文心雕龙》的目的，乃欲以儒家经典来纠正近世以来"离本弥甚"的各种"文体"与启发学子们如何写好各体文章。基于此，彦和自然不可能在《宗经》篇中附论何以"正纬"与如何"正纬"，以免喧宾夺主而冲淡全书之旨。就整篇《正纬》而言，其"详论"之重点当在说明"纬"之"义非配《经》""无益经典"，而似非"有助文章"[②]。换言之，"纬"之于"经"，其实更是离本"甚"而"讹滥"，故需要"正"之。至于《辨骚》之"骚"，其域与《楚辞章句》同(《文选》之"骚"亦然)。实际上，在彦和那里，"骚"既是《离骚》本身，又指代《楚辞》一书，这是其与"诗"、"赋"等殊异之处。《辨骚》有云：

> 自《风》、《雅》寝声，莫或抽绪，奇文郁起，其《离骚》哉！固已轩翥诗人之后，奋飞辞家之前，岂去圣之未远，而楚人之多才乎！……将核其论，必征言焉。……典诰之体也；……规讽之旨也；……比兴之义也；……忠怨之辞也；观兹四事，同于《风》《雅》者也。……诡异之辞也；……谲怪之谈也；……狷狭之志也；……荒淫之意也；摘此四事，异乎经典者也。故论其典诰则如彼，语其夸诞则如此，固知《楚辞》者，体宪于三代，而风杂于战国，乃《雅》、《颂》之博徒，而词赋之英杰也。观其骨鲠所树，肌肤所附，虽取熔《经》旨，亦自铸伟辞。……故能气往轹古，辞来切今，惊采绝艳，难与并能矣。……屈宋逸步，莫之能追。……若能凭轼以倚《雅》、《颂》，悬辔以驭楚篇，酌奇而不失其真，玩华而不坠其实；则顾盼可以驱辞力，欬唾可以穷文致，亦不复乞灵于长卿，假宠于子渊矣。

"以驭楚篇"云云，《辨骚》地位之高出"论文叙笔"各篇，良有以也。不过，以《辨骚》与《原道》、《征圣》、《宗经》比观，再结合前面所引《序志》自述其何以撰《文心雕龙》作综合的考察，就主要倾向言，彦和确实首先是欲用《原道》、《征圣》、《宗经》三篇来笼罩全书，确立其论文学(指导写作)的基本原则的[③]。

问题是，就这方面言，裴子野的看法实近之。其时，"宋明帝博好文章。……每有祯祥及幸宴集，辄陈诗展义，且以命朝臣，其戎士武夫，则托请不暇，困于课限，或买以应诏焉。于是

---

① 牟世金：《文心雕龙研究》，第197页。

② 细读《正纬》"若乃羲农轩皞之源，山渎钟律之要，白鱼赤乌之符，黄银紫玉之瑞，事丰奇伟，辞富膏腴，无益经典，而有助文章。是以后来辞人，捃摭英华，平子恐其迷学，奏令禁绝；仲豫惜其杂真，未许煨燔；前代配《经》，故详论焉"，我们认为："无益经典而有助文章"非就整个"纬"言，而是就其中好的部分说的。又，〔澳门〕邓国光有《〈文心雕龙〉假纬立义初探》一文(见《文心雕龙研究》第3辑：第67—83页)，殊可参。邓先生的相关研究，往往以文献之"真"为前提，从"出发处"辨"路向"。吾人读之，每萌为文当如此之念。

③ 王运熙先生在其名文《〈文心雕龙〉的宗旨、结构和基本思想》中云："《辨骚》实际上是酌骚。在对骚赋与'五经'进行具体比较、剖析其同异以后，刘勰认为在不违背'五经'雅正文风的前提下，应当尽量酌取楚辞的奇辞丽采，做到奇正相参，华实并茂。"[王运熙：《文心雕龙探索》(增补本)，第10—11页，上海古籍出版社，2005年]这是十分恰当的。

天下向风，人自藻饰，雕虫之艺，盛于时矣”[①]。对此，裴氏论曰："古者四始六艺，总而为诗，既形四方之风，且彰君子之志，劝美惩恶，王化本焉。后之作者，思存枝叶，繁华蕴藻，用以自通。若悱恻芳芬，楚骚为之祖，靡漫容与，相如扣其音。由是随声逐影之俦，弃指归而无执，赋诗歌颂，百帙五车，蔡邕（“邕”，原作“应”，此据《通典》改）等之俳优，杨雄悔为童子，圣人不作，雅郑谁分。……爰及江左，称彼颜、谢，箴绣鞶帨，无取庙堂。……自是闾阎少年，贵游总角，罔不摈落六艺，吟咏情性，学者以博依为急务，谓章句为专鲁，淫文破典，斐尔为功。无被于管弦，非止乎礼义。……荀卿有言：‘乱代之征，文章匿而采。’斯岂近之乎。”[②]另外，梁简文帝萧纲《与湘东王书》有云：“裴氏乃是良史之才，了无篇什之美。”又，史载：“子野为文典而速，不尚丽靡之词。其制作多法古，与今文体异，当时或有诋诃者，及其末皆翕然重之。”[③]两相比较，思过半矣。显而易见，仅就刘勰的《原道》、《征圣》、《宗经》与《序志》言，其文学思想与略后的别说是倡“立身之道，与文章异；立身先须谨重，文章且须放荡”[④]之趋新派的代表人物萧纲，就是与钟嵘和昭明太子比，无疑还是远为保守的。

问题是，正如我们研究某一作家的文学思想，不能仅据其相关文论所说，还需结合其蕴藏于作品中的，斯方得其“全”一样，探讨《文心雕龙》一书的文学思想，同样不能仅看其倾向性最为强的“枢纽”中之《原道》、《征圣》、《宗经》与《序志》，还得合“枢纽”以外的各个部分作综合性的分析，才有可能得其“真”。不仅如此，只有这样才可能更好地了解在是书中之“彼”与“此”间是否存在什么差异以至矛盾，如果存在，那么造成这些问题的原因又是什么，等等。不过，限于篇幅，这里只能就“剖情析采”部分[⑤]（仅举例说明）与“枢纽”中的前三篇作一粗略的比观。

二、“剖情析采”与“文之枢纽”的价值取向差异及其原因

“剖情析采”，今人多称之为“创作论”。如上所述，这部分的十九篇是打通上篇“论文叙笔”之各体文章，从谋篇运思等一系列的共同性问题入手来论创作方法的。

先看“驭文之首术，谋篇之大端”的《神思》。王元化先生云：“《神思篇》是《文心雕龙》创作论的总纲，几乎统摄了创作论以下诸篇的各重要论点。前者埋伏了预示了后者，后者则进一步说明了发挥了前者。”[⑥]此可谓“识其大者”。《神思》云：

> 古人云：“形在江海之上，心存魏阙之下。”神思之谓也。文之思也，其神远矣。故寂然凝虑，思接千载；悄焉动容，视通万里；吟咏之间，吐纳珠玉之声；眉睫之前，卷舒风云

---

① 《雕虫论》此“序”，乃后人摘史辞以为之。类似的情况，参力之《关于〈文选〉“摘史辞以为序”之是非问题》，《古典文献研究》第十三辑（2010年）。

② 《雕虫论》，〔宋〕李昉等撰《文苑英华》卷742，第5册，第3873—3874页，中华书局，1966年。

③ 〔梁〕姚思廉：《梁书》卷30《裴子野传》，第443页，中华书局，1973年。

④ 〔唐〕欧阳询等撰，汪绍楹校：《艺文类聚》卷23《鉴诫》，第424页，上海古籍出版社，1982年。

⑤ “剖情析采”部分之各篇，可以说主要是就文学而说文学的。众所周知，《文心雕龙》中之“文”，不完全同于今天我们所说的文学，然以古还古，其为文学者亦多，尤其是“剖情析采”部分。就文学观念言，《文心雕龙》与略后的《文选》无太大的差异，差异更多的是由书的性质本身所致（参力之《关于〈文选〉与〈文心雕龙〉文学观的异同问题》，《广西师范大学学报》2006年第3期），而《文选》中之文章，我们完全可以将其作为文学作品来看。

⑥ 王元化：《文心雕龙创作论》，第191页，上海古籍出版社，1979年。

之色：其思理之致乎！故思理为妙，神与物游。神居胸臆，而志气统其关键；物沿耳目，而辞令管其枢机。枢机方通，则物无隐貌；关键将塞，则神有遁心。是以陶钧文思，贵在虚静，疏瀹五藏，澡雪精神，积学以储宝，酌理以富才，研阅以穷照，驯致以绎辞，然后使玄解之宰，寻声律而定墨；独照之匠，窥意象而运斤；此盖驭文之首术，谋篇之大端。

不仅这里所引，实际上整篇《神思》说的均纯粹为文学创造中的构思与想象问题。章学诚《文德》云："凡言义理，有前人疏而后人加密者，不可不致其思也。……刘勰氏出，本陆机氏说而昌论文心。"[①]此可谓探本之言也。不过就价值取向角度言，此"驭文之首术，谋篇之大端"者既不论文学的社会功用如何；亦不涉及"体"之怎么宗经、是否"讹"与如何"讹"，等等。而相比之下，《神思》所本之《文赋》则有云："济文武于将坠，宣风声于不泯。涂无远而不弥，理无微而弗纶。配沾润于云雨，象变化乎鬼神。被金石而德广，流管弦而日新。"[②]即论述文章的社会功用。当然这"在《文赋》中不是主要问题，而是附带论到的"[③]。简言之，作为"驭文之首术，谋篇之大端"的《神思》，其在价值取向上与"文之枢纽"存在着多重甚大的差异。下面，我们再以"剖情析采"部分的《体性》、《风骨》、《通变》、《定势》等为例，就其"从是否重'文'之功用"与"是否倡'宗经'以正'体'"这两个方面来做进一步的考察，以便更好地说明问题。

（一）从是否重"文"之功用的层面考察

儒家于诗文，向来特别重视其功用。《毛诗序》云："正得失，动天地，感鬼神，莫近于诗。先王以是经夫妇，成孝敬，厚人伦，美教化，移风俗。"班固《两都赋序》说"赋"云："或以抒下情而通讽谕，或以宣上德而尽忠孝，雍容揄扬，著于后嗣，抑亦雅颂之亚也。"而《文心雕龙》之重视功用的文学观，于《征圣》之"夫子文章，可得而闻，则圣人之情，见乎辞矣。先王声教，布在方册；夫子风采，溢于格言。是以远称唐世，则焕乎为盛；近褒周代，则郁哉可从。此政化贵文之征也。郑伯入陈，以立辞为功；宋置折俎，以多文举礼。此事迹贵文之征也。褒美子产，则云'言以足志，文以足言'；泛论君子，则云'情欲信，辞欲巧'。此修身贵文之征也"，亦可概见。然考察整个"剖情析采"十九篇，无一篇有明确强调通过如何"宗经"来提升"文"的政教等功用方面的内容。今以《体性》为例，其有云：

若总其归涂，则数穷八体：一曰典雅，二曰远奥，三曰精约，四曰显附，五曰繁缛，六曰壮丽，七曰新奇，八曰轻靡。典雅者，熔式经诰，方轨儒门者也；远奥者，馥采典文，经理玄宗者也；精约者，核字省句，剖析毫厘者也；显附者，辞直义畅，切理厌心者也；繁缛者，博喻酿采，炜烨枝派者也；壮丽者，高论宏裁，卓烁异采者也；新奇者，摈古竞今，危侧趣诡者也；轻靡者，浮文弱植，缥缈附俗者也；故雅与奇反，奥与显殊，繁与约舛，壮与轻乖，文辞根叶，苑囿其中矣。

对刘勰于此所概括的八种文章风格，在相当多的学者看来，是《体性》全篇中最体现倾向性的。如日本"龙学"名家户田浩晓先生云："以典雅远奥作为理想文章的刘勰，抓住一切机

① 〔清〕章学诚撰，叶瑛校注：《文史通义校注》（上册），第 278 页，中华书局，1985 年。

② 〔梁〕萧统撰，〔唐〕李善注：《文选》卷 17，第 244 页，中华书局，1977 年。

③ 张少康：《文赋集释》，第 269 页，人民文学出版社，2002 年。

会排斥诡讹之文，以戒绝轻浮风气。……《体性》篇中，在列数文章八体中第七的'新奇'时，刘勰作了这样的说明：'新奇者，摈古竞今，危侧趣诡者也。……故雅与奇反。'"[①]吴林伯先生云："(《体性》)言作品的八种基本风格，有所褒贬，说'典雅'以经诰为规范，和儒家的修辞门径相同……很清楚，刘勰所贬的是'新奇'、'轻靡'二者。"[②]牟世金先生云："列'典雅'为首，释以'熔式经诰，方轨儒门'，必有推重和提倡之意；列'新奇'、'轻靡'于尾，释以'摈古竞今，危侧趣诡'、'浮文弱植，缥缈附俗'，必有轻视或不满之意。而这种轻重之别，正是由当时文学创作的实际决定的。面对现实的刘勰，就不可能不提倡典雅，也不可能不反对新奇与轻靡。而无论是强调'熔式经诰'的'典雅'，或不满于'摈古竞今'的'新奇'等，都既有在当时不得不尔的一面，也有受儒家思想影响的保守的一面。"牟先生接着又云："刘勰的风格类型论虽然有一定的倾向性，但也不能机械地视'八体'为八个品级，对其中多数风格类型，他确是无所轩轾的。刘勰既深知风格多样化的必然之理，他又并非顽固的儒教卫道士，因此，他绝无驱众家于'典雅'一途的企图。"[③]然而，即使如户田浩晓、吴林伯等先生所说，这显示了极大的倾向性，不过说到底，那也是就文章风格言，而并非论"文"之政教功用如何。

确实，在"剖情析采"部分，强调"宗经"的地方不少，然这主要的是就正"体"——始正与矫正而言。前者如《体性》的"夫才有天资，学慎始习，斫梓染丝，功在初化，器成彩定，难可翻移。故童子雕琢，必先雅制"；后者如《通变》的"矫讹翻浅，还宗《经》诰"。下面，我们分别说之。

(二) 从"宗经"以正"体"的层面比观

《体性》是专论艺术风格的。如上所引，其所谓"总其归涂，则数穷八体"，虽置"典雅"为第一，然却非强调其如何；而"熔式经诰，方轨儒门者也"只是说"典雅"一"体"如何。《体性》又云："然才有庸俊，气有刚柔，学有浅深，习有雅郑，并情性所烁，陶染所凝……夫才有天资，学慎始习，斫梓染丝，功在初化，器成彩定，难可翻移。故童子雕琢，必先雅制。"这里的"学慎始习"、"必先雅制"，才明显地表现出"宗经"以正"体"的意向。

《体性》而后是《风骨》，而其涉及"经典"的内容者云：

> 《诗》总六义，风冠其首，斯乃化感之本源，志气之符契也。是以怊怅述情，必始乎风；沉吟铺辞，莫先于骨。故辞之待骨，如体之树骸；情之含风，犹形之包气。……故练于骨者，析辞必精；深乎风者，述情必显。……昔潘勖《锡魏》，思摹经典，群才韬笔，乃其骨髓峻也；相如赋仙，气号凌云，蔚为辞宗，乃其风力遒也。……若夫熔冶经典之范，翔集子史之术，洞晓情变，曲昭文体，然后能莩甲新意，雕画奇辞。昭体故意新而不乱，晓变故辞奇而不黩。若骨采未圆，风辞未练，而跨略旧规，驰骛新作，虽获巧意，危败亦多。……《周书》云："辞尚体要，弗惟好异。"盖防文滥也。……若能确乎正式，使文明以健；则风清骨峻，篇体光华。能研诸虑，何远之有哉！

① 〔日〕户田浩晓撰，曹旭译：《文心雕龙研究》，第50—51页，上海古籍出版社，1992年。

② 吴林伯：《〈文心雕龙〉义疏》，第318页，武汉：武汉大学出版社，2002年。

③ 牟世金上揭书，第347页。另外，尚有不同意见，如黄侃先生《文心雕龙札记》云："八体并陈，文状不同，而皆能成体，了无轻重之见存于其间。"(第97页，上海古籍出版社，2000年)

于此，杨明先生云："虽然刘勰从《诗经》的六义说起，但这里只是一般地指对于读者的作用力，并非如儒家学者所强调的仅指政教意义上的感化。"[①]我们认为这是恰当。故其后面不仅说"思摹经典"的潘勖《册魏公九锡文》"骨髓峻"，亦说"气号凌云"的司马相如《大人赋》"风力遒"。就后者言，《史记》卷117《司马相如列传·太史公曰》："相如虽多虚辞滥说，然其要归引之节俭，此与《诗》之风谏何异。"问题是，"相如既奏《大人之颂》，天子大说，飘飘有凌云之气，似游天地之间意"[②]。这就难怪班固在《汉书》卷57《司马相如传·赞》中针对司马迁"……此亦《诗》之风谏何异"而云："扬雄以为靡丽之赋，劝百而风一，犹骋郑、卫之声，曲终而奏雅，不已戏乎！"要之，从功用的层面言，《大人赋》所写与儒家的文学观是存在不小差异的，而彦和称之。另外，"熔冶经典"的同时，"翔集子史"。"昭体故意新而不乱，晓变故辞奇而不黩"，彦和于此并不反对"意新""辞奇"[③]；"防文滥""确乎正式"自然是正"体"，然以"经"正"体"恐非本篇的重点。

《风骨》而后是《通变》，其涉及相关内容的文字为：

……从质及讹，弥近弥澹。何则？竞今疏古，风末气衰也。今才颖之士，刻意学文，多略汉篇，师范宋集，虽古今备阅，然近附而远疏矣。……矫讹翻浅，还宗《经》诰。斯斟酌乎质文之间，而檃括乎雅俗之际，可与言通变矣。……是以规略文统，宜宏大体：先博览以精阅，总纲纪而摄契；然后拓衢路，置关键，长辔远驭，从容按节，凭情以会通，负气以适变，采如宛虹之奋鬐，光若长离之振翼，乃颖脱之文矣。若乃龌龊于偏解，矜激乎一致，此庭间之回骤，岂万里之逸步哉！

于此，彦和虽认为"从质及讹，弥近弥澹"之因是"竞今疏古，风末气衰"，而"矫讹翻浅，还宗《经》诰"，然其亦重"变"与"新"，所谓"名理有常，体必资于故实；通变无方，数必酌于新声；故能骋无穷之路，饮不竭之源"。因之，其于本篇之"赞"云："文律运周，日新其业。变则其久，通则不乏。趋时必果，乘机无怯。望今制奇，参古定法。"

接《通变》者为《定势》，其涉及相关内容的文字为：

夫情致异区，文变殊术，莫不因情立体，即体成势也。……是以模经为式者，自入典雅之懿；效骚命篇者，必归艳逸之华；综意浅切者，类乏酝藉；断辞辨约者，率乖繁缛；譬激水不漪，槁木无阴，自然之势也。……自近代辞人，率好诡巧，原其为体，讹势所变，厌黩旧式，故穿凿取新，察其讹意，似难而实无他术也，反正而已。……旧练之才，则执正以驭奇；新学之锐，则逐奇而失正；势流不反，则文体遂弊。秉兹情术，可无思耶！

就"宗经"以正"体"的层面言，这与"枢纽"之《原道》、《征圣》、《宗经》所说大致同一祈向。"剖情析采"中近此者尚有"意在提挈纲维，指陈枢要"[④]的《总术》等。不过，除了前面所说的《神思》外，他如《熔裁》、《隐秀》等既不论"文"之社会功用，而"体"之宗经意味亦不甚浓。即与"文之枢纽"所说，多有不同。

---

① 杨明：《文心雕龙精读》，第123页，复旦大学出版社，2007年。

② 〔汉〕司马迁：《史记》卷117《司马相如列传》，第3063页，中华书局，1982年。

③ 可参王运熙先生名文《〈文心雕龙〉的宗旨、结构和基本思想》，《文心雕龙探索》（增补本），第7—26页。

④ 黄侃上揭书，第208页。

总之,“剖情析采”与“文之枢纽”的价值取向,存在着不小的差异,尤其是在是否重功利这一问题上。下面,我们再来探讨其何以如此。

(三)“剖情析采”与“文之枢纽”价值取向出现差异之因

本来,《文心雕龙》既然是彦和凭一己之力所成就的“体大思周”之杰构,且将“宗经”意识贯穿于其中,其各部分间就不应该存在着价值取向之差异。然实际上,这种差异却是客观地存在着的,如我们前面所指出的“剖情析采”与“文之枢纽”之间。另外,“剖情析采”与“论文叙笔”间、“论文叙笔”与“文之枢纽”之间,情况大致亦然。不仅如此,其序与所序(《序志》与前面《原道》等四十九篇)之间,同样如此[①]。其实,此类差异往往是难以以至无法消除的。如《定势》云:“章表奏议,则准的乎典雅;赋颂歌诗,则羽仪乎清丽;符檄书移,则楷式于明断;史论序注,则师范于核要;箴铭碑诔,则体制于弘深;连珠七辞,则从事于巧艳。”于此,就功用言,相当部分的书信、诗、赋、诔等,“天生”绝缘于斯;而就风格言,“赋颂歌诗”与“明断”沾不上边;等等。以此例彼,可知《神思》、《熔裁》、《隐秀》等是难以以至无法完完全全就《原道》、《征圣》、《宗经》之旨立说的。即两者间之价值取向的差异,是一种客观的存在。再就“论文叙笔”言,今人往往谓其为“分体文学史”(这里不讨论其是非问题)。不过,“论文”部分与“叙笔”部分有所不同,而若仅以本部分的前三者《明诗》、《乐府》、《诠赋》为域而分论之,就既无需以古还古,亦不必将中国还归中国,研究者谁都会毫无疑问地说其为“分体文学史”。然此类差异主要的不在彦和,而在于被考察的对象本身[②]。

明乎此,我们便知道昭明太子编《文选》时,是无法用同一的标准选各体之作品的。因之,或认为《文选序》中的某句话为《文选》的选文标准,失之远矣。换言之,因为合乎选“诏”者,移之于衡“诗”、“赋”或乖;适于鉴“论”者,未必能定“铭”、“诔”之优劣;等等[③]。又,同一人的诗文之价值取向与其理论表述之间,亦时或存在着差异。关于这一点,笔者曾说:“文学主要是言情的,而情在没有思想束缚的情况下是最‘野’的。即使有思想的束缚,它亦会不时地逸出常‘轨’。于此,亦可窥文学作品所体现的文学思想与文学理论批评所体现的文学思想时有差异。这种差异甚至出现在同一个人的理论批评著作与文学作品中。这主要盖因理论批评偏于‘理’,而文学作品多‘缘情’。偏于‘理’,故往往与‘大我’同一祈向;多‘缘情’,则每每顺乎一己之所欲。”[④]

结　语

综上所述,《文心雕龙》“剖情析采”部分的《神思》至《总术》凡十九篇,其价值取向与该书

---

① 参力之《〈文选序〉与〈文选〉之异乃属正常现象辨》,《汉语言文学研究》2011年第3期,第36—43页。

② 趋新派的代表人物萧纲,其不仅有“若夫六典三礼,所施则有地,吉凶嘉宾,用之则有所。未闻吟咏情性,反拟《内则》之篇;操笔写志,更摹《酒诰》之作;迟迟春日,翻学《归藏》;湛湛江水,遂同《大传》”(《与湘东王书》,《梁书》卷49《庾肩吾传》)与“立身之道,与文章异,立身先须谨重,文章且须放荡”(《诫当阳公书》,《艺文类聚》卷23《鉴诫》)之说,亦曾云:“诗以言志,政教之基。故能使天地咸亨,人伦敦序……孝敬之德,化洽天下,多识之风,道行比屋。”(《请尚书左丞贺琛奉述制旨毛诗义表》,载《艺文类聚》卷55《谈讲》)其情形类此。

③ 参力之《关于〈文选〉的选文范围与标准问题》,《河南大学学报》2005年第3期,第64—69页。

④ 敏泽主编:《中国文学思想史》(上),第223—224页,长沙:湖南教育出版社,2004年。

的“枢纽”部分之《原道》、《征圣》、《宗经》间，存在着不同程度的差异。其中，关乎“文”的社会功用方面，“剖情析采”中没有哪一篇是着重论及传统儒家的功利文学观如何的。比较而言，论及“体”如何“讹”与如何正之的类《通变》之“从质及讹，弥近弥澹。……矫讹翻浅，还宗《经》诰”者则甚多。总之，以传统儒家的功利文学观作视点考察，“剖情析采”部分的价值取向与《原道》、《征圣》、《宗经》之间存在着甚大的差异；而就论及“体”何以“讹”与怎么正之的层面比观，两者间的这一差异则要小得多。明白了这一点，对我们把握《文心雕龙》一书的性质具有重要的学术意义。如通过这一考察，就能看得更清楚：王运熙先生《〈文心雕龙〉的宗旨、结构和基本思想》与杨明先生《〈文心雕龙〉是以儒学为指导吗？——谈刘勰文学思想与先秦汉代儒家文论的重大区别》①所说《文心雕龙》之性质，的确是符合实际的。同时，以古还古（或“以中还中”），说《文心雕龙》是一部文学理论著作，亦没有任何问题。

作者单位：广西师范大学

① 杨先生文，见其《汉唐文学研赏集》，第14—37页，上海古籍出版社，2010年。

“窥意象而运斤”的解释问题

羊列荣

对于古文学、古文论以及古典美学的当代研究者来说，“意象”是一个再普通不过的概念，它以其早已为人所熟悉的意义，彰显着中国传统文学和理论的独特性，形成我们习以为常的作品分析法。

然而，最初人们关注“意象”的动机，并不来自于发扬中国传统文化的热情。在三十年代，新诗人开始谈论“意象”对于诗的重要性。不过，它不是《文心雕龙·神思篇》中的“意象”，而是“image”。艾青说：“意象是纯感官的，意象是具体化了的感觉。”又说：“意象是诗人从感觉向他所采取的材料的拥抱，是诗人使人唤醒感官向题材的迫近。”①这个“意象”，体现的是西方“意象主义”(imagism)的诗学意义。朱光潜对“意象”的解释，则是克罗齐主义的。他说，当凝视梅花时，无暇思索它的意义或者它与其他事物的关系，“这时你仍有所觉，就是梅花本身形象(form)在你心中所视的‘意象’(image)”。这个“觉”就是“直觉”，而“意象”由“直觉”所产生②。朱光潜把这个表现主义的“意象”跟古代诗学中的“情景”联系起来，认为“内在的情趣常和外来的意象相融合而互相影响”，按照他的理解，“意象”只是相当于“景”③。这与今人对“意象”的理解不太一样。今人更多的认为“意象”是融合了主观性的审美形象，所以不同于“image”。其实，这样的一种解释，是在主客体审美理论的语境中展开的，还是未脱离西学的背景，与“意象主义”的或者“表现主义”的“意象”，本质上差不多。

人类的思想自然有其相通的一面，西学未必不能成为诠释中国传统学说的语境，关键在于不能因此将传统的语境给置换掉，否则“误读”就不经意地产生了。那么，今人对于“意象”的解释是否如此？我们带着这个问题回到刘勰。

一、一般的解释

上世纪二十年代末出版的范文澜注本开始以王弼《易略例·明象篇》来训释《神思篇》的“意象”。范注说明了刘勰的“意象”一词源本于易学的事实。这也是后来人们解释“意象”的依据。不过，不论是《易·系辞》还是《明象篇》，都不能直接表明“意象”的内涵。不仅易学的

---

① 艾青：《诗论》，第199—200页，人民文学出版社，1980年。

② 朱光潜：《诗论》，《朱光潜美学文集》第2卷，第51页，上海文艺出版社，1982年。

③ 朱光潜：《诗论》，《朱光潜美学文集》第2卷，第54页。

"象"不能直接成为一个文论的概念①,而且易学所提出的"言"、"意"、"象"三者的关系如何转化出文论的意义,也需要进一步的论述。

在理论上首先对刘勰的"意象"作出阐释的是王元化。他明确指出刘勰之所谓"意象","相当于艺术的境界或形象"②。那么,"境界"又是什么?王元化认为,无论是刘勰的心物交融说还是王国维的"境界"说,都涉及审美的主客体关系问题。"神与物游"是一个主客体融合的审美过程,由此而产生的"意象",也就不只是指客观的形象,而是主客体的统一。王元化理解"意象"的依据,除了当时流行的"形象思维"理论之外,主要的是黑格尔的美学思想。八十年代以来人们在阐释"意象"、"意境"、"境界"等古典美学范畴时,往往是以主客体审美理论为基础的。这个倾向可以说是肇始于王元化。

从此,易学、主客体美学、形象思维理论就成为"意象"训释的基本依据,大概说得上是中西融会了。我们来看看"独照之匠,窥意象而运斤"一句的诸家译文:

> 正如一个有独到见解的工匠,根据想象中的样子来运用工具一样。(陆侃如、牟世金《文心雕龙译注》③)
>
> 有独到见地的作者,能够根据心意中的形象来抒写。(詹锳《文心雕龙义证》④)
>
> 有独特心得的工匠,按照想象中的形象巧妙地剪裁润饰。(夏传才《古文论译释》⑤)
>
> 让有独特见解的匠心,根据心意中的意象来剪裁加工。(周明《文心雕龙校释译评》⑥)

它们所体现的是这样一种主流见解:"意象"之"意",无论是解释为"想象"还是"心意",都是指主观性的;"象",最通常的解释是"形象",是指客观性的。要之,刘勰的"意象"是主客体的融合,后世文论家讲的"意象",都是这个意思。而有关主客融合的观念,比如"情景"论,也都可以纳入到"意象论"中。经过反复的阐释,"意象"的理论价值逐渐显示出来,甚至被提升到了"本体论"的高度,正像叶朗所说的那样:"意象说是关于艺术的本体的理论。"⑦人们确信,"意象"作为一个以主客融合为基本内涵的并且具有源远流长的历史的本体论范畴,彰显了中国传统文论与以"模仿论"为基础发展起来的西方传统文论大不相同的独特性。同时,也有人试图通过"意象"来发现中国传统文论与现代西方文论之间的相通性,比如艾略特所说的"客观关联物","实际就是刘勰那情物、情境、心容交融,密合无际的'运斤'之前的'意象'"⑧。

关于"意象"的一般解释已经差不多确定下来。但是我们也发现了另外一种见解。八十年代,敏泽在分析刘勰的《神思》篇时说道:

---

① 杨明曾具体分析过作为易学范畴的"象"与作为文论范畴的"象"的差别。参见其《〈文心雕龙·神思〉中"意象"、"象"辨析》,《学术月刊》2000年《中国古典文学研究专辑》。

② 王元化:《文心雕龙创作论》,第141页,上海古籍出版社,1984年。

③ 陆侃如、牟世金:《文心雕龙译注》下册,第88页,齐鲁书社,1981年。

④ 詹锳:《文心雕龙义证》,第984页,上海古籍出版社,1989年。

⑤ 夏传才:《古文论译释》,第177页,清华大学出版社,2007年。

⑥ 周明:《文心雕龙校释译评》,第247页,南京大学出版社,2007年。

⑦ 叶朗:《说意境》,《文艺研究》1998年第1期。

⑧ 汪洪章:《〈文心雕龙〉与二十世纪西方文论》,第73页,复旦大学出版社,2005年。

刘勰在这里所提出的"意象",是指作家在生活中有了深切的感受和感动的艺术想象的产物。它既是外物("象")感召的结果,却又绝不是外物本身,决非与作者本身的主观情感色彩和艺术想象无关的自在的、独立的外物,而是一个与作者的感情色彩、形象思维密合无间的特定的"物"。

应该说明的是,"意象"作为一个组词虽然被刘勰第一次提了出来,但他所说的"意象"和我国文论史后期所说的"意象",或西方所谓的"image"含义并不尽相同,比之要广泛得多。《文心雕龙》由于是用骈体文写成的,"意象"实际上是一个偶词,其内涵实即一个"意"字(包括艺术想象),其实唐代司空图的《诗品·缜密》中提到的"意象欲生,造化已奇",同样是如此。①

很容易看出,这两段文字对于"意象"的解释是彼此消解的。前一段说的"意象",是融合主观性的艺术形象。这符合一般的解释。后一段则强调"意象"即"意"。这个观点在敏泽的文章中显得非常唐突,因为他全文都在强调一点:"意象本身从它诞生那一天起,就包含着客观的'象'和主观的'意'两方面的内容。"而按照后一段的解释,"客观的'象'"并不包含在"意象"的实际内涵中。敏泽注明,钱钟书审阅过这篇文章并提出意见,所以就有了后一段文字。

通过敏泽后来的具体介绍,我们了解了钱钟书的不同一般的观点。他说:

刘勰用"意象"二字,为行文故,即是"意"的偶词,不比我们所谓"image",广义得多。只能说刘的"意象"即"意",不能反过来。②

"意象即意",意味着"意象"难以解释为主客统一的艺术形象。按一般的解释,"意象"的表义重心是在"象",从形象思维理论来说,这个"象"才是真正显现了作品的艺术特征。如果说"意象即意",那么,所谓"形象"的意义也就无处落实。钱钟书似乎并不完全认同形象思维理论,所以在谈到"意象"时,钱钟书还特别举了一些"'象'似乎没有,'意'却无穷"的诗句,并且说:"诗文不必一定有'象',而至少应该有'意'。"③

在敏泽介绍了钱钟书的观点后,杨明积极地予以响应,通过大量文献的举证,说明"意象"的词义多有偏于"意"字者,并且具有多义性④。"窥意象而运斤"的解释问题终究还是出现了。然而,后来出版的若干《文心雕龙》注本,似乎并没有意识到这一点⑤。

二、"意象即意"的证明

对"窥意象而运斤"的一般解释并非不可通。实际上,这种一般的解释,较诸钱钟书"意象即意"的见解,在美学上似乎更体现出某种深刻性,也更具有理论的发挥空间。另一方面,钱钟书也并没有很具体地论证他的观点。有"意"无"象"的诗句毕竟不能直接说明刘勰的

① 敏泽:《中国古典意象论》,《文艺研究》,1983 年第 3 期。

② 转引敏泽:《钱钟书先生谈"意象"》,《文学遗产》2000 年第 2 期。

③ 转引敏泽:《钱钟书先生谈"意象"》,《文学遗产》2000 年第 2 期。

④ 参见杨明《古籍中"意象"语例之观察》,《汉唐文学辨思录》,上海古籍出版社,2005 年。

⑤ 至今只有杨明的《文心雕龙精读》采用了钱钟书的观点对《神思》篇"意象"作出论述。第 103—105 页,复旦大学出版社,2007 年。

“意象”就是“意”。但他还是提醒了我们，那就是古人并不像我们现在那样强调文学作品的形象性。当我们自以为发现了古人对文学形象性的理论认知而深感欣喜的时候，很可能已是与古人“思隔山河”了。所以，“意象”是否必然地指向形象？这个问题关系到对刘勰的文学思想的认识和对《神思》篇的正确解读。事实上，对“意象”的解释，一开始就不单单是一个微观的训诂学问题。

首先，我们还是从易学的“言/意/象”理论入手。不错，范文澜的注释已经揭示了刘勰的“意象”与易学的关系。但这远远不够。因为我们必须意识到，“言/意/象”在文学上与在易学上的关系是有差别的。在易学上，“象”作为卦象，其实是与“言”同属于外层，正如汤用彤所说：“二者均为得意之工具。”[①]按体用论来分析，“言”与“象”均为本体之“用”，为本体之迹象。因此，三者之中“言”与“象”性质最接近，也最容易生成一个合成词，即“言象”。文学作品的“象”（形象）则属于意义的层面，与“意”同属于作品的内层，这与易学中的关系不同。可见，我们通常所说的“意象”这个文论概念，并不容易从易学中直接产生。大家也看到了，王充《论衡·乱龙篇》有“礼贵意象，示义取名”、“立意于象”之说，大意是说仪礼通过形象来象征某种意愿。这个“意象”，基本含义与《系辞》相去不远，“意”与“象”分指仪礼中所表达的意愿和所摹拟的形象，与我们所说的作为文论概念的主客体统一的“意象”全无关涉。易学的“意”与“象”就算要合成为一个语词，内涵也难以指向心物交融。魏晋南北朝时期的文论确实已经提出了心物交融的主客关系理论，但这是从先秦时代的感物论中发展而来，与易学关系不明显。从发生学上看，我们是不能把感物论所包含的主客关系思想牵合于另有渊源的“意象”身上的。

更准确地说，刘勰的“意象”是来源于魏晋玄学的“言意之辨”。这个论题固然是从易学中引出的（当然还有庄学），但其讨论的主要是“言”与“意”的关系，“象”并非是一个关键词。从陆机的《文赋》到钟嵘的《诗品》，我们都可以看到，玄学中“言尽意”和“言不尽意”两家对立的学说，对文论的影响是非常直接的。汤用彤曾指出，“言不尽意”一派的观点对文论家（主要是刘勰）的影响更大一些，“魏晋南北朝文学理论之重要问题实以‘得意忘言’为基础”[②]。蒋祖怡不同意这种看法，认为《神思》篇的观点与欧阳建基本相近，而与王弼根本不同[③]。张少康则认为刘勰“力图把这两种对立的观点中合理的积极的部分结合起来”[④]。其实，“尽”与“不尽”，对于文论家来说，不是一个需要在理论上做出论证的问题，而是写作实践中需要处理的现象。比如陆机《文赋》序说“恒患意不称物，文不逮意”，故作《文赋》以求“曲尽其妙”。这里既承认“言/意”之间客观上存在着矛盾，同时也主张二者的统一。刘勰的看法也是如此。如果说“思表纤旨，文外曲致；言所不追，笔固知止”云云，讲的主要是“言不尽意”，那么“窥意象而运斤”，便是从“言尽意”的方面说的。《神思》篇中往往有“言”与“意”对举者，比如“言授于意”、“意翻空而易奇，言征实而难巧”等。“寻声律而定墨”中的“声律”与其骈句“窥意象而运斤”中的“意象”，也是包含了“言”与“意”的对应，“声律”与“意象”各属“言”和“意”

---

① 汤用彤：《魏晋玄学论稿》，《汤用彤全集》第四卷，第24页，河北人民出版社，2000年。

② 汤用彤：《魏晋玄学听课笔记之一》，《汤用彤全集》第四卷，第393页。

③ 蒋祖怡：《〈神思篇〉中的几个重要问题》，《文心雕龙论丛》，第106页，上海古籍出版社，1985年。

④ 张少康：《关于中国古代文学理论的民族特点问题》，《古典文艺美学论稿》，第19页，中国社会科学出版社，1988年。

的层面。“言授于意”一语，其意正与“窥意象而运斤”相近，讲的都是如何以“言”达“意”的问题。“言意之辨”给文论家带来的是意义如何表达而不是心物如何统一的问题。

我们已经指出，心物交融说另有渊源，不能据此推出“意象”的内涵。按黄侃《札记》释“神与物游”曰：“此言内心与外境相接也。”且不说“神与物游”是否就是审美过程，它所指向的是一种内与外的主客体关系，而作为文学形象之特质的主客观统一则是内在性的，二者不当一概而论。通过心物交融生成主客合一的审美意象，这是我们现在对于审美过程的认知，刘勰未必如此。他认识到的写作过程并不复杂：作者通过其与外部世界的接触，经过构思生成所要表达的东西。这就是“意授于思，言授于意”。“窥意象而运斤”，不过是“言授于意”的另外一种表述。整个过程未涉及形象生成的问题，我们不能因为这个过程中存在着主客体关系，就推断“意象”就是指主客观融合的形象。

实际上，我们不能要求刘勰在理论上突出文学的形象性，因为《文心雕龙》本来就不是一部“纯文学”的理论著作。《神思篇》中分析“人之禀才，迟速异分”时所列举的作家如王充等，均非我们今天所说的“文学家”，他们的“思”谈不上是艺术构思，所“窥”之“意象”，也就是需要表达的东西，毋宁说是一种“理”而不是形象。显然，《神思篇》开篇所描述的“神与物游”，只是一般的意识活动，展示人的意识在与外部世界相接时所具有的超时空特征。这里既可以指艺术想象，也可以指其他的认知思维。就是说，把“神与物游”简单地看作是一种审美活动是不正确的。刘勰说：“物以貌求，心以理应。”作为“内心与外境相接”的结果，在物则得其貌，在心则得物之理，这些都是文章所要表达的内容。“物以貌求”，是“尽物”；“心以理应”，则是‘尽理’。这其实是受了欧阳建“言尽意”论的影响。欧阳建说：“诚以理得于心，非言不畅；物定于彼，非言不辩。”（《艺文类聚》卷十九引）刘勰所说的“物无隐貌”，即指“尽物”而言。要之，“言”之所尽者，有“理”有“物”，这也是欧阳建“言尽意”论的内容。欧阳建说：“名逐物而迁，言因理而变，此犹声发回应，形存影附，不得相与为二。”大意是说语言（“名”和“言”）能够指称事物（“物”）和表达道理（“理”）。据此，我们可以推知刘勰所说的“意象”，实包括了欧阳建所说的“物”和“理”。只有这样，“窥意象而运斤”之说才能涵盖王充等非“文学家”的写作活动。《神思》篇还说“登山则情满于山，观海则意溢于海”，这“情”与“意”自然也构成“意象”的内涵。这样，若就诗学来讲，“窥意象而运斤”之说就与“言志”、“缘情”诸说相通了。可知，“意象”的内涵，正如钱钟书所说，要比“image”“广义得多”。

上文提到，在易学的“言”、“意”和“象”三个概念中，最容易合成的语词是“言象”。如果是指文字写作，则“言象”这个合成词，可直训为“言”。比如《梁书》卷三十七《陆倕传》载任昉语：“言象可废，蹄筌自默。”此语典出《庄子·外物篇》。“蹄筌自默”，即庄子说的“忘筌”“忘蹄”之意，而“言象可废”，亦即庄子所谓“忘言”①。借用钱钟书的话说，“言象”也可以看作是“言”的“偶词”。由此看来，用易学的概念合成一个“偶词”，刘勰的“意象”并非是一个特例。而把“意象”作为一个“偶词”来运用，《神思》篇也不是一个特例，只是时代上有所间隔。

在唐代玄则的《大般若经》第十会《般若理趣分序》中，我们发现了这样一句话：

---

① 又如《南齐书》卷五十四：“若夫神道应现之力，感会变化之奇，不可思议，难用言象。”谢赫《古画品录·陆探微》：“穷理尽性，事绝言象。”沈约《桐柏山金庭馆碑铭》：“若夫上玄奥远，言象斯绝。”（《会稽志》卷二十引）又《均圣论》：“岂唯言象莫窥，良以心虑事绝。”（《广弘明集》卷五引）诸例中“言象”均可训为“言”。

《般若理趣分》者，盖乃核诸会之旨归，绾积篇之宗绪，眇词筌而动眷，烛意象以兴言。

按《般若理趣分序》是西明寺僧人玄则为玄奘译《大般若经》所写的序文之一。所引一段的行文特点是前后交错呼应，即"眇词筌而动眷"与"绾积篇之宗绪"呼应，而"烛意象以兴言"则与"核诸会之旨归"呼应。最后二句是说细读"积篇"之文辞，而动留连之心；洞悉"诸会之旨归"，而为殊胜之言。可知"意象"即"旨归"，以"意"为义，也就是钱钟书所说的"意象即意"。又，唐道氤《御注金刚般若波罗蜜宣演》卷上曰：

盖般若之钤键，大经之开轴，文句盘错，意象精微。

按《宣演》是道氤为唐玄宗注《金刚经》所做的疏释。此谓"意象精微"，是就玄宗御注的内容而言。此"意象"也是单指"意"。同刘勰一样，玄则与道氤在行文上仍沿用"言"、"意"偶对的方式，这可以表明他们运用"意象"时，仍然沿循玄学的"言意之辨"的思路。

总之，从玄学的"言意之辨"中产生的"意象"这个语词，并不是一个指心物交融、主客统一的美学范畴。至于说它是"意"的"偶词"，大抵也只是一种权宜性的说法。这个"象"并非没有表义作用。比如"言象"，相对于本体而言，"言"只是其迹象，所以"言象"可以理解为"言之为迹象"，相当于佛家所说的"名相"，实际上还是指"言"。"意象"之"象"，也可以理解为迹象。思量之初，意念散乱，所谓"神思方运，万涂竞萌"，而后逐渐形成相对清晰的各种意念，比如"情"、"意"、"理"、"物"等等，此意念之种种，均可谓之意念之迹象，也就是"意象"。当然，我们现在所说的心物交融的"意象"，也包含在其中。这个"意象"，是指完成形态的意识内容，可以运诸笔端。牟世金认为"意象"是指"作者下笔之前已在头脑中完成了的意中之象"[①]。他说对了一半。

三、另外一个来源的"意象"

"意象"作为"意"之"偶词"，已经把"象"字的表义作用极大地弱化了，以至于可以如钱钟书那样说，"意象即意"。"意"既然担当着最重要的表义作用，那么"意"字本身的许多义项都会转授于"意象"。因此，古人对"意象"一词的使用，实际上极为灵活，也更具多义性。在这个意义上说，中国文论中并不存在单一的"意象"论。另外，今人已经习惯于将"意象"追溯到《系辞》，这也不正确。实际上，"意象"的大量运用是在宋代，而这个"意象"，恰恰是另有来源。

其中的一个来源，说起来比较特别。杜甫《丹青引赠曹将军霸》有一句诗是"意匠惨淡经营中"，"意匠"典出陆机《文赋》"意司契而为匠"一语。不过宋人多引作"意象"，这样"意象"就与"意匠"同训了[②]。如参寥《观宗室曹夫人画》中"意象冥将造化同"(《参寥子诗集》卷十)

---

① 牟世金:《文心雕龙研究》，第 320 页，人民文学出版社，1995 年。

② 惠洪《冷斋夜话》卷二以及宋人编纂的类书《古今事文类聚》前集卷四十一、《记纂渊海》卷八十七等，均引作"意象惨淡经营中"。按：旧题王昌龄《诗格》(《吟窗杂录》载)有"未契意象"一语，也是本于《文赋》，但称"意匠"为"意象"，当是宋人的习惯。《四库提要》卷一百九十七称其出于"依托"，要非无据。

一语，即谓其画构思精妙，堪比造化[①]。宋人常说的“意象经营”或“意象惨淡”，都是承借杜诗的，用以指精心构思。

这个出处的“意象”，与刘勰的“意象”多少还有些相似，都是以“意”成义，也就是说，都可以看作是“意”的“偶词”。看来，人们早已习惯于“意象即意”的表述方式，不仅仅是出于骈体行文的需要。至于宋代运用最多的、在美学史或文论史上影响更大的“意象”，则与刘勰的“意象”不仅内涵迥异，出处更是不同。

其实，汉代班固的《汉书》中，也有“意象”一词。其卷五十四《李广苏建传》曰：

> 广不谢大将军而起行，意象愠怒。

按唐颜师古注曰：“言愠怒之色形于外也。”盖“意象”作为合成词，初见于此，且与《系辞》“立象尽意”之说义不相涉，因此颜氏特意注出加以区别。“形于外”是对“象”的解释。宋祁、欧阳修等修《新唐书》时，开始仿效“意象愠怒”一类的表述，而此前史书并未使用“意象”一词。比如，《新唐书》卷七十八《宗室传》曰“意象自若”，《旧唐书》却是作“神意自若”。《新唐书》卷一百四十二《李杨崔柳韦路传》曰“意象殊厉”，《旧唐书》则作“声色殊厉”。因此，来源于《汉书》的“意象”，是从《新唐书》开始得到较多使用的。我们还可以找出更多的句例，句式和语义都与《汉书》完全相同。

这个来源于《汉书》的“意象”，指人之神态、神情，进而指人之心情、心境。它与刘勰的“意象”，确实已相去甚远。王安石《宿土坊驿寄孔世长》诗曰：“残年意象偏多感，回首风烟更异乡。”程俱《春日写怀》诗曰：“秋飙起苹末，一华初未坠。幽怀独先觉，意象已凄厉。”（《北山集》卷三）这些“意象”，都是可以溯源于《汉书》的。

重要的是，神态义的“意象”，在宋学的背景下，发生了意义上的重要变化。宋代学者多以“气象”论人。“气象”就内而言，是指一种稳定性的心理状态；就外而言，是指风度、风貌、气质。宋人也常常称之为“意象”。程颐说：“子厚谨严，才谨严便有迫切意象，无宽舒之气。”（真德秀《西山读书记》卷三十一引）其《答横渠书》说的“有苦心极力之象，而无宽裕温柔之气”，即此所谓“迫切意象”。朱熹解释孟子“我善养吾浩然之气”之说道：“孟子之意只是说每事做得是，当即自然无可愧怍，意象雄豪，所以虽当大任而无所畏惧耳。”（《晦庵集》卷四十七《答吕子约》）所谓“意象雄豪”，正是畜养“浩然之气”所展现的人格境界。这些带有明显的理学色彩的“意象”，在宋代以后便用得很平常了。比如理学中人以为最具“圣人气象”者，莫过于孔门的颜曾二子，故元刘因有《颜曾》诗曰：“万古颜曾留意象，烘炉春满圣门风。”（《静修集》卷十七）程颢被称为有“得道者气象”，故明王立道曰：“座上春分，意象浑厚。”（《具茨集·遗稿》）。

“意象”的气象义与《汉书》所指的神态义，自有抽象、具体之别。实际上，气象义的“意象”，才是真正从日常语词转变为具有独特的义理内涵的概念。这个变化，对于诗文评论来说，尤其重要。“气象”本是兼指内外，文艺评论中气象义的“意象”，也可以从内外两个方面来理解。偏于内则曰意趣境界，偏于外则曰风格体貌。比如朱熹《楚辞后语》卷一评刘邦《鸿鹄歌》道：

---

① 旧题司空图《二十四诗品·缜密》篇有“意象欲出，造化已奇”一语，意思与参寥诗句相近。但《诗品》是否为司空图所作，今人意见不同，故此存疑。

此词卒章意象萧索,亦非复《三侯》比矣。

按刘邦《大风歌》亦名《三侯之章》,朱熹尝评曰:"自千载以来,人主之词亦未有若是其壮丽而奇伟者。""意象萧索",是说《鸿鹄歌》别有一种凄凉落寞之意境,而不复见《大风歌》的雄心壮志了。朱熹还说:

西山长句及还家四言,意象萧散,吟玩不能去心。(《晦庵别集》卷二《与刘子澄书》)

按此"意象萧散"四字,又见于其《跋喻湍石所书相鹤经》,指作品所表现出来的一种从容脱俗的境界。"气象"或者"意象"其实是朱熹在理学和文学之间所发现的契合点,故其论诗文往往着眼于此。

如果不能注意到宋学中"意象"的独特内涵,我们也就很容易对诗评中的"意象"发生误解。比如唐庚在解释谢朓的诗句"寒城一以眺,平楚正苍然"时说,"平楚"当是平野之意,而吕延济训"楚"为木丛,"便觉意象殊窘"(《唐子西文录》)。以平野来解释谢朓诗句,显得视野开阔,因此如果把"意象殊窘"理解为诗歌形象狭窄局促,似乎也通。然而,我们从宋元时代诸多类似的表述中领会到的是不同的意义,比如程颐说"才谨严便有迫切意象,无宽舒之气"(真德秀《西山读书记》卷三十一引),朱熹说"粗心浮气,意象匆匆,常若有所迫逐"(李幼武《宋名臣言行录外集》卷十二引),元陈植"诗人吟咏情性,故意象宽平;老儒执守训诂,故意象窄狭"(《木锤集》卷二)等等。这些"意象"均指人之气象。此外,宋人还说"气象迫狭"(《朱子语类》卷一百一)、"气象迫促"(楼钥《攻媿集》卷六十八《上宰相书》)、"气象窄狭"(真德秀《西山读书记》卷二十一引张栻语)等等,均可作为唐庚"意象殊窘"一语的参证。所谓"意象殊窘",正当指"气象"而言,可以理解为诗句读起来让人感到胸襟不开的意思。这里与形象无关。

宋末刘克庄以"意象"论诗,指的也是气象。他称赞岑参作诗"词语壮浪,意象开阔"(《后村诗话》后集卷二);借游九言语批评江西末流之诗"音节聱牙,意象迫切"(同上)。前者是说岑参的作品辞气豪放,显示出开朗壮阔的境界;后者则指音调不畅,显得气象窘迫。"意象迫切"与唐庚说的"意象殊窘"意思相近。陈伯海说刘克庄的"意象迫切"是从诗歌形象立论的,也是把"意象"误解为形象了①。另外,严羽虽未以"意象"论诗,但"气象"论却是其诗学的重要内容。"气象"是《沧浪诗话》所列诗法之一,也是其唐宋之辨的依据。他还称李杜诗"如金鳷擘海,香象渡河",而郊岛诗则如"虫吟草间",实则亦以"气象"立论。明人浸染严氏诗学甚深,往往以"意象"论诗,其实正是承继了严氏的"气象"论。

文论中还有一种"意象",严格地说,它不是一个合成词,"意"、"象"二字往往表现出相对的独立性,有时还是以对举的方式分开使用的。这个"意象",才是渊源于《系辞》的。唐皎然《诗式》有"兴即象下之意"一说,这是借用易学的"立象尽意"之说来解释"兴"。托名白居易的《金针诗格》指出诗有"内外意",曰:"诗有内外意,内意欲尽其理,外意欲尽其象。"(《诗人玉屑》卷九引)此将诗歌的内容分为"意"和"象"的两个层面,"意"内"象"外,"意"在"象"中,正类似于易学"立象尽意"之说所确立的二者之关系。此"内外意"之说,对明人影响尤甚。比如王世贞主张诗歌要"意象附合",反复说"外足于象,而内足于意"(《弇州四部稿》卷六十

① 陈伯海:《释"意象"》,《社会科学》2005年第9期。

四《于大夫集序》)、"务使意足于象"(《弇州四部稿续稿》四十一《徙倚轩稿序》)、"其色声耦矣,意象协矣"(同上卷四十三《汪禹乂诗集序》)、"象必意副"(同上卷四十四《胡元瑞绿萝馆诗集序》)、"余读新集,则情事剂矣,意象合矣"(同上卷五十五《文起堂新集序》)如此等等。这个观点,均由《诗格》的"内外意"之说脱化而来。这一种"意象",是有形象义的,也包含了一定的主客统一的内容。

由上可知,刘勰的"意象",出于玄学的"言意之辨",是"意"的"偶词"。宋代普遍使用的"意象",则源于《汉书》,在理学的语境中,往往与"气象"同训。明代则有"意象附合"之说,此"意象"源出易学,实由两个独立的概念构成,有形象义。我们既不可以望文生义地把这些出处不同的"意象"不加分别地解释为主客统一的审美形象,更不能将这些内涵相异的语词无所差别地整合到一个统一的所谓"意象"论中,进而匆促地串联出一个理论脉络甚至体系来。

作者单位:复旦大学

刘勰与中国散文学

罗书华

《文心雕龙》并不是专门的散文学著作，而是一部弥纶群言的文学理论或写作学著作，它所论述的对象，包括散文，但又不限于散文。不过，也应该承认，在唐代以前，在论者还没有将诗与文两个概念彻底分清之前，还没有哪一部著作像《文心雕龙》这样对散文有如此广泛而深入的论述。《四库全书总目提要》将它列为诗文评类的第一部，而将专门的诗论《诗品》与它相并称，其实有些意味。《诗品》是专门的文体论，与《文心雕龙》遍论各体形成对位，《诗品》专论诗，又与《文心雕龙》主要论文形成对位。

一、弹性散文观的确立

魏晋以来，人们对于文学的认识有了较大的进步，这突出地表现在两个方面：一是图书分类中的四部之分；一是文笔之辨。四部分类将经、史、子、集各立一部，在客观上将文学与经、史、子作了区别。文笔之辨，各人观点不尽相同，但比较一致的意见是：有韵为文，无韵为笔；有情为文，无情为笔。四部分类与文笔之辨在文学和散文学史上的一个重大显性成果，就是与《文心雕龙》同时而略晚的萧统《文选》的编选。《文选》所收文章与集部相应，明确将经、史、子排除在外，这与四部分类之间有一定的关联；所选篇章大致有“事出于沉思，义归乎翰藻”的特点，又与文笔之辨相关，“文选”中的“文”与“文笔”中的“文”相近，虽然编选者并没有明确这样说。

从《文心雕龙》所论的各类文体来看，刘勰在文学的性质、范围等方面的认识，与当时的主流文学观念有所不同。其中较为突出的一个表征就是，在时人将经、史、子、集分别开来，不把经、史、子作为文的范畴的背景下，《文心雕龙》偏偏将经、史、子纳入自己的论述对象。全书第三篇为《宗经》，第十六篇是《史传》，第十七篇是《诸子》。经、史、子不仅被看做了“文”，而且在整个文章家族中占据了崇高的位置。尤其是其中的“经”，并非出现在一般的“文体”论当中，而是与“道”、“圣”、“纬”、“骚”一道，视为全书的枢纽。它不仅一般地属于“文”，而且超越文章之上，是文章的源泉，也是文章的顶峰，或者竟可说是文中之文，文上之文，万文之文。“往者虽旧，余味日新，后进追取而非晚，前修运用而未先。”[①]在刘勰看来，史书与子书虽然无法与经文相提并论，但作为文体中的一类，也有它们的重要性。他称誉《左

① 刘勰《文心雕龙·宗经》。周振甫《文心雕龙注释》，人民文学出版社，1981年，第19页。

传》为"圣文之羽翮,记籍之冠冕也"[①],说诸子是"入道见志之书",与经书先后并驾,"鬻惟文友,李实孔师,圣贤并世,而经子异流矣"[②]。

对于文笔的说法,刘勰也有自己的见解。《文心雕龙·总术》开篇就对这个问题论述说:"今之常言,有文有笔,以为无韵者笔也,有韵者文也。夫文以足言,理兼诗书,别目两名,自近代耳。颜延年以为'笔之为体,言之文也;经典则言而非笔,传记则笔而非言。'请夺彼矛,还攻其盾矣。何者?易之文言,岂非言文?若笔果言文,不得云经典非笔矣。将以立论,未见其论立也。"[③]这段话,先说文笔之分是近代的概念,已经表示了对这种分别的不满。接着又以颜延年的观点作为引子,进一步阐述自己的观点。颜延年的说法实际上在"文""笔"之外,再引进了另外一个维度:"言"。在颜延年看来,"笔"是"言"的文字记录。"经典"原是圣人的言语,所以它属于"言"的范畴,"传记"是人们对经典费尽心思的注解和演绎,所以属于"笔"。对于这样一种看法,刘勰以为大谬不然。他举例反驳说,《易·文言》篇可以算是很有文采的"言"了,既然说"笔"是用笔写作的有文采的"言",那么,就不能说经典不属于笔了。在他看来,"发口为言,属笔曰翰,常道曰经,述经曰传。经传之体,出言入笔,笔为言使,可强可弱。六经以典奥为不刊,非以言笔为优劣也"[④]。"言"与"笔"的区别只是外部形态,在本质上并无二致。无论经、传,还是其他文章,都是从言而来,笔(文)只是言的表达。经传文章的优劣主要决定于它的内在质量,而不应该只看它的外部形态。

这段话固然是对言与笔两个概念的澄清,实质却是在表达自己的"文学"观。对于言笔之分的批判,其实也是对当时"以无韵者笔也,有韵者文也"的文笔之分的批判。言笔之分虽然与文笔之分有所不同,但两者之间其实存在着一定的内在联系。颜延年的言笔之分,基本上也就是言文之分。没有形诸文字、没有加工、缺少文采的言语就是"言",通过笔墨记录下来的、经过加工的、文采斐然的文字就是"笔",这个"笔"也就是"文"。当时主流的文笔之分中,无韵的"笔",指的就是较少加工、较少文采的文章,它与颜延年的"言"近似,而有韵的"文",则与颜延年的"笔"近似。对于这种观念,刘勰并不以为然。"今之常言,有文有笔,以为无韵者笔也,有韵者文也。夫文以足言,理兼诗书。别目两名,自近代耳。"无非是要强调,文笔之说并不是固有的说法,也不是合适的说法,而是今天的、近代的、后起的,同时也不周圆的说法。在他看来,文章无非是言语的延伸,既包括像《诗》这样有韵的作品,也包括像《书》这样无韵的作品,将作品对象再分为"文"、"笔"既没必要,也没有什么道理,更不能说明多少问题。

正因为这样,《文心雕龙》所论的文,不仅打破了经、史、子、集的畛域,不仅突破了文笔的界限,也在一定程度上突破了言文的界限。比如将盟誓看做"文"的一种,就有这样的意味。《祝盟》篇说:"盟者,明也。骍毛白马,珠盘玉敦,陈辞乎方明之下,祝告于神明者也。"[⑤]可以知道,"盟"多半是"言"而不是"文",最多也只是记录下来的言辞。这样的言辞,即便是在篇幅的长度上,也无法与一般的文辞相比。像这里所说的"骍毛",出自《左传》:"瑕禽曰:'昔平

① 刘勰《文心雕龙·史传》。周振甫《文心雕龙注释》,人民文学出版社,1981年,第169页。
② 刘勰《文心雕龙·诸子》。周振甫《文心雕龙注释》,人民文学出版社,1981年,第188页。
③ 刘勰《文心雕龙·总术》。周振甫《文心雕龙注释》,人民文学出版社,1981年,第469页。
④ 刘勰《文心雕龙·总术》。周振甫《文心雕龙注释》,人民文学出版社,1981年,第469页。
⑤ 刘勰《文心雕龙·祝盟》。周振甫《文心雕龙注释》,人民文学出版社,1981年,第106页。

王东迁，吾七姓从王，牲用备具。王赖之，而赐之骍旄之盟，曰：世世无失职。’”[①]“白马”之盟的记载《汉书》中有多处，《汉书》“王陵传”说：“高皇帝刑白马而盟曰：‘非刘氏而王者，天下共击之。’”[②]其他篇章的记载内容也大致相同。《文心雕龙》所论几十种文体，经、纬、骚、诗、乐府、赋、颂赞、祝盟、铭箴、诔碑、哀吊、杂文、谐隐、史传、诸子、论说、诏策、檄移、封禅、章表、奏启、议对、书记，典型地体现了他经史子集兼综、文笔并举、言文合一，弥纶群言的广义文学观。即便不将《原道》中所说的天文、地文、人文与后面所论的“文学”同等并列，这样的文学观也可以说是广阔无比了。

然而，另外一方面，刘勰显然不是将所有的言与文、文与笔、经史与子集都当作了文学，或者更为准确地说，他并不是将它们的全部当作了文，而是将其中的某部分或者某些因素看做文。刘勰虽然将所有的语言、文字、篇章都放进了文的大家族当中，并没有因为它们的功用和形态而排斥到文学之外，但是，在他看来，不同的对象，不同的作品，它们的文的含量并不相同。这从全书各文体的排列中也可以感受到。其中，骚、诗、祝盟、诔碑、哀吊等多有韵，与当时的“文”相合；而史传、诸子、论说、诏策、檄移、封禅、章表、奏启、议对、书记等排在靠后的文体，则不讲究韵，与当时的“笔”相合。这种排列顺序表明他已经看到文体与文之间的关联，认识到当时所说的“文”文性更高，而“笔”中的文性则相对较弱。对于排列在全部文体末位的“书记”中的谱、籍、簿、录、方、术、占、式、律、令、法、制、符、契、券、疏、关、刺、解、牒等作品，他更是明确地定位为“艺文之末品”，“政事之先务”[③]。当然，他所认为的文性，并不是只指文体外部形态，而是外部形态与内部要素的综合体。《宗经》篇说：“故文能宗经，体有六义：一则情深而不诡，二则风清而不杂，三则事信而不诞，四则义直而不回，五则体约而不芜，六则文丽而不淫。”[④]《知音》篇说：“缀文者情动而辞发，观文者披文以入情。”又说：“是以将阅文情，先标六观：一观位体，二观置辞，三观通变，四观奇正，五观事义，六观宫商。”[⑤]从这几处重要论述中看来，文的要素主要是指“情”、“风”、“事”、“义”、“体”、“文”等从内到外的各个方面。如果情感深厚、境界清高、内容真实、思想贞醇、体格简约、文辞华丽，则说明文的属性较高，反之，如果在这些方面不足或者过度，则说明文的属性较低。尽管论者对于这些要素的含义理解还不尽一致，比如对于里面的“风”，周振甫先生认为是指“风格”，陆侃如、牟世金先生认为是指“风化”，而郭晋稀先生则以为是指“激情”[⑥]。《知音》中的“位体”、“置辞”、“事义”、“宫商”基本上不出以上几个要素的范畴，而“通变”与“奇正”则提供了考察与衡量这些要素的又一维度。意思是说，对于这些要素，除了静止地对它们本身的含量进行考察之外，还要放到历史的长河之中，看它是否有根基有创造，还要放到理性的天平上，看它是否能够驭奇而不失正。

总的说来，刘勰的“文”学观念不是静止的，而是流动的；不是刚性的，而是弹性的；不是

① 《左传·襄公十年》。杨伯峻《春秋左传注》，中华书局，1990年，第983页。

② 班固《汉书》卷40《王陵传》，中华书局，1962年，第2047页。

③ 刘勰《文心雕龙·书记》。周振甫《文心雕龙注释》，人民文学出版社，1981年，第278页。

④ 刘勰《文心雕龙·宗经》。周振甫《文心雕龙注释》，人民文学出版社，1981年，第19页。

⑤ 刘勰《文心雕龙·知音》。周振甫《文心雕龙注释》，人民文学出版社，1981年，第518页。

⑥ 分别参见：周振甫《文心雕龙注释》，人民文学出版社，1981年，第23页，注28；陆侃如、牟世金《文心雕龙译注》，齐鲁书社，1996年，第116页，注16；郭晋稀《白话文心雕龙》，岳麓书社，1997年，第26页，注26。

定量，而是变量。在他看来，一部作品，以上因素包含得越多，离理想高度越近，那么，文的属性也就越足；相反，以上因素包含得越少，离理想高度越远，那么，文的属性也就越淡。他的文可以大到与人文、地文甚至天文相接，也可以小到只指五经甚至是“易中文言”一篇。这样一种文学观，既有广博丰厚的历史文化底蕴，又吸收了当时对文的思考，体现了历史的进步，充分体现了汉字文学的特点，兼容并包，无适不可，后代论者对文学的认识，都无法出其圜中。后代散文观念有时广义，有时狭义，有时含应用，有时指美文，这种种的不确定性与伸缩性，正是刘勰文的观念的自然延伸。刘勰的文减去诗歌部分，也就是散文。

二、接近肌体的散文学

毫无疑问，刘勰以前就有散文学，不过，将《文心雕龙》与前面的散文学论著略作对比，可以发现，它们之间存在着巨大的差别。这不单是指体量的短长小大与体系的有无，同时也指内在的本质。虽然说此前的散文学各有各的面貌，情况并不一致，但大体说来，它们基本上是论者对散文的本体、价值、文体等方面的感受、感觉和一般性认识，很少深入到文体及创作内部。这一方面与文学还没有完全独立相关，另一方面也为文学及创作本身的神秘性所决定。陆机的《文赋》例外地对写作过程作了较为详细的描绘，然而，它也只是止于描述而已，至于文体的内部结构如何，写作有什么必然规律，怎样提高写作的能力，从而达到“来不可遏，去不可止，藏若景灭，行犹响起”的境界等等一系列问题，作者要么是付诸阙如，要么是点到辄止，最后只能老实地承认：“虽兹物之在我，非余力之所勠。故时抚空怀而自惋，吾未识夫开塞之所由也。”①

刘勰自己也是一个文字劳动者，有过“方其搦翰，气倍辞前；暨乎篇成，半折心始”的切身经历，明白“意翻空而易奇，言征实而难巧”的道理。对于文学的神秘与不可言说也有实实在在的感受。他说：“文之思也，其神远矣。故寂然凝虑，思接千载；悄焉动容，视通万里；吟咏之间，吐纳珠玉之声，眉睫之前，卷舒风云之色：其思理之致乎？”“至于思表纤旨，文外曲致，言所不追，笔固知止。至精而后阐其妙，至变而后通其数，伊挚不能言鼎，轮扁不能语斤，其微矣乎！”然而，他并没有像陆机一样，止步于文学的神秘与不可捉摸之前。毋宁说这种神秘性反而激起了他更加强烈的探索欲望。在他看来，文学的事情虽然神秘，但并非羚羊挂角无迹可寻，而是有一定的规律可循。只要掌握了这个规律，照此办理，顺其自然，那么，就可以“登山则情满于山，观海则意溢于海，我才之多少，将与风云而并驱矣”。写作中即便有什么困难，也完全可以克服，“结虑司契，垂帷制胜”②。

事实上，《文心雕龙》一书的写作，根本的目的就是要探讨文章的构成和写作的规律。明知文学及写作难以言说，而偏要一试锋芒，加以言说，破不知为知，可以说是《文心雕龙》撰作的重要动机。“文心雕龙”这四个字，就是这种动机与目的的鲜明体现。“夫文心者，言为文之用心也。”③“为文的用心”可以从两方面来理解：一是“文之所以为文”，“文之所以成文”的

① 陆机《文赋》。萧统《文选》卷17，中华书局，1977年，第243页。

② 刘勰《文心雕龙·神思》。周振甫《文心雕龙注释》，人民文学出版社，1981年，第295、296页。

③ 刘勰《文心雕龙·序志》。周振甫《文心雕龙注释》，人民文学出版社，1981年，第534页。

内部曲折、规律与道理；另一方面是“作文”，“文章的写作”的规律、方法和努力的方向。无论是“文之所以成文”，还是“作文”，过去的论者都少有涉及，不敢涉及，刘勰却知难而进，非要钻进文章内部，深入到“心”与“用心”的深度，将文章与作文的内部规律的探索作为自己的使命。“雕龙”二字，出自《史记》：“谈天衍，雕龙奭。”裴骃引刘向《别录》解释说：“驺衍之所言五德终始，天地广大，尽言天事，故曰‘谈天’。驺奭修衍之文，饰若雕镂龙文，故曰‘雕龙’。”[①]意思是对问题进行细密精致的发挥与解释。综合起来看，“文心雕龙”就是要对文章的道理、作文的规律进行深入、细致的探索、分析与阐释，从而使人们对文章与作文之道有全面、具体、深入的认识与掌握。显然，这样的文论与那些徘徊在文体外面的感受与评论不可同日而语。

《文心雕龙》五十篇，除《序志》外，所有的篇章不外是论“文章是什么”，“怎样来作文”几个字。《原道》、《征圣》、《宗经》、《正纬》、《辨骚》几篇，是整个“文之枢纽”，其实是想从文章的本质、起源、初始发展的角度来论作文的总方法，告诉人们要以自然（道）、圣人、五经、纬书、楚骚为楷模。当然，在这几者当中，《宗经》篇又可称为枢纽的枢纽，它上承道、圣，下启纬、骚，所谓“道沿圣以垂文，圣因文而明道”[②]，“神道阐幽，天命微显，马龙出而大易兴，神龟见而洪范耀”[③]，“自风雅寝声，莫或抽绪，奇文郁起，其离骚哉”[④]。要接近道与圣，必须以经为入门。由于经书仍然与今人距离较远，因而，学习五经也应该参考后来的纬与骚。但是，纬、骚毕竟在经书之后，它们在发展过程中已经与经有所偏离，所谓“世敻文隐，好生矫诞，真虽存矣，伪亦凭焉”[⑤]，因而，在取法纬、骚时，又应该区别真伪，有所取舍，以五经作为标准。“若能凭轼以倚雅颂，悬辔以驭楚篇，酌奇而不失其贞，玩华而不坠其实；则顾盼可以驱辞力，咳唾可以穷文致。”[⑥]在刘勰看来，五经既包含众多文体，也蕴含丰富的法则，只要学好五经，也就接触到了各体的本原，熟习了作文的法则，自然学会了作文，能够写出上好文章。

《明诗》以下一直到《书记》共二十篇文章，论者一般将它们看作文体论。众所周知，魏晋论者对于文体分类有相当大的热情。曹丕《典论·论文》将文章分为“奏议、书论、铭誄、诗赋”四科八门，陆机《文赋》则进一步分成“诗”、“赋”、“碑”、“诔”、“铭”、“箴”、“颂”、“论”、“奏”、“说”十种。挚虞《文章流别论》与李充的《翰林论》对“诗”、“颂”、“箴”、“铭”、“诔”、“碑”几种文体也有论说。《文心雕龙》共有二十篇文体专论，共提到三十三种文体，无论所提到的还是进行了详细论述的散文文体，与前述各家比较，都要多出不少。这些体论篇章一般都是由四个部分构成，即《序志》所说的“原始以表末，释名以章义，选文以定篇，敷理以举统”[⑦]。这就与曹丕、陆机只是对各种文体的风格略作描述大不相同。无论是对追溯文体的起源与发展，还是对文体名称的解释，或者是具体文章的举例，以及对文体根本特征的抽象，都是为了更深切地走进这种文体，为了让人们对这种文体的构成有更加全面深入的认识，从而建立这种文体的历史与理想范型，明白这种文体的写作方向。明白了文体的具体面目，实际上也

① 司马迁《史记》卷74《孟子荀卿列传》，中华书局，1982年，第2348页。
② 刘勰《文心雕龙·原道》。周振甫《文心雕龙注释》，人民文学出版社，1981年，第2页。
③ 刘勰《文心雕龙·正纬》，周振甫《文心雕龙注释》，人民文学出版社，1981年，第28页。
④ 刘勰《文心雕龙·辨骚》。周振甫《文心雕龙注释》，人民文学出版社，1981年，第35页。
⑤ 刘勰《文心雕龙·正纬》。周振甫《文心雕龙注释》，人民文学出版社，1981年，第28页。
⑥ 刘勰《文心雕龙·辨骚》。周振甫《文心雕龙注释》，人民文学出版社，1981年，第36—37页。
⑦ 刘勰《文心雕龙·序志》。周振甫《文心雕龙注释》，人民文学出版社，1981年，第535页。

就明白了这种文体应该怎样来写作；明白了目标所在，自然也就明白了抵达目标的路径。

如果说《明诗》到《书记》之间二十篇文体论是偏于对“文章是什么”的各个方位分析的话，那么，《神思》以下到《总术》，加上《时序》篇之后的《物色》篇共二十篇，则可以说是对所有作品创作规律的具体论述。《序志》篇说：“至于剖情析采，笼圈条贯，摛神性，图风势，苞会通，阅声字，崇替于《时序》，褒贬于《才略》，怊怅于《知音》，耿介于《程器》。”[①]可见，《时序》、《才略》、《知音》、《程器》四篇是同一组，而位于《时序》之后，《才略》之前的《物色》篇，应该与《时序》篇之前的十九篇合为一组。现行版本的排列顺序略有错乱。它们都可以归于创作论。这些论述既有理论性较强的宏观论述，也有既具理论性又有一定可实践性的中观论述，还有一些操作性非常强的微观论述。《神思》、《体性》、《风骨》、《通变》、《定势》篇，好像是站在某个高度上俯看文学，偏向于宏观的理论论述；《情采》、《物色》、《镕裁》的位置不高也不低，与文体的距离不远也不近，与文章相当贴近而又可以看清整个文章的面貌，近于中观论述；《声律》、《章句》、《丽辞》、《比兴》、《夸饰》、《事类》、《练字》、《隐秀》、《指瑕》、《养气》、《附会》则是钻进文章的肌体之中，是对文章某个层次、某个部分，或某种作法的具体论述，可以归于微观的具体的论述。这三个层次结合在一起，使人们对文章写作可以有一个完整的掌握。

总而言之，刘勰虽然认识到文章及其写作有一定的神秘性，但他仍然认为它们是可以认识、分析与掌握的。具体的辞章、构思等不说，就是最为神秘的“神思”，也可以认识、分析与言说。“故思理为妙，神与物游，神居胸臆，而志气统其关键；物沿耳目，而辞令管其枢机。枢机方通，则物无隐貌；关键将塞，则神有遁心。是以陶钧文思，贵在虚静，疏瀹五藏，澡雪精神；积学以储宝，酌理以富才，研阅以穷照，驯致以绎辞；然后使玄解之宰，寻声律而定墨；独照之匠，窥意象而运斤：此盖驭文之首术，谋篇之大端。”[②]这样自信满满，这样深入细致的分析，这样多的具体办法，在此之前的散文学中从来没有见到过。中国散文学固然是由本体论、价值功能论、文体论（含作家作品论）、创作论、发展论、批评论、章句鉴赏与章法分析等多个方面构成的，然而，在所有这些因素中，对于文体与写作的细致分析与具体论述无疑是其中最基本的环节。缺少这两个环节，理论思考就将流于空谈，整个散文学史的结构也就有骨无肉，而具体入微的鉴赏与章句剖析也无法兴起。从发展的角度看，《文心雕龙》为中国散文学史从感受走向分析，从抽象走向具体，从简陋走向丰满，从无语走向能言提供了重要资源。其中，刘勰对文体与创作的深入探索与分析作用尤其重大。后代散文学中的文体论与创作论成为散文学的两个重镇，与此有莫大的关系。

顺便说到的是，当今论者对于《文心雕龙》一书性质的认识，存在两个极端。有的论者将它看做为文学理论与批评著作，如张少康就说：“《文心雕龙》是在儒、道、佛三家哲学、美学和文学思想熏陶下产生的一部伟大的文学理论巨著。”[③]游国恩等主编的《中国文学史》说它是一部“总结性的文学批评巨著”[④]。王运熙、杨明先生则以为：“从刘勰写作此书的宗旨看，从

① 刘勰《文心雕龙·序志》。周振甫《文心雕龙注释》，人民文学出版社，1981年，第535页。
② 刘勰《文心雕龙·神思》。周振甫《文心雕龙注释》，人民文学出版社，1981年，第295页。
③ 张少康、刘三富《中国文学理论批评发展史》上册，北京大学出版社，1995年，第258页。
④ 游国恩等主编《中国文学史》第一册，人民文学出版社，2002年，第359页。

全书的结构安排和重点所在看，它原来却是一部写作指导或文章作法。”①这几种观点当然都有它们的道理，《文心雕龙》中确实有“理论”，也确实有“文章作法”，然而，这些并不是《文心雕龙》的主要内容与重心。严格地说，《文心雕龙》和中国其他批评论著一样，理论性并不算突出，而“文章作法”一类著作，也只是在宋代以后才发展起来的。无论是从结构的角度，还是从历史的角度来看，《文心雕龙》都是处于理论巨著与文章作法之间，它兼具理论色彩与文章作法的性质，但又与理论著作或文章作法不怎么对应。《文心雕龙》是一部什么书？切实地说，它是一部试图对文体与创作进行深入探讨的著作，是一部文体论与创作论。

三、儒家文学理论的成形

中国文化胸怀广博，海纳百川，中国文学批评与中国散文学并包百家，气象万千，然而，客观地说，自从孔子创立儒家之后，整个散文学的发展就是以儒家文艺思想为主流。如果说在文化思想领域里，儒、佛、道几种思想还常常并驾齐驱，在诗学、小说学、戏曲学、词学领域，儒家、佛家、道家文学观还不时交织在一起，难分难解、难分主次的话，那么，在散文学领域里，儒家文学观则几乎一直占据着优势地位，很少出现动摇。

毫无疑问，儒家文学观念也是动态的、发展的。孔子之前的《尚书》、《周易》等经典中已经有儒家精神的根苗。待孔子及其弟子创立儒家学派之后，儒家更是一举成为中国文化思想的一大脉系，并渐次深入文学之中，成为文学思想的重要资源。汉代以后，由于汉武帝“罢黜百家，独尊儒术”以及重文尚用的儒家文学观念逐步形成，“文”与“用”成为人们笔端常常用到的词汇。不过，总体说来，那个时代的文学观念本身还没有获得足够的发展，儒家思想与文学思想也没有结合成为一体，还只是处在用思想衡量文学的阶段。另外，儒家文学观论述的主要方面也只是“文质”和“文用”，因此，儒家文学观念尽管具有相当的影响，但是它并没有真正成熟，在散文学领域尤其如此。

《文心雕龙》诞生在晋末梁初这个思想激荡的时代，思想容量极为丰富，有儒，有佛，也有道；有《经》，有《纬》，也有《骚》，多种思想杂然并存。正因为此，后世论者在这个问题上认识颇不一致，有以为儒家思想为主导的，有以为道家思想为主导的，有以为佛家思想为主的，也有以为兼综各家的。李泽厚、刘纲纪以为：“刘勰既崇奉儒家思想，同时也信仰佛教。”又说：“尽管《文心雕龙》的思想由各种成分构成，好像是一种复杂的合金，其中还是有一种刘勰常说的统领各种思想，使之繁而不乱的‘本’存在着。这‘本’就是《易传》的思想。”②王运熙、杨明则以为刘勰思想“兼综儒家、佛教、道家与玄学”③。

本文赞同儒家思想为主导的意见。事实上，在具有自序性质的《序志》的相关叙述中已经可以看到这点。“形同草木之脆，名逾金石之坚，是以君子处世，树德建言。岂好辩哉，不得已也！”追求人生的不朽，以写作作为生命的延伸，这样的写作动机本身就是儒家式的。“予生七龄，乃梦彩云若锦，则攀而采之。齿在踰立，则尝夜梦执丹漆之礼器，随仲尼而南

① 王运熙、杨明《魏晋南北朝文学批评史》，上海古籍出版社，1996年，第330页。
② 李泽厚、刘纲纪《中国美学史》第二卷，中国社会科学出版社，1987年，第584、655页。
③ 王运熙、杨明《魏晋南北朝文学批评史》，上海古籍出版社，1996年，第327页。

行。”[①]也明显地流露出对圣人的追崇。全书的头五篇，即被他自己称为“文之枢纽”的《原道》、《征圣》、《宗经》、《正纬》、《辨骚》，更是集中地体现了儒家思想的核心地位。《原道》开篇第一句话，“文之为德也大矣，与天地并生者何哉？”将文与天地并列，“故两仪既生矣，惟人参之，性灵所钟，是谓三才，为五行之秀，实天地之心”，“心生而言立，言立而文明”[②]，以人心作为文的本源，都充溢着儒家以人为本、以人为中心的主体精神。《征圣》篇位于《原道》之后、《宗经》之前，处在抽象玄乎的“道”与具体可感的“经”中间，将圣人视为“道”与“经”的中介，这既为“道”灌注了儒家思想，又使儒家经典通向了无限的自然。《宗经》篇说：“经也者，恒久之至道，不刊之鸿教也。故象天地，效鬼神，参物序，制人纪，洞性灵之奥区，极文章之骨髓者也。”又说：“故论说辞序，则易统其首；诏策章奏，则书发其源；赋颂歌赞，则诗立其本；铭诔箴祝，则礼总其端；纪传盟檄，则春秋为根：并穷高以树表，极远以启疆，所以百家腾跃，终入环内者也。”又说：“故文能宗经，体有六义：一则情深而不诡，二则风清而不杂，三则事信而不诞，四则义直而不回，五则体约而不芜，六则文丽而不淫。”[③]以经为万文的极致，万文的源泉，万文的准的。突出地体现了儒家思想的主宰地位。《正纬》、《辨骚》两篇虽然被视为文之枢纽之一，但纬、骚的地位与道、圣、经并不在一个层面上。“盖文心之作也，本乎道，师乎圣，体乎经，酌乎纬，变乎骚，文之枢纽，亦云极矣。”[④]对于道、圣、经，刘勰是推崇备至，五体投地，而对于纬与骚，则是以“酌”与“变”相待，有肯定，也有批评，而标准仍然是圣与经。枢纽以下的文体论与创作论各篇，虽然重点转入论文章肌理与创作规律，但种种论述无不渗透了儒家精神。在对史传的论述中，以周史“彰善瘅恶，树之风声”，《春秋》的“举得失以表黜陟，征存亡以标劝诫；褒见一字，贵逾轩冕；贬在片言，诛深斧钺”[⑤]的特点作为史传的标本，对治化作用的特别推崇，就是一个代表。《程器》篇说：“安有丈夫学文，而不达于政事哉。彼扬马之徒，有文无质，所以终乎下位也。”[⑥]以为文轻行重，文必须以行作为鹄的，更是赤裸裸的儒家文学观。元人钱惟善说：“自孔子没，由汉以降，老佛之说兴，学者趋于异端，圣人之道不行，而天地之大，日月之明，固自若也。当二家滥觞横流之际，孰能排而斥之？苟知以道为原，以经为宗，以圣为征，而立言著书，其亦庶几可取乎？呜呼！此《文心雕龙》所由述也。”[⑦]

《文心雕龙》中确实包含了多种其他思想。该书的核心概念“道”，并非只是指儒道，它也多少包含有道家的因素。“自然之道”与老子的“道”、道家的“道”相距不远。再扩展开去，这个“道”甚至还包含了“佛道”的因子。范文澜说：“彦和精湛佛理，《文心》之作，科条分明，往古所无。自《书记》篇以上，即所谓界品也，《神思》篇以下，即所谓问论也。盖采取释书法式而为之，故能鰓理明晰若此。”[⑧]佛书佛理既已对全书的结构与形式产生深刻的影响，那么，全书有丝丝缕缕佛学精神的融入，也就不难理解。不过，多种思想的并存与儒家思想为主导并不矛盾。这种种的其他思想只是儒家思想存在的背景，有了这个背景，这才更加凸现出儒家

① 刘勰《文心雕龙・序志》。周振甫《文心雕龙注释》，人民文学出版社，1981年，第534页。
② 刘勰《文心雕龙・原道》。周振甫《文心雕龙注释》，人民文学出版社，1981年，第1页。
③ 刘勰《文心雕龙・宗经》。周振甫《文心雕龙注释》，人民文学出版社，1981年，第18、19页。
④ 刘勰《文心雕龙・序志》。周振甫《文心雕龙注释》，人民文学出版社，1981年，第535页。
⑤ 刘勰《文心雕龙・史传》。周振甫《文心雕龙注释》，人民文学出版社，1981年，第169页。
⑥ 刘勰《文心雕龙・程器》。周振甫《文心雕龙注释》，人民文学出版社，1981年，第526页。
⑦ 钱惟善《文心雕龙序》。詹锳《文心雕龙义证》，上海古籍出版社，1989年，第1页。
⑧ 范文澜《文心雕龙注》卷10，人民文学出版社，1958年，第728页。

思想超拔的主导地位与海纳百川的兼容并包性。而这也正是《文心雕龙》儒家思想的特点与生命力所在。如果《文心雕龙》中儒家思想与其他思想平起平坐，那么，它就不可能在一个以儒家思想为主流的文化语境里得到认同；同样，如果《文心雕龙》只有儒家思想，或者说它的儒家思想与其他思想水火不兼容，它也不可能为不同文化背景的论者所接受与再阐释，从而发挥这样长久而广泛的影响。

当然，从散文学史的角度来看，《文心雕龙》更为重要的贡献还不在于以儒家思想为主导，也不在于它的儒家思想具有与其他思想兼容的特性，而在于这种思想与文学的水乳交融，在于他将哲学、政治思想化作了文学思想。《文心雕龙》立足文学，以文学为出发点与目的，同时又以文学为本位。所论在文学，而不在思想。其中可以感觉到儒家思想的存在，却感觉不到儒家思想强大的压迫。《文心雕龙》五十篇，或论文学的本源，或论各种文体，或论文学写作的一般规律，或论文学的发展与批评，篇篇是论文学，没有一篇在文学之外。五十篇中，居然没有一篇专门谈论"文用"。全书对于儒家经典的推崇，也完全是从文学而不是思想的角度。然而，全书既然以儒家经典作为文章的源泉与标准，十分强调学习经典的重要性，那么，儒家思想与精神也就自然会渗透到文章之中。正如《文心雕龙》自身，虽然篇篇谈论的是文学，但是处处充满了儒家的"风骨"。思想内化成了文学，文学与思想融合无间。显然，与那些以思想律文学的理论相比，这样的文学理论更加成熟，对于文学的影响也更加直接、内在。而散文领域中影响巨大的古文运动，也正是沿着《文心雕龙》一脉发展起来，走的是文学与思想相结合，以经典合文学与思想的道路。

四、名史选论的方法

作为一部弥纶群言的文学与散文学巨著，《文心雕龙》的价值与影响不仅表现在散文观的确立、批评的深入以及儒家思想与文学的完美结合上，同时也表现在批评方法的多元实践上。对于《文心雕龙》的批评方法，刘勰自己有着非常清醒的意识。《序志》篇所说"原始以表末，释名以章义，选文以定篇，敷理以举统"就不仅是对文体论方法的简明总结，也可以说是对整部书批评方法的勾勒。当然，如果从篇章结构来看，《文心雕龙》单篇文章往往是从"释名以章义"开始，接下来才是"原始以表末"。

所谓"释名以章义"，用现在的话来说，就是名词解释。在文体论当中，也就是对于文体命名原因与含义的探讨。《文心雕龙》文体论大都是从释名开始的。《颂赞》有关"颂"的第一句话："四始之至，颂居其极。颂者，容也，所以美盛德而述形容也。"有关"赞"的第一句话："赞者，明也，助也。"[①]都是对文体名词的解释。其他如《铭箴》篇所说："铭者，名也。""箴者，针也，所以攻疾防患，喻针石也。"[②]《诔碑》篇说："诔者，累也；累其德行，旌之不朽也。""碑者，埤也；上古帝王，纪号封禅，树石埤岳，故曰碑也。"[③]《哀吊》篇说："赋宪之谥，短折曰哀。哀者，依也。悲实依心，故曰哀也。""吊者，至也。诗云：'神之吊矣。'言神至也。"[④]都是相同的

① 刘勰《文心雕龙・颂赞》。周振甫《文心雕龙注释》，人民文学出版社，1981年，第95、96页。
② 刘勰《文心雕龙・铭箴》。周振甫《文心雕龙注释》，人民文学出版社，1981年，第116、117页。
③ 刘勰《文心雕龙・诔碑》。周振甫《文心雕龙注释》，人民文学出版社，1981年，第127、128页。
④ 刘勰《文心雕龙・哀吊》。周振甫《文心雕龙注释》，人民文学出版社，1981年，第138、139页。

格局。这些解释，无论是音训还是形训，目的都是“章义”，都是想要从命名中窥测出文体的本质、内容、目的与特点。当然，文体论二十篇也并不是千篇一律，少数篇章因为种种原因并没有“释名以章义”这一环，如《杂文》篇是将多种文体合称为杂文，就没有对“杂文”一词解释，再说，“杂文”一词已经十分浅显，也许在刘勰看来没有再费辞墨的必要。另外，有些篇章虽然有释名一环，但位置并不在文章的最前边。《谐隐》篇就是首先列举了历史上一些谐隐的实例，用来说明“谐辞隐言，亦无弃矣”的道理，之后才释名道：“谐之言皆也。辞浅会俗，皆悦笑也。”①

释名之后，接下来就是“原始以表末”，即对文体发生、发展与衍变的整个历程进行追溯与描述。这部分内容构成了文体论的主体。《文心雕龙》中每一篇文体论，几乎都是一篇文体小史，从中可以见到这种文体的起源、发展，以及各个阶段各自的特点。“原始以表末，释名以章义”中“以”可以理解为并列连词，也可以理解为目的连词。按并列连词来理解，这里的“末”固然是表示已经发生了的过去，而按目的连词来理解，那么，“末”则可以理解为还没有到来的未来。在这方面，《史传》是典型的一篇。该文开篇就追溯史传的起源，从黄帝时代开始讲起，历述了唐虞、夏商、西周、春秋、战国、秦、汉、后汉、魏晋历朝史传文体、作家、作品的渊源、脉络与特点。如说：“唐虞流于典谟，商夏被于诰誓”，“洎周命维新，姬公定法，绌三正以班历，贯四时以联事，诸侯建邦，各有国史，彰善瘅恶，树之风声。自平王微弱，政不及雅，宪章散紊，彝伦攸斁。昔者夫子闵王道之缺，伤斯文之坠……因鲁史以修春秋，举得失以表黜陟，征存亡以标劝戒；褒见一字，贵逾轩冕；贬在片言，诛深斧钺。然睿旨幽隐，经文婉约；丘明同时，实得微言，乃原始要终，创为传体。”从此而下，直到“晋代之书，系乎著作。陆机肇始而未备，王韶续末而不终……”②刘勰之所以要花大量的笔墨来追溯文体的起源、发展与衍变的过程，目的当然是想从过去看未来，想在发展变化当中认识与把握这种文体，将它作为“敷理以举统”的前提与基础。同时也表明，在刘勰看来，任何文体都是处于流动变化当中，而不是居而不变，刘勰的文体观念是动态的而非静态的，开放的而非封闭的。从文章写作的角度来说，他并非要为学习写作者提供现成的、万古不变的准则，毋宁说他只是想为人们进行新的开拓提供一份借鉴。

“选文以定篇”的“以”字，也可以作并列连词与目的连词双重理解。作前一种理解时，“选文”与“定篇”大致等义，都是表示选取和列举篇章的意思，作后一种理解，“选文”是选取和列举例文，“定篇”则有以它们作为范文的意思。当然，更为圆通的理解是，“选文以定篇”与其他三句相同句式中的“以”，同时兼具并列与目的两层意味，未必要在两者之间作出明确的选择。说到选文，大家很容易想起萧统的《文选》，《文心雕龙》则给人以理论著作的印象，很难让人与“文选”、“选文”一类词相联系。实际上，与“原始与表末”一样，“选文以定篇”在《文心》中占据了相当大的比重。“原始以表末”是文体论的主体，“选文以定篇”则是“原始以表末”的主要内容。《论说》篇在论及魏晋一段时，先对历史背景简单地交代说：“魏之初霸，术兼名法，傅嘏王粲，校练名理。迄至正始，务欲守文，何晏之徒，始盛玄论；于是聃、周当路，与尼父争涂矣。”紧接着就是对这段历史中的作家与作品进行列举与评论：“详观兰石之《才

① 刘勰《文心雕龙·谐隐》。周振甫《文心雕龙注释》，人民文学出版社，1981年，第159页。

② 刘勰《文心雕龙·史传》。周振甫《文心雕龙注释》，人民文学出版社，1981年，第169、171页。

性》，仲宣之《去代》，叔夜之《辨声》，太初之《本无》，辅嗣之《两例》，平叔之《二论》，并师心独见，锋颖精密，盖人论之英也。至如李康《运命》、同《论衡》而过之……曹植《辨道》，体同书抄：言不持正，论如其已。"[①]这些具体篇章的列举，使得文体的历史丰满充溢，有血有肉，对于这些作品的批评论说，更见刘勰论文精神。除去这些具体篇章，历史将变得干枯乏味，甚至根本就无所寄托。虽说限于体例的限制，刘勰无法像萧统一样将这些作品的全文在书中展开，让人们可以直接与这些作品面对面，这多少有些遗憾。

文体论中，"原始以表末"与"选文以定篇"之下，开始转入"敷理以举统"。所谓"敷理以举统"，也就是在前面三部分的基础上，对该文体的特点进行总结与概括，从不同的体裁中找到相同的质性，从历时发展的变化中抽象出不变的因素，在多种并存的因素中厘定优劣，总而言之是为文体制定一致的规范。"敷理"也就是敷陈道理，阐述理论，与前面的叙史与选文相区别，"举统"，也就是拈出纲领与原则。《论说》篇在对"论"的历史简明梳理之后，进入敷理举统单元，说："原夫论之为体，所以辨正然否，穷于有数，究于无形，钻坚求通，钩深取极，乃百虑之筌蹄，万事之权衡也。故其义贵圆通，辞忌枝碎；必使心与理合，弥缝莫见其隙，辞共心密，敌人不知所乘，斯其要也。是以……"[②]从正反两面提出了立论的原则，并举例加以说明。《檄移》篇有关檄体的敷理举统也相类似："凡檄之大体，或述此休明，或叙彼苛虐……故其植义扬辞，务在刚健，插羽以示迅，不可使辞缓，露板以宣众，不可使义隐；必事昭而理辨，气盛而辞断，此其要也。若曲趣密巧，无所取才矣。"[③]读了这样简明的总结，学习写作者应该怎样，不应该怎样，一目了然。

从以上的叙述中可以感觉到，这四种方法虽然有一定的独立性，在篇章结构中也有先有后，但它们之间其实是相互联系，你中有我、我中有你的关系。"释名章义"与"原始表末"两项内容往往是叠合交错，名字获得的刹那，往往就是这种文体的开始。《诠赋》篇说"诗有六义，其二曰赋。赋者，铺也，铺采摛文，体物写志也"[④]，就很难说它是在"释名"还是在"溯源"，准确地说，是二者兼有。《论说》篇说："圣哲彝训曰经，述经叙理曰论。论者，伦也；伦理无爽，则圣意不坠。昔仲尼微言，门人追记，故抑其经目，称为《论语》。盖群论立名，始于兹矣。"[⑤]释名与原始两部分略可分开，却又相互映照说明。至于"原始以表末"与"选文以定篇"两部分内容，正如上面所说，更是难分难解。原始以表末的主要内容就是对具体篇目的列举与评说，而选文以定篇也一定是在历史的框架之中进行。"敷理以举统"部分的独立性更强一些，但仍然无法脱离前面三项内容而存在。如果失去了前三项内容的依托，那么，对于文体根本特性的抽象既无法进行，也叫人难以理解。再说，前面的原始表末与选文定篇中，也夹杂有不少评论，这些评论与敷理以举统部分的阐说并没有本质区别。《诠赋》篇先从"诗有六义，其二曰赋。赋者，铺也，铺采摛文，体物写志也"的释名开始，紧接着对赋的源流与发展作了详细的勾勒，从"受命于诗人"，到"拓宇于楚辞"，到荀宋时代的"蔚成大国"，这是赋从诗体中分蘖的开始。之后，又依次论述了汉初以至魏晋时期赋的发展。在这个过程中，重点列

---

① 刘勰《文心雕龙·论说》。周振甫《文心雕龙注释》，人民文学出版社，1981年，第200、201页。

② 刘勰《文心雕龙·论说》。周振甫《文心雕龙注释》，人民文学出版社，1981年，第201页。

③ 刘勰《文心雕龙·檄移》。周振甫《文心雕龙注释》，人民文学出版社，1981年，第227页。

④ 刘勰《文心雕龙·诠赋》。周振甫《文心雕龙注释》，人民文学出版社，1981年，第80页。

⑤ 刘勰《文心雕龙·论说》。周振甫《文心雕龙注释》，人民文学出版社，1981年，第200页。

举了荀子、宋玉，特别是枚乘的《梁王菟园赋》、司马相如的《上林赋》、贾谊的《鹏鸟赋》、王褒的《洞箫赋》、班固的《两都赋》、张衡的《二京赋》、扬雄的《甘泉赋》、王延寿的《鲁灵光殿赋》，将它们作为汉赋的代表，以为"凡此十家，并辞赋之英杰也"，并加以点评说："观夫荀结隐语，事数自环；宋发夸谈，实始淫丽；枚乘菟园，举要以会新；相如上林，繁类以成艳；贾谊鹏鸟，致辨于情理；子渊洞箫，穷变于声貌；孟坚两都，明绚以雅赡；张衡二京，迅发以宏富；子云甘泉，构深玮之风；延寿灵光，含飞动之势。"这些评点虽然简略，却要言不烦。最后，在以上基础上总结说："原夫登高之旨，盖睹物兴情。情以物兴，故义必明雅；物以情观，故词必巧丽。丽词雅义，符采相胜，如组织之品朱紫，画绘之著玄黄，文虽新而有质，色虽糅而有本，此立赋之大体也。"[①]释名、原始、选文、举统这几种不同的方法有机结合，全面展示了赋体的面貌。就全书而言，这四种方法的相互结合、搭配与映射，使得《文心雕龙》既具理论色彩，又具实践品格，史论结合，名实相符，四种方法中缺少任意一种，《文心雕龙》都将不成其为《文心雕龙》。

需要指出的是，名史选论相结合的方法并不是只出现在文体论二十篇之中，《文心雕龙》其他篇章中也同样可见这种方法的运用。枢纽五篇中《宗经》、《正纬》、《辨骚》三篇本来就很难与文体论割断，它们的构成大致也与文体论各篇相类似。就是理论性极强的《原道》，也仍然不难看到这几种方法的影子。除了开头部分少了几句对"道"这个名词的解释之外，其余各项及其顺序都大致不差。全篇的中心无疑是要阐明"心生而言立，言立而文明，自然之道也"的道理，然而，全篇近一半的篇幅是在回溯"自鸟迹代绳，文字始炳"以至于"炎皞"、"唐虞"、"益稷"、"夏后"、"商周"及"夫子"等各时期的文章实际，最后在这个基础上总结说："爰自风姓，暨于孔氏，玄圣创典，素王述训，莫不原道心以敷章，研神理而设教，取象乎河洛，问数乎蓍龟，观天文以极变，察人文以成化，然后能经纬区宇，弥纶彝宪，发挥事业，彪炳辞义。"[②]作者并没有以道论道，以理论理，而是以论入史，由史证论，史论合一，与文体论各篇路数没有多大差别。枢纽五篇是这样，创作论二十篇，甚至全书结末的总论几篇也大致是这样。完全可以说，这些方法并不是一般的写作法、叙述法或批评法，而是作家的思维方法。整部《文心雕龙》的构思与写作，也贯穿着这四种方法。全书以《原道》开篇，接着《征圣》、《宗经》、《正纬》、《辨骚》，这五篇是"文之枢纽"，也是文的渊源。"道"是文章的最终本原，道沿圣而成经，经发展成纬与骚，然后各体文章纷纷诞生。《明诗》以下到《书记》二十篇是文体论，与选文以定篇近似。《神思》以下各篇，分论创作与文学发展、文学接受、批评与作家风格等，不乏"敷理以举统"的意味。最后一篇《序志》叙述创作缘起，解释"文心"与"雕龙"，则可以视作全书的"释名以章义"。

客观地说，无论释名的方法，历史的方法，还是选文的方法，敷理举统的方法，都不是《文心雕龙》的独创，在它之前的散文学著作中都已经出现。班固《汉书》中"传曰：'不歌而诵谓之赋'"[③]可以说是释名。而《两都赋序》中则包含了"释名"以外的三种方法。蔡邕《独断》在释名方面尤为突出，而宋约的《宋书·谢灵运传论》与萧子显的《南齐书·文学传论》则是历史方法的典型。挚虞的《文章流别集》是文选的专门著作，其中又包含有对各类文章评论的

① 刘勰《文心雕龙·诠赋》。周振甫《文心雕龙注释》，人民文学出版社，1981 年，第 80、81 页。

② 刘勰《文心雕龙·原道》。周振甫《文心雕龙注释》，人民文学出版社，1981 年，第 2 页。

③ 班固《汉书》卷 30《艺文志》，中华书局，1962 年，第 1755 页。

《文章志》或《文章流别论》。至于稍后的萧统《文选》,更是以选文闻名。尽管如此,《文心雕龙》在各种方法的运用上,仍然可说是达到了前人没有达到的高度,无论是在文体释名,历史论述,选文,以及总体论断上,都有无法代替,至今仍然沿用的经典论述。“诸子者,入道见志之书。”(《诸子》)“迄至正始,务欲守文,何晏之徒,始盛玄论;于是聃周当路,与尼父争途矣。”(《论说》)“详夫诔之为制,盖选言录行,传体而颂文,荣始而哀终。论其人也,暧乎若可觌;道其哀也,悽焉如可伤”(《诔碑》)[①]等等,都是不刊之论。书中所选的文章,也可以与《文选》相互参见与补充。至于将这几种方法的结合运用,更是没有哪家可比。中国散文学重溯源,重文选,史论相参,实践与理论相结合的特色,与《文心雕龙》的批评方法之间显然有着密切的关联。

五、圆融不执的精神

如果说“原始以表末”、“释名以章义”、“选文以定篇”与“敷理以举统”四者相结合是《文心雕龙》的具体批评方法的话,那么,“折衷”就可以说是它的内在精神与思想方法。《序志》说得非常明白:“同之与异,不屑古今,擘肌分理,唯务折衷。”[②]对于“折衷”,多数论者都将它与“折中”相等同,也有论者认为是“折之于‘素心’,即以研究主体独立、公正的主体精神去进行学术研究和鉴赏判断”[③]。本文倾向于将它理解为圆融不执,以为它突出地表现为包容、融合、执中、因变、两观等五个方面。

《文心雕龙》胸怀博大,兼容并包。在对象上,它“弥纶群言”,不分文笔,并论经史,包括骈散,将诸多不同背景、不同思想、不同形态的作品统统作为自己的思考对象。在四部已分、文笔有别的齐梁时代,这种文学思想尤其显得博大,与钟嵘《诗品》一类文学论著形成鲜明的对照。在思想上,它兼综百家,有儒、有佛、有道,还有杂家,以致后世论者各执一端,争论不已。在风格上,他将作品前所未有地分为八体,:若总其归涂,则数穷八体:一曰典雅,二曰远奥,三曰精约,四曰显附,五曰繁缛,六曰壮丽,七曰新奇,八曰轻靡。”[④]这种分别本身就已经承认了各种风格都有自己存在的价值,虽然他不可避免会有自己的倾向与喜爱。他说:“春秋一字以褒贬,丧服举轻以包重,此简言以达旨也。邠诗联章以积句,儒行缛说以繁辞,此博文以该情也。书契断决以象夬,文章昭晰以象离,此明理以立体也。四象精义以曲隐,五例微辞以婉晦,此隐义以藏用也。故知繁略殊形,隐显异术,抑引随时,变通适会,征之周孔,则文有师矣。”[⑤]指出不同的经典在繁与简、显与隐方面各有不同,对简言与博文、明理与隐义这些性质截然不同的风格都进行了肯定。事实上,刘勰的兼容并包精神不仅表现在对象、思想与风格上,在几乎所有的选项中,哪怕是对立与矛盾的选项中,比如美与用、文与质、正与奇、常与变、旧与新、古与今、体与破体等,他都是厚此而不薄彼。

当然,刘勰的兼容并包并非只是将这些不一致的选项简单地放在一起了事。如果这样,

---

① 周振甫《文心雕龙注释》,人民文学出版社,1981 年,第 188、200、128 页。

② 刘勰《文心雕龙·序志》。周振甫《文心雕龙注释》,人民文学出版社,1981 年,第 536 页。

③ 高华平《也谈“惟务折衷”——刘勰〈文心雕龙〉的研究方法新论》,《齐鲁学刊》2003 年第 1 期。

④ 刘勰《文心雕龙·体性》。周振甫《文心雕龙注释》,人民文学出版社,1981 年,第 308 页。

⑤ 刘勰《文心雕龙·征圣》。周振甫《文心雕龙注释》,人民文学出版社,1981 年,第 11 页。

它们之间势必相互扞格。然而,《文心雕龙》中这些杂多的选项却是和平共处,无痕无碍。事实上,这些本来不免有矛盾与扞格的选项一旦进入《文心雕龙》,它们就不再是原来的面目,不再是外在的、独立的选项,所有的选项都经过了刘勰的加工、整理与融合,所有的选项被融合成了一个整体,因而也就无所谓矛盾与扞格。在这里,儒家思想既不是孔子的思想,不是荀子的思想,也不是《易传》的思想,里面确实有儒家思想,但这个儒家思想是刘勰的思想,是与道家、佛家及百家思想相互融合的儒家思想。刘勰将风格分为八种,看到不同的人有不同的风格:"贾生俊发,故文洁而体清;长卿傲诞,故理侈而辞溢;子云沈寂,故志隐而味深……叔夜俊侠,故兴高而采烈;安仁轻敏,故锋发而韵流;士衡矜重,故情繁而辞隐。"[①]不同的作家及其风格都有自己独自的美感,都有自己存在的合理性,然而他最推崇的却是多种风格合而为一的风骨。在古今、雅俗、质文、华实等方面,也是这样。

刘勰将各组因素融合在一起的具体方法就是折中。在面对各组选择时,他往往不是明确地站在这一边或那一边,只取一边而舍弃另一边,相反,他总是选东却不弃西,有取而无舍,不偏不倚,无偏无颇,试图扬各家之长而避各家之短,将各家之长融合成为两全其美、平衡中立的新事项。前文所引"若能凭轼以倚雅颂,悬辔以驭楚篇,酌奇而不失贞,玩华而不坠其实,则顾盼可以驱辞力,咳唾可以穷文致,亦不复乞灵于长卿,假宠于子渊矣。"(《辨骚》)"丽词雅义,符采相胜,如组织之品朱紫,画绘之著玄黄,文虽新而有质,色虽糅而有本,此立赋之大体也。"(《诠赋》)以及《通变》篇所说"望今制奇,参古定法","斟酌乎质文之间,而隐括乎雅俗之际,可与言通变矣"[②],都充分体现了这点。那些偏于一端的选择,比如"远弃风雅,近师辞赋"[③]、"逐奇而失正"[④],"竞今疏古"、"近附而远疏"[⑤],都在刘勰的批评之列。这种思想方法与儒家的"过犹不及"的中庸思想有一致之处,也与佛家的"中道"观相通,同时也可寻觅到道家"中枢"的影子。从句式上看,它们与"直而温,宽而栗,刚而无虐,简而无傲"[⑥],"乐而不淫,哀而不伤","《国风》好色而不淫,《小雅》怨诽而不乱"[⑦]等也有似曾相识之感。这从一个角度反映了《文心雕龙》的广采博收。《文心雕龙》的折中与各家都有相似之处,但又与其中的任何一家都不尽相同。儒家的中庸更多的是强调"过犹不及",佛家的"中道"是以消灭事物的对立,走向空无为目的。而《文心雕龙》的折衷则更强调兼容与中正。当然,绝对的不偏不倚,绝对的中点永远只能是一个理想,就是刘勰自己,在许多问题上也不可能完全做到没有倾向性。不过,换一个角度看,又正因为它是一种难于完全抵达的理想境界,这才具有绝对的价值和永远的号召力。

刘勰圆融不执的精神,还突出地体现在他的观点都有一定的时间、空间和条件,当时间、空间、条件发生变化时,他的观点也随之变化。换一个角度说,在《文心雕龙》里很难找到绝对不变的观点,很难找到那种覆盖所有时间、空间的,无条件的,普遍适用的,绝对正确的观

---

① 刘勰《文心雕龙·体性》。周振甫《文心雕龙注释》,人民文学出版社,1981年,第309页。

② 刘勰《文心雕龙·通变》。周振甫《文心雕龙注释》,人民文学出版社,1981年,第36—37、81、331页。

③ 刘勰《文心雕龙·情采》。周振甫《文心雕龙注释》,人民文学出版社,1981年,第347页。

④ 刘勰《文心雕龙·定势》。周振甫《文心雕龙注释》,人民文学出版社,1981年,第340页。

⑤ 刘勰《文心雕龙·通变》。周振甫《文心雕龙注释》,人民文学出版社,1981年,第330页。

⑥ 《尚书·舜典》。《十三经注疏》,中华书局,1980年,第131页。

⑦ 司马迁《史记》卷84《屈原贾生列传》,中华书局,1982年,第2482页。

点。在他看来，不变是相对的，变才是绝对的，文学必须变化同时也必然在不停地变化，文学观点自然应该随之变化。“夫设文之体有常，变文之数无方……名理有常，体必资于故实；通变无方，数必酌于新声；故能骋无穷之路，饮不竭之源。”“文律运周，日新其业。变则堪久，通则不乏。”[①]正因为此，对于不同的文体，刘勰总是有不同的认识和要求。有的更要求质，有的更要求文。有的更要求用，有的更要求乐。在很多时候，刘勰对于“情”都非常强调，以为“故情者，文之经，辞者，理之纬；经正而后纬成，理定而后辞畅，此立文之本源也”[②]。然而，在论史传时却说：“然史之为任，乃弥纶一代，负海内之责，而赢是非之尤，秉笔荷担，莫此之劳。迁固通矣，而历诋后世。若任情失正，文其殆哉！”[③]对于“情”却又怀着警惕之心。对“奇”的态度也是一样，对于纬书中的“事丰奇伟”，刘勰以为“无益经典而有助文章”[④]，有否定的一面，也有肯定的一面。可是，对史传中“俗皆爱奇，莫顾实理。传闻而欲伟其事，录远而欲详其迹，于是弃同即异，穿凿傍说，旧史所无，我书则传”的现象，刘勰却是大为不满，以为这是“讹滥之本源，而述远之巨蠹也。”[⑤]这样论“情”、“奇”，恰恰体现了一种“变通会适”、“抑引随时”的因变精神。当然，刘勰的“变通会适”、“抑引随时”，也有自己的根据，而不是无原则的变化。《征圣》篇之所以会对简言、博文，明理、隐义这些相反的义项同时肯定，实际上就是以是否“达旨”、“该情”、“立体”、“藏用”，以它们是否充分表达作者的情感意思，是否与文章的体用相吻合为依据。因为不同的文章有不同的情意，不同的体用，有的文体要求简，有的则要求繁，有的要求隐，有的则要求显。

刘勰的文学观点不仅会因应时间、空间、文体的变化，对于同一个对象，刘勰还常常转换角度来观察、思考与论断，既看到它的这一面，又看到它的另一面，既看到它的长处，又看到它的短处。在所有有关文体的论述中，除了《宗经》一篇很难找到经的瑕疵外，其他所有的篇章，几乎都是有肯定有批评。前面提到过的《正纬》篇中评价“事丰奇伟”是“无益经典，有助文章”就是典型的例子。《辨骚》篇既说屈骚有“典诰之体”、“规讽之旨”、“比兴之义”、“忠怨之辞”，以为这四个方面“同于风雅”，又说其中不乏“诡异之辞”、“谲怪之谈”、“狷狭之志”、“荒淫之意”，以为这四个方面是“异乎经典”。既看到屈原与《离骚》有“露才扬己，忿怼沉江；羿浇二姚，与左氏不合；昆仑悬圃，非经义所载”的一面，又看到“然其文辞丽雅，为词赋之宗，虽非明哲，可谓妙才”的一面，清楚地认识到文章（辞赋）与经的不同特点。从经学角度看来是短处的地方，从文学角度看恰恰是长处。对于班固的认识，刘勰十分同意，但对于屈原在辞章上的颂美，却又大大地盖过了经义方面的指摘。将他抬高到“气往轹古，辞来切今，惊采绝艳，难与并能”，“衣被词人，非一代也”的高度[⑥]。他之所以能够全面地看到某人或某文的正面与负面，原因就在他不是用单一的标准，不是从单一的角度来看问题，而是从多个角度、以多种标准来衡量。角度与标准变化了，结论有所变化也就自然。这样一种看待问题的方法，本文称之为两观。

---

① 刘勰《文心雕龙·通变》。周振甫《文心雕龙注释》，人民文学出版社，1981年，第330、331页。
② 刘勰《文心雕龙·情采》。周振甫《文心雕龙注释》，人民文学出版社，1981年，第346—347页。
③ 刘勰《文心雕龙·史传》。周振甫《文心雕龙注释》，人民文学出版社，1981年，第172页。
④ 刘勰《文心雕龙·正纬》。周振甫《文心雕龙注释》，人民文学出版社，1981年，第29页。
⑤ 刘勰《文心雕龙·史传》。周振甫《文心雕龙注释》，人民文学出版社，1981年，第172页。
⑥ 刘勰《文心雕龙·辨骚》。周振甫《文心雕龙注释》，人民文学出版社，1981年，第36页。

毫无疑问，圆融不执的精神使得《文心雕龙》的心胸极为广博、阔大和灵动，无所不包，无所不适。后世各派散文学都可以轻松地从中找到自己的脉络与思想资源。这应该是《文心雕龙》在散文学史与文学史上具有如此崇高地位的重要原因之一。不过，也应该看到，刘勰的圆融不执精神，其中也有不得已的地方。从"夫铨序一文为易，弥纶群言为难，虽复轻采毛发，深极骨髓，或有曲意密源，似近而远，辞所不载，亦不胜数矣。及其品列成文，有同乎旧谈者，非雷同也，势自不可异也；有异乎前论者，非苟异也，理自不可同也。同之与异，不屑古今，擘肌分理，唯务折衷"[①]的夫子自道中可以感觉到刘勰建立一家之说的强烈渴望。他绝不肯依傍在前人的胳肢窝下，而是要站在前人的肩膀上。明知这种前无古人的事情有极大难度，仍然迎难而上。他不可能不利用前人的成果，但又极不希望只是对前人的复述，在这种情形逼迫下，他找到了"折衷"的良方，熔铸旧说，推陈出新。可见，圆融不执精神多少有些被逼出来的味道，有几分不得已的成分在内。他在一定程度上达到了想要达到的目的，但在另一方面，又不能不说，这样一种思维，这样一种精神，这样一种精神所创造的学说实在有几分难于理解，难于归类，难于把握。对于习惯了固执一端的论者来说，尤其如此。这也许是刘勰这种精神在后世散文学中难以找到多少承继者的原因之一。

六、博大的体系

说刘勰的散文学，不能不说到《文心雕龙》的体系。在这个问题上，历来论者多以为《文心雕龙》具有较强的体系性。章学诚就说："《文心雕龙》之于论文，皆专门名家勒为成书之初祖也。""《文心》体大而虑周。"[②]鲁迅也说《文心雕龙》"篇章既富，评骘遂生，东则有刘彦和之《文心》，西则有亚理士多德之《诗学》，解析神质，包举洪纤，开源发流，为世楷式"[③]。但也有论者对此持异议。梁绳袆就曾说："我们始读《文心》时亦觉其秩然五十篇，有成书的条理。不过一细加考索，全书五十篇的标题，意义非常含混，次序亦错乱凌杂。下篇二十五篇，既非依螺旋法论列，亦不按鳞次法推勘。一篇里边，自成首尾、互相关联的地方绝少。所以我说这本书似有条理实无条理；似成篇段，实无篇段可说。大概因为刘氏既以治佛经余暇治此，晨昏朝夕，随时论列，并不曾作一个一贯的思索，立一个统一的计划。一方面又想标题的整齐，定用两个字，遂含混至此。"[④]当代学人张国光、蒋寅等也有类似观点[⑤]。

梁绳袆等论者的说法自然不完全是凭空之论，不过，从标题的含混，次序的错乱，结构布局的"不依螺旋法论列，亦不按鳞次法推勘"，篇章不成首尾来论断《文心雕龙》不成体系，则多少有些失于皮相。《文心雕龙》固然有梁绳袆所说的种种不足，但是，总体而言，《文心雕龙》的体系性仍然不容置疑。

首先，《文心雕龙》的整体布局呈现出明显的体系性。《序志》篇说得明白："盖文心之作

---

① 刘勰《文心雕龙·序志》。周振甫《文心雕龙注释》，人民文学出版社，1981年，第535—536页。

② 章学诚《文史通义》内篇五《诗话》，上海古籍出版社，2008年，第179页。

③ 鲁迅《题记一篇》。《鲁迅全集》第八卷，人民文学出版社，2005年，第370页。

④ 梁绳袆《文学批评家刘彦和评传》。《文心雕龙研究论文集》，人民文学出版社，1990年，第66页。

⑤ 详见张国光《〈文心雕龙〉能代表我国古代文论的最高成就吗》，《古代文学理论研究》第4辑，上海古籍出版社，1981年10月；蒋寅《关于中国古代文章学理论体系——从〈文心雕龙〉谈起》，《文学遗产》1986年第4期。

也，本乎道，师乎圣，体乎经，酌乎纬，变乎骚，文之枢纽，亦云极矣。若乃论文叙笔，则囿别区分，原始以表末，释名以章义，选文以定篇，敷理以举统。上篇以上，纲领明矣。至于剖情析采，笼圈条贯，摛神性，图风势，苞会通，阅声字，崇替于时序，褒贬于才略，怊怅于知音，耿介于程器，长怀序志，以驭群篇。下篇以下，毛目显矣。位理定名，彰乎大易之数。”[①]全书实际上也明显可以分为“文之枢纽”（前五篇）、“文体论”（接下来二十篇）、“创作论”（接下来二十篇），“作家论、发展论、接受论等外部论述”（接下来四篇）以及自序五个部分。这几个部分之间虽然有少数错乱的地方，如《物色》一篇的内容更接近创作论，但它的位置却在外部论述的《时序》之后，但大的结构板块还是相当明晰。全书以“道”为原点，“道”通过“圣人”的体认而显示于“经”，“经”经过“纬”、“骚”的通道而化成各种文体，在论述各种文体的历史与内在规定之后，转入对各文体总体创作规律的论述。然后跳到文体、文本之外，论文学与作家、与读者、与时代等外部问题。各板块之间呈现出由总而分（文之枢纽到文体论），由分到合（文体论到创作论），由里到外（文体论、创作论到作家论、发展论、接受论等），由分而总（最后归于《序志》）的逻辑关系。五十篇的总数，也“彰乎大易之数”，具有形式上的整一性。

其次，《文心雕龙》的篇章内部也是次序井然，自成首尾。文体论二十篇在这方面表现得最为明显。《序志》篇所说“若乃论文叙笔，则囿别区分，原始以表末，释名以章义，选文以定篇，敷理以举统”正是文体论各篇的实际结构，并不是泛泛之谈。文体论以外的其他部分，脉络虽然没有文体论那么明晰，但结构仍然有章可循。这在本章“名史选论的方法”一节中有较详细的论述，可以参阅。

当然，有枢纽有纲领有毛目也好，各篇段落分明也好，这只是形式性的东西，是体系性的外在表现，《文心雕龙》的体系性更主要的还表现在它的内里。从《序志》篇的夫子自道可以清楚地感觉到，刘勰的写作有目的、有计划、有体系、有野心。对于历代文论，无论是曹丕、曹植，还是应玚、陆机，他都不大看得上眼，微词多多：“详观近代之论文者，多矣。至于魏文述《典》，陈思序《书》，应玚《文论》，陆机《文赋》，仲洽《流别》，宏范《翰林》，各照隅隙，鲜观衢路。或臧否当时之才，或铨品前修之文，或泛举雅俗之旨，或撮题篇章之意。魏《典》密而不周，陈《书》辩而无当，应《论》华而疏略，陆《赋》巧而碎乱，《流别》精而少功，《翰林》浅而寡要。又君山公干之徒，吉甫士龙之辈，泛议文意，往往间出。并未能振叶以寻根，观澜而索源。不述先哲之诰，无益后生之虑。”[②]在刘勰看来，这些文论各有不足，但又都可以归结为：“各照隅隙，鲜观衢路”，“未能振叶以寻根，观澜而索源”。用现在的话来说，也就是：这些文论都是琐屑零碎，不成体系。《文心雕龙》的写作，正是不满足于文论这样的历史与现状，正是要创造出一种与“各照隅隙，鲜观衢路”，饾饤琐碎的文论绝不相同的文论，创造出一种周全深邃的体系来。用他自己的话来说，就是要变“铨序一文”为“弥纶群言”，变“轻采毛发”为“深极骨髓”。他有这样的意图，而《文心雕龙》也完全实现了他的意图。整部著作，历史性与逻辑性相交织，理论性与实践性相交融，有总结归纳，有名理推衍，有作品示例，各种思维纠合为一，构成了严密的体系。这种体系性承续《吕氏春秋》、《史记》、《新语》、《淮南子》而又更加精密。在文学与散文学著述中，具有这样完整周密体系的，更是堪称独此一家，在它之前既无古人，

① 刘勰《文心雕龙·序志》。周振甫《文心雕龙注释》，人民文学出版社，1981年，第535页。
② 刘勰《文心雕龙·序志》。周振甫《文心雕龙注释》，人民文学出版社，1981年，第535页。

在它之后也稀有来者。它的存在表明，中国散文学除了片言只语的偶然感受、一时兴起的单篇文论、有文少论的文选、随文而行的评点之外，也有博大精深、周密成体的大著作。这样一种著作，因为它的稀少而弥足珍贵。

作者单位：复旦大学

（本文为教育部重点基地重大项目《中国散文学史》(01JAZJD750.11—4404)中的一章）

神理与物色:《文心雕龙》体道思想源流探要

欧阳艳华

一、追求本体的时代精神:以理为认识本体的核心

(一) 由玄到佛的本体追求理想

体道追求本是兴起于魏晋玄学的新思潮,分析《文心雕龙》的体道思想,自不可回避玄学的本体论。唯言本体而不言个体生命之实践问题,则本体论终不能彻底融入于生命关怀之中,更不能称之为"体道"。《文心雕龙》着重文学的实践,非空言道与圣,是以本文分析其体道思想,亦着重于个体生命实现体道理想的相关论述。论本体而及于人身,当是佛学东传后始正式形成的思想,基此,本文责有需要交代玄学本体于个体生命无法实现的原因,由此指出佛学东传后,方是真正进入体道实践的时期。

认识玄远本体,是魏晋玄学的核心内容。追寻本体的论述,亦是由魏晋士人大力开展。士人将生命意义寄托于玄远本体,有其复杂的成因。就思想发展而言,汉末政权动荡,士人既不复于政权中凭才略贤德展现自身的价值,其人生理想之追求,遂亦摆脱名教约束,如余英时先生指出:

> 自党锢以后下迄曹魏,就士大夫之意识言,殆为大群体精神逐步萎缩而个人精神生活之领域逐步扩大之历程。①

关怀个人精神生活的方法,是将自身的意义,脱离于儒家既定的价值观念,转而发展自我个性,由个性彰显生命意义。而从个性追求发展为对玄远本体的认识,按唐君毅先生解释,是由于个性之意思,本是独一无二:

> 真个性者,人之绝对无二之独也。②

意谓不从超越人所共有之性质上建立,而是在具人之所无的异质中标榜显示:

> 当自其有个性,能消极的不具他人所具之性质,或其所具之性质中,若无他人之所

---

① 余英时:《中国知识阶层史论:古代篇》,第 295 页,台北:联经出版事业公司,1984 年。

② 唐君毅:《中国哲学原论·原性篇》,第 98 页,北京:中国社会科学出版社,2005 年。

有，或有之而较他人为少处去了解。[①]

沿此追求独一无二之超脱观，发展至终极与理想的个性，便是在玄远境界中完成：

> 唯以一真正之栖神玄远之心，表现其在世俗与自己之一切格套之外之我性、个性。此即归于直接以体无致虚，为表现我之我性、个性、“我之为一绝对无二”或“我之独”之一思想形态，而为魏晋思想之最高向慕之所在者也。[②]

此见不单士人的生命意义须由个性建立，认识本体的能力，亦端赖于一种极致之个性。

圣人之性“体无致虚”、“栖神玄远”，正因其“性与天道”。魏晋虽以庄老之学释圣人，却并不否定孔子的圣人身份[③]。在圣人体无之性的观念诠释中，孔子及与之有关的言论亦用于引证。加诸魏晋玄学以本无诠释本体，是以“于圣人所无言处探求之，则虚无固仍为圣人之真性”[④]。由此可知，在玄学家的理解中，天道与圣人之性，皆同样深微而不可得闻，更不能言传。荀粲认为圣人之性与天道，属“象外之意”[⑤]，固是激论。王弼虽肯定言象的工具作用，天道或可言喻，但言语究非道之本身，圣人体道的经验，究竟出乎言外[⑥]。此知士人认同性与天道不可得闻的动机，不在学就圣性，而在于说明圣人之性不可学与不须学。究其原因，是魏晋士人以个性、独性为理想追求，众生不一，如郭象适性逍遥观念主张物各适其性分，此性即属于分殊义。而玄远本体，却是终极而唯一，则最终能体至道之性，亦唯孔子一人而已。此见在追求唯一无二之个性的同时，又要求个性能合乎自然本体，实为不能解决之矛盾。

在分殊性义上发展的体道观，使玄学的体道理念，最终限制在圣人的层次，而无法下放披及于群生。唯能开发圣凡共有之本质，则性与天道，虽不能言传，却亦可有体识的条件，如此，个体生命方有实现体道之基础可言。魏晋玄学的本体观，无法进一步完成体道的思维，非儒、道二家思想空间之局限，而实关系魏晋士人选择运用与解读的方向。从一开始，玄学家选择讨论子贡之言性与天道不可闻，而回避孔子“性相近”之说，便已透露出不从共性上展开论述的选择倾向，此是玄学家之体道理论，未能圆融于圣凡，亦不能演进为可学之学问的原因。而佛学中之佛性义，提出众生皆有佛性，虽判为染净善恶，而必趣向善净，为众生提供

---

① 唐君毅：《中国哲学原论·原性篇》，第95—96页。

② 唐君毅：《中国哲学原论·原性篇》，第99页。

③ 关于魏晋对儒学与孔子的重视与保留，学者早有定论。汤用彤认为是家学之缘故：“三国、晋初，教育在于家庭，而家庭之礼教未堕。故名士原均研儒经，仍以孔子为圣人。玄学中人于儒学不但未尝废弃，而且多有著作。”（汤用彤：《言意之辨》，《汤用彤学术论文集》，第220页，中华书局1983年）罗梦册则认为其时并非反儒贬孔，反之更将孔子统摄于名教与自然之中：“他们之研究老庄，发挥老庄，其第一义倒在用老庄之言，以阐释孔子之学，并以老庄之身以证印孔子之身。其结果，孔子不仅是为名教世界之中的圣人，亦为自然天地之中的圣人。且并统摄此二者。”（罗梦册：《孔子未王而王论》，第223页，台北：学生书局，1982年）余英时认为儒道“二者之间似不应为正与反之关系。何晏、王弼皆儒道双修，并未叛离儒门”。（余英时：《中国知识阶层史论：古代篇》，第301页）

④ 汤用彤：《言意之辨》，《汤用彤学术论文集》，第222页。

⑤ 何劭《荀粲传》载荀粲“常以为子贡称夫子之言性与天道不可得闻，然则六籍虽存，固虽人之糠秕”。夫子之性与天道，乃“象外之意，系表之言，固蕴而不出矣”（陈寿：《三国志·魏书》卷十《荀彧传》裴松之注，第319—320页，香港：中华书局，1971年）。

⑥ 汤用彤先生解释王弼“得象而忘言”、“得意而忘象”的用意，以为：“王氏谓言象为工具，只用以得意，而非意之本身。故不能以工具为目的，若于言象则反失本意。”（汤用彤：《言意之辨》，《汤用彤学术论文集》，第217页）

成佛之可能[1]。由此化解玄学在体道问题的困境,体道理念方得以实现于个体生命,继续其以后与人文领域的融合发展。

进入禅风广扇的时期,玄佛交融渐成局面,端赖众生共有之佛性义,追寻永恒本体的体道思想,从理论与实践方面,皆得以开拓。士人借助佛学思想,在人文领域中,同时开发以文艺探究本体、描述本体的方向,脱离形质世界的依赖,追求精神生命的发展,藉由体道以求得永恒超脱,成为时代共宗之理想。汤用彤先生称此为"特殊时代之新精神":

> 此一时代之新表现不仅限于哲学理论,而其他文化活动均遵循此新理论之演进而各有新贡献。……文学与思想之关系不仅在于文之内容,而亦在文学所据之理论。[2]

所谓的新理论,正是由佛学带动对本体的一系列问题的探索,包括对本体的思究、诠释,以及凭借有限的形器工具体现本体的可能等等,一切围绕本体展开的议题,实际上是人对于超越有形生命的永恒本源的关怀,对精神生命之开拓,视为人至极之理想,是其时成佛思想在中土弘化的结果。

在此共宗之精神理想下,思想世界与文艺理论,乃出现矢向相同的发展局面。文艺场域开展以言象描述本体的情况,乃是受到特殊时代精神的折射影响:

> 魏晋人生观之新型,其期望在超世之理想,其向往为精神之境界,其追求者为玄远之绝对,而遗生之相对。从哲理上说,所在意欲探求玄远之世界,脱离尘世之苦海,探得生存之奥秘。[3]

这种超越生命的理想,是以探求生命之本源与归处为寄托,由是能超脱尘世物质建构的价值观,以精神境界的到达,肯定存在的意义。而此一藉由精神而到达的玄远世界,也即生命的本源,便是至道宗极之所在。因此,如何能够认识道,不独是思想领域的问题,同时也是文艺领域所关注的论题。解析此追寻本体的思想,将发现《文心雕龙》的神思、神理、物色等观念,皆沟通着禅学与文艺理论,为立文赋予超越的意义。

(二)循理体道的思想

在追寻本体的思想理路中,佛家特开发出"理"的体道作用,缘理而入圣境,是会通至道的方法。唐君毅先生指出:

> 以佛学家与魏晋玄学家较,佛学家乃更喜欢用理字者。僧肇竺道生已重理。[4]

说明在佛学传入后,佛门对于理的运用,尤为丰富。重理之因,正在于视理为至道成物的法则,理既存在于道,亦为众生具有之本质,故是个体生命体道的本然条件。这种思想契合于禅修观念,专思寂想,皆为寻究成佛的方向,也即心与永恒本体之通徹,便是理。故竺道

---

① 参见吕澄释佛性义,以为佛性虽以染净善恶判,然"佛学以佛性之善净为准则,谓有此心,即有此佛性",则众生流转,终归可以佛性"趋于善净而不可已"(吕澄:《吕澄佛学论著选集》卷一,第422—423页,济南:齐鲁书社,1991年)此善净之性,正是成佛之根本质性。

② 《魏晋玄学与文学理论》,汤用彤:《儒学·佛学·玄学》,第280—281页,南京:江苏文艺出版社,2009年。

③ 《魏晋玄学与文学理论》,汤用彤:《儒学·佛学·玄学》,第282页。

④ 唐君毅:《中国哲学原论·导论篇》,第26页,北京:中国社会科学出版社,2005年。

生《法华经疏》云:"佛缘理生。"①

反映出理为成佛之根本因素。佛从理而出,显示理居于道本,明理亦是入道之证明。则此理在佛论中,盖显现道之质性,妙一无分。竺道生在发扬《法华经》"会三归一"之经旨中,便指出成佛之法,是以妙一之理,总乘万殊物情,经注云:

既云三乘是方便,今明是一也。佛为一极,表一而为出也。理苟有三,圣亦可为三而出。但理中无三,唯妙一而已。

譬如三千,乘理为惑。惑必万殊,反而悟理。理必无二。如来道一,物乖为三。三出物情,理则常一。如云雨是一,而药木万殊。万殊在乎药木,岂云雨然乎?②

道生的"三乘"义,即《般若》、《法华》、《涅盘》,释僧叡称为"大法三门"③。此三门乃是"三津开照",是言教化之方。而其究极成佛之正果,唯有一极。道生论此一极,以理阐释,其谓"理中无三,唯妙一而已"、"理必无二"、"理则常一",恒一质性,盖因"如来道一"。而"三出物情",意谓外在所见的千差万别的物色,怠非真理。后来谢灵运《辨宗论》明立"理归一极"义,盖亦出自道生的观念理路④。而刘勰《灭惑论》谓:

至道宗极,理归乎一。妙法真境,本因无二。⑤

同样出自理归一极的思想,理之唯一所归,便在至道。从本体观念上分析,理之指引至道本体的作用,缘于其为道之成化徼向。道性兼具有与无,方是圆满之道,此牟宗三先生谓之道的双重性:

《道德经》通过无与有来了解道,这叫做道的双重性(double character)。道随时能无,随时又有徼向性,这就是道性。⑥

无性是寂然不动,是道的静的一面;有性则主成化,是道的动的一面,换言之,静为道之无性,动为道之有性。"徼向"的作用在于化物,是属于有性一方,故牟先生论一切创造,皆自"徼向"开始,亦从有名世间上建立,"徼向"便是一切有的端倪:

一露端倪有徼向性,就倾向于成有,to be a certain being 要成一个有。从这里讲,这徼向性之有带有创造性。⑦

此有性是创造与制作,是从化物上显现理的"徼向"作用。《道德经》明言道之成有,是从其"徼向"观察:

故常无欲,以观其妙;常有欲,以观其徼。⑧

---

① 《法华经疏·方便品》,《大正藏》卷五七七,第5页中,台北:新文丰出版公司影印本,1983年。

② 《法华经疏·方便品》,《大正藏》卷五七七,第1页上—第4页下。

③ 《喻疑》,释僧佑:《出三藏记集》,第235页,北京:中华书局,2003年。

④ 关于《辨宗论》对竺道生理一思想的接受,汤用彤已有论述,详见汤用彤:《汤用彤佛学与哲学思想论集》,第151—162页,南京:南京大学出版社,2009年。

⑤ 《灭惑论》,释僧佑:《弘明集》卷八,第52页中,上海古籍出版社,1991年。

⑥ 牟宗三:《中国哲学十九讲》,第77—78页,上海古籍出版社,2005年。

⑦ 牟宗三:《中国哲学十九讲》,第78页。

⑧ 楼宇烈:《老子道德经注校释》,第1页,北京:中华书局,2009年。

万有的出现,其源当追溯于道极,而道极用以成化者,便是其“徼”。牟宗三先生释《道德经》之“徼”,便从“道”的成有作用分析:

“常有欲以观其徼”之徼(音要如要求之要,即《易·系辞下》原始要终之要)。一有徼就有一个方向,即徼向性,一有徼向性就有突出。无限心原是虚一而静,无声无臭,没有任何朕兆的,徼向性就代表端倪朕兆,就在此处说有。……心境不单要处在无的状态中以观道的妙,也要常常处在有的状态中,以观道的徼向性,反过来说徼向性就是道的有性。……道随时能无,随时又有徼向性,这就是道性。①

道极的徼,是道发挥有性之所在。徼之有向,目的在显示成物的合道方向,即《道德经》所称的万物之母。徼存在于本体,在宇宙中,与道极同为本然存在,其之所以指引成物,乃是使万有自然且自觉地朝往本体,以自证的方式,证明本体之存有。因此牟先生认为但凡有皆是徼向所出,而“有就是物得以实现的根据”。②

徼向之观念虽源自《道德经》,属于道家概念。而佛家之本体观,虽主空无,却没有否定道的成有一面。魏晋六朝在中土传播佛法之高僧,兼善儒道者为数不少,融摄儒、道经典之概念解释佛理者,比比皆是。如本文提及之释慧远、释僧肇、竺道生、释僧叡诸家,皆是弘佛之汉人,尤能通达庄老以明佛义。对于道家“徼向”义的接受,庐山慧远言道之成物,便同此理:

法身之运物也,不物物而兆其端,不图终而会其成。理玄于万化之表,数绝乎无形无名者也。③

慧远所言“法身”即道,道成物之法,是兆端倪以指示化物之方向,则物之制作,虽不见道,而道实参与整个成化的过程。此端兆虽不在物表,却玄远地指引物之成化。从制作的意义理解,端兆或“徼”,皆如本体成物的基模(form),指引万有(matter)循理之指向而顺成,自然而然地合于至道。

物合于本体,其显现在自然,故在自然中任何物皆能证明道存在有性。由是魏晋六朝开发出以触物明理,为凡众在有名世间的体道之法。盖万物皆缘道而成,是显现至道之媒介,透过蕴含神理的自然万物,乃可妙体道本。甚至人亦可循徼向成就合道之生命,体道成圣。对本体论多有创见的僧肇在《涅盘无名论》中,便指出圣人是道存在的证明,故云:

若无圣人,知无者谁?实如明诏(注云:“诏”,照也。照人之暗,使见事宜),实如明诏。夫道恍惚窅冥,其中有精。若无圣人,谁与道游?④

人合于道极,其形象便是圣,圣人既显示至道之存在,同时也是宣示凡众皆能体极。体极之法,便是循理而动:

圣人乘真心而理顺,则无滞而不通。……无滞而不通,故能混杂致淳。所遇而顺

① 牟宗三:《中国哲学十九讲》,第77—78页。

② 牟宗三:《中国哲学十九讲》,第80页。

③ 《万佛影铭》,道宣:《广弘明集》卷十五,第205页中,上海古籍出版社,1991年。

④ 《涅盘无名论·奏秦王表》,伊藤隆寿、林鸣宇:《肇论集解令模钞校释》卷下,第300—301页,上海古籍出版社,2008年。

适,故则触物而一。[①]

触物而一者,是明至道成物之理,唯一无二。圣人故在触物玄览之间,以心圆照神理,与道同体。此触物而顺理之法,便是循道徼而体切至道。理故是成化,妙反道本的总法。对于动必循理,无违至道的圣人和自然万物,更是显现理的重要媒介。《文心雕龙》将此成物总法,称为神理。

(三)《文心雕龙》"神理"成化作用下的文观念

《文心雕龙》认为至道之成化,莫非有"神理"存其中,是以理为道之成物徼向的思想体现。在此观念下审视自然物色、圣人经典,便皆以神理表现其合于至道的质性。神理在"动植皆文"的天地中,无处不在。盖天地以顺理成章之道,使万物含章,凡自然而成之文,无不展现神理。圣人循理而体道,是顺乎自然的大法,道之文的成化,亦依顺相同的法则。《情采》认为天地之形文、声文以及情文,莫不合五数而成至极之文采:

故立文之道,其理有三:一曰形文,五色是也;二曰声文,五音是也;三曰情文,五性是也。五色杂而成黼黻,五音比而成韶夏,五性发而为辞章,神理之数也。[②]

刘勰提出的立文之道,以自然元素为要则。不论形文、声文还是情文,皆由五种子元素构成,"五"在刘勰认为,是神理之数,自然元素皆可一分为五,总五为一,来源有自。如翚与鹞五色皆备便成章,是黼黻文章生成之数。《尔雅·释鸟》云:

伊洛而南,素质、五采皆备成章曰翚。江淮而南,青质、五采皆备成章曰鹞。[③]

结采成章的观念来自彩鸟的羽毛颜色,翚与鹞是其本皆为雉,雉的羽毛只有一采,五采俱备者,方得为翚与鹞。五采之羽称为章,章之意,是指黼黻文章。《释名·释衣服》以翚鹞之五采为五色[④],五色杂成黼黻,盖可解作五色交结成天地文章。文章合神理之数而成,故自然之色必合神理之数,方成文章;作者之文亦须合神理之数,方称之为文章。神理是至道本体的徼向,顺乎神理之数,自然不违至道。合神理之色者成文章,是天地成化顺循至道本体的自然法则。

刘勰认为此五数之组合,乃神理作用而成。至如《丽辞》认为"造化赋形,支体必双",同样是神理之作用,以为"神理为用,事不孤立"[⑤]。

说明自然物有神理在其中,指引成化的形态与组合。而黼黻、《韶》、《夏》、辞章皆属性灵所制作之文,这些由人文意志产生的制作,亦符合神理之数,说明在先圣之世,已自觉神理的存在,以及顺理成文的原则,故能发展出合神理之数的形文、声文与情文。据此观之,《宗经》"致化归一,分教斯五"[⑥],是亦以为经典之教合乎神理之数。此见自然之文,以至传统人文,

① 《不真空论》,伊藤隆寿、林鸣宇:《肇论集解令模钞校释》卷上,第102—103页。

② 《情采》,范文澜:《文心雕龙注》卷七,第537页,香港商务印书馆,1975年。

③ 邢昺:《尔雅注疏·释鸟》,卷十,第354页,北京:北京大学出版社,2000年。

④ 《释名·释衣服》曰:"伊洛而南,雉素质五色皆备成章曰翚。……江淮而南,青质五色皆备成章曰鹞。"(王先谦:《释名疏证补》卷五,第168页,北京:中华书局,2008年)

⑤ 《丽辞》,范文澜:《文心雕龙注》卷七,第588页。

⑥ 《宗经》,范文澜:《文心雕龙注》卷一,第23页。

刘勰认为皆蕴藏神理于其中,待有心之器察识。其于《序志》自表立《文心雕龙》五十篇的原因,亦是遵神理之数:

位理定名,彰乎大衍之数,其为文用,四十九篇而已。①

大衍之数五十,其用四十有九,本据《系辞》揲卦占象之法,此数故亦出自神理。是以五十篇数,实为会合神理而定立,乃自觉神理所存的反映。

刘勰将《经》之五教,丽辞之章句骈对,视为神理作用而成,反映宇宙虽有至道宗极,而当中的存在形态,却可以多种多样。故神理之数,不止二五,而只是顺理而成的反映。这是对宇宙中一切文,包括人文,皆肯定其存在之意义,而从意义开掘的角度,探索其内在合极之理。于是《五经》与丽辞,亦可赋予超越意义于其中,成为与至道相契合、相呼应的文。

至若《原道》认为"昊天休命,事以瑞圣"的纬书,同样是以神理成体,亦以神理表貌:

若乃《河图》孕乎八卦,《洛书》韫乎九畴,玉版金镂之实,丹文绿牒之华,谁其尸之?亦神理而已。②

"尸"取主持之意,刘勰谓神理乃纬之尸,正认为天地含章,皆顺神理而成,纬书亦不例外。《文心雕龙》之所以视道之文、圣人之文,乃至流行于时代的丽辞,皆顺神理之数而成就,正因其以为文源出于至道,乃有呈现本体的意义。如汤用彤先生所言:

宇宙之本体为一切事物的宗极,文自亦为道之表现。③

既为道之表现,则各种各样之文,透过了解其神理之数,便能入乎至道。

《原道》将天地万物纳入文的范围,显示出立文的根本要求,乃以天地之文为轨法,天地成文之大法,便是顺理成章。《体性》申明"理发而文现",《论说》亦云"理形于言",正表明文章本来为理之呈现,辞章之制立,亦应当以理之出现为前提。由此开出以掌握理为核心的立文之道,是体道之法。此以理为认识本体的方法,在禅学修行观念中,有更为细致的修行原理论述。

二、禅修体道之法:感物会理

理在修行成圣的论述中之所以为"徼",乃植根于时代玄佛对"理"观念的营构与解释。顺理体道的理论,非个别禅僧之假设,而是时代以永恒本体为共同追求的意识下,所共同肯定的信念。

感物会理的体道观念,除却如僧肇的纯理论式论述以外,注重经验实践的禅僧,则从实修的角度,将感物与禅学的"观禅"方式结合,将象征法身、表现神理之物,视为感应的关键媒介,藉以发动禅思,会通神理。其中慧远与宗炳之相关经验和见解,都足以说明感物会理以体道极之法,乃是时代的共同观念。由此可发现,刘勰"神思"观念的内容,有明显来自禅修

① 《序志》,范文澜:《文心雕龙注》卷十,第727页。

② 《原道》,范文澜:《文心雕龙注》卷一,第2页。

③ 《魏晋玄学与文学理论》,汤用彤:《儒学·佛学·玄学》,第282页。

体道观念的痕迹。

(一)慧远:感物彻理,化情冥神

慧远对本体的追寻,既从禅修理论上开示轨式,亦从自身经验中反思总结。其以追寻本体为成圣的理念,可见于《〈阿毗昙心〉序》。序文显示出慧远建构的禅学修行理论,并透露超凡入圣的体道思想。

《阿毗昙心论》是以心立名的禅典,因从心上言禅修之要妙,慧远的禅思观念,亦以鉴心为旨归,是其称为"发中之道"。欲使美发于中,其要有三:

> 一谓显法相以明本,二谓定己性于自然,三谓心法之生,必俱游而同感。(中略)心本明于三观,则睹玄路之可游,然后练神达思,水镜六府,洗心净慧,拟迹圣门。①

慧远提供的修行法,是以三观共同实现。"显法相以明本",是明宇宙本体之存在;"定己性于自然",是使自身体性顺循神理,化却个体异质的标榜,还反自然道本;"心法之生,必俱游而同感",说明神理不假外求,在神与物游之间,由体物而悟理,则神理从自心而发,乃能体同宗极。发中之道显示出慧远对本体追求的明确意识,在佛门的理念中,认识本体,便是成佛,故三观乃是成佛所必须的三重觉识。唯自觉于本体的追寻,则禅修方有明确的目的和意义。是故慧远在说明禅修过程之前,提出以三观为观禅修习之前提,使禅者之精神生命,进入"拟迹圣门"的境界。观禅是透过专思寂想(contemplation and meditation)而入禅定,是领悟法性真如,修成禅定智慧的准备状态。刘勰《灭惑论》云:

> 慧业始于观禅。禅练真识,故精妙而泥洹可冀。②

则知刘勰理解观禅之法,盖是泥洹入圣之宗涂。慧远的观禅,从"练神达思"至"洗心净慧",是其建构的一套精思悟道的修行历程。

慧远的禅修观念,以"练神达思"、"洗心净慧"为关要历程,所建构的超凡入圣模式,是以神为发动禅思的主体,又以情为产生感物的根源,并最终以化却情累为入道之证明。此练神化情的理念,主要透露在神不灭观念之中。慧远的神不灭观点,以为神有传乎异形的质性,不随生命形体的朽灭而消散,故能不断冥移于新的生命形体,众生因而据之世世受业承报。

神所具的冥移性,正提供了众生无限上进的机会,虽世世沉沦欲界,而一旦智慧觉悟,便能超凡入圣,是以成为慧远体道成圣思想落实的关键。卢桂珍先生研究慧远的圣人之学,便指出神"同时具有'超越'及'堕落'两种发展潜质",是迈入圣境还是世世轮回,皆决定于神的发展趋向,故为修行成圣的主体:

> 远公首先藉由"神传异形"的冥移之功,确认"神"是受业轮回的主体;继而主张化毕生尽即可"冥神绝境",则"神"又是累世修行的主体。前者将"神"视为个体生命向下堕入轮回、承载业力的主体,后者将"神"视为个体生命向上提升至泥洹圣境的主体,"神"的二重趋向性明矣。③

---

① 《阿毗昙心序》,释僧佑:《出三藏记集》卷十,第378—379页。

② 《灭惑论》,释僧佑:《弘明集》卷八,第51页上。

③ 卢桂珍:《慧远、僧肇圣人学研究》,第47页,台湾大学出版委员会,2002年。

此处谓神的二重趋向性,乃指成圣意识之自觉与未觉所产生的精神生命趋向。当神发挥冥移之功时,个体生命若受情念困滞,便无法解脱轮回之苦,是为下堕性。僧叡在《关中出禅经序》中谓“驰心纵想,则情念滞而惑愈深”①,与慧远的看法一致,而且更突出了情累对禅修的窒碍。是以“练神达思”,乃为使神由精思而领会神理,以鉴照心源,涤荡情累。刘勰《灭惑论》以“佛法练神,道教练形”②判辨佛道二者在修行上的差异,反映出练神是修佛的关键。

禅修着重练神,正为使神自觉朝往上达之路驱进,达到“洗心净慧”的修行境界,便是成佛的体现。惟由凡俗上达彼岸圣境,不可无舟楫,故神托身于有名世间,乃得藉由感物以驰运,由此慧远认为神有感物而动的需要:

> 神也者,圆应无生,妙尽无名;感物而动,假数而行。感物而非物,故物化而不灭;假数而非数,故数尽而不穷。③

从有名世间妙入无名,神不独需要持续冥移,还须感物而动,假数而行;如此游运,乃为了悟圣门之所在。否则流连物色之间,感物而无法超越于物,更迷而失主,则神自不入涅盘之域,是“物化而不灭”之意。故徒感于物,自是去道益远。要使神游有方之关键,便是理:

> 情有会物之道,神有冥移之功。但悟彻者反本,惑理者逐物耳。④

感应生乎情兴,情实有其存在的积极作用,然困顿于感物层面,滞累便生。从惑理则逐物之语可知,要使神与物游有上达的方向,便须以理驾驭修行。故知“洗心净慧”此清净佛慧,实由会理而得。

慧远在《庐山东林杂诗》中提出“流心叩玄扃,感至理弗隔”⑤,反映由感而通向圣门之关键,为理之应会。盖感应若以练神化情为目的,则感物的明确作用,乃在于反本。竺道生谓“惑必万殊,反而悟理”,正与慧远以理破惑,悟彻反本之意相契。从道之成化历程看,居道本者为理,物色表象只属道之末节,缘物情而出,而非成化之总法。慧远《万佛影铭》谓“理玄于万化之表”⑥,是明寻理不能只游离于物色界域。欲鉴照至道本体,必由理入,别无二致。是以慧远在《沙门不敬王者论·体极不兼应》中云:

> 夫幽宗旷邈,神道精微,可以理寻。⑦

循理而动,穷理则可见道,是自反道本之理念。由会理而反本鉴真,情累化尽,便是禅修中的“洗心净慧”境界。洗心与净慧是相互成全的关系,心净无垢,则能鉴照神理;而心之所以能澄澈,则缘于情累涤除。对于心与慧所追求的明净境界,《三法度经序》有言:

> 禅思入微者,挹清流而洗心。⑧

---

① 《关中出禅经序》,释僧佑:《出三藏记集》,卷九,第342页。

② 《灭惑论》,释僧佑:《弘明集》卷八,第50页下。

③ 《沙门不敬王者论·形尽神不灭》,释僧佑:《弘明集》卷五,第32页中。

④ 《沙门不敬王者论·形尽神不灭》,释僧佑:《弘明集》卷五,第32页中。

⑤ 《庐山东林杂诗》,逯钦立:《先秦汉魏晋南北朝诗》晋诗卷二十,第1085页,北京:中华书局,1984年。

⑥ 《万佛影铭》,道宣:《广弘明集》卷十五,第205页中。

⑦ 《沙门不敬王者论·体极不兼应》,释僧佑:《弘明集》卷五,第31页下。

⑧ 《三法度经序》,释僧佑:《出三藏记集》卷十,第380页。

以洗心况喻禅思入微的境界，是因由思虑而悟彻神理，故能化尽俗情之累。此想法亦见于《庐山出修行方便禅经统序》：

洗心静乱者以之研虑，悟彻入微者以之穷神。[①]

悟彻入微是禅思已入精理之境。禅思会理至极，乃能穷神尽化，心无尘垢。故知心之所以清净，乃因彻理所致；而心能清净，则反映禅思之理已入微。是以洗心与悟彻神理，是在禅思入微的阶段一同实现。

在禅修静虑中专思寂想，至极思而会通神理，便是穷神之境，穷神乃是“冥神绝境”的泥洹成圣义：

不以情累其生，则生可灭；不以生累其神，则神可冥。冥神绝境，故谓之泥洹。[②]

神与情俱属生命之本有。练神之极致，是情累尽去，而神亦俱灭，毋庸轮回，意即入究竟泥洹的境界，与道同体。

慧远此一会理洗心的禅修观念，实践于观想念佛的禅修方式之中。明显的例子是在庐山建立佛影台。佛影的概念本源在天竺，传说是佛陀在那揭罗曷国的阿那斯山岩之南的石室禅修得道，在成佛时显现佛影说法，故石室后世称作“佛影窟”[③]。慧远在庐山修行，至晚年经法显引介佛影之说[④]，在其开示下领悟庐山与佛影的契妙，经历百虑，诚心寂照，终在一黎明前夕，亦即曙光来临前最黑暗的环境中，感通佛影：

清气回于轩宇，昏明交而未曙。仿佛镜神仪，依俙若真遇。[⑤]

慧远所遇佛影与法显的描述，既同样是“转近转微，仿佛如有”[⑥]；而能于黯寂之环境显见，则知佛影亦如法显所谓“金色相好，光明炳著”[⑦]。由黑暗中所见之光明神仪，乃是洗心净慧的结果。W. E. Soothill 与 L. Hodous 对佛影之释名，便强调是因心之纯粹澄明方能得见[⑧]。慧远总结感通佛影的原因，在于：

静虑间夜，理契其心。深怀冥托，霄想神游。感彻乃应，扣诚发响。留音停岫，津悟

---

① 《庐山出修行方便禅经统序》，释僧佑：《出三藏记集》卷九，第343页。

② 《沙门不敬王者论·求宗不顺化》，释僧佑：《弘明集》卷五，第31页中。

③ 较早将佛影事迹传入中土者，是曾经西游天竺的释法显。法显于公元414年将游历记录撰成《佛国记》，其中记载了于佛影窟之见闻。

④ 事载《万佛影铭》：“远昔寻先师，奉侍历载……遇西域沙门，辄餐游方之说，故知有佛影，而传者尚未晓然。及在此山，值罽宾禅师（释法显），南国律学道士，与昔闻既同，并是其人游历所经，因其详问乃多有先征，然后验神道无方，触像而寄。”（道宣：《广弘明集》卷十五，第205页中。）

⑤ 《万佛影铭》，道宣：《广弘明集》卷十五，第205页下。

⑥ 释法显：《高僧法显传》，《大正藏》卷二零八五，第859页上。

⑦ 释法显：《高僧法显传》，《大正藏》卷二零八五，第859页上。

⑧ 现今解释天竺佛影者多未提及观见佛影的问题，唯 W. E. Soothill 与 L. Hodous 指出主体精神意志对于观见佛影所起之关键作用，故特为引介。原文云：“buddhachāyā; the shadow of Buddha, formerly exhibited in various places in India, visible only to those ‘ofpuremind’.”（大意云：佛影；佛陀的身影，曾经在印度不同地方留迹，唯灵应于那些心灵澄净者之目前。）William Edward Soothill, Lewis Hodous: *A Dictionary of Chinese Buddhist Terms: with Sanskritand English equivalent sanda Sanskrit-Paliindex*, London: Kegan Paul, Trench, Trubner & Co., Ltd, 1937, p. 227.

冥赏。[①]

彻夜静虑,是精诚禅思的状态,以契合神理为务,与"深怀冥托"呼应,透露神之驰运,有明确的会理体道追求。因精诚之成佛念,而灵应佛影,是谓"感彻乃应,扣诚发响"。

此一精诚感理的经验,带动慧远将所闻所遇,"铭之图之",以助时贤得以"触像而寄",于精诚修行之间,共照佛影,同会神理,是其建立佛影台的用心。对禅修者而言,佛影台中有关慧远所遇佛影的铭文与图像,乃是感物会理的神圣媒介。

(二)宗炳:应会感神,神超理得

宗炳作为慧远的俗家弟子,其禅学观念上承慧远,尤其重视其"理"观念。在《明佛论》中,宗炳自述追随慧远学佛,便是以"理学"显豁其佛学之重心:

昔远和上澄业庐山,余往憩五旬。高洁贞厉,理学精妙,固远流也。[②]

"理学"一词透露出慧远的佛学观念有重理的特色,理在玄学讨论中,已作为探求天道的线索,如荀粲谓"理之微者,非物象之所举也"[③],藉理之微,而论述天道幽微,无法由言象而寻究,可知玄学中已视"理"为关系天道的形上概念。至佛学则进一步以理解释本体,故慧远重理,是藉由理与天道的密切关系,开展体道的论述空间。宗炳的理观,亦多有慧远的思想影迹。《画山水序》记录其由"画象布色,构兹云岭",以至发动一段寻理精神历程的经验。篇中以会理为神游运思的目的,并着意建构一套以心感物、即物会理的体圣思想:

应目会心为理者,类之成巧,则目亦同应,心亦俱会。应会感神,神超理得,虽复虚求幽岩,何以加焉。[④]

宗炳将蕴含圣人神道的山水视为禅定观想之象,以为名山秀水为往圣幽发神道之场地,绘画山势物色,"披图幽对",正为透过含神理之物,帮助入定禅思,以达慧远"拟迹圣门"的禅修理想,是其开发会通圣人神道的修行方法。

分析宗炳的精神活动描述,可知是以寻理为整段精神历程的重心,由幽对图像所产生的感应,以至心所领会,莫非神理。得理使神畅游于玄路,序文最后以"畅神"作结,反映修行历程的最终境界,乃是由理之感会,以达练神祛滞的修行结果,是其"神超理得"之意。

宗炳的理观念,有极明确的成佛意义。在《明佛论》中明言"神之不灭,及缘会之理,积习而圣"[⑤],明显接受慧远神不灭观念,且特重以会理为成圣体道的转折点;换言之,理为成圣之证明,是其重理之原由。《画山水序》篇末总结禅修的体验,透露会理的最终结果,是与圣人的神思相契:

不达天励之藂,独应无人之野。峰岫峣嶷,云林森渺。圣贤映于绝代,万趣融其

---

① 《万佛影铭》,道宣:《广弘明集》卷十五,第205页中下。

② 《明佛论》,释僧佑:《弘明集》卷二,第16页中。

③ 陈寿:《三国志·魏书》卷十《荀彧传》裴松之注,第319页。

④ 《画山水序》,严可均:《全上古三代秦汉三国六朝文》全宋文卷二十,第2546页,日本京都:中文出版社,1975年。

⑤ 《明佛论》,释僧佑:《弘明集》卷二,第10页下。

神思。[①]

宗炳认为昔日往圣于山中留下的神思，没有随身灭而永绝天人，是由于圣人的神思，已合于至道。篇首所谓：

圣人以神发道，而贤者通。[②]

贤者所会通的圣人神道，亦即圣人之神思。道唯一极，神道既以理通，则圣人神思，同样缘乎会通神理而至。

(三) 刘勰：物以貌求，心以理应

宗炳的"神思"义，是圣人寻究宇宙本体之思，故与神道合一。与《神思》面向文家的神之思，义故不同。然而对于刘勰的神思观，却提供了心通理应的精神超越导向，进一步而言，亦是无出其时禅学的思维定势。从慧远与宗炳的禅观，已可发现禅修理论的发动条件：神、情、物、理，皆有序地安置在《神思》赞语之内：

神用象通，情变所孕。物以貌求，心以理应。[③]

神思触物神游的原理，与触像禅思的理路极为相似，而此精神状态以应理为终结，已显露其禅修的意蕴。以神为运思的主体，又以情兴起感物而动的能力，发动"神与物游"，此精神驰运方式，来源自慧远神不灭的观念；至若强调沿物貌而领会其中的理，又同乎宗炳"应目会心为理"的禅修目的。则此前提下之神与物游，表明神思中的神，之所以要即物游运，是为了透过运思而会理；同时显示出以提升作者心灵境界，乃至精神生命为目的，遂自觉将此神之游运视为应理练神之另一途径。如此，神的不灭性方有积极作用，透过不灭来延续智慧德性的开发。

这种运思目的，与《文心雕龙》神理观念相呼应，是以寻遇神理，实现以文原道。故神思言感物之精神运作，以登山观海为说明，是因自然物色，乃最普遍之神理呈现，亦是禅修中最常选择用以追寻本体的媒介。由是体道的时代精神追求，令其时文艺领域对物色的处理，产生前所未有的仔细态度。

三、物色的体道功能：由象真而鉴本真

物象作为感通之中介物，在追求玄远本体、感物体道的理念下观照物色，便可赋予体道意义于其中。佛影与山水，便代表着神理的具体呈现。佛影是佛陀得道的化身，山水则"以形媚道"，莫不是方象至道的形器，指引成圣的方向。故拟像神圣之物，乃是禅者追寻至道本体所开设的方法。此中又有其承自佛门摹拟佛形的思想渊源。

① 《画山水序》，严可均：《全上古三代秦汉三国六朝文》全宋文卷二十，第2546页。
② 《画山水序》，严可均：《全上古三代秦汉三国六朝文》全宋文卷二十，第2546页。
③ 《神思》，范文澜：《文心雕龙注》卷六，第495页。

(一) 由拟像而通真宰

纪志昌先生指出,六朝佛教造像蔚然成风,摹拟佛形的其中目的,是对修行的帮助:

> 就修道者而言,佛像为其禅修念佛之资借与观想的对像,庐山慧远之供奉阿弥陀像,图画佛影,不仅是宗教情操的表现,更是作为观想佛身、探究法身的体验过程。①

佛像象征着佛之法身,包含无限佛理,由修行者在观想佛身的过程中,开悟佛慧。作为修行者借以安顿心灵,专思入定的介体,佛像之极尽象真,不加画者的喜恶与创造,乃为使观想趋于明透澄净,无受画者的喜恶心所干扰与感染。

慧远立佛影台,画佛影图之意,也为使信徒在观想修行中,能会悟佛理,甚至定中见佛,因而所绘之像,以象真为原则。其亲自绘画与描述的佛影,便极力契合于天竺佛影的形象:

> 远乃背山临流,筑营龛室,妙算画工,淡彩图写,色疑积空,望似烟雾,晖相炳琼,若隐而显。②

佛影图的内容与《万佛影铭》的相关描述两相呼应,图写的佛影"色疑积空"、"晖相炳琼"、"若隐而显"的形态,皆根据法显与西域沙门的描述而绘制,是企图透过文字与图画的摹拟像真,以助灵应的产生。

象真的原则是相信"迹以象真,理深其趣",慧远认为纵然庐山并非佛复印件真,但理一无别,象真圣迹,乃可会通于本实。基于相信庐山是照见佛影的圣地,慧远又命工匠雕塑庐山石台,以呈庐山真实貌,使禅者即见以立诚。雕像的要求同样是"虽成由人匠,而功无所加",以合乎其"神道无方,触像而寄"的禅思法门。

慧远的经验说明随着应会神理的感物观念出现,佛徒对于呈现神理的象相,明确以描述本体为再现之意图。《万佛影铭》将心生所见的佛影以文字重见,不独是经验的传递,其所遇佛影相同于天竺佛影洞的真象,更是以感会真象而通达神理真宰的亲切验证。这种象真的经验,正为宗炳仔细摹拟山色提供了征圣的动机。

宗炳巧细摹拟山形体势,务求"以形写形,以色貌色"③,这种写物的追求,亦是以写真来通彻真宰,也即透过如实描绘本真,从物色的真实本色上,了解道徼成物的法则,从道之有性认识道,是人在有名世间察识本体所开设的方法。故而幽对山水之写真,能有会通先圣神理的作用,由此而达神超理得的境界。

(二) 象真山水的体极意志:宋初文咏的思想成因

在慧远与宗炳的理论中,写真成为会通的方式之一,则刘勰称宋初文咏"情必极貌以写真"的摹拟风尚,实有禅修入圣的理念为发展基础。周裕锴先生分析晋、宋诗坛出现以山林为主要题材的现象,亦指出同一道理,以为当时僧俗:

> 以佛教禅理入诗,以佛教禅学的观照方式作诗,促进了以山水为题材的诗歌的独立

① 纪志昌:《两晋佛教居士研究》,第 128—129 页,台湾大学出版委员会,2007 年。

② 释慧皎:《高僧传·晋庐山释慧远》卷六,第 213 页,北京:中华书局 1992 年。

③ 《画山水序》,严可均:《全上古三代秦汉三国六朝文》全宋文卷二十,第 2546 页。

和兴盛。[①]

所谓禅学的观照方式，便是当时以幽对山水来入文或入画，从而领会神理的修行法。此中的代表者，固不出宗炳。周先生认为以观照法入于诗者，以谢灵运为代表，入于画之代表，便是宗炳：

宗炳则把早期禅学的直觉观照方式移入山水画，提出面对自然山水"澄怀味像"的观道方法。[②]

诗、画同时受到禅学观照思想的启迪，此巧合的现象，明显是受到当时禅学追求本体的思理风尚所影响。此见禅者透过山水了解自然造化，探寻宇宙生命的本源，所开发的哲思，不独影响玄学的内容和风尚，同时亦折射向文艺领域。是以佛影与山水的再现，不论再现手法如何，皆强调物貌之写真，以使心能会通真理正道。如此开示物色在有名世间的体极意义，摹拟山水以体道本的修行方式，方才滋长出来。刘勰于《明诗》指出：

宋初文咏，体有因革，庄老告退，而山水方滋。[③]

刘勰认为山水呈现本体的质性，在宋初经由禅修观念的渗透开发，方才得以为文家所注视。在即物以求本的思想下，采撷物色的内容，亦转向于本真的描摹，以直探本体根源。

汤用彤先生认为《明诗》此论正是缘自东晋以来，中国人从有之角度解读佛学之影响所致。先是东晋向秀、郭象等推行"崇有之学"，其后虽属般若学隆盛而贵无之时代，期间却又因《涅盘》与《成实》二经之出，使缘有解佛之风盛行一时：

至晋之末叶、刘宋之初，《涅盘经》出，而为"有"。
萧齐之世而《成实》大盛，为"有"。[④]

是以于宋、齐之际，中国之佛学，曾出现循有的方向了解道极的情况。对于法身的内涵：

不从无名无相方面说，而是积极地描述本体。[⑤]

"庄老告退，而山水方滋"，指的正是文家转向描写山水本真的面貌。如僧肇的禅修观，是于万有中领悟本真：

所遇而顺适，故则触物而一。如此则万象虽殊，而不能自异。不能自异，故知象非真象。[⑥]

象非真象，是指本真非是即目所及之物色；然凡夫对于本真的认识，却又需依赖万象以会通唯一的本体。在此循有体道的观念下，物色便具有描述本体的作用。这是早期中土佛学崇有之风于文学的折射影响。

---

① 周裕锴:《中国禅宗与诗歌》，第 241—242 页，上海人民出版社，1992 年。

② 周裕锴:《中国禅宗与诗歌》，第 242 页。

③ 《明诗》，范文澜:《文心雕龙注》卷二，第 67 页。

④ 《崇有之学与向郭学说》，汤用彤:《儒学・佛学・玄学》，第 260 页。

⑤ 《崇有之学与向郭学说》，汤用彤:《儒学・佛学・玄学》，第 261 页。

⑥ 《不真空论》，伊藤隆寿、林鸣宇:《肇论集解令模钞校释》卷上，第 103 页。

正是由于山水在禅修者的眼中,莫非神理,彼此同出道源,由物及人,神理皆可会通,因而透过自然物色领会隐藏的神理,成为感物明理的征圣导向,从而建立循道之有性以体道的方法。由是对于物色的取态,以描述本体为务,为写真赋予即近本体的功能。

四、《文心雕龙》体道意志下的立文理念

(一) 神思的体物原则

由追寻真宰而开发的写真之法,不论书画还是文章,皆存有明确的体道目的。基此,文家采撷物色的取态,是透过物之真色,以呈现本体造化之永恒大法,所谓"巧言切状,如印之印泥,不加雕削"、"瞻言而见貌,印字而知时"①,一字一墨的再现,皆为洞察本体,以神理化却情累。以此理解刘勰对待自然物色,尤其山林环境在立文中的作用,便不离于追寻至道,开发圣智神理:

> 山林皋壤,实文思之奥府。②

所谓"实文思"之功能,是在会心应理的立文基础上而论,所实之文思,是指能助神与物游、化情累而应理的神思。将即会山水的神理入于文章,立文所见之情与采,方才有神理在其中,也方才合乎圣人因文以明道的弘愿。是以在体道的要求下,神思所遇所再现之象,以"物无隐貌"为原则,如同宗炳摹画山体,由近至远,巨细无遗,方能使神思能悟彻得理。唯物无所隐,方得以圆照神理。

这种极貌写真的方式既以会理成圣为目的,则同时亦要求观物拟物,当有明确目的性。神思之感物态度,是以体道求真为目的,在即物之间,持续精诚的愿力,朝往至道之方向。禅学对于即物的处理态度,亦明确非常。如僧肇所云:

> 万物虽殊,然性本常一,不可而物,然非不物。可物于物,则名相异陈。不物于物,则物而即真。③

神理不能自生,故必须感物,然僧肇强调的是由感物以领悟常一之道性,即其所谓"真"。此知状物只是感理之工具,以文写真,是基于会理之目的,而非徒为写真而写真。唯有用体道的心拟物,方能使精神上达于理境,而不停留在工具表达之上,超却物色之限制,领悟本真。慧远虽讲求"迹以象真",但其于禅思中之悟理与神遇,皆是出于自心之感,而不滞于天竺佛影之形迹。故其虽认为庐山乃佛影之所现处,然拟像之外在表相,亦不尽与天竺佛影窟契合。萧驰先生参考北魏崇立寺惠生《洛阳迦蓝记》以及唐玄奘《大唐西域记》对佛影之描述,已指出慧远于庐山拟造的佛影,并非完全复制印度佛影:

> 慧远的佛影若全为拟造,本应选在"门径狭小,窟穴冥暗"的所在,而慧远却将佛影置于敞开的山岩上。这件"倚岩辉林"的佛影因而又不全是摹仿,相对于印度文化的佛

① 《物色》,范文澜:《文心雕龙注》卷十,第694页。
② 《物色》,范文澜:《文心雕龙注》卷十,第695页。
③ 《僧肇疏答刘遗民书》,伊藤隆寿、林鸣宇:《肇论集解令模钞》卷下,第263页。

影，它毋宁说是慧远僧团的创造。[①]

萧先生认为慧远对佛影环境的改动，与中土文化诸多因素的影响，是有意将佛影融入中国山水的意念之中[②]。这种考虑中土文化而作出的改动，是慧远以其自身见遇佛影的经验为依据。

见遇外在之佛，在于缘会，法显到庐山传布佛影，所开示的是见佛之理。而慧远之感遇佛影的情形，与印度佛影盖不尽相同。印度佛影是于窟洞中大放光明，显然迥异于庐山的山林环境，但慧远所照见之佛影，同样光明炳著，乃是依赖黎明前的黯寂，以助专精入定，而实现定中见佛的效果。则慧远之见佛影，乃是深会佛影呈现之理而得。因其感皆发于庐山，理亦得于庐山，故而在中土所建佛影台，以庐山本貌为象真之迹。此是以主体之会理为目的，虽以象真会理，而不为逐物之真貌反累其神。宗炳在幽对山水写真而会通神理的经验总结中亦云：

> 应会感神，神超理得，虽复虚求幽岩，何以加焉。[③]

修行的目的在得理，使神畅游于玄路，妙悟至道，过分计较物象之似与非似，真与失真，反而自困于既有之场。

然六朝拟物之风虽盛极一时，而修行真义显然非为世俗所共晓，因而写真之法，同时出现舍本逐末，为写物而写物的情况，自是可想而知。对于刘勰在《物色》指“文贵形似”、“体物为妙，功在密附”之文风，纪昀批评为六朝拟物形容之惯病，谓：

> 此刻画之病，六朝多有。[④]

以刻画为病，是未从追寻本体的时代精神理解文家的意图。体物之基本目的，乃为“吟咏所发，志惟深远”，借象真之物色以申体道之志，物貌越鲜明真确，则所悟亦越益清晰深邃，乃是象真之本旨。文家不明体极之弘愿，失情背理，则拟状刻画之功，便丧失文之体现道极的意义。无体道之自觉，则拟状形容，徒如工匠模仿复制，物虽极貌，而真宰弗存，以其神游不在会理，故心终不能与神理相接。是以极貌写真者，真非在物貌，而在神理，必待即物而后，超越物色的阻限，方能领悟。

此可知刘勰论神思特重感物，乃因秉受禅修观念中的感物通理的意念。神思之所以能思接千载、视通万里，关键不在耳目，耳目所能接收的是有限物色，物色驳杂无边，徒追逐分别的物色，自然应接不暇，心无所住。若明理为万物之共同本源，则以理一而可总万殊。纵然物色不在目前，亦能以理会通。

神与物游以应理为目的，落实在感物之中，乃为明白世间一切物情皆出自神理，万物皆缘道本所出，由此领悟宗本体极的圣文方轨，则在感物之间，便不会轻易为物色带动性情的流宕。如同圣人起情感物，无有滞累。是以神思虽藉感物而驰运，却又极力摆脱和避免物情带来的负累，使在会通神理之际，物情与我之情皆化滤净尽，一切的物色，在圣觉之下，皆是

---

① 《大乘佛教的受容与晋宋山水诗学》，萧驰：《佛法与诗境》，第40页，中华书局，2005年。

② 《大乘佛教的受容与晋宋山水诗学》，萧驰：《佛法与诗境》，第33—55页。

③ 《画山水序》，严可均：《全上古三代秦汉三国六朝文》卷二十，第2546页。

④ 载黄霖：《文心雕龙汇评·物色》，第151页，上海古籍出版社，2005年。

作为悟理的介体。

(二) 取撷物色的原则:时见与物情

从物色之本真以探求神理,物色的真,在慧远、宗炳的理解中,乃是神理的造化。刘勰在此基础上,进一步指出物色显现本体至道之处,是物的真姿。物色的真,在于"物有恒姿",其恒姿由恒存的神理所使然。万物生长,动不失时,故能恒存不绝,此得时之物性,乃是顺理成章的一种呈现。故知呈现自然者,是明白神理创造之一种表现,因而刘勰对于物色的选择,便以得时为上,《物色》谓:

> 摛表五色,贵在时见;若青黄屡出,则繁而不珍。①

物色采撷能合时宜,是知成物的神理,明造物之巧妙。故入物色于文章,不失其时,是合通变趋时之道,也是领会神理的反映。

刘勰藉由屈原的立文经验,指出深透自然物色背后的神理,乃是会通圣人缘情顺理立文的方法:

> 屈平所以能洞监《风》、《骚》之情者,抑亦江山之助乎!②

《诗大序》谓诗人"感物而动,乃呼为志",国风怨刺之情,端赖感物而起。而《诗》能"乐而不淫,哀而不伤",缘于诗人藉由物之恒姿,会悟神理,由此超越于个人喜怒哀惧爱恶欲之情累。天下常可见物之恒姿者,自然存在于山水之间,此亦是晋来禅修集中以山水为修行场地的理由。屈原之辞所"洞监《风》、《骚》之情"者,正是指其于楚地江山所起之情,同样与江山中的理应会,如同圣人在触物起兴间化情为理,因而能立"典诰之体"、"规讽之旨"、"比兴之义"、"忠恕之辞",发挥由理所滤化的无累之情。

这些江山物色所给予诗人辞人的精神意义,正是由恒姿而反映的永恒至道。而与"恒姿"相对应的,是新异,则新异缘起不在物色,而是由观者的追异好奇的体性与好尚所致。换言之,立文以体道为目的,则起情撷采,不能将一己之体性,凌驾于体道精神的开发之上,否则神理之所在,便往往为自身之好尚所障蔽。如同万物各有其性,却无一违逆于时序,正是以神理顺化物情的自然之道。修行思维下,山水成为道极在有世间的表现,修行者面对自然物色,所观照的是彼此同出道徼的共性,而超越于由物情造成的物我之别。僧肇言圣人触物玄览的角度,是"物我同根,是非一气"③,明万有本理一而成,沿道本而出,则自能破除物色的困惑。

领会神理的取物方法,除却体现在知时之上,又在于对物性的察识。盖物性之成,缘乎物情,物情从神理而出,故知晓物情亦是会理之一法。是以《情采》所举的"失情"二例,均是指向不明物情,不察神理的问题:

> 男子树兰而不芳,无其情也。④

---

① 《物色》,范文澜:《文心雕龙注》卷十,第694页。

② 《物色》,范文澜:《文心雕龙注》卷十,第695页。

③ 《不真空论》,伊藤隆寿、林鸣宇:《肇论集解令模钞校释》卷上,第104页。

④ 《情采》,范文澜:《文心雕龙注》卷七,第538页。

翠纶桂饵，反所以失鱼。①

不通物情而求有得于物，无异于背道而驰。桂饵而不获、植兰而不芳，是由于不明物之本性所致。体察物性隐藏的神理，在于能由物色而明本，但色彩太过，则神理自黯而不彰，是《情采》"恶文太章"的缘由。违反物之本性，盖因不明神理造物的原理。之所以不察神理，是由于没有视之为以理化情的活动，没有投放情感的基础，自然无会理的作用产生。故所作所行，既失神理，亦失物情。是以《情采》末以明理为情之铨衡，正指出以会理为起情的动机，则所施所作，乃能自觉探究当中的物情，自然动不违理。此见刘勰对于物色的选取，莫不以顺循神理为考虑。

总 结

在追寻本体的理想下，一切文艺，皆可表现至道；一切物色，亦能描述本体。自然物色的象真表现手法，是体道思想的结果。山林草木在魏晋六朝时期的思想与文学场域，均占据一时无两的地位，反映的不独是对题材的共同取撷，更重要的是说明此共性，乃是在追寻本体的时代思潮下的"特殊时代之新精神"。

铺开魏晋六朝的体道思想，玄佛与文艺，皆致力于追寻本体，以获得精神的玄远依托。慧远之佛影台，宗炳之山水画，以至刘勰融摄物色之文章，所取之象，虽各有不同，却有异曲同工之目的。从禅修意义上看，皆是从显现神理之象，为领会本体的修行介物。而刘勰所建构的感物、会理、练神的文章理论，无疑显豁出文家写物体道的立文理念。在追寻本体的思想脉络中，不单是体道征圣观念的接收者，同时也是开发体道宗涂的参与者。

作者单位：澳门大学

① 《情采》，范文澜：《文心雕龙注》卷七，第538页。

刘勰论陶渊明和《文心雕龙·隐秀》补文真伪新证

胡耀震

刘勰是否评论过陶渊明，这与《文心雕龙·隐秀》补文的真伪问题紧密相关。这段补文，清人纪昀断定为明人伪造，该说得到此后大多数研究者认同，似乎已成为学界的常识；只有詹锳先生等学者认为补文是真。两种截然相反的看法都持之有据，言之成理。不过今天看来，两者的论证都还有一些缺陷。这与《文心雕龙》成书之前，刘勰是否读过陶渊明的作品或《陶渊明集》有关。

《文心雕龙》的成书在什么时间呢？《文心雕龙·时序》说："暨皇齐驭宝，运集休明。太祖以圣武膺箓，世祖以睿文纂业，文帝以贰离含章，高宗以上哲兴运，并文明自天，缉熙景祚。今圣历方兴，文思光被。"据此以及《梁书·刘勰传》所载"撰《文心雕龙》既成，未为时流所称，勰自重其书，欲取定于沈约。约时贵盛"，清代人刘毓崧《书文心雕龙后》考《文心雕龙》成书于南齐末和帝时①。虽然对这种说法目前还有不同意见，但《文心雕龙》完成于南齐末和帝时、梁代初之间是可以确定的②。

清人纪昀认为《文心雕龙·隐秀》的补文为伪造，依据之一即在"称渊明为彭泽，乃唐人语，六朝但有征士之称，不称官也"③。这个依据是不可靠的。下文我们会看到，詹锳先生就指出，刘宋鲍照有《效(学)陶彭泽体》诗，就是称陶渊明为彭泽。不过，指《隐秀》的补文为伪造的说法，后来黄侃、周振甫等学者又进行了补充证明。刘永济先生是进行补证的有力者，他说：

> 文中有"彭泽之□□"句，此彭泽乃指渊明。然细检全书，只列成文，未及陶公只字。盖陶公隐居息游，当时知者已鲜。又颜谢之体，方为世重，陶公所作，与世异味，而陶集流传，始于昭明，舍人著书，乃在齐代，其时陶集尚未流传，即令入梁，曾见传本，而书成已久，不及追加，故以彭泽之闲雅绝伦，《文心》竟不及品论。浅人见不及此，以陶居刘前，理可援据，乃于此文特加征引，适足成其伪托之证④。

---

① 〔清〕刘毓崧：《通义堂文集》卷十四，民国吴兴刘氏刻《求恕斋丛书》本。

② 牟世金《刘勰年谱汇考》，刘跃进、范子烨编《六朝作家年谱辑要》(下册)，第201—205页，哈尔滨：黑龙江教育出版社，1999年。

③ 复旦大学图书馆藏朱墨套印卢坤两广节署本纪昀评《文心雕龙》，转引自黄霖编著《文心雕龙汇评》，第134页，上海古籍出版社，2005年。

④ 刘永济：《文心雕龙校释》，第155—156页，北京：中华书局，1962年。

首先对《文心雕龙·隐秀》补文为伪之说提出质疑的是詹锳先生，他考察了明人钱功甫发现宋本《文心雕龙》以及《隐秀》篇缺文抄补和补刻的经过，说明补入的四百多字不可能是明人伪造的；他对纪昀、黄侃、周振甫等人怀疑补文的依据进行了系统反驳①。他还对杨明照、王达津两位先生提出的版本、论点、词句等方面问题也进行了充分的解释②。詹锳先生论到刘永济先生的看法说：

> 《文心雕龙》在其他篇章里是没有提到陶渊明的地方，但是全书中对于某些作家只提到一次的很多，不能因为别处没有提到陶渊明，而此处提到陶渊明，就说《隐秀》篇补文是假的。我们在上文反驳纪昀的时候，已经提到鲍照的《效（学）陶彭泽体》诗。既然陶诗成为一体，而且像鲍照这样有名的诗人也仿效它，可见并非"陶公隐居息游，当时知者已鲜"。而且纵然陶渊明的诗文在昭明太子以前没有编定成集，也不见得刘勰在齐代就看不到散篇。③

詹先生的反驳是有力的，证据是确凿的。不过，关于陶渊明诗文编辑成集情况的看法并非无懈可击。学人们长期认为《陶渊明集》的最早编辑者是梁昭明太子萧统，该集最可靠的版本是萧统编的。整理《陶渊明集》的杰出学者逯钦立、龚斌都是这样认为的④。詹锳和刘永济两位先生也都持这种看法。但是，它并不可靠。

陶渊明《饮酒二十首并序》云："余闲居寡欢，兼比夜已长，偶有名酒，无夕不饮。顾影独尽。忽焉复醉。既醉之后，辄题数句自娱；纸墨遂多。辞无诠次，聊命故人书之，以为欢笑尔。"据此，陶渊明作品在他生前自己已有至少是部分的收集，并有故人传抄，这可以看作是陶渊明作品不完整的集子。北齐阳休之《陶集序录》说：

> 其集（《陶渊明集》）先有两本行于世，一本八卷，无序；一本六卷，并序目；编比颠乱，兼复阙少。萧统所撰八卷，合序目诔传，而少《五孝传》及《四八目》，然编录有体，次第可寻。

这里讲萧统之前便已有两种《陶渊明集》传本行世，一为八卷本，一为六卷本，搜罗未备，编排无序。萧统编的《陶渊明集》八卷，合序目诔传，少《五孝传》、《四八目》，但是编录有体，次第可寻。《隋书》卷三十五《经籍志四》记载："宋征士《陶潜集》九卷。"下注云："梁五卷，录一卷。"也说梁时有《陶潜集》五卷，加上录一卷，共六卷，与阳休之《陶集序录》所说萧统之前有"一本六卷，并序目"正好相吻合。我们可以断定，刘勰在萧统编《陶渊明集》之前是可以看到其他版本《陶渊明集》的，只不过是搜罗未备的传本而已。

问题并不单单在刘勰写成《文心雕龙》之前，能否见到《陶渊明集》，还在于陶渊明及其作品能否引起当时包括刘勰在内的文人的足够注意。其实，在刘宋时期，就有陶渊明生前友人当时著名的文人颜延之《陶征士诔并序》称陶渊明"学非称师，文取指达"、"赋诗归来，高蹈独

---

① 詹锳：《〈文心雕龙·隐秀〉篇补文的真伪问题》，《语言文学与心理学论集》，第82—95页，济南：齐鲁书社1989年。

② 詹锳：《再谈〈文心雕龙·隐秀〉篇补文的真伪问题》，《语言文学与心理学论集》，第96—103页，济南：齐鲁书社1989年。

③ 詹锳：《〈文心雕龙·隐秀〉篇补文的真伪问题》，《语言文学与心理学论集》，第93页，济南：齐鲁书社1989年。

④ 逯钦立说见其校注《陶渊明集》之《例言》，逯钦立：《陶渊明集》，第7页，中华书局，1979年；龚斌说见其校笺《陶渊明集校笺》（修订本）之《例言》，龚斌：《陶渊明集校笺》（修订本），第1页，上海古籍出版社，2011年。

善”。可见颜延之读过陶渊明的诗文。陶渊明作有《于王抚军座送客》，王抚军为抚军将军、江州刺史王弘；同座有刘宋时的名诗人谢瞻作有《王抚军庾西阳集别，时为豫章太守，庾被征还东》诗。王弘、谢瞻也知道陶渊明有文才。前面提到刘宋鲍照有《学陶彭泽体》诗，该作原注说：“奉和王义兴。”王义兴是义兴太守王僧达，作《学陶彭泽体》诗，鲍照于是奉和。《宋书》卷七十五《王僧达传》：“王僧达，琅邪临沂人，太保弘少子。”王僧达是王弘的儿子，当时的著名诗人。

在南齐末之前，仿效陶诗的，除刘宋王僧达、鲍照外，还有一生经历宋、齐、梁三代的江淹的拟作，即他的名作《杂体诗》三十首中的《陶征君田居》。梁钟嵘《诗品》卷中“梁左光禄沈约”条说：“永明相王爱文，王元长等皆宗附之。约于时谢朓未遒，江淹才尽，范云名级故微，故约称独步。”永明共十一年，江淹作《杂体诗》三十首拟古今名作，当完成于南齐永明十一年江淹才尽前。当然，江淹才尽时间还有一说，讲是在永明稍后的南齐明帝年间①。齐明帝崩于永泰元年(498)。即使如此，江淹作《杂体诗》三十首也在《文心雕龙》成书的南齐末之后的时间前面。在江淹《杂体诗序》说效仿前人诗作的目的在于“虽不足品藻渊流，庶亦无乖商榷云尔。”刘勰作《文心雕龙》评论诗歌作品应当会参考江淹《杂体诗》的，刘勰在书中评论到陶渊明是理所应当的。

至于《文心雕龙》对陶渊明的评论何以仅在《隐秀》中出现，而且仅在书中出现一次的问题，詹锳先生已经指出文学名家在《文心雕龙》中只提一次的例子有很多。今天来看，东晋末的知名文人谢混(字叔源)在当时文坛的地位远高于陶渊明，也仅在《才略》“谢叔源之闲情”句出现了一次。甚至刘宋大文人谢灵运也只在《时序》“颜谢重叶以凤采”中提到一次，而且没有指明他个人，是指的谢氏家族。

《文心雕龙·隐秀》补文中还有一个疑问，请看原文：

> 将欲征隐，聊可指篇。古诗之《离别》，乐府之《长城》，调远(词怨)旨深，而复兼乎比兴。陈思之《黄雀》，公干之《青松》，格刚才劲，而并长于讽谕。叔夜之《□□》，嗣宗之《□□(咏怀)》，境玄思澹，而独得乎优闲。士衡之《□□》，彭泽之《□□》，心密语澄，而俱适乎壮采。
>
> 如欲辨秀，亦惟摘句：“常恐秋节至，凉飙夺炎热”，意凄而词婉，此匹妇之无聊也；“临河濯长缨，念子怅悠悠”，志高而言壮，此丈夫之不遂也；“东西安所之？徘徊以彷徨”，心孤而情惧，此闺房之悲极也；“朔风动秋草，边马有归心”，气寒而事伤，此羁旅之怨曲也。

《文心雕龙·隐秀》补文将陈思(曹植)、公干(刘桢)，放在一起评论，因为他们都是建安

① 《诗品》卷中“齐光禄江淹”条载江淹才尽逸事说：“初，淹罢宣城郡，遂宿冶亭，梦一美丈夫，自称郭璞，谓淹曰：‘我有笔在卿处多年矣，可以见还。’淹探怀中，得五色笔以授之。尔后为诗，不复成语，故世传江淹才尽。”事亦见《南史》卷五十九《江淹传》：“淹少以文章显，晚节才思微退，云为宣城太守时罢归，始泊禅灵寺渚，夜梦一人自称张景阳，谓曰：‘前以一匹锦相寄，今可见还。’淹探怀中得数尺与之，此人大恚曰：‘那得割截都尽。’顾见邱迟谓曰：‘余此数尺既无所用，以遗君。’自尔淹文章踬矣。又尝宿于冶亭，梦一丈夫自称郭璞，谓淹曰：‘吾有笔在卿处多年，可以见还。’淹乃探怀中得五色笔一以授之。尔后为诗绝无美句，时人谓之才尽。”《梁书》卷十四《江淹传》：“明帝即位，为车骑临海王长史。俄除廷尉卿，加给事中，迁冠军长史，加辅国将军。出为宣城太守，将军如故。在郡四年，还为黄门侍郎、领步兵校尉，寻为秘书监。(东昏侯)永元中，崔慧景举兵围京城，衣冠悉投名刺，淹称疾不往。”据此江淹才尽于南齐明帝年间。

时人;将叔夜(嵇康)、嗣宗(阮籍),放一起评论,因为他们都是曹魏正始时人,都同时代。士衡(陆机)是西晋人,彭泽(陶渊明)是东晋人,为什么异代补文却放到一起评论呢?这很奇怪。实际上,这一点也不奇怪,这是因为刘勰把士衡、彭泽都看作晋人,是时代相近的。而且,上文古诗、乐府时代也是相近,不能定为同时。下文班婕妤《怨歌行》"常恐秋节至,凉飙夺炎热"、李陵《与苏武诗》"临河濯长缨,念子怅悠悠"相对举,也是东汉、西汉相并列。乐府古辞《伤歌行》"东西安所之,徘徊以彷徨"、晋王赞《杂诗》"朔风动秋草,边马有归心"则不同时。可见这里对举、并列评论的顺序,是以论风格及相关作者、题材的文理逻辑思路为顺序,并不是按严格的时代顺序。

根据以上的分析,认为《文心雕龙·隐秀》补文为伪造的说法所持的依据是立不住脚的,该补文应该是真的。刘勰评论过陶渊明,他在《文心雕龙·隐秀》篇中指出陶渊明的作品"隐",又说:"彭泽之《□□》,心密语澄,而俱适乎壮采。"这些对陶渊明的评论也是齐梁人所能作出的。我们从《文心雕龙·隐秀》包括其补文对陶渊明的评论与齐梁人钟嵘《诗品》、萧统《陶渊明集序》的对照,就可以看出这一点。《诗品》所说宋征士陶潜诗"又协左思风力",有些诗作"风华清靡",就是《隐秀》所说陶渊明作品"适乎壮采"。《文心雕龙·隐秀》说:"隐也者,文外之重旨者也。"萧统《陶渊明集序》说:"有疑陶渊明诗篇篇有酒,吾观其意不在酒,亦寄酒为迹者也。"意思也是说陶诗文外有意,具有隐的风格。《陶渊明集序》所说陶渊明作品"语时事则指而可想,论怀抱则旷而且真。"也就是《隐秀》所说陶渊明诗文"心密语澄"。萧统《陶渊明集序》说:"其文章不群,辞彩精拔,跌宕昭彰,独超众类;抑扬爽朗,莫之与京。横素波而傍流,干青云而直上。"这也就是《文心雕龙·隐秀》所说的陶渊明作品"适乎壮采"。这些都可以作为《文心雕龙·隐秀》补文为真的佐证,同时也可以看出刘勰对陶渊明作品的阐释和文学价值的发现,他对钟嵘、萧统评论陶渊明有启迪作用,是后人评论陶渊明作品的一个重要先导。

作者单位:江西师范大学

《文选序》“事出于沉思，义归乎翰藻”本意探赜

——兼论《文选》的选录标准问题

葛云波

一、研究综述

萧统《文选序》云：

> 至于记事之史、系年之书，所以褒贬是非、纪别同异，方之篇翰，亦已不同；若其赞论之综缉词采，序述之错比文华，事出于沉思，义归乎翰藻，故与夫篇什，杂而集之。①

清阮元提出“沉思翰藻”说后，多以“事出于沉思，义归乎翰藻”为《文选》选录标准；亦有举“综缉词采、错比文华”代之者②。然此四句实就“记事之史、系年之书”之赞论序述的选录标准而言，《文选序》此段初不关涉全书，故有学者申明之③。若以为可代全书选录标准，另须详加考辨，始可定论。其基础亦是须清晰准确地理解此段文字。对此段做认真考察的必要，盖为显然。学者多年致力于此，亦不得不然，其中或得或失，均有功于探索。若谓此种讨论与选录标准没有太大的关系④，则殊未通达。

对于“事出于沉思，义归乎翰藻”的理解，由朱自清开始重视“事义”以来，对“事义”二词便有了不同的理解：

朱自清(1946)考察西晋以来用例，认为“事”包含古事、成辞，“义”即理，“事义”是一词；“事义”有时指“比类”，可指日常事理。“藻”“采”有时兼指古今，兼指“事类”、“比类”(后者为主)。“事出”二句不外“善于用事，善于用比”之意⑤。

---

① 萧统编、吕延济等注：《日本足利学校藏宋刊明州本六臣注文选》，人民文学出版社，2008年，第81—82页。本文所引《文选》文字皆据此本，因引文众多，故不一一举其具体页码，仅随文举其卷数。

② 杨明：《“事出于沉思，义归乎翰藻”解》，初稿发表于1993年香港中文大学研讨会，订稿初载于中州古籍出版社1997年版《文选学新论》，后收入《汉唐文学辨思录》，上海古籍出版社，2005年，第188页。

③ 倪其心：《关于〈文选〉与“文选学”》，初载吉林文史出版社1988年版《昭明文选研究论文集》，后载《中外学者文选学论集》，中华书局1998年，第300页。力之：《关于〈文选〉的选文范围与标准问题》，《河南大学学报》2005年第3期。

④ 傅刚：《〈昭明文选〉研究》：“有些研究者反复讨论‘事’、‘义’和‘沉思’、‘翰藻’的语义等，不管赞成者还是反对者，其实都与选录标准没有太大的关系”，中国社会科学出版社，2000年，第176页。力之《关于〈文选〉的选文范围与标准问题》表示同意傅说，《河南大学学报》2005年第3期。

⑤ 朱自清：《〈文选序〉“事出于沉思，义归乎翰藻”说》，初载于《国学季刊》第六卷第四号，后载《中外学者文选学论集》，第75—84页。1946年由商务印书馆打成纸型，1952年12月始由北京大学出版部出版。

骆鸿凯(1936)认为"事出"二句分别同于萧绎《金楼子·立言》"情灵摇荡"、"绮縠纷披"[①],其时未特别强调"事义";郭绍虞先承袭之(1961),后认为"事"承"序述"而言,"义"承"赞论"而言,二句谓史传中的赞论、序述也有沉思和翰藻(1964)[②]。

李嘉言(1961)认为"事出"二句"为一义,即引事证义,义在事中,用事必出于深思熟虑"[③]。

殷孟伦(1963)提出"事"指写作的活动和写成的文章,"义"指"文章所表达的思想内容"[④]。

日本小尾郊一(1967)认为"事"、"义"是一事,指赞论序述文章本身,是指它们的内容;强分言之,以文章包含的内容为中心称"事",以贯穿文章的思想感情为中心称"义"[⑤]。

齐益寿(1981)认为"事"指"纪别异同"之"事","义"指"褒贬是非"之"义"[⑥]。

日本清水凯夫(1983)搜集梁代文章中"事"、"义"对举的例证,举萧统、王筠、沈约、任昉、萧纲、萧子范六位作者文章十例,认为"事"指事实、事情、内容,"义"指贯穿其中的道理、思想、意义[⑦]。

王运熙(1988)理解朱文为"事义指事类,即典故成语",而认为《文选序》"事义"当指事实和义理(朱文亦涉及)[⑧]。

杨明(1996)信从殷孟伦解"事"与小尾郊一"事"、"义"一事说,并考察"事"、"义"对举用例22例[⑨],以为二词含义、用法均极为相似,可互译,《文选序》所用二词指写作赞论序述之事。

雨辰(2000)附议杨文,但以为二词6例含义并不相同,位置不能随意互换,认为"'事'是总指文章写作这件事的过程,'义'则特指文章写作这件事的性质"[⑩]。

吴晓峰(2010)认为"事"指古人古事,"义"指文章要表达的思想[⑪]。

综上所述,于"事出"二句的理解迄无定论。盖多解"义"作"义理"或者思想观点、思想感情,与朱文之解作"理"相近。朱文用南朝不甚重视的《荀子》"义,理也,故行"为证,而对所引

① 骆鸿凯:《文选学·义例第二》,中华书局1989年,第19页。该书中华书局1936年初版。

② 郭绍虞:《〈文选〉的选录标准和它与〈文心雕龙〉的关系》,初载《光明日报》1961年1月15日,后载《中外学者文选学论集》,第131—138页。又,《中国历代文论选》第一册,上海古籍出版社1964年初版,2001年修订版,第333页。

③ 李嘉言:《试谈萧统的文学批评》,《文学评论》1961年第2期。

④ 殷孟伦:《如何理解〈文选〉编选的标准》,初载《文史哲》1963年第1期,后载《中外学者文选学论集》,第219页。

⑤ 小尾郊一:《昭明太子的文学论——以〈文选序〉为中心》,《广岛大学文学部纪要》第27卷第1号,1967年12月版。

⑥ 齐益寿:《〈文心雕龙〉与〈文选〉在选文定篇及评文标准上的比较》,初载台湾"中国古典文学研究会"主编、学生书局1981年版《古典文学》第三集,后载《中外学者文选学论集》,第761页。

⑦ 清水凯夫:《昭明太子〈文选序〉考》,初载1983年7月版《学林》第2期,后载《六朝文学论文集》,韩基国译,重庆:重庆出版社,1989年,第47—60页。

⑧ 王运熙:《〈文选〉选录作品的范围和标准》,初载《复旦学报》(社会科学版)1988年第6期,后载《中外学者文选学论集》,第267—268页。

⑨ 杨明:《〈文选序〉"事出于沉思,义归乎翰藻"解》,《汉唐文学辨思录》,第176—188页。

⑩ 雨辰:《对杨明〈"事出于沉思,义归乎翰藻"解〉的商榷》,《黄河科技大学学报》2000年3期。

⑪ 吴晓峰:《〈文选序〉"事出于沉思,义归乎翰藻"新解》,《江苏大学学报》(社会科学版)2010年第6期。

用的《文心雕龙·事类》“用事如斯，可称理得而义要”[①]之“理”、“义”同举未置一词，不知理、义实不同。故作此解释，尚未稳妥。其中认为“事”、“义”为一事者，亦复不少，然所论未尽允当，更当申辩。

故本文自《文选序》入手，结合萧统的儒家思想，擘肌析理，钻研讨论，以求近乎萧统《文选》本意；并间或对此前诸说，略加评析，不没先哲时贤治学之功，亦稍存去取轩轾之义，以就教于方家硕学。

二、《文选序》祖述儒家五经考论

欲获得《文选序》“事义”的真正内涵，自然须从作者萧统本人的思想状况以及序本身入手，萧统思想有关于序，序的总体意蕴决定着局部。没有通盘的考虑，于局部的理解往往失之偏颇。

萧统的思想基本上是儒家思想。王运熙(1961)考察了萧统儒家爱民的思想；引到《文选序》“楚人屈原，含忠履洁，君匪从流，臣进逆耳”，“骚人之文，自兹而作”，“关雎、麟趾，正始之道著；桑间、濮上，亡国之音表。故风雅之道，粲然可观”数句话，认为“表现出萧统对作品对社会政治内容是颇为注意的”；萧统是文质并重的[②]。刘跃进(1992)则考察了萧统周围的文人集团纠正永明文风、倡言古体的文学思想状况，以及梁武帝萧衍弘奖儒术，倡导典雅古朴之风的情况[③]，对于理解萧统的儒家思想及其形成，有很大的帮助。

此外可补充的是：一方面，萧统自己颇观儒家经典，对他人钻研儒家经典予以高度褒扬。自叙如《与何胤书》：“钻阅六经，泛滥百氏，研寻物理，领略清言。”[④]《答晋安王书》：“披古为事，况观六籍，杂玩文史。”《示徐州弟诗》：“三坟既览，四始兼摛。”[⑤]赞人如《诒明山宾诗》：“必来三径人，将招五经士。”[⑥]《与张缅弟缵书》：“贤兄经学该通，莅事明敏。虽倚相之读坟典，郄縠之敦诗书，惟今望古，蔑以斯过。”[⑦]

另一方面，他研读儒家经典的目的明确，意在自我修养，关乎正人伦、致至治的儒家理想。《与何胤书》谓“既以自慰，且以自警”。《答晋安王书》中表述得更具体：“见孝友忠贞之迹，睹治乱骄奢之事，足以自慰，足以自言。人师益友，森然在目，嘉言诚至，无俟旁求。举而行之，念同乎此。”孝友忠贞之迹令其颇感慰藉，治乱骄奢之事让他警醒。这与萧统自己皇太子的身份认定有一定的关系，他比其他任何人更容易关心儒家所谓的“王教”。

---

① 刘勰著、范文澜注：《文心雕龙注》，人民文学出版社1962年，第616页。本文所引《文心雕龙》文字皆据此本，因引文众多，故不一一举其具体页码，仅举篇目。

② 王运熙：《萧统的文学思想和〈文选〉》，《光明日报》1961年8月28日，又载齐鲁书社1987年版《中国古代文论管窥》，后载《中外学者文选学论集》，第118—130页。

③ 刘跃进：《昭明太子与梁代中期文学复古思潮》，初载时代文艺出版社1992年版《文选学论文集》，后载《中外学者文选学论集》，第447—461页。

④ 《全梁文》卷二十，严可均《全上古三代秦汉三国六朝文》，中华书局，1958年，第3064页上。

⑤ 《梁诗》卷十四，逯钦立《先秦汉魏晋南北朝诗》，中华书局1983年，第1793页。四始，《诗经》有四始，说法不一，此当同于《诗大序》谓“风”、“小雅”、“大雅”、“颂”。

⑥ 《梁诗》卷十四，逯钦立《先秦汉魏晋南北朝诗》，第1794页。

⑦ 《全梁文》卷二十，《全上古三代秦汉三国六朝文》，第3065页上。

萧统带有如此浓厚的儒家思想，若将其反映到《文选》的编纂思想当中，是不足为奇的。仔细推敲《文选序》，可以发现其观念几乎均本于儒家经典，其造句用语亦多祖述儒家五经。

萧序“冬穴夏巢之时，茹毛饮血之世”的描述，盖本于《礼记·礼运》：“昔者先王未有宫室，冬则居营窟，夏则居橧巢。未有火化，食草木之实、鸟兽之肉，饮其血，茹其毛。”①

萧序“伏羲氏之王天下也，始画八卦，造书契，以代结绳之政。由是文籍生焉”，照抄《文选》卷四五汉孔安国《尚书序》首句。

萧序“《易》曰：‘观乎天文以察时变，观乎人文以化成天下。’”照抄《易·贲卦·彖传》②。

萧序“文之时义远矣哉”，似本于《易·随卦·彖传》“随时之义大矣哉”③。

萧序“《诗序》云：诗有六义焉。一曰风，二曰赋，三曰比，四曰兴，五曰雅，六曰颂”，本乎《文选》卷四五《毛诗序》：“先王以是经夫妇、成孝敬、厚人伦、美教化、移风俗，故诗有六义焉：一曰风，二曰赋，三曰比，四曰兴，五曰雅，六曰颂。”

萧序“诗者，盖志之所之也。情动于中而形于言”，本于《毛诗序》：“诗者，志之所之也，在心为志，发言为诗，情动于中而形于言。”

萧序“关雎、麟趾，正始之道著”，本于《毛诗序》：“然则关雎、麟趾之化，王者之风，故系之周公。”“《周南》、《召南》，正始之道，王化之基。”

萧序“桑间、濮上，亡国之音表”，本于《礼记·乐记》：“桑间濮上之音，亡国之音也。”④

萧序“颂者，所以游扬德业，褒赞成功”，本于《毛诗序》：“颂者，美盛德之形容，以其成功告于神明者也。”

对于萧序“至于记事之史、系年之书，所以褒贬是非、纪别同异”，唐张铣精明地注释曰：“《春秋序》云：纪事者，以事系日，以日系月，以月系时，以时系年，褒贬谓有德者褒之，无德者贬之，所以别同异。”此处萧统规模杜预《春秋左氏传序》，痕迹很重，杜序就收录在《文选》卷四五。

由以上考察，可见《文选序》祖述儒家经典，或照抄，或稍加剪裁，或化而用之，其痕迹较为显然。可见萧统对于儒家经典当中的《诗》、《书》、《易》、《礼》、《春秋》宗奉的程度。他吸取了儒家经典中发展观与重视文的观念，高度认同诗为心声而要合于风雅，追求“正始之道”即正王道之始，以求王者之风、王化之基，警醒于国之存亡，有德则褒之，有阙则贬之，而重视文立意在于教化。《文选序》及《文选》的编纂，笼罩于儒家经典之义，固可想见。这些情况与萧统重视钻研儒家经典，以及怀有明确的目的，便有了思想上的一致性。

从作文的角度来要求，《文选序》转述经典文字未免过多，过于直接，所以的确显得没有自己的卓见，行文无个性。苏轼曾经批评萧统“拙于文而陋于识”⑤，也不是没有一定的道理。由这种不足，适可以说萧统陷于儒家经典过深。

---

① 《礼记正义》卷二十一，《十三经注疏》，第1416页上。

② 《周易正义》卷三，《十三经注疏》，第37页下。

③ 同上，第34页下。

④ 《礼记正义》卷三十七，《十三经注疏》，第1528页中。

⑤ 苏轼：《答刘沔都曹书》，《苏轼文集》卷四十九，中华书局1986年，第1429页。

三、由与《春秋左氏传序》的关系解读《文选序》"事出"诸句

"若其"四句是承接"记事之史、系年之书"而来，皆言记传事。"记事之史、系年之书"与杜序有关系，"若其"四句也不绝对与杜序划清界限。一方面，从字面上即可窥见"若其"四句中的关键词与杜序的联系。萧序"事"、"义"并举，而在杜序中有诸如"据旧例而发义，指行事以正褒贬"、"传或先经以始事，或后经以终义"、"经当有事同文异而无其义也"等句中"事"、"义"之并举。萧序"综缉"、"错比"，而杜序有诸如"错举以为所记之名"、"错经以合异"、"错综经文以尽其变"、"《春秋》以错文见义"之"错""综"文辞之用。

另一方面，"错"、"综"、"事"、"义"及文辞之间的逻辑关系，在杜序与《文选序》当中，也是一致的。杜序"据旧例而发义，指行事以正褒贬"，明确地倡言记传要有"义"来指导记"事"，从而达到正确的褒贬作用。"其经无义例，因行事而言"，又谓"《春秋》以错文见义"，表明"义"是通过文辞的适当表达与行事而体现的。在萧序中追求"记事之史、系年之书"之"赞论之综缉词采，序述之错比文华，事出于沉思，义归乎翰藻"，"义"呼应前文之"褒贬是非"，即以"义"达到褒贬的目的；它又对"事"提出要求，故"事"须沉思；"义"之发出，由托于文辞即翰藻者；翰藻之锤炼，又赖"综缉词采""错比文华"之错综用力。显然这种联系，是与上述张铣所注意到的部分，是一气贯注的。

此处另外需要交待的是，杜序"错综经文以尽其变"等多处运用"错""综"二词，是本于《周易·系辞上》"参伍以变，错综其数，通其变，遂成天下文……"(孔颖达疏："错谓交错，综谓总聚。")[①]。错综二词，是构筑儒家思想体系的专用词语，具有浓郁的儒家思想气息，非一般性的修辞。

萧序欲宗奉《春秋》、《周易》而本于杜预《春秋左氏传序》，意盖甚明。其所用语之内涵，乃可联系杜序的遣词造句及其具体内涵，得一确切理解，盖近乎实际。

由杜序用"事"、"义"之例，如："纪事者，以事系日……史之所记，必表年以首事"，"大事书之于策(策本又作册，亦作筞)，小事简牍而已"，以及上边引到的句子，即清楚地知道"事"指记传所要记的人之行事，"义"指经典之大义，以求"王道之正，人伦之纪"。杜序"据旧例而发义，指行事以正褒贬"孔颖达疏曰："据旧典凡例而起发经义，指其人行事是非以正经之褒贬例。"杜序"诸称书不书先书故书不言不称书曰之类，皆所以起新旧，发大义，谓之变例。"孔颖达疏曰："是旧七者，是新发明经之大义，谓之变例。以凡是正例，故谓此为变例，犹诗之有变风变雅也。"此二处疏语亦足证之。

杜序"错经以合异，随义而发"，孔颖达疏曰："错经者，若地有两名，经传互举，及经侵、传伐，经伐、传侵，于文虽异，于理则合，如此之类，是错经以合义也。"则萧序论记传赞序之"错比文华"，固非仅有字面上的对文辞的处理，而此种字词的推敲斟酌，关键包括合乎义的目的，遥与前文"纪别同异"相呼应；用词便不是简单的文采上的修饰，所谓"春秋一字以褒贬"，关乎对"事"的或扬或抑，须极其慎重，所以有了紧接的下句"事出于沉思"。

"沉思"一词，东汉以来常用，《东观汉记》卷十五云："曹褒字叔通，笃学有大度，常慕叔孙

---

① 《周易正义》卷七，《十三经注疏》，第81页上。

通为汉仪礼。昼夜研精沉思，寝则怀铅笔，行则诵文书，当其念至，忽忘所之。”[①]即多与儒家典籍或儒家思想相关[②]，意指沉潜书中，专心而忘怀他事[③]，其中包含敬意。《三国志·郄正传》：“昔九方考精于至贵，秦牙沉思于殊形。”[④]《淮南子·齐俗训》：“伯乐、韩风、秦牙、管青，所相各异，其知马一也。”[⑤]则“沉思”又与辨析同异相关，不可马虎大意[⑥]。中古常用此词与“一字以褒贬”、“别同异”的《春秋》有关，即极属妥帖：

南朝宋范晔《后汉书》卷七十九下《儒林列传下·李育传》：“少习《公羊春秋》，沉思专精，博览书传，知名太学，深为同郡班固所重。”[⑦]

隋李百药《北齐书》卷四十四《马敬德传》：“少好儒术，负笈随大儒徐遵明，学《诗》《礼》，略通大义而不能精，遂留意于《春秋左氏》，沉思研求，昼夜不倦，解义为诸儒所称。”[⑧]

唐房玄龄等《晋书》卷七十五《范宁传》：“初宁以《春秋》穀梁氏未有善释，遂沉思积年，为之集解，其义精审，为世所重。”[⑨]

因此，萧序此处用“沉思”，其用意盖与上举数例相通，与《春秋》经之“义”相关。“事出于沉思”，即指史传赞序对于“事”的态度，必须考虑旨在“义”，所以要“沉思”。“义”最为要，何以处之？便又引出“义归乎翰藻”一句。这是二句相先后的内在逻辑联系所在。

“沉思”不是一般文学创作上的精心构思，亦已甚明[⑩]。

这样理解，萧序“综缉词采”、“错比文华”二句，与“事出于沉思，义归乎翰藻”二句，便意脉流畅、前后照应，并意旨了然。

萧序此段关注《春秋》，与关注其他四部经典，正合为五经，即汉以来儒家所最推重的经典。萧统于五经无一挂漏，便见出他浸淫于儒家思想之深，推重儒家大义最力。刘盼遂考《春秋左氏传序》谓“前贤多谓昭明自序称不选经传之文，此篇与《毛诗序》、《尚书序》，疑后人阑入，故李善不注。说亦有力，疑不能决也”[⑪]。沈玉成困惑于“《尚书序》、《春秋左氏传序》这

---

① 刘珍等撰、吴树平校注：《东观汉记校注》，中华书局，2008年，第621页。

② 三国魏卞兰《赞述太子赋》表曰：“伏惟太子研精典籍，留思篇章……慈孝发于自然，仁恕洽于无外。……窃见所作《典论》及诸赋颂，逸句烂然，沉思泉涌，华藻云浮，听之忘味，正使圣人复存，犹称善不暇，所不能间也。”（《全三国文》卷三十，《全上古三代秦汉三国六朝文》，第1222页下—1223页上）沈约《宋书》卷一百《自序传》：“（沈）璞因事陈答，辞义可观。（王）濬重教曰：卿沉思淹日，向聊相敦问，还白斐然，遂兼纸翰。”中华书局，1974年，第2461页。

③ 《北齐书》卷四十九《方伎传》载信都芳明算术，“每精心研究，忘寝与食，或坠坑坎，尝语人云：‘算之妙，机巧精微，我每一沉思，不闻雷霆之声也。’其用心如此。”中华书局，1972年，第675页。

④ 《三国志》卷四十二《蜀志》卷十二《郄正传》，中华书局，1959年，第1038页。

⑤ 《淮南子》卷十一《齐俗训》，《诸子集成》第七册，第179页。

⑥ 《三国志·魏志》卷二十九《方技传·管辂传》南朝宋裴松之注引《辂别传》载义博好道，欲从管辂学，辂为说“八风之变、五音之数”，讲说律吕、六甲，“义博静然沉思，驰精数日”。第815—816页。

⑦ 《后汉书》，中华书局，1973年，第2582页。

⑧ 《北齐书》卷四十四《马敬德传》，中华书局1972年，第590页。

⑨ 房玄龄等著，吴士鉴、刘承幹注：《晋书斠注》，中华书局2008年，第1270页上。《四库全书总目提要》卷四五谓《晋书》“旧本实未尝弃”，中华书局1965年影印本，第405页上。盖隋唐修史，多缀拾旧史，“沉思”是南北朝间修史时涉及《春秋》所用语。

⑩ 清水凯夫：《昭明太子〈文选序〉考》反对“沉思”由“神思”而来的说法，认为当是由“沉郁之思”而来，《六朝文学论文集》，第58—59页。此说甚感周折而未妥。

⑪ 刘盼遂：《〈文选〉篇题考误》，初载1928年10月《国学论丛》第一卷第四号，后载《中外学者文选学论集》，第12页。

一类文章，不仅与沉思、翰藻相去如风马牛，连一般文学作品的标准也够不上。这虽然是极明显的现象，却也常常易于为研究者所忽略"[①]。《文选》所选文，与今日文学概念不同[②]；其选《尚书序》等不属于经传之文，未为矛盾。刘、沈之所以有此类困惑，固在于以为《文选》独崇翰藻，而《尚书序》等略不同《文选》内的一般作品，似乎缺乏文采，似乎与"翰藻"标准不合。此固不知萧统选文特取乎"义"，而《尚书序》等皆有关发明儒家经典大义者，萧序即公然引用而推重数篇，而选入《文选》，岂不是内外呼应，昭彰大义，不遗余力而已。

既然"义"是《春秋》经的旨意所在，即寄托着儒家的理想，是儒家经典之义。所以如果辞采包含"义"，则如《文心雕龙·定势》所云："模经为式者，自入典雅之懿。"《文心雕龙·史传》："立义选言，宜依经以树则；劝戒与夺，必附圣以居宗。"如此便能达到雅正丽则的效果。[③]故"事出于沉思，义归乎翰藻"即包含着文包事义，以义正辞的内涵，包含着对雅正丽则的风格的追求。这与其《答湘东王绎求文集及〈诗苑英华〉书》所谓"清新卓尔，殊为佳作。夫文典则累野，丽亦伤浮，能丽而不浮，典而不野，文质彬彬，有君子之致"的追求"文质彬彬"是可以相照应的[④]。或以为"沉思"、"翰藻"之外，《文选》有另一标准即儒家雅正的文学观[⑤]。若"事出"二句果能为《文选》选录标准，不知此二句已含有此意，不必别求也。

或以为"综缉词采"、"错比文华"为重视翰藻之意，引以为《文选》选录标准，甚至以为"选文标准仅仅着眼于词藻的组织和运用"[⑥]，则似阮元，未及"事"、"义"，与萧统旨意殊乖，同时也不好理解《文选》为何选入文采较弱的《尚书序》等篇。又或参照《文心雕龙》来解释"综缉词采"、"错比文华"中的"词采"、"文华"以及"翰藻"，指的是"语言的对偶、音韵、辞藻以至用典诸方面"[⑦]；其论述则未考虑此数句本乎杜预《春秋左氏传序》的语境，以及文辞与事义的相关性。

萧统《文选序》"综缉词采"、"错比文华"，"事出于沉思，义归乎翰藻"，皆就纪传之赞论序述而言，即欲宗奉《春秋》经传，追求事义兼之，必出沉思，义托华藻，为它选取史传赞序的标准。且义必为经典大义，非泛泛思想内容、思想情感之谓。

回头再来看萧统试图化用杜序一事。他也未尝不欲有自己的文字。在这种努力下，却使得读者不容易看到"若其"四句受到杜序的影响这一点，从而不容易建立二者"事"、"义"的

---

① 沈玉成：《〈文选〉的选录标准》，初载《文学遗产》1984 年第二期，后载《中外学者文选学论集》，第 243 页。

② 殷孟伦：《如何理解〈文选〉编选的标准》，《中外学者文选学论集》，第 214—217 页。

③ 《后汉书》卷四十上《班彪传》："善述序事，理辩而不华，质而不俚，文质相称，盖良史之才也。诚令迁依五经之法，言同圣人之是非，意亦庶几矣。"第 1325 页。史传亦以文质相称为上。盖南朝时共同的追求。

④ 《全梁文》卷二十，《全上古三代秦汉三国六朝文》，第 3064 页下。

⑤ 王运熙：《〈文选〉选录作品的范围和标准》，《复旦学报》(社会科学版)1988 年第 6 期。穆克宏：《昭明文选研究》，人民文学出版社 1998 年，第 144 页。力之：《关于〈文选〉的选文范围与标准问题》，《河南大学学报》2005 年第 3 期。

⑥ 齐益寿：《〈文心雕龙〉与〈文选〉在选文定篇及评文标准上的比较》云："宁可以'综缉词采，错比文华'做为《文选》的选文标准，而不以'事出于沉思，义归乎翰藻'做为《文选》的选文标准。"《中外学者文选学论集》，第 761 页。俞绍初：《读〈文选序〉三题》赞同杨明先生《〈文选序〉"事出于沉思，义归乎翰藻"解》之举"综缉词采"、"错比文华"为《文选》选录标准，云："《文选序》中所说的选文标准仅仅着眼于词藻的组织和运用，并不涉及文章的内容问题。然而，近世论者多忽略'综缉词采'、'错比文华'，以偏概全地把'事出于沉思，义归乎翰藻'看作是《文选》的选文标准，且对'事'、'义'二字或求之过深，或脱离具体的语言环境，在理解文意时往往容易导致误会，有的甚至于得出萧统此序是在提倡'情义与辞采内外并茂'的结论，难免违离了作者的原意。"复旦大学《中国文学研究》第四辑，江西教育出版社，2001 年，第 76 页。

⑦ 齐益寿：《〈文心雕龙〉与〈文选〉在选文定篇及评文标准上的比较》；王运熙：《〈文选〉选录作品的范围和标准》，《复旦学报》(社会科学版)1988 年第 6 期。

相关性和相通性，从而模糊了读者进一步准确寻求其真解的途径。

四、"义"、"意"差异及关系考辨

上文实已解决"义"之本意。然学者多受到近代以来"义"与"意"混用的干扰，以为二词相同，误以"意"来理解中古用"义"语例。兹从训诂学角度入手，结合用例予以区别，庶乎有裨于理解。

义，是儒家思想当中非常重要的概念。义（義），《说文解字》："己之威义也。""从我从羊。"段玉裁《说文解字注》云："从羊者，与善、美同意。"[①]汉代以来以《易经》为首[②]。《周易·系辞下》解释"义"云："何以守位？曰仁；何以聚人？曰财。理财正辞，禁民为非，曰义。"又云："圣人之情见乎辞。"[③]正辞，即正情[④]，即当包括儒家主张的仁义礼智信；理财，在儒家看来，也是"义"的应有之意，即主张节之以礼，俭朴、济民。据此二者，以求至治。与杜预序"王道之正，人伦之纪"，萧统《七契》"德苞子姒，道迈虞唐。六合宁泰，四宇咸康"[⑤]，《答晋安王书》"见孝友忠贞之迹，睹治乱骄奢之事"都是高度一致的。义至少包含着帝王严格要求自己、治世安民两个方面的内容。它因此而具有高尚性，占据着道德的致高点。

《说文解字》："意，志也。察言而知意也。"是指作者想藉由文辞所表达的思想、情志。是普通人即可表达的，其内涵自然是"义"所不必规范者。

义、意也时不时地用在一篇之内，甚至一句之内，尤其可见其差别。《文选》卷四十五孔安国《尚书序》："书序，序所以为作者之意，昭然义见。"意是指作者想藉由文辞所表达的思想、情志，而作者表述的最终目的是让人理解儒家经典（此处孔安国指的是《尚书》）中的大义。义是经典才可能有的，后来的一般作者只能"述"；一般作者所"作"的只是自己的"意"，决不敢妄作"义"[⑥]。

萧统《文选序》也涉及"意"字："老庄之作、管孟之流，盖以立意为宗，不以能文为本。"在他看来，诸子只有"立意"的份儿，还够不上"义"的层面。故此用"意"字。而在末尾部分用到"义"，则明显与此处用"意"有所区别。

因此，在与"意"的比较、参照当中，对萧统《文选序》中"义"的内涵便有了更鲜明的体会。

---

① 段玉裁：《说文解字注》，上海书店，1992年，第633页上右。

② 班固：《白虎通德论》卷之下《五经》云："五经何谓？谓《易》、《尚书》、《诗》、《礼》、《春秋》也。"明程荣纂辑《汉魏丛书》，吉林大学出版社1992年据明万历新安程氏刊本影印第174页中。

③ 《周易正义》卷八，《十三经注疏》，第86页中。正义曰："辞也者，各指其所之，故曰情也。""辞则言其圣人所用之情，故观其辞而知其情也。""致天下之民，聚天下之货，交易而退，各得其所"，"使民不倦"。

④ 董仲舒：《春秋繁露》卷八《仁义法》："以义正我"。

⑤ 《全梁文》卷二十，《全上古三代秦汉三国六朝文》，第3066页下。

⑥ 唐文治（1865—1954）于辛亥年（1911）冬编韩愈以下至于吴汝纶二十家文为《古人论文大义》二卷。见《茹经堂丛书》所收《茹经堂先生自订年谱》，转引自邓国光《唐文治古文批评探要》（复旦大学第三届中国文论国际学术研讨会论文集上卷，2011年）。盖清末民初，已将一般儒者之"意"混淆于儒家经典大"义"。"意"、"义"此种混淆稍久，即造成了将儒家经典大"义"混淆于一般作者之"意"的情形。

五、"事"、"义"差异及关系考辨

萧统《文选序》"事出"二句,将"事"、"义"二字并举,其内涵上文已论及。二者之不同,盖已显然。

然从朱自清先生重视"事"、"义"以来,多有解说,亦各相发难,近亦有杨明先生(1996)、雨辰先生(2000)先后考察"事"、"义"并举用例 22 例,推论愈细,用功甚勤,欲推倒旧说。然所论似未惬当(其结论见前),故有必要于此作一番辩难。

雨辰认为 22 例"事"、"义"对举用例中的 6 例含义并不相同,其实局部击中了杨文的要害(个别尚有误解),却缺乏全方位的反省。二文对用例的分析,囿于单个例子的内部解释,没有跳脱出来,结合上下文,站在更宏观的思想史的高度来理解,故在误解每一例子的基础上,得出的结论是较为偏颇的。

词语的内涵,会在历史发展过程中发生变化、扩展,即使同一时期不同人、同一人不同的场合,在运用同一词语,都可能有所不同,有所侧重。但是一个词语的广泛使用,有一个沉淀的传统,其内涵的内核多是固定不移的,内涵的变化、扩展也是围绕此一内核而迁延的,这些变化、扩展中也存在着内在的逻辑联系。它们围绕其内核,形成了丰富的表现力,其独立性也是显见的,不可简单地与其他词语相混同,尤其在没有文字学的材料作支撑的情况下。

义,《说文解字》:"己之威义也。""从我从羊。"《说文解字注》:"从羊者,与善、美同意。"《春秋繁露》卷八《仁义法》:"《春秋》之所治,人与我也","以义正我","义之为言我","义之于我","《春秋》为仁义法","义之法在正我,不在正人。我不自正,虽能正人,弗予为义","仁谓往,义谓来,仁大远,义大近"①。义,包含着强烈的褒义。上文已有涉及。

事,《说文解字》:"中,中正也。"事情本身是一种客观存在,没有褒贬,是中性词。

义,包含着价值判断,纯粹为褒义词,其所蕴涵的丰富意义,及其褒义的倾向,是"事"所难以片刻代替的。义多由事得以彰显,故二者常可并举;但事不必有义,故各有单行之时,二者区别甚大。

"义"、"事"的内涵与用法,即可以通过南朝至唐的实际用例,总结出来。如果不是仅限于一二句内,而是照顾前后文,纵观诸例而宏观地理解,而且能结合思想史的实际,则对二词的理解,会更接近历史的真实。

兹重新对杨文 22 例并其余三个例子加以分析,认为"义"、"事"并举存在一定的规律,即其在各自的句子内,与所搭配的词有稳定结合的规律,又与上下文相关内容分别相呼应,并非随意搭配,随机结合。而这些各自搭配,又皆植根于各自的本来内涵,并非毫无边际地使用。

以下按其具体内涵的情况进行了分类归纳和排序,并一一疏解②,以便更易于理解。

---

① 董仲舒:《春秋繁露》,《汉魏丛书》,第 125 页中、下。

② 兹核对出处标明之。杨文所举例标以"原例几",以便读者对照该文及雨辰文,以便做出自己的判断。本文解释几全迥异于二文,对于二文的原来解释,除个别点评外,基本不再引用。

(一)凡儒家经典始可与“义”搭配(后延伸到佛教,佛学经典亦可与“义”搭配),一般性的仅称“事”。此表现出尊卑之别,即道德判断上的等级性。“冥应”、“灵瑞”、“图箓”等灵异之事,为汉代以来儒家所附会,虽信而未坚持固执,属于“纬谶”,终与经典不可同论①。

原例5:梁·沈约《内典序》:“义隐三藏之外,事非二乘所窥。”②

按:三藏,佛教经典的总称。分经、律、论三部分。经,总说根本教义;律,记述戒规威仪;论,阐明经义。有关经典之义,包含尊崇之意。二乘,佛教语。一般。包括声闻乘与缘觉乘。若《景德传灯录》卷五《慧能大师》:“若以智能照烦恼者,此是二乘小儿,羊、鹿等机。上智大根,悉不如是。”③包含蔑视之意。绝难与三藏等量齐观,仅当作承认其存在于世之“事”看待,自非有大义存焉。

原例7:梁·萧衍《净业赋序》:“波浪逆流,亦四十里,至朕所乘舫乃止,有双白鱼跳入艒前。义等孟津,事符冥应。”④

按:孟津,黄河津渡名。相传周武王在此盟会诸侯并渡河⑤,故一名盟津。汉史岑《出师颂》:“昔在孟津,惟师尚父。”⑥沈约《法王寺碑》:“昔周师集于孟津。”⑦皆以孟津为义师所聚。萧序前尚有“义勇如云,舳舻翳汉。竟陵太守曹宗、马军主殷昌等,各领骑步,夹岸迎候”一段,即“至朕所乘舫乃止”的主语,谓义军皆集合于“朕”处,正若孟津典故。杨文云“所逢之事与周武王伐纣所遇者同(指白鱼入舟事)”,误。冥应,神佛的应验。非经而纬。

原例8:梁·僧祐《释迦谱序》:“爰自降胎,至于分塔,伟化千件,灵瑞万变,并义炳经典,事盈纪传。”⑧

按:“义”与“经典”搭配。“记传”即史,与“经”未可齐驱。孔颖达疏杜预《春秋左氏传序》云:“既言尊卑”,“经之所言其事大,传之所言其事小。”⑨史,记事者,正可与“事”相搭配。

原例9:梁·刘勰《文心雕龙·正纬》:“原夫图箓之见,乃昊天休命。事以瑞圣,义非配经。”

按:“义”与“经”搭配,此句意谓无“配经”之“义”。

原例20:唐·娄师德《镇军大将军行左鹰扬卫大将军兼贺兰州都督上柱国凉国公契苾府君碑铭》:“原夫仙窟延祉,吞雹昭庆。因白鹿而上腾,事光图牒;遇奇峰而南逝,义隆缣简。”⑩

按:“遇奇峰而南逝”盖指隐居事,义同原例4,可详参。缣简,古代用来书写的绢帛和竹简。同于竹帛,指代史书。图牒,即图谶,始于秦,盛于东汉,方士或儒生编造的关于帝王受命征验一类的书,多为隐语、预言。即“纬”。

---

① 《文心雕龙·正纬》追述了东汉桓谭以来的抨击谶纬虚伪僻谬的历史,自己亦倍摘其伪,以为其“无益经典而有助文章”,可见梁代对于谶纬的态度,可藉以看到谶纬的地位。

② 《全梁文》卷三十,《全上古三代秦汉魏晋南北朝文》,第3124页上。

③ 释道原:《景德传灯录》,《续修四库全书》,上海古籍出版社2002年影印本,1282册,第422页上。

④ 《全梁文》卷一,《全上古三代秦汉三国六朝文》,第2950页上。

⑤ 《尚书》卷十一《周书·秦誓上》,《十三经注疏》,第180页上。

⑥ 《全后汉文》卷四十九,《全上古三代秦汉三国六朝文》,第744页下。

⑦ 《全梁文》卷三十一,《全上古三代秦汉三国六朝文》,第3130页下。

⑧ 《全梁文》卷七十二,《全上古三代秦汉三国六朝文》,第3384页下。

⑨ 孔颖达疏杜预《春秋左氏传序》,《十三经注疏》,第1704页中。

⑩ 《全唐文》卷一八七,第1898页上。

（二）凡推崇儒家经典或治经有得，并得到儒家推重的人物（包括王、圣贤、鸿儒、逸士等），始可与“义”搭配；其他人物有“意”而不当言“义”。参上文所论。此表现出道德判断上的等级性。

新补例1：东汉·班固《东都赋》：“美哉乎斯诗，义正乎扬雄，事实乎相如。匪唯主人之好学，盖乃遭遇乎斯时。”（《文选》卷一）

按：司马相如被《宋书》批评为“巧为形似之言”[①]，《文心雕龙·物色》批评其“诡势瑰声，模山范水，字必鱼贯”为“辞人丽淫而繁句”。《文心雕龙·才略》云：“相如好书，师范屈宋，洞入夸艳，致名辞宗，然覆取精意，理不胜辞。”固司马相如被视作有文无质的极致，无“义”可讲。

扬雄，《汉书》云：“及扬子云竞为侈丽闳衍之词，没其风谕之义。是以扬子悔之曰：诗人之赋丽以则，辞人之赋丽以淫。”[②]颜之推云扬雄“桓谭以胜老子，葛洪以方仲尼”[③]。他迷途知返，而被誉为儒家贤者。

是则公论司马相如虽可誉为好学，仅为作辞人之赋，无义而仅有事；扬子为诗人之赋，丽则合乎义。

又，《文选》卷四五班固《答宾戏并序》：“感东方朔、扬雄自喻，以不遭苏张范蔡之时，曾不折之以正道，明君子之所守。”可知班固此处“遭遇乎斯时”指的是扬雄，绝非司马相如。

故于此“事”、“义”大不同，不可互换。“义”于此有讽喻之义，风格上追求丽则。

原例4：梁·沈约《宋书·隐逸传序》：“贤人之隐，义深于自晦；荷蓧之隐，事止于违人。”[④]

按：该序论二者“论迹既殊，原心亦异”：“遁世避言即贤人”，“义惟晦道，非曰藏身”[⑤]；而“荷蓧之隐而非贤人之隐也”，无晦道之“义”。又，二者之不同，雨辰文另有辨析，可参。

原例17：北齐、隋·卢思道《从驾大慈照寺诗序》：“课虚引寂，仍发咏歌。虽事比击辕，义同叩角，亦以雍容盛烈，述赞休美。”[⑥]

按：击辕，汉崔骃《上四巡颂表》：“唐虞之世，樵夫牧竖，击辕中《韶》，感于和也。”[⑦]曹植《与杨德祖书》：“击辕之歌，有应《风》《雅》，匹夫之思，未易轻弃也。”[⑧]樵夫牧竖可自由敲打车辕，不期然而和乐，乃世事太平故得如此。此事固可略见“雍容盛烈”之治。卢序自谦，将自己“发咏歌”拟于“樵夫牧竖”之“击辕”。

叩角，《琴操》曰：“宁戚饭牛车下，叩角而商歌曰：‘南山斫，白石烂，生不逢尧与舜禅。短布单衣裁至骭，长夜冥冥何时旦。’齐桓公闻之，举以为相。”[⑨]宁戚是有意的作歌，而以尧舜为

---

① 《宋书》卷六十七《谢灵运传》，中华书局，1974年，第1778页。

② 《汉书》卷三十《艺文志》，中华书局，1962年，第1756页。

③ 王利器：《颜氏家训集解》卷第四《文章》，中华书局，1993年，第260页。

④ 《宋书》卷九十三《隐逸传序》，第2275页。

⑤ 《周易注疏》卷六《遁卦·彖传》：“遁之时义大矣哉。象曰：天下有山，遁，君子以远小人，不恶而严。”《隐逸传序》开篇即引《易》：“天地闭，贤人隐。”“遁世无闷。”即儒家所尚大义。

⑥ 《全隋文》卷十六，《全上古三代秦汉三国六朝文》，第4113页上。

⑦ 《全后汉文》卷四十四，《全上古三代秦汉三国六朝文》，第713页上。

⑧ 《全三国文》卷十六，《全上古三代秦汉三国六朝文》，第1140页下。

⑨ 欧阳询撰、汪绍楹校：《艺文类聚》卷九十四《兽部中》，上海古籍出版社，1999年新2版，第1628页。

期，故桓公不小视，以为相。可见桓公对“叩角”高度重视。《晏子春秋》云：“君过于康庄，闻宁戚歌，止车而听之，则贤人之风也，举以为大田。”[①]则明确“叩角”是“贤人之风”，则有“义”存焉。卢序意谓自己所“发咏歌”将为皇帝听到，正如宁戚为齐桓公所垂顾。“叩角”用典恰当。

“樵夫牧竖”无谓之“击辕”，仅能称“事”；“叩角”是“贤人之风”，有“义”存焉。二者有霄壤之别，岂可混淆。

原例19：唐·魏徵《明堂议》：“凡圣人有作，义重随时；万物斯睹，事资通变。”[②]

按：其语用《易·乾卦·文言》“圣人作而万物睹”[③]、《随卦·彖传》“随时之义大矣哉”以及《系辞上》“通变之谓事”、韩康伯注“变而通之，事之所由生也”[④]。此已甚明。而杨文以为“此例较为特殊”，“但熔铸为‘义重随时’、‘事资通变’两句，也还是受长期以来骈文句式的影响”，反为强解。

（三）凡有关儒家经典、儒家核心思想，始可言“义”；其他普通客观事件仅可称“事”。此亦表现出道德判断上的等级性。

原例1：汉·王充《论衡》卷十三《超奇篇》：“汉氏治定久矣，土广民众，义兴事起。华叶之言，安得不繁？”[⑤]

按：“义”呼应前文“喻大以小，推民家事，以睹王庭之义”，“郁郁之文”所表达的君民上下雍熙和洽之义。“事”则呼应“庐宅始成，桑麻才有，居之历岁，子孙相续，桃李梅杏，庵丘蔽野，根茎众多则华叶繁茂”事。《论衡》此篇推重鸿儒周长生：“文王之文在孔子；孔子之文在仲舒；仲舒既死，岂在长生之徒与？”后叙其产生的原因，便引起“义”、“事”。杨文未考虑上下文，以为“泛言汉朝治定之后发生的各种事情，‘义’即‘事’”，乃误。

原例2：晋·杜预《春秋左氏传序》：“（《左传》）或先经以始事，或后经以终义。”（《文选》卷四五）

按：事、义，见上文论述，详参杜序上下文。

原例3：梁·沈约《宋书》卷四十四《谢晦传》“史臣曰”：“夫拏戮所施，事行重衅；左黜或用，义止轻愆。”[⑥]

按：下文云“斧钺希行于世，徽简日用于朝，虽贵臣细故，不以任隆弛法。至乎下肃上尊，用此道也”，即叙左黜常用的义旨，在乎下肃上尊，故上文赞颂高祖免谢晦侍中职为有识。拏戮、左黜，事既不同，用旨殊异，相应之“事”、“义”自难相等。

原例6：梁·沈约《武帝集序》：“事同观海，义等窥天，观之而不测，游之而不知者矣。”[⑦]

按：该序上文云“暨于设簴灵囿，恺乐在镐。《鹿鸣》、《四牡》，《皇华》、《棠棣》之歌；《伐木》、《采薇》，《出车》、《杕杜》之燕。皆咏志摛藻，广命群臣，上与日月争光，下与钟石比韵。”

① 《晏子春秋》卷四《内篇·问下第四》，《诸子集成》，第4册，第101页。
② 《全唐文》卷一四一，第1427页下。
③ 《周易正义》卷一乾，《十三经注疏》，第16页中。
④ 《周易正义》卷七，《十三经注疏》，第78页下。
⑤ 《论衡》，《汉魏丛书》，第819页下。
⑥ 《宋书》，第1362页。
⑦ 《全梁文》卷三十，《全上古三代秦汉三国六朝文》，第3123页下。

"事"呼应"摛藻"，"义"呼应"咏志"。该序上文亦云："究淹中之雅旨，尽曲台之奥义。"按《汉书·艺文志》："《礼古经》者，出于鲁淹中。"[①]《汉书·儒林传·孟卿》："仓说《礼》数万言，号曰《后氏曲台记》。"[②]淹中、曲台就儒家经典《礼》而言，雅旨、奥义即指经义。

古人以"天"为万物主宰。《书·泰誓上》："天佑下民，作之君，作之师。"[③]《左传·宣公四年》："君，天也，天可逃乎？"汉王充《论衡》："天者，普施气万物之中。"[④]其地位圣贤之上，能与其搭配者亦自是高尚之"义"。

观海：《孟子·尽心上》："观于海者难为水……观水有术，必观其澜。"《文选》卷五八南朝齐王俭《褚渊碑文》："观海齐量，登岳均厚。"山高、海阔，皆以人眼为验。海着眼于表面之辽阔，而天深邃难明若自晦者，亦"义"之一层内涵。

原例18：唐·欧阳询《艺文类聚序》："卒欲摘其菁华，采其旨要，事同游海，义等观天。"

"事"呼应"菁华"，"义"呼应"旨要"。同于原例6。

原例14：梁·王僧孺《初夜文》："大睡剧于据梧，长昏甚于枕曲。义非他召，事实已招。"[⑤]

按：据梧，《庄子·齐物论》以为"惠子之据梧"为"知几"，而"知几"是儒家《易》的重要思想：《易·系辞下》："子曰：知几其神乎。君子上交不谄，下交不渎，其知几乎？几者，动之微，吉之先见者也。"[⑥]"义"，即对应于剧于据梧知几之大睡。

枕曲：枕著酒曲。此谓嗜酒而醉。《文选》卷四七刘伶《酒德颂》："先生于是方捧罂承槽……枕曲藉糟，无思无虑，其乐陶陶。兀然而醉，豁尔而醒静。听不闻雷霆之声，熟视不睹泰山之形。"醉而自保，非有儒家大义，故甚于枕曲无虑之长昏，仅能作为"事"看待。

《楚辞·招魂》汉王逸题解："招者召也，以手曰招，以言曰召。"《说文解字》："召，謼也。""招，手謼也。"[⑦]事，为具体，可招也；义，为抽象，仅可召也。搭配各宜，不可互换。

新补例2：梁·沈约《光宅寺刹下铭并序》："光宅寺盖上帝之故居，行宫之旧兆。……自去兹邠亳，来仪京辅，拓宇东第，咫武城闉；圣心留爱闲素，迁负南郭。义等去丰，事均徙镐。"[⑧]

按：《史记》："武王伐纣而营雒邑，复居于酆鄗。"[⑨]酆、鄗，同于丰、镐。周武王有京都、行宫之所。沈序"去丰"则谓梁武帝离开行宫，"来仪京辅"，为治国安生之业，则是有"义"；"徙镐"，则谓梁武帝光临行宫，"留爱闲素"，身心放松一番，则是无"义"。

新补例3：《陈书》卷六《后主本纪》陈叔宝诏书："躬推为劝，义显前经；力农见赏，事昭往诰。斯乃国储，是资民命。攸属丰俭，隆替靡不由之。"[⑩]

---

① 《汉书》卷三十，第1710页。

② 《汉书》卷八十八，第3615页。

③ 《尚书》卷十一《周书·泰誓上》，《十三经注疏》，第180页下。

④ 王充：《论衡》卷十八《自然》，《汉魏丛书》，第838页中。

⑤ 《全梁文》卷五十二，《全上古三代秦汉三国六朝文》，第3253页下。

⑥ 《周易正义》卷八，《十三经注疏》，第88页中。

⑦ 《说文解字注》，第57页上，第601页上。

⑧ 《全梁文》卷三十，《全上古三代秦汉三国六朝文》，第3127页下。

⑨ 《史记》卷一百十《匈奴列传》，中华书局1959年版，第2882页。

⑩ 《陈书》，中华书局1972年版，第106页。

按：躬推为劝，义显前经：《礼记·月令》载孟春："天子亲载耒耜……帅三公、九卿、诸侯、大夫，躬耕帝藉。天子三推，三公五推，卿、诸侯九推。"[①]力农见赏，则人之赞我，非有"义"也。例同四。

原例21：唐·杨炯《为刘少傅等谢敕书慰劳表》："洛京朝市，义协于省方；秦地山河，事资于监守。"[②]

朝市，朝廷和市集。《国语》卷十二《晋语六》引范文子语："古之言王者，政德既成，又听于民：于是乎使工诵谏于朝，在列者献诗，使勿兜（吴韦昭注：惑也）；风听胪言于市（韦注：风，采也；胪，传也。采听商旅所传善恶之言），辨祆祥于谣。考百事于朝，问谤誉于路。有邪而正之尽戒之术也。"[③]工诵谏于朝、风听胪言于市，可见高宗东巡洛阳，彼处朝市正是省方（《易·观》："先王以省方观民设教。"孔颖达疏："省视万方，观看民之风俗。"[④]）的所在。此下听于民之王者仁德，正是儒家极力推崇的"义"的重要方面。故杨表上著一"义"，乃为不移之字。

下句用"秦地山河"引起，即谓秦地高山深河，乃是天险之屏障，有利于帮助皇太子监守国都长安。山河乃自然环境，是客观存在，可以"事"称之。

二句虽分别从高宗东巡、太子监国着手来写，然义、事分别关涉洛京朝市、秦地山河，不可混同，不可等同，不可掉换。雨辰以为洛京朝市、秦地山河，为"国君与太子分内之事"，义、事是属于"两件事的两个相同的方面"。则混淆了两者的差异。

（四）凡帝王主动为他人（臣民）考虑，不自据功（此亦儒家重要思想，可归入第二类，但考虑到涉及"关系"，可单独析出，以便理解），始有"义"。为自己考虑的，仅能作"事"看。

原例10：梁·刘勰《文心雕龙·铭箴》："夏铸九牧之金鼎，周勒肃慎之楛矢，令德之事也；吕望铭功于昆吾，仲山镂绩于庸器，计功之义也；魏颗纪勋于景钟，孔悝表勤于卫鼎，称伐之类也。"

按：此段本于东汉蔡邕《铭论》："昔肃慎纳贡铭之楛矢，所谓天子令德者也。……吕尚作周太师封于齐，其功铭于昆吾之野；获宝鼎于美阳，仲山甫有补衮阙、诚百辟之功。……晋魏颗获杜回于辅氏，铭功于景钟，所谓大夫称伐者也。"[⑤]

夏铸九牧之金鼎：《左传》宣公三年（前606）载楚庄王"问鼎之大小轻重"，王孙满对曰："在德不在鼎。昔夏之方有德也，远方图物，贡金九牧，铸鼎象物，百物而为之备，使民知神奸。""贡金九牧"指远方之人献金给九牧（服虔释之为"使九州岛之牧贡金"）[⑥]以铸鼎。夏有德感人，他人来献。周勒肃慎之楛矢：《国语》记载周武王时，"肃慎氏贡楛矢石砮"[⑦]。亦周武王有德之体现。德之体现，不在自己宣称，而可通过他人是否被感召而体现。然于此二事本身，王无"义"可寻。

---

① 《礼记正义》卷十四，《十三经注疏》，第1356页中。

② 《全唐文》卷一百九十，中华书局影印本，第1923页下。

③ 《国语》，《丛书集成初编》本，第147页。

④ 《周易正义》卷三，《十三经注疏》，第36页下。

⑤ 《全后汉文》卷七十四，《全上古三代秦汉三国六朝文》，第875页下—876页上。

⑥ 孔颖达疏：《春秋左传正义》卷二十一，《十三经注疏》，第1868页中。

⑦ 《国语》卷五《鲁语下》，《丛书集成初编》本，第73页。

吕望铭功于昆吾:蔡邕《铭论》:"吕尚作周太师,而封齐,其功铭于昆吾之冶也。"是周铭吕望功。仲山镂绩于庸器:《后汉书》:"南单于于漠北遗宪古鼎,容五斗,其傍铭曰:'仲山甫鼎,其万年子子孙孙永保用。'宪乃上之。"[①]仲山甫为周宣王时卿士,见《诗经·大雅·烝民》"衮职有阙,维仲山甫补之"[②]。庸器,铭功之器。《周礼·春官·宗伯》"典庸器"注:"庸,功也。郑司农云:有功者铸器以铭其功。"[③]周宣王为仲山甫记功。此二事王为臣记功,而不自有,有"义"存焉[④]。

另,杨文云"古书中有径以'事'释'类'的例子",固为事实,然不可认为"类"即完全同于"事",详论见下。

原例12:梁·任昉《初封诸功臣诏》:"草昧权舆,事深缔构;康俗成务,义在庇民。"[⑤]

按:事业草创,为自己立业之事,无"义"。庇护民人,则合乎儒家所谓"义"。此诏所谓"民"侧重于"功臣"之臣民,末云"宜建国开宇,蕃屏王室;山河之誓,永永无穷"即下举例22所本,二文之"义"亦同。

原例13:梁·王筠《上太极殿千夫表》:"四海为家,义存威重;万国来朝,事惟壮观。"[⑥]

按:别国来朝拜,即同于原例10所举他国来献,无"义"。视天下为家,照拂如家。《浮侈篇》曰:"王者以四海为家,兆人为子,一夫不耕天下受其饥,一妇不织天下受其寒。"[⑦]儒家亦称"天下一家":《礼记·礼运》:"故圣人耐以天下为一家,以中国为一人者,非意之也。"[⑧]《后汉书》:"其不被害郡县,当为饥馁者储。天下一家,趣不糜烂,则为国宝。"[⑨]"义"同原例12之"庇民",为王者、圣人之所为。其义同二。且《说文解字》云"义,己之威义也",是故"义"与"威"相勾连,不可更移。

原例16(详见下)。

原例22:唐·褚无量《陈意见上表》:"周以蕃屏为约,事在继代;汉以山川为誓,义存长久。"[⑩]

按:蕃屏,护卫。蕃,通"藩"。《左传·僖公二十四年》:"昔周公吊二叔之不咸,故封建亲戚以蕃屏周。"[⑪]《文选》卷六晋左思《魏都赋》:"本枝别干,蕃屏皇家。"是为了自己的利益而作的努力,无"义"。

《汉书》云:"迹汉功臣,亦皆割符世爵,受山河之誓,存以著其号,亡以显其魂,赏亦不细

---

① 《后汉书》卷二十三《窦宪传》,中华书局1965年版,第817页。

② 《毛诗正义》卷十八,《十三经注疏》,第568—569页。

③ 《周礼注疏》卷十七,《十三经注疏》,第754页下。

④ 小尾郊一:《昭明太子的文学论——以〈文选序〉为中心》认为:"在这里,'事'和'义'的用法完全相同。"杨文认为"这一点很重要",盖后者受到前者的影响很大。

⑤ 《全梁文》卷四十一,《全上古三代秦汉三国六朝文》,第3188页下。

⑥ 《全梁文》卷六十五,《全上古三代秦汉三国六朝文》,第3336页下。

⑦ 《后汉书》卷七十九《王符传》引,第1673页。

⑧ 《礼记正义》卷二十二,《十三经注疏》,第1422页中。

⑨ 《后汉书》卷七《桓帝纪》,第299页。

⑩ 王溥:《唐会要》卷二十七《行幸》"开元五年正月十日"条,《景印文渊阁四库全书》,606册,台北:台湾商务印书馆股份有限公司,2008年,第388页下。

⑪ 《春秋左传正义》卷十五,《十三经注疏》,第1817页中。

矣。"[①]此据誓封侯，亦原例10所举记功之义。而《文心雕龙·祝盟》："汉祖建侯，定山河之誓，然义存则克终，道废则渝始。"则亦以"山河之誓"有"义"存焉。

(五) 战国、列国无"义"，不可与"义"搭配。列国，春秋战国时的诸侯国。《汉书》云："春秋之后，周道□坏，聘问歌咏不行于列国，学《诗》之士逸在布衣，而贤人失志之赋作矣。"[②]《文选》卷四十二晋皇甫谧《三都赋序》："至于战国，王道陵迟，风雅□顿。"又若《孟子·尽心下》"春秋无义战"云云，是"列国"、"战国"无甚道义可讲。不可与"义"相联系，而仅与事相搭配。

原例15：梁·萧纲《昭明太子集序》："借书治本，远纪齐攸；一见自书，闻之阚泽。事唯列国，义止通人。未有降贵纡尊，躬刊手掇。"[③]

按：齐王司马攸，为一方诸侯，等于列国。通人，学识渊博通达的人。此指阚泽。《三国志·阚泽传》："权尝问书传篇赋何者为美，泽欲讽喻以明治乱，因对贾谊《过秦论》最善。"裴松之注引《吴录》曰："虞翻称泽曰：阚生矫杰，盖蜀之杨雄。又曰：阚子儒术德行，亦今之仲舒也。"[④]阚泽是像扬雄、董仲舒一样的大儒，故以"义"字赞之。参第一条新增例1。

原例16：梁·萧子范《求撰昭明太子集表》："魏击之悟簄衣，事关战国；孙登之爱田苗，义属偏霸。各称小善，靡擅雕虫。"[⑤]

按：汉·刘向《说苑》载："魏文侯封太子击于中山，三年使不往来"。舍人赵仓唐奉使见文侯，"文侯悦曰：'击爱我，知吾所嗜，知吾所好。'召仓唐而见之曰：'击无时至。《诗》曰：东方未明，颠倒衣裳，颠之倒之，自公召之。'遂西至谒文侯。"[⑥]魏，战国七雄之一。

《吴志》曰："孙登，权长子也，立为太子，选置师傅，诠简秀士，以为宾友……号为多士，登镇武昌，或时猎，当由径道，常避远良田，不践苗稼，至所憩止。又择空闲之地，不欲烦民。"[⑦]孙登务本爱民，符合儒家之"义"。又《吕氏春秋》："伯夷、叔齐二人相谓曰：吾闻西方有偏伯焉，似将有道者，今吾奚为处乎此哉。二子西行如周，至于岐阳，则文王已殁矣，武王即位。"[⑧]偏伯同偏霸，"似将有道"，伯夷、叔齐竟欲往赴，则是"道"、"义"所在，不同于战国。

(六) 事、义、类：等级化的词。

原例10：梁·刘勰《文心雕龙·铭箴》："夏铸九牧之金鼎，周勒肃慎之楛矢，令德之事也；吕望铭功于昆吾，仲山镂绩于庸器，计功之义也；魏颗纪勋于景钟，孔悝表勤于卫鼎，称伐之类也。"

事、义之内涵不同(并包括等级之区分)，见于上文所论。《春秋左氏传序》有所谓"大事书之于策，小事简牍而已"，即见"事"有大小之分，等级之别，有伦理在其中。

再看"类"：《说文解字》："种类相似，唯犬为甚，故下从犬。"段玉裁注："类，本谓犬相似，

① 《汉书》卷十六《高惠高后文功臣表》，中华书局，1962年，第529页。
② 《汉书》卷三十《艺文志》，第1756页。
③ 《全梁文》卷十二，《全上古三代秦汉三国六朝文》，第3017页上。
④ 《三国志》卷五十三《吴志》卷八《阚泽传》，第1249—1250页。
⑤ 《全梁文》卷二十三，《全上古三代秦汉三国六朝文》，第3084页下。
⑥ 汉刘向：《说苑》卷十二《奉使》，《汉魏丛书》，第432页中。
⑦ 《艺文类聚》卷十六《储宫部》，第293页。
⑧ 许维遹：《吕氏春秋集释》卷十二《诚廉》，文学古籍刊行社，1955年，第474—475页。

引申假借为凡相似之称。"[①]相似者，即普通者，故可称众多。《淮南子·要略》："乃始揽物引类，览取挢掇，浸想宵类。"高诱注："类，众也。"[②]故以附属于宗族内的奴隶为"类丑"。《左传·定公四年》："使帅其宗氏，辑其分族，将其类丑。"杜预注："丑，众也。"[③]故有呼民众为噍类者。《汉书·高帝纪上》："项羽为人慓悍祸贼，尝攻襄城，襄城无噍类，所过无不残灭。"颜师古注引如淳曰："无复有活而噍食者也。青州俗呼无孑遗为无噍类。"[④]等而下之，则"假类为纇(瑕疵)"(段注)。故类"出身"甚底。

或云类可训善。然亦所谓小人之善。《书·太甲中》："予小子不明于德，自底不类。"孔传："类，善也。"[⑤]此"小子"为嗣主，相较于先主而言，"小子"之善也。《后汉书》："大臣旷然，咸不自疑，夫大将在外，谗言在内，微过辄记，大功不计，诚为国之所慎也。故章邯畏口而奔楚，燕将据聊而不下。岂其甘心末规哉，悼巧言之伤类也。"李贤注："类，善也。"[⑥]"大臣"之善也。《诗·大雅·既醉》："孝子不匮，永锡尔类。"注："类，善也。"[⑦]乃孝子之善也。以上皆低人一等之人之善。

或以事训类。然类不等同于事，乃次等之事。《孟子·告子上》："指不若人，则知恶之；心不若人，则不知恶，此之谓不知类也。"赵岐注："类，事也。"[⑧]《吕氏春秋》云："得其细，失其大，不知类耳。"高诱注："类，事。"[⑨]此等事即世俗之事，无关大事。

古礼中之"类"礼，亦见等级之痕迹。类见，诸侯死后世子见天子代父受国之礼。《礼记·曲礼下》："既葬，见天子，曰类见。"郑玄注："代父受国。类，犹象也。执皮帛，象诸侯之礼见也。其礼亡。"[⑩]代臣子之礼也，相较于臣子之礼为次。《周礼·春官·肆师》"类造上帝，封于大神；祭兵于山川，亦如之"郑玄注"为兆以类礼即祭上帝也"，贾公彦疏："皆是告祭非常，非是祷祈之所祭。"[⑪]清孙诒让正义："《古尚书》说，非时祭天谓之类，言以事类告也。"[⑫]非正时之礼也，相较于正时之礼为次。《文选·颜延之〈三月三日曲水诗序〉》："增类帝之宫，饬礼神之馆。"李善注："《礼记》曰：'天子将出征，类于上帝。'类，祭也。"人之祭天，人次于天；征战之祭天礼，相较于太平之祭天礼为次。

《文心雕龙》所以称"魏颗纪勋于景钟，孔悝表勤于卫鼎，称伐之类也"[⑬]，蔡邕《铭论》论魏颗"所谓大夫称伐者也"，"大夫"，周代在卿之下。秦、汉分爵位，其中大夫居第五级，官大夫

---

① 《说文解字注》，第476页下。

② 《淮南子》卷二十一，《诸子集成》第七册，第370页。

③ 《春秋左传正义》卷五十四，《十三经注疏》，第2134页中。

④ 《汉书》卷一《高帝纪上》，第16—17页。

⑤ 《尚书正义》卷八，《十三经注疏》，第164页下。

⑥ 《后汉书》卷二十四《马援传》，第846—847页。

⑦ 《毛诗正义》卷十七，《十三经注疏》，第536页下。

⑧ 《孟子注疏》卷十一下，《十三经注疏》，第2752页下。

⑨ 许维遹：《吕氏春秋集释》卷二十《达郁》，第971页。

⑩ 《礼记正义》卷五，《十三经注疏》，第1266页中。

⑪ 《周礼注疏》卷十九，《十三经注疏》，第769页下。

⑫ 《礼记正义》卷十二，《十三经注疏》，第1333页上。

⑬ 孔悝，卫国大夫，孔圉(孔文子)之子，蒯聩的外甥。蒯聩挟持孔悝以壮大声势，发动政变。卫出公姬辄出逃，蒯聩继位，即卫庄公。卫庄公为感谢孔悝的帮助，铭鼎以志。见《礼记正义》卷四十九《祭统》，《十三经注疏》，第1607页上。魏颗，姬姓，名颗，因出于魏氏，故多称魏颗，后封于令狐，史称令狐文子。春秋时代晋国魏武子的儿子。《国语》卷十三《晋语七》："昔克潞之役，秦来图败晋功，魏颗以其身却退秦师于辅氏，亲止杜回，其勋铭于景钟。"《丛书集成初编》本，第156页。

为第六级，公大夫为第七级，五大夫为第九级[①]。盖臣子中之次等，其"称伐"关乎"类"礼，故刘勰著一"类"字，甚恰当。

《文选》卷四十八司马相如《封禅文》"依类托寓，喻以封禅"。李周翰曰："依祥瑞之类，托寓其事。"类可以寓事，封禅仅可称事。类最为普通，最易于理解。《文心雕龙·事类》："事类者，盖文章之外，据事以类义，援古以证今者也。""征义举乎人事。"义，可以用事来模拟发明。《文心雕龙·夸饰》："夸饰其威，而忘其事义睽剌也。"知若夸大其事，便偏离大义，故《文选序》谓事出必沉思。故三者为三物，却绝非毫不相干，乃密切关联，相互引发。三者亦必有所寄托，乃皆举于辞采。

总而言之，只有涉及儒家经典及经义、儒家人物，始可与"义"搭配，显然"义"即儒家经义（涉及佛教经典，亦称义，是"义"经典性之意在佛教中的渗透，属于特殊情况，然易于辨别）。一般史实，仅能称"事"，如无义之战国、谶纬等，皆不能与"义"搭配。义、事、类，是等级化的词，是儒家伦理在史书撰写过程当中的反映，绝不可混淆。

由以上细致的分析，可以看出小处从字词的训诂入手，大处从儒家思想的影响着眼，始能较为准确地理解句子以及其中的字词，然后准确地理解作者的有关思想。故张之洞《书目答问》谓："由小学入经学者，其经学可信；由经学入史学者，其史学可信。……又经学、史学兼词章者，其词章有用。"[②]其治学观念用于此来谈特定历史时期的文学思想，亦甚具指导意义。

以上涉及语例是萧统生活时代前后的实际运用情况，萧统所用"事"、"义"并举之意，盖与其相类，故此处结论正可与前文相呼应。

六、关于"翰藻"及其与"义"的关系

萧统《文选序》追述了"斯文未作"到"文籍生焉"再到"踵其事而增华"的从无到有、由朴至华的发展历史，表示出对文"随时变改"认同的历史眼光。在论列诸多文体后，他说："众制锋起，源流间出。譬陶匏异器，并为入耳之娱，黼黻不同，俱为悦目之玩。作者之致，盖云备矣。"明确表露出其对宋齐以来注重声韵、辞采的文学观念的推重。

该序收录"赞论之综缉词采、序述之错比文华，事出于沉思，义归乎翰藻"者，表明这一观念在选录序述赞论时体现得多么强烈。

翰藻，自然指文辞，但并非一般意义上的"文辞"的简单代称，而有其自身本义带来的内涵。翰，天上飞禽之采羽；藻，水中草类之华枝。

翰，鸟羽、羽翼。《诗·小雅·小宛》："宛彼鸣鸠，翰飞戾天。"宋苏辙《诗集传》卷十一："翰，羽也。"[③]较《毛诗注疏》卷十九"翰，高"之解释为近是。《文选》卷五晋左思《吴都赋》："理翮整翰，容与自玩。"宋鲍照《咏双燕》之一："双燕戏云崖，羽翰始差池。"曹植《九咏》曰："流羽

---

① 《汉书》卷十九《百官公卿表上》，第739页。

② 张之洞撰、范希曾补正：《书目答问补正》附二《国朝著述诸家姓名略总目》，上海古籍出版社，2010年，第219页。

③ 曾枣庄、舒大刚主编：《三苏全书》第2册，语文出版社2001年，第435页。南宋吕祖谦《吕氏家塾读诗记》卷二十一（《丛书集成初编》本）、朱熹《诗集传》卷五（赵长征点校，中华书局，2011年，第183页）皆同苏说。

兮交横。”《礼记·月令》：“鸣鸠拂其羽。”郑玄注：“鸣鸠飞且翼相击。”[①]翰，具有辉彩葳蕤、振动奋飞、凌空轻盈之内涵。

藻，藻类，种类多，颜色有褐色、紫色、绿色等，或如海带长二到四米，两边薄而有波状褶皱，或如海人草不规则叉状分枝，全体密披毛状小枝；或如发菜细长如毛发。在水中，鲜嫩有光，摇曳飞动，多生姿态。如宋玉有“被华藻之可好兮，若翡翠之奋飞”(《文选》卷十九《神女赋》)之比拟，转喻华美之文辞，则《汉书》卷一百上《叙传上》谓“摛藻如春华”。另有“藻丽”(《抱朴子·君道》：“瞻藻丽之采粲。”[②])、“藻饰”、“藻绘”(《南史》卷十九《谢晦谢方明等传论》：“玄晖藻缋之奇，各擅一时。”[③])、“藻蔚”(晋葛洪《抱朴子·擢才》：“华章藻蔚，非蒙瞍所玩。”[④])、“藻朗”(《文选》卷四十八班固《典引》：“光藻朗而不渝耳。”)、“藻密”(刘勰《文心雕龙·体性》：“平子淹通，故虑周而藻密。”)之结合，皆本于“藻”之本形本义，“藻”遂具有华丽多采、纤长密披、摇曳飞动、光粲美焕之内涵，其丰富之意蕴固非一般“文辞”所限。

藻，既然有美貌，即可代指美，然后可修饰“翰”。如《文选》卷九潘岳《射雉赋》“敷藻翰之陪鳃”。李善引《广雅》：“藻翰，翰有华藻也。”吕向曰：“藻，文也，布文章之羽翰。”陪鳃，明方以智《通雅》卷六《释诂》：“公绍作毰毸，丁度作毰毢，羽张也；又有毰□，凤舞也。”[⑤]翰，其中便有振张飞舞的内涵。故转而修饰“藻”，则可济“藻溢于辞”(《文心雕龙·杂文》)、“丰藻克赡，风骨不飞，则振采失鲜，负声无力”(《文心雕龙·风骨》)之弊端，是以刘勰务求“刚健既实，辉光乃新，其为文用，譬征鸟之使翼也”，即求如“翰”之力，以翰济藻。这应该是萧统运用“翰藻”的用意所在[⑥]。

“义归于翰藻”，表现为义与辞的关系，这其实是当时关于“义”、“辞”关系讨论的一个反响。

晋挚虞《文章流别论》：“情义为主，则言省而文有例矣；事形为本，则言富而辞无常。……逸辞过壮，则与事相违；辩言过理，则与义相失……背大体而害政教。”[⑦]与后来刘勰反对“瘠义肥辞”(《文心雕龙·风骨》)是一致的。“丽词雅义”(《文心雕龙·诠赋》)成为一种理想的追求。

在对“义”、“辞”的关系上，二者不仅是并存的，而且有内在的逻辑，如“立义选言”(《文心雕龙·史传》)，即植根于义，从而布置言辞；并希望有融汇一体的理想状态。“致义会文”(《文心雕龙·封禅》)，就是要求二者交汇。“事义为骨髓，辞采为肌肤”(《文心雕龙·附会》)则是对此形象的比喻，义为质，辞为文，相互表里。

《文选序》“义归于翰藻”即是在这样的时代氛围当中形成，其中的“归”字，即如“会”字，体现了如人着彩衣、人回家一样理所当然的自然而融洽的关系，表达了萧统的文学理想。刘孝绰《昭明太子集序》赞誉萧统作品“词不掩义”，无疑是对萧统文学思想的一种揭示，可以拿

---

① 《礼记正义》卷十五，《十三经注疏》，第1363页下。

② 葛洪：《抱朴子》外篇《君道卷第五》，《诸子集成》第八册，第115页。

③ 《南史》卷十九《谢晦谢方明等传论》，中华书局，1975年，第546页。

④ 《抱朴子》外篇《擢才卷第十八》，《诸子集成》第八册，第134页。

⑤ 方以智：《通雅》，中国书店，1990年据清康熙姚文燮浮山此藏轩刻本影印本，第24页上。

⑥ 清水凯夫《昭明太子〈文选序〉考》认为“翰藻”由张衡《归田赋》“挥翰墨以奋藻”而来，《六朝文学论文集》，第59页。此说似不若潘岳赋来得不费周折。

⑦ 《全晋文》卷七十七，《全上古三代秦汉三国六朝文》，第1905页下。

来作为“义归于翰藻”的注脚。

七、“事出”二句是否为《文选》选录标准考辨

《文选序》“若其赞论之综缉词采”四句为记传之赞论序述的选录标准，初不关涉全书的选录标准，学者已有澄清说明者，上文所论亦可证明。然是否能拿来作为《文选》全书的选录标准看呢？

“综缉词采，错比文华”如上文所论，其中包含着本于义而沉思用词之意，但“义”显得不明显，更清楚地表现为翰藻的形式美上的追求。若用此二句来讲《文选》在文采上的基本追求，应该大体适当。

若“事出于沉思，义归乎翰藻”二句一起来作《文选》全书的选录标准，可能容易有异议。“事出于沉思”本意是对史书所记载的事要慎重对待，因为有一定要为“义”作发明的前提。那么，对于一部分抒情诗、山水诗来说，这二句就较难拿这二句来作萧统选录的标准。

但是，通览《文选》，我们也会发现除了卷四十九、五十卷选的赞论序述，符合这二句的要求之外，其他卷有大量的文章也符合。

上文提到汉代推为五经之首的《周易·系辞下》对“义”的解释，至少包含着帝王严格要求自己、治世安民两个方面的内容。这种思想在铺张扬厉的汉大赋里即有较明显的表达，应该是受到《易》影响的结果。《文选》首选“京都赋”数篇，即如此。如张衡《东京赋》：“所贵惟贤，所宝惟谷。民去末而反本，咸怀忠而抱悫。”即明确的呼应。其他叙写“奢未及侈，俭而不陋，规遵王度，动中得趣。于是观礼，礼举义具”，“访万几，询朝政，勤恤民”，“发京仓，散禁财，赉皇僚，逮舆台”。综曰：“言天子散发禁库之财，无问贵贱皆赐及之”，“进明德而崇业，涤饕餮之贪欲”，“不穷乐以训俭，不殚物以昭仁”，“改奢即俭，则合美乎斯干”，“为无为，事无事，永有民，以孔安，遵节俭，尚素朴”，皆是本于《易》关于“义”为怀仁恤民的阐述的发挥。若左思《三都赋序》谓“思慕《二京》而赋《三都》”，反对“于辞则易为藻饰，于义则虚而无征”，亦是一脉相承，于“义”三垂意焉。由此也可以揣摩萧统《文选》首选“京都赋”诸篇的用意所在，其非苟以体裁、题材为安排也。其他如《文选》卷七潘岳《藉田赋》“高以下为基，民以食为天，正其末者端其本，善其后者慎其先”①，《文选》卷八司马相如《上林赋》“费府库之财而无德厚之恩，务在独乐不顾众庶，忘国家之政，贪雉兔之获，则仁者不繇”，《羽猎赋》“开禁苑，散公储，创道德之囿，弘仁惠之虞”、“收罝罘麋鹿刍荛，与百姓共之”，亦同斯义。

《文选》卷十九“诗”首选束皙《补亡诗》六首：“《南陔》，孝子相戒以养也”；“《白华》，孝子之絜白也”；“《华黍》，时和岁丰，宜黍稷也”；“《由庚》，万物得由其道也”；“《崇丘》，万物得极其高大也”；“《由仪》，万物之生，各得其仪也”，皆孝仁之义。下选谢灵运《述祖德诗》二首、韦孟《讽谏诗》，即颂、风之褒贬之义。

《文选》卷六十末选颜延年《祭屈原文》、王僧达《祭颜光禄文》。颜文“兰熏而摧，玉缜则折。”本乎儒家之说。如《礼记》引孔子：“君子比德于玉焉。”颜文“藉用可尘，昭忠难阙”。李

---

① 李善注：《礼记》曰：“善终者知始。”《尚书大传》曰：“八政何以先？食。传曰：食者，万物之始，人事之本也。故八政先食。”吕向注：“末谓商贾，本谓农田也。言理人之道，后其宝货，先于谷食也。”

善注：“《周易》曰：‘藉用白茅，何咎之有。’夫茅之为物，薄而用可，重也。《左氏传》：君子曰：风有《采繁》、《采蘋》，雅有《行苇》、《泂酌》，昭忠信也。”亦本儒家经典，如玉之德、忠信之昭，皆儒家经义所在。

王文“夫德以道树，礼以仁清”。本乎《尚书》“树德务滋”。“义穷几象，文蔽班扬”，李善注：“几象谓《周易》。”“服爵帝典，栖志云阿”，李善注：“言服爵虽依帝命，而栖志实在云阿，言高远也。”亦《周易》“遁之时义大”之意。“清交素友，比景共波”即儒家友悌之义。

以上仅以赋、诗首选数篇，书首、书末所选数篇为例，可见《文选》选录作品甚为重视儒家经义，故“事出”二句不单为记传之赞论序述选入之标准，亦是其他文体众多文章选录之标准。若仅言《文选》选录标准为“翰藻”者，则未见《文选》用心所在。

“《文选》的撰录者，历来提到的有昭明太子亲信文人刘孝绰、殷芸、陆倕、王筠、到洽等人”，而清水凯夫论证认为：“《文选》的实际性撰录者不是昭明太子，而是刘孝绰，做《文选》选录的作品中浓厚地反映着他的意志。”[①]而冈村繁则进一步认为：“在《文选》编纂中，很明显全是刘孝绰个人的恣意妄为，却看不到昭明太子本人介入该《文选》编纂的任何形迹。”[②]穆克宏曾对清水氏的论据予以一定的否决，认为其观点难以成立。刘孝绰等参与《文选》等编选是可能的，但主编者是萧统[③]。清水凯夫、冈村繁细致考证了刘孝绰的事迹和在《文选》的可疑性痕迹，很具有启发意义。但断然否决萧统在《文选》当中的痕迹，却令人难以信服。《文选序》应该不是靠人捉刀，萧统还不至于写不出，而且序与萧统的诗文及其思想是一致的，何况该序如上所论并不非常优秀。而《文选》所选文与该序在思想上的一致性（如上文所论到的），应该是萧统的思想渗透所致。萧统主持《文选》编选，由刘孝绰等具体操作，大家共同讨论而定稿，实现萧统的愿望，应该是符合实际情况的情形。《文选》从总体上应该是符合萧统的理念的，至于个别几处可能因为刘孝绰等个人好恶而造成了一些问题，但不会影响总体情况。

结　论

对于萧统《文选序》“事出于沉思，义归乎翰藻”的理解，过去有许多意见。本文探本穷源，对其进行了重新辨析，得出了自己的若干结论：

（一）以往学者讨论“事出”二句，多失之浮泛。本文紧密结合萧统的文学思想，进而全面把握《文选序》的文学思想状况，揭示其祖述儒家五经之深之密。最为关键的是，发掘出《文选序》与杜预《春秋左氏传序》之间的关系，揭橥萧序“错”、“综”、“事”、“义”等词的运用皆本于杜序，而且这些词之间的逻辑关系，在二序中高度一致。藉由杜序，可以真切地理解萧序诸词的内涵及其关系。事指记传所要记的人之行事，义指儒家经典大义。“义”绝非泛泛的思想观点、思想情感，“事”、“义”更非一事。“错”“综”远绍《周易》，带有强烈的儒家色彩，

---

① 清水凯夫：《〈文选〉编辑的周围》，初载1976年11月日本《立命馆文学》第三七七、三七八期，后载重庆出版社1989年版《六朝文学论文集》，又载《中外学者文选学论集》，第962—963页、976页。韩基国译。

② 冈村繁：《〈文选〉编纂的实际情况与成书初期所受到的评价》，初载1986年《日本中国学会报》第三十八集，后载《中外学者文选学论集》，第1071页。刘玉飞译，俞绍初校订。

③ 穆克宏：《昭明文选研究》第七章第一节，第90—99页。

对词采、文华的“错”“综”也就并非仅仅是一般修辞意义上的行为，错文发义，才是其用旨所在。“沉思”与“一字以褒贬”、“别同异”的《春秋》，在中古史传中的频繁粘合，表明它也不仅是一般文学创作上的精心构思，而是旨在发明大义。故而“综辑词采”、“错比文华”与“事出于沉思”，皆与发明儒家经典（尤其是《春秋》）大义有关，萧序于后自然引出“义归乎翰藻”一句。其间意脉流畅，前后照应。

（二）“事出”二句包含着文兼事义，以义正辞的内涵，包含着对雅正丽则风格的追求。故若以为此二句为《文选》的选录标准，不必以为二句之外另有一标准曰儒家雅正的文学观。

（三）近代以来往往混淆“意”、“义”的内涵及使用。本文从训诂入手，结合实际用例，辨析了二者的不同：义是儒家思想中的核心概念，占据着道德的制高点，是儒家经典才具有的；意指一般作者藉由文辞所要表达的思想、情志。二者不可混同。

（四）近几十年来，中外学者有将“事”、“义”二词混同的趋向。本文则在训诂的基础上，对南朝至唐代25个“事”、“义”并举的具体用例，加以经学上的关照，进行了细致的分析，认为在“事”、“义”并举的语例当中，词语搭配上具有稳定的规律性：只有涉及儒家经典及经义、儒家人物，始可与“义”搭配，显然“义”即儒家经义（涉及佛教经典，亦称义，是“义”经典性之意在佛教中的渗透，属于特殊情况，然易于辨别）。一般史实，仅能称“事”，如无义之战国、谶纬等，皆不能与“义”搭配。义、事、类，是等级化的词，是儒家伦理在史书撰写过程当中的反映，绝不可混淆。

（五）“事出”二句中的“翰藻”一般被理解为华丽的辞藻，其实萧统运用“翰藻”，意在追求如“翰”之力，以“翰”济“藻”。而萧统关于义与翰藻关系的思考，是当时关于义与辞关系讨论的一个反响。萧序“归”字的使用，表现了他追求的是，义与辞要犹如人回家一样理所当然、自然而融洽的关系。

（六）“事出”二句是否能作为《文选》选录文章的标准，或是或否，或以为探讨无意义。本文通过对《文选》首选赋篇、次选诗篇、末选文章的分析，认为此二句难能统摄全书，但它可视作选录记传的赞论序述的标准之外，也是《文选》其他文体的大部分文章入选的标准。有学者认为《文选》非萧统所选，甚至没有萧统介入的痕迹。本文认为《文选》从总体上符合萧统的理念，个别几处可能因为刘孝绰等个人好恶而造成一些问题，但不影响总体情况。

作者单位：人民文学出版社

《诗品》原貌再考

梁临川

在我们看来，即使作为单纯的评论著作，《诗品》的基本问题也不全是理论问题，也有文献问题，如初名是“品”还是“评”、第一篇序位置何在、撰例“所录止乎五言”何谓何指。当然，这些并不构成阐释性研究的根本性障碍。从诗学和批评史来看，《诗品》今存文本有着足够的史料效用，完全可以据以写出学科边界清晰、学理性纯粹的专题论文。但是，在基本的文献考订没有完成的情况下，全面详切的文本阐释终究要被掣肘。关于撰例“止乎五言”的意涵（此问题将另文探讨），至今尚有争议，就是因为《诗品》的文献研究尚待深入，而与此有关的考证则带有根本性和全局意义——文本全貌的追溯，总集体式的复原。根据对《诗品》本文的研究，可以得出结论，即《诗品》原是一部诗歌作品选；与纯录作品的总集不同的是，《诗品》是一部有评论的诗选。关于《诗品》的总集文献性质，我们已在《钟嵘〈诗品〉原貌考索》（载《文学遗产》2010 年第 4 期）一文中作了说明，现据新发现的材料进一步说明之。

一、从《吟窗杂录》的书篇收录看《诗品》原貌

《吟窗杂录》收有《诗品》。关于吟窗本《诗品》，我们已经论证了其评语前“评曰”二字的文本框架标志意义，进而论证了《诗品》原有诗作收录。可以补充的是，《吟窗杂录》的书篇收录本身也可证明，《诗品》原是诗选。《吟窗杂录·序》：

> 余于暇日编集魏文帝以来，至于渡江以前凡诗人作，为格式纲领，以淑诸人者、上下数千载间所类者，亲手校正，聚为五十卷，肸分鳞次，具有条理，目曰“吟窗杂录”。呜呼！众手并作，其间体格不能皆一。有雄词老笔、浑然醇正者，有纤密清巧、度越常伦者，有高居日外、缓步尘表者，有握风捕影、铸木镂冰者，有绵远穷幽、浓腴魁礧者，有丽辞感动、逸思奋发者，有讽喻抑扬、渟畜渊靓者，有词高调秀、意新理惬者……百折千歧，未易缕数。或如时花美女，或如瓦棺篆鼎；或如云涛溟蒙，浩荡无垠；或如风樯阵马，一息千里。或如鲸呿鳌掷，牛鬼蛇神；或如风下霜晴，寒钟自声；或如长松倚雪，枯枝半折。或如猛虎跳涧，或如龙凤交吟，或如祥雾绕山，或如惊鸿背飞。……千汇万状，莫胜形容。此皆诗人剖肝析胃、呕心倾胆而后仅得，今皆登载焉，岂易得哉？……绍熙五祀重阳后一日浩然子序。[①]

---

① 《续修四库全书》，上海古籍出版社，1996—2003 年版，第 1694 册，第 145—146 页。

虽是摘引，已经很长，其中描述形容繁复细琐；征引不厌其烦，实出不得已，是为下文说明之用。今本所见，《吟窗》对所收书篇既有整体移录，又有类目剪裁，可说是总集与类书的结合体。所录书篇，题魏文帝撰《诗格》居首，故序有"魏文帝以来"之说。至于此《诗格》是否确为曹丕所撰，其他书篇是否也都是题名者所撰，因与本文关系不大，不加论列。本文关注《吟窗》书篇的文献性质。

序文作者说，他"编集"并"登载"于《吟窗杂录》的是"诗人作"。何谓"诗人作"？是不是诗人之作，或者说诗歌作品？如果是，那么序文作者的话又有多大的可信度？因为这不是语词理解和语词使用问题；就语词的理解和使用而言，这里没有问题——"诗人作"就是诗人之作、诗歌作品。但这里要讨论的是《吟窗杂录》的书篇是不是"诗人作"，所以序文作者的话是否可信，不取决于语词的理解和使用正确与否，而取决于序文作者对《吟窗》书篇的认知正确与否。这就引出两个问题，一是序文作者与《吟窗》的关系，二是序文作者的文化水平和文学认知能力。序文作者与《吟窗》的关系和他的文化认知能力，决定他是否有足够的话语权，决定其话语是否可信。

先说序文作者与《吟窗》的关系。从序首"余于暇日编集"和文末"绍熙五祀重阳后一日浩然子序"来看，序文作者浩然子就是《吟窗》编者。从书目简选、文本校读、卷目划分到书名确定，他主持并亲与了《吟窗》成书的全过程，就是说，浩然子对《吟窗》书篇的文本内容和文本性质了然于胸，他的话充分可信，未可置疑。

再说序文作者的文化水平和文学认知能力。仅由序文关于诗歌题材风貌种种的描述形容来看，不能说浩然子一定有很高的诗学造诣，但要是照古人"不学博依，不能安诗"之说，单看浩然子这些"广譬喻"[①]的描述形容，就无论如何不能说他不懂诗，甚至不能说只是粗通。此外，描述文字虽颇为繁絮，但其中也有句子长短参差和句式变化，可见作者有相当的文词修养，断不至于分不清诗歌文字与其他文体。又，除前引文字之外，序文还说三百篇诗，道五七言体，建安两晋，如数家珍；并有"唐试进士，杂以诗词"和"国朝龙兴，首称西昆；欧、苏一变，脍炙人口；至于鲁直，江西开派"[②]之类的叙述和判断。从这些叙述和判断来看，完全可以说，《吟窗》编者具有入流的诗歌史的专门知识和认识，更不用说普通意义上的文化水平和文学认知了。

基于上述两个问题的肯定性答案，我们认为，浩然子的序文可信，"诗人作"的指称，可以视为认定《吟窗》书篇文献性质的依据。

这样，可以看序里繁絮冗长的描述文字了。这些描述，无一例外地是指诗歌的题材风调；而据序文"众手并作，其间体格不能皆一"云云，题材风调的描述都是以《吟窗》收录的书篇为对象的，换句话说，《吟窗》收录的书篇都是，或者说都有诗歌作品。所谓"都有诗歌作品"，是指虽非全是诗歌，但包含诗歌，如诗格类著作和有评论的诗选。

照《吟窗》序的叙述，《吟窗》收载的核心文本是"诗人作"。既然诗歌作品是收载的核心内容，而且《吟窗》编者并无例外的说明，那么，吟窗本《诗品》当如《吟窗》所录其他书篇，原来也是有诗歌的。而今本吟窗本《诗品》已经无诗，可见此本《诗品》已非原貌（推而论之，整部

---

① 《礼记·学记》语及郑玄注。

② 引号内系述大意，非直接引文。《续修四库全书》，第1694册，第143页。

今本《吟窗杂录》也已非原貌）。

尽管《吟窗》正文已失原貌，但通过《吟窗》编者浩然子的序言，仍然可以窥知《吟窗》全部书篇原初的文本构成——《吟窗·序》里繁絮的诗歌题材叙述，亦即有关《吟窗》书篇文献性质的叙述，就是《吟窗》原貌最直接、最可靠的见证，也是吟窗本《诗品》原貌最为直接可靠的见证。此外，关于《吟窗》所收书篇的文献性质，序文的全部叙述中未见自相矛盾，《吟窗》所录书篇的自述性文字也没有反证。在此种情况下，我们认为，吟窗本《诗品》原有作品，而今本吟窗本及其他版本《诗品》皆非原貌，对此，应无需再作举证。

一个例外需要说明。《吟窗杂录》所收诗格类书篇，其正文文本多是由格式化的小标题、诗法说解和“诗曰”举例构成。与其他诗格类书篇大体一样，题白居易撰《金针诗格》（下称“《金针》”）也有格式化小标题和诗法说解，但通篇没有“诗曰”举例，即全书无诗。全书无诗，这在今本《吟窗》里，是钟嵘《诗品》之外唯一的例外。这样的文本构成是不是《金针》原本面貌，令人生疑。作为《吟窗》收录的书篇，今本《金针》的文本结构与《吟窗》的宗旨、体例不符，这是一。第二，今本《金针》的结构与《吟窗》所收题梅尧臣撰《续金针诗格》的结构不符。如《吟窗·序》所述，《吟窗》收录的书篇以诗歌作品为核心内容。既以诗歌作品为核心内容，就不会将无诗的书篇阑入其中。在《吟窗》里，《续金针诗格》紧随《金针》之后，而《续金针诗格》是有“诗曰”举例，即有诗歌作品的。此外，署梅尧臣撰《续金针诗格》之后，《吟窗》还录有佚名撰《续金针诗格》，而此书也有“诗曰”举例。二书既名曰“续”，其体式当一依前书，就是说，两种《续金针诗格》在文本构成上都应是《金针》的复制（退一步说，即使续作的文本项目多于前作，多出的也只会是其他项目，不会是诗歌，因为诗作举例本来就是诗格的基本项，而根据《吟窗》的收书原则，诗作举例更是必备项）。据此，可以说，没有诗作举例的今本《金针》，其文本结构并非原貌。而无论是与《吟窗杂录》的编辑方针不符，还是与两种《续金针诗格》的文本体式不符，今本《金针》都不能证成今本《诗品》之是，恰恰相反，只能证明今本《诗品》之非，是今本《诗品》非其原貌的证据，至少是间接证据。

二、从《梁书》、《南史》的钟嵘传述看《诗品》原貌

《梁书》、《南史》的《钟嵘传》记述了《诗品》其书，也反映了《诗品》原貌。

《梁书·文学上·钟嵘传》：“嵘尝品古今五言诗，论其优劣，名为‘诗评’。”①《南史·文学·钟嵘传》：“及约卒，嵘品古今诗为评，言其优劣，云：‘观休文众制，五言最优。’”②

这里，二史的区别值得注意。《梁书》、《南史》差不多同时，不过认真说来，《梁书》在前，《南史》在后。但是有关《诗品》的记述，《南史》并未后起转精，并未提供比《梁书》更多、更详细的材料，相反，作了减省。虽然篇幅的减省不一定意味着意涵的减弱，但此处篇幅不大的减省有实质性退步。一是把《梁书》的“品古今五言诗”简化为“品古今诗”，二是省去了书名的介绍。专录五言而非兼收众体，这是《诗品》体例，也是钟嵘诗型优劣观的体现，就是说，至少在钟嵘那里，这是原则问题；而经《南史》这一约简，《诗品》所载篇章诗型的纯一性和钟嵘

① 《梁书》，中华书局，1973年，第3册，第694页。

② 《南史》，中华书局，1975年，第6册，第1779页。

诗歌理念的独特性都变得模糊了（较之南朝四朝史，《南史》自有其特点，而辞述简畅尤为其优胜处。司马光这样评价《南》、《北》二史："李延寿之书亦近世之佳史也。虽于禨祥诙嘲小事无所不载，然叙事简径，比于南北正史，无烦冗芜秽之辞。窃谓陈寿之后，惟延寿可以亚之也。"[①]但这是就总体而言；在《南史》来说，并非处处高于四朝史，有关《诗品》的改写缺憾就是证明）。再有，传主的撰著记载本是传记职分，尤其是《南史》这样没有艺文志的史书，更不应在传主事迹叙述中省略撰述介绍。此外，《南史》的"言其优劣"较《梁书》的"论其优劣"，语气明显轻淡，与《诗品》的论战色彩相去甚远。《梁书》的记述较《南史》为详。两相比较，《梁书》为优。当然，《南史》的《诗评》记述仍有与《梁书》共同之处（《诗品》另有"诗评"之名，《梁书》、《南史》即称以"诗评"）。在省去"诗评"书名介绍的同时，《南史》增加了《诗评》评语引录，而评语引录就暗示了有《诗评》其书，也就等于指称了"诗评"书名。

"名为'诗评'"这是《梁书》对钟嵘"品"诗结果的记述，而这一记述恰恰揭示了"品"诗活动与《诗品》之书的联系。《南史》省去了书名介绍，但"品古今诗为评"这句话同样暗示了包括作品编选在内的书籍结撰。有两点值得注意：第一，无论是《梁书》的"品古今五言诗，论其优劣"，还是《南史》的"品古今诗为评"，"品"的对象都是诗作，不是诗人；第二，二史记述中，"品"与"论"、"评"都是不同的言说概念，即言说对象同一而言说方式不一："论"、"评"是诗之说，"品"是诗之选；所谓"诗品"，就是"诗选"（《诗品》还有"诗评"之名。关于"诗品"、"诗评"二名孰先，研究者意见不一。这里不讨论"品"、"评"之先后，但即使《诗品》初名"诗评"，也不妨碍其为诗选。六朝总集称名，以"集"、"林"、"苑"者为多，但不以此为限，李充所撰，即以"论"名。"论"可以名总集，"评"也可以是总集之名——《广雅·释诂四》："评，议也。"颜师古《汉书》注："论，议也。"——"论"、"评"都可作"议"用）[②]。这里关键是"品"字的训释。"品"字一般作"品等"、"品第"用，但在这里，"品"当"汇聚"、"汇录"讲；"品古今（五言）诗"，就是"汇录古今（五言）诗"。慧琳《一切经音义》卷二十七："品者，汇聚也"：可见"品"有"汇聚"、"汇录"义，也可见联系《诗品》实际，把"品"释为"有选择、分等第地汇录"，或曰"分品编录"，不但有训诂书依据，在上引二史的文句字面上也是讲得通的。再有，"品"当"汇聚"、"编录"用，不迟至《梁书》、《南史》，已见于南朝文献。《文心雕龙·明诗》："至成帝品录，三百余篇。"又《乐府》："昔子政品文，诗与歌别。""品"都作"汇聚"、"编录"解，是指文献汇录、文字作品编录，就是说，在这里，就"品"的成果形态而言，它不是人物志，也不是艺文志，而是文本录。《梁书》把"品古今五言诗"与书名记述联系在一起，《南史》把"品古今诗为评"与评语引录联系在一起，这就说明，"品古今（五言）诗"的"品"，不是通常意义上的文学评价活动，而是特指含有等第评价内容的书籍编撰；在《诗品》来说，所谓"含有等第评价内容的书籍编撰"，就是诗歌作品编录。

---

① 司马光《温国文正公集》卷六十二《与刘道原书》，四部丛刊本。

② 王念孙《广雅疏证》卷四，江苏古籍出版社，1984年，第117页下。《汉书·郊祀志下》："论当往古，宜于万民，则依而从之"，颜师古注："论，议也。"（《汉书》，中华书局1962年版，第四册，第1255—1256页）。《汉书》例参考宗福邦先生等撰《故训汇纂》，商务印书馆，2003年。

三、从“七略裁士”看《诗品》原貌

《诗品序》:“昔九品论人,《七略》裁士,校以宾实,诚多未值。”

“校以宾实,诚多未值”,明确显示钟嵘对“九品论人,《七略》裁士”持有异议。异议的实质,是伦理观、价值观和批评标准与“九品论人,《七略》裁士”不同;而异议的提出,是因为《诗品》的文本篇幅与批评对象性质相同,即所谓同类相较,异类不比。但这几句对《汉书》的批评看似简单,实则需要厘清。“九品论人”好懂,是指《古今人表》以九个品等论古今人物;“《七略》裁士”就费解了。据班固的叙述,刘向等人奉旨校读群书,每校一书,即成一“录”(提要)奏上。刘向卒后,其子刘歆承父业,并总成《七略》。班固“删其要”(颜师古注:“删去浮冗,取其指要”)而成《汉书·艺文志》。不用说,《七略》是《艺文志》的母本(钟嵘用“七略”与“九品”对举,知其以《七略》代指《艺文志》);更不用说,《七略》(《艺文志》)是文献目录,不是人物传记或人物评论。所以,“《七略》裁士”,就字面来说,并不准确;所谓“裁士”,应读作“裁书”——“裁书”是文本编录和文献记录。但钟嵘断不至于不知《七略》(《艺文志》)为文献目录,因此,“《七略》裁士”,其本意正是“《七略》裁书”。

再看“九品论人”和“《七略》裁士”。不妨将《汉书》与《诗品》对读。《古今人表》设品分等——“九品论人”,《诗品》也设品分等——三品评诗。《诗品》有与《古今人表》相同、对应的文本格局。很明显,《诗品》评说“九品论人”,是以它自身为背景、从自身文本出发的;同时也可以看出,钟嵘批评《汉书》,实际是拿自身文本与对象作对比。根据逻辑原则和言说常规,对比的物事之间是否有可比性,决定对比是否有逻辑上的起点和正当性,决定对比本身能否成立。而是否有可比性,取决于对比的物事是否同类,或是否有相同点,就是说,有相同点是可比性的前提。钟嵘懂得这一点——除开《梁书》本传“有思理”的称述,三品评诗背景下,《诗品》对《古今人表》“九品论人”的批评,也是证明。正是有着与《古今人表》同样的文本格局,《诗品》才有“校以宾实,诚多未值”的讥评。但是,今本《诗品》全书没有文献记录和文本编录,没有与《七略》(《艺文志》)相同性质的文字篇幅。相比“九品论人”之评有《诗品》文本格局的背景,《诗品》没有与《艺文志》相对应的篇幅格局或文本内容,对“《七略》裁士”的批评也没有《诗品》自身的文本背景。《诗品》自身文本与对“《七略》裁士”的批评之间没有对应和关联,二者是脱节的。而准依上文“九品论人”之例,正应该说,这处“脱节”印证了《诗品》原有篇幅,即文献编录篇幅的脱落,也就是说,“《七略》裁士”这句话表明,《诗品》原来是有诗歌作品的。

《诗品》问世至今,一千五百年光景,其品论对后代文评大小有点影响,多少受点关注,而《诗品》文本构成的改变则少有人注意。批评家们对《诗品》的品等和评论纷纷表示赞同或不满,没有顾及其原初的文本结构,而提出和认识原貌问题对理解《诗品》很重要,因为对《诗品》结构形态认识的意义,并不止于结构形态本身,它关及《诗品》的批评方式。我们的研究表明,《诗品》所用是总集的方式,不是诗文评的方式,而较之诗文评,总集的批评方式可以更真切地显示钟嵘的评赏旨趣,也可以更真切地显示钟嵘的诗学背景。可惜不但《诗品》本身的篇幅佚失,文献记载也不明晰。历来的著录,要么分类不明确,如今见最早的著录《隋书·

经籍志》;要么是置于"诗文评",如《四库全书总目》。而当原貌问题被注意之后,相关的证明材料也被激活。根据我们的考察,迟至南宋,《诗品》还有原样的本子流传。诗选被删,以及最终被认作单纯的诗评,这是南宋以后的事,最早也是《吟窗杂录》编成以后,即光宗绍熙五年(1194)以后的事。

作者单位:上海大学

(此文已载复旦大学中国古代文学研究中心《中国文学研究》第十九辑)

魏晋六朝用典论及沈约“三易”说的批评史意义

李　翰

经史典籍既是文人的知识资源，也是其情感之寄托，故文人制作隶事用典，自属难免。魏晋六朝，智识主义风气弥漫，文学创作“竞须新事……遂乃句无虚语，语无虚字，拘挛补衲”，更是“浸以成俗”(《诗品序》)。关于用典之讨论、争议，亦随之蜂起。其中，沈约“三易”说所谓“易见事”，非简单肯定或否定用典，而是提出用典从易的见解，体现了沈约调和折中的文论思想。且沈约又是著名诗人，有创作经验、教训可供比考，故具有重要的批评史意义①。本文拟通过考察魏晋六朝用典论，从而更为直观地抉发沈约用典观及其实践的重要价值。

一

南朝隶事成风，时人多以博识多闻相炫，在史传中有很多记载。如《南齐书》卷三十九《陆澄传》：“俭自以博闻多识，读书过澄。澄曰：‘仆年少来无事，唯以读书为业。且年已倍令君，令君少便鞅掌王务，虽复一览便谙，然见卷轴未必多仆。’俭集学士何宪等盛自商略，澄待俭语毕，然后谈所遗漏数百千条，皆俭所未睹，俭乃叹服。俭在尚书省，出巾箱机案杂服饰，令学士隶事，事多者与之，人人各得一两物，澄后来，更出诸人所不知事复各数条，并夺物将去。”王俭以博闻多识自负，但却折给了陆澄。到了梁代，隶事之风只增不减，《南史·刘峻传》载：“武帝每集文士策经史事，时范云、沈约之徒皆引短推长，帝乃悦，加其赏赉。会策锦被事，咸言已罄，帝试呼问峻，峻时贫悴冗散，忽请纸笔，疏十余事，坐客皆惊，帝不觉失色。自是恶之，不复引见。及峻《类苑》成，凡一百二十卷，帝即命诸学士撰《华林遍略》以高之，竟不见用。……”又是一则炫博佚事，刘峻不加收敛，风头太盛，在隶事上盖过了皇帝，而梁武帝气量有限，遭到贬斥自不可避免。不过，这也更加说明了时人对博闻多识的重视。《南史·王僧儒传》：“其文丽逸，多用新事，人所未见者，时重其富博。”《陈书·姚察传》：“每有制述，多用新奇，人所未见，咸重其博。”不但用典，而且要“人所未见”。炫博之风，流衍于文体，一般文人对于隶事用典，视为当然乃至必然。

---

① “三易说”并不见于沈约文集，而是出自《颜氏家训·文章篇》，乃颜之推引沈约语训示子侄：“沈隐侯曰：‘文章当从三易：易见事，一也；易识字，二也；易诵读，三也。’”该说虽非全关用典，但为沈约文学思想之核要，从根本上决定了其对于用典的态度。

文人制作用典，起因大要不过三端：一是思想上之宗经；二是写作取源之需要；三是写作艺术之要求。宗经思想古已有之，扬雄《法言·吾子》云："舍舟航而济乎渎者，末矣；舍《五经》而济乎道者，末矣。"以《五经》为济道之舟航；《寡见》篇认为《五经》代表了各类文体的最高成就，"惟《五经》为辩。说天者莫辩乎《易》，说事者莫辩乎《书》，说体者莫辩乎《礼》，说志者莫辩乎《诗》，说理者莫辩乎《春秋》"，师范《五经》之意溢乎文外。王充《论衡·佚文》则径云："文人宜遵《五经》六艺为文，诸子传书为文。"已明言当以《五经》为写作楷式。其后刘勰不过是继承他们的观点，括而论之。如《文心雕龙·原道》云"道沿圣以垂文，圣因文而明道"，《序志》更云后世文章，皆经典之枝条，并立《征圣》、《宗经》专章，谓"论文必征于圣，窥圣必宗于经"，并标示"文能宗经，体有六义"，集宗经论之大成。综合宗经论主要着眼点来看，一在于道，要求"依经立义"；一在于文，要求"修辞宗经"。虽然这些并不必然联系着用典，且诗文用典也非仅指儒家经典，但以宗经为指导原则，极易培养依傍经史典籍的写作思维，形成引经据典的写作风尚。

一般皆以为隶事用典之风起自南朝，"颜延、谢庄，尤为繁密"（《诗品序》），被钟嵘点名批评。张戒即谓"诗以用事为博，始于颜光禄"（《岁寒堂诗话》卷上），语本钟嵘，却有所曲解。按钟嵘谓颜延之、谢庄"尤为繁密"，著一"尤"字，已阐明其非始作俑者[①]。实则南朝隶事之风，当导源于依傍经典的写作思维，早在两汉即已滥觞。刘勰《文心雕龙·事类》云："贾谊《鵩赋》，始用《鹖冠》之说；相如《上林》，撮引李斯之书……扬雄《百官箴》，颇酌于《诗》《书》；刘歆《遂初赋》，历叙于记传……"也许，这还只是一般引用。但我们看张衡《归田赋》："徒临川以羡鱼"、"感蔡子之慷慨，从唐生以决疑"、"追渔父以同嬉"，等等，就是很正宗的用典了。在张衡的写作意识里，"感老氏之遗戒"、"咏周孔之图书"、"挥翰墨以奋藻，陈三皇之轨模"，前辈典籍皆是模尊礼拜之对象，这使写作客体即便是纯美之大自然，作家仍不免要假灵于先哲前修。黄侃《文心雕龙札记》曾谓"汉代之文几无一篇不采录成语者，观二《汉书》可见"[②]，根源或即与经学时代所孕育的依经傍典的写作思维有关。这一思维，汉魏以下更为普遍，乃至形成写作之风气。《南齐书·文学传论》就将南齐时代"缉事比类，非对不发，博物可嘉，职成拘制"的文学风气联系到前代的"傅咸五经，应璩指事"。傅咸是西晋时期著名的儒家学者，其《七经诗》以儒家经典为题材，集其中成句为诗，体现了强烈的宗经思想，并开后代集句诗之风。应璩，汉魏间人，应玚胞弟。钟嵘在《诗品》中说他"善为古语，指事殷勤"，如其《杂诗》（细微可不慎），纯用古事，意在讽谏；《文选》所录《百一诗》，也引用不少典故，历来多认为是为讽劝时任大将军的曹爽所作。这两位都有着浓厚的儒家思想，且秉持诗人之义，写作的功利色彩强烈。孙宝先生在《傅咸家风与魏晋文风流变》一文中说："集句既是一种文学体式，又是一种创作心态，晋代集句文体的出现与崇尚儒家经典、拘守成句的复古思潮密切相关，它以作者娴熟掌握经典出处并充分融会贯通为前提，体现的是以文学形式展现儒学素养的雅癖。"[③]虽然只提到傅咸，其实像应璩那样的"指事"，体现的也是同一创作心态。萧子显

---

① 曹旭《诗品集注》校异"尤为繁密"条下："'尤'，退翁、《对雨楼》、《择是居》诸本作'犹'。张锡瑜《诗平》：尤，疑当作'先'。"见该书第181页，上海古籍出版社，1994年。按，即便作"犹"，亦无"先"、"始"之训；张锡瑜疑当作"先"，疑而无据，或即受张戒误导欤？

② 黄侃：《文心雕龙札记》，第188页，上海古籍出版社，2000年。

③ 孙宝：《傅咸家风与魏晋文风流变》，《兰州学刊》2008年第1期，199—203页。

《南齐书·文学传论》，敏锐地将南朝用典之风与傅、应二人联系起来比较，说明他注意到南朝用典之滥觞，与汉魏以来在宗经观念下形成的写作思维有密切关系。南朝诗人不一定都仅用儒典，也不一定都有意存讽劝的诗人之义，但这一“以文学形式展现儒学素养的雅癖”算是养成了，只不过不限于“儒学”而已。

当依傍经典从思想上“依经立义”到文学上的“修辞使事”，经典即成为一种写作资源。陆机《文赋》云“咏世德之骏烈，颂先人之清芬。游文章之林府，嘉丽藻之彬彬”，即将前辈文章以及记载先人功德的典籍当成写作的重要资源，与大自然之节序流易同观，谓其皆能令作者感慨而援笔[①]。而实际上，西晋以来模拟风气浓厚，并不仅仅将前代典籍看成创作冲动之诱因，而是径直拿来使用，或以之为写作范本，或以之为抒情说理之素材。此即陆机《文赋》所谓“收百世之阙文，采千载之遗韵”，其所拟之乐府、《古诗十九首》，及前述傅咸《七经诗》，应璩《杂诗》、《百一诗》等，将前代典籍作为文学创作的重要资源，均此类也。至“大明、泰始中，文章殆同书抄”(《诗品序》)，不过延其脉络之极端情形。对这一类作者而言，用典与写作须臾不离，是写作取源之所自。

用典作为写作艺术上之要求，是其修辞学之意义。一般认为《文心雕龙·事类》篇讨论的是用典问题，但该篇所论“据事以类义，援古以证今”的事类，多是指论事说理之引言论证，故屡次强调要恰当：“事得其要，虽小成绩，譬寸辖制轮，尺枢运关也。或微言美事，置于闲散，是缀金翠于足胫，靓粉黛于胸臆也。”这与我们所理解的修辞上的用典可能还是有一定区别。用典的修辞意义在于通过典故所蕴涵的大量历史信息，取得言约义丰的表达效果。从这个意义上说，《文心雕龙·事类》在谈到用事要恰当的同时，还提出要做到“不啻自其口出”，即能与文章融为一体，所谈则属于用典的修辞意义。不过，就一般情形而言，六朝时文大多尚未达到如此高度，于是就出现了“殆同书抄”的弊端，而这恰好授反对者以口实。

在诸多批评家的眼中，“句无虚语，语无虚字”的隶事之风并不皆具正面意义，其反对之直接原因，便是当时因用典而造成的种种诗文病累，然具体情形又各有不同。钟嵘《诗品序》云：“若乃经国文符，应资博古；撰德驳奏，宜穷晚烈。至乎吟咏情性，亦何贵于用事？”将文学色彩较强的诗文与一般应用文区别对待，而其之所以不主张诗文用典，乃基于对诗文之本质在于“吟咏情性”的认识。在钟嵘的意识里，“吟咏情性”与经国道德两途分殊，正与征圣宗经相对立。从钟嵘的论述还能看到这样一种现象，即南朝以来，那些“殆同书抄”的诗文，并不含有对经典的敬畏，不过炫博逞才而已。因此，那些站在尊经的立场上，即便并不反对用典，面对此类仅因炫博逞才而用典的情形，同样也会提出强烈的批评。比如裴子野《雕虫论》：“自是闾阎少年，贵游总角，罔不摈落六艺，吟咏情性，学者以博依为急务，谓章句为专鲁，淫文破典，斐尔为曹，无被于管弦，非止乎礼义，深心主卉木，远致及风云。”裴氏并不是泛泛批评用典，而是批评所用非儒家经典，即所谓“淫文破典”。其次，时人使用这些典故，只是为了“吟咏情性”，而非关乎礼义。反对当时逞才炫博的用典，裴、钟态度基本一致，只是裴认为用典妨碍礼乐道义，而钟嵘则认为妨碍吟咏情性；裴反对的是淫文破典，钟则笼统反对诗文

① 注家多谓“咏世德”、“颂先人”乃指写作内容为颂扬先人功德，恐受庾信《哀江南赋序》“陆机之辞赋，先陈世德”之影响。士衡固有《祖德赋》、《述先赋》等歌咏先人，但与此处“咏世德”、“颂先人”并不相混。视本节末句“慨投篇而援笔，聊宣之乎斯文”，可知前述皆引发创作冲动之基础，故此处“咏世德”、“颂先人”云云，实指因咏颂记载先辈功德之文字而深受感染，与陆氏作赋自陈世德绝不相类。

用典。

由上述可以发现，在很多情形下，用典论总是与宗经与否联系在一起的。一般说来，宗经派不会简单否定用典，而是强调用典的雅正与恰当；且其倡扬之用典，所指大多还不是诗文等文学作品。如前述刘勰《文心雕龙·隶事》所谓"缘古证今"、"据事类义"，大多皆为论说类理论文章。其实就这一点而言，钟嵘与刘勰并没有多大区别，钟氏亦云"经国文符，应资博古；撰德驳奏，宜穷往烈"。因此，在吟咏情性的诗文之中，究竟是否应该用典，用典与吟咏情性是否构成矛盾，才是南朝用典论争执之焦点。

从这个角度来说，批评家确实很少正面对诗文用典做出积极评论。裴子野、钟嵘等从不同的立场批评时人隶事之风自不必论，即如刘勰在《文心雕龙》中以专章论隶事，但涉及的大多并非诗文。而对于吟咏情性之诗文，要么反对用典，要么强调须用儒典，使其义归于正，透示着浓厚的尊经意识。作家以自己的实践，表达了对诗文用典的肯定，而在批评家那里，却以否定者居多。批评家与作家的龃龉，使得南朝用典论破多而立少，缺乏建设意义。刘勰在《文心雕龙》中虽对用典之方法、技术提出一定的建设性意见，但一是其并不以诗文为重点，二因刘勰本人并不创作，故所论还是未免隔阂。在这一背景下，兼有作家与批评家双重身份的沈约，其与创作实践相联系的用典思想，就尤其值得重视了。

二

沈约关于用典的谈论并不多，较值得注意的有三处。一见于《宋书·谢灵运传论》："至于先士茂制，讽高历赏，子建函京之作，仲宣霸岸之篇，子荆零雨之章，正长朔风之句，并直举胸臆，非傍诗史，正以音律调韵，取高前式。"二见于《颜氏家训·文章篇》，颜之推训示子侄云："沈隐侯曰：'文章当从三易：易见事，一也；易识字，二也；易诵读，三也。'"以及同书所引邢邵语"沈侯文章，用事不使人觉，若胸臆语也"。三见于《宋书·周朗传论》："慕古饰情，义非侧席，文士因斯，各存炫藻。……文词之为累，一至乎此。"

《谢灵运传论》的"直举胸臆，非傍诗史"，其中"直举胸臆"同于第二例中邢邵"若胸臆语"，不同的是，一者是因"非傍诗史"而"直举胸臆"，一者则是因"用事不使人觉"而"若胸臆语"。沈约认为曹植、王粲等人"直举胸臆，非傍诗史"，却能够做到"讽高历赏"，是由于"音律调韵，取高前式"。显然，对沈约来说，"非傍诗史"能使诗文取得较高艺术成就，一般情况下是不可思议的，而曹植等人的某些作品能够做到，是以音律之美进行了弥补。这固然从正面说明了音律的重要性，却也从侧面说明了在通常情况下，用典对于诗文实乃不可或缺。

那么，该如何用典呢？《颜氏家训》所引两段话很有意思，一曰"易见事"，一曰"用事不使人觉"。"用事不觉"，则所用之事当是"不易见"的了，如何理解？二者有所龃龉，还是同一种意思的不同表达？第三例则颇同前述钟嵘、裴子野之论，批评时人炫耀文藻，致使文词为累。综合三处来看，"若胸臆语"最为关键，当是沈约眼中诗文审美之核心特质。"非傍诗史"能做到"直举胸臆"固然不错，而用事如能使人不觉，也同样可以达到"若出胸臆"的审美效果。要达到这一效果，就要做到既"易见事"，又"不使人觉"。二者一指典故之选择，当以熟典、常典为主；一指融化无迹的典故运用艺术。后者以前者为条件，若所用之事过偏，一则导致文意艰涩，二则喧宾夺主；只有恰切的常典，才能平易地融入文章，经过妙手剪裁，达到"不使人觉”的效果，最终使文章“若胸臆语”。故“易见事”与“用事不觉”非但不矛盾，而且关系紧密，互为依持，实谓用事之手法、典故之选择，虽出机杼，而最终当融化无迹，泯于自然。

南朝诗文用典遭人诟病之处，即在于因炫才逞博而使事忘义，故有“淫文破典”之弊；而有人因这一弊端，便认为抒情性诗文不贵于用事，从而反对用典，又未免矫枉过正。从沈约对用典的态度中可以看到，他实际上是要求能在直寻与隶事、性情与才学之间，找到适当的平衡点。这样，用典对抒情就会起到积极的作用。这个平衡点简单地说就是人工与自然的统一，虽出机杼，而泯于自然。

这实际上是沈约一以贯之的文学思想。无论声律还是用典，为天地间自然之物，虽有偶然得之之妙手，而大多皆出于匠心，然待其见于诗文，却又要泯灭匠作痕迹。《答徐勉书》云：“天机启则律吕自调，六情滞则音律顿舛。”①可见在沈约看来，声律实根源于性情，是情感灵性的自然表露。《宋书·谢灵运传论》谓以往一些“高言妙句，音韵天成，皆暗与理合，非由思至”，想来当是这些诗人天机灵动，于无意之中得天成之妙声。但对于一般人来说，更多的可能还是要经过精心的揣摩。《报王筠书》谓王筠诗“声和被纸，光影盈字；夔牙接响，顾有余惭，孔翠群翔，岂不多愧”，而王氏“一至乎此”的艺术成就，乃是“思力所该”，这就是“由思而至”，终出以“天成”的代表。其主张诗文用典，却又强调“不使人觉”，皆出以同一文论思想。

除上引文字外，这一思想在沈约文章其他地方还有过多次表述。如《谢齐竟陵王示永明乐歌启》中，他称颂萧子良诗歌“凤彩鸾章，霞鲜锦缛。觌宝河宗，未必比丽；观乐帝所，远有惭德”，这是指其人工雕饰之靡丽；而另一方面，又云萧诗如“日月在天”，“徘徊光景不能自息”，形影相随，则是在强调其根于本性的自然美的表露。《与范述曾论齐竟陵王赋书》云：“夫淼泛沧流，则不识涯涘；杂陈钟石，则莫辨宫商。虽复吟诵环回，编离字灭，终无所辨。”这是在赞美萧子良作赋，宫商音律极美，却又令人感觉不到雕琢之痕迹。又如《报博士刘香书》，谓刘氏所作二赞，“辞采研富，事义毕举。句韵之间，光影相照。便觉此地，自然十倍。故知丽辞之益，其事宏多”。事义与宫商的结合，就不仅仅是合于自然，而是可以巧夺天工，胜于自然了。

对于沈约来说，声律与用典都是提高诗文艺术性的重要手段，二者具一，便能使诗文增色。在《谢灵运传论》中，他认为曹植等人没有用典却能取得较高艺术成就，是以声律作了弥补。如果两者皆备，当然更是锦上添花了。不过，无论声律还是用典，最后达到的效果应该是“不觉”、“不辨”、“自然”等等，而不能留下人工的痕迹。

三

沈约关于用典主要思想如此，但其本身的创作，却经过了一个摸索乃至反复的过程。胡应麟曾谓沈约诗歌思想理论，如声律说等，允谓作者之圣，而其“自运乃无一篇”（《诗薮·外编》卷二）。话虽偏激，但却在某种程度上道出了沈约知行不一的情形。其前期作品对于典故的处理，不少并未能摆脱当时炫博逞才的艰涩之风。如《文选》收录的其早期作品《钟山诗应西阳王教》，其中很多典故就需要专门笺解，如“灵山纪地德”的出典，“终南表秦观”的“秦

① 所引沈约文章，皆据张溥《汉魏六朝百三名家集·沈约集》，文渊阁《四库全书》本。

观”之由来；再如以“翠凤翔淮海”喻宋之兴，略“翠凤旗”之“旗”，以及最后一节的“五药”、“三芝”等略语，因顾及音韵、句读而割略语典，导致诗意晦涩。后期作品，艺术水准有很大提高，出现了不少名篇，用典臻于浑然无迹，但存在不足的也不少，瑕瑜互见。

沈约晚期诗歌创作，以东阳太守任上成就最为显著。齐郁林王隆昌元年(494)，沈约受齐王室权争牵连，外放东阳太守。政治上的失意，却使其诗文达到艺术上的高峰，创作出了《早发定山》、《游新安江至清浅深见底贻京邑同好》、《八咏诗》等堪为代表性的作品。就用典而言，此期诗作驱遣皆为熟典，且用典多从表达诗意实际出发，而非矜才恃博，故读之平易亲切，不少皆能达到其所提出的“易见事”、“不使人觉”的艺术要求。比如《八咏诗》第一、二首之班姬、飞燕、明君、山林苑、淇川、高唐诸典，第三首化用屈辞《离骚》意象、词汇，等等，都是根据文意及情感抒发需要，选择常用典故。即便像第一首中的“三爵台”、“九华殿”可能稍僻，但都能知道是指为豪华气派之所，并不妨碍读者理解诗文。不过，《八咏诗》不足之处也很明显，驱使典故过多，且以名词形式排列铺陈，又稍显堆砌板滞。比较起来，其赴任途中所作的《早发定山》、《游新安江至清浅深见底贻京邑同好》，才算是既用典平易，又妥帖圆融。先看《早发定山》：

> 夙龄爱远壑，晚莅见奇山。标峰彩虹外，置岭白云间。倾壁忽斜竖，绝顶复孤圆。归海流漫漫，出浦水溅溅。野棠开未落，山樱发欲然。忘归属兰杜，怀禄寄芳荃。眷言采三秀，徘徊望九仙。

从题材上看，这是一首典型的山水诗，写景层次清晰、色彩丰富，语言清浅如话，描摹生动。而实际上，不少词句皆有来历。如“标峰彩虹外，置岭白云间”，写山之高峻，实化自《穆天子传》“白云在天，丘陵自出”，但自然妥帖，浑然无迹。自“忘归属兰杜”以下，触景生情，抒写拳拳忠爱之情怀。“兰杜”、“芳荃”、“三秀”等语汇，皆出自屈辞。融楚辞意象入诗，屡见于沈约此期诗歌，前述《八咏诗》中就有不少，而下面这首《游新安江至清浅深见底贻京邑同好》，则更为突出：

> 眷言访舟客，兹川信可珍。洞澈随清浅，皎镜无冬春。千仞写乔树，百丈见游鳞。沧浪有时浊，清济涸无津。岂若乘斯去，俯映石磷磷。纷吾隔嚣滓，宁假濯衣巾。愿以潺湲水，沾君缨上尘。

诗前半写景，后半则化用《楚辞·渔父》之典故，抒发其优游自得、无往不适的情怀。由于诗中所写清水游鳞之水景，与《楚辞》中的沧浪之咏景象类似，即便将沧浪之水看成是本诗中所写的新安江水，也无不可；再加上情绪、心境的契合无间，故本处所用典故，对于阅读本诗并不构成丝毫障碍。明了者知其为用典，不明了者无妨视其为写实。典故融化于诗句之中，浑然一体，可谓是“用事不觉”，而对于诗意的理解来说，其用事之平易，又可谓是“易见事”矣。

用典或声律，有一项运用巧妙，便能为诗文增色，前述《谢灵运传论》所云曹植、王粲等“非傍诗史”，盖能以音律取胜，反之，当声律有瑕疵，诗史典故运用巧妙，也不失为佳作。如其最为人称道的《别范安城》，从形式上看，当为新体诗，然按永明声律论，不少地方却未能避免声病：

> 生平少年日，分手易前期。及尔同衰暮，非复别离时。勿言一樽酒，明日难重持。

梦中不识路，何以慰相思。

如“生”、“分”同声，犯平头，“日”、“暮”同声，犯鹤膝，“离”、“时”同声，犯大韵，等等，虽然沈约自诩为妙解声律第一人，而轮到自己创作，却出现胡应麟所批评的拙于“自运”的现象。然本诗仍不失为经典，乃至堪称沈约诗的代表作，在其情感深挚、意味隽永之外，便因本诗之用典，实堪称模范。“梦中不识路，何以慰相思”，据《文选》李善注，乃用《韩非子》所述故事，战国时张敏和高惠是好友，后来两人分开，张敏对高惠极为思念，以致做梦去寻找高惠，但行至中途却迷失了道路。诗人用这一典故，抒发对友人浓重的情谊，与整个诗境融化无迹，令人浑然不觉其用典。确如后人所评，“一片真气浮动，无一毫境事碎琐参错”、“字字幽，字字厚，字字远，字字真”（钟惺、谭元春《古诗归》）。本诗用典之浑然无迹，差不多能代表南朝诗文用典艺术的最高水平。

在这些诗歌中，典故能够化入诗意，不再是外在于诗歌的用事，而是与诗歌成为一浑融的整体，从而达到“用事不觉”的效果。从上述几首诗来看，沈约能够做到这一点，一是用典灵活，能够创造性使用典故，通过联想发挥，借助典故拓展意境、情感。比如《早发定山》中的“标峰彩虹外，置岭白云间”，李善引《穆天子传》“白云在天，丘陵自出”为注，两者在意象、比喻方式上确实呈现相似性，但这又不同于普通的用典。沈诗在前人句意的启发下，将喻象作了进一步的扩展发挥，以高出彩虹，矗立云间来形容山之高峻，比《穆天子传》中比喻更显形象、生动。这一手法，类似于江西诗派的点化之论，窃古人意而再铸新词。二是重视典故内在的思想，与之作深层的精神交流。如上引几首以屈辞词句、意境入诗，在作者而言，是精神意趣相通，情同此心，心同此理。在这里，典故之具体事实较虚泛，而情绪感慨与本诗契合无间。上述两点，一是在写作技术层面，如何灵活处理、丰富典故的艺术表现；一是在思想内容层面，构建与古人莫逆于心的精神空间。无论哪一点，都消解了典故本身的独立性。这种消解，可以如盐入水，如《别范安城》之属，即所谓“用事不觉”；也可以如影随形，如《游新安江》之属，既“易见事”，又与本诗血肉相连，融为一体。

黄春贵先生说：“大约用典之佳者，贵能推陈出新，无异于出自一己之创作，譬如水中煮盐，运化无迹，不使人觉。……故原本古事成辞，用典时却须重加铸造，别出心裁。……夫善纫者无隙缝，工绘者无渍痕，用典若斯，紧着题意，融化而不涩，用事而不为事使，则面目精神，方能一新。”[①]沈约虽未就用典作进一步发挥，然在其后期诗作中出现的一些作品，却在某种程度上将用典艺术推向这一高度。

作者单位：上海大学

［本文系 2011 年度教育部人文社科研究一般项目《〈宋书〉文学研究》（项目编号：11YJC751040）的阶段性成果］

① 黄春贵《文心雕龙之创作论》，转引自詹瑛《文心雕龙义证》，第 1433 页，上海古籍出版社，1989 年。

序文析义及其源流、体制略论

赵厚均

序文为古代文人创作中常常使用的文体之一。无论是一部书，一篇杂体文章，还是一首诗词歌赋，其前常常有序，为我们了解该作品的创作背景、主旨或者作者的生平情况等提供有益的帮助。今略析序文之含义及文体源流与体制，以就教于方家。

一、序义辨析

序之义，古时颇多纠葛之处。《说文解字·广部》云："序，东西墙也。从广予声。"段玉裁注云："《释宫》曰：'东西墙谓之序。'按，堂上以东西墙为介。《礼经》谓阶上序端之南曰序南，谓正堂近序之处曰东序、西序。古假杼为序，《尚书大传》：'天子贲庸，诸侯疏杼。'郑注云：'墙谓之庸，杼亦墙也。'……又《攴部》曰：'次第谓之叙。'经传多假序为叙。《周礼》、《仪礼》'序'字，注多释为次第是也。又《周颂》'继序思不忘'，《传》曰：'序，绪也。'此谓序为绪之假借字。"[①]可知，序之本义是东西墙，与杼通。后来假借为叙，乃具有次第之意。《说文解字·攴部》："叙，次弟也。"[②]"东西墙"何以和"次弟"发生关联呢？宋人金履祥解释得较为详尽，他认为："《尔雅》：东西墙谓之序。盖古者宫室之内，以墉墙为隔，犹今以壁隔也。东西墙，犹言东西壁。壁之外，即夹室，故又曰东西厢。谓之序，自堂言之，则东西壁为序；自夹室言之，则墙乃夹室之墙也，夹之前谓之厢，故夹室亦通可谓之厢矣。贾氏注《礼》曰：序以西为正堂。序东有夹室，盖士惟东房西室，乃以室户房间为中，房前东壁为序，序东有夹；惟天子诸侯则有东西房，有东西夹。郭氏曰：序者，序别内外也。然左右进以至户牖间者，必先由序，故谓之序，犹云次第经由处也。"[③]又据刘熙《释名·释宫室》云："序，次序也。"王先谦引苏舆曰："《御览·居处十三》引《尔雅》犍为舍人注云：'殿东西堂，序尊卑处。'郭注云：'所以序别内外也。'"[④]原来古人以东西墙来区分尊卑内外，序字遂渐失其本义，而向次第之义转变。

序又假借为绪。除上引《说文》段注语外，《左传》卷一"春秋序"孔颖达疏曰："序与叙音义同。《尔雅·释诂》云：'叙，绪也。'然则举其纲要，若茧之抽绪。孔子为《书》作序，为《易》

---

① 〔清〕段玉裁：《说文解字注》，第444页，上海古籍出版社，1988年。

② 《说文解字注》，第126页。

③ 〔宋〕金履祥：《书经注》卷十一，清十万卷楼丛书本。

④ 〔汉〕刘熙撰，毕沅疏证，王先谦补：《释名疏证补》卷五，第188页，中华书局，2008年。

作序卦，子夏为《诗》作序，故杜亦称序，序《春秋》名义、经传体例及已为解之意也。”[1]在疏解《尚书序》时，孔颖达又曰：“序者，言序述《尚书》起记、存亡、注说之由，序为《尚书》而作，故曰《尚书序》。《周颂》曰：‘继序思不忘。’毛传云：‘序者，绪也。’则绪述其事，使理相胤续，若茧之抽绪。”[2]孔疏一方面阐释了序“若茧之抽绪”之字义，另一方面也说明了序的文体意义。又王应麟云：“序，绪也。绪述其事，使相胤续。”[3]即承孔氏之意而发。

此外，序还有发抒之义，这也是假借叙的意思。《释名·释典艺》云：“叙，杼也，杼泄其实宣见之也。”[4]杼，或从扌，即抒。抒与舒通，“舒者，展舒徐缓有次也”[5]。故《公羊传》“何休序”徐彦疏曰：“序者，舒也，叙也。舒展己意以次叙经传之义，述己作注之意，故谓之序也。”[6]既有次序，又可舒展己意，序之本义尽失，遂鸠占鹊巢，堂而皇之地出没于本该是“叙”字的各种场合。高步瀛认为：“叙字以次第为本义，又与绪字通，而杼与舒皆声训，故得终此数义曰：叙也者，次第其事理而引导其绪，杼泄其义，舒展其意也。”[7]凡此诸义，序皆据而有之。而在实际创作上，二者又往往混用，后世学者在讨论序体时，常常会予以关注。如：

徐师曾《文体明辨序说》云：“按《尔雅》云：‘序，绪也。’字亦作‘叙’，言其善叙事理，次第有序，若丝之绪也。……字或作序，或作叙，惟作者随意而命之，无异义也。”[8]

张相《古今文综评文》云：“《周颂》‘继序’，《传》曰：‘序，绪也。’《尔雅·释诂》曰：‘叙，绪也。’《说文》：序为东西墙，叙为次第。假序为叙，经传已旧。兹编为序为叙，字或不同，一从传本。序既训绪，义资紬绎，又训次第，意在敷陈。”[9]

姚永朴《文学研究法》卷一“门类”：“序跋类者，《经典释文》云：‘序，次也，又与叙通。叙，亦次也。盖次作者之指而道之也。’”[10]

夫子有云：“必也正名乎！名不正则言不顺。”姑述序、叙、绪之间的关联如上。

二、序文的起源与发展

序之名已明，那它作为文体，产生于何时呢？关于文体的起源，前人往往会将其与儒家经典联系起来[11]，对序体也不例外。只是对序体的源头的看法，更加纷繁复杂。大致而言，主要有三种观点。一是源于《易传》。姚鼐《古文辞类纂·序目》云：“序跋类者，昔前圣作《易》，孔子为作《系辞》、《说卦》、《文言》、《序卦》、《杂卦》之传，以推论本原，广大其义。”孙梅《四六

① 〔晋〕杜预《春秋左传正义》卷一，《十三经注疏》，第1703页，中华书局影印阮元刻本，1979年。

② 〔汉〕孔安国传、〔唐〕孔颖达《尚书正义》卷一，《十三经注疏》，第113页。

③ 〔宋〕王应麟：《玉海》卷六十二，清光绪九年(1883)浙江书局刻本。

④ 《释名疏证补》卷六，第217页。

⑤ 〔晋〕郭璞注、〔宋〕邢昺疏《尔雅注疏》卷一，《十三经注疏》，第2569页。

⑥ 〔汉〕何休注、〔唐〕徐彦疏《春秋公羊注疏》，《十三经注疏》，第2190页。

⑦ 高步瀛：《古文辞类纂笺疏》，第131页，长春：吉林大学出版社，1997年。本节关于“序”之释义，多受高步瀛笺疏启发，特在此说明，以示不敢掠美。

⑧ 〔明〕徐师曾：《文体明辨序说》，第135页，人民文学出版社，1962年。

⑨ 王水照：《历代文话》第九册，第8778页，复旦大学出版社，2007年。

⑩ 姚永朴：《文学研究法》，第30—31页，黄山书社，1989年。

⑪ 详见《文心雕龙·宗经》、《颜氏家训·文章篇》等。

丛话》卷二十："先师韦编三绝，翼赞前经。《文言》檃括乎《乾》、《坤》，《序卦》发挥乎爻象，此则序所由昉，序作者之意也。"[①]张相《古今文综评文》："孔子赞《易》，爰有《序卦》，其序之权舆乎？"二是源于《尚书序》。陈骙《文则》云："大抵文士题命篇章，悉有所本。自孔子为《书》作序，文遂有序。"[②]三是源于《诗大序》。吴讷云："《尔雅》云：'序，绪也。'序之体，始于《诗》之《大序》。首言六义，次言风雅之变，又次言二南王化之自。其言次第有序，故谓之序也。"[③]娄坚云："序者，叙所以作之指也。盖始于子夏之序《诗》。"[④]陈懋仁云："序起《诗大序》。"[⑤]

对于源于《尚书序》说，明代的文体论者已有辩驳：

> 按小序者，序其篇章之所由作，对大序而名之也。汉班固云："孔子纂书凡百篇而为之序，言其作意，此小序之所由始也。"然今《书序》具存，决非孔子所作，盖由后人妄探作者之意而为之。[⑥]
>
> 序，所以序作者之意，谓其言次第有序也。《史通》云："《书》列典谟，《诗》含比兴，若不先序其意难以曲得其情。"《汉书》言之："所起远矣，至孔子纂书，上断于尧，下讫于秦，凡百篇而为之序。"按孔安国序《尚书》，未尝言孔子作。刘歆亦曰："识见浅陋，无所发明。"非孔子作甚明。[⑦]

所谓"小序"，即《尚书》篇前类似于《毛诗》小序的序文。如：

> 昔在帝尧，聪明文思，光宅天下。将逊于位，让于虞舜，作《尧典》。[⑧]
>
> 虞舜侧微，尧闻之聪明，将使嗣位，历试诸难，作《舜典》。[⑨]

《尚书》旧说有一百篇，并不是篇篇有序，孔颖达说："检此百篇，凡有六十三序，序其九十六篇。"[⑩]这些序的作者是谁，在经学史上是争论颇多的问题。扬雄《法言·问神篇》云："昔之说《书》者，序以百。"汪荣宝疏云："意《尚书》欧阳、大小夏侯三家旧本有序篇以百者，子云犹及见之，故其言如此。"[⑪]扬雄并没有说作者是谁，后来班固在《汉书·艺文志》中始明言为孔子所作，郑玄、马融、王肃等皆未尝疑之，朱熹始以为秦汉间人所作，经明清以来学者的深入探讨，已颠覆了孔子作《书序》的观点[⑫]。其体制与《毛诗》诸篇小序相似，已是成熟的序文，显然不能视其为序体之源头。

那么《诗大序》是否可视作序体的源头呢？当然也不能。《诗大序》之作者，历来聚讼纷

① 孙梅：《四六丛话》，第399页，人民文学出版社，2010年。

② ［宋］陈骙：《文则》，第9页，人民文学出版社，1960年。

③ ［明］吴讷：《文章辨体序说》，第42页，人民文学出版社，1962年。

④ ［宋］娄坚《重刻元氏长庆集序》，《学古绪言》卷一，影印文渊阁四库全书本。

⑤ 《文章缘起》"序"条注，影印文渊阁四库全书本。

⑥ 《文体明辨序说》，第135—136页。

⑦ 《文章缘起》陈懋仁注。

⑧ 《尚书正义》卷二，《十三经注疏》，第118页。

⑨ 《尚书正义》卷三，《十三经注疏》，第125页。

⑩ 《尚书正义》卷二，《十三经注疏》，第118页。

⑪ 〔汉〕扬雄撰，汪荣宝义疏：《法言义疏》，第151页，中华书局，1987年。

⑫ 〔清〕朱彝尊《经义考》卷七十三有详述（中华书局1998年影印四部备要本，第407—408页）。高步瀛又引朱彝尊、吴汝纶、柯劭忞诸家的观点，可参看。见《古文辞类纂笺疏》第132—133页。又王玥琳博士论文《序文研究》第49页也引有多家观点。

纭，有孔子、子夏、毛公、卫宏等种种说法，朱彝尊《经义考》载之甚详[①]，《四库全书总目》也多有引述，以为是“说经之家第一争垢之端”[②]。《诗大序》的作者年代既无定论，体制也非常成熟，是不能视作序体的最初起源的。

相较于其他两种观点，序体源于《易传》说，似更具合理性。今人于雪棠曾详论其对汉代书序等的影响，并认为：“它们涉及的内容则具有后世所说的序的特征。《易》传可以看作是从各个方面对《易》本经所作的一篇总序。也正是在这个意义上，刘勰和姚鼐才提出《易》是序这种文体的本原。”[③]《易传》虽非作于一人一时一地[④]，且是儒家为阐释经典而作，但已具有了序的一些特征，如《序卦》篇，孔颖达认为：“《序卦》者，文王既繇六十四卦分为上下二篇，其先后之次，其理不见，故孔子就上下二《经》，各序其相次之义，故谓之《序卦》焉。”[⑤]其文即在解释六十四卦“相次之义”，对读者理解全书编排的体例很有帮助，符合序文次第事理并引导其绪的含义，故名曰《序卦》。《序卦》是最早以“序”为名的篇章，后世李鼎祚《周易集解》即将《序卦》分拆，冠于各卦之首，直接视为各篇之小序了。《易传》的其他篇章也都和序体有着千丝万缕的联系，所以后世学者多将其作为序之源头。

在《易传》之外，先秦的其他一些典籍中也有略具序文雏形的文字。姚鼐认为：“《诗》、《书》皆有序，而《仪礼》篇后有记，皆儒者所为。其余诸子，或自序其意，或弟子作之，《庄子·天下篇》、《荀子》末篇皆是也。”[⑥]按，《仪礼》之《士冠礼》、《士昏礼》、《乡饮酒礼》、《乡射礼》、《燕礼》、《聘礼》、《公食大夫礼》、《觐礼》、《丧服》、《既夕礼》、《士虞礼》、《特牲馈食礼》等十二篇后，皆有记语。“十二篇之记，有补经之不足者，有与经文互相发明者，亦有彼此两记详略不同、文字互异者，其为七十子后学者杂记远古之言无疑。……诸篇之记有特为经一条而发者，有兼为两条而发者，有兼为数条而发者，亦有于经义之外别见他礼者，皆当时记礼者之书，治《仪礼》者取而附诸经后，作者固不专为释经著也。”[⑦]诸记位于经文之末，其形式和早期序文居于书后相同；诸记“皆是记经不备，兼记经外远古之言”[⑧]，在内容上与后世序文对正文进行补充说明也相似，故姚鼐会将其视为早期的序文。又曾国藩认为：“序跋类，他人之著作序述其意者。经如《易》之《系辞》，《礼记》之《冠义》、《昏义》皆是。”[⑨]在他编的《经史百家杂钞》序类就选了《易》之《文言》《系辞》、《礼记》之《冠义》。《易传》已如上述，确实是序文的源头，那《礼记》的两篇呢？《冠义》开篇即云：

> 凡人之所以为人者，礼义也。礼义之始，在于正容体，齐颜色，顺辞令；容体正，颜色齐，辞令顺，而后礼义备。以正君臣，亲父子，和长幼；君臣正，父子亲，长幼和，而后礼义立。故冠而后服备，服备而后容体正，颜色齐，辞令顺。故曰：冠者，礼之始也。是故，古

---

① 《经义考》卷九十九，第535—544页。

② 〔清〕永瑢等撰：《四库全书总目》卷十五，第119页，中华书局，1965年。

③ 于雪棠：《周易与中国上古文学》，第143页，北京师范大学出版社，2005年。

④ 高步瀛曾引欧阳修、程迥、黄震、刘宗周、陈澧诸家的观点，皆否认《易传》全为孔子所作。见《古文辞类纂笺疏》第131页。

⑤ 〔魏〕王弼等注、〔唐〕孔颖达疏《周易正义》卷九，《十三经注疏》，第95页。

⑥ 〔清〕姚鼐《古文辞类纂》序目，第3页，上海古籍出版社，1998年。

⑦ 梁国珍《仪礼记传解》，转引自高步瀛《古文辞类纂笺疏》，第133页。

⑧ 〔汉〕郑玄注、〔唐〕贾公彦疏《仪礼注疏》卷三，《十三经注疏》，第958页。

⑨ 〔清〕曾国藩：《经史百家杂钞·序例》，第2页，岳麓书社，1987年。

者圣王重冠。[①]

《昏义》云：

男女有别，而后夫妇有义；夫妇有义，而后父子有亲；父子有亲，而后君臣有正。故曰：昏礼者，礼之本也。

夫礼始于冠，本于昏，重于丧祭，尊于朝聘，和于乡射，此礼之大体也。

以冠为礼之始、昏为礼之本，故分别于篇中讨论，具有为《礼记》整部书序说的意味，曾国藩遂视之为序体文。但这两篇文字只是略有一些序文的因素，其内容本身还是《礼记》正文的组成部分，不能割裂出来当作《礼记》的序文。

儒家典籍之外，姚鼐还举了诸子中的《庄子·天下篇》和《荀子》末篇，也视作序文。《天下篇》是《庄子》全书的最后一篇，内容上阐释内圣外王之道和褒贬先秦各家学说，写作年代有战国中后期、秦汉之际、西汉初、魏晋等不同的说法，并非《庄子》一书的序是显然的，不过其纵横捭阖的议论对后世书序中的议论体却有一定的影响。《荀子》末篇，是指《尧问》篇后"为说者曰"至篇末的一小段文字。该文申说"天下不治，荀卿不遇时也"，意在辩驳当时"孙卿不及孔子"的言论，为荀子正名。故杨倞以为是"荀卿弟子之辞"[②]，自然也不能将其视为《荀子》一书的序言。不可否认的是，其文抑郁感慨，有较浓烈的情感，颇合序之"舒展"义，又有类于后世之跋语。

此外，《吕氏春秋·序意》是先秦另一篇以"序"命篇的文字，一般也会将其看作是序文。该篇前半段内容是针对《十二纪》主旨的问答，无疑可视作《十二纪》之序；后半段叙述赵襄子与豫让之事，通常认为是其前《不侵》篇的错简[③]。该篇位置也比较特殊。今本《吕氏春秋》是按《十二纪》、《八览》、《六论》的顺序排列，《序意》居于《十二纪》之后，《八览》之前，在全书的中间。因此对于其究竟是全书之序，还是《十二纪》之序，学者颇多不同的看法，如杨树达认为："古书自述作书之意者，其文皆殿全书之末，《庄子·天下篇》、《淮南·要略》、《太史公自序》、《汉书·叙传》、《论衡·自纪》之类是也。此书独在篇中者，乃后人移易《吕书》次第致然，盖今本次第非《吕书》之旧故也。据《史记·吕不韦传》及《十二诸侯年表序》述《吕氏春秋》皆以《八览》、《六论》、《十二纪》为次，知《十二纪》本在《八览》、《六论》之后，则此篇本在全书之末也。"[④]而陈奇猷却对杨说加以否定，他认为："杨说非也。下文云'良人请问《十二纪》'，又云'凡《十二纪》者'，则此《序意》显系序《十二纪》，并非序全书，岂可殿于全书之末耶？吕书《十二纪》、《八览》、《六论》，非成于一时，亦非成于一地，《纪》、《览》、《论》各自为帙。《十二纪》成书最早，《十二纪》成即暴之咸阳市门，此《序意》即暴咸阳市门之《十二纪》之序，故殿此《十二纪》之末。"[⑤]又《四库总目提要》认为："（十二纪）每纪皆附四篇，而季冬纪独五篇。末一篇标识年月，题曰《序意》，为十二纪之总论。殆所谓纪者犹内篇，而览与论者为外

① 《礼记正义》卷六十一，《十三经注疏》，第1679页。

② 〔唐〕杨倞：《荀子集解》，第554页，中华书局，1988年。

③ 可参见陈奇猷《吕氏春秋校释》，第653—654页，学林出版社，1984年。

④ 杨树达：《积微居读书记·读吕氏春秋札记》，第225页，上海古籍出版社，2006年。

⑤ 陈奇猷：《吕氏春秋校释》，第649页，学林出版社，1984年。

篇、杂篇欤？唐刘知己作《史通》内外篇，而《自序》一篇亦在内篇之末，外篇之前，盖其例也。”[①]相较之下，后两者的说法似更近情理。姑不论其到底是《吕氏春秋》全书的序，还是《十二纪》的序，《序意》篇是公认的序文，却是肯定的。

总上而言，《易传》，尤其是《序卦》，可以看成是序文的起源。《仪礼》篇后之记，《礼记》之《冠义》、《昏义》，《庄子·天下篇》，《荀子·尧问》“为说者曰”一段，都或多或少地具备序文的因素，对序文的成熟有一定的影响。至《吕氏春秋·序意》，《毛诗》大小序，《尚书》小序，序文已基本成型，成为后世的重要文体。

三、序文的体制与分类

序文的位置，今天看来当然是置于书前或篇首，但在早期却是在书后的。《易传》、《吕氏春秋·序意》、《庄子·天下篇》、《荀子·尧问》“为说者曰”一段皆是如此。高步瀛认为：“不惟《庄》、《荀》，如《孟子·尽心篇》末‘由尧舜至于汤’一章，以及《淮南子·要略》、《盐铁论·杂论》、扬子《法言序》、《潜夫论·叙录》、《论衡·自纪》等篇，皆缀卷末，皆自序也。”[②]又姚永朴《文学研究法》卷一“门类”云：“古人之序，多缀于末。《诗》、《书》序旧别为一卷，附本书以行；其冠之每篇首，特后所移耳。《太史公自序》、《汉书叙传》亦缀于末，惟诸表序冠于首。班氏作《两都赋》，前为之序，左太冲《三都赋》因之，而郑氏《诗谱》亦以序居前，此其滥觞欤？”[③]亦是看到了序文位置的升降变化。至于变化的原因，张相认为：“序其作意，次第为言。古人命篇，多在简末，如《史记序》、《说文解字序》是也。后世徒观夫《诗》、《书》小序冠于篇前，往往有所著述，则导言之作，褎然居首，已稍失古谊矣。”[④]因《毛诗》、《尚书》小序居于篇前，便将原本居于书后的序文也提到书前，这自然更方便读者了解“作者之意”，于是遂成为通行的做法。

孔安国《尚书序》：“书序，序所以为作者之意。”[⑤]这是最早对序文作意的阐释。虽然学界将其视为东晋梅赜所献伪《古文尚书》的一部分，但至少在东晋时对序文的主旨已有明确的认识，后来王应麟所云“序者，序典籍之所以作”[⑥]，应即是对《尚书序》的承续。尽管后世序文内容已有很多超出此限，但“序所以为作者之意”无疑还是序文最主要的任务。

刘勰在《文心雕龙》中详细论述了三十三种文体，各体之中又子类繁多，共有一百二十余种，却没有专门论及序体。孙德谦《六朝丽指》“序录体”条云：“吾独怪彦和论文，诸体悉备，而遗此序体，何哉？”[⑦]即对刘勰遗漏序体而感到不解。又孙梅《四六丛话》卷二十“序”条云：“尝考《文心》论列诸体，独不及序。惟《论说》篇有‘序者次事’之语，岂以序为议论之流乎？”按，《文心雕龙·论说》云：“详观论体，条流多品：陈政，则与议说合契；释经，则与传注参体；

① 《四库全书总目》，第1008—1009页。

② 《古文辞类纂笺疏》，第133页。

③ 姚永朴：《文学研究法》，第30—31页，黄山书社，1989年。

④ 《古今文综评文》，《历代文话》第九册，第8778页。

⑤ 《尚书正义》卷一，《十三经注疏》，第116页。

⑥ 〔宋〕王应麟《辞学指南》卷四，《玉海》附。清光绪九年（1883）浙江书局刻本。

⑦ 〔清〕孙德谦《六朝丽指》，《历代文话》第九册，第8490页。

辨史，则与赞评齐行；铨文，则叙引共纪。……序者次事，引者胤辞。”次事，谓属辞比事；“胤辞，谓牵导篇辞”[①]。此处之“序”与“引”各为“论”体“八名”之一。刘勰在《文心雕龙》中还多处提及序[②]，但并未对其文体特征进行讨论。

和刘勰差不多时代的任昉，在《文章缘起》中说：“序，汉沛郡太守作《邓后序》。”乃将《邓后序》视为最早的序文。该文今已佚，难知其详。不过刘珍的《东观汉纪》中却有《光武叙》、《章帝叙》、《和帝叙》和《殇帝叙》等文，皆为品评性文字。又《隋书·经籍志》云：“后汉光武，始诏南阳，撰作风俗，故沛、三辅有耆旧节士之序，鲁、庐江有名德先贤之赞。……载笔之士，删采其要焉。鲁、沛、三辅，序赞并亡，后之作者，亦多零失。”[③]序与赞皆属刘勰所言之论体。刘师培亦云：“赞之本义，原与序同，序以总括书之大纲，赞以约述传之事实。”[④]又云：“有所谓‘序’者，实即赞之一种。盖古文序、赞不分，《后汉书》之论即为《前汉书》之赞，论、赞之用，并与序同。”[⑤]可知《邓后序》及《东观汉记》诸叙，盖属“序者次事”之流，实为赞之一种，与“序典籍之所以作”之序绝不相类。

刘知己《史通·序传》云：“盖作者自叙，其流出于中古乎？案屈原《离骚经》，其首章上陈氏族，下列祖考；先述厥生，次显名字。自叙发迹，实基于此。降及司马相如，始以自叙为传。然其所叙者，但记自少及长，立身行事而已。逮于祖先所出，则蔑尔无闻。自马迁，又征三闾之故事，放文园之近作，模楷二家，勒成一卷。于是扬雄遵其旧辙，班固酌其余波，自叙之篇，实烦于代。虽属辞有异，而兹体无易。”[⑥]《离骚》自述家世，相如自叙记载自己的立身行事，皆类史传。司马迁撰《太史公自序》，置于《史记》之末，其文叙述自身家世与《史记》之所由作，既是书序，又是史传，故刘知己以“序传”名之。其后，扬雄《法言序》、王充《论衡·自纪》，班固《汉书·叙传》，皆效仿《太史公自序》，为序传类作品。刘知己《史通·序例》又云：“孔安国有云：序者，所以叙作者之意也。窃以《书》列典谟，《诗》含比兴，若不先叙其意，难以曲得其情。故每篇有序，敷畅厥义。降逮《史》、《汉》，以记事为宗，至于表志杂传，亦时复立序。文兼史体，状若子书，然可与诰誓相参，风雅齐列矣。”[⑦]亦认为序兼史体，有类史传。

孙德谦《六朝丽指》“序录近传体”条云：“《史记》列传，于其人有著述者，无不言之曲尽，直可作书序读。《隋书·经籍志》有刘向《别录》二十卷，其书久亡，然今以《管子》、《荀子》诸书录观之，或即取本传之文。近儒有曰：‘在人则谓之传，在书即谓之序。’此真不刊之言。余读任彦升《王文宪集序》与宇文逌《庾子山文集序》，皆叙述生平，近于传体。将六朝骈文，作为序录，亦上法迁《史》者耶？”[⑧]又张相云：“古者序集，文以人重，读其书，不知其人，可乎？昧者不察，习睹近体，惊诧古人之作无殊列传，以为格不相入，则数典而忘其祖者也。彦升《王

① 见李曰刚《文心雕龙斠诠》，转引自詹锳《文心雕龙义证》，第674页，上海古籍出版社，1989年。

② 王玥琳曾详引《文心雕龙》中10处提及序的文字加以讨论，可参看。见《序文研究》，北京师范大学2008年博士论文，第20—22页。

③ 〔唐〕魏征等：《隋书》，第982页，中华书局，1973年。

④ 刘师培：《刘师培中古文学论集》，第144页，中国社会科学出版社，1997年。

⑤ 《刘师培中古文学论集》，第111页。

⑥ 〔唐〕刘知己撰，浦起龙释：《史通通释》，第256—257页，上海古籍出版社，1978年。

⑦ 《史通通释》，第87页。

⑧ 《历代文话》第九册，第8485页。

文宪集序》,粲然古意,可为模范。"[①]两人所云,即刘知几所说的序传。作序而近史传,是序体中较为特殊的写法。

对序体的分类,历来学者都曾注意。徐师曾尝谓序"为体有二:一曰议论,二曰叙事",《邓后序》即议论之体,《太史公自序》等即叙事之体。唐彪《读书作文谱》卷十一"序、小序"云:"《尔雅》云:'发其事理,次第有叙也。'有叙事多者,有议论多者,有末后缀以诗者,三者皆通用也。西山真氏则分无诗者为正体,有诗者为变体。小序者,序其篇章之所由作,对大序而名之也。古人著书,每自为之叙,然后己意了然,无有差误。此小序之所由作也。"[②]议论、叙事等正体,即是大序,又可称书序;有诗者之变体,即是小序,又可称篇序。赵翼云:"孙炎云:'序,端绪也。孔子作《序卦》及《尚书序》,子夏作《诗序》,其来尚已。'然何休、杜预之序《左氏》、《公羊》,乃传经者之自为序也;史迁、班固之序传,乃作史者之自为序也;刘向之叙录诸书,乃校书者之自为序也。其假手于他人以重于世也,自皇甫谧之序左思《三都》始。"[③]这虽是从内容上分为为个人著作自作的传经之序、作史之序、校书之序和为他人单篇文章作序,实亦即书序和篇序。徐师曾《文体明辨序说》分序为三类:

> 序:"按《尔雅》云:'序,绪也。'字亦作'叙',言其善叙事理,次第有序,若丝之绪也。又谓之大序,则对小序而言也。其为体有二:一曰议论,二曰叙事。"
>
> 小序:"按小序者,序其篇章之所由作,对大序而名之也。汉班固云:'孔子纂书凡百篇而为之序,言其作意,此小序之所由始也。'然今《书序》具存,决非孔子所作……独司马迁以下诸儒,著书自为之序,然后己意了然而无误耳。"
>
> 引:"按唐以前,文章未有名引者;汉班固虽作《典引》,然实为符命之文,如杂著命题,各用己意耳,非以引为文之一体也。唐以后始有此体,大略如序而稍为短简,盖序之滥觞也。"

"引"为后起的体类,亦多为篇序。"大序"即相当于书序或集序,"小序"则指篇序。张相在《古今文综评文》中,将著述之序分为"自序著述"、"序人著述"和"序古书"三大类,在前两类下,又分"序单篇"、"序全帙"两小类,实即篇序与书序。书序,在经、史、子、集四部图书中都曾使用,其主要内容就是"序典籍之所由作";篇序则主要用于单篇文章如诗、赋、诔、碑等文体,可分为诗序、赋序和杂序等。后世之序文即沿此两端而发展,成为人们常用的文体。

作者单位:华东师范大学

[本文是上海市重点学科建设资助项目(B404)成果]

① 《古今文综评文》,《历代文话》第九册,第 8783 页。

② 《历代文话》第四册,第 3562 页。

③ 〔清〕赵翼:《陔余丛考》卷二十二"序",第 425 页,中华书局,1963 年。按,孙炎语,《史记集解序》注引张守节《正义》云:"序,绪也。孙炎云:谓端绪也。孔子作《易·序卦》,子夏作《诗序》,序之义其来尚矣。"与此略异。

诗学史背景下的《八种韵》研究

卢盛江

《文镜秘府论》天卷有《八种韵》，即连韵、叠韵、转韵、叠连韵、掷韵、重字韵、同音韵、交锁韵。关于《八种韵》，中国未见研究。日本学者有解释[①]，但也仅限于如何解释"八种韵"上。何为八种韵，解释是必要的，也不是太困难。问题在于，从创作的情况来看，从诗歌史的情况来看，八种韵的情况各不相同，从这不同的情况，可以对《八种韵》得出一些进一步的印象，可以更为深入地认识《八种韵》。《八种韵》作于盛唐与中唐之间（关于这一点，下文有分析），是盛中唐之际诗学的重要文献。我们既需要从诗学史来认识八种韵，又需要从八种韵来认识诗学思想史，这可能是更为重要也更需要研究的问题。

一

我们从同音韵说起。

同音韵是用同音之字押韵[②]。从诗歌史看，押同音韵，是一种普遍的现象。《诗经·小雅·伐木》第二章的舅与咎，《大雅·云汉》第二章宫与躬就同音。到唐代，杜甫于诗律有细致讲究，但他的一些诗歌，也有同音韵。他的《自京赴奉先县咏怀五百字》的列、裂与烈，诀与橘，活与褐，《九日寄岑参》的旧、就与救，《晦日寻崔戢李封》的流留、由游、裘求，都是例子。长诗如此，短诗也如此。以初唐为例，一些近体诗的作者，他们的五言八句诗，都曾押同音韵，李峤《晚景怅然简二三子》的花与华，《十一月奉教作》的镳与飙，《马武骑挽歌二首》其一的非与飞，宋之问《经梧州》的华与花，崔融《留别杜审言并呈洛中旧游》的悠与游，都是例子。杜甫也是这样。他的《逢唐兴刘主簿弟》的书与疏，《寄赠王十将军承俊》的弓与功，《落日》的幽与忧，《畏人》的啼与蹄，都是同音韵，这些诗都是五言八句的短诗。但是，这种普遍现象，我以为并不是有意的追求。因为如果是有意的追求，诗中同音韵应该会更多。自《诗经》到唐代诗中多有同音韵，只是因为同一韵部同音字比较多。比如庚部，仅见纽庚韵的就有庚耕更羹京惊荆等字。还有其他同音字。但人们也没有有意避用同音韵，因为如果避用同音韵，对于长诗来说可能比较困难，对于五言八句这样的短诗，对于初唐近体诗作者和杜甫这样精

---

① 如小西甚一《文镜秘府论考·研究篇》（下）（日本东京：株式会社大日本雄辩会讲谈社，1951年）对此就有分析。

② 如《八种韵》举例诗："今朝是何夕，良人谁难觌；中心实怜爱，夜寐不安席。"第五字"夕"与第四句末字"席"同音而押韵。本文所用《文镜秘府论》原文，均据拙稿《文镜秘府论汇校汇考》，中华书局，2006年。

于诗律的诗人来说，应该不是困难的事，但他们的八句短诗中恰恰有不少同音韵。诗歌押同音韵这一现象可信的解释，应该是人们既没有有意追求，也没有有意避忌。至少到唐代是如此。

再看叠韵、叠连韵、重字韵和交锁韵。

叠韵是用叠韵之词押韵[①]，重字韵是用重字押韵[②]。诗歌以叠韵和重字押韵，自《诗经》到唐代都有一些。《诗经》重字韵比较多，《卫风·硕人》"北流活活"，"鳣鲔发发"，《邶风·谷风》"行道迟迟"，《卫风·淇奥》"绿竹青青"，都是例子。叠韵押韵很少，但也能找到。如《邶风·绿衣》"绿衣黄裳"是一例。自后汉魏六朝至唐，都能找到一些例子。重字韵如汉乐府《相逢行》的"华灯何煌煌"，《孔雀东南飞》的"二情同依依"，《古诗十九首》之《涉江采芙蓉》的"长路漫浩浩"，曹植《赠白马王彪》的"山树郁苍苍"，陆机《门有车马客行》的"松柏郁芒芒"，谢灵运《郡东山望溟海》的"白日出悠悠"，王融《齐明王歌辞七首》其五《清楚引》的"飞观郁岧岧"，谢朓《秋竹曲》的"映日颇离离"，沈佺期《别侍御严凝》的"行迈方靡靡"，宋之问《缑山庙》的"霜月渐微微"，李峤《送李邕》的"风景正凄凄"，都是例子。叠韵词押韵如汉乐府《孔雀东南飞》的"寡妇起彷徨"，《古诗十九首》之《西北有高楼》的"中曲正徘徊"，曹植《远游篇》的"神岳俨嵯峨"，陆机《前缓声歌》的"庆云郁嵯峨"，谢灵运《过始宁墅》的"洲萦渚连绵"，沈佺期《饯高唐州询》的"客鬓各蹉跎"，崔融《韦长史挽词》的"荆棘渐蒙笼"，杨炯《送梓州周司功》的"征马屡盘桓"，都是例子。以叠韵词和重字押韵虽都能找到一些例子，但基本上是率然为之，很难说是有意追求。我们看初唐十位近体诗作者525首四句到十二句五言诗，虞世南、上官仪、苏味道、杨炯、杜审言都没有重字韵，许敬宗、上官仪、苏味道、杜审言都没有叠韵之韵。其他诗人，重字韵许敬宗、崔融各只有1处，沈佺期、宋之问、李峤稍多，分别有4处、6处和3处；叠韵之韵，虞世南、宋之问和崔融各有1处，沈佺期有3处，杨炯有2处，李峤有4处。象李峤这样诗人，173首四句到十二句五言诗，1410句，只有3处重字韵，4处叠韵之韵，实在看不出有意追求的意思。自汉魏至唐，诗作那么多，而重字韵和叠韵之韵数量那么少，恐怕都只是偶而为之，率然为之。

叠连韵是第四、第五与第九、第十字同韵，即用叠韵之词连续押韵，可看作叠韵和下面要讲的连韵的合用[③]。一般诗歌只是偶句押韵，交锁韵是偶句和奇句交错押韵，故称之为交锁韵[④]。叠连韵和交锁韵更难找到。就交锁韵来说，永明之前曹植、陆机、谢灵运等人诗中还能

① 如《八种韵》举例诗："看河水漠沥，望野草苍黄。露停君子树，霜宿女姓姜。"叠韵词"苍黄"押韵。

② 如《八种韵》举例诗："望野草青青，临河水活活。斜峰缆行舟，曲浦浮积沫。""活活"为重字押韵。

③ 如《八种韵》举例诗："羁客意盘桓，流泪下阑干。虽对琴觞乐，烦情仍未欢。"首句盘桓，二句阑干，用叠韵词连韵。

④ 如《八种韵》举例诗王昌龄《秋兴》："日暮此西堂，凉风洗修木。著书在南窗，门馆常肃肃。苔草弥古亭，视听转幽独。或问予所营，刘黎就空谷。"偶句木、肃、独、谷同押入声屋韵，奇句堂（唐韵）、窗（江韵）同押，亭（青韵）、营（清韵）同押，奇句和偶句交错押韵，故为交锁韵。

找到几处相连二句奇句与偶句交错用韵[1]。永明以后，这种情况就更少了。我们查永明至陈沈约、王融、谢朓、徐摛、萧纲、萧绎、庾肩吾、徐陵、江总等人及北朝庾信等人五言四句到十二句诗，只得沈约、王融、谢朓、萧纲、庾信各一处二韵交锁韵[2]。不论永明之前还是永明以来，这所谓交锁韵，都只是一首诗偶句押韵中夹着那么二个奇句彼此合韵。整首诗作为交锁韵的，只有沈约《咏孤桐》和谢朓《王孙游》（诗已见前注），但也只是四句短诗。查初唐虞世南、许敬宗、上官仪、沈佺期、宋之问、崔融、苏味道、杨炯、杜审言、李峤等10人的五言四句至十二句诗，则连一处交锁韵也没有。虽然永明之后至初唐这些诗人还有十四句以上诗，但数量不多，虽然还有其他诗人，但注重声律的诗人基本都在此。这应该可以推知魏晋六朝至初唐人们对交锁韵的认识。很难相信他们已有这方面的自觉意识，他们只是在写诗过程中偶尔带出那么一处二处，到了初唐，则这样可怜的一处二处也没有。就叠连韵来说，则更少。遍查唐前及初唐上述这些诗人的诗作，没有找到一处。那些诗人诗作，诗中单一个叠韵之韵已很难得，至于两个叠韵之词上下并列押韵，则半点影子也找不到。从诗歌史的这些情况看，可以说，唐前至初唐的诗人们基本上不知道什么交锁韵，至于叠连韵，则更是完全没有这个概念。

这就可以来看《八种韵》。从《八种韵》来看，同音韵并不是作为押韵的一种类型。作者只是说，如果押韵"同音而字别"，"此无妨也"。"无妨"就是没有妨碍。可能当时人们对是否用同音字押韵有不同看法，而《八种韵》的作者对此作了回答。"同音而字别"是可以的，作者没有说，如果同音又同字是否可以。因为唐前及唐一些诗作，不但有同音韵，而且有同字韵。《诗·小雅·伐木》第三章的二"我"字，二"愆"字，《小雅·出车》第三章有二"方"字，《大雅·荡》第一章有二"辟"字。唐代还是以杜甫为例，他的《自京赴奉先县咏怀五百字》就有二"折"字，三"卒"字。

叠韵、叠连韵和重字韵，还有交锁韵，显然是作为一种押韵形式或说类型。这种押韵形式，更多地带有盛唐以后人们，特别是《八种韵》作者的创造和探求。因为如前所述，从创作

---

① 如曹植《赠王粲》："我愿执此鸟，惜哉无轻舟。欲归忘故道，顾望但怀愁。"偶句舟与愁，奇句鸟与道，交错用韵。《赠白马王彪》："玄黄犹能进，我思郁以纡。郁纡将难进，亲爱在离居。"偶句纡与居，奇句进与进。《浮萍篇》："悲风来入帷，泪下如垂露。散箧造新衣，裁缝纨与素。"偶句露与素，奇句帷与衣。《鞞舞歌·灵芝篇》："户有曾闵子，比屋皆仁贤。髫龀无夭齿，黄发尽其年。"偶句贤与年，奇句子与齿；陆机《赠顾交趾公贞》："伐鼓五岭表，扬旌万里外。远绩不辞小，立德不在大。"偶句外与大，奇句表与小。《为顾彦先赠妇二首》其二："借问叹何为，佳人眇天末。游宦久不归，山川修且阔。"偶句末与阔，奇句为与归。《为周夫人赠车骑》："昔者得君书，闻君在高平。今时得君书，闻君在京城。"偶句平与城奇句书与书。《拟迢迢牵牛星》："跂彼无良缘，睆焉不得度。引领望大川，双涕如沾露。"偶句度与露，奇句缘与川。《豫章行》："寄世将几何，日昃无停阴。前路既已多，后涂随年侵。"偶句阴与侵，奇句何与多。《饮马长城窟行》："末德争先鸣，凶器无两全。师克薄赏行，军没微躯捐。"偶句全与捐，奇句鸣与行。《长歌行》："容华夙夜零，体泽坐自捐。兹物苟难停，吾寿安得延。"偶句捐与延，奇句零与停。谢灵运《游南亭》："乐饵情所止，衰疾忽在斯。逝将候秋水，息景偃旧崖。"偶句斯与崖，奇句止与水。《南楼中望所迟客》："登楼为谁思，临江迟来客。与我别所期，期在三五夕。"偶句客与夕，奇句思与期。《道路忆山中》："濯流激浮湍，息阴倚密竿。怀故叵新欢，含悲忘春暖。"偶句竿与暖，奇句湍与欢。《临终》："嵇公理既迫，霍生命亦殒。凄凄后霜柏，纳纳冲风菌。"偶句殒与菌，奇句迫与柏，都是奇句与偶句交错用韵。

② 沈约《咏孤桐》："龙门百尺时，排云少孤立。分根荫玉池，欲待高鸾集。"偶句立与集，奇句时与池。王融《同沈右率诸公赋鼓吹曲》二首之《巫山高》："彼美如可期，寤言纷在瞩。怃然坐相思，秋风下庭绿。"偶句瞩与绿，奇句期与思。谢朓《王孙游》："绿草蔓如丝，杂树红英发。无论君不归，君归芳已歇。"偶句发与歇，奇句丝与归。萧纲《枣下何纂纂》："弱刺引罗衣，朱实凌还憾。且欢洛浦词，无羡安期远。"偶句憾与远，奇句衣与词。庾信《拟咏怀诗二十七首》其二十："秋云粉絮结，白露水银团。一思探禹穴，无用鏖皋兰。"偶句团与兰，奇句结与穴，都是偶句与奇句交错用韵。

来看，从诗歌史来看，盛唐以前，这些押韵形式有的能找到少量例子，有的则基本上找不到用例。不论有无用例，都难以让人相信那时已有这类押韵的自觉意识。有少量例子的只是偶尔为之，没有用例的则可以说基本上甚至完全没有这类概念。但是，从《八种韵》和其他材料来看，盛唐，特别是《八种韵》作者已有了这一观念。就是说，他们已经意识到，叠韵、叠连韵和重字韵，还有交锁韵，可以为一种押韵形式。这几种韵中，叠韵、叠连韵和重字韵所举的诗例出处不详，交锁韵所举诗例则明确是王昌龄《秋兴》诗。这是盛唐的作品。据李云逸《王昌龄诗注》之注，此诗约为开元十五年(727)王昌龄进士及第前所作。从诗的内容和诗风看，这是可信的。前注已引王昌龄《秋兴》诗，细读此作，应该是一首完整的诗作，因为诗意已经很完整。如果是这样，那么，这就是整首诗用交锁韵，和前面我们所述唐前及初唐那些在一篇长诗中夹着二句用交锁韵已不相同。这是八句交锁韵，和前面所述沈约《咏孤桐》和谢朓《王孙游》只是四句短诗也不同。或者可以这样说，王昌龄在进士及第之前，就已在探索交锁韵这种押韵形式。尽管我们从王昌龄现存其他诗作未再找到交锁韵之例，可能王昌龄后来的创作兴趣已转到其他方面，比如，精心创作七言绝句，以至后来成为七绝圣手。但他早年曾探讨过交锁韵的押韵形式，则当是事实。盛唐其他一些诗人也可以找到这几种押韵形式的诗作。重字韵和叠韵自不必说。就交锁韵来说，李白、杜甫就有这类例子①。尽管都是长诗中夹着几句交锁韵，相对于初唐基本没有交锁韵来说，交锁韵在诗中的更多出现仍是值得关注的。这可能说明，盛唐人们已在有意无意之中关注这一押韵形式。叠连韵之例，在杜甫诗中也找到这样一例，这是他的《白水县崔少府十九翁高斋三十韵》，其中有句："危阶根青冥，曾冰生淅沥。"这还不是叠连韵，因为上句"青冥"叠韵却不押韵。但较之单一句叠韵，这离叠连韵的形式已经很近了。杜甫于诗律上是下过细致的探求功夫的，他是不是也有意无意地接触到以叠韵押韵，并且与上句叠韵相对这一形式？这一形式再往前走一步，就是叠连韵。前代创作很少甚至没有诗例，在这种情况下，叠韵、同音韵、叠连韵和交锁韵等押韵形式的提出，在诗歌批评上是第一次，它确实更多地带有盛唐以后人们，特别是《八种韵》作者的创新和探求。

这几种押韵形式，叠韵、叠连韵和重字韵，让人想起唐人对属论。唐人对属论有双声、叠韵对、赋体对。赋体对除双声对、叠韵对之外，还有重字对。唐人这些对属论，《文镜秘府论》东卷有存录，主要出初唐《文笔式》、上官仪《笔札华梁》和崔融《唐朝新定诗格》。不能说《八种韵》这几种押韵形式的提出就是受初唐提出这类对属形式的影响，但是，他们在探讨诗歌艺术表现形式(一为探讨诗歌对属，一为探讨诗歌押韵)时，都注意到汉语语词声韵的特点，多有双声、叠韵和重字词的特点，这一点是可以肯定的。因此，在对属论则提出双声对、叠韵对和重字对，在押韵则提出叠韵、叠连韵和重字韵。这当中，重字韵如果对句也是重字，实际就成了句尾重字对。叠韵之韵如果对句也是叠韵，实际就成了句尾叠韵对。如果对句叠韵

① 李白《公无渡河》："波滔天，尧咨嗟。大禹理百川，儿啼不窥家。"偶句嗟与家，奇句天与川。杜甫《南池》："南有汉王祠，终朝走巫祝。歌舞散灵衣，荒哉旧风俗。"偶句祝与俗，奇句祠与衣。杜甫《草堂》："昔我去草堂，蛮夷塞成都。今我归草堂，成都适无虞。""旧犬喜我归，低徊入衣裾。邻舍喜我归，酤酒携胡芦。大官喜我来，遣骑问所须。城郭喜我来，宾客隘村墟。"前四句偶句都与虞，奇句堂与堂，后八句偶句裾、芦、须与墟，奇句归与归，来与来。《雨》："宿留洞庭秋，天寒潇湘素。杖策可入舟，送此齿发暮。"偶句素与暮，奇句秋与舟；《暇日小园散病将种秋菜督勒耕牛兼书触目》："不爱入州府，畏人嫌我真。及乎归茅宇，旁舍未曾嗔。"偶句直与嗔，奇句府与宇，都是交锁韵的例子。

同时又押韵,就成了叠连韵。叠连韵必然是句尾叠韵对。句尾重字对和句尾叠韵对恰恰是初唐赋体对中的两种。这在《文镜秘府论》东卷"第七赋体对"有论述。当然,对属论和押韵论还研究了各自探讨的艺术表现形式的特点。就押韵论来说,因为研究的是押韵,考虑的"韵",而不是"声",因此有叠韵和叠连韵,而没有双声押韵。比如叠韵和重字韵,不但第十字押韵,而且第九字也押韵。叠连韵,如例诗:"羁客意盘桓,流泪下阑干。"不但上句第五字"桓"和下句第十字"干"押韵,而且上句第四字"盘"和下句第九字"阑"也押韵,更有一种音韵回环往复的押韵效果。双声押韵就不可能有这样的艺术效果。

和初唐一些对属论一样,注意到汉语声韵的特点,同时注意到押韵这一艺术表现形式自身的特点,在前代很少甚至基本上没有创作经验借鉴的情况下,表现出艺术上独立创新和探求的精神,这是我们的一点印象。

二

我们再看另几种押韵形式:连韵、转韵和掷韵,

先看连韵。连韵是第五字与第十字同韵,即首句押韵,与第二句连韵[①]。从诗歌史看,连韵是有传统的。最早的诗歌就有连韵。比如《吴越春秋》所载古歌《弹歌》:"断竹,续竹,飞土,逐肉。"《尚书》载皋陶氏《赓歌》:"股肱喜哉,元首起哉,百工熙哉。"都是一二句连韵。《诗经》、《楚辞》和两汉诗歌直到魏晋诗歌都有连韵[②]。前代人们在诗歌创作中应该对连韵有过有意尝试和探求。早期诗歌还只是率然为之,或者只是用韵习惯,并不带有自觉探求的性质。就汉代和魏晋来说,连韵诗还比较少。比如《古诗十九首》,没有一首首句连韵。我们统计过魏晋曹植、陆机、谢灵运、鲍照等4人全部五言诗,376首中,28首有连韵,占7.4%。但永明以后,特别是梁陈以来,一方面,人们仍习惯诗章首句不入韵,但另一方面,则在越来越多的诗中尝试首句入韵连韵。特别在所中意的有代表性的新诗体,在那些四句到十二句五言诗。我们统计这类诗。永明时期沈约、王融、谢朓等3人302首中,29首有连韵,占9.6%,较之魏晋已有增多。梁代徐摛、萧纲、萧绎、庾肩吾等4人391首中86首有连韵,已占22.0%;陈代徐陵、江总2人64首中25首有连韵,占25.3%;北朝常景、温子升、邢劭、魏收、阳休之、庾信等6人240首中,36首有连韵,占14.8%,初唐虞世南、许敬宗、上官仪、沈佺期、宋之问、崔融、苏味道、杨炯、杜审言、李峤等10人525首中,99首有连韵,占18.9%。从这个统计看,梁代特别是陈代人们在比较多的诗中尝试连韵,分别有五分之一和四分之一。就个人来说,梁代萧绎99首中有28首连韵,占28.3%,庾肩吾71首中有19首连韵,占26.8%,陈代江总64首中有17首连韵,占26.6%,比例都不小。初唐比例较前朝稍低,但杨炯21首中有8首连韵,占38.1%,比例还是不小。这都看出有意探求的痕迹。人们是在探求,五言诗首句连韵好,还是不连韵好。当然,后来的五言律诗是以首句不入韵为常,而七言

① 如《八种韵》举例诗湘东王萧绎《赋得竹》:"嶰谷管新抽,淇园竹复修,作龙还葛水,为马向并州。"第五字"抽"与第十字"修"连韵。

② 如《诗·卫风·氓》:"氓之蚩蚩,抱布贸丝。""桑之未落,其叶沃若。"《诗·秦风·蒹葭》:"蒹葭苍苍,白露为霜。""蒹葭凄凄,白露未晞。"《楚辞·九歌·湘君》:"君不行兮夷犹,蹇谁留兮中洲。"汉乐府《陌上桑》"日出东南隅,照我秦氏楼",汉代文人诗《上山采蘼芜》"上山采蘼芜,下山逢故夫"等,都是例子。

律诗则以首句入韵为常。但永明特别是梁陈以来，人们在创作中探求过连韵这一押韵形式，则是事实。

转韵是篇中由一韵转为另一韵[①]。转韵情况有些复杂。一方面，六朝至唐很多诗都不转韵。我们统计永明时期沈约、王融、谢朓等3人，梁代徐摛、萧纲、萧绎、庾肩吾等4人，陈代徐陵、江总2人，北朝庾信等6人，初唐虞世南、许敬宗、上官仪、沈佺期、宋之问、崔融、苏味道、杨炯、杜审言、李峤10人的四句到十二句五言诗，除沈约、徐陵各1首，王融、萧纲各2首之外，其余的这类诗都不转韵。这些人这类诗之外的诗歌，转韵的也不多[②]。谢朓，徐摛、苏味道、杜审言所有的诗都不转韵。唐代很多长篇五言古诗都不转韵。如杜甫那些三十韵五十韵七十韵的长篇五言古诗，都一韵到底，并不转韵。转韵在唐代五言诗中，似不普遍。但另一方面，转韵却有传统。《诗经》章与章基本上是转韵的，一章之内也有转韵的。《楚辞》，如《离骚》、《天问》等长篇作品，自不用说都转韵。另一些楚辞作品，《九章》每一篇都转韵，《九歌》除《东皇太一》和《礼魂》之外，也都转韵。汉乐府民歌很多也都转韵，如《上邪》仅9句，《平陵东》仅12句，都转韵。一些篇幅稍长，如《战城南》、《鸡鸣》、《陌上桑》等，也都转韵。六朝到唐代很多七言诗，特别是那些七言和五七言歌行，基本上是转韵的。

关于转韵，魏晋南北朝已有论述。曹操嫌于积韵，陆云希望四句就应转句即转韵，齐永明年间曹奏定朝乐歌诗和刘勰不赞同二韵而转，初唐《文笔式》不赞成一连六句押同一韵而不转韵。从后来创作来看，从前面我们的分析来看，五言小诗转韵的确实很少，但唐人五言古诗长篇一韵到底，百句不迁的情况却也不少。关于转韵，理论和创作有时不一致，各家看法也有不一致。不管怎样，人们论述过探讨过转韵，则是事实。

再看掷韵。掷韵既是连韵，也是转韵，二句连韵，又二句一转韵，掷去原韵，转安新韵[③]。初盛唐一些诗可以见到这种押韵形式。一些诗是比较严格的二句连韵，二句一转韵。如李峤《拟古东飞伯劳西飞燕》[④]，一、二句韵凤梦，转三、四句韵楼头，再转五、六句韵出日，七、八句韵歌蛾，九、十句韵改待，全诗十句，掷韵到底。李白《乌栖曲》[⑤]，一、二句韵时施，转三、四句韵毕日，再转七、八、九句韵多波何，全诗九句，也是掷韵到底，只是最后三句连韵。如岑参《轮台歌奉送封大夫出师西征》，一、二句韵角落，转三、四句韵黎西，五、六句韵黑北，七、八句韵征行，九、十句韵涌动，十一、十二句韵屯根，十三、十四句韵阔脱，最后十五、十六、十八句韵辛尘人。也是掷韵到底，只是最后是四句中三句连韵。他的《天山雪歌送萧治归京》也是

① 如《八种韵》举例诗李白《赠友人》："兰生不当门，别是闲田草；夙被霜露欺，红荣已先老。谬接瑶花枝，结根君王池；顾无馨香美，叨沐清风吹。余芳若可佩，卒岁长相随。"前四句"草"、"老"上声皓韵转为后六句"枝"、"池"、"随"支韵。

② 转韵诗，沈约、庾肩吾、庾信、崔融、杨炯各1首，徐陵2首，虞世南、许敬宗各3首，上官仪、沈佺期、李峤各4首，萧绎5首，江总6首，萧纲和宋之问稍多，分别有11首和13首。

③ 如《八种韵》举例诗一："不知羞，不敢留。但好去，莫相虑。孤客惊，百愁生。饭蔬箪食，乐道忘饥，巷陋不疲。"一二句"羞"、"留"尤韵，三四句"去"、"虑"转御韵，五六句"惊"、"生"转庚韵，八九句"饥"、"疲"再转支韵。例诗二："不知羞，不肯留。集丽城，夜啼声。出长安，过上兰。指扬都，越江湖。念邯郸，忘朝餐。但好去，莫相虑。"一二句"羞"、"留"尤韵，三四句"城"、"声"转清韵，五六句"安"、"兰"转寒韵，七八句"都"、"湖"转模韵，九十句"郸"、"餐"转寒韵，末二句"去""虑"再转御韵。

④ 李峤《拟古东飞伯劳西飞燕》"传书青鸟迎箫凤，巫岭荆台数通梦。谁家窈窕住园楼，五马千金照陌头。罗裙玉佩当轩出，点翠施红竞春日。佳人二八盛舞歌，羞将百万呈双蛾。庭前芳树朝夕改，空驻妍华欲谁待。"

⑤ 李白《乌栖曲》："姑苏台上乌栖时，吴王宫里醉西施。吴歌楚舞欢未毕，青山欲衔半边日。银箭金壶漏水多，起看秋月坠江波，东方渐高奈乐何。"

这样。一些诗则是三句连韵，三句一转韵。如岑参著名的《走马川奉送出师西征》，一、二句韵边天，接下三、四、五句韵吼斗走，六、七、八句韵肥飞师，九、十、十一句韵脱拨割，十一、十二、十三句韵蒸冰凝，最后转十四、十五、十六句韵慑接捷。一些诗则是一、二、四句连韵而转韵。这类诗可以称之为一二四型掷韵诗。这类诗，有的是整齐的一、二、四句连韵转韵，有的则是二句连韵转韵夹着一、二、四句连韵转韵。初盛唐那些七言歌行，相当多的都用这种押韵形式。张若虚著名的《春江花月夜》便是。还有沈佺期《入少密溪》、卢照邻《失群雁》、李峤《汾阴行》。宋之问这类诗很多，他的《军中人日登高赠房明府》、《寒食还陆浑别业》、《寒食江州满塘驿》、《至端州驿见杜五审言……慨然成咏》、《绿竹引》、《明河篇》等都是。岑参这类诗更多，他写边塞的那些名篇，《白雪歌送武判官归京》、《热海行送崔侍御还京》、《火山云歌送别》都是，还有《临河客舍呈狄明府兄留题县南楼》、《客舍悲秋有怀两省旧遊呈幕中诸公》、《青门歌送东台张判官》、《梁园歌送河南王说判官》等。张说、李白、杜甫、高适、刘希夷等都可找到不少这类一二四型掷韵之诗。

这些都是七言。初盛唐五言掷韵诗很少。刘希夷《采桑》是一例。此诗一、二、四句韵人秦春，即转五、六、八句韵曲绿玉，九、十、十二句韵东同风，十三、十四、十六句韵息色力，十七、十八、二十句韵悠头楼，是典型的一二四型掷韵五言诗。他的《春女行》也是一例，此诗是二句连韵的掷韵夹杂着一二四掷韵。杨炯《奉和上元酺宴应诏》五言六十句，不是一二四掷韵，却是整齐的一二四六掷韵，其押韵从一、二、四、六句韵年弦悬天，即转命庆政盛韵，平惊名兵韵，角朔乐剥韵，旦涣观赞韵，祥昌堂皇韵，极式色亿韵，轩园言元韵，荐遍殿县韵，臣神春人韵。这可以看作是掷韵的变化。

掷韵的源流，可以追溯到《楚辞》。《楚辞》有掷韵，可能与骚体感情激越有关。比如《楚辞·九歌·山鬼》。此诗前八句，一、二句韵阿罗，即转三、四句韵笑窕，再转五、六、八句韵狸旗思，是一般掷韵杂着一二四型掷韵。汉代几首骚体诗，汉武帝《秋风辞》，一、二句韵飞归，即转三、四句韵芳忘，再转五、六、七、八句韵波歌多何；汉息夫躬《绝命辞》，一、二句韵归徊，转机栖韵，再转罔往兰肝韵，再转微开韵，谑语韵，唫阴韵，期思韵；张衡《四愁诗》，由一、二、三句韵山艰翰，转刀瑶遥劳韵，林深襟韵，玕盘怅伤韵等，或是二句连韵转韵，或是一二四句连韵转韵，或者三句连韵转韵，都可以算是掷韵之诗。

五言诗中有掷韵，现在所知最早是汉乐府《饮马长城窟行》，此诗二十句，前八句，均二句连韵，随即转韵，由一、二句草道韵转三、四句思之韵，再转五、六句旁乡韵，再转七、八句县见韵，是典型的掷韵形式。乐府五言诗有掷韵，可能因为乐府，押韵比较自由。建安时期，曹操《短歌行》前八句，由一、二、四歌何多韵，转五、六、八句慷忘康韵，陈琳《饮马长城窟行》也是前八句，由一、二、四窟骨卒韵，转五、六、八句程声城韵，可算一二四型掷韵，不过曹操诗是四言。陈琳诗杂有一句七言。永明时期有沈约《拟青青河畔草》，此诗八句："漠漠床上尘，心中忆故人。故人不可忆，中夜长叹息。叹息想容仪，不欲长别离。别离稍已久，空床寄杯酒。"由一、二句尘人韵，转三、四句忆息韵，五、六句仪离韵，七、八句久酒韵。这是所能找到最早的完整典型的掷韵五言诗。同时王融《青青河畔草》，此诗十二句："容容寒烟起，翘翘望行子。行子殊未归，寤寐君容辉。夜中心爱促，觉后阻河曲。河曲万里余，情交襟袖疏。珠露春华返，璇霜秋照晚。入室怨蛾眉，情归为谁婉。"由一、二句起子韵，转三、四句最辉韵，五、六句促曲韵，七、八句余疏韵，九、十、十二句返晚婉韵，典型掷韵杂著末四句一二四型掷韵，也是比较早的一首。沈约、王融写出这样完整典型的掷韵五言诗，应该带有有意探索的性质。后来萧纲《淫豫曲》四句诗，由一、二句服触韵，转三、四句多过韵，也是典型的掷韵五言诗。

掷韵七言诗，六朝有鲍照《代白纻曲二首》，此诗其二由一、二句多和韵转三、四句芽华韵，再转五、六、七句韵筵弦年。这是比较早的典型的掷韵七言诗，也可能此体即由鲍照创立。后来萧纲《乌栖曲》四首，每首四句，分别由柞落韵转河波韵，钩头韵转熟宿韵，车家韵转栖低韵，膝出韵转怜前韵，都是二句连韵，二句一转韵。萧纲的《东飞伯劳歌》二首，其一由情迎阴心韵转徊台韵，再转四意韵，垂知韵，前四句连韵转韵，后面六句二句连韵转韵，用掷韵形式。此诗其二由羁值韵转止里韵，再转钩流韵，六目韵，催媒韵。江总《梅花落》十六句，由春新韵转台开韵，转薄落韵，柱舞韵，甍莺韵，照笑韵，轻明韵，切绝韵，则是二句连韵转韵。这是典型的掷韵诗。还有徐陵两首《杂曲》，江总《杂曲三首》其二其三和他的《姬人怨服散篇》，则是一二四型掷韵七言诗。

这样看，掷韵的源流，可追溯到《楚辞》和汉代骚体诗，五言诗中有掷韵，最早是汉乐府，而完整典型的掷韵五言诗，最早见于永明时期沈约和王融之作，掷韵七言诗，比较早有鲍照之作。到了唐代，掷韵五言诗已不多见，而大量的是掷韵七言诗。这是掷韵的大致情况。这都说明，掷韵和连韵、转韵一样，也是有传统，前人和时人对掷韵也有过探求。

这就又可以来看《八种韵》。如前所析，从创作来看，从诗歌史来看，盛唐以前叠韵、叠连韵和重字韵的用例很少，有的则基本上找不到用例，很难相信那时已有这类押韵的意识。连韵、转韵和掷韵则不同，有一定的传统，有前代探求的痕迹，有些押韵形式则正在唐代流行。《八种韵》提出连韵、转韵和掷韵，显然带有总结前人和时人押韵经验和规律的性质。

从创作看，从诗歌史看，关于连韵、转韵和掷韵，人们的探求内容比较丰富。比如转韵，有四句转韵之说，有八句转韵之说，有改韵从调之说。比如掷韵，有五言掷韵，有七言掷韵，有二句连韵随即转韵，有三句连韵随即转韵，有一二四型掷韵。《八种韵》提出连韵、转韵和掷韵，显然不可能尽含这些丰富的内容。它只有一首例诗，只说明一种情况。转韵不说明几句一转，一首诗可以有几次转韵。掷韵同样不说明可几句连韵几句转韵。这些丰富也是复杂的情况，都留给人们自己去领会。它是一种简明的示范式的总结。

以简明的示范式总结传统，总结前人和时人创作的探求和经验，这是对《八种韵》的又一点印象。

三

我们从诗学史看八种韵，也可以从八种韵看诗学史。

从八种韵，从现有材料，我们看到诗学史押韵形式的发展和探求有一个过程。自有诗歌以来，就有押韵，除一般的押韵之外，还有连韵。《诗经》已有多种押韵形式，有连韵，多转韵，还有重字韵、叠韵之韵。《楚辞》除一般押韵、连韵、转韵之外，掷韵的源头也可以追溯到《楚辞》的个别作品。两汉是押韵形式的一个发展阶段。重字韵、叠韵押韵之外，一些骚体诗和汉乐府还多有掷韵。早期诗歌、《诗经》和汉乐府有多种押韵形式，与这些作品中多民歌有关，民歌是比较活泼的，它需要同样活泼而变化多样的押韵。《楚辞》和汉代骚体诗之所以多掷韵，因为掷韵二句连韵，二句一掷，起伏变化大，恰好适应骚体作品激越动荡的感情抒发。我们相信，两汉以前人们对于押韵还是率然为之。建安以来文学走向自觉，重字韵、叠韵押韵仍有不少。一般的转韵反而不太多有，永明以后一直如此。这与诗歌文人化可能有关。文人写诗歌，不习惯写得太活泼，也就不太爱用活泼多变的转韵之类。文人有文才，他们相信自己有才能自如地驾驭一韵当中那繁多的押韵之字，不需要中途换韵。后来杜甫那些五十韵七十韵甚至百韵的长篇五言古诗一韵到底，显然带有呈才的意思。百韵之诗都可以不换韵，需要多大的文才。魏晋南北朝其实也不少长篇五言古诗中途不转韵。永明以来，人们探求新体诗，所谓新体诗，除了讲求声律之外，在篇幅上，往往是一些小巧的短诗。这时出现大量四句到十二句的五言小诗，与新体诗的追求有关。而这些五言小诗，除极个别之外，基本上是不转韵的。一韵到底，可能是一种追求，也因为追求一韵到底，所以转韵之类形式比较少用了。魏晋时期，押韵形式变化不大，永明时期却出现了沈约和王融的完整的掷韵五言诗。永明以后，特别是梁陈以后，首句押韵也为很多诗歌所尝试，特别是那些四句到十二句新体五言诗。《文心雕龙》还专门讨论过转韵的问题。这或者表明，永明人们在探求八病及近体诗律等声律问题的同时，在多种押韵形式上也有过尝试。至少，完整的五言掷韵诗，就是在沈约、王融那里最先找到的，首句押韵就为很多诗歌所尝试。七言掷韵诗，最早则见于鲍照，后来有萧纲等的诗，南朝七言诗相当部分是一二四掷韵。人们在诗体上似有分别，七言诗往往换韵掷韵，五言诗则往往一韵到底，这或者因为五言诗文人化了，而七言诗兴起的时候，还比较多地保持流行时期的活泼自由习惯，一直到唐代，那些七言歌行仍然如此。诗体观念也影响着押韵，诗歌史的这一现象，是值得注意的。不管怎样，魏晋南北朝是押韵探求的一个重要阶段。从八种韵，我们确实知道，在诗歌史上各种押韵形式有一个发展和探求的过程。

我们还可以了解盛唐以后文学思想更多的东西。《八种韵》“三转韵者”引李白《赠友人》诗，“八交锁韵”引王昌龄《秋兴》诗，说明《八种韵》作于盛唐李白、王昌龄以后。盛唐至中唐之间，空海入唐之前，诗格类著作，现在所知，有王昌龄《诗格》和皎然《诗式》、《诗议》。王昌龄《诗格》多为讲学纪录，从现存王昌龄《诗格》看，时有王昌龄自作之诗。这可能因为王昌龄讲学之时有自引其诗为例的习惯，也可能为学诗弟子在王昌龄之后补充诗例，包括补充王昌龄自己的诗例。《八种韵》恰恰引有王昌龄诗例。王昌龄《诗格》如“十七势”等，所论和《八种韵》一样多是作诗法。从这点看，《八种韵》有可能就引自王昌龄《诗格》。不管怎样，《八种韵》作于李白、王昌龄之后，为盛唐至中唐文献，这是没有疑问的。这表明，它反映的是盛唐到中唐的文学要求。关于盛唐到中唐的文学思想，我们研究得很多。我们知道盛唐崇尚自然，追求风骨，创造了高扬风发的盛唐气象和玲珑剔透的意境的美，我们知道王昌龄的格高律清之说，诗有三境三格之说，李白的大雅正声之说，殷璠的兴象远调之说，杜甫的比兴体制，下笔有神，转益多师之说，当然还有皎然的体势作用之说。从《八种韵》我们知道，盛唐人们除了其他的艺术追求之外，还有诗歌押韵方面的探求。而这方面，我们以前的了解和研究还不够。

我们还可以了解声律论发展更为丰富的内容。关于声律论，我们研究过很多。我们研究永明声病说，我们知道初唐有十病之说，知道六朝以来四声走向了二元化，知道声律探求从永明时期四声八病，经过梁陈隋及初唐的长期演变和探求，形成了近体诗律。但是，近体诗律形成之后，唐人声律是否还有发展，永明以来声律的探求除了声病说和近体诗律之外，是否还有其他内容，我们了解和研究的并不多。我们的印象，好像近体诗律形成之后，唐人声律的探求也就基本结束了，永明至唐的声律探求，好像就是声病说的近体诗律，没有其他内容。从现在的材料研究来看，近体诗律形成之后，人们继续提出齐梁体，王昌龄提出声律轻重说，皎然也有声律说，这些说明诗歌声律方面的探求仍在继续。而从《八种韵》和其他材料看，声律的探求除了其他内容之外，还有一个重要内容，这就是押韵。诗歌押韵经过长期的发展，到了初唐盛唐，似乎更为人们所关注。初盛唐那么多掷韵体七言歌行，既有典型的，又有一二四型的，有二句连韵转韵的，也有三句连韵转韵的，可以说明这一点。杜甫"晚年更于诗律细"，也可以说明这一点。杜甫于诗律探讨，有个人的原因，应该也反映时代风气。所谓"诗律细"，包括字词的锤炼，也包括声律的探求，押韵的探求。拗律等由杜甫提出或发展，他的诗歌出现比较多押韵形式，就是证明。《八种韵》在李白、王昌龄之后提出，当然更是证明。《八种韵》提出八种押韵形式。其中有连韵、掷韵、转韵，这是传统和当时流行的押韵形式，《八种韵》将它们进一步明确和规范化了。有同音韵，这一形式唐及以前既没有有意追求，也没有有意避忌。有叠韵之韵和重字韵，这两种形式人们只是偶尔为之，并没有有意追求。还有叠连韵和交锁韵，《八种韵》之前人们基本上没有这个概念。前代和当代萌芽状态的这些押韵现象，《八种韵》将它们明确作为一种押韵类型提出来了。这都说明，初唐近体诗律形成之后，声律的探求仍在继续，齐梁以来的声律探求，除了我们所熟知的声病说和近体诗律之外，还有押韵方面的探求。而这方面，我们以前关注不够，研究不够。唐人声律研究特别是押韵方面还有很大的研究空间。

这是我们的第三点印象。

作者单位：南开大学

论唐代文章之演进:以“大手笔”作家为视角

曲景毅

一、绪　论

探讨唐代文章的发展演变,首先要界定“文章”的涵义与分类。“文章”的定义有很多,宽泛一点理解可以代指所有古代文字,但本文要探讨的文章限定在与诗对应的文章(prose)范畴。古代文章的分类有许多种,其中在具体讨论唐代文章的演进时,区分古文(散文)与时文(骈文),纯文学观念下的文章与杂文学观念下的文章,显得尤为重要。

(一)从文、笔之分到骈、散之争

魏晋以降,骈体文逐渐成为新兴文体并占据了文坛的主导地位,文学重抒情与文采的特质被认识,反映到文学观念上来说,就是“文、笔之分”。刘勰《文心雕龙·总术》云:“今之常言,有文有笔,以为无韵者笔也,有韵者文也。”萧绎《金楼子·立言》云:“古之学者有二,今之学者有四。”盖汉代有“文学”与“文章”之分,即所谓的“古之学者有二”,后由“文学”中分出“儒”与“学”、由“文章”中分出“文”与“笔”,即所谓“今之学者有四”。“文”、“笔”是“文章”的再区分。《金楼子·立言》又云:“至如不便为诗如纂,善为章奏如伯松,若此之流,泛谓之笔。吟咏风谣,流连哀思者,谓之文。……笔退则非谓成篇,进则不云取义,神其惠巧,笔端而已。至如文者,惟须绮縠纷披,宫徵靡曼,唇吻遒会,情灵摇荡。”[①]萧绎将有无抒情与辞采当作文笔之分的标准,一般的应用文为笔,有辞采、重抒情、富于声韵之美者则为文[②],并表现出明显的“重文轻笔”倾向。由文笔之分引逗出所谓骈散之争,最初“文”多数为骈文作成,“笔”多为散文写就,前述萧绎的“重文轻笔”思想在当时很有代表性,其结果是造成整个社会的尚骈轻散,从而使得笔类文章也纷纷采用骈体形式,骈体文由此大行其道,至南北朝发展至极致,尤其是以任昉、沈约、徐陵、庾信为代表的南朝应用文,几乎全用骈体撰写,讲究对偶、辞采、声

---

① 《金楼子》,卷四,知不足斋丛书本。

② 按:清人宋翔凤认为“无韵者为笔,发明学业,敷陈政事”,“有韵者为文,道达情性,隐约讽谕”(《阮侯亭诗序》,《朴学斋文录》卷二,清浮溪精舍丛书本),这种观点似更为准确,强调了“笔”的明确实用性与“文”的抒情隐喻性。又,《文心雕龙》对“文笔”有分类。文类:辨骚、明诗、乐府、诠赋、颂赞、祝盟、铭箴、诔碑、哀吊;笔类:史传、论说、诏策、檄移、封禅、章表、奏启、议对、书记;文笔杂类:杂文、谐隐。但其实文类中的颂赞、祝盟、铭箴、诔碑、哀吊等文体具有很强的应用性。

律、用典①。西魏尚书苏绰曾感叹"近代以来,文章华靡,逮于江左,弥复轻薄"②。这种文章的全面骈俪化发展到一定程度必然出现负面作用,体式形制的限制与僵化束缚了文学自身的发展,其结果是自盛唐以后不断有散体文复兴的呼声、运动以对抗主流骈体文风。

(二)纯文学、杂文学视野下的文学文章与应用文章

区分"文、笔"是六朝自觉与纯文学观念下的产物,由于骈体文渐成主流,使得"文"类骈体为文学正宗,"笔"类散体势力渐小,甚至不被认为是真正意义上的文学作品。但是,这种区分文笔的发展趋势到唐代中断了,唐人恢复为一种杂文学观念。

自陈子昂以降把一切文体,无论"文"、"笔"均统称为"文章",这是一种文学观念的复归,将文学回归到与经、史不分的阶段,把一切非文学的文章都包括到文的范围中来③。唐人心目中的文章范围比我们现代人要宽泛得多,诏诰制敕、章表疏奏、碑志颂赞等文体唐人均视作文章范畴,这可从现存唐人文集和《文苑英华》中所收文体类别一目了然。以《文苑英华》为例,它是宋初太平兴国年间修成的一部大型的文学总集,选录唐代作家作品最多,约占十分之九,分类编纂,共分三十八体,除诗、赋外,绝大部分均是应用性文体,如中书制诰、翰林制诏、策问、策、判、表、笺、状、檄、露布、弹文、移文、启、书、疏、序、论、议、颂、赞、铭、箴、传、记、谥哀册文、谥议、诔、碑、志、墓表、行状、祭文等,固然编纂此书的"主要的意图在于为读书人和官僚提供考试作文和办公应酬的方便,使应用者有所依傍,得以模仿拼凑"④,但在客观上说明唐人是将应用性文体纳入到文学作品的范畴中,而且占有十分重要的地位。郭绍虞先生在《中国文学批评史》中曾用"文"、"笔"来区分纯文学与杂文学的概念:"'文'指诗赋,兼及箴铭、碑诔、哀吊诸体属于纯文学一类的作品;'笔'指章奏、论议、史传诸体,属于杂文学一类的作品。"⑤笔者认为郭氏依据《文心雕龙》的这种分类划分稍嫌简单,被划入纯文学的箴铭、碑诔、哀吊诸体及应制类的诗赋其应用性质亦非常明显。因而,我们研究唐代文章的发展演变应对应用文字予以充分重视,才能更接近唐人文学创作的历史真实。

有学者认为,"称文书笺启之作曰应用文,此语始于唐。"⑥确实,唐代将应用文的写作能力作为衡量文人文学水平的标准之一。但事实上,据笔者考察,"应用文"一词要到宋代才出现,欧阳修、苏轼、司马光等将其撰写的行政公文称为应用文,如苏轼在《答刘巨济书》中谦虚地说:"向在科场时,不得已作应用文。不幸为人写,以此得虚名满天下。"⑦这以后应用文作

① 似乎北朝前期的应用文保持了较为纯朴实用的风格,《周书·王褒庾信传论》称"竞奏符檄,则粲然可观"(卷四一,第3册,中华书局1971年,第743页),从北魏以后受南朝影响渐深。

② 《周书·柳庆传》载,卷二二,第2册,第370页。

③ 参见罗宗强、郝世峰:《隋唐五代文学史》(中)关于文笔之分与"文章"观念的复归的论述,高等教育出版社,1994年,第356—357页。清人侯康《文笔考》更认为:"至唐,则多以诗、笔对举。"

④ 《文苑英华·出版说明》,中华书局,1966年。

⑤ 《中国文学批评史·从文体的辨析到文笔的区分》,上海古籍出版社1984年,第72页。又,刘大杰《中国文学发展史》认为"从性质而言,则文者为纯文学,笔者为杂文学"。(上海古籍出版社,1997年,第319页)

⑥ 许同莘著,王毓、孔德兴校点:《公牍学史》,档案出版社,1989年,第104页。

⑦ 《苏文忠公全集·东坡续集》,卷十一,明成化本。

为一种文章术语进入到文章学范畴中①。应用文包括行政公文和碑志册颂等应用性文字，其中主体是行政公文。"公文"一词出现于东汉末，司徒掾刘陶给汉灵帝上疏时云："但更相告语，莫肯公文。"②当时张角黄巾军已危及汉朝统治，地方官员有所忌讳，只以口头相告，而不愿以公文的形式通报情况。公文不仅是用文字处理国家事务的工具，也是国家使用文字处理公务的产物。无论是下情的上达，还是上情的下传，公文都是重要的手段和方式。公文不同于纯粹的抒情文学，它是一种典型的庙堂文学，广泛地应用于行政领域，具有极强的现实功用性，它能够反映重大历史进程和社会矛盾，与社会生活、王朝政治息息相关，有着重要的思想价值和文献价值。公文具有政治权威性，"皇帝御宇，其言也神"，"敕诫州部，诏诰百官，制施赦命，策封王侯"（《文心雕龙·诏策》），它是政权和法律的体现，反映强力意志，用以达到控制整个社会的进程。公文撰写具有专任性，古有"左史记事，右史记言"，"两汉诏诰，职在尚书"，"魏晋诏策，职在中书"，公文乃"有司之实务"，非一般文人所能制作。撰写公文者，必受正统儒家思想的熏陶与教育，所以体现在创作中忠君思想，仁孝观念浓重。虽然公文不可能如其他文章那样恣意流露个人情感（它有许多形式与内容限定，要中规中矩，谨慎用语），但公文也并非今天许多人误解的那样毫无情感，刘勰《文心雕龙·章表》云："章以谢恩，奏以按劾，表以陈情。"章、奏、表都在文体上具备抒情功能与审美教育的基因。实用性与艺术性本是对应关系，往往实用效果好，艺术价值高，正所谓"言之无文，行而不远"。

从六朝至今，"大手笔"这一称呼由来已久，"大手笔"最初是指有学识、有文采、为皇帝赏识的文章家代表国家或皇帝本人草拟的"哀册谥议"、"文檄军书及禅授诏策"、"诏诰"类的朝廷公文，鲜明表现出为王者代言的特征。由于撰写这类公文的文章家多数是以文章著称，即他们不但擅长公文写作，也长于创作墓志、碑文、行状、赋等较有文学色彩的文章，所以"大手笔"逐渐地扩展指称善属文的文章家，并进而由专写文章延伸到各种文学样式兼擅且成就卓荦的文学大家。在唐代，被史书或时人称作"大手笔"作家的有陈叔达、颜师古、岑文本、崔行功、李怀俨、苏瓌、李峤、崔融、张说、苏颋、常衮、李吉甫、李德裕、令狐楚、韩愈、皇甫湜等16人，不同时期皆有以"大手笔"而著称者③，陈、颜、岑与高祖、太宗，崔、李与武后，燕许与玄宗，常衮与代宗，吉甫与宪宗，德裕与武宗，脉络清晰可见，本文试以这些作家为视角和线索考察唐代文风的演变。

---

① 宋人张侃云："骈四俪六，特应用文耳。前辈直曰，世间一种苛礼，过为谨细。"（《张氏拙轩集》卷五《跋陈后山再任校官谢启》，《四库全书》文渊阁本）元代有人云："今来既纯用经术取士，其应用文词，如诏诰、章表、箴铭、赋颂、赦敕、檄书、露布、诫谕之类，在先朝亦尝留意。"（《宋史全文》卷十三下，《四库全书》文渊阁本）清人刘熙载《艺概》卷一云："应用文有上行、有平行、有下行，重其辞乃所以重其实也。"（上海古籍出版社，1978年，第44页）

② 南朝宋·范晔：《后汉书·刘陶传》，卷五七，中华书局，1965年，第7册，第1849页。《资治通鉴》卷五八亦载。

③ 关于唐代"大手笔"作家的相关情况，参见笔者《唐代"大手笔"作家考论》[《辅仁国文学报》，第32期（2011），第75—103页]。又，关于这九位作家的文学论述与文本分析及"大手笔"作家之综合讨论，笔者会有计划地逐步展开。目前笔者已发表：《"大手笔"作家与唐代儒学的三次复振》（《古代文学理论研究》，第31辑，华东师范大学出版社，2010年，第171—187页）、《论李德裕的公文写作》（《国学研究》，第27卷，北京大学出版社，2011年，第47—74页）；审查通过者：《试论中唐常衮制书之文章价值》（香港中文大学《中国文化研究所学报》）；呈送审核者：《论"燕许大手笔"张说苏颋之应用文写作》（新加坡《南大语言文化学报》）等。

二、从"大手笔"作家看唐代骈体文的演进

骈文萌芽于两汉,兴起于魏晋,至六朝广为流行。但作为一种文体的名称,至唐代以后才有,柳宗元《乞巧文》里有"骈四俪六,锦心绣口"之语,后人简称骈文。清人李兆洛《骈体文钞序》曰:"自秦迄隋,其体递变,而文无异名。自唐以来,始有古文之目,而目六朝之文为骈俪。而其为学者,亦自以为与古文殊路。"[①]骈文与古文体式殊异,《文心雕龙·章句》云:"笔句无常,而字有常数,四字密而不促,六字格而非缓,或变之以三、五,盖应机之权节也。"一般以四字、六字句为主体,间或也用三字句或五字句,但只是为了调和一下音节。骈文到中晚唐特别是宋代,一般又称为"四六文"。谢无量《骈文指南》:"综考有唐一代骈文:初唐犹袭陈隋余响。燕许微有气骨。陆宣公善论事,质直而不尚藻饰。温李诸人,所谓三十六体者,稍为秀发。唐骈文之变迁,其荦荦大者,如是而已。"再扩展而言,从六朝时的徐庾,到初唐的四杰、盛唐的"燕许"、中唐的陆贽、晚唐的温李,发展至宋四六,最后到清八股,骈体文的发展脉络线索大体可循。

骈文从六朝开始一直是文坛的主流文体,及至唐代最通行之文体仍是骈文而不是后代为人津津乐道的古文,这是一个不争的事实。虽然,从隋到唐初,复古主张一直绵延不断,复古思潮与当时流行的六朝骈体文风之间的对抗或隐或显。隋文帝立国之初,"每仿斫雕为朴,发号施令,咸去浮华。然时俗词藻,犹多淫丽,故宪台执法,屡飞霜简"[②]。他为了革正文体,于开皇四年下诏,要求"公私文翰,并宜实录",泗州刺史司马幼因文词华艳被治罪,但仅用行政命令来寻求改革成功收效甚微。唐初,太宗李世民、魏征君臣也曾做过一定的努力,同样没有彻底改变华靡文风,这种情况一直延续到初盛唐之交。然而,诚如清代钱振伦《唐文节钞序》所云唐代骈文"体虽沿乎旧制,才已引其新机,大抵丘壑易寻,而持论较正;枝条稍简,而□骨独遒",各个时期的骈体文作家均为这种文体注入了新的活力,这其中当然有作为王朝代言的"大手笔"作家的作用。

我们尝试通过唐代"大手笔"作家的应用文写作管窥唐代骈体文发展的脉络,从总体而言,由骈俪绮靡到崇雅黜浮再到功利实用,文风凡三变[③]。具体来说,整个初唐近百年仍是陈隋遗响的因袭。大难夷始,沿江左余风,在理论上极力反对骈体和浮艳文风,但在实际写作中依然是徐庾体式的文字,欧阳修曾云:"予尝考前世文章政理之盛衰,而怪唐太宗致治几乎三王之盛,而文章不能革五代之余习。"[④]唐代立国之初,高祖于武德六年(618)即发布《诫表疏不实诏》,严厉批评"表疏因循,尚多虚诞"的弊端,唐太宗魏征君臣虽然向往合南北两长的文质彬彬,事实上并没有达到这一点。当时有才气有名望的文士多出于南方士族,开国"大手笔"陈叔达、颜师古、岑文本等东南儒士、江左名士绮靡骈俪文风,"绨句绘章",至白居易时仍以"勉继颜、陈"(《冯宿除兵部郎中知制诰制》)之语称赞这种华丽词章,至武后时的李峤、崔融更是变本加厉,走向了极致。物极必反,初而渐盛的张说和苏颋开始有所变化,前人称

① 《中国历代文论选》,上海古籍出版社,1980年,第3册,第405页。

② 魏征等:《隋书》,卷七六《文学传论》,中华书局,1973年,第6册,第1730页。

③ 按:晚唐后期没有再出现"大手笔"作家,其实此时骈体文再次复归唯美主义,从而开始新一轮的复变。

④ 《居士集》,卷四一《苏氏文集序》,《四部丛刊》影元本。

其“崇雅黜浮,气益雄浑”,浮华之文风得到一定的革新,虽然他们的文章“骈俪犹存”,但毕竟“波澜渐畅”,体现出文风转换的消息、骈散结合的趋势,二人为文讲求气势,实用性有所加强。至于他们的文章所体现出的盛世气象,不能单纯说他们粉饰太平而加以否定,因为他们文章中反映的盛世太平一定程度上反映了当时的社会风貌。“唐之中叶,文章特盛”[①],安史之乱后,由盛世骤然走向衰败,文人特别是“大手笔”作家如常衮、李吉甫黜华从实,本着中兴的愿望,大力提倡儒学,重视经世致用,充满务实精神。与此相适应,中唐以后长篇巨制大为减少,“矫入省净一途”,以应时世之需。中而渐晚的李德裕更是如此,他熟读“左氏春秋”,尊王攘夷,深全国体,使王朝一度中兴,公文的现实功用性大大增强,在他笔下的奏议制诏,彻底改变了骈体华丽辞藻堆积的倾向,体式上也逐渐走向散体化。文学反映时代,随着王朝的走向衰亡,宫廷文学也完全衰落,晚唐宣宗以后,由于唐王朝再也无法有效的控制地方藩镇,朝廷中也没有再出现擅长撰写应用文的大家。唐代前期与后期的应用文,一方面由骈俪趋向实用,逐步摆脱六朝的骈俪,走向经世致用,另一方面,中唐以后的“大手笔”作家虽代王言,却借以运其己见(比如常衮、李德裕),与初盛唐之王言有所不同,作家的个性、意识与情感体现在创作之中,这是我们需要留心观察的。

三、从“大手笔”作家的应用文写作看唐代骈散之争

古代文章可分为散文与骈文,这似乎是从形式上着眼,孔子云“文胜质则史,质胜文则野,文质彬彬,然后君子”,端庄的外表礼仪和崇高的内心修养配合协调,才能达到表里一致,成为君子。文章创作亦复如此,只有文采和朴实配合适当、内容与形式均达到极致,才算是好文章。文质兼美的骈文和散文固然有很多,但在事实上,这是很难达到的境界。一般来说,散体更易于表达内容,人的想法、感情易于通过散体的方式传达(这也是后来白话文取代文言文,散体取代骈体的原因),而骈体更给人以美感,声韵和谐、典雅庄重的骈体文总是给人以美的感受。

秦汉时期,应用文基本用散体写作,汉赋出现以后,排比对偶的修辞手法得到广泛应用,一直发展到齐梁,骈文成为文坛主导,应用文亦用骈体,明代徐师曾云:“六朝而下,文尚偶俪,而诏亦用之,然非独用于诏也。后代渐复古文,而专以四六施诸诏、诰、制、敕、表、笺、简、启等类。”[②]以往传统的观点轻骈文而重散文,给人的印象是骈俪的就是不好的,其实在中国古代曾出现许多形式很好而又有内容的骈体文,用骈体结撰的文体代不乏佳作。六朝优秀的骈文作品中有许多是应用文,诸如制诏、颂赞、碑铭、册文一般均以骈句、丽藻、用典、声韵为特征。骈文讲究对仗、声韵、典事、辞藻的修辞艺术,日本学者吉川幸次郎指出中国文章有一种装饰性特征[③],特别是四六骈文将这种装饰性发展至极致(民国初年的所谓“文学革命”其发生的主要契机就是对中国文章里过度装饰的反省)。

骈文最初是一种功利性实用性很强的文体,文人与达官贵人的交往,需要一种高雅而得

---

① 司马光:《温公续诗话》,《历代诗话》本,中华书局,1981年,第278页。

② 徐师曾著,罗根泽校点:《文体明辨序说》,人民文学出版社,1962年,第112页。

③ 〔日〕吉川幸次郎,吴鸿春译:《中国文章论》,载王水照、吴鸿春编选:《日本学者中国文章学论著选》,上海古籍出版社,1994年,第274—295页。

体的文学样式,帝王制诏本身就需要一定程度的空泛,而空泛从这层意义上讲就意味着实用。洪迈《容斋三笔》云:“四六骈丽,于文章家为至浅,然上自进行命令、诏册,下而缙绅之间笺书、祝疏,无所不用,则属辞比事,固宜警策精切,使人读之激昂,讽味不厌,乃为得体。”[①]朱自清《经典常谈》也说:“骈体声调铿锵,便于宣读,又可铺张词藻,不着边便于醉酢,作应用文是很相宜的。”[②]今天的我们自然认为骈文难读,难于理解意思,但在当时来说骈文比古文更加实用,便于宣读,比起不易断句的古文要实用得多。与古文相比,骈文易于写作,因为骈文多用典故,具备基本的行文范式,“但记数十篇通套文字,便可取用不穷”(程杲《四六丛话·序》),应用时只需将这已有“通套文字”进行重新的排列组合就可以了。“大凡庙廷之上,敷陈圣德,典丽博大,有厚德载物之致,则此(骈)体为宜”[③]。则天时的“大手笔”作家崔融《进洛图颂表》即提出“言大道者,莫先于典诰,序以之生焉,美盛德者,莫近于诗什,颂以成焉。其辞婉而微,其事简而要”[④]的主张。我们今天感觉古文似乎好写一些,骈文难写,而对于古人恰好相反。

唐代应用文从总体上来说多以骈文写成,但逐渐地表现出亦骈亦散的倾向。如何理解这一现象?值得思考。制诏奏议、碑志颂赞一方面在文体形式要求骈俪工整、对仗用典、声韵,而另一方面它的实用性又很强,所谓文以明道,要想兼顾二者,就必然要在合其两长的同时,舍弃绝对的散或骈,所以应用文的发展趋势是亦骈亦散,骈散结合。“大手笔”作家均是文章圣手,所写的应用文则是应用文中的极品,自然在辞采方面是个中高手,具备在形式上追求唯美的能力;另一方面,由于他们大多身居高位,代王者立言,所以往往能够站在王朝前途与命运的高度撰写文章,文章内容与时代需求紧密相连,尤为强调文章的政治功用性,这是文学社会教化功能的本质所在。

文学的发展有其自身的内在规律,从总体趋势来看是自身不断否定的相对独立过程,是文与质、骈与散的否定与统一。由简到繁,由骈趋散,由质而无文,到文质彬彬,再到以质朴为主。这一点从整个古代应用文写作的发展和唐代应用文写作的发展都可以得到证明。西汉以前的应用文质朴无华,汉武帝时开始讲究铺采摛文,追求辞采,魏晋六朝骈文盛行,形式主义发展到极致,隋唐五代骈文逐渐散体化,讲求内容与形容并重,到宋代达到应用文写作的最高水平。明清应用文则逐渐复归质朴,注重实用性。而唐代应用文亦复如此。初唐百年,骈俪化的倾向是非常明显的,总体上文而无质,盛唐“燕许”典重的同时语言开始注意骈散结合,文与质两相结合,中唐以后经世致用渐成,对王朝的颂赞转为对时弊的反映,渴望改革,以图中兴。我们看到,文学的变化带有规律性,它是内外因素共同作用下而发生变化的,循自我规律演进的同时,其他外部条件在一定限度与范围内对文学发展亦产生影响。以唐代为例,政治的兴衰完整映现在“大手笔”作家的创作当中。这里需要强调指出,初唐绮靡浮华文风只是就其整体而言,具体到每位作家并非篇篇皆如是,岑文本、李峤、崔融等均有切实的谏议奏疏;我们说唐代应用文的创作从总体上由骈俪走向实用,但讲究辞采是“大手笔”作家的普遍风格也不容置疑。另外,由骈趋散只是相对而言,“大手笔”作家由于其职责所司,

① 洪迈:《容斋随笔》之《容斋三笔》,卷第八,清修明崇祯马元调刻本。

② 朱自清:《经典常谈》,上海古籍出版社,1999年,第106页。

③ 吴育:《骈体文钞·序》,《四部备要·集部》,上海中华书局据康刻谭校本校刊。

④ 董诰等编:《全唐文》,卷二一七,中华书局,1983年,第3册,第2194页。

制诏、册文等文体仍然主要以骈文为之。

纵观中国文章发展史，文章发生根本的变化是在唐朝，但是并非可以简单地认为古文运动才是变化，我们要注意骈文与古文的消长对文章变化的影响以及文章功能的转换使得文风亦发生转化。中唐梁肃在《补阙李君前集序》中谈及文章的功用时云："上所以发扬道德，正性命之纪；次所以财成典礼，厚人伦之义；又其次所以昭显义类，立天下之中。"[①]经邦济世是中唐以后文章创作的重要内容，骈散皆如是。古文运动的文以贯道，反对的只是六朝骈文及时下俗文的追求声色之美、没有实际内容，就句法而言，与骈散无涉。以往的文学史过分地夸大了古文运动在文体革新上的作用，而忽视了骈体应用文无论对于文以载道的内容还是骈散结合的形式上的改造作用。实际上，骈文家亦有强烈的补救时弊意识，如张说、常衮、李德裕在自我救赎的过程中，分别从不同程度上为骈体文注入了新的活力，古文与时文并非截然对立，其互动关系应得到充分重视。

四、"唐文三变"的再认识与唐代应用文的分期

从八世纪后期至二十世纪前期，"唐文三变"说绵延千余年，发端于梁肃、定型于宋祁的"唐文三变"说，为后世许多文论家所接受。宋祁之后，魏了翁《唐文为一王法论》、姚铉《唐文粹·序》、金代元好问《闲闲公墓表》、元代王恽《浑源刘氏世德碑》、明代陆深《山西策问》、清代李渔《论唐兵三变·唐文三变》、蒋湘南《唐十二家文选序》，近代以降，谢无量《中国大文学史》、钱基博《中国文学史》等人都有着自己的说法，变自何时、凡有几变，所论不一。

有唐一代，文章在不断地进行变革，古文家们掀起古文运动，而骈文家们也在自觉地对骈体本身进行改革。我们在检讨这一过程中对所谓"唐文三变"论产生一些疑惑。唐文三变观[②]首倡于梁肃、李华等古文先驱，梁肃《补阙李君前集序》云："唐有天下几二百载，而文章三变。初则广汉陈子昂以风雅革浮侈，次则燕国公张说以宏茂广波澜，天宝以还，则李员外、萧功曹、贾常侍、独孤常州比肩而出，故其道益炽。"[③]韩愈之前就有三变，一变为陈子昂，二变为张说，三变为李华、萧颖士、贾至、独孤及，特别突出陈子昂的作用，但实际上陈子昂的文章创作和文学观点并没有很大地影响到时文发展。宋初姚铉的《唐文粹·序》亦有关于"唐文三变"的轮廓："有唐三百年，用文治天下。陈子昂崛起庸蜀，始振风雅，由是沈、宋嗣兴，李、杜杰出，六义四始，一变至道。洎张燕公以辅相之才，专撰述之任，雄辞逸气，耸动群听，苏许公继以宏丽，丕变习俗，而后萧、李以二雅辞本述作，常、杨以三变之体演丝纶，郁郁之文，于是乎在。"[④]姚铉认为唐文一变指陈子昂，沈宋李杜继之；二变为燕许；三变为萧李和常杨，也认为韩愈之前就有三变，姚氏选录诗文时并不取四六，但却在三变时提出常、杨为三变，萧、李和常、杨文风自是不同。这些文论家谈"唐文三变"实际上只讲到中唐，不是唐文发展的整个脉络。而且，"唐文三变"说多偏重于古文家的作用，《新唐书》的编撰者欧阳修、宋祁皆尚韩

① 《全唐文》，卷五一八，第6册，第5261页。
② 按：唐代的"文章"观念包括诗文。
③ 《全唐文》，卷五一八，第6册，第5261页。
④ 叶盛：《水东日记》，卷一二引，清康熙刻本。

柳古文,所以谈文章流变时亦偏重古文作家。清人赵翼对于《新唐书》尽删骈体的做法颇有异议:“欧、宋二公,不喜骈体,故凡遇诏诰章疏四六行文者,必尽删之。”“夫一代有一代之文体,六朝以来,诏疏尚骈丽,皆载入纪传,本国史旧法,今以其骈体而尽删之,遂使有唐一代馆阁台省之文不见于世,究未免偏见也。”①但是,从另一个角度而言,欧、宋二公又比较全面地反映了唐文创作的实际,宋祁《新唐书·文艺传序》开宗明义揭橥了“唐文三变”:“唐有天下三百年,文章无虑三变。高祖、太宗,大难始夷,沿江左余风,絺句绘章,揣合低卬,故王、杨为之伯。玄宗好经术,群臣稍厌雕琢,索理致,崇雅黜浮,气益雄浑,则燕、许擅其宗。是时,唐兴已百年,诸儒争自名家。大历、贞元间,美才辈出,擩哜道真,涵泳圣涯,于是韩愈倡之,柳宗元、李翰、皇甫湜等和之,排逐百家,法度森严,抵轹晋、魏,上轧汉、周,唐之文完然为一王法,此其极也。若侍从酬奉则李峤、宋之问、沈佺期、王维,制册则常衮、杨炎、陆贽、权德舆、王仲舒、李德裕,言诗则杜甫、李白、元稹、白居易、刘禹锡,谲怪则李贺、杜牧、李商隐,皆卓然以所长为一世冠,其可尚已。”②宋祁的三变论贯穿整个唐代,认为一变为王杨;二变为燕许;三变为韩愈、柳宗元一派。更为可贵的是他突出了燕许之后诸如侍从酬奉中李峤等人、制册中常衮、李德裕等人的文章贡献。

明乎此,我们再来看一下唐代应用文的分期问题。学术界通常将唐代文学分为初、盛、中、晚四个阶段,这对于唐诗的发展面貌而言具有很大的合理性,甚至对于唐代骈文来说,也经历了由初唐四杰、盛唐燕许、中唐陆贽、晚唐李商隐等三十六体的发展过程。然则,唐代应用文的发展不尽然,它自有一发展线索。针对“大手笔”作家而言,我们将唐代应用文分为三段五期。第一段:初唐江左余风甚炽,从太宗到武后,从颜师古、岑文本到李峤、崔融,绮靡文风经历了百年徘徊。第二段(过渡期):“燕、许大手笔”,虽然他们的文风仍然“骈俪犹存”,然而“波澜渐畅”,表现出一派盛世景象,张说、苏颋是整个唐文发展中一个非常重要的过渡阶段。第三段:安史之乱后,文风陡转,务实精神猛然抬头,常衮、李吉甫、李德裕越来越重视儒术在王朝重振当中的作用,文章表现出鲜明的经世致用倾向。而初唐百年与中唐以后分别可再分为两个时期。颜师古与岑文本、李峤与崔融、张说与苏颋、常衮、李吉甫与李德裕父子代表了各个阶段各个时期的文学潮流,庙堂文章的变化很能反映时代文风的转换。当然,任何一个时代的文风转换都不是一蹴而就的,明人王世懋《艺圃撷余》云:“唐律由初而盛,由盛而中,由中而晚,时代声调,故自必不可同。然亦有初而逗盛,盛而逗中,中而逗晚者。何则,逗者,变之渐也,非逗,故无由变。”王世懋是针对律诗而言,而其实对于其他文学样式也同样适用。张说属于初而逗盛者,常衮属于盛而渐中,李德裕属于中而入晚者。另外,唐代“大手笔”作家彼此之间亦有一些相似点和连贯性,如崔融的“用思精苦”、典丽宏赡与张说的“用思精密”、为文俊丽颇有相似之处;李峤、苏颋、常衮、李德裕分别代表唐代各个时期擅长制书的代言人,他们的制文同中有异;初唐的墓志、张说的碑志、常衮的墓志,亦一脉相承,各有特色。长期以来,现代的文学史家将本文所探讨的这些应用文作家排除在文学史的叙述视野之外,所以,在唐代文章演变的考察过程中一定程度上偏离了真实的历史轨迹。

---

① 赵翼著,王树民校证:《廿二史札记校证》,卷一八,中华书局,1984年,第379—380页。

② 欧阳修、宋祁等:《新唐书》,卷二〇一,第18册,中华书局,1975年,第5725—5726页。

总之,唐代文章之演进是研究中国文章发展史的关键问题,个中涉及了骈散文之争、纯杂文学观念的转移变迁及后世接受过程中的文名消解与史学遮蔽等诸多复杂问题,是值得我们深入细致的加以梳理和研究的。

作者单位:新加坡南洋理工大学

孔颖达《毛诗正义》对中国文论的一个贡献

甲斐胜二

一

为了慎重起见，我首先给大家说明一下本次报告的基本观点。

我们的研究对象都是文论，但研究的方法有两种：一种是从文学内部来探讨，研究其内部所包含的各种因素是如何结合，又会产生哪些与之相应的概念等等；另一种则是从外部加以考察，研究文学与其共生的各种文化现象有何种关系，或者它在整个文化中处于怎样的位置，如此等等。本文的观点即从后一种方法来展开论述。

笔者自年轻时候从事文学研究以来，就一直对个人和社会的关系问题保持兴趣。如果个人不能遵守社会规则，那就很难在这个社会里生存下去；同样，如果社会规则不能得到个人的支持，也很难维持下去。事实上，个人和社会之间经常发生矛盾，我们可以说这个世界的政治史就是为了协调二者的关系而进行的。文学作品是作者根据他自己的思想而创作出来的，当他的思想不能获得读者的支持的时候，作品就像是独自所发的"牢骚"一样，谁也不想去阅读。但是如果能让很多读者感兴趣或者觉得合情合理的话，他的思想就会吸引大量的读者而获得社会性。一般来说，读者越多，其社会性也越高，对整个社会意识的影响也越具有可能性。这就是我们经常听到"诗人是预言者"这一类观点的缘故。通过文学研究，特别是通过古代文论方面的研究，我们可以更具体地了解文学理论是如何影响和改变当时的社会思想的。

我们把《毛诗正义》作为一个窗口。这部书是由唐代孔颖达主持、在《诗经》的毛传和郑笺的基础上撰写的经学著作，是唐代五经正义之一。它固然是经学史的基本研究文献，除此之外，也应当是中国诗文理论研究的重要对象。然而，按照疏不破注的体例，《毛诗正义》的注疏内容往往为毛传和郑笺所限制，因此对于汉代儒者的文学观点多有沿袭，所以古代文论的研究者对产生时代最早的毛传更为重视，而不太关注《毛诗正义》，也是在情理之中的。不过，唐以后《诗经》是士子应考科举必修的经典，而孔颖达的《正义》则是理解这部经典的依据，所以对这些应考的士子来说，就算是其中的某些注疏让他感觉穿凿难通，但也仍要恪守，因此，《正义》虽然较多地沿袭陈说，但对于唐代文化的影响非常大，我们可以说，它所代表的是唐代的思想，而不是汉代的。另外，《诗经》原本是一部诗歌总集，是中国文学的滥觞，相比其他经书，它对文学的影响当然更为直接。孔颖达作《正义》时，自然要考虑这部经书的文学性。研究诗文特征的理论兴起于六朝，那么，孔颖达除了继承汉代以来的诗经学遗产之外，也不能不去收获六朝的文论成果而使之成为注疏的新鲜养分。如果是这样，那么《毛诗正义》虽然带着很强的政治礼学观念，可是多少也具备文论的性质，基于它的意识形态上的权威性，对当时士人的诗文观念和写作，都在不知不觉中产生影响，所以说"唐代作家必经孔疏的浸润"①。

在此必须澄清我的立场。我关注《毛诗正义》的诗学观，并非是把它看作是代表当时最前沿或者最高水平的思想理论，而是说，通过《正义》，我们可以进入唐代通过经典教育或者科举考试等方式所建立起来的文学思想方面的基本层面，这个层面的观念对于唐代的士人阶层来说是具有共识性的。毫无疑问，同唐代一些处于理论前沿的文论家相比，《正义》所表达的诗学观要来得保守甚至陈腐，可是我以为孔颖达在为《诗经》确立一个诠释的标准时，也为当时的文学创作和理论确立了一个基本的公共观念。这就是我认为有必要从诗学发展历史的角度去深入研究《毛诗正义》的理由。邓国光先生已经对孔颖达的诗学理论做过精辟的论述，这里我们着眼于分析孔颖达的"诗人"观，来了解他在文论上的一个贡献。

二

我以为《毛诗正义》在文论方面的最大的贡献是：用经学的方式，详细地阐明了《诗经》作品的产生及其效果，给当时士人阶层明确了"诗人"在社会上的作用和地位。

郑笺中已经出现了"诗人"、"作诗"等词语。在汉代还没有专门的"诗人"，这样的"诗人"要到汉末才出现，也正是郑玄给《毛传》作笺注的那个时期。所以郑玄所指的"诗人"，与后来所说的"诗人"不同，主要指《诗经》作品的写作者，即使连带算上当时作诗的无名氏，外延也非常狭窄。魏晋以后做诗的士人越来越多，各种诗集也开始陆续编辑问世。到了南朝，更是产生了像刘勰的《文心雕龙》、钟嵘的《诗品》这一类具有很高理论水平的文论著作，也可以说明当时已经有了在社会上占有相当比重的自觉而专门的"诗人"了。如果要可信地估算出诗歌创作的规模的话，我们还可以利用《后汉书》、《南齐书》等史书中的《文苑传》或《文学传》。史家专门为文学家作传并为之立出一个门类，说明文学家们的诗文创作活动在历史上已经处于一个不容忽视的地位。另外，当时图书目录《隋书·经籍志》中也有一个独立的门类，即"集部"，用来载录总集和别集。这些正史的记录都表明，专门的诗歌创作行为已经完全得到公众的认同。不过，在文学趋于繁荣的那些朝代，能够权威性地为这些诗歌创作行为赋予社会正当性的，还只有五经中的《诗经》。钟嵘《诗品》有关诗歌的产生及其特征的表述是借鉴了《诗大序》，刘勰的《文心》则将诗歌的源头追溯到《诗经》。他们从不同的角度借助于《诗经》的权威性来确立诗歌在社会上应有的地位。尽管《文心》、《诗品》等著作就理论的深度和广度而言都远远超过《诗序》，但它们毕竟属于个人的写作，不像《诗序》或者后来的《诗经正义》那样拥有这么大的公共话语权。

《诗经正义》是唐王朝成立以后，为了统一思想和教育内容而编成的经学课本之一。唐

① 邓国光《唐代诗论抉原：孔颖达诗学》，罗宗强编《古代文学理论研究》第281—96页，武汉：湖北教育出版社，2002年。

代永徽四年以后,“颁孔颖达《五经正义》于天下,每年明经令依此考试”①。随着《毛诗正义》影响力的扩大,孔颖达所阐述的有关“诗人”作诗的目的和方法的内容,也必然更加普及化。假如孔颖达借助于《毛诗正义》来主盟同时代的“诗人”的话,也应该是可以的吧。

三

那么,孔颖达主张的“诗人”究竟是怎样的呢?首先,他认为“诗人”作诗的理由是②:

(1)作诗者皆晓达于世事之变易,而私坏其旧时之风俗,见时世政事,变异旧章,即作诗以旧法戒之,欲使之合于礼义。……诗人既见时事之变,改旧时之俗,故依准旧法,而作诗戒之。……作诗止于礼义,则应言皆合礼。变风所陈,多说奸淫之状者,男淫女奔,伤化败俗。诗人所陈者皆乱状淫形,时政之疾病也,所言者皆忠规切谏,救世之针药也(《诗大序》“达于事变而怀其旧俗者也……”数句下)。

(2)诗人陈得失之事以为劝诫,令人行善不行恶,使失者皆得是诗,能正得失也(同上,“故正得失,动天地,感鬼神,莫近于诗”句下)。

(3)至于王道衰,礼义废而不行,政教之失所,遂使诸侯国国异政,下民家家殊俗。诗人见善则美,见恶则刺之,而变风变雅作矣(同上,“至于王道衰,礼义废……”数句下)。

从这些论述来看,孔颖达的思想确实是很“旧”的。他说“诗人”是作为“旧时之风俗”、“旧章”、“旧法”的保守者,做诗以诫世人,其内容也是“止于礼义”、“言皆合礼”,这些说法大抵不出汉儒的见解。不过,当时中国周围尚未出现可与之比肩的文明,而中国发达的文明在儒家看来是在西周政治的基础上发展起来的,这一点也为历代王朝所认同,因此,孔颖达沿袭汉儒的见解,坚持“诗人”应当是保守者,也就可以理解了。孔颖达的观点确实不算有新意,但是我们应该关注的是他的基本倾向。孔颖达说“作诗者既见时事之变,改旧时之俗”,乃“作诗诫之”,这是将诗看作“救世之针药”,而积极提倡诗的社会作用。孔颖达认为,作诗是批评政治以改善人民生活的一个积极的方法,所以他说道:“诗之所陈,皆是正天下大法,文武用诗之道则兴,幽厉不用诗道则废。”“诗皆人臣作之以谏君,然后人君用之以化天下。”“人君诚能用诗人之美道,听嘉乐之正音,使赏善伐恶之道举无不当,则可使天地效灵,鬼神降幅也。”如此等等。这样的观点自汉代以后一直延续到唐代,所以当然不能说这是孔颖达一人的主张。重要的不是这一点,而是在孔颖达的时代已经出现了数量庞大的专门“诗人”,在朝廷公认的科举参考书里反复出现这样的观点,其影响不能不大。孔颖达的贡献实际上是强化并固定了汉儒所提出的上述思想。

有时孔颖达也有意识地从写作者的角度来作注疏。他解释各首诗作的时候,经常以“作某某诗者”开始,要说明作者的意图。例如“作《葛覃》诗者,言后妃之本性也”,“作《卷耳》诗者,言后妃之志也”,这好像只是复述毛传的内容而已,可是毛传只是说“《葛覃》,后妃之本也”,“《卷耳》,后妃之志也”,指的是作品的内容,而孔颖达则侧重于作者的写作目的来解释作品。

① 《旧唐书·高宗本纪》。

② 本文所征引孔疏根据北京大学出版社《毛诗正义》(十三经注疏整理本)。

四

孔颖达诗歌观念的保守性还表现在对礼义的重视上。他认为诗歌是发自个人的情性，这原本也是接受了《毛诗序》的传统观念而来。《序》中说："诗者，志之所之也，在心为志，发言为诗。情动于中而形于言，言之不足，故嗟叹之……"孔颖达疏曰：

> 诗者，人志意之所之适也。虽有所适，犹未发口，蕴藏在心，谓之为志，发见于言，乃名为诗。言作诗者，所以舒心志愤懑，而卒成于歌咏，故《虞书》谓之"诗言志"也。包管万虑，其名曰心，感物而动，乃呼为志。志之所适，外物感焉。言悦豫之志则和乐兴而颂声作，忧愁之志则哀伤起，怨刺生。

根据疏的表述，诗歌是一个人的志意的表现，人心为外物所感动而产生志意，志意又通过文字表达出来，那就是诗。那么，诗的内容原来是属于个人的，所谓"道己一人之心"，却为什么必须要"止于礼义"、"言皆合礼"呢？孔颖达解释说，这首先是因为礼也是跟诗一样根源于个人的情性。他说：

> 礼者，称人之情而为之节文。……《礼记·问丧》称："礼者，非从天降，非从地出，人情而已矣。"是礼之本意出于民也。《乐记》又曰："凡音之起，由人心生也。乐者，乐其所自生。"是乐之本以出于民也。《乐记》又曰："夫物之感人无穷，而人之好恶无节，则是物至而人化物也。人化物也者，则灭天理而穷人欲者也。于是又悖逆诈伪之心，又淫佚作乱之事。故先王制礼作乐为之节"是王者采民情制礼乐之意。（"治世之音，安以乐，其政和……"下）

这里援引了儒家的另一部经典《礼记》的观点，指出"礼"既不是从天上降下来的，也不是从地上涌出来的，而是从人情生发出来的。由于众庶不是圣人，所以"物之感人无穷，而人之好恶无节"，这就需要先王制礼作乐让他们节制欲望。既然礼义是从人情生发出来的，诗歌也是同样自人情生发出来的，那么《诗经》作品的那些"诗人"吟咏其真诚的情性而为诗，"以风其上"，"陈得失之事"，也必然是合乎礼义的，是可以"以为劝诫，令人行善不行恶"的。所以孔颖达说："一人者作诗之人。其作诗者，道己一人之心耳。要所言一人之心，乃是一国之心，诗人览一国之意，以为己心，故一国之事，系此一人，使言之也。"

这样的观点，在当代人看来，只是古代经学家为了肯定以礼为政治中心的君主制度，从而做出如此论述的。可是，孔颖达的思想逻辑，我以为是具有一定的合理性的，因为人们已经不承认有绝对存在的神，那么也就意识到只有依靠人自身的作为来调节人性与政治社会之间的关系。问题是，在表达个人的种种情性时，到底在何种程度上能被容许，从而不与政治社会发生矛盾呢？孔颖达以为"人化物也者，则灭天理而穷人欲者也。于是又悖逆诈伪之心，又淫佚作乱之事"，这是极端的情况，自然是要绝对禁止的。不过，随着时代的变化，对于人性的宽容度也会增大。总体上看，人类的历史是朝着人性解放的方向进行的，当然其中不免会有趋于严格的阶段。中国古代都是君主政治，而支持者却有所变化。夏商周时代是贵族支持王朝，然后是士人支持皇帝，今天的时代皇帝已经不存在了，支持社会的就是一般群众。随着支持阶层的变化，生活伦理观也会产生相应的变化，在孔颖达时代道德伦理上不可能的事情，也随之逐渐成为可能。孔颖达与汉儒所理解的“止乎礼义”，不会是一样的，宋儒与孔颖达的理解又不一样。总之，不同时代中的不同人对诗歌与礼义的理解，从后面的时代看来，并不都是可以接受的，它们只能说是中国思想河流中的一个阶段的产物。然而，笔者以为孔颖达在当时延续着儒家的传统观念，强调诗歌吟咏情性的特征及其与社会伦理的关系，涉及的是基本的诗学观念，还是很有意义的，因为确立了这样的基本观念之后，就可以给当时专门的“诗人”赋予正当的社会地位。“诗人”是越来越多的，社会文明也是越来越发达的，当社会中心阶级从贵族转为士人或其他阶层的时候，统治社会的思想不会一直跟唐代相同，在人性的问题上，在诗歌创作及其社会作用的问题上，人们也必然会做出跟唐代的孔颖达不一样的思考，这时候可能会有新的注释家以新的“诗人”观念来解释《诗经》，从新的角度给“诗人”赋予社会的地位[①]。

五

最后，我们再来看一下唐代其他人的“诗人”观。在此以白居易为例。

白居易的“诗人”观也还是围绕着《诗经》展开。他在《与元九书》里说道：

> 人之文六经首之，就六经言，《诗》又首之。何者？圣人感人心而天下和平，感人心者莫先乎情，莫始乎言，莫切乎声，莫深乎义。诗者根情、苗言、华声、实义。……然则“余霞散成绮，澄江净如练”、“离花先委露，别叶乍辞风”之什，丽则丽矣，吾不知其所讽焉。……唐兴二百年，其间诗人不可胜数，所可举者陈子昂有《感遇诗》二十首、鲍鲂有《感兴诗》十五首。……仆常痛诗道崩坏，忽忽愤发。[②]

可以说白居易也有和孔颖达一样的“诗道”观，他作诗的理想就是能进行讽谏。可是白居易的诗歌创作行为中，包含了个人交流的方面。比如《与元九书》里还说道：“自八九年来，与足下小通则以诗相诫，小穷则以诗相勉，索居则以诗相慰，同处则以诗相娱，知吾罪吾，率以诗也。”这些诗讽谏社会的成分不多，主要是写个人生活的。可见，白居易既继承传统的讽谏观念，也重视个人情性的表现。在不少地方，他所说的“诗人”与作为《诗经》作品的写作者的“诗人”是不一样的，比如：

> 花房腻似红莲朵，艳色鲜如紫牡丹，唯有诗人应解爱，丹青写出与君看。（《画木莲花图寄元郎中》[③]）
>
> 过得炎蒸月尤宜，老病身衣裳朝不润，枕簟夜相亲，楼月纤纤早，波风溺溺新，光阴与时节，先感是诗人。（《新秋喜凉》[④]）

按经学的解释，《诗经》的“诗人”有很强的批评社会的意识，但白居易诗歌所描绘的“诗

① 按：有学者曾主张以“志”和“情”为两极去世梳理中国的文学理论，而笔者以为如果从情性解放的角度上来审视中国文学理论，则可能形成新的文论史。

② 白居易《白氏长庆集》卷二十八，《四部丛刊初编·集部》，上海商务印书馆缩印江南图书馆藏日本活字本。引文下线为笔者所加。

③ 同上，卷十八。

④ 同上，卷六十五。

人"形象,只对自然风景的变化很敏感。当然具有很强的批评社会意识的诗人也可以对自然现象有很强的感受力,可是,白居易这里所吟咏的内容完全是属于个人生活的,几乎看不出有批评社会的内容。如果这个"诗人"也包含在《诗经》的"诗人"概念里的话,那么对《诗经》的解读就会发生变化。白居易《与元九书》写道:"昨过汉南,适遇主人集众乐娱,他宾诸妓见仆来,指而相顾曰:'此是《秦中吟》、《长恨歌》主耳。'自长安抵江西三四千里,凡乡校佛寺逆旅行舟之中,往往有题仆诗者,此诚雕虫之戏不足为多。然今时俗所重,正在此耳。"中唐以后,诗风发生了变化,"时俗所重"的"长庆体"流行起来。在这种诗风中,"诗人"的内涵和社会作用与《诗经》的"诗人"已经没有关系了,这也是白居易为之叹息的原因。白居易兼有这两种"诗人"的身份,他根据自己的经历来变换身份。实际上,唐代有很多诗人是带着双重的"诗人"身份的。那么,由此而产生的"诗人"观,是否会反过来对诗经学有所影响呢?又将如何通过《诗经》来确认这种"诗人"的地位呢?或者就让两种"诗人"各行其道,互不干涉?笔者以为,这样的问题值得在文论史或者经学史上加以探究。

作者单位:日本福冈大学

辨伪存真:《文笔眼心抄》古抄卷献疑

陈 翀

对于研究唐代诗学的学者来说,日僧空海所撰写的《文境秘府论》,无疑可以算得上是一部案头必备的诗论典籍了。而在研究这部书的时候,通常又离不开对《文笔眼心抄》的参照。现今学界一般认为,《文笔眼心抄》是空海本人所撰写而成的《文境秘府论》节要本,且其原卷又被传为空海自笔,这对于研究《文境秘府论》的成书过程及空海的诗学观念,有着极为重要的文献价值。基于这种认识,现在通行的几个《文境秘府论》笺注本,均采取了一种两书并存的形态,并将《文笔眼心抄》作为批注《文境秘府论》的重要底本之一①。

然而,与《文境秘府论》保存着众多传承有绪的古抄本不同,《文笔眼心抄》只有一个明治初期所发现的孤本抄卷。且在过去很长的一段时间内只有数页摹本被公之于世,即使是研究唐代诗学的专家学者,也鲜有见到过其全卷的庐山真面目。现行的各类《文笔眼心抄》笺注本,大多是根据明治时期出版的《文笔眼心抄释文》及《冠注文笔眼心抄》两个整理本为底本校补而成。要之,通行本所录的《文笔眼心抄》的本文,经过历次校补之后,虽然更利于读者的阅读,但也在很大程度上失去了原卷的本来面目。

笔者在研究唐代诗学之时,曾取《文笔眼心抄释文》与《文镜秘府论》进行过多次的对比阅读,总觉得两者之间存有相当的距离甚至龃龉之处。其中又以《释文》前列有"四十四凡例"之项目尤为不审。众所周知,于书前添附"凡例",乃明清文人的编书格式。空海是入唐之人,断无可能去遵循后世编书体例于书前特设"凡例"!只是苦于没有机会见到原卷,因此一直不敢妄加论断。

其实,日本弘法大师墨迹聚集刊行会于1999年出版的《弘法大师墨迹聚集:书の曼荼罗世界》,已经将古抄卷《文笔眼心抄》之影印收入了第二十帖之中。只是此书售价昂贵,所藏机构甚少,不太容易见到。幸运的是,笔者最近终于有了机会借阅到了此书。在取影印本细致浏览的过程中,笔者发现《文笔眼心抄》原卷确实多有不审之处,感觉到其定非出自空海之手。因此,笔者又进一步搜求了一些明治时期的相关书志史料,对其原卷的发现经纬予以钩沉。通过对这些原始记录的溯本清源,悟出此卷当是明治初期古书画伪作大家西村兼文所制之古抄赝本精品群中的一卷。斗胆试作此小文,将笔者所搜集到资料及考证之始末录于下,献疑于海内外各位方家,以求斧正。

---

① 如兴膳宏译注《弘法大师 空海全集》第五卷,筑摩书房,1986年;卢盛江校考《文境秘府论汇校汇考》,中华书局,2006年。

一

今人广知空海在撰有《文境秘府论》之外，还曾亲手将其要旨另写成《文笔眼心抄》一书，其书于明治年间始由山田钝以《文笔眼心抄释文》之名刊行。就是这本当初只限印了一百本的小书，成为了现今我们所能见到的各类《文笔眼心抄》笺注本之底本。山田钝在将此书上梓之时，在序文中对自己搜集到的这个天下孤本作了如下之叙述：

弘法大师曾著《文镜秘府论》，又摘其要更著《文笔眼心抄》，俱并行焉。然而世惟知有《秘府论》，而不知有《眼心抄》也。试取二书参观之，虽彼此互有详略，特此为篇简体该，诚文海慈舟矣。此编原本囊出于东寺，遂归余手。盖为一大长卷子，书法超妙，纸墨俱古，人皆以为珍品。但其字交行草二书十之九，有古字，有异体字，是以读者如箝在口。顷者，长夏无事，晒书及此，于是反复考核，遂得通读，因释以恒，用楷书印诸活字，钉为册子，以广其传。夫大师以佛学显，而其文辞庄严宏丽，入于作者之域。如此编所言，大极词家精蕴，可谓伟矣。或人曰：大师入唐也，在贞元元和之际，而此编所论，专为四六骈俪，其文不及杜少陵、韩昌黎，何邪？盖虽少陵变诗格，昌黎唱古文，久而后行，当时言之者少，故殷璠编《河岳英灵集》，选有唐名家诗，而不收少陵。韦谷著《才调集》，自序称阅李杜集，而不录杜诗，时好之所在，亦可知焉。大师入唐，气运未开，故其言不及杜韩也。①

按，山田钝生于弘化元年(1844)，卒于大正二年(1913)，字子静，号永年居士。其家世营蚕丝业以及造酒业，为京都一代豪商，居御池通东洞院，旧宅邸至今尚存，现被指定为了日本国登录有形文化财。山田钝本人在从商之余还酷爱古旧书画，是明治时期一位古书画搜集名家。上引这篇序文署作明治四十年(1907)七月三十一日，可知此序乃山田钝最晚年的手笔之一。

奇怪的是，山田钝在《序》中并没有详细地谈到他是如何得到从东寺流出的这份古抄卷。也没有提到此卷抄自何人之手、成立于何时。其实，他曾在其年轻时所著的《过眼余唱第一集》中，对此抄卷曾有过另一番面貌的描述，其文如下：

信手书来不用工，丰神堪仰古人风。过庭笔意分明似，绝叫难呼征仲翁。余家所藏高野大师手书《文笔眼心抄》，全部一卷，白麻纸，乌丝阑，书法颇肖孙虔礼《书谱》。《抄》即大师所著论诗歌文声律者，此或其原稿也，故字字似不经意。信手下笔者，骤视不见其妙。及谛观，则觉笔笔浑圆活动，玉转珠回，耸动心目。与东寺所传《学法目录》同一书体也。余见大师真迹不为少。然多属写经。如此卷者，真不易获。此卷亦旧东寺宝库中物，向寺主某属(按，通“嘱”)余友西村兼文整顿库中古书数千卷。事讫，寺主为赠古书数卷以谢，此其中最也。后遂归余手②。

现存《过眼余唱第一集》诸本均未标明出版时间和地点，但书前附有山田明治十四年

① 此文引自明治四十一年初刻本。

② 此本未标明刊刻时间及地点，前附山田钝明治十四年序。

(1881)序,由此可推知,山田钝买入《文笔眼心抄》古抄卷至少不会晚于明治十四年。上引文还记录了山田钝是从一位名叫西村兼文之人手中买入这个抄卷。西村兼文对其称此抄卷为空海真迹,是其为东寺整理宝库古书之正当酬劳。这段话,就等于明明白白地告诉了我们一个事实,即刚刚涉猎古书画搜集不久的山田钝,被狡猾的西村兼文骗了个正着。也就是说,山田花费重金从西村兼文手里用重金买来的这份古抄卷,绝不可能是空海的亲笔之物。

首先,东寺又称教王护国寺,始创于日本延历十五年(796)。弘仁十四年(823),嵯峨天皇将此寺恩赐给空海。从此,东寺便成为了真言密教的根本道场、平安一朝镇护国家的最高寺庙。然而,文明十八年(1486),一场战火却将这座名刹烧了个精光,片瓦不存。现有之东寺,乃是后来由丰臣秀吉、德川家康所援助再建之物。因此,东寺本庙已基本没有多少平安旧物了。山田钝所云的"东寺宝库",当是指东寺之别格本山观智院。观智院是日本南北朝时代真言宗学僧杲宝于延文四年(1359)所创立的一座东寺子院。此后成为了整个培养真言宗学僧的劝学院。其经藏确实曾藏有大量的文书、典籍、圣教(现在全部转藏于东寺宝物馆,非公开)。不过,东寺既以空海为宗,又屡遭劫难,"寺主"岂会将仅存于观智院的几件镇寺之宝空海真迹,当作整理古书的赁资轻易地送给外人?《过眼余唱第一集》所记西村兼文之语,必是其为欺骗山田钝而捏造的鬼话。

西村兼文之所以要称这份古抄卷为空海"所著论诗歌文声律"之"原稿",不外乎是想掩盖此卷之字迹拙劣。山田钝序中诗云其书法"不见工"、文云"骤视不见其妙",应是可信之辞。只是在西村兼文生花妙语的欺骗之下,才被说成了"则觉笔笔浑圆活动,玉转珠回,耸动心目"。更重要的是,如山田钝所言,此卷文字极为潦草,行草错杂,误字别字又多,一时半会是无法对其内容进行判读。从《过眼余唱》之记录可以看出,西村兼文在兜售这份古抄卷时,并没有说明此卷与《文境秘府论》之间的主次关系。而山田钝也一直没有对其内容进行过确认。直到明治十四年前后,山田钝在出版这部《过眼余唱第一集》之时,竟还不知道其与大名鼎鼎的《文境秘府论》的共通之处!

前文也提到过,出自西村兼文手中的这份抄卷,绝无可能是空海的真迹。其实,这一点早已为亲眼见到过这份卷子的神田喜一郎所指明。神田喜一郎于1955年在一篇题为《关于三笔》的短文中谈到:"《文笔眼心抄》(京都市山田氏)。此乃空海所撰其著《文境秘府论》之要旨,据传为空海之真迹。笔势虽有空海书风之意,恐是空海再传弟子之辈所写之物。误字与脱字甚多。"①

另外,对照上引山田钝的两篇文章,我们也可以推测出,山田钝后来在"长夏无事,晒书及此,于是反复考核,遂得通读"时,虽然发觉了其与《文境秘府论》的关系,但也明白了这份卷子并非空海之真迹"原稿"。因此,在《释文》的序言之中,他才会摒弃《过眼余唱第一集》中的记录,只字不提西村兼文及空海手迹一事②。不过,从神田记载也可看出,当时大家虽然觉得这份抄卷可疑,但还是认为抄卷本身内容当不会有伪。或正是基于这种考虑,山田钝才会

① 原题为《三笔について》,载《书道全集》第十一卷,平凡社,1955年;本文引自《神田喜一郎全集》第八卷,同朋舍,1988年。

② 在此还可举出一个旁证,就是山田钝之子山田寿房为追悼山田而举行的"永年居士3回忌展观"亦没有展出《文笔眼心抄》原卷。参见山田寿房编《遗爱品目》,大正四年刊古活字版。另外,山田家族至今不愿将此原卷之庐山面貌公之于世,可见其中确实是有一番难言之隐。

在晚年出资将其版刻，并请古书肆圣华堂之创始人山田茂助将其刊行于世①。也正因如此，神田才在没有任何根据的情况下，又将抄卷归为空海再传弟子传抄之物。

二

然而，山田钝也并非是一位只会附庸风雅的富家子弟，他曾从杨守敬精习过书法，以精于鉴定古碑字画闻名一时。且从今人的研究来看，他在当时的京都文化界，亦可称得上是一个顶尖人物②。那么，为何他又会如此轻易地听信西村兼文的虚妄之言呢？

从现有数据来看，一是被骗之时山田钝才三十出头，刚步入古书搜集的行列，还不大懂得古卷辩伪之精要。《过眼余唱第一集》还记录了此一时期购入的所谓空海自笔之《聋瞽指归》、《四分律》、《杂阿含经》等大批旧钞卷。这些伪抄卷和《文笔眼心抄》一样，都被书商称为空海亲笔的"原稿"。《过眼余唱第一集》既标明为"第一集"，也就是意味着山田钝在出版此书时还准备接着出续集。然而，此后并未有续集之出版，这大概是明治十六年以后，山田钝有机会亲炙于杨守敬，于古书鉴定及金石学上技艺大长，发现了自己年轻时所搜集到的这些古卷大都是伪卷，之后，也就对这些卷子只字不提了。而其年轻时所写作的这部《过眼余唱》传世又极少，笔者刻意收寻，亦仅不过在早稻田附属图书馆、关西大学附属图书馆、京都大学附属图书馆谷村文库见到过三本而已③。因此，现今之学者很少有人知道，号为明治初期书法鉴定之名家的山田钝，在年轻时也曾被不良之古董商人与作伪专家玩弄于股掌之上，付出过巨大的代价，也就没有对他所刻印的这本《文笔眼心抄释文》，产生过根本的怀疑。

而将此卷冒充空海真迹卖给山田钝的西村兼文，则更是明治初期赫赫有名的作伪大家。其曾伪造过大批古抄卷、古文书、古活字本，且制作极为精良，即使是行内高手也难分真假。日本老一辈的书志学家谈及此人则色变，凡知道是经过此人手之物，大都避之惟恐不及，以免被受骗。如川马一濑在《书志学入门》中谈到："另外，虽然我还没有亲自见到过实物，但据西村兼文之《古梓跋语》所载，延应元年(1239)四年之前的嘉祯二年(1236)，隆元在长乐寺曾刊行过《梵网经菩萨戒》，其刊记为：嘉祯丙申八月十九日于上野国新田庄长乐寺雕摸竟劝进比丘隆円。西村兼文于明治初年曾广泛地搜集过各种古物并留下了不少记录。然而，此人乃是一位天生伪妄之人，其言必不可全信。"④

按，西村兼文，生于天保三年(1832)，卒于明治二十九年(1896)。其家世代为京都西本愿寺之寺侍，西村年轻时是一位狂热的尊皇攘夷派，与"新撰组"友善。一般人知其姓名，乃是因为他是记录"新撰组"之事迹的重要史料《壬生浪士始末记》之作者⑤。明治维新以后，西

---

① 书末版心文如下："明治四十一年六月五日印刷七月廿二日发行著者故人释空海释文者京都市上京区御池东洞院仲保利町八番户即今寓上长者町室町元土御门町三番户平民山田钝印刷兼发卖所京都市下京区寺町大角式邨町十二番户平民山田茂助。"另，有关山田茂助的记载，可参照反町茂雄《纸鱼の昔がたり　明治大正篇》之《初代琳琅阁主人とその周辺》，八木书店，1990年，第124页。

② 相关研究可参照西嶋慎一《山田永年の书学—明治初期京都における书学鉴识の一侧面》，《大东书道研究》第16号，2008年。

③ 其中早稻田大学藏本与京都大学藏本之均已被制作成了电子书籍，公布于两图书馆网页之上，可参考。

④ 参见川马一濑著、冈崎久司编《书志学入门》之《三　古版本の年代の见分け方》，雄松堂，2001年，第61页。

⑤ 参见《野史台　维新史料丛书》卷三十，东京大学出版社，1972年。

村兼文转任职奈良县厅,一方面为历任过内阁书记官长、警察总监、学习院院长等要职的田中光显收购整理古书、古写经,一方面又借此机会制作了大量的伪书伪抄卷牟取暴利。日本著名的书志学家庄司浅水在其书志学随笔《赝本物语》中,更是将其名列为了世界第一的古书作伪专家,现将其原文之相关部分译引于下:

> 我国的西村兼文,更是此中之道(笔者按,指古书作伪)的大家。他拥有丰富的古抄本与古抄卷知识,却不将其用于正道。他多以访书之名到各个神社寺庙去寻访古写经,偷人眼目,将古写经之跋文或识语割下,再将其粘贴于其他低俗之写本的卷末,制作成伪书,或是将古经卷卷末添上自己伪造的写经之年月、写经生姓名、所藏者姓名、识语、奉纳者姓名等等,将无数之古经名卷变成缺憾之物。
>
> 西村兼文又是制作赝本古书的名手,他多用古写经之旧纸,从经卷中搜寻出所需要的旧字体,将其制作雕版印刷成古书,技巧高明到了很难辨别出真假的地步。奈良时代华严宗僧侣良弁(689—774)书写的绀纸金泥《般若心经》乃是极为贵重之宝物,也是道中之人垂涎三尺之名品。兼文于明治中叶,曾制造过一个伪卷以三千元之天价卖给了某侯爵家,换算成今日之货币至少也值好几百万元。然而,他又将同样之卷轴,以三元之赝品价格卖给了市岛春城(笔者按,早稻田大学附属图书馆之初代馆长)。
>
> 兼文又不知道从那里搜集到了一些古活字以及旧纸张,将其伪造成刻有延喜十三年(913)二月五日之刊记的《文选》残叶,又伪造"源亲房印"印之于上,再按上其伪造的一个所藏寺庙的印章(笔者按:即"圣寿禅寺"之印,此二叶之模本今被收入清光绪十五年傅云龙所编《籑喜庐丛书》),将其卖给京都爱好古书之人。由于其制造极为逼真,大家均认未看出其乃赝品,因此都竞相出重金购买之,此后发现此乃西村之骗局,都后悔莫及。兼文还采取同样的手法,伪造了唐天佑二年(905)九月八日刻之陶渊明《归去来辞》,这又是一份难辨真伪的精巧之物。标有唐代年号的版本,只有大英图书馆所藏咸通九年(866)版《金刚般若波罗蜜经》(敦煌出土品)等数点,而其本家之中国反而一件都没有。当时的大清驻日本公使黎庶昌乃是有名的版本专家,不料他也落入了西村的圈套之中,出重金将天佑版《归去来辞》与延喜版《文选》断片买回国内,其后附上长篇之跋文将其制作覆刻本印行于世①。

西村兼文本身就是古抄卷、古活字本专家之中的翘楚,学识既丰,又精通古抄卷文字写法,不愧为一代大家。其《古梓跋语》开创了古卷跋语研究之先,《本邦古书目录》则是明治初期书志学的一部开风气之作。然其在学术界未能留下一席之地,盖是其在学术超人之外,还有其见不得人的阴暗一面——作伪高手,给学界带来了不可估量的损害。

考西村兼文制作伪古抄卷之法,大致有如下之二种:一是移花接木,即从其他真品之古经卷剪下署有奥书跋语之页,再将其接在自己所伪造的文书、写卷之末;二是用真品写假作,即在奈良平安古经卷之背面,写入自己从其他书籍中抄下的文章断片,再有意加入一些俗字、异文以及错字,将其伪作成古代名著典籍之异本。这两种作伪都是半真半假,很难辨别出真假。尤其是后一种,因为其原卷乃真实之物,所录书籍之内容又是有据可考,因此,即使

---

① 参见《エピソードでつづる　本のはなし》,三修社,1987年,第153—156页。

用科学的手段去鉴别，也很难注意到纸背所抄之内容竟会是西村兼文之伪作。

笔者曾撰文提到过，明治时期著名的书志学家、早稻田附属图书馆之初代馆长市岛春城与西村兼文甚为友善。西村兼文曾伪造过大批日本中世古文书，将其高价卖给了当时著名的汉学家、日本近代实证史学奠基人重野安绎。此事因西村兼文亲口告知市岛春城才被公之于世①。对于日本史学的老一辈学者来说，西村兼文所作的这批伪卷，无疑就是一场噩梦。

明治大正时期著名的书商反町茂雄也对西村兼文有过一些回忆，他谈到："西村兼文曾从各个名寺挖掘出大批古抄卷，先代亦从其手中购买过不少。西村学问精博，如有名的延喜版《文选》、古刻《归去来辞》之伪造，在这一方面特别具有超人之天才。又善于鉴别古写经，对于古板书籍又著有《古梓一览》，在书籍方面著有《续群书一览》等。当时特别是奈良古写经、古笔一类的东西很难卖出去，奈良的杂货店的柳生、森田等人，曾携带大批的古经卷到家里来贩卖，价格是非常便宜的。"②如反町所言，当时由于明治政府推行毁佛政策，因此从寺院内流出了大批古经卷。由于买者甚少，因此当时价格极为便宜。西村兼文能够弄到大批奈良、平安时期的古经卷，与其生活的这个特殊的时代背景不无关联。然而，古经卷在当时基本上形同废纸，这也就是为何西村兼文需要在卷背再抄入名人诗文的主要原因。只有这样，这些古经卷才能在喜好汉文学的神田喜岩、山田钝等新兴权贵阶层之间，卖个好价钱！

三

明治十四年，山田钝为《文笔眼心抄》出版时所撰写的《序》，将其卷之入手经纬以及其是否为空海亲笔等重要情报隐而不谈，已经怀疑此卷乃伪笔。但从后来与其家关系密切的神田喜一郎之解说也可看出，当时的京都学人心中尚存一丝幻想，即此卷虽非空海之亲笔"原稿"，抑或是其弟子所传抄之物，内容当不至于有假。然而，万万没有想到的是，这个卷子的文本本身，也极有可能就是西村本人根据《文境秘府论》所编撰出来的伪作。山田钝的一片好心，反而给世间凭空增加了一本伪书！

西村兼文又是如何伪作出《文笔眼心抄》的内容呢？其实，他的作伪的痕迹，被保留在了他所编写的《增补续群书一览》之中。《增补续群书一览》中对《文笔眼心抄》之记载如下：

一　文笔眼心抄写一册

弘法大师撰

此编卷端之自序少有破损，本文类似《文境秘府论》，引例均为唐诗。且此抄文永、弘安等著书之中往往有所引用记载，但不载于现今之书。其序云：

文笔眼心抄欠〃〃〃〃〃金刚峰寺欠念沙门遍照金刚欠〃〃〃〃〃〃〃诸格式欠〃文境秘欠〃〃〃〃〃卷虽要而文重而披诵稍难记今更抄其要含口上者为一轴栓镜可谓文之眼笔之心即以文笔眼心为名文约义广功名益深可云后生写之诵之宜唯立身成名乎诚乃人杰国宝不异拾芥于时弘仁二年中夏之节也。

---

① 拙稿《两宋时期刻本东传日本考—兼论金泽文库之创建经纬》，《西华大学学报（哲学社会科学版）》2010年第3期，第35—43页。又，市岛春城《赝作家西村兼文》，现收入《市岛春城古书谈丛》，青裳堂书店，1978年，第51—54页。

② 参见《纸鱼の昔がたり　明治大正篇》之《初代琳琅阁主人とその周辺》，第127页。

目录

四十四凡例四声谱十二种声调八种韵六义十七势十四例廿七种礼八阶六志廿九种对文廿八种病章十病章二种势文章古体文章六失定位四术定位四失句论以上

此一卷京师山田永年氏秘藏之,鲜为人所知①。

接下来让我们再来看看山田钝根据原卷所作的翻刻序文,其文如下(□为原文之缺字符,□内文字为山田所校补):

文笔[眼][心][抄]

[金]刚峰寺禅念沙门遍照金[刚]□

余宗□□□□□□□诸格式等[撰]文境秘[府][论][六][卷]虽要而文[玄]而披诵稍难记今更抄其要含口上者为一轴栓镜可谓文之眼笔之心即以文笔眼心为名文约义广功名益深可云后生写之诵之宜唯立身成名乎诚乃人杰国宝不异拾芥于时弘仁二年中夏之节也。

按,《增补续群书一览》前附有西村兼文明治二十五年序,可知西村撰写这则解题之最晚时间也不会晚于明治二十五年。而从《过眼余唱第一集》的记载可以推知西村于明治十四年之前已将《文笔眼心抄》原卷卖给了山田钝。解题中提到了原卷藏于山田家,是知此文之写成又是在西村兼文将卷子卖给了山田钝之后。另外,还要特别引起我们注意的是,《增补续群书一览》虽成书于明治二十五年,但直到昭和二年(1927)才由东京日用书房上梓发行于世。因此,山田钝在明治四十一年出版《释文》时,也不知道西村的这则解题的存在。也就是说,山田钝和西村是在没有参照对方文字的情况下,各自翻刻了《文笔眼心抄》序文。

首先,西村解题所录序文中,"文笔眼心抄"之卷名是完整的,下缺五字,后接"金刚峰寺"四字,再缺一字,接下来为"念沙门遍照金刚"七字,下缺七字,又接"诸格式"三字,后缺一字,下再接"文境秘"三字,后缺五字,其后则不再有缺文。而山田钝所翻刻的序文,则是卷名"文笔"下缺三字;题下署名缺首一字,尾二字;正文"余宗"下缺七字,后接"诸格式等"四字,再缺一字,下接"文境秘"三字,又缺四字,后再接"虽要而文"四字,后再缺一字,其下不缺。两者缺字处有相同处,有不同处。由西村记载可以看出,他所据的就是其卖给山田家的藏本,按道理来说两人的翻字应当是完全一致,为何会出现这种难以让人理解的怪异现象呢?

根据以上考证,我们或可以推测出如下之解释,就是西村兼文所录于《增补续群书一览》中序文,乃是其作伪时自己所写作的一份原底稿。在将此文抄入古卷背后时,根据实际书写字体之大小、笔势以及原古卷之缺损部位,免不了再次对文章进行一些微调。因此,最后实际抄录在古卷背后的文字,与当初所准备的原稿之缺文,出现了一定的差异。此后,西村将伪卷卖给了山田钝,在编著《增补续群书一览》时,已经无法再对原卷之文字进行确认,只能根据自己所留下的原稿来撰写解题。如此一来,两者所录的序文之翻字,才会出现缺字处不同之反常现象。

其实,今存《文笔眼心抄》之内容为西村兼文所伪造,还有一个更为直接的证据,就是《文

① 西村兼文编辑、入田整三校订《增补续群书一览》,东京日用书房,1927年,第537—538页。

笔眼心抄》这个卷名。空海曾将《文境秘府论》缩写成为一个节要本，这在古书目中是有所记录的，不过此书镰仓时期便已失传了。对于古文献中于这个节要本的记录，小西甚一曾有过比较详细的考证，现引其考证于下：

弘法大师撰有《眼心抄》，很早就有明确的记载。传济暹作《弘法大师御作书目录》、圣贤撰《御作目录》、心觉撰《大师御作目录》等，都有《文笔肝心抄一卷》的记载。这大概就是《眼心抄》。高演作《弘法大师正传》和觉镂《高祖御制作书目录》作《文章肝心抄》，可能把“笔”的草体误作“章”。与此不同，保延三年正觉撰《大遍照金刚御作书目录》、山田长左卫门氏藏嘉禄三年书写《大师御作书目录》、政祝撰《真言宗事相目录》等，均作《文笔眼心抄》。又值得注意的是，教王常住院本《御作目录》有“文笔眼心一部二卷”，无“抄”(或者是“钞”)字，合于下述《信范抄》所引本，作二卷，和前述《高祖御制作书目录》注“本末”相应。因此，可以认为，平安后期存在二卷本系统。后来的《释教诸师制作目录》和《诸师制作目录》并录为《文章肝心抄》和《文章眼心抄》，但这当然是援引时未见实物而产生的错误，谦顺的《诸宗章疏录》作《文章肝心章》，大概也是因为这样[①]。

小西甚一所考此书题名当为《眼心抄》，盖是受了这份伪卷的影响。如小西文所考，现存大部分早期书目都是题作“肝心抄”，其实这才是空海所作《文境秘府论》节要本之真正的书名。考“肝心抄(记)”乃日本僧侣所撰佛教经疏中的一个固定名词，如《弘法大师御作书目录》之撰者济暹的《大日经住心品疏私记》中，就引用过一部名为《十住心论肝心抄》的书籍[②]。此外，胜贤记、守觉法亲王辑东密小野流尊法所成的《秘钞》中有见《肝心抄》一书；赖瑜撰《秘钞问答》有见引《宝心次第肝心抄》一书；永超撰《东域传灯目录》所引书中有善珠撰《唯识肝心记》一卷[③]；藏俊撰《注进法相宗章疏》所引书中有德一撰《唯识肝心记》二卷；光宗撰《溪岚拾叶集》所引书中有《肝心要文事》等等。外典之中亦不乏以“肝心”为书名者，如镰仓时代的古医书《伝尸病肝心抄并瘦病治方》，飞鸟井雅经撰《蹴鞠肝心抄》，凡此种种，不可历数。而且，“肝心”一词，除被用作书名，还直接见于空海所撰文章经典之中，如《御请来目录》中就有“学两部之大法，习诸尊之瑜伽，斯法也则诸佛之肝心”一文。由此均可证明，空海所著《文境秘府论》节要本之原名，应如早期文献所记之《文章肝心抄》，而非后世书目所误传之《文笔眼心抄》。而亦由此可推知，山田钝所藏本之序中所谓的“可谓文之眼，笔之心，即以《文笔眼心》为名”之语，绝不可能是空海亲笔所为。也就是说，我们基本上可以认为，现存《文笔眼心抄》的内容，就是西村兼文根据《文境秘府论》所杜撰出来的一个伪本。

然西村兼文出身寺庙，学识又深，并非不知道空海所作之原题为《文笔眼肝》，其将自己所作之伪卷命名为《文笔眼心抄》，更或是有意所为。小西甚一曾在山田家见过此原卷，其描述如下：

---

① 参见小西甚一《文境秘府论考研究篇上》，大八州出版，1948年。此处译文转引自卢盛江校考《文境秘府论汇校汇考》第四册，第1936—1937页。

② 按，《十住心论》全名《秘密曼陀罗十住心论》，乃空海代表作之一。不过，此书是否为空海所作还有待进一步考证。另外，济暹还撰有《金刚界大仪轨肝心秘诀抄》一书。

③ 此书全名为《成唯识论疏肝心记》，相关考证可参见三保忠夫《成唯识论本文抄所引の肝心记佚文》，《国文学考(63)》，1974年，第34—43页。

前述的本子是《眼心抄》的唯一传本,现为山田长左卫门(寿房)氏所藏(收藏于金漆楷书"皆山楼藏"的漆涂的函中,这个函书为故和田智满大僧正的手笔。皆山楼为寿房氏的先考永年氏的雅号,同函收有前述的《大师御作目录》,粘叶装一叶。里书"嘉禄三年七月十四日于大原乡实相院书写了"。有"东寺之印"的方形朱印。《眼心抄》于昭和九年一月三十日被指定为国宝)。[①]

由此可以知道,西村兼文在向山田钝出售伪卷《文笔眼心抄》之时,还提供了一份有力的文献依据,即《大师御作目录》(其里书及印章亦极有可能是西村伪造之物)。正是这份目录上所记载的空海书名,误写为了《文笔眼心抄》。或因此,西村兼文才会将错就错,有意将自己所作的伪卷题名《文笔眼心抄》,在贩卖给山田钝将之称为"《抄》即大师所著论诗歌文声律者,此或其原稿也"。如真是如此的话,此人作伪手段之高,准备之周全,心思之缜密,可真称得上是前无古人,后无来者了!

顺便提一句,西村兼文除了《文笔眼心抄》伪卷之外,同时还卖给了山田钝一个题为《世说新书》的古抄长卷(后被分割为五份),其中一部分现藏于京都国立博物馆,亦被指定为日本国宝。其实,这个抄卷同样极有可能是西村兼文之伪作,对于此问题,笔者拟另作详文予以考证。

作者单位:日本广岛大学

(本文已收入《域外汉籍研究集刊》第八期)

① 此处译文转引自卢盛江校考《文境秘府论汇校汇考》第四册,第1938页。

近年日本关于《文镜秘府论》研究中值得注意的问题

顾春芳

一

近年来日本在《文镜秘府论》的研究方面可以说是多种多样，大致可以概括为以下几个方面。

一是《文镜秘府论》对日本后世文论影响的研究。关于这一方面的研究，有大石有克的《王泽不竭钞作者考——以与〈文镜秘府论〉的关联为中心》[①]，大石有克的《关于〈文镜秘府论〉的撰述情况》[②]，滨田宽的《〈文镜秘府论〉——空海的文学观》[③]，岸田知子的《空海与中国文化》[④]，小岛明子的《日本诗论的成立与〈文镜秘府论〉》[⑤]。其中岸田知子的《空海与中国文化》是一部向大众介绍空海与中国文化关系的专著，其中有论及《文镜秘府论》的章节。

二是考察《文镜秘府论》的版本及其传承系统方面的研究。关于这一方面的研究，有卢盛江的《关于〈文镜秘府论〉的版本系统》[⑥]，滨田宽的《〈文镜秘府论〉——空海的文学观》[⑦]。滨田宽在这篇论文中为了证明空海的文学观的确立，将《文镜秘府论》的各种版本作了比较。在过去的关于《文镜秘府论》版本的研究中，一直把用三宝院本校合的《证本》当作初稿本，而占据了传本大半的《再治本》是在它之后的。滨田指出，初稿本与再治本的根本区别在于初稿本中所收的典籍，在再治本中消失了。而综观《文镜秘府论》全文，这种改写也没有统一性，而且也与空海的一贯的方针不一致，由此得出再治本有可能是初稿本的结论。

三是对《文镜秘府论》中的汉字音作考察的研究。关于这一方面的研究，有石山裕慈的《六地藏本〈文镜秘府论〉的汉字音》[⑧]。

四是对《文镜秘府论》中的作文作诗理论的具体研究。关于这一方面的研究，有平田真

---

① 见日本《语文研究》，九州岛大学国语国文学会，2000 年，第 16—27 页。

② 见日本《中央大学国文》第 44 期，中央大学期刊，中央大学国文学会，2001 年，第 1—10 页。

③ 见日本《国文学解释与鉴赏》，第 66 期，至文堂出版社，2001 年第 65—72 页。

④ 日本大修馆书店出版，2003 年。

⑤ 见《〈日本文化研究的国际情报传播的养成〉活动报告》（平成二十年度海外派遣事业编），2009 年，第 112—118 页。

⑥ 见日本《立命馆文学》，立命馆大学人文学会，2000 年，第 910—929 页。

⑦ 同注③。

⑧ 见日本《日本语学论集》，第 3 号，东京大学研究生院人文社会学研究科国语研究室出版。2007 年，第 1—13 页。

一朗的《关于〈文镜秘府论〉中的所谓旁纽与正纽》[①]。

五是关于《文镜秘府论》与佛学关系的研究。关于这一方面的研究，有大泽圣宽的《空海著作中的颂与偈》[②]。因为《文镜秘府论》中有不少"即身成佛义"之类的佛教方面的内容，而这些都与文学批评论没有直接的关系，在此略去不论。

以上就是进入二十一世纪后日本在《文镜秘府论》研究方面大体上的情况。

二

笔者以为，在上述几个方面中最值得引起重视的问题是《文镜秘府论》对日本文论的影响。《文镜秘府论》对后世的日本中世的诗论究竟是否产生过影响？如果有的话，又始于何时？还有，《文镜秘府论》是否只在僧侣中传播？在这些问题上，都有着新的发现。

首先要提及的是小岛明子的《日本诗论的成立与〈文镜秘府论〉》，这篇论文共有四章，以下按章节简单地介绍一下：

第一章 《文镜秘府论》受容方面存在的问题

小岛在开头就说《文镜秘府论》大体上是在明治文学史的开创时期才在日本文论史上取得地位的。而在那时最早予以评价的是藤冈作太郎，小岛引用了一段藤冈的论述，大意是：空海不仅创作了大量诗文，还对诗格作了很多论述。他的《文镜秘府论》六卷，实际上开创了我国(指日本)诗文评论的先风。……以后的歌论也是由此而来，感化的作用非常之大。而藤冈在诗论方面，则认为文人骚士都大谈诗品髓脑，为其中的法度所束缚，空海以后，成了诗文的通弊[③]。小岛认为，藤冈的这段话虽然提到了诗论，但是过于简单，而且其中所说的诗品髓脑具体指的是什么也不明确。在日本，除了池田四郎次郎编的《日本诗话丛书》收录了《文镜秘府论》之外，镰仓时代末期五山的僧人虎关师炼的《济北诗话》以降，也能够看到受中国诗话影响的作品群。可是在空海以后、诗话以前的这段时期的日本诗论的发展并没有得到研究。因此就想在这篇论文中，通过考察中国文论与日本歌论之间的关联，来介绍产生在日本诗话以前的诗论界的实际状况。

第二章 "诗论"为何物?

小岛认为，关于诗论，一般都认为起源于《毛诗》序，可在先秦典籍、诸子著作中也有不少有关诗的言论。这些著作中提到的诗指的是《诗经》，主要论述了诗为何物、诗的作用是为了倡导礼。而且对诗的注释与训诂也是论诗的形式之一。关于这一点，小岛引用了(《论语正义·先进》第十一)中"子曰：'回也，非助我者也！于吾言，无所不说'"的邢昺的疏来加以说明。小岛还认为，当时的所谓诗论除了对诗的议论与批评之外，更多的是集中在孔子编撰《诗经》的意义所在这一点上，其中的评价高低不一，有很多暧昧之处。关于这一论点，小岛

---

① 见日本《开篇》第26号，好文出版社，《开篇》编辑部，2007年，第116—128页。

② 见日本《印度学佛教学研究》，第99期，日本印度学佛教学会，2001年，第36—40页。

③ 藤冈作太郎《国文学全史1平安朝篇》秋山虔校注，日本，东洋文库，平凡社出版，1971年初版，1994年第十次印刷。

引用了《史记·太史公自序》中的一段话：

> 夫天下称颂周公，言其能歌文武之德，宣周召之风，达太王王季之思虑，以尊后稷也。幽厉之后，王道缺，礼乐衰，孔子修旧起废，论诗书，作春秋，则学者至今则之。（因文中引用的都是日本学者翻译和注释的书籍，这里就不再注明出处）

第三章　"日本诗论的视角"

第一部分　从与歌论的比较来看问题

第一节：与总集的关联——选者的文学论

小岛认为，在中国，文学批评论与总集的编纂事业是有着密切的关系的，是以撰集序文这一形式来表现的。《诗经》以后，六朝及唐代的诗论也大体上继承了这一传统。依据是林田慎之助在《中国中世文学评论史》[①]中的论述，因其中提到了西晋挚虞的《文章流别志论》与《文章流别集》、梁昭明太子的《文选》及序与刘勰的《文心雕龙》的关系，《文镜秘府论》中引用的盛唐殷璠的《河岳英灵集》序等。还有关于钟嵘的《诗品》序，因为中泽希男曾在《〈河岳英灵集〉考》[②]中指出钟嵘的《诗品》原来也是选集的可能性很大。由此可见，《诗品》序也是总集的序了。

小岛还有一个重要的依据就是久松潜一关于日本最早的和歌论著作《歌经标式》的论述，见于久松潜一《六朝诗学与古代歌论—日本文学与外国文学的交流》[③]。久松潜一指出：日本歌论的滥觞《歌经标式》相当于《毛诗》大序。因为相对《诗经》而言，《万叶集》则是日本和歌的经典。如同《诗经》有《毛诗》大序一样，《万叶集》则有《歌经标式》。小岛认为，久松潜一的这一说法也有疑问，因为实际上，在《歌经标式》中与《万叶集》完全一致的和歌只有十六首。可是久松潜一认为文中的三十四首和歌中有三十一首是取自《万叶集》的，可以说作者的编撰目的是很明确的。即便《歌经标式》的编者没有这样的意识，也可以认为是编者对没有收进的作品是持批评态度的。这也可以从编撰《万叶集》时收录作品的分类与选别中找到依据，那就是（卷十三）中的"于理不合"与（卷二十）中的"但拙劣之歌者不取载之"。

以上是关于日本歌论的成立，而关于日本诗论的起源及成立，小岛则引用了手崎正男的《关于日本文学论的起点—试论古事记序文与怀风藻序文》[④]中的论点，即《古事记》序文与《怀风藻》序文都是日本最早的文学论。小岛认为这不仅限于三大汉诗敕撰集，个人的别集也是如此，从序文中可以看到关于诗集选定的论述，编者的意图，以及对诗的文学观等等。

小岛在列举了《文华秀丽集》序与《本朝文粹》书序中的有关论述之后，作了如下的补充说明，大意是：只是在日本，毛诗序中所说的诗为何物，诗歌的本质等问题没有再被重新提起。

---

① 日本，创文社。2005年，第二次印刷。

② 见日本《群马大学纪要人文科学》，1952年。

③ 见日本《实践文学》第十一期，1960年。

④ 见日本《富山大学文理学部文学纪要》，1961年。

我们将小岛的观点归纳如下：歌论的成立以《歌经标式》为标志，诗论的成立则可以追溯到《怀风藻》序。

第二节：究竟有没有诗学、诗论书——关于创作诗的理论

小岛认为，日本在诗论史方面的研究一直没能得到重视的原因，可能是因《文镜秘府论》以降，诗学没有像歌学那样得到很大的发展。在此小岛参照了日本最早的书籍目录书《本朝书籍目录》(《群书类从》卷四九五)，试图查明镰仓时代以前究竟有没有诗学书。

在《本朝书籍目录》中，首先可以看到的是，《文镜秘府论》被收在"类从"项里面，可是在这个范围之内并没有可以认为是诗学书、诗论的作品，倒是有一些诗歌选集、别集、秀句集等等"诗家"项里的作品，是以"抄"命名的无名的作品群。小岛排列了收在此项中的作品集名，共计六十种。

小岛指出，在歌学书里面，有以《袖中抄》、《和歌无名抄》、《每月抄》等以"抄"为题名的特征，这是已经斋藤清卫论证的[①]。且自平安时代起，就有了《奥义抄》、《和歌童蒙抄》等作品，而有关论诗的《江谈抄》也被认为是这一类的作品。由此可见，《本朝书籍目录》中所见的很多内容不详的所谓"抄"，或许也有可能是诗学书。据《本朝书籍目录考证》[②]中所述：目录中所列的"抄"几乎都散佚了，其中的内容也都不详，可是其中之一的《文笔要抄》，则在江户时代市河宽斋的《日本诗纪》的附录《诗家书目》的《诗文评》中，与《文镜秘府论》、《作文大体》、《本朝诗杂例》并举，由此可见，在《本朝书籍目录》中与《文笔要抄》列在一起的不属于"抄"的佚书《本朝诗杂例》也可以看作是《诗文评》。

我们将小岛的观点归纳如下：《本朝书籍目录》中所见的很多内容不详的所谓"抄"，或许也有可能是诗学书。还有不属于"抄"的佚书《本朝诗杂例》也可以看作是《诗文评》，只是这些书都已散佚。

第三节：评审者的观点

小岛认为，日本歌论史上有一大特征，那就是歌论的批评家不仅是歌论的作者，同时也是赛歌会的评审者。赛歌会是以歌论用语及歌病为评论的标准，而赛歌会也被认为是歌论的一种形式，这是以佐佐木信纲[③]为首的学者们在过去的研究中得出的结论。

相对赛歌会而言，日本也有赛诗会，这在《群书类从》(卷一三四)中有记录，据其中"天德三年八月十六日斗诗行事略记"，可知所能见到的最早的赛诗会是在天德三年(959年)。而记录中最早的赛歌会则是仁和元年(884)在民部卿家的赛歌会。这样看来，赛诗会几乎比赛歌会晚了七十五年。于是有的学者就提出了赛歌会是日本原有的文化，赛诗会是在赛歌会的基础上产生的，是对赛歌会的模仿。在这里，小岛引用的是萩谷朴[④]的论述(引文略)。小岛还指出，在关于赛诗会的记录中，虽有胜负之分的记载，却没能见到与诗论相近的内容。小岛又提到，除了赛诗会与赛歌会之外，还有一种叫做赛诗歌会的，其中所体现的是诗与和

---

① 见斋藤清卫《歌论的本质—以中世歌论的成立过程为中心》，《〈国文学〉的解释于教材的研究》，1958年。

② 和田英松《本朝书籍目录考证》，日本明治书院出版，1970年。

③ 见佐佐木信纲《日本歌学史》第一编《中世歌学》，日本博文馆出版，1968年。

④ 见萩谷朴《平安朝歌合大成·天德三年八月十六日内里诗合》。

歌的合作。小岛认为其中最值得引起注意的是"文安诗歌合・一番判",评审者是一条兼良,因其中有大段的诗论(引文省略)。但小岛又说,一则是因为它的成立期过晚,因"文安诗歌合"是在文安二年(1445)举行的,二则是这样的例子也不多,因此在这方面也不如赛歌会。

第二部分　诗论所特有的性质

第一节:人物品评与文学论

以上是将日本的诗论与日本的歌论作比较,以下要将其与中国的诗论作比较。小岛想从歌论所没有的诗论的特征来考察。在这里引用了兴善宏在《从诗论到诗话》①中关于中国诗论的论述(引文省略),其中提到空海的《文镜秘府论》中收了许多以王昌龄的《诗格》与皎然的《诗议》为首的唐人诗话,得出的结论是:诗论的范围已经扩大到了诗话,也就是说应当从"诗人评"的角度来作考察。

首先是中国关于诗人的人物传记及人物品评,最为可信的资料是史书。在中国史书里面已有了文学论的机能。如沈约的《宋书・谢灵运传论》,即可作为列传中的"诗人评"的代表作。可是日本的史书却不然,一般只记述官吏的事迹与歿年月日,其中虽说也有附带的对死者生前所作之诗的品评,可一般都只限于事迹的记述。

还有在中国,除了史书之外,赞、诔、铭、碑文等作品中也有关于诗人的评价。小岛在此引用了《全唐文》中裴敬的《翰林学士李公墓碑》与元稹的《唐故工部员外郎杜君墓志铭》二文中对李白和杜甫的评价。

小岛指出,日本却没有这种倾向,即便是对像白乐天那样风靡一世的诗人,也没能跳出记录功绩的范围。小岛在此举了《都氏文集》中的《白乐天赞》②(引文省略)之例来加以说明。

再有一点就是,在中国,一部分的诗歌总集里面就已加入了作者的传记,最早的有盛唐殷璠的《河岳英灵集》、芮挺章的《国秀集》,接着南宋有计有功的《唐诗记事》,明有张溥的《汉魏六朝百三名家集》,清有《全唐诗》等等,一直流传到后世。而这一形式也早就为日本所袭,如《怀风藻》与《凌云集》就是按照作者分别来排列作品的,前者附有九名作者的传记。可是在日本后世的诗歌领域里,这种形式并没有能成为主流。

第二节:作为省试诗判的诗论

小岛指出,日本最早出现"诗论"这一词语的可以说是《省试诗论》(《本朝文粹》卷七奏上下)。如果不强求一定要有"诗论"或"论诗"字眼的话,那么还可以追溯到更早一些,《都氏文集》卷五有"评拟文章生诗之第"的记事(秋省实诗),可能是现存最早的。这些都是在科考中为了决定合格与否的评定语。平安时代的《江谈抄》里就记有不少的围绕着省试诗作的轶事。小岛认为产生这种现象的背景是因为自古以来赛诗会就没有像赛歌会那样在宴席上流行。

接着小岛说,在中国科举考试中,可以看到以诗取士的"战文",并举了《全唐诗》四三九

---

①　见日本《中国文学报》第四十七期,1993年。

②　见中村璋八、大冢雅司《都氏文集全释・白乐天赞》,日本汲古书院,1988年。

卷中白乐天的"赋力凌鹦鹉,词锋敌辘轳"句,转而又说在《全唐文》找不到有关科举的诗评,所以说究竟是怎么样的诗评至今不明。

第四章 《文镜秘府论》的受容与空海

小岛在作了上述的比较和论证后,认为《文镜秘府论》只在歌论中出现而没在诗论中出现,诗学的衰退有可能是其中的重要原因。如果再加以说明的话,那就是作为编者的空海在受容方面也有问题。小岛在这里引用了小西甚一①与岸田知子②有关这方面的论述(引文省略)。其中大意是:《文镜秘府论》虽然有很多抄本,然而只是在僧侣中流传,这些僧侣在作诗时,以其中的有关音韵及其论述为依据,对其中的文论并不感兴趣。而僧侣以外的文人雅士就根本没有看到过《文镜秘府论》。这就是《文镜秘府论》没能给日本文论以影响的重要原因之一。而造成《文镜秘府论》没有流传于世的重要原因,是因为空海在日本的佛教史上占有着极其重要的地位,在世人的心目中,弘法大师是非常伟大的。如果只把他作为一个中国文化的介绍者,汉诗文作家,作诗作文研究者和汉字学者的话,那就会有损他的形象。空海的密教以外的著作被中日两国学者知晓并得到研究,是在杨守敬的"发现"和内藤湖南的彰显之后。

接着小岛又说,空海的著作被认为有文学价值的评价是在明治以后,而其中更值得注意的是作为文学者的"空海评"不是在汉文学方面,而是在首先被评为假名文学先导者的第一位。有关这方面的最早研究,见于三上参次与高津锹三郎的《日本文学史》③,其中相对以假名文学为中心作了详尽的说明,特别是把空海的作品集《性灵集》与《文华秀丽集》、《经国集》、《本朝文粹》、《都氏文》、《菅家文草》并举,而对汉文学只是在总论部分作了简单的说明。也就是说,只注重了空海在假名文学上的丰功伟绩。正因如此,导致了空海的《文镜秘府论》长期不见天日,从而形成了明治以后还是只注重《文镜秘府论》与歌论的关联而很少提及《文镜秘府论》与日本诗论史的关系的必然结果。

以上是对小岛明子《日本诗论的成立与〈文镜秘府论〉》的简介。笔者认为,其中有几个问题值得引起注意:一是《文镜秘府论》虽然有很多抄本,然而只是在僧侣中间流传,并没有得到广泛的传播;二是赛诗会晚于赛歌会;三是镰仓时代以前究竟有没有诗学书。关于这三个问题都有待于进一步的深入研究和考证。关于《文镜秘府论》虽然有很多抄本,却只是在僧侣中流传,并没有得到广泛传播这一问题,在小岛之前,大石有克就在他的《王泽不竭钞作者考——以其与〈文镜秘府论〉的关联为中心》一文中指出:《王泽不竭钞》的作者不是僧侣,而《王泽不竭钞》中的很多内容均来自于《文镜秘府论》。由此可见,传统的说法也不一定能够成立。而关于赛诗会晚于赛歌会一说,即便成立,也不能证明汉诗的衰退,汉诗的创作还是很重要的。再有,关于镰仓时代以前究竟有没有诗学书这一问题,小岛也没能找到具体的著作,还期待有新的发现。

作者单位:日本大阪府立大学

① 见小西甚一《文镜秘府论考》《研究论》下・第五章,日本,大八洲出版,1951 年。

② 《空海与中国文化》,日本大修馆书店出版,2003 年。

③ 三上参次、高津锹三郎《日本文学史》,日本,金港堂,1885 年。

《文选》与《文集》

——对东亚古代汉籍流变史的一个考察

静永健　陈　翀

对东亚汉学史研究稍有涉猎的学者都知道，《文选》与《白氏文集》，乃是促使古代东亚汉文化圈形成、各国文化水平之提高的两部最为重要的文学典籍。特别是日本的平安时期，在国家最高学术机构的大学寮之中，这两部书籍甚至还曾先后被赋予了一种比肩经典的地位。比如，《延喜式》卷二十大学寮条规定："凡应讲说者，《礼记》、《左传》各限七百七十日；《周礼》、《仪礼》、《毛诗》、《律》各四百八十日；《周易》三百一十日；《尚书》、《论语》、《令》各二百日；《孝经》六十日；《三史》（按，指《史记》、《汉书》、《后汉书》）、《文选》各准大经。"[①]而七十卷本《白氏文集》，在被唐僧人慧萼带入平安朝之后，立即成为当时大学寮进士科考以及官僚考核的必读书目，拥有甚至超越儒家经典的至尊地位，成为了平安王朝文学灿烂花开之最重要的基石[②]。

然而，我们在细考日本中世以前的文献史料之时，就会发现当时的文人贵族对这两部经典的接受与学习并非终始不变，在不同的时期还是有一定的变化：总的来说，时间越靠后，也就是随着《白氏文集》的地位越渐提高，《文选》之经典地位虽然没有被撼动，但却逐渐演化成为一部大型"字书"，失去了诗文创作之范本的实际指导意义。可以说，这是一个过去中日古典学界基本上没有注意到的新现象。

基于此，我们想结合日本现藏的一些《文选》及《白氏文集》的相关史料以及保留着隋唐旧貌的旧钞文本，试图对以上所述之现象产生的前因后果与时代背景作一些探讨。同时也想借此机会，订正一些现今文学史上的错误观点，以求抛砖引玉，得到海内外学者的指正。

一

首先让我们来简单地回顾一下日本奈良时期（7—8 世纪）至平安初期（9—10 世纪）的《文选》受容史。

现今可以确认的最早有关日本古代文人学习《文选》的证据，当数圣德太子（574—622）所撰写的《十七条宪法》。这部《宪法》的全文被收在了日本古代正史之《日本书纪》之中。根

① 参见新订增补国史大系普及本《延喜式》中篇卷二十《大学寮》条，吉川弘文馆，1984 年，第 523 页。

② 于此可参照静永健著《汉籍往来——白乐天の诗歌と日本》（勉诚出版 2010 年版）及静永健、陈翀共著《汉籍东渐及日藏古文献论考稿》（中华书局，2011 年）中的相关考证。

据《日本书纪》的记载,《十七条宪法》颁布于日本第三十三代天皇推古天皇十二年,也就是隋仁寿十年(604)。与《文选》有关的条文为第五条,其文如下:

> 绝餮弃欲,明辨诉讼。其百姓之讼,一日千事,一日尚尔,况乎累岁。顷治讼者,得利为常,见贿听谳。便有财之讼,如石投水;乏者之诉,似水投石。是以贫民,则不知所由,臣道亦于焉阙①。

上述文中之"如石投水"、"似水投石"之两句,显然是沿用了《文选》所收李康《运命论》中的语词。《运命论》之相关章节如下:

> 张良受黄石之符,诵三略之说,以游于群雄。其言也,如以水投石,莫之受也。及其遭汉祖,其言也,如以石投水,莫之逆也②。

不可否定,今存圣德太子的文章以及各种事迹,有很大一部分或是出自后人的敷衍。不过,无论此文之真正的作者是谁,考虑到《日本书纪》成书于日本的养老五年(唐开元七年,720),我们至少可以据此界定出这条文字的成立下限。也就是说,我们基本断定,时至八世纪初期,日本的一部分核心贵族文人已经开始了《文选》的学习,并达到了可以灵活运用其中文辞的水平。而且显然,一个阶层对《文选》的认可与应用,不可能是很短的一段时间就能够达到的。要之,我们可以推测出,在之前的很长一段时间,日本就已经开始了对《文选》的接受。

另外,我们还可以根据一些更为具体的考古资料,来还原当时贵族文人学习《文选》的一些片段。譬如,以保存第四十五代圣武天皇(701—756)及光明皇后(701—760)之遗物为主的正仓院的古文书中,就留下了不少关于抄写萧统三十卷《文选》以及李善注六十卷《文选》的公家记录③。此外,从同一时期的奈良平城京古址之中,考古学家还发现了不少抄写有《文选》章句语词的木简④。这一时期,正值唐玄宗之开元盛世,也就是说,比唐代文人开始重视《文选》晚不了多少时间。受隋唐文选学兴起之影响,奈良朝的贵族文人就已经开始了对《文选》知识的吸收。而且,从考古发掘所发现的木简涂鸦来看,其时对《文选》的学习已经波及中下贵族阶层。

不过,与盛唐时期《文选》逐渐成为当时科举考试的重要参考书不同,这一时期的日本贵族阶层,对《文选》所收文章之本身的理解,应该说还是很有限的。这是因为《文选》所选录的一部分文章,特别是大赋,其所含之大量的知识内容以及繁杂华丽的修辞,对于此一时期日本的文化水平来说,还是难度过高,不易融会贯通。这就导致了当时很多日本贵族文人对《文选》的学习是断片的、有选择性的。如从上面谈到的正仓院写经处抄写《文选》的公式记录中,我们可以看出,当时的文人对三十卷本《文选》之第一卷,也就是班孟坚《两都赋》与张平子《二京赋》这两篇汉代大赋是略而不读的,后二十卷亦没有被纳入大学寮之进士考试的

---

① 参见《日本书记》卷二十二推古天皇十二年(604)四月戊辰条。

② 此处引文据胡克家本《文选》,台湾艺文印书馆,1974年,第744页。

③ 相关考证可参照《汉籍东渐及日藏古文献论考稿》所收陈翀《日本国宝〈文选集注〉之编撰者及其成书年代考》,第73—86页。

④ 相关考证可参照东野治之《平城宫出土木简所见の文选李善注》,万叶学会编《万叶》第76集,1971年6月,第68—70页。

范围[①]。另一方面，根据平城京所发掘出来的《文选》木简所录文字之随意性，我们亦不难判断，其人将文选词章抄写于木简之上的最主要目的还是练习书法，而不是追求对所录篇章文字本身的理解。

我们曾经通过对《集注文选》卷头所收之李善《上文选注表》的复原，发现即使是在奈良朝之后汉文化水平有了显著提高的平安时期，大学寮对《文选》的利用，主要还是集中在通过对它的学习，以求掌握汉文之最基本的听说读写能力以及一些基础典故知识[②]。由此可知，《文选》虽然已经成了此一时期文人的必读之书，但《文选》所选文章在修辞方面却很少被平安的贵族文人所理解并活用。在此我们还可以举出一个有力的证据，即平安中期著名文人藤原公任所撰《和汉朗咏集》对《文选》之选文数量。《和汉朗咏集》成书于日本宽仁二年(北宋天禧二年，1018)左右，是时人学习创作和歌时最为重要的参考书。然而，此书却只从《文选》中选出如下之三例文字[③]：

(1) 沈词怫悦，若游鱼衔钩出重渊之底；浮藻联翩，若翰鸟缨缴坠曾云之峻。

(2) 泰山不让土壤，故能成其高；河海不厌细流，故能成其深。

(3) 玩其碛砾而不窥玉渊者，曷知骊龙之所蟠；习其弊邑而不视上邦者，未知英雄之所宿。

(1) 选自陆机《文赋》，(2) 选自李斯《上书秦始皇》，(3) 选自左思《三都赋・吴都赋》，考虑到《文选》在平安大学寮所处"大经"的地位，"三"这一数字不能不说是少得有些出人意表。可以看出，藤原公任在编撰《和汉朗咏集》之时，根本就没有将《文选》列为主要参考书籍。同时又可看出，《文选》对于日本古代文人之和歌创作基本上没有产生过多大的直接影响！

由以上考证可以看出，与唐宋以来"文选烂，秀才半"的《文选》对文人写作及科举考试所产生的重要作用相比，日本中世以前的贵族文人阶层对《文选》的接受与利用却呈现出了一种背反倾向。《文选》之"大经"地位，在历代天皇政权均得到了认可甚至是更加巩固，然而，除却一部分正式的诏奏类的公文书之外，《文选》所收录之文章本身，却日渐失去对平安文坛写作的指南地位。为何会在当时的古代日本出现如此与大陆《文选》受容极不对称的背反的倾向呢？其实，这与我们以下要谈到的大学寮中的另一部重要经典——唐代著名文人白居易的《白氏文集》的传入不无关联。

二

有关《白氏文集》在东亚汉文化圈形成之际所发挥的重大作用，我们在以前的一系列著作之中已经有了非常详细的考证，在此就不再赘言。在这里，我们想着重来谈谈作为诗文汇

① 《令义解》卷四《考课令・考贡人》云："凡进士，试时务策二条(谓时务者，治国之要务也，假如'既庶又富，其术如何'之类也)；帖所读，《文选》上秩七帖(谓帖者，安〔按〕也。言于字上安〔按〕物，谙读令过也)。"参见新订增补国史大系第23卷，吉川弘文馆1939年版，第166页。又按，平安大学寮所用《文选》为白文本，分上、中、下三秩。此处上秩是指前十卷。

② 相关考证参见《汉籍东渐及日藏古文献论考稿》所收陈翀《九条本所见集注本李善〈上文选注表〉之原貌》，第236—247页。

③ 参见日本古典文学大系第七十三卷所收本，岩波书店，1965年。

总大集的《文选》与《白氏文集》之间的继承关系。

日本以外的学者很少有人知道，在日本的古典之中，"文集"乃是一个专用的书志名词，是专指白居易自编七十卷系统本之《白氏文集》。对于此，江户时期的著名学者松下见林（1637—1703，号西峰散人）在其大著《异称日本传》中曾有过详细的考证，其文如下：

今按《江谈抄》曰：嵯峨太上天皇得白居易《文集》珍之。又越后守平贞显金泽文库所藏《文集卷第三十三》后书曰"会昌四年五月二日夜奉为日本国僧惠萼上人写此本。"西峰谓：乐天所谓日本传写者（按，指白氏长庆集后序），正谓是耶。惠萼本，题曰"文集太原白居易"。乃此本流布于世，故我朝古之人引白氏长庆集，唯称《文集》。《源氏物语》、《江吏部集》等俱曰《文集》是也。其后，中国印本文集渡于我朝，题曰《白氏文集》。尔来、亦佥谓《白氏文集》。《咏歌大概》曰《白氏文集》是也。各知其有由矣①。

如松下见林所考，综观整个平安文学史，无论是大学寮主流之菅原、大江两家的汉诗文（如菅原道真就曾被渤海使节誉为日本的白居易），还是贵族文人们的和歌狂言，甚至是平安女流所创作的物语（如《源氏物语》）与日记（如《枕草子》），这一时期的文学，无论汉和雅俗，无不有《白氏文集》之投影。

或有学者说，《白氏文集》之所以能够超越《文选》成为平安贵族女流们学习汉文化的第一指南书，不外乎是因为日本古代文人对唐风之顶礼膜拜。这当然是一个不可否认的重要理由。然而，日本文人之所以选择《白氏文集》而非其他诸如元稹、韩愈、刘禹锡等人的文集，其实还有更深一层次的理由，即他们认为，新传入的《白氏文集》已经继承了《文选》之基本功能。换句话说，当时的日本贵族文人，将《白氏文集》看作为一部更为实用的流行版《文选》。

我们通过对日本现存的《文选》古记录以及金泽本《白氏文集》的研究发现，《白氏文集》与《文选》在编撰体例之上有着明确的继承关系。这一问题，当然并非一两篇小论文就可以论证清楚，更何况其中还牵涉到不少当今文学史研究上的错误观点。因为篇幅所限，在此仅拟将考证的焦点集中在两部文集之文体分类的比较上。至于其他相关的细节问题，今后再撰他文予以详细的考论。

首先，让我们来看看隋唐以后《文选》的文体分类。当今学界对《文选》初编时的文体分类问题主要存有三种观点。元以后的学者多用袁褧覆宋本以及胡克家刻本，因此一般认为其文体当分为三十七类。《四部丛刊》影宋六臣本、足利学校藏南宋明州六家本、南宋尤袤刻本亦均如此，可知这一文体分类的形态至少在南宋就已经大致被确定下来了。其具体分类目如下：赋、诗、骚、七、诏、册、令、教、策文、表、上书、启、弹事、笺、奏记、书、檄、对问、设论、辞、序、颂、赞、符命、史论、史述赞、论、连珠、箴、铭、诔、哀、碑文、墓志、行状、吊文、祭文。

接下来让我们来看看源于前后续集系统本的那波道圆刊《白氏文集》（此本乃朝鲜本白氏文集的复刻本，据考原本是以为底本，乃现今唯一保持了白居易自编本体例之原貌的全本）的文体分类，其具体卷题以及卷书如下：

前集：讽谕（1—4，卷1—4）、闲适（1—4，卷5—4）、感伤（1—4，卷9—12）、律诗（1—8卷13—21）、诗赋（卷21）、铭赞箴谣偈（卷22）、哀祭文（卷23）、碑碣（卷24）、墓志铭（卷

① 参见《新皇学丛书》第十一卷，广文库刊行会1927年，第251—252页。

25)、记序(卷 26)、书(卷 27)、书序(卷 28)、书颂议论状(卷 29)、试策问制诰(卷 30)、中书制诰(1—5,卷 31—35)、翰林制诰(1—4,卷 36—40)、奏状(1—4,卷 41—44)、策林(1—4,卷 45—48),甲乙判(1—2,卷 49—50)

后集:杂体格诗歌行(卷 51)、格诗杂体(卷 52)、律诗(1—6,卷 53—58)、碑志序记表(卷 59)、碑记序解祭文(卷 60)、铭志序赞祭(卷 61)、律诗(卷 62)、格诗杂体(卷 63)、律诗(卷 64—68)、半格诗(卷 69)、碑记铭吟偈(卷 70)

白居易的文集第一次结集于长庆四年(824),乃元稹编撰,五十卷,题为《白氏长庆集》。大和九年(835),白居易在《白氏长庆集》的基础上递补了十卷后集(卷 51—60),并将集名外题改为《白氏文集》。最后又在会昌二年(842)将后集再增补十卷(卷 61—70),这就是我们今天所能看到的《白氏文集》之底本。

从以上两份编目可以看出,《白氏文集》与《文选》之文体分类确实是有很多的相承之处。然而,这还不是我们今天所要发表的重点。今天我们想谈的是,其实这是两份经宋人之手篡改过了的目录,如果我们将宋前三十卷本《文选》的古目与白居易自编《白氏文集》时的原目进行对比的话,两者之间的继承关系则更加一目了然了。

首先,萧统所编的三十卷本《文选》古目录并没有散佚,而是被保存在了日本古辞书《二中历》的《经史历·文选篇目》一节之中。现将其相关部分转录于下表①:

上帙十卷赋自第一讫第十之中诗始第十之终

中帙十卷诗自第十一讫第十六之初离骚在第十六之中歌自第十六之终讫第十七之中终诏策令教第十八表第十九上书启弹事笺奏记第廿

下帙十卷书自廿一讫廿一(按:旁注“二ィ”)之初移文檄难第廿二之中终对问设论辞序第廿三颂赞符命第廿四史论述赞第廿五论自第廿六讫廿八初箴铭第廿(按:此处原文脱“八”字)之中诔自第廿八之终讫第廿九之初哀文第廿九之中碑自第廿九之终讫第三十之初墓志吊祭文第三十之中终

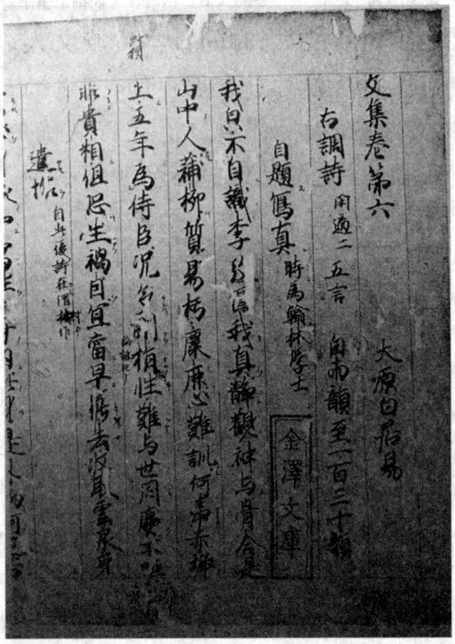

图 1

不难看出,这份古目所显示出萧统所编三十卷本《文选》与现行版本之最大不同之处,乃是对《楚辞》类作品的处理。现行《文选》诸本均将《楚辞》作品归为“骚”体,再将“七”独立为一个大文体。然而,这份古目却表明,萧统原编本乃是将“离骚”设为一个大体,只收《离骚》一篇,而将此外《楚辞》作品包括“七”类作

① 此处所用《二中历》之底本为 1937 年前田育德财团出版的尊经阁丛刊丁丑岁配影印本。原卷为镰仓末期写本,现藏尊经阁。又,有关此份书目的考证,可参照陈翀《萧统〈文选〉文体分类及其文体观考论—以“离骚”与“歌”为中心》,《中华文史论丛》2011 年第 1 期(总 101 期),上海古籍出版社,第 301—330 页。

品一起划分为现存诸本没有的"歌"体之中。

那么，白居易自编本《白氏文集》之本来面目又是如何呢？现今已经成为了文学史常识的所谓"讽谕、闲适、感伤、律诗"之四分类法，其实亦是出于宋人之改编。在保留了白居易自编本之原貌的金泽本《白氏文集》（其底本大部分为慧萼抄南禅院七十卷本）之中，"讽谕、闲适、感伤"这三大类并没有被列为大文体，而是用来标明诗歌之性质与内容。说得更明白一点，其功能当与《文选》中"行旅""游览"之类的细目相似。根据现存金泽本《白氏文集》之卷头的书写格式（参阅上页图1），我们可以推测出《白氏文集》之前二十卷之诗歌部分的文体分类本应如下[①]：

卷1　古调诗讽谕一
卷2　古调诗讽谕二
卷3　新乐府上讽谕三
卷4　新乐府下讽谕四
卷5　古调诗闲适一
卷6　古调诗闲适二
卷7　古调诗闲适三
卷8　古调诗闲适四
卷9　古调诗感伤一
卷10　古调诗感伤二
卷11　古调诗感伤三
卷12　歌行曲引感伤四
卷13—21　律诗

由上可知，白居易首先将今体诗之律诗独立为一大类，再将属于"歌"范畴的古调诗、新乐府、歌行曲引等各分为类。对于这三类文体，元稹在《乐府古体序》中将其归类为"歌诗"，其文如下：

> 《诗》讫于周，《离骚》讫于楚。是后，诗之流为二十四名：赋、颂、铭、赞、文、诔、箴、诗、行、咏、吟、题、怨、叹、章、篇、操、引、谣、讴、歌、曲、词、调，皆诗人六义之余，而作者之旨。由操以下八名，皆起于郊祭、军宾、吉凶、苦乐之际。在音声者，因声以度词，审调以节唱，句度短长之数，声韵平上之差，莫不由之准度。而又别其在琴瑟者为操、引，采民甿者为讴、谣，备曲度者，总得谓之歌、曲、词、调，斯皆由乐以定词，非选调以配乐也。由诗而下九名，皆属事而作，虽题号不同，而悉谓之可诗也。后之审乐者，往往采取其词，度为歌曲，盖选词以配乐，非由乐以定词也。……因为粗明古今歌诗之同异之音焉[②]。

如果我们再联系白居易《与元九书》之"歌诗合为事而作"等言论，就不难发现，无论是白居易，还是元稹，在他们的诗歌创作之中，是有着明确的"歌诗（古体诗）"、"律诗（今体诗）"之分的。

---

① 参见川濑一马监修《金泽文库本白氏文集》（共四册），勉诚社，1983年。
② 参见冀勤点校《元稹集》卷二十三，中华书局，1982年，第254—255页。

那么，白居易为何要将与“律诗”相对应的“歌诗”又细分为古调诗、新乐府、歌、行、曲、引等文体呢？这当是为了让时人或后人更好地理解这些歌诗的音乐属性。根据元稹的解释可以知道，这些文体都是已经有了固定的曲调的曲词。参照《乐府诗集》等古籍的解释可进一步了解到，古调诗大致属于清平调，多用来配作古琴类乐器的曲词；新乐府则为汉魏古乐府调；而最后的歌、行、曲、引则为流行之琵琶或琴瑟曲词。白居易不将这些歌诗笼统归类为“歌”体，正是因为他本人在音乐上有着独特的造诣，担心“后之文人，达乐者少，不复如是配别。但遇兴纪题，往往兼以句读短长为歌、诗之异”（元稹《乐府古题序》）。不过，到了晚年编撰十卷《后集》之时，白居易又改成将其可入乐之诗列入“格诗”，不可入乐之诗列为“律诗”。这就更接近《文选》“歌”、“诗”两体的分类方式了！

而且，白居易本人对《文选》的评价也是极高，从他的诗文可以看出，他爱读的是六十卷本李善注《文选》。他在《偶以拙诗数首寄呈裴少尹侍郎蒙以盛制四篇一时酬和重投长句美而谢之》一诗中，更是将李善注《文选》与《毛诗》相提并论，其诗云：

> 投君之文甚荒芜，数篇价直一束刍。报我之章何璀璨，累累四贯骊龙珠。毛诗三百篇后得，文选六十卷中无。一麋丽龟绝报赛，五鹿连柱难支梧。高兴独因秋日尽，清吟多与好风俱。银钩金错两殊重，宜上屏风张座隅。[①]

由此我们可以看出，李善注《文选》在白居易心中的地位是非常之高的，这也与当时的时代风潮是一致的。白居易在诗中将自己与裴潾的唱和诗比为超越《文选》名篇之佳作，由此又可以看出，白居易对自己的诗文非常自负。或许正是拥有了这种文学上的高度自负心，白居易才敢在继承《文选》之文学思想的基础上进行大胆的革新，并将自己的诗文演变为中唐流行的文学样式。这或也是平安中后期文人将《白氏文集》列在《文选》之前的一个重要的原因！

三

在这里还应该引起我们注意的是，如上所述，白居易对《文选》文体分类以及文章格式的继承并非一成不变，而是根据当时的实际需要有所变革的。也正因如此，对于倾向唐风的平安文人来说，基本覆盖了《文选》之主要文体的《白氏文集》，无疑更具有实际的典范价值。平安才女清少纳言在其日记《枕草子》中提到“文者，文集、文选”[②]，反映出当时文人对《白氏文集》之尊重，凸显出了《白氏文集》在第一线创作中的实用价值。

另一方面，由于失去了实际创作之指导意义，《文选》逐渐被古典化，退居于《白氏文集》之下，演变成为了一部用来笺注其他诗文集的大型工具书。这就导致了另一种奇妙的现象的出现，即平安的贵族文人们与其说是通过《文选》来学习文章的写作章法，不如说更注重《文选》的唐人旧注。从现有资料来看，平安大学寮的博士们一直没有放弃对《文选》旧注的整理。他们努力收集宋前所有对《文选》的旧注并将其汇聚一体，以便于为其他诗文集做批

① 参见顾学颉校点《白居易集》卷三十，中华书局，1979年，第690页。

② 参见池田亀鉴校订《枕草子》第211段，岩波书店，1962年。原文如下：“文は文集、文选新赋、史记五帝本纪、愿文、表、博士の申文。”

注时所参考。博士寮所编之《文选》注本之中，堪称集大成者当数九世纪初期大学寮头大江匡衡为一条天皇所编的《文选集注》。过去很多学者对其中为何收入如此大量繁杂甚至相互穿凿的音注深感不解。其实，平安的贵族们并不是仅将其作为一部阅读《文选》的底本，而是在更多场合将其作为一部绝好的词典。正是这部《文选集注》，此后成为了平安后期到镰仓室町时期文人编撰佛经音义、批注诗文别集之最重要的参考书。更有趣的是，我们还发现，镰仓文人在解读《白氏文集》之时，参阅了不少《文选集注》中的唐人旧注。写于日本建长二年(1250)的《文集钞》之中，就写入了包括陆善经在内的很多文选旧注(参见图 2)。通过这种注释方式，镰仓文人将《文选》与《白氏文集》最终汇合成为了一体，从而更方便自己对这两部巨著的学习与模仿。

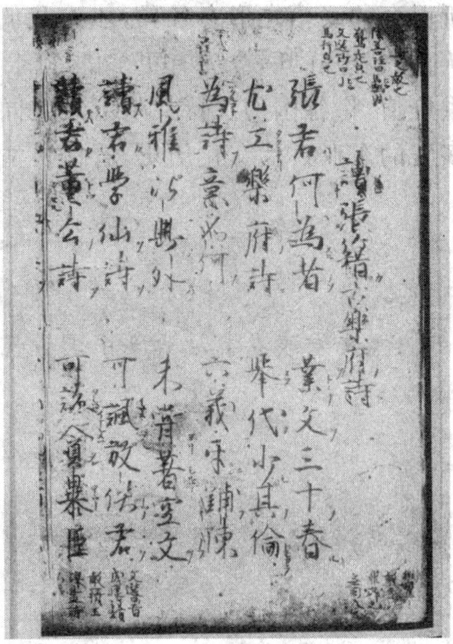

图 2

另外，通过对《文选》和《白氏文集》之流传史的考察，我们还注意到，中日两国之对于古典汉籍受容存在着许多不同甚至背反之处。随着时代思潮的流变，日本的每一时代，都会重新选出一部新的汉诗文集，来充当作为此一时期的文学典范。譬如从奈良时代的《文选》，平安时代的《白氏文集》，五山时代的《苏东坡集》，江户时代的《唐诗选》。而且，与本文所分析的《文选》与《白氏文集》之互动关系一样，日本古代文人在接受一部新的文学典范之时，往往将原有的古典忠实地保存下来，并将其也有的旧注汇总，整理成一部类似今日之百科全书的“大型辞典”，用来当作批注此后的诗文集子的出典依据。五山时代的僧侣文人在批注宋人别集以及佛教经典之时，便大量采用了《文选》与《白氏文集》的音训，这种例子，可以说是举不胜举。

而中国的古代社会，特别是在文人社会发达的两宋时期，更注重古典的威严维系，强调文化的道统。对于已经不太适合当时社会的古代典籍，他们便大胆地采取一种调整重编的方法，以求继续发挥古典的社会影响力。我们甚至可以认为，中国古代文人往往是打着一个“复古”的旗号来“革新”，所谓的“一代有一代之文学”，其实还不只是单指某一个时代之新兴文学，也应该包涵了古代经典在不同时代之变迁。而《文选》和《白氏文集》就是两个绝佳的范例。隋唐之后，宋明文人将《文选》所收之文体增调到了三十八类，将已经完全被“词”、“曲”体所取代的“歌”类废除，另立“骚”与“七”类，以便《文选》能够继续保持作为科举考试参考用书的重要功能。而《白氏文集》，也同样遭到了宋人的大幅度的调整，他们先是将“讽谕、闲适、感伤”之三类调整为大文体，将已经失去音乐功能的“古调诗”改为细目。接着又为了出版以及阅读上的方便，将白居易自编本之前后集形式改为了先诗后笔的格式。这种大胆的重编，对于东亚其他区域的文人来说，几乎是不敢、也无法办到的。

最后，再顺便提一句，在考察东亚汉籍史时，很多学者往往有过分纠缠于议论各国汉籍史料之价值高低的倾向。其实，归根结底，书籍形态及其内容之“变”与“不变”，都是出于时代的需要，有其时代的必然性。我们应该庆幸，正是因为古代之东亚汉文化圈中的各个地域所保存的汉籍之形态各异，才为我们提供了一个考证不同时代之汉籍变化的可能性。我们认为，也想呼吁，今后有更多的学者打破国籍以及学科之狭隘意识，正视域外汉籍史料的贵重价值，将各国的汉籍文献汇集在同一个平台上研究。这样的话，无疑会让我们对曾经绚烂多姿的东亚古代文化历史，看得更清楚些，更理性些！

作者单位：日本九州大学　日本广岛大学

（本文发表在复旦大学中国古代文学研究中心《中国文学研究》第十八辑）

王昌龄的“意境”理论与其七绝边塞诗中意境的塑造

罗建伦

一、王昌龄《诗格》的意境理论与其诗歌创作

日僧遍照金刚《文镜秘府论》征引《诗格》部分，系出于唐代著名诗人王昌龄之手。《诗格》所体现出的诗学思想的涉及面颇为广泛，既有声律、对偶、病犯、避忌等，也有句式、结构、体裁、题材等方面的内容。但其最核心的，还是其关于意境的理论，以及与意境理论相关的诗的立意、情景交融等理论。王昌龄在《诗格》中说：

> 诗有三境：一曰物境。欲为山水诗，则张泉石云峰之境极丽绝秀者，神之于心，处身于境，视境于心，莹然掌中，然后用思，了然境象，故得形似。二曰情境。娱乐愁怨，皆张于意而处于身，然后驰思，深得其情。三曰意境。亦张之于意。而思之于心，则得其真矣。①

这就是王昌龄著名的“三境说”。意境，乃是中国古典美学的独特范畴，它从无到有、从简单到复杂、从体验感悟到理论概括，最终形成了一套比较完整的理论体系。毫无疑问的是在这一理论的形成和发展过程中，王昌龄是作出了突出贡献的。

王昌龄所提出的“诗有三境”，即“物境”、“情境”、“意境”，已能够在其诗歌中得到有机融会，呈示出由实到虚、由浅入深、逐层升华的动态意境结构。特别是在其七绝创作实践中，得到了较好的体现，形成诗人鲜明的个性特征。本文拟从王昌龄的七绝边塞诗入手，简单探讨其七绝诗塑造意境常用的手法。

盛唐边塞诗人以高适、岑参为首。两人又擅长以歌行体写边塞，王昌龄却在两家之外以绝句形式写边塞生活，摹写将士的种种情思。在短小的篇章中寓托深厚的情绪，扩展了七言诗的表现范围，给后世诗人以很大影响。其边塞诗往往写得含蓄深沉、情景交融，成为传唱千古的名作。王昌龄的七绝边塞诗并不多，只有《从军行》七首和《出塞》二首，但篇篇可称神品，九首边塞诗足以使其雄踞于盛唐边塞诗坛。其特色在于，一是以七绝写边塞，这与传统的以古体或以歌行体写边塞不同。二是塑造了情景交融、“测之无端，玩之无尽”的意境。对于王诗善于塑造意境这一方面，前人多有论述，仅举几例，可见一斑：

---

① 〔日〕遍照金刚撰，王利器校注：《文镜秘府论校注》，北京：中国社会科学出版社，1983年，第285页。

龙标绝句，深情幽怨，意旨微茫，令人测之无端，玩之无尽。①

诗不待意，即景自成。意不待寻，兴情即是。王昌龄多意而多用之，李太白寡意而寡用之。昌龄得之椎练，太白出于自然，然而昌龄之意象深矣。②

太白长门怨，江宁西宫曲，李则意尽语中，王则意在言外。③

我们从王昌龄的作品中能明显地看出这一特点。如其《从军行》其一：

烽火城西百尺楼。黄昏独坐海风秋。更吹羌笛关山月，无那金闺万里愁。④

黄昏时候，一个孤独的征人独坐于百尺戍楼之上，浸沐于萧瑟海风之中，突然传来的一曲《关山月》，不禁使愁肠欲绝。“烽火城西”、“黄昏独坐”拉开了边愁的帷幕，“更吹”二字奏出了愁的主旋律，“无那”则是其中最强的音符。心驰万里而生愁，思归之情难以言表，惟有手中的羌笛悠悠地诉说着将士的辛酸苦楚。故陆时雍曰：“烽火城西一绝，黄昏独坐一绝，海秋一绝，更吹羌笛关山月一绝，无那金闺万里愁一绝。昌龄作绝句往往襞积其意，故觉其情之深长，而辞之饱决也，法不与众同。”又如其二：

琵琶起舞换新声，总是关山离别情。缭乱边愁听不尽，高高秋月照长城。⑤

无论手中的琵琶如何变换曲调，此时此刻，唤起的总是征人对家乡亲人的深切思念，曲虽有终，愁却不尽。黄牧村曰：“‘高高秋月照长城’，妙在即景以托之，思入微茫，魂游惝恍似脱实粘，诗之最上乘也。”王昌龄笔下的边愁有着一种壮志豪情日渐消磨之际的深沉感，又带有一丝惟恐愁情无人知的悲凉。这种深沉与悲凉如冰融于水一般，浸透于诗人悉心营造的意境中。意象的选择取决于表情达意的需要，诗人将“黄昏”、“海风”、“秋月”、“长城”作为抒发情感的背景和载体，令“缭乱边愁”穿越时空，回荡心田。而且，诗人在以敏锐的感受力捕捉意象时，成功地做到了景物色调与情感基调的和谐统一。塞漠城池、秋月海风属灰冷色调的景物，而回荡其间的边愁无疑是凄清婉切的。情与景、心与境在诗人的笔下浑然一体，纳入方寸。正如诗人自己所说：“夫置意作诗，即须凝心，目击其物，便以心击之，深穿其境。如登高山绝顶，下临万象，如在掌中。”⑥故情景交融的手法在王昌龄诗中有着不同凡响的表现。

本文试图以《从军行》七首和《出塞》二首为例，探讨以七绝的形式写边塞、时空的组合以及转折、递进手法的运用三个方面在王昌龄边塞诗中塑造意在言外、含蓄蕴藉的意境的作用（这也同样可以说是王昌龄其他类型七绝诗塑造意境的手法）。

二、王昌龄七绝边塞诗意境的塑造

简而言之，王昌龄七绝边塞诗意境塑造的手法体现在以下几个方面：

---

① 〔清〕沈德潜：《唐诗别裁集》，上海：上海古籍出版社，1979年，卷十九，第645页。

② 〔明〕陆时雍：《诗镜总论》，丁福保辑《历代诗话续编》北京：中华书局，1983年，第1420页。

③ 〔明〕胡应麟：《诗薮·内编》，上海：上海古籍出版社，1979年新1版，卷六，第119页。

④ 黄明校编：《王昌龄诗集》，南昌：江西人民出版社，1981年，第63页。

⑤ 黄明校编：《王昌龄诗集》，南昌：江西人民出版社，1981年，第64页。

⑥ 〔日〕遍照金刚撰，王利器校注：《文镜秘府论校注》，北京：中国社会科学出版社，1983年，第285页。

1. 以七绝的形式创作边塞诗

日本汉学家松浦友久在《李白诗歌抒情艺术研究》一书中指出，绝句和律诗相比具有三个不同的特征，一是绝句具有单一性，律诗具有对偶性；二是绝句具有偏在性，而律诗具有整合性；三是绝句常给人一种未完结性的感觉，而律诗的自我完结性却要强烈的多。

王昌龄的这九首边塞诗均是乐府古题，与前人不同的是，他是以七绝的形式写乐府体，从而赋予七绝体以深邃的意境。我们下面可以借用松浦友久的关于绝句和律诗在表现上的不同这一理论来解释王昌龄为什么善用绝句写边塞诗或其他题材的诗了。

① 绝句和律诗相比具有单一性

绝句的单一性是和律诗的对偶性相对的。律诗最基本的功能在于以对句的形式把握和表现事物，而绝句的单一性的基本性格，就在于与主题相关的材料单一地单线地连续下去。与此相对，绝句中的对句是可有可无的，王昌龄的这九首边塞诗中，并未使用对句，这一点是明确的证据。这种单一性在诗歌素材的表现手法和联想过程中也是如此。如：王昌龄的《从军行》其一：“烽火城西百尺楼，黄昏独坐海风秋。更吹羌笛关山月，无那金闺万里愁。”主题是表达战士思乡的边愁，由烽火中的百尺楼，写到黄昏时分，战士独坐其上，浸沐于萧瑟海风之中，再写到突然传来了吹奏《关山月》的羌笛声，更加诉说着战士的辛酸苦楚。这种单一性的创作手法就是以接连不断的单一素材句式，以其非对偶的手法，委婉含蓄地表达出思归之情。

② 绝句和律诗相比具有偏在性

由于律诗具有对偶性的特点，一般来说，律诗整首诗都采用了极为整齐的均衡性的结构。若和律诗全诗整体均衡的特点看，绝句又具有一种偏在性的特点，这种偏在性是指整首诗的表现重点偏于四句中的某一句，因此，整首诗的结构失去平衡，被偏于的这一句即为形象主体的中心。如《从军行》其二中的第四句“高高秋月照长城”，诗的前三句均就乐声抒情，说到“边愁”用了“听不尽”三字，结句如何以有限的七字尽此“不尽”就最见功力。诗人这里轻轻宕开一笔，以景结情。仿佛在军中置酒饮乐的场面之后，忽然出现一个月照长城的莽莽苍苍的景象：古老雄伟的长城绵亘起伏，秋月高照，景象壮阔而悲凉。读者也许会感到，在前三句中的感情细流一波三折地发展（换新声——旧别情——听不尽）后，到此却汇成一汪深沉的湖水，荡漾回旋。“高高秋月照长城”，这里离情入景，使诗情得到升华。正因为情不可尽，诗人“以不尽尽之”，“思入微茫，似脱实粘”，才使人感到那样丰富深刻的思想感情，征戍者的内心世界被表达得入木三分。此诗之臻于七绝上乘之境，除了音情曲折外，这绝处生姿的一笔是不容轻忽的。一般来说，绝句偏在性的一句大多都表现在第四句，少数为第三句。

③ 绝句和律诗相比具有非完结性

由于对句或者对偶结构本质上具有表现力自我完结的功能，律诗易于形成一个自我完结性的意象，也就是整首诗会表达一个相对完整的意义。而绝句还有与律诗完结性相对应的一种对他倾向——非完结性。即在绝句中，具有单一性、偏在性的意象在寻求恢复平衡，寻求应与之对应的另一方而流动的倾向。这样就造成诗句终结而意象依然在浮动的感觉。这就是绝句的对他性所致。这种在不断追求完结形象的过程中，所展现出来的对他性，总给人一种茫然无尽之感，这是造成诗的“余情”、“余韵”的原因所在。读王昌龄的诗，总会觉得其中有一种意境，引人思索，回味无穷。对于这一点，前人亦有论述，如沈德潜语：

> 七言绝句，贵言微旨远，语浅情深，如清庙之瑟，一唱而三叹，有异音者矣。开元之时，龙标、供奉允称神品。[①]

由于绝句固有的这种未完结性，造成了绝句本身具有这种含蓄蕴藉，意在言外的审美效果。而在使用频率方面，王昌龄常常采用七绝而并非五绝，这是因为七绝比五绝的包容量更大，五绝还较多的使用对句而七绝基本不用对句，七言绝句的轻快华丽的节奏感，诗句终结而意象依然流出的余情余韵效果，都成功地使这种诗型成为中国古典诗型中最适宜直接抒写感情的诗型。

综上我们可以看出，正是由于绝句的这三种特性和七绝尤其适合抒情的特质，王昌龄的边塞诗才有了"言微旨远，语浅情深"的韵味。王昌龄选用七言绝句写作边塞诗的真正原因我们不得而知，但是从王昌龄的创作情况看，七绝这种形式最适合他去运用却是不可否认的。在歌行体作为一种主要创作体裁的盛唐边塞诗坛，他可算一朵奇葩，与高、岑共同达到了盛唐边塞诗的高峰。

2. 王昌龄边塞诗中时空的组合

王昌龄的绝句想象丰富，往往在意识里或下意识里进行时空超越，对现实的时空进行新的组合。试看《出塞》其一：

> 秦时明月汉时关，万里长征人未还，但使龙城飞将在，不教胡马度阴山。[②]

诗歌起句即用了"明月"和"关"这两个意象，不仅一下笔即扣紧题目《出塞》，而且从空间上，两个意象并列相提：横空的朗月，突兀的雄关，一上一下，浑沌一片，给人造成一种深广虚灵的空间感。诗人又在"明月"和"关"两个意象之前增加了"秦"、"汉"两个时间性的限定词，明月属秦，关山属汉，互文为义，从千年之前，万里之外下笔，时空交错，令人思接千古，形成一个雄浑苍茫的独特意境。"秦时明月汉时关"的月亮那么皎洁、明亮，仿佛一下子从秦汉一直照到唐代，这才有了"万里长征人未还"的气势，长征的跨度之大，也仿佛横跨汉唐之间。"万里长征"，内蕴深含，既是对远离家乡，戍守边关的实写，也是诗人突破时空局限的虚写，真可谓"观古今于须臾"，而"征人"则成为一个跨越时间和空间的艺术形象。在自秦筑关备胡以来，战乱不已，面对荒关和明月，发出了"万里长征人未还"的感慨与悲叹。这里，在具有概括性和情感性特色的艺术空间，又渗透进时间意识，产生矛盾的张力，从而把边塞的祸患和连年征战这一历史性主题，寓意深沉的展示在读者面前。

第三句运用虚拟法，通过表假设的连词"但使"，在时间上由现在转到了过去，在空间上由泛指的"汉关"转到实指的"龙城"，重要的是经由时空的转变，引出了汉朝李广的典故。"龙城飞将"呼应"汉时关"，但"关"虽同于汉时，却不再有"飞将"一类的人物了，曲折地反映了现实的不足和缺陷。第四句在句式上是随第三句而来的假设结果的句子。在时间上把对历史的广泛感慨转回到对现实的集中抒发，"龙城飞将"与"阴山胡马"造成强烈的对比，把汉

① 〔清〕沈德潜：《唐诗别裁集》，上海：上海古籍出版社，1979年，第3—4页。

② 黄明校编：《王昌龄诗集》，南昌：江西人民出版社，1981年，第66页。

盛唐衰,师劳力竭的主旨鲜明的烘托出来。同时由于是虚拟的手法,第四句还含有对未来的"投射",充分表达了世世代代人们的共同愿望。这首名诗,诗人通过想象把历史渗入现实,使过去、现在、未来都混同在一起,过去和未来变成了永恒的"现在",正是这种对现实时空的审美概括,内容显得无比丰富,既有对历史的反思,现实的审视,又有对将来的憧憬,这就使得全诗更具有典型性和普遍性,从而具有强烈的艺术感染力和启示力。作者就是这般巧妙地表现了时空相错的立体内容,给读者以无限想象的基点。

又如《从军行》其四:

青海长云暗雪山,孤城遥望玉门关。黄沙百战穿金甲,不破楼兰终不还。①

从地名看,各地相距不下千百里。青海湖在今青海省西宁市西,玉门关故址在今甘肃敦煌县西,而唐朝的西域根本没有一个楼兰国,汉代的楼兰国在今新疆鄯善县东南。但是诗人为了表现守边战士的英勇无畏和爱国热忱,却把它们写到了一首诗里。与其说,这是将士望中所见,不如说这是将士脑海中浮现出来的画面。前两句在写景的同时渗透丰富复杂的感情:戍边将士对边防形势的关注,对自己所担负的任务的自豪感、责任感,以及戍边生活的孤寂、艰苦之感,都融合在悲壮、开阔而又迷蒙暗淡的空间里。

第三、四两句由情景交融的环境描写转为直接抒情。"黄沙百战穿金甲",是概括力极强的诗句。戍边时间之漫长,战事之频繁,战斗之艰苦,敌军之强悍,边地之荒凉,都于此七字中概括无遗。"百战"是比较抽象的时间概念,"百战"而至"穿金甲",可想见战斗之艰苦激烈,也更可见时间之漫长。但是,将士的报国壮志却并没有消磨,而是在大漠风沙的磨炼中变得更加坚定。"不破楼兰终不还",是身经百战的将士豪壮的誓言。上一句把战斗之艰苦,战事之频繁,时间之漫长越写得突出,这一句便越显得铿锵有力,掷地有声。一二两句,境界阔大,感情悲壮,含蕴丰富;三四两句之间,显然有转折,二句形成鲜明对照。"黄沙"句尽管写出了战争的艰苦,但整个形象给人的实际感受是雄壮有力,而不是低沉伤感的。

可以说,一、二句那种含蕴丰富的大处落墨的空间描写和三、四两句这种真实深刻的抒情中的时间概念,达到了高度统一,引起读者广阔的遐想,在本篇中也有明显的体现。

3. 转折和递进手法的运用

王昌龄对于七绝诗有一种擅长的手法,就是在三四句或来个转折,另起一个境界;或者递进,把调子唱得更高更响。观其九首七绝边塞诗,除《从军行》其六、其七没有明显的这两种手法外,其余七首或用转折,或用递进,开拓诗境。

① 转折手法的运用

从王昌龄边塞诗的创作情况来看,大其转折手法的运用大致有两种情况。第一种为顺转,即情感的脉络是直线向前发展,前后连贯一致。如《从军行》其二:

琵琶起舞换新声,总是关山离别情。撩乱边愁听不尽,高高秋月照长城。

这首诗一、二句的大意是随舞蹈的变换,琵琶又翻出新的曲调,诗境就在一片乐声中展开。然而琵琶尽可换新曲调,却换不了歌词包含的情感内容。将士的思乡之情就在这乐声

① 黄明校编:《王昌龄诗集》,南昌:江西人民出版社,1981年,第66页。

中油然而生。第三句转而写征人复杂矛盾的心情：对那缭乱的边愁之声，既怕听，又爱听，所以才弹不完，听不尽。结句"高高秋月照长城"一语，接着移情入景，在一种朦胧的意象中寓含了一种朦胧的心灵世界——是背井离乡的愁绪？是对大好河山的热爱？还是想到镇守边关的责任重大？也许是兼而有之？整首诗最后虽有转折，但意境不变，情感脉络顺流而下。正如清人黄叔灿在《唐诗笺注》中所指出的："高高秋月照长城"，妙在即景以托之，思入微茫，似脱实粘，诗之最上乘也"。在含蓄、感伤的氛围中，征戍者的思亲之情、故园之恋仿佛融进那高照万里长城的清冷秋月之中。

第二种可以称为逆转。如《从军行》其五：

大漠风尘日色昏，红旗半卷出辕门。前军夜战姚河北，已报生擒吐谷浑。①

从结构上看，此诗甚有戏剧性。前半首正面写后续部队的迅猛凌厉，着重于战前紧张气氛的渲染。通过写风劲尘暗、红旗被冻得展不开的严寒以及夜战等暗示即将发生一场恶战。然而末句却陡然一转，战争已经以生擒敌方首领结束。诗着重写战争的结果，避开对战争过程的正面描写，只作侧面的烘托，以虚代实，虚实相生，论其客观艺术效果，比从正面对夜战进行铺叙，要更引人入胜。而更重要的是不仅使七绝这一体式做到了扬长避短，还极大地增强了七绝起伏流转的节奏感和速度感。从美学的角度看，它所给予读者的感受是时间的突然脱节和远距离的飞跃，留下的虚空，让读者自己去想象，去品味，让读者在不知不觉地大步跳跃之后，蓦然回首，细加品味，会仿佛获得一种感知诗歌的全新角度，更真切更深刻地把握诗歌的内蕴。

② 递进手法的运用

递进手法的运用是指诗境在尾部的时候并未转折，而是宕开一层，开出新意。

如《从军行》其一：

烽火城西百尺楼，黄昏独坐海风秋。更吹羌笛关山月，无那金闺万里愁。

这首诗是写边塞将士们久戍边关产生的愁情。全诗以抒情为主，景语发端，情语作结。采取了层层深入，反复渲染环境气氛以突出主题的方法。全诗共分五层。第一层是写使人产生思亲情绪的地点是在萧疏空阔边境中的百尺孤楼上，这种环境很容易引起人的寂寞之感；第二层是产生思亲情绪的时间是在黄昏，在这禽鸟归巢，牛羊返圈，外出劳作的人们都回到家中的时间里，很容易让人思亲；第三层是征人独坐，一个人孤单清冷，没有人干扰思路，思亲之情可以任意翻腾；第四层是时令已至秋天，在这时序交替、暑往寒来的季节，总不免使人惦记远方的亲人；第五层是在这寂寞的环境中又传来了羌笛吹奏表现离愁别绪的关山月曲。于是这缕缕笛声就成为勾起人们思亲感情的导火索，使边塞征人的内心激情再也控制不住，终于来了一个大爆发，"无那金闺万里愁。"这递进的一层境界正是主题思想的点睛之笔，使得全诗情景交融，意境浑然。刘勰云："情以物兴，物以情观。"王国维说："有我之境，以我观物，故物之皆着我之色采。"王昌龄的七绝深得情景相生之理，神会情景交融之妙。正是以情为地，以我观物，而后达到因情写景，缘情造境，构成了巧妙的意境。

又如《从军行》其四：

---

① 黄明校编：《王昌龄诗集》，南昌：江西人民出版社，1981年，第65页。

青海长云暗雪山，孤城遥望玉门关。黄沙百战穿金甲，不破楼兰终不还。

诗以"青海长云暗雪山，孤城遥望玉门关"开头，起调高亢，画面广阔，在前三句高调起唱之后，却并不转折，而是更加引吭高歌，豪情迭起，直干云霄。"不破楼兰终不还"，连用两个否定词"不"加强肯定语气，表达了身经百战的戍边将士坚定不移慷慨豪迈的誓言。这誓言由环境险恶、战云密布而触发，由卫国保家、爱国情愫所激励，斩钉截铁，掷地有声，抒发了戍边将士渴望建功的壮志豪情。

值得注意的是，在王昌龄的七绝中，运用大量的否定副词，且呈多样化出现。兹举其边塞诗中如下："无那金闺万里愁"、"撩乱边愁听不尽"、"莫教兵士哭龙荒"、"马踏深山不见踪"、"不教胡马度阴山"、"匣里金刀血未干"。这些否定词，从不同角度、不同层面加以否定，有升华语意、加强语气的无可替代的作用，值得玩味。而且，这些否定词大多用在尾句，只有少数用在第三句，这都是和绝句的偏在性特征相联系的。七绝之所以要注意把感情凝聚在尾句上，是因为七绝的尾句在歌唱时是要"复沓"的，即把尾句进行反复歌唱，以使结尾有力，加强感情色彩，感动读者。至于类似"不破楼兰终不还"句，更是用了双重否定，足见肯定之语气。有的尾联，将否定词和一些限制性副词配合使用。如"更吹羌笛关山月，无那金闺万里愁"；"但使龙城飞将在，不教胡马度阴山"；"城头铁鼓声犹振，匣里金刀血未干"。这些限制性副词，在词义上几乎接近于否定词语，与否定词配合使用，其强调语气加强，感情氛围更浓烈。既有水到渠成之妙，又收引满而发之效。

从以上分析看出，王昌龄的七绝边塞诗体现了其"意境"理论深婉含蓄、包孕丰厚的特点，不仅诗意深藏，而且呈现出了迷离性和多义性，给读者留下了艺术想象的大片"空白"。如其《从军行》："青海长云暗雪山，孤城遥望玉门关。黄沙百战穿金甲，不破楼兰终不还。"沈德潜《唐诗别裁集》论曰："作豪语看亦可，然作归期无日看，倍有意味。"[①]这也从一个侧面清楚地说明了王诗的含蓄蕴藉、意在言外的艺术魅力。正所谓"龙标绝句，深情幽怨，意旨微茫，令人测之无端，玩之无尽，谓之唐人《骚》语可"。

作者单位：复旦大学

① 〔清〕沈德潜：《唐诗别裁集》，上海：上海古籍出版社，1979年，卷十九，第647页。

宋学背景中的诗歌鉴赏论

周兴陆

宋学被称之为道学或理学，识理达道是其最高追求。这“道”和“理”，在二程和朱熹的哲学中，表现为“天道”、“天理”，人可以“主敬”、“持敬”，格物致知，而达到对“理”的认知；在陆九渊等人的哲学中，“理”本来就蕴藏在主体内心深处，是与生俱来的内质，就是人的“性”。但是在世俗的浸染中，人心中的这种“性”被遮障起来了，需要不断地格物致知，并通过自我警醒、磨炼，正心诚意，将覆盖本性的情欲灰尘抹去，让心性明亮起来。所以宋学的旨归，在于心性，即通常所说的内敛性、内倾性特征。这是宋代学术文化的总体倾向，在这个思想背景中，宋代的诗歌鉴赏阐释理论体现出新的特点。与汉唐时期相比，宋代诗歌鉴赏阐释理论表现出两个转向：一是从对文辞事义的训释转向对文本理趣意味的涵咏玩味；二是从文本索隐转向读者自得。

先秦时期，孟子关于《诗经》的阐释，曾经提出过“知人论世”、“以意逆志”两大原则，对后代经典和文学阐释，发生了深远的影响。汉代的《诗经》学，一方面试图把诗歌作品与当时的政治事件联系起来，探索作诗的缘起和本意。另一方面是专注于对文本言辞字句的训诂。这种阐释学特点一直延续到唐代[①]。而宋代阐释学，就首先从对汉儒注经方法的发难开始起步。

对于释诗附会史事的有效性，苏轼已经表现出怀疑态度。他的《诗论》辨别“兴”与“比”的差异：“比”有明确的意指；而“兴之为言，犹曰‘其意云尔’”，不可确指。苏轼说：“意有所触乎当时，时已去而不可知，故其类可以意推，而不可以言解也。”[②]，也就是说诗歌创作那一瞬间的事实性背景，往往是不能复现的，对于诗歌的阐释，不应该以追求复现当初事实为目的，而应该以探求诗意为重心。后来，范浚《诗论》也说：“深求曲取、穿凿迁就之论兴，而诗之义始不明矣。”他确定释诗的目标在“通乎大义”，就像孔子说《诗》那样，告诸往而知来者，而不是深求史迹事实[③]。陈善《扪虱新话》认识到诗歌特性“是妙思逸兴所寓，固非绳墨度数所能束缚”，因此郑玄、沈括牵合《周礼》来注《诗》，原本就与诗歌本性相违背。这些都是对《毛诗序》所确立的附会史事以释诗的否定。汉唐的《诗经》学是顺延《毛诗序》而发展的，宋代《诗经》学则是从废序入手。《朱子语类》记载朱熹之论，说：“只缘序者立例，篇篇要作美刺说，将

---

① 当然，史书也常记载魏晋以后有读书人不喜章句训诂之学，经典阐释从汉至唐也有一定的变化。

② 苏轼《诗论》，《苏轼文集》卷二，中华书局，1986年。

③ 范浚《诗论》，《香溪集》卷七，《丛书集成初编》据金华丛书本排印。

诗人意思尽穿凿坏了。"(卷八十)

当然一种传统,并不会因为人们的反对就很快绝迹。特别是经典阐释的传统,惯性更大。在宋代的诗歌阐释中,附会史事的现象依然存在。拿杜诗来说,宋人信奉"诗史"说,解释杜诗也多与史事联系起来,寻求杜甫诗兴背后所指的事实。夏竦解释杜甫《初月》诗"微升紫塞外,已隐暮云端"二句,以为"意在肃宗"。魏泰《临汉隐居诗话》称赞他善于评诗①,并继续沿此思路解释韩愈《醉后》"煌煌东方星,奈此众客醉",意指"宪宗在储也",这种"天人感应"式的比附,在古代历史久远,影响巨大。唐僧虚中《流类手鉴》排列了几十种自然物象与人事之间的对应关系。这类例子在宋代的诗歌阐释中也不胜枚举。但是,黄庭坚已经对这种释诗方式给予批评。《大雅堂记》云:

> 彼喜穿凿者,弃其大旨,取其发兴,于所遇林泉、人物、草木、鱼虫,以为物物皆有所托,如世间商度隐语者,则子美之诗委地矣!(《豫章黄先生文集》卷十八)

旧时商贸中常用隐语、暗语来议价。黄庭坚说,如果解诗专求比兴,就像这暗语一样。这个批评切中要害,说得透辟。黄庭坚说他自己读诗,于"欣然会意处笺以数语",这正是宋代鉴赏和阐释诗歌的主要模式。《王直方诗话》记载了黄庭坚论杜诗的一个典型事例。杜甫《遣兴五首》之三云:"陶潜避俗翁,未必能达道。观其著诗集,颇亦恨枯槁。达生岂是足,默识盖不早。生子贤与愚,何其系怀抱。"黄庭坚解释云:

> 杜子美困穷于三蜀,盖为不知者诟病,以为拙于生事,又往往讥议宗文、宗武失学,故聊托之渊明以解嘲耳。其诗名曰《遣兴》,可解也。俗人便谓讥病渊明,所谓痴人前不得说梦也。

这正是欣然会意、通其大义的说诗方式。王直方引黄说后连连称赞:"余以为安得山谷将工部诗篇篇如此训释以成一集乎?"宋人注释杜甫此诗,也常常引用黄庭坚此说。

汉人释诗繁琐训诂,至有以万言训一字,而释义忘意。这也遭到宋人的批评。王质云:"说《诗》当即辞求事,即事求意,不必纵横曼衍。若尔,将何时而穷?一'若稽古'至三万言,无足讶也。"②如果孜孜以求文字训诂,则永远没有完结,而宋人所要领会的是诗之"大意",不在训诂之繁。洪迈《容斋随笔》卷一也批评汉人"训曰'若稽古'三万言,真可覆酱瓿也",并提出"解释经旨,贵在简明"的主张。宋人认为杜甫"无一字无来处",于是解释杜诗也务求出处。对此陆游责斥云:

> 今人解杜诗,但寻出处,不知少陵之意,初不如是。且如《岳阳楼诗》:"昔闻洞庭水,今上岳阳楼。吴楚东南坼,乾坤日夜浮。亲朋无一字,老病有孤舟。戎马关山北,凭轩涕泗流。"此岂可以出处求哉?纵使字字寻得出处,去少陵之意益远矣。盖后人元不知杜诗所以妙绝古今者在何处,但以一字亦有出处为工。如《西昆酬唱集》中诗,何曾有一字无出处者,便以为追配少陵,可乎?且今人作诗,亦未尝无出处,渠自不知,若为之笺注,亦字字有出处,但不妨其为恶诗耳。(《老学庵笔记》卷七)

---

① 黄鹤《补注杜诗》卷二十引魏泰《临汉隐居诗话》此说。但是,郭知达《九家集注杜诗》卷二十,引赵次公(字彦材),已辨其非。

② 王质《诗总闻》卷一释《葛覃》,景印文渊阁《四库全书》本。

陆游这样正反诘难，尤为精辟。当然，阐释诗歌，指出诗人用事语典的出处，对于更深入理解诗歌还是有帮助的，不能一概否定。但是，若仅仅以寻求出处为目的，遗忘了对诗意的研寻，则是买椟还珠了。在宋人看来，诗歌的德性修养功能要远远高于它的知识性价值；或者说，宋人的诗歌鉴赏和阐释，是被纳入到"尊德性"的人生修养课程中的，而不只是"导问学"的知识系统。詹初对这一点说得非常明白：

读书不但是记文义，正须要理会于心。若不会理，徒记文义，亦只是记忆之学，无得于心。[①]

读书如此，读诗当然更是如此，应该超越语言文字，以"识理"、"会意"为最高追求。杨时云："学诗者不在语言文字，当想其气味，则诗之意得矣。"[②]宋人意识到诗歌"妙思逸兴"的特点，否定了"经生"释诗的态度。项安世云：

大抵说文者皆经生，作诗者乃词人。彼初未尝作诗，故多不能得作者之意也。[③]

也就是说，诗与文性质不同，体制各异，"经生"缺少作诗的经验，也就很难探明诗人作诗的意旨。当然，汉唐儒师把《诗三百》纳入到经学系统中去解释，的确迷失了《诗》的本旨，而宋人也有把《诗三百》纳入道学系统中去解释的倾向。但是，宋儒更多地注意到《诗》之为诗的特点，特别是宋代释诗者多有较高的文学素养和创作经验，因此他们对诗歌本旨的切合，与汉唐儒师相比是迈进了一大步。

宋人的鉴赏理论，还把诗歌的"义"与"意"明确地分别开来。马永卿《元城先生语录》引刘安世论《国风》云：

读诗者当求其意，不当求其义。若求其义，或失之穿凿；若求其意，则可见古人用心处也。

这里所谓"义"，即诗歌的文辞字面意思，而"意"则是诗人作诗的"用心"意旨。刘安世明确地提出，读诗要超越单纯文字意思的训释，而转向探寻诗人的用心、诗歌的意蕴。黄庭坚说："学者若不见古人用意处，但得其皮毛，所以去之更远。"[④]刘安世的"义"，是指字面意思，大约就是黄庭坚所说的"皮毛"，他们的目标在古人"用意"、"用心"处。朱熹论看诗需要"自得他言外之意"时，提出两重意的说法："晓得文义是一重，识得意思好处是一重。"(《朱子语类》卷一百十四)文义是诗歌文本的外显意义，而"意思好处"则是诗歌意象之"精神"唤起读者的心性感悟，而"自然不知手之舞之，足之蹈之"的心灵感应。后来，南宋徐鹿卿更明确地将诗歌的内涵由浅入深分为三个层次：

余幼读少陵诗，知其辞而未知其义；少长，知其义而未知其味；迨今则略知其味矣。[⑤]

古人用词各执一义，大致来说，徐鹿卿所谓的"辞"，相当于刘安世所谓的"义"；徐鹿卿所谓的

---

① 詹初《寒松阁集》卷二《日录》下，景印文渊阁《四库全书》本。

② 杨时《龟山先生语录》，《四部丛刊续编》影印宋刊本。

③ 项安世《诗中借辞引起》，《项氏家说》卷四。

④ 范温《潜溪诗话》引。

⑤ 徐鹿卿《跋黄瀛父适意集》，《清正存稿》卷五，《丛书集成续编》影印《豫章丛书》本。

“义”，相当于刘安世所谓的“意”。这样，徐鹿卿把诗歌内涵分为“辞”——文辞意义、“义”——诗歌整体主旨、“味”——言外韵味三个层次，而随着阅历的增长、阅读的深入，鉴赏诗歌的进程是由表及里，层层深入，由知义而知味，才是最高目标。这正是宋代诗歌鉴赏阐释理论区别于汉唐的一个重要特点。

宋代人是把诗歌鉴赏纳入到心性修养中的，视鉴赏诗歌为修养心性、提升道德的一种手段。宋代心性论的伦理哲学基础是孟子的“性善”论，“性善”论也是宋代鉴赏论的理论基础。姚勉云：

> 古今人殊，而人之所以为心，则同也。心同，志斯同矣。是故以学诗者今日之意，逆作诗者昔日之志，吾意如此，则诗人之志必如此矣！诗虽三百，其志则一也。①

所谓“心同”、“志同”，正是建立在孟子所谓“性本善”和“性相近”的理论基础上。朱熹也指出：“大率古人作诗与今人作诗一般，其间亦自有感物道情，吟咏情性，几时尽是讥刺他人？”②只有人性本善，自我心性修养、道德提升才有可能；只有人性相近相通，才有可能涵咏、揣度、领会他人的诗歌意蕴。就像宋代道学修养强调正心诚意，心有所主的“常惺惺”态度一样，宋人对诗歌鉴赏主体的心志条件和状态也作出一些开创性的论述，为汉魏六朝隋唐诗学所未及。

关于鉴赏主体的心理状态，宋人的主要看法：一是“置心平易”，勿求险求深。张载《正蒙·乐器篇》云：“古之能知诗者，唯孟子为‘以意逆志’也。夫诗之志至平易，不必为艰险求之。今以艰险求诗，则已丧其本心，何由见诗人之志？”他的《读〈诗〉诗》云：“置心平易始知诗。”宋人反复称引此说，奉为圭臬。二是以正心、正气读诗，勿出于私心邪意。姚勉在论述以己意逆诗人之志时，特意强调“不可以私意逆之也”③。吕祖谦论读《诗》也警诫门人云：“须识得正心，一毫过之，便是私心。”（吕乔年《丽泽论说集录》卷三）陈埴云：“学《诗》之人每一章一篇并存‘无邪’之思以观之，则《三百篇》之义不在《诗》，而在我矣。”④在宋人看来，《诗经》“乐而不淫，哀而不伤”的特点还取决于读者的态度。所以，舒岳祥感慨“作诗难，评诗尤难也”，并提出“必具真识而后评之当，必全正气而后评之公”⑤。贫贱者、衰老者伤于真气，富贵者、少锐者缺少真识，都难以做到评论得当。其实，宋人特别是具有道学精神的人，是以一种“体道”、“味道”的心境来读诗的。郭熙《林泉高致集·画意》描绘他品读诗歌时的身心状态云：

> 余因暇日阅晋、唐古今诗什，其中佳句，有道尽人腹中之事，有装出人目前之景。然不因静居燕坐，明窗净几，一炷炉香，万虑消沉，则佳句好意亦看不出，幽情美趣亦想不成。

刘勰《文心雕龙·知音》有所谓“观千剑而后识器”的说法。宋人继续这一认识，如黄庭坚论读杜诗云：“非广之以《国风》、《雅》、《颂》，深之以《离骚》、《九歌》，安能咀嚼其意味，闯然

---

① 姚勉《诗意序》，《雪坡舍人集》卷三十七。《丛书集成续编》第106册影印《豫章丛书》本。
② 《朱子语类》卷八十，中华书局，1986年，第2076页。
③ 姚勉《诗意序》，《雪坡舍人集》卷三七。
④ 陈埴《木钟集》卷二《孟子》。
⑤ 舒岳祥《俞宜民诗序》，《阆风集》卷十。

入其门耶？"(《大雅堂记》)但宋人论鉴赏主体，更强调读者首先在主体心性上有"存诚"、"求善"的倾向和态度，才能领略诗歌中的道味，获得心灵的滋养和人格的提升。

"学诗，调味者也；评诗，知味者也"①。以"知味"为目标的诗歌鉴赏，在方法上有其特点，宋人认为应该是反复涵泳、深入玩味、悉心体会。具体来说，一方面是熟读深思。苏轼《送安惇落第诗》云："故书不厌百回读，熟读深思子自知。"程颢所谓"优游玩味，吟哦上下"②，是宋人读诗的不二法门。宋人常常强调的"熟读涵泳"、"反复熟读，加意思索"(许顗《彦周诗话》)，正是在平易优游的心境中深入玩味诗歌之意趣。另一方面是体会想象。杨时论读诗方法就强调体会诗情，想其气味。他举《关雎》一诗来说明何谓体会：

> 何谓体会？且如《关雎》之诗，诗人以兴后妃之德，盖如此也。须当想象雎鸠为何物，知雎鸠为挚而有别之禽，则又想象"关关"为何声，知"关关"之声为和而适，则又想象"在河之洲"是何所在，知"河之洲"为幽闲远人之地，则知如是之禽，其鸣声如是，而又居幽闲远人之地，则后妃之德可以意晓矣。是之谓体会。惟体会得，故看诗有味。至于有味，则诗之用在我矣。③

当然，这种深思、想象，是有方向性的，那就是对道德义理的体认。"读《四牡》之诗，当思君臣之义；读《棠棣》之诗，当思兄弟之义；读《伐木》之诗，思朋友之义；读《采薇》之诗，思征伐之义。有为者，亦若是乃可也。"④这与汉唐阐释《诗经》注重于对诗歌所美刺政事的探赜已有很大的不同。这种鉴赏是情感的交融和理智的冥契，是想象的激发和悟性的开启，是整个心灵的沉浸，是审美感与道德感的交汇。深入鉴赏当"自然和气从胸中流出"⑤时，就可以体味出不可得而言的妙处，道德人格境界也在向上提升。

宋代诗歌鉴赏论，在主体独立性、创造性上有了很大的提高。汉唐的《诗经》阐释，不论是字义的训诂，还是本事的探求，都是以接受主体之外的客观意义为追求目标。而宋人阐释《诗经》，则重在义理的思索、意蕴的玩味，因此重点落在接受主体的"自得"，这也是宋代诗歌鉴赏论的一个特点，即从历史本事、文本意义的索隐，转向主体的自得领悟，表现出鉴赏主体的独立创造性。

宋初，梅尧臣、欧阳修已经意识到读者鉴赏诗歌是"会意""心得"的心理过程和审美感受，这种审美感受和义理冥会，难以用言辞表现出来。欧阳修《六一诗话》引梅尧臣的话说：

> 作者得于心，览者会以意，殆难指陈以言也。虽然，亦可以略道其仿佛。

欧阳修的《书梅圣俞稿后》进一步把诗歌分为可以言说和不可言说两个层次：

> 余尝问诗于圣俞。其声律之高下，文语之疵病，可以指而告余也；至其心之得者，不可以言而告也。余亦将以心得意会，而未能至之者也。⑥

---

① 徐鹿卿《跋杜子野小山诗》，《清正存稿》卷五。
② 《二程外书》卷十二《传闻杂记》。
③ 杨时《龟山先生语录》卷三，《四部丛刊续编》影印宋刊本。
④ 陈郁《藏一话腴外编》卷下，《丛书集成续编》影印宋福建漕治本。
⑤ 朱熹语，见《朱子语类》卷八十。
⑥ 欧阳修《书梅圣俞稿后》，洪本健校笺《欧阳修诗文集校笺》，上海古籍出版社，2009年，第1907页。

声律高下、文语疵病，这是诗歌的外在形式法则问题，可以言说。作者创作那一瞬间的心意，创作完成之后连作者自己也不能用言词描绘、告诉别人，读者也就只能心得意会了。而读者鉴赏时所心得与作者创作时的心意，并非完全等同，而是存在着差异。欧阳修已经认识到这一点。其《唐薛稷书跋》云：

> 画之为物，尤难识其精粗真伪，非一言可达。得者各以其意。披图所赏，未必是秉笔之意也。昔梅圣俞作诗，独以吾为知音。吾亦自谓举世之人知梅诗者莫吾若也。吾尝问渠最得意处，渠诵数句，皆非吾赏者。以此知披图所赏，未必得秉笔之人本意也。

"披图所赏，未必是秉笔之人本意也"，非常确切地概括了艺术鉴赏中的差异性、创造性，为宋代的诗歌鉴赏"自得"论，提供了理论依据。此前，刘勰《文心雕龙·知音》篇专门阐述诗文鉴赏的问题，刘勰的目标在于"披文以入情"，如何领会作者之意，而欧阳修则认识到作者之意难以完全复原，因此重在读者"自得"。

读者鉴赏的差异性、开放性，是宋人的共同认识。魏泰《临汉隐居诗话》云：

> 顷年尝与王荆公评诗。予谓："凡为诗，当使挹之而源不穷，咀之而味愈长。至如永叔之诗，才力敏迈，句亦雄健，但恨其少余味尔。"荆公曰："不然。如'行人仰头飞鸟惊'之句，亦可谓有味矣。"然至今思之，不见此句之佳，亦竟莫原荆公之意。信乎，所见之殊，不可强同也。

文艺鉴赏既存在差异性，也存在一致性。叶梦得《石林诗话》批评欧阳修诗歌"专以气格为主"，"语有不伦"，与魏泰所谓雄健而少余味，意思差不多。但是对同一首诗，魏泰与王安石的审美感受又存在很大差异。这一方面是由于文本自身意蕴的开放性、不确定性，另一方面也和读者的艺术趣味等因素有关。不管怎么说，"所见之殊，不可强同"的事实，已经为宋人所接受。宋人正是认识到这个"不可强同"的道理，才重视读者的"会心"、"自得"。刘辰翁论读杜诗云：

> 观诗各随所得，别自有用。……用是此语，本无交涉，而见闻各异，但觉闻者会意更佳。用此可见杜诗之妙，亦可为读杜诗之法。从古断章而赋皆然，又未可訾为错会也。[①]

洪咨夔还凝练地把宋人的这个认识概括为："诗无定鹄（按，鹄，意为箭靶子），会心是的。"[②]"诗无定鹄"，近似于董仲舒所谓"《诗》无达诂"，而宋人提出"会心是的"，把重心放在读者"会心"上。宋人在解释《孟子》"以意逆志"时把它解释为"以己意迎取作者之志"[③]，体现出宋代鉴赏阐释理论的新发展。

当然，读者鉴赏"自得"是具有意向性的，读者在形象联想、意义引申时的方向是可以引导的。罗大经说："大抵古人好诗，在人如何看，在人把做甚么用。"这就是意向性问题。如杜甫绝句"迟日江山丽，春风花草香。泥融飞燕子，沙暖睡鸳鸯"，纯粹当作景物来看，没有什么特异之处，但是若"把做道理看"，则"上二句见两间莫非生意，下二句见万物莫不适性。于此

---

① 刘辰翁《题刘玉田选杜诗》，《刘辰翁集》卷六，《丛书集成续编》影印《豫章丛书》本。

② 洪咨夔《易斋诗稿跋》，《平斋文集》卷十，景印文渊阁《四库全书》本。

③ 朱熹《孟子集注》卷五，《四书章句集注》，中华书局，1983 年，第 306 页。

而涵泳之，体认之，岂不足以感发吾心之真乐乎！”[①]宋人读诗强调“胸次玲珑活络”，不过从总体倾向上看，他们的意义指向在于义理的发现，从文义转向理趣、意味。而其理趣和意味，往往侧重于儒家的道义伦理内涵。

作者单位：复旦大学

（本文系教育部人文社会科学重点研究基地项目“中国各体文学学史”之“诗学卷”的一节，发表于复旦大学中国古代文学研究中心《中国文学研究》第十九辑）

① 罗大经《鹤林玉露》乙编卷二《春风花草》条，中华书局，1983年。

朱熹“兴”论的思想背景

张万民

朱熹(1130—1200)对于“兴”的解释,影响巨大。称颂者,或谓其“扼要明确”[①],或谓其定义简单而模糊、种类却非常丰富,“体现出内涵与外延成反比的逻辑关系”[②]。批评者,则谓其标准不一、概念混乱[③],或谓其“前后不一、互相龃龉”[④]。

朱熹解“兴”,最引人注目的是其“不取义”之论。但是,论者大多称道其对汉儒美刺说的反动,结论一般止于朱熹对《诗经》本身的文学性、抒情性的体认。鲜有论者从整体的角度将朱熹的“兴”论与朱熹的思想背景以及宋代哲学诗学传统联系起来。本文拟在细读相关论述的基础上,重新检视朱熹“兴不取义”论及其相关范畴与朱熹思想及宋代哲学诗学背景的关系。

一、“兴有二义”

朱熹对“兴”的基本定义是“引起”,即“兴者,先言他物,以引起所咏之词”[⑤]。朱熹曾进一步将“引起”解释为“不甚取义”,他在答林熙之时总结己说:“《诗》之比兴,旧来以《关雎》之类为兴,《鹤鸣》之类为比,尝为之说甚详。今此本偶为人借去,未及录呈。大概兴诗不甚取义,特以上句引起下句(亦有取义者)。”[⑥]

朱熹也承认“亦有取义者”,这就是“兴有二义”。《朱子语类》记载朱熹与学生讨论《小雅・大东》:“‘有饛簋飧,有捄棘匕。’《诗传》云:‘兴也。’问:‘似此等例,却全无义理。’曰:‘兴有二义,有一样全无义理。’”[⑦]又说《关雎》:“此是兴诗。兴,起也,引物以起吾意。如雎鸠是挚而有别之物,荇菜是洁净和柔之物,引此起兴,犹不甚远。其他亦有全不相类,只借他物而起吾意者,虽皆是兴,与《关雎》又略不同也。”(卷八十一,第2096—2097页)这也是“兴有二

---

① 赵制阳:《诗经赋比兴综论》,第57页,新竹:枫城出版社,1975年。

② 莫砺锋:《朱熹文学研究》,第254页,南京:南京大学出版社,2000年。

③ 鲁洪生:《诗经学概论》,第208—209页,沈阳:辽海出版社,1998年。

④ 袁济喜:《兴:艺术生命的激活》,第99页,南昌:百花洲文艺出版社,2001年。

⑤ 朱熹:《诗集传》卷一,第1页,上海古籍出版社,1980年。

⑥ 朱熹:《林熙之》,《晦庵先生朱文公文集别集》卷五,朱杰人、严佐之、刘永翔主编《朱子全书》第25册,第4936页,上海古籍出版社,合肥:安徽教育出版社,2002年。

⑦ 黎靖德编,王星贤点校:《朱子语类》卷八十一,第6册,第2124页,中华书局,1986年。以下引用《朱子语类》,只随文注出卷数及页码。

义"的意思。《诗集传》中也有类似说法,《小雅·南有嘉鱼》第三章注曰:"愚谓此兴之取义者。似比而实兴也。"第四章注曰:"此兴之全不取义者也。"[①]可见,"取义"之"兴",即吕祖谦、严粲等人所说的"兴"之"兼比"者。[②]

然而,《吕氏家塾读诗纪》卷一注引:"朱氏曰:因所见闻,或托物起兴,而以事继其声,《关雎》、《樛木》之类是也,然有两例:兴有取所兴为义者,则以上句形容下句之情思,下句指言上句之事实;有全不取义者,则但取一二字相应而已,要之上句常虚,下句常实,则同也。"[③]这是"兴有二义"的另一种说法。这段话虽不载于朱熹的传世著作[④],但却影响很大。元人刘玉汝就《关雎》进一步解释朱子之意:"兴有二例:有无取义者,有有取义者。传前以彼此言者,无取义也;后言挚而有别,和乐恭敬者,兼比也。兼比即取义之兴也。"[⑤]明人季本则发挥其意为:"兴则因物发端,引起下句,亦有二义:有取于义而发者,有因所见而发者,各随文求之而已。"[⑥]这些说法基本符合朱熹之意。

"兴"的表现形式不一,有吕祖谦所引的"但取一二字相应",亦有季本所说的"因所见而发者"[⑦]。朱熹称之为"兴体不一",他说:"兴体不一,或借眼前物事说将起,或别自将一物说起,大抵只是将三四句引起,如唐时尚有此等诗体,如'青青河畔草','青青水中蒲',皆是别借此物,兴起其辞,非必有感有见于此物也。有将物之无,兴起自家之所有;将物之有,兴起自家之所无。"(卷八十,第2070—2071页)

莫砺锋将"兴体不一"分为四种:一为包含比喻关系的"兴",一为包含反比关系的"兴",一为不含逻辑关系、"借眼前物事说将起"的"兴",一为不含逻辑关系、只取声韵相近之"兴"。莫砺锋认为后两种就是"不取义"之"兴"[⑧]。檀作文则以为在"取义"和"不取义"两种基本类型中,尚有"因所见起兴"、"因其所事以起兴"、因声韵相近而起兴等三种具体的起兴方式,两者基本类型和三种具体起兴方式之间存在交叉关系,如"因所见起兴"可以"取义"[⑨]。两说看似以檀说较通融,但是以前两种发兴方式的部分例子为"取义",实为今人之再解读,朱熹并

---

① 朱熹:《诗集传》卷九,第110页,1980年。

② 吕祖谦:《吕氏家塾读诗纪》卷二,《四部丛刊续编》本。严粲:《诗缉》卷一,《文渊阁四库全书》本。另有姚际恒《诗经通论》:"分兴为二,一曰'兴而比'也,一曰'兴'也。"(顾颉刚标点《诗经通论》卷首,第1页,中华书局1958年)朱熹《诗集传》中亦有"兴而比",但意不同于此处的"兴兼比",可参考檀作文:《朱熹诗经学研究》,第241—217页,北京:学苑出版社,2003年。

③ 吕祖谦:《吕氏家塾读诗纪》卷一,《四部丛刊续编》本。亦见于段昌武:《段氏毛诗集解》卷一,《文渊阁四库全书》本,字句略有不同。

④ 黎锦熙曾引这段话,但未注明出处(黎锦熙:《修辞学比兴篇》,第80页,商务印书馆,1936年)。朱自清认为这段话"似乎从《诗经传说汇纂》首卷下钞出",但是"却惭愧,还不知本来的出处。"(朱自清《修辞学的比兴观——评黎锦熙〈修辞学比兴篇〉(商务印书馆出版)》,《朱自清古典文学论文集》,第566页,上海古籍出版社,1981年)这段话确实被收入王鸿绪:《钦定诗经传说汇纂》卷首下,《文渊阁四库全书》本。《朱熹佚文辑考》以及《朱子全书》都以这段话属于朱熹《诗集解》佚文(束景南:《朱熹佚文辑考》,第345页,南京:江苏古籍出版社,1991年),但"全不取义者"误为"全取其义者"(朱杰人、严佐之、刘永翔主编《朱子全书》第26册,第113页)。

⑤ 刘玉汝:《诗缵绪》卷一,《文渊阁四库全书》本。

⑥ 季本:《诗说解颐·总论》卷一,《文渊阁四库全书》本。

⑦ 如《召南·小星》第二章注曰:"兴亦取'与昴'、'与裯'二字相应。"《周南·桃夭》首章注曰:"诗人因所见以起兴。"另《召南·小星》首章注曰:"盖众妾进御于君,不敢当夕,见星而往,见星而还,故因所见以起兴。其于义无所取,特取'在东'、'在公'两字之相应耳。"可谓两种情况兼而有之(朱熹:《诗集传》卷一,第12、5页)。

⑧ 莫砺锋:《朱熹文学研究》,第252—254页。

⑨ 檀作文:《朱熹诗经学研究》,第203—205页,北京:学苑出版社,2003年。

未以"取义"来解释。

二、"兴最不紧要"与"兴起人意正在兴"

朱熹虽然说"兴有二义"、"兴体不一",但他还是以"不取义"为"兴"的最基本和最重要的形式。以《朱子语类》观之,如:"诗之兴,是劈头说那没来由底两句,下面方说那事,这个如何通解!"(卷八十,第2072页)"兴只是兴起,谓下句直说不起,故将上句带起来说,如何去上讨义理?"(卷八十,第2085页)"诗之兴,全无巴鼻(振录云:'多是假他物举起,全不取其义。'),后人诗犹有此体。如'青青陵上柏,磊磊涧中石,人生天地间,忽如远行客!'又如'高山有涯,林木有枝,忧来无端,人莫之知!''青青河畔草,绵绵思远道!'皆是此体。"(卷八十,第2070页)另有"本要言其事,而虚用两句钓起,因而接续去者,兴也"(卷八十,第2067页)。所谓"虚用两句钓起",亦即"不取义"。

以《诗集传》观之,朱熹在解"兴"时大多只是重复原文,一般不提供进一步的语义解释,有时甚至只是略加一二虚字然后重复原文,如《秦风·车邻》第二章原文为"阪有漆,隰有栗。既见君子,并坐鼓瑟。今者不乐,逝者其耋。"注为:"阪则有漆矣,隰则有栗矣。既见君子,则并坐鼓瑟矣。失今不乐,则逝者其耋矣。"或是略加一句背景解说再重复原文,如《郑风·山有扶苏》首章原文为:"山有扶苏,隰有荷华。不见子都,乃见狂且。"注为:"淫女戏其所私者曰:山则有扶苏矣,隰则有荷华矣,今乃不见子都,而见此狂人何哉。"[①]

朱熹在《楚辞集注》中也说:"兴,则托物兴词,初不取义,如《九歌》'沅芷澧兰'以兴'思公子而未敢言'之属也",并认为"《诗》之兴多而比、赋少,《骚》之兴少而比、赋多"[②]。《四书集注》对《论语·子罕》引逸诗"唐棣之华"注曰:"此逸诗也,于六义属兴。上两句无意义,但以起下两句之辞耳。"[③]

这种以"不取义"的方式解释"兴",当然是对汉儒的美刺讽喻说的反动,也看似与古人重"兴"的传统不符。所以清人陈启源斥之为儿戏:"诗人兴体,假象于物,寓意良深……朱子论兴独异是,谓兴有两意:有取所兴为义者,有全不取其义、但取其一二字者。夫全不取义,何以备六义之一乎? ……不近儿戏乎?"[④]

但是,朱熹以"不取义"论"兴",并非降低了"兴"的重要性,相反,他与传统意见一致,非常推重"兴"的功用,并且用"不取义"来证明"兴"的重要性,《朱子语类》载:

> 《诗》之兴,最不紧要。然兴起人意处,正在兴。(卷八十)
>
> 《诗》所以能兴起人处,全在兴。如"山有枢,隰有榆",别无意义,只是兴起下面"子有车马"、"子有衣裳"耳。(卷八十)

---

① 朱熹:《诗集传》,第74、52页。莫砺锋也注意到这种情况,他的解释是:"这大概是因为朱熹对'兴'的定义是:'兴者,先言他物以引起所咏之词也。'而'他物'与'所咏之词'之间的关系是多种多样的。有的关系朱熹认为比较明显,他就不作分析了。"(莫砺锋:《朱熹文学研究》,第243页)

② 朱熹:《楚辞集注》,朱杰人、严佐之、刘永翔主编《朱子全书》第19册,第20页。

③ 朱熹:《四书章句集注》,朱杰人、严佐之、刘永翔主编《朱子全书》第6册,第147页。

④ 陈启源:《毛诗稽古篇》,阮元编:《清经解》卷八十四,上海书店,1988年影印学海堂本。

所谓“最不紧要”、“别无意义”，并不是说“兴”不重要，而是说其“不取义”。所以，朱熹恰恰认为“不取义”的“兴”才能真正发挥“兴起人意”的功用。很明显，朱熹在这里将作为修辞手法的“兴”和作为诗歌功能的“兴”紧紧结合在一起。

当然，作为诗歌功能的“兴”与作为修辞手法的“兴”并不是一回事。有论者认为，正是朱熹将“兴”的这两种意义予以清楚的区分：“朱熹把孔子的‘诗可以兴’解释为诗可以‘感发志意’，那么‘兴’就是‘感发’，从词性上说为一动词。这样一来，此处之‘兴’则不同于作为《诗》之‘六义’之‘兴’（依朱熹说，‘六义’之‘兴’为诗歌创作手法之一：先言他物而引起所咏之词）。‘六义’之‘兴’对《诗》言，此处之‘兴’对读《诗》者言。今天看来，朱熹的分辨是科学可取的。但在他之前，这一问题确然是一笔糊涂账！”[①]但是，论者没有注意的是，朱熹在作清楚区分之后，却依然坚持将“兴”的两种意义结合在一起，其目的就是用“诗可以兴”的诗教理论来证明“不取义”之“兴”的重要性。

有论者以为，朱熹对“兴”的论述“完全是修辞学的问题”，是对“文学质素的表现方法”的“深切认识”[②]。这种看法过于强调朱熹对《诗经》文学性的体认，是不够全面的。其实，朱熹非常重视《诗经》的兴起人心的诗教功能，这种诗教功能的终极目的是儒家的伦理教育。《朱子语类》将“诗可以兴”当作读《诗经》的根本原则：“古人说‘《诗》可以兴’，须是读了有兴起处，方是读《诗》。若不能兴起，便不是读《诗》。”（卷八十）弟子问朱熹：“诗如何可以兴？”朱熹回答：“读诗，见其不美者，令人羞恶；见其美者，令人兴起。”（卷四十七，第1186页）朱熹还说：“须是读了三百篇有所兴起感发，然后可谓之‘思无邪’。”（卷二十三，第546页）“只看伐檀诗，便见得他一个清高底意思；看硕鼠诗，便见他一个暴敛底意思。好底意思是如此，不好底是如彼。好底意思，令自家善意油然感动而兴起。看他不好底，自家心下如著枪相似。如此看，方得诗意。”（卷八十，第2082页）朱熹所说的“兴起人意”，不限于《诗经》本身，而是囊括了圣人的一切言行：“问絜矩之道。曰：‘能使人兴起者，圣人之心也；能遂其人之兴起者，圣人之政事也。’”（卷十六，第362页）

亦有论者从朱熹的“风者多出于里巷歌谣之作”出发，认为朱熹的“兴”论是“抓住民谣的特色”所致[③]。明人徐渭也说：“《诗》之兴体，起句绝无意味，自古乐府亦已然。乐府盖取民俗之谣，正与古国风一类。今之南北东西虽殊方，而妇女、儿童、耕夫、舟子、塞曲、征吟、市歌、巷引，若所谓《竹枝词》，无不皆然。”[④]今人顾颉刚等人进一步论证了“兴”和民谣的关系[⑤]。但是，朱熹所说“里巷歌谣之作”并不等于今人所说的民谣，朱熹所说的“兴”也不等于今人所

---

① 郝永：《朱熹〈诗经〉解释学研究》，第155页，浙江大学博士论文，2008年。

② 檀作文：《朱熹诗经学研究》，第202页。

③ 曹虹：《朱熹〈诗集传〉新论》，《古典文献研究（1988）》，第83—84页，南京：南京大学出版社，1989年。

④ 徐渭：《奉师季先生书》，《青藤书屋文集》，第214页，《丛书集成初编》本，中华书局，1983年。

⑤ 顾颉刚称自己“忽然在无意中悟出兴诗的意义”，即“作这诗的人原只要说‘窈窕淑女，君子好逑’，但嫌太单调，太率直了，所以先说一句‘关关雎鸠，在河之洲’。它的最重要的意义，只在‘洲’与‘逑’的协韵”，也就是所谓的“山歌好唱起头难，起仔头来便不难。”（顾颉刚：《起兴》，《古史辨》第3册下编，第674—677页，上海古籍出版社1982年重印）。何定生认为“兴”是“歌谣上与本意没有干系的趁声。”（何定生：《关于诗的起兴》，《古史辨》第3册下编，第702页）虽然顾颉刚、何定生都批评朱熹解“兴”含糊不清，但是所谓“协韵”、“趁声”其实都已包含在朱熹“兴不取义”中。所以，秉持相同立场的钟敬文，写信给顾颉刚说：“其实，朱熹老先生在《集传》里也说了几句很高明确当的话。”（钟敬文：《谈谈兴诗》，《古史辨》第3册下编，第678页）

说的民谣起兴。正如朱自清所说:“(民谣)起兴的办法,可以证明一般民众思想力的薄弱,在艺术上是很幼稚的。”①

然而,问题是:《诗经》“兴起人意”的功能,为什么“全在兴”?而这种“兴”,按照朱熹的解释,恰恰是“最不紧要”、“别无意义”、“不取义”的。徐复观也发现了这个矛盾,他认为朱熹对于“兴”的看法是“骨子里,却认为没有什么意义上的关联的”,“朱元晦一方面认为兴并无意义,但他又说……‘兴意虽阔而味长’,若是兴所假托的物事,全不取义,则‘深远’的意味,究从何而来?朱元晦留下了这一个缺口没有告诉我们。”②

三、“兴”的平易与余味

其实,徐复观所引的“兴意虽阔而味长”,已经透露了朱熹“平易”观和“余味”观的思想背景,这个背景恰恰能解释上面的问题。《朱子语类》用了意远味长来解释“兴”最能兴起人意的功能:

> 比虽是较切,然兴却意较深远。也有兴而不甚深远者,比而深远者,又系人之高下,有做得好底,有拙底。(卷八十)
>
> 比是以一物比一物,而所指之事常在言外。兴是借彼一物以引起此事,而其事常在下句。但比意虽切而却浅,兴意虽阔而味长。(卷八十)

“意较深远”与“意虽阔而味长”,都极易让人想起钟嵘以“文已尽而意有余”来解释“兴”,并且钟嵘还是以“滋味”评诗的倡导者。但是,正如张伯伟所说,钟嵘所说的“‘兴’的位置就不必在开头……或者可以说‘兴’的位置乃出现在句尾。”③所以,钟嵘的“兴”是说诗歌的整体审美效果,并不限指作为修辞手法的、引起他物的“兴”,而朱熹的“兴”则是特指“不取义”的、开头的“兴”。

有必要看看学术界对朱熹“兴”论的流行解释。第一种解释是触物起情说,认为朱熹的“‘托物兴辞’实际上就是‘感物道情’的另一表述”④。从六朝以来,作为艺术创作冲动的“兴”确实与“感”和“情”紧密联系在一起。宋人张戒说“兴则触景而得”⑤,杨万里把“兴”解释为“是物是事,适然触于我,我之意亦适然感乎是物是事”⑥,但是,从杨万里的兴、赋、赓和的三分法,就可看出诗人论“兴”是从创作冲动着眼。实际上,朱熹很少谈及作为艺术创作冲动的“兴”,他所谈的主要是作为修辞手法和作为诗歌功能的“兴”。在《诗经》解释史上,北宋的苏辙已经用作为艺术创作冲动的“兴”来解释作为修辞手法的“兴”:“夫兴之为体,犹曰其意云耳,意有所触乎当时,时已去而不可知,故其类可以意推,而不可以言解也。《殷其雷》:‘殷其雷,在南山之阳。’此非有所取乎雷也,盖必其当时之所见而有动乎其意,故后之人不可以求

① 朱自清:《中国歌谣》,《朱自清全集》第六卷,第516页,南京:江苏教育出版社,1996年。
② 徐复观:《释诗的比兴》,《中国文学论集》,第111页,台北:学生书局,1985年。
③ 张伯伟:《钟嵘诗品研究》,第101页,南京:南京大学出版社,1999年。
④ 邹其昌:《朱熹诗经诠释学美学研究》,第103—104页,商务印书馆,2004年。
⑤ 张戒:《岁寒堂诗话》卷下,丁福保辑:《历代诗话续编》,中华书局,1983年。
⑥ 杨万里:《答建康府大军库军门徐达书》,《诚斋集》卷六十七,《四部丛刊》本。

得其说，此其所以为兴也。"[①]但是前引朱熹说"兴体不一"时早已说过"非必有感有见于此物也"，应该是针对苏辙而发。朱熹并非不看重《诗经》中的"情"，他曾说："圣人之言，在《春秋》《易》、《书》无一字虚。至于《诗》，则发乎情，不同。"（《语类》卷八十一）朱熹也谈到《诗经》的感发作用："善可为法，恶可为戒，不特《诗》也，他书皆然。古人独以为'兴于《诗》'者，诗便有感发人底意思。今读之无所感发者，正是被诸儒解杀了，死著《诗》义，兴起人善意不得。"（《语类》卷八十）但是，朱熹所说的"情"来自理学家的情性论[②]，并且他把《诗经》当作涵泳性情的教科书也有特定的时代背景[③]，所以朱熹说的"情"和诗文评中的触物起情不完全相同。

第二种解释是意象说，因为朱熹说过"学者于言上会得者浅，于象上会得者深"（《语类》卷六十六），所以论者以为"诗歌中的兴，其本质就在于引进外物……形成诗中意象"。[④] 但是，这种说法完全不能区分比、兴，因为"比"亦有他物和意象。清人姚际恒曾批评朱熹："《集传》之言曰：'兴者，先言他物，以引起所咏之词。比者，以彼物比此物也。'语邻鹘突，未为定论。故郝仲舆驳之，谓'先言它物'与'彼物比此物'有何差别？"[⑤]可见比、兴中都引进了外物、都产生了意象，本难区分；并且，朱熹并不特别看重"兴"的意象层面。

第三种解释是想象余地说，论者以为朱熹说"兴"是"全无巴鼻"，所以能"为读者留下极大的想象的余地，可用自己的经历、体验、情感加以补充和发挥，由此而涵泳出极丰富深长的意味。"[⑥]这种说法最符合朱熹所说的"意阔"，也最符合朱熹提倡的"涵泳"读书法。但是，朱熹又说"也有兴而不甚深远者，比而深远者，又系人之高下，有做得好底，有拙底"，可见"比"也能给读者深远的想象余地，朱熹如此推重"兴"还有其他的原因。

可见，所谓的触物起情说、意象说、想象余地说，其实都是站在今人的角度，以现代的文学和美学观念来解释朱熹的"兴"。这种解释源自于二十世纪以来对朱熹文学自觉的过分强调。钱穆的《朱子新学案》说："朱子能以文学家眼光读诗……及其结果，乃能以文学上之自得，而解脱了经学上之束缚。"[⑦]莫砺锋说："与汉儒以美刺之说而强调《诗经》的社会、政治功能的读诗法相反，朱熹的态度完全是着眼于其文学本质，经由讽咏涵濡而达到明心求道的目的……这是历史上首次出现的对《诗经》文学性质的把握。"[⑧]

朱熹以为"不取义"的"兴"最"意阔味长"，这种说法当然与现代的文学美学观念有相通之处。但是，我们更应该将其放回至朱熹本人的思想背景和宋代的哲学诗学背景中来看。

朱熹所说的"不取义"来自他的"平易"观，而"意阔味长"来自他的"余味"观，并且朱熹常将平易和余味紧密联系在一起的。他在答刘子澄信中说："大抵圣贤立言本自平易，而平易之中其旨无穷。今必推之使高、凿之使深，是未必真能高深，而固已离其本指，丧其平易无穷

---

① 苏辙：《诗论》，《栾城应诏集》卷三，曾枣庄、马德富校点：《栾城集》，第1614页，上海古籍出版社，1987年。

② 可参考黄景进：《朱熹的诗论》，《国际朱子学会议论文集》，第1181—11822页，台北"中央研究院"中国文哲研究所，1992年。

③ 可参考袁济喜：《兴：艺术生命的激活》，第97页。

④ 吴长庚：《朱熹文学思想论》，第279页，合肥：黄山书社，1994年。

⑤ 姚际恒撰，顾颉刚标点：《诗经通论》卷首，第1页。所谓"郝仲舆驳之"，见郝敬：《毛诗原解》，第3页；《丛书集成初编》本，中华书局，1983年。

⑥ 王运熙、顾易生主编：《中国文学批评通史·宋金元卷》，第785页，上海古籍出版社，1996年。

⑦ 钱穆：《朱子新学案》，第1271页，成都：巴蜀书社，1987年重印。

⑧ 莫砺锋：《朱熹文学研究》，第123页。

之味矣。所论《绿衣》篇，意极温厚，得学诗之本矣，但添入外来意思太多，致本文本意反不条畅，此集传所以于诸先生之言有不敢尽载者也，试更思之如何。”[①]在答许顺之信中则从反面论说了余味来自于平易：“书中所谕皆的当之论，所恨无余味耳。更向平易著实处子细玩索，须于无味中得味，乃知有余味之味耳。”[②]朱熹还称赞尹淳“其言之极平易，似浅近而实深远，卓乎义不可及也”[③]。《朱子语类》中也有多处论平易和余味的关系：“程子说得确实平易，读着意味愈长。”(卷十八)“论语中，程先生及和靖说，只于本文添一两字，甚平淡，然意味深长，须当子细看。要见得它意味，方好。”(卷十九)“学者问仁，则常教他将‘公’字思量。此是先生晚年语，平淡中有意味。《显道记忆语》及《入关语录》亦有数段，更宜参之。”(卷九十五)

朱熹认为，《诗经》的本质就是“别无义理而意味深长”。他说：“观《诗》之法，且虚心熟读寻绎之，不要被旧说粘定，看得不活。伊川解《诗》，亦说得义理多了。《诗》本只是恁他说话，一章言了，次章又从而叹咏之，虽别无义，而意味深长。不可于名物上寻义理。后人往往见其言只如此平淡，只管添上义理，却窒塞了他。如一源清水，只管将物事堆积在上，便壅隘了。”(《语类》卷一百十七)所谓“虽别无义，而意味深长”，和朱熹对“兴”的解释完全相同。但是，朱熹在这里是用来解释《诗经》的叠章艺术。

可见，朱熹对“兴”的解释，最根本的来源是他推重平易有余味的思想和他对于《诗经》平易的整体判断。虽然有论者指出朱熹《诗集传》有自相矛盾的情况：“朱子明定兴之定义，解兴时不从此定义以发挥，却刻意形容其比意，是诗集传之一大病。”[④]但是，如前所述，朱熹在语类和书信中的论点是统一的，那就是认为“兴”以“不取义”为主，并认为最能兴起人心和最意味深长的正是那些“不取义”的“兴”。这说明朱熹的“平易”观对于他“兴”论的影响和控制，朱熹认为“兴”在赋、比、兴中最接近平易有余味的理想。

朱熹还说平易最难，并以作文作诗来说平易：“今人言道理，说要平易，不知到那平易处极难。被那旧习缠绕，如何便摆脱得去！譬如作文一般，那个新巧者易作，要平淡便难。然须还他新巧，然后造于平淡。”(《语类》卷八)“诗须是平易不费力，句法混成。”(《语类》卷一百四十)

这些说法非常接近梅尧臣的“作诗无古今，唯造平淡难”(《读邵不疑学士试卷》)[⑤]，以及苏轼的“大凡为文，初则五色绚烂，气象峥嵘，渐老渐熟，乃造平淡”(周紫芝《竹坡诗话》引)。正如周裕锴所说：“在中国古典诗歌传统中，平淡作为一种理想风格而确立，并成为一种理论的自觉，应该说是始自宋代。”周裕锴认为尚淡是“宋代儒家思想复归、强化并影响诗坛的产物”，“是儒、道、释生命哲学与宋诗人心灵契合的产物”，还是“宋人对诗歌艺术规律深刻认识的结果”，并将宋人的平淡分为梅尧臣式、黄庭坚式、苏轼式和理学家式四种[⑥]。

按照周裕锴的划分，朱熹属于理学家式的平淡。但是，朱熹其实说平易多于说平淡。在朱熹的文集、续集和别集中，用平淡共十四处，用平易却有六十一处。在《朱子语类》中，用平

① 朱熹：《答刘子澄》，《晦庵先生朱文公文集》卷三十五。
② 朱熹：《答许顺之》，《晦庵先生朱文公文集》卷三十九。
③ 朱熹：《答罗参议》，《晦庵先生朱文公文集续集》卷五。
④ 郑郁卿：《诗集传之赋比兴研究》，第207页，台北：文津出版社，1976年。
⑤ 梅尧臣：《宛陵先生集》卷四十六，《四部丛刊》本。
⑥ 周裕锴：《宋代诗学通论》，第333—346页，上海古籍出版社，2007年。

淡共二十四处，用平易却有七十一处。

那么，平淡和平易有什么区别呢？朱熹在《答巩仲至》中说："但来书所论'平淡'二字，误尽天下诗人，恐非至当之言，而明者亦复不以为非是，则熹所深不识也。夫古人之诗，本岂有意于平淡哉？但对今之狂怪雕锼、神头鬼面，则见其平；对今之肥腻腥臊、酸咸苦涩，则见其淡耳。"[①]"本岂有意于平淡"就是《朱子语类》中所说的"渊明诗平淡出于自然。后人学他平淡，便相去远矣。"（卷第一百四十）

所以，朱熹所说平易的基础就是自然，从自然中来的平淡才是平易。蔡钟翔指出：正是宋人才开始"把'自然'和'平淡'联系在一起，以'平淡'为自然几乎可以说是两宋自然论的时代特色。"[②]朱熹其实是宋人中以自然解说平淡的最有代表性的人物。朱熹说"兴""皆是别借此物，兴起其辞，非必有感有见于此物也"，他不强调触物兴感说，但是他强调"别借此物"和"兴起其辞"之间的自然而然的关系。朱熹讨论《诗经·大雅·棫朴》第四章的兴句时说："'倬彼云汉'，则'为章于天'矣，'周王寿考'，则'遐不作人'乎。此等言语自有个血脉流通处，但涵泳久之，自然见得条畅浃洽，不必多引外来道理言语，却壅滞诗人活地意思也。周王既是寿考，岂不作成人材，此事已自分明，便著个'倬彼云汉，为章于天'唤起来，便愈见活泼泼地。此'六义'所谓'兴'也。'兴'乃兴起之义，凡言'兴'者，皆当以此例观之。"[③]可见，"倬彼云汉，为章于天"未必是当时所见所感，并且与下面的"周王寿考，遐不作人"也未必有意义上的譬喻对应，但是从兴句到应句之间却又非常自然的"血脉流通处"和"条畅浃洽"。所以"兴"就是"活泼泼"地"唤起"所咏之词，或表现为"一二字相应"，或表现为"借眼前物事说将起"，或表现为"别自将一物说起"，总之"兴"体现为一种自然的引发，这种自然也就是平易。

辅广《诗童子问》卷首曾发挥朱熹之意曰："平易，谓所言者大抵是眼前事。"基本符合朱熹原意。宋人有"简易说《诗》"的风气[④]，并且，理学家也特别喜欢说平易。张载曾多次论及平易："古之能知诗者，惟孟子，为以意逆志也夫。诗之志，至平易，不必为艰险求之。今以艰险求诗，则已丧其本心，何由见诗人之志。"还说"置心平易始通诗，逆志从容自解颐"，"大率玩心未熟，可求之平易，勿迂也。若始求太深，恐自兹愈远"[⑤]。但是，朱熹批评张载虽然提出以平易解诗但自己却未做到："横渠云：'置心平易始知《诗》。'然横渠解《诗》多不平易。"（卷八十）并且，朱熹也批评了他所尊重的二程："程先生《诗传》取义太多。诗人平易，恐不如此。"（卷八十）

朱熹还认为读书、修身都应遵循平易自然之理："但圣人平日也不曾先说个天理在那里，方教人做去凑。只是说眼前事，教人平平恁地做工夫去，自然到那有见处。"（《语类》卷一百十七）朱熹还认为从平易入手符合做学问的"次第"："且只教他子细熟读圣贤明白平易切实之言，就已分上。依次第做功夫，方有益于彼。……如看未透，即且放下，就平易明白切实处玩索涵养，使心地虚明，久之须自见得。"[⑥]

---

① 朱熹：《答巩仲至》，《晦庵先生朱文公文集》卷六十四。

② 蔡钟翔：《美在自然》，第40页，南昌：百花洲文艺出版社，2001年。

③ 朱熹：《答何叔京》，《晦庵先生朱文公文集》卷四十。

④ 胡晓军：《宋代〈诗经〉文学阐释研究》，第71—92页，四川大学博士论文，2007年。

⑤ 张载：《张子全书》卷四、卷十三、卷六，《文渊阁四库全书》本。

⑥ 朱熹：《答徐子融》，《晦庵先生朱文公文集》卷五十八。

正是因为对平易的推重,朱熹申明自己的《诗集传》的诠释原则就是平易:"某所著《诗传》,盖皆推寻其脉理,以平易求之,不敢用一毫私意。"(卷八十一)正是以平易为解诗原则,决定了朱熹刻意强调"兴"的"不取义"。平易当然不等于"不取义",但是,对于朱熹来说,"不取义"却是平易的最好的体现形式。

同时,平易和"不取义"中自有深味。朱熹曾说:"读诗之法,只是熟读涵味,自然和气从胸中流出,其妙处不可得而言。不待安排措置,务自立说,只恁平读着,意思自足。须是打叠得这心光荡荡地,不立一个字,只管虚心读他,少间推来推去,自然推出那个道理。"(《语类》卷八十)所谓"涵味"、"平读",所谓"推出那个道理",就是认为平易中自有道理和意味,不过要符合做学问的"次第",要从平易中得来。

朱熹对意味和余味也非常强调,甚至通过虚字分析文字的意味,评《论语》的"三代之所以直道而行也"时说:"'所以'字本虚,然意味乃在此。"(《语类》卷第四十五)评《孟子》的"见牛未见羊也"时说:"'未'字有意味"(《语类》卷第五十一)文字中的意味直接与诗文相关,所以朱熹常以余味评诗文:"叔通之诗,不为雕刻纂组之工,而其平易从容不费力处,乃有余味。"[①]朱熹又常以理学家的身份贬抑诗文写作,但是他为有意味之诗网开一面:"作诗间以数句适怀亦不妨,但不用多作,盖便是陷溺尔。当其不应事时,平淡自摄,岂不胜如思量诗句?至如真味发溢,又却与寻常好吟者不同。"(《语类》卷一百四十)

以味论诗,正是在宋代达到鼎盛,并且宋人欣赏平淡之味[②]。有论者提出南宋人的审美趣味发生了一定的变化,从欣赏平淡有味转向欣赏含蓄有味,以张戒、姜夔为代表[③]。很明显,从朱熹的言论中,还看不到对含蓄有味的推重,朱熹最推崇的还是平易。他在《语类》中说:"天下道理自平易简直。"(卷一百二十一)甚至认为平易就是中庸:"圣人言语虽是平易,高深之理即便在这里。学者就中庸处看,便见得高明处。"(卷三十四)所以,平易就是朱熹心目中的最高境界:"圣人却不恁地,只是就平易去做。只这平易,便是人不能及处。便如'发愤忘食,乐以忘忧',看着只是恁地平说,但是人自不可及。人既不能知,则只有天知。所以只有天知者,是道理与天相似也。"(卷四十四)

平易当然可以体现在任何文字中,并等于"不取义"的"兴"。然而,正是朱熹对于平易的推重,才造成了他对于"兴"之"不取义"的过分强调;也正是朱熹对于平易文字有余味的信念,才促成了他相信"不取义"的"兴"偏偏能兴起人心和意味深远。

作者单位:香港城市大学

① 朱熹:《跋刘叔通诗卷》,《晦庵先生朱文公文集》卷八十三。

② 可参考周裕锴:《宋代诗学通论》,第310—311页。

③ 陈应鸾:《诗味论》,第70—78页,成都:巴蜀书社,1996年。

“妙悟”与“活参”

——佛禅思想影响下的诗学解释学原则

邓新华

禅宗是佛教传入中国以后形成的一个佛教宗派，大约在唐代正式确立。到了宋代，禅宗思想已直接渗入社会生活和思想文化的各个领域，其中也包括文学领域。当时的一些诗人热衷于谈禅、参禅，其诗歌创作也有意无意地去表现禅理和禅趣；专业的禅师也和诗人一起酬唱、吟和，在诗中表现他们对世界和人生的富有禅意的观照和理解，诗和禅的联系就这样建立起来了。而这种联系反映到理论上，就是一些诗论家们往往借助佛教禅宗的概念、术语来探讨如何理解和解释诗性文学作品的问题，中国古代诗学解释学提出的“活参”与“妙悟”的诗学解释学原则正是在这种“以禅喻诗”的风气下形成的。

一、“妙悟”的佛禅本义与“妙悟”的诗学解释学原则

“悟”本是一个佛教术语，佛学中所谓“悟”是指修行过程中对佛教真如本体即诸法实相和最高真理的领悟和把握。僧肇《肇论·涅盘无名论第四·妙存第七》云：“玄道在于妙悟，妙悟在于即真。”[①]在这里，所谓“即真”，就是对真如佛性也即佛教的最高真理的领悟和把握，而所谓“悟”和“妙悟”则是领会和把握佛教终极真理的一种特殊的思维方式和思维过程。

在佛教发展史上，又长期存在着“渐悟”和“顿悟”之争。起初，以安世高为代表的小乘佛学是主张“渐悟”的，他们认为对佛教终极真理的把握是可以分阶段一步一步地进行的，因而成佛的过程就是一个刻苦修行、不断积累的过程。而以支谶、支谦为代表的大乘般若学派则认为经过一段时间的修行，当渐悟积累到一定的阶段就会出现一个飞跃，获得“彻悟”而成佛，这在当时被称为“小顿悟”。到了刘宋时期，著名高僧竺道生则提出“善不受报，顿悟成佛”的学说[②]，认为佛性本体是完整圆满不可分割的实体，不可能逐渐地一步步地领悟它，而只能靠“顿悟”即一次性地把握它，这种学说又被称为“大顿悟”。所以后来慧达在《肇论疏·涅盘无名论》里解释说：“竺道生法师大顿悟云：夫称顿者，明理不可分，悟语照极。以不二之悟，符不分之理，理智恚释，谓之顿悟。”这里的“极”就是终极，也即佛教的最高真理；“照极”就是观照到、领悟到、把握到最高真理。又“理”与“极”都指佛教的最高真理，而这最高真理是不可分的，所以对它的“悟”只能是一次性完成的。到了唐代，随着慧能的出现以及他和神

① 许抗生：《僧肇集略注》，《僧肇评传》，第320页，南京大学出版社，1998年。

② 慧皎撰，汤用彤校注：《高僧传》，第256页，中华书局，1992年。

秀的对抗,开始了南北禅宗的分立,而这种分立的核心依然还是修行方式上的"顿渐"之争。神秀主张渐修,他的修行理论被概括为"拂尘看净",认为"心性本净,客尘所染",故要求修行者应该长期坚持不懈地除去心灵上的尘垢。其具体的方法是:"专念以息想,极力以摄心","凝心入定,住心看净,起心外照,摄心内证。"[①]要求修行者把纷繁复杂的心绪,一步步地集中,由动而静,由染而净。其修行的过程性和过程严格的层次性和阶段性,是相当明显的。而慧能则主张直指本心见性成佛单刀直入的顿悟,他在《坛经》里说:"世人性本自净,万法在自性。思量一切恶事,即行于恶;思量一切善事,便修于善行。如是一切法,尽在自性。自性常清净,日月常明。只为云覆盖,上明下暗,不能了见日月星辰,忽遇惠风吹散,卷尽云雾,万象森罗,一时皆现。……自性变化甚多,迷人自不知见。一念善,智慧即生。一灯能出千年暗,一智能灭万年愚。莫思向前,常思于后。"[②]在慧能看来,佛性是人人本有的,因为"一切法,尽在自性",它不可能被污染,也用不着去拂拭,所以那些广引经教的理论准备、迂回曲折的诱导方法和分阶段分层次的修行过程纯属多余,因为由迷到悟只在一瞬之间。对于真正的修行者来说,他只须凭着强烈的成佛愿望去寻求最高的真理,一旦得到契机,便能凑泊悟解,直了见性,即瞬间一次性地把握了"自性"。这样,在慧能等顿悟派手里,作为佛学禅宗术语的"悟"就成了修行者瞬间一次性地把握佛教终级真理的一种特定的修行方式和思维方式。

在佛教禅宗那里,"悟"和"妙悟"除了表示修行者对最高真理进行领悟和把握的方式和过程以外,作为一种特定的思维方式,它还有弃绝、超越语言文字和逻辑思维的特点。禅宗的根本宗旨之一就是"不立文字,教外别传"。这一宗旨据说来自佛祖释迦牟尼,当年释迦牟尼在灵山会上说法,手拈一朵金色的菠萝花示众,众佛徒不解其意,都默默不敢做声,唯有他的大弟子摩诃迦叶"妙悟于心"而破颜微笑。释迦牟尼见迦叶对自己的佛法能够心领神会,十分高兴,当即宣布:"吾有正法眼藏,涅盘妙心,实相无相,微妙法门,不立文字,教外别传,付嘱摩诃迦叶。"[③]于是,禅宗"不立文字"、"妙悟于心"的得道方法便在拈花微笑中诞生了。后来慧能对禅宗"不立文字,教外别传"的理论则有更深刻的阐发,《曹溪大师别传》里有一段记载:"大师游行至曹溪,与村人刘志略结义为兄弟,时春秋三十。略有姑,出家配山涧寺,名无尽藏。常诵涅盘经。大师昼与略役力,夜即听经,至明,为无尽藏尼解释经义,尼将经与读,大师曰:'不识文字。'尼曰:'既不识字,如何解释其义?'大师曰:'佛性之理,非关文字;能解,今不识文字何怪?'众人闻之,皆嗟叹曰:'见解如此,天机自悟,非人所及,堪可出家,住此宝林寺。'"[④]在慧能看来,佛教的教义,尤其是教义中最隐微精深的内容是不能用语言文字传达的,因而对佛理的领会也是不能依赖语言文字来解说和逻辑推理来论证的。佛教的真如之理在每个人的心中,因此要获得佛法真义,只能靠修行人的内心自悟,这也就是慧能《坛经》里所说的"自性迷,佛即众生;自性悟,众生即是佛。"[⑤]

最后,"悟"或"妙悟"还特别指修行者在领会和把握佛教的真如本性之后所达到的一种

---

① 慧能撰,郭朋校释:《坛经校释》第79—80页,中华书局,1983年。

② 慧能撰,郭朋校释:《坛经校释》,第39—40页。

③ 普济著,苏渊雷点校:《五灯会元》(上),第10页,中华书局,1984年。

④ 慧能著,郭朋校释:《坛经校释》,第122页,中华书局,1983年。

⑤ 慧能著,郭朋校释:《坛经校释》,第66页,中华书局,1983年。

清澄明净、圆融无碍、万法皆空的境界。神会说过："若遇真善知识，以巧方便，直示真如，用金刚断诸位地烦恼，豁然晓悟，自见法性本来空寂，慧利明了，通达无碍。证此之时，万缘俱绝；恒沙妄念，一时顿尽；无边功德，应时筹备；金刚慧发，何得不成。"(《神会和尚禅语录》)这正是对大彻大悟的禅悟境界的一种形象描绘。

在对佛教禅宗的"悟"和"妙悟"的基本理论内涵作了一个大致的梳理之后，我们就可以比较方便地对中国古代诗学解释学提出的"悟"和"妙悟"的解释学原则进行具体的分析了。古代的诗论家常常用"悟"和"悟入"等语来描述读诗、学诗和解诗的过程和方法，如范温《潜溪诗眼》云："识文章者，当如禅家有悟门。夫法门百千差别，要须自一转语悟入。如古人文章，直须先悟得一处，乃可通其他妙处。"[①]曾季狸《艇斋诗话》云："后山论诗，说'换骨'；东湖论诗，说'中的'；东莱论诗，说'活法'；子苍论诗，说'饱参'。入处虽不同，然其实皆一关捩。要知非悟入不可。"[②]吴可《藏海诗话》亦云："凡作诗如参禅，须有悟门。"[③]到了严羽，则明确提出"妙悟"的诗歌读解方式，其《沧浪诗话·诗辨》云："大抵禅道惟在妙悟，诗道亦在妙悟。且孟襄阳学力下韩退之远甚，而其诗独出退之之上者，一味妙悟而已。惟悟乃为当行，乃为本色。"[④]必须指出的是，古代诗论家用"悟"和"妙悟"来表示学诗者理解和领会诗歌要妙的过程和方式，与禅宗思想既有不可分割的联系，又存在某些差别：一方面，他们借用禅宗关于"悟"和"妙悟"的佛教本义来喻示读诗、学诗、解诗活动的特点和规律；另一方面，他们又依据对诗歌特点和规律的认识和理解，对禅宗有关"悟"与"妙悟"的理论作了某些修正，这是我们在探究古代诗论家提出的"妙悟"的诗歌阐释方式的具体理论内容时应该首先予以注意的。

那么，古代诗论家提出的"妙悟"的诗学解释学原则到底包含有哪些重要的有价值的诗学解释学思想呢？对此我们可以从以下三个方面作出理解：

古代诗论家普遍认识到，"妙悟"的诗学解释学原则从思维性质上看是一种艺术直觉，它具有直接性、整体性和非逻辑性的特点。

对"妙悟"的直接性特点，古代诗论家们经常用"顿悟"这一术语来表示。如吕本中《与曾吉甫论诗第一帖》云："要之，此事须令有所悟入，则自然越度诸子。悟入之理，正在功夫勤惰间耳。如张长史见公孙大娘舞剑，顿悟笔法。"[⑤]其《童蒙诗训》又云："作文要悟入处，悟入必自功夫中来，非侥幸可得也。如老苏之于文，鲁直之于诗，盖尽此理也。"[⑥]吴可《学诗诗》云："学诗浑似学参禅，竹榻蒲团不计年。直待自家都了得，等闲拈出便超然。"[⑦]其《藏海诗话》又云："凡作诗如参禅，须有悟门。少从荣天和学，尝不解其诗云：'多谢喧喧雀，时来破寂寞。'一日于竹亭中坐，忽有群雀飞鸣而下，顿悟前语。自尔看诗，无不通者。"[⑧]古代诗论家所说的"顿悟"明显来自于佛教禅宗，但却摒弃了禅宗的神秘色彩，它意在说明解读者在读诗和学诗

---

① 郭绍虞辑：《宋诗话辑佚》上册，第328页，中华书局，1980年。

② 曾季狸：《艇斋诗话》，丁福保辑：《历代诗话续编》，第175页，中华书局，1983年。

③ 吴可：《藏海诗话》，《景印文渊阁四库全书》，1479册第10页，上海古籍出版社1987年影印。

④ 郭绍虞：《沧浪诗话校释》，第12页，人民文学出版社，1983年。

⑤ 吕本中：《与曾吉甫论诗第一帖》，胡仔纂集，廖德明校点：《苕溪渔隐丛话》前集卷四十九，第333页，人民文学出版社，1962年。

⑥ 吕本中：《童蒙诗训》，郭绍虞辑：《宋诗话辑佚》(下册)，第594页。

⑦ 魏庆之：《诗人玉屑》卷一，《景印文渊阁四库全书》，1481册第41页。

⑧ 吴可：《藏海诗话》，《景印文渊阁四库全书》，1479册第10页。

的过程中，无须经过分析和推论就一下子获得对诗歌的审美特征和规律的透彻把握。上述诗论家由于紧密结合自己读诗解诗的亲身体验来解说“妙悟”的直接性思维特征，所以能够给人一种亲切感和信服感。

古代诗论家还认识到，“妙悟”作为读诗解诗过程中的一种艺术直觉活动，它还具有整体性的特点。严羽就对此有深切的认识，其《沧浪诗话・诗辨》在提出“惟悟乃为当行，乃为本色”之后，接着论述道：“然悟有浅深，有分限，有透彻之悟，有但得一知半解之悟。汉魏尚矣，不假悟也。谢灵运至盛唐诸公，透彻之悟也；他虽有悟者，皆非第一义也。”[①]严羽所谓“分限之悟”，“一知半解之悟”，是指解读者未能对诗歌的审美特性和审美规律进行整体性的审美观照和把握，艺术运思不能圆通无碍，悟后诗成之境界也未能达到混成自然的高度。而“不假悟”的汉魏诗歌，则是当时诗作者对描写对象进行整体性的审美观照的结果，所以“气象混沌，难以句摘”，丝毫看不到人为分解的痕迹。

对于“妙悟”的非逻辑性的特点，古代诗论家亦有相当明确的认识。如方岳《深雪偶谈》就称苏轼阅读历代作家之诗的方法是“潜窥沉玩，实领悬悟”，张扩也说：“说诗如说禅，妙处要悬解。”[②]他们所说的“悬悟”、“悬解”，并不是指以单纯的知解力和概念、判断、推理的逻辑思维方式来分解作品，而是指依靠直觉的体验来体悟和领会作品的精深微妙之处，这与禅宗提出的“不立文字”、“妙悟于心”的直觉思维方式显然是一脉相承的。严羽对这个问题的认识更为深刻，他在《沧浪诗话・诗辨》里提出“妙悟”这个概念之后，紧接着对“悟”作了高低层次的划分：“然悟有深浅，有分限，有透彻之悟，有但得一知半解之悟”。严羽所说的“透彻之悟”实际上就是指诗人创造出来的一种高级别的艺术境界，这种艺术境界用严羽《沧浪诗话・诗辨》里的话来说有如“羚羊挂角，无迹可求。故其妙处透彻玲珑，不可凑泊，如空中之音，相中之色，水中之月，镜中之象，言有尽而意无穷。”这也就是说，真正的好诗应该浑融圆整、毫无凑合痕迹并且能够给人以无穷的回味。显然，“透彻之悟”这种审美境界的获得靠以概念、判断、推理的逻辑思维方式是无济于事的，只有直觉和意象化的思维方式才能奏效，所以严羽十分肯定地说：“诗有别才，非关书也，诗有别趣，非关理也。……所谓不涉理路，不落言筌者，上也。”[③]指出这一点，实际上就阐明了无论是读诗还是作诗，需要的都是“妙悟”这种非逻辑性的直觉的思维方式。从理论渊源上看，严羽的“透彻之悟”同样受到禅宗“不立文字”、“妙悟于心”的直觉思维方式的影响，但严羽的深刻之处在于：他并没有完全否定读诗、学诗和作诗过程中的理性因素，而是相反，他认为“非多读书、多穷理，则不能极其至”。在他看来，要领会和把握诗歌的妙处，要达到诗歌创作的最高境界，读书、穷理是学诗过程必经的修养途径，严羽的这一思想就与禅宗的直觉理论有了根本的区别。

第二，古代诗论家提出“妙悟”的诗学解释学原则，虽然也强调解读者对诗歌审美特征和创作规律及技巧的领悟和把握需要“顿悟”即直觉性的悟解，但没有像禅宗那样把“顿悟”与“渐悟”绝对的对立起来，而是认为解释者只有经过长期的艺术实践和审美实践，即经过“渐悟”的过程，“顿悟”才有可能出现。如前引吕本中所说的“张长史见公孙大娘舞剑，顿悟笔

① 郭绍虞：《沧浪诗话校释》，第12页，人民文学出版社，1983年。

② 张扩：《东窗集》卷一《括苍官舍夏日杂书》，《景印文渊阁四库全书》，1129册第9页。

③ 郭绍虞：《沧浪诗话校释》，第26页。

法”一段话，很显然是主张“顿悟”的。但他同时又说：“悟入之理，正在功夫勤惰间耳。”意思是说对艺术的审美特质和审美规律的把握离不开平时的学习和锻炼，可见他又没有把顿悟与渐修完全对立起来，这是十分可贵的。当然，在这方面认识最为辩证的还是严羽，在《沧浪诗话·诗辨》里，他一方面要求读者和学诗者以“直截根源”、“单刀直入”的“顿悟”方式来领悟和把握诗歌“透彻之悟”的审美境界；但另一方面，他又不忽视学力，反而极为重视为获得“透彻之悟”必须进行的长期的学习和陶养。如他一再告诫读诗者和学诗者都应该反复“熟读”那些上乘之作，甚至要“朝夕讽咏”、“枕籍观之”；“熟读”之外，还须“熟参”：“试取汉魏之诗而熟参之，次取晋宋之诗而熟参之，次取南北朝之诗而熟参之，次取沈宋王杨卢骆陈拾遗之诗而熟参之，次取开元天宝诸家之诗而熟参之，次独取李杜二公之诗而熟参之，又取大历十才子之诗而熟参之，又尽取晚唐诸家之诗而熟参之，又取本朝苏黄以下诸家之诗而熟参之，其真是非自有不能隐者。”[①]通过“熟读”与“熟参”这样一个“渐修”的过程，读诗者和学诗者就会逐渐认识和把握诗歌的审美特征和创作的艺术规律。钱钟书先生曾经说过：“夫‘悟’而曰‘妙’，未必一蹴即至也；乃博采而有所通，力索而有所入也。学道学诗，非悟不进。”他还进一步引用陆桴亭的话来表明自己的看法：“人性中皆有悟，必工夫不断，悟头始出。如石中皆有火，必敲击不已，火光始现。然得火不难，得火之后，须承之以艾，继之以油，然后火可不灭。故悟亦必继之以躬行力学。”[②]钱钟书先生对“顿悟”与“渐悟”二者之间辩证关系的理解与严羽对这个问题的看法应该说是完全一致的。

第三，在古代诗论家的心目中，“妙悟”还是读诗解诗活动所达到的一种至境，是学诗者和解诗者在经过艰苦的努力和探索之后而获得的对诗歌审美特征和艺术规律的一种透彻的把握，是学诗者和解诗者在经历漫漫长夜之后出现的一种顿见天光、豁然开朗、了然于心的全新境界。也只有在这个时候，学诗者和解诗者才最终实现向创作者的转化，也才会进入诗思如泉、万象在旁、左右逢源的创作佳境。前引吴可《学诗诗》所说的“直待自家多了得，等闲拈出便超然”，韩驹《赠赵伯鱼》所说的“一朝悟罢正法眼，信手拈出皆成章”，严羽《沧浪诗话》所说的“透彻之悟”，以及胡应麟所说的“严羽以禅喻诗，旨哉！禅则一悟之后，万法皆空，棒喝怒呵，无非至理。诗则一悟之后，万象冥会，呻吟咳唾，动触天真”等等，[③]无疑都是对这种读诗解诗至境和创作至境的形象描绘。

二、“活参”的佛禅本义与“活参”的诗学解释学原则

“参活句，不参死句”本是禅宗提出的一种把握真如佛性的方式，对这种方式禅师们有许多解释，如“但参活句，莫参死句。活句下荐得，永劫无滞”[④]，“有法授人，死语也，死语其能活人乎”[⑤]。从禅师们的解释来看，所谓“参活句，不参死句”，其核心意思是提醒人们对真如佛性的把握不要执著于佛典教义字面的意思，而应该自由无羁，任凭本心对之作随机的体会和

① 郭绍虞：《沧浪诗话校释》，第12页。

② 钱钟书：《谈艺录》(补订本)，第98—99页，中华书局，1984年。

③ 胡应麟：《诗薮》内编卷二，第25页，上海古籍出版社，1979年。

④ 普济著，苏渊雷点校：《五灯会元》(下)，第935页，中华书局，1984年。

⑤ 普济著，苏渊雷点校：《五灯会元》(下)，第1105页。

领悟。关于禅宗提出的这种“活参”的悟道方式，德山缘密禅师作过形象的说明：

上堂：“但参活句，莫参死句。活句下荐得，永劫无滞。‘一尘一佛国，一叶一释迦’，是死句。‘扬眉瞬目，举指竖佛’，是死句。‘山河大地，更无淆讹’，是死句。”时有僧问：“如何是活句？”师曰：“波斯仰面看。”曰：“恁么则不谬去也。”师便打。[①]

为什么要说“一尘一佛国”等语是“死句”呢？道理很简单，就因为这些话语符合佛教禅宗的经典教义，有其特定的、合乎逻辑的含义。而“波斯仰面看”所以是“活句”，则是因为它打破了常规思维的逻辑，毫无道理可言。那个问话的和尚偏偏用正常的逻辑思维去理解去执著地追求佛教的教义，这就叫做参“死句”而不是参“活句”，所以最后注定要挨打。由此可见，禅宗所谓“参活句”，是强调人们应该破除对佛教教义的僵死理解，应该进行直觉的体验、自由的理解和随意的联想，从而在这一“活参”的过程中自然达到对于佛教真如本性的把握。

古代诗论家们正是在禅宗“参活句”的悟道方式的影响下，提出了“活参”的诗学解释学原则。如江西诗派诗人曾几在《读吕居仁旧诗有怀其人》里说：“学诗如学禅，慎无参死句。纵横无不可，乃在欢喜处。又如学仙子，辛苦终不遇。忽然毛骨换，政用口诀故。”曾畿的学生陆游也说：“我得茶山一转语，文章切忌参死句。”[②]那么，古代诗论家提出的“活参”的诗学解释学原则的基本内涵是怎样的呢？从曾畿等人的有关论述不难看出，他们所谓“活参”就是指解释者对作品的解读不必拘泥于作品的本义，而应该充分发挥解释者的主观能动性，对作品作出创造性的理解和发挥。为了说明问题，我们不妨看一看罗大经《鹤林玉露》中的一段论述：

杜少陵绝句云：“迟日江山丽，春风花草香。泥融飞燕子，沙暖睡鸳鸯。”或谓此与儿童之属对何异。余曰：不然。上二句见两间莫非生意，下二句见万物莫不适性。于此而涵咏之，体认之，岂不足以感发吾心之真乐乎！大抵古人好诗，在人如何看，在人把做什么用。如“水流心不竞，云在意俱迟”，“野色更无山隔断，天光直与水相通”，“乐意相关禽对语，生香不断树交花”等句，只把做景物看亦可，把做道理看，其中亦尽有可玩索处。大抵看诗要胸次玲珑活络。[③]

在罗大经看来，诗歌作品的意义并不完全就是作者所给定的，也并非只有一种唯一正确的解释，它实际上是一个开放性的结构，解释者完全可以从不同的角度来审视它，“把做景物看”、“把做道理看”均可。因此，任何作品都有赖于解释者的主动参与，只要解释者“胸次玲珑活络”，就有对作品进行自由理解和想象、联想的权利。

有必要指出的是，罗大经等人所提倡的这种“活参”的诗歌读解方式很容易使我们想起江西诗派所倡导的“活法”说。“活法”说最早也是最完整的理论表述见于吕本中所作的《夏均父集序》：

学诗当识活法。所谓活法者，规矩备具，而能出于规矩之外；变化不测，而亦不背于规矩也。是道也，盖有定法而无定法，无定法而有定法。知是者则可以与语活法矣。谢

① 普济著，苏渊雷点校：《五灯会元》(下)，第935页。

② 陆游：《赠应秀才》，《剑南诗稿》卷三十一，《景印文渊阁四库全书》，第1162册，第501页。

③ 罗大经：《鹤林玉露》卷八，《景印文渊阁四库全书》，第865册，第325页。

玄晖有言,"好诗转圆美如弹丸",此真活法也。近世惟豫章黄公,首变前作之弊,而后学者知所趣向,毕精尽知,左规右矩,庶几至于变化不测。然予区区浅末之论,皆汉魏以来有意于文者之法,而非无意于文者之法也。①

尽管吕本中的"活法"说是从诗歌创作的角度来立论,与罗大经等人提出的"活参"说着眼于诗歌的理解和解释不同,但他讲"活法"教人不受诗法规矩的束缚而有所自得,这种学诗的态度与"活参"的诗歌读解方式要求读诗学诗者突破诗作字面义和文本原义的束缚,对作品进行自由的联想和解读,在精神实质上则是完全一致的。很显然,作为诗歌读解方式的"活参"说与作为诗歌创作理论的"活法"说都深深地浸润于禅宗灵活透脱的思维方式。

古代诗论家提出的"活参"的诗学解释学原则由于把作品本文视为开放性结构,重视解读者主观能动性的发挥,强调解读者的自证自悟,这就与西方解构主义批评的"误读"理论产生了某种契合。试看南宋刘辰翁如下的一段论述:

凡大人语不拘一义,亦其通脱透活自然。旧见初寮王履道跋坡帖,颇病学苏者横肆逼人,因举"不复知天大,空余见佛尊"二语。乍见极若有省,及寻上句,本意则不过树密天少耳。"见"字亦宜作"现"音,犹言现在佛即见。读如字,则"空余见",殆何等语矣。观诗各随所得,别自有用。因记往年福州登九日山,俯城中,培塿不复辨。倚栏微讽杜句:"秦山忽破碎,泾渭不可求。"时彗见,求言。杨平舟栋以为蚩尤旗见,谓邪论,罢机政。偶与古心叹惜我辈如此。古翁云:"适所诵两言者得之矣。"同是此语本无交涉,而见闻各异,但觉闻者会意更佳。用此可见杜诗之妙,亦可为读杜诗之法。从古断章而赋皆然,又未可訾为错会也。②

这里刘辰翁举了两个解读杜诗的例子来阐发他的理论观点:第一个例子是"不复知天大,空余见佛尊",按刘辰翁的理解,杜诗这两句诗的本义是形容"树密天大",但王履道却用来批评学苏者的"横肆逼人"。第二个例子是"秦山忽破碎,泾渭不可求",杜诗本义是描述诗人登慈恩寺塔所见景象,但刘辰翁却用它来形容自己登福州九日山所见景象,古心则以这两句诗来比喻当时动乱的社会现实。像这样解读杜诗显然都是对作品原义的一种有意的背离,所以刘辰翁由此提出了他的极为重要的诗学解释学理论:"观诗各随所得,别自有用。"在刘辰翁看来,解读者对诗作品的理解和解释,与作品的原意"本无交涉",解读者完全可以根据自己的感受、联想和需要对之作创造性的理解和发挥。这种不拘于作品原义,鼓励解读者对作品进行创造性阅读的理论观点在当代西方也可以找到理论同调。例如美国解构主义文学批评家布鲁姆就提出"阅读总是误读"的理论观点,他认为阅读总是一种异延行为,文学本文的意义是在阅读过程中通过能指之间无止境的意义转换、撒播、异延而不断产生与消失的,所以寻找文本原始意义的阅读根本不存在,也不可能存在。正是基于这一解构主义的思路,布鲁姆提出:"阅读,如我在标题里所暗示的,是一种异延的、几乎不可能的行为,如果更强调一下的话,那么,阅读总是一种误读。"③不仅如此,布鲁姆还把他的上述观点用于文学史的研究,

① 刘克庄:《后村先生大全集》卷九十五《江西诗派》引,第826页,《四部丛刊初编缩本》,上海商务印书馆,1936年。

② 刘辰翁:《题刘玉田选杜诗》,《须溪集》卷六,《景印文渊阁四库全书》,第1186册,第543—544页。

③ 布鲁姆:《误读图示》,转引自朱立元主编《当代西方文艺理论》,第316页,华东师范大学出版社,1997年。

认为"诗歌的影响——当这种影响涉及两位强劲有力度的、权威的诗人时——总是通过对较前一位诗人的误读而发生的,误读这种创造性的衔接、联系行为,确实是、并必然是一种误释。一部丰硕多产的诗歌影响史,即从文艺复兴起西方诗歌的主要传统,就是一部焦虑和自我适合的歪曲模仿的历史,一部曲解的历史,一部反常、任性、故意的'修正主义'的历史,而若无这种'修正主义',现代诗歌本身也不可能存在"①。这样一来,布鲁姆不仅把文学阅读和解释归结为创造性误读,而且把文学史也归结为不断对前辈文学进行误读、误解和"修正"的历史。布鲁姆"阅读即误读"的理论强调文学解读和文学史研究中的自我创造和自我更新,这对打破传统的文学批评和文学研究的格局的确提供了一种新的眼光和新的视野,因而具有相当的合理性。而刘辰翁提出的"观诗各随所得,别自有用"的诗学解释学理论,认为解读者可以根据自己的感受和体会对作品进行创造性的理解和阐释,即使是"语本无交涉",也"未可訾为错会",这无疑与布鲁姆一样也是在倡导一种创造性的"误读",其中所蕴含的诗学解释学思想无疑具有重要的理论价值,应该引起我们的重视。

作者单位:三峡大学

(本文发表在《中国文化研究》2011 年第 4 期)

① 布鲁姆:《影响的焦虑》,转引自朱立元主编《现代西方美学史》,第 969 页,上海文艺出版社,1996 年。

郑思肖的文论和诗论

陈福康

宋元之际郑思肖的文论和诗论是很有其价值和特色的，主要保存在郑氏《心史》一书中。这正是《心史》的文学价值的一个重要方面。但由于《心史》写成后并未立即问世，沉埋井中三四百年，失去了十几代读者，至乾隆时官方又将其列入禁毁书目，所以其书流传和影响受到了极大的限制；更由于清初曾有一二御用文人（徐乾学、阎若璩）和乾隆时四库、三通馆臣毫无根据地判定它为“伪书”①，导致后来一些人盲从，或有了先入之见和疑虑，对《心史》其书便弃置不顾或不敢引用。例如，今人所编《宋金元文论选》、所撰《宋金元文学批评史》之类，就未提及《心史》中的精彩论述。

《心史》中有关的文学理论，既继承传统儒家的文学观，但并不那么迂腐，又很有个性特点，在宋末可谓独张一帜，且本人又身体力行，后来对黄宗羲、王夫之等人的文论和诗论都有影响，今人没有理由不予重视。

《心史》文论的纲领，是全书列于首篇的作于己卯(1279)年的《自序》，郑思肖以记述其父的教言的形式提出了他的文学观：

> 文者，三纲五常之所寄也，舍是匪人也，又奚文之为哉？
>
> 幼尝问作文作诗之法于我先君子，曰：“古未尝有所谓文也。惟古圣贤心正、身修、德备、行粹，凡见于兴居、践履、揖逊、问答之间，无非至文之文。安事章句乎？其或纪行事之实，其或发天理之秘，不得已而托于言语，爰诏天下后世为圣贤归，本无作文心。此三代以上之事。自汉以来，专意词章，言浮于理，才聘乎学，始文而为文矣。至论古今忠臣孝子、仁人义士，颇有不达文者，其躬行之事，乃《六经》言也，亦伟哉！或读书作文之士，反不若之。何耶？是故行者，本也；文者，末也。有行而无文，不失为君子；有文而无行，终归于小人。行者匪他，三纲五常是也。悲今之人，委身污下，诳辞欺世，将焉取材？
>
> “汝欲为文，必本之《六经》，立身三纲五常之天，然后熟读《左传》、《孟子》、《庄》、《骚》，贾、董、韩、柳、欧、苏之书，纵观诸子、诸史、百家之说，养其气质，老其才智，秉正大之论，揭大经大法，弘播天下，一举斯民同归三纲五常之天，始无愧于为文。若夫体制，意欲新，语欲简古，森严有法度，主于理，勿流于凿，庶不堕于绮靡卑弱。及乎出，奇直与天地万物相为变化于无涯，庸以波澜其才？苟不身之以道，惟务言语为工，是委文为技

---

① 本文立足于《心史》绝对非伪的基点之上。具体辨析考证见于本人撰著的《井中奇书考》一书，上海文艺出版社，2001年。

耳，良可叹息！

"诗之法，祖于《三百篇》，下逮曹子建、陶渊明辈。诗之律，宗于盛唐，主以杜，兼之李，次以孟浩然、高适、王维辈。要在漱书史之润，益其灵根，岁月至，才华吐为天芬。其体制欲温柔敦厚，雅洁浏亮，意新语健，兴趣高远，追淳古之风，归于性情之正，毋为时之所夺焉。凡人之一言一动，皆此心之形见者也。果能先立其大者，何往不可，岂止文之与诗也耶？盖心之为心，广大于天地，光明于日月，不可以小狭之，不可以物犯之，惟始终养之以正，则庶几乎！夫如是，无言则已，有言则必可观。汝其行之！"

思肖后质诸数千百载圣贤之书，又以此衡鉴古今人事之变，乃知我先君子教我者，至哉言乎！且汗漫湖海，从天下士游，固尝见尽法度议论精微者，然根本之论或遗之。故终身所法，惟学我父而已。

郑思肖强调的是：行是本，文是末；宁愿有行而无文，也不要有文而无行。也就是近似我们今天讲的做人第一、做文第二的意思。当然，他所谓的"行"，主要是儒家的所谓"三纲五常"之类，我们今天必须分析扬弃。郑思肖还在"必本之《六经》，立身三纲五常之天"的基础上，进一步阐述了具体的读书方法、具体的写作方法，以至具体的美学标准。

郑思肖认为，真正的文，决非章句之事，决非一般的末技，而是首先得"身之以道"。我们知道，我国文论史上首先提出"文原以道"的，是梁代刘勰（465？—539?）《文心雕龙》的《原道》；但刘勰所谓的"道"，主要是自然之道，而不全是郑思肖这里说的"三纲五常"儒家之道。到宋代的朱熹（1130—1200），才明确把"道"解释成儒家之道，认为："道者文之根本，文者道之枝叶。惟其根本于道，所以发之于文者皆道也。三代圣贤皆从此心写出，文便是道。"（《朱子语类》卷一三九）由此可见，郑思肖（或者说其父郑起）的上述观点，显然是出于朱熹之说的；不过，他更加强调道（行）为文之根本，表述得比朱子还要鲜明。

在朱熹之前，宋代理学先驱周敦颐（1017—1073）在《通书·文辞》中说："文所以载道也。"（《周濂溪集》卷六）最早提出了"文以载道"的口号。朱熹注《通书》说："文所以载道，犹车所以载物。"但郑思肖却不赞成这个口号，他认为"道本无说"，而文至多不过是道之"迹"，用"有说"穷"无说"，是不行的。他这一独特的观点，见于辛巳（1281）年为《心史》写的《后叙》：

道本无说也；见于日用常行间，特迹尔。是以民由之而不知之。何者曰文？古先圣贤不得已迹其迹，寄于言，教天下归于道。后世神其迹之迹，遽为道在是，反与道相悖愈邈。或者救后世弊，乃曰"文者所以载道也"，然道本无说，以有说穷无说，殆已！是故必有自得之学，始可迹其道，寄之以文。不然，缀缉摹写，支离汗漫，纵一字源一经，一言出一史，析以还之，皆古人糟粕，即其中求自己物，咸无焉，奚足为文？乃知文者非言语之谓，亦非外至者。始于进学，必藉以书；终于造道，当蜕其书；或泥于书，则物矣。必有自得之学主于中，绳绳然日用常行间，左右逢源，万物皆备于我，庶几委迹而天矣。虽不求为文，森乎吾前，道妙生机，充动流满，周于六虚，何莫非文？下视言语之文，诚陋。愚实有志于斯，愿学焉。或曰："子，性命之学及文与诗，孰师？"我生死一言曰："终身所法，惟学我父而已！"

由此可见，郑思肖的文学思想除了承继儒家理学的传统外，还吸取了老庄哲学的"道可道，非常道”、“以有涯随无涯殆已”等思想精华。他再三强调为文之人必须有“自得之学”存于心中，而这“自得之学”就是三纲五常，忠孝爱国。他关于“文非外致者”、“始于进学，必藉以书；终于造道，当蜕其书”、“泥书则物矣”的精彩理论，极有深度。明清之际著名学者张自烈在《正字通》卷五“曰部·六七·书”，即征引了这段话，甚至清康熙时编的《佩文韵府》卷六“平声·六鱼韵·书·韵藻·增·蜕书”，亦征引了此段话。

郑思肖反复强调“终身所法，惟学我父而已”；但前已说过，他师法其父的主要也就是“始终养心以正”这些教导，在诗歌创作实践方面并没有完全照其父的“温柔敦厚”、“追淳古之风，归于性情之正”之类说教。而具体联系自己当时的诗歌创作，郑思肖又在《心史》中提出了许多精彩的诗论。

在《大义集》的《自序》中，他写道：“德祐乙亥(按，1275)冬，有不可遏之兴，时辄作数语，以道胸中不平事……每一有作，倍怀哀痛，直若锋刃之加于心，苦语流出肺腑间。言之固不忍，然得慷慨长歌，虽暂舒气，终则何如？呜呼痛哉！……三宫在北，二王在南，抚卷一恸，天回日低。天乎，天乎，其果无知乎？九州岛名山大川，颇有磨崖石，日泚笔以俟大书特书焉！愿与我以时，卒不悖于我先君子所教云。”这说明，他这时写诗完全是出于救国的激情，与“温柔敦厚”、“淳古之风”云云无关。

在《中兴集》的《自序》中他又论述了诗歌的起源和自己为何写诗：

> 夫诗也者，心之动也。其动维何？因所悦、所感、所忧、所苦触之尔。一动之天，多事之源也。苟知动而无动，则不为动之所动矣。今八荒翻沸，山枯海竭，身于是时，能无动乎？夫人之生，性于天之清明，形于地之重厚，我主乎其中，天地万物莫不俯首为宾，是我之所得者甚大也；奚自小之，乃不君其君，外走逆乱之区，盲其主，反臣于贼求活焉？恶俗滔滔，为江为河，不可禁止，伤如之何！我虽无知，实不敢与贼走而俱化。故哀痛激烈，剖露肝胆，洒血誓日，期毋渝此盟。五六年来，梦中大哭，号叫大宋，盖不知其几。此心之不得已于动也！夫非歌诗，无以雪其愤，所以皆厄挫悲恋之辞。我之所谓诗者，非空寄于言也，实终身不易之天也，岂徒诗而已哉！泽畔孤吟，块然其形，心乎一脉之生，眇然千冰万雪之下，微微绵绵，不绝若缕，穷阴戮力杀之，终不可得而杀。此一脉之生，将大而为天地万物生生无穷之生也欤！

郑思肖说“泽畔孤吟，块然其形”，就是以屈原自喻。而他在《心史》诗集之末另一篇《自序》中曾提到，他父亲说过“《离骚》亦不得其正，但以高古忠愤过之”的话。可知郑思肖认为在“八荒翻沸，山枯海竭”之际，心不得不动，也就顾不得“温柔敦厚”这类传统诗教了。

他在《中兴集二卷》前小序中更说：“今陷身不义，蠹伤于心，期剪灭此，而后朝食。凡有所作，意在大事，不敢橐钥风云月露之妙，铸为独乐之辞。然亦不知其果为诗、果不为诗也。”“风云月露”语出《隋书·李谔传》，指绮丽浮靡、吟风弄月的诗文。郑思肖的诗文自然与它们绝然异趣，他也不在乎别人怎么看自己的诗。《中兴集二卷》中有一首《题拙作后》说得好：

> 我有诗一编，率皆恳切辞。但写肺腑苦，不求言语奇。矢口吐愤气，焉知诗非诗。脆语剪风露，叨叨儿女痴。昂然大丈夫，以身佩安危。何时把杯酒，大笑信双眉！

虽然他“不求言语奇”，然而人们都称誉他的诗“奇僻”；虽然他“焉知诗非诗”，然而我们却认为这是真正动人的诗。这就是艺术辩证法的生动体现！在《心史》诗集之后的一篇《自序》中，他又一次论述自己："今忍死暂生，期集大事，不暇以欢情倩目，调笑风月，为诗人美丽之辞。""时吐露真情，发为歌诗，决生死为国讨贼之志，心语心谋，万死必行，故气劲语烈，殊乏和平兴趣，实非诗之正道。"所谓"诗之正道"，该是指诗在和平时期，所能起到的"美教化，移风俗"的作用；但特殊时期应有特殊的"正道"。"此为何时？出而言诗，为仁义辱甚矣！果欲为之，必知所立身乃可。"因此，郑思肖又自豪地认为自己"乱后所作诗二百篇，固近于正"。又说："若律以诗，去古人法度诚远矣，当怜所遭之时为何如，时之为戾如是之极也。"这些论述，也就超越了其父"《离骚》也不得其正"的正统诗学了。郑思肖在动乱年代写下的这些文论诗论，是值得后人重视的。以前有关论著和资料中不予提及，实为疏漏[①]。

作者单位：上海外国语大学

① 按，今见吴文治主编的《宋诗话全编》已收入上述郑思肖诗论。这是令人欣喜的。

《唐诗鼓吹》的诗学批评

雷恩海　顾卫国

鲁迅论文学选本在文学批评史上的重要价值，有曰："凡选本，往往能比所选各家的全集或选家自己的文集更流行，更有作用……凡是对于文术自有主张的作家，他所赖以发表和流布自己主张的手段，倒并不在于作文心、文则、诗品、诗话，而在于出选本。"①可谓言简意赅地拈出了选本的学术意义。而研究第一部唐七律选本《唐诗鼓吹》，不仅可以抉示选家思想和审美意趣，更可以钩稽出该时代的诗学趋向以及前后传承的发展衍变，因而在诗学史和批评史上具有重要意义。

一、"以诚为本"的批评观

"以诚为本"说出自元好问六十岁时所作的《杨叔能小亨集引》，其文曰：

> 诗与文，特言语之别称耳。有所记述之谓文，吟味情性之谓诗，其为言语则一也。唐诗所以绝出于《三百篇》之后者，知本焉尔矣！何谓本？诚是也……故由心而诚，由诚而言，由言而诗也，三者相为一。情动于中而形于言，言发乎迩而见乎远。同声相应，同气相求，虽小夫贱妇孤臣孽子之感讽，皆可以厚人伦，美教化，无他道也。故曰不诚无物。夫惟不诚，故言无所主，心口别为二物，物我邈其千里，漠然而往，悠然而来，人之听之，若春风之过马耳，其欲动天地、感鬼神，难矣！其是之谓本。唐人之诗，其知本乎，何温柔敦厚、蔼然仁义之言之多也！幽忧憔悴，寒饥困惫，一寓于诗，而其厄穷而不悯，遗佚而不怨者，故在也。至于伤谗疾恶不平之气，不能自掩，责之愈深，其旨愈婉；怨之愈深，其辞愈缓。优柔厌饫，使人涵咏于先王之泽，情性之外不知有文字。幸矣，学者之得唐人为指归也。②

显然，元好问提出的"诚"的概念是心与言之间的可感中介，"诚"主宰着诗人情感激荡中的物我遇合孕变，创作主体的情性要真，创作的客体要真，二者的统一也要真。因为主体与客体之间，就是凭靠"诚"这个中介物先相互感应、后相互交融而成为意象的，主体的情真始终驾驭着一切，便形成吟咏性情的艺术之真。这比其他古代文论家的情主构思说，就在于"情"之上加了一个"诚"，从而突出了审美主体的情性真诚的至关重要性，克服了那种似乎吟

---

① 鲁迅《选本》，《鲁迅全集》卷七，第136页，人民文学出版社，1989年。

② 吴文治《辽金元诗话全编》，第323页，凤凰出版社，2006年。

咏性情即是好诗的模糊观念，将古典现实主义创作论向前推进了一步。

其实，把“诚”用于文学创作论中并非元氏首创，《尚书》中早有“修辞立其诚”之说。只是元氏在两宋理学及禅宗、全真道等盛行之后强调“以诚为本”，赋予“诚”以更为精微广阔的内涵。它不仅具有使人笃信天理，“择善而固执之”，恢复人淳朴本性的职能，还有如何考察事理、物理，并真切体验这种心物交感过程的作用。这种笃信虔诚、澄清净虚的“尽性穷理”，与文学创作中“收视反听”、“心与物游”规律相契合。无怪乎元氏于《诗大序》所言“在心为志，发言为诗”的创作公式中易“志”以“诚”，倡导“由心而诚，由诚而言，由言而诗”了。“诚”就是情感在心理之进一步崇高化，情感过滤后的诗歌，自然“合乎准绳”。朱良志《试论元好问的“以诚为本”说》认为：“以诚为本”是元好问提出的审美原则，也是他的论诗纲领。“诚”不仅是对诗歌思想性的要求，也是对诗歌艺术性的规定，它是贯穿于诗歌的思想标准和艺术标准的一条主线。元好问“以诚为本”的“诚”，包括三层意思：首先，要求诗中所表达的感情是真实的，这是“真”的原则；其次，这种感情必须符合儒家的道德规范，这是“善”的原则；第三，在具体表现上，必须将感情深藏在艺术形象中，含蓄而不外露，这是美的原则。所以，“诚”是真善美三个方面的统一①。这是有道理的。

“以诚为本”在《唐诗鼓吹》中的具体体现就是注重情感深刻。

别林斯基认为，诗的“感情越深刻，思想也越是深刻”，“思想消灭在感情里，感情又消灭在思想里，从这相互的消灭就产生了高度的艺术性”②，非常恰切地说明了感情深刻对诗歌创作的重要性。《唐诗鼓吹》所选内容无论咏怀咏史、赠别饯行诗，或出于黍离之悲，或伤于迁谪之痛，或戚于别离之思，即使是那些酬唱、登览之作，也多出于一己之情怀，少有应对凑泊之嫌。诗文创作从来就不是一件很容易的事，需要作家苦心经营，方能结撰出好的作品，这一点元好问早就论之凿凿，《与张仲杰郎中论文》曰：“文章出苦心，谁以苦心为？正有苦心人，举世几人知……文须字字作，亦要字字读。咀嚼有余味，百过良未足。功夫到方圆，言语通眷属。”③“苦心人”苦心而为的诗篇，字字句句，自然咀嚼不尽，回味无穷。在元好问看来，柳宗元可为代表。元好问颇推尊柳宗元，将其置于《唐诗鼓吹》之卷首，而且称柳氏讳字子厚，而不像其他诗人那样直呼其名，就充分体现了元氏对柳氏人格的敬重，以及对柳诗的极端看重。元好问弟子郝天挺在为柳氏作的小传中也称“柳子厚，讳宗元，河东人”④，而其他诗人却不享有如此殊荣，可见，郝氏对元氏用心是体察细微、一脉相承的。另外，柳虽专攻五古，七律只 12 首，却几乎篇篇精彩，柳宗元七律名篇都是贬谪永柳时作，满腔悲愤，一寓于诗。其忧思郁结，纡徐凄婉之致，往往深得于楚骚之遗，故有“律中骚体”之称⑤。《登柳州城楼》、《别舍弟宗一》皆运思精密，语意诚挚，读之有回肠荡气的力量。宋人葛立方有言：

> 柳子厚可谓一世穷人矣；永贞之初得一礼部郎，席不暖，即斥去为永州司马，在贬所历十一年，至宪宗元和十年，例召至京师……乃复不得用。以柳州云，由永至京，已四千里；自京徂柳，又复六千，往返殆万里矣。故赠刘梦得诗云“十年憔悴到秦京，谁料翻为

---

① 朱良志《试论元好问的“以诚为本”说》，《安徽师大学报》1984 年第 4 期。

② 《别林斯基选集》第一卷，第 263 页，人民文学出版社，1959 年。

③ 吴文治主编《辽金元诗话全编》，第 319 页，凤凰出版社，2006 年。

④ 钱谦益、何义门评注，韩成武等点校《唐诗鼓吹评注》，第 3 页，河北大学出版社，2000 年。

⑤ 沈德潜《说诗晬语》卷上，第 217 页，人民文学出版社，1979 年。

岭外行”，赠宗一诗云“一身去国六千里，万死投荒十二年”是也。呜呼！子厚之穷极矣！观赠李夷简书云：“囊者齿少心锐，经行高步，不知道之艰，以陷于大厄。穷踬殒坠，废为孤囚，日号而望者十四年矣！”……则子厚望归之心为如何！然竟不生还，毕命于蛇虺瘴疠之区，可胜叹哉！[①]

直是千载知音。柳宗元在本质上说是一个执著型的诗人，他性格中刚直峻切、固执信念的成分过重，对生命的纠结太多，由此而导致的痛苦也便愈深；他痛感于时间的无情，无情的时间却愈发残酷地炙烤生命的脆弱，柳宗元便在这种无常的反复较量中奋力前行，直到生命的尽头。这种用生命的代价换来的对生命的体验在唐代或许只有杜甫与之媲美。因此，柳宗元的深刻是唐人乃至后人无法超越的，周履靖《骚坛秘语》说：“柳子厚斟酌陶、谢之中，用意极工，造语极深。”元好问《论诗绝句三十首》有曰：“谢客风容映古今，发源谁似柳州深？朱弦一拂遗音在，却是当年寂寞心。”切中要害地道出了关键。元氏将柳宗元放在卷首，印证出对柳诗的推崇和对柳氏的敬畏。狄克逊说：“只有当我们被逼的进行思考，而且发现我们的思考没有什么结果的时候，我们才在接近于产生悲剧。”[②]柳宗元是悲剧的，但他的悲剧艺术——诗歌——使读者发现了他的伟大。后人的评价尤为突出。乔亿《剑溪说诗》卷上：“大历以后七律，刘、柳格调最优。”管世铭《读雪山房唐诗序列·七律凡例》：“十子而降，多成一副面目，未免数见不鲜。至刘、柳出，乃复见诗人本色，视听为之一变。子厚骨耸，梦得气雄，元和二豪也。”刘克庄《后村诗话》也称柳宗元为“本色诗人”，皆品评极高。此外，元好问还多次论及柳诗之合风雅，如《别李周卿三首》：“风雅久不作，日觉元气死……古诗十九首，建安六七子。中间陶与谢，下逮韦柳止。”《东坡诗雅引》中亦言：“柳子厚最为近风雅。”《赵闲闲书柳柳州、苏东坡、党世杰、王内翰诗跋》云：“柳州怨之愈深，其辞愈缓，得古诗之正。其清新婉丽，六朝辞人少有及者。”这些评价颇为中肯。柳宗元的人生遭际是凄惨的，时代和社会将他推到了活着的最低境遇，“赋到沧桑句便工”，可以说，他的诗歌是用生命体验出来的，这种深刻没有切身体会将难以理解，贺裳《载酒园诗话》引宋人范元实《诗眼》说：“子厚诗尤难识，前贤亦未推重。”清人金淮生在其《粟香随笔》中云：“柳州文掩其诗。”说的就是这种情形。苏轼是极力称许柳宗元诗歌的第一人，他在《答程全文推官》中说：“流转海外，如逃深谷，既无与晤语者，又书籍举无有，惟陶渊明一集，柳子厚诗文数册，常置左右，目为二友。”这当然是“同气相求”的必然结果。元好问上溯唐诗，以其超然卓识，把柳诗放在全书的开头，作为诗歌创作的标本，充分体现了元氏“诚本”说的核心因素，即突出强调情感深刻对诗歌创作的重要意义，具有独到的审美眼光。因此，柳宗元的范式意义就具有涵盖全书的纲领性作用。“以诚为本”具有“真”和“情感深刻”两层含义，“真”即是诗歌创作取决于诗人的主动性、自由风貌的发挥；而“情感深刻”则是在“真”的基础上的升华，因此，“情感深刻”是元氏“以诚为本”批评观中的更高境界，在元好问看来，“情感深刻”才是诗歌创作的原动力，所以，“以诚为本”就在诗学批评史上有了独特的意义。

---

① 葛立方《韵语阳秋》卷一一，《历代诗话》本。

② 朱光潜《悲剧心理学》，第212页，人民文学出版社，1983年。

二、"学至于无学"的创作观

元好问《锦机引》说:"文章天下之难事,其法度杂见于百家之书,学者不遍考之,则无以知古人之渊源……山谷与黄直方书云'欲作楚辞,须熟读《楚辞》,观古人用意曲折处,然后下笔。'"①正强调的是"学习"对诗歌创作的重要作用。《陶然集诗序》曰:

> 故文字以来,诗为难;魏晋以来,复古为难;唐以来,合规矩准绳尤难……虽然,方外之学有"为道日损"之说,又有"学至于无学"之说,诗家亦有之。子美夔州以后,乐天香山以后,东坡海南以后,皆不烦绳削而自合,非技进于道者能之乎?诗家所以异于方外者,渠辈谈道,不在文字,不离文字;诗家圣处,不离文字,不在文字。唐贤所谓"情性之外,不知有文字"云耳。②

此论深刻而精准,欲把诗写得"合乎准绳"是一件不易之事,首要的任务是重视后天的学习。只有广泛阅读前人优秀的作品,准确认知并掌握其作诗的本质内涵,"取法乎上",然后内化成自己进行创作的基本根底,在此基础上,才能进行有效的诗歌创作,也才能有达到"不烦绳削而自合"之境界的可能。《唐诗鼓吹》所选诗篇,多是唐人七律的规范之作,很多诗人都是当时或后人师法的对象,如刘禹锡、柳宗元、杜牧、许浑、杜荀鹤、郑谷、温庭筠、李商隐等等,无不受到后世诗人的推崇。具体而言,有以下几个方面:

首先,重视学问,提倡"转益多师"。不论是诗论家还是诗人、学者,在学习继承古代优秀文化遗产的态度上几乎是一致的。刘勰说:"积学以储宝,研阅以穷照。"冯班《钝吟杂录》卷三云:"余不能教人作诗,然喜劝人读书。有一分学识,便有一分文章。但得古今十分贯穿,自然才力百倍。相识中多有天性自能诗者,然学问不深,往往使才不尽。"又说:"多读书则胸次自高,出语皆与古人相应,一也。博识多知,文章有根据,二也。所见既多,自知得失下笔知取舍,三也。"③所论甚多,然而此亦是老生常谈的问题,特别是七律作为"最难工"(黄子云语)诗体,要想写出好诗,必须"真积力久",《唐诗鼓吹》在这方面表现得尤为明显。

《唐诗鼓吹》选了大量的咏史怀古的诗作就是重学养的表现之一。刘勰《文心雕龙·事类》有曰:

> 事类者,盖文章之外,据事以类义,援古以证今者也……夫姜桂同地,辛在本性,文章由学,能在天资。才自内发,学以外成。有学饱而才馁,有才富而学贫。学贫者,迍邅于事义;才馁者,劬劳于辞情:此内外之殊分也。是以属意立文,心与笔谋,才为盟主,学为辅佐,主佐合德,文采必霸,才学褊狭,虽美少功……夫经典沉深,载籍浩瀚,实群言之奥区,而才思之神皋也。扬班以下,莫不取资,任力耕耨,纵意渔猎,操刀能割,必列膏腴,是以将赡才力,务在博见,狐腋非一皮能温,鸡跖必数千而饱矣。④

---

① 吴文治主编《辽金元诗话全编》,第322页,凤凰出版社,2006年。

② 吴文治主编《辽金元诗话全编》,第326—327页,凤凰出版社,2006年。

③ 冯班《钝吟杂录》卷三,《常熟二冯先生集》本。

④ 范文澜《文心雕龙注》,第614—615页,人民文学出版社,1958年。

讲求学养与才情相济。从整个中晚唐诗风来看，于历史的沉思中寻绎诗意已成为中晚唐诗人一种独特的审美方式，这种变化也是进士科队伍由辞赋型向学人型转变的一个表现，其突出特点是带有浓厚的书卷气。元氏敏锐地抓住这一特点，特意选了大量的咏史怀古诗，即希望通过这些诗篇能让后学掌握一些历史知识，并从中获得一些启发，以史为鉴，提高自己的认知水平和洞悉人事沧桑变化的判断力，让诗歌带上深层次的情感体验和审美内涵，从而达到史学和诗学的完美统一。正如罗宗强所说："(盛唐与中唐)前者更富理想色彩，而后者更带生活倾向；前者更多的带着才气写诗的痕迹，后者更多的是功力；在诗的精神风韵上，仿佛由少年情怀而中年心境。"[①]中唐以后诗人的写作多是凭借"功力"，即以学识求出诗意。文人学者化，成为中晚唐转型时期的历史必然，诗歌这种艺术载体与他们的文化性格不可避免地融为一体。"在唐人的知识体系里，史学是融于文学之中的。所以，这种以史为诗的风气也是中晚唐士人独特知识观念的体现。"[②]这方面刘禹锡和杜牧可为典范。

从中唐诗风演变的过程看，晚唐的怀古咏史诗风应从刘禹锡创作《西塞山怀古》、《金陵五题》等开始的。刘禹锡的咏史怀古诗，不仅数量多，而且写得好，意悲境远，感慨无端，调响词练，高华深稳。《唐诗鼓吹》所选可以分为两种类型：第一种类型重在表现主观感情，亦即怀古而兼抒怀抱，用意明朗直接，情怀悲愤沉痛，如《汉寿城春望》等；第二种类型重在关照历史，亦即怀古而兼及感慨，用意含蓄隐微，情感深沉厚重。换言之，这类作品的现实针对性不是那么强烈，主观意绪不是那么显，往往是抚今思古，怀古感今，在古今相接的大跨度中，缓缓注入诗人源于苦难而又沉潜凝聚了的悲凉孤愤，从而使得作品具有一种沉思历史和人生的深度、力度，如《西塞山怀古》、《荆门道怀古》等。"由于作者是一个精通历史的哲匠，他当然会把过去、现在和将来用历史的线索贯穿起来，借助历史的外衣，把自己暂时受挫的强烈的使命感包裹起来。透过诗中，读者仍可触摸到诗人那颗孤愤激烈之心的律动。"[③]杨慎认为："元和以后，诗人之全集可观者数家，当以刘禹锡为第一。其诗入选及人所脍炙，不下百首矣。"(《升庵外集》)这其中也包括诗人在咏史诗领域所取得的成就。刘禹锡咏史怀古的作品多与山水诗融汇，通过对特定山水的叙写，为自我情思的触发起到一定的渲染作用，进而从自然山水中寻觅历史陈迹，表现出对历史和现实的深沉思索，从而达到对历史的深透的把握，别开生面，刚健豪宕。刘禹锡是唐中期以后最早有计划大量创作咏史怀古诗的著名诗人，显然具有开风气之先的价值与意义，诗中的理性意识不同于韩愈诗中的那种道德意志，也不同于柳宗元诗中脱俗的沉思，而是以学者的慧心与诗家的情思，于平常之中体悟出人生哲理，从凡理凡事中提炼出一种人生智慧，是其诗比较突出的特点。

杨慎《升庵诗话》指出："律诗至晚唐，李义山而下，惟杜牧之为最。宋人评其诗豪而艳、宕而丽，于律诗中特寓拗峭以矫时弊，信然。"杜牧是杜佑之孙，精通历史典籍，学问造诣颇深。杜牧咏史，也多是不落窠臼，好在立论上翻新出奇，独倡新说，别有新意，以议论警拔见长，笔力矫健，给人以启迪和警策。赵翼指出："杜牧之作诗，恐流于平弱，故措辞必拗峭，立意必奇辟，多作翻案语，无一平正者。"[④]但往往正是这样，越发需要学问之渊博。魏庆之《诗

① 罗宗强《隋唐五代文学思想史》，中华书局，2003年。

② 查屏球《唐学与唐诗——中晚唐诗风的一种文化考察》，第277页，商务印书馆，2000年。

③ 王元明《刘禹锡诗文赏析集》，第13页，巴蜀书社，1989年。

④ 赵翼《瓯北诗话》卷一一，第163页，人民文学出版社，1963年。

人玉屑》"反其意而用之"条指出:"文人用故事,有反其意而用之者……直用其事,人皆能之;反其意而用之者,非学业高人,超越寻常拘挛之见,不规规然蹈袭前人陈迹者,何以臻此?"①详观中晚唐咏史怀古之作,诗人史才与诗情的关系显得非常自然,他们表现这类书卷题材时仍能不失诗家兴会自然的神韵,仍体现了唐诗的自然本色。一方面诗人的史学知识在广度与深度上已有了新的发展,另一方面,他们以诗家之心观史,故能将史才融入到诗情之中。新的史学观念已将诗人带入到新的诗境,从而使这类作品在艺术上上升到一个新的高度。

重读书、博识的主张,具体体现在《唐诗鼓吹》上的另外一个方面就是重视诗歌用典。《唐诗鼓吹》所选律诗,几乎无一例外都化用前人典故,尤其颔联、颈联更为突出,充分体现了律诗精警兼容的特点和元好问重视学识的思想。所谓"典故"是指见于古籍或历史流传的各种故事和有来历出处的词语。精彩的典故往往能用极其精练的语言深刻地揭示人生哲理,表达丰富的思想感情,传递多层次的内心感受,反映多姿多彩的社会生活。因此,古人创作诗文时也多爱采用典故,令诗文增色生辉,更富于思想和艺术的表现力。但典故的运用同时也带来一个消极的方面,即读者理解的困难。任何一个典故都是历史上的故事,都必然会于读者之间有着时代的、文化的差异。如果读者对于作者所用典故的来源十分清楚,对原典的时代背景和原典所表达的意义有深刻的了解,那么阅读就会如鱼得水,并能在典故中获得思想收获和艺术享受。按照英国文学批评家瑞恰慈的说法,这些读者就是"合格的读者"。如果读者对典故的各个方面一无所知或者知之甚少,那么阅读就会产生障碍,或者如看天书不知所云,或者因不明典故的深刻内涵而影响了对作品意义的理解。我们不能要求所有能够阅读的人成为"合格的读者"之后再来阅读作品,况且从不合格到合格有一个发展的过程,只有在阅读和生活中不断地扩充知识、积累经验,才能由不知到知之甚多,最终成为"合格的读者"。掌握和应用较为熟知的典故,无论阅读还是创作都是必不可少的重要环节。

古典诗词中的典故可分为两类:古典和今典。陈寅恪在《柳如是别传·缘起》中说:"此稿既以释证钱柳因缘之诗为题目,故略述释证之范围及义例。自来笺释诗章,可别为二:一为考证本事;一为解释词句。质言之,前者乃考今典,即当时之事实。后者乃释古典,即旧籍之出处。"②陈寅恪对古典与今典的解释,揭示了两者的区别和联系。

实际上,我们一般说典故大多是就古典而言,《唐诗鼓吹》所选唐诗中,这种现象尤为明显,如陆龟蒙《忆白菊》"何惭谢雪中情咏"句,就引用了《世说》中的故事:谢安雪日集儿女讲论文义,公曰:"白雪纷纷何所似?"兄子胡儿曰:"撒盐空中差可拟。"兄女道蕴曰:"未若柳絮因风起。"对句"不羡刘梅贵主妆",就附载了宋武帝女寿阳公主以梅花为美妆的典故。宋武帝女寿阳公主,人日卧于含章檐下,梅花落于额上,成五出之花,拂之不去,后有梅花妆。再如王维《送杨少府贬郴州》中有这样的诗句:"长沙不久留才子,贾谊何须吊屈平。"依据史书记载,用了汉贾谊谪为长沙王傅,意不自得,及渡湘水为赋,凭吊屈原的典实。汉贾谊谪为长沙王傅,意不自得,及渡湘水,为赋以吊屈原,云:"恭承嘉惠兮俟罪长沙,仄闻屈原兮自沉汨罗。造托湘流兮敬吊先生,遭世罔极兮乃陨阙身。"柳宗元《柳州寄丈人周韶州》最后两句"丈

① 魏庆之《诗人玉屑》卷七《用事》,第147页,上海古籍出版社,1978年。

② 陈寅恪《柳如是别传》,第7页,上海古籍出版社,1985年。

人本自忘机事，为想年来憔悴容”，故实出自《庄子》之汉阴丈人“有机械者必有机事，有机事者必有机心”。薛逢《汉武宫词》颈联“绛节几时还入梦，碧桃何处更骖鸾”，则分别引用了《尹喜内传》、《武帝外传》、《白羽经》三部书上的记载。《尹喜内传》曰：“老子西游，省太真王母，共食碧桃紫梨。”《武帝外传》：元封元年，王母降帝宫，乘紫云之辇，驾九色班麟，从官执彩旄之节，母升殿，东向坐，以玉盘盛桃七颗，其色青。《白羽经》曰：“太真丈人登白鸾之车，游于九原。”今典即是诗作者在当时所处的社会环境与当时所发生的历史史实，诗人通过自己的加工提炼，熔铸成具有广阔背景和深厚文化历史意蕴的诗句，解释和批判现实。后世学者在研究时，必须结合历史现实，予以分析考究，成为不同于古典的另外一种“今典”。宋代以降，今典逐渐受到学者的重视，开始在注释中加入今典的阐释。它与古典不同，阐释今典的目的就是要结合作者创作时所隐含的时代背景，通解诗意，探寻诗旨，它与“以意逆志”和“诗史互证”的诗歌阐释方法相类似。如许浑《途经骊山》云：

闻说先皇醉碧桃，日华浮动郁金袍。风随玉辇笙歌迥，云卷珠帘剑旆高。凤驾北归山寂寂，龙旗西幸水滔滔。贵妃殁后巡游少，瓦落宫墙见野蒿。

作者借这诗讽喻时世，言明皇游乐，不恤国事，以致安禄山之乱后，北山遂成寂寞地，途经此处之人，不由自主而生出凄怆之意。其中“凤驾北归山寂寂，龙旗西幸水滔滔”语，郝天挺氏认为是隐喻，前者“谓肃宗去灵武”，后者“谓玄宗幸蜀”。再如薛逢《金城宫》：

忆昔明皇初御天，玉舆频此驻神仙。龙盘藻井喷红艳，兽坐金床吐碧烟。云外笙歌岐薛醉，月中台榭后妃眠。自从戎马生河洛，深锁蓬莱一百年。

此诗咏明皇淫乐于金城宫，不恤国政而败亡也。类似的还有李商隐《野菊》尾联“紫云新苑移花处，不取霜栽近御筵”。《唐诗鼓吹》注曰：“诗意讥当时草泽遗贤无所进用也。”这样的话语，显然来自于诗歌创作的历史背景，可谓典型的“以史证诗”。这些事例从其方式方法来看是借助历史事实，说明诗歌旨意，以读者的心理，推求创作者的意图，以今人之心逆古人之志。

《唐诗鼓吹》共选了96家诗人，作品597首，平均每人6首多一点，且相当一部分诗人只选了一首“好诗”，元氏的意图就是让初学者有一种整体意识，能全面掌握律诗的概貌，“万取一收”；能够很好地继承学习各家特色，“博观约取”，亦即“转益多师”、“别裁伪体”。元氏本人即是金代乃至近古时期的集大成者，就诗学而言，曾师事多人，其幼年师承路铎、郝天挺等儒学大师，后又师事赵秉文、王中立、李平父、冯子骏等当代名家。师事多家，使得元好问的视野宽阔，兼收并蓄。以郝天挺为例，他对元好问的教育是不同流俗的：当时士子均以举业为重，书生多以律赋为敲门砖，其他则概不过问。而郝天挺却以为只有出入百家，方能贯通儒学治道，因而他率弟子们肆力于古代典籍的研究，同时致力于习诗作文。在弟子中，郝天挺十分喜爱天赋极高的元好问，师徒二人常常吟诗唱和，谈笑游观。六年之后，当元好问辞别老师赴考时，天挺特意写下《送门生赴省闱》一诗勉励之：“青出于蓝青愈青，少年场屋便驰声。未饶徐淑早求举，却笑陆机迟得名。嗟我再衰空目毛，喜君初筮已峥嵘。此行占取鳌头稳，平地烟霄属后生。”[①]凝聚着郝天挺的桃李高枝之心，有着对学生的骄傲与激励，也透着对

① 李正民《元好问研究论略》，社会科学文化出版社，1999年。

自身多病、难遂心志的无奈。就文学倾向而言，元好问爱好多种多样的艺术门类和诗歌风格①。诗歌创作上主要是学杜甫，早年也曾用力于苏轼。此外他还明显地受到元结、韩愈、白居易、黄庭坚、陈与义、陆游等人的影响。由于他"转益多师"，故能众体皆备，并熔铸出一己之长，卓然成为金源时代的第一大家。作为感同身受的经验之鉴，遗山在编选《唐诗鼓吹》时，当然不可能偏执一隅。

其次，注重作诗格法。检阅《唐诗鼓吹》，所选律诗在形式技巧上有法可循，大都首尾两联点题抒怀，中间二联见才见性，这也是元好问选诗目的的体现，于直观揣摩中掌握作诗技法。中晚唐诗人作律诗，较之盛唐，更为讲究联间情景关系的搭配，尤其是中间两联，最忌颔联与颈联在情景关系上平列。他们主张要一联写景，一联抒情。或者先写景，后抒情，或者先抒情，后写景。这就使得他们把精力越来越多地地放到了中间两联上，而由于中间两联最为讲求对仗，因此，诗人们也就越来越属意于对仗，属意于对仗中的一些特殊形式，发展到晚唐律诗就将注意力专门集中在了中间两联的偶对上，而于首、尾两联却不甚关注。一方面，这种变化对律诗篇章的整体性有所损害，但另一方面，对仗在中晚唐诗人的手中却变得进一步精致起来。中晚唐诗人在联间之粘上日益严格，并开始在"拗体"上下工夫。王力先生经过研究认为"初唐诗人往往不顾虑失粘，像陈子昂、宋之问、杜审言等，都有失粘的例子。盛唐如王维和杜甫，失粘的诗句也不少(但杜甫有些古风式的律诗，有意地造成拗救，不在此例)。大约粘的形式，在律诗形成的时候虽已有这种倾向，却还未成为必须遵守的规律。中唐以后，粘的规律渐严。"②粘的规则涉及律诗联与联之间的平仄关系，声律的完整与协调，可以保证律诗在声律上不单调，对于粘的注意说明中晚唐诗人对于律诗规则的要求日益严格起来。所谓拗体，指的是那些不合乎律诗标准平仄规则的句式。简单说，就是在关键的平仄部位，该平的用了仄，该仄的用了平。在律诗形式成型过程中，由于格律体式的不完善，很自然会出现拗体现象，但到成熟期后，拗体的出现往往带有一定的有意性，成为一种艺术策略。

《唐诗鼓吹》重声律当和这种历史选择密不可分，而元好问比较重视声律，又与其家学渊源有关。《诗文自警》佚文《先东岩读书十法》第三条就要求学诗要注重"音义"。因为《论诗三十首》中有："切响浮声发巧深，研摩虽苦果何心?"此外，元氏论诗注重内容、风格，提倡风雅天然，主张"性情之外不知有文字"，所以容易给人造成误解，即元好问不注重声律、对偶等作诗技巧，事实并非如此。他在《中州集》中评金代诗人陈规、冯延登、张澄等，多次提出"截然有律度"。《寄庵先生墓铭》也有"先生喜作诗，律切精严，似其为人"。曾受学于元好问的王恽在《遗山先生口诲》中也记载："先生略叩所学，喜见颜间……即其后笔以数语，擂其非是；且见循诱善意，而于体要工拙，音韵乖叶，尤切致恳。"又取一编金石杂著书，授王恽："可急读，吾听惬其音节句读不戒。"③可见元好问对音节声律的重视。况且七律之贵，就在于在声律严整、对仗工稳的形式中含蕴不尽的情思。作为七律选本，元氏不可能不注重这一最鲜明的特色，因此必然会选取一些特色鲜明的作家作为典范。《唐诗鼓吹》在这一方面所确立的范式应是许浑。

---

① 见《送诗人李正甫》、《送刘子东游》、《龙门杂诗》等，《元好问全集》，山西人民出版社，1990年。

② 王力《汉语诗律学》，第122页，上海世纪出版集团，2002年。

③ 王恽《秋涧先生大全文集》，《四部丛刊》本。

《唐诗鼓吹》选许浑诗31首，列于第一卷柳宗元、刘禹锡之后，名列第三。就所选数量及所列位置来看，元好问对许浑诗是持肯定态度的。“许浑熟谙声律，常于七言句第三字、第五字互换平仄以相救，在中间两联对应使用，后人称为‘许丁卯句法’。这是一种合乎规律的变换和调整，增加音节的抑扬感，给声调变化不大的律句带来回旋活动的余地。”[①]有论者认为选许浑诗是迎合时风，不尽确切。因为从风雨飘摇的末世走出来的元好问最能理解许浑诗中那种深沉的历史感，那种欲说还休的无奈和萧瑟的末世情怀，而更为重要的是元氏对许浑诗歌格法的看重。高棅《唐诗品汇·七律叙目》亦认为：“用晦之《凌高台》、《洛阳城》、《骊山》诸篇，其今古废兴，山河陈迹，凄凉感慨之意，读之可为一唱而三叹矣。”[②]在词之排偶方面，许浑在上官仪“六对”、皎然“八对”的理论基础上，更为专注地推研词面，使骈俪几乎在诗中无不偶对工整，辞采俱佳。有所谓地名对：“湘潭云尽暮山出，巴蜀雪消春水来。”(《凌高台》)史事对：“荆树有花兄弟乐，橘林无实子孙忙。”(《题崔处士山居》)数量对：“松楸远近千官冢，禾黍高低六代宫。”(《金陵怀古》)，山水对：“溪云初起日沉阁，山雨欲来风满楼。”(《咸阳城西门晚眺》)“水声东去市朝变，山势北来宫殿高。”(《登洛阳故城》)花木对：“刘伶台下稻花晚，韩信庙前枫树秋。”(《淮阴阻风寄呈楚州韦中丞》)。另外，人名、宫室、器物、饮食、方位、文事、干支，在许浑诗中无不成对；就形式而言，实字、虚字、联绵字、叠字、双声、叠韵、无不可对。诗人在对偶形式中使事、咏史、写景、状物、抒怀，大都熨帖工稳，工而能化，别具深心。应该说，这样的对句体现了诗人的慧心和艺术造诣。如范晞文《对床夜语》卷二：

> 七言律诗极不易，唐人以诗名者，集中十仅一二，且未见其可传，盖语长气短者易流于卑，而事实意虚者又几乎塞。用物而不为物所赘，写情而不为情所牵，李杜之后，当学者许浑而已。[③]

虽然说“李杜之后，当学者许浑”确有拔高之嫌，但许浑七律之精巧工丽，精于体物写情，工巧清丽，确实超逸群伦，足以上接杜甫，下启后人。在声调平仄上，许浑在继承杜甫拗体的基础上，进一步将其向规则化、通俗化的方向发展，除少数变易二、四、六字外，一般拗于三、五字上，且出句拗第几字，对句亦以第几字救，不使落调。如“荆树有花兄弟乐，橘林无实子孙忙”(《题崔处士山居》)一联，出句第三字“有”当平而仄，对句第三字“无”字当仄而平救之。“溪云初起日沉阁，山雨欲来风满楼”(《咸阳城西门晚眺》)一联，出句第五字“日”当平而仄，用对句第五字“风”字当仄而平，既免本句孤平，又救了出句“日”字。同样，“湘潭云尽暮山出，巴蜀雪消春水来”(《凌高台》)一联，以对句“春”字当仄而平，同时救了“暮”和“雪”两个仄声拗字。王士禛《带经堂诗话》有曰：“唐人拗体律诗有两种：其一，苍莽历落中自成音节，如老杜‘城尖径仄旌旆愁，独立缥缈之飞楼’诸篇是也；其一，单句拗第几字，则偶句亦拗第几字，抑扬抗坠，读之如一片宫商，如许浑之‘溪云初起日沉阁，山雨欲来风满楼’……是也。”[④]田雯《古欢堂集杂著》亦说：“致有声律之熟，无如浑者。”[⑤]

---

① 陈增杰《唐诗志疑录》，第410页，上海人民出版社，2007年。

② 高棅《唐诗品汇》，上海古籍出版社，1982年。

③ 范晞文《对床夜语》，第422页，《历代诗话续编》本，中华书局。

④ 王士禛《带经堂诗话》卷一，第33页，人民文学出版社，1963年。

⑤ 田雯《古欢堂集杂著》卷三，清诗话续编，第713页，上海古籍出版社，1983年。

在宋代，陆游亦推崇许浑诗言："大中以后，亦可为杰作。自是而后，唐之诗益衰矣。"就连批评其诗抑扬顿挫不如杜牧的刘克庄也不得不承认其"律切丽密或过牧"(《后村诗话》)。许浑诗在明代频遭贬抑，李东阳、王世贞、谢榛等都不喜欢许浑诗，可能与其强调"诗必盛唐"的门户之见有关，但无论褒贬，后人在论及许浑诗时，都会论及其在声律、对仗方面的特色。如胡震亨："浑诗工有余而味不足"，肯定其"工"[①]。李重华说"许丁卯格甚凝炼"[②]，肯定其形式凝炼整饬。周咏棠《唐贤小三昧集续集》："丁卯诗格律匀称，工夫极细。"张世炜《唐七律隽》："浑七律工稳流丽，但出之流便，故数见不鲜，若汰去熟调，存其精英，不在李义山、温飞卿、杜牧之诸人下，亦晚唐一大作手。"将不求合律的古体拗律改造、纳入律诗创作的轨道，成为符合规则的今体拗律，使这一形式既峭拔奇绝，气力厚重，又稳顺中节，严谨不紊，从而更通俗化，更易掌握和利用，这是许浑在晚唐文学创作的背景下对杜甫的继承和发展，有着不可忽视的诗学意义。由此可见，元好问之所以偏重许浑诗，其格律技巧的因素应当占相当的分量，虽说文无定体，但基本的体式规范还是必须遵循的，尤其是刚刚步入诗歌门槛的学子，最忌随心所欲，而律诗恰好正是需要"带着镣铐跳舞"(闻一多语)而又能够自如超然的诗歌体裁，元好问选许浑诗31首作为学习七律的范式，直是方便后学入门，使初学者迅速掌握格法技巧。

最后，进入"无学"的化境。元好问在《杜诗学引》有曰：

> 窃尝谓子美之妙，释氏所谓'学至于无学'者耳。今观其诗，如元气淋漓、随物赋形；如三江五湖，合而为海，浩浩瀚瀚，无有涯涘；如祥光庆云，千变万化，不可名状，固学者之所以动心而骇目。及读之熟，求之深，含咀之久，则九经百氏古人之精华，所以膏润其笔端者，犹可仿佛其余韵也。[③]

可见，元氏将杜诗作为诗歌创作的最高典范加以推崇，《唐诗鼓吹》仅仅是学诗的入门读物，并不是元氏的理想阶段。因此，如能将《唐诗鼓吹》和《杜诗学》结合起来研读，将大有裨益，否则，单一地只讲"画"而不懂得"化"，必将会困厄而滥死于"法"中。越过这一阶段，则自是由"必然王国"向"自由王国"推进。有关此，非本论文所论述重点，故从略。

作者单位：兰州大学

---

① 《唐音癸签》卷八引方回语，第63页，中华书局上海编辑所，1962年。

② 《贞一斋诗说》，清诗话，第925页，上海古籍出版社，1978年。

③ 吴文治主编《辽金元诗话全编》，第321页，凤凰出版社，2006年。

《西厢记》笔法通《左传》

——金圣叹《西厢记》评点学发微

张高评

金圣叹有才子书六部，大抵“只是用一副手眼读得”，盖即庄生“道通为一”之意。尤其关注文学技巧，而独称“法莫备于《左传》”；且谓“我批《西厢》，以为读《左传》例也”。为辨章学术，考镜渊流，乃以金批《西厢记》为研究文本，选择其中历数《左传》叙事法之文献，杂取清代《左传》评点之作，交相论证阐发。文分三大端。一，《西厢记》之移堂就树法、月度回廊法，即《左传》经前起传，后经以终义、预叙逆摄诸法。二，《西厢记》有狮子滚球法，金批《水浒传》有欲合故纵法；在《左传》叙事艺术，则有若离若合、若擒若纵之法，富镜花水月之妙，得文情飞越之美。三，金批《西厢记》，侧重欣赏题之前、之后、之四面“恣意摇之曳之”之文，此中变通、创发，不执著于主意主脑，与曹洞禅宗“不犯正位，语忌十成”相近。此种创造性思维，《西厢记》体现为烘云托月法，避实取虚法。《左传》叙事之颠倒主宾、轻重、详略，固早为此法开山；而《左传》文章之美，尤妙在无字句处，横接、旁溢、反射诸法，皆可作为文法之津梁，叙事文学之典范。

一、前言：才子六书，只用一副手眼读得

三十年前，笔者以《左传之文学研究》完成博士学位。中篇《左传之文学价值》之一章，谈到《左传》文学对后世之影响，述及金圣叹批第六才子书《西厢记》[①]，征引书目乃列金批《西厢记》于其中，引发高仲华教授之提问。记得当时引述金圣叹“我批《西厢》，以为读《左传》例也”一语对答，获得普遍首肯。至于金批《西厢记》与《左传》叙事间，有何相通之类例，三十年来并未探索深究。

学位论文选择文学为研究视角，以诠释《左传》之古文义法，得自明清评点之启迪不少。因此，顺理成章关注文学作品之艺术技巧、表达方法，遂成为笔者系列研究特色之一，《左传文章义法撢微》、[②]《唐诗三百首鉴赏》[③]二书，可作代表。推而广之，自文法而言史法，由史法

---

① 张高评：《左传之文学价值》，第三章《为古文家法之宗师》“金人瑞”，第71—72页，台北：文史哲出版社，1990年。

② 张高评：《左传文章义法撢微》，台北：文史哲出版社，1990年。

③ 黄永武、张高评：《唐诗三百首鉴赏》，台北：黎明文化事业公司，1986年。

而说书法[①]，由书法而谈诗法诗学[②]，笔者诠释解读《春秋》学、《左传》学、《史记》学、《史通》，以及唐诗、宋诗、诗话、诗学，要皆兼重内容思想与形式技巧，切合《文心雕龙·情采》所云"文附质，质待文"之提示。当今学界研究文学，或跳脱手法技巧，直探主题内容，两相比较，会当有别。

最近重读金圣叹(1608—1661)《读第六才子书西厢记法》，金氏自述"只是用一副手眼读得"六部才子书。以《庄子》、《离骚》、《史记》、《杜诗》、《水浒传》、《西厢记》为六才子书，将小说、戏曲之通俗文学，与雅正之子、史、集并列等观，而统名为才子书，盖创始于金圣叹。《西厢记》号称第六才子书，其美妙之写作技法，或与其他才子书有相通相融之处。金氏云：

> 圣叹本有才子书六部，《西厢记》乃是其一。然其实六部书，圣叹只是用一副手眼读得。如读《西厢记》，实是用读《庄子》、《史记》手眼读得；便读《庄子》、《史记》，亦只用读《西厢记》手眼读得。如信仆此语时，便可将《西厢记》与子弟作《庄子》、《史记》读。[③]

所谓一副手眼，指手法、眼法相通、相融、相近、相似。金批《西厢记》凸显写作技巧，如眼法、手法、笔法、墨法之类[④]；又追求写作之精严，如"字有字法，句有句法，章有章法，部有部法是也"[⑤]。技巧方法，为工具之学，各别门类间，往往百虑而一致，殊途而同归，《庄子·齐物论》所谓"道通为一"。金氏读《西厢记》，"用读《庄子》、《史记》手眼读得"；"便读《庄子》、《史记》，亦只用读《西厢记》手眼读得"。换言之，将《庄子》、《史记》与《西厢记》三书对读，彼此之创作手法、眼法，多可以相融相通，顺当无碍。故读《西厢记》法其十云："他若读圣叹《西厢记》，他分明读了《庄子》、《史记》!"不仅撤除史、子、集之樊篱，即诗歌、小说、戏曲间之畛域特性，亦消除殆尽。

以"一副手眼"阅读天下图书，但求彼此之近似，暂且莫管彼此之殊异。此一具体而微之融通近似，即可触类而长，推拓无限，如金氏读《西厢记》法其五十七、五十八、五十九、六十所言：

> 五十七、《西厢记》亦是偶尔写他佳人才子。我曾细相其眼法、手法、笔法、墨法，固不单会写佳人才子也。任凭换却题叫他写，他俱会写。
>
> 五十八、若教他写诸葛公白帝受托、五丈出师，他便写出普天下万万世，无数孤忠老臣满肚皮眼泪来。我何以知之？我读《西厢记》知之。
>
> 五十九、若教他写王昭君慷慨请行、琵琶出塞，他便写出普天下万万世，无数高才被屈人满肚皮眼泪来。我读《西厢记》知之。

---

① 张高评：《春秋书法与左传学史》，台北：五南图书公司，2002 年；又，《春秋书法与左传史笔》台北里仁书局，2011 年。

② 张高评：《会通化成与宋代诗学》，台南：成功大学出版组，2000 年；又，《自成一家与宋诗宗风》，台北万卷楼图书公司，2004 年；又，《创意造语与宋诗特色》，台北：新文丰出版公司，2008 年。

③ 〔清〕金圣叹著，陆林辑校整理：《金圣叹全集》，南京：凤凰出版社，2008 年，第贰册，《贯华堂第六才子书西厢记》卷之二，《读第六才子书西厢记法》，其 9，第 855 页。本文引《西厢记》，皆用此本。

④ 同上，其 57，第 864 页。金批《西厢记》，注重表现手法，参考王靖宇著，谈蓓芳译：《金圣叹的生平及其文学批评》，第三章：三、《形式和风格——金圣叹对文学技巧的关注》，第 39—45 页，上海古籍出版社，2004 年。

⑤ 同上，第叁册，《白话小说卷·第五才子书施耐庵水浒传》，卷一《序三》，第 21 页。《读第五才子书法》其 18："《水浒传》章有章法，句有句法，字有字法。"第 30 页。

六十、若教他写伯牙入海、成连径去，他便写出普天下万万世，无数苦心力学人满肚皮眼泪来。我读《西厢记》知之。[①]

金圣叹强调：天下书籍，可以"一副手眼读得"。于是据此作模拟推想，曾谓若直取其文心，则"惟庄生能作《史记》，惟子长能作《庄子》"[②]。又云，王实甫"不单会写佳人才子"之《西厢记》而已，"若教他写诸葛公白帝受托、五丈出师"；"若教他写王昭君慷慨请行、琵琶出塞"；"若教他写伯牙入海、成连径去"，也都可以胜任愉快，各臻其妙，无入而不自得。在"道通为一"之大纛下，《西厢记》之美妙既与其他才子书相通相融，即器以求道，盈科而后进，故第十三法曰："子弟读得此本《西厢记》后，必能自放异样手眼，另去读出别部奇书。"盖以六部才子书作为书卷之典范，文法之津梁，是以标榜推重如此。

二、《西厢记》手眼与《左传》叙事艺术

金圣叹编著才子书六部，曾宣称："只是用一副手眼读得"，盖取其同而略其异。若以此手眼阅读天下书，则经、史、子、集可以"道通为一"。因此，金氏可以"将《西厢记》与子弟作《庄子》、《史记》读"。金批《西厢记》卷四《惊艳》第四节，称其凭空逗巧，虚处传神，有言：

……今试看传奇亦必用此法，可见临文无法，便成狗嗥，而法莫备于《左传》。甚矣，《左传》不可不细读也。我批《西厢》，以为读《左传》例也。[③]

打破文体学之后设疆界，撤除四部要籍之传统分类，以"道通为一"为视角，以艺术审美为依归，以文学技法为主调，重新解读《左传》，将经学转化为文学。文章作法之梳理，成为《左传》和《西厢记》之共同焦点[④]。金圣叹既主张行文有法，著意于字法、句法、章法、部法，而推崇"法莫备于《左传》"，因此，以为"《左传》不可不细读也"。甚至宣称："我批《西厢》，以为读《左传》例也。"《读法十六》谓："最恨《左传》《史记》急不得呈教。"《才子六书》间既道通为一，可以"用一副手眼读得"，因此，子弟阅读《西厢记》，自然有助于进阶读《左传》之书。金圣叹传承宋人"出入法"，以为从《西厢》入，有助于从《左传》出[⑤]。此种读书法，值得借镜。

《左传》文章，以叙事见长，号称史传文学之开山，叙事文学之轨范。唐刘知几（661—721）《史通・杂说上》盛称《左传》叙事之才，谓"殆将工侔造化，思涉鬼神，著述罕闻，古今卓绝"[⑥]。清章学诚（1738—1801）《论课蒙学文法》亦称美《左传》叙事之法，"离合变化，奇正相

① 〔清〕金圣叹著，陆林辑校整理：《金圣叹全集》，南京：凤凰出版社，2008年，第贰册，《贯华堂第六才子书西厢记》，第864页。

② 同上，第叁册，《第五才子书施耐庵水浒传》，卷一《序三》，第21页。

③ 同上，卷四，一之一，《惊艳》，第898—899页。

④ 邬国平、王镇远：《清代文学批评史》，第四章第一节《金圣叹・评〈西厢记〉》，第230—236页，上海古籍出版社，1995年。

⑤ 〔宋〕陈善：《扪虱新话》上集卷四，《读书须知出入法》："读书须知出入法，始当求所以入，终当求所以出。见得亲切，此是入书法；用得透脱，此是出书法。"〔宋〕俞鼎孙、俞经编：《儒学警悟》，第193页，香港：龙门书店，1967年。金批《西厢记》卷四，《惊艳》第十五节："入得去，出得来，谓之好文字。"第903页。

⑥ 〔唐〕刘知几撰，清・浦起龙释：《史通通释》，卷十六《杂说上》，第451页，台北：里仁书局，1980年。

生，如孙吴用兵，扁仓用药，神妙不测，几于化工，其法莫备于《左传》"[①]。由此观之，《左传》叙事艺术之美妙，叙事技法之赅备，可以想见。金圣叹为文评家，于清初推崇"法莫备于《左传》"，与史学家章学诚于乾嘉间之称美《左传》叙事法之完备，异口同声，则《左传》叙事法之堪为典范可知。其间，桐城方苞(1668—1749)等已取为古文义法之楷模，其典范意义不难想见[②]。

金圣叹既云："我批《西厢》，以为读《左传》例也"，于是《读〈西厢记〉法》，又言之再三，一则曰"一部《左传》都用此法，《西厢记》最是解此意"；再则曰"《西厢记》纯是此方法，《左传》、《史记》亦纯是此方法"；三则曰"《左传》、《史记》便纯是此一方法，《西厢记》亦纯是此方法"诸说[③]，可证《西厢记》写作手眼美妙，与《左传》之叙事艺术，必有交相发明，可以相得益彰之处。今以金批《西厢记》为研究文本，选取与《左传》叙事技法可以相互印证者若干例，析分为二法：其一，预叙逆摄法；其二，离合擒纵法。依序论述如下：

（一）预叙逆摄法

《左传》为编年体，年月井然，病在事迹不连贯。为济编年之穷，兼以收引人入胜之功，于是有预作张本，经前起传之文，如《惠公元妃孟子》之伦，是为预叙法。金批《西厢记》有"移堂就树"、"月度回廊"之法，即是《左传》"经前起传"之转化，如：

> 作者深悟文章旧有移就之法，因特地于未闻警前，先作无限相关心语，写得张生已是莺莺心头之一滴血，喉头之一寸气，并心并胆，并身并命。殆至后文，则只须顺手一点，便将前文无限心语，隐隐然都借过来。此为后贤所宜善学者，其一也。(《左氏》最多经前起传之文，正是此法也。)[④]

凡做人贵直，而作诗文贵曲，此袁枚(1716—1797)《随园诗话》之名言[⑤]。故金批《西厢记·赖简》云："文章之妙，无过曲折。"为避免行文有开门见山，单刀直入，直截了当之病，必先叙写一段预作张本，兼以蓄势，留作后来地步。林纾《左传撷华》称《左传》叙述战役，往往于远处埋根，后来为绚烂之文，皆非不根之论；如城濮之战、鞌之战、邲之战、鄢陵之战："俱在战事之前，千澜万波，全为制胜张本；及归到战状，寥寥不过数行而结。"[⑥]《西厢记》叙《寺警》，亦信有此妙。金批称本折"于白中则云前日道场见张生，于曲中则止反复追忆酬韵之夜。"(第940页)曲文自"莺莺引红娘上"，至莺莺唱《寄生草》，即是"于未闻警前，先作无限相关心语"，写残春多愁，隔花人远，情思昏昏、人萦怀抱，酬韵便亲，风流蕴藉，莺莺种种情思妙想，都为下文张君瑞鼓掌应募时作张本，犹《左传》之经前起传，所谓文在题之前，犹玉山之照眼作地。金批所谓"通篇并无一句一字是虚发"，"读此文，能将眼色句句留向张生鼓掌应募时用，便是与作者一鼻孔出气人"(第942页)。此种移堂就树之法，即《左传》经前起传之伦，杜预《春秋经传集解序》谓之"先经以始事"[⑦]。其美学效应极佳妙，譬如奇葩未放，先见满庭绿

---

① 〔清〕章学诚：《章氏遗书》，下册，《章氏遗书补遗·论课蒙学文法》，第1358页，台北：汉声出版社，1973年。

② 张高评：《春秋书法与左传学史》，《方苞义法与〈春秋〉书法》，第255—287页。

③ 《读〈西厢记〉法》，其十五、十六、十七，第857页。

④ 金圣叹：《贯华堂第六才子书西厢记》，卷五《寺警》，第937页。

⑤ 袁枚撰，顾学颉校点：《随园诗话》，卷四，二八，第111页，台北：汉京文化事业有限公司，1984年。

⑥ 林琴南选：《左传撷华》，《城濮之战》，第36页，高雄复文书局，1981年。

⑦ 左丘明撰，〔晋〕杜预注，〔唐〕孔颖达疏：《春秋左传正义》，《春秋序》，第11页，台北：艺文印书馆，1955年。

影；明月未来，先见一天星斗，令人游目骋怀，爱不忍释。《读〈西厢记〉法》十五于此，有极概括之论述：

十五、文章最妙，是目注彼处，手写此处。若有时必欲目注此处，则必手写彼处。一部《左传》，便十六都用此法。若不解其意，而目亦注此处，手亦写此处，便一览已尽。《西厢记》最是解此意。（第857页）

所谓“目注彼处，手写此处”，即是前文之移堂就树法、经前起传法，先经以始事法。至于“目注此处，则必手写彼处”，则如杜预《春秋经传集解序》所谓“后经以终义”。《左传》晋楚邲之战，叙写楚军之部署曰：“前茅虑无，中权后劲”[1]；行军用兵，前军示警，备豫不虞；将帅居中，便于出令划谋；再以轻骑精锐之劲旅殿后。作文之道，则避就留余，以遒健隽妙押尾，此之谓“目注此处，则必手写彼处”，《左传》叙事之中权、后劲似之[2]。除外，金批《西厢记》，又有所谓“月度回廊”之法，大抵与《左传》叙事之闲笔、点缀、渲染法异曲同工，如：

……作者深悟文章旧有渐度之法，而于是闲闲然先写残春，然后闲闲然写有隔花之一人，然后闲闲然写到前夜酬韵之事，至此却忽然收笔云，身为千金贵人，吾爱吾宝，岂须别人堤备，然后又闲闲然写“独与那人兜的便亲”。要知如此一篇大文，其意原来却只要写得此一句于前，以为后文张生忽然应募，莺莺惊心照眼作地；而法必闲闲渐写，不可一口便说者，盖是行文必然之次第。此为后贤所宜善学者，又一也。（第938页）

文似看山不喜平，必有曲折、有波澜，方为至文。为文最忌枯寂，不嫌设色点缀；更病质木平直，故当润泽渲染，令情趣风调倍增。《左传》叙事妙处，尤在闲处着眼，冷淡著墨，若国手下棋，闲着往往为要着。或作佳文之引子，或为一篇之收场，不即不离处，如月窗花影，波镜云光，最耐观玩[3]。金批《西厢记》颇传《左氏》点缀、渲染、闲笔之妙：张生应募、莺莺惊心，为《寺警》情节之高潮处，一篇妙文之聚焦处，为避免枯寂平直，故前幅行文之法，“必闲闲渐写，不可一口便说者”，盖是行文必然之次第。于是先写残春，写隔花一人，写前夜酬韵，写那人独亲，笔调都是从容不迫，闲闲而来。犹明月照临，由廊而栏、而阶、而窗，而后照临美人。照临美人之前，月如是迤逦渐度，文家行文之闲闲着笔似之，此之谓“月度回廊”，可作楔子导引，兼以起波澜、蓄文势。

除经前起传，先经以终义外，为因应《左传》编年体之事隔不属，于是有预叙成败功过于前，以收悬念呼应之效者。吴闿生《与李右周进士论〈左传〉书》，叙《左氏》文法之奇，于此有极概括之提示，其言曰：

一曰“逆摄”。吉凶未至，辄先见败征。此犹其易识者已。至城濮之役犹未战也。而芀贾质责子文以痛子玉之败；三郤之难犹未兆也，而范文子怒逐其子以忧晋国之亡。此皆凭空特起，无所附著，荡骇心目，莫此为尤。故重耳之奔走流离，一亡公子耳，而所如皆有得国之气；楚灵、夫差方其极盛，踔厉中原，而势已不能终日。若此者，皆其逆摄

---

① 左丘明撰，杨伯峻注：《春秋左传注》，宣公十二年《邲之战》，第723—724页，中华书局，1982年。

② 张高评：《左传文章义法撢微》，第二章第一节，三、中权；五、后劲，第35—36、37—38页。

③ 同上，第三章第二节，四、点缀；五、点染；六、闲笔，第91—94页。

之胜也。[1]

吉凶发生于未来，《左传》则预叙于当下现在，预告成败，逆见吉凶。如未战之先，蔿贾已预言子玉战败；灾难未见，而范文子忧晋国危亡；重耳流亡，而有得国气象；楚灵、夫差方盛，已兆败征。凡此，皆“凭空特起，无所附著”，所谓“逆摄”之法，与小说、戏曲之悬念设计同功。《左传》叙事法类此者不少，如暗叙法、预叙法等，要皆属之[2]。

《左传》叙事，预言吉凶成败者极多。其料算推步、见微知著，亿则屡中，不爽锱铢，韩愈《进学解》所谓“左氏浮夸”，盖其中关涉天道人事、道德因果。若以一篇章法文情而言，效应类似金批《西厢记》所云“移堂就树”、“月度回廊”诸法，亦先经以始事之预叙法。笔者曾研究《左传》之预言，为省篇幅，将此篇摘要抄录于下，以见《左传》预叙逆摄手法之一斑：

> 《左传》预言之媒介，或由梦寐，或因卜筮，或依形相，或据机祥，或藉歌谣；以之验战争之成败，以之兆家国之灾祥，以之征氏族之兴亡，以之警朝纲之治乱，以之测个人之祸福，以之见爵禄之予夺，以之明行为之进退，以之辨才性之优劣。其料算推步，见微知著，殆如云龙风虎，声应气求，亿则屡中，不爽锱铢。天人茫昧之际，而预言征验如此，盖以人事之修为，测度天道之祸福也。[3]

《左传》之预言，或验成败，或兆灾祥，或征兴亡，或警治乱，或测祸福，或示予夺，或明进退，要皆事未至而逆揭于前，为后文情势发展预作张本，照眼作地。笔法有如东海霞起，总射天台；铜山西崩，洛钟东应。凡此，皆文章曲折之道，文采飞扬之理。

（二）离合擒纵法

语云：“万山磅礴必有主峰，龙衮九章但挈一领。”行文必有主脑，千言万语，千回百转，皆聚焦脉注于主脑。刘熙载《艺概·经义概》云：“凡作一篇文，其用意俱要可以一言蔽之，扩之则为千万言，约之则为一言，所谓主脑者是也。”[4]主脑，即是作品之主题思想，一篇之主调旨趣。而挥洒成篇，断无句句著题，擒住不放之理，要在不即不离，若即若离；欲擒故纵，先纵后擒，如此，方能透脱自在，又不致胶柱鼓瑟。《左传》叙事，信有此妙，而金批《西厢》，所谓狮子滚球之喻，亦同此理。如：

> 十七、文章最妙，是先觑定阿堵一处，已却于阿堵一处之四面，将笔来左盘右旋，右盘左旋，再不放脱，却不擒住。分明如师子滚球相似，本只是一个球，却教师子放出通身解数，一时满棚人看师子，眼都看花了，师子却是并没交涉。人眼自射师子，师子眼自射球。盖滚者是师子，而师子之所以如此滚、如彼滚，实都为球也。《左传》、《史记》便纯是此一方法，《西厢记》亦纯是此一方法。（第 857 页）

清刘熙载《艺概·文概》称：“叙事有主意，如传之有经也。主意定，则先此者为先经，后

① 吴闿生撰，白兆麟校注：《左传微》，卷首《与李右周进士论〈左传〉书》，第 12 页，合肥：黄山书社，1995 年。

② 详参张高评：《左传之文学价值》，第九章第二节《左传叙事法举要》，第 157、159—160 页。

③ 张高评：《春秋书法与左传学史》，《左传预言之基型与作用》，第 39 页。

④ 刘熙载：《艺概》，卷六《经义概》，徐中玉、萧华荣校点：《刘熙载论艺六种》，164 页，成都：巴蜀书社，1990 年。

此者为后经，依此者为依经，错此者为错经。”[①]何者先经、后经？何者依经、错经？此则文家之能事。《读〈西厢记〉法》所谓“先觑定阿堵一处”者，指先确定主脑、主意；至于从“阿堵一处之四面，将笔来左盘右旋，右盘左旋，再不放脱，却不擒住”，则是运用离合相生，欲擒故纵之法以行文，此之谓狮子滚球法。圣叹《读第五才子书法》其六十三，有“欲合故纵法”[②]，实与“狮子滚球”法相当。此犹唐杜牧所谓“盘中走丸”，其横斜圆直虽不可尽知；其必可知者，是丸不能出于盘也[③]。金圣叹称美《西厢·闹简》，以为“每段皆作当面斗然变换，另是一样章法”(第998页)；称《西厢·赖简》，为“天下百曲千曲万曲、百折千折万折之文”(第1018页)，当指行文有不即不离、若即若离；一纵一擒，且擒且纵手眼之交相运用。

《左传》叙事，长于离合相生者，莫妙于晋楚城濮之战(僖28)：晋国经历骊姬之乱后，以新兴国家姿态崛起中原，虽乏国际战争之经验，却订定“报施、救患、取威、定霸”一举四得之获利目标。面对南方强权楚国，如何应付周旋？如何心想事成？其胜算在长于运用兵法谋略，《左传》叙写此场战役，出神入化之妙，与战役之风云变幻，铢两相称。清王源《左传评》曾有提示：

> 于未战之前，叙晋欲战，楚却不战；楚欲战，晋却不战。晋用多少阴谋谲计，以图一战，及至将战，却又不战；楚负多少雄心横气，以邀一战，及至将战，却又不战。盘旋跳荡如此者四，方入城濮。及入城濮，又生出无限烟波：只是盘旋，只是跳荡；只是欲战，只是不战。千回万转，方将一战叙出。使读者神荡目摇，气盈魄动，不知手之舞之，足之蹈出，而其实不过离中之妙境而已。[④]

王源论文，号称桐城义法之开山。曾言：“文之妙在离，离未有不合者也。顾一离便合，死规耳，曷贵乎？唯其将合复离，又将合又复离；几合矣终复离，而后蹊径绝焉，局阵奇焉，变化生焉，光怪出焉，恍焉惚焉，无定形焉，杳焉冥焉，不知其所之焉，此则离之妙境也。”[⑤]对于离合相生手眼之运用，有极明确之演示。左氏之叙城濮之战，诚如所云：将与题近，忽然扬开；将与题远，又复掉转回顾，必也如此，方成妙文。

《左传》叙战运用离合，诚如上述；而外交辞令之演示，亦多不即不离，乍远乍近，如烟笼水，如月笼沙。如蔡声子说楚复伍举(襄26)，辞令之妙，亦在善用离合而已。清冯李骅《左绣》引唐锡周语，于此有其点评，略谓：

> 镜花水月之妙，全在若离若合之间。以此文言之：椒举，花与月也(合)；析公、雍子、子灵、苗贲皇，镜中花、水中月也(离)。文从晋用楚材说起，疾忙用“夫独无族姻乎”句宕开……接手便平列四段，写出四个逃死大夫害楚样式，如四面皆水，水水有月；四围皆镜，镜镜有花。……然后用“今又有甚于此”句接到椒举身上，如半日镜中看花，忽然回首，绿影参差之地，奇葩竞吐，愈觉婀娜可爱；……却又拍合到“今在晋矣，晋将与之县，以比叔向”，与前文句句回环映带，令读者依稀认得来时有路。……岂非宇宙间千万劫

---

① 刘熙载：《艺概》，卷一《文概》，第43页。

② 《第五才子书施耐庵水浒传》，卷三《读第五才子书法》之六十三，第36页。

③ 杜牧：《樊川文集》，卷十《注孙子序》，第152页，台北：九思出版公司，1979年。

④ 王源：《左传评》，卷三《城濮之战》总评，第13页，台北：新文丰出版公司，1979年。

⑤ 同上，第12页。

不朽妙文？[1]

《左传》叙写《声子说楚复伍举》之外交辞令，初不黏合伍举主人公发论，却高谈劝赏、畏刑、恤民，真如镜花水月。续写楚材晋用之四人，藉宾形主，将实影虚，亦妙在不即不离，若即若离之间。水中月，镜中花之形象譬况，有助离合相生手眼之认知。

擒纵，二法互用，实是一法。明李腾芳《山居杂著》有文字法三十五则，其十九曰擒纵："欲擒他，须先纵之；使他死心塌地，再不想走也。欲放他，须先拏住，使他分毫动弹不得；及至放处，如绦鹰鞲马，脱然而逝矣！"[2]《读〈西厢记〉法》十七，说狮子滚球，"再不放脱，却不擒住"，即是擒纵之法。或擒或纵，乍离乍合，依违之际在主脑主题。狮子之所以"如此滚，如彼滚，实都为球"；作家行文所以用离合、用擒纵，运化之际亦以主脑主题为依归。《左传》叙事，亦颇用擒纵，外交辞令如《阴饴甥说秦伯》(僖 15)，就小人与君子二分，作一纵一擒，妙笔妙舌。军政劝说如《薳启疆论辱晋》(昭 5)，"可"字作纵；"备"字作擒；再以有备作纵，无备作擒。正反翻腾，旨趣显豁。《左传》阐发《春秋》书法，出于擒纵者，莫妙于《邾庶其以漆、闾丘来奔》(襄 21)，清王源《左传评》评述极精彩美妙，如：

> 一纵一禽，且禽且纵，禽纵在手，方可言文。泻水于地，纵而不能禽者也；胶柱鼓瑟，禽而不能纵者也。此传开手三语立案，下即将庶其撇却，徒入鲁多盗，所谓纵也。武仲以盗不可诘，不能诘，斜冲横骜，顿跌翻驳，然后落到庶其，所谓禽也。正义既毕，又缴转诘盗，则禽而且纵。后幅拓开，又句句正义，则纵而且禽。禽纵自如，文情飞越，读者当悟其所以能禽能纵之故，而后方知用禽用纵之法。[3]

如泻水于地，如捕风捉影，纵而不能擒，离而不能即。如胶柱鼓瑟，犹黏皮带骨，擒而不能纵，即而不能离。皆违反《读〈西厢记〉法》所谓"将笔来左盘右旋，右盘左旋，再不放脱，却不擒住"之教示。就《左传》与《西厢记》叙事法而言，的确如金圣叹所云："《左传》、《史记》便纯是此一方法，《西厢记》亦纯是此一方法。"

三、禅宗思维与不犯正位

不犯正位，本是曹洞禅宗接引学者，示悟度人之语言技巧。其要旨在避免正面直接表达，怀让所谓"说似一物即不中"，"不欲犯中"；颂古所谓绕路说禅。谈说要留有余地，切忌"妙明体尽"，避免透彻讲述。简言之，"无相"宜借助"有相"表现之[4]。

曹洞禅宗示悟度人之法，有所谓"五位君臣"、"正偏五位"之说[5]，盖藉君臣偏正之互动，来象征本体和现象之分际。将"君臣道合，偏正回互"，看作成佛作祖之最高境界。这是一种

---

① 〔清〕冯李骅、陆浩评辑：《左绣》，卷十八《声子说楚》，第 1287—1288 页，台北：文海出版社，1967 年。

② 王葆心：《古文辞通义》，卷十二《识涂篇》八，第 32 页引，台北：台湾中华书局，1965 年。

③ 〔清〕王源：《左传评》，卷六《邾庶其以漆、闾丘来奔》，第 11 页。

④ 周裕锴：《中国禅宗与诗歌》，第五章、四《不犯正位，切忌死语》，第 171—179 页，上海人民出版社，1992 年。

⑤ 吴言生：《禅宗诗歌境界》，第五章《曹洞宗禅师·"五偏五位"的诗禅感悟》，第 131—138 页，中华书局，2001 年。

体用一如、理事圆融、情境交炼之审美境界[①]。此种接引禅法，要求全面对待体用、色空、理事的关系[②]。易言之，教人避免正面直接表述，说话要留有余地，所谓“不犯正位，语忌十成”。禅思影响诗思、文思，宋代以降，无时不有。金圣叹批《西厢记》，或得其启示。

论者称：金圣叹对禅宗十分著意，《西域风俗记》，即其参禅之语录。又有《圣人千案》，解释前代禅师语录；又著《语录纂》、《随手通》，亦皆充满佛禅话语[③]。金圣叹批《西厢记》，于曹洞禅宗之不欲犯中、不犯正位，颇有体悟。于“不直说破”、“绕路说禅”[④]，亦多所体现。未知金圣叹于曹洞禅宗之体认如何？是否确有习得与接受？待考。唯就金批《西厢记》文字而言，却又有具体而微之体现。如《读〈西厢记〉法》之二十五、二十六：

> 二十五、仆思文字不在题前，必在题后，若题之正位，决定无有文字。不信，但看《西厢记》之一十六章，每章只用一句两句写题正位，其余便都是前后摇之曳之，可见。
>
> 二十六、知文在题之前，便须恣意摇之曳之，不得便道题；知文在题之后，便索性将题拽过了，却重与之摇之曳之。若不解此法，而误向正位，多写作一行或两行，便如画死人坐像，无非印板衣褶，纵复费尽渲染，我见之，早向新宅中哭钟太傅矣。（第 859—860 页）

金圣叹所谓“题之正位，决定无有文字”，即是不犯正位之说。易言之，《西厢记》“每章只用一句两句写题正位，其余便都是前后摇之曳之”。题正位犹经，题前题后摇之曳之，犹叙事有先之、后之、依之、错之之法[⑤]。“若不解此法，而误向正位”，“便如画死人坐像，无非印板衣褶”。《读〈西厢记〉法》之十六所言，与不犯正位、绕路说禅，亦可以相互发明。如：

> 十六、文章最妙，是目注此处，却不便写，却去远远处发来，迤逦写到将至时，便且住，却重去远远处更端再发来；再迤逦又写到将至时，便又且住。如是更端数番，皆去远远处发来，迤逦写到将至时，即便住，更不复写出目所注处，使人自于文外瞥然亲见。《西厢记》纯是此一方法，《左传》、《史记》亦纯是此一方法。最恨是《左传》、《史记》急不得呈教。（第 857 页）

所谓“目注此处，却不便写，却去远远处发来”，即是前文所云“前后摇之曳之”，题前题后“恣意摇之曳之”，“重与之摇之曳之”。犹佛曰：第一义不可说，故少写或不写题之正位，“索性将题拽过了”，此即所谓不犯正位、绕路说禅。“如是更端数番，皆去远远处发来，迤逦写到将至时，即便住”；此种“不复写出目所注处，使人自于文外瞥然亲见”，即是不犯正位、绕路说禅之法。

曹洞禅宗“正偏五位”之说，强调全方位对待本体和现象，避免正面直接表述，所谓“不犯正位，语忌十成”者是。就创造性思维而言，近似发散思维、辐射思维，擅长从不同角度，不同

---

① 皮朝纲：《禅宗美学史稿》上编第六章《曹洞家风、偏正回互与禅宗美学》，第 119—130 页，成都：电子科技大学出版社，1994 年。

② 李淼：《禅宗与中国古代诗歌艺术》，第一章第三节《五位君臣》，第 40—43 页，高雄：丽文文化公司，1993 年。

③ 钟锡南：《金圣叹文学批评理论研究》，第一章第三节《金圣叹的宗教哲学观、世界观》，第 45—46 页。

④ 蒋寅：《古典诗学的现代诠释》，四、《不说破》，第 85—89 页，中华书局，2003 年。

⑤ 〔清〕刘熙载：《艺概》，卷一《文概》：“叙事有主意，如传之有经。主意定，则先此者为先经，后此者为后经，依此者为依经，错此者为错经。”第 43 页。

方式，去描写对象，去解读问题。变通性、独创性、探索性，为其三大特征[①]。今翻检金批《西厢记》数过，发现金圣叹之创作观与鉴赏论，多为水平式、发散式、辐射式之创造性思维[②]，近似曹洞宗"不犯正位"之禅思。为方便称说，今姑以"不犯正位"称述金圣叹此种创造性思维。

金批《西厢记》，其创作观、鉴赏论，颇体现"不犯正位"之创造性思维，试与《左传》叙事艺术相较，可以相互发明者不少。举其荦荦大者有二：一曰烘云托月法，二曰避实取虚法：

(一) 烘云托月法

不犯正位之法多方，金圣叹运用极夥，莫妙于烘云托月法。《第六才子书西厢记》卷四《惊艳》特提"烘云托月"之法；《读〈西厢记〉法》之五十、五十一、五十二、五十三、五十四，分项述说，相互印证阐说，可谓不惮其烦，如：

> 亦尝观于"烘云托月"之法乎？欲画月也，月不可画，因而画云。画云者，意不在于云也；意不在于云者，意固在于月也。……《西厢》第一折之写张生也是已。《西厢》之作也，专为双文也。然双文国艳也，国艳则非多买胭脂之所得而涂泽也。抑双文天人也，天人则非下土蝼蚁工匠之所得而增减雕塑也。将写双文，而写之不得，因置双文勿写；而先写张生者，所谓画家"烘云托月"之秘法。（第893—894页）

绘事有渲染烘托之法：欲画月，月不可画，因为是"正位"、"正题"。"因而画云"，自然可行！因为画云藉宾形主，主意正位不在云，主意正位固在于月。据金批《西厢》："《西厢》之作，专为双文"，故崔莺莺于《西厢记》为正位。由于莺莺为国艳，为天人，宋人王安石所谓"意态由来画不成"、邢居实所谓"天上仙人骨法别"[③]，因而"写之不得，因置双文勿写"，是所谓不犯正位。不写莺莺，而先写张生，此即画家"烘云托月"之法。

《西厢记》所写主角究竟为谁？金圣叹再三强调，止要写得一个人。"一个人者，双文是也。"换言之，莺莺为天人、国艳，为"天下之至尊贵、至有情、至灵慧、至矜尚女子"，为全剧之灵魂人物，乃全剧之目的所在与因缘所系，因而，"此一个人"为主角，为主脑，为正位。依烘云托月之法，藉宾形主之方，正位"写之不得，因置双文勿写"，于是著力叙写宾位之张生、红娘。《读〈西厢记〉法》言之极明：

> 五十、若更仔细算时，《西厢记》亦止为写得一个人。一个人者，双文是也。若使心头无有双文，为何笔下却有《西厢记》？《西厢记》不止为写双文，止为写谁？然则《西厢记》写了双文，还要写谁？
>
> 五十一、《西厢记》止为要写此一个人，便不得不又写一个人。一个人者，红娘是也。若使不写红娘，却如何写双文？然则《西厢记》写红娘，当知正是出力写双文。
>
> 五十二、《西厢记》所以写此一个人者，为有一个人要写此一个人也。有一个人者，

① 张永声主编：《思维方法大全》，第49—50页，南京：江苏科学技术出版社，1991年；田运主编：《思维辞典》，第207—208页，杭州：浙江教育出版社，1996年。

② 有关创造性思维，运用之实例，可参考张高评：《创意造语与宋诗特色》，第二章《从创造思维谈宋诗特色》，第61-66页，台北：新文丰出版公司，2008年。

③ 〔宋〕王安石《明妃曲二首》其一，邢居实《明妃引》，参考张高评：《王昭君形象之转化与创新——史传、小说、诗歌、杂剧之流变》，第七章《王昭君和亲故事与宋诗之创意研发》，第267—271页，台北：里仁书局，2011年。

张生是也。若使张生不要写双文，又何故写双文？然则《西厢记》又有时写张生者，当知正是写其所以要写双文之故也。

五十三、诚悟《西厢记》写红娘止为写双文，写张生亦止为写双文，便应悟《西厢记》决无暇写他夫人、法本、杜将军等人。（第863页）

文家“不犯正位”之妙法，表现于水墨画法，即为“烘云托月”之秘诀。金圣叹强调：《西厢记》“止为写得一个人。一个人者，双文是也”。犹水墨画，正位画一个景；一个景者，月是也。论者称：金批《西厢记》揭示“此一个人”，作为典型人物塑造之提法，于是不得不写绝代才子张生，关锁针线红娘。于是《西厢记》出之以烘云托月法，形成高度集中，泾渭分明之主配角关系。看似“群芳吐艳而独废牡丹，水陆毕陈而独缺江瑶”，实则运用藉宾形主，烘云托月之法，犹绕路说禅，“说似一物即不中”。圣叹所谓“目注彼处，手写此处”，所谓“狮子滚球”法，着力写好外围人物，步步为营，层层包抄，以之形塑天仙化人莺莺[①]。由于文法贵在不说破，犹画法表现“不犯正位”；莺莺既为天人、国艳，“将写双文，而写之不得，因置双文而勿写”，此犹绘事未直接画月，而间接画云。既置莺莺不写，于是而写红娘、写张生、写夫人、法本、杜将军，所以如此写，如彼写者，亦只为烘托出莺莺国色天香“一个人”。所谓“画云者，意不在于云；意不在于云者，意固在于月也。”此即杜甫《咏怀古迹》咏写明妃村“群山万壑赴荆门”手法，必如是方能收烘云托月之效，金批《西厢记》上半出义法大抵若此。

《西厢记》卷四《闹斋》，可作“《西厢记》止为要写一个人”，提示“烘云托月”之精华聚焦。如〔乔版儿〕曲文：“大师年纪老，高座上也凝眺；举名的班首真呆傍，将法聪头做磬敲。”〔甜水令〕曲文：“老的少的，村的俏的，没颠没倒，胜似斗元宵。”〔折桂令〕曲文：“烛影红摇，香霭云飘；贪看莺莺，烛灭香消。”〔碧玉箫〕曲文“行者又嚎，沙弥又哨，你须不夺人之好。”云云，真是妙文奇文。佛门六根清净之地，莺莺一现身，竟然引起一阵骚动：大师也凝眺，班首错敲磬；贪看莺莺，烛灭香消，种种匪夷所思之场景描写，都为烘托崔莺莺国色天香之姿容。金圣叹于《闹斋》之用烘云托月之法，颇有提示：

忽然巧借大师、班首、行者、沙弥皆颠倒于莺莺，以极衬千金惊艳，固是行文必然之事。（第929页）

今欲状写莺莺令人惊艳之美，王实甫并不一语道破，乃不犯正位，透过张生观看作为叙事眼睛，竟然巧借本应六根清净之大师、班首、行者、沙弥，“皆颠倒于莺莺，以极衬千金惊艳”，妙笔！奇文！此与乐府《日出东南行》写秦罗敷之美丽同工异曲，皆是就众人眼见，表现美的效应着墨。[②] 妙在不直接正面描写罗敷、莺莺，此即“烘云托月”法之运用。

烘云托月之法，与宾主、虚实、详略、轻重之法，可以相互搭配，贵在神明变化之。大抵烘云托月，不犯正位之法，宾位多详、多重，多用虚笔；而主位多略、多轻，多用实笔轻轻一点便足，无劳词费。就《左传》文章义法观之，信有此妙：如《左传》叙秦晋韩之战（僖15）、晋楚城濮之战（僖28）、秦晋崤之战（僖31）、晋楚邲之战（宣12）、晋楚鄢陵之战（成16）。要之，本于劝

---

① 谢柏梁：《“此一个人”与“极微说”——中国式的典型观与细节论》，辑入章培恒、王靖宇主编：《中国文学评点研究论集》，第364—372页，上海古籍出版社，2000年。

② 〔宋〕郭茂倩编著：《乐府诗集》，卷二八《相和歌辞三·陌上桑》：“行者见罗敷，下担捋髭须。少年见罗敷，脱帽著帩头。耕者忘其犁，锄者忘其锄。来归相怨怒，但坐观罗敷。”第410—411页，台北：里仁书局，1984年。

善惩恶之资鉴，多目注成败胜负之所以然，却不一语道破；乃曲折详尽叙写战前之谋略，战后之收拾，叙战况正位，只用简笔一点便足。详于兵谋，而略写战事，烘云托月，最便于成败之资鉴。他如《钼麑触槐》(宣2)，以历史想象详写钼麑之言行，以烘托赵盾之恭敬。王孙满对楚王问鼎(宣3)，详笔重写铸鼎、定鼎，略笔轻写迁鼎，以不犯正位应对楚子问鼎，辞令得体。最妙于叙写麻隧之战(成13)，详录《吕相绝秦》一篇外交辞令，文占全篇五分之四，叙战不犯正位如此，盖注目于此篇文宣攸关战争成败，故运以烘云托月之法，选将之后，只轻点“晋帅乘和”，而晋胜秦败立见。其他，《左传》叙事，尚有宾主、虚实、轻重、映衬诸义法之运用，与烘云托月多有关联，不赘[①]。且看《读〈西厢记〉法》之四十七云：

> 四十七、《西厢记》止写得三个人：一个是双文，一个是张生，一个是红娘。其余如夫人，如法本，如白马将军，如欢郎，如法聪，如孙飞虎，如琴童，如店小二，他俱不曾著一笔半笔写，俱是写三个人时，所忽然应用之家伙耳。(第862页)

就大体而言，《西厢记》“止写得三个人”，即莺莺、张生、红娘。其余诸人，“俱是写三个人时，所忽然应用之家伙耳”。再就全书精华聚焦言，《西厢记》“止为要写一个人”莺莺，故张生、红娘及其他人等，都是陪衬，此俱是“烘云托月”之法，与《左传》叙事法有相得益彰之妙。

(二) 避实取虚法

虚笔与实笔，可以交互发明，相得益彰。然就不犯正位而言，笔法又往往贵虚而忌实。不犯正位处，大多用虚笔；正位处，则实写。金批《西厢》申言：“从来妙文，决无实写一法。”[②]以《闹斋》为例，评云：

> 盖至是而张生已三见莺莺矣。然而春院乃瞥见也，瞥见则未成乎其为见也。墙角乃遥见也，遥见则亦未成乎其为见也。夫两见而皆未成乎其为见，然则至是而张生为始见莺莺矣。是故作者于此，其用笔皆必致慎焉。……人或不解者，谓此是实写。夫彼真不悟从来妙文，决无实写一法。(第928—929页)

张生三见莺莺：“瞥见”、“遥见”与亲见。前两见“皆未成乎其为见”，故多作虚灵浪漫，不切实际之话语：其瞥见之文，则曰“尽人调戏”、“将花笑拈”、“兜率院”、“离恨天”、“这里遇神仙”，都作天女三昧忽然一现之辞。其遥见之文，则曰“遮遮掩掩”、“小脚难行”、“行近前来”、“我甫能见娉婷”，真是“百媚生”，都作前殿夫人是耶何迟之辞(第929页)。凡此，皆“不犯正位”之虚笔，张生历经二见，可谓望穿秋水，始得亲睹芳颜，故其文曰“檀口点樱桃，粉笔倚琼瑶，淡白梨花面，轻盈杨柳腰，满面堆着俏，一团衡是娇”，方作清水观鱼、数麟数鬣之辞。至此，方就正位作巧构形似之图写莺莺。金批《西厢记》云：

> 右第六节。正写莺莺。○世之不知文者，谓此是实写。不知此非实写也，乃是写张生直至第三遍见莺莺，方得仔细，以反衬前之两遍全不分明也。或问：必欲写前之两遍不得分明者，何也？曰：莺莺千金贵人也，非十五左右之对门女儿也。若一遍便看得

---

① 张高评：《左传文章义法撢微》，第二章《左传谋篇之义例》，第42—46、50—52页。

② 金圣叹批《水浒传》，亦运用“避实取虚”法，参考郭瑞：《金圣叹小说理论与戏剧理论》，第一编第四章《叙述方法》，第111—114页，中国文联出版公司，1993年。

仔细，两遍便看得仔细，岂复成相国小姐之体统乎哉？（第932页）

张生前两遍“瞥见”、“遥见”莺莺，看得极不分明，以“莺莺千金贵人”，未便看得仔细，故以虚笔传其神采风韵。第三遍亲见莺莺，方得仔细，方正位摹写，亦是避实影虚之法，所以“反衬前之两遍全不分明也”。金批《西厢记》走笔至此，乃援引《左传·周郑交质》，以解说虚实相生之妙。其言谓：

从来文章家无实写之法。吾见文之最实者，无如《左氏·周郑交恶》传中，“涧溪沼沚之毛，苹蘩薀藻之菜，筐筥锜釜之器，潢污行潦之水”，板板四句，凡下四四一十六字，可称大厌。而实则止为要反挑王子狐、公子忽，两家俱用所爱子弟为质，乃是不必。故言不过只采那涧溪沼沚中间之毛，唤做苹蘩薀藻寻常之菜，盛于筐筥锜釜野人之器，注以潢污行潦不清之水，只要明信无欺，便可荐鬼神而羞王公。四句，不意乃是一句；四四一十六字，不意乃是一字；正是异样空灵排宕之笔。然后谛信自古至今无限妙文，必无一字是实写，此言为更不诬也。（第932—933页）

金批《西厢记》论虚实，先后提斯者三：一则曰“从来妙文，决无实写一法”；再则曰“从来文章家无实写之法”；三则曰“自古至今无限妙文，必无一字是实写”，避实崇虚，以虚影实，可以虚实相生，可以虚实互用。《左传》“君子曰”评论周郑交质（隐3），痛惜周王之伤威，诃斥郑伯之不臣，楬橥诚信不欺，作为一篇之旨趣。史论排比“涧溪沼沚之毛”四句，微文讽刺二国失信，金批称“异样空灵排宕”，盖运以不犯正位之虚笔，方有此妙。《左传·周郑交恶》排比“涧溪沼沚”四句，世称“文之最实者”，皆可运以藉实影虚，可以“异样空灵”如是，益信古今妙文无实写之法，盖即禅宗所谓“说似一物即不中”。

以王实甫《西厢记》卷四《惊艳》，《村里迓鼓》曲文，与金批文字对读，可见所谓虚字、虚笔，多指不犯正位，近绕路说禅，见离合相生之妙。如：

〔村里迓鼓〕随喜了上方佛殿，又来到下方僧院。厨房近西，法堂北，钟楼前面。游洞房，登宝塔，将回廊绕遍。我数罗汉，参过菩萨，拜罢圣贤。那里又好一座大院子，却是何处？待小生一发随喜去。（第898页）

金批：右第四节。写张生游寺已毕，几几欲去，而意外出奇，凭空逗巧。○如此一段文字，便与《左传》何异？凡用佛殿、僧院、厨房、法堂、钟楼、洞房、宝塔、回廊无数字，都是虚字；又用罗汉、菩萨、圣贤无数字，又都是虚字。相其眼觑何处，手写何处，盖《左传》每用此法。我于《左传》中说，子弟皆谓理之当然。（第898页）

《西厢记·惊艳》，写张生惊艳崔莺莺，由瞥见，而遥见，而亲见，颇具戏剧张力。瞥见、遥见，皆用虚写，不犯正位；即亲见，亦以实影虚，何况未亲见、未遥见、未瞥见之前？故此节写“张生游寺，几几欲去”，就全戏主调“惊艳”而言，自然是不犯正位，是绕路说禅，是虚字、虚写。故金批指出：速写佛殿、僧院、厨房、法堂、钟楼、洞房、宝塔、回廊诸场面，固然是虚字；即数罗汉、参菩萨、拜圣贤诸场景，也是虚笔。

此节批文，两提《左传》，一则曰：“如此一段文字，便与《左传》何异？”二则云：“相其眼觑何处，手写何处，盖《左传》每用此法。”可见《左传》之于《西厢》，圣叹盖“用一副手眼读得”。禅宗教人“明心见性，不立文字”，讲述不宜妙明体尽，不应太过透彻，故说法多绕路说禅，不犯正位，作文之虚处传神，绘事之计白当黑，其理相通。近人吴闿生（1877—1948）《与李右周进士论〈左传〉书》，枚举《左传》文法之奇者四，其中有所谓“横接”、“旁溢”、“反射”云云，多与不犯正位、烘云托月手眼有关。其说云：

一曰“横接”。必然之势无可避免，而语意所趋未尝径落。惠公之擒也，先之以小驷；齐侯之败也，先之以辖蛇；共王之伤也，先之以射月；督戎之死也，先之以焚丹书。必有所藉而后入，必有所附而后伸。若此者，皆其横接之胜也。[①]

偶然，可能是历史之插曲，却往往影响历史之必然。《左传》叙写成败利病，突叙偶然细节，看似局外无干事件，却攸关他日之结局。横接之法，在“必有所藉而后入，必有所附而后伸”；“必然之势无可避免，而语意所趋未尝径落”；即金批《西厢记》所云：“相其眼觑何处，手写何处。”《左传》叙写成败，往往虚处传神，此金批所谓“意外出奇，凭空逗巧。”又如：

一曰“旁溢”。蹇叔哭师，知其败之必于崤耳，而二陵风雨、后皋之墓，罩然有凭高吊古之思焉。徐关之入，勉保者以慎守耳，而女子之辟，锐司徒之问，殷然有家人父子之谊焉。推之华元皤腹之讴，以著其雅量；叔展麦曲之问，以极其艰穷；叔仪佩蕊之歌，以彰其匮竭，皆假轶事小文，肆为异采，则其横溢而四出者也。[②]

《左传》叙事多细节描写，或着眼于闲处，或留意于冷处，皆可见用心于笔墨之外，事外远致，往往而有。如吴闿生所云“旁溢”一法，“假轶事小文，肆为异采”，亦皆着眼于虚处闲处。所谓形象大于思维，《左传》叙事绘声绘影，富于事外远致，如蹇叔哭师、徐关之入、华元之讴、叔展之问、叔仪之歌，多非叙事之正位主调，而左氏用心于笔墨之外，故读之而趣味横溢四出。又如：

一曰“反射”。庄公之不子，则以颍考叔之孝形之；齐豹之不臣，则以公孙青之谨形之；季孟之怯懦纵敌，则以冉有之义、公孙务人、林不狃之节形之；臧孙纥之无罪，则以东门遂、叔孙侨如之盟首形之。推之崔、庆、栾、高之乱齐，而以晏子正君臣之义；昭公之亡国，而以子家、子主反正之策。言出于此，意涉于彼，如汤沃雪，如镜鉴幽。若此者，皆其相反而益著者也。[③]

《礼记·经解》云：“属辞比事，《春秋》之教也。”《左氏》以史传经，最得《春秋》书法之教。清姜炳璋《读左补义》释“属辞比事”曰：“一传之中，彼此相形而得失见；一人之事，前后相挈而是非昭”[④]；无论相映成趣，或对比成讽，皆非直截了当，开门见山表述其人其事，是亦“不欲犯中”，绕路说禅之法。吴闿生所举“反射”法之例，验之姜炳璋属辞比事之解，要皆“彼此相形”、“前后相挈”之反衬双衬。《左传》着眼于正位，如庄公之不子，齐豹之不臣，臧孙纥之无罪，崔、庆、栾、高之乱齐，鲁昭之亡国，却不一语道破。可见《左传》叙事传人，并不妙明体尽，于主题正位皆着墨不多。叙事文字致力于描写颍考叔之孝，公孙青之谨，冉有诸人之节，东门、叔孙之盟首，晏婴之正君臣之义。左氏叙事，“其眼觑何处”？其叙事眼睛盖觑定“正位”，

---

① 吴闿生撰，白兆麟校注：《左传微》，卷首《与李右周进士论〈左传〉书》，第 12 页。

② 同上注。

③ 同上注。

④ 〔清〕姜炳璋：《读左补义》，卷首《纲领下》，“属辞比事”，第 106—107 页，台北：文海出版社，1968 年。

而不犯正位;"手写何处"？乃手写偏位、着墨于宾笔。《左传》叙事之妙,以属辞比事之法解读,得失自见,是非自昭,吴闿生所谓"言出于此,意涉于彼",亦着眼于虚,不犯正位之伦。

《左传》叙事,往往运虚于实,莫妙于晋楚鄢陵之战《巢车之望》,楚共王与伯州犁之问对:

> 楚子登巢车以望晋军,子重使太宰伯州犁侍于王后。王曰:"骋而左右,何也?"曰:"召军吏也。""皆聚于中军矣。"曰:"和谋也。""张幕矣。"曰:"虔卜于先君也。""撤幕矣。"曰:"将发命也。""甚嚣且尘上矣。"曰:"将塞井夷灶而为行也。""皆乘矣。左右执兵而下已。"曰:"听誓也。""战乎?"曰:"未可知也。""乘而左右皆下矣。"曰:"战祷也。"伯州犁以公卒告王,苗贲皇在晋侯之侧,亦以王卒告。皆曰:"国士在,且厚不可当。"(《左传》成公十六年)

钱钟书《管锥编》,颇欣赏《巢车之望》之藉言记事法,谓:"不直书甲之运为,而假乙眼中舌端出之(the indirect presentation),纯乎小说笔法矣。"[①]晋军部勒形势,从楚王目中望见,自伯州犁口中道出,绘声绘影,敌军之动静进退,已呼之欲出。叙事若"直书甲之运为",是实写,是犯正位;《左传》叙战,"不直书甲之运为,而假乙眼中舌端出之",是借乙口叙甲事,变叙事为对话,着墨于眼与口,并不直叙其事,所谓"不着一字,尽得风流",有言外之意,事外远致,是运虚于实之极笔。

清冯李骅《左绣》,集《左传》评点之大成。曾言:"《左氏》叙事、述言、论断,色色精绝,固不待言,乃其妙尤在无字句处!"[②]金圣叹《读〈西厢记〉法》之三十亦云:"一部《西厢记》,真乃并无一字;岂但并无一字,真乃并无一句。一部《西厢记》,只是一章。"(第860页)金圣叹遍观古今文章,其品第有三:"有用笔而其笔不到者,有用笔而其笔到者",二者或无文,或平实,可以不论;金圣叹特别推崇"有用笔而其笔之前、笔之后、不用笔处无不到者",此即避实取虚之文,烘云托月之文,不犯正位之文。于传世之典籍中,独推《左传》之文心,如云:

> 若夫用笔而其笔之前、笔之后、不用笔处无处不到,此人以鸿钧为心,造化为手,阴阳为笔,万象为墨。心之所不得至,笔已至焉;笔之所不得至,心已至焉。笔所已至,心遂不必至焉;心所已至,笔遂不必至焉。……(第904页)
>
> ……若用笔而其笔之前后、不用笔处无不到者,舍《左传》吾更无与归也!《左传》之文,庄生有其骀宕,《孟子》七篇有奇峭,《国策》有其匝致,(圣叹别有《批〈孟子〉》、《批〈国策〉》欲呈教。)太史公有其裳岚。夫庄生、《孟子》、《国策》、太史公又何足多道?吾独不意《西厢记》,传奇也,而亦用其法。然则作《西厢记》者,其人真以鸿钧为心,造化为手,阴阳为笔,万象为墨者也。(同上)

"用笔而其笔之前、笔之后",笔之四面,无处不到者,前所述预叙逆摄法、离合擒纵法、烘云托月法、避实取虚法,多略有触及。金圣叹于此心法,赞扬有加,且推崇《左传》笔法心法,以为"舍《左传》吾更无与归也"。金批《西厢·惊艳》曾云:"临文无法,便成狗嗥,而法莫备于《左传》。"金圣叹言外,有以《左传》为文章义法轨范之意。故曰:"《左传》之文,《庄生》有其骀宕,《孟子》七篇有其奇峭,《国策》有其匝致,太史公有其笼炊。"可见,《左传》之文,众美并臻,

---

① 钱钟书:《管锥编》,"春秋左传正义",三一,《借乙口叙甲事》,第210页,台北:书林出版公司,1990年。

② 〔清〕冯李骅:《左绣》,卷首《读左卮言》,第46页。

诸法赅备。终则云："吾独不意《西厢记》，传奇也，而亦用其法。"由此可见，《西厢记》笔法心法，有与《左传》相近相似者。由此观之，《西厢记》与《左传》二书之作者，"其人真以鸿钧为心，造化为手，阴阳为笔，万象为墨"。盖圣叹"用一副手眼读得"，《庄子·齐物论》称"道通为一"，良有以也。

实写，指从正面直接描写；虚笔，指从侧面间接表述。清刘熙载《艺概·文概》称："《春秋》文见于此，起义在彼。《左氏》窥此秘，故其文虚实互藏，两在不测。"[①]就解释《春秋》经而言，《左氏》虚实互藏之笔法，以事为义最有特色。顾炎武《日知录》所谓"于序事中寓论断"[②]，事外无理，理在事中，理事圆融而无碍，此《左传》"以史传经"，以历史叙事替代以义解经之常法。所谓"据事直书，是非自见"，"无相"宜借助"有相"以表述之。笔者曾撰一文，就《左传》所叙弑君、灭亡卒灾、观狩、奔立诸例，阐扬以事为义，进行论证申说[③]。就叙事文学之义法言，自是文家虚实互藏之案例。限于篇幅，此不再赘。

四、结语

金圣叹批第六才子书《西厢记》，与批《水浒传》一般，颇关注文学技巧，艺术手法。金氏之创作观、鉴赏论、批评论，此中有具体而微之体现。今以金批《西厢记》为研究文本，选取其中引述《左传》叙事艺术之资料，交相论证，以见金圣叹"《西厢记》笔法通《左传》"之特识。

金圣叹之阅读论、鉴赏观，极其特殊。有才子书六部，曾宣称："其实六部书，圣叹只是用一副手眼读得。""如读《西厢记》，实是用读《庄子》、《史记》手眼读得；便读《庄子》、《史记》，亦只用读《西厢记》手眼读得。"此与《庄子·齐物论》"道通为一"近似，"用一副手眼读得"天下书，取其相通，舍其殊异，方可模拟论学。

金批《西厢记》，谈说写作技巧，较论其他典范文学，多"用一副手眼读得"。其中，独钟《左传》之叙事艺术。曾言："临文无法，便成狗嗥，而法莫备于《左传》。"曾宣示："我批《西厢》，以为读《左传》例也。"因此，书中对《左传》叙事之方法，推崇再三，一一将《西厢记》写作手法与《左传》作模拟。固然为抬举《西厢记》而攀附经史，而《左传》为经典楷模之意义，已不疑而具。

《西厢记》，有"移堂就树"法，金圣叹以为即《左传》"经前起传"之法。《读〈西厢记〉法》提出："文章最妙，是目注彼处，手写此处；或目注此处，手写彼处。"就杜预《春秋经传集解序》而言，即是先经以始事，后经以终义。金批《西厢记》所谓"月度回廊"法，《左传》叙事之闲笔、点缀、渲染法似之，为文忌平致曲，理有固然。《左传》叙事，往往预告成败，逆见吉凶；吴闿生叙《左传》文法之奇，所谓逆摄者，可与金圣叹"移堂就树"法、"月度回廊"法相发明。

金批《西厢记》又有"狮子滚球"法，其法"先觑定阿堵一处，已却于阿堵一处之四面，将笔来左盘右旋，右盘左旋，再不放脱，却不擒住"；"先觑定阿堵一处"，即是文章之主意、主脑；

---

① 〔清〕刘熙载撰，徐中玉、萧华荣校点：《刘熙载论艺六种》，《艺概》卷一《文概》，第5页。

② 〔清〕顾炎武撰，黄汝成集释，栾保群、吕宗力校点：《日知录集释》全校本，卷二六《史记于序事中寓论断》，第1429页，上海古籍出版社，2006年。

③ 张高评：《春秋书法与左传史笔》，第三章《"于叙事中寓论断"与以事为义——以〈左传〉解经为讨论核心》，第81—118页，台北：里仁书局，2011年。

“左盘右旋，右盘左旋”，即是离合相生、欲擒故纵之法，第五才子书《水浒传》所谓“欲合故纵法”，《左传》叙战，如晋楚城濮之战，信有此妙。《左传》叙外交辞令，如《声子说楚复伍举》，富“镜花水月之妙，全在若离若合之间”。《左传》欲擒故纵之法，则如《邾庶其以漆、闾丘来奔》，“擒纵自如，文情飞越”。金圣叹称“法莫备于《左传》”，信然。

金圣叹于禅宗，或参禅，或著述，既十分著意，自有心得表现。今读金批《西厢记》，其创作观、鉴赏论，富于变通、独创、探索，暗合创造性思维之发散、辐射。据此，颇近曹洞禅宗“不犯正位，语忌十成”之禅思。禅思转为文思，于是金批《西厢记》颇多“不犯正位”之表述。金圣叹是否娴熟曹洞禅学？其文思发想是否来自曹洞禅宗之“五位君臣”、“正偏五位”？姑待他日考证。今不妨大胆假设实有其事，取其荦荦大者有二：其一，“烘云托月”法；其二，“避实取虚”法，各有论证。

据金圣叹之见，“《西厢记》之作也，专为双文也”；然崔莺莺国艳天人，“写之不得，因置双文勿写”。犹第一义不可说，切忌直说道破；必欲表述，则出以不犯正位，绕路说禅，故《西厢记》写张生、写红娘，以及其他相关人等，皆为烘托莺莺之国艳天人，盖藉宾形主，可以收绿叶陪衬牡丹之效，此之谓烘云托月。《左传》叙次春秋五大战，详叙兵谋，而略写战况，详宾略主之法见，而成败劝诫之资鉴可观。秦晋麻隧之战，详载文宣而略写战事；声子说楚复伍举，详写楚材晋用之四宾，而不谈亡命强晋之伍举，详略、轻重之际，亦不犯正位，所以凸显《左传》资鉴之主意，体现史学经世之主脑。

金批《西厢记》再三强调：“从来妙文，决无实写一法。”“自古至今无限妙文，必无一字是实写。”张生亲见莺莺前，瞥见、遥见，固然是虚笔；即始见、亲见莺莺一节，世人目之为实写者，金圣叹亦以为“反衬前之两遍全不分明”。《西厢记·惊艳》，“村里迓鼓”曲文，写张生游寺，几几欲去，文章意外出奇，凭空逗巧。金圣叹以为历数游寺所经，都是虚字，而《左传》每用此法。乃举《左传·周郑交恶》“君子曰”之文为例，以为“涧溪沼沚”四句，就全篇义法而言，乃避实取虚，“正是异样空灵”。

就避实取虚之法而言，吴闿生论《左传》文法之奇有四，其中横接法、旁溢法、反射法之运用，富于事外远致者，要皆言此意彼，不犯正位；避实取虚，烘云托月。金圣叹特别推崇《左传》之叙事艺术，以为“若用笔而其笔之前后、不用笔处无不到者，舍《左传》吾更无与归也”，其创作观、鉴赏论可以考见。

作者单位：台湾成功大学

解困皇明文治及明初文学境遇

饶龙隼

宋南渡偏安江左，文化重心移居东南。此一格局延续至元代，而蒙元文化政策不力，未能从根本上扭转局势，因使文化重心遗落东南。这当然乖违大一统之义，实埋下元祚命短的根源。

对于这个状况，当时有识之士已感忧虑，愿治之君亦图有所反正。元皇庆二年(1313)六月，仁宗皇帝欲推行文治，启动尊崇儒术的政策，诏"以宋儒周敦颐、程颢、颢弟颐、张载、邵雍、司马光、朱熹、张栻、吕祖谦及故中书左丞许衡从祀孔子庙廷"(《元史》卷二十四)。同年十一月甲辰，又诏行科举取士，命"以皇庆三年八月，天下郡县兴其贤者、能者，充贡有司。次年二月，会试京师，中选者亲试于廷，赐及第出身有差"。仁宗满怀期望说："朕所愿者，安百姓以图至治；然匪用儒士，何以至此。设科取士，庶几得真儒之用，而治道可兴也。"(《元史》卷二十四)这给汉族读书人，尤其是"南人"，带来仕进的希望，愿学士趋之若鹜。但元廷并未敞开心胸，来真诚迎待新进士子。他们虽获功名，却多沉落下僚，空怀才抱道，而蹉跎不遇。如浙东儒士刘基，至顺四年(1333)进士，初除授高安县丞，后辟为职官掾史，与幕官议事不合，遂投劾去而归，隐居浙东青田山中，著《郁离子》明志(《诚意伯文集》卷末《故诚意伯刘公行状》)。及至顺帝即位之三年，至元元年(1335)十一月，下诏停罢科举，抑儒政策复行(《元史》卷三十八)。以后，科举时行时废，不得健全运行；终至元末兵兴乱起，文治愿景转成噩梦。

而兵燹扰乱造成南北阻隔，使隐没草野之士更生怅望，滋长对元政权的离心意绪；又因东南各地交通亦受阻，使地域之间文化交流不畅，各方文士处闭绝自囿之境。他们为图存自保，或依附割据政权，或窜伏山林避难。当然，也有不甘堕落者，在相对独立环境，讲学论道，诗酒酬唱，形成思想气质各异的文人群体，呈现文学群落多方并存的格局。这又加剧了对大一统的乖违，使东南半壁人心也破碎飘零。

这样，如何匡复大一统之义，如何整合士气与人心，就成极艰巨的历史使命，留待新兴的皇朝去完成。明开国之君和他的文臣们，就是为完成这个历史使命，而乘着国势文运之风会，聚合到长江岸边的南京。

一、敷饰皇明文治遭遇的文学困境

若不是造化的拨弄，谁也不曾料想得到，竟然是不期而至的人际遭遇，为历史人物创设这样的偶合：

至正四年(1344)：怀旷世奇才而不遇的刘基，为挽救垂死挣扎的元政权，正在不辞辛劳地南北奔走；远在长江以北的凤阳少年，十七岁的朱元璋大疫余生，孤苦无依地入皇觉寺为僧；宋濂正享用平生最美好时光，五年前早已将家业授予子侄，自己则朝夕沉潜于书册吟咏[①]。

至正十五年(1355)：朱元璋率部，自和州渡江，直取太平路[②]；耆儒陶安等怀着忧惧，率领父老出城来迎见，诱导朱元璋神武不杀[③]；宋濂以遐方贱士恭闻大庆，竟作《皇太子受玉册颂》，说是遵从诗人美盛德之义[④]。

至正十七年(1357)五月，西昌刘崧将赴春官试，遇兵乱道梗受阻南昌(《槎翁文集》卷十二《永州府君遗像引》)；至正十八年(1357)十二月，朱元璋率军攻取婺州，辟浙东诸儒敷陈治道；至正十九年(1359)正月，朱元璋强聘宋濂为郡学五经师，宋濂迁就而还居金华潜溪故居；元至正二十年(1360)三月，宋濂、刘基、章溢和叶琛，带着疑虑同舟抵达了南京，朱元璋接见他们大话说："我为天下委屈四先生了。"(《明太祖实录》卷三、《明史》卷一百二十八《章溢传》)

……此类偶合，还有很多——倘若刘基如愿获当世重用，浙东四先生就会少他一个；倘若陶安未成功诱以神武不杀，朱元璋雄猜嗜杀之性早就暴露；倘若刘崧没有征途被阻梗，他就可能要做逸民或贰臣；倘若宋濂懒写《皇太子受玉册颂》，他恐怕就成不了皇太子的家庭教师。但这些假设，都没能实现；而成为现实的，是小沙弥出身的朱元璋，与蛰居东南的老师硕儒，竟走到了一起。

他们一旦聚到一起，就确立了君臣之义。文臣职事，首在侍御，有朱元璋雄才大略之规划，有文臣们不辞劳顿之侍奉，庙堂文事便次第展开，以敷饰国朝文治之盛。这包括：(一)扭转文化重心偏居东南的局势，促进南北儒学教化之平衡发展；(二)结束文学群落多方并存的格局，使读书人学有所用而野无遗贤；(三)全面推行文治并尊崇程朱理学，以解除武力集团对皇权的威胁；(四)完成朝章制作并充任文学侍御，以敷衍开国气象修饰文治盛况。当洪武时期，此四项任务，都付诸实施，并且初见成效，但也遭遇困境。

第二项：国初广开仕进之路，征聘各方有学之士；而各方文士也络绎来朝，呈现地域群落归附景象。开国兴治伊始，急需大量人才。来聘者不足以敷治，乃行科举取士之策，于洪武三年始行科举，之后各行省连试三年。又因官多缺员，举人俱免会试，即命赴京听选，以求速

---

① 郑涛《宋潜溪先生小传》云："年三十，即以家业授子侄，朝夕惟从事书册。闲稍有余暇，或支颐看云，或被发行松间。遇得意时，辄击缶浩歌，声振林木，翛翛然如尘外人。"(《宋濂全集·潜溪录》卷二)

② 元至正十五年(1355)六月，朱元璋自和州渡江，攻下险要的采石矶。此举，乃因当年三月间，义兵在和阳内讧，郭子兴执孙德崖，欲杀之以报前憾；后为交换义婿朱元璋，不得已而释放孙德崖，以此忧愁成疾而殒命。朱元璋失去主帅，也就没有了依靠。他见江北事不可为，又见江南空虚易取，便率众渡江。

③ 是年六月某日，朱元璋率兵攻下太平，耆儒李习、陶安等率父老出城迎见。陶安见朱元璋状貌，谓李习等曰："龙姿凤质，非常人也。我辈今有主矣。"丁巳，朱元璋召陶安、李习与语时事。安因献言曰："方今四海鼎沸，豪杰并争，攻城屠邑，互相雄长，然其志皆在子女玉帛，取快一时，非有拨乱救民安天下之心。明公率众渡江，神武不杀，人心悦服，以此顺天应人，而行吊伐，天下不足平也。"其言合朱元璋意，由是礼遇安甚厚，事多与议焉(《明太祖实录》卷三)。

④ 该文有一段序言，交代写作的缘起，寓化内幸民之意。类似的制作，还有《皇太子入学颂》等。此类文字实属无聊，然在宋濂看来：一是可以练笔，学习写作翰苑文体；二是显示才华，表明能胜任大制作(均见四库全书《宋景濂未刻集》卷上)。

效备数。而新进者多后生少年，难以担负繁剧的行政，便暂停科举，仍改行征聘。及至民间人才搜求殆尽，实无以为继乃复设科举（《明史》卷七十《选举二》）。这种反复的做法，虽为皇朝政治解决一时急需，但缺乏常规的人才造就机制，因使国初政治运行不够稳健，甚至产生一系列弊政和狱案。

又因朱元璋恩威并施，使朝野之士闻风惊心。如吴元年之聘秦裕伯，就属强行征聘之显例。秦裕伯尝仕元，遭世乱而弃官，避居松江养母。裕伯对来使曰："裕伯受元爵禄二十余年，背之是不忠也；母丧未终，忘哀而出，是不孝也。不孝不忠之人，何益于人国？"乃上书固辞之。及至洪武元年，省臣复檄起之，裕伯称疾不起。朱元璋乃手书谕之曰："海滨之民好斗，裕伯智谋之士而居此地，苟坚守不起，恐有后悔。"裕伯不得已，乃拜书入朝（《明太祖实录》卷三九）。这种强硬的做法，不仅使当事人心怀畏惧，而且让在朝者惶恐不安。故而，各方文士不堪政治高压，隐忍怀怨而思回归山林，即便入朝为显宦者，如浙东文人宋濂辈，端居翰苑清要之地，却也抱持望乡心态①。他们虽然身在朝堂，心却系念乡园林泉，这就不可能形成合力，来共创庙堂文学事业。更甚者，朱元璋还广兴狱案，大肆残杀怨望之士，如高启之被腰斩；即幸免于祸难者，也因劳役或谗害，而先后死于非命。这样，来附的各方文士，仅在十数年期间，就几被清除殆尽。唯江右、宣徽文人稍幸存，然亦静退幽隐而不绝如缕，其后发之势，尚不可预待。随着各地文学主体的消隐，多方并存的文坛格局解除；但因没能及时产生新的主流文学，而使洪武后期庙堂文苑十分沉寂。

第三项：皇明政权是用武力夺取的，主要得力于淮西政治集团。朱元璋明白能马上得天下，却不能马上治天下的道理。国初论功封赏之后，暂时弭平功臣怨望；但皇权根基并不稳固，仍存深重的政治隐患。一方面，淮西武臣居功自傲，拥兵自重；若不能削弱其兵权，恐生激变。另一面，淮西文臣掌管政府，独任相权；若不能削减其事权，恐难节制。本来，朱元璋也起家于淮西，与该政治集团属一体；但一旦做成皇帝，关系就发生改变，有了君臣之别，必须宰制天下。因此，国家能否巩固，君权能否至尊，朱氏能否延祚，就成严峻课题。为了解决这个政治课题，朱元璋采取一系列做法：如分封诸王，使拥有重兵，并监管边将，以屏藩国家；又如大兴逆案，屠杀奸相党羽，终至废除相制，直接掌控六部。这样做的结果，确实一时收效，但也动摇政权根基，终非长治久安之道。而更好的替代办法，就是全面推行文治：一方面，委任文官治理行政庶务，选聘文臣到都督府任职，让武臣接受儒官的教导，使他们恪守君臣之礼分；另一面，作兴学校特别是国子监，让公侯子弟入学受教育，又制定实施科举取士法，用程朱理学来约束人心。这样，对缓解武臣威胁，为保护朱氏皇权，起到一定的作用。

但是，尊崇程朱理学，实为别有用心；朱元璋只用它约束臣民，却不允许它来约束皇权。当时，宋濂等代表的浙东正学，标举了程朱理学的正宗，按说应该受朱元璋护持；但在实际的皇权运作中，浙东文人只是政治工具，成为权力斗争的牺牲品。朱元璋曾经想让刘基任丞相，以取代淮西文臣把持的相权；又于洪武六年九月，命宋濂参中书大政（《明史》卷一二八《刘基传》、《宋濂传》）。若不是刘基、宋濂婉辞，则浙东文人将分掌相权。这事在当初，朱元璋或真有倚重之意；但实际后果，是加剧两地文人的挤压。因之，在入明各方文人群体之间，浙东与淮西的关系最紧张。而这种紧张关系，适为朱元璋操控。他要利用双方来制衡，以确

① 参见饶龙隼《元末明初浙东文人择主心态之变衍及思想根源》之第二节"望乡心态"（《文学遗产》2008年第5期）。

保皇权不受侵扰：即利用淮西文人所掌握的相权，来打压浙东文人所掌握的教权，以解除教权对皇权的约束；又利用浙东文人所掌握的教权，来制约淮西文人所掌握的相权，以减弱相权对皇权的威胁。随着胡惟庸党案被彻底肃清，淮西集团的政治威胁消除了，则兔死狗烹之历史宿命，就降临到浙东文人头上。洪武十三年十一月，因孙子涉胡惟庸党，宋濂被安置茂州，客死于旅次夔州，则意味着浙东正学主体被疏远；及至建文四年六月，朱棣"靖难"成功，方孝孺抗辩不臣服，竟至诛灭"十族"，则标志着浙东正学主体被消除。而浙东正学主体一旦消失，程朱理学就成为官样文章。

第四项：皇明政权建立之初，急需奠定开国规模。一系列典章制度陆续编定，《元史》编纂也两度开馆，还有纂修礼乐书，及考订法律文书。这些庙堂文事，皆经皇帝敕撰，又有重臣监修，且得宋濂等文翰大家任总裁，并聘各方饱学能文之士参纂。各方儒雅之士，都是元朝旧遗，或曾出仕故元，或久退隐草野，如今奔赴明廷，服务朝章制作。他们态度是积极的，工作热情是高昂的；而朱元璋对于他们，也能表示礼遇宽容。一般事成之后，或是放归还山，或是委以行政，除个别的特殊情况，多能尊重本人意愿。他们贡献了一代典制，是开国君臣推行文治，以文翰敷衍盛国气象，较为成功的工作层面。除此之外，君臣还通过侍御活动，来引导庙堂文学创作。这在朱元璋的用意，一方面是敷饰文治，以示君臣相得之欢；另一面是克除旧习，以开创新文学风气。明初多方文人群体来附，也带入各地的文学风气，总体上绮弱哀怨，纤细清浅，乃亡国之音余响，不合大雅①。这种文学风习，实与皇明开国气象不谐，也必然不为朱元璋所容。为抑制这种不良文风，朱元璋采取两手做法：一是实施政治高压，打击各地文人，不仅残害肉体，而且摧抑精神；二是倡导新的文风，去除元末旧习，修饰盛国气象，助力推动文治。其具体为：（一）御制诗文，与臣唱和，敷衍文学侍御之盛况。举凡宫廷宴饮、祭祀仪式、奉献瑞物，以及君臣郊游，多有诗文唱和②。这种创制有明确的动机和目的，即用典雅文风来冲淡元末余响。对此，文臣之首宋濂解释说："圣天子在上，廓清四海，化呻吟为讴歌，所以有斯乐尔。帝力所被，如天开日明，万物熙熙，皆有春意。"（《文宪集》卷六《春日赏海棠花诗序》）（二）评诗论文，明确导向，倡导笃实简明的文风。朱元璋厌弃繁文，尝御制

① 唐元荐说："本朝之诗，洪武初高季迪、袁可潜一变元风，首开大雅，卓尔冠矣。二公而下，又有林子羽、刘子高、孙炎、孙蕡、黄玄之、杨孟载辈羽翼之。近日好高论者曰'沿习元体'，其失也瞽；又曰'国初无诗'，其失也聋。一代之文，曷可诬哉！"（《升庵集》卷五四"胡唐论诗"条）唐氏此说应区分看待：就明初君臣诗文唱和而言，谓首开大雅，则与史实相仿；就入明文人意气相使而言，谓一变元风，则为夸饰之辞。总的来说，洪武初的文风未能一反元末遗习。

② 如洪武二年冬十月十日，膏露降于乾清宫后苑苍松上，皇帝敕令中官折视禁林诸臣。第二天，皇帝御外朝，左丞相李善长帅群臣称贺，君臣皆有（《文宪集》卷一《膏露颂》）又次月二十二日，皇帝御外朝，召翰林学士宋濂、侍讲学士危素、詹同等七人列坐左右，命进馔，赐黄封酒饮之。酒终，皇帝御制翰墨，赋诗一章，复缀小序于篇首，命群臣各以诗进。危素诗以民瘼为言，皇帝览之大悦。后以危素言，集其诗为卷，而以题辞嘱宋濂（《文宪集》卷六《应制冬日诗序》）。再如，洪武五年六月，句容张观之园获双实同蒂瓜，礼部尚书陶凯捧瑞瓜上，皇帝和宋濂等文学侍臣各赋《嘉瓜赞》、《嘉瓜颂》，极尽"美盛德之形容"（《明太祖文集》卷十六《嘉瓜赞序》、《文宪集》卷一《嘉瓜颂》）。同年十一月，祭祀朱元璋父仁祖淳皇帝，礼部尚书陶凯、工部尚书黄肃、工部侍郎牛谅、晋府参军熊鼎、磨勘司令吴云、兵部侍郎刘崧、工部主事周子谅、秘书监丞陶谊、晋府录事张孟谦、吴府录事吴从善，都说幸际熙明，与于执笾豆之列，不可无篇什以纪成，昭示万世，遂以唐诗"星临万户动，月旁九霄多"为韵，各赋诗一章，而嘱宋濂序之（《文宪集》卷六《郊禋庆成诗序》）。类似盛况很多，此不一一枚举，足见声势之隆。

建言格式[①];还提倡为文本乎道德修行,谓文学侍臣尤当注意于此[②];又厌薄有疵无用之文,而好尚醇厚有用之文[③]。

皇帝如此苦心规划,文臣亦能倾心奉迎,按说应有良好效果,开出皇明大雅正音;但实际情况,却不称人意。而推其根本原因,在于文学有自身的规制,不是强力干预所能奏效。盖大雅正音之形成,需要"和"的氛围。洪武初,刘仔肩编《雅颂正音》,宋濂和张孟载为之作序,均表达天地人和的愿望。而在洪武朝,君臣、朝野之间,实无"和"可言。残酷政治迫害且不说,即在文学侍御活动中,君臣相得的假象之下,往往潜藏着猜忌杀机。朱元璋常以一己好恶,来任意评骘臣子诗文,而这种评价似无一定标准,为此弄得侍御者无所适从;朱元璋还任意品评文臣优劣,以引起臣子之间的争风嫉妒,制造近侍者不安自危的气氛,以使各方文士屈服皇权意志[④]。既然"和"的关系并不存在,那么君臣唱和盛况只是表面虚饰,其深层实潜伏着机险与隐忧。有一幕"熙洽"的情景,适可从一个侧面说明之:洪武八年八月,朱元璋有感于川流不息之理,以为尹程《秋水赋》未契道,乃更为之赋,召群臣观赏。又命众臣各撰赋,以进御览;宋濂等研精覃思,铺叙成章。朱元璋览群臣赋,却没有大加嗟赏。这一微妙的反应说明,群臣的创制未契圣怀。宋濂似乎敏感到这一点,当受命赋《醉学士歌》,便趁醉"下笔倾欹,字不成行列",以敷衍了事。而帝佯装不察,命人抄录醉歌,以赠宋濂收藏,还自欺欺人说:"卿藏之以示子孙,非惟见朕宠爱卿,亦可见一时君臣道合、安乐太平之盛也。"(以上均见《翰林记》卷六"宴饮赓和"条)这生动地表明,在表面的文学侍御盛况下,实弥散着紧张不安的戾气。

第一项:洪武元年八月某日,徐达献平定大都捷,标志着对北方的军事占领,中原从此纳入皇明治化中。明廷采取系列有效措施,来修整北方的社会秩序,促进当地的农业生产,恢复人民的正常生活。在开发经营中原的方略中,朱元璋特别注意南北平衡,并积极推行北方儒学教化。洪武三年八月,首开京省乡试,其所定贡额,能南北均等。除京师、直隶府州贡额百人,广西、广东各二十五人,其余河南、山西、陕西、北平、福建、江西、浙江、湖广各四十人(《明太祖实录》卷五五)。又定吏部铨选制度,以南北更调为常例(《明太祖实录》卷七〇)。洪武十三年正月乙巳,朱元璋尝命吏部选官:"以北平、山西、陕西、河南、四川之人于浙江、江西、湖广、直隶有司用之,浙江、江西、湖广、直隶之人于北平、山东、山西、陕西、河南、四川、广

---

① 茹太素为刑部主事,尝以五事上言,凡一万七千字。朱元璋命人诵之,至六千三百七十字,乃有才能之士、迂儒俗吏云云,而未见五事实迹;又诵至一万六千五百字后,方有五事实迹,五事之字仅五百有零。朱元璋有感于此,乃创制建言格式,云:"朕厌听烦文……故立上书陈言之法,以示天下。若官民有言者,许陈实事,不许繁文。若过式者,问之。"(《明太祖文集》卷十五《建言格式序》)

② 朱元璋尝说:凡侍左右,必慎容仪,致礼节;若言于上,则阐先圣之威德、尧舜之道统,无稽之言不语。以今言之,则翰林院官之职是也。于斯之职,当博通古今,己身已修,己家已齐,善恶人之美恶,口无择言,行无颓迹(《明太祖文集》卷四《翰林承旨诰》、卷四《国子祭酒诰》)。

③ 如批评韩愈《颂伯夷》、《讼风伯》文有疵,谓前文:"过于天地日月,于文则句壮字奥,诵之则有音节……若言道理……吾不知其何物。此果诬耶?妄耶?"谓后文:"其为人欠博观,明道理、格物致知犹未审其精。"又批评柳宗元《马退山茅亭记》为"无益"之文。盖当时许多儒生,学韩柳文,寻行数墨,粗知大意,而不堪国家重用。所以,朱元璋强调道德修行,"欲使今之儒者,凡著笔之际,勿使高而下、低而昂,当尊者尊,当卑者卑,钦天畏地,谨人神,必思至精之言以为文,永无疵矣。"(《明太祖文集》卷十三《驳韩愈颂伯夷文》、卷十三《辨韩愈讼风伯文》、卷七《谕幼儒敕》)

④ 参见《明史》卷一百三十七《桂彦良传》:"帝曰:'江南大儒,惟卿一人。'对曰:'臣不如宋濂、刘基。'帝曰:'濂文人耳,基峻隘,不如卿也。'"

东、广西、福建有司用之，广西、广东、福建之人亦于山东、山西、陕西、河南、四川有司用之。”对此举之推行，君臣颇感得意：在皇帝，则称之为“大公至正之道”；而侍臣，则称之为“太平长久之道”（《明太祖实录》卷一二九），与行政官员南北更调同步，还有儒学教化的南北交流。如在洪武初年，遣国子生三百六十六人，分赴北方各郡学校任教（《明史》卷六十九《选举一》）；六年六月壬辰，又任命刘崧等十四人，为北平等按察司副使（《明太祖实录》卷八三）。他们之任北方，对于振兴学校，推广儒学教化，整齐社会风俗，作出重大贡献。以后，朱元璋还多次颁赐经书于北方学校，又命南方学官有学行者赴北方任教（《明太祖实录》卷一三五、卷一七七、卷一八六）。

以上措施，对促进北方教育事业，对增进南北文化交流，确实发挥重要的作用。但是，北方劫余，凋敝太甚，难以在短期内，实现全面恢复。而人心安于故土，选官之南北更调，只是权宜之计，终非长久之道。且在当时，亦生弊端：“有厌远喜近者，往往以南籍改冒北籍，以北籍〔改〕冒南籍。”（《明太祖实录》卷七〇）这说明，要实现南北交流平衡，关键还在于造就人才，只有南北人才产出均等，才能突破地分南北局限。这又取决于北方教育振兴程度，南北士子学识素养水准之对比，每科中式进士南北名额之配置，主考官对士习文风的喜好偏尚。这是复杂系统的工程，需经不断的试验运行，才可能逐步调整到位。而国初科举取士不甚正常，不足以确保南北进士均等。先是欲求速效，洪武三年始行，之后连试三年；中间一度停罢不用，仍令有司察举贤才，延至十五年才恢复；十七年始定科举之式，命礼部颁行以为永制，但未定南北进士配额。其结果，荐举贤才多出自南方，科举中式者亦多南士，这不但未达南北平衡，反而在拉大南北差距。以致出现丁丑科极端现象：丁丑是洪武三十年，是科考官刘三吾等，取宋琮等五十二人，竟然都是南方士子。及三月廷试，擢陈安第一。有人诬告考官舞弊，帝乃震怒所取之偏，命侍读张信等覆阅，陈安仍在所取之列。朱元璋更怒不已，乃诛信、安等人，又将刘三吾戍边，而亲自评阅考卷，取任伯安等六十一人，及会试擢韩克忠第一（《明史》卷七十《选举二》）。这次所取，皆为北士。这就是著名的南北榜，以跨两季又名春夏榜。此一事件实属莫名：南士考的比北士好，是毋庸置疑的事实，而当时无南北分取之制，则全取南士是择优录取，不存在考官作弊之嫌疑。这只能说，南士学识素养高，而北士类在劣等，南北教化程度悬殊，岂是考官所能操控？刘三吾深明此中情实，他早就对朱元璋说过：“南北风俗不同，有可以德化，有当以威制。”但朱元璋听不进，竟呈皇家意气说：“地有南北，民无两心。帝王一视同仁，岂有彼此之间？汝谓南方风气柔弱，故可以德化；北方风气刚劲，故当以威制。然君子、小人，何地无之？君子怀德，小人畏威，施之各有攸当，乌可概以一言乎？”（《明太祖实录》卷一九八）盖君臣的论旨相同，只是认识上有偏差；而人君的处置办法，实在过于简单粗暴。这也表明，面对文化重心仍留落东南，面对南北儒学文教不平衡，朱元璋和文臣们都陷入困境，一时找不到解决问题的办法。

二、接引西昌雅正文学的生机活力

上述敷饰皇明文治遭遇的困境，也就是洪武朝庙堂文学的境遇。如何解除这些困境，是后继君臣的任务。然这艰巨任务之完成，似不取决于人君意志，而更依赖君臣相得，以及顺应历史运会。

但嗣君朱允炆，以廿二龄登基，生性仁柔暗弱，无力节制诸王；顾命文武大臣，如齐黄耿李辈，又多轻俊无能，不堪担当重任①。更有儒士方孝孺，为宋濂嫡传高弟，得浙东正学真传，以文学博士承国事咨问，然迂腐偏执而不明大势。当燕王“靖难”兵起，他不能建言如何平叛，反日与建文帝居深宫中，从容讲说周礼以复古制。故他之所为，会如此荒谬：

> 建文二年九月壬戌朔。先是，承天门灾，朝臣多言宜罢兵息民，以答天谴。翰林文学博士方孝孺独言诸侯当灭之应。孝孺遂建议改谨身殿为正心殿、午门为端门、〔端门〕为应天〔门〕、承天门为皋门、〔正〕前门为辂门。悉从之。自是益多变更矣。(《明太宗实录》卷七)

他居然不去思量，若朝廷都保不住，宫门名善有何用？他还为建文帝设离间计，派人赍玺书赐燕王世子，欲使燕府父子兄弟内乱。这伎俩心术不正，能否奏效且不说，实有损人君威严。建文三年五月，当燕兵至江北，皇帝猝然不知所措，方孝孺竟出歪点子：

> 事急矣。遣人许以割地，稽延数日，东南募兵渐集，北军不长舟楫，决战江上，胜负未可知也。(《明史》卷一百四十一方孝孺传)

普天之下莫非王土，率土之滨莫非王臣，如今朱允炆为天子，哪有割地求和之理？这么明确的道理，方氏却暧昧不明。这就难怪他抗辩燕王，赴义时作绝命词叹愤：“天降乱离兮孰之其由？”不知其由适表明，方孝孺直至临死，仍不明天下大势。

由此可知，敷饰皇明文治的文学困境，不能指望建文君臣去解除。而究竟应由谁来解除，则需顺应历史的选择。这包括两个方面：一是历史客体的可能性，二是历史主体的适应性。即以文治四项说，这两方面的表征，可对应地描述为：

第二项：各方文士既清除殆尽，则短期内不可能恢复。比如吴中文学，在高启辈消亡之后，经历了长期的沉寂，直至成化、正德朝，因杨循吉鸣世，才稍有所复兴。而幸存的江右、宣徽文人，又表现出不同的发展态势。宣徽文人以李习最老硕，当朱元璋攻占太平府时，他携弟子陶安及父老出迎，然因年已八十余不能出仕。而陶安、朱升等被招募朱元璋帐下，为新政权规划开国规模和国家体制，贡献良多，颇见信任。按说，宣徽文人有条件发扬壮大，成为皇明庙堂文事的主导。但是实际情形正好与此相反，因宣徽文人承古朴的新安儒学，其在元末群体成员数量就少；故当以群落形式归附明廷，在与各方文人并峙共存中，既不占优势也无突出表现；特别是在科举取士一途，宣徽士子中进士者又少，则未能给翰苑补给新人。

而与之相反，江右文人群体成员庞大，入明后虽官位不够隆显，但也由此未遭严酷迫害，因而保存了绵延的后劲。更在科举取士一途，江右人才彬彬鼎盛。洪武三年首科状元桂冠，即为金溪的吴伯宗摘取。以后又有多科状元，产生自江西士子中。故有“翰林多吉安”之谣，此盖文运所致而绝非偶然(《翰林记》卷十九文运条)。另据《翰林记》卷十七、十八载录，各级翰林官赣籍人数普遍多出浙籍；而在赣籍翰林官中，以泰和籍比重较大，且高级别翰林官居

---

① 齐，齐泰，溧水人，洪武十七年应天乡试第一，十八年成进士；黄，黄子澄，分宜人，洪武十八年会试第一。朱允炆即位，命齐黄二人同参国政。耿，耿炳文，为太祖时功臣仅存者；李，李景隆，太祖甥李文忠之子，读书通典故历掌左军都督府，然不知兵，惟自尊大。及燕王举兵反，师名“靖难”，指齐黄为奸臣；耿拜为大将军，帅师分道北伐，至真定而兵败；黄乃荐李代将，临敌屡战屡败，终至迎降燕王(《明史》卷一百四十一齐泰传、黄子澄传)。

多(参见表六、附表二)。这就表明,在洪武朝浙东文人主导馆阁翰苑时,江右文人的群体势能已在悄然上涨。故当朱棣"靖难"成功后,方孝孺等浙东文人遭诛灭,江右文人被推到历史前沿,主导馆阁文学的发展方向。建文四年七月,朱棣简翰林官入内阁预密务,凡七人之中竟有五人属江西(《东里文集》卷二十《太子少保礼部尚书兼武英殿大学士赠荣禄大夫少保谥文靖金公墓志铭》)。又永乐三年正月壬子日,翰林院学士解缙等受命,从新进士中选资质英敏者,凡二十八人就文渊阁进学,其中以江西人士居多,而不少后成文学重臣(《明太宗实录》卷三八)①。此盖时势使然,而绝非偶然也。

第三项:宋濂、方孝孺师徒的消逝,标志浙东正学主体之丧失;从此,程朱理学就流为官样文章,儒学的政教功能发生分化。在教世化民层面,朝廷仍尊崇程朱理学,不仅用作科举的程序,而且使之更严整规范。永乐二年十一月甲寅,朱棣谕学士胡广等曰:"《五经》、《四书》,皆圣贤精义要道。其传注之外,诸儒议论有发明余蕴者,尔等采其切当之言,增附于下;其周、程、张、朱诸君子性理之言,如《太极通书》、《西铭》、《正蒙》之类,皆六经之羽翼,然各自为书,未有统会,尔等亦别类聚成编。二书务极精备,庶几以垂后世。"(《明太宗实录》卷一五八)次年九月己酉书成,赐名《五经、四书、性理大全》,朱棣还御制序,讲明纂修宗旨:(一)讲明治道:"《六经》之道明,则天地圣人之心可见,而至治之功可成;《六经》之道不明,则人之心术不正,而邪说暴行,侵寻蠹害,欲求善治,乌可得乎?朕为此惧";(二)去取原则:"凡有发明经义者,取之;悖于经旨者,去之";(三)预期目标:"由是穷理以明道,立诚以达本,修之于身,行之于家,用之于国,而达之天下,使家不异政,国不殊俗,大回淳古之风,以绍先王之统,以成熙皞之治,将必有赖于斯焉。"该书实际功用如何,姑且不去考论它;其编例之庞杂粗率,实不副御序所吹。然而这些并不重要,重要的是徒为文具,能够"颁布天下,使天下之人获睹经书之全,探见圣贤之蕴"(《明太宗实录》卷一六八)。

而在皇权运作层面,程朱理学却遭厌弃。因其主张清心寡欲,养性守中,这势必将约束皇权,拂逆君意;致使人君不堪,故在排斥之列。当初浙东四先生到南京,想象朱元璋是"明主",企图用"正学"教导他;朱元璋为得其忠力,也能勉强随顺委蛇,尽量装成从善如流。如某日,"车驾祀方丘,患心不宁。濂从容言曰:'养心莫善于寡欲,审能行之,则心清而身泰矣。'帝称善者良久"(《明史》卷一二八《宋濂传》)。又某日,宋濂劝皇帝曰:"人主能以义理养性,则邪说不能侵;兴学校教民,则祸乱无从而作矣。刑罚非所先也。"朱元璋迎合曰:"朕之为君,上畏天地,下畏兆民,兢兢业业,不敢自逸。"(《潜溪录》卷二郑楷撰《潜溪先生宋公行状》)经由若干年倾心诱导,朱元璋竟像儒生一样,也能谈论心性问题了。但这并不是朱元璋本心,其雄猜之性终不耐约束。因而在别的场合,朱元璋想尽法子,来捉弄折磨宋夫子,以示对理学的抗拒②。退一步说,即使人君堪受理学约束,也未必会有良好的成效。宋濂教导太子朱标,其恭谨不苟的态度,让皇帝及后都感动;但他把太子教的像妇人,又让朱元璋时常会忧虑,储君今后能否掌管天下。同理,方孝孺诱导朱允炆讲复周礼,是理学约束人君的又一案例。

---

① 此二十八人中,属江西籍者有:永丰曾启、吉水周述、金溪王英、泰和王直、星子余鼎、泰和余学夔、安福李时勉等人。

② 如洪武三年七月,宋濂续修《元史》成,获赐金帛有加。而当月即以失朝参,降为编修。又洪武四年某月,宋濂迁国子司业,坐考祀孔子礼不以时奏,谪安远知县(《明史》卷一二八《宋濂传》)。

用理学约束人君，或用以教导储君，这在政治范畴里，实属教权制约皇权；而在个人出处上，则表现为人臣择主。为臣而企图选择君主，这是浙东文人的心态，其不容于皇权，乃事理之必然。而与此相较，杨士奇等文人的学行，更能适应皇权的需要。他们生性仁孝纯厚，为官廉洁恭慎，不择地而居，不择主而事；故当燕王“靖难”成功时，他们未像方孝孺那样殉君，而是迎驾江边，拥立新的国君。这样的政治抉择，表面看有亏臣节；而对杨士奇等人来说，则非简单的道德范畴。依其外祖陈谟所讲明的通塞之理，殉君或拥立实有小节与大德之别①。以后，杨士奇侍奉暴虐的朱棣，辅佐年轻的宣宗朱瞻基，都能清慎恭谨，并以仁孝为怀。如汉王朱高煦陷害太子，事发而朱棣询问杨士奇，杨士奇所答十分忠厚，能保全父子兄弟之恩。他先强调太子能尽子责，再为朱高煦辟谗害之谣，又指实朱高煦欲留守南京等非分事，最后建议严防范以对汉王有所保全(《东里别集·圣谕录卷上》)。类似的竭尽臣职之事，还有劝宣宗保全赵王。朱高煦举兵反叛，被宣宗亲征平定。审问时词连赵王朱高燧，众大臣主张立即查办之；而杨士奇力排众议，劝宣宗保全此皇叔。这在当初宣宗虽然很郁闷，但事后庆幸不失亲亲之礼，赵王也对侄皇帝感恩戴德(《东里别集·圣谕录卷下》)。像这样宅心忠爱仁厚，不只表现在君臣之间，也流布在同朝僚友间(参见《东里别集·圣谕录卷上、中、下》多条)。由此可知，杨士奇传承的西昌另类儒学，远较浙东正学更为通达灵活，这对调剂程朱理学的刻板严正，侍奉永宣年间高度集中的皇权，具有不可替代或缺的现实意义。而反过来，杨士奇敷饰的君臣僚友熙洽关系，也有利于推扬西昌雅正文学风范，为西昌雅正文学通往馆阁，排除了外在的阻力和障碍。

第四项：杨士奇侍奉皇权，亦非都风平浪静。永乐十二年闰九月，以太子遣使迎驾缓，又所上奏书有失辞；朱棣认定是辅导失职，乃将诸监国辅臣下狱。稍后皇帝独宥还杨士奇，但遭致行在各部的论奏，谓罪不宜独宥，乃下锦衣卫狱。这说明，朱棣恩威不测，真的很难侍奉；而行在随员与监国辅臣，即帝党与太子党相抵触。杨士奇处如此政治环境，实在是冒着很高的风险。好在皇帝醒悟，不久特宥复职(《明太宗实录》卷一五六)。但这是特例，而在总体上，杨士奇以文学侍御，基本达成君臣相得。永乐五年冬日，朱棣尝说“杨士奇文学于今难得”；六年六月某日，又鼓励他“自今有事，但直言勿隐”；九年三月某日，又肯定他“辅臣中独尔能持正道”(《东里别集·圣谕录卷上》)。这些圣谕表明，杨士奇立朝辅政，树立了良好形象。永乐二年六月某日，朱棣要求经筵讲义“必举前古为证，庶几明白易如”；又说：“帝王之学，贵切己实用，讲说之际，一切浮泛无益之语勿用。”(《东里别集·圣谕录卷上》)而杨士奇和僚友们，也能照此执行无误。如为皇太子讲经义，就有极严格的工序。为此，杨士奇对太子解释：“今翰林春坊诸臣，分撰诸经讲义。有上旨，命内阁之臣阅过，有未当处，悉与改正，然后呈御览，允当，然后以讲。内阁解缙专阅《书》，胡广阅《诗》，金幼孜阅《春秋》，臣士奇阅《易》。……盖讲臣非有据，不敢妄出意见。”(《东里别集·圣谕录卷中》)永乐帝朱棣不善写诗作文，故当朝少有文学侍御盛况；然重纂《太祖实录》、纂修《永乐大典》，编撰“大全”系列，均倾注文学侍臣心血。而担当这一系列庙堂文事重任者，都是解缙、胡广、杨士奇等赣人。

① 参见本报告第二章第四节“西昌儒学思想的另类色彩”。至于建文逊国志士中的江西人，如周是修、黄子澄、练子宁等，其生平为人与学行需另当别论，不可仅以地缘而与杨士奇同论。特别是周是修，虽与杨士奇同出西昌，但他从学乡先生胡渚樵、萧执等人，盖未尝接陈谟绪论；故立朝与杨士奇行谊不同(《东里文集》卷二十二《周是修传》、《明史》卷一百三十七萧执本传)。

正是他们用博雅情怀，敷饰永乐朝盛国气象。

解、胡均英年夭折，唯杨士奇立朝老健。特别是他久为太子监国辅臣，与朱高炽更为君臣相契相得。作为皇太子老师，杨士奇不仅教以治国之道，而且诱导储君的文学雅好。杨士奇辈之教导储君，与宋、方师徒取径不同。宋方推行浙东正学标准，偏执理道而轻忽文艺，其虽标艺道合一，而实则有所偏废；而杨士奇传承清江学脉，实践艺道双修的理念，为文而本诸正道，走学道工诗之路。他不仅自己这么做，而且以此教导储君。朱高炽视朝之暇专意文事，因览真氏《文章正宗》，对杨士奇说："真德秀学识甚正，选辑此书，有益学者。"杨士奇趁机诱导曰："德秀是道学之儒，所以志识端正。其所著《大学衍义》一书，大有益学者及朝廷。为君不可不知，为臣不可不知；君臣不观《大学衍义》，则其为治皆苟而已。"又仁宗在东宫时，喜爱欧阳修之文，以为"雍容醇厚，气象近三代"，间与杨士奇言之有生不同时之叹，并以为"文本正道"、"为臣能正言"、"庐陵有君子"勉之。杨"叩首受教"，对此谕深表赞同。其实，这正是老师诱导的，何需杨士奇来受教？而东宫师所期待的，是治道与文事相参，以文事来修饰治道。故当储君热衷讲说诗法，问古人君为诗优劣高下，杨士奇尊重其雅好，并循循善诱地劝说："如殿下于明道玩经之余，欲娱意于文事，则两汉诏令亦可观，非独文词高简近古，其间亦有可裨益治道。如诗人无益之词，不足为也。"(《东里别集・圣谕录卷中》)仁宗即位后享国日短，其与近臣的文学唱和，来不及展开，故未臻全盛。其嗣君宣宗朱瞻基，通经明道能诗善画，实为文雅太平天子，与杨士奇等顾命大臣，同心同德，甚相投契，共同接引西昌雅正文学精神，终至敷衍出皇明文治之鼎盛。

第一项：朱元璋选官南北更调，又规定南北乡试等额，甚至不惜启动南北榜，来强力推动南北平衡；而实际效果很令人失望，因使本朝文治未臻全盛。若说朱元璋至正十五年率部渡江，象征着将略取东南半壁江山；那么，经历当朝三十一年的励精图治，他竟无力振兴北方的儒学教化。而不能实现南北教育文化之平衡，就意味着皇明文运尚未"渡江"①。这责任实应由浙东文人承担，而不能一味抱怨朱元璋施暴。当刘崧等众文臣不畏苦寒艰辛，竭力推行北平等地儒学教化时；宋濂等浙东文人任文学侍从清要，却不明新朝国势文运的发展趋向，成日里抱持浙东正学之标准，幻想塑造合格的皇帝和储君。如果说宋濂是儒生，有时难免迂腐执迷；那么，雄才大略之刘基，何以也陷入迷局？洪武三年六月丁丑日，颁平定沙漠诏于天下，朱元璋趁机谕群臣，试言元明易代之理。刘基曰："自古夷狄未有能制中国者，而元以胡人入主华夏几百年，腥膻之俗，天实厌之。"这以夷夏之辩立说，盖有故宋厌元之意。然其说颇不称圣怀，朱元璋乃更为之说："朕取天下于群雄之手，不在元氏之手。今获其遗胤，朔漠清宁，非天之降福，何以至此?"(《明太祖实录》卷五三)其言下意：蒙元立国，君临天下，实膺天命，宋不必故，元不可厌；至于元季衰败，天下失御骚乱，乃因天命已改，故天授命于己。朱元璋这是在强调，朱氏皇权受命于天，是对蒙元的继体，而非对宋之光复。此番君臣所论，系乎国之大体，关乎政权性质；而君臣如此抵触不合，说明刘宋均有所执迷，实难以契入皇明国运。这就难怪，宋濂被徙居茂州，临行前赋绝命词，竟然说出："平生无别念，念念只麟溪。"这

---

①　最先赋予渡江政治意义的，是寓居太平路的耆儒陶安。朱元璋召见陶安等，陶安便乘机献言曰："方今四海鼎沸，豪杰并争，攻城屠邑，互相雄长，然其志皆在子女玉帛，取快一时，非有拨乱救民安天下之心。明公率众渡江，神武不杀，人心悦服，以此顺天应人，而行吊伐，天下不足平也。"(《明太祖实录》卷三)

犹如一偈诗谶，流露其政治心态——既然要留恋麟溪，而不愿"渡江"，其被皇明淘汰，乃事理之必然。

而杨士奇立朝表率馆阁文臣，用西昌另类儒学来修饰皇权，形成的却是另一道文治风景。朱棣数番亲率大军出征西北，都留杨士奇等辅导太子监国。朱棣暴虐，恩威难测；汉王贪残，蓄谋易储。处如此严酷的政治环境，监国辅导诸臣委曲调护，始终保全太子以固国本，从而确保文治的延续性。及至永乐十九年顺利迁都北京，行在官员与太子辅导齐聚朝堂，标志着政治文化重由南向北转，完成了国势文运之"渡江"壮举。虽然永乐皇帝朱棣驾崩之后，洪熙朝君臣有回銮还都之议①；但仁宗享国时间短暂，及宣宗即位其议遂寝。终明之世，北京永为皇明的首都不变，其文化中心地位因以巩固；而南京作为陪都，虽文化上有优势，但毕竟不敌北京。就是在这个大的政治文化背景下，出台了保障南北文教平衡的政策："皇上嗣统之初，诏礼部科举岁取百人，南士什六，北〔士〕什四，著为令。"对此，杨士奇赞议曰："自设科，兼取南北士。而前十有五科，南士往往数倍于北。……盖简用人材，南北并进，公天下之道也。至是，合前科未廷试者一人，而其第一人出山东。前此南北士合试，未有北士占首选者，有之实自今始。"（以上均《东里文集》卷一《宣德二年进士题名记》）此云南北并进，为天下之公道，是何等恢弘的识度，是多么雍穆的气象！盖惟有这个时候，逢遇这样的君臣，才能敷布出此景。至于宣德二年首出北方状元，则标志着南北文教臻于平衡，历朝君臣敷饰文治之盛的努力，终于结出了第一颗饱满的果实。

综上所述，经由永宣三朝君臣的不懈努力，敷饰皇明文治的困境终于解除。在这过程中，杨士奇表率群臣的作用最为关键，而他之所以能释放如此巨大能量，乃因于他携来的西昌另类儒学，及其所传承西昌雅正文学风范。正是由他接引此方文学的生机活力，才为陷入困境的庙堂文学带来转机。

作者单位：上海大学

（该文发表于《文学与文化》2012 年 1 期）

① 回銮还都之议论，见仁宗诸臣上言。永乐二十二年九月庚子，察御史金庠上言四事，其二曰："固本。盖京师者四方之本。世云：'钟山龙蟠，石城虎踞，真帝王所都。'我太祖高皇帝定鼎于此，三十余年，宗社奠安，生民无事。且皇祖陵寝所在，宜命皇子之贤者，率重兵以镇之，外以杜觊觎之心，内以杜两京之势。他日回銮，亦可以省东南转输劳费。"（《明仁宗实录》卷二下）永乐二十二年十月壬戌，礼部左侍郎胡淡言十事，其八曰："守成宪……且如南京，龙蟠虎踞，气旺地灵，水陆交通，四方辐辏之地，我太祖高皇帝定鼎于此，良有以也。伏愿终丧之后，上顺天心，下慰人望，苏南方转输之劳，省北地供给之费，仍置留守于北京，以备时巡，则祖宗帝业永全，而南北之人心皆悦矣。"（《明仁宗实录》卷三下）考诸臣所论，大约有三点：（一）南京有帝都之气势，（二）太祖朱元璋陵墓在南京，（三）可以免除转输之劳。其实还有一层，就是南方臣工思归，而不适宜北方水土；而仁宗长时间在南京监国，习惯江南气候而不宜北土。故洪熙元年三月戊戌日，仁宗决意复都南京，命诸司在北京者悉加"行〔在〕"二字，复建北京刑〔行〕部及后军督督府（《明仁宗实录》卷八上）。及宣宗即位，他因随皇祖朱棣亲征，长期居住生活在北方，习惯了北方的水土气候，故不复有还都南京之想。

唐寅魅力的思想渊源

阮国华

越过后世给唐寅附会的从"一笑"到"三笑"的种种浪漫故事，且以较可信的历史记载和唐寅自己留下的文本资料作依据，从较深的思想层面、较长的历史流程进行冷静考查，我们会发现，唐寅的魅力和价值的思想渊源乃在于他在那名教酷毒、伪道学甚嚣尘上的年代，对人性复归、人格独立的执著追求。

在中国封建社会的漫长历史进程中，人们实际上在不断地追求对生命意义和个性价值的确认，而那高潮则是两次：第一次是魏晋时代"人的自觉"；第二次则应推明代后期的解放思潮。而以"狂士标格，才子身名"面目出现的唐寅对于这第二次高潮的到来则具有一定的先驱意义。他在明中叶封建殿堂大滑坡的年代，坚持不懈地反对伪道学，赞美美好的人性，公开以"风流才子"为标榜，冲越名教，追求人性复归和人格独立，对于魏晋的"人的自觉"时期的思想精神既有承传，又有扬弃和推展。而这正是他得以成为六百年来人们争相援引、附丽的文化符号的思想底蕴之所在。

明初朱元璋造就的"此亦一述朱，彼亦一述朱"的朱子理学垄断局面，到成弘之际开始从内部被突破。这其中与唐寅共时30年的陈献章(1428—1500)和基本上与唐寅生卒于同一年代的王守仁(1472—1528)所开创的心学，便从弘扬主体的角度为士人突破"天理"禁锢、开展独立思考、增强人格意识揭开了一片天幕，"一时心目俱醒，恍若拨云雾而见白日"[①]。唐寅虽然不是理论家，但他生活在工商业繁荣、文化通达的吴中，以其灵动的思想触觉，自然地呼吸到了这一脉新鲜气息。在他留下的不多的理论文字中，我们可以看到对"心"的高扬：

> 仆尝遍扣诸善知识，皆以为心者，万事之根本，万劫之英灵也，其用无所不备。(《致若容》)[②]

很明显，他在这里撇开了程朱理学所标榜的自在的"天理"，将"心"看作了最高范畴，认为它是"万事之根本"。在诗歌作品中，他又谓"几番死兮几番活，大梦无凭闲聒聒。都是自家心念生，无念无生即解脱"(《醉时歌》)，"神仙福地是蓬莱，释迦天宫号兜率，不在西天与东海，只在人心方咫尺"(《解惑歌》)。很显然，这种思想正与陈白沙"君子一心，万理完具，事物虽

① 顾宪成：《小心斋札记》，卷三。

② 本文内所引唐寅文字均见周道振、张月尊辑校：《唐伯虎全集》，中国美术学院出版社，2002年。

多,莫非在我”[①],王阳明“无心外之理,无心外之物”[②]的观点相通。在《双鉴行窝记》中,他又指出“会理于心以为鉴,可以知事理,察古今”。很显然,这是在申发陆九渊、王阳明等人所构造的“心”、“理”合一的理论体系,但他却又强调“心以静为光”,“心患于利欲事物嗜好以累之”,这便有冲越名教和功名富贵价值观的涵义了。正从这里出发,他对“双鉴行窝”的主人汪时萃“筑室数楹苫茅以蔽风雨,填垣以莳果药,布衣韦带,读书其中”,“歌沧浪之濯缨,玩泌水之乐饥,不知老之将至”的隐者人格予以赞扬,将其视为“以理养心,以德养高”的典范。而这种“心”与“理”的结合,实际上是冲越名教和世俗功利的一种委运任化,即唐寅所指出的“玩天运,体造化”的人生取向。联系其全部社会实践和艺术实践,我们可以看到,唐寅对新兴心学的濡染和首肯实际上是一种追求独立人格和美好人性的思想趋向。他没有像陈献章、王守仁那样作心物关系、知行关系的哲理思辨,而是侧重于个性、人格的追求,从而在大自然和艺术实践中作精神上的“鸢飞鱼跃”。“当其妙解,超然冥会,乃复以为业无大小,神适斯贵,是诚可以陶写浩素,我心获兮”[③],祝允明的这个概括是准确的,“获心”——寻求自己的独立人格和个性正被唐寅视作人生要义,而这正是其走向“人的自觉”的突破口和出发点。

“坐令端人疑阮籍,未宜文士目刘叉”[④],“夫子嵇阮辈,簸弄天地浮”(王宠《唐丈伯虎桃花庵作》)。作为挚友或亲戚,文征明、王宠都是最了解唐寅的人,他们都将唐寅比附魏晋文人是不无道理的。明人徐㶿也明确地指出“唐伯虎疏狂玩世,嵇阮之流也”[⑤]。的确,唐寅正是在中明时代转折的形势下,吸取“心学”重主体的思想气息,踵武魏晋“人的自觉”的足迹,既有承传,亦有扬弃和推展,从而开启了中明追求人性复归、人格独立的新的跋涉,并为晚明人士的这种跋涉开了先声。但是,唐寅并未刻意模仿魏晋时期的某个具体人,他既不同于嵇康的恬淡寡欲、清峻直切,也不同于阮籍一方面作精神逍遥游,一方面又以现实智慧作自我保全的人格建构,更不同于刘伶、阮咸等人那种全然以醉酒为生的人格扭曲,他也未能达到陶渊明那种委任任化的境界。但是,他却踵武魏晋“人的自觉”的主旋律,从自己的特定地位上予以推进,从而成就了自己的人格和艺术的独特魅力和价值:

一、他继承了魏晋时期的重人思想,在高扬人的价值的前提下,呼唤人性的复归。他在弘扬自然人性论的同时,也呼唤先秦孟子等人提倡的仁义人性论,既肯定人性的自然层面,又呼唤他所认可的人性的美好的社会层面,着力赞美人世间真挚、美好的情感,其中对亲情、爱情、家园情的抒发和描绘又尤为深挚、酣畅,为后世留下了隽永的篇章。

在强权之下,在战乱灾祸之中,在名教禁锢之中,弘扬人性,呼唤人性复归,这构成了一条进步的、人道的、亲民的思想脉络。但是在不同历史时期、不同的社会环境中,弘扬人性的内涵和侧重点又有所不同。比如孟子时代告子所谓“食色,性也”[⑥]便侧重于强调人的自然本性。《礼记·礼运》所谓“饮食男女,人之大欲存焉”说的也是同一个意思。而孟子一方面也

---

① 陈献章:《论前辈言·铢视轩冕尘现金玉》,孙海通点校:《陈献章集》,卷二,中华书局,1987年。

② 王阳明:《传习录》上。

③ 祝允明:《梦墨亭记》,见何大成刻:《唐伯虎先生全集》,外编卷五。

④ 文征明:《简子畏》,见《甫田集》四卷本卷一。

⑤ 徐㶿:《笔精》。

⑥ 《孟子·告子上》。

承认人的自然本性，“好色，人之所欲”[①]，“口之于味也，耳之于声也，鼻之于臭也，四肢之于安佚也，性也”[②]；而他更重于从社会层面去看待人性，比如，他认为“恻隐之心”、“善恶之心”、“是非之心”等等“人皆有之”[③]，并明确地把“仁”看作人的最根本属性：“仁也者，人也。”[④]然而，当人的自然属性无法得以实现，当对人的伦理要求变成名教桎梏、人不得以为人之时，“人的自觉”便首先要从重人出发，为人性寻求依据，并首先以对自然人性的高扬来冲决来自社会层面对人的价值的扼杀。唐寅时代已不是魏晋士人所面临的那种战乱频仍、政治杀戮颠连的时代，而是一个既有宦官专权、名教肆虐、伪道学风行，又有工商业长足发展、市民阶层蓬勃兴起的时代。唐寅是一个在吴中工商业环境中长大的平民才子，坎坷悲怆的人生历程使他充分体验到现实社会美好人性的沦丧：“朝去求名暮求利，面诈心欺全不计”（《醉时歌》），“我观今日之才彦，交不以心唯以面。面前斟酒酒未寒，面未变时心已变”（《席上答王覆吉》）……他所奉为典范的“慷慨然诺杯酒中，义重生轻死知己”（同上）的人际关系已日见稀少。于是，他一方面接过魏晋时期那“天地间，人最贵”[⑤]的重人思想，呼唤对人的尊重，另一方面则努力从伦理层面弘扬他所肯定的传统美德，特别是极力呼唤和赞美人世间的真情：

> 为人须是要公平，不可胡为肆不仁。难得生居中国内，况兼幸作太平民。交朋切莫交无义，做鬼须当做有灵。万类之中人最贵，但行好事莫相轻。（《警世》）

面对社会的炎凉和虚伪，他高扬“万类之中人最贵”的重人思想，呼唤民族的尊严和人的尊严，呼唤传统仁义之情的回归。在现实生活中，他也将真诚待人、讲求信义作为自己的人格操守，正如徐祯卿所评述的“素伉于意气，怪世交鄙甚，要盟同比，死生相护，毋遗旧恩，故长者多介其谊慨云”[⑥]。他把诚信看作美好人性的根本：“为人能把口应心，孝悌忠信从此始。”（《默坐自省歌》）他特别看重人世间的真情，把“情真”看作美好人性的突出特色：“吉人之词寡，长者之情真。言寡则可信，情真则可亲。”（《赠文学朱君别号简庵诗》）由此出发，他把真挚的友情、亲情、爱情、家园情当作美好人性的具体内涵，当作了自己主要的生命追求和艺术追求。

“公道吾痴吾道乐，要知朋友要情真”（《正德乙卯沈征德顾翰学置酌禅寺见招猥鄙杯酒狼藉作此奉谢》），他向往那种“义则朋友，情犹骨肉”（《刘秀才墓志》）的深挚友情。他把“人家联络住青山，良朋好友时往还”（《青山读书图》）看作人生的最佳境界。他与祝允明、文征明、徐祯卿、张灵等人数十年不渝的真挚友情正是他这种美好的人性追求的具体体现。

唐寅的这种“情真”思想也表现在他对待情爱的态度上。这个公开以“风流才子”自命的平民士人虽然也有对前代“元白风流”的向往和艳羡，但却对前代风流中的薄幸、始乱终弃持扬弃态度，而将真挚的爱情、亲情作为美好人性的重要内容来予以赞美和确认。他对自己的结发亡妻表现了沉痛的伤悼，“抚景念畴昔，肝裂魂飘扬”（《伤内》），“闻说夜台侵骨冷，可怜

---

① 《孟子·万章上》。
② 《孟子·尽心下》。
③ 《孟子·告于上》。
④ 《孟子·尽心下》。
⑤ 曹操：《度关山》，见逯钦立辑校：《先秦汉魏晋南北朝诗》，上册，魏诗卷一，中华书局，1983年。
⑥ 徐祯卿：《新倩籍》。

无路寄寒衣”(《绮疏遗恨》),寄托了哀哀深情。在对待爱情的态度上,他尽管未能完全超离“一个文章清雅,一个体态风流”(《满庭芳》)的才子佳人格局,但很明显地在寻求平等和真情。他明确地称自己“怜香惜玉此心存”,“惜花心性死方休”(《落花诗》),公然以女性的保护者自居。他设身处地地为妓女写心,从中寻觅、赞美真挚和谐的爱情,“真情暗里相倾待,惟愿取,永和谐”(《咏遇・梁州新郎》)。他反复批判那朝秦暮楚、始乱终弃的薄幸之风,从女性角度企望情爱的真挚、永恒,“双双携手深深拜,海枯石烂情无懈”(《咏遇・节节高》)。在那些从男性角度出发的抒情中,他更是直接呼唤平等、坚贞的爱情。如:

> 喜渔灯佳辰几把阑干凭,也只为伤春。你怎知我日夜相思?竟忘餐废寝!你怎知我近日多愁闷?渐觉带围宽褪。豆叶黄说与他,我决不学王魁行;说与他,你莫学苏小卿。说与他,酒泛金樽,我也无心去饮;说与他,弦断瑶琴,我也无心再整。喜渔灯说与他,我怕听鸡鸣钟声;报黄昏,送五更,那时节,我的愁闷转增。——《情柬西楼・喜渔灯犯》

以朴实通俗的语言,传递了平等真挚的情感。正统文艺中女性被动的相思在唐寅这里演变为男性情真意切的心灵牵系:“凝茫茫都是别离情,只落得泪眼盈盈。恨不能生羽翎,到妆台诉与你听。千般恨,有谁人知我衷情?惟明月照人方寸。”(《情柬西楼・榴花泣》)这种平等化、平民化的深情宣叙,显然给情爱领域投入了新的人性亮色。

在唐寅对美好人性的追求中还有一种十分引人注目的内容,那就是他十分看重并常常抒发浓郁的家园情。唐寅一生绝大部分时间都生活在他的出生地苏州。苏州有着秀丽多姿的自然风光和丰富、悠久的文化积淀,在明中叶已发展成为全国的经济中心和文化重镇。唐寅深为自己的家乡自豪,将对家乡的爱作为自己人生的重要支撑点,并坚持不懈地对家乡的自然美和人文美深情地予以描绘和赞美。这种浓郁不衰的家园情成为了唐寅人性操守的一个耀目的组成部分。被袁宏道评为“实录”的《阊门纪事》以及《姑苏杂咏》等作品便以自豪、高扬的格调率先描绘了工商业勃兴的苏州的繁荣风貌,成为了史家屡屡征引的篇章。如:

> 世间乐土是吴中,中有阊门更擅雄。翠袖三千楼上下,黄金百万水西东。五更市买何曾绝?四远方言总不同。若使画师描作画,画师应道画难工。(《阊门即事》)

还有那“小巷十家三酒店,豪门五日一尝新。市河到处堪摇橹,街巷通宵不绝人”,“赶早市都清早起,游山船直到山边。贫逢节令皆沽酒,富买时鲜不论钱”等篇章(《姑苏杂咏》),都是满怀赞美之情为家乡的繁荣富丽写生。眼望家乡的菱荷、渔舟,他是那么情不自禁地宣称:“我侬住处真堪画,借问旁人到未曾?”(《题画》)散步于吴王城的垂柳下,他是那么的自得:“此是吾生行乐处,若为诗句不留题。”(《散步》)徜徉在雄丽的峭壁、湖渚之中,他是那样激扬地呼喊:“我生何幸厕其间,短笠扁舟水共山!”(《黄茅小景》)无论走到哪里,他都心系吴中故土,对家乡的深情眷念是他进行艺术创造的永恒动力:“愁从日里忆家乡,梦里思乡转不忘。伏兔标斜悬酒市,买鱼船直到茶坊。六街夜市杯盘闹,百里春山橘柚香。到处不如生处好,况兼生处号天堂!”(《缺题・为玉峰先生书》)在家园情的鼓舞下,唐寅常常怀着一种诗化的天真进入吴中的民风民俗,如《江南四季歌》、《元宵》等诗作便都是这方面的突出表现。在这里,他用旖旎、夸张的彩笔把家园的富足欢乐渲染到极致。那如痴如醉的文字会使人感受到一种生命力量的张扬,会使人从家园情的升华中增长达观和自信。他每每怀着亲切的赤子之情细细抚摸吴中的历史沧桑,以一种不无自豪的感伤去品味吴中英迈、风流的历史流程。如《姑苏八咏》便是这类作品。“范公祠前映夕晖,盘盘翠黛寒云湿”(《姑苏八咏·天平山》),他将吴中的历史胜迹和憾事与吴中山水相融合予以诗化表现,那蕴含于其中的惆怅、惋惜甚至针砭也都变成了情感化的人文自然,化作了永远飘扬于吴中土地的家园情的彩絮。这些家园情的诗化成果连同他啸傲桃花庵、唱和东禅寺,以至“月夜尝乘白骡至虎丘”[①]等等倾情于吴中风物的潇洒浪漫事迹便成了吴中人文自然的一个有魅力的组成部分,长留人世,与吴中山水相映生辉。

二、借鉴魏晋士人以享乐主义来解脱生死、实现生命价值的思想取向,更明确地将享乐主义作为超离名教束缚、实现自在个性的途径;同时,又以新兴市民的务实态度扬弃了魏晋士人以神仙浪漫主义来解脱生死、以炼丹服药来寻求长生的虚妄倾向。

《列子·杨朱篇》应该看作是魏晋时期享乐主义思想的一种理论概括,正如杨伯峻所谓“无妨把它作为两晋风俗史和思想史的资料来看待”[②]。它在人生百年苦短的感喟下,正面对“人之生也奚为哉?奚乐哉”的命题作了明确的回答:“为美厚尔,为声色尔。”他把先秦告子的“食色,性也”[③]的自然人性论命题放到了人生目的、生命价值的层面,得出了“逸乐,顺性者也”的结论。但是,我们不能简单地把《杨朱篇》界定为“反映地主阶级腐化享乐放任思想”[④],因为晋代士人托名杨朱的这篇人生价值论自有它更深刻的思想内涵。首先,它是“人的自觉”时期重人思想的一种发挥:“人肖天地之类,怀五常之性,有生之最灵者也。”它带着魏晋士人普遍存在的一种“人生苦短”的悲剧意识,从自然人性上去寻求实现生命价值的出路。在得出“为美厚尔,为声色尔”的结论的同时,也得出了超脱名教,“从心而动,不违自然所好”,“从性而游,不逆万物所好”,“矫情性以招名,吾以此为弗若死矣”的人生原则,具有肯定生命价值,寻求自在个性的意义。

从实际情况来看,唐寅的一生与奢侈的享乐生活无缘。少年时期,他生活在小商人家中,过的是“居身屠酤,鼓刀涤血”的生活;待到父母过世,他自己又“跌宕无羁,不拘生产,何有何无,付之谈笑”(唐寅《与文征明书》),境况更是江河日下;待到因科场案被废黜,他甚至沦落到“反顾室中,甂瓯破缺,衣履之外,靡有长物”的境地。后来筑室桃花坞,出卖书画诗文,虽大体能维持生计,但绝不至于大富。与他同时的同乡阎秀卿便说“就其家论之,不裕”[⑤]。正所谓“曲蘖才交情谊厚,孔方兄与往来疏”(唐寅《齐云岩纵目》)。然而,在唐寅的作品中,我们却看到不少《杨朱篇》式的生命咏叹,用文艺形式演绎着“为美厚尔,为声色尔”的生命价值观。如《桃花庵歌》、《花下酌酒歌》、《一年歌》、《一世歌》、《进酒歌》、《闲中歌》、《七十词》、《望湘人·春日花前咏怀》、《水龙吟·题山水二首》、《对玉环带清江引·叹世词》等等。在这些诗词曲中,他在中明“好色好货”之风日益滋长的社会背景下,反复吟唱了自魏晋以来士人面对无情光阴所发出的生命哀歌:“人生七十古来有,处世谁能得长久?光阴真是过隙驹,绿鬓看看成皓首。”(《闲中歌》)“春去秋来,白头空自挨;花开花落,朱颜容易衰。”

---

① 任兆麟、陆兆域:《虎阜志》。

② 杨伯峻:《列子集释·前言》,中华书局,1985年。

③ 《孟子·告子上》。

④ 杨荣国主编:《简明中国思想史》,第75页,中国青年出版社,1962年。

⑤ 阎秀卿:《吴郡二科志》。

(《对玉环带清江引·叹世词》)至于《一年歌》、《一世歌》、《七十词》等作品对人生有限时光的冷静估算,更几乎是《杨朱篇》对人生百年的现实估算的进一步演绎。而他对《杨朱篇》提出的人生如何"熙熙然"度过的问题,回答得更为具体:"酒醒只来花前坐,酒醉还来花下眠"(《桃花庵歌》),"花前月下得高歌,急须满把金尊倒"(《一世歌》),"及早寻欢乐,痛饮百万觞,大唱三千套,无常到来犹恨少"(《对玉环带清江引·叹世词》),"对景且开怀,有酒须招妓,既为人,须索要为到底"(同上)……总之,鉴于人生苦短,就要追求花前月下的诗酒风流,因为"浮生不及时行乐,尘土事,又随人起"(《水龙吟·题山水二首》)。这似乎是在宣扬一种消极、颓废的人生观,但联系其时代背景和个人遭际细细考查,就会发现事情的另一面,即他也是像魏晋士人一样通过张扬人的生命本能来挣脱名教的束缚,来超离富贵、名利的桎梏,从而寻求一种人格的独立和个性的纵放。尽管他有时也寄托那种对"废尽千金收艳粉"、"院院烧灯拥翠娥"(《临夜宴图二首》)的高层享乐生活的艳羡,但其实更多的是追求一种力所能及的沉浸于大自然超离名教的自在潇洒,如"爱丹枫林外,白苹州上,紫烟光里。系住扁舟,呼来旨酒,吟余秋水"(《水龙吟·题山水二首》),自在地"渴时即饮,饥时即饭,倦时即卧"(同上)。或者更浪漫一点,躲进那已演变为休闲雅舍的寺院中去"苦拈险韵邀僧和,暖簇熏笼与妓烘"(《新春作》)。在这大自然、诗、酒、妓、僧的五味融合中,魏晋士人越名教的享乐主义得到了新的推展和具体化。魏晋所崇尚的大自然和诗、酒被传承下来,而妓、僧则在这组合中得到了强化,融进了唐宋以来士人任放风流的内涵,而名教则被恣意践踏,甚至连寺庙也被开放为风流渊薮,明显地具有明代新兴市民士人的精神特征,更分明地体现背离名教和伪道学的思想取向,因而也就成就了他"为方领矩步者所不乐道"[①]的人生轨迹。

"死生亦大矣"[②],对于这个自古以来折磨人的问题,唐寅采取了比较清醒、现实的态度。他从对历史和现实的考查中,得出了死亡不可避免的结论:"白日升天无此理,毕竟有生还有死。"(《闲中歌》)"观生如客岂能久?信死有期安可逃?"(《叹世六首》)"呜呼!生死人之长理,必非有赖而能免者。"(《祭妹文》)他既没有像魏晋士人那样用庄子生死齐一的观点对这个问题进行化解,也没有像佛家那样在虚幻的来世文章中求安慰,"仙尘佛劫同归尽,坠处何须论厕茵"(《落花诗》)。于是,他采取了正视死亡,把握今生的现实态度。面对人生苦短这个悲剧性命题,他虽然也感到无奈,但却能处之以达观:"白日不消双鬓雪,黄金难铸百年身。逢时遇景须欢笑,是笑从来胜是颦。"(《祓禊》)而支持这种达观的一是沿着魏晋那种生命本能论去追求可能的享乐;一是走向自然,在与大自然的融合中获得生命的自在和从容。他最感得意的是在桃花庵中"酒醒只来花前坐,酒醉还来花下眠"(《桃花庵歌》);他最为向往的是像渔翁那样"不知朝市有公侯,只识烟波好风景。芦花荡里醉眠时,就解蓑衣作衾枕。撑开老眼恣猖狂,仰视青天大如饼"(《烟波钓叟歌》)。走向自然,狂放任达,充分伸展个性,充分享受生活,赢得自主人格,这便是他对生死这一命题的答案。全面地看,他的及时行乐主要并不是像贵族上层那样引向奢靡,而主要是一种平民士人的个性纵放形式,其直接效果主要是对名教和现实污秽的一种疏离和超越,是为自己赢得相对自由的精神空间。从他身上更分明地昭示了享乐主义作为"人的自觉"历史的一个特定侧面的真实面目。

---

① 唐仲冕:《重刊六如居士集序》,见《六如居士全集》,清嘉庆六年唐仲冕汇刻本。

② 《庄子·德充符》。

通过对千百年来士人求索道路的反思，唐寅以平民才子的求实态度既否定了魏晋以来士人在化解生死问题上的神仙浪漫主义，也断然抛弃了在魏晋时期甚为时髦并一直延伸至明代的以炼丹服药求取长生的做法。他更多地选择了在现实生活中充分伸展人的生命本能的人生取向。

魏晋时期，士人们往往把游仙视作追求生命不朽的途径，由此而生的游仙诗体现了道教思想和玄学的结合。嵇康《答二郭诗三首》[①]便在"但愿养性命"的目的下，有了"岂若翔区外，餐琼漱朝霞。遗物弃鄙累，逍遥游太和"的追求。这种追求既有生命不朽的目的，也有实现精神的自在逍遥的目的。在他那里，游仙与求药紧密联系，在"乘云游八极"中得以"授我神药，自生羽翼"[②]。他甚至相信神仙的确存在："夫神仙虽不目见，然记籍所载，前史所传，较而论之，其有必矣。"[③]阮籍也因为"世务何缤纷，人道苦不遑"而渴望"登彼列仙岨，采此秋兰芳"[④]。游仙诗写得最多的郭璞更是把进入神仙境界看作一种"高蹈风尘外，长揖谢夷齐"[⑤]的精神隐逸、人格纵放。那么，如何长生？如何升仙？魏晋士人采取的重要措施是炼丹服药。甚至连一代豪雄曹操也把追求长生寄托在服药之上："思得神药，万岁为期。"[⑥]在何晏、皇甫谧、王羲之等上层人物的倡导和力引之下，服用寒食散成了一种社会风尚，连嵇康、阮籍等也对此深信不疑。到了葛洪，更是将服药、行气和房中术看作修炼神仙的三要事[⑦]。总之，魏晋士人在开始重视生命价值以后，便开始从精神、物质、行为方式上追求生命的延伸和永恒。这种追求尽管显得幼稚和虚妄，但由于它往往与对个性独立、精神逍遥的追求相伴随，因此便具有某种文化意义。历经千百年的实践，尽管无数事实已证明了炼丹求仙的虚妄，但上至皇帝下至士人往往还是乐此不疲，明代嘉靖帝便是一个突出的典型。然而唐寅既继承了魏晋士人对个性纵放、人格独立的追求，却又以出身市井、对新兴工商业濡染较多的士人的务实态度对炼丹求仙予以扬弃。他屡屡嘲笑那种"徒把铅汞烧金丹"(《闲中歌》)的行为方式，明确地把炼丹服药求仙看作虚妄之举："有药驻颜真是妄，无绳系日转堪哀"(《警世》)，"丹砂岂是千年药，白日难消两鬓霜"(《叹世》)，"休慕云台，功名安在哉！休想蓬莱，神仙真浪猜"(《叹世词》)，"礼拜弥陀，也难凭信它"(同上)。他在为岳母写墓志铭时，还特别称道她"不好佛事"(《徐延瑞妻吴孺人墓志铭》)。于是，他便公开宣称"不炼金丹不坐禅"(《题画诗》)，而他"雅不喜烧炼"的故事更屡屡被人传为美谈[⑧]。

总之，他扬弃了魏晋士人生命追求中的虚妄倾向，却承继了魏晋士人以"美厚"、"声色"来满足人性本能、提高生活质量的现实成分，并从市井士人的层面予以张扬。在这方面他较之唐宋士人更无遮掩，而对于伪道学肆虐的中明便具有一定的反潮流意义。

三、唐寅承继了魏晋士人"越名教而任自然"的人生追求，努力在人与自然的融合中实现人性复归和个性纵放；但他又一定程度上克服了魏晋士人精神追求的玄虚倾向，将其人格

---

① 见逯钦立辑校：《先秦汉魏晋南北朝诗》，上册，魏诗卷九，中华书局1983年。

② 嵇康：《代秋胡歌诗》，同上。

③ 曹操：《养生论》，见《曹操集译注》，中华书局，1979年。

④ 阮籍：《咏怀诗》，逯钦立辑校：《先秦汉魏晋南北朝诗》，上册，魏诗卷十，中华书局，1983年。

⑤ 郭璞：《游仙诗》，逯钦立辑校：《先秦汉魏晋南北朝诗》，中册，晋诗卷十一。

⑥ 曹操：《秋朝行》。

⑦ 见《抱朴子内篇·释滞》，见中华书局重印《诸子集成》本。

⑧ 蒋一葵：《尧山堂外记》。

理想集中地依托予审美创造这一伸展性灵的平台，并一定程度上实现了以艺术创造为生的自由职业者的独立地位，这便使其人性复归的追求具有了实践性的品格和风貌，并对中明时期文艺创作社会化的进程起了一定的推动作用。

嵇康的"越名教而任自然"概括了魏晋士人精神追求的积极成分。它将庄子回归自然的思想引进现实生活，成为了魏晋"人的自觉"时期实现人格独立、个性自由的精神规范。在嵇康那里，庄子的逍遥游思想演变成一种自在自得的生命模式："息徒兰圃，秣马华山，流磻平皋，垂纶长川。目送归鸿，手挥五弦。俯仰自得，游心太玄。"[①]比之庄子纯然形而上的道的追求来，嵇康在大自然中以怡情山水、"琴诗自乐"来实现个性自由，似乎向现实生活走近了一步。但嵇康式的生命模式的核心仍然是"游心太玄"，是要通过体认庄子所追求的道的境界来与名教对抗。这种追求虽然是崇高的，但却又是玄虚难及的。同样，声称"礼岂为我辈设也"[②]的阮籍，虽然在"越名教"上表现为"嗜酒狂放，露头散发，裸袒箕踞"[③]的任诞特色，但他在精神上的追求甚至比嵇康还要玄虚。所谓"飘游于天地之外，与造化为友，朝餐阳谷，夕饮西海，将变化迁易，与道周始"[④]的境界实际上是庄子妙合自然、心与道冥的精神理想的引申。唐寅在新的历史环境中，踵武魏晋士人的"越名教而任自然"，但他主要不是像嵇、阮那样寄心庄玄，而是为自己选择了更现实的精神平台——通过专业化的艺术创作来实现妙合自然、驰骋个性。

时至明中叶，随着工商业经济的发展，不仅达官富室的文化消费迅猛增长，甚至连一般市民也将文化消费看作一种时尚。与诗词联体的书画作品也跻身于文化商品行列。正如袁宏道所谓"古今好尚不同，薄技小器，皆得著名……士大夫室玩欣赏，与诗画并重"[⑤]。这种文化商品需求的背景为沈周、唐寅辈走向职业艺术家提供了前提条件；而唐寅科场遭黜，耻不就吏，家庭生活陷于困窘，又使他走上职业艺术创作道路成为必须。他坦然接受了命运的这种安排：

> 领解皇都第一名，猖披归卧旧芳蘅。立锥莫笑无余地，万里江山笔下生。(《题画》)
>
> 不炼金丹不坐禅，不为商贾不耕田。兴来只写江山卖，免受人间作业钱。(《题画》)

他虽然曾"领解皇都第一名"，但这只是片刻虚幻荣耀，转瞬即逝。他不像嵇康、阮籍那样有过"中散大夫"、"步兵校尉"之类的仕途经历，甚至连陶渊明那种"彭泽县令"的经历都没有。"耻为吏"便彻底将自己置身于城市平民的地位。于是文艺创作既成了他回归自然的桥梁，也成了他赖以生存的立锥之地。唐寅比嵇、阮幸运，他为自己"越名教而任自然"找到了一个适合自己的现实平台。

但是唐寅不是书匠、画匠、更不是商人，他首先是一个有着鲜明人格理想的艺术家。艺术创作对于他来说首先是一种精神追求，一种实现人格理想的平台和手段：

凭借艺术创作，他得以摆脱科场的束缚，不必再去奉迎权贵，"神识独游天地外，低眉宁

---

① 嵇康：《赠秀才入军》。

② 《世说新语・任诞》，见余嘉锡：《世说新语笺疏》，中华书局，1983年。

③ 《世说新语・德行》注引王隐：《晋书》。

④ 阮籍：《大人先生传》，见陈伯君校注：《阮籍集校注》，中华书局，1987年。

⑤ 袁宏道：《时尚》，见钱伯城：《袁宏道集笺校》，卷二十，第730页，上海古籍出版社，1981年。

肯谒王公"(《抱琴图》),使自己的人格独立成为可能。中明渐生渐多的平民艺术家中,唐寅是最公开、最大胆地承认自己以诗画为生的自由职业者身份的人,因而对于中明以后的平民化、社会化、职业化的创作浪潮起到了表率作用。后来,徐渭等著名平民艺术家便都是唐寅的仰慕者。

凭借艺术创作,他又得以冥契自然,将人与自然的互动纳入审美渠道,以主人翁身份调度自然,"东涂西抹出天涯,管领烟雾主风月"(《青山读书图》)。当年,阮籍所向往的冥契自然,是那样的一种境界:

> 夫清虚廖廓,则神物来集;飘摇恍惚,则洞幽贯冥;冰心玉质,则皎洁思存;恬淡无欲,则泰志适情。伊衷虑之遒好兮,又焉处而靡逞。(《清思赋》)①

清虚寥廓,冰清玉洁,但却缥缥缈缈,茫然无依,与其说是理想之人生境界,不如说是《庄子》中《田子方》、《知北游》中阐发的哲学思想之神仙化演绎。这种理想虽说是对卑污世俗的一种背离,但也只是一种玄虚的寄托而已。唐寅也是希望超离卑污世俗,但他所追求的境界就切实得多了。它不是虚无缥缈的神仙洞窟,而是有着"山佃驮柴出换酒,邻居陪坐自捞虾"(《题画》)的纯朴人际关系的人间世界。作者在这个按照自己的人格理想追求的境界中,通过审美创造实现了"心魂原是水花香"(《题画》)的人与自然的交融。正是在这种交融之中,他获得了"按鞭徐咏夕阳归"(同上)的从容,获得了"短杖逍遥且游衍"(《题画》)的自在,获得了"自将竹板敲鱼鼓,醉唱青天万象歌"(《题画》)的豪放,也获得了"幽人独坐柳亭内,煮茗焚香自觅诗"(《题画》)的清雅……总之,通过以审美创造为支撑点的自然回归,他找到了实现人格独立、个性纵放的诗意境界,在多姿多彩的大自然中实现了自己力所能及的精神逍遥游。更具实践意味的是,他在这里找到了实现自己社会使命的途径——用自己的审美创造服务于社会并以之作为自己的谋生手段。正因为这样,他为中明以后的士人提供了具有可比性、可仿性的榜样,从而扩大了社会影响。

当然,正因为唐寅没有彻底使自己的创作商品化,因而他的自由职业者的生涯是有限的,甚至是艰辛的。这在其《风雨浃旬厨烟不继涤砚吮笔萧条若僧因题绝句八首奉寄孙思和》中得到了集中的表现,如:

> 十朝风雨苦昏迷,八口妻孥并告饥。信是老天真戏我,无人来买扇头诗。(其一)
> 青衫白发老痴顽,笔砚生涯苦食艰。湖上水田人不要,谁来买我画中山?(其六)

这些真切的诗句应该看作描绘中国士人生存历程的诗史性篇章!它反映了在明中叶商品经济逐渐发展的状况下,一部分士人的精神产品转化为商品,但又没有使自己彻底市场化而备尝艰辛这样一种历史状况。"业在毛锥与砚台"的自由职业者生涯并不能给唐寅带来生活的丰足,那种"画楼倚阁临朱陌,上有风光消未得。扇底歌喉窈窕闻,尊前舞态轻盈出"(《进酒歌》)之类的描写多半只是作者寄诸文本的风流幻想而已,仅靠其文笔所得,实现也难!在更多的情况下,他面临的恐怕还是那种"藜藿山妻嫌不继,吝开纸裹卖文钱"(《题画诗》)的拮据生活。然而,唐寅却能以此为乐,安之若素:"旁人笑我谋生拙,拙在谋生乐有余"(《风雨浃旬厨烟不继涤砚吮笔萧条若僧因题绝句八首奉寄孙思和》),"天然兴趣难摹写,三

---

① 阮籍:《清思赋》,见陈伯君校注:《阮籍集校注》,中华书局,1987年。

日无烟不觉饥"(同上)。也就是说,他选择这条道路不是以换取财货为根本目的,而是以寻求、摹写"天然兴趣"为根本目的。换句话说,是以超离社会的卑污,摆脱名教束缚,寻求与自然的贴近与融合,实现美好人性的回归和人格的独立为根本目的。正是在这里,唐寅的人格魅力和思想魅力得到了深层的、颇具特色的展现。于是他就能一边作画吟诗,一边自豪地宣称"三十年来一钓竿,几曾叉手揖高官"(《题画》),"十年阿对在泉头,草衣木食傲王侯"(《题画》)。对于功名,他寻求过,挫败过,但终于由挫败而走向超离。超离功名使他的"越名教"成为可能,成为职业艺术家又进一步推动他走"任自然"的道路。于是,在他那里,"越名教而任自然"便获得了实践性品格。

值得注意的是,唐寅不只是将通过艺术创造来驰骋个性、实现人格独立作为自己的个人行为,同时还以自己的艺术才能和人格魅力在中明的吴中形成了一种群体性的文化行为。唐寅并没有立派结社,也没有标榜什么理论纲领,而是与一些志趣相投的朋友在一起以诗画创作为纽带,或啸聚于山皋,或唱和于萧寺,或修禊于林泉,或赏鉴古代艺术珍品于静室,伸展性灵,率情挥洒。最初仅有祝允明、文征明、张灵等数人为伴,后来逐渐扩展为有沈周、杨循吉、徐祯卿、朱存理、钱同爱、邢参、朱凯、吴奕、孙一元、薛章宪、陈沂、王韦、王宠等众人参与的队伍,甚至连王鏊、吴宽、杨一清这些上层人士在其乞休吴中之时,也来参加唐寅辈的唱和,以宣舒他们在中明宦官专权、时势渐暗的背景下压抑于心中的山林意向。唐寅所带动的这个文化群体以任放的平民士人或退出仕途的隐逸士人为主体,而自由伸展性灵、率情挥洒则是他们的基本特色,这股文化潮流与中明心学的萌蘖和发展相伴随,实际上对晚明浪漫思潮起了导夫先路的作用。数十年后,嘉靖、万历年间以徐渭、汤显祖、三袁等人为代表的浪漫思潮实际上是对以唐寅为代表的吴中新风的承传和推展。而唐寅因其未形成自己的理论纲领,他的作品又未及时得到整理、结集,自嘉靖到万历,后人为他编刻的集子都远未能反映他的创作全貌,所以他所代表的具有新鲜气息的文化思想未及时地得到肯定和总结,倒是其作为风流才子的一面被后人片面张扬,从而掩盖了他在文化史上的真实价值。这种不公平固然与他认为"知我者不在是",对自己的作品不加整理和总结有关,与他身后萧条有关;但同时也反映出,尽管明中叶平民文人的创作已渐成风尚,但毕竟还未能获得应有的社会地位,以致唐寅的形象实际上长期被歪曲。唐寅的真实价值只能随着封建专制和名教的逐步衰微、其文艺作品得到更多的搜集和整理而渐得彰显。

作者单位:广东技术师范学院

(本文节选自拙著《悲怆的浪漫》,中国社会科学出版社 2009 年 12 月版。文字有所改易)

后七子"修辞"说与文章观析论

——以李攀龙、王世贞相关论说为考察中心

郑利华

曾经活跃于明代嘉靖、万历之际文坛而以李攀龙、王世贞为代表的后七子，在致力于诗文复古大业的过程中，除提出一系列的诗学主张，也同时申述了关乎古文创作的明确的文章观念，这自然成为我们在探讨后七子诗文理论时所不能忽略的重要问题。以后者而言，特别为李、王等人所强调的"修辞"说，无疑是其中格外值得关注的一个方面。本文旨在通过对李、王等人这一论说的相关剖析，着重探察它的精神意涵之所在及其基本取向，并力图由此对以李、王为代表的这一文学复古流派所秉持的文章观念获得更为深入的认知。

一

论及后七子的"修辞"说，首先不可不联系到李攀龙为人所熟知的《送王元美序》一文中的有关表述，其曰：

> 以余观于文章，国朝作者，无虑十数家称于世。即北地李献吉辈，其人也，视古修辞，宁失诸理？今之文章，如晋江、毗陵二三君子，岂不亦家传户诵？而持论太过，动伤气格，惮于修辞，理胜相掩，彼岂以左丘明所载为皆侏离之语，而司马迁叙事不近人情乎？故同一意一事而结撰迥殊者，才有所至不至也。后生学士，乃唯众耳是寄，至不能自发一识，浮沉艺苑，真为相含，遂令古之作者谓千载无知已。……世之儒者，苟治牍成一说，不惮侪俗，比之俚言，而布在方策者耳。复以易晓忘其鄙倍，取合流俗，相沿窃誉，不自知其非。及见能为左氏、司马文者，则又猥以不便于时制，徒敝精神，何乃有此不可读之语，且安所用之？……先是濮阳李先芳亟为元美道余，及元美见余时，则稠人广坐之中而已心知其为余。稍益近之，即曰："文章经国大业，不朽盛事。今之作者论不与李献吉辈者，知其无能为已。且余结发而属辞比事，今乃得一当生。仆愿居前先揭旗鼓，必得所欲，与左氏、司马千载而比肩，生岂有意哉？"①

嘉靖三十一年(1552)七月，时官刑部的王世贞以员外郎的身份出使案决庐州、扬州、凤阳、淮安四郡之狱，李攀龙的这篇序文即为送盟友王世贞出使而作。在上文中，作者显然流露出对于"今之文章"格局的强烈担忧，尤其不满于在当时已成"家传户诵"之势的王慎中(晋江)、唐

① 〔明〕李攀龙：《沧溟先生集》卷十六，明隆庆刻本。

顺之(毗陵)文章“惮于修辞,理胜相掩”的创作习气,是以有意联合同志王世贞重兴复古大业,欲“与左氏、司马千载而比肩”,以矫革在文坛影响已见深入的王、唐的文章作风。由此文所述来看,有一点是十分明确的,这就是作者始终在强调所谓“修辞”对于文章而言的重要性,其分别从正反两个层面说明之。自正面而言,作者极力标榜《左传》、《史记》这样的先秦至汉代的古文,李攀龙曾声称“秦汉以后无文矣”[①],王世贞论评李之古文作法,也以为其“多自左丘、子长、《韩非》、《吕览》”[②],“无一语作汉以后,亦无一字不出汉以前”[③]。应该说,作者检视古典文章系统而推崇以《左传》、《史记》为代表的先秦汉代古文,自是出于他个人的判别眼光和宗尚意向,更重要的一点,对于《左传》和《史记》这样的先秦汉代古文代表作,李攀龙显然是把它们作为与王、唐文章相对的“修辞”典范来加以标举的,认为如李梦阳那样能“视古修辞,宁失诸理”,无非是说他在学习古人过程中善于汲取古典文章的“修辞”之法。自反面而言,其矛头指向的则是当下文风的流行态势,特别是针对正在文坛发生主导效应的王、唐的文章作风。在李攀龙看来,王、唐文章暴露出的最为明显的一大弱点,莫过于对言理的偏重,以至沦为“惮于修辞”,而那些世之儒者所为“不惮侪俗,比之俚言”,又不把“能为左氏、司马文者”放在眼里,说到底还是由轻忽“修辞”所致,在这一点上,其和王、唐为文的缺失实无二致。

在后七子成员中,并不只是李攀龙一人关注“修辞”问题,事实上如徐中行、王世贞等人都曾从不同角度论及之,表达过类似的看法,这也显示了他们在该问题上所具有的某种共识性。如徐中行《陈山人达甫集序》言及明初以来新安地区“学士大夫”的习文风气,指出其“犹沿习宋儒道论,而惮于修辞”,对于诸士不重“修辞”的做法即颇有微词。又其《重刻李沧溟先生集序》纵述历代文章盛衰演变之势,中间谈到明兴以降文风的变化状态时认为:“百余年来,愈益斌斌,李献吉辈幸际其盛,亡虑十数家,轶轹近而力修古词。然其旁引经术,尚称说宋人,若功令亦有力救其偏者,而于修词靡遑焉。习流日波余不敢知,乃有不与献吉辈者,知其异于宋人寡矣。”[④]这是说诸家虽然用心古业,但未能完全摆脱“旁引经术,尚称说宋人”的局限,以至于无暇顾及“修词”,实在也是无法讳言的一种缺憾。再如王世贞所述,其《胡子衡齐序》在解释关于胡直《胡子衡齐》一书“其辞得无过修乎”的疑问时,提出:“孔子之系《易》曰‘修辞立其诚’,诚立矣,何修辞之足病哉!”[⑤]为胡书“修辞”辩护之意不可谓不明。《弘明二集后》则在比较了梁释僧祐《弘明集》和唐释道宣《广弘明集》之后,以为前者“理为辞窒,辞为理困”,后者乃“修辞亦渐畅”[⑥],从对二集结撰差异的揭示中亦可见出其注重“修辞”立场取向之一斑。尤其值得注意的是,嘉靖三十二年(1553),李攀龙出任顺德知府,王世贞既而为撰《赠李于鳞序》相寄,他在这篇多为人所征引的序文中述及:

吴兴蔡某从西来,过于鳞而论文。某者,故二君子友也,其所持议于识亡以长于鳞,

---

① 《答冯通府》,《沧溟先生集》卷二十八。

② 〔明〕王世贞:《汪伯玉》,《弇州山人四部稿》卷一百十九,明万历刻本。

③ 《艺苑卮言七》,《弇州山人四部稿》卷一百五十。

④ 〔明〕徐中行:《天目先生集》卷十三,明刻本。

⑤ 〔明〕王世贞:《弇州山人续稿》卷五十,明刻本。

⑥ 《弇州山人续稿》卷一百五十六,此文亦收录于王世贞《读书后》卷六,上海古籍出版社,1987年影印文渊阁《四库全书》本。

则谓："吾李守文大小出司马氏，司马氏不'六经'隶人乎哉？士于文当根极道理亡所蹈，奈何屈曲逐事变模写相役也。"吾笑不答。於乎！古之为辞者，理苞塞不喻假之辞；今之为辞者，辞不胜跳而匿诸理。……蔡子无称"六经"乃已，蔡子而称"六经"具在，又宁作录中语，喋喋而占占，繁固奚当也？世之文行者曰碑、志、序、记、论、辩，固皆史变体也，冒其名不曙所繇，苦而要之理，亦冤矣。①

所谓"吴兴蔡某"，指德清人蔡汝楠，嘉靖十一年(1532)进士，仕至南京工部右侍郎，其早年即与王慎中、唐顺之等人"以声律相高"，与之相善②。序中特地标明他与王、唐"二君子"之间的友善关系，意味着作者对蔡氏论议的辩驳，在某种意义上也是针对王、唐二人的。序文从蔡的话头中引出作者对于古今文章在"辞"、"理"关系上表现殊异的看法，王世贞在始撰于嘉靖三十六年(1557)的《艺苑卮言》中也曾经指出："吾尝论孟、荀以前作者，理苞塞不喻假而达之辞，后之为文者，辞不胜跳而匿诸理。"③无异于重申上序所论，也可见在这个问题上，他的前后说法还是基本一致。从表面上看，王世贞在序文中似乎是在强调如何平衡"辞"与"理"之间关系的问题，举二者而兼重之，态度不偏不倚，不过仔细体味起来，他真正所主张的重点是在"辞"的一端，所为之不满的是重"理"而轻"辞"的做法。说"理苞塞不喻假之辞"，比较接近前面李攀龙称许李梦阳"视古修辞，宁失诸理"的说法，表明"辞"与"理"之间并不是一种必相扞格的关系，"辞"不但于"理"无碍，而且还能起到达"理"的重要作用；说"辞不胜跳而匿诸理"，实际上也即李攀龙所称"惮于修辞，理胜相掩"的意思，主要表达对重"理"而轻"辞"甚或以"理"掩"辞"作法的强烈质疑。作为在李梦阳、何景明等前七子之后突进文坛并逐渐发生相当影响的王慎中与唐顺之，他们从起初倾慕李、何诸子，为文"初主秦、汉"④，到后来弃诸子所尚而转向宗宋，尤以习学欧、曾等人相尚，学古态度发生了根本性的转变，甚至与李、何诸子反宋学的立场有意识地展开抗衡，这已是广为研究者所注意到的一个事实，不必赘言。而这一学古态度的转变，从根本上来说，尤其是和他们接受宋儒理学思想的浸染而要求重新确立"文与道非二"那种文道一元、以道为本的创作之基本原则的诉求联系在一起，这也就是其特别强调为文要发明"古圣贤之道"⑤，专注于"天地间至精至妙之理"⑥，以表现"真精神与千古不可磨灭之见"⑦。蔡汝楠作为与王、唐趣味相投的文友，其所持"士于文当根极道理亡所蹈"的主张，在某种意义上可以说近乎王、唐所强调为文重在阐发"古圣贤之道"、专意"天地间至精至妙之理"和表现"真精神与千古不可磨灭之见"这种"文与道非二"说的根本旨趣。

---

① 《弇州山人四部稿》卷五十七。

② 〔明〕茅坤：《通议大夫南京工部右侍郎白石蔡公汝楠行状》："年十八，举进士，授行人。……与燕张言、河南高叔嗣、毘陵唐顺之、晋安王慎中、钱唐许应元、姑苏黄省曾及皇甫兄弟辈时时以声律相高，而公之誉问翩翩海内矣。"〔明〕焦竑：《国朝献征录》卷五十三，第2255页，上海书店，1987年。

③ 《艺苑卮言一》，《弇州山人四部稿》卷一百四十四。关于《艺苑卮言》的始撰时间，参见郑利华：《王世贞年谱》，第109—117页，复旦大学出版社，1993年。

④ 〔清〕张廷玉等：《明史·王慎中传》卷二百八十七，第7368页，北京：中华书局，1995年。

⑤ 〔明〕唐顺之：《答廖东雩提学》，《重刊荆川先生文集》卷五，张元济：《四部丛刊》集部，上海商务印书馆，1919年影印明万历刻本。

⑥ 〔明〕唐顺之《与王尧衢书》，《重刊荆川先生文集》卷七。参见郑利华：《"嘉靖八才子"与明代正、嘉之际文坛的复古取向》，《深圳大学学报》2007年第2期。

⑦ 〔明〕唐顺之《答茅鹿门知县二》，《重刊荆川先生文集》卷五。

在王世贞看来，蔡氏的这一席话，或者说由此折射出的王、唐二人的文章旨趣，实无异于“辞不胜跳而匿诸理”，即以“六经”相崇奉而一味本之于道理。王世贞曾经提出，“天地间无非史而已”，“六经”属于史之“言理者”，而其他诸文体，或为史之“正文”、“变文”，或为史之“用”、“实”、“华”，如此自是和“言理”之“六经”有别[①]。他认为，特别是将那些本来就与“六经”相异的史的变体之文一概诉之于“理”，已是极为不当，何况以“六经”本身来说，也绝非只是“喋喋而佔佔”的陈述道理之作。这里，矛头仍直接指向蔡汝楠所宣称的“根极道理亡所蹈”一说，同时也显是在为“修辞”说张本。

二

追溯起来，“修辞”一说早在《易·乾》中已出现：“子曰：‘君子进德修业。忠信，所以进德也。修辞立其诚，所以居业也。’”唐孔颖达正义云：“辞谓文教，诚谓诚实也。外则修理文教，内则立其诚实，内外相成，则有功业可居，故云居业也。”[②]这里，“修辞”与“立诚”联系在一起，合起来被理解成为修理文教而立其诚实，体现君子“修业”的一种内外功夫。与之相联系，后人或在此基础上进一步强调为文属辞，要在体现作者诚实悬切之内心[③]。从另一个角度来说，实际上这同时涉及了“修辞”对于传达作者心意即“辞”如何达意的重要性问题。

让我们再来看后七子成员对“修辞”意义的具体阐释。在此方面，曾经屡次申述“修辞”问题的王世贞的有关论说相对详尽，这也为我们对于该问题的深入理解提供了某种客观条件。细察王所持“修辞”说可以发现，其除了连接起“辞”与“意”之间的有机联系，说明“意”之传达有赖于“辞”之表述那样一种彼此关联性和密切性，更值得注意的是，它在其中也注入了作者自己在“辞”、“意”关系问题上的不同理解，如王在《艺苑卮言》中就表示：

> 孔子曰：“辞达而已矣。”又曰：“修辞立其诚。”盖辞无所不修，而意则主于达。今《易系》、《礼经》、《家语》、《鲁论》、《春秋》之篇存者，抑何尝不工也。扬雄氏避其达而故晦之，作《法言》，太史避其晦，故译而达之，作帝王本纪，俱非圣人之意。[④]

其引述孔子辞达之论和修辞之说，不仅是要表明“辞”以达“意”的二者之间所构成的关联性和密切性，并且同时提出了一个“辞”何以达“意”的关键性问题，在这一点上，王世贞特别标举在他眼里不乏修辞之“工”的《易系》等之篇存者，以作为“辞”以达“意”的一类范作。从通常的角度来说，倾向修辞之工，譬如取晦涩聱屈之辞组织成文，往往会被认为是妨碍文意传

---

① 《艺苑卮言一》：“天地间无非史而已。三皇之世若泯若没，五帝之世若存若亡。噫，史其可以已耶？‘六经’，史之言理者也。曰编年，曰本纪，曰志，曰表，曰书，曰世家，曰列传，史之正文也。曰叙，曰记，曰碑，曰碣，曰铭，曰述，史之变文也。曰训，曰诰，曰命，曰册，曰诏，曰令，曰教，曰札，曰上书，曰封事，曰疏，曰表，曰启，曰笺，曰弹事，曰奏记，曰檄，曰露布，曰移，曰驳，曰喻，曰尺牍，史之用也。曰论，曰辨，曰说，曰解，曰难，曰议，史之实也。曰赞，曰颂，曰箴，曰哀，曰诔，曰悲，史之华也。”《弇州山人四部稿》卷一百四十四。

② 《周易正义》卷一，〔清〕阮元：《十三经注疏》上册，第15—16页，北京：中华书局，1980年。

③ 如〔南朝梁〕刘勰：《文心雕龙·祝盟》论祝、盟两种文体的特征和要求时指出，“凡群言务华，而降神务实，修辞立诚，在于无愧”。“夫盟之大体，……感激以立诚，切至以敷辞”。王运熙、周锋：《文心雕龙译注》，第80—81页，上海古籍出版社，1998年。

④ 《艺苑卮言一》，《弇州山人四部稿》卷一百四十四。

达进而损害“辞”与“意”之间谐调关系的一种作法。但王世贞的以上说法显然有异于此，按照他的意思来推断，似乎不能简单地将孔子的辞达之论理解成为“辞”之“达”是“意”之“达”的必然径路。换言之，“辞”之“达”，“意”有可能不“达”；“辞”之“晦”，“意”则未必不“达”。所以说，如扬雄《法言》“避其达而故晦之”，以及司马迁《史记》中的帝王本纪“避其晦，故译而达之”，后者也即如他所称的“以己释《尚书》者也”[1]，其实都不能算作是在真正意义上体现了孔子辞达之论的蕴意。由上可以看出，王世贞所理解的“辞”以达“意”之义，包括他所标举的修辞之“工”，主要体现着两层涵义：一是必要的言辞修饰，即所谓“辞无所不修”；二是准确而艺术地传达文意，即所谓“意则主于达”。无论如何，这里尤其是对于言辞修饰的合理性所作的辩解意味是显而易见的。正因为如此，即使行文诘曲晦涩，如立足于修饰言辞以准确而艺术达意的角度，在王世贞看来不仅不足为怪，而且也是合理和必要的。因此，其时当有人质疑李攀龙古文“多诘曲聱牙语”，他即予反驳：“不知于鳞法多自左丘、子长、《韩非》、《吕览》，渠固未尽习也。”[2]不啻如此，他还曾经向盟友吴国伦表示，自己对于李攀龙古文备受别人“雌黄”不以为然，认为李文“澜伏起束，各有深意，巨力未易言也”，自寓不凡构撰之功力，那些无法认同李文者，其责不在李攀龙，而恰恰是他们自己不能遍悉那些相对奥涩深眇的秦汉以前的古文，也即“能熟太史公、班氏则有之，不能熟《战国策》、《考工记》、《韩非》、《吕览》也，以故与于鳞左”[3]。有关这一问题，我们从王世贞《喻吴皋先生集选序》一文所论中还可以获悉其更为明晰的表述：

> 文之所从来远矣，自孔子为辞达之说，而释之者曰：文者，顺理而成章之谓。于是钩棘晦僻者若在所汰斥而不载。然孔子身删《诗》、《书》，而乔僻峭厉之齐秦，诘曲聱牙之《盘庚》，皆存之而弗去。至风之别而称骚也，则楚人之所以托风其君者，务为缠绵迂晦之辞以自藏，而少露其指，则辞达之说有所不能尽用。譬之于天，日月清宁者恒也，雷电霰雨晦冥搏击者其变也。譬之于山，逶迤坦陀者恒也，羊肠鸟道崭削斗拔者其变也。要之，其变也亦恒也。[4]

如果说，所谓“顺理而成章”习惯上更容易被人理解成为文属辞的自然之道，那么，王世贞的以上述说可谓是站在质疑的立场对这一习常的观念提出了某种修正。其引孔子删《诗》、《书》不去“乔僻峭厉”与“诘曲聱牙”者之为证，主要目的无非是为了申明那些“钩棘晦僻”之文存在的合理价值，它们和文之“顺理而成章”者对较起来，好比是自然中“变”与“恒”的关系，而归结起来“其变也亦恒也”，说明“钩棘晦僻”之文本身也是一种合理的存在。这就意味着为文属辞纵然“钩棘晦僻”，或者说是一种另类的修辞之“工”，然若是出于准确而艺术达意的需要，犹如楚人结撰“缠绵迂晦之辞”，旨在传达“托风其君”之意，其价值同样不容否定，不应一概予以“汰斥”。

明白了这一点，同样不难理解王世贞阅读《庄子》与《列子》进而比较二者行文风格所总结出的一番体会。在《读列子》中，他表示自己始好《列子》文，最后稍熟《庄子》，则感觉相比

---

① 《艺苑卮言三》，《弇州山人四部稿》卷一百四十六。

② 《汪伯玉》，《弇州山人四部稿》卷一百十九。

③ 《吴明卿》，《弇州山人四部稿》卷一百二十一。

④ 《弇州山人续稿》卷五十五，明刻本。

起来前者不如后者“远甚”，原因是后者不仅“往往深入而探得其髓，其出世处世之精妙，有超于揣摩意见之表者”，更为重要的一点，其“措句琢字，出鬼入神，固非《列子》之所敢望也”。而在《读庄子三》中，王世贞对于苏轼以《庄子》中《让王》、《说剑》、《盗跖》、《渔父》四篇风格不类而欲去之的意见表示认可，以为四篇中独《让王》与《庄子》的文风尚为接近，“而太疑于正”，其他三篇则“甚显畅而肤浅”，意必属庄子之徒伪托之作。而对于《庄子》的行文风格他又是这样描述的：“宏放驰逐，纵而不可羁，其辞高妙而有深味。然托名多怪诡，而转句或晦棘而难解，其下字或奥僻而不可识。”[①]凸显其“晦棘”、“奥僻”的措置句字的风格特征，这一点或可以视为其形容《庄子》“措句琢字，出鬼入神”评语的一个具体注脚。

结合前面的分析，若从李攀龙、王世贞等人注重文章“修辞”艺术的具体指向来看，应该说，其在相当程度上是鉴于王慎中、唐顺之等人“惮于修辞，理胜相掩”、“学宋而伤之理”[②]特点而作出的一种针锋相对的反拨，着眼于“辞”、“理”关系的重新调整。不过，假如据此就认为李、王诸子倾向于刻意工“辞”的做法，那也和他们的“修辞”说的本意不相符合。王世贞在《念初堂集序》中即提出：“不佞自少时好读古文章家言，窃以为西京而前谈理者推孟子，工情者推屈氏，策事者推贾生。此岂有意于修辞，而辞何尝不工笃也。”[③]此也表明，文章言辞的“工笃”绝不和刻意雕琢以成工巧的做法相等同，“修辞”的境界在于非“有意于修辞”。这在实际上提出了一个既要注重言辞修饰但又不可拘于刻意雕饰而能兼顾二者的问题，也可以说是要求创作者表现出一种高超完善的语言营构艺术，从而使得文章言辞之修更趋于娴熟纯美。关于这一点，王世贞则着重从文章“叙事”的角度又提出了所谓“化工肖物”之说。在他看来，古典文章系统尤其是在先秦至汉代古文当中或有体现这种“叙事”特征的经典之作，如其曰：“《檀弓》、《考工记》、《孟子》、左氏、《战国策》、司马迁，圣于文者乎？其叙事则化工之肖物。”[④]所谓的“叙事”，指向事件经过的记叙、人物形象的刻画等不同的方面，其实也是创作者叙述描摹的修辞艺术水准相对集中的反映。所谓“化工”者，自然造化而不落蹊径之工巧也。“化工肖物”，当指描画事物情状所达到的自然逼真、不露雕刻琢磨痕迹的一种入化之境。王世贞在评议李攀龙古文时曾表示，“其稍可商者，必欲以古语傅时事，不尽合化工之妙耳”[⑤]。结合前论察之，他的意思应该是说，李文专以古语叙述今事，未能完全注意到“肖物”的特定语境，终造成“古”、“今”之间的隔阂，现出刻意为之的痕迹，未免不尽合乎“化工”之妙。又其评议他人所作云：“仆犹以为顾、陆、张、王之肖物，神色态度了无小憾，比之化工，尚隔一尘。”[⑥]由此也可见，在王世贞看来，唯有掌握高度熟练与纯化技艺者，才可能达到“化工肖物”这种“修辞”意义上的创作理想之极点，也难怪他要以“圣于文者”这样极高的评语来形容前面所列举的那些“叙事”经典之作。不独如此，这一态度也从他在比较班固《汉书》中逗漏出来，如曰：“班氏，贤于文者乎？人巧极，天工错。”谓班固之文“贤于文者”，表明它们和那些“圣于文者”相比尚有差距，或者说还没有完全达到“化工肖物”的入化之境。就此，王世贞

① 《读书后》卷一。

② 〔明〕何乔远：《王慎中传》，〔明〕王慎中：《遵岩先生文集》卷首，清康熙刻本。

③ 《弇州山人续稿》卷四十二。

④ 《艺苑卮言三》，《弇州山人四部稿》卷一百四十六。

⑤ 《吴明卿》，《弇州山人四部稿》卷一百二十一。

⑥ 《答陆汝陈》，《弇州山人四部稿》卷一百二十八。

又表示:"孟坚叙事,如霍氏上官之郄,废昌邑王奏事,赵、韩吏迹,京房术败,虽不得如化工肖物,犹是顾凯之、陆探微写生。东京以还,重可得乎?"[①]尽管认为班固《汉书》在"叙事"上尚未达"化工肖物"之境,然也肯定了其中的"写生"之妙。这是说,其还比较贴近所描写对象的原本形态,赋予它们以生意,较少给人矫饰刻造之感。总之,观王世贞以上所述,无论是他称许如《左传》、《史记》等造乎"化工肖物"之境,抑或肯定如班固《汉书》的"写生"之妙,都在极力主张避免"有意于修辞",强调文章言辞修饰的一种高度的艺术化和纯美化。

三

李攀龙、王世贞等人在追溯和检视古典文章系统过程中,尽力标榜他们心目当中的"修辞"典范,宣示他们对于文章"修辞"艺术的高度重视,这也反映了他们较之稍前的王慎中、唐顺之在文章审美观念上所呈现的显而易见的差别。假如说,王、唐为李、王等人诟病的"惮于修辞,理胜相掩"、"学宋而伤之理"的文章作风主要针对李、何诸子的学古取向,力图从精神内蕴的层面对其加以改造之,以发明"古圣贤之道"、专注于"天地间至精至妙之理"和表现"真精神与千古不可磨灭之见"为创作之终极目标,相比之下言辞之工拙则被置于次要的地位,犹如王慎中推尚他人"未尝专专其以言语文字闻于人"[②],唐顺之强调"学者先务,有源委本末之别",叙写"真精神与千古不可磨灭之见"为"源"为"本","绳墨布置、奇正转折"的文字工夫为"委"为"末"[③],淡化文章徒为"词章"的色彩,回归以道为本的原则立场,那么,李、王等人质疑王、唐文风呈现的注重道理阐发倾向,申述言辞修饰的合理性和必要性,则将注意力更多移向文章的本体艺术,这也可以说是他们和王、唐在对文章的性质与价值功能认知上的根本差异之所在。

基于这一立场,李、王等人在"取"古典文章系统中那些"修辞"典范之作的同时,又在"舍"他们所认为的"修辞"方面之不足者,这也成为我们从逆向的角度考察他们文章宗尚态度及其价值取向的一个切入点。李攀龙在致友人张佳胤的《报张肖甫》书函中说:"在昔学士大夫,掇拾听说,掩其不技,如元美所谓'跳而匿诸理'者,不自知病寙矣。"[④]这里所说的"掇拾听说,掩其不技",无外乎是指那些"学士大夫"只会谈论从他人那里袭取而来的道理论见,藉此掩饰文章言辞上的拙劣;所谓"不技",当是就其不擅长或不重视"修辞"这点来说的,故以王世贞所云"辞不胜跳而匿诸理"相形容,近于李攀龙指责王、唐文章"惮于修辞,理胜相掩"之意,其批评的意向是明确的。再如王世贞,他在论评《鬻子》一书时曾指出:"其文辞虽不悖谬于道,要之至浅陋者,掇拾先贤之遗而加饰之耳。"[⑤]表示是书文辞尽管与"道"不相悖谬,但却至为"浅陋",不能不说是一个严重的缺陷,让人难以认可。类似的看法也见于王世贞对扬雄《法言》的评价,如他《读扬子》云:

余读扬氏《法言》,其称则先哲,畔道者寡矣,顾其文割裂声曲,暗昒澳涊,剽袭之迹

---

① 《艺苑卮言三》,《弇州山人四部稿》卷一百四十六。

② 《黄晓江文集序》,《遵岩先生文集》卷二十二。

③ 〔明〕唐顺之《答茅鹿门知县二》,《重刊荆川先生文集》卷五。

④ 《沧溟先生集》卷二十八。

⑤ 《读鬻子》,《读书后》卷五。

纷如也。甚哉，其有意乎言之也！圣人之于文也，无意焉以达其所本有，而不容秘耳。故其辞浅言之而愈深也，深言之而不秘也；骤之而日星乎，徐之而大羹玄酒哉，乃其矩矱天就矣。世之病扬氏以道也，余之病扬氏以文也。[①]

扬雄《法言》一书，"象《论语》"[②]而作，尊尚圣人，谈议伦理，儒家思想气息十分浓厚，这也可以理解王世贞为何会得出"其称则先哲，畔道者寡矣"的判断。但他同时觉得，此书在鲜畔于"道"方面的成功，并不能掩盖它在"文"方面所暴露出来的具体问题，后者则突出表现在诸如"割裂声曲，暗昒澳涊，剽袭之迹纷如"，多少与前面所说的扬雄"避其达而故晦之"的做法相关，故谓其"有意乎言之"，说到底，这仍然当归因于其"修辞"上所存在的欠缺，也是王世贞本人訾病此书最主要的理由。

再进一步来看，站在强调"修辞"而注重文章本体艺术的文学立场，李、王等后七子在审察历代文风的发展演变以及评判其中得失之际，也特别将质疑的目光对准了宋人文章。我们知道，早在前七子时代，诸子对宋人诗文的排击已可谓不遗余力，当李、何等人攻讦宋人"主理不主调"[③]，甚至以一种近乎极端的口吻喊出"宋无诗"[④]、"宋儒兴而古之文废矣"[⑤]时，他们那种主要有感于宋人之学尤其是理学思想系统对诗文领域的传输和干预而激发的警戒及抗拒心理真正是显露无遗，强烈的反宋学意向，也从某种意义上折射出他们更多关注诗文本体艺术的一种文学意识，彰显了他们维护诗文之审美特性与自身价值功能的一种文学诉求。在这一问题的大方向上，李、王等人与李、何诸子的立场可谓比较接近。以文而言，如王世贞在比较两汉、六朝以及唐、宋、元各代文章之特点时认为，与前代相比，"宋之文陋，离浮矣，愈下矣"[⑥]，对于其本人鄙薄宋文的意向无所掩饰。由此也不难理解他曾对文友汪道昆所作声称"心窃慕好"的一番表态，这主要是以为汪氏"顾为东西京言"，不随世人"蝇袭庐陵、南丰之遗"[⑦]。至于如前李、王指摘王、唐二人文章重"理"轻"辞"的习气，很重要的一点，也在于他们将这一问题的症结归结到二人转向宋文的学习上。如王世贞在《书曾子固文后》中表示："子固有识有学，尤近道理，其辞亦多宏阔遒美，而不免为道理所束，间有暗塞而不畅者，牵缠而不了者。要之为朱氏之滥觞也。朱氏以其近道理而许之。近代王慎中辈，其材力本胜子固，乃掇拾其所短而舍其所长，其暗塞牵缠迨又甚者，此何意也？"[⑧]这一段话至少包含两层意思，一是认为宋人曾巩文章由于"尤近道理"，难免间有"暗塞而不畅"、"牵缠而不了"之失；二是指出王慎中文章因为沾上了曾文的习气，所以犯了同样的"暗塞牵缠"的毛病，而这也即王世贞所说的"晋江出曾氏而太繁"[⑨]之意。与此同时，王世贞又在《答王贡士文禄》一书函中曾经评议明初以来诸名家文章之得失，其中论及"晋江诸公""变之为欧、曾"的文风转

① 《读书后》卷五。

② 〔汉〕班固：《汉书·扬雄传》卷八十七下，第3580页，北京：中华书局，1996年。

③ 〔明〕李梦阳：《缶音序》，《空同先生集》卷五十一，明嘉靖刻本。

④ 〔明〕李梦阳《潜虬山人记》，《空同先生集》卷四十七。

⑤ 〔明〕李梦阳：《外篇·物理篇第三》，《空同集》卷六十六，上海古籍出版社，1987年影印文渊阁《四库全书》本。

⑥ 《艺苑卮言三》，《弇州山人四部稿》卷一百四十六。

⑦ 《答汪伯玉》，《弇州山人四部稿》卷一百十八。

⑧ 《读书后》卷三。

⑨ 《艺苑卮言五》，《弇州山人四部稿》卷一百四十八。

向，则直言“其失衍而卑”[①]。这里所谓的“衍”，当与多余、散漫、繁复等义相联，要指文章言辞枝蔓，缺乏裁剪之功，正如世贞在《与陆浚明先生书》中说王、唐之文“挥霍有余，裁割不足”[②]。所谓的“卑”，又当是与“衍”相随而生，指文章品位因此而沦为卑下。很显然，上论在鄙薄王、唐文章学宋之失的同时，实际上也将攻讦的矛头指向了为王、唐所推尊的欧、曾等宋人之文。

从王世贞本人情况来说，也有人已经发现他文学态度前后发生的一些微妙变化，学古的锋芒有所收敛，如《四库》提要评王世贞晚年撰写的《读书后》八卷，就以为书中的若干看法已显出世贞“心平气和”的心境，“与其生平持论不同”[③]。这当中也包括他对某些宋人之作态度的些许变化，如其在《读书后》中论欧阳修文：“欧阳之文雅浑不及韩，奇峻不及柳，而雅靓亦自胜之。记序之辞纡徐曲折，碑志之辞整暇流动，而间于过折处或少力，结束处或无归著，然如此十不一二也。”[④]此谓欧阳之文与韩、柳之文相比较或有所不及，但也并非一无是处，特别是记序碑志各体多少显出一些自己的特点，而在成于此前的《艺苑卮言》中，世贞评说欧、苏之文则以为“其流也使人畏难而好易”[⑤]，排击之意居多。尽管如此，在一些重要的原则问题上，王世贞个人的文学立场并未有太多的改变。就他对待宋文的态度而言，总体上的贬抑意向依然显而易见，这其中以“修辞”相责的态度间见于他对诸家文章的论评。除了以上《书曾子固文后》所论外，又如王世贞在《书王介甫文后》中评王安石文：“介甫于文章颇能持论，近道理，而好以己胜，至于语务简而意务多，欲以百余言而中为层叠宛曲。其所长在是，而其所病亦在是也。”这已是将王安石之文“语务简而意务多”的显著特点与其“颇能持论，近道理”的作风联系在了一起，只是在王世贞看来，王文的这一专长，恰恰也是它的不足之所在，而这在根本上还是牵涉到“修辞”意义上的“辞”如何达“意”的问题，此处对王安石文章之“病”的明揭，未尝不可以说主要乃是针对其未能恰当处理好“辞”与“意”之间的关系来说的。即使是记序碑志被认为尚有可取之处的欧阳修，在王世贞眼里，他的《新五代史》的作法则显得大不如人意，其《书五代史后》议及，《新五代史》文辞颇为世人所喜，杨士奇甚至将它和《史记》、《汉书》相提并论，且以为其义例胜之，但王世贞对此却不以为然，这不仅是他考该书所谓义例者感觉“亦不为甚当”，更认为它：“文辞尤索寞，腴不如范晔，雅不如陈寿，比之两晋六朝差有法耳，尚不能如其平生之所撰碑志，而何以齿《史》、《汉》哉？一安重诲传少欲间以议论，而痕迹宛然，词旨沓拖，去伯夷、屈平霄壤矣。”[⑥]这似乎是有意要破除世人喜好《新五代史》“文辞”之俗见，认为该书恰恰在“文辞”上存在“索寞”的瑕疵，不但无法和《史记》、《汉书》列在同一档次，也不及范晔《后汉书》、陈寿《三国志》，甚至比不上欧阳修本人平生所撰写的碑志之作。

---

① 《弇州山人四部稿》卷一百二十七。

② 《弇州山人四部稿》卷一百二十五。

③ 〔清〕永瑢等：《四库全书总目》集部《读书后》提要：“《书影》记世贞初不喜苏文，晚乃嗜之，临没之时，床头尚有苏文一部。今观是编，往往与苏轼辨难，而其文反覆条畅，亦皆类轼，无复摹秦仿汉之习。又其跋李东阳乐府与归有光集、陈献章集，均心平气和，与其生平持论不同。”卷一百七十二，第1508页，北京：中华书局，1983年。

④ 《书欧阳文后》，《读书后》卷三。

⑤ 《艺苑卮言四》，《弇州山人四部稿》卷一百四十七。

⑥ 《读书后》卷三。

四

在了解了李、王等人注重“修辞”艺术的文学立场以及相应的意义指向和取舍对象之后，我们再来进一步考察他们“修辞”说所反映的若干具体的要求。说起来，这一些还主要与李、王等人围绕文章表现艺术而展开的相关法度的阐释紧密联系在一起。

关于这一点，首先值得注意的是李攀龙本人注重的所谓“联属”之法。王世贞在致友人汪时元的《答汪惟一》书函中即指出：

于鳞每称属文，言属者，取古辞比今事而联属之耳，谓其臆创诘曲不解之语则非也。[①]

在涉及古文的具体作法方面，李攀龙似乎多在忠实地实践他的这一创作理念，也正如王世贞称他“于文无一字不出经典，极得古人联属裁剪法”[②]。联系起来看，李攀龙所重的“取古辞比今事”这种“联属”之法，近似于李梦阳为人所熟知的“述今之事”而“尺寸古法”的提法，显示二人均高度重视古人之法的明确立场。要说彼此的不同，如果讲，李梦阳要求“尺寸古法”但同时又主张“罔袭其辞”，不认肯“剪截古辞以为文”[③]，将循守古法和蹈袭古辞作为两个不同的概念加以区分开来，那么，李攀龙出于“联属”的理念注意从古人经典之中直接截取“古辞”以傅合“今事”，从对古人之法的依循来说，较之前者显然更为谨慎和严饬。应该说，李攀龙所重的这种“联属”之法，意在将当下之人事藉助古人经典文章的语言系统叙写出来，力求完善二者之间的接合关系，以做到处处“引于绳墨”[④]，“求当于古之作者”[⑤]，与古人文章法度相契，不免凿枘难合。原因主要在于其忽视了古今语境的相互差异性，将已经发生新变的“今事”机械地纳入相对固定的“古辞”系统来加以传述，实难以充分、准确与自然表现之，达到二者真正“联属”的目标，如此在严格因循古法的同时，板滞和刻凿之弊自然也就无法避免。这难怪连身为李攀龙亲密盟友的王世贞，对此也屡屡表示过他的不满之意，如《艺苑卮言》论及李攀龙志传之文特点就认为其“出入左氏、司马，法甚高，少不满者，损益今事以附古语耳”[⑥]；《书李于鳞集后》列数李攀龙古文的疵病，也举其“以古语而傅时事，使不可识”[⑦]，作为其中之一症。由此归结到一点，则当还如前王世贞评李文所说过的，“其稍可商者，必欲以古语傅时事，不尽合化工之妙耳”。倾向于“取古辞比今事”的这种“联属”之法，固然由力主法度而不舍的良苦用心乃至于对法度的偏狭理解所致，这其中所暴露的刻板与拘狭自不待言。不过从另一方面来说，它从中也正折射出李攀龙本人一种“视古修辞”的强烈意识，一种主要着眼于文章本体艺术的鲜明取向，析解其意，乃不外乎通过对于他向来所宗尚的先秦至汉代经典之作“古辞”的取用，在最大限度上接近或还原古人之法，凸显文章在“修辞”艺术上的经典

① 《弇州山人四部稿》卷一百二十八。

② 《与海盐杨子书》，《弇州山人四部稿》卷一百二十八。

③ 《驳何氏论文书》，《空同先生集》卷六十一。

④ 《王氏存笥稿》，《沧溟先生集》卷二十五。

⑤ 王世贞《李于鳞先生传》，《弇州山人四部稿》卷八十三。

⑥ 《艺苑卮言七》，《弇州山人四部稿》卷一百五十。

⑦ 《读书后》卷四。

性。与此同时，相当重要的一点，也是针对世之儒者“不惮侪俗，比之俚言”的轻忽“修辞”的为文之道，特别是王、唐“学宋而伤之理”那种回归到以道为本的文章作风，尽管李攀龙所倾向的是一种近乎偏狭和拘板的循守文章法度的方式。

至于王世贞，虽然对于李攀龙“必欲以古语傅时事”的板滞的做法不无微词，但这绝不意味着他在关乎文章法度问题上态度宽弛，相反，其较之李攀龙诚有过之而无不及。如他曾主张：“夫文有格有调，有骨有肉，有篇法，有句法，有字法。”①又谓：“篇有眼曰句，句有眼曰字；字有字法，句有句法，篇有篇法。此三者不可一失也。”②在他看来，作为文章之法应当是一个系统完整的概念，篇、句、字法缺一不可，不能偏向一个方面而忽略其他方面。因此，对于不讲究文法者固然无法认同，如其指点他人文章，谓“差健而有古意，然篇法则未讲也。句法奇，然句病乘之，字法奇，然字病乘之，而俱不自觉也”③，而对于偏法者同样难以接受，如其评论王维桢文，以为出《史》、《汉》，善叙事，工句而不晓篇法，神采不流动。”④再来看看王世贞对于文章之篇、句、字法是如何解释的，他在《艺苑卮言》中即有如下一段多为人所留意的说明：“首尾开阖，繁简奇正，各极其度，篇法也。抑扬顿挫，长短节奏，各极其致，句法也。点缀关键，金石绮彩，各极其造，字法也。篇有百尺之锦，句有千钧之弩，字有百炼之金。文之与诗，固异象同则。”这里，显然是统合了诗与文不同的文体来解析篇、句、字法的特征。谓“异象”，说明诗与文的体式特征各不相同，所谓“诗有常体，工自体中。文无定规，巧运规外”⑤；谓“同则”，说明二者在篇、句、字法上又有着共同的原则性要求。所以，上面诸法不但是诗歌同时也是文章在篇章字句经营上应当遵循的基本原则。具体一点说，就是篇章结构首尾既开又阖，前后照应，繁简与奇正，调节有度，布置得当；句式结构长短相错，抑扬交互，极尽句与句之间的节奏变化之致；至于措词琢字，由于时为全篇的紧要关键之处，则尤其需要在音声和色彩上用心锻造，着意炼冶，以体现“金石”其声，“绮彩”其色。简括以上诸法，无论大到篇章之法还是小到字句之法，实际上不同程度关涉创作者在篇章字句经营过程中的一种裁剪炼冶的功力，其根本的目的是为了更好地营造作品规整合度的艺术效果。也因为如此，王世贞本人特别关于文章之法的阐述，在不同的场合多次强调了“裁”这一个概念，其在某种意义上也是对篇章字句诸法的一种高度概括，如曰：

《庄子》语多引《列子》，或曰傅会之书也，此殆不然。其持论无以大异《庄子》，其叙事裁而揆，辞法则似胜之。⑥

起伏须婉而劲，结构须味而裁，要必有千钧之力而后可。⑦

用修采尺牍不及唐、明，唐以后无尺牍也。虽然，世之佩绅而操觚者，自尊易其语，不知所以裁之，俚巷之是耳，而章程移牍之是邻。⑧

---

① 《颜廷愉》，《弇州山人续稿》卷一百八十二。
② 《华仲达》，《弇州山人续稿》卷一百八十一。
③ 《于凫先》，《弇州山人续稿》卷一百八十三。
④ 《艺苑卮言五》，《弇州山人四部稿》卷一百四十八。
⑤ 《艺苑卮言一》，《弇州山人四部稿》卷一百四十四。
⑥ 《读列子》，《读书后》卷五。
⑦ 《书归熙甫文集后》，《读书后》卷四。
⑧ 《凤笙阁简抄序》，《弇州山人四部稿》卷六十五。

(尺牍)隋唐以还,滔滔信腕,不知所以裁之。[1]

与此同时,这一“裁”的概念,从文章“修辞”艺术的角度来说,又是极为重要的,以故王世贞在《休阳史序》一文中称许所序之书曰:“其修辞者何,以裁胜也。”[2]将“裁”和“修辞”的要求明确联系在一起。不仅如此,察其所述,与所谓“裁”之概念相连的尚有“裁剪”、“裁割”等若干的提法,譬如王世贞评宋濂之文,谓其“庀材甚博,持议颇富,第以敷腴朗畅为主,而乏裁剪之功,体流沿而不返,词枝蔓而不修,此其短也”[3]。评王、唐二人之文,如前述则谓其“挥霍有余,裁割不足”[4]。

顾名思义,所谓的“裁”,自与剪切裁制之义相关,而与散冗、衍蔓、纵意等诸义相对,推究起来,这里所指示的应当是合乎一定规度的一种裁剪、谐调、锻造的艺术审美要求。需要说明的是,它和我们通常容易理解成的割裂、截断之义并不属于同一个概念。有关这一点,王世贞《书洹词后》论崔铣之文和归有光时义特点的一席话已说得颇为明白:“(崔)独于文务剪裁,而无沛然之气,蹊径斧凿靡所不有,盖慕子云之《法言》而工不足者也。吾每读归熙甫时义,厌其不可了,若千尺线,每读崔子文,句句可了,若线断珠落,恨未有并州剪刀剪归生、以端午续命丝续崔氏也。”[5]按此,归氏时义如同千尺线不可了断,固然是不知“剪裁”所致,实不足取,但反过来,如崔氏那样“剪裁”文章的方式同样存在问题,如是不仅斧凿的痕迹毕露无遗,而且因为过度加以割裂截裁,文句之间如线断珠落,导致意脉不相联属,行文之气断折而显孱弱不畅,其谓“无沛然之气”,当是就此来说的。因此,从以上这段话中可以推论出,王世贞一再申明的文章之“裁”法,实不表示因为务于“剪裁”就可以任意割裂和截断意脉文气,同时又要注意避免斧凿痕迹的出现,而这一点也和他所强调的“化工肖物”的主张大体相吻合。就此还可以补充的是,他在致盟友徐中行的一书函中论及自己作诗属文的切身体会,其中特别对于“序论奏札”之文,则以为“务使旨恒达,而气恒贯”[6]。他还曾教导别人习文的方法,要求文章“其气常使畅,才常使饶,意先而法即继之”[7],又强调“篇主脉,句主眼”[8]。在此,无论是主张“气”要“贯”、“畅”还是注重“主脉”,表明世贞对于文章意脉文气的连贯畅达还是相当看重。从这个意义上来说,“裁”的意涵指向,如与前《艺苑卮言》中有关文章篇、句、字法的说明联系起来,应当是在不损害意脉文气的前提下面向篇章字句各个不同环节所实施的一种“修辞”意义上的调合和规约,以主要起到制约所谓“规格旁离,操纵唯意”[9]这样的纵意而无规度的结撰方式的作用,获得更为理想的艺术审美效果。

毫无疑问,与多受声律和字数限制的诗歌相比,文作为“言之成章”者,其在体式规制上相对铺张,相对自由,曾经明确强调诗与文“同谓之言,亦各有体”[10]的李东阳,在比较二者而

---

① 《重刻尺牍清裁小序》,《弇州山人四部稿》卷六十四。

② 《弇州山人续稿》卷四十一。

③ 《艺苑卮言五》,《弇州山人四部稿》卷一百四十八。

④ 《与陆浚明先生书》,《弇州山人四部稿》卷一百二十五。

⑤ 《读书后》卷四。

⑥ 《徐子与》,《弇州山人四部稿》卷一百十八。

⑦ 《于凫先》,《弇州山人续稿》卷一百八十三。

⑧ 《答帅膳部》,《弇州山人续稿》卷二百三。

⑨ 〔明〕王世贞《答陆汝陈》,《弇州山人续稿》卷一百二十八。

⑩ 〔明〕李东阳:《匏翁家藏集序》,周寅宾点校:《李东阳集》第三卷,第58页,长沙:岳麓书社,1985年。

概括文之体制特征时即指出:“章之为用,贵乎记述铺叙,发挥而藻饰,操纵开阖,惟所欲为,而必有一定之准。”①。这当然也给创作者制造了“操纵开阖,惟所欲为”的纵意挥洒的潜在空间。由此说来,王世贞从“修辞”艺术的角度强调文章之“裁”法,未尝没有饬正文章结撰以使合乎一定规度的意味,但与此同时,在某种意义上也是更值得注意的,则不可不谓是面向王、唐文章作风而提出的一项富有针对性的写作策略。事实上,他直责王、唐文章“挥霍有余,裁割不足”,且以为“二君子之声,固已中人膏肓而易其视听”②,显然意识到王、唐文名及作风深入影响时人的严峻性而视之为重点排击的目标,味其责贬之意,当是指王、唐二人文章过分纵意挥洒,不太注意裁剪锻炼,换成另一种说法,即近乎“规格旁离,操纵唯意”。至于为王世贞所指责的王、唐文章的这一特点,追究起来,不能不说与他们在持守文道一元、以道为本的基本原则下,强调阐发“古圣贤之道”、专注于“天地间至精至妙之理”和表现“真精神与千古不可磨灭之见”,以及置言辞工拙于次要位置这种多少应当归之为轻忽形式法度的观念意识有着不可分割的联系。

结　语

作为步武前七子而突入嘉、万文坛的以李攀龙、王世贞为代表的后七子,在追溯和检视古典文章系统的过程中,上承李梦阳、何景明诸子诗文复古的基本立场,推崇先秦至汉代的古文经典以之作为主要的宗尚对象,标示文章“修辞”的重要性或必要性,强调言辞修饰高度的艺术化和纯美化,这一些在不同程度上显示了他们对于文章本体艺术的重视态度,指示着李、王等人在求索古文之道和确立发展目标当中所执持的一种价值取向。他们极力攻讦王慎中、唐顺之“惮于修辞,理胜相掩”的这种重“理”轻“辞”的文章作风,以及与此相联系的对于宋文价值地位的质疑,更是彰显了这一文学立场。同时,从另一层面来说,回溯前七子的诗文复古取向,尤其是他们在排击宋人诗文过程中所多少表现出的关注诗文本体艺术、维护其审美特性与自身价值功能的文学诉求,不能忽略以李、王为代表的后七子推尚“修辞”的这一文学立场,它和前者联系起来,在基本取向上所构成的某种关联性和共趋性,也可以说,它在一定意义上未尝不是李、何诸子倾向于诗文本体艺术的文学意识在此际李、王等人文章观念中更加趋于强化的一种展现。

作者单位:复旦大学

---

① 《春雨堂稿序》,周寅宾点校《李东阳集》第三卷,第37页。

② 《赠李于鳞序》,《弇州山人续稿》卷五十七。

陈深及其《楚辞》评点的价值

罗剑波

在明代《楚辞》评点家中，陈深是特别值得我们重视的一位。其《楚辞》评点问世较早，且被后世转相传引，产生了深远影响。但作为一位评点家，陈深所涉猎的范围并非仅限于《楚辞》。就目前所能见到的评点著作来说，他还曾评点过《周礼》、《孟子》、《孙子》、诸子文及有关史著等，有着丰富的评点实践。如陈深批点《周礼》，有闵氏朱墨套印刻本；于《孟子》，《十三经解诂》中《孟子》二卷所载评点，即是陈深所为[①]；于《孙子》，万历四十八年闵于忱刻朱墨套印本《孙子参同》[②]，就收录其评点；而于诸子及史著文，陈深则辑有《诸子品节》与《诸史品节》[③]，对其择选出的文章逐篇评点。因此，对于陈深及其评点活动，我们应给予足够的重视，但目前研究成果仍相对匮乏。香港学者陈炜舜先生曾著有《陈深楚辞学著作考叙》[④]一文，对其生平、著述进行了较为深入的考察，使人读后受益良多。但翻检资料，细思精审之后，仍觉有继续讨论的空间。

一、陈深生平及其文学观念

关于陈深生平，我们比较容易见到的是《四库全书总目》的相关记载，文云："深字子渊，长兴人，嘉靖乙酉举人，官至雷州府推官。"[⑤]《总目》所载较为简略，今核《长兴县志》，知陈深本名"陈昌言"，后更名为"深"，如《长兴县志》卷二十《选举表》"陈昌言"条称："陈昌言，霖孙，张《志》云：'更名深，二十八年己酉科，详《人物传》。'谭《志》云：'按胡《府志》是科既载陈深，下注榜名昌言，雷州推官。又载陈昌言，下注知州。考《陈深传》，初授归州守，后赴补以违例，降雷州理，本属一人，《府志》作两人，误。'"[⑥]文中"张《志》"，指的是清顺治六年(1649)长兴知县张慎所编《长兴县志》，由上引可知，该《志》所载陈深中举人的时间，与《四库全书总目》所载有出入：《总目》"嘉靖乙酉"为嘉靖四年(1525)，而张《志》"二十八年己酉"则为嘉靖

---

① 陈深撰《十三经解诂》，明万历二十九年(1601)刻本。该本仅《孟子》二卷载有陈深评点。

② 闵于忱辑《孙子参同》，明万历四十八年(1620)闵氏松筠馆刻朱墨套印本。

③ 陈深辑《诸子品节》，明万历十九年(1591)刻本。陈深辑《诸史品节》，明万历二十一年(1593)刻本。

④ 陈炜舜《陈深楚辞学著作考叙》，见《屈骚纂绪》，台湾学生书局，2008年。该文又收于浙江师范大学江南文化研究中心主编《江南文化研究》第三辑，学苑出版社，2009年。本文所引皆出自陈炜舜《屈骚纂绪》，台湾学生书局，2008年。

⑤ 纪昀等《四库全书总目》，中华书局，1997年，第287页。

⑥ 邵同珩、孙德祖增补重校《长兴县志》，《中国地方志集成》影印清光绪十八年(1892)刻本，上海书店出版社，1993年，第410—411页。

二十八年(1549)。对此,《四库全书总目》与《明史·艺文志》[①]一致,之后姜亮夫先生承袭之[②]。而除《长兴县志》外,《湖州府志》[③]亦记载为"嘉靖二十八年",可知其为一源流系统。由于《明史》、《总目》、张《志》都未详所据,陈炜舜先生以丁元荐为陈深所作《十三经解诂序》为基础进行考证,推断陈深去世于万历二十六年(1598),又据此认为其中举人时间应从"嘉靖二十八年"[④],结论可信。

《湖州府志》卷七十二有《陈深传》,云:"陈深,字霖孙,号九华,长兴人,嘉靖二十八年举人。初任雷州推官。隆庆五年知归州,刬烦理剧,游刃有余。定条鞭而逋逃乐生,清民屯而豪强敛迹。谯楼馆宇,整治一新,而民间秋毫无扰。荐调荆门州。"陈炜舜先生于另一文,著录"万历二十八年庚子吴兴凌氏朱墨本"时,所引陈深本传,即据此[⑤]。故其在引录《长兴县志·选举表》"陈昌言"条"陈昌言,霖孙"时,即认为"《长兴县志·选举志》录嘉靖二十八年之中有名'陈昌言'而字'霖孙'者",又称"可知其本名昌言,字霖孙"[⑥]。大缪!《湖州府志》误"陈深,字霖孙",陈先生这里未作考辨而承之。其实这里"霖孙"非陈深之字,"霖"是指陈霖,乃陈深祖父。《长兴县志》卷二十三上即有《陈霖传》,文云:

> 陈霖字时雨,号四山,宏(笔者按,应作"弘")治六年进士。初任行人,升监察御史,献替不忌,讳勋戚避之。及巡按东粤,贪墨望风解组,连州十三村洞蛮,积乱为祟,霖奏请举兵尽平之,诏赐绯绮二、银卮二。因劾逆瑾,左迁南康知府,治无城郭,与江省接壤,时宁藩谋逆,屡招之,坚拒不从,间道赴巡抚王守仁军中告警,因留帐前赞画,随征剿贼,斩首千余。贼平,守仁言其功,复任南康,创议筑城,民尸祝之。老病乞休林下二十余年,赋诗弈棋,不及公事,家无余赀,寿九十四。[⑦]

由此可见,陈霖为人刚烈正直,为官颇有政绩,至乞休归里,"赋诗弈棋",营造了书香文雅的家庭氛围,这对陈深无疑有着积极的影响。《长兴县志》又有《陈深传》,文云:

> 陈深字子渊,号潜斋,霖孙。嘉靖二十八年举人,隆庆五年知归州,刬烦理剧,游刃有余,定条鞭而逋逃乐,生清民屯,而豪强敛迹,谯楼馆宇,整治一新,而民间秋毫无扰。荐调荆门州,未期丁艰归出补以违例,降雷州推官,属海康令沈汝良,贪墨激变,守贰皇遽,深往慰,数语而寝。性嗜古,不喜爱书,致仕后纂辑忘倦,年八十余,篝灯至丙夜不辍,尤邃于经学,折中条贯,粹然大儒。[⑧]

在仕途上,陈深虽然有为,最终还是不甚得意,故而投身于纂辑著述,取得了较高的成就。对此,其乡人丁元荐亦有类似描述:"陈先生讳深,字子渊,吴兴长城人,一再宦,不得意。老而

---

① 张廷玉《明史》卷一百三十三,中华书局,1974年。

② 见姜亮夫《楚辞书目五种》,上海古籍出版社,1993年,第17页。

③ 宗源翰修,周学浚纂《湖州府志》卷七十二,清同治十三年(1874)刻本。

④ 陈炜舜《陈深楚辞学著作考叙》,见《屈骚纂绪》,第52页。

⑤ 陈炜舜《〈续修四库全书总目提要〉明代楚辞学著作提要补考》,见《屈骚纂绪》,第274页。

⑥ 陈炜舜《陈深楚辞学著作考叙》,第51页。

⑦ 邵同珩、孙德祖增补重校《长兴县志》,《中国地方志集成》影印清光绪十八年(1892)刻本,上海书店出版社,1993年,第482页。

⑧ 邵同珩、孙德祖增补重校《长兴县志》,《中国地方志集成》影印清光绪十八年(1892)刻本,上海书店出版社,1993年,第483页。

喜读书，年八十余，篝灯至丙夜不辍。先有子、史《品节》行于世，先生语予曰：'老夫所苦心者，经也。'将易箦以此执手见托曰：'幸辱一言，比于挂剑之义。'余心许之，又三年而叙成。先生更有《周易》、《周礼》、《春秋》然疑若干卷，惜散佚不尽传。"①文中"子、史《品节》"，指的是《诸子品节》与《诸史品节》。"《周易》、《周礼》、《春秋》然疑若干卷"，应指《周易然疑》、《周礼然疑》、《春秋然疑》三种，皆已亡佚。关于陈深著述，陈炜舜先生综合历代公私书目，考证颇详细，所列有《周易然疑》、《周礼训隽》、《周礼训注》、《考工记句诂》、《春秋然疑》、《孝经解误》、《十三经解诂》、《诸史品节》、《秭归外志》、《诸子品节》、《韩子迂评》、《金丹刊误》、《陈氏楚辞》、《批点本楚辞集评》十四种。其中，《孝经解误》，《明史·艺文志》②、《浙江通志》③皆作《孝经解诂》，由陈深已有《十三经解诂》来看，似应为《孝经解诂》。查《千顷堂书目》④，该书作《孝经解误》，应为陈炜舜先生所本。《金丹刊误》，《明史·艺文志》⑤、《浙江通志》⑥皆作《丹经刊误》。又，《批点本楚辞集评》之称首见于姜亮夫先生《楚辞书目五种》，姜先生称"明陈深选辑"⑦。其实不然。所谓《批点本楚辞集评》，即凌毓枏校刊朱墨套印本《楚辞》。该书虽于卷首题"陈深批点"，但凌毓枏作为该书之刊刻者，同时也是评点之"选辑"者，却是不争的事实。这里陈炜舜先生承姜先生，将《批点本楚辞集评》列为陈深著述，于理难合。再者，《陈氏楚辞》应为《秭归外志》之一部分，详见下文考证，此处不赘。由以上所列陈深书目来看，可印证其"老夫所苦心者，经也"云云，所言非虚。除经学外，陈深所涉猎，亦遍及子、史诸部类，可谓博学。

其中值得关注的是《诸子品节》。该本卷首有《诸子品节序》，在《序》中陈深表达了自己对文章创作的看法，这对于我们了解他的文学观念有很大帮助。其文云：

> 西京以前诸子之文，文有余而道不足；宋以后之文，道有余而文不足。二者将安取衷？儒者曰：'与其文也，宁道。'文与道有二乎？吾闻仁义之人，其言蔼如，未有不深于道而能文者。尧、舜、周、孔深于道矣，其辞未尝不文，夫子之文章，粲于六籍之内，故其自称曰：'言之无文，行之不远'，'辞达而已矣'。苏氏曰：'辞止于能达，疑若不文，是大不然。'求物之妙如系风捕影，能使是物了然于心者，盖千万人而不一遇也，而况能使了然于口与手者乎？是之谓'辞达'，辞至于能达，文不可胜用矣。今惮于修辞，而徒欲以理胜相掩，借言明道，不欲以辞丽为工，道明矣。辞不文，安在其能达，不达，安用文为？晚周以后，去圣浸远，老聃、庄周、列御寇之徒，撽浮云，腾九闳，虚举而上升，夫神智之变化，岂在多文哉！⑧

---

① 丁元荐《十三经解诂序》，载陈深撰《十三经解诂》，明万历二十九年(1601)刻本。丁元荐，字长孺，长兴人，万历丙戌(1586)进士，官至尚宝司少卿，事迹详《明史》本传，邵同珩、孙德祖增补重校《长兴县志》卷二十三上亦有《传》，亦可参阅。著作有《西山日记》二卷、《尊拙堂文集》十二卷等。

② 张廷玉《明史》卷一百三十三，中华书局，1974年。

③ 李卫修，沈翼机纂：《浙江通志》卷二百四十二，《文渊阁四库全书》本。

④ 黄虞稷撰，瞿凤起、潘景郑整理《千顷堂书目》卷三，上海古籍出版社，1990年。

⑤ 张廷玉《明史》卷一百三十三，中华书局，1974年。

⑥ 李卫修，沈翼机纂：《浙江通志》卷二百四十五，《文渊阁四库全书》本。

⑦ 姜亮夫《楚辞书目五种》，上海古籍出版社，1993年，第316页。

⑧ 陈深《诸子品节序》，见《诸子品节》卷首附录，明万历十九年(1591)刻本。

如何处理"文"、"道"之间的关系，始终是古代文人所着力关注与探讨的焦点问题。针对当时世人"惮於修辞"、"徒欲以理胜相掩，借言明道，不欲以辞丽为工"的做法，陈深表达了自己的观点。在他看来，文应传道，同时亦应辞丽，"文"、"道"之间非但没有本质矛盾，而且还可以相互配合，相得益彰。圣人之文章就是这方面的典范，也即"辞丽"与"道明"的完美统一。基于这种认识，同时也为了扭转时文"理胜"之弊端，予世人文章写作之模板，陈深从古世诸子文中择取出相关篇章，辑为《诸子品节》五十卷。《诸子品节》有《屈子》三卷，收录了屈原的全部作品，对此，陈深称"所以见奇人玮士构思落笔，学问之所自来"[①]。屈赋作为情志、文采兼胜之佳作，成为后世所效模的榜样，以陈深揆之，也即在情理之中。

二、陈深《楚辞》评点于明代之流变

在明代《楚辞》评点史上，陈深是较早对《楚辞》进行评点的一位。其《楚辞》评点主要见存于冯绍祖校刊《楚辞章句》、陈深辑《诸子品节》、凌毓枏校刊朱墨套印本《楚辞》、题焦竑辑《二十九子品汇释评》、闵齐伋校刊套印本《楚辞》、蒋之翘《七十二家评楚辞》等书。就现有资料来看，较早对其评点进行选录的是冯绍祖。冯氏在"观妙斋重校楚辞章句议例"之"核评"中称："兹悉发家乘，若张氏《楚范》、陈氏《楚辞》、洪氏《随笔》、杨氏《丹铅》、王氏《卮言》等集，一一搜载。"[②]文中"陈氏"指的就是陈深。冯本之后，其《楚辞》评点即被后世转相辑引，笔者特作梳理如下：在冯本《楚辞章句》中，共收录 8 条陈深评语，其中眉批较少，仅 2 条，其余皆见于卷(篇)末。冯本之后，是于万历十九年(1591)问世的《诸子品节》。《诸子品节》陈深选辑并评点，其中所载眉批中，除了一些从朱熹《楚辞集注》择取出的注文外，其余都是陈深批语，数量较多。《诸子品节》之后，又一重要评点本，是问世于万历二十八年的凌毓楠校刊朱墨套印本《楚辞》。该本共录其评语 21 条，其中有 6 条见于冯本，7 条见于《诸子品节》，其余 8 条则均不见以上二本。之后又有《二十九子品汇释评》，其中有《屈子》一卷，就所录评点来看，则多是转抄自冯本与《诸子品节》而成。但由《诸子品节》所抄录者，该本皆伪托于他人名下[③]。除以上诸本之外，万历年间还有一种比较重要的评点本，即闵齐伋校刊套印本《楚辞》，该本的主要贡献在于又进一步增益了较多的陈深评语，且多不见于以上诸本。

以上是明万历以前所刊刻《楚辞》评点本收录陈深评点的大致情况。这里有一个问题，即陈深《楚辞》评点的源头在哪，仍未得到很好的解决。上文提到，较早援引陈深评点者，是冯绍祖。冯氏言"悉发家乘"，其中就有"陈氏《楚辞》"，说明陈氏《楚辞》当时仍可见到。陈炜舜先生运用排除法，断定此之"陈氏"即陈深，笔者完全赞同[④]。由于陈氏《楚辞》后来亡佚，无法得知其详细信息，但其为冯绍祖及后世辑刊者征集陈深评点之所本，当无疑义。据记载，

---

① 陈深《诸子品节·凡例》，见《诸子品节》卷首附录，明万历十九年(1591)刻本。

② 冯绍祖《观妙斋重校楚辞章句议例》，见冯绍祖校刊本《楚辞章句》卷首附录，明万历十四年(1586)刻本。

③ 《二十九子品汇释评》题焦竑辑，当为托名。对此书，四库馆臣多有批评："《二十九子品汇释评》二十卷，题曰'翰林三状元会选'，前列焦竑、翁正春、朱之蕃三人名。其书辑录诸子，毫无伦次，评语亦皆托名，谬陋不可言状，盖坊贾射利之本，不足以当指摘者也。"见纪昀等《四库全书总目》，中华书局 1997 年版，第 1742 页。

④ 见陈炜舜：《陈深楚辞学著作考叙》，《屈骚纂绪》，台湾学生书局，2008 年，第 65 页。但陈先生接着又举出三条理由证明《陈氏楚辞》非《批点本楚辞集评》，实无必要。所谓《批点本楚辞集评》，问世于万历二十八年(1600)，而冯绍祖校刊《楚辞章句》刊刻于万历十四年(1586)，冯氏不可能引用后者。

陈深又有《秭归外志》。《长兴县志》引《湖录》:“深为归州时作。屈原被放,暂归,其姊亦来,因名其地为秭归。‘姊’亦作‘秭’也,即归州是。”这里说明《秭归外志》是陈深任职归州时所作,接着又进一步解释归州是屈原故乡,内中深意其实是要将《秭归外志》与屈原相联系,也就是说该书应当记载了秭归风俗、屈原传说乃至屈原作品。《秭归外志》虽已亡佚,但闵齐伋校刊套印本《楚辞·离骚》篇末引有一则,文云:“《离骚经》凡二千四百九十二字,可谓肆矣。然气如纤流,迅而不滞,词如繁露,贯而不糅。故曰:骚人之情深,君子乐之,不恩其长。汉氏犹步趋也。魏晋而下,厄焉澌焉,浩矣博矣,忘其祖矣。”[①]该评语下,闵氏明确注明引自《秭归外志》。这一方面表明《秭归外志》至闵氏刊刻此本《楚辞》时仍见存于世,或者说即使不存于世,闵氏当时也能够确知该评语出自《秭归外志》;同时更重要的是,由于该评语是就《离骚》篇而发,这似乎暗示出《秭归外志》收录了屈原作品,并且陈深也在所收屈赋中加入了自己评点。另值得注意的是,这条评语又见于冯本《楚辞章句·离骚》篇末,题“陈深曰”,而未及《秭归外志》。如果结合冯绍祖“悉发家乘”、“陈氏《楚辞》”之描述,结论应该是明晰了。陈深在编纂《秭归外志》时,收入了《楚辞》作品,并加入自己评点。也就是说,所谓“陈氏《楚辞》”,其实并非一本独立著作,而只是《秭归外志》中的一部分。冯绍祖在提及时仅就其所引录的部分而言,并谓之“陈氏《楚辞》”。而这也正是之所以历代公私书目均未著录“陈氏《楚辞》”的原因之所在。因此,陈深《楚辞》评点的源头应当追溯至《秭归外志》。

综合诸本所载陈深评点来看,其中是有差异的。这种差异表明,陈深《楚辞》评点活动是一个变动、长期的过程,其评点伴随着他的阅读活动而逐渐得以增益、扬弃,这也是由评点灵活性、随意性的特点所决定的。不同时期陈深《楚辞》评点的差异,加上后世辑刊者选录标准的不同,就造成了后世评点本所载陈深《楚辞》评点的多样化。而这种差异正好为我们全面把握陈深《楚辞》评点,并在此基础上开展辨伪及研究工作提供了便利条件。因此,我们在确定陈深《楚辞》评点的来源之后,似乎不必要再去执著于“陈氏《楚辞》”刊刻时间及其所载评点原初面貌的考证,因为受限于相关资料,这一问题是很难解决的[②]。

由以上万历年间《楚辞》评点诸本的情况来看,所收陈深评语的数量是比较多的。不同刊刻者根据自己的选录标准进行择取,这样在万历时期问世的《楚辞》评点诸本,从史的角度上讲,就呈现出因袭与扩充两种趋势。后来至闵齐伋校刊套印本《楚辞》,陈深评语已经比较完备了。与之相对应,就陈深《楚辞》评点的影响来看,其鼎盛时期也是主要集中在万历年间。关于这一点,从明万历时期《楚辞》评点本与天启以后《楚辞》评点本的对比中,我们可以得到证明:在万历年间问世的评点本中,全都收录了陈深评语,并且呈现出逐步对其充实、完善的趋势。非但如此,在凌毓楠校刊朱墨套印本《楚辞》中,虽然杂取历代四十家品评之语,于卷首却专题以“陈深批点”,其中欲借陈深之名相标榜的目的不言而喻。再如闵齐伋校刊套印本《楚辞》,从《楚辞》评点史的角度上讲,该本最大的功绩是收录了孙鈩评点,同时对陈深评点也作了增益。具体而言,就该本所载评语数量来看,孙鈩、陈深二人基本上是可以持平的,并且二者的数量都大大超过了如王世贞、冯覲等其他名家评点数量。由此来看陈深在

① 闵齐伋校刊《楚辞》,明万历四十八年(1620)套印本。

② 陈炜舜先生认为《秭归外志》、《陈氏楚辞》为两种,在介绍时又将后世评点本中所载陈深评点置于两者之中,来论证两本之原貌,值得商榷。见陈炜舜:《陈深楚辞学著作考叙》,《屈骚纂绪》,台湾学生书局,2008年,第60—70页。

闵氏心目中的地位，我们也是可以想见的。因此，以上凌、闵二本对于陈深评点的处理方式，实际上从侧面反映了其《楚辞》评点在当时的地位和影响力。

但是在天启以后的评点本中，这种情况则发生了很大变化。如在当时影响较大的陆时雍《楚辞疏》、张凤翼《楚辞合纂》及来钦之《楚辞述注》中，就都没有收录陈深评语。而对于那些收录陈深评语的评点本来说，也多非刊刻者有意为之。如《诸子汇函》之《玉虚子》、《鹿溪子》，其中所载评点，多是抄袭《诸子品节》而成。这主要是因为二者都是"诸子"评点选本，性质相同，《汇函》刊刻者也就将《品节》拿来作为依据，由此可知，其中所载陈深评语，也就并非专门而录。并且与《二十九子品汇释评》类似，该本转抄过来的陈深评语，也全都伪托于他人名下[①]，这与陈深评点在万历时期所受到的待遇，是不可同日而语的。又如，潘三槐注《屈子》六卷，其中之所以收录陈深评语，也与其成书性质有关。经过校核，该本所录评点，实是拼凑凌毓枏本《楚辞》与陆时雍《楚辞疏》而成，其中陈深评语，都是转抄自凌毓楠本《楚辞》而来。再如蒋之翘《七十二家评楚辞》。蒋氏辑刊此本，旨在融合古今诸名家评，为了实现这一目标，蒋之翘对于相关材料进行了广泛征引，这其中就包括万历年间刊刻的一些《楚辞》评点材料，陈深评语也就是在这一过程中被转引过来的。如此类似陈深的例子，在蒋之翘本中还有不少，如冯觐、李梦阳、何景明、杨慎、王世贞、孙鑛等。这样看来，蒋之翘也不是专门对其进行选录的。蒋之翘《七十二家评楚辞》之后，沈云翔《楚辞集注评林》是在蒋本基础上又稍作增益而成的，其中所载陈深评语，都是由蒋之翘本转抄而来，亦非专门为之。

以上可见陈深评点于明代之流变。

三、陈深《楚辞》评点对《楚辞集注》、《楚辞章句》的择取

经统计，以上《楚辞》评点诸本所载陈深评语约有近百条。在这些评语中，除了少数转引、节取自《楚辞集注》、《楚辞章句》之外，其他都是陈深品评之语。

先看陈深评语中涉及王逸、朱熹二家注的情况。如前所述，在早期明代《楚辞》评点中，普遍存在着"注评合一"的现象，这在陈深评点中也有所体现，其主要表现就是对朱熹、王逸的释解内容有所择取，而这一点又集中表现在陈深辑《诸子品节·屈子》之中。《屈子》文中注文系节取《楚辞集注》而成，但在眉批和旁批中，陈深又选取了《集注》中的部分内容，这些内容都不见于文中注文，大致是朱熹相关释解语中较为关键的部分，如《离骚》"委厥美以从俗兮，苟得列乎众芳"句旁批："此即上文'兰芷变而不芳'之意。"[②]《哀郢》"外承欢之汋约兮，谌荏弱而难持。忠湛湛而愿进兮，妬被离而障之"句眉批："形容邪佞之态。"《抽思》"愿遥赴而横奔兮，览民尤以自镇"句眉批："以下诸篇用字用句，先儒多不能解。"[③]如此之类在《屈子》中数量不是太多，除此数条之外，其他主要集中见于《天问》篇。由于《天问》文意较难解，而《屈子·天问》中的注文又较简略，陈深就在该篇眉端增加了部分朱熹的注文，其中如"永遏在羽山，夫何三年不施"句眉批："先儒云：舜之四罪，皆未尝杀也。《书》称殛死，犹言贬死耳，

① 该本共录陈深评语8条，全部都伪托于"杨升庵"、"王凤洲"、"袁元峰"三人名下。

② 陈深辑《诸子品节》，明万历十九年(1591)刻本。此段下引该本，版本情况皆同于此，不再逐一注明。

③ 此条陈深作了部分改动，《楚辞集注》原文作："大抵以下诸篇，用字立语，多不可解"，朱熹《楚辞集注》，上海古籍出版社，1979年，第84页。

圣人宽仁例如此。"[①]除《楚辞集注》之外,《屈子·天问》篇也引录了一些王逸《楚辞章句》中的内容:如"皆归射鞫,而無害厥躬"句眉批:"王逸曰:'射',行。'鞫',穷也。言有扈氏所行,皆穷凶极恶,启诛之而得无害也。"[②]又如"薄暮雷电,归何忧"句眉批:"王逸曰:屈原书壁,问讫欲去,天雨雷电,复自解曰:'归何忧乎?'"[③]另外还有几条,陈深摘引《楚辞章句》的目的,则是为了对其进行纠误和批评。如"地方九则,何以墳之"句眉上,陈深批曰:"王逸曰:'坟,分也。九州之地,凡有九品,禹何以能分别之乎?'陋哉见也,溷哉坟之为分也。"又如"靡萍九衢,枲华安居"句眉上,又批曰:"萍有九岐,似衢路,王逸以为'生九衢中',陋矣。"[④]

由以上摘引朱、王二注的整体情况来看,陈深是以《集注》为主,以《章句》为辅,并且对于《章句》他还略有批评之意,如果再结合正文中注文他也选用了《集注》的做法,我们显然能够见出朱注在他心目中的地位和价值。另外,陈深还有一处评语,更可显见其承袭《集注》的痕迹,此条见冯绍祖校刊《楚辞章句》"飘风屯其相离兮,帅云霓而来御"句眉上,文云:"经涉山川,役使百神,望舒、飞廉、鸾凤、雷师、飘风、云电,皆言神灵为之拥护服役,以见仪卫之盛。"[⑤]类似说法见朱熹《楚辞辩证》,文云:"望舒、飞廉、鸾凤、雷师、飘风、云霓,但言神灵为之拥护服役,以见其仗卫威仪之盛耳,初无善恶之分也。"[⑥]由此可显见二者之间的因袭关系,这对于陈深在《楚辞》注本方面较为重视《集注》而言,也可谓提供了一个有力的旁证。在明万历年间的《楚辞》评点诸本中,择取前世注文融于相关评点形式之中的做法是较为普遍的,如作为明代第一个《楚辞》评点本,冯绍祖校刊本《楚辞章句》就以眉批、旁批、总评的形式,收录了较多洪兴祖、朱熹二家注中的内容,可以说是开启了万历《楚辞》评点的这一趋势。但由于冯绍祖"专主王氏《章句》",故其对于洪、朱二注的择取,也只是作为对《章句》的补充材料来看待的。而由以上所述,陈深辑《诸子品节》就一样了,在《屈子》中就所取前世注文而言,朱熹《楚辞集注》是占有主导地位的。这种处理方式对于之后的《楚辞》评点本刊刻者有着重要影响,如在题焦竑辑《二十九子品汇释评》之《屈子》与闵齐伋校刊套印本《楚辞》中,也呈现出这种倾向。而由陈深、冯绍祖对于前世《楚辞》注本态度的不同,我们又可见出不同《楚辞》评点辑刊者在底本选择上所表现出的差异[⑦]。

四、陈深《楚辞》评点及其价值

在陈深评点中,以上择取《集注》、《章句》注文的情况,只是占有很小的比重,更重要的则

① 此条陈深作了部分改动,《楚辞集注》原文作:"答曰:舜之四罪,皆未尝杀也。程子以为'《书》云殛死,犹言贬死耳。'盖圣人用刑之宽,例如此,非独於鲧为然也。"朱熹《楚辞集注》,上海古籍出版社,1979年,第55页。

② 此条陈深系节取《楚辞章句》而成,《章句》原文作:"射,行也。鞫,穷也。言有扈氏所行,皆归于穷恶,故启诛之,长无害于其身也。"王逸《楚辞章句》,《楚辞四种》本,国学整理社,1936年,第57页。

③ 此条陈深亦系节取《楚辞章句》而成,《章句》原文作:"言屈原书壁,所问略讫,日暮欲去,时天大雨雷电,思念复至。自解曰:'归何忧乎?'"王逸《楚辞章句》,《楚辞四种》本,国学整理社,1936年,第67页。

④ 王逸此句注文为:"九交道曰衢。言宁有萍草,生于水上无根,乃蔓延于九交之道。"王逸《楚辞章句》,《楚辞四种》本,国学整理社1936年版,第55页。

⑤ 冯绍祖校刊《楚辞章句》,明万历十四年(1586)刻本。

⑥ 朱熹《楚辞集注》,上海古籍出版社,1979年,第180页。

⑦ 关于明代《楚辞》评点的底本问题,笔者曾撰有《明代〈楚辞〉评点所取底本考》,载《复旦学报》(社会科学版)2011年第6期,可参。

是品评之语。这部分才是其中最有价值，也是真正能代表陈深评点水平的内容。就这些内容来看，大致可以别为以下几类：

其一，对于屈赋相关内容所进行的释解。在陈深评语中，有不少是对屈赋进行释解的内容，这或许是陈深出于屈赋较难读解，欲示读者以阅读津逮的考虑而作的。就这部分内容来看，其中有揭示文段、文句语意者，有诠解篇章主旨者，还有阐释行文脉络者。先看第一个方面的内容，这类评语较多地集中于《离骚》篇。其中如"汩余若将不及兮，恐年岁之不吾与"句眉批云："'汩余'十二句，总是汲汲慕君继日待旦之意，写得浓至。"①"老冉冉其将至兮，恐修名之不立"句眉批云："即'汩余'一段意，而语益深矣。"②"回朕车以复路兮，及行迷之未远"句眉批云："言始进不察，而轻犯世患，不如回车返路而遁去，以修吾初服也。"③"依前圣以节中兮，喟凭心而历兹"句眉批云："进退维谷，就先圣以取衷。"④"曾歔欷余郁邑兮，哀朕时之不当"句眉批云："进则危吾身，退则危吾君，虽舜其何以告之哉！"⑤"驷玉虬以乘鹥兮，溘埃风余上征"句眉批云："既陈词于舜，遂乘龙以上征，皆托词也。"⑥"忽反顾以游目兮，将往观乎四荒"句眉批云："言虽欲遁去，而犹未能顿忘斯世，复周游四方，冀一遇贤君也。"⑦"国无人莫我知兮，又何怀乎故都"句眉批云："托为远行，而卒反故都，曰'又何怀'，怀之至矣。"⑧

与揭示文句之意者相比，陈深对于相关篇章旨意的评说也颇为精彩。其中如评《九章·哀郢》云："此章始南渡，将至沅、湘，而回首于故都，旌门之悽泣，孟尝之欷歔，何足为道。"⑨评《思美人》云："此章思愤懑之不可化，而优游以寿考；世路之不可由，而远去以俟命。乐中心之有余，观南人之变态，不阻不绝也。"⑩此外，陈深还集中对《九章》各篇进行了评说，其文云："《九章》悲悽引泣，因拙为工，篇虽不伦，各著其志：《惜诵》称'作忠造怨，君可思而不可恃也'；《涉江》则'彷徨巨野'，'死林薄矣'；《哀郢》篇：'曾不知夏之为丘兮，孰两东门之可芜'，三复其言而悲之；《抽思》：'憂心不遂，斯言谁告'；《怀沙》自沉也，'知死不可让'，'明告君子'，太史公有取焉；《思美人》非为邪也，擥涕焉，而竚眙焉，而又莫达焉，舍彭咸何之矣；《惜往日》有功见逐，而弗察其罪，谗谄得志，国势濒危，恨壅君之不昭，故愿毕词而死也；《橘颂》独产南国，皭然精色；《悲回风》负重石，听波声之相击，惴惴其慄，灭矣没矣，不可复见矣。此以材若其生者也。嗟乎！神人不材，原独不闻乎？其义不得存焉尔。"⑪关于《九章》旨意，前

① 闵齐伋校刊《楚辞》，明万历四十八年(1620)刻本。
② 闵齐伋校刊《楚辞》，明万历四十八年(1620)刻本。
③ 陈深辑《诸子品节》，明万历十九年(1591)刻本。
④ 闵齐伋校刊《楚辞》，明万历四十八年(1620)刻本。
⑤ 闵齐伋校刊《楚辞》，明万历四十八年(1620)刻本。
⑥ 陈深辑《诸子品节》，明万历十九年(1591)刻本。
⑦ 陈深辑《诸子品节》，明万历十九年(1591)刻本。
⑧ 闵齐伋校刊《楚辞》，明万历四十八年(1620)刻本。
⑨ 陈深辑《诸子品节》，明万历十九年(1591)刻本。
⑩ 陈深辑《诸子品节》，明万历十九年(1591)刻本。
⑪ 冯绍祖校刊《楚辞章句》，明万历十四年(1586)刻本。

世《楚辞》注本已多有讨论，就其中内容而言，多是持君臣、贤邪之论调[①]。而由以上陈深评语来看，虽然亦能从中找到这种论调的痕迹，但其中更多的则是着眼于屈子之情志来立言的，因而使人读来不觉有亲切之感。

除此之外，陈深释解之语中，还有不少是揭示行文脉络的内容，由此则又可见出陈深对于屈子文章线索的关注。此类如《离骚》“薋菉葹以盈室兮，判独离而不服”句眉批云：“女嬃之言至此。”[②]“回朕车以复路兮，及行迷之未远”句，陈深批曰：“颠倒神思，想及退修初服，意尤悽惋，下文女嬃、重华、灵氛、巫咸，俱就此转出，真是无中生有。”[③]“济沅湘以南征兮，就重华而陈词”句眉批云：“以下皆就重华所陈之词也。”[④]“揽茹蕙以掩涕兮，霑余襟之浪浪”句眉批云：“陈词至此。”[⑤]“路曼曼其修远兮，吾将上下而求索”句眉批云：“重华亦无所折衷，故将上下求索。”[⑥]“溘吾游此春宫兮，折琼枝以继佩”句眉批云：“此复托词求神女宓妃。”[⑦]“望瑶台之偃蹇兮，见有娀之佚女”句眉批云：“此复托词求有娀女简狄。”[⑧]“心犹豫而狐疑兮，欲自适而不可”句眉批云：“上下求索而终无所适，从‘犹豫狐疑’，为下二占起。”[⑨]“及少康之未家兮，留有虞之二姚”句眉批云：“此复托词欲求二姚。”[⑩]“世幽昧以眩曜兮，孰云察余之善恶”句眉批云：“世幽昧而莫能察，以下乃原自念之词。”[⑪]“何琼佩之偃蹇兮，众薆然而蔽之”句眉批云：“此下乃原自叙衷曲，似以答上二占。”[⑫]“何离心之可同兮，吾将远逝以自疏”句眉批云：“此又托词远逝以避祸也。”[⑬]

其二，对于《楚辞》文学特色、文学成就所进行的阐说。在对《楚辞》进行评论时，陈深多能着眼于相关文字、篇章的文学特色及其所达到的艺术效果来立论，由于持论精辟，数量较多，因而这部分内容最能代表陈深的评点水平。同时由于明代《楚辞》文学评点经历了一个逐渐积累、成熟的过程，因而从发展的角度上讲，作为较早出现的《楚辞》文学评点内容，陈深的这些评语对于《楚辞》评点“文学性”的突显及成熟而言，也是起到了重要的促进作用的。就这些评语来看，有些较为简略，其中如“时序朗朗”、“幽悽孤恨”、“掩袂流涕”、“寂寥冋矩”、“情景悽然”等，往往数字就能将相关内容的风格、特色描画无遗。但多数情况下，这类评语还是比较翔实的。就内容而言，其中有些语及屈赋的用词特色，如陈深评《卜居》云：“句极长，不见有余，极短，不为不足，以十六‘乎’字为之，故抱或侈或牟或杼，惟意所适，无不中绳，

① 此类以洪兴祖《楚辞补注》最具代表性。对于《九章》，洪兴祖逐篇作有题解之语，全持此种论调。其中随意摘取，即可为例，如洪氏解《惜诵》云：“此章言己以忠信事君，可质于明神，而为谗邪所蔽，进退不可，惟博采众善以自处而已。”解《涉江》云：“此章言己佩服殊异，抗志高远，国无人知之者，徘徊江之上，叹小人在位，而君子遇害也。”余下诸篇皆如此，兹不赘引。洪兴祖《楚辞补注》，中华书局，1983年，第128、132页。

② 陈深辑《诸子品节》，明万历十九年(1591)刻本。

③ 闵齐伋校刊《楚辞》，明万历四十八年(1620)刻本。

④ 陈深辑《诸子品节》，明万历十九年(1591)刻本。

⑤ 陈深辑《诸子品节》，明万历十九年(1591)刻本。

⑥ 闵齐伋校刊《楚辞》，明万历四十八年(1620)刻本。

⑦ 陈深辑《诸子品节》，明万历十九年(1591)刻本。

⑧ 陈深辑《诸子品节》，明万历十九年(1591)刻本。

⑨ 闵齐伋校刊套印本《楚辞》，明万历四十八年(1620)刻本。

⑩ 陈深辑《诸子品节》，明万历十九年(1591)刻本。

⑪ 陈深辑《诸子品节》，明万历十九年(1591)刻本。

⑫ 闵齐伋校刊套印本《楚辞》，明万历四十八年(1620)刻本。

⑬ 陈深辑《诸子品节》，明万历十九年(1591)刻本。

必也圣乎？后此犹病。”[①]评《九辩》云：“孤介鲠特之词，真不忘沟壑之心也。”[②]有些论及《楚辞》所具有的艺术感染力，如陈深评《惜诵》云：“此章凄然如秋，暖然入春。”[③]评《七谏》云：“幽悽孤恨，令人气勃。”[④]评《哀时命》云：“才高气郁，读之凄其。”[⑤]

除此之外，还有一些则是从整体上对屈赋的文学特色进行阐说。如陈深评《离骚》云：“《离骚》变风之遗也，兴比赋错出成章，骤读似未易瞭，细玩井然有理。”[⑥]评《天问》云：“有文字以来，此为创格，铿訇汗漫，怪怪奇奇，邈焉寡俦，卓乎高品。”[⑦]评《九章》云：“《九章》无端杳思，妙不可言，非不能言，知言之无加也。”[⑧]又评《九辩》云：“屈氏而后，宋玉其善鸣者也。《九辩》深悽眇惝，《招魂》烂然列肆。谈欢则神贻心动，心惧则缩颈咋舌，数味则谗口津津。情见乎辞，尽态极妍，虽然犹有未尽也。织浓则纯白不载，洄嫚则远于世教。屈氏之风微矣！然其竭情奉爱，与《大招》皆振振有儒者之词焉。”[⑨]

值得注意的是，陈深在评述屈赋艺术特色及文学成就的时候，往往又从与后世文章创作进行对比的角度入手，将屈赋及《楚辞》作为后世文章创作的典范来看待。此类如陈深评《离骚》云：“《离骚经》凡二千四百九十二字，可谓肆矣。然气如纤流，迅而不滞，词如繁露，贯而不糅，故曰骚人之情深。君子乐之，不恩其长，汉氏犹步趋也，魏晋而下卮焉，浟焉，浩矣，博矣，忘其祖矣。”[⑩]评《天问》云：“特创为百余问，皆容成葛天之语，入神出天。此为开物之圣，后有作者，皆臣妾也。”[⑪]又评《招魂》云：“巧笔如画，纤手如丝，意动成文，吁气成采，烨烨有神，后之名家，能优孟者几人也。”[⑫]由此我们联系陈深在《诸子品节序》中关于“文”、“道”关系的认识，对此则可以有更为深刻的理解。在陈深看来，文章创作中之所以会出现“文有余而道不足”与“道有余而文不足”的现象，就在于没有正确地处理好“文”、“道”之间的关系，所谓“仁义之人，其言蔼如”，“辞丽”与“道明”之间非但没有本质的矛盾，相反还可以相辅相成，相得益彰，而屈子之文作为这方面的榜样，也就理所当然地应当成为后世文家所学习和效法的楷模了。

以上两个方面是陈深评点中的主要部分，除此之外，还有一些内容也值得我们注意。比如其中有对于在陈深看来偏谬之说的纠正：冯绍祖校刊本《楚辞章句·九歌》卷末录陈深批语云：“沅湘之间，其俗上鬼，祭祀则令巫觋作乐谐舞，歌吹为容，其事陋矣。自原为之，缘之以幽眇，涵之以情深，琅然笙匏，遂可登于俎豆。若曰：淫于沔嫚，而少纯白不备，为屈子病，

① 陈深辑《诸子品节》，明万历十九年(1591)刻本。

② 陈深辑《诸子品节》，明万历十九年(1591)刻本。

③ 陈深辑《诸子品节》，明万历十九年(1591)刻本。

④ 凌毓枏校刊《楚辞》，明万历二十八年(1600)刻本。

⑤ 凌毓枏校刊《楚辞》，明万历二十八年(1600)刻本。

⑥ 蒋之翘校刊《七十二家评楚辞》，明天启六年(1626)刻本。

⑦ 陈深辑《诸子品节》，明万历十九年(1591)刻本。

⑧ 陈深辑《诸子品节》，明万历十九年(1591)刻本。

⑨ 冯绍祖校刊《楚辞章句》，明万历十四年(1586)刻本。

⑩ 冯绍祖校刊《楚辞章句》，明万历十四年(1586)刻本。另外，闵齐伋校刊《楚辞》、蒋之翘校刊《七十二家评楚辞》、沈云翔《楚辞集注评林》亦载此条，但首句均作“《离骚经》凡字二千四百九十”，余皆同于冯绍祖本。

⑪ 陈深辑《诸子品节》，明万历十九年(1591)刻本。

⑫ 陈深辑《诸子品节》，明万历十九年(1591)刻本。

则是崇岗责其平土，激水使之安流也。固矣！"[①]就对认为屈赋缺少积极内容的论点进行了批评。《天问》卷末又有陈深语云："《天问》发难，至千五百言。书契以来，未有此体，原创为之。先儒谓其'文义不次，乃原杂书于壁，而楚人辑之。'今读其文，章句之短长，声势之佶崛，皆有法度。似作也，非辑也。屈子以文自圣，且在无聊，何之焉而不为作也？深尝爱曾子问五十余难，亦至奇之文。说者乃曰非曾不能问，非孔不能答，非也。礼家讬于曾孔以尽礼之变耳，抑独出于曾氏之门乎？何文之辩而理也。"[②]文中"先儒"云云，指的是王逸所作《天问》小序中的内容。在小序中，王逸以为《天问》乃屈原放逐之后，"见楚有先王之庙及公卿祠堂，图画天地山川神灵"，"及古圣贤怪物行事"，"因书其壁"，"以泄愤懑"，而"楚人哀惜屈原，因共论述"，故所辑皆"文义不次序"。对于这种说法，陈深则不以为然，并从《天问》的用语特色出发，认为该篇当为屈原所作无疑。以上二例都是从涉及屈原作品之特色、真伪等大的角度来讨论的，此外还有一例，则是对"羽觞"一词由来的误解进行了必要的澄清，文见《招魂》"瑶浆蜜勺，实羽觞些"句眉上，陈深批曰："有以'羽觞'为项羽所制而得名，此可以正其误也。"[③]"羽觞"于《招魂》中既已作为成词来使用了，那种称因"项羽所制而得名"的说法自然可以不攻自破。

另外，陈深对于诸如屈原沉江与否，以及《九辩》、《招魂》、《大招》等篇作者为谁等尚无定论的重要问题，也都表达了自己的看法。先看前者。在陈深之前，屈原自沉汨罗的说法已成定论，在这方面诸多文人学者也都有相关的论述。如早在西汉初期，贾谊就称："仄闻屈原兮，自湛汨罗。"[④]庄忌又称："子胥死而成义兮，屈原沉于汨罗。"[⑤]后来司马迁作《屈原传》，称屈原"怀石遂自投汨罗以死"[⑥]。再后来王逸作《楚辞章句》，亦对这一问题进行了说明，其文云："屈原放于江南之野，思君念国，忧心罔极，故复作《九章》。章者，明也。言已所陈忠信之道，甚著明也。卒不见纳，委命自沉。楚人惜而哀之，世论其词，以相传焉。"[⑦]这种论调一直延续下去，到了洪兴祖那里，亦持类似说法，如洪氏释《怀沙》篇云："此章遂放逐，不以穷困易其行。小人蔽贤，群起而攻之。举世之人，无知我者。思古人而不得见，仗节死义而已。太史公曰：乃作《怀沙》之赋，遂自投汨罗以死。原所以死，见于此赋，故太史公独载之。"[⑧]在《悲回风》篇，洪兴祖又云："此章言小人之盛，君子所忧，故讬游天地之间，以泄愤懑，终沉汨罗，从子胥、申徒，以毕其志也。"[⑨]

对于这种说法，陈深则有不同的意见。如在《怀沙》"知死不可让，愿勿爱兮，明告君子，吾将以为类兮"句眉上，他批曰："抗志欲沉者其文也，而卒未沉者，文以后之事也，问之秭归，

① 冯绍祖校刊《楚辞章句》，明万历十四年(1586)刻本。

② 冯绍祖校刊《楚辞章句》，明万历十四年(1586)刻本。闵齐伋校刊套印本《楚辞》录此条，但无"原创为之"至"何之焉而不为作也"之间内容。蒋之翘校刊本《七十二家评楚辞》亦录此条，但无"屈子以文自圣"以下内容。

③ 闵齐伋校刊《楚辞》，明万历四十八年(1620)刻本。

④ 贾谊《吊屈原赋》，《楚辞集注》，上海古籍出版社，第157页。

⑤ 庄忌《哀时命》，《楚辞集注》，上海古籍出版社，第166页。

⑥ 司马迁《史记》，中华书局，1959年，第2490页。

⑦ 王逸《楚辞章句》，《楚辞四种》本，国学整理社，1936年，第70页。

⑧ 洪兴祖《楚辞补注》，中华书局，1983年，第146页。

⑨ 洪兴祖《楚辞补注》，中华书局，1983年，第162页。

验之词外，则然。”[①]在《悲回风》“惮涌湍之礚礚兮，听波声之汹汹”句眉上，他批曰：“此篇矻矻似沉，实未沉也，既沉矣，焉作沉辞。”[②]又云：“永嘉林应辰推议以为，屈子之死于汨罗，比诸浮海居夷之意。今者诸秭归传记稗官里人皆云。”[③]文中“林应辰”，字渭起，宋永嘉人。陈深所引其语，见于林氏《龙冈楚辞说》一书，该书已亡佚，陈振孙《直斋书录解题》有著录，称其：“以《离骚》章分段释为二十段，《九歌》、《九章》诸篇亦随长短分之。其推屈子不死于汨罗，比诸浮海居夷之意，其说甚新而有理。以为：‘《离骚》一篇辞虽哀痛而意则宏放，与夫直情径行、勇于蹈河者，不可同日语；且其兴寄高远，登昆仑、历阆风、指西海、陟升皇，皆寓言也，世儒不以为实，顾独信其从彭咸葬鱼腹以为实者，何哉？’”[④]陈深曾著有《秭归外志》，其对于秭归所流传的屈原传说自然极为熟悉，因而才有“问之秭归”、“今者诸秭归传记稗官里人皆云”云云之语。“秭归传记”、“里人”传言皆称屈原未沉汨罗，而林应辰关于屈原沉江的质疑又极为“有理”，受此影响，陈深随之亦持屈原“未沉”说。这种论点后来到了汪瑗那里，则得到了进一步的发展。汪瑗《楚辞蒙引》有“屈原投水辨”条，称：“屈原投水而死之说，世俗至今传道之。余尝考之，不知其所始。及读《离骚》，观屈子之所自言，盖不能无疑焉。其所自言者，虽或有投水而死之说，然或设言，或反言耳。徐而察之，实未尝真有自沉之意也。”[⑤]接下来，汪瑗又用了大量的篇幅，对于旧说及所持论据逐一进行了驳正，所论缜密有据，颇具说服力。由于《楚辞集解》问世后影响较大，故汪氏此说亦对后世产生了深远的影响。但就其实质而言，则应当与林应辰、陈深所持论是一脉相承的。由于陈深所论只见于其批点文字中，对此未做专门讨论，因而也就未能引起人们的注意，在关于此问题的相关研究中也就未被提及，这对于屈原沉江问题始末源流的梳理而言，不免是一个缺漏。

关于《九辩》、《招魂》、《大招》三篇的作者问题，陈深以为这三篇皆是屈原所作。这在他的评点中也有所反映，如他在《九辩》文首批曰：“《九辩》妙辞也，悽惋寂寥，世传宋玉作，然玉他辞甚多，率荒淫靡嫚，与此不类，知为原作无疑。”[⑥]“世传”《九辩》“宋玉作”，不知始于何时。今核《史记·屈原传》中还没有这种说法，司马迁仅称：“屈原既死之后，楚有宋玉、唐勒、景差之徒者，皆好辞而以赋见称；然皆祖屈原之从容辞令，终莫敢直谏。”[⑦]后来到了王逸《楚辞章句》，对于这一点就有了明确的说明，王逸称：“《九辩》者，楚大夫宋玉之所作也。……宋玉者，屈原弟子也。悯惜其师，忠而放逐，故作《九辩》以述其志。”[⑧]王逸此说一出，后世多附和之，随之也就成为了定论。其间对此也曾有人提出过不同意见，这在晁补之的《重编楚辞》中有所反映，其文云：“《九辩》、《招魂》皆宋玉所作，或曰《九辩》原作，其声浮矣。”[⑨]显然晁氏对于这种说法是持否定态度的，但从中至少可以反映出“《九辩》原作”的说法，是有其渊源的。后来到了陈深那里，则从《九辩》的具体文句出发，认为其具有“悽惋寂寥”的艺术风格，堪称

---

① 陈深辑《诸子品节》，明万历十九年(1591)刻本。
② 陈深辑《诸子品节》，明万历十九年(1591)刻本。
③ 闵齐伋校刊《楚辞》，明万历四十八年(1620)刻本。
④ 陈振孙《直斋书录解题》，上海古籍出版社，1987年，第436页。
⑤ 汪瑗《楚辞集解》，北京古籍出版社，1994年，第332页。
⑥ 陈深辑《诸子品节》，明万历十九年(1591)刻本。
⑦ 司马迁《史记》，中华书局，1959年，第2941页。
⑧ 王逸《楚辞章句》，《楚辞四种》本，国学整理社，1936年，第109页。
⑨ 见晁公武《郡斋读书志》，上海古籍出版社，1990年，第807页。

“妙辞”，绝非宋玉“荒淫靡嫚”者所可比，这不免正是对晁补之“其声浮”的有力否定。又如他批《招魂》曰：“此篇深至，让《骚》悽婉，让《章》闲寂，让《辩》而宏丽则大过之。原盖设以招隐，亦寓言也。”[①]批《大招》曰：“此篇闲靓简古，其为原作无疑。”[②]关于此三篇的作者，目前学术界一般仍以王逸说为是，即《九辩》、《招魂》为宋玉作，《大招》为“屈原或景差”作。陈深以行文风格断定三篇皆为屈原所作，平心而论，尽管有失武断，但在此问题得以确考之前，作为一家之言，亦应备为一说。

以上就是陈深评点的基本内容，其中有对于前世《楚辞》注本的承袭，有对于屈赋文句及篇章意旨的释解，有关于屈子及《楚辞》艺术特色、文学成就的评说，还有关于相关有争议问题的品述，陈深论之所及，所关涉到的范围是比较广泛的，在早期的《楚辞》评点中，很少有人能在这方面与其相比。而如果将之再放置到万历时期《楚辞》评点的大背景中去看待的话，我们又会发现，这些评语在表现出万历时期《楚辞》评点“注评合一”整体性特征的同时，也在一定程度上反映出陈深的“文学性”自觉意识。而这种自觉意识以及其外在化的“文学评点”，对于《楚辞》评点的发展则起到了重要的促进和引导作用，由此陈深也就成为了早期《楚辞》评点家中最为重要的一位。

作者单位：复旦大学

（本文已刊于《吉林大学社会科学学报》2013 年第 1 期，特此说明）

① 陈深辑《诸子品节》，明万历十九年(1591)刻本。
② 陈深辑《诸子品节》，明万历十九年(1591)刻本。

“跨界”借镜与中国古代小说文本批评

李桂奎

在文学批评中，假如人们难以自足地对某文类之文本作出评价与阐释，便会自觉借助他类话语以镜照喻说，于是“借镜批评”应运而生[①]。我们不妨将这种“借镜批评”纳入当今“跨界研究”视域来观照。虽然“跨界研究”似乎是当今为救赎学科划分过细、文类区分过密的学术现状而兴起的，但作为一种研究路数，却是古已有之。就中国古代小说文本批评而言，在评说其叙事或写人之文理与文法时，人们往往援引绘画、建筑、医学、哲学、历史、军事等“跨学科”专业术语，征用诗法、文法、剧法等“跨文类”专门术语，“跨界”借镜运用娴熟。近年，虽然人们对这种“跨界”借镜批评已给予较多关注，但尚期待进行通盘爬梳和理论提升[②]。

一、文体互参与小说“跨界”借镜批评之形成

在近些年来的文体学研究中，“文体互参”（或称“破体”、“文体交融”）现象特别引人注目[③]。“文体互参”意味着，在文学艺术创作中，某些为文之道可以共享互用于各种不同文类。由“文体互参”带来的文本景观足以令人眼花缭乱，而与此相配套的“跨界”借镜批评也自然令人应接不暇。从传统文论所谓的“诗画一体”说、“以文为诗”说，到后来的“稗剧同源而殊途”说、“小说亦画”说，文学艺术批评中的“跨文类”借镜一直没有间断过。不过，相对而言，

---

① “借镜”一词，源于《刘子新论·贵言》：“人目短于自见，故借镜以观形。”本指参考和吸取别人的经验教训，此借用来指援引或征用其他文类术语进行小说批评。

② 如张世君《明清小说评点的书法入思方式》（《暨南学报》2001年第5期），王冉冉《以论说文文法评点小说结构——金圣叹小说评点的一个本质特征》（《华东师范大学学报》2004年第3期），张世君《明清小说评点中的戏曲概念析》（《学术研究》2005年第10期），邱江宁《八股文“技法”与明清戏曲、小说艺术》（《文艺研究》2009年第5期），陈才训《文章学视野下的明清小说评点》（《求是学刊》2010年第2期），谭帆、杨志平《中国古典小说文法术语考论》（《文学遗产》2011年第3期），分别就小说批评所跨越的书法、论说文、画学、戏曲、文章学以及八股文等门类、文类进行过研究，然而仅针对某些个案，且多针对叙事文本，而忽略写人文本。

③ 如周振甫《文章例话》之《写作编》“破体”（南京：江苏教育出版社，2006年，第180—182页）、吴承学《中国古代文体形态研究》（增订本）第18章“辨体与破体”、第19章“破体之通例”（广州：中山大学出版社2002年版，第408—441页）探讨了诗词文之间的“破体”问题；陶东风《文体演变及其文化意味》第2章第4节“文类的交叉和渗透”（昆明：云南人民出版社，1994年，第68—81页）探讨了文体的交叉和渗透问题；蒋寅《中国古代文体互参中“以高行卑”的体位定势》则明确指出：“古人很早就注意到在诗词曲之间，在古文和时文、辞赋和史传之间，甚至在韵文和散文两大文类之间，普遍都存在着互参现象。”（《中国社会科学》2008年第5期，第149页）另外，余恕诚《中国古代文体的异体交融与维护本色》（《文艺理论研究》2009年第5期）等论文也专门探讨过“本色”、“破体”、“文体尊卑的禁忌”等问题。

受到"别是一家"、"文各有体"等文类壁垒观念的左右，诗、文、书、画以及词、乐、赋等各种文艺样式之间的互参毕竟还是有限度的，就连后起的戏曲等文艺样式也经常抱定"本色当行"，固守一方地盘；而较之其他文类而晚起的小说这一文体最具涵容性和开放性。众所周知，唐代传奇体小说早已赢得了"文备众体"这一评价[①]，明清章回体小说也显示出"百科兼具"的特点。拿《红楼梦》来说，它不仅涉及哲学、经济学、宗教学、民俗学、伦理学等学科万象，一度被奉为"百科全书"；而且还囊括了诗词、曲赋、乐府、八股等诗文，请柬、祭文、奏章、书信等应用文，菜谱、账单、药方等日常谱牒单据，以及谜语、占卜、星相等各种应有尽有的文化品类。因此，传统小说文本批评之"跨界"借镜势在必行。

况且，作为小说生命的两种为文之道，叙事与写人又均非小说这种文体所独专，它们是多种科类、多种文类得以成型、赖以成文而必备的通用性手段。为此，关于传统小说叙事结构、叙事节奏与写人技法、写人效果的"跨界批评"自然俯拾即是。这从评点家们所撷取的专业术语即可见一斑。因而，在传统小说批评中，"跨界"借镜理所当然地更能派上用场，它不仅可以面向叙事文本，而且还可以面向写人文本。当然，小说之叙事、写人向来又并非是泾渭分明的，有些用"××诀"、"××法"的"跨界"借镜往往既属叙事批评，也属写人批评。

由于中国小说脱胎于"史传体"散文，因而"拟史批评"自然成为小说"跨界"借镜批评的一道风景线，尤其是人们惯常把小说名著比作《史记》，或拿《史记》与小说作比照，以校短量长，并进而借助评论"史家"的术语来评说小说叙事、写人之道。如明代李开先《词谑》曾说："崔后渠、熊南沙、唐荆川、王遵岩、陈后冈谓《水浒传》委曲详尽，血脉贯通，《史记》而下，便是此书。且古来更无有一事而二十册者。倘以奸盗诈伪病之，不知序事之法，史学之妙者也。"[②]便把《水浒传》与《史记》相提并论，并用"史学之妙"来赞美这部小说的"序事"（叙事）之法，达到抵消有人攻讦其"奸盗诈伪"的目的。又如，清代金圣叹批本《水浒传》第十五回针对"智取生辰纲"一段叙述而作夹批曰："从来叙事之法，有宾有主，有虎有鼠。夫杨志，虎也，主也，彼老都管与两虞候，特宾也，鼠也。……故于此处特特勒出一句不吃，夫然后下文另自写来，此固史家叙事之体也。"[③]在高度评价小说"有宾有主"的叙事之法后，金氏补充交代说这本来就是"史家叙事之体"。此外，人们常常把小说传神的写人境界比附为信誉极高的"史笔"、"史迁之笔"，如袁无涯本《水浒传》第三回针对"史大郎夜走华阴县"中的几句文字作眉批说："直接此数句，眼里、心里、口里，一时俱现，更无一毫帮衬牵缠，真史迁之笔。"[④]可见，这里是以"史迁之笔"比附小说写人之道。

相形之下，在诸文类和各艺术形式之间，小说与散文（除史传文外，还包括古文、时文、八股文等）之间的关联最为密切。为了达到叙事生动、写人传神等效果，小说家要大量创造性地运用散文化的语式和语言，以及散文体的篇法、句法以及字法。小说批评家们带着小说法与散文法"彼此不分"观念，再加其中又有许多人拥有创作古文或撰写过八股文的功底，对所谓的"文法"深谙其中三昧，故而能够得天独厚地借助文法理论破解小说行文之道。于是，指

① 关于唐传奇，有人曾指出："盖此等文备众体，可以见史才，诗笔，议论。"〔宋〕赵彦卫：《云麓漫钞》，北京：中华书局，1996年，第135页。

② 〔明〕李开先著，路工辑校：《李开先集》，北京：中华书局，1959年，第945页。

③ 《第五才子书水浒传》（《古本小说集成》影印本），上海：上海古籍出版社，1995年，第838—839页。

④ 陈曦钟等辑校：《水浒传会评本》，北京：北京大学出版社，1981年，第302、84页。

证"文体互参"过程中出现的行文笔法的互相援引和借鉴等现象便成为小说文本批评的一大重心。

当然,在中国文艺思想史上,画论与小说论的关系也特别密切,人们常拿绘画的色彩理论与构图理论来谈论小说的时空布局和结构运思。对此,前人多有论及,此不赘述。若论写人理论,绘画学更是得天独厚,且成熟较早,因而其写人理论便常常被小说批评者们当作文本批评的圭臬,他们不仅时常以绘画艺术为参照系,而且还经常援引绘画理论,来阐释小说为文之道。魏晋时期,随着宗教的传播、文艺的自觉,以顾恺之为代表的第一批人物画大师及其《女史箴图》、《洛神赋图》、《列女仁智图》等人物画作品和《魏晋胜流画赞》、《论画》等画论作品应运而生;盛唐时期吴道子则把人物宗教画推进到更富于表现力,也更生动感人的新境地;五代两宋时期,民间稿本被李公麟提高为一种被称为"白描"的绘画样式。这样,后人就不仅经常拿古代人物画的这"三巨头"——顾虎头(恺之)、吴道子、李龙眠(公麟)来比附或比衬小说写人所达到的传神高度,而且还时常以"丹青上手"、"传神写照妙手"之类的话语来称许小说写人高手。如容与堂本《水浒传》第三回回末总评说:"描画鲁智深,千古若活,真是传神写照妙手。"直接将小说家称誉为"传神写照妙手";第六十二回眉批有言:"将公人情状一笔写出,的是丹青上手。"第八十七回回末总评也说:"描画琼妖纳延、史进、花荣、寇镇远、孙立弓马刀剑处,委曲次第,变化玲珑,是丹青上手。"[①]不断地以"丹青上手"称誉小说家。又如,清康熙年间,刘廷玑在《在园杂志》卷二谈到"历朝小说"时也有言:

> 《水浒》本施耐庵所著,一百八人,人各一传,性情面貌,装束举止,俨有一人跳跃纸上。天下最难写者英雄,而各传则各色英雄也。天下更难写者英雄美人,而其中二三传则别样英雄、别样美人也。串插连贯,各具机杼,真是写生妙手。[②]

此高度赞美《水浒传》从章法组织到人物描写的妙致,将其比作画家"写生"。另如,陈其泰《红楼梦》第七回中夹批:"一笔而其事已悉,真李龙眠白描法也。"[③]《花月痕》第十七回末评:"此回传秋痕、采秋,纯用白描,而神情态度活现毫端,的是龙眠高手。"[④]以上所谓"传神写照妙手"、"丹青上手"以及"龙眠高手"等等,都是将善于叙事、写人的小说家比附为有造诣的画家。

由此看来,由于古代小说常常文备众体,史才、诗笔、议论等各种文类兼善,文法、诗法、画法、剧法等各种技法兼容,故而批评家们有充分条件顺手拈来评说其他文类的术语来应用;再说,叙事、写人批评在小说文体繁荣之前就已在他类文体的批评中成熟,后人借以评说小说叙事与写人之技,将其比附为文法或画法,也是一种便捷而智慧的选择。另外,由于小说理论家们大多并非专才,像金圣叹那样的通才评点家都是既评画、论剧,也谈文,故而时常得心应手地援引他类理论来评论小说。于是,以针对叙事、写人为主的传统小说文本批评便

---

① 《李卓吾批评忠义水浒传》(《古本小说集成》影印明容与堂刊本),上海:上海古籍出版社,1995年,第107、662、2055、2820页。

② 〔清〕刘廷玑撰,张守谦点校:《在园杂志》,北京:中华书局,2005年,第83页。

③ 〔清〕陈其泰评,刘操南辑:《桐花凤阁评红楼梦辑录》,天津:天津人民出版社,1981年,第67页。

④ 〔清〕眠鹤道人编次、栖霞居士评阅:《花月痕》(《古本小说集成》影印本),上海:上海古籍出版社,1995年,第111页。

带有较为鲜明的"跨界"借镜性质。

二、"跨界"借镜与小说技法批评之会通

中国历代文学批评大多并非仅仅停留于探讨"文体互参"的显在层次，而是常常深入到探讨文本内部之"写法"，并形成一套相对稳健的路数和经验。传统小说批评除了笼而统之地采取"拟于绘画"、"拟于古文"、"拟于戏剧"等比拟批评来指点小说的叙事与写人文理，还具体征用"文法"、"画法"理论，并借助与"文法"、"画法"理论业已发生互动的"剧法"理论来评论小说的叙事与写人技法。这种"跨界"借镜带有多层面的会通性。

事实上，在关于传统"文法"的批评中，"跨界"借镜乃其基本策略之一。对此，清代章学诚《文史通义》卷五《内篇五》之《古文十弊》曾经有过这样一番论述：

> 古人文成法立，未尝有定格也。传人适如其人，述事适如其事，无定之中，有一定焉。……法度难以空言，则往往取譬以示蒙学，拟于房室，则有所谓间架结构；拟于身体，则有所谓眉目筋节；拟于绘画，则有所谓点睛添毫；拟于形家，则有所谓来龙结穴。随时取譬，然为初学示法，亦自不得不然。①

这段话是说，中国古代文论家们善于运用"取譬设喻"等修辞手段来言说"适如其人"的"传人"(写人)法度和"适如其事"的"述事"(叙事)法度，以传达其如临其境感。不难看出，这里所谓的"拟于房屋"即为与建筑学之跨界，"拟于身体"也就是与生理学或医学之跨界，"拟于绘画"自然是与绘画之跨界，而"拟于形家"则是与堪舆学之跨界。后来，小说批评家们将这种比拟式的"跨界批评"发扬光大。除了上述"拟于史传"外，他们还一方面不断地采取"拟于房室"、"拟于形家"、"拟于身体"等策略来评说小说的叙事空间和结构神理；另一方面又不时地采取"拟于绘画"、"拟于古文"、"拟于戏剧"等路数来评说小说的写人技巧和效果，"跨界"借镜现象较为突出。

在传统小说批评中，笼统地将"小说法"比附为其他文类之法随处可见。批评家们曾屡屡指出某小说之"××作法"与某文类之"××文法"相通。如清代张竹坡《金瓶梅读法》四十九云："《金瓶梅》一书，于作文之法无所不备。"②指出《金瓶梅》几乎包揽了所有"作文之法"(即八股文作法)；韩邦庆《海上花列传·例言》说："小说做法与制艺同。"③干脆将小说作法等同于"制艺"(八股文)作法；文康《儿女英雄传》第十六回也说："稗官野史虽说是个顽意儿，其为法则，则与文章家一也。"④也指出作为下里巴人的稗官野史(小说)与作为文人宿儒之笔的八股文在"法则"上同属一路；近代《小说丛话》载题名"定一"者之言曰："《水浒》可做文法教科书读。"⑤特别强调《水浒传》可供用以模拟训练八股"文法"。需要说明的是，传统小说论所

① 章学诚著，叶瑛校注：《文史通义校注》，北京：中华书局，1985年，第509页。形家，旧时以相度地形吉凶，为人选择宅基、墓地为业的人，也称堪舆家，这里指建筑。

② 秦修容：《金瓶梅会评会校本》，北京：中华书局，1998年，第1505页。

③ 〔清〕韩邦庆：《海上花列传》，上海：上海古籍出版社，1996年，第2页。

④ 〔清〕文康著，董恂评：《儿女英雄传》，济南：齐鲁书社，1989年，第318页。

⑤ 见1905年《新小说》第十五号，引自陈平原、夏晓虹编《二十世纪中国小说理论资料》第一卷，北京：北京大学出版社，1989年，第83页。

谓的“文法”主要指结构以及时空方面的“叙事”之法，也兼或指某些传神写照的“写人”之法。

除了把“小说法”比附为“文法”，中国古代小说批评还常常把“小说法”比附为“画法”，尤其是把小说“写人”法比附为绘画的“传神写照”法。且不说金圣叹评说《水浒传》所提出的“倒插法”、“草蛇灰线法”、“背面铺粉法”等十五“法”，毛纶、毛宗岗父子评点《三国志演义》所提出的“追本穷源之妙”、“以宾衬主之妙”、“同树异枝、同枝异叶，同叶异花、同花异果之妙”等十五“妙”，就是其他评点家在评说小说叙事技法时也屡屡征用绘画等他类文体术语。如《红楼梦》第一回写石头在回应空空道人时说道：“至若离合悲欢，兴衰际遇，则又追踪摄迹，不敢稍加穿凿，徒为供人之目而反失其真传者。”对此，甲戌本有眉批云：

> 事则实事，然亦叙得有间架，有曲折，有顺逆，有映带，有隐有见，有正有闰，以至草蛇灰线、空谷传声、一击两鸣，明修栈道、暗度陈仓、云龙雾雨、两山对峙、烘云托月、背面傅粉、千皴万染，诸奇书中之秘法，亦不复少。余亦于逐回中搜剔刳剖，明白注释，以待高明，再批示误谬。①

此一口气便兜出大约十六种叙事秘法，而这些秘法大都是前人在探讨别种文体或科类时总结出来的行之有效的“成品”。作为行文笔法，叙事具有超文类、跨文类性，写人何尝不是如此！大凡诗词、散文、音乐、绘画、雕塑、戏剧等等几乎所有一切被称作文艺作品者，无不把“写人”当作一种最基本的追求与使命，各种科类与文类的写人手段虽不尽同，但却可通，而小说却凭着自己作为“语言艺术”门类的独特优势，特别善于借鉴并努力包揽其他各门文学艺术之叙事与写人技法之长。这正是小说批评常常出现“跨界”借镜现象的主要原因。为此，小说批评家经常指出“小说法”对“画法”的借镜。基于以上“传神写照妙手”等比拟性的“跨界批评”，“传神”、“点睛”、“画龙点睛”、“颊上三毫（毛）”、“白描”、“绚染”、“正衬”、“反衬”、“背面敷粉”、“钟鼎象物”、“追魂摄影”、“绘声绘影”等画学专业术语，纷纷被引进到小说文本批评中，成为用来强调写人达到逼真效果和指示某具体写人笔法的关键词。如脂砚斋批评《石头记》庚辰本第二十五回针对“惟见花光柳影鸟语溪声”一句作旁批曰“全用画家笔意写法”②，直言这部小说运用画家笔意写法；其他版本的评点也多次具体提到这部小说所遣用的各种画家笔法，单甲戌本第一回眉批、第二回回前评就分别指出：“这正是作者用画家‘烟云模糊’处。”“此即画家‘三染’法也。”③在传统小说评点术语中，如果说“此即××法”多被用来评说叙事，也可以用来评点写人的话，那么“此即××笔”则基本上被用来评点写人。

在小说批评中，人们不仅经常拿戏剧来比小说，而且还不断地用戏剧角色来比小说角色。如明代钟敬伯评本《三国志演义》第九十六回回评说：“做人极忌周旋世务，俯仰他人面孔以为荣辱。一遇正人，色色破绽，真如戏场丑净，徒供人讪笑而已，但看费祎之于孔明便是样子。”④便用戏剧“丑”、“净”角色来比拟小说人物角色扮演。又如，题名“东吴弄珠客”的《金瓶梅序》云：“借西门庆以描画世之大净，应伯爵以描画世之小丑，诸淫妇以描画世之丑婆净

① 《脂砚斋重评石头记（甲戌本）》（《古本小说集成》影印本），上海：上海古籍出版社，1995年，第13—14页。

② 《脂砚斋重评石头记（庚辰本）》（《古本小说集成》影印本）第567页。

③ 《脂砚斋重评石头记（甲戌本）》（《古本小说集成》影印本）第16、39页。

④ 陈曦钟、宋祥瑞、鲁玉川辑校：《三国演义》（会评本），北京：北京大学出版社，1985年，第1180页。

婆,令人读之汗下。"[1]也借用戏剧角色术语说明小说人物及其命运。更有甚者,康熙二年出版的《古本西游证道书》第九回有题名"憺漪子"的回评说:

> 从来戏场中,必有生、旦、净、丑。试以此书相提而论,以人物,则唐僧乃正生也,心猿当作大净,八戒当作丑,沙僧当作末;若以道理言,悟道者全凭此心为主,则心猿之大净,未尝不可为正生。唐僧慈善温柔,宛如妇人女子,则正生又未尝不可为老旦。[2]

在此,评点者从不同视角把小说人物比附为戏剧角色行当,自然属于经典的"拟于戏剧"批评。至于清代李渔索性将以话本为主体的小说视为"无声戏",并用戏法去经营小说,用戏剧术语去评论小说,则更是为人所熟知。

当然,对在文艺创作中经常出现的文类多样而写法相通现象,前人也已有所认识。如清代焦循《剧说》卷六载:"吾友叶霜林尝云:'古人往矣,而赖以传者有四:一、叙事文,一、画,一、评话,一、演剧。道虽不同,而所以摹神绘色、造微入妙者,实出一辙。"[3]这段话就明确指出小说(评话)、戏剧、绘画以及古文在"摹神绘色"等在"摹神绘色、造微入妙"等技法及其效果方面是相通的。

"跨界"借镜这种批评方式将各学科和文类链接在一起,既是一种综合会通的理解方式,也是一种开放性的话语表达方式。当然,它不免还存在推陈出新有余而原创性不足的缺憾。这期待我们进一步借镜社会学、心理学、传播学等现代学科观念去重释和裨补,并将其转型为新式"跨界研究"。

三、古代小说"跨界"借镜批评的两个关键词

自古以来,小说被视为"小道"、"小家珍说",虽然地位不高,但其文体本位意识却并不弱,因而在援引和征用其他文类批评话语时,并非鱼龙混杂地随便拈用,而是要经过一番充分地遴选。由这些经过遴选而广泛使用的话语,我们可以进一步体悟小说的文体特点。其中,"代言"与"态"这两个关键词在人们从事小说借镜批评中的地位比较独特。人们之所以对它们不断地援引和征用,主要是因为传统小说人物含有角色表演性。

小说文本批评广泛征用文论、剧论中的"代言"理论,是评价人物角色表演的需要。在中国,无论就构思理路而言,还是就叙事写人笔势来讲,史传散文对小说戏曲的影响都是不可估量的。传统小说批评之所以动辄即以史传散文为比附对象,并非仅仅是因为人们为提高小说文体地位而蓄意去依傍这棵大树,归根结底还是因为小说戏曲与史传散文在叙事、写人以及设境等方面有着某种默契。对此,钱钟书先生曾经有如下论述:

> 明清评点章回小说者动以盲左、腐迁笔法相许,学士哂之。哂之诚是也,因其欲增稗史声价而攀援正史也。然其颇悟正史、稗史之意匠经营,同贯共规,泯町畦而通骑驿,则亦何可厚非哉!史家追叙真人真事,每须遥体人情,悬想事势,设身局中,潜心腔内,

① 黄霖:《金瓶梅资料汇编》,北京:中华书局,1987年,第2页。

② 〔明〕吴承恩著,黄永年、黄寿成点校:《古本西游证道书》,北京:中华书局,1998年,第77页。

③ 〔清〕焦循《剧说》卷六,见《中国古典戏曲论著集成》(八),北京:中国戏剧出版社,1959年,第211页。

> 忖之度之，以揣以摩，庶几入情合理。盖与小说、院本之臆造人物、虚构境地，不尽同而可相通。……《左传》记言而实乃拟言、代言，谓是后世小说、院本中对话、宾白之椎轮草创，未遽过也。[①]

史家叙事，注意揣摩人情世态，尤其在“臆造人物，虚构境地”方面与小说创作神理是相通的。史家之“拟言”、“代言”之笔被八股文行家如获至宝，并作为文体安身立命的根本。在八股文（又称“时文”、“制艺”、“制义”）理论中，“代言”，即代替古人说话，是指依据“四书五经”，通过还原古人思想口吻而写作。对此，钱钟书先生也曾指出：“八股古称‘代言’，盖揣摹古人口吻，设身处地，发为文章……其善于体会，妙于想象，故与杂剧传奇相通。”[②]明确指出了两种文类在“代言”层面上的会通。的确，传统小说写人非常看重“代言”策略，即通过摹拟个性化语言来刻画人物，自然也有与戏曲、八股文会通的内在要求，便主动接受八股制艺创作经验和风气的熏染。金圣叹在《水浒传》第五十五回的总评中所提出的“亲动心”说打上了八股文“代言”理论的印记：

> 盖耐庵当时之才，吾未知其际也。其忽然写一豪杰，即居然豪杰也；其忽然写一奸雄，即又居然奸雄也；甚至忽然写一淫妇，即居然淫妇。今此篇写一偷儿，即又居然偷儿也。……非淫妇定不知淫妇，非偷儿定不知偷儿也。谓耐庵非淫妇非偷儿者，此自是未临文之耐庵耳。……若夫既动心而为淫妇，既动心而为偷儿，则岂唯淫妇、偷儿而已。惟耐庵于三寸之笔、一幅之纸之间，实亲动心而为淫妇，亲动心而为偷儿。既已动心，则均矣。[③]

意思是说，小说家施耐庵自然不曾充当过淫妇、偷儿，他之所以能惟妙惟肖地将这些人物角色扮演的图景摄入自己的文本，是因为他具有“亲动心”的本事。显然，这一理论是在拿八股文理论来喻说小说叙事、写人之道，并已经触及到一个现代社会学所谓的“角色揣摩”问题。常理而言，小说家要使所写人物的语言达到逼近生活原貌，给人以活灵活现感，必须“设身处地”地体验、揣摩应有的情景，戏曲家更是如此。因此，清初李渔《闲情偶寄》在谈到“语求肖似”时提出了著名的“立心”说：

> 言者，心之声也，欲代此一人之言，先宜代此一人立心。若非梦往神游，何谓设身处地？无论立心端正者，我当设身处地，代生端正之想；即遇立心邪僻者，我亦当舍经从权，暂为邪僻之思。务使心曲隐微，随口唾出。说一人，肖一人，勿使雷同，弗使浮泛。[④]

他认为戏剧叙事写人离不开“代言”，而在为人物代言时要想达到“说一人，肖一人，勿使雷同”，戏剧家必须“设身处地”地揣摩角色心理。很明显，这种“代言”理论源于八股文法。当然，文类互参还是双向互动式的，清代叶梦珠《阅世编》卷八曾指出：“子史佛经，尽入圣贤口吻；稗官野乘，悉为制义新编。”[⑤]小说摹拟人物语言的诀窍又曾经反哺过八股文之“代言”。

---

① 钱钟书：《管锥编》第一册，北京：中华书局1979年版，第165—166页。

② 钱钟书：《谈艺录》（补订本），北京：中华书局1984年版，第360页。

③ 《第五才子书水浒传》（《古本小说集成》影印本），上海：上海古籍出版社，1995年，第3085—3088页。

④ 〔清〕李渔：《李渔全集》（第三卷），杭州：浙江古籍出版社，1991年，第47页。

⑤ 〔清〕叶梦珠：《阅世编》，上海：上海古籍出版社，1981年，第183页。

就这样,小说批评迎头赶上了各种文论交杂并进的文化语境,便顺势与戏曲理论、文法理论形成"跨界批评"之壮观。人们纷纷用"立言"或"声口"、"口气"、"口角"、"口吻"等八股"代言"理论的术语来评说小说写人所达到的角色化境地。金圣叹率先带头搬弄这套话语,其《水浒传·序三》有言:"《水浒》所叙百八人,人有其性情,人有其气质,人有其形状,人有其声口。"[①]并在正文评点中八九次以"声口"评说鲁智深、李逵、杨志等个性化言论。另如,"栖霞居士评阅"本《花月痕》第三十八回也有眉批:"是秋痕口吻,亦是秋痕身分。"[②]如此评点话语,不胜枚举。可见,可供小说批评借镜的"代言"理论脉络较为复杂,人们既直接借镜于戏剧理论,又间或受到八股制艺文理论的影响;而戏剧理论与文法理论,尤其是八股文的"代言"理论早已发生过互动性的渗透。其互动的轴心是人物的表演性。

尤为值得注意的是,围绕角色扮演意识,各种文论话语在"态"这一范畴上达成更深广的聚合。在传统绘画理论中,"态"向来是一个用以称美写人效果的重要范畴。人们常常美称那些有着生动感和逼真感的艺术图景为"有态",反之则贬抑为"无态",并由此派生出"多态"、"富态"、"得态"等一系列术语。与此同时,"态"还早已成为一个传统剧论范畴。尤其是对戏剧中关于女性表演的精彩描写,评点者常常施以"娇态如画"之类的评语[③]。基于这种文化背景,李渔在《闲情偶寄》这部戏曲理论中集大成地推出了"态"这一表演学范畴。其卷三《声容部》之《选姿第一·态度》、《习技第四·歌舞》说:"吾于'态'之一字,服天地生人之巧,鬼神体物之工。"不无得意地道出了他发明"态"这一范畴的学术价值;又说:"闺中之态,全出自然,场上之态,不得不由勉强,虽由勉强,却又类乎自然。此演习之功之不可少也。生有生态,旦有旦态,外末有外末之态,净丑有净丑之态,此理人人皆晓。"[④]这里非但讲女性之"态",还指出了男性之"态"的戏剧表演性。在小说批评中,"作态"、"习态"等术语便带有角色扮演意味。如崇祯本《金瓶梅》第十八回于"(金莲)扶着庭柱兜鞋"句有旁批曰:"偏作态。"[⑤]而毛宗岗父子评点《三国志演义》也多次指出了人物"学态"或"作态"等特点。如其第四十二回针对孔明对鲁肃前来求援一段而有回评说:"求人之意甚急,故作不屑求人之态;胸中十分要紧,口内十分迟疑,写来真是好看煞人。"第五十五回也有回评说:"玄德在车前哀告夫人,涕泣请死,活似妇人乞怜取妍,在丈夫面前放刁模样。以英雄人作此儿女态,是特孔明之所教耳!"[⑥]总之,古人使用"作态"来评价小说关于人物的描写,言简意赅,意味深长,显示了画论、剧论、稗论之会通。当然,古代小说评点更多地拈用"态"字来评价关于女性人物的娇柔描写。如针对第三十七回关于众人与史湘云讨论海棠诗社的描写,靖藏本有眉批说:"观湘云作海棠诗,如见其娇憨之态。是乃实有其事,非作者杜撰也。"[⑦]如此等等,不胜枚举。总之,在小说批评中,"态"字大多带有戏剧表演性,是一个难得的"拟于戏剧"的批评术语,且多以"媚"、"娇"等形容词来修饰,充分显示出其偏指女性娇美的特征。既然"态"具有社会表演

① 《第五才子书水浒传》(《古本小说集成》影印本),上海:上海古籍出版社,1994年,《序三》第35页。

② 〔清〕眠鹤道人编次、栖霞居士评阅:《花月痕》(《古本小说集成》影印本),上海:上海古籍出版社,1993年,第906页。

③ 详见李桂奎、黄霖:《中国古代写人论中的"态"范畴及其现代意义》,《学术月刊》2007年第11期。

④ 〔清〕李渔著,杜书瀛评注:《闲情偶寄》,北京:中华书局,2007年,第147、190页。

⑤ 秦修容整理:《金瓶梅:会评会校本》,北京:中华书局,1998年,第253页。

⑥ 刘世德、郑铭点校:《三国志演义》(醉耕堂本四大奇书第一种),北京:中华书局,1995年,第470页、第613页。

⑦ 黄霖校理:《脂砚斋评批红楼梦》,济南:齐鲁书社,1991年,第620页。

性,并与戏剧表演相通,那么我们就不妨进而"跨学科"式地运用现代社会学"拟剧论"审视之[①]。

在中国古代小说文本批评所借镜的绘画、戏剧、古文等其他文类的话语中,"代言"理论与"态"范畴显得比较独特。这两个关键词所指向的是中国古代小说的人物塑造的角色表演特征。

四、小说"借镜"批评的意义与功能

谈到小说批评"借镜"其他门类或文类话语的意义,我们不妨借鉴一下"比较文学"中的"互相阐发"理论。按照比较文学研究者之言,所谓"互相阐发","即是说既要看到文学与其他艺术相通的特点,又要看到文学与其他艺术各具特性、因而不能调和的特点。……进行这类研究时,既要注意它们之间的同,又要注意它们之间的异,也就是说,要具有辩证的观点"[②]。归根结蒂,小说"跨界"借镜批评也是一种"互相阐发"式的批评,其要务之一便是通过评批小说家与史家、画家、文章家在叙事写人等方面的异同,从而深化人们对小说文本的理解和阐释。

相对而言,在传统小说批评中,人们最擅长借用"文章家"、"画家"之专业性的术语来解释小说写法,或借诸家专业术语来为小说的各种笔法作多重注脚。如袁无涯本《水浒传》第十七回在小说所写何涛、何清兄弟的对话处便用了这样的眉批:"许多颠播的话,只是个'像',像情像事,文章所谓'肖题',画家所谓'传神'也。"[③]意思是,小说写人物之语言,达到了"像情像事"的境界,而这个意为合情合理、活灵活现的"像"字,在文章家那里叫"肖题"[④],在画家那里,则被称之为"传神",行话尽管各有说法,但大意却是相同的。通过如此这般的互相解释,评点家就很减省地将道理讲清了。另如,《戚蓼生序本石头记》(蒙府本)第七十二回的回前评有云:"此回似着意,似不着意,似接续,似不接续,在画师为'浓淡相间',在墨客为'骨肉停匀',在乐工为'笙歌间作',在文坛为'养局'、为'别调':前后文气,至此一歇。"[⑤]在这里,评点者没有专门为小说之"似着意,似不着意,似接续,似不接续"进行如何如何的笔法命名,只是分别拿画师、墨客、乐工、文坛之术语来作比附喻说,让人们去意会心解。另外,小说评点家们还常常用"此史家××之法"、"此画家所谓××法"、"此真文章家所谓××之法"等话语来"对号入座",即把小说写法对应于史家、画家、文章家之法,或拿诸家之法来直接"指示"或"比附"小说之法。此外,有的评点家用"正是"、"此即"、"此真"等口气来直接将小说"××法"坐实为文章"××法"或绘画"××法"等,都是以其他文类笔法来阐释小说笔法的显例和标志。

当然,"跨界"借镜式的传统小说批评在与其他文类或门类进行"相互阐发"时,是既讲

---

① 参见李桂奎:《"拟剧"批评与中国古代小说人物之"态"追摄》,《中山大学学报》2010年第3期。

② 陈惇、刘象愚:《比较文学概论》,北京:北京师范大学出版社,2000年,第269页。

③ 《李卓吾批评忠义水浒传全书》,台北:天一出版社,1986年,第718页。

④ 八股文要求在"代圣贤立言"时须做到"肖题"。《艺概·经义概》解释说:"肖题者,无所不肖也,肖其神,肖其气,肖其声,肖其貌。有题字处,切以肖之,无题字处,补以肖之。"刘熙载:《艺概》,上海:上海古籍出版社,1978年,第173页。

⑤ 《戚蓼生序本石头记》,北京:人民文学出版社,1975年,第2777页。

"同",也讲"异"的。讲"同"便于对照理解、巩固印象,而讲"异"则有助于突出小说文本结撰技巧和效果之超越。为此,评点家们经常发出类似这样的声音:小说写人"如画"而"胜画","似史"而"超史"。如北宋赵令畤《元微之崔莺莺商调蝶恋花词》在评价小说《会真记》所塑造的崔莺莺形象时说:"夫崔之才华婉美,词彩艳丽,则于所载缄书诗章尽之矣。如其都愉淫冶之态,则不可得而见。及观其文,飘飘然仿佛出于人目前。虽丹青摹写其形状,未知能如是工且至否?"[①]这里所谓的"不可得而见"的"都愉淫冶之态",就是"气韵"、"神态",而"飘飘然仿佛出于人目前"则是通过写人物的姿态所达到的传神效果,而就这种传神效果的"工且至"而言,又是"丹青描写其形状"所不可企及的。又如,容与堂刻本《李卓吾先生批评忠义水浒传》第十三回回末总评曰:

> 水浒传文字既妙,转换又神,如此回文字形容刻画周谨、杨志、索超处,已胜太史公一筹;至其转换到刘唐处来,真有出神入化手段,此岂人力可到?定是化工文字,可先天地始,后天地终也。

在此,评点者为称扬《水浒传》所达到的高度,至少借镜"史家"与"画家"之写人水平来比照,既突出其刻画人物超越了《史记》,又强调其"出神入化手段"也是画工难以企及的,如此才能堪称流传千古的"化工文字"。其第二十一回回末总评也说:

> 此回文字逼真,化工肖物。摩写宋江、阎婆惜并阎婆处,不惟能画眼前,且画心上;不惟能画心上,且并画意外。顾虎头、吴道子安能到此?[②]

这里所谓的"眼前"自然是指"形",而"心上"、"意外"则是指"写心"的两个层次。的确,受到表现形式的限制,画家能活现可观可感的"眼前",而拙于表现"心上"、"意外",其他文类也各有所长,各有所短。相对而言,戏剧长于展现"眼前",散文长于倾诉"心上",诗歌长于表现"意外",而小说这种文体却具有全方位包揽表现"眼前"、"心上"和"意外"的功能,这是连顾恺之、吴道子这样的工笔人物画家也难以企及的境界。另外,《虞初志》卷五之《莺莺传》篇末有题名"李卓吾"的评语说:"尝言吴道子、顾虎头,只画得有形象的。至如相思情状,无形无象,微之画来的的欲真,跃跃欲有,吴道子、顾虎头又退数十舍矣。"[③]再次指出画家只能提供"有形象的"硬件,至于"无形无象"的"相思情状"这种软件,在小说家面前,即使连吴道子、顾恺之这样的大画家也不免相形见绌。金圣叹《读第五才子书法》也不断有言:"《水浒传》方法,都从《史记》出来,却有许多胜似《史记》处。若《史记》妙处,《水浒》已是件件有。""某尝道:《水浒》胜似《史记》,人都不肯信,殊不知某却不是乱说。其实《史记》是以文运事,《水浒》是因文生事。以文运事,是先有事生成如此如此,却要算计出一篇文字来,虽是史公高才,也毕竟是吃苦事。因文生事即不然,只是顺着性子去,削高补低都由我。"[④]可见,金氏解读小说也是自觉以史传作为参照系的,他一方面通过攀附正史来提高小说地位,另一方面又强调小说"因文生事"的优越性。总体而言,小说批评在谈到叙事与写人所达到的高境时,总是喜欢

① 〔宋〕赵令畤:《侯鲭录》,北京:中华书局,2002年,第142页。

② 两段引文分别见《李卓吾批评忠义水浒传》(《古本小说集成》影印明容与堂刊本),上海:上海古籍出版社,1995年,第107页,第406页。

③ 《虞初志》(据扫叶山房1926年版影印),北京:中国书店,1986年,卷五第8页。

④ 《第五才子书水浒传》(《古本小说集成》影印本),上海:上海古籍出版社,1995年,《读第五才子书法》第5、6页。

拿绘画、史书等他类文体作比照，不仅对应性地把小说法与绘画法、史传法作理论上的比附，而且还通过对它们的比照以突出小说这一文体在叙事、写人方面的优势。

借镜其他科类或文类话语对小说文本作“跨界”批评的功能和意义是多重的，它既有利于评论者通过“相互阐释”简洁明了地阐释和评批小说文本，又有益于读者准确地理解并把握小说文体较之绘画等其他文类在叙事、写人上的优势，还便于当今研究者据此顺藤摸瓜、探本求源，以更好地清点或整理中国的叙事、写人传统。

作者单位：上海财经大学

《三国演义》与《水浒传》叙事者之比较

徐志平

一、前言

《三国演义》与《水浒传》二书风格不同人所共知，但如何不同、为何不同，却未必能说得清楚。美国学者浦安迪曾说："叙述人的口吻，有时要比事件本身更为重要。"他举《三国志》、《三国演义》和《三国志平话》为例，认为这三本书的不同，"更是因为他们代表三种不同的叙述人的口吻：陈寿用的是史臣的口吻，罗贯中用的是文人小说家的口吻，而无名氏（指《三国志平话》作者）用的是说书艺人的口吻"①。同样的，笔者亦认为，《三国演义》与《水浒传》的风格之所以不同，也是因为"叙述人口吻"不同的缘故。

浦氏所说的"叙述人"，约略相当于西方叙事学上所说的"叙事者"②，也就是"说故事的人"。王平将中国古代小说的叙事者区分为史官式、传奇式、说话式和个性化四种，并认为四大奇书是"史官式叙述者"与"说话式叙述者"的重叠③。如此说虽不算错，但单就《三国演义》和《水浒传》二书做一比较，"史官式"和"说话式"的比例就有绝大的不同。应该说，《三国演义》虽然保留了少数"说话式"的叙述，但其叙事声音明显是"史官式"的；相反的，《水浒传》虽然也具有部分"史官式"的性质，但其叙事声音明显是"说话式"的。

《三国演义》和《水浒传》二书风格的差异既然是来自叙事者性质的不同，因此若从"叙事者"的不同方面进行分析比较，当能更清楚说明二者之间的相异之处。因二书目前通行的版本皆经后人改动，故本论文将以早期刊本，即嘉靖本《三国志通俗演义》及容与堂刊本《李卓吾批评忠义水浒传》（以下简称《忠义水浒传》）为研究文本。

二、从源于不同的说书传统进行比较

宋人说书分成四家，其中以"小说"及"讲史（书）"二家最为重要。依据《都城纪胜》"瓦舍

---

① 〔美〕浦安迪：《中国叙事学》，第 14 页，北京大学出版社，1998 年。

② 又称"叙述者"，本文称"叙事者"而不称"叙述者"，乃因叙事包括叙述，意义较为广泛。

③ 王平：《中国古代小说叙事研究》，第 45 页，石家庄：河北人民出版社，2001 年。按，本书第一章章名为"叙事者"，行文中则称"叙述者"，本文一律称之为"叙事者"。

众伎”条，“讲史（书）”一家乃是“讲说前代书史文传、兴废争战之事”[①]。《东京梦华录》“京瓦伎艺”条未列出“讲史”一家的名目，但列有“霍四究说《三分》，尹常卖《五代史》”[②]。将两条内容相对应可知，“说《三分》”（即讲三国故事），乃是“讲史”一家的重要项目。再看“小说”这一家，《梦粱录》“小说讲经史”条列出了“烟粉、灵怪、传奇、公案、朴刀杆棒发发踪参之事”[③]。而《醉翁谈录》“小说开辟”条有《石头孙立》列在“公案”，《青面兽》列在“朴刀局段”，《花和尚》、《武行者》列在“杆棒”故事[④]。由这些说书的名目推断，这些故事应该都是《水浒传》故事的前身。则《水浒传》的内容当有不少来自短篇的“小说”这一家，与来自长篇“讲史”这一家的《三国演义》有根本上的不同[⑤]。

“小说”家的特点是临场发挥，即《梦粱录》所说的：“盖小说者，能讲一朝一代故事，顷刻间捏合。”[⑥]临场发挥，必然容易与听众产生互动，有时指点或提醒听众故事中的重要关目，有时说书人甚至可能穿越时空，假想自己若能走进故事，便能阻止悲剧发生，话本小说《错斩崔宁》篇所载“若是说话的同年生，并肩长，拦腰抱住，把臂拖回，也不见得受这般灾晦”一段，即为其例。《忠义水浒传》32 回说到宋江要去投小李广花荣，叙事者亦现身道出相同的套语，谓：“若是说话的同年生，并肩长，拦腰抱住，把臂拖回，宋公明只因为要来投奔花知寨，险些儿死无葬身之地。”[⑦]其他引导读者（看官）的对话如“看官听说”、“看官牢记话头”等，出现频率亦甚高。又如 40 回写吴用对晁盖附耳说了救宋江的计策，叙事者向读者卖了一个关子，谓：“说话的，如何不说计策出？管教下回便见。”（第 1294 页）这些对话，都显示《忠义水浒传》具有“小说”这个家派的性质。

再回头看水浒故事的另一个来源，即《大宋宣和遗事》。鲁迅将其列在《宋元之拟话本》，谓：“案年演述，体裁甚似讲史，惟节录成书，未加融会，故先后文体，致为参差。”[⑧]此书所“节录”与水浒故事有关的内容有五个段落，郑振铎说：“我们猜想《宣和遗事》所录的水浒故事显然是这种传说或传奇的一个极简单的概略，或系说话人作为底本用的一个提纲，也说不定。”[⑨]《大宋宣和遗事》既是节录他人作品而成书，水浒故事部分，大概也是采录自民间说书的话本，例如书中叙述到宋江放走晁盖之后，将逮捕公文交给董平，此时叙事者插入一段对话道：“不知那董平还捉得晁盖一行么？真个是：网罗未设禽先遁，机阱才张虎已藏。”[⑩]在《宣

---

① 灌园耐得翁：《都城纪胜》（合刊于《东京梦华录》），第 84 页，文化艺术出版社，1998 年。

② 孟元老：《东京梦华录》，第 32 页，文化艺术出版社，1998 年。

③ 吴自牧：《梦粱录》（合刊于《东京梦华录》），第 306 页，文化艺术出版社 1998 年。其中“发发踪参”当是“发迹变泰”之讹。

④ 罗烨：《醉翁谈录》，第 4 页，台北：世界书局，1972 年。

⑤ 鲁迅：《中国小说史略》（第 123 页，台北：里仁书局，2000 年）将《水浒传》置于“元明传来之讲史”；孙逊：《明清小说论纲》（载《明清小说论稿》第 6 页）将《水浒传》置于“说铁骑儿”一家。二位先生自有其如此论断之理由，但皆未提出证据。齐裕焜：《中国古代小说演变史》第四章则明确道出：“英雄传奇的源头却是‘说话’中的‘小说’”、“《水浒传》是由短篇话本连缀而成的。”见该书第 207、215 页，兰州：敦煌文艺出版社，1990 年。

⑥ 同注③。

⑦ 施耐庵集撰，罗贯中纂修：《李卓吾批评忠义水浒传》，第 1038 页，上海古籍出版社影印明万历容与堂本。本文引用《水浒传》皆用此本，以后只标页数，不再出注。

⑧ 鲁迅：《中国小说史略》，第 106 页。

⑨ 郑振铎：《水浒传的演化》，载氏著《中国文学研究》，第 98 页，人民文学出版社，2000 年。

⑩ 佚名：《宣和遗事》，第 55 页，上海古籍出版社影印元刊本。

和遗事》中水浒故事的部分,此种与听众对话的形式不只一处,与“小说”话本的性质较为接近。

有一种说法认为,《三国演义》作者“在写作时是有意识地摆脱说书人的传统,而不是对他们加以模仿”[①]。其实以《三国志通俗演义》而论,并没有摆脱说书人的传统,虽然没有开场诗,但全书结尾以“后人有古风一篇”作结,仍具有下场诗的功用,尤其诗的末四句:“纷纷世事无穷尽,天数茫茫不可逃。鼎足三分已成梦,一统乾坤归晋朝。”更代表了说书人的观点,且书中仍有一些说书人的套式,只是不如话本小说或《水浒传》那样与听众互动频繁。但这亦不能说是作者有意摆脱“说书人的传统”,而是遵循了讲史话本的传统,只要观察《三国志平话》便可了解。《三国志平话》出现“话说”、“却说”、“话分两说”等词的数量稍多,“有诗为证”则仅出现五次,而只有在卷上结束前,出现一次近似于与听众互动的套语——“怎见得?有诗为证,诗曰……”[②]。

《三国志平话》的内容及思想虽然较为接近民间,但其叙事者已近于“史官式”,而远于“说话式”。书中多次引用“庙赞”,或“有史官诗曰”置于事件之后[③]。一般认为,嘉靖本《三国志通俗演义》为《三国演义》最早的刻本,此本亦经常出现“史官有诗曰”、“后人又诗赞曰”等等[④],可见《三国志通俗演义》只是沿袭讲史话本的传统,并非刻意摆脱说书人的传统。

由于源于不同的说书传统,吾人认为《三国志通俗演义》的外部叙事者近于“史官式”,而《忠义水浒传》则近于“说话式”。

三、从“故事内”叙事者运用的情形进行比较

一个叙事文本可能有多个故事层次,叙事者可能处于故事之外进行叙事,也可能处于故事内进行叙事,不论是处于故事外或故事内,如果叙事者不在他讲的故事内,法国学者热奈特称之为“异故事”,如果叙事者作为人物在他讲的故事内出现,则称之为“同故事”。他依此将叙事者的地位分为四种:(1) 故事外—异故事:讲述与本人无关的故事;(2) 故事外—同故事:讲述本人的经历;(3) 故事内—异故事:第二层的叙事者,讲述一般与本人无关的故事;(4) 故事内—同故事:在第二层讲述本人的经历[⑤]。

毫无疑问的,《三国志通俗演义》、《忠义水浒传》的第一层故事都属于(1)故事外—异故事型,就是在整个叙事文之外有一个不参与故事的讲述者。然而,同时发生的事,只能先说这一事,以后再补叙那一事。其补叙者,既可为第一层故事外的叙事者,也可以为故事内的“同故事”叙事者(即故事中的自叙者),或“异故事”叙事者(即故事中的叙他人之事者)。经比对可知,《忠义水浒传》运用“故事内”的叙事者较多,尤善于运用“同故事”的叙事者。《三国志通俗演义》较少以“故事内”的叙事者补叙前事,即使偶尔采用,亦显得有些呆板。

---

① 〔美〕夏志清著,胡益民等译:《中国古典小说史论》,第 41 页,南昌:江西人民出版社,2001 年。

② 无名氏撰:《三国志平话》(合刊于《秦始皇传》等六种平话),第 257 页,华夏出版社,1995 年。

③ 同上注引书,第 262(又有庙赞)、279(赞曰)、295(有史官诗曰)、304(后有苏东坡作庙赞)页。

④ 例如〔明〕罗贯中编次《三国志通俗演义》,第 159、293 页,上海古籍出版社影印明嘉靖刊本。

⑤ 〔法〕热拉尔·热奈特著,王文融译:《叙事话语　新叙事话语》,第 172、175 页,中国社会科学出版社,1990 年。

从叙事时间上看，上述的补叙乃是追溯前事，即“倒叙”，又称“闪回”①。王平《中国古代小说叙事研究》一书把倒叙中“幅度极短，不足以改变第一叙事的叙事顺序”的称为“插叙”②。但一般说来，插叙未必是追溯前事，亦可以插入一段“预叙”，因此不论插入时间之幅度如何，只要是补叙前事，不如皆称为“倒叙”较为明确。学者对于《三国演义》、《水浒传》二书倒叙手法的运用，多有研究。但一般仅以时序的方面加以讨论，王平则结合了叙事者的类型来分析，较为特别。

王平认为，用倒叙来介绍人物的过去有三种形式，即：(1) 叙述者讲述小说中人物过去之事，(2) 小说中某人讲述另一人过去之事，(3) 小说中人物讲述自己过去之事③。第一种即热奈特所说的“故事外—异故事”型，第二种即“故事内—异故事”型，第三种即“故事内—同故事”型。王平用这三种叙事者类型，分析了《三国演义》与《水浒传》中的倒叙手法，颇具参考价值。只是王平用的是后来的版本，且仅以举例的方式概述之，笔者则将针对二书较早的刊本进行更细致的比较。

《忠义水浒传》虽然也有不少地方还是由“故事外”的叙事者来追叙。比如第 49 回即由“故事外”的叙事者追叙解珍、解宝被毛太公陷害坐牢，乐和通风报信给顾大嫂和和孙新夫妇，孙新再找邹渊、邹润兄弟，以及哥哥孙立相帮，入牢劫狱，再一同投梁山泊。由于孙立和祝家庄教师栾廷玉是师兄弟，因此献了里应外合之计。这一大段追叙，金人瑞称为“横云断山”，认为乃因“文字太长了，便恐累赘，故从半腰间暂时闪出，以间隔之”④。其实它的效果不止于此，它最后还将两件分别发生的事，巧妙地结合起来。由于时间的幅度相当大，头绪亦颇为纷繁，因此由可以统观全局的“故事外”叙事者来讲述是适合的。

至于由“故事内”叙事者进行的倒叙，在《水浒传》中颇为常见。现依据容与堂本《李卓吾批评忠义水浒传》前十回，列举“故事内叙事者”之例如下：

(1) 第 2 回，由王进自言自语，追叙高太尉在东京帮闲时，被王进父亲一棒打翻的往事。此处王进为“故事内—异故事”的叙事者。王平对这一段追叙有很深入的分析，他说：“这一段插叙由王进来追述，但不是讲给别人听，而是自言自语，显示出王进对高俅发迹感到不可思议，进而讽刺了徽宗的昏庸。插叙的起点应在高俅未发迹之前，又再现了高俅当年帮闲嘴脸。如果将此事按照故事时间从头叙来，不但要多费笔墨，而且失去了行文的跌宕起伏。”⑤这段分析深刻地说明了《水浒传》以“故事内”叙事者结合“倒叙”手法的运用之妙。

(2) 第 3 回，金翠莲向鲁达追叙她们父女由东京流落到渭州，遭镇关西欺负的经过。王平说：“金翠莲讲述的是自己的不幸，却将郑屠欺压良善、作威作福的恶霸行径表现出来。不用再另起头绪，便转到了鲁达拳打郑屠的事件上来，并推动情节一步步向前发展。”⑥此处翠莲为“故事内—同故事”的叙事者，由她来追叙此事，除了可以起到王平所说的推动情节的功

① 见胡亚敏：《叙事学》，第 65 页，武汉：华中师大出版社，2004 年。书中提到，闪回即“回头叙述先前发生的事情。它包括各种追叙和回忆……”。

② 王平：《中国古代小说叙事研究》，第 160 页。

③ 同上注，第 169 页。

④ 〔清〕金人瑞撰：《读第五才书法》，引自黄霖、韩同文选注：《中国历代小说论著选》，第 294 页，南昌：江西人民出版社，2000 年。

⑤ 王平：《中国古代小说叙事研究》，第 175 页。

⑥ 王平：《中国古代小说叙事研究》，第 177 页。

能之外，从说话的口气(如:强媒硬保，要奴作妾；虚钱实契，要了奴家身体)，更可以想见其楚楚可怜之状，此一效果是“故事外”的叙事者无法做到的。

(3) 第4回，鲁达在雁门县城遇见其所救的金老，鲁达问他为何至此，金老追叙他父女如何逃来此地，女儿如何嫁给赵员外为外宅等情事。此处金老亦为“故事内—同故事”的叙事者。此时翠莲已有美好归宿，金老叙述的口气充满喜悦，且对于鲁达满怀感恩。“衣食丰足，皆出于恩人。我女儿常常对他孤老说提辖大恩，那个员外也爱刺枪使棒，常说道怎地得恩人相会一面也好。”(第112页)这段追叙也成为日后鲁智深出家，以及在他闯祸后员外仍全力支持提供了心理的依据。

(4) 第5回，鲁智深在桃花庄和李忠重逢。鲁智深先说自己在打死镇关西后逃到雁门县，后来在五台山出家，因闹了僧堂，现要前往东京大相国寺的经过；李忠再追叙与鲁达、史进分手后，路过桃花山，如何打赢周通成为山寨主之事。此处鲁智深、李忠皆是“故事内—同故事”的叙事者。平心而论，此处鲁智深的叙述有些累赘，因为读者已知这一段经过，只有李忠不知，因此只要以“鲁智深将前情告知”交代即可。但李忠追叙的部分则为有必要的补叙，这段补叙也远远埋下后来“三山聚义”同上梁山的伏笔，因此故事外的叙事者在鲁智深拿了金银酒器跑走之后，特地提示读者:“看官牢记话头，这李忠周通自在桃花山打劫。”(第182页)

(5) 第6回，瓦罐寺中的老和尚向鲁智深追叙寺庙被一僧一道霸占的经过，后来鲁智深质问那一僧一道，此时恶僧崔道成便编一段故事欺骗鲁智深，述说寺庙如何废弃，自己如何与道人正欲加以整修。此处老和尚和崔道成都是“故事内—同故事”的叙事者，但这两段追叙却是一真一假，鲁智深受到崔道成的蒙骗，回过头去找老和尚算账，老和尚再次争辩，鲁智深方才醒悟，但此时那一僧一道已有准备，饿着肚皮的鲁智深竟敌不过他们。可见由“故事内”叙事者追叙过去，可以有极多的变化，戏剧效果绝佳。

(6) 第6回，鲁智深落败后，在赤松林内与史进相逢，史进追叙了三人在酒楼分手后，离开渭州去找师父王进，一直叙到在此地落草为寇的经过。史进接着问鲁智深何故出家，此时故事外的叙事者显然已注意到重复叙述的问题，故仅以“智深把前面(说)过的话从头说了一遍”(第200页)加以交代。《水浒传》的叙事者颇善于这种故事内和故事外叙事者交错运用的手法，下文在讨论第10回时还会再加以分析。

(7) 第9回，鲁智深在野猪林救了林冲之后，追叙别后的经过，以及为何此时现身相救的缘由。这段追叙不只交代鲁智深这段日子的行踪，更重要的是表现出鲁智深急于友难的心情，他是如何“打听”的，见到公人被请去酒店里见一个人，是如何的“放你不下”，以及当两个公人用热水烫伤林冲双脚时，自己因人多而无法挺身解救，如何的“越放你不下”。这里同样也只能够以“故事内”的叙事者，才能表现出叙事者的真情。

(8) 第10回，此回开头写林冲在沧州路上闲走，忽然背后有人叫唤，回头看时认得是酒生儿李小二。叙事至此，故事外的叙事者追叙了李小二在东京时偷了店主人家财物，林冲陪话救他，又送他钱财方得脱免的经过，此为“故事外—异故事”的叙事者叙事。之后，林冲问李小二为何至此，再由李小二自述如何来到沧州，如何得到店主人赏识，招为女婿、接下茶酒店的经过，此时李小二为“故事内—同故事”的叙事者。“故事外”的叙事者交代的是客观的事件，“故事内”的叙事者才可能表现叙事者的感情。有了这样的感情，才会有后来陆谦出现时李小二为林冲担忧的后话。这样的安排,既可避免追叙的篇幅太长而打断故事的节奏,由故事内、外的不同叙事者来叙事,亦可见其变化之妙。

由上可知,《忠义水浒传》的前十回成功地运用了不少由"故事内"叙事者,尤其是"同故事"叙事者追叙的方式来叙事,运用十分巧妙。不过之后的数十回,"故事内"叙事者的出现减少,直到91回征方腊部分才又变多。在此之前,以第84回、86回的追叙较有可观。84回写宋江队伍被大辽军冲散,此时以卢俊义的视角叙事,他先遇见呼延灼,两人分别追叙分散后的情况,后又遇到关胜,再由关胜补叙他所发生的事,后又遇到解珍他们,再由解珍补叙他们发生的事;86回写卢俊义的部队被引入青石峪而与宋江失去联络,宋江派解珍、解宝探路,二解得猎户刘氏兄弟指引,回来向宋江报告,正说之间,段景住、石勇引白胜回来,段景住先说他们如何发现一个大毡包,里面裹着白胜,接着白胜追叙卢的部队如何陷入绝境,自己又如何由山顶滚下求救。由不同的叙事者交代同时间发生的许多事件,这两段叙事就都错落有致,十分精彩。

在征方腊部分,故事外的叙事者先在92回开头处提醒"看官牢记话头",牢记什么话头呢?原来卢、宋二人兵分二路,由卢俊义攻打宣、湖二州,宋江攻打常、苏二州。此后宋江部分皆用正叙,凡卢俊义那一路发生的事,则由不同的内叙事者追叙。例如该回写宋江打下常州之后,由柴进回来追叙卢俊义攻下宣州经过,94回则由燕青叙卢俊义攻取湖州的经过。又由燕青口中得知,离宣州之后卢的部队又分两路,一路由林冲带领攻打独松关,一路由呼延灼带领守湖州。至95回,由戴宗叙取独松关的经过,再由呼延灼追叙雷横和龚旺被杀的经过。故事外的叙事者在94回道:"看官听说,这回话都是散沙一般,先人书会留传,一个个都要说到,只是难做一时说。慢慢敷演关目,下来便见。看官只牢记关目头行,便知衷曲奥妙。"(第3029页)讲述战争经过,头绪纷繁,顺叙和倒叙兼用是非常恰当的处理方式。一般说来,顺叙部分较详,倒叙部分较略,详略相间,疏密有致,节奏十分明畅。

再看《三国演义》。嘉靖刊本《三国志通俗演义》共分二十四卷,二百四十节(每二节后来合为一回,共一百二十回)。书中如遇需要追叙往事,几乎都是由"故事外"的叙事者讲述,且大多用在主要人登场时追述其生平。例如卷一刘备出场,在描述其性格、长相之后,即论其家世、叙其不凡的童年,以及叔父对他的赏识。曹操出场时亦用同样笔法,也是先论其家世,再追叙其幼年时诈病使父亲不再相信叔父的诡计,以及桥玄、何颙、许劭等人对他的论断。其后孙坚、刘表、糜竺、孔融、周瑜等人出场的追叙手法都十分类似。又如卷六"云长擂鼓斩蔡阳"一节补叙张飞夺取古城经过,亦仅由"故事外"的叙事者简单带过。

《三国志通俗演义》采取"故事内—异故事"叙事者的例子不多,王平举第十回(嘉靖本卷二"曹操兴兵报父雠"一节)夏侯惇对典韦的介绍,认为:"这一插叙有两个鲜明特点,一是在对话中完成,特别自然;一是过去与现在紧密相连,衔接无痕。典韦的形象因此而丰满起来。"[①]然而严格说来,与其说这一段是"插叙"或"倒叙",不如说是"形容",夏侯惇只是概述一些往事来表现典韦的勇猛罢了,真正追叙往事的部分只有"旧跟张邈,与帐下人不和,手杀数十人,而逃窜于山中。惇出射猎,见一大汉逐虎过涧,即典韦也",以及"幼年与友人刘氏报雠,杀李永全家,提头直出闹市,数百人皆不敢近视"(第315页),这些叙述的内容都没有完

① 王平:《中国古代小说叙事研究》,第171页。

整的事件，时间点也很不明确。《三国志通俗演义》如果写某人推荐某人，有时会采用这种叙事手法，即说出一两件被推荐人的某些英勇事迹，例如同一节郭嘉荐刘晔，也概述了一件他为友人报仇的事，但同样也是没头没尾，不成事件。《三国》一书最受称道的是诸葛亮出场的叙写，在卷八"徐庶走荐诸葛亮"一节，经由徐庶这位深受刘备器重的才士之口，道出诸葛亮生平及其才学，可以收到锦上添花之效。不过细观徐庶所说的内容，仍只是诸葛亮的家世、性格及能力，严格说来，亦不能说是事件的倒叙。

"故事内一异故事"叙事内容比较丰满的，如卷五"青梅煮酒论英雄"一节满宠向曹操报告公孙瓒被袁绍所破这件事。从公孙瓒退守冀城开始说起，说虽然城楼高十丈、积谷三十万，但战士有被围困的，都不去救，以至于投降者多。后向张燕求救，约好里应外合，送信的人却被擒，袁绍假装救兵在城外放火，瓒大败走投无路，先杀妻子而后自杀。这段经过首尾完足，但满宠如何能知道得如此详细，却没有交代，实在不大合理。

其他"故事内一异故事"叙事比较曲折完整的，往往是书中人物引述史书上的故事。例如卷二"袁绍孙坚夺玉玺"一节，程普对孙坚说传国玺失落的经过；卷三"吕温侯濮阳大战"一节陈宫对吕布讲述陈余不听李左车之计，以致被韩信击败身亡故事；卷四"董承密受衣带诏"一节董承向汉灵帝讲述汉高祖斩白蛇起义事等等。这些追叙只是照录史书上的记载而已，意义不大，所以毛本不是加以简化，就是将它删除，例如陈宫所引述的那一大段历史，毛本第十一回就全部删掉了。

前已说过，《三国志通俗演义》很少采用"故事内一同故事"叙事者来追叙。不过王平虽然承认小说中的人物讲自己过去之事，在《三国演义》中"不是太多"，但认为"其作用不可小视"。他首先举孙权的母亲临终前的自述为例，认为"这段插叙虽然讲的是以往之事，但却暗示了孙权将来称帝的必然性；同时也为刘备入赘吴国埋下伏线"①。不过在这段临终自述中，只有吴夫人生孙策和孙权的情景，以及当时卜者的断言算是"倒叙"，吴夫人嘱咐孙权为其妹择佳婿这件事，根本不是"小说中的人物讲自己过去之事"。倒是在卷五"青梅煮酒论英雄"一节中，曹操对刘备追叙去年征张绣时，道上缺水，自己以鞭虚指说"前有梅林"，军士口中生唾而不渴的往事。曹操说"今见此梅，不可不赏"（第686页），因此特置酒请刘备对饮。这个著名的"望梅止渴"事件出于《世说新语·假谲篇》，原来是由故事外的叙事者讲述，这里改由曹操自叙，就具有表现曹操对自己的权谋颇为得意的效果。不过不可否认，《三国志通俗演义》"故事内一同故事"叙事者的叙事方式运用不多。

不管是"故事外"的叙事者，或是"故事内"的叙事者，都是作者创造出来的虚拟人物。各种不同形式的叙事者变化运用，能使故事的进行更为生动变化。由上述可知，《忠义水浒传》颇能掌握叙事者的变化之妙，相形之下《三国志通俗演义》就显得有些呆板了。

四、从叙事者干预的情形进行比较

所谓"叙事者干预"，指叙事者在文本中对于"人物、事件甚至于文本本身进行评论的方

① 王平：《中国古代小说叙事研究》，第171—178页。

式"[①]。不过此处的"评论"是广义的，包括说明、解释、分析等对于文本叙事的干预性介入。

查特曼(Seymour Chatman)把叙事者干预分为两种，即："对故事的干预"，以及"对话语的干预"。对故事的干预包括解释、判断和概括，对话语的干预则主要在讨论叙事者如何以元语言(meta-language)来指明自己如何结构布局、安排小说情节的进行[②]。赵毅衡则分为"指点干预"和"评论干预"两种[③]，不过又说："指点性干预就像戏剧中的舞台说明。"[④]则其所谓的指点性干预实际上与查特曼的"对话语的干预"并无太大的不同。至于评论干预，赵毅衡列举了"补充性评论"、"解释性评论"、"评价式评论"等[⑤]。本文参考上述说法，分别比较《三国演义》与《水浒传》二书中的"对话语的干预"及"对故事的干预"，后者又细分为"补充性干预"、"解释性干预"、"评价式干预"三种类型来进行比较。

(一) 对话语的干预

即所谓的"元(后设)叙事"，包括叙事者现身预示情节，或指点如何安排情节，如何结构布局，以及用反问语气和读者对话后，再进行叙事等。

《三国志通俗演义》的叙事者虽然近于"史官式"，然而毕竟不能完全摆脱说书套式，叙事者现身对话语进行干预的情形仍然存在。最明显的是每一节都以设问的方式结尾，每两小节结尾通常会出现"且听下回分解"的套语。例如第一卷一至十节的结尾分别为："试看怎生取胜"、"试看董卓性命如何？且听下回分解"、"此人是谁"、"曹操道出甚话来"、"毕竟是谁"、"性命如何？且听下回分解"、"试看曹操道出甚话来"、"未知性命如何"、"如何"、"毕竟如何？且听下回分解"。第一卷中，只出现三次"且听下回分解"，第二卷的情形相同，亦只出现三次。此外，书中也有几处结尾作"下回便见"的(如卷九"刘玄德败走夏口"节、卷十二"马孟起步战五将"节)，可见规则并未一致，章回的体例亦未完成。除此之外，《三国志通俗演义》偶见的说书套式仅有"却说"、"且说"、"话分两头"等。只有《长坂坡赵云救主》一节的结尾："子龙如何逃生？正是：才离龙潭，又值虎窟。未知性命如何？"(第1357页)这可能是全书最接近"说话式"叙事者口气的了。

相形之下，《忠义水浒传》"说话式"叙事者的现身指示之处就不胜枚举了。除了前面提到的，以"说话的"引出与读者的对话，以及"看官听说"、"看官牢记话头"等套式之外，有时对情节的安排还有更详细的交代，例如第49回宋江二打祝家庄不利，正丧气时，吴用对宋江说了一个计策，宋江听了大喜，此时故事外的叙事者插入一段说明道："说话的，却是什么计策？下来便见，看官牢记这段话头。原来和宋公明初打祝家庄时一同事发，却难这边说一句，那边说一回，因此权记下这两打祝家庄的话头，却先说那一回来投入伙的人乘机会的话，下来接着关目。"(第1604页)又如第100回在预叙了戴宗、阮小七、柴进、李应、杜兴、关胜、呼延灼、朱仝的结局后，又分别提到花荣、吴用、李逵各自赴任。此时忽然插入一段说明："话说为何只说这三个到任，别的都说了绝后结果？为这七员正将都不厮见着，先说了结果。后这五

① 谭君强：《叙事学导论》第72页，高等教育出版社，2008年，谭君强称之为"叙述者干预"。

② 转引自谭君强：《叙事学导论》，第73页。

③ 赵毅衡：《当说者被说的时候—比较叙述学导论》，第29页，中国人民大学出版社，1998年。

④ 同上书，第32页。

⑤ 同上书，第37—39页。

员正将宋江、卢俊义、吴用、花荣、李逵还有厮会处，以此未说绝了结果。下来便见。”（第3243页）这些都是由故事外的叙事者以和读者对话的方式，说明自己如何布局，如何叙事，都很符合“元叙事”的性质。

西方的“元（后设）小说”，又称为“自我意识小说”，即作者自觉自己在“虚构”小说，而非表现“现实”。其策略就是不停地打断叙事，“同时在创造小说，并且对小说的创造进行陈述”[①]。这一套修辞技巧在后现代理论家那里，是为了说明“现实”也只是话语的“虚构”而已[②]，然而在中国白话小说中，却在提醒读者不要忘记，“在读者和故事之间的始终存在着一个讲故事的人。小说的这里和那里，到处都有叙述人的插手造作……”[③]王德威称此为“说话人的虚拟修辞策略”所形成的“说话情境”，认为：“作者对真实语言传达状况的仿拟，说话情境强烈地显现将叙事文中连续的时序加以同时化的倾向。不论时间范围有多广，读者永远假设他自身立即进入聆听说书的现场中，参与说书的临场经验。”[④]

由比较可知，《忠义水浒传》一书明显具有“说话情境”的特质，而《三国志通俗演义》此一性质则相对薄弱。

（二）对故事的干预

（1）补充性干预：指“故事外叙事者”现身说明人物或事件的背景，或交代事件后来的发展或影响。此一干预二书皆有，只是性质略有不同。

《三国志通俗演义》的补充多为人物或事件的背景补叙，在交代事件后来影响部分，仅在卷十一“刘玄德娶孙夫人”一节中发现三处有关刘备、孙权留下的遗迹，其一为孙权以剑剖开巨石，叙事者谓：“至今有十字纹恨石尚存。”接着孙、刘二人在甘露寺前观江山之景，刘备谓：“此乃天下第一江山也。”叙事者谓：“至今甘露寺牌上云：天下第一江山。”后二人立马于山坡上，扬鞭大笑，叙事者谓：“至今此处名为驻马坡。”（第1720页）

《忠义水浒传》除了也有许多补叙已如前述之外，从89回开始，也有交代古迹来历的。如89回写大辽投降后，“唤令随军石匠采石为碑，令萧让作文以记其事。金大坚镌石已毕，竖立在永清县东一十五里，茅山之下，至今古迹尚存”（第2880页）。97回写乌龙神庙显灵，宋江入庙祭祀，叙事者补充道：“至如今严州北门外有乌龙大王庙，亦名万松林，古迹尚存。”（第3142页）99回，宋江受封后奏请建乌龙大王庙，叙事者再一次补充道：“至今古迹尚存江南”（第3230页）。又，全书结尾处写宋江死后时常显灵，在梁山泊的神庙受到万民顶礼，“至今古迹尚存”。叙事者交代古迹来历，除了向读者表明所讲述故事具有真实性之外，也可以引发读者的历史感，虽然这些可能都是“伪历史”。

另外一种补充性干预是“预叙”人物的未来结局，例如《忠义水浒传》第50回扈家庄的扈成“后来中兴内也做了个军官武将”（第1653页），第92回写方腊的官员金节投降宋江后，跟随刘光世破大金兀术四太子，多立功劳，“直做到亲军指挥使，至中山阵亡，这是金节的结果”

① 〔英〕帕特里莎·渥厄著，钱竞、刘雁滨译：《后设小说—自我意识小说的理论与实践》，第7页，台北：骆驼出版社，1995年。

② 参见同注引书，第19页。

③ 〔美〕浦安迪：《中国叙事学》，第101页。

④ 王德威：《想象中国的方法——历史·小说·叙事》，第90页，三联书店，1998年。

(第 2979 页)。第 99 回更分别交代断了一臂的武松在六和寺出家"后至八十善终"、林冲风瘫"后半载而亡"(第 3215 页),李俊"后来为暹罗国之主,童威费保等都做了化外官职,自取其乐,另霸海滨,这是李俊的后话"(第 3220 页)。又如第 100 回预叙了戴宗等人的结局,已如前述。后又交代宋清的结局,说他"生一子宋安平,应过科举,官至秘书学士,这是后话"(第 3271 页)。《三国志通俗演义》最后亦预叙后主刘禅、魏主曹奂、吴主孙皓的卒年,又以"三主皆善终"作为故事的结局。但是《三国志通俗演义》只在全书结尾处做此处理,不像《忠义水浒传》的叙事者会在故事进行随处插入此一补充性干预。

(2) 解释性干预:主要是指对于名物的解释,或对于故事内容的解析。例如《三国志通俗演义》卷一第一节"(张)角立三十六方"句下叙事者解释道:"分布大小方者,乃将军之称也,大方万余人,小方六七千,各立渠帅。"(第 10 页)此为名物解释;又如"凤仪亭布戏貂蝉"一节分析董卓为何迷恋貂蝉,谓:"貂蝉无非于枕前席上殢雨尤云,董卓合休,自然迷恋。"(第 253 页)此为行为心理分析;再如"曹操官渡战袁绍"一节载:"原来官渡寨栅如城一般,周围筑三十余里广阔,傍有河,后有山,为之险要,因此难行。"(第 959 页)此为地形分析;又如在卷十"阚泽密献诈降书"一节中,曹操怀疑阚泽非真降,否则"何不明约在几时?"阚泽笑他书未读通,谓:"岂不闻背主作窃,安可期乎?"叙事者恐怕一般读者不易理解因此解释说:"这话言那背主作窃,如何约的日期?倘约了日期,急下不得手,这里接应,必然泄漏,只是但得便就行矣!"(第 1519 页)此为对言语的解释。这些分析、解释,皆是为了帮助读者理解小说的内容而加,如果删掉亦不影响故事情节的进行。

《忠义水浒传》的解释性干预数量庞大。也有关于语言的解释,如第 5 回说:"原来强人下拜不说此二字,为军中不利,只唤做剪拂。"(第 173 页)又第 8 回:"原来宋时的公人都称呼端公。"(第 259 页)有些是关于过去的制度或习俗的解释,如第 8 回:"原来宋时但是犯人徒流迁徙的,都脸上刺字,怕人怪恨,只唤做打金印。"(第 262 页)有些是情节内容的解释,如第 23 回:"说话的,柴进因何不喜武松?原来武松……但吃醉了酒性气刚……因此满庄里庄客没一个道他好……"(第 696 页)又如第 22 回,宋江杀了阎婆惜之后,逃回老家躲在地窖里面,但宋江的庄农之家怎会有个地窖?叙事者道:"原来故宋时为官容易,做吏最难。为甚的为官容易,皆因只是那时朝廷奸臣当道,谗佞专权,非亲不用,非财不取。为甚做吏最难?那时做押司的但犯罪轻则刺配远恶军州,重则抄扎家产,结果了残生性命,以此预先安排下这般去处。"此一解释一来交代了地窖的来处,二来又呼应了官逼民反的主题,具有双重的功能。

《忠义水浒传》的解释性干预与《三国志通俗演义》最大的不同,在于充满了世俗趣味。比如 25 回写潘金莲毒死武大郎后假哭,叙事者插入一段分析:"看官听说,原来但凡世上妇人哭有三种:有泪有声谓之哭,有泪无声谓之泣,无泪有声谓之号。"然后接写"当下那妇人干号了半夜"。(第 812 页)这段叙事者的介入,对于谴责、讽刺潘金莲的叙事效果,显然大有帮助。

又如 21 回叙事者对情色心理的分析:"看官听说,原来这色最是怕人,若是他有心恋你时,身上便有刀剑水火也拦他不住,他也不怕。若是他无心恋你时,你便坐在金银堆里他也不采你。……宋江是个勇烈大丈夫,为女色的手段却不会,这阎婆惜被那张三小意儿百依百随,轻怜重惜,卖俏迎奸,引乱这婆娘的心,如何肯恋宋江?"(第 644—645 页)这段内容分析了阎婆惜因迷于情色，才会在拿到招文袋时，对宋江苦苦相逼。也因为宋江被逼到极点，甚至于愿意变卖所有财产换回那封晁盖来信，但婆惜仍不妥协，宋江才来抢夺，如非婆惜叫道："黑三郎杀人也。"宋江也不会杀她，因为事实上宋江对她的奸情并不大在意，然而正如叙事者所分析："只这一声，提起宋江这个念头来。那一肚皮气正没出处，婆惜却叫第二声时，宋江左手早按住那婆娘，右手却早刀落去……"（第657页）小说如果写宋江是为了抓奸而杀了阎婆惜，就写不出宋江的矛盾性格。叙事者现身干预了故事的进行，对阎婆惜和宋江心理进行分析，使宋江杀惜事件合情合理，也使宋江向梁山泊迈出了第一步。

由上述分析可知，《忠义水浒传》中的解释性干预不但为阅读增添了情趣，也有助于小说情节的推展，这是《三国志通俗演义》所不可及的。

（2）评价式干预：也就是一般所说的道德劝惩，或对人物言行及事件的评论。小说中"正是"、"诗曰"、"有诗为证"以下的套语或诗句，多具有此种性质。当然，散文性的议论，更直接传达了叙事者的想法。谭君强认为"叙述者干预与叙事作品内在的意识形态层面有更多的关联"[①]，即是针对评价式干预而言。透过对于人物及事件评议的分析，更能正确掌握叙事者的意识形态。

前已言之，《三国志通俗演义》和《忠义水浒传》二书的外部叙事者，一近于史官式，一近于说话式。此二类叙事者有一个共同点，即都很重视忠孝节义的道德劝惩。不同的是，史官式的叙事者"往往采取'不隐恶，不溢美'的客观态度，叙述中一般不直接进行道德的评价和主观的议论"[②]。说话式的叙事者则是随时可以中断叙事，对人物或事件进行议论。

不同于一般史书将议论放在文章的结尾处，《三国志通俗演义》在叙述完一个事件之后，便会引用诗文来加以评论。通常是以"后史官有诗曰"、"史官论曰"、"后有人赞曰"等形式来表现，例如在"刘玄德斩寇立功"一节，刘关张初试身手，在叙张飞刺杀邓茂后，即插入"后有人赞翼德曰：欲教勇镇三分国，先试衡钢丈八矛"，又在关公斩了程远志后，插入"后人赞云长曰：惟凭立国安邦手，先试青龙偃月刀"（第22—23页）。对读者来说，这种简短议论有加强阅读感受的作用，并无不妥。然而，在重大的事件之后，却往往连篇引用后人许多作品，例如诸葛亮的死，就引了陈寿评、杨戏赞、元微之庙赞、白乐天诗、程伊川诗、姚伯善古风、陈兰石诗、楚菊山诗、叶士能诗、胡曾诗、朱黼论、南轩张氏赞、尹直赞，到了迁葬之后，又引用杜甫诗二、朱子文一、东坡庙记及赞各一。这些诗文夹在小说中间，大大影响了叙事的节奏，所以后来毛本只保留了杜甫、白乐天、元微之诗各一首。

引用的诗文，自然代表了叙事者的认同。但征引过烦，且引文之间的观点，亦难免有相互矛盾之处，无法判断哪些代表叙事者真正的想法。因此，真正能代表叙事者想法的，还是他自身发出的议论。当然，也可以像顾炎武评论《史记》所言，可以"不待论断而于序事之中即见其指者"[③]。确实，像在"司徒王允说貂蝉"一节写董卓如何强迫八百民女为婢妾，如何将招降的兵士断手足、凿去眼睛、割舌、用大锅煮的那些残酷的描写，叙事者不需要任何论断，其愤怒和哀痛在叙事中已表达得淋漓尽致。然而并非所有描写皆能明确表现叙事者想法，

---

① 谭君强：《叙事学导论》，第207页。

② 王平：《中国古代小说叙事研究》，第17页。

③ 〔清〕顾炎武：《日知录》卷27《史记于序事中寓论断》，第737页，台北：明伦书局，1979年。

透过议论仍然是比较有效的方式。总体而言,《三国志通俗演义》的叙事者尽量不在叙事过程中对具体的事件或人物进行议论,但也无法做到完全不现身表达感受,我们还是可以在一些叙事者的简短评论中,略窥叙事者的想法。

比如写董卓葬时,天降大雷雨,墓被震开,三葬皆然,叙事者道:"三葬皆废,岂无天地神明乎!"(第298页)可见其对卓之痛恶。对吕布就较为宽容,在"虎牢关三战吕布"一节赞道:"果然是人中吕布,马中赤兔。人马之中,汉末两绝。"(第164页)在"吕布夜月夺徐州"一节,吕布攻下徐州后,令军一百守刘备宅门,诸人不许进入以保护其家人,叙事者道:"此是吕布弟兄之情也。"(第464页)写关公时,忍不住要说"关公乃仁义之人"(第665页)、"公平生为仗义之人"(第891页)。写诸葛亮,也不禁赞道:"这一席话,乃孔明未出茅庐,已知三分天下,万古之人不及也。"(第1281页)透过这些评论,可以看出叙事者心目中对书中人物的肯定或否定。但除了诸如此类的人物评论,《三国志通俗演义》基本上不对具体事件发表议论,也不对事件的本质提出看法。

《忠义水浒传》的情况大不相同:首先,叙事者也引用诗文,但通常会在诗文之后发表自己的看法;其次,叙事者总是不厌其烦地对人物或事件提出意见。比如高俅因踢了一个球而受端王赏赐,叙事者便说:"也是高俅合当发迹,时运到来。"(第35页)第3回,鲁达杀了人逃难,叙事者也要表达一下对逃难的看法,谓:"自古有几般:饥不择食,寒不择衣,慌不择路,贫不择妻。"(第105页)第4回鲁智深喝酒大闹五台山,叙事者在引了张旭的《醉歌行》之后,接着评论说:"但凡饮酒不可尽欢,常言酒能成事,酒能败事。便是小胆的吃了也胡乱做了大胆,何况性高的人。"(第136页)这类的议论只是说书人用来和读者交流用的小手段,其实意义不大,例如45回在叙述潘巧云引和尚进家门时,插入一大段对和尚的批判,托名李卓吾的评点人便批说:"不必,可删。"(第1476页)

《忠义水浒传》异于《三国志通俗演义》的另一方面,是叙事者会以"社会尺度的代言人"①自居,在评论之余,提供读者立身处世之道。例如林冲火并了王伦之后,叙事者道:"可怜王伦做了半世强人,今日死于林冲之手。正应古人言:量大福也大,机深祸亦深。"(第588页)45回潘巧云对女使迎儿说出奸情,叙事也插入一段对于"女使可用而不可多"(第1496页)的议论。正如王德威说的:"中国的说话人与其说是具体化的个人,倒不如说他代表着一种集体的社会意识。"②《忠义水浒传》的叙事者即是以此集体意识的代言人自居,在叙事的空当向读者说教。至于像第10回说到林冲的草厅被雪压坏时,叙事者介入道:"原来天理昭然,佑护善人义士,因这场大雪救了林冲的性命。"(第318页)回末的下场诗说:"正是:说时杀气侵人冷,讲处悲风透骨寒。"这样的议论,不但传达了叙事者的立场,也流露出叙事者的感情,此种感情不但可以与读者同情共感,更有助于唤起读者自身的某种感情,这种议论毋宁更具有价值。

由上述可知,《三国志通俗演义》的叙事者大致上保持"史官式"的态度,虽然会对于重要的人物提出简短的评论,但除此之外,只以征引诗文的方式来评论人物,而在诗文之后并不多做发挥。《忠义水浒传》的叙事者则保留了"说书人"的习性,喜欢随处发表议论,除了借此

① 语见王德威:《想象中国的方法—历史·小说·叙事》,第89页。

② 同上书,第85页。

与读者交流之外，也提供一些立身行事的原则，但最可贵的，还是一些能够使读者产生共鸣的议论，这些方面，是《三国志通俗演义》叙事者的评价式干预所欠缺的。

五、结论

经由上述的比较，可以得到如下的几点结论：1.《三国志通俗演义》并非刻意摆脱说书人传统，而是继承了宋人说话四家中“讲史”这一家的传统，也因此具有“史官式”叙事者的特质；《忠义水浒传》则是继承“小说”家的传统，故“说话式”叙事者的性质特别明显。

2.《忠义水浒传》能灵活运用“故事内”、“故事外”不同的叙事者交错叙事，尤其故事内的人物带有感情来说自身故事，戏剧效果较佳；《三国志通俗演义》即使在倒叙部分，亦很少采用“故事内”的叙事者叙事，在叙事者的转换上，显得比较板重。

3. 在叙事者干预方面：《忠义水浒传》出现许多“对话语的干预”，即对于叙事本身有许多说明，因此明显具有“说话情境”的特质；《三国志通俗演义》此一性质则相对薄弱。至于“对故事的干预”，首先在补充性干预方面，《三国志通俗演义》的补充多为人物或事件的背景补叙，《忠义水浒传》则除了补叙外，也有交代古迹来历的，最具特色的是“预叙”许多人物的未来结局，而《三国志通俗演义》只在结尾出现；其次在解释性干预方面，《忠义水浒传》中的解释性干预不但为阅读增添了情趣，也有助于小说情节的推展，《三国志通俗演义》在这方面较为逊色；最后在评价式干预方面，《三国志通俗演义》的叙事者虽然会对于重要的人物提出简短的评论，但除此之外，只以征引诗文的方式来评论人物，而在诗文之后并不多做发挥。《忠义水浒传》则喜欢随处发表议论，除了借此与读者交流之外，也提供一些立身行事的原则，但最可贵的，还是有一些能够使读者产生共鸣的议论，这些方面，都是《三国志通俗演义》所欠缺的。

作者单位：台湾嘉义大学

陆深的诗文观及诠释系统

朱丽霞

陆深，一代名宦，文章巨儒，是贯穿明中叶前后学术和思想的关键人物。纵览群籍，“博雅为词林之冠”①。吴履震《五茸志逸》认为自明初陶南村著《辍耕录》及《说郛》后，松江“陆祭酒俨山最称博雅”②。这种屡屡被称道的“博雅”体现于陆深对明初以来的文坛批评，其《北潭稿序》论述明初文体嬗变曰：

> 我皇朝一代之文，自太师杨文贞公士奇是始成家，一洗前人风沙浮靡之习，而以明润简洁为体、以通达政务为尚、以纪事辅经为贤。时若王文端公行俭、梁洗马用行辈式相羽翼，至刘文安公主静崛兴，又济之以该洽，然莫盛于成化、弘治之间。盖自英宗复辟，励精治功，一代之典章纪纲，粲然修举，一二儒硕若李文达公原德，岳文肃公季方复以经纶辅之，故天下大治，四裔向化，年穀屡登，一时士大夫得以优游毕力于艺文之场。若李文正公宾之、吴文定公原博、王文恪公济之，并在翰林，把握文柄，淳庞敦厚之气尽还，而纤丽奇怪之作无有也。

以颂扬的笔调描述明兴以来诗坛上台阁形成并茶陵派繁荣的过程与原因。自台阁体问世以来，明诗即已形成自己的时代特色，期间“士大夫得以优游毕力于艺文之场”，既有台阁、茶陵旧臣，宣朗发舒，盛极一时，亦有七子等文坛新俊，于是，诗歌摆脱了纤丽奇怪之风，而回归淳朴敦厚之气，至成弘而极盛。在此，陆深对整个明代文坛都作了充分肯定，并未褒此贬彼。他是站在政治的视角下分析明代文坛，却也反映了明代文坛的实际状况。陆深生当盛世，其诗文即反映了“太平天子重斯文”③的太平景象。他与李东阳、顾清等茶陵诗人交往甚密，何良俊《四友斋丛说》即将陆深划归茶陵一派，“李西涯在弘正间，主张风雅，一时名士如邵宝、储柴墟、汪石滩、钱鹤滩、顾东江、陆俨山、何燕泉，皆出其门”。事实上，陆深并非严格意义上的茶陵派，只是颂世文章与茶陵志同道合。陆深与七子生当同时，他与七子交往更多，其《俨山集》中，随时可见与“七子”相互赠答酬和的诗文，但他始终保持着自己的风格。陆树声《陆文裕公行远集序》谓陆深“出当弘治、正德间，方海内兴文章，士之游中朝称艺文者数家，公（陆深）始以藻学雄盖东南，出而与之并驱一时”。

---

① 钱谦益《列朝诗集小传·丙集》“陆詹事深”，第278页，北京：中华书局，1959年。

② 吴履震《五茸志逸》卷一，《四库未收辑刊·子·第10辑》（第12册）。

③ 陆深《乐府》“圣驾临雍词”，《俨山集》卷二十一。

二

台阁诗由朝廷大臣所主持，这是直接由盛朝开国所带来的精神产品。台阁诗从来就不是一个完整的统一体，但它却具有惊人的牢固性、统一性，亦有持续的文学标准，以唐为宗，以“清新富丽”作为诗学规范，春容祥赡，和平典雅。因而杨士奇《玉雪斋诗集序》称台阁作者所宗唐诗为“以其和平易直之心而为治世之音”，而非常人所言自陈子昂到李杜以风雅为宗的唐音。由此，富丽典雅的颂世诗风成为永乐以后主宰文坛的主要潮流。

台阁诗文回避社会矛盾，规避诗人个性，收敛自我真实的思想。作为朝廷倚重的大臣来说，弘扬朝政业绩，尽显皇恩沛德，固然有重要的社会教育意义，但是文学终究有自己的特殊性。而台阁体诗文往往缺少诗人的“内心情感”，用一种圆熟的诗歌技巧，阐发深刻的道德和文化意义。正似老僧念经，无数次地重复着一个枯燥单调而毫无意义的词语。沈德潜《明诗别裁集》云：“永乐以还，尚台阁体，诸大老倡之，众人靡然和之，相习成风，而真诗渐亡矣。”廖可斌先生《论台阁体》中云：“所谓‘台阁体’的繁荣，乃是在文学的悲剧时代，在无数文学家的祭坛前，被迫上演的一出贫乏苍白、丝毫不能提起人们兴致的闹剧。”[①]这可谓对台阁体恰切的定位。尽管台阁体问世证明了明诗自我特色的形成，而且在明初诗坛风行近一个世纪之久，但朴厚典易，“师无异道，士无异学，程朱之书立于掌故，称大一统”（董其昌《合刻罗文庄公集序》）的道德说教使人昏昏欲睡，而且缺少富有激情的感染力，没有谁能够有耐心阅读它。即使是今天，学术界除了少数不畏枯燥的学者有耐心耕耘这块文学的荒漠外，台阁体再也难以引起多数学者研究的兴趣。而在其当时，茶陵诗人就已开始了对台阁的冷静反驳，虽未能最终摆脱台阁影响，却为后来的诗学发展探索出了“唐诗典范”的新路径。更为重要的是，由于台阁诗的过于理性和四平八稳的诗风，近一个世纪的漫长岁月使得诗坛变得麻木呆滞，缺少生机，因而廖可斌先生说台阁体风靡的时代即是文学的悲剧时代。如果说台阁体尚有一丝价值和积极意义的话，那就是给后来登场的文人留下了可以纵横驰骋的宽广的空间。复古从孔子的时代即已开始，而且中国的古代文学一直就是在复古的希望中发展的。茶陵派诗人虽然也意识到了盛唐的传统，但是并未能确定为一种新的诗学范式，而是主要保留了台阁的因素。茶陵派处于由台阁到七子对古代标准的复兴之间的那段“颓靡”的历史时期。茶陵派养育了复兴盛唐的激进思想，却未能意识到盛唐诗具有可以模仿的审美价值。

复古的改革热情至成弘之际被“上右文兴治”的宽松的政治环境激发起来，以七子为中心的文学复古运动在弘治朝蔚为壮观，文坛迅速地从过去台阁、茶陵的经验中发现了“盛唐”和李杜，并使得盛唐成为此后明代诗史永远仰望的中心。于是，复古成为诗坛的时代精神，时文之变为师古，文宗秦汉，诗法盛唐成为诗坛普遍的呼声。顾璘热衷于评点，李梦阳热衷于创造新唐诗，而陆深则热衷于出版古籍。北京著名刻书家汪谅乘此运会重刊《唐音》。《唐音》系元代杨士弘积十年之功所辑的唐诗经典，无论是从唐诗初、盛、晚的分期还是从“始音”、“正音”、“遗响”的格律归类，《唐音》都具有开拓性的意义。它上承严羽《沧浪诗话》的诗学理论，下启高棅的《唐诗品汇》的思想和体例，修正了宋元以来鼓吹中晚唐的诗风而开明人

---

① 廖可斌《诗稗鳞爪》，第 99 页，杭州：浙江大学出版社，1999 年。

崇扬盛唐的先河，标志着唐诗研究由宋至明的转变和过渡，在明代极受欢迎。明初以来，该书不断地被翻刻。刻书家汪谅及时回应诗坛所需，付梓重刻《唐音》，与众版本芬芳争艳。为扩大影响，打开销路，汪谅特请名儒陆深为之撰序。陆深亦欣然应允，其《重刻唐音序》论及该选的标准和意义曰："襄城杨伯谦，审于声律，其选唐诸诗，体裁辩而义例严，可谓勒成一家矣，惟李杜二作不在兹选。昔人谓其有深意哉！……独于初唐之诗，无正音，而所谓正音者，晚唐之诗在焉。又所谓遗响者，则唐一代之诗咸在焉。岂亦有深意哉！"《唐音》旨在确立学唐的典范，严于格律，以盛唐为宗，却不选李杜，这是至今也未能完全了然的学术谜案。陆深则认为杨士弘此举必有其"深意"，惜乎未能进而探索其"深意"所在。施蛰存《唐诗百话》认为，李杜诗篇量多而质精，通常选诗者，欲从二人诗集中选几首代表作，已非易事，至杨士弘选《唐音》，"干脆不收李白、杜甫和韩愈的诗。他的理由是'李、杜、韩诗，世多全集，故不及录'。这是掩饰之词。王维、白居易、李贺等人的全集，并未亡失，为什么都有选录呢？其真正的理由，首先是宋元时人以李、杜、韩为唐诗中杰出的三大家。他们地位高了，不可与其他诗人平列。另外一个理由是感到不容易选，故索性不选"。无论如何，李杜于明代诗坛影响最大的《唐音》毕竟落选了。无论选者的寄意何在，其意义并不重要。重要的是《唐音》以其独特的选诗体例，第一次以选本的形式确立了"盛唐之音"的审美风范，成为明代唐诗学的重要源头，是宗唐派唐诗学的早期范本。

李杜代表了中国古代诗歌的最高成就。陆深《跋张碧溪诗》云："唐学之盛终三百年，李杜两人而止尔。""诗之作，工体制者乏宽裕之风，务气格者少温润之气。盖自李杜以来，诗人鲜兼之矣。"①尤其是杜甫，自从韩愈开始对他的推扬，整个中唐的诗坛回响着杜甫的声音。美国汉学家宇文所安《盛唐诗》论及杜甫的诗史地位时即云："整个九世纪都在持续不断地提及杜甫或利用杜甫。到了北宋，杜甫已获得在中国古代诗歌中普遍承认的杰出地位，并一直保持至今。"②明代的诗坛复古，一定程度上说，就是恢复杜诗的精神。基于《唐音》罢选李杜，杜诗选刻随后成为明中期诗坛的新潮流，"杜学盛行，而刻杜者亦数家"（陆深《重刻杜诗序》），杜甫逐渐从宗唐的呼声中浮出水面。

陆深是江南著名的藏书家，有《江东藏书目录》。他藏有许多宋元珍本，其为宦踪迹所至，搜访典籍成为其重要的自我命定的职责。而且，其在松江的私家园林内修建了宏伟的藏书楼——俨山堂。在如火如荼的唐风盛行之际，为了进一步普及杜诗，扩大杜诗的影响，陆深将自己所珍藏的宋版《千家注杜》交与徽州书商汪谅刊刻，并亲为撰序。其《重刻杜诗序》：

> 余所蓄《千家注》者，于杜事为备。间付汪谅氏重翻之。以与学杜者共诵其诗，读其书，且以论其世也。

此外，陆深亲自编辑《唐诗绝句选》。其《序》记其嘉靖十六年(1537)远赴川蜀，途中从随身所带的唐诗选中"裁取若干首，欲为一编，若辅二书而行者，亦犹经之诗也。……是编也，安知非予之鼓吹耶"，明言辑是编的目的在于鼓吹唐诗。

推扬盛唐，推扬李杜的同时，陆深编辑《诗准》以为"诗学之准则"。《诗准序》：

---

① 陆深《澹轩集序》，《俨山集》卷四十八。

② 〔美〕宇文所安《盛唐诗》，第246页，北京：三联书店，2004年。

> 夫诗以三百篇为经，三百篇，四言诗之祖也。前乎三百篇，有逸出焉，后乎三百篇，有嗣响焉。犹诗也。予每欲因经采录，以为诗学之准则。顾寡陋未能也。嘉靖乙未入蜀，明年夏，始得蚕丛国诗一篇，继又获见石鼓诗全文十篇，乃编为三卷，各著所由，于每篇之下而诗之源委，流别亦略可识云。凡若干篇，总之曰《诗準》。

陆深认为，在前代诗史中，能够作为后世标准的诗三百之外，汉魏诗也堪为典范。萧默林"诗渊源于魏晋，而涵濡于唐人之风者甚深。故其所就亦非世所得而抑扬也"(《默林续稿序》)。由此，陆深又编选四言《汉魏诗》作为推广《诗准》的辅翼：

> 四言之制，弊于东都，几为毛诗抄集矣。独曹氏父子以豪雄之才，起而一新之，差强人意。而孟德尤工，犹恨鹿鸣之句尚循旧辙，余选汉诗以魏武终焉。(《跋汉魏四言诗》)

在明中期文学复古的潮流中，陆深以亲自编辑出版《诗经》准的，汉魏精华，以作为鼓吹，最终回归到标举盛唐之路。陆深虽然没有像顾璘等文学大臣对唐诗作细致评点，但他热衷于出版唐诗的行为说明，明代中后期声势浩大的文坛复古运动绝非一二文人领袖之功，而是大批有共同诗学倾向的人不懈努力的结果。

同时，在七子诗风狂飙之时，陆深亦未随波逐流。虽然与七子共举盛唐旗纛，但对于七子专力模仿，陆深则未以苟同。所以，四库大臣评陆深诗即曰："当正、嘉之间，七子之派盛行而独以和平典雅为宗，毅然不失其故步，盖亦可谓有守者矣。"(《四库总目提要》)

二

《钦定四库全书·俨山集提要》谓陆深诗文成就曰："篇章繁富，而大抵根柢学问，切近事理，非徒斗靡夸多。"所言基于陆深与七子的不同。陆深同时处于保留台阁诗风的茶陵派与倡导新诗的七子之间：他既按照台阁体以来所规范的创作要求，又超越了这些规则。在七子彪炳诗坛的成化、弘治时期，只有陆深是个值得注意的例外。

文学观方面，陆深坚持诗文有别。《四库提要》言陆深"有守"，其所"守"的即其诗文的儒道传统。终生持守文以载道，陆深主张文章当经世致用，徐阶《陆文裕公全集序》论陆深"文以通达政务为尚，以纪事辅经为贤"，作一个孔子儒道的忠实守护者。台阁作家"明义理、切世用"作为论学宗旨。坚持儒学治教的陆深在诗文与政治的关系方面完全认同台阁之论，认为"文之用广矣大矣。……古昔圣人以此经纬天地、纪纲人伦、化成海内，贻泽万世"①。陆深认为："文章、政事本出于一。文章之可施行者即谓之政事，政事之有条理者即谓之文章。"②其旨意在于："经世"为文章最高境界。陆深认为"学与政通，学所以为学，政也"③，"大凡讲学须明经，明经以经世为大"(《江西家书》第十一)，强调"学则以致用为实际"④。在为友人隐士郑宜简所画《三松图》的题词中，陆深谓郑画所寄予的抱负"可资经济之用"。绘画本属纯艺术的消遣之事，但陆深却能从作者郑子绘画技法的精妙看出其非凡之处，文章经世致用的根

① 徐阶《陆文裕公全集原序》，陆深《陆文裕公行远集》卷首，《四库全书存目丛书·集部》第59册。

② 陆深《北潭稿序》，《俨山集》卷四十。

③ 陆深《大益书院记》，《俨山集》卷五十二。

④ 陆深《送叶白石学谕令邵武序》，《俨山集》卷三十七。

本在于胸怀天下。

而在诗学上，陆深否定宋代理气诗。其《重刻唐音序》云："宋人宗义理而略性情，其于声律尤为末义，故一代之作每每不尽同于唐人。至于宋晚，而诗之弊遂极矣。"其《跋张碧溪诗》云："宋虽谓之无诗人，可也。"陆深认为，由于宋人重义理而略性情，拙劣得不忍卒读，故至晚宋，诗歌走向了衰亡，中国诗史于此血脉断绝。陆深之所以认为宋诗完全可以略而不计，即因为诗本抒情文体，与道德文章不同。而宋人混淆了文章与诗歌的功能。伴随对宋诗的彻底否定，陆深对风靡诗坛的七子诗亦批评多于认同。

在七子扬帜盛唐之际，久亦厌倦台阁酸腐的诗人们以渴慕的目光回瞻盛唐，将其看成一个伴随文学鼎盛的社会的鼎盛时代。而文学鼎盛就是以李杜为标志的盛唐诗人所铸造的，其最有价值的特点就是文学的激情与真实。七子诗接续了盛唐的风格却放弃了盛唐的求真精神。在明代中后期的诗歌历程中，尽管也遭遇了心学的冲击而先后起落跌宕，但盛唐传统一直持续了近一个世纪之久。鼎盛的同时就是衰落的开始。七子诗风处处飞扬，盛唐传统成为中后期明诗的主流，变成了取用、模仿或重新组合的风格。模仿痕迹太过明显，因专注于词句的形似而忽略了诗人自我的性情，结果假唐诗铺天盖地。于是，盛唐神话于焉诞生。

七子诗风的形成即在于对杜诗的反复模拟，始终坚持诗歌的本体立场。李梦阳将文学作为一门独立的艺术，表现在内容方面，即文学并非道统的传播器，表现在形式方面，强调诗歌的"法式"与"格调"，这是对台阁传统的彻底颠覆。七子诗以激情和力量席卷诗坛，但同时，七子也流露了过度模拟的明显的弊端。七子主张"文章家非周秦不谈，非西京不谈，然骋宏博者唯从靡是务，而精确醇驳，无所抉择。往往蛟螾混处，而雅正之互鸣也。慕古奥者则刻削，锻练务极，艰涩棘喉，滞吻若梵呗然，殆不可句，而大雅之风泯矣"（唐锦《陆文裕公行远集序》）。一定程度上说，陆深的推崇唐音即是复古潮流的自然呼应，也是针对七子的模拟与假造。在诗坛普遍七子诗风风靡之际，陆深不为"盛唐潮流"所主宰。他面对的是整整一代的诗歌天才和诗歌声望，他通过写序，通信等方式，揭示七子的弊端。《李世卿文集序》云："至成化、弘治间，宣朗发舒，盛极矣。然要而论之，盖有两端：以雕刻锻炼为能者，乏雄深雅健之气；以道意成章为快者，无修辞顿挫之功。"即指出了七子诗风的偏狭——过于雕炼而缺少性情。《与郁直斋七首》（其二）亦云："方今诗人辈出，极一代之盛，大抵古宗选，律宗杜，可谓门庭正、机轴工矣。惜乎过于摹拟，颇伤气骨。"《与郁直斋七首》（其三）"今世无文章，但有减字换字法耳。"对七子摹拟流露谴责之意。这说明，陆深虽然与七子同代，并与七子为友，但其诗学观与七子并不完全一致，诗中过度的雕饰藻绘，必影响其感情的抒发。在同为尊古的前提下，陆深反对摹拟。陆深所反对的正是七子所固守的。其《南山野唱后序》："夫古人之诗务得性情，不假雕刻而后工。后世藻绘胜而法禁密矣，其于古道何如也！"

诗坛繁荣的景象下隐含着潜在的危机，太多精致的人工制品很快成为文学传统沉重的负担。面对文学的再度失落，陆深感到有责任改变诗坛状况。他先后编辑不同的古诗经典选集，包括《重刻杜诗》和亲定《诗准》、《唐绝句选》等，试图创造一种新的诗歌语言，以适合诗歌的道德主题。他的目的是让人们了解真正成为经典的古诗，不仅与人伦道德相关，而且一定是抒发自我胸臆。其《诗准序》：

> 夫民之有心，天下古今之所同也。感而为情，则不能以不异。故诗也者缘情而有声

者也。声比律而成乐，乐足以感物而圣人录之于经，故诗可经也，而经非尽于诗也，故曰诗之祖也。乃汇而序之以俟君子。

陆深亲自确定"诗之准的"，乃是因为《诗经》情真。他在许多为友人诗集所作的序言中反复申述性情的重要：

古人之诗，务得性情，不假雕刻而后工。后世藻绘胜而法禁密矣，其于古道何如也。(《南山野唱后序》)

三百篇多出于委巷与女妇之口，其人初未尝学其辞旨，顾足为后世经，何则？出于情故也。诗出于情，而体制气格在所后矣，此诗之本也。(《澹轩集序》)

凡人之情，托物而后喻者，至情也。昔屈原之作《离骚》也，悲宗国、悼故君，其情可谓至矣。顾其词之所指，品香草、目佳禽，抑又缓焉，是故其词愈缓，其引类愈疏，而其情愈至。故不独当时悲之，千万世而下，闻其声，无有不悲者。(《思萱诗卷引》)

韩愈文章、杜甫诗歌，之所以动人深切，即在于他们的强烈的忧患意识，忠君怀国作为自己的生命职责，这种强烈的责任感一直在鼓荡者他们，成为他们诗文性情的缘由。文学之感动人永远在于其真实的感情。子美诗之所以顿挫而激昂，即在于其"衰乐之所寓，尤为不远于情性"。"情"乃诗之源。陆深诗并无浮靡之习，而有盛唐雄壮之气。七子论诗多在体制、气格方面习法唐诗而忽略性情之真。康熙六十一年(1722)上海曹一世为陆深诗文集所撰序中引用陆深《与郁直斋书》直接批评七子之所言曰："诗贵性情，要从胸次流出。近时李献吉、何仲默姑论其近体似落人格套，虽谓之拟作亦可。""近有作者绳趋尺步于一字一句，曰吾学班马，吾学韩柳。作者果如是乎？"[①]七子诗的关注点集中于作品；陆深强调诗人作诗的自我性情，"文字当各写胸次，落笔成家如江河之润、日月之明乃可传后"(曹一世《陆文裕公行远集序》)。陆深的关注点集中于诗歌主体。他的真诗概念，在于从作者人格出发，透过作品内容，最后落实于诗歌风格的独创性。基于性情论的标准，陆深评价友人诗：谓张威诗为"唐人之格律而碧溪之性情"，认为顾九和诗"有晋唐风韵"[②]。但是作为诗史总体，则未能如上述张威、顾九和诗遵循古道。

盛唐诗的魅力即在于诗人能够充分自由地发挥个性才能，因为自由，才能毫无拘束地倾吐真情。台阁体也拥有统一的诗歌标准，但这样标准过度僵化，限制了诗歌的特性，诗人为那些严格的修饰法则所束缚，几乎所有的诗人写作诗歌时都会有意识地克制自我。所谓的诗坛权威，其实是虚拟的幻想。而作为台阁的反动的七子诗，狂飙般的诗情其实也是虚拟的情感。陆深则重视自我的真实触动。《重刻杜诗序》：

若夫子美沉郁顿挫之辞，忠义激昂之气，或因于所遇而霖雨经纶之思，唐虞稷契之志，至于一饭而不忘。后百世而习之，犹足以追想其冲襟雅韵，愿起而从之游，是其衰乐之所寓尤为不远于情性者，此或诗人之所未讲也。

杜诗内容如此丰富阔大，乃是因为能写情写到了天性与事理之际。《碧溪诗集序》中言张子威诗为"唐人之格律，而碧溪子之性情也"。

① 以上皆见曹一世《陆文裕公行远集序》，陆深《陆文裕公行远集》卷首。

② 陆深《跋顾九和宫谕海棠诗》，《俨山集》卷八十九。

明代文学批评中，较早地将情提到首位的学者，是前七子中李梦阳。李梦阳长陆深五岁，但仍属同代人，对以后文学批评中情感论的发展具有极大影响。这些都体现在他的创作之中，读其诗，我们都能够感觉到他那颗忧时的心。《新乡道中》："望国还乡路，南人北客心。"全诗歌贯穿了对帝京的无限留恋与依依不舍，也说明他对自己政治才能的高度自信。反映土木之变的《节妇歌》："折钗分镜甘独守，寒影遗孤成左右。"即叙述正统十四年(1449)，明英宗亲率五十万大军与蒙古瓦剌战于土木堡。明军全军覆没，英宗被俘，史称土木之变。诗歌刻画了守贞以助忠臣的节妇形象：夫婿随军出征，当战败的消息传来，妻子悲痛欲绝，决心独守以抚养遗孤，希望死者的战功能为无依无靠的孤儿带来幸运与荣耀。在中国古代，诗歌从没有被视为纯正的"艺术"，孔子确定的诗歌的功能即"兴观群怨"，写诗以备统治者采风，自一开始就伴随着政治的意图。因此，中国的古代诗歌，往往和具体的事件联系在一起，叙述一个完整的故事，或者描述一个故事的细节，与表现诗人内在性情或持久的文化法则的诗歌观念联系在一起。这一特色突出地体现于盛唐诗中。陆深的诗歌也重在讲述一个个动人的故事和情节。

嘉靖四年(1525)，陆深49岁，每怀丘壑之意。八月，弟顾世安、姚时望、孙则夫把酒赏花赋《玉舜》诗十八首。友人钱国辅为之作《俨山玉舜图》，陆深赋《玉舜图序》云："昔《离骚》草木多以自况，芳臭劲脆，灵均盖三致志云。百世而下，览其物者未尝不为屈子增悲焉。何则？物因势殊，情随事感，古今同然。此人心也。"此后，"日日诗筒走传车"(《再叠答诸贤和章》)，先后共有众人和作共47首之多，《玉舜》诗中寄托了诗人各自的心志。所以当陆深读陈仲鲁所作《玉舜》后，因"悲其志焉"而再题和作。他们从木槿的朝荣夕瘁中看到了"诗人之志"，从白色木槿的洁白无瑕看到了诗人的如冰之节，于是屡唱屡和，将各自的人生感怀浸入其中。嘉靖十六年(1537)，陆深61岁时赴召出蜀升光禄卿。下三峡，道荆襄，观河山巨丽，时歌古诗以慰羁旅之怀。其所写皆为绝句，归而汇集拣择，辑为一编，取名《唐诗绝句》。他定名唐诗的原因，在于证明他的诗即兴抒写，情不能已于山川风景，同时也说明对于唐诗的那份倾慕心理。而更令人感到奇怪的是，将自己的诗集定名唐诗，这在明代文人中实属罕见的一种文化行为。

值得注意的是，陆深强调的真情虽然不同于七子的造情，与其后屠隆、汤显祖所倡导的情亦不一致。陆深多重诗情仍遵循传统的儒家诗论，他的真情观永远包含着对王朝的绝对忠诚。而屠隆等所遵之情已经超越了儒家之情，转化为对人性之情的重视。在审美思潮已经倾向于七子的时代，陆深固守台阁诗论，说明他希望通过自己的努力寻找台阁理性与七子才性之间的平衡，他试图建立一种新的文章标准，树立一种新的文章权威。陆深这一创造包含儒家文化价值观的有力诗歌的目标，直到终明之世都没有看到希望，相反，诗坛却是七子诗风的起伏波荡。

陆深是明中期最有影响的学者和思想家之一，始终是封建道统的护卫者。一生致力于经世之学，他的全部著述均贯注著通变致用的洞识和天下为怀的淑世情怀。这种卓识和胸襟成就了陆深学术的博大气象。置身于繁荣兴旺的太平盛事，他的敏锐、警觉和实学精神难能可贵。这种求实的学术取向，决定了他对文学的独特理解。在姚江盛谈良知，北地矜言复古，而士大夫靡然从之的思想潮流中，陆深独能心知其非是，微言绪论，时所指斥。他振兴文化的努力和实践在一定程度上被赋予了历史的价值和意义，莫如忠就称陆深诗文"雄视一世"①。

陆深的文体观对于明代诗学史具有多方面的开创意义。陆深诗学既是明中期特定文化语境的产物,同时又有鲜明的学术个性。他的"文代有变"的大文学史观代表了当时文士群体的价值取向;他对性情诗的重视从三个层面赋予明中期诗坛这一主流意识以道德的内涵;他以发展的眼光审视诗史的演变建构了自己的诗学体系,由此开启了明代诗学的经世学风。这多方面的贡献确立了陆深在明中期诗学中的独特意义和在明代诗学史上的重要席位。

作者单位:上海财经大学

① 莫如忠《蒹葭堂集叙》,陆楫《蒹葭堂稿》,《续修四库全书·集部》第1354册。

从诗学到曲学:陈铎与明中期文学复古思潮的滥觞[①]

李舜华

迄今为止,有关明代文学史的大量研究几乎都是在讨论李梦阳复古运动的基础上,以诗文为核心,具体考察中晚明文学的嬗变历程。不过,相关研究仍然难以解决一个基本问题,那就是,为什么某一种特定的文学形态会在某一特定时期出现?为什么明代的文学复兴始于诗文,最终却是小说戏曲大呈异彩?个中原因自然极为复杂。但一个不容置疑的事实是,肇始于前七子、以诗文为核心的这一场文学复古运动,其兴起与嬗变,始终与当时整个文学格局、甚至整个经史子集的学术变迁互为表里。因此,从精神史的角度切入,无疑更有利于整体把握时代的脉动。笔者在《礼乐与明前中期演剧》一书中,试图用"师道复兴"这一概念,来涵摄复古运动的兴起以及后来文学领域的一系列变化,从而指出:第一,随着成化以来士大夫师道精神的渐次复苏,弘治末正德初,在北方,以李梦阳、何景明为首,以反台阁文学为职志的复古运动首先在诗文领域迅速飙起,一代士林精神从此走向一场空前的裂变[②]。第二,从诗学转向曲学,由北曲折向南曲,正是这一复古思潮嬗变的必然。换言之,戏曲领域继诗文之后,也卷入了这一场声势浩大的复古运动。第三,这一戏曲领域的复古运动,率先以北曲为标帜,并通过康海、王九思、李开先的推演进一步通向晚明演剧(以南曲为代表)的繁荣,相应是性灵思潮的勃发。第四,自明中期文学的复古,到晚季性灵思潮的泛滥,这一过程实与经学领域复古乐思潮(表现于文学领域中则为诸家对诗乐观念的重新阐释)之嬗变相表里,并隐括了师道精神自高涨至消解的整个过程。尚需指出的是,明中期的复古乐思潮实际包含了两个重要的理论问题:一是雅俗之争,二是南北之争。前者直接涉及古乐与今乐的争执,它不仅表明复古(乐)思潮兴起及消解的必然性,同时也隐含了复古思潮中诸文体由雅至俗(由诗而词而曲,由北曲至南曲)依次嬗变的必然性。后者则直接涉及复古(乐)思潮在文化溯源时的地域认同。同时,南北对峙、南北会通及重心南移都是中晚明文学复兴中极为突出的现象。所谓雅俗嬗变正是以此南北嬗变为前提的。

陈铎(1448?—1507)的意义因此而浮现。正统四年(1439),一代曲学家朱有燉弃世,永

---

① 该文已发表于《文学遗产》2013年第1期,其注释偶有删减。本文的撰写始于三年前,原为2009年南京会议宣读稿《陈铎生平及其文学复古思想发微》一部分,后来将生平家世考一节抽出,重新扩充而成。相应,对陈铎的家世也有新的发现,已另行成文,待发表。

② 廖可斌《明代文学复古运动》一书认为李、何复古运动真正开始于弘治末,此前尚覆于茶陵派羽翼之下。上海古籍出版社,1994年,第67页。

宣时期曾一度繁荣的教坊演剧从此走向了沉寂[①]。直到成弘间,曲坛方渐有萌动的迹象,而陈铎无疑是这一风气变迁的先知先觉者。不过,陈铎的意义绝不仅仅止于曲学一域。早在《明史·文苑传》中即曾明确指出,明中期的南京文坛,自徐霖、陈铎、金琮、谢璇辈"谈艺正德"时,方稍稍振起。《明史》所述,显然是将南京文坛的复兴置于整个复古运动的背景之中,故特别标明"谈艺正德"四字,然而对陈铎来说,这一概括显然有误。陈氏少年得名,正德二年已卒;因此,其优游艺苑不仅早于徐霖辈,也应早于李梦阳[②]。确切地说,在李梦阳之前,留都南京的陈铎,便开始以山林的身份,毕生致力于诗词曲的创作:其诗宗盛唐,词法北宋,曲尚金元。陈氏如此积极地以复古自任,其意义恐怕已不仅仅是个人的行为,正不妨视为南京甚至吴越一带文学复古思潮的滥觞,陈氏也因此成为我们透视整个明代复古思潮南北嬗变的标志性人物。何况陈铎尽管诗名不彰,其词名与曲名却影响深远,实开晚明一代风气。有鉴于此,我们不得不重新思考明代中期整个文坛的深刻变化。

可以说,陈氏的文学主张及其实践,已经触及重构中晚明文学复兴的三个关键问题:其一,南北嬗变。陈铎之存在,在中晚明文学复兴的地域格局中,彰显了南方、尤其是留都南京的意义。具体而言,则凸显了明代中期以南京教坊为中心,南北曲再次交融,南曲并由此而日渐繁兴的过程。当然,这一南北问题不仅指向现实中的地域分布,更指向学术渊源的地域认同。其二,台阁与山林。这一命题自宋濂以来即特别拈出,用以概括元末明初文学的嬗变。明中期的复古思潮,以反台阁文学为职志,其鼓吹者如前七子等人皆居郎署,所谓自台阁至郎署至山林,也正是考察中晚明文学嬗变的重要径路。其三,文体的雅俗嬗变。这一雅俗嬗变,意指由诗而词而曲,复由曲(乐府)而杂剧而传奇的过程。明代文学复古思潮实肇始于诗文,借径于词曲,而终结硕果于传奇小说。如果说,前七子中康海、王九思折而入曲,已显示了从诗学到曲学(北曲)的嬗变;那么,陈铎的意义进一步突出了介于诗学与曲学之间的环节——词学,同时突出了曲学发展的新趋势——即南北曲交融下南曲的复兴。遗憾的是,长期以来,在单线条的文学史书写中,明代诗学与曲学的逻辑关联始终被忽略,词学益微;而有关曲史的撰写,也首重传奇,次为杂剧,再次为散曲,陈铎只是作为较有代表性的散曲家之一稍作勾画。也就是说,即便是陈铎的曲学史意义也未得到应有的认可,更遑论其文学史意义。南与北、雅与俗、台阁与山林……正是由于这种种因素的不断被遮蔽,可以说,中晚明文学复古思潮的嬗变轨迹及其原因仍处于晦暗之中。

一、诗宗盛唐

早在年轻时,陈铎作诗就有意取径元人,以复盛唐之音,故为卞荣所称许,而成化间

---

① 笔者视洪武末至正统初年为明代官方曲学(或称台阁曲学)一统时期,代表人物为朱权与朱有燉。以洪武末为始,其标志为朱元璋礼乐制度的初告完成;以正统初为终结,其标志有二,一是正统三年大放乐工,二是正统四年朱有燉之死。朱权卒于正统十四年,时间虽略晚于此,然而,朱氏在曲学上主要贡献为《太和正音谱》,此书实作于洪武永乐之时,因此,与台阁曲学衰于正统初并无根本冲突。参李舜华《礼乐与明前中期演剧》,上海古籍出版社,2006年,第31—35页。

② 李开先《西野春游词序》曾明确提及陈氏卒于正德丁卯年(1507),然而,长期以来,有关陈铎的生卒年却不甚明了,近年甚至有主张嘉靖说者,大约肇始于李昌集,而以张仲谋为代表,不过,二书均未做详细考订。参《李昌集《中国散曲史》,华东师范大学出版社1991年版,第653页。张仲谋《明词史》,人民文学出版社,2002年,第152页。

陈铎绍继卞荣，欲复古歌诗以涵泳性情，正可视为当时士气渐次发抒、复古思潮亦渐次兴起的重要表征之一。

陈铎，字大声，睢宁伯陈政孙，世袭南京济川卫指挥。所撰诗稿主要有《秋碧轩集》、《香月亭集》。另有《雪秀亭稿》一种，可能也是诗集。有记载并云陈氏少年时期著有《西岩漫稿》、《聊倡录》、《早闲堂诗》等。陈铎诗稿均已佚失，惟若干诗歌见存于后人选集中，如《列朝诗集》、《明诗综》、《御选明诗》等。

钱谦益为陈铎作传时，曾云："成化中，江阴卞华伯叙其'香月亭诗'，以为用意和平，不务雕刻，深入虞、杨、范、揭之阃奥，而渐登盛唐作者之阶梯。"又云："广陵张佐曰：'大声屏纨绮之习，耽于吟咏，其于经传子史，百家九流，莫不贯穿。尝见《可斋乐府》，有甲乙交叉之句，出于珞琭子《消息赋》，非但求为押韵，而拾此成语，贯之词意，不加雕琢，非所蕴博，能尔哉。'"[①]陈铎以曲著名，而钱谦益却盛称其能诗，卞荣更指出陈铎有意复古。成化中，陈铎尚在少年，其曲作每多抑郁不平之气，集名"寄傲"可知，而其诗卞氏却誉为"用意和平、不务雕刻"；张氏又盛称其博学，虽说贯穿经史而不见痕迹，但与陈氏寄情于曲、并以当行著称似乎仍然有别。那么，陈铎如此刻意为诗，或者说，卞氏如此寄望，其意何在呢？

联系元明以来的诗学，陈铎的复古主张实际包括两个内涵，一是推崇盛世之音，二是推崇元音（声）。虞（集）、杨（载）、范（梈）、揭（傒斯）均为元代延佑、天历间大家，昔人以为能"赫然鸣其治平"、"推一代之极盛"[②]；卞荣明确指出陈铎取径四大家，以复盛唐，其意显然都在"盛世"二字上。那么，什么是盛世之音呢？"其辞平和而意深长者，大抵皆盛世之音也"，虞集此处仅云"平和"二字，似专指风格而言[③]；卞氏所云"用意和平，不务雕刻"八字却用意甚深，其意大要在于主张自然之音（"不务雕刻"），然而所谓"自然之音"并非脱口可得者，特与"用意和平"并提，盖直指极富理学色彩的"元声（音）"。成化元年朱镛序《卞郎中诗集》开篇即道："诗岂易乎哉。原于性情，扩之问学，协之声律，具自然之音，发悠然之趣，涵有余不尽之微意，可以感人心而成治道，其要如此，邵子所谓删《诗》无诗，岂虚言哉。"这一段话正是对"用意和平，不务雕刻"八字最好的解读，由此可知，卞荣等人对元音（自然之音）的推崇显然是以乐教为旨归的。称"原于性情"、"协于声律"，其旨便在假音乐以导性情，归于和平中正，以如此之性情，所自然流露之诗歌，方谓之得天地元音，方是盛世之音。而特拈出"问学"以为中介，亦在于修身养性，以涵咏古人为上，待付之言辞，更能贯穿经史，不留痕迹。其次，至于所成之音，则推崇其辞平和，其趣悠然，而其意深长，朱氏于自然之音、不尽之意外，更添一"趣"字，则已渐进诗人之境，而非道学之境矣。此外，这一以涵养天地之心为前提的"元音"说，也隐含了各鸣天籁，各得天机的意思，所谓"有其人有其诗"[④]，如此看来，所谓删《诗》无诗，便颇有微意了。

---

① 〔明〕钱谦益《列朝诗集小传》丙集"陈挥使铎"，上海古籍出版社1959年版，第351—352页。张氏所说《可斋乐府》，或即陈氏曲集《可雪斋稿》，然谢伯阳编《全明散曲》（齐鲁书社，1994年）中所录陈氏曲并不见"甲乙交叉"句。

② 〔清〕顾嗣立《寒厅诗话》道："（元）延佑、天历之间，风气日开，赫然鸣其治平者，有虞、杨、范、揭，一以唐为宗，而趋于雅，推一代之极盛"。收入王夫之等撰《清诗话》，上海古籍出版社，1999年，第83—84页。类似观点可参虞集《傅与砺诗集序》，《虞集全集》，王颋点校，天津古籍出版社，2007年，第590页。

③ 〔元〕虞集《李仲渊诗稿序》，同上，第569页。

④ 〔明〕卞荣《卞郎中诗集》朱镛序、夏时正序。四库存目影印成化十六年吴鋋刻本。

初看卞、陈诗学,其鼓吹盛唐之音,以雅正为尚,似乎也颇有永宣间台阁遗风,譬如杨士奇本人即曾明确鼓吹,"以其和平易直之心,发而为治世之音,则未有加于唐贞观、开元之际也"[①]。而"用意和平、不务雕刻"、"协于声律"、"扩于问学"、"一归于性情之正",这种种议论自两宋以来、尤其是邵雍以来也都有脉络可寻,似乎难免"崇道"的嫌疑。然而,与台阁体的粉饰太平不同,不满于现实中的古乐沦亡,试图以"元音说"为根本,由此回复"盛唐之音",这一复古主张在成化间以如此精赅的方式提出,本身却有着标志性的意义,它表征着当时整个士林精神开始卷入一场深刻的变动。此后复古乐思潮大炽,文人士夫或慨叹元声失据、古乐不传,或以为古乐虽亡而天地之元声、人心之元韵则未尝亡;因此,对元声的考求此起彼伏,几乎席卷了整个经学、理学与文学领域[②]。

卞荣(1419—1487),字华伯,号兰堂。正统十年(1445)进士,官户部郎中。景泰间即以诗驰名中外,退居林下近三十年,益肆力为诗,时以为近世擅吴越名者,独江阴卞华伯一人。稍晚,李东阳继起,始对卞氏颇有微词,以为盛名之下其实难副;及前后七子接踵而出,卞荣的意义也便日益湮没。诸家提及,则多举东阳所论,称卞氏集中多酬赠哀挽之章,诗亦率意凡近,大抵为才多所累,所谓"顷刻能成数十篇"者,不过敏捷而已。然而,说其为才多所累时,却又将之与解缙并提[③],这一点,已足可想见诸子在重构文学史时,已无法回避卞氏的存在,只是盛名之下未免有所憾而已。

然而,卞荣的意义绝不仅仅在于他的诗才,而在于其人其事已体现出一种新的人格典型,并昭示了当时士林对个体性命的思考日益突出。按卞氏事迹,大要有三:一,平生好古嗜书。身在郎署,却卷册满几;退居林下,益读古人书,晚年犹诵扬子《法言》不辍。二,因诗贾祸。据载,卞荣是在天顺八年京察中被罢,其原因是"工诗不检,故士论薄之"[④];当时传闻并道卞氏曾作无题诗,风怀跌荡,为缉事者所得,遂至罢官,其诗亦秾丽可诵[⑤]。三,售诗为生。早在居郎署时,持牍乞诗者便拥塞户限;致仕后,更是"户外之屦常满","下至马医走卒,咸知羡慕,宛转得之则持以夸人,盖自大江以南,南抵越,北抵吴,无一人不知公名,无一家不蓄公篇什",甚至有人"赝书公诗,持以售人"即可得钱,公亦不忤。实际上,卞荣不仅善诗,亦善书善画,其画被称作"卞郎中画",为世人所珍,又善收藏,所藏多奇品,今存诗文,亦多题画之作。卞荣正是假诗书画优游林下,几达三十年[⑥]。由此看来,卞荣其人,实与后来吴中杨循

---

① 〔明〕杨士奇《东里文集》卷五"玉雪斋诗集序",刘伯涵、朱海点校,中华书局,1998年,第63页。

② 正德十五年,状元舒芬在贬谪途中向阳明请问"元声"便是标志性的事件之一。参《王阳明全集》卷三十四年谱二,吴光、钱明、董平、姚延福编校,上海古籍出版社,1992年,第1278页。

③ 参〔明〕李东阳《麓堂诗话》(周维德集校《全明诗话》,齐鲁书社,2005年,第492页)、《四库全书总目》存目"卞郎中诗集"(中华书局,1965年,第1557页)、钱谦益《列朝诗集小传》乙集"卞郎中荣"及〔清〕朱彝尊《明诗综》卷四三"彭辂"(中华书局,2007年,第2157页)等。

④ 〔明〕谈迁《国榷》卷三十四,张宗祥校点,中华书局,1988年,第2178页。

⑤ 〔明〕钱谦益《列朝诗集小传》乙集"卞郎中荣",第193—194页。

⑥ 薛章宪为卞荣所撰墓志可谓一篇绝佳的传记,此文以一后学者视角,传写前辈见闻,极善于以细节传神,譬如写卞氏"性俭啬,每有投遗,往往从人索纸笔,不妄破一钱,士人传以为笑,然视他贵人之武断豪夺,则吐舌缩首不欲为也,人皆以是多公所著诗",此节与唐寅"兴来写幅青山卖,不使人间造孽钱"正相仿佛;"甚善饮酒,人或为广筵招之不可得,遇知己辄不待召径造索酒,谈笑饮燕,婆娑终日,或至夜分达旦,未尝以醉辞人,亦未尝见其号呶倾侧也,盖旷达如此",如此笔墨,也与后来《吴郡二科志》传写吴中诸子颇为相似。〔明〕薛章宪《前户部郎中卞公荣墓志铭》,《国朝献征录》卷三十,《明代传记丛刊》本。

吉、祝允明、唐寅辈颇为相似。他的因诗贾祸，恰恰说明，在其性格中潜隐着某种异端因素，而卞氏也从此彻底脱离体制的羁绊，走向旷达逍遥的诗画生涯，所谓才思敏捷，所定格的正在于这一随意挥洒，优游于尘寰的独特形象。

卞荣因诗贾祸，事在天顺八年(1464)，这一事件显然并非是一次孤立性的事件。次年，也即成化元年，罗伦因批评李贤夺情被贬，成化三年，新中进士翰林章懋、黄潜、庄昶因谏元宵张灯事被贬，史称翰林四谏。四谏的出现，标志着自靖难后抑郁不振的士气日渐发抒，士大夫以道自任的精神日渐高涨，因此，君主与外廷的矛盾也开始日趋尖锐，从而拉开了由政治到思想到文学一系列变动的序幕。一般以为，明代文学自正统至正德间，数十年相沿台阁之体，渐就庸肤，这一文学趋势与永宣以来士气的抑郁不振正复相应。其间，居台阁者往往重文轻诗，文章又以载道为上。然而，卞氏一生着力在诗，其一生也以诗最为著名，而其诗又以古歌诗最为擅长。今存《卞郎中诗集》，以七言古风为首，凡七卷，俱为诗歌，仅卷六杂入各体文辞十余篇；同样是在成化元年，卞荣被贬的次年，朱镛即为卞荣诗集作序，开篇即道"诗岂易乎哉"，而明确鼓吹"元音说"——原于性情、扩之问学，协之声律——以成天地自然之音。于卞荣而言，重返山林，也正是自我价值重新体认的开始，他自觉疏离于体制之外，虽混迹于尘寰，却日与古人为邻，以古歌诗为喉舌，从此自鸣天籁，自得于天地之间。可以说，卞荣，由郎署而山林，鼓吹复古歌诗以涵泳性情，正不妨视为整个士气渐次发抒的重要表征之一①。

那么，陈铎呢？今陈铎《香月亭诗(集?)》已佚，卞氏之序也无从得窥全豹，有关卞陈之间的交往更乏资料可稽。笔者在卞氏集中卷四考得一首《赠别金陵陈大声挥使》，诗云，"清冰无滓玉无瑕，年少胸中有五车。晓汲偶逢千里井，春游曾醉五侯家。餍闻官妓歌金缕，喜见门生拥绛纱。归去寄声同道者，作诗末(莫)苦鬓先华"。是诗对陈铎极为称赏，虽仅数十字，却寓意极深，凡卞陈之境遇、彼此之关系及其人生取向种种莫不可见，遂不惮繁琐，细析如下。"清冰无滓玉无瑕，年少胸中有五车"，首联直指本原，称颂陈铎心性高洁，无滓无暇，胸中朝夕涵泳者惟五车书而已。此意从朱熹而来，朱子说欲"漱六艺之芳润以求真澹"，必得"先识得古今体制，雅俗向背，仍更洗涤得尽肠胃间夙生荤血脂膏"，"使方寸之中无一字世俗言语意思，则其为诗不期于高远而自高远矣"；②反言之，也只有涵养得古人精神，方能涤尽肠胃，下笔亦自然能得古人远韵，其辞平和，其意深长。颔联"晓汲偶逢千里井，春游曾醉五侯家"。"晓汲"句初似隐逸之象，如柳宗元"晓汲清湘燃楚竹"；然而却偶逢"千里井"，此典令人怵然心惊。按"千里井"实隐喻人生祸福因果，殊非常情所测。《金陵记》载，"南朝计吏止于传舍，将去，以剉马草泻井中，谓无再过之期矣。不久复至，汲水递饮，遂为昔时之剉刺喉而死。故后人戒曰'千里井、不泻剉'。谚云'千里不反唾'，唾乃剉字之讹"，杜甫更有"畏人千里井"句③。如此，因偶逢千里井而追忆五侯家，以昔之豪纵与今之素守对，以昔之在朝与今之在野对，便透露出一层因宇宙间个体性命沉浮不定、穷达无常而惕然自醒的意思来。陈铎

① 景泰天顺以后，明初二祖所建立之君主一元化体制渐趋解体，除内阁逐渐成形外，士大夫亦颇有疏离政治表现其独立性者，代表人物即吴与弼、陈献章。可以说，当时的思想领域已形成一个以吴陈中心，以不求仕进为标榜的士人群体。文学领域的新迹象也正是与此相互呼应的。参《明儒学案》卷一至卷六诸儒小传。沈芝盈点校，中华书局，1985年。

② 〔宋〕《朱熹集》卷六十四"答巩仲至"，郭齐、尹波校点，四川教育出版社，1996年，第3338页。

③ 〔清〕仇兆鳌撰《杜诗详注》卷二十三"风疾舟中伏枕书懷三十六韵奉呈湖南亲友"，中华书局，1979年，第2096页。

为睢宁伯之后,世袭指挥,却自抱清修,此联正为陈铎写照,大抵英雄梦杳,世事难测,遂萧然枯守于天地之间耳。颈联,上句"餍闻官妓歌金缕","歌金缕"承"醉游"而来,而下"餍闻"二字语义便转,此句意思约有三层,一是对教坊风月久而生倦,二是对教坊歌乐久而生倦,遂有隐寓教坊歌乐不正之意,三是明代官署往来应酬俱以官妓承应,因此也是对仕宦生涯久而生倦,此三层寓意层层递进,遂有"喜见门生拥绛纱"句。此句用马融设绛纱一典,而直接隐寓了当时士林由廊庙而山林,日趋讲学问道的风气。由一"餍"至一"喜",一消一长间,便觉无限生机往来,只是尾联"归去寄声同道者,作诗末(莫)苦鬓先华"又做一挫,又生出无限惆怅来。此结显然是指陈氏欲发明诗旨,以矫俗音,并深相推许,可以说满怀了临别寄语的殷勤,只是不经意间,却又照见去路茫茫,先行者踽踽而前的种种寂寞与孤独。此诗不过临别送赠,首尾八句,貌似信笔所得,却语意愈转愈深,结语尤缠绵不尽。卞荣卒于成化二十三年,此诗约写于成化八年至成化十四年间,正是卞氏退居林下之时,也可说是凝聚了卞氏十余年来对性命的重新体认,薛章宪称卞氏顷刻成篇,"初若不经意,而人或抵死所不能道也",信不虚矣。卞荣为陈铎《香月亭集》作序或者就在同时,或者稍有先后。按卞序所说,那么,陈铎很可能不满于当时诗风,而有意绍继元代"宗唐得古"之旨,并取径虞、杨、范、揭,以复盛唐之音;而卞氏也在赠别诗中,殷切嘱望陈铎及其同道,继续发扬这一复古主张——所谓设帐相授者,诗道而已矣。如果诗中"门生"二字果系实指,则卞荣与陈铎之间尚有师承之谊,那么,陈铎的诗学主张也便更有渊源可寻了。

卞氏殆由郎署而退居山林,从此性情自放,故往往放笔为文,其诗亦多六朝初唐色泽,近体复难免宋人遗风,大抵随处体认、假诗以鸣而已,因此,说其多应酬之作,说其率易,流于叫嚣隳突,也正是由此随处体认而来,其意并不在诗。陈铎却不同,铎乃勋贵之后,却始终以山林自居,所交往者除卞荣、黄琳外,所谓儒士才人,也都是市井间白衣,如徐霖、史痴,更有名不见史传者,如程竹溪(大祥)、万柳溪等人,万氏并因贫窘而死;虽有意追复盛唐,但其诗作,从今存作品来看,多从山水闲居中悟道,虽刻画精微,却往往堕入冷寂枯淡之境,论其格调,大约在中晚唐之间。陈铎与卞氏不同之处,恰恰在于一刻意苦参,其于性命之道如此,于诗道也是如此。可以说,陈铎几乎是以毕生之力刻意苦吟,以复古为己任,此后,由诗而词而曲,也正是这一刻意复古所致,遂迥异于卞氏的以诗自放。其所创作,无论诗词曲,也绝非适时应景而作,而成为陈氏冷看一切世相,而孜孜考求性命之道、以成天地元音的历史记录。

总之,陈铎的诗学主张与卞氏一脉相承,故卞氏称其用意和平、不事雕琢,称其能解音律,而广陵张佐复特以学问二字深加推许。《明史·文苑传》称南京文学的复兴始于陈铎等人,那么,我们也可以说,成弘之时,陈铎绍继卞荣,力倡复古,进一步推进了台阁文学向后来吴越文学(山林)、由诗学而词学而曲学的演进。

二、词法北宋

陈铎追和《草堂诗余》,也可视为其作词主张以北宋为法、追求词乐合一的复古意识。

陈铎词作今存《草堂余意》二卷,全系追和南宋坊间《草堂诗余》而作。存词一百四十七首。陈铎之词,无论就数量还是质量,在有明都居上选,况周颐更誉之为"全明不能有二"。

《草堂诗余》一种，在明代词坛刊布最广，影响亦最巨，其间推波助澜者，实以陈铎为最①。也不妨说，陈铎对《草堂诗余》的追和，直接推动了《草堂》系列在明中后期的盛行。有明一代词风，几乎大半笼罩于《草堂》之下，自陈铎以来，各种以《草堂》命名的选本也纷纷而出。问题在于，为什么《草堂诗余》如此盛行，而陈铎的追和又意味着什么呢？换言之，如果陈铎确乎有意张词学复古之帜，那么，为什么要取径《草堂诗余》呢？

四库馆臣曾訾议《草堂诗余》之选"方尚甜(一本作酣)熟，与风尚相左"②，因此，今天的研究者往往从此切入。其实不然。《草堂诗余》约成书于南宋宁宗庆元(1195—1200)之前，为坊间编刻。元时，有至正癸未年(1343)本与辛卯年(1351)本，已佚。今存最早刊本有明洪武二十五年(1392)遵正书堂本，次为成化间本，嘉靖后版本日盛。其体系大约有二，一是分类本，较接近于宋元旧貌，后世多以遵正书堂本为范；一是分调本，始于嘉靖二十九年顾从敬重编本。略加梳理后，我们发现，《草堂诗余》原本起于坊间，而此后版本的流变——始整理于元，定于明初，复兴于成化，盛于嘉靖后——这一轨迹恰恰与明代文学(曲学亦然)的发展轨迹相互对应。可以说，《草堂诗余》在有明一代的盛行，究其显因，与其应歌而选的性质有关，即《草堂》所选曾广传于歌筵之上，并直接影响了南北曲的发展，而这一过程也正是元明以来教坊宴乐发展的过程；究其根本，则导源于宋末以来的词乐相合、词曲一体的文学主张，这一主张随着弘正以来复古乐思潮的高涨而趋于极盛。陈铎对《草堂诗余》的追和，或者说，作为《草堂》系列之一的《草堂余意》，其出现也只能放在这一背景中才能得更为真实的理解。

金元两代，绍继唐宋遗风，教坊最盛。明初稍衰，至弘正嘉三朝又称繁盛，此后随着家乐的兴起遂渐次衰亡。不过，南京旧院诸妓始终恪守教坊旧声，而成为晚明曲坛特殊的风景。相应，南北曲的交融实以两京教坊、尤其是南京教坊为极盛，并分为两大阶段：一始于元一统后，完成于明永宣间；二始于成弘，完成于嘉靖。也就是说，洪武间《草堂诗余》的刊行与成弘间陈铎对《草堂诗余》的追和，及后来嘉靖间顾从敬本的出现，正是以这两次南北曲的交融为背景的。

今存洪武间遵正书堂本《草堂诗余》，无序跋。此本体例，以类编目，前集分春夏秋冬四景，每季又分细目，四季共分二十九目。后集分节序、天文、地理、人物、人事、饮撰器用、花禽等七类，又各分细目。从其分类来看，显然与当时歌筵应景应节酬酢歌唱有关，所选以北宋为主，间及晚唐五代，又以周邦彦、苏东坡、张子野、秦少游四家最多，其题材以传情为主，其风格则以婉约为宗；而诸词署名的混乱、讹误，以及阙名等等，其实也与此有关，大抵播于歌儿舞女之口，作者为谁并不重要。不仅如此，洪武间重新刊刻《草堂诗余》自有其时代意义。细按此本，饶"新添"、"新增"字样，信非宋本原貌，而其以类甄别，并附笺注、词话，亦不知起于何时，万历间钱允冶称起于元人，不知何据。③ 但至少有一点可以说明，《草堂诗余》在元至明初的流传过程中进一步加强了以备歌席的特征。元代燕南芝庵所撰《唱论》，特别著录"曲唱宜知"以指点场上。其中所论"凡歌之所"与"凡歌曲所唱题目"，已基本勾勒出当时的曲唱环境与曲唱内容。明初，朱权撰写《太和正音谱》，又再次转录了《唱论》中的文字。是书有洪

---

① 除《草堂诗余》外，明人所尚词集还有《花间集》一种，但《花间》的刊行与影响远远不如《草堂》。

② 《四库全书总目》卷一九九宋高观国《竹屋痴语》提要，第1820页。

③ 参钱氏序顾从敬本《草堂诗余》。续修四库全书影印万历四十二年本。

武三十一年序,如果将之与洪武间刊本《草堂诗余》的分类相比,我们发现,二者在曲唱内容上十分相似,也就是说,二者的曲唱内容实际都源于元时的曲唱环境,至洪武时尚有其余风而已。当时歌筵以南北曲为主,不过一些词调其实一直还在教坊传唱,而曲与词的音乐本身也有一定的继承性,这也是为什么一些词作只要稍加隐括,即可打入曲调广为传唱的缘故。由此可见,元明时期词曲一体的观念,首先渊源于歌筵的弹唱。

再看陈铎的《草堂余意》。今存版本为万历间汪廷讷所订,全称为《坐隐先生精订陈大声草堂余意》。是集按春意、夏意、秋意、冬意分。惟题署颇为奇特,初诵颇似一部唐宋人选集,"每音调名下,径题元(原)作者姓名。唯一人两调相连,则第二阙径题陈大声"。[①] 其中署陈大声者凡三十七首,其余题署所涉唐宋词人四十九人,而以北宋周美成、秦少游最多,其次欧阳永叔、柳耆卿。大约此本亦源于坊刻,坊间狡狯,假此以示大声词杂于唐宋词间,卒不能辨;其题名为《草堂余意》,显然也是有意与《草堂诗余》竞传。可见,大声词在坊间其实颇为流行。从《草堂余意》的体例来看,显然继承了分类本《草堂诗余》强化应歌而选的倾向,而略有变异。较之《草堂诗余》类目的繁复,《草堂余意》特重春夏秋冬四时咏叹,实际已将一应有关节序、天文、地理、人物、人事、饮撰器用、花禽的歌咏俱涵括在内,而显得更为精赅;同时,《余意》以四时分类,实际上是将重心集中于对男女主人公在时序变换下的各种情感的抒发,由此推想,曲家笔下的宴乐环境已经发生了某种微妙的变化。不妨联系陈铎之曲做进一步说明。今存陈铎的散曲大致可分为两大内容,一是以咏叹男女情感为主,一是以描摹市井百相为主。如果我们将陈氏之词作与其第一类曲作的题署相比较,第一,二者都突出了男女情感的描述,以思忆为主,其次初识、欢会、分别、羁旅、重会等等。第二,陈氏曲作更多地突出闺情闺忆的内容,即女主人公多深闺女儿口吻,而非教坊中人,其情感表述也渐多婉转缠绵之处,所做南曲尤其如此,这一点明显体现出与其词作相类似的痕迹。第三,再按宋元南戏佚曲,以男女初识、欢会、分别、羁旅、闺忆、重会等贯串情节,实为戏文惯套;而四时咏叹,也正是现存南戏佚曲中出现最为频繁的类别。这样看来,词体在明中期的兴起,与南曲的复兴有着极为密切的关系。当时,江南诸地新声大炽,教坊犹以北曲为正声,欲尊南曲者,则往往将南曲的发生与词的嬗变联系起来。对陈铎来说,"屡闻官妓歌金缕",或者正是有意于雅正当时的教坊歌乐,遂取径于《草堂诗余》,其词作的曲化与曲作的词化也正体现出这一点。

南宋时,郑樵、朱熹等人慨于乐教之微,便有意倡复诗乐之关系,南宋末年以来《草堂诗余》的兴起,无疑也是以此为背景的。同时,所谓词以北宋为法,追求词乐相合及词曲一体的种种文学主张也正是由此衍生而得。由于陈铎并无任何文字记载其词学主张,或者,我们并不能遽尔断定陈氏追和《草堂诗余》便是有意复古(正乐);然而,嘉靖二十七年顾从敬分调本《草堂诗余》的刊行,却有着鲜明的理论主张。何良俊在序中道:

> 夫诗余者,古乐府之流别,而后世歌曲之滥觞也。爰自上古洪荒之世,礼教未兴而乐音已具。盖乐者,由人心生者也。方其淳和未散,下有元声,则凡里巷歌谣之辞,不假绳削而自应宫徵,即成周列国之风皆可被之管弦是也。迨周政迹熄,继以强秦暴悍,由是诗亡而乐阙。汉兴郊祀,《房中》之外别有铙歌辞如《雉子班》、《朱鹭》、《芳树》、《临高

① 〔清〕况周颐《蕙风词话》续编卷二,王幼安校订,人民文学出版社,1998年,第162—163页。文中并注道:"黄虞稷《千顷堂书目》云:"录前人作,缀以已作,非是。其题前人名者,亦大声作。"

> 台》等篇，其他苏、李虽创为五言诗，当时非无继作者，然不闻乐官，则乐与诗分为二明矣。……宋初因李太白《忆秦娥》、《菩萨蛮》二辞以渐创制，至周待制大晟府乐，比切声调十二律，各有篇目，柳屯田加增至二百余调，一时文士复相拟作，而诗余为极盛。然作者既多，中间不无昧于音节……由是诗余复不行，而金元人始为歌曲……总而核之，则诗亡而后有乐府，乐府阙而后有诗余，诗余废而后有歌曲。大抵创自盛朝，废于叔世。元声在则为法省而易谐，人气乖则用法严而难叶，兹盖兴革之大较也。然乐府以皦劲扬厉为工，诗余以婉丽流畅为美，即《草堂诗余》所载如周清真、张子野、秦少游、晁（当为晏）叔原诸人之作，柔情曼声，摹写殆尽，正辞家所谓当行，所谓本色者也。第恐曹刘不肯为之耳，假使曹刘降格为之，又讵必能远过之耶！是以后人即其旧词稍加隐括便成名曲，至今歌传家宝，犹耸心动听。呜呼，是可不谓工哉。①

何氏开篇即由元声说（乐由人心）衍出，"夫诗余者，古乐府之流别，而后世歌曲之滥觞也"；以下历数诗三百以来诗与乐的分与合，并鼓吹盛世之音，而重新勾勒了一部文学史，"总而核之，诗亡而后有乐府，乐府阙而后有诗余，诗余废而后有歌曲，大抵创自盛朝废于叔世"；由此来看，说北宋之时词乐合，南宋之时词乐分，说效法北宋，说词曲一体，鼓吹盛世元音，也都是从这一文学史观而来，并构成同时文人士夫复古乐思潮的重要内涵。何氏所序顾从敬本，体例迥异于洪武本以题材分类，而以调名分类，《草堂》诸选以调分类自此本始。可以说，何、顾二人选择以调分类，直接体现了当时复古乐者有意考音定律的诉求。

需要指出的是，主张词乐合一、以北宋为法，这一呼声在明代中期重新提出——始于成弘，倡于嘉隆，与当时袭卷士林的复古乐思潮正是一脉相承的。对明人来说，由曲而上，取径于词、于诗、于乐府，其根本在于嗣续风雅、重证古乐，无他，词乃诗之余，曲乃词之余也。当明人意识到古乐不可复时，往往从重视元声出发，以为"今之乐犹古之乐也"，力图用雅乐的原则来规范俗乐，以重建声教传统。不论是出于何种原因，介于古乐府与歌曲之间的"词"，都成为明人可资以雅化今乐（曲），以嗣续古乐府、成一代乐教的要径。也正是因此，何氏在序末殷勤寄望：

> 今圣天子建中兴之治，文章之盛几与两汉同风，独声律之学，识者不无歉焉，然是编于声律家其可少哉。他日天翊昌运笃生异人，为圣天子制功成之乐，上探元声，下采众说，是编或大有裨焉。观者勿谓其文字之工，但足以备歌之用，为宾燕之娱耳也。

综上所述，何氏此序其实已经获得了与李梦阳《弘德集自序》相互阐释的意义②。同是有意嗣续风雅、重证古乐，李梦阳根于诗歌，由唐而上，何良俊则根于诗余，由北宋而上。由唐而宋，由诗而词，其实已渐近人情，并肇示了某种新变。何氏特别指出诗余以婉丽流畅、柔情曼声为本色当行，虽汉魏大家曹刘也不能为，实际已开启了晚明文人士夫竞相鼓吹南音、大旨谈情的先声。明代中期，文人士夫迅速从欲复古乐转向重今乐重今体，对文体的关注也迅速由诗降而为词为曲，伴随这一过程的正是南曲的尊体与雅化。

---

① 此序亦见〔明〕何良俊《何翰林集》卷八。四库存目影印嘉靖四十四年何氏香岩精舍本。

② 关于复古乐思潮下李梦阳的诗学观点及其于曲学复兴之意义，可参前揭《礼乐与明前中期演剧》，第257—261页。

由此可知,成弘以来,《草堂》系列的盛行,直接导源于复古乐思潮下,词学领域对词乐合一及北宋词风的追求,陈铎正是开风气的第一人。这一风气一直影响到清初,至浙西词派出,朱彝尊对《草堂》严加诟病,始以南宋为尊,晚清时,更几乎"家玉田而户梦窗"。当此际,便有词家欲重新标举词法北宋,陈铎追和《草堂》的意义也便再次浮现。譬如,况周颐对陈铎之词便评价极高,以为"兼《乐章》之敷腴、《清真》之沉着、《漱玉》之绵丽","南渡作者,非上驷未易方驾,明词往往为人指摘,一陈先生掩百瑕而有余"。仅就此段话而言,确似揄扬太过;不过,况氏此论殆就明词总体而言,于全明三百年间独推陈大声,况氏显然别有体会。况氏词学,要其精义,首先在于标明词乐之关系,"词之为道,智者之事。酌乎阴阳,陶写乎性情。自有元音,上通雅乐";故强调作词当从"性情学养"中出,"其道有二,曰性灵流露,曰书卷酝酿","至不求深而自深,信手拈来,令人神味俱厚";又道,"意笔兼到,愈平易,愈浑成","真字是词骨,情真、景真,所做必佳"①,所谓"重"、"拙"、"大"之境俱由此出。不仅如此,况氏特重养心,故于性情学养四字反复申述,认为作词之法,在于潜心体会前人雅词,以涵养性情,使之"真实为吾有而外物不能夺",如此,发而为辞,自然如有神助②。确切而言,况氏治词,与王国维不同,其主旨实在于发明学词之途径,而特重性情的涵养,这便已接近古人乐教的传统了。由此来看,况氏于有明一代独重陈铎,正在于对其精神的认同。陈氏的追和《草堂》,在况氏看来,正是学词的第一步,也是最佳的入径;因此,况氏但赏其形似神似,而不觉得其模拟。换言之,陈氏追和《草堂》正是学养古人性情,最终得以恢复词乐相合、并通往"《乐章》之敷腴、《清真》之沉着、《漱玉》之绵丽"的必经途径,也是唯一途径。

如果我们将况氏的词学主张与何良俊《草堂诗余序》,及卞、陈的诗学主张相互比较,可以发现,在强调词与乐合,以养心为本,重元声、原性情、扩问学、协声律诸方面,三者颇为相似,何氏论词独尚盛世之音,也与卞、陈诗学主张相仿。由此可知,陈氏对《草堂诗余》的追和,正是其复古意识向词学拓展的结果。数十年后,何良俊《草堂诗余序》不过从理论上概括了明中期词学复兴的意义,并预言了这一复古精神的消解③。

陈铎追和《草堂》之作,当时流传甚广,然而,不久即蒙复古模拟之訾。正嘉间陈霆《渚山堂词话》卷二道:"江东陈铎大声尝和《草堂诗余》几及其半,辄复刊布江湖间。论者谓其以一人心力,而欲追袭群贤之华妙,徒负不自量之讥。盖前辈和唐音者,胥以此故,为大方所不许。大声复冒此禁,何也。"陈霆《词话》曾屡次提及陈大声,称其颇有宋人风致,使杂之于《草堂》集中,未必可辨,又谓其篇时有佳句,皆婉约清丽,使其用为己调,当必擅声一时;由此可见,陈霆对陈铎词其实颇为推许,只是深惜其人一味复古,遂失自家面目。同时,"盖前辈和唐音者,胥以此故,为大方所不许。大声复冒此禁,何也",此句还透露了颇为重要的信息。所谓"前辈"当暗指弘正间李梦阳等复古诸子,此语应是陈霆嘉靖时语,直到这时,诗坛反对

---

① 以上均见《惠风词话》卷一。此卷所述,不妨视为况氏论词之总纲也。不明乎此,仅从词体、词格、词境、词法入,由此而论况氏词学,恐不免于支离,焉能得其真面目耶?是不知古人用心者也。

② 《惠风词话》卷一,第10页。况氏的养心说,自"学"入,自"养"出,实已渐近禅境,故曰:"吾心为主,而书卷其辅也"。问学只是养心之取径耳。确切说,在况氏看来,陈铎的追和前人,只是学词的第一步,却是非常重要的一步,所谓入门须正,即此之谓。

③ 何氏此序已在嘉靖二十七年,这时,北曲益微而南曲益兴,如前所说,惟南京旧院诸妓恪守教坊旧声而已。当此际,久居南京的何良俊,如此积极地鼓吹教坊正声,自金元歌曲而上溯北宋诗余,其实已浸染了螳臂挡车的悲壮。

复古模拟的声音才渐成风气。不过，陈霆将陈铎与诗歌领域的复古诸子作比，恰恰肯定了陈铎在词学领域首标复古之声的意义，而陈氏在肯定陈铎词作之佳，对其蹈模拟之习的批评，也不过与后人批评李梦阳等及其后继者相似，正是正德末嘉靖初复古思潮渐趋消解的结果。

三、曲尚金元

> 无论小令、散套、南曲、北曲、杂剧、传奇、院本，诸体皆备，而以散套最为盛行，遂开一代之乐，沈德符誉之曰“成弘之音”。

陈铎曲作，以今存万历间《坐隐先生精订陈大声乐府全集》所收最为完备。计曲集《秋碧乐府》、《梨云寄傲》、《可雪斋稿》、《月香亭稿》、《滑稽余韵》（以上均散曲），及《花月妓双偷纳锦郎》（杂剧），《郑耆老匹配好姻缘》（传奇）、《太平乐事》（院本）、《草堂余意》（词）等，凡九种。除《草堂余意》外，均为曲集。此外，尚有《公余漫兴》一种，疑亦为曲集[①]。又《千顷堂书目》卷三载《词林要韵》一种。

欲明陈铎曲学大旨，《词林要韵》颇为关键。此书迄今未见版本流传。别有《菉斐轩词林要韵》一种，旧题宋本，后人疑为元明间伪作，论其性质是词韵还是曲韵也颇有争议。至赵荫棠始考定为陈铎所作，乃绍继周德清《中原音韵》与朱权《琼林雅韵》而成，为曲韵[②]。问题在于，此书何以标题“词林”二字？

周德清撰《中原音韵》一书，一以中原雅音为准，其意正是向慕盛世元音，遂详考金元诸家之音韵，以规范后来之曲作；明初官方有《洪武正韵》，朱权有《琼林雅韵》；此后，曲坛渐趋沉寂，至成化时，始有陈铎《词林要韵》一种，稍晚又有徐霖《中原音韵释》。二书均不见传本。大约成弘之间，陈、徐均有意考定音韵，以金元为尚，重振曲坛，遂致意于韵书，而陈氏用力尤勤。不过，陈氏所撰一定就是曲韵吗？其实，菉斐轩本初出时，多以为词韵，后来又以为曲韵，更有人以为标题“词林”实为“艺林”之意，后人不明遂误以为词韵。其实不然，词曲皆为合乐之作，元明之时，往往称曲为词以别俗乐，词曲之间向无分明界限；如此看来，陈铎有意绍续周、朱二人别撰韵书，并明确标题“词林”二字，可作二解，一，就曲而言，陈氏有意以金元为尚，雅正南北曲，故特标“词林”二字，以示尊体。二，就词而言，陈氏以北宋为法，而取径《草堂》，正是有意于雅正当时的教坊歌乐，即将取径于词视为雅化今曲、以嗣续古乐府的必然。可以说，陈铎所为进一步抹平了词曲之间的界限；同样，菉斐轩本虽绍继周氏而来，但必断为曲韵而非词韵，也不尽然。据载，陈铎《词林要韵》有成化十九年序，前云陈铎以诗学复古受知于卞荣，在成化八年至成化十四年间，二者相距不过数年；由此可见，因诗而词而曲，陈氏的复古意识其实是一脉相承的。

陈铎一生以曲名最著，不过，细按各家评价略有参差，大概也与评其词作相似，约可分为两类：一类是极称其擅音律，所作当行本色，直闯金元壶奥；一类则在推服其音律之外，每每訾其模拟、少才情、用词俗浅等等。这一差异，同样体现了不同时期、不同人物文学观念的差

① 〔明〕周晖《金陵琐事》卷二“曲品”；文学古籍刊行社 1979 年影印明万历刊本。

② 赵荫棠《中原音韵研究》，商务印书馆，1936 年，第 37—43 页。此一结论学界尚有疑议，不过，这并不影响本文对陈铎《词林要韵》的论述。

异;如果厘清这一点,或者可以更为真实地勾勒陈铎的曲学意义。不妨先自沈德符一段议论说起:

> 元人如乔梦符、郑德辉辈,俱以四折杂剧擅名,其余技则工小令为多。若散套,虽诸人皆有之,惟马东篱"百岁光阴"、张小山"长天落彩霞"为一时绝唱。元词多佳,皆不及也。元人俱娴北调而不及南音,今南曲如"四时欢"、"窥青眼"、"人别后"诸套最古,或以为元人笔亦未必然。即沈青门、陈大声辈,南词宗匠,皆本朝成弘间人。又同时如康对山、王渼陂二太史,俱以北擅场,并不染指于南。……南词自陈、沈诸公外,如"楼阁重重"、"因他消瘦"、"风儿疎剌剌"等套尚是成弘遗音。此外,吴中词人如唐伯虎、祝枝山,后为梁伯龙、张伯起辈,纵有才情,俱非本色矣。今传诵南曲,如"东风转岁华",云是元人高则诚,不知乃陈大声与徐髯仙联句也。又"东野翠烟销",乃元人《子母冤家》戏文中曲,今亦属之高笔,讹以传讹至此。且今人但知陈大声南调之工耳,其〔北一枝花〕"天空碧水澄"全套,与马致远"百岁光阴"皆咏秋景,真堪伯仲。又〔题情·新水令〕"碧桃花外一声钟"全套,亦绵丽不减元人。本朝填词似无胜之者。陈名铎,号秋碧,大声字也。金陵人。官指挥使。今皆不知其为何代何方人矣。近代南词散套盛行者,如张伯起"灯儿下",乃依"幽窗下"旧腔,赠一娈童,即席取办,宜其用韵之杂。如梁少白"貂裘染",乃一扬州盐客眷旧院妓杨小环,求其题咏,曲成以百金为寿。今无论其杂用庚清真文侵寻诸韵,即语意亦鄙俚可笑,真不值一文。[①]

沈氏这一段话,貌似点评诸曲家及曲作,其实已勾勒了一段曲史的变迁——即视成弘时期(1465—1505)为元明以来曲史开始发生剧变的时期,其代表即是陈铎与沈青门,并以陈铎为主[②]。其旨有四:其一,元人以杂剧擅名,其次小令,散套惟马东篱"百岁光阴"、张小山"长天落彩霞"为一时绝唱,且俱娴北调而不及南音。其二,至明代成弘时期,南北散套始盛。南词以陈大声、沈青门为宗匠,北曲以康海、王九思为擅场。并特别标举陈铎之北调,堪与马致远相媲美,实为本朝第一词人。其三,南套以成弘之音为最佳,无他,以其音律稳协、语辞本色、尚存古貌等等。因此,沈氏深赏"楼阁重重"诸曲尚有成弘遗音,而唐寅、祝允明、梁辰鱼、张凤翼等人,纵有才情,俱非本色;又特举例深贬梁、张之作音韵既不严谨,语意亦复俚拙。其四,南北散套至成弘时期,始臻精绝,其原因与教坊传唱有关。譬如,南曲"东风转岁华",原陈大声与徐髯仙联句,讹为元人高则诚作;"东野翠烟销",原元人《子母冤家》戏文中曲,讹为时曲;沈氏又说,"四时欢"诸套最古,或以为元人笔亦未必然,言下之意,可能在教坊传唱中已发生变化,或者也是入明以后曲,以讹传讹至此。从沈氏的议论中,我们可以约略触摸到成弘时期曲坛的风貌,这一时期,元明以来的曲坛开始发生前所未有的变化,它既成为保留宋元旧貌的最后一道风景,又孕育了新的因素[③];而这些变异正是随着成化以来种种政治、经

① 〔明〕沈德潜《万历野获编》卷二五"词曲·南北散套",中华书局,1997年,第640页。

② 此处,沈德符也有些不确切的地方。沈青门活跃的时间大约在正嘉时期,与王慎中颇有往来。梁伯龙深赏其作,故集中有"效沈青门体"。大约也是因为曲作多流传于坊间,遂以讹传讹,至沈德符竟不知其为何方何代人。不过,本段文字沈德符所论实仅陈铎一人,沈青门只是随手一提,以做映衬耳。另外,康、王大量作曲在正嘉时期,沈氏列入"同时"人也不确。

③ 其实,这一"新"与"旧"的剧变一直延续到正德嘉靖时期,直到昆腔的兴起才宣告新传奇时代的来临。

济以及社会结构的变动而发生的，地方俗乐开始兴起，并与教坊正声相互角逐，开始了新一轮的南北交融①。而这一切变化都是围绕着教坊而发生的，其中最活跃的人物便是被教坊乐人尊为"乐王"的陈铎。

> 大声为武弁，尝以运事至都门。客召宴，命教坊子弟度曲侑之。大声随处雌黄，其人拒不服，盖初未知大声之精于音律者也。大声乃手揽其琵琶，从座上快弹唱一曲，诸弟子不觉骇伏，跪地叩头曰："吾侪未尝闻且见也！"称之曰"乐王"。自后教坊子弟，无人不愿请见者。归来问馈，不绝于岁时。②

当地方俗乐渐次凌侵教坊雅乐时，文人士子每每以北曲为今乐之雅声，而以南戏为下俚，教坊（尤其是南北两京）也颇以能坚守旧家风范为荣。陈铎以金元为尚、考音定律、指点歌筵，不过应运而生罢了。

关于成弘时期曲坛的变化及陈铎追尚金元的意义，也许万历间沈德符的描述尚有几分隐晦，相比较李开先的表述便简捷明了得多。早在嘉靖之时，李氏即明确指出南北曲俱以金元为准，一如诗之以唐为极；并由此纵论明代曲史上"词人之词"与"文人之词"的区别：

> 传奇戏文，虽分南北；套词小令，虽有短长，其微妙则一而已。悟入之功，存乎作者之天资学力耳。然俱以金、元为准，犹之诗以唐为极也。……国初如刘东生、王子一、李直夫诸名家，尚有金、元风格，后分而两之，用本色者为词人之词，否则为文人之词矣。自陈大声正德丁卯年没后，惟有王渼陂为最，陈乃元词之下者，而王乃文词之高者也，可为等侪，有未易以轩轾者，若兼而有之，其元哉。其犹诗之唐而不可上者哉。（《西野春游词序》）③

这里，所谓"词人之词"与"文人之词"其实将明代曲坛从此判为两个时期，陈铎，作为元词之下者——也可以说最后一个犹有金元余韵的曲家——标志了一个时代的结束。

陈铎曲作，一经谱就即传唱于歌筵之上，不久也即蒙蹈袭之讥。譬如，王世贞就认为，陈铎之曲虽然"字句流丽，可入弦索"，却"既多蹈袭，亦浅才情"，并以为徐霖之作虽"不能如陈大声稳协，而才气过之"④。王骥德也以为陈氏南套"多俗意陈语"⑤。然而，类似评价难免偏颇，究其原因，大约可分两个方面：一方面，王氏所评针对的其实主要是陈氏盛行于教坊中的若干曲作，而非其全貌。陈铎有意效法金元，无论北曲、南曲、小令、散套，还是杂剧、传奇、院本，俱曾试手，而以南北散曲最盛，其中又以南散套及南北合套最为流行，如为各家所提及的《三弄梅花》、《富文堂联句》"东风转岁华"等，以至于后人往往知大声擅南曲，而不知其北调亦工，知其擅散套，而不知其小令亦工，而王世贞与王骥德所据以批评的也正是陈氏盛行于教坊中的若干南套或南北合套耳。另一方面，自王九思以后，文人之词渐盛，而王世贞等人对陈铎的訾议显然已站在了"文人之词"的角度，故仅赏其音律稳协而已，所谓"被之丝竹，审

---

① 当时的教坊正声实际包括北曲，也包括打入弦索的南曲，而以北曲为主体；地方俗乐，实际来自不同地域的新声，而笼统视为南曲。

② 〔明〕顾起元《客座赘语》卷六"髯仙秋碧联句"，中华书局，1997年，第179页。

③ 〔明〕李开先《闲居集》之六，路工辑校《李开先集》，中华书局，1959年，第335页。

④ 〔明〕王世贞《曲藻》，《中国古典戏曲论著集成》四，中国戏剧出版社，1959年，第36页。

⑤ 〔明〕王骥德《曲律》，《中国古典戏曲论著集成》四，第162页。

宫节羽,不差毫末”之类是也[①]。然而,陈铎以金元为轨范,不仅在考音定律而已,而在于李开先所说用本色者为词人之词,所谓本色,实兼指曲与辞而言。其要有三:一是能得各曲体之声情。无论北曲、南曲、小令、散套,能诸体俱备,且各肖其声情。二是曲辞能斟酌于雅俗之间,“事尽而思不乏趣,言浅而情弥刺骨”,故能“使骚雅属耳,击节赏音;里人闻之,亦且心醉”(汪廷讷语)。三是能毕肖各人物之情态。如汤有光所说“其体贴人情,描写物态,有发前人所未发者”。所谓“韵发而意新,声婉而辞艳”(汤有光语)、“流丽清圆,丰藻绵密”(曹学佺语)倒在其次。[②] 从今人的角度来看,又以第三点意义最大,能毕肖人物情态,则虽是小令散套,也颇得几分叙事文学的意态了。至于语多蹈袭,多俗意陈语,也正是应歌而作所必然出现的现象,这一现象早在金元时期就已经如此,而明代诸家散曲,尤其是工藻艳者,语多蹈袭之蔽恐怕愈趋愈下。也正是因此,尽管王世贞以文坛领袖的身份,对陈铎之曲颇有訾议,然而,却丝毫不能影响后者在坊间的盛传。

曲以金元为极,而后人制曲,往往又取径陈铎,无他,欲借此直达金元之壸奥耳。也正是因此,汪廷讷开始殷勤校订陈大声乐府全集,大抵欲度金针于后人而已。

“餍闻官妓歌金缕,喜见门生拥绛纱”。陈铎早在少年之时,便有意倡复古乐,以矫俗音。其诗取径虞、杨、范、揭,希复盛唐元音;其词则取径《草堂诗余》,以北宋为轨,追求词乐合一;最终以曲著名,成为金元之声在明代最后的遗响。由诗而词而曲,陈铎倡复古乐的追求其实是一脉相承的。简言之,主张诗乐合一,主张乐由人心,这一“元声”说自郑樵、朱熹以来,即蕴含了重视今之乐的倾向,而雅正今乐,也同时获得了与孔子删《诗》相比拟的精神意义。希复盛世元音,从根本上寄托了在野士子对礼乐一统天下的渴望。“闲来一曲总升平,再无甚别歌咏”[③],尽管陈铎没有留下任何文字来表达自己的复古主张,却以丰富的创作,成为明代“盛世元音”最后的遗响,从而预言了一个新时代的来临。

作者单位:华东师范大学

---

① 此语见于周晖《金陵琐事》、《列朝诗集小传》丙集“陈指挥铎”等,大抵从王世贞《曲藻》中语而来。

② 以上见《坐隐先生精订陈大声乐府全集》诸序。续修四库全书影印明万历汪氏环翠堂刻本。

③ 〔明〕陈铎《梨云寄傲》〔北中吕朝天子〕《渔家六首》,《全明散曲》,第463页。

何良俊戏曲批评的审美标准

陈维昭

何良俊的曲论主要集中在他的《四友斋丛说》卷之三十七“词曲”部。虽然其曲论篇幅不长，也未提出系统的戏曲理论，但是，他的戏曲批评敏锐地捕捉到了明初至嘉靖年间的戏曲流向，并对此提出一系列鲜明而尖锐的独特见解。这些见解在当时就产生了广泛的回应，并对其后的戏曲理论和戏曲批评产生了深远的影响，成为明代中晚期戏曲学的重大命题[①]。他的戏曲批评历来受到学界的重视。

然而，何良俊是依据什么原则、标准而提出这些批评的？这些依据在当时的文学界、戏曲界的具体语境是什么？这个问题还可以作进一步的探讨。

一

概而言之，何良俊在戏曲批评中提出或涉及了四大命题：一，北曲与南曲的关系问题；二，“四大家”的提法与排名；三，《拜月亭》与《西厢记》、《琵琶记》之优劣；四，声律与文辞的关系问题。在对这几个命题的展开中，何良俊采用了两大尺度：“本色”与“入弦索”。前者是叙事修辞层面的，后者则是音乐层面的。而在何良俊那里，这两个尺度有内在联系。

先来看看何良俊的本色论。

曲学中的“本色”范畴本来挪用自诗学。但这一概念一旦进入曲学领域，其内涵与功用发生了复杂的变化。很多曲家都使用过这一概念，但每一位曲家却并非在相同的意义上使用它。

冯梦龙说：“本色者，常谈口语而不涉于粗俗。”[②]戏曲语言口语化即是本色。

清代徐大椿说：“又必观其所演何事，如演朝廷文墨之辈，则词语仍不妨稍近藻绘，乃不失口气；若演街巷村野之事，则铺述竟作方言可也。总之，因人而施，口吻极似，正所谓本色之至也。此元人作曲之家门也。知此，则元曲用笔之法晓然矣。”戏曲语言性格化才是本色。这是从舞台艺术、叙事艺术的角度去定义“本色”的。

元代顾瑛的本色论却是另外一种。他说：“句法中有字面，若遇中有生硬字，用不得，须

---

① 参见陈维昭：《何良俊与明代戏曲学命题》，《戏剧艺术》2007年第3期，第52—60页。

② 冯梦龙：《太霞新奏》。

是深加锻炼，字字敲打得响，歌诵妥溜，方为本色语。”[①]依此理解，曲辞具备“可唱性”，才是本色。

表面看来，冯梦龙的观点与何良俊比较接近。而实质上，何良俊的本色论有一个更加内在、更加隐蔽的尺度，那就是顾瑛所理解的“可唱性”。

何良俊对本色论的直接表述主要是强调曲辞的口语化、白描化。

何良俊对待南戏的态度分两个层面：在音乐的层面上，他坚守崇北抑南的立场，贬抑南音（如果南戏而可以“入弦索”，则在他肯定的范围）；在叙事修辞的层面上，他不以南北立论，他肯定《拜月亭》等南戏，并以之否定《西厢》、《琵琶》。他在戏曲史上首次提出《拜月》、《西厢》、《琵琶》优劣论。他说：

> 余谓其（指《拜月亭》——引者）高出于《琵琶记》远甚。盖其才藻虽不及高，然终是当行。其“拜新月”二折，乃檃栝关汉卿杂剧语。他如走雨错认上路馆驿中相逢数折，彼此问答，皆不须宾白；而叙说情事，宛转详尽，全不费词。可谓妙绝。

何氏点明《拜月亭》“拜新月”二折是“檃栝关汉卿杂剧语”，但在谈到关汉卿时却并不肯定关汉卿的“终是当行”。所谓“彼此问答，皆不须宾白；而叙说情事，宛转详尽，全不费词”，这样的境界其实即是“白描”。

何良俊的本色论是有针对性的。稍前于何氏的邵璨的《香囊记》开“以时文为南曲”之风气。徐渭说：“以时文为南曲，元末、国初未有也，其弊起于《香囊记》。《香囊》乃宜兴老生员邵文明作，习《诗经》，专学杜诗，遂以二书语句匀入曲中，宾白亦是文语，又好用故事作对子，最为害事。”[②]于是何良俊、徐渭等人提倡戏曲语言的口语化、白描化。

但如果滥用“口语化”、“白描化”，则可能会出现陈所闻所说的这种情况：“迩来作者，真晦于文，情掩于藻，饾饤工而章法乱，殊为谱曲之蠹。及借口本色者，以鄙秽为蒜酪，以蹀亵为务头，词林两讥之。”

何良俊早就强调过这一点，他认为《西厢记》的一些直露台词过于粗俗。为此，他提出了“蕴藉”的审美标准来作为他的本色论的补充。他说，一般情况下，情辞易工。《西厢记》和当时的时曲（南曲）也大多属于情辞。但在这些情辞中，郑光祖尤为突出：

> 至如《王粲登楼》第二折，摹写羁怀壮志，语多慷慨，而气亦爽烈。至后〔尧民歌〕〔十二月〕托物寓意，尤为妙绝。是岂作调脂弄粉语者可得窥其堂庑哉！

所谓“作调脂弄粉语者”即指王实甫《西厢记》之流。[十二月]和[尧民歌]两支曲子来自《王粲登楼》第三折：

> 〔十二月〕几时得似宾鸿北归，倒做了乌鹊南飞。仰羡那投林倦鸟，堪恨那舞瓮酰鸡。方信道垂云的鹍鹏羽翼，那篱篱下燕鹊争知。
>
> （带云）老兄也！（唱）
>
> 〔尧民歌〕真乃是鹤长凫短不能齐，从来这乌鸦彩凤不同栖。挽盐车骐骥陷淤泥，不逢他伯乐不应嘶。只争个迟也么疾，英雄志不灰，有一日登鳌背。

① 顾瑛：《制曲十六观》，俞为民、孙蓉蓉《历代曲话汇编》“唐宋元编”，第513页，合肥：黄山书社，2006年。

② 徐渭《南词叙录》。

这两支曲子无非是“托物寓意”，而第二折写的则是王粲那种目中无人的傲气。“托物寓意”也即“蕴藉”。何良俊甚为推崇蕴藉。他激赏郑光祖以下两支曲子：第一支曲子是〔寄生草〕的〔幺篇〕，第二支曲子是〔六幺序〕的〔幺篇〕：

〔幺篇〕他曲未终肠先断，（带云）连我也伤感起来。（唱）俺耳才闻愁越增。一程程捱入相思境，一声声总是相思令，一星星尽诉相思病。不争向琴操中单诉著你飘零，可不道窗儿外更有个人孤另。

〔幺篇〕听呀的门扃，似擦的人行，蓦的闻声，魅的潜行，猛的凝睛，淅的零零，煞的风清。却元来群花弄影，他将我来唬一惊。

何氏认为这两支曲子写得“何等蕴藉有趣”。另外两支曲子：

〔初问口〕不争你先辈颠狂，枉惹的吾侪耻笑。你恋著这尾生期改尽颜回乐。（白敏中云）小生今生不能成双，死于九泉之下，也要相会呵！（正旦唱）又不曾荐枕席，便指望同棺椁，只想夜偷期不记朝闻道。

〔好观音〕上复你个气咽声丝张京兆，他待填还你枕剩衾薄，待著你帽儿光光过此宵。（白敏中云）天色晚了，日头敢落了也呵。（正旦唱）恰正午怎盼的日头落，不曾见这急色的呆才料。

何氏认为这两支曲子写得“语不著相，情意独至，真得词家三昧也”，同样是因其写得“蕴藉”而推许它们。正是基于对“蕴藉”的推崇，何氏对王实甫《西厢记》〔混江龙〕（“蝶粉烃沾飞絮雪。燕泥香惹落花尘。系春心情短柳丝长，隔花阴人远天涯近。香消了六朝金粉，清减了三楚精神。”）一曲叹为观止，认为“如此数语，虽李供奉复生，亦岂能有以加之哉”。而对于王《西厢》的“魂灵儿飞在半天，我将你做心肝儿看待，魂飞在九霄云外，少可有一万声长吁短叹，五千遍捣枕椎床”，何氏则提出批评，认为“语意皆露，殊无蕴藉”。可见他的“本色”并非只强调“白描”。这也就难怪他要贬低关汉卿了。

二

尽管何良俊并没有说过诸如“可唱性即本色”之类的话，但他有一句名言却让我们有理由把他与顾瑛联系起来。他说：“夫既谓之辞，宁声叶而辞不工，无宁辞工而声不叶。”在这里，何良俊提出了声律与文辞的关系问题。他认为，既然是“辞”，当声律与文辞不能两全时，宁可满足“声叶”的要求，即使因此而使得“辞不工”也在所不惜。由于戏曲在音乐方面的高度专业化特点，声律与文辞往往处于矛盾之中。这是戏曲创作中必须面对的基本问题，因而何良俊所提出的这一命题在后来的戏曲史、戏曲学史上引起了持久的关注和引申。这一命题成为晚明“汤沈之争”的焦点命题。沈璟说：“宁使时人不鉴赏，无使人挠喉捩嗓。说不得才长，越有才越当着意斟量。”（《二郎神套曲》）他还说：“宁律协而词不工；读之不成句而讴之始叶，是曲中之工巧。”（吕天成《曲品》所引沈璟语）何良俊的“宁声叶而辞不工”的音乐至上论成为沈璟评判汤显祖《牡丹亭》的价值尺度。“读之不成句”是辞不工，“讴之始叶”是音乐性发生了作用。

那么，什么样的"辞"才是协律的呢？准确地说：辞应该协什么律呢？

何良俊生当海盐腔的风盛时期。他所强调的"声叶"自然不会是"叶"海盐之腔。相反，正是出于对当时的新兴时尚海盐腔的反感，何良俊才会把"声叶"提高到作曲的最高准则。

在明代的南曲四大声腔中，海盐腔是最早对北曲构成重大威胁的南曲。而在何良俊的心目中，北曲代表着雅正之音。何良俊曾引述杨慎的一段话：

> 《南史》蔡仲熊曰："五音本在中土，故气韵调平。东南土气偏诐，故不能感动木石。"斯诚公言也。近世北曲，虽皆郑卫之音，然犹古者总章北里之韵，梨园教坊之调，是可证也。近日多尚海盐南曲，士夫禀心房之精，从婉娈之习者，风靡如一。甚者北土亦移而耽之。更数十年，北曲亦失传矣。①

身在南朝为官的蔡仲熊说出这番不合时宜的话，也难怪他在南朝"往往与时宰不合"②。他以中原五音为雅正之音，为文化之正宗。杨慎对此作了进一步的演绎，他把"近世北曲"与"海盐南曲"作为中土之音与东南之音的个案。同时把先秦以来的"雅郑之辨"引入，指出，与传统正宗雅乐相比，近世北曲虽属郑卫之音，但与海盐南曲相比，北曲毕竟承雅乐之余绪。而南曲却被推到了"郑声淫"的位置，杨慎把它与"从婉娈之习"联系在一起。

其实，杨慎这段话后面还有何良俊没有引出的两句："白乐天诗：'吴越声邪无法用，莫教偷入管弦中。'东坡诗：'好把莺黄记宫样，莫教弦管作蛮声。'"它鲜明地表达了明代前期那种普遍存在于上层士大夫阶层的崇北抑南的审美观。

虞集在为周德清的《中原音韵》所作的序文里说：

> 乐府作而声律盛，自汉以来然矣。魏、晋、隋、唐，体制不一，音调亦异。往往于文虽工，于律则弊。……元裕之在金末国初，虽词多慷慨，而音节则为中州之正。学者取之。我朝混一以来，朔南暨声教，士大夫歌咏，必求正声。凡所制作，皆足以鸣国家气化之盛。自是北乐府出，一洗东南习俗之陋。大抵雅乐之不作，声音之学不传也久矣。五方言语，又复不类：吴楚伤于轻浮、燕冀失于重浊，秦陇去声为入，梁益平声似去，河北河东，取韵尤远。吴人呼"饶"为"尧"，读"武"为"姥"，说"如"近"鱼"切，"珍"为"丁心"之类，正音岂不误哉！……余昔在朝，以文字为职，乐律之事，每与闻之。尝恨世之儒者，薄其事而不究心，俗工执其艺而不知理。由是文律二者，不能兼美。

周德清在《中原音韵起例》里说：

> 予曰言语一科，欲作乐府，必正言语；欲正言语，必宗中原之音。乐府之盛、之备、之难，莫如今时。其盛则自搢绅及闾阎，歌咏者众；其备则自关、郑、白、马一新制作，韵共守自然之音，字能通天下之语，字畅语俊，韵促音调……

在《正语作词起例》中，他说：

> 考，自汉、魏无制韵者。按南、北朝史：南朝吴、晋、宋、齐、梁、陈，建都金陵；齐史沈约，字休文，吴兴人，将平、上、去、入制韵。仕齐为太子中令，梁武时为尚书仆射，详约制

---

① 杨慎：《词品》卷一，《丛书集成初编》本，第46页，商务印书馆，1936年。

② 《南史·刘瓛传》，卷五十列传四十。

韵之意，宁忍弱其本朝，而以敌国中原之音为正耶？不取所都之内通言，却以所生吴兴之音，盖其地邻东南海角，闽、浙之音无疑，故有前病；且六朝所都，江、淮之间，缉至乏俱无闭口，独浙有也——以此论之，止可施于约之乡里矣。又以史言之，约才如此，齐为史职，梁为大臣，孰不行其声韵也？历陈、陈亡流入中原。……南宋都杭，吴兴与切邻，故其戏文如《乐昌分镜》等类，唱念呼吸，皆如约韵——昔陈之《后庭花》曲，未必无此声也——总亡国之音，奚足为明世法！惟我圣朝兴自北方，五十余年，言语之间，必以中原之音为正；鼓舞歌颂，治世之音……①

虞集、周德清的话可以视为何良俊整个戏曲批评的理论总纲。

何良俊是贬抑南音的，但他并非全部否定南戏。我们今天把宋元南戏、明清传奇诸腔归入“南曲”，由此去考察明代曲家对待南北曲的态度，有时就会不得要领。

与其说杨慎、何良俊等贬抑南音，不如说他们是贬抑以海盐南曲为代表的流行文化。

于是，在何良俊的审美尺度中，只有“入弦索”，才算是“声叶”。进而言之：只有“入弦索”才是本色的。何良俊说：

> 元人乐府称马东篱、郑德辉、关汉卿、白仁甫为四大家。马之辞老健而乏滋媚，关之辞激厉而少蕴藉，白颇简淡，所欠者俊语，当以郑为第一。郑德辉杂剧，《太和正音谱》所载总十八本。然入弦索者惟《㑳梅香》、《倩女离魂》、《王粲登楼》三本。②

何良俊是从“乐府”的角度论曲的。强调这一点很重要。他的“本色”论和“入弦索”论就是在这个话语平台上展开的。

在戏曲中，“乐府”即是指它的唱词。何良俊的曲论只与乐府（唱词）相关。除此之外，诸如情节、关目、结构等与戏剧整体艺术相关的概念，他都不感兴趣。

何良俊推崇北曲。而当他在音乐上肯定某些南曲时，是因为这些南曲可以“入弦索”。也即他只肯定在音乐上北曲化的南曲。

何良俊所折服的乐工顿仁“于《中原音韵》、《琼林雅韵》终年不去手”③。顿仁是将南曲“北曲化”的实践家。他曾说：“南曲中如‘雨歇梅天’、《吕蒙正》内‘红妆艳质’、《王祥》内‘夏日炎炎’、《杀狗》内‘千红百翠’，此等谓之慢词。教坊不隶琵琶筝色，乃歌章色所肄习者。南京教坊歌章色久无人，此曲都不传矣。”④“琵琶筝色”指弦索部，“歌章色”指以南曲入弦索。

蒋之翘宫词：“曲宴经年空复情，挡弹莫怪手旋生。纵令尽解歌章色，谁向君前敢奏声。”自注曰：“弦索止唱北调，亦有以南曲入之，名歌章色。此正德间顿仁随驾至北京流传者。”⑤将南曲“北曲化”，这在明初就已经开始了。朱元璋非常欣赏高明的《琵琶记》，“由是日令优人进演，寻患其不可入弦索，命教坊奉銮史忠计之，色长刘杲者遂撰以献。南曲北词可于筝琵被之，然终柔缓、散戾，不若北曲之入耳也”⑥。

---

① 周德清：《中原音韵》，《古典戏曲论著集成》第一册，第219页，中国戏剧出版社，1959年。
② 何良俊：《四友斋丛说》卷之三十七，第337页，中华书局，1959年。
③ 何良俊：《四友斋丛说》卷之三十七，第341页，中华书局，1959年。
④ 转引自何良俊：《四友斋丛说》卷之三十七，第343页，中华书局，1959年。
⑤ 《学海类编》本，第22页。
⑥ 徐渭：《南词叙录》。

他对马致远、关汉卿、白朴的优劣评判是着眼于文辞的，而他把郑光祖推为第一，是因为《㑳梅香》等三剧皆入弦索。他说：

元人乐府称马东篱、郑德辉、关汉卿、白仁甫为四大家。马之辞老健而乏滋媚，关之辞激厉而少蕴藉，白颇简淡，所欠者俊语，当以郑为第一。郑德辉杂剧，《太和正音谱》所载总十八本。然入弦索者惟《㑳梅香》、《倩女离魂》、《王粲登楼》三本。

在这段话里，何良俊使用了"惟"、"尚"等词，其惋惜之情溢于言表。他推崇郑光祖，说郑光祖的杂剧只有《㑳梅香》、《倩女离魂》、《王粲登楼》三本可以用北曲来唱。但"今教坊所唱率多时曲，此等杂剧古词皆不传习"。时曲即海盐腔之类的南曲。

《琵琶记》的"糟糠自餍"写得何等本色，"琴诉荷池"既本色又蕴藉。但何良俊还是以"专弄学问"贬之。这其间的原因何在？顿仁的话也许可以帮助我们去了解。顿仁说：

伯喈曲，某都唱得。但此等皆是后人依腔按字打将出来，正如善吹笛管者，听人唱曲，依腔吹出，谓之唱调。然不按谱，终不入律。况弦索九宫之曲，或用滚弦、花和、大和、钐弦，皆有定则。故新曲要度入亦易。若南九宫原不入调，间有之，只是小令，苟大套数，既无定则可依，而以意弹出，如何得是。且笛管稍长短其声，便可就板。弦索若多一弹或少一弹，则夺板矣。其可率意为之哉。[①]

沈德符对此也有引述，并进一步引申：

嘉隆间，度曲知音者，有松江何元朗，畜家僮习唱，一时优人俱避舍。然所唱俱北词，尚得金元蒜酪遗风。予幼时，犹见老乐工二三人，其歌童也俱善弦索，今绝响矣。何又教女鬟数人，俱善北曲，为南教坊顿仁所赏。顿曾随武宗入京，尽传北方遗音，独步东南，暮年流落，无复知其技者，正如李龟年江南晚景。其论曲，谓："南曲箫管，谓之唱调，不入弦索，不可入谱。"近日沈吏部所订《南九宫谱》盛行，而《北九宫谱》反无人问，亦无人知矣。顿老又云："弦索九宫或用滚弦，或用花和、大和钐弦，皆有定则。若南九宫无定则可依，且笛管稍长短其声，便可就板。弦索若多一弹，少一弹，即夺板矣。"此说真不易之论。今吴下皆三弦合南曲，而又以箫管叶之，此唐人所云"锦袄上著蓑衣"，顾阿瑛小像诗所云"儒衣僧帽道人鞋"也。（沈德符《万历野获编》卷二十五）（注意国学宝典本对"滚弦花和大和钐弦"一句的句读）

顿仁认为，北九宫（即弦索九宫）有定则；而"南九宫原不入调"，大套数无定则可依，而以意弹出。

何良俊盛称《拜月亭》，认为高出于《西厢记》和《琵琶记》。他除了直接从"本色语"和"简谈"等角度进行评判之外，还有一个潜在的标准，就是看曲子是否"入弦索"。沈德符非常赞赏何良俊的这一评判，并对此作了进一步的引申。他说：

何元朗谓《拜月亭》胜《琵琶记》，而王弇州力争以为不然，此是王识见未到处。《琵琶》无论袭旧太多，与《西厢》同病，且其曲无一句可入弦索者，《拜月亭》则字字稳帖与弹出胶粘，盖南曲全本可上弦索者惟此耳。至于"走雨"、"错认"、"拜月"诸折，俱问答往

① 何良俊《四友斋丛说》卷之三十七，第342页，中华书局，1959年。

来，不用宾白，固为高手。即旦儿“髻云堆”小曲，模拟闺秀娇憨情态，活脱逼真。《琵琶》咽糠、描真亦佳，终不及也。向曾与王房仲谈此曲，渠亦谓乃翁持论未确，且云：“不特别调之佳，即如聂古陀满争迁都，俱是两人胸臆见解，绝无奏疏套子，亦非今人所解。”予深服其言。若《西厢》才华富赡，北词大本未有能继之者，终是肉胜于骨，所以让《月亭》一头地。元人以郑、马、关、白为四大家，而不及王实甫有以也。《月亭》后小半已为俗工删改，非复旧本矣。今细阅《拜新月》以后，无一词可入选者，便知此语非谬。《月亭》之外，予最爱《绣襦记》中“鹅毛雪”一折，皆乞儿家常口头话，熔铸浑成，不见斧凿痕迹，可与古诗《孔雀东南飞》，“唧唧复唧唧”并驱。予谓此必元人笔，非郑虚舟所能办也。后问沈宁庵吏部，云果曾于元杂剧中见之，恨其时不曾问得是出何词。予所见《郑元和》杂剧凡三本，皆无此曲。（《万历野获编》卷二十五）

沈德符指出，《西厢记》和《琵琶记》除了有一“袭旧太多”的通病之外，“且其曲无一句可入弦索者”，而“《拜月亭》则字字稳帖与弹出胶粘，盖南曲全本可上弦索者惟此耳。”这正是何良俊特意推崇《拜月亭》的一个重要原因。

三

明初，弦索已南下。至明代中叶，弦索逐渐为吴中的曲家所接受与推广，同时，北方的曲家也对弦索进行改造，使它更能为吴中所接受。这过程中，魏良辅起着重要的作用。沈宠绥说：“嘉隆间有豫章魏良辅者，流寓娄东鹿城之间，生而审音。愤南曲之讹陋也，尽洗乖声，别开堂奥。”魏良辅对北曲与南曲的差异有着深切的了解和简练的表述。他说：

一、北曲以遒劲为主，南曲以宛转为主，各有不同。至于北曲之弦索，南曲之鼓板，犹方圆之必资于规矩，其归重一也。故唱北曲而精于〔呆骨朵〕、〔村里迓鼓〕、〔胡十八〕，南曲而精于〔二郎神〕、〔香遍满〕、〔集贤宾〕、〔莺啼序〕；如打破两重禅关，余皆迎刃而解矣。

一、北曲与南曲，大相悬绝，有磨调、弦索调之分。北曲字多而调促，促处见筋，故词情多而声情少。南曲家字少而调缓，缓处见眼，故词情少而声情多。北力在弦索，宜和歌，故气易粗。南力在磨调，宜独奏，故气易弱。近有弦索唱作磨调，又有南曲配入弦索，诚为方底圆盖，亦以坐中无周郎耳。

……

一、曲有两不杂：南曲不可杂北腔；北曲不可杂南字。

魏氏说，当时有人把弦索唱作磨调，有人则把南曲配入弦索。明末宋直方《琐闻录》也提到这种情况，他说：

考弦索之入江南，由戍卒张野塘始也。野塘，河北人，以罪发苏州太仓卫，素工弦索……昆山魏良辅者，善南曲，为吴中国工。一日，至太仓，闻野塘歌，心异之。留听三日夜，大称善，遂与野塘定交。时良辅五十余，有一女，亦善歌，诸贵人争求之，不许。至是竟以妻野塘。吴中诸少年闻之，稍稍称弦索矣。野塘既得魏氏，并习南曲。更定弦索音节，使与南音相近，并改三弦式身稍细，而其鼓圆，以文木制之，名曰弦子。……

据周贻白所考，张野塘到太仓时，当已在万历初年了。他又据《琐闻录》所说“吴中新乐弦索之外，有十弗闲，俗讹为十番……万历末，与弦索同胜于江南”，推断万历年间(万历共四十七年)这近半个世纪的时间是弦索在江南的发展期[①]。但是，从何良俊的《四友斋丛说》，则可看出弦索之入江南并非迟至万历初年。徐渭说：

> 我高皇帝(指朱元璋——引者)即位……有以《琵琶记》进呈者……由是日令优人进演。寻患其不可入弦索，命教坊奉銮史忠计之。色长刘杲者，遂撰腔以献。南曲北调，可于筝琶被之。然终柔缓散戾，不若北之铿锵入耳也。

周贻白说，“弦索”泛指一般弦乐，但多作为琵琶的代称。元代的南曲是否不以弦索配和，这还找不到文献依据；但元代的北曲却是可以被之箫管的。元代燕南芝庵《唱论》就说：“凡人声音不等，各有所长，有川嗓，有堂声，皆合被箫管。”而据上引徐渭语，周贻白认为“以弦索配南曲而见之戏场，实始于明代初年。作俑者则为朱元璋”(第77—78页)。

周贻白说，“弦索”或“弦索调”实际上是指北曲的宫谱。《南词引正》所说的“方底圆盖”的借譬，意即南曲的唱调配上北曲的宫谱，并不是用弦乐或管乐伴奏的问题(第78页)。

沈德符《顾曲杂言》说：“今吴下皆以三弦合南曲，而又以箫管叶之，此唐人所云‘锦袄上著蓑衣’……箫管可入北词，而弦索不入南词，盖南曲不仗弦索为节奏也。”周贻白说，这个“弦索”则泛指一般弦乐器。周氏认为沈德符所说的“南曲不仗弦索为节奏”并非定论，如今之苏州弹词，用三弦、琵琶和唱，何尝不铿锵入耳呢(第78—79页)？

万历的曲家已不像何良俊那样死守北曲之堡垒。沈璟大力推崇何良俊的“宁协律而词不工”论，并以之为武器去批评、修正汤显祖的《牡丹亭》，但沈璟所协之律已经主要不是弦索之律了。

作者单位：复旦大学

---

① 周贻白《戏曲演唱论著辑释》，第68页，中国戏剧出版社，1962年。

徐渭的戏曲评点与明代文学思想的新变

吴冠文

相对于戏曲创作在元代即已繁荣这一事实，戏曲批评（包括曲话、评点等批评方式）的兴起显然滞后于戏曲创作[①]。但创作丰盛、论者寥寥的情况到明代嘉靖、万历年间有了明显的改观，李开先、何良俊、徐渭、王世贞、李贽等人，都有不少颇具影响的论述戏曲之言论甚至戏曲论述之专著，其中的徐渭不但是戏曲批评史上里程碑式的人物，也是中国古代文人戏曲评点的滥觞者。徐渭在中国戏曲批评史上的地位已有很多学者论及过，但由于徐渭戏曲评点的文本在文献上存在很多不确定性，对他在中国戏曲评点史上的作用也就较少详细论述。鉴于此，本文尝试在徐渭戏曲评点文献考证的基础之上，分析其戏曲评点的特色，并结合明代文学思想的新变背景，探究徐渭在中国戏曲评点史上的地位和影响。

一、“世动称先生注本，实多赝笔”：徐渭戏曲评点的文献学辨析

徐渭多才多艺，个性突出。生前以书画、戏曲名浙中，死后得袁宏道、陶九龄等当代闻人大力推阐，声名大盛，诗文等著作广泛流播海内，包括署其名的许多戏曲论著和戏曲评点本。署徐渭评点的戏曲评点本中流传最广，影响最大的当属《西厢记》评点本。据现有文献记载，除了可考知徐渭曾经评点过《西厢记》、《昆仑奴》等元剧外，他还自评过自己的杂剧《雌木兰替父从军》。

关于徐渭《西厢记》评点的最重要的两条记载均出自中国古代戏曲评点史上另一重要人物、以徐渭学生自居的王骥德。王氏《新校注古本西厢记》卷六《明徐渭和唐伯虎题崔氏真》道：

> 徐文长先生……余师也。……往先生居，与予仅隔一垣，就语无虚日，时口及崔

① 据《中国文学批评史新编》，明代嘉靖之前可以称述的戏曲批评主要有如下几种：金元时燕南芝庵专论声乐的《唱论》；元代胡祗遹论述乐曲功能与题材等发展变迁的《赠宋氏序》；论表演、创作和演员素养的《优伶赵文益诗序》；周德清论述北曲修辞技巧和音韵的《中原音韵》；钟嗣成在记载前辈与同时代戏曲作者生平传记和作品目录中寓以一定批评的《录鬼簿》；杨维桢涉及戏曲“讽谏”、“警人视听”功用的《沈氏今乐府序》等。王运熙、顾易生：《中国文学批评史新编》，第403—416页，复旦大学出版社，2001年。

传[1],每举新解,率出人意表。人有以刻本投者,亦往往随兴偶书数语上方。故本各不同,有彼此矛盾,不相印合者。余所见凡数本,惟徐公子尔兼本,较备而确。今尔兼没,不传。世动称先生注本,实多赝笔,且非全体也。[2]

同书卷六《评语》又道:

天池先生解本不同,亦有任意率书,不必合窾者;有前解未当,别本更正者。大都先生之解,略以机趣洗发,逆志作者,至声律故实,未必详审。余注自先生口授而外,于徐公子本采入较多。今暨阳刻本,盖先生初年厓略之笔,解多未确。……忆徐公子本,先生亦从世人,以〔绵搭絮〕二曲为落韵;《听琴》折,拟改"幽室灯青"为"灯红",下"一层儿红纸,几榥儿疏棂",为"一匙儿糨刷,几尺儿纱笼";《问病》折,"眉黛远山"二句,为"眉黛儿尖不翠,眼梢星影横参"等语,皆别本所无。盖先生实不知此调,故有中数句不韵一体。故余注本,皆弃去不录。暨本出,颇为先生滋喙。余非故翘其失,特不得不为先生一洗刷之耳。[3]

《西厢记》在明清两代不但是最热门的演出剧目,也是最吸引文人关注的阅读和批评对象,所以徐渭与王骥德这两位戏曲爱好者和研究者言谈中"时口及崔传"正是时代风气使然,而王骥德所述之语中特别之处是徐渭针对《西厢记》"每举新解,率出人意表"、"略以机趣洗发,逆志作者",即徐渭对《西厢记》有异于前代或同时代人诠解之处。上引第一段记载中提供的另一关键信息是徐渭在旁人提供的《西厢记》刻本上"往往随兴偶书数语",这"随兴偶书"的即是针对《西厢记》的评点文字——上引第二段文字中"天池先生解本不同,亦有任意率书,不必合窾者;有前解未当,别本更正者"等语可资印证。

据徐朔方先生考证,徐渭"于嘉靖三十一年迁居目莲巷,与其弟子王骥德仅一垣之隔。盖三十七年冬迁塔子桥,三十八年即徒(当为'徙'之误——引者)"[4]。也就是说,徐渭从事《西厢记》评点的活动当在嘉靖三十一年至嘉靖三十七年王、徐二人做隔壁紧邻期间。

梳理今传《西厢记》诸评点本可知,徐渭的评点本在其生前并未刊刻过,且实际的情况应该是,徐渭在评点时也并无商业出版的目的,因为他无力提供刊刻此类评点本的经费,其《复李令公》书中提到:

适零参一斤,参人二躯,川扇两把于陶君,并慰问勤恳。……更有一言不识进退,仆有胡说六七百叶,今拟刻其半,得参十五斤可矣。待尽之人,妄希一二语传后,此故人千百之惠也。以公不弃鬼物,故聊及之,不敢必也。[5]

连六七百页的一半——三百多页的自著作品尚须求取别人提供人参十五斤以供刊刻之费,可想而知徐渭在其生前不会有财力刊刻散落在众本上的《西厢记》评点,既如此,他反复

① "崔传"即指《西厢记》,因《西厢记》演自元稹《莺莺传》,其主要人物为崔莺莺,故时人有以"崔传"相称者。另据李开先《词谑》一,《西厢记》尚以《崔氏春秋》之名流行于当时士民之口。《中国古典戏曲论著集成》第三册,第 271—272 页,中国戏剧出版社,1959 年。

② 王骥德:《新校注古本西厢记》卷六,《续修四库全书》影印明万历四十一年香雪居刻本。

③ 王骥德:《新校注古本西厢记》卷六。

④ 徐朔方:《晚明曲家年谱·徐渭年谱》,第 98 页,杭州:浙江古籍出版社,1993 年。

⑤ 徐渭:《徐渭集》卷四《尺牍》,第 1118 页,中华书局,1983 年。

评点《西厢记》的初衷也不是为了刊刻流行。正如王骥德所说，多出于阅读中自发产生的"出人意表"的"新解"，而"随兴偶书"者。

因为评点纯粹出于兴之所至，所以徐渭前后评点过的《西厢记》各本诠解并不一致，甚至有"彼此矛盾，不相印合"、"不必合窾者"、"有前解未当，别本更正者"，大多是"略以机趣洗发，逆志作者，至声律故实，未必详审"。

现存署名徐渭的《西厢记》评点本真伪混杂，根据这些真伪莫辨的评点本来具体了解徐渭的评点情况显然不合适。所幸王骥德的上述论说为后人分辨徐渭评点文字提供了一些很有价值的线索。

王骥德对当时流传的徐渭评点本几乎都不满意，在他看来，只有徐渭儿子徐尔兼所藏之本虽仍有从流俗之处，但尚差可人意，可惜尔兼逝后，该本也未能流传下来。从前引王骥德所述的"今暨阳刻本，盖先生初年厓略之笔，解多未确。……忆徐公子本，先生亦从世人……故余注本，皆弃去不录。暨本出，颇为先生滋喙"等语可见，在当时流行于世的各本中，"暨阳刻本"值得注意，因王骥德称其为徐渭"解多未确"的"初年厓略之笔"，从其出现后"颇为先生滋喙"的现象来看，该本在当时应是广泛流行的。虽然"暨阳刻本"存在诠解讹误之处，但既然该本系徐渭早年"厓略之笔"——而徐渭是中国戏曲评点史上文人评点的滥觞者，其在中国古典戏曲评点史上的地位是很值得重视的。因此，如果现存署名徐渭的评点本中仍然保有这样一个"暨阳刻本"，对今天的研究来说意义非常大。

经考察，现存署名徐渭评点的《西厢记》评点本中，《重订元本批点画意北西厢》(以下简称"批点画意"本)当是与"暨阳刻本"关系很密切的本子①。这有以下两条证据：

第一，此"批点画意"本正刊刻于暨阳。该本前附诸葛元声《序》云：

> 苎罗乡王君起侯父，幼抱奇禀，擅华未露，诵读之暇，一见文长手稿，即欣然命梓。……梓成，问序于余。

苎罗乡时属暨阳。当时的苎罗乡乃至暨阳并非虎林、金陵之类书坊集中之地，王起侯之所以刊刻徐渭评点本《西厢记》，可能是因为王起侯所在的暨阳与徐渭所在的山阴相邻，"近水楼台先得月"，客观上王起侯也较其他地方的书坊更易获得徐渭的评点手稿。

第二，王骥德《新校注古本西厢记》卷六《评语》紧接"今暨阳刻本，盖先生初年厓略之笔，解多未确"后继续批评该本道：

> 又其前题辞，传写多讹，观者类能指摘。至以实甫本为董解元本，又疑董本有二，此尤未定之论。盖董解元为金章宗朝学士，始创为搊弹院本；实甫循董之绪，更为演本。

① 一般认为《田水月山房北西厢藏本》(以下简称"田水月山房"本)与"批点画意"本基本相同，且研究者多认为"田水月山房"本早于"批点画意"本，如傅惜华《元代杂剧全目》、蒋星煜《明刊本西厢记研究》、朱万曙《明代戏曲评点研究》。陈旭耀《现存明刊〈西厢记〉综录》中认为："此本(指'田水月山房'本——引者)正文除各卷卷端题写与批点画意本不同外，实则从版式到内容均与批点画意本基本相同。此本板框上方的眉批则与批点画意本有出入，它增了不少批语，也删去了批点画意本少数几则批语。"(第121页)经初步考察，"田水月山房"本当是在"批点画意本"的基础上增减批语后重刻而成，其明显的证据是，"田水月山房"本眉批中大部分评语，不论是书写字体还是文字内容均同于"批点画意本"，但其别于其他眉批字体的一部分批语均为"批点画意本"所无，而与王骥德《新校注古本西厢记》等书中的评点文字有关系，这些当是书坊刊刻"田水月山房"本时增添所致。因此，考察与"暨阳刻本"关系密切的评点本，当用"批点画意本"，而非源自"批点画意本"的"田水月山房"本。

由元至今，三百余年。由董至王，亦一百三数十年。董解元，盖宋光、宁两朝间人。时代久远，流传失真，然其本故判然别也。陶宗仪《辍耕录》所称董解元作，正指挡弹之本而非误，误之者自淮干逸史始也。董本人间绝少，余往从友人刘生乞得，以呈先生，先生诧赏甚，评解满帙。未及取还，为人窃去。顷，歙中及武林已有刻本。碧筠斋本间有存者，余初从广陵购得一本，为吾郡司理竟陵陈公取去；后复从武林购得一本，今存斋头。而朱石津本尤秘，即先生存时，亦未之见，余为友人方将军诚甫所贻者。……暨本出，颇为先生滋喙。余非故翘其失，特不得不为先生一洗刷之耳。

"其前题辞，传写多讹，观者类能指摘"，正指"批点画意"本署名徐渭的题辞中文字传写讹乱现象，如误"斋本"为"齐本"、"陶宗仪"为"陶客仪"等。"至以实甫本为董解元本，又疑董本有二，此尤未定之论"，正指"批点画意"本中如下一段文字：

齐本乃从董解元之原稿，无一字差讹。余购得两册，都偷窃，今此本绝少，惜哉！本谓董张剧是王实甫撰，而《辍耕录》乃曰董解元。陶客仪，元人也，宜信之。然董又有别本《西厢》，乃弹唱词也，非打本。岂陶亦误以弹唱为打本也耶？不然，董何有二本？附记以俟知者。

王骥德文中为徐渭误认王实甫本为董解元本辩由，他之所以将其归为始于淮干逸史的错误，正因为徐渭题辞中明确提到他的评点本"诸解并从碧筠斋本，非杜撰也"——而碧筠斋本有一篇署名"淮干逸史"的序①。

诚如王骥德所言，"批点画意"本《西厢记》在题辞的论述中存在如许讹误，其流行于世当然会在社会上"颇为先生滋喙"。有鉴于此，王骥德冒着"故翘"其师"之失"的世人讥讽之险，为徐渭解释、洗刷——其解释的根本点即是这一"批点画意"本系徐渭"初年厓略之笔"，也就是说其中许多诠解是徐渭不成熟的看法，或者是由于"文献不足征"等客观原因导致徐渭论述有偏差。

上述迹象表明，现存诸署名徐渭评点的《西厢记》中，"批点画意"本最符合王骥德对"暨阳刻本"的描述。但尽管如此，"批点画意"本中的评点文字却不能全部径直作为徐渭"初年厓略之笔"来对待。因为该本评点文字中可能存在一些并非出自徐渭"初年厓略之笔"甚至徐渭的论述。举其中最典型的一个例子：《西厢记》卷三第一套〔寄生草〕"休教淫词儿惧了龙蛇字"上，"批点画意"本眉批作："王云，'惧'字，'污'字胜之，宜从今。"王骥德《新校注古本西厢记》此处曲文作"休教淫词儿污了龙蛇字"，王校注中云："筠本'淫词儿污了龙蛇字'作'误了'……今从朱本。""误"、"惧"二字通。显然"批点画意"本此处曲文原据碧筠斋本而来。王骥德《新校注古本西厢记》初刻于万历四十二年，徐渭逝于万历二十一年，徐生前不可能看到王书，"批点画意"本此处眉批显系后人所加，非徐渭原批②

① 王骥德《新校注古本西厢记·例》第二则云："碧筠斋本，刻嘉靖癸卯，序言系前元旧本，第谓是董解元作，则不知世更有董本耳。"《自序》又谓："既觅得碧筠斋、朱石津氏两古本。序碧筠斋者，称淮干逸史，首署疏注仅数千言，颇多破的。"

② 张人和根据"批点画意本"与"田水月山房本"两书末尾诗有四句挪用王骥德《新校注古本西厢记》第五本题目正名这一现象，推断出二书当刻于王书后。这个问题有待进一步探讨。张人和：《〈西厢记〉论证》，长春：东北师范大学出版社，1995年。

一些研究者认为,《重刻订正元本批点画意北西厢》刊于万历辛亥年(三十九年,1611)冬天,据以判定刊刻时间的是该书第一幅插图款署的"万历辛亥冬日虚受斋漫笔以中(钤印)"[①]。鉴于此,在探讨徐渭评点思想时,"批点画意"本《西厢记》中的评点文字需有旁证证明其出自徐渭之手才可作为论述的材料。所幸,王骥德《新校注古本西厢记》中引述了不少徐渭评点之语,王的引述原则是:"余注自先生口授而外,于徐公子本采入较多。"——徐公子即徐尔兼,其所持之本即王骥德认为世传署名徐渭评点本中唯一一部"较备而确"者。据此,王书中所引徐渭评语应该是可用作分析徐渭批评思想的最可靠的文字,也可资用于"批点画意"本中评点文字是否出于徐渭之手的旁证。"批点画意"本的评点文字虽然可能存在后人阑入的现象,但由王骥德的评论来看,该本中应该保存了一些徐渭早年之论。王所引徐评中也显然存在一些徐渭早年论《西厢记》的文字,因为王所引出自徐渭"口授"的部分当即是二人作隔壁紧邻期间"就语无虚日,时口及崔传,每举新解,率出人意表"的评论,除了这部分嘉靖三十一年至三十七年间亲闻所得的徐评,王所引述的出自徐尔兼所持评点本中的文字产生的时间就只能判断一个下限,即徐渭去世的万历二十一年。

二、"摹情弥真,动人弥易":徐渭戏曲评点的特色分析

徐渭的《西厢记》评点中除了对字词典故的疏解,在戏曲评点史上最具批评意义的是他对作品中体现真性情之处的鉴赏和对相关语言表现形式、表达效果,以及戏曲众多叙事性因素的批评。

首先,徐渭充分肯定《西厢记》中关于男女情欲和爱情的描写。针对《西厢记》卷一第一套〔后庭花〕曲词:

> 若不是衬残红芳径软,怎显这步香尘底样儿浅。且休题眼角留情处,则这脚踪儿将心事传。见慢俄延,投至到栊门儿前面。刚那了一步远,刚刚的打个照面,风魔了张解元,神仙归洞天,空余杨柳烟,只闻鸟雀喧。[②]

徐渭条分缕析地评解道:

> "衬残红"二句,只应上白"怎生便知他脚小"意,"休提眼角"以下,又推出一层意,"慢俄延"以下四句,正脚踪儿将心事传也,"刚刚打个照面",正眼角耳留情处也。"栊门"指莺莺进去之门,言其形之纡徐系恋,及门而举步差远,复打个照面,而传情无已也。

这是关于张生、莺莺初次遭遇情景的描写。一个大家闺秀,在初次见到一个陌生男性时,竟然处处留情,这在男女之情问题上比较保守的当时人眼中,是完全不能接受的事。但

---

① 如陈旭耀《现存明刊〈西厢记〉综录》。黄季鸿《明版〈西厢记〉载录》在著录"批点画意本"的版本信息时比较慎重:"徐渭评、以中等绘图,明万历三十九年(1611)冬新安黄应光刻。国家图书馆、文学研究所、台湾"中央图书馆"。按:《传田目》有董康刊《千秋绝艳图目录》,谓'新安黄应光,刘裕刊'。国图藏本署新安黄应光镌,文学所藏第一幅插图则作'刘君裕刻'。所谓'刘君裕刻',陈旭耀《现存明刊〈西厢记〉综录》以为刘氏或'据黄氏刻本修版重印'。王钢《西厢记版本知见录》认为此本是'明万历间王起侯挖改重印本'。"陈旭耀:《现存明刊〈西厢记〉综录》,上海古籍出版社,2007年。黄季鸿:《明版〈西厢记〉载录》,载《古籍整理研究学刊》2009年第3期。

② 由于徐渭关于此曲的评语转引自王骥德《新校注古本西厢记》,因此曲文也引用王书。此下均同此例。

徐渭却将其实实地解成莺莺在刹那的举步抬眼之间已向张生传情无限，并无忸怩的姿态，是一片天真烂漫的儿女间恋慕之景象。这充分表现了他对作品展示的男女之间真性情的尊重。徐渭的评点在《西厢记》莺莺初次出场时便毫无顾忌地昭然揭示她的主动留情，这无疑是为她大胆示好的行为定性。这种定性甚至都不为以思想异端著称于世的李贽所接受的。李贽的《西厢记》评点中虽然没有针对此曲的详细评论可用作具体比较，但李贽在评论《西厢记》第十一出《乘夜逾墙》时，曾经强调过张生的"怯状"和莺莺的"娇态"：

> 此时若便成交，则张非才子，莺非佳人，是一对淫乱之人了，与红何异？有此一阻，写画两人光景，莺之娇态，张之怯状，千古如见。①

由徐渭的解说看来，莺莺显然并不娇羞，张生也不羞怯，在互相系恋留情上应该都是可以会心的。如果再比较一下在莺莺性格行为的认识上接续李贽观点的明末清初另一思想异端金圣叹的评语，我们便可以充分理解徐渭评语的时代价值和意义。金圣叹评本此曲正文作：

> 你看衬残红芳径软，步香尘底印儿浅。休题眼角留情处，只这脚踪儿将心事传。慢俄延，投至到栊门前面，只有那一步远，分明打个照面，风魔了张解元。神仙归洞天，空余杨柳烟，只闻鸟雀喧。

按照自己的思想倾向和审美标准将曲文整顿一番后，金圣叹评道：

> 上文张生瞥然惊见，双文翩然深逝。其间眼见，并无半丝一线。然则过此以往，真乃如鸿飞冥冥，弋者其奚慕哉！忽然于极无情处，生扯出情来，并不曾以点墨唐突双文，而张生已自如蚕吐丝，自缚自闷。……忤奴必欲于此一折中谓双文售奸，以致张生心乱。我得而知其母、其妻、其女之事焉！此一折中，双文岂惟心中无张生，乃至眼中未曾有张生也。不惟实事如此，夫男先乎女，固亦世之恒礼也。②

很明显，即使对于这位明末清初著名的因思想异端而被当时保守之士侧目的金圣叹来说，仍然无法接受莺莺"目挑心许"的举动，他和传统文人（甚至包括李贽）心目中理想的莺莺，都是一个举止端庄的娇痴女儿，在张、崔之恋上完全处于被动接受的地位。任何毁损他们心目中理想女性形象的阐释在他们看来都是出格之举，应该给予痛诋。金评以不厌其烦的推阐试图扭转莺莺的形象，其"忤奴"等过激的谩骂之词针对的正是徐渭一系评语。连思想上新异求变如李贽、金圣叹辈都矢口否认元剧《西厢记》中莺莺系恋张生、主动留情的举止，以致不惜曲解原文；以此我们可以推知社会上一般思想顽固之士当然更不能接受莺莺"抛头露面"的行为。而徐渭在评点中竟然毫无遮拦地实实解评，这就凸显了他在这些问题上追求坦诚和达观的性情——即使这种性情公然有违传统道德的要求。

他如徐渭评卷一第二套〔四边静〕"人间天上，见莺莺，强如看做道场。软玉温香，休道是相偎傍。若能勾汤他一汤，倒与人消灾障"道："凡人礼佛，以祈求消灾长福。今莺之软玉温香，不必偎傍，若得一汤着其身，便可消灾障矣，何必礼佛以求之耶？"又如徐渭评卷三第一套

---

① 李贽：《李卓吾先生批评北西厢记》，明容与堂刻本。

② 金圣叹：《金圣叹评点西厢记》卷一《惊艳》，第9—10页，上海古籍出版社，2008年。

〔仙吕赏花时〕红娘唱词“针线无心不待拈，胭粉消香懒欲添。春恨压眉尖。若得灵犀一点，姐姐敢医可这病恹恹”道：“此极亵之词，却用得免俗。”前则详细譬解的评语与《西厢记》原剧文词一样的香艳，这在戏曲评点发展早期的鉴赏类评点中已不易见，而在《西厢记》的早期评点本中更属难得，因为一般的评点碰到这类“轻佻”的香艳之词，躲之唯恐不及。

后一则评语虽然简短，但却实属大胆的点睛之笔。如果没有徐渭点出“此极亵之词”，很多读者都不会将“若得灵犀一点，姐姐敢医可这病恹恹”与秽亵的隐语联系起来。经徐渭这一诠释，《西厢记》中的莺莺与张生一样渴慕着男女情欲。这在泼辣直白的元剧中本属正常。但在礼教约束深重的明代人眼里，这实在是有伤“无邪”，应该避讳，这可比卷一开篇莺莺初见张生便留情的描写更加刺激卫道者的神经：怎么可以有名门闺秀渴慕情欲的描写？本是隐语，危害或许可以控制，但徐渭竟然径予揭露，且是怀着赞叹的口吻。这对读者无疑是起着“宣淫”的效果。明末清初一力声讨《西厢记》淫书说，将该剧与《国风》相比并的金圣叹，在曲文宾白中有伤莺莺淑女形象的地方似乎总能以主观之解扭转莺莺的形象，但却也拿这一支曲子没有办法，恨恨地论道：

何人恶札，见之可恨！①

与金评刻意回避这个问题截然相反，徐渭竟然以许可的口吻径予揭示。对《西厢记》中一首金评惊为“其淫至于使老年人尚不可卒读，真是异事”的红娘所唱〔小桃红〕(卷四第二套)：

你那月明才上柳梢头，却早人约黄昏后。羞的俺脑背后将牙儿衬衫袖。怎凝眸，看时节则见鞋底尖儿瘦，一个恣情的不休，一个哑声儿厮耨。那时节不害半星儿羞。

徐渭甚至以“亵而雅”的高度赞赏之语评之。这些评语正是其思想上追求真性情的充分体现。因为主张为文表现真性情，所以他对《西厢记》中表现的男女情欲视为正常人性的流露，毫不以为异怪。因此评点时不但不刻意曲解，也不回避，反而以简捷的语言点透其中的信息或对其语言描写给予很高评价。

其次，除了关于俗语俚词意思的疏证，徐渭评点关注的另一个重点是曲文、宾白在绘情、写景方面的表现形式和表达效果，而没有浪费笔墨在作品思想内容的雅正与否这一传统文评关注点上，这正是早期戏曲评点最具批评价值的一部分。明代戏曲评点在逐渐摆脱字词典故疏证的承负后，批评的内容主要集中在作品的形式表现上，而徐渭无疑是开拓者。

上文举例提到的徐评“此极亵之词，却用的免俗”、“亵而雅”等语中，“免俗”、“雅”正是指语言描写而言，用传统的文评观点来看，这些曲词仅因内容“猥亵”这一点就已经丧失了批评的价值，而且正因内容“亵”，表现得越是生动形象越是罪孽深重，应予避过。但徐渭却敢于将“雅”这一传统文评中最高典范施之于“亵”词上，如果他没有肯定真性情和文学表现形式至上的思想背景，不可能写出这种显然背离“无邪”标准的评语。因为注重文学形式表现，所以徐渭在阅读《西厢记》时对绘情、写景上传神的语言表达给予较高的评价——不论其表现的内容是否符合传统道德要求；反之，即使思想内容上在一般人眼里无瑕可摘，徐评也会因为表现形式拙劣而给予恶评。

① 《金圣叹评点西厢记》卷三《前候》，第 73 页。

如下面这些评语，纯粹是针对曲白表现形式和表达效果方面的批评，丝毫不涉及作品思想内容是否符合既定的社会标准：

二曲妙在一气急急数去，正与快口婢子动气时传神。俗本添许多□字，口气便缓而懈矣。此可与智者道耳。（卷三第一套〔上马娇〕和〔胜葫芦〕）

道甚言辞二语以白作曲，淡而浓，简而俊，俱属妙境。（卷三第一套〔青哥儿〕）

香绕窗纱，以无风而帘不动也。（卷三第二套〔粉蝶儿〕）

全套俱称妙绝。（卷四第二套〔斗鹌鹑〕）

回话夫人妙绝，末二语更俊。（卷四第二套〔鬼三台〕）

没正经，却有趣。填词中决不可少者。（卷五第二套〔醋葫芦〕幺篇）

自是趣况可拾。（卷五第二套〔满庭芳〕）

叙得雅而妥。（卷五第四套〔雁儿落〕）

“人有过”以下数语，不免头巾。（卷四第一套〔油葫芦〕）

二书皆劣，诗亦多恶，睹《会真记》中崔与张书，何等秀雅悲感，而可如此草草耶？（卷五第一套〔醋葫芦〕）

被徐渭赞以“俊”、“妙绝”等语的曲词不少都属于“谐谑”甚至“亵”类，上举“没正经，却有趣。填词中决不可少者”所评的莺莺唱词：“当日向西厢月底潜，今日在琼林宴上趋。谁承望跳东墙脚儿占了鳌头，谁承望惜花心养成折桂手。脂粉丛里包藏锦绣，从今后晚妆楼改做了至公楼。”（卷五第二套〔醋葫芦〕幺篇），便不乏“亵”意。但在徐渭眼中，内容的“没正经”显然无伤大雅，他看重的是莺莺唱词表现出来的“有趣”的效果，而这种效果正是真率的元人“填词中决不可少者”，即戏曲这种文体的“体”中应有之义。值得一提的是，在对戏曲文体的这一点认识上，徐渭之后即使已充分认识到戏曲表现形式重要性的金圣叹，也保守了很多。金圣叹评这一曲莺莺唱词道：“相国小姐，口中何得自作尔语，自奚落耶？”并反斥撰此词者：“渠意岂夹语映耀，又是‘绝妙好辞’？”可以说，金评与徐评完全相反，因为金圣叹心中仍然有雅正的观念在作梗，所以无法看到这则曲词表现效果中“有趣”的一面。

由上述这些王骥德《新校注古本西厢记》中摘录的徐渭评语来看，他对戏曲作品表现真性情在具体的遣词造句上均有成型的看法，即语言要“淡而浓，简而俊”、“有趣”。在《昆仑奴》评本中，他对戏曲语言还提出了“家常自然”、“本色”等要求：

此本于词家可占立一脚矣。殊为难得，但散白太整，未免秀才家文字语，及引传干，都觉未入家常自然。至于曲中引用成语，白中集古句，俱切当，可谓拿风抢雨手段。

梅叔《昆仑》剧已到鹊竿尖头，直是弄把戏一好汉，尚可撺掇者，撒手一著耳。语入要紧处不可著一毫脂粉，越俗越警醒，此才是好水碓，不杂一毫糠衣，真本色。若于此一恧缩打扮，便涉分该婆婆犹作新妇，少年哄趋所在，正不入老眼也。①

《昆仑奴》评语中提出的“家常自然”、“本色”等要求，正与他对其时流传的俗本《西厢记》卷三第一套〔上马娇〕、〔胜葫芦〕添许多衬字后致使红娘“口气便缓而懈矣”的评语，以及他对《西厢记》卷四第一套〔油葫芦〕的“‘人有过‘以下数语，不免头巾”如出一辙。在徐渭看来，扭

---

① 转引自孟称舜《古今名剧合选·酹江集·昆仑奴》剧评点，《古本戏曲丛刊》第四集。

捏作态的文字非但无法形象摹写出剧中人物的真性情，还会大大降低戏曲应有的表达效果。

再次，徐渭评点中已经开始关注戏曲叙事性的一面。这也当是他思想上少了传统文学评论中内容雅正与否束缚的结果之一。批评的重心从思想内容上转移开之后，便更会关注到作品叙事性等表现效果问题。他已注意到人物性格言行的首尾连贯性。如徐评《西厢记》卷一第一套〔胜葫芦〕幺篇曰：

"解舞"以下四句，形容略似妓人，与前"颠不剌"数语相戾，且与前"未语人前"数语又自不类。

〔胜葫芦〕幺篇"解舞"以下四句为："解舞的腰肢娇又软，千般袅娜，万般旖旎，似垂柳晚风前。"这几句唱词给人感觉描摹出的是一位风情万种的风尘女子，这与前此张生所唱的"颠不剌的看了万千，似这般可喜娘罕曾见，则教人眼花缭乱口难言，魂灵儿飞在半天，侭人调戏弹著香肩，只将花笑捻"（卷一第一套〔元和令〕），以及"未语人前先面腼，樱桃红绽，玉粳白露，半晌恰方言"（卷一第一套〔胜葫芦〕）等曲词所呈现出的娇稚、矜持的小儿女形象明显不能同类而语，三处曲词是互相违戾的。

上文提及徐渭评点的可贵处之一是批评时心中没有内容雅正与否的顾忌，开始着力关注曲文、宾白在绘情、写景方面的表现形式和表达效果，尊重戏曲这一文体原初的趣味性等特色。其实徐渭对于戏曲中叙述描写需前后照应的要求，也是他尊重戏曲文体的具体体现，因为叙事性正是戏曲这一文体最大的特色之一。

基于对戏曲叙事性特征的关注，徐渭在评点中有时会全身心投入到作品人物情节描写中去，关注上下文情节的合理性，如下面这几则例子：

〔朝天子〕：徐云：佳人薄幸及无信行志诚，俱不得实指莺莺说，盖此施于逾墙抢白之后则可。此时莺初无背盟之意也。（卷二第二套）

〔二煞〕徐云：后〔二煞〕红虽撺掇张去，亦稍露功不由己意在冷言冷语中。据下折张事败而红多讪辞可见。（卷三第二套）

〔金菊香〕：徐云：无语低头，只寻常扯凑，自他人旁观而状之则可，不应莺之自称。（卷五第一套）

具体来看上引第一例评语。徐渭这则评语针对的是红娘的唱词"才子多情，佳人薄幸，兀的不担阁了人性命？谁无信行？谁无志诚？您今夜亲折证"，这是在张生请故友解了孙飞虎之围后，红娘奉老夫人之命来请张生赴宴，张生以为夫人即将要兑现解围前将莺莺许配于己的诺言，满怀期待，因此这时候不论是红娘，还是张生，都没有想到夫人会赖婚，更无从谈起莺莺会有"薄幸"、"无信行"、"无志诚"等言行。徐渭敏锐地发现并指出了这首〔朝天子〕曲词与上下文情节脱节的现象，正体现了他对戏曲情节叙事需天衣无缝的充分认识。上引第二、三例分别涉及到了上下文需照应、言行须符合角色的身份性格等叙事性因素。应该说，正是在此类戏曲叙事性因素认识的基础之上，促使戏曲叙事性批评成为后来的戏曲批评关注的重点。如金圣叹在评点《西厢记》时将上引这则〔朝天子〕唱词改成了"曾闻才子多情，若遇佳人薄幸，常要担阁了人性命。他的信行，他的志诚，你今夜亲折证"，"曾闻"、"若遇"、"常要"等词语的添加，便是对原词与下文情节之间矛盾的弥缝。

三、"真者,音之发而情之原也":明代文学思想的新变与徐渭

分析徐渭的戏曲评点,尤其是其《西厢记》评点至此,我们不禁要好奇:为什么徐渭能够成为中国古代戏曲评点的滥觞者?为什么他对作品中体现真性情之处的鉴赏,对相关语言表现形式、表达效果的批评,以及对戏曲叙事性因素的关注,可以作为他的戏曲评点中最具批评意义的特色?要回答这些问题,就需要联系徐渭所处的明代文学思想的新变背景。

与王守仁等思想家从哲学角度对个人感情天然合理性的承认相应①,明代中期之后李梦阳(1472—1530)等人在文学上掀起了一股倡论真情的思潮。在这股思潮中以情真与否取代雅俗之辨的文学判断标准,正是历来被视为不登大雅之堂的戏曲、小说等通俗文学进入文人学者视野的思想基础,同时也是戏曲等传统所谓的"俗文学"的批评——尤其是文学批评重要形式之一的戏曲评点,在明代中晚期迅速兴起的主要原因之一。因为一旦以是否表现真情实感作为评判文学创作成败的标准,不但某一文体批评中雅与俗的成见会尽被弃去,原先以表现真情和真人为主的通俗文学还会乘势成为这股批评潮流关注的焦点之一。下面这段经常被论者征引的李梦阳《诗集自序》所记与王叔武的对话,阐明的即是文学创作无"雅俗之辨",唯在情真与否的思想:

> 李子曰,曹县盖有王叔武云,其言曰:"夫诗者,天地自然之音也。今途号而巷讴,劳呻而康吟,一唱而群和者,其真也。斯之谓风也。孔子曰'礼失而求之野'。今真诗乃在民间。而文人学子顾往往为韵言,谓之诗。夫孟子谓'诗亡然后《春秋》作'者,雅也,而风者亦遂弃而不采,不列之乐官。悲夫!"李子曰:"嗟!异哉!有是乎?余尝聆民间音矣。其曲胡,其思淫,其声哀,其调靡靡,是金元之乐也。奚其真?"王子曰:"真者,音之发而情之原也。古者国异风,即其俗成声。今之俗既历胡,乃其曲乌得而不胡也。故真者,音之发而情之原也。非雅俗之辩也。且子之聆之也,亦其谱而声者也。不有率然而谣,勃然而讹者乎?莫知所从来而长短疾徐无弗谐焉。斯谁使之也?"李子闻之,矍然而兴曰:"大哉!汉以来不复闻此矣。"②

李梦阳《诗集自序》中表述的文学思想影响很大,后继者甚多,如李开先在《市井艳词序》中谈到:

> 忧而词哀,乐而词亵,此今古同情也。正德初尚《山坡羊》,嘉靖初尚《锁南枝》。……二词哗于市井,虽儿女子初学言者,亦知歌之。……语意则直出肺肝,不加雕刻,俱男女相与之情,虽君臣友朋,亦多有托此者,以其情尤足感人也。故风出谣口,真诗只在民间。三百篇太半采风者归奏,予谓今古同情者此也。③

李梦阳所引述的"诗者,天地自然之音也"、"真者,音之发而情之原也。非雅俗之辩也",

---

① 蔡钟翔:《明代哲学情性论的嬗变与主情论文学思潮》,罗宗强编:《古代文学理论研究》,第381—397页,武汉:湖北教育出版社,2002年。

② 李梦阳:《空同集》卷五十,明万历刻本。

③ 李开先:《李中麓闲居集》卷六,明刻本。

与李开先的"忧而词哀，乐而词亵，此今古同情也"、"真诗只在民间"等语所蕴含的文学思想，是后来戏曲创作和戏曲理论蓬勃且健康发展的重要思想基础。正因为有了上述新变的文学思想作铺垫，李梦阳才会发出《西厢记》"当直继《离骚》"（徐渭《曲序》引述）[①]的高论，李开先也才会创作出《宝剑记》，力图扭转明代前期内容陈腐、形式僵化的戏曲创作颓波。

李梦阳是"前七子"的领军人物，李开先是"八才子"的中坚人物，此二人，尤其是前者的创作和文学思想影响了有明一代，是晚明文学新思潮的重要发端之一，晚明文学新思潮的重要代表、中国古代戏曲评点史上的两个里程碑式的人物——徐渭和李贽，在文学创作与批评思想上均颇推崇李梦阳，他们的言论中有不少与李梦阳存在承递关系的文学思想[②]。

徐渭《曲序》之所以会引述李梦阳"董子崔、张剧，当直继《离骚》"之语，便是他认同李梦阳关于《西厢记》高论的表现。并且他行诸文字的文学思想中也明显可见出李梦阳等人的影响或者说与他们思想相通之处，如其《选古今南北剧序》用斩截的口吻提出：

> 人生堕地，便为情使。聚沙作戏，拈叶止啼，情昉此已。迨终身涉境触事，夷拂悲愉，发为诗文骚赋，璀璨伟丽，令人读之喜而颐解，愤而眦裂，哀而鼻酸，恍若与其人即席挥尘，嬉笑悼唁于数千百载之上者，无他，摹情弥真则动人弥易，传世亦弥远，而南北剧为甚。[③]

明确将南北剧作为最能真实摹写感情的文学体裁，即使在文学思想发生新变的嘉靖、万历年间，也属创论。徐渭的杂剧作品《女状元辞凰得凤》的一段话："这胡颜（剧中一作文甚差的应举者之名——引者）词气便也放达，可也忒出入。可取处只是不遮掩着他的真性情，比那等心儿里骄吝么，却口儿里宽大的不同。他还陶融得。"借剧中人之口传达的文字但有真性情便可取的观点，更是对真性情的无上提倡[④]。

可以看出，徐渭的上述言论均与李梦阳等人求"真"、求"今古同情"的思想一脉相承。而他在《叶子肃诗序》中的一番论述："不出于己之所自得，而徒窃于人之所尝言，曰某篇是某体，某篇则否，某句似某人，某句则否，此虽极工逼肖，而已不免于鸟之为人言矣。"更是与"前七子"另一重要人物康海（1475—1540）的下述言论惊人地吻合：

> 古人言以见志，其性情状貌，求而可得，此孔子所以于师襄而得文王也。要之自成一家，若傍人篱落，拾人唾咳，效颦学步，性情状貌，洒然无矣，无乃类诸译人乎？君子不作凤鸣，而学言如鹦鹉，何其陋也？[⑤]

在康海、徐渭看来，如果文字中没有作者自得的感受和自己的"性情状貌"，即使酷肖某人某体，也只是如学舌的鹦鹉一样，无法自成一家。

---

① 徐渭《曲序》引述道："空同子称'董子崔、张剧，当直继《离骚》'。"《徐渭集·徐文长三集》卷十九，第531页。"崔、张剧"即《西厢记》，因该剧主要人物崔莺莺、张生得名。另外，此处"董子崔、张剧"指《西厢记》杂剧，而非董解元《西厢记》诸宫调，具体论述可参看先师章培恒先生与骆玉明教授主编《中国文学史新著》第七编《近世文学·复兴期》第一章第72页的注①。

② 关于李贽对李梦阳的推崇，可参看周晖《金陵琐事》卷一《五大部文章》以及李贽的《与管登之书》。

③ 《徐渭集·补编》，第1296页。

④ 《徐渭集》，第1211页。

⑤ 李开先：《对山康修撰传》引述，《李中麓闲居集》卷十。

身为明代嘉靖、万历之际文学思想新变的代表人物之一，徐渭反复提倡文学应该表现作者的真性情，这为文须有“真性情”的思想不但体现在他比较系统的戏曲论著中，如《南词叙录》中评述《琵琶记》时所说的“或言《琵琶记》高处在《庆寿》、《成婚》、《弹琴》、《赏月》诸大套。此犹有规模可寻。惟《食糠》、《尝药》、《筑坟》、《写真》诸作，从人心流出，严沧浪言‘水中之月，空中之影’，最不可到”[①]，也具体而微地体现在他与王骥德为邻居“时时口及崔传”时，“每举新解，率出人意表”的《西厢记》口头评点和书面评点中。

因此可以说，大力肯定戏曲表达真性情价值的思想认识，使得徐渭成为将评点这一新兴的批评形式施之于戏曲作品之上的第一个文人，成为戏曲评点的开拓者。也正由于贯穿着这些卓异的新变思想，徐渭对戏曲中突出真性情之处的欣赏，对相关表现形式、表达效果的评点，以及对戏曲叙述性因素的批评，在中国古代戏曲评点史上具有较大的意义和影响。

四、徐渭的戏曲评点在中国古代戏曲评点史上的地位和影响

最早对徐渭的《西厢记》评点进行价值定位的不是本章开头提到的王骥德，而是为署名徐渭评点的“批点画意本”《西厢记》作《序》的诸葛元声，这篇《序》中有很多对理解早期戏曲评点史发展颇有价值的论述，现摘录相关文字于下：

> ……今兹刻（指《西厢记》——引者）遍天下品骘之，亦非一人，然率哺其糟，不咀其华，爬其肤，不抉其髓，甚有礼法绳之若李卓吾者，此何异浴室讥裸、梦中詈人也。大抵本来剧戏总系情魔，种种色相寓言亦亡是公、乌有之例，而必欲援文切理，按疵索瘢，反失之矣。……今以南调释北音，舍房闼态度而求以艰深，无怪乎愈远愈失其真。吾乡徐文长则不然，不艳其铺张绮丽，而务探其神情，即景会真，宛若身处。故微辞隐语发所未发者，多得之燕赵俚谚谑浪之中，吾故谓实甫遇文长，庶几乎千载一知音哉！

虽然徐渭早在嘉靖三十七年前后就已经开始了《西厢记》的评点，但由其学生辈王骥德的论述来看，他的评点本刊刻行世比较晚，至少在其逝后。其时《西厢记》已流传有多种评点本，如万历七年少三堂本《新刻考证古本大字出像释义北西厢》，万历八年徐士范本《重刻元本题评音释西厢记》和万历二十年的熊龙峰忠正堂《重刻元本题评音释西厢记》等。由诸葛元声《序》来看，“批点画意本”《西厢记》刊刻时，李贽评本也已流行于世——否则诸葛元声不会特地拎出来作为比较批判的对象。

由诸葛元声《序》来看，在众多《西厢记》评点本中，徐渭的评点至少在两个方面深远地影响了其后的戏曲评点乃至戏曲创作。第一，徐评尊重元剧中真性情的表现，不对剧本内容绳以礼法，没有出于道德偏见而对曲文加以曲解的主观牵强附会之评，用诸葛元生的话来说，即没有“援文切理，按疵索瘢”，也没有“以南调释北音，舍房闼态度而求以艰深”，对戏曲文本的鉴赏批评主要在“即景会真，宛若身处”的细心体会中“务探其神情”。这一特点直接影响了其后著名的戏曲评点家王骥德、毛奇龄的《西厢记》评点，并间接影响了吴震生、程琼夫妇的《牡丹亭》评点，而这些均是中国古代戏曲评点史上最重要的评点本。第二，徐评撇开《西

---

① 《南词叙录》，民国六年董氏刻《读曲丛刊》本。

厢记》的本事、作者、社会功用等角度，立足于文本在绘情、写景甚至叙事上的表现形式和表达效果，虽然没有完全走出诗词类文体的“诗性”批评范围，但着眼点却是戏曲文本形式方面的探讨，这比起其他一些仅知纠结于本事、作者、社会功用等作品外围问题无谓的探讨的批评形式来，无疑更具有文学批评的意义。滥觞于徐渭的这一重视文本形式表现的评点，对中国古代戏曲评点有着某种程度的定向作用。后来的王骥德、金圣叹、毛奇龄、毛纶父子、吴震生和程琼夫妇等人虽然在评点的风格上存在很多差异，但有一点是共同的，即都在自己的评点中主要着眼于文本形式的批评。

徐渭的很多《西厢记》评点看似为原文做注解，有如逐字逐句逐节逐章的注疏，力图将原文梳理清楚，但我们须认识到，徐渭希望恢复《西厢记》古貌的根本原因，是因为他认为古本保留了元人更合理的本文。而他当时的“今本”或“俗本”在形成过程中，不但有因今人不明古本文字原意而致的错讹滥造之处，恐怕也不乏因雅正等思想原因被故意篡改的文字，不论是无意还是有意，布满谑浪色彩“微辞隐语”的古本的原貌遭到了破坏。从这个角度来看，徐渭的恢复古本文字原貌，从燕赵俚谚中发掘古本文字中的“微辞隐语”，是要“即景会真”，发掘出真正的元人“神情”，而这种具有“亵而雅”、“趣况可拾”、“家常自然”、“本色”等特点的元人的真性情，就是元剧在中国文学史上最有价值的地方。如果戏曲评点发展之初尽是些对元剧《西厢记》等表现真性情的作品“哺其糟，不咀其华，爬其肤，不抉其髓，甚有礼法绳之”的失真的品骘，而无徐渭这类尊重古本也即元本谑浪的“微辞隐语”、大胆地充分挖掘元人剧作“神情”的批评，可想而知，由于批评对创作具有或多或少的引导作用，而中国古代戏曲评点的基调未能摆脱注重作品社会功用等问题的倾向，那么汤显祖、吴炳等人便很有可能不会创作出《牡丹亭》、“粲花斋五种曲”等以男女之情大胆表现人性的作品。

因此可以说，明代中期之后文学思想新变的代表人物徐渭的《西厢记》等戏曲评点，作为中国古代戏曲评点的开端，不仅是王实甫等元人的“千载一知音”，还由于徐渭逝后被袁弘道、陶九龄等当代闻人大力推阐之下在文坛积聚起来的越来越盛的文名和影响，在很大意义上引领了其后中国古代戏曲评点和戏曲创作的比较健康的方向。

作者单位：复旦大学

（本文原发表于《学术月刊》2012 年第 10 期，收入本论文集时有所增改）

朱石津校订《西厢记》：又一个“前元旧本”的批点本

杨绪容

已佚的明万历间朱石津校订《西厢记》(以下简称朱本)，据称是碧筠斋本之后又一个“前元旧文”的批点本。其后不少明清《西厢记》评点家，诸如徐渭、汤显祖、凌濛初、封岳、毛甡(奇龄)都曾谈及该本，王骥德述之尤详。王氏的《新校注古本西厢记凡例》言：“碧筠斋本，刻嘉靖癸卯……朱石津本，刻万历戊子。较筠本间有一二字异同，则朱稍以己意更易。然字画精好可玩。古本惟此二刻为的，余皆讹本。”王氏不仅屡次在《自序》和《凡例》中强调刻于万历十六年(1588)的朱石津本与碧筠斋本同为“真正古本”(或“前元旧文”)，还拿它作为《新校注古本西厢记》的重要参校本之一，且在其校注中引述了一些朱本原文及批注内容。本文即打算从明清《西厢记》评点中探索朱本原文及批点的原貌。

朱石津的生平

王骥德《新校注古本西厢记自序》曰：

> 朱石津，不知何许人。视碧筠斋大较相同。关中杜逢霖序，言朱没而其友吴厚丘氏手书以刻者。并属前元旧文，世不多见。

朱本校订者朱石津的生平事迹不详。朱本序言的作者杜逢霖的生卒亦不详，王序只说他是关中人。朱本的刊刻者是吴厚丘，其生平资料则略为丰富一些。明嘉靖时期著名的诗曲作家金銮曾作《寄吴厚丘》一诗，云：“黄金散作买花资，白首谁能恋故知。同作孟尝门下客，西风吹鬓独归时。”[①]据该诗所言，知吴厚丘曾在娼家挥霍钱财，又与金銮同为某贵家门客，两人相知颇厚。后来吴厚丘白首还乡，老境凄凉。金銮(约1506？—1595？)字在衡，号白屿，陇西人，侨居建康。他常往来于淮扬两浙间，与盛时泰、吴怀梅诸名士交谊颇笃。他又曾校刻《西厢记》，龙洞山农(焦竑)的《刻重校北西厢记序》、王骥德的《新校注古本西厢记自序》都把“秣陵金在衡”与“毗陵徐士范、锡山顾玄玮”并称“善本”。因金銮诗集中的交游对象基本上都是嘉靖时人，说明吴厚丘也应主要生活于嘉靖万历间。吴厚丘在其好友朱石津死后，将他改订的《西厢记》手写刊行于世。这样说来，吴厚丘与金銮应该也是《西厢记》的同好。吴刻《西厢记》出版的万历十六年，极有可能就是在朱石津死后不久。据此可知，朱石津应该

---

① 参见俞宪辑《盛明百家诗》卷三百二十四《金白屿集》，明隆庆五年刻本。

主要生活于嘉靖时期，大约在万历初年去世。我们知道，为朱本作序的杜逢霖、与朱本写刻者吴厚丘相厚的金銮都是关中人，那么吴厚丘乃至朱石津也是关中人的可能性很大。

朱石津氏"以己意更易"的内容

王骥德在《新校注古本西厢记凡例》中说，朱本间或有"稍以己意更易"之处。此话是否可信呢？下即后人评点中称引的朱本改文条目：

1. 第一本第一折〔寄生草〕"海南水月观音院"[①]后，王骥德本尾评曰："诸本[②]俱作'现'，惟朱氏古本作'院'，今改正。"凌濛初本尾评曰："徐[③]以朱氏本作'院'，以为对'家'字工而改之，并改'南海'为'海南'，以对'河中'。工则工矣，然自来无'海南水月'之语。况实甫惯用董解元词，董云'我恰才见水月观音现'，正直取其句，不以属对为工耳。旧本作'现'，不敢喜新而从徐也。"毛甡本夹批曰："观音现，本是'现'字，朱石津改作'院'字，而天池、伯良皆从之。不知此句系元人习语，本不容改；况此本董词'我恰才见水月观音现'语，尤不得改。"在该例中，王骥德、凌濛初、毛甡皆指证朱本首改"现"为作"院"。

2. 第一本第一折〔赚煞〕"透骨髓相思病缠"：王骥德本尾评曰："朱本作'相思病蹇'，'蹇'字亦生造，不妥。……俗子本不识此格，欲求合上声，则为'染'，而不知失韵。朱本明知其误，却求上声韵中，无可易者，则强为'蹇'，而不知语不雅驯。……无过'缠'字为稳者。"凌濛初本眉批曰："病染，'染'字犯廉纤韵，必有误。朱石津本作'蹇'，金白屿本作'怎遣'，王伯良改为'病缠'，以为独得。盖此字原可平声，三字皆可，未知谁为本字耳。"毛甡本夹批曰："相思怎遣，诸本作'相思病染'，'染'字属廉纤闭口韵，固非。若朱氏本改作'病蹇'、王本改作'病缠'，则亦非是。初见而曰'病缠'、'病蹇'，情乎？且〔赚煞〕第三句末二字须用去上，'病缠'为去平，终是误也。旧本'怎遣'最当。"王骥德、凌濛初、毛甡皆指证朱本特改"染"为作"蹇"。

3. 第一本第四折〔沈醉东风〕"为曾、祖、父先灵"后，王骥德本夹批曰："父，朱本作'祢'。"王骥德本尾评曰："曾、祖、父，朱本作'曾、祖、祢'良是，但不谐俗，今并存。"王氏认为，更"父"为"祢"[④]，虽用字最准确，但不能谐俗。王氏指出，"祢"字亦为朱石津本所仅见。

4. 第一本第四折〔折桂令〕"教小生迷留没乱，心痒难猱"后，王骥德本尾评曰："'心痒难猱'之'猱'，诸本作'挠'；朱本及元人诸剧，用此语者，皆作'猱'。'挠'本上去二音，平声，诸韵书无此字，惟周德清《中原音韵》有之，盖亦元人相沿之误。'揉'本音'柔'，又皆'猱'字字形相近之误。猱，猴属，能为虎猱痒而食其脑，故世谓妓女为'猱'。今改正。"毛甡本夹批曰："揉，本音柔，然元曲'心痒难揉'语最多，俱叶萧豪韵。……诸作'挠'，朱石津本改作'猱'，俱失之矣。"王、凌、毛诸氏皆认为，朱本误改为"猱"。

---

① 本段所引王实甫《西厢记》原文来自：〔明〕王骥德：《新校注古本西厢记》，明万历四十二年香雪居刊本。本文遵元杂剧惯例，改其一折为一本，一套为一折。又把原第二折第一套按通行本分为两折。下同。

② 参见王骥德本《凡例》第二条："各坊本曰诸本，或曰今本、俗本"。

③ 这里说"徐"，指徐渭。流传的徐渭评本甚多，真伪杂陈。笔者认为，明万历三十九年冬《重刻订正元本批点画意北西厢》堪为徐评本代表。

④ 祢，专指亡父之灵。

5. 第二本第一折〔油葫芦〕“登临又不快，闲行又闷”后，王骥德本夹批曰：“闷，朱作‘困’。”尾评又曰：“朱本作‘闲行又困’较俊，似胜‘闷’字。第董本作‘闷’，今并存之。”此例中朱本独作“困”。

6. 第二本第二折〔倘秀才〕“你那里问小僧敢去也那不敢，我这里启大师用俺也不用俺”后，王骥德本尾评曰：“朱本‘用俺也不用俺’，诸本俱作‘咱’。咱，《中原音韵》作平声，调法须用仄声，今从‘俺’。”凌濛初本眉批曰：“‘咎’字，上声，我也。此句宜仄韵，而诸本作‘咱’，则平声矣。王从朱本为‘俺’，亦疑其宜仄耳，不知仄韵自有‘咎’字也。”王骥德和凌濛初皆认定“俺”字出自朱本。

7. 第二本第二折〔滚绣球〕“法空我不会谈，逃禅我不会参”后，王骥德本尾评曰：“首二句，与上‘怎生唤做打参’意复。杜子美《饮中八仙歌》‘醉中往往爱逃禅’。朱本作‘道禅’，无出。”说明朱石津改“逃禅”为“道禅”，在诸本中仅见。

8. 第四本第三折〔四边静〕“有梦也难寻觅”后，王骥德本尾注云：“有梦也难寻觅，朱本作‘有梦儿寻觅’，亦通。”这说明朱本独作“有梦儿寻觅”。

9. 第五本第二折〔满庭芳〕“想当初做时，用煞那小心儿”后，王骥德本尾评曰：“用煞那小心儿，正可索寻思也。朱本作‘用尽了’，俱佳。”这也说明朱本独作“用尽了”。

诸如此类的例证尚有不少，此处不必尽举。通过上述例句可证，王骥德说朱石津本“以己意更易”文字，是不错的。这是因为：其一，朱本改字大多出现在《西厢记》通行本正文中逻辑不通或音韵不谐之处；其二，朱本改文，多为朱本所独具（如例2、3、7、8、9），或为其首造（如例1、4、5、6）。

王骥德也曾推测部分朱本改文可能有所依据。例如，他在第4例中指出，朱本改“揉”为作“猱”，“盖亦元人相沿之误”。清初封岳也曾有类似看法。《西厢记》第二本第三折〔醉春风〕“东阁玳筵开”后，王骥德本和凌濛初在评点中都认定朱石津改“带烟”，虽更准确，却不如“玳筵”自然。而封岳则不以为然，眉批曰：“带烟，时本误作‘玳筵’，即空主人谓是朱石津所改，非也。”封岳认为王实甫《西厢记》原文当作“带烟”，朱石津本应即沿袭旧本而来。但王骥德只是推测，封岳也没有提供实证。尽管我们并不排除朱本也有某种参校本的可能性，但就上述例句而论，朱氏“以己意更易”的说法是大致可靠的。

朱石津本的底本当即碧筠斋本

根据王氏的推断，朱本“较筠本间有一二字异同”，两本差别不大，同为“古本”。但两本之间究竟是什么关系呢？是朱本直接就筠本而“以己意更易”呢？还是两者同源自某个“元本”呢？这也要通过后人的评点来考察。试看下列王骥德在校注中例举的朱本与筠本的异文：

10. 第二本第三折〔醉春风〕“俺今日个东阁玳筵开”后，王骥德本尾注云：“诸本作‘东阁玳筵开’，即筠本亦然。朱本作‘带烟开’。‘带烟’对‘和月’似整，然亦好奇之过。徐云：言早早开门以待客也。今并存之。”王氏指出，朱本独作“带烟开”。

11. 第二本第四折〔折桂令〕“断复难活”后，王骥德本尾注云：“断复难活，诸本作‘断然’，筠本作‘断后’，俱谬。‘后’盖‘复’字之误也，从朱本更定。”王氏指出，朱本独作“复”。

12. 第三本第一折〔后庭花〕"小可的难办此"后，王骥德本尾注云："办，诸本作'到'，�本作'辨'字解，俱非。辨、办，古字符通用。朱本只作'办'。"王氏指出，朱本独作"办"。

13. 第三本第一折〔寄生草〕"休教淫词儿污了龙蛇字"、"误了玉堂金马三学士"后，王骥德本尾注云："此调句句皆对。筠本'淫词儿污了龙蛇字'作'误了'，下'误了玉堂金马三学士'作'送了'。今从朱本。"王氏指出，朱本作"污了"、"误了"，与筠本有别。

14. 第三本第二折〔二煞〕"隔花阶又低"后，王骥德本尾注云："朱本及诸本作'隔墙花又低'，筠本作'隔花阶又低'，并存。"王氏认为，朱本作"隔墙花又低"，与筠本不同。

15. 第三本第四折〔紫花儿序〕"把个书生跌窨"后，王骥德本尾注云："朱本'迭窨'，筠本作'迭害'。"王氏指出，朱本作"迭窨"，与筠本有别。

16. 第四本第二折〔幺篇〕"你是个银样蜡枪头"后，王骥德本夹批云："银，筠作'人'；蜡，朱作'镴'。"尾注云："诸本'银样蜡枪头'，朱本又作'镴枪头'。"该句尾注上眉批又云："毕竟只'银样蜡枪头'为是。"王氏指出，朱本独作"镴枪头"。

在上述例句中，第10例筠本与诸本皆同；朱本则用字特殊，虽较诸本更准确，却不够自然。第11、12、16例诸本皆同，筠本与朱本用字各异，但朱本较筠本为佳。第14例朱本与诸本皆同，筠本用字特殊。第13、15例朱本与筠本用字各异，但朱本更贴切。

从11、12、16例来看，筠本与朱本关系更密，两者与诸本关系则稍远。从第10例来看，筠本与诸本关系更密。第14例虽说朱本与诸本相同而与筠本相异，但筠本显然欠佳。我们已在上文中说明《西厢记》通行本正文中凡有逻辑不通之处，朱本一般都会"以己意更易"[①]，第14例也可作如是观。总体而言，朱石津直接以碧筠斋本为底本的可能性较大。在笔者看来，王骥德说朱石津本"较筠本间有一二字异同，则朱稍以已意更易"，也是这个意思。由于碧筠斋本被认为脱胎于"前元旧本"，朱本显然也被不少人认作体现了"前元旧文"的原貌。

朱石津本"以己意更易"的价值

朱本直接在筠本的基础上(或许也以其他版本参校)"稍以已意更易"，其效果如何呢？明清评点家对朱本改文的评价因人而异。王骥德对朱氏"以己意更易"之笔，采信(例1、4、6、11、12、13)和肯定(例3、5、8、9、10、14、15)太半，只对例2、7、16中的"病蹇"、"道禅"、"镴枪头"[②]作了辨误。而凌濛初、毛甡则对朱本改文的否定略多于肯定。一方面，他们认定朱本中"曾、祖、祢先灵"的"祢"、"用俺也不用俺"的"俺"、"心痒难猱"的"猱"、"道禅"的"道"、"小可的难办此"的"办"以及"有梦儿寻觅"作"有梦儿"、"用尽了小心儿"作"用尽了"等的用法欠妥，纷纷改从通行本，而对"隔墙花又低"、"淫词儿污了龙蛇字"、"误了玉堂金马三学士"、"银样镴枪头"则加以采信。另一方面，凌濛初又以"观音院"、"相思病蹇"、"闲行又困"、"带烟开"并存，毛甡则直接采信"东阁带烟开"、"断复难活"、"把个书生迭窨"等用法。看得出来，凌濛初、毛甡也是把朱石津本视为"古本"的。例如，毛本在第二本第三折〔醉春风〕"今日个东阁带烟开"后夹批曰："带烟，勿作'玳筵'。'带烟、和月'对起〔醉春风〕，调固如此；且

① 我们虽不能完全排除朱本依据某种参校本的可能，但它"以己意更易"的可能性更大。

② 在笔者看来，镴，指铅锡合金，白而软，说"银样镴枪头"显然比"蜡"更贴切。后凌蒙初、毛甡的订本皆作"镴"。

‘开’属‘东阁’,用平津侯开东阁事。若著‘玳筵’,则是‘开玳筵’矣。”在这个问题上,他甚至严厉指责王骥德对朱本不够尊重,道:“王伯良动称‘古本’,而独此二字,故依坊本,亦不可解。”

但凡朱本改易之笔,有改得好的,也有改得不好的。总体而言,朱本改字虽不尽如意,但却有不少独得之处。考虑到上述例句中不少文字皆为朱本所首创或独有,因此说它是万历中期以前最喜考究文字的版本,也不为过。朱本改字的优点及成就不容抹杀,何况它确曾对其后明清《西厢记》的版本文字产生了重要影响呢!

朱石津本批点的内容与价值

在朱本之后的,明清《西厢记》评点家如徐渭、王骥德、凌濛初、汤显祖、毛甡都曾谈及朱本,但没有人在评点中直接引述“朱注”或“朱批”。那么,朱石津本是否有批点呢。我认为朱本也是一个批点本。其理由如下:

第一,王骥德新校注本中间接引述了1条朱注。在第三本第二折〔醉春风〕“日高犹自不凝眸”后,王骥德本尾注云:“诸本‘日高犹自不明眸’,语颇费力,朱本作‘凝眸’,谓‘注视’也。言日高而目尚朦胧未开也。词隐生引《洛神赋》‘明眸善睐’,谓语非无出。今并存之,然似终有误字。”在本段引文中,“谓注视也”,应是朱本的批释。

第二,王骥德《新校注古本西厢记》中的“古注”和“旧解”应包含朱石津本的批点。他在《凡例》中说明,认为只有碧筠斋、朱石津两本是“真正古本”,与“古本”相对应,他在《新校注古本西厢记》中列举了19条“古注”,也应属于朱石津本的批点。在筠本、朱本两“古本”之外,王骥德又把天池先生本[①]、金在衡本、顾玄玮本称为“今本”,说:“古今本文同,曰旧本。”与“旧本”相对应,他在《新校注古本西厢记》中列举了3条“旧解”,这也应包含朱石津本的批点。这就共得到朱本批点22条[②]。其中,多数批点皆用于解释字词句意,考订音韵曲调,但确有少量评语用于分析人物性格与心理。如第一本第二折〔幺〕“我独自写个从良”后尾注云:古注云:“盖得陇望蜀之妄想。”这条批语揭露出张生希望既娶莺莺又得红娘的心理。再如第三本第一折〔天下乐〕“他害的有些抹媚,我遭著没三思,一纳头安排着个憔悴死”后尾注云:古注谓:“红娘说自己性乖,故不像二人之憔悴至死。”这条批语揭示了红娘果决痛快之性格。诸如此类的批评,已打破了早期戏曲批点中专释字词句意的做法,已是真正意义上的文学批评。

这样看来,不仅朱石津本与碧筠斋本的正文“间有一二字异同”,两书的批语也应大略相同。这就大大降低了朱石津本批点的价值。根据王骥德《新校注古本西厢记》、凌濛初订正本、毛甡论释本对朱石津本原文及批点的引述,我们认为,朱石津本主要的价值在于两个方面:一是“字画精好可玩”,一是文字精准独到。明代《西厢记》评点家们对朱本的批点在总体上是忽略的。王氏《新校注古本西厢记自序》言“取碧筠斋古注十之二,取徐师新释亦十之

① 王骥德所谓天池先生本,指的是“徐尔兼藏本”。王骥德《新校注古本西厢记》卷首有《崔娘遗照》插图,后附《题记》云:“余所见凡数本,惟徐公子尔兼本较备而确。今尔兼没,不传。”在今存徐评本中,批点画意本与王骥德所引“徐尔兼藏本”最为接近。

② 详情请参见笔者另文《碧筠斋本:今知最早的〈西厢记〉批点本》中例5—26。该文待发表。

二”,并不涉及朱本批点。凌濛初与毛甡或其他明清《西厢记》评点家都不重视朱本批点,甚至没有正面提及朱本批点。尽管朱石津本评点的价值不大,我们却不能否认朱本作为一个批点本的文献及传播价值。

作者单位:上海大学

清人辑选清诗总集评点之考论

马卫中　刘和文

诗歌总集是指辑选者按照自己的编辑标准，从一定范围内辑选作者作品、并按一定体例编排的诗歌作品集。总集不仅是作品的总汇，同时具有文学批评功能。诗歌总集的编辑贯穿着辑选者的美学趣味和诗学观念，这主要是通过对诗歌的功能、体式、流别、宗趣等问题的认识与态度，来构成其选诗的价值取向。这种价值取向既体现于选诗的相对范围、数量比例以及风格等客观展示中，又表露在总集的序、跋、凡例、圈点、批注及其他相关主观论说中。作为诗歌总集的集大成者——清人辑选清诗总集，其评点尤见此功能，且蕴藏着丰富的文化内涵，折射出清代哲学思潮和人文精神的消长与更迭，为我们了解和认识清代文学与文化思想的嬗变提供了一个很好的视角。

清人辑选清诗总集作为清代文学批评形式之一，批评方式表现为多样性、灵活性，其中评点最具批评价值。评点是辑选者、作者与读者直接对话、交流的层面，充分体现了总集的批评价值。从字句的训释、作家作品的介绍与考证，到作品意义的阐发，无不彰显出辑选者的批评个性；而读者通过辑选者在这一部分的具体指导，也可以更快捷、更深刻地把握编辑者的文学思想、批评观念，使总集的批评价值获得最充分的实现。就表现形式而言，除了一般的圈点、批注外，还与清人诗话联系密切。诗话作为中国诗歌批评的特有形式，就数量以及质量言，在清代也是空前绝后的。清人在辑选清诗总集的同时，往往撰写诗话，是为辑选者读诗之体会和理论发挥。同时，清人在辑选诗歌时，又辑录诸多其他读者读诗、品诗之文字，因此，诸多读者参错其中评点诗人、作品，亦为清人辑选清诗之一大特色。凡此种种，都是清人辑选清诗总集的批评的独有特征。为能深入研究清诗总集评点的批评功能，我们在此试加考论。

一、圈点和批注——清诗总集评点的一般形式

批注，作为诗歌总集评点的一般形式，保留至今，最早是评点《诗经》之《毛诗序》。诗歌总集辑选者之评点，可溯源到唐代，几乎在唐诗总集产生的同时，就伴随有总集的评点。殷璠《河岳英灵集》前有自序和《集论》，并在每一诗人后附有一段评语，包含着非常丰富的诗论内容，是唐人选评结合的诗歌总集；高仲武《中兴间气集》深受其影响，遵循其编纂体例。但他们的评语集中在序言或作家介绍中，没有紧密联系作品对具体的诗歌进行圈点、批注，因此并非严格意义上的评点本。随着文学批评的发展，评点渐成一种非常重要和独特的文学

批评现象。宋代，尤其是南宋，评点之风大炽，于散文、诗话、笔记、谈丛等各种文体皆有，尤以诗歌总集为著。以评选名作《文章轨范》而著名的谢枋得，又有《注解章泉涧泉二先生选唐诗》，对赵蕃、韩淲所选唐人七绝进行解评。被称为文学评点奠基人的刘辰翁，立足诗歌本体，研论用字造句的奥妙，剖析创作手法和艺术特色，综合品赏诗歌内容和风格，对李白、杜甫、王维、孟浩然等四十多家诗人的诗集都作评点。至元代，评点之风仍在盛行，方回《瀛奎律髓》、释圆至《唐诗说》等都是元代重要诗歌总集的评点本。明人不但评注所辑的前代诗人的诗歌总集，还在各自的诗歌主张下纷纷编辑并评点当代诗歌。前者有钟惺、谭元春《古诗归》、《唐诗归》等，后者则有穆文熙《批点明诗七言律》、朱隗《明诗平论》等。

有清一代，文学评点已融入文人的社会生活，随处可见。孔尚任《答程颖叔》云："大作锻炼精纯，光彩自炫，谨细为评点，以见仆篇篇卒业，非面谀习套之敢加。"[①]又如其《与张山来》曰："足下杂著，典丽娟好，亦皆细读密圈，把之过日。"[②]可以说，评点成为清人交往的一种礼节，孔尚任《湖海集》留下多人评点，都是作者熟识的朋友，评语如话旧，相互标榜，成为此时文集的一个特征。清人评点的形式多样，不但有评、注、眉批、夹批、尾批，还有圈、点等标志，而且，评点形态基本固定，如"评"也称为"批"，置于页眉之上的称为"眉评"或"眉批"，置于行间的称为"夹批"，置于一篇文章之后的则称为"总评"或"总批"；而"圈点"的形态较为复杂，更有讲究，林云铭《古文析义》对此做了总结：

> 是编凡遇主脑结穴处，旁加重圈◎；埋伏照应窾隙处，旁加黑圈●。精彩发挥及点衬处，旁加密点・・・・・・・・，神理所注、奇正相生、字句工妙、笔墨变化处，旁加密圈○○○○○，段落住歇处，下加截断＿，以便省览。
>
> 是编小注内有逐句解释，之下，或遇段落应总解者，恐致相混，必加一小圈○别之，或每句解毕，另有评语，亦加一小圈○别之。[③]

清人不但在评点形式上十分讲究，而且在评点内容上有严格要求，即："繁征博引，考据精详，而后可以为注。""一字一句必有依据，其于异闻曲说悉有折衷，务溯流而穷源，不释事而忘义。"[④]魏茂林对注解出处的著录提出了具体要求：

> 解题有详有略，凡经书习见之典，只标书名卷数，其不易解者，或添上下文，或于○外加注，期于易晓。叵仍未能悉，可检原书而得之。至事涉稍僻，或非一二语所能悉者，祇可多载数语，以期详尽，至每书必载篇名卷数，期便检寻，亦以见所录皆本原书，非由稗贩，庶日久可为征信。
>
> 按语有本前人之说者悉为标出，如纪文达公说则标《庚辰集》、《我法集》、《唐人试律说》，他仿此。[⑤]

清人辑选清诗总集中的评点亦常常作为文人之间交流的一种方式而出现，《今诗粹凡例》曰：

---

① 孙尚任《答程颖叔》，孔尚任撰，汪蔚林编《孔尚任诗文集》，第542页，中华书局，1962年。

② 孙尚任《与张山来》，孔尚任撰，汪蔚林编《孔尚任诗文集》，第507页。

③ 林云铭《古文析义》，复旦大学图书馆藏清光绪联墨堂刻本。

④ 魏茂林《国朝三十五科同馆诗赋解题凡例》，见魏茂标《国朝三十五科同馆诗赋解题》，清道光二十九年(1849)刊本。

⑤ 魏茂林《国朝三十五科同馆诗赋解题凡例》，见魏茂标《国朝三十五科同馆诗赋解题》。

"近日诸选，各有参评姓氏，以著广大。乃有文不逾数十，而参选载至数百人者。"[①]又如卢见曾云："所评必出宗工。吾乡之有渔洋，亦如建安陈思、元嘉谢客，同时诸贤之诗大半经其品藻，而西樵、山姜、秋谷诸公及《国雅》、《诗观》各评语亦多采入，至渔洋集往往自述作诗之旨，散见《池北偶谈》、《居易录》诸书，附载于下，以见诗之不苟作也。"其所辑《国朝山左诗钞》就是评选结合，"选诗有传，……前详爵里，后系诗话……以行实居先，逸事次之，见闻最确，而书无可征者，以案语附后"[②]。沈德潜《国朝诗别裁集》不仅有评点，还有加注："诗中有相沿误用者，如孤负之误辜负：李陵《答苏武书》'孤负陵心，陵虽孤恩'，杜诗'孤负沧洲愿'，韩诗'孤负平生志'，皆是也。辜，罪也，与负不协。……亦不可枚举。集中一一校正。恐外间溺于俗本，转以为讹，故一论列之。"[③]举凡诗歌发展、诗歌体式、思想意旨、艺术表现、作品风格等所有诗歌领域问题，在评点本中都有所涉及。魏宪《诗持》："间有评点……或人评一二首，或首圈一二句，皆就一时之见，取其惬余心者而已，非敢遂以为定则也。至叙及情款，稍附数言，则区区之私，无关大概。"[④]

由于评点风行诗坛，清代出现了许多著名诗歌评点家，如金圣叹、钱谦益、冯舒、冯班、邢昉、王夫之、何焯、沈德潜、纪昀、姚鼐、刘大櫆等。同时，出现了大量评点的清诗总集，如王文濡《清诗评注读本》，张熙宇《七家试帖辑注汇钞》，刘培棠、刘钟英《重注七家诗》等，这些总集明确标明了"评"、"注"。而在清人辑选清诗总集中，大多数评点本没有标明"评"、"注"，如邓汉仪《诗观》、沈德潜《国朝诗别裁集》、吴闿运《晚清四十家诗钞》等。纵观清人辑选清诗总集的评点，其涉及范围广泛、形式多样，具体的诗歌批评也更为精辟、深入，具有丰富的诗学内涵，是重要的诗歌批评形式，可用孙琴安先生这段话来总结："有详注，有简注，有笺注，有题解，有双行夹注，有诗尾批，有训有解，有证有附；从批评的角度来看，有眉批，有尾批，有旁批，有总批，有题下批，有少至一二字，有多至数百字，乃至上千字的，有字斟句酌的，有即兴而发的，有借题发挥的，有画龙点睛的，有疏通文字的，有考察史实的，有专事于章法结构的，有着意于艺术风格的；从圈点的角度说，有实圈，有虚圈，有单圈，有双圈，有单点，有双点。"[⑤]

二、诗话——清诗总集评点的特殊样式

清诗总集的评点除了圈点、批注等形式外，还与诗话相融合，形成理论性较强的诗学著作。理论的成熟往往落后于创作，诗歌创作的繁荣期为唐代，而诗歌理论研究的繁荣则出现在唐以后，宋代为诗歌理论研究的全面发展期，自欧阳修"集以资闲谈"而撰成《六一诗话》，作为诗学批评主要形式的诗话著作的"以不能名家之学，入趋风好名之习，挟人尽可能之笔，著惟意所欲之言"[⑥]的体例特征，一直延续到清末。清代，中国的诗学批评出现了较为繁荣的景象，主要标志便是诗话著作的大量出现。诗话的批评功能有二："一是论作诗之法，引经据

① 《今诗粹凡例》，见魏耕、钱价人《今诗粹》，清初刻本。

② 《国朝山左诗钞凡例》，见卢见曾《国朝山左诗钞》，清乾隆刊本。

③ 沈德潜《国朝诗别裁集凡例》，见《国朝诗别裁集》，清乾隆二十六年(1761)刊本。

④ 魏宪《诗持三集凡例》，见《诗持》三集，康熙十年(1671)至十九年(1680)魏氏枕江堂刻本。

⑤ 《唐诗选本六百种提要自序》，孙琴安《唐诗选本六百种提要》，第10页，陕西人民教育出版社，1987年。

⑥ 章学诚《文史通义》，第236—237页，商务印书馆，1939年。

典，求是去非，开后学之法门，如《一瓢诗话》是也。一是述作诗之人，彼短此长，花红玉白，为近来之谈薮，如《莲坡诗话》是也。”①诗话作为诗歌批评的一种形式，溯源于钟嵘《诗品》，甚至有学者推到《诗三百篇》或孔、孟论诗的片言只语②。林昌彝《射鹰楼诗话》卷五云：“凡涉论诗，即诗话体也。”③但明确以“诗话”命名的具有严格意义上的诗话著作，当为欧阳修的《六一诗话》。我们所说的诗话，即取随笔形式，论诗及事和论诗及辞。“从形式上看，则‘惟意所欲’、‘人尽可能’；从内容上看，则在轻松平凡的形式中可看出作者的学殖与见解，可浅可深。”④一般来说，诗歌总集重在为阅读和创作提供范本，而诗话重在理论的阐发，二者有着一定的相融之处。大多数清人辑选清诗总集都有评点，可以断定总集是边选边论；而中国的诗话著作一般也选述大量诗人诗作，则是边论边选，以“选”明“论”。诗话与诗选的侧重点也有不同，表现出“论”与“选”不同的关系。北宋末年计有功的《唐诗纪事》是记事、论诗与选诗并存，“虽诗与事迹、评论并载，似乎诗话之流，然所重在录诗”⑤。南宋何溪汶的《竹庄诗话》与蔡正孙的《诗林广记》都只选录有“话”之“诗”，着眼于诗话与诗作之间的联系比较。此外，还有将诗歌总集中的评语单独辑出而另成一部诗话著作的，如明人顾起纶的明诗总集《国雅》前附有《品目》一卷，陆时雍《古诗镜》和《唐诗镜》(合称《诗镜》)前附有《总论》一卷，丁福保分别题作《国雅品》、《诗镜总论》辑入《历代诗话续编》；清人张宗楠纂《带经堂诗话》汇集了两千多条王士禛的论诗，其中的“总集类”就收集了王士禛各种诗歌总集的凡例、序跋、题签等。这些足以说明作为一种批评方式——总集与诗话的融合，在中国古典文学批评史中具有十分重要的位置。这在清代诗学批评中表现尤为突出，清人辑选清诗总集与诗话的融合，大大丰富了清代诗学批评的内涵，成为人们赖以发表和传播自己诗学主张的重要手段。它们的融合，主要表现为两个方面。

其一，一些诗学家既编有诗歌总集，又撰有诗话，且所撰诗话都是根据所辑诗歌总集而来。陈瑚编有《离忧集》、《从游集》，又撰有《顽潭诗话》。《离忧集》、《从游集》所收皆友朋间唱酬之作，而《顽潭诗话》所录皆唱酬时的清谈，二者的编辑与撰著，应该是同时进行。《顽潭诗话自序》云：“所居有莲堂七十二，环茅舍皆莲花，吾与友弄舟嬉游处也。……林阴篱落之下，飞觥斗采之余，篝灯风雨，清谈永夕，不及时事之治乱、他人之是非，往往托之诗歌以见意。又不必尽出于其所自作，而凡所目见耳闻，皆可咏吟，以消岁月。间于吾友散后，笔而志之，编年别部，汇成一帙。始自甲申，以迄今兹。其间有一人为一类者，《指南》、《心史》之续也；有一事一类者，《月泉吟社》之续也；有一时为一类者，《谷音》之续也。”⑥《广陵诗事》的编辑与陈瑚《顽潭诗话》有所不同，是阮元在完成《淮海英灵集》之后而辑，其云：“余辑《淮海英灵集》既成，得以读广陵耆旧之诗，且得知广陵耆旧之事，随笔疏记，辄成卷帙，博览别集，所获日多，遂名之曰《广陵诗事》。其间有因诗以见事者，有因事以记诗者，有事不涉诗而连类

---

① 沈懋悳《莲坡诗话序》，见查为仁《莲坡诗话》，王夫之等著《清诗话》，册上，第519页，上海古籍出版社，1978年。
② 《清诗话考自序》，见蒋寅《清诗话考》，第1页，中华书局，2005年。
③ 林昌彝著，王镇远、林虞生标点《射鹰楼诗话》卷五，第95页，上海古籍出版社，1988年。
④ 郭绍虞《清诗话前言》，王夫之等著《清诗话》，册上，第2页，上海古籍出版社，1978年。
⑤ 胡震亨《唐音癸签》卷三十一，第323页，上海古籍出版社，1981年。
⑥ 陈瑚《顽潭诗话自序》，见陈瑚《顽潭诗话》，民国六年(1917)赵诒琛刊《峭帆楼丛书》本。

及之者，大指以吾郡百余年来名卿贤士、嘉言懿行，综而著之。”[①]

其二，诗话分载于诗歌总集。夏孙桐曰：“近代诗话以《静志居》、《蒲褐山房》二者并号‘翔实’，第因选诗而备载作者遗事，事仅系于一人。”[②]这类诗话的撰写与总集的编辑同时产生者居多，周中孚言朱彝尊《静志居诗话》云：“竹垞先生所著《静志居诗话》，分载于《明诗综》者，品题平正，考证精详，而行文亦复疏畅。因思诗话当及历代，恐不仅此。及考诸家文集、笔记并杨未孩所撰竹垞诗注、年谱，凡所引用诗话，无有逸出于《诗综》外者，于是知《诗综》所载一千四百二十余则即为诗话之全书无疑。盖本为明诗而作，故即依次附载，不更有单行刊本也。……凡《诗综》附载诗话，于每卷首条冠以‘静志居’字样，以后只称诗话。”[③]不难看出，《静志居诗话》是与《明诗综》同时产生，这种体例为清人辑选诗歌总集提供了范例，符葆森《寄心盦诗话》与《国朝正雅集》即是，其“诗人名字、郡邑及科目、官阶别行注明，或有轶事可考，传志所载，名家所评，均纂入焉。昔朱竹垞检讨《明诗综》只采评语、不及传志，而《静志居诗话》则为各诗人作小传于后，嗣《湖海诗传》仿其例，葆森身居草野，不得为诗人作传，其或佳句可采与诗中之事有可存者，撰有《寄心盦诗话》并为附列”[④]。属于这种情况还有王昶《蒲褐山房诗话》与《湖海诗传》、《青浦诗传》，陶梁《红豆树馆诗话》与《国朝畿辅诗传》，朱彬《游道堂诗话》与《白田风雅》，徐世昌《晚晴簃诗话》与《晚晴簃诗汇》，陈衍《石遗室诗话》与《近代诗钞》，陈诗《尊瓠室诗话》与《皖雅》等。

清人辑选清诗总集中的诗话，较之其中的圈点、批注，有较强的理论性和系统性，为诗学批评的重要形式。清诗总集与诗话的关系，可用方孝岳先生的这段话来概括：“有许多诗话、文话，都是前人随便当作闲谈而写的，至于严立各人批评的规模，往往都在选录诗文的时候，才锱铢称量出来。”[⑤]

三、诸多读者评点参错——清诗总集评点的汇集

清人辑选清诗总集除了编辑者的评点外，还有一种重要的形式，就是诸多其他读者的评点参错在总集之中。中国诗学批评的方式虽多种多样，但都以作者或作品为中心。古典诗学“诗言志”的传统，以作者的抒写志向为主，“风、雅、颂、赋、比、兴”所谓诗六艺，着眼于作品的内容与艺术，是典型的作品中心论。至明清时期，由于文学评点的兴起，读者意识逐渐取代传统的作者作品为中心的思维模式。在这个大潮流之下，清代诗学的传播与批评产生了若干重要变化。这些变化具体表现为，清代出现了一批清诗总集的评点汇集本，这些总集的编辑、出版都汇有当时其他读者的评点，从而将作者、辑选者、其他读者联系在一起，形成了以读者意识为中心的批评方式。因此，此类清诗总集成为观察当时读者批评的绝佳资料。首先，再现了读者评点盛况，正如杨义所云：“要使读者在有作者、书中人、评点者、甚至还有评点者临时拉来助兴的古人的多向对话之中，身心投入地同忧乐、同行止、转喜为悲，破涕而

① 阮元《广陵诗事序》，见《广陵诗事》，第1页，商务印书馆，1936年。

② 夏孙桐《十朝诗乘序》，见郭则沄《十朝诗乘》，民国二十四年(1935)乙亥栩楼自刊本。

③ 周中孚《郑堂札记》卷二，清光绪间刻本。

④ 符葆森《国朝正雅集例言》，符葆森《国朝正雅集》，广州刊巾箱本。

⑤ 方孝岳《中国文学批评》，第5页，三联书店，1986年。

笑，从而把阅读的世界变成超越时空障碍的生命世界，变成一个读书雅集，用当今时髦的话来说，变成了'读书沙龙'了。"[①]其次，窥见读者评点的创作过程。评点已蔚然成风的清代，诗学家经常彼此交换稿件，"点定评论"[②]，相互砥砺，辑选者将他们讨论的结果汇于一起，从而形成了一种区别原著的新文本。所以说，清人辑选清诗总集评点汇集本的出现，极大地丰富了清代诗学批评理论。

清诗总集将读者的点评汇集一起，映射出了清代诗学风尚和清人诗歌批评变革的概况。以邓汉仪《诗观》为例，可以窥见其中变化。《诗观》的编辑汇集了其他读者的评点，在《诗观》中，参加评点者有张潮、陈廷敬、孔尚任、黄九河等人；王卓华《邓汉仪〈诗观〉研究》[③]一文，列举了李邺嗣等31人校阅，其中有不少人留下了他们的评点。评点内容不仅涉及诗人的身世，还涉及诗人的诗学的师承、人生志趣、品格风范、创作特色、诗歌成就、诗坛影响等方面。如，三集卷一徐秉义诗后之徐健庵总评曰："吾家二弟诗学甚深，拟倾笥远寄而鱼雁茫然，忽从卷子得四诗，隽妙绝妙，急录入。"[④]又如，三集卷二申涵盼诗后之陈廷敬总评云："乐府古诗气格风神在汉魏，前时取道少陵，得其精髓，即使崆峒、西崖、廉夫辈复出，亦应趋下风，眼中之人，未见其比矣。"[⑤]再如，三集卷六杜浚诗后引张潮语评曰："此诗坛老将，时流即工辞采，其识力高迈，谁能及之？"[⑥]因此，可以说《诗观》的编辑不仅是清初诗人作品的汇集，而且是清初读者评点的汇总。《诗观》的编辑出版，改变了作者与读者的关系，形成了以读者为中心的批评观，折射出了当时诗学思潮和诗学的繁荣。《白田风雅》将诗作与其他读者评点汇于一编，亦在彰显清代读者对清诗的接受与批评的情况，其录入诗人诗作，除了有辑选者朱彬所撰的小传及《游道堂诗话》评点外，还有邓汉仪、刘雨峰、孙思九、沈德潜、舒子民、万西田、邱浩亭、周钦莱、王士禛、汪懋麟、刘楚桢、方扶南、乔亿等人的评点之语。

另有辑选者将同一类诗歌及其评点汇于一编，辑成清诗总集，是更彰显辑选者、评点者（即读者）与诗作者之关系。张熙宇《七家试帖辑注汇钞》就是一例，辑选者要做到"注诗者之意匠"与"作者之意匠"的融合贯通，方始选诗编纂。任联第序云：

> 作诗难，注诗尤难。诗至试帖，犹难之易也。然作者之诗，每拈一题，必经营惨淡，融会贯通，一诗无负一题而后已。其用事也，亦迥异生吞活剥、堆砌涂泽者之所为，故其间有正用者，有借用者，有明用者，有暗用者，有熟事而用之生新者，有僻语而用之无迹者，更有合数事而用之以连类比附者。是非注诗者之意匠与作诗者之意匠融会贯通，经营惨淡，固未易精详明确，令人一读一击节也。夫一诗而一字一句未得其解，则全首为之不贯，诗虽佳，读诗者之意兴为之索然。时有能历历指其出处、且莫不精详融洽者为之注，岂非读者之大快事哉？我朝试帖著为功，令学者童而习之，自乡会试以至词馆诸公，莫不潜心致力于此，是以名流辈出，远迈前人。近有张君玉田《七家诗》之刻，其评选精当，允无遗憾。……王子馨山天才挺秀，夙工吟咏，随手取诸家诗，沈吟探索，详加注

① 杨义《中国叙事学：杨义文存》，第388页，人民文学出版社，1997年。
② 戴名世著，王树民编校《戴名世集》卷三，第54页，中华书局，1986年。
③ 王卓华《邓汉仪〈诗观〉研究》，南京师范大学2007年博士论文，第53页。
④ 邓汉仪《诗观三集》卷一，康熙慎墨堂刻本。
⑤ 邓汉仪《诗观三集》卷二，康熙慎墨堂刻本。
⑥ 邓汉仪《诗观三集》卷六，康熙慎墨堂刻本。

释，一字必求其精详，一意必求其融洽，雅意搜罗，精心采择，积数年之久，始方告成。[①]

刘培棠、刘钟英所辑《重注七家诗》亦是其中一例，足显以读者为中心的诗学批评特征。

"总集之传，视专集为久且易。"[②]因此，清人辑选清诗总集评点的汇辑不但表现出了清人诗学批评之盛况和清诗批评方式的变化，而且更易于在更广泛范围内传播清人诗学观念，影响文学思潮。

观之以上，清人辑选清诗总集的评点形式颇具特色，已具有向发挥评论家个人见解的方向发展的明显趋势，深深地锲入了中国诗学的发展中，对于清代的思想和诗学具有显著的影响。因此，清诗总集评点成为研究清代诗学的重要文献和对象。

作者单位：苏州大学　安徽师范大学

① 任联第《七家试帖辑注汇钞序》，见张熙宇辑《七家试帖辑注汇钞》，同治九年（1870）京师琉璃厂刊本。

② 徐元润《娄水琴人集序》，见周煜《娄水琴人集》，清道光十一年（1831）辛卯刊本。

评点学之笔法研究——从吕祖谦到金圣叹

王基伦

一、前言

除了刘勰(约465—520)《文心雕龙》、钟嵘(468—518)《诗品》、严羽(约1192—1145)《沧浪诗话》等少数重视结构的著作以外,中国文学理论确实缺乏架构完整、体大虑周之作。后世有关这方面的材料,主要是诗话、文话、文类选集的方式呈现,这可以从纪昀(1724—1805)、永瑢(1743—1790)等人所编《四库全书》的"诗文评类"看出端倪。从南宋吕祖谦(伯恭,东莱,1137—1181)编选《古文关键》开始,楼昉(1193年进士)《崇古文诀》、真德秀(西山,1178—1235)《文章正宗》、谢枋得(叠山,1226—1289)《文章轨范》,采用圈点、题下批、眉批、旁批、夹批、尾批等不同形式,有时还会在书前附上一段"读书法"的评点学著作,始终不绝如缕。发展到清朝初年的金圣叹(1608—1661),有大量的评点著作问世:《水浒》、《西厢》、《离骚》、《史记》、《杜诗》、《庄子》号称六才子书,可谓一个重要阶段的完成。

当我们开始详细分析评点的形式、用语、批注内容时,发觉宋明以来的评点书籍,原是为了举业应试之作,随笔抒议的成分颇高,慢慢地由此归纳出一些笔法,客观公允的批评原理才逐步建立起来,这有助于读者阅读古文、诗、小说,理解文本,达成完美的文学批评架构。因此本文拟从较为宏观的立场,探讨南宋至清初评点笔法的发展过程,藉此阐明各种笔法被提出来的重要性。期盼经由宏观的视野,进入微观的细读文本的批评与讨论,将笔法的重要性彰显出来。

二、评点笔法的形成:吕祖谦现象

笔法或简称为"法",或称文法、章法结构、结构模式。一般公认评点风气的开启,始于南宋吕祖谦的《古文关键》。事实上,北宋黄庭坚(豫章,1045—1105)领导的"江西诗派",已经提出"夺胎"、"换骨"之说,推动了诗法的讲求。同时期吕本中(1084—1145)《江西宗派图》的问世,更奠立了他们屹立不摇的地位。吕本中的诗论也提出了"悟入说"、"活法说",他的《童蒙训》、《童蒙诗训》,偶有论及诗文之语,今书虽不传,而郭绍虞(1893—1984)《宋诗话辑佚》

中仍辑得七十五条[①]。当然，在此之前，历代都有讨论诗文作法之书，然而我们却不能忽略一个事实：吕本中是南宋吕祖谦的伯祖父[②]，他所写的《童蒙训》系列书本来就是教导子侄孙辈的教材，吕本中学诗论文十分强调活法。其《夏均父集序》云：

学诗当识活法。所谓活法者，规矩备具，而能出于规矩之外；变化不测，而亦不背于规矩也。是道也，盖有定法而无定法，无定法而有定法。知是者，可以与语活法矣。谢玄晖有言："好诗流转圆美如弹丸。"此真活法也。近世豫章黄公首变前作之弊，而后学知所趋向。必精尽知左规右矩，庶几至于变化不测。然余区区浅末之论，皆汉、魏以来有意于文者之法，而非无意于文者之法也。[③]

吕祖谦受祖上影响，也非常注意法。他在《古文关键》中批评曾巩（1019—1083）的《战国策目录序》，就用到了"活法"一词；书中评韩愈（退之，昌黎，768—824）《师说》一文的"圣人之所以为圣，愚人之所以为愚"这两句，就说是"使《袁盎传》换骨法"[④]，也明显来自江西宗派的观念。

吕祖谦的《古文关键》收录韩愈、柳宗元（773—819）、欧阳修（1007—1072）、苏洵（1009—1066）、苏轼（1037—1101）、苏辙（1039—1112）、曾巩、及张耒（1054—1114）等八人共计六十二篇文章[⑤]，每篇都有旁批及抹、点，在原文开头的总评、原文之旁的"夹批"，都是他对唐宋古文一种"重建"和"具体化"的再创造活动之产物，它起了沟通读者、解决作者与读者之间的隔阂作用，这是中国古代第一次直接对作品进行评点的集子[⑥]。此书除了选文之外，首开评点风气，一般认为是评点著作正式的开端。该书卷首有一篇《总论看文字法》，下分为《看韩文法》、《看柳文法》等，有如导读，显然是在教导举子从事文章写作的"笔法"，这是编选评点类书籍的主要目的。吕祖谦在此书担任的角色既是文本的接受者，又是评点古文选本的开创者。

吕祖谦的《总论看文字法》提出了评点的总原则，是稍具有系统的阅读理论。此文开头即说："学文须熟看韩、柳、欧、苏。"这里的"看"字，实际上已透露了接受的意思，表明他认为想要学作古文，先要接受，而且是要接受名家、优秀的作品。这样的想法在古代是很普遍的。如果说这是一种普遍的想法，那么接下来吕祖谦阐述对优秀的作品该如何接受的思想则是

---

① 欧阳炯：《吕本中研究》，台北：文史哲出版社 1992 年，第 5 章《吕本中之诗论》、第 3 章第 4 节《著述》，第 257—289 页、第 154—156 页。另可参考郭绍虞：《宋诗话辑佚》，中华书局，1980 年。

② 欧阳炯：《吕本中研究》，第 3 章第 5 节《附：吕祖谦》，第 184 页。

③ 刘克庄：《后村先生大全集》，台北：台湾商务印书馆，1979 年，上海涵芬楼影印顾氏赐砚堂本，卷 95，《江西诗派序》引。

④ 本文选用吕祖谦评、蔡文子（行之，福建人，孝宗乾道年间 1165—1173 进士）注、徐树屏（敬思，1712 年进士）考异、俞樾（曲园，1821—1907）跋：《古文关键》，台北：广文书局，1970 年。以下随文注明卷次、页码，不另列注。

⑤ 吕祖谦：《古文关键》收入八家作品，按照入选篇目的多少依次为：苏轼 16 篇、韩愈 13 篇、欧阳修 11 篇、柳宗元 8 篇、苏洵 6 篇、曾巩 4 篇、苏辙 2 篇、张耒 2 篇。

⑥ 章学诚（1738—1801）：《文史通义·校雠通义·宗刘》云："评点之书，其源亦始于钟氏《诗品》、刘氏《文心》。然彼则有评无点，且自出心裁，发挥道妙。又且离诗与文而别自为书，信哉，其能成一家言矣！"评点和以中国传统文学批评方式为代表的《诗品》和《文心雕龙》不同的地方在于，传统文学批评形式是"有评无点"；而且传统文学批评形式是"离诗与文而别出为书"，而评点则是与本文紧密结合在一起。参见吴承学（1956— ）：《现存评点第一书——论〈古文关键〉的编选、评点及其影响》，收于章培恒（1934—2011）、王靖宇（1934— ）：《中国文学评点研究论集》，上海古籍出版社，2002 年，第 220 页。

他自己独有的：

> 第一看大概主张。第二看文势规模。第三看纲目关键，如何是主意首尾相应，如何是一篇铺叙次第，如何是抑扬开合处。第四看警策句法，如何是一篇警策，如何是下句下字有力处，如何是起头换头佳处，如何是缴结有力处，如何是融化屈折翦截有力处，如何是实体贴题目处。(《古文关键》卷上，页17—18)

吕祖谦这里的排序是有先后次序的，绝非不分先后的并列式，这样的排序反映了他的思想："第一看大概主张"，即先看文章的大概命意；"第二看文势规模"，即指整体的形式方面；"第三看纲目关键"，主要讲文章整体的结构方面；"第四看警策句法"，主要讲文章局部的字句安排。换言之，吕祖谦认为理解文章时，应先分析文章整体的布局，再分析文章局部的字句使用；亦即先宏观再微观，把文章当做一个有机体的组合。早先刘勰《文心雕龙·附会》、《镕裁》、《章句》、《丽辞》等关于文章的整体要求，也认为站在读者的角度去理解一篇文章，要注意文章各要素的特点，又要注意它们之间的联系。

在作家论方面，吕祖谦重视古文写作的渊源，提出韩愈文出自《孟子》，有"简古"之风；柳宗元文出自《国语》，能得其"关键"；欧阳修文出自韩文，有"平淡"之风；三苏文出自《战国策》、《史记》，"亦得关键法"。而"论作文法"时，他提出："文字一篇之中，须有数行齐整处，须有数行不齐整处，或缓或急，或显或晦，缓急显晦相间，使人不知其为缓急显晦，常使经纬相通，有一脉过接乎其间，然后可。盖有形者纲目，无形者血脉也。"(《古文关键》卷上，第21页)这里特别重视文章中无形的"血脉"，远胜过有形的"纲目"，文章中的"回复转换"、"起伏"、"文字委曲"、"以虚作实"都因此而受到重视；显然已经是很深入的读法，注意到有形和无形的不同层次现象。他在细部的讲求方面，提到"常中有变"、"正中有奇"、"结前生后"等很具体的作法，这些揭示出来的意义，常常落实在文章的评点当中。当我们检视了《古文关键》所有的评点用语之后，发觉吕祖谦有一些自己的想法。这里面包括他看重文章的任何角落，篇法、章法、句法、字法都没有遗漏；在有形的章法中，结笔讨论得最多，而如何相应前文，如何转接、过渡，也是评文的重点。

若依据刘勰《文心雕龙·章句》的说法，先从章法、篇法的角度论文，其次才是从字法、句法的角度论文。《古文关键》的评点方式也是如此，这应当是长久以来的一般文人的习惯。吕祖谦品评文章的语词，会运用一些"譬"、"旁影"的批评术语；在句法方面，他基本上又是主张"省文"和"简文"而追求简练的。不过，重要的是，他常运用对立面的语辞，所指出的两种元素，譬如"缓急"、"显晦"、"抑扬"、"开合"、"大小"……往往着重在两种元素之间的互摄互补，以韩愈《送文畅师序》为例，其旁批云："善恶相形"、"先说至不好事，然后形容圣人好处"(《古文关键》卷上，第72页)，指出两种元素互补之效果。龚鹏程(1956—)指出："这些对举辞，似乎最能说明中国人或这些批评家们心目中的文章内部关系。"[①]他更深入地阐述到："顺逆，亦是往复，是对待之意，是虽两端而非对立。它们跟西方哲学中不断强调的二元对立思考迥然不同。……细部批评特别喜好用这些对偶词来解说文章内部交错复杂的关联，显然意味着他们基本上是认为文章各部门均有其作用，而整篇文章又互摄互补、平衡对举地构成

① 龚鹏程：《文学批评的视野》，台北：大安出版社，1990年，第420页。

一以功能为纲的有机整体(organically functional whole),如一活物。”[①]后来在许多评点书也出现了术语对举并陈的现象,如虚实、避犯、疏密、肥瘦、阴阳、刚柔等,在二元“相间”中实现了艺术化的衔接、转换、对照、锁合,大致不脱离这样的思考。美国籍学者浦安迪(Plaks, Andrew H. 1945—)也曾经以小说为例说:“‘事’在中国叙事传统里,并不是一个真正的实体。在中国古代的原型观念里——动与静、体与用、事与无事之事等等——世间万物无一不可以化分成一对对彼此互含的观念,然而这种原型却不重视顺时针方向作直线的运动,而却在广袤的空间中循环往复。”[②]上述二人的观点,的确指出了中国人常见的特有的一种思维方式,亦即二元相辅相成的对举辞已经普遍灌注在评点文章的作法之中,就某个意义来说,吕祖谦《古文关键》带动了评点思考方式、评点术语的使用模式,这是值得注意的一环。

三、吕祖谦《古文关键》之影响

由于吕祖谦在当时学术界、教育界的特殊地位,其所评点的《古文关键》在当时即产生相当大的影响。《朱子语类》有两段文字涉及朱熹(1130—1200)对吕祖谦之评点的看法:

> 因说伯恭所批文曰:“文章流转变化无穷,岂可限以如此。”某因说:“陆教授谓伯恭有个文字腔子,才作文字时,便将来入个腔子做。文字气脉不长。”先生曰:“他便是眼高,见得破。”
>
> 至之以所业呈先生。先生因言:“东莱教人作文,当看《获麟解》也,是其间多曲折。”(《朱子语类》卷139《论文上》)

这里基本上是持批评的态度,因为朱熹认为文章之法变化无穷,难以用一定的格式来评点。不过,朱熹还是赞同吕祖谦对韩愈《获麟解》的分析,里面蕴藏着丰富的文学批评意见。朱熹本人虽未有评点本传世,但他本人也非常喜欢用点抹的方式来读书,其在《朱子语类》中曾再三提及[③]。

此外,吕祖谦《古文关键》之所以产生于南宋,并且带动古文评点之风气,这和书籍印刷发明和书籍流通方便这个外在客观物质性因素的改变,从而导致人们接受方式主要从听授转变到阅读几乎是同步发生的。南宋至清朝初年,同时也是渐渐进入印刷文化(print culture)的鼎盛时期,文集的创作者、出版业的传播者,他们的传播行为是具有显性意图的,亦即尝试从评点书籍的流传,帮助文人士子博取功名,能对当代读者产生立即效应。杨玉成指出:“评点如此依赖书籍的物质形式,迫使我们审视文本的物质遗迹,关注背后文化与社会的脉络。”[④]《古文关键》的编选评点对于其后的南宋文学选本产生了直接的影响。接受理论

① 龚鹏程:《文学批评的视野》,第421页。张伯伟(1959—):《中国古代文学批评方法研究》对唐五代诗格中“势”论的看法,也可与此参看:“这些名目众多的‘势’讲的实际上是诗歌创作中的句法问题。这里讲的句法,指的是由上下两句在内容上或表现手法上的互补、相反或对立所形成的‘张力’。这种‘张力’存在于诗句的节奏律动和构句模式之间,因而就能形成一种‘势’,并且由于‘张力’的正、反、顺、逆的种种不同,遂因之而出现种种名目的‘势’。”中华书局,2002年,第374页。

② 〔美〕浦安迪(Plaks, Andrew H.):《中国叙事学》,北京大学出版社,1996年,第47页。

③ 参见〔南宋〕黎德靖编:《朱子语类》,中华书局1986年,卷115、卷120,第2783、2877页。

④ 杨玉成:《刘辰翁:阅读专家》,《国文学志》第3期,1999年6月。

以为，“接受不是一种消极的文本消费行为，在其效果中带有消费者或明或显、或深或浅的个人印记……但是，另一方面究竟选择哪些文本作为阅读研究的对象，往往又会表现出某种比较一致的倾向。”①

有关学术思想背景的考察，让我们了解到从南宋到明末清初年间，在理学思想氛围笼罩、科举制度定型化的情形下，评点学著作能从古文开展到各领域的主因。《四库全书总目提要》评论楼昉《崇古文诀》时说：“世所传诵，惟吕祖谦《古文关键》、谢枋得《文章轨范》及昉此书而已。”②可见此三书的影响之大。不过，楼昉《崇古文诀》、谢枋得《文章轨范》，多多少少是受到《古文关键》的影响而写就的。

在选文方面，《古文关键》所选的多为有典范意义的文学作品，许多文章也被《崇古文诀》、《文章轨范》、《唐宋八大家文钞》等文集选录，而且所占比例相当大，为后来选家与读者所广泛接受，对于唐宋古文经典的形成产生了巨大的影响。不仅如此，吕祖谦《古文关键》的评论已成为研究韩、柳、欧、苏的权威说法，其说经常被人引用，已初具明人所谓“唐宋八大家”的雏形。

在笔法方面，《古文关键》卷首有《总论看文字法》一篇，总结了多种“作文法”。到了宋、元之际就有各种“法”和“格”，如南宋周弼（1194—?）《三体唐诗》中有“截句法”、“前虚后实格”等，至于魏庆之（约1240前后）《诗人玉屑》、署明代归有光（1506—1571）《文章指南》中所列诗法、古文笔法就更多了。归有光、唐顺之（1507—1560）、王慎中（1509—1559）、茅坤（1512—1601）等人，一般归为“唐宋派”，他们不太重视考证、校勘，仅从文学作品出发，进行一种文本的批评，多集中于评判文学作品本身的优劣高低。吴承学指出：明代题为归有光编的《文章指南》卷首即有“归震川先生总论看文字法”、“归震川先生论作文法”，其文字几乎全抄自《古文关键》③。但是我们必须补充说明，《文章指南》这本书的体制、笔法名词虽然都承袭自《古文关键》，而在内容方面仍有大幅的扩充，这是时代的进步使然，有因袭前人的成分，但非全面性的抄袭。

四、古文、诗词、小说：评点笔法的转向

南宋末至明末清初的评点发展走向，有了转变。首先，评点不再是单纯的品评他人的文章，为人做嫁衣而已。明代钟惺（1574—1625）自言所作《诗归》一书，“此虽选古人诗，实自著

① 邬国平（1954—　）：《中国古代接受文学与理论》，哈尔滨：黑龙江人民出版社，2005年，第7页。

② 纪昀、永瑢编：《四库全书总目提要》，台湾商务印书馆，1983年，卷187，第5册，第32页。张云章《古文关键序》也说：“有宋一代，文章之事盛矣，而集录古今之作传于今者，仅三四家。夫亦以得其当者鲜矣！真西山《正宗》、谢叠山《轨范》其传最显，格制法律，或详其体，或举其要，可为学者准则，而迂斋楼氏之标注其源流，亦轨于正，其传已在隐显之间，以余考之，是三书皆是东莱先生开其宗者。”

③ 吴承学：《现存评点第一书——论〈古文关键〉的编选、评点及其影响》，收于章培恒、王靖宇：《中国文学评点研究论集》，第229页。

一书"[①]。金圣叹也曾声明:经他所批的《西厢记》,"是圣叹文字,不是《西厢记》文字"[②]。廖燕(1644—1705)亦以为文章经评点,"此文虽为他人之文,遂与己之所作无异"[③]。这些说法,证明他们评点文章,已经自觉地从一个阅读者、接受者,转变成创作者、发明者的角色,金圣叹甚至于大幅搬动章节段落、删削刊落文句,改变了原著的面貌,绝不只是阅读而已。

其次,是来自作者配合时代脉动的尝试工作,带动了评点笔法涉及各文体的面向。我们可从评点学大师刘辰翁(1233—1297)、王世贞(1526—1590)、李贽(1527—1602)等人身上见出一些端倪。刘辰翁评点《世说新语》,除了评论书中的人与事,也从文学创作的观点评论书中的叙述与描写[④]。然而,刘辰翁具有强烈的主观色彩,自明代起受到杨士奇(1366—1444)、胡应麟(1551—1602)、胡震亨(1597进士)的推崇,却也受到金圣叹、纪昀的批评责难。元代评点文学的重心在于诗,明代王世贞、李贽之前评点文学的重心也在于诗或文。李贽曾经评点《史记》、《汉书》,而他的《水浒传》评点,虽然见解深刻,有时未免还太简单,仅二三字而已,金圣叹在他的基础上更加分析详尽,又具胆识,以精彩纷呈的语言,创造出各种笔法名目。李贽是在李开先(1502—1568)评选戏曲的基础上,扩大范围评点至戏曲、小说,更令人惊异的是,他大量运用来自民间嬉笑怒骂的语汇,放手发挥评点功能,形成独特的风格。在众人努力之下,评点学的重点从诗文拓展到词曲、戏剧、小说的不同文学体裁。

从吕祖谦到金圣叹,这时期的评点著作谈论到"笔法"的并不太多,小说评点中有一些。譬如《新刻绣像批评金瓶梅》曾经提出了"躲闪法"(第21回)、"捷收法"(第57回),虽然比较零碎,但明确概括了一些"文法"。直到金圣叹评点《水浒传》时才比较系统化。孙琴安(1949—)针对"笔法"现象说:"后来不知何故,至方回、李贽等后世许多文学评点家,竟都弃之不用。而到了金圣叹手里,却又重新拾起,再把它移用到小说等文体来。"[⑤]虽然从吕祖谦以来:"法"原本是古文评点家很重视的要件,但是中途衰微,到了金圣叹之时,他才把"法"发扬光大,结合到各类文体里去讲求,而其中又以小说为最大宗。

金圣叹把一部《水浒传》看了不知多少遍,从头到尾,一路批下,对其中的许多段落,不仅逐段逐节,而且是逐字逐句地详加批点,多双行夹批,也有眉批。对于他以为重要的或穿针引线的字或句,还特意加圈或点,以期引起读者注意。因而他列出繁多的"文法论",在评点《水浒》时,列出十五条重要读法:倒插法、夹叙法、草蛇灰线法、大落墨法、绵针泥刺法、背面铺粉法、弄引法、獭尾法、正犯法、略犯法、极不省法、极省法、欲合故纵法、横云断山法、鸾胶续弦法;他在评点《西厢》时,也列出烘云托月法、移堂就树法、月渡回廊法、羯鼓解秽法、那辗法、浅深恰好法、起倒变动法。金圣叹显然是站在前人基础上,又巧立名目,自创许多笔法名词。

---

① 钟惺:《与蔡敬夫》,〔明〕钟惺撰,李先耕(1944—)、崔重庆标校:《隐秀轩集》,上海古籍出版社,1992年,卷28,第469页。

② 金圣叹:《读第六才子书〈西厢记〉法》,〔清〕金圣叹著,陆林辑校整:《金圣叹全集·贯华堂第六才子书西厢记》,南京:凤凰出版社2008年,卷2,第865页,第71则。

③ 廖燕:《评文说》,收入王镇远(1949—)、邬国平编选:《清代文论选》,人民文学出版社,1999年,第400页。

④ 杨玉成:《刘辰翁:阅读专家》从南宋市民文化的兴起,剖析评点家兴起的历史意义。作者指出刘辰翁评点具有后设批评(注解的批评)的性格,进而勾勒评点的阅读现象及其文化意义。接着从语言观入手,指出断片、无指涉、无紧要等批语的含义,短小轻薄的审美观,及其与市民品味复杂的关系。该文参见《国文学志》第3期,1999年6月。

⑤ 孙琴安:《中国评点文学史》,上海社会科学院出版社,1999年,第177页。

后来的毛宗岗(1632—1709后)、张竹坡(1670—1698)、脂砚斋评《三国演义》、《金瓶梅》、《红楼梦》等书,又有所发展,名目更多,如“回风舞雪、倒峡逆波法”、“远及近、由小至大法”、“横云断岭法”、“偷度金针法”等等。这些叙事“文法”,虽然有的含义比较模糊,但毕竟形象地总结了不少叙事文学的表现手法和形式美。毛宗岗提出了小说文法十二条、张竹坡的《金瓶梅读法》一百零七条,与金圣叹的评点理论几乎都是一脉相承的,影响颇巨,确立了小说评点的形式①。又如脂砚斋评点《红楼梦》时,也曾效法金圣叹提出“草蛇灰线法”,“指作者重复运用关键的形象或象征,而达到一种统一的、或其他某种效果……而有时指把不引人注目的线索精心地插入描述中,将来再作发展。指后一层意思时,其名称常和‘伏线法’交替使用”②。由此观之,金圣叹评《水浒传》的笔法观念,对后世有很大的影响力。

由于评点的形式,让评点文字夹在正文之中,便有分析越精细的趋向,这导致金圣叹的评点将《水浒》文字拆解成许多小段,加以分析其中关联、整体结构。杨义(1946—)《中国叙事学》说:“读中国叙事作品是不能忽视以结构之道贯穿结构之技的思维方式,是不能忽视哲理性结构和技巧性结构相互呼应的双重构成的。不然,就只知其然而不知其所以然,难以解读清楚其深层的文化密码。”③虽然金圣叹没有明确提到“结构”一词,然而他已经意识到文本的整体架构,不但把《水浒传》当成“一篇文字”来读,更指出“中间许多事体,便是文字起承转合之法”④,看出“三个‘石碣’字,是一部《水浒传》大段落”⑤。因此有人说:“金、毛二子批小说,乃论文耳,非论小说也。”⑥此话确实有道理,其中的文势笔法,可以论小说亦可论文。林岗(1957—)提到金批《水浒》有“强烈的本文意识”,而这个超越美学的前提正统贯具体美学原则和艺术探索⑦,且“评点家把小说看成是经由叙述,也就是经由一番次第安排而出的‘文’”⑧。虽然金圣叹说:“夫固以为《水浒》之文精严,读之即得读一切书之法也。汝真能善得此法,而明年经业既毕,便以之遍读天下之书,其易果如破竹也者。”⑨然而金圣叹在注意“字有字法,句有句法,章有章法,部有部法”⑩的重“法”之下,亦分析这些法带给叙事文学的效果,并注意到读者的感受。

金圣叹评点的特点之一,便是能针对不同的文体,提出不同的评点方法,并且很聪明很得体地找到自己采用或选择这一方法的理由或依据,显得言之成理,持之有故。在诗歌评点

① 陈莉(1971—):《金圣叹小说评点影响简述》,《新乡学院学报》第23卷第3期,2009年6月。

② 王靖宇:《中国文学评点研究论集》,1981年,第333页。

③ 杨义:《中国叙事学》,嘉义:南华管理学院,1998年,第47页。

④ 金圣叹:《贯华堂第五才子书水浒传读第五才子书法》,另高祯临(1977—):《金圣叹小说戏曲情节美学分析》提到:可见“必须讲究整体结构的完整性,而情节发展过程中的波澜起伏、擒纵变化就如同文章写作必须拥有的技巧一般,有承继有转折;然整体的和谐统一性以及连贯度却必须环环相扣,无有破绽。”参见《东海大学文学院学报》第47卷,2006年7月。

⑤ 同前注。

⑥ 陈平原(1954—)引解弢《小说话》,参见氏著:《中国小说叙事模式的转变》,北京大学出版社,2006年,第100页。

⑦ 林岗:《明清之际小说评点学之研究》,北京大学出版社,1999年,第97页。

⑧ 同前注,第142页。林岗并认为,这番次第安排最上层是结构,中层是“段”与“段”,即上下文连贯组织的文理章法,最下的层次是文句修辞。

⑨ 金圣叹:《贯华堂第五才子书水浒传序三》。

⑩ 同前注。

上，他除了详细串讲和四句一解的定式不肯轻易放弃以外，也会抓住不同的诗歌特点，变换各种评法和角度，说得津津有味。金圣叹对词的评点作品仅一种，即他对欧阳修词的评点，后人辑为《唱经堂批欧阳永叔词》，收在《贯华堂才子书汇编》中。其实也不过十二首。但他的评点却很认真，对欧词中的好句，都加上圈或点，除在词中有双行小字夹批之外，在每首词的最后，还都加上尾批。他的双行小字都是对该句的详细具体的分析和品赏，而他的尾批则都是对该词的整体评价，偏重于章法结构[①]。这么用心于章法结构，当然会引起注意。金圣叹之后，许多评点家评论长篇小说，乃至于桐城派名家评论历代古文，也多多少少都受到金圣叹的影响，但又似乎不如金氏评点来得全面。

五、评点笔法的集大成：金圣叹现象

金圣叹的评点学可谓集前人之大成，又能自立新说，影响深远。因此，"金圣叹"为研究的焦点之一。陈万益（1947—　）《金圣叹的文学批评考述》虽然写得很早，但是已经不限于知人论世的写法，有点受到美国"新批评"影响的味道，常常直接就金圣叹文本进行讨论[②]。然而，除了金圣叹引人注目的小说评点之外，我们也不能忽视他还有古文评点的专著——《才子古文读本》。

金圣叹继承了南宋以来评点类书籍的演变传统，那就是选文不断扩大，不再像吕祖谦《古文关键》只选以唐宋八大家为主的作品，而是类似楼昉《崇古文诀》、真德秀《文章正宗》、谢枋得《文章轨范》等，将选文上溯到先秦《左传》、《国语》、《战国策》、《史记》等书，他的《才子古文读本》卷上就只选到西汉文，其中《左传》四十六篇、《国语》二十八篇、《战国策》三十七篇、《史记》七十八篇，数量之大前所未有。事实上，这本书末尾的"补遗"部分，还选了《史记》十六篇，可惜其中几篇没有评论，可能是来不及完成之作。一方面他已经跳脱了《昭明文选》以来不选经、史、子的做法，这在他之前已有选评者如此做过，尚不足为奇；而更引人注目的是，他选《史记》时，几乎全选"赞"，且包括本纪、世家、列传的"赞"大量被选，这当然是因为这些作品带有太史公浓厚的主观抒情成分，文学成分极高。至于卷下，从东汉文选起，仍然是以唐宋八大家为多，其中韩愈文三十篇、柳宗元文十七篇、欧阳修文十八篇、苏轼文十九篇。

金圣叹的评点方式，基本上与前人无异，亦即原文前先有总评，原文中有夹评、夹注，而这些评注多有些笔法观念的讨论。他也很能继承吕祖谦《古文关键》以来的笔法观念，利用前人的评论术语，从事文本细部的批评。譬如评点柳宗元《谤誉》时说：

> 不过只是"乡人之善者好之"二句意，看他无端变出如许层折，如许转接，如许幽秀历落。[③]

又如评点苏轼《凌虚台记》说：

---

① 孙琴安：《中国评点文学史》，第193—194、199页。

② 陈万益：《金圣叹文学批评考述》，台北：台湾大学文学院，1976年，第1—122页。

③ 金圣叹：《天下才子必读书》，台北：书香出版社，1978年，下册，卷12。

读之如有许多层节，却只是“兴成废毁”二段，一写再写耳。（卷十五）

又如评点王安石《同学一首别子固》说：

此为瘦笔，而中甚腴。学文必当由瘦以入腴，如先学腴，即更无由得瘦也。（卷十五）

以上所用的“层折”、“转接”、“层节”、“瘦笔”等，都是历代古文评点书籍中常见的术语。再者，前文提及吕祖谦《古文关键》常见的对举辞，也是金圣叹《天下才子必读书》评点惯用的手法。譬如他评点韩愈《与于襄阳书》说：

前半幅，只是闲闲说成一段议论，或整或散，或对不对，任笔自为起尽。至“侧闻阁下”后，方是两段正文：一段先扬后抑，一段先抑后扬。因前幅既有议论，于是轻轻着笔便休也。（卷十）

将一篇文章分出前、后两大段结构，考察其中文句的严整或零散，是否有对句的形式，再看全文的正意如何表出，“抑扬”的变换手法，更是评点家常常如此观察的重点。又如评点韩愈《上张仆射书》说：

前幅条畅，后幅酣恣。（卷十）

评点韩愈《获麟解》说：

一篇只是一正一反，再一正，再一反。每段又自作曲折。（卷十）

评点柳宗元《小石城山记》说：

笔笔眼前小景，笔笔天外奇情。（卷十二）

类似的例子不胜枚举，可知评点文章的笔法观念既是前有所承，又是评点家所共同理解的方式。不过，评点家也可以有各自不同的观点，对金圣叹来说，他更看重的可能是文章中的“才气”，这须由“音节”、“快”、“妙笔”等方面认定出来。譬如他评《左传·郑伯克段于鄢》时说：

通篇要分认其前半是一样音节，后半是一半音节。前半，狱在庄公，姜氏只是率性偏爱妇人，叔段只是娇养失教子弟；后半，功在颍考叔，庄公只是恶人到贯满后，却有自悔改过之时。（卷上，第1页）

这里的“音节”，指出来的是主角人物的转换，以及读者的感受。他常常独具慧眼，看出文章中前半、后半各自有其特殊的写法。他在评《左传·烛之武退秦师》时也说：“妙在其辞愈委婉，其说愈晓畅。”（卷上，第12页）这就真的能从读者立场作体会了。此外，他很能欣赏出文章中的快节奏，譬如他在评《左传·士贞子谏杀林父》时说：

快论。又快文。（卷上，第20页）

评《左传·鲁展禽论居》时也说：

看其议论处、叙述处、结束处，凡发出无数典故，直是疏快。（卷上，第53页）

这都是与前人不同的看法。而他更从吕祖谦全面重视篇法、章法、句法、字法的方式，趋向愈来愈重视细枝末节处，如《左传·单子知陈必亡》评语说：

此篇篇法不论，只细看其字法。（卷上，第51页）

金圣叹必然想突破窠臼，而有不同的努力方式，这可以解释为什么后来的评点学家愈读愈细，愈能别出心裁。

六、结论

吕祖谦编选《古文关键》，是为了因应科举考试科目转变的时代要求，同时受到宋人注重读书之法、吕祖谦之家学渊源、印刷术发明等因素影响，而成为带动古文评点风气、奠定评点文学样貌之第一人。

英国籍学者Roman Ingarden（殷格顿，或译英伽登，1893—1970）说："在对艺术作品做结构分析探究时，我们不应忘记艺术作品是由艺术家的特定创作活动所产生，所以作品是以某种具目的性的方式去加以塑造，也就是说一心要实现某一种艺术或美感的构想与成就。"[①]这一过程，类似今日所采用"写作学"眼光，对文本作一细致、深入地挖掘与探索，实际上吕祖谦对唐宋古文接受的表现亦是如此。就接受理论而言，这是主体在审美活动中再创造的问题，也就是审美活动的"重建"和"具体化"的问题。Roman Ingarden又说：

观赏者通过鉴赏时的合作的创造活动时，能使自己像普通所说的那样去"解释"作品，或者像我宁愿说的那样，按其有特效性去"重建"作品。这样做时，如果作品处在来自本身暗示性的影响之下，那么观赏者就去充实作品的图式结构，至少部分地充实模糊（不确定）的领域，实现仅仅处在潜在状态的种种要素。于是，就产生了对艺术作品"具体化"的东西。这样，艺术作品是艺术家有目的活动的产品；作品的"具体化"则不仅由观赏者对作品所描绘的事物的作用，而是一种"重建"，而且也是作品的完成及其潜在要素的实现。[②]

因此，评点如果只限于一部作品、一篇作品的批评，缺乏理论上的概括力，与《文心雕龙》那样系统性的理论著作是无法相提并论的，与《诗品》以及其他诗话、词话、曲话等批评著作相比，在深度上也显然不够。评点必须从根本上看是一种批评形态，将读者与文本放在主体部分，透过评点者的提示、引导、启发作用，去"重建"作品，整理出其理论体系，这时候评点文字才不是独立的文体，才有其理论意义。

以上我们从古文与小说笔法的讨论，提出文学批评原理的内在共通的理据。由于评点学是阅读文本之后的读者理论，因此它能提供评价论、鉴赏论的参考。当我们通过一段长时间的考察，会看到一种笔法观念的转化，这时我们就"重建"了一种理论体系。从吕祖谦到归有光、金圣叹，他们在笔法方面愈趋讲求，术语名词愈来愈多，而用心独创解读新义的力道未

① 〔英〕殷格顿（Roman Ingarden）著，廖炳惠（1954— ）译：《现象学美学：试界定其范围》，收于郑树森（1949— ）编：《现象学与文学批评》，台北：东大图书公司，1984年，第53页。

② 朱立元（1945— ）：《接受美学导论》，合肥：安徽教育出版社，2004年，第13—14页。

曾稍减。他们所提出来的各种笔法，都可以作为重要的解读基础。其次，检验评点家细读文本的批评观点，辨明各种笔法的定义、适用的例证、适用的范围，以及讨论各种笔法作为一种文学批评原则有何实际效用的问题，对我们深入了解文学作品将有莫大的帮助。

作者单位：台湾师范大学

序跋题词与蒋士铨的戏曲创作

杜桂萍

蒋士铨(1725—1785)是清代乾隆时期最为有名的戏曲家之一,时人称誉其戏曲"为近时第一"[①]。他的创作以乾隆十六年的杂剧《西江祝嘏》始,至创作于乾隆四十六年的杂剧《采石矶》、《庐山会》止,时间跨度恰为完整的三十年。尽管始终不愿以"词人"面对世人,曾为诗表达遗憾:"谁怜闲却经纶手,唤作雕虫篆刻人?"[②]他其实非常看重自己的戏曲创作,极其认真地为每一部作品写序题诗(《庐山会》除外),阐明主旨,交代作因,力图获得接受者的理解与共鸣;同时不断为朋友和同道的戏曲创作题诗赠序,于推举勉励的同时表达自己的曲学思想。据目前所知,蒋士铨先后为当时作家唐英、董榕、周埙、吴芾、汪轫、徐爔、胡业宏、蔡廷弼的作品作序或题写诗词,为前人作品《长生殿》(洪升)、《桃花扇》(孔尚任)、《琼花梦》、《芙蓉城记》(龙燮)等题诗或撰序,另有为佚名所作之《题金陵某三杂剧后》、《救忠记题词》等戏曲题诗留存集中。这一类文字或长或短,或诗或文,为审视其戏曲观念,推究其创作心态与艺术追求,提供了一个独特的维度。

一、性情、风教与道德激情

与很多古代戏曲家一样,蒋士铨的戏曲题跋也是从评点名著开始的,目前所知最早的作品是先后创作于乾隆九年和十年的《长生殿题词》、《桃花扇题词》。在这两首充满历史感伤的诗歌中,已初步彰显了他后来通过杂剧与传奇文本表达的创作理念。《长生殿题词》中,他对历代文人无限系心的李、杨情缘没有表现出太大的兴趣,反就促成唐王朝变故的宰相误国和将军反戈感慨万端:"宰相固然当伏剑,将军何事不勤王?"[③]关于《桃花扇》的感想,也放在了"烟花野史词人泪,禾黍离宫过客忧"[④]即思考明朝灭亡的节点上,文人冶游、将相无人以及清兵南下必然性的思考路径同样表现出对侯、李情缘的疏离。这一理念实际地左右了他进入戏曲的过程。当他不断通过序跋交代每一部创作之缘起时,无论怎样在意"情"的激发与感动,也不忘强调风教于其中占据的重要位置。"情"含纳了表彰忠义、扶植人伦的社会责任,也包融着感物而生的喜怒哀乐,而基于性情的审美情怀与风教并不相悖,它们彼此张目,

---

① 李调元:《雨村曲话》卷下,《中国古典戏曲论著集成》第八册,第28页,中国戏剧出版社,1959年。

② 蒋士铨:《叠韵再题》,《忠雅堂诗集》卷二五,《忠雅堂集校笺》,李梦生笺,第1708页,上海古籍出版社,1993年。

③ 蒋士铨:《忠雅堂诗集》卷一,《忠雅堂集校笺》,第31页。

④ 蒋士铨:《忠雅堂诗集》卷一,《忠雅堂集校笺》,第49页。

共同承担了表达戏曲主旨的两翼，并借助具有艺术感染力的道德激情发挥作用。

对于需借助戏曲作品对象化的“情”，凡其内涵、形态乃至边界，蒋士铨都有自己独特的理解。在他的观念中，“情”并非仅仅局限于男女之间，其内涵异常丰富：“这情字包罗天地，把三才穿贯总无遗。”有“光彩”、“惨戚”之分，“厚重”、“活泼”之别，情的“变换”、“反复”会引起自然和社会的剧烈变化，情的“顺逆”、“忠敬”、“刚直”、“友爱”、“中伦”、“合式”、“结纳”、“感戴”亦与政治伦理、社会道德密切相关；不仅有“情之正”，甚至有“情之变”，会产生暴君奸臣：“数不尽豺声乌喙，狐首蛾眉。一半是有情痴，一半是无情鬼。”(《香祖楼》第十出〔混江龙〕)[①]这种“情”的“正变”观，与他尊崇爱戴的汤显祖已有根本区别，即承认其得之于自然之理与运之于自觉之道，却反对“情”的随意泛滥，认为应借助伦理教化进行有力的规约，以“情之正”的面貌呈现出来。他宣称：“惟有忠臣孝子、义夫节妇，能得其情之正耳。”(《临川梦》第三出)“情”是有疆界的，艺术创作的目的就是对那些偏离了雅正的“恶”之情给予矫正，使其回归到“发乎情，止乎礼义”之路径。这是戏曲作品必须担负的干预生活、教化人生的责任，也是作家创作之旨归所在。

如是，在蒋士铨的笔下，“情”总要经过风教的检阅，标准则是儒家视野下的传统道德规范如忠、敬、孝、悌、节、义、贞、烈等，戏曲情节的演进某种意义上就是“情”归于雅正的净化过程。他始终遵循古典诗文开辟的言志与抒情传统，戏曲创作也不是闲适之作。《一片石》是为了表彰娄妃的美德：“惧其弗播人口。”(自序)《冬青树》缘于文天祥、谢枋得式的千古节义之士过少：“窃观往代孤忠，当国步已移，尚间关忍死于万无可为之时，志存恢复，耿耿丹衷，卒完大节，以结国家数百年养士之局，如吾乡文、谢两公者，呜呼！难矣哉！”(自序)无论是取材于历史，或是来源于现实，蒋士铨的剧作总是不遗余力地抒发道德情感、宣扬伦理纲常，所谓“填词拟并表忠碑”(《冬青树》剧尾诗)是也。言情之作亦是如此。《空谷香》为了表彰姚氏的“贞魂烈性”，以便于“观感劝惩，冀裨风教”[②]，扬其贞烈、关乎风教之旨跃然而显。对于他人的创作，关注的兴奋点也都落在这个方面。为唐英两部杂剧撰写的序文中，蒋士铨高度肯定作者“摅忠厚之微忱，著纲常之大义”[③]的努力，评价《芦花絮》云：“演向词场，未同绮语；传诸乐府，不愧正声。”[④]为徐爔《镜光缘》传奇所作两首词中，〔十二时〕“人生不幸无过此，才子美人为最”的感伤，表明他对才子佳人之情充分认可、对两情之殇无限悲悯；而另一首〔玲珑四犯〕则倏然转向一种教化式理性思考：“风流自古无凭准。是前因许多伤损。脉脉思量当忏悔，莫怨老天残忍。试想今世今生，即便今年今日，似卿卿两个一般，多少悲忿。”[⑤]将“情”引向对命运无奈的同时，强调这种不幸乃“多少悲忿”之一，应坦然承受，透露出置“小我”于“大我”即芸芸众生之下的提醒。徐焘评价蒋士铨戏曲云：“下笔关风化，谱宫商分明指点，芳踪遗挂。……看几多插科打诨，旁敲刺骂。”(《一片石》题词)正是对这一类思考路径的有力揭示。惟其如此，在选择题材上，蒋士铨一贯关注那些具有伦理意义的教化题材。当时与后

① 蒋士铨：《蒋士铨戏曲集》，周妙中点校，中华书局，1993年。下文凡引自本集之作品与序跋仅标示篇目。

② 蒋士铨：《空谷香》自序，《蒋士铨戏曲集》，第434页。

③ 蒋士铨：《三元报》题辞，唐英《古柏堂戏曲集》，第15页，上海古籍出版社，1987年。

④ 蒋士铨：《芦花絮》题辞，唐英《古柏堂戏曲集》，第46页。

⑤ 蒋士铨：《为吴姬李秋蓉作，应陈竹香舍人请也》，《忠雅堂词集》卷下，《忠雅堂集校笺》，第1932页。

来的接受者给予他的认可，也多从此立意。如薛传源："还凭刻羽移宫手，写出精忠一片心。"[①]而张九钺所作《一片石歌》，具体动因便是"余闻而义之，作歌"[②]。罗聘评价《香祖楼》也指出："立言之旨，动关风化，较彼导欲宣淫之作，又何其婉而多风、严而有体也耶。"[③]也就是说，蒋士铨的戏曲创作总是体现出表彰节烈、扶植人伦的宏大叙事，即便言情之作，亦是"假风月以寓雷霆"[④]，或者"男女才色之借端，不复置论焉"[⑤]，表现出浓郁的历史感、现实指向以及道德关怀。如黄叔琳所云："不作喁喁儿女词，爱将名节谱乌丝。胸头义烈肩头事，每借柯亭笛一吹。"(《一片石》题词)在男女之情中注入正大主题，最终固化为蒋士铨的戏剧思维习惯，也影响了其他题材的主题建构。他的戏曲创作，无论具有怎样缠绵悱恻或风驰电掣的情感变化，最终都能回到一个原点，即关于伦理教化的思考。吴梅后来总结："余尝谓传奇中情词赠答，数见不鲜，其能扫尽逾墙窥穴之陋习，而出以正大者，惟藏园而已。"[⑥]可谓知言。

蒋士铨的特殊之处在于，不仅强调戏曲文本的教化功能，也重视以道德激情化育接受者。在他的观念中，戏曲虽为"小技"，却从来不是一个可以小觑的娱乐性文体，其先天具有的文体优势可以很好地担负风教之责：

> 天下之治乱，国之兴衰，莫不起于匹夫匹妇之心，莫不成于其耳目之所感触。感之善则善，感之恶则恶，感之正则正，感之邪则邪。感之既久，则风俗成而国政亦因之固焉。故欲善国政，莫如先善风俗；欲善风俗，莫如先善曲本。曲本者，匹夫匹妇耳目所感触易入之地，而心之所由生，即国之兴衰之根源也。[⑦]

既然戏曲文本乃"匹夫匹妇耳目所感触易入之地"，与国家的治乱、兴衰乃至社会的风俗习惯密切相关，关注"匹夫匹妇"等教化对象的接受情状亦是题中应有之义。有关序跋中，他总是有意无意提及接受者的反应。《空谷香》完成后："击唾壶而歌，声情飒飒，与风涛相激荡，此身若有所凭者。回视同舟之客，皆唏嘘泣数行下。噫嘻，姬之贞魂烈性，感人遂至如此夫！"(自序)不仅自我获得了灵魂的涤洗，阴霾散尽，接受者亦表现出超常的感动。《桂林霜》杀青时："酷暑如炽，携枕簟就杂树下，卧而读之。侍疾者愀然而悲，听然而笑。予且不知其故也。"(自序)这"不知其故"通过好友张三礼的序文得到了诠释："一丈氍毹，两床丝竹，关乎名教风化也，亦大矣哉！"[⑧]凡此，反映了蒋士铨借助戏曲作品教化大众的努力，也说明他试图借此寻找知音，渴望受众的广泛理解。他不止一次地谈及接受对象中的"知音"问题。《空谷香》末出之下场诗曰："千言万语传心事，短叹长吁演泪痕。文字难完题目少，知音读罢定声吞。"与他同时所撰〔满江红〕《自题空谷香传奇》中"料知音、各有泪痕双，谁先堕"的期盼恰好形成呼应。所撰其他序跋也强调了这样的渴望，如序《晋春秋》感叹："盖作者固难，而知音者

① 薛传源：《题蒋苕生太史桂林霜传奇》之一，见《芝塘诗稿》，嘉庆刻本。

② 张九钺：《一片石歌》，《紫岘山人诗集》卷五，咸丰刻本。

③ 罗聘：《香祖楼》"论文"，《蒋士铨戏曲集》，第549页。

④ 陈守诒：《香祖楼》后序，《蒋士铨戏曲集》，第186页。

⑤ 蒋士铨：《江花乐府》序，陆林辑校《皖人戏曲选刊·龙燮卷》，第233页，合肥：黄山书社，2009年。

⑥ 吴梅：《临川梦记》，《霜厓曲跋》卷二，《新曲苑》第九册，中华书局1940年排印本。

⑦ 欧榘甲：《观戏记》引，1903年《清议报全编》卷二十五。阿英《晚清文学丛钞》(中华书局1961年版)据《黄帝魂》收入此文，作者为无名氏。有关考证，参见张军、裘思乐《〈黄萧养回头〉作者为欧榘甲考》，《戏剧艺术》2009年第1期。

⑧ 张三礼：《桂林霜》序，《蒋士铨戏曲集》，第80页。

亦复不易。"对于作者蔡廷弼"以余为老马识道,锤诿订讹,按拍倚声,毫发无憾"的信任,表现出由衷的欣慰和珍视,不负所望,精心对其作品进行评定,以"不负作者之苦心"①。而为其作品作序题跋、写诗撰词的众多友人则构成了他心目中的知音群体。

要使接受者感动,首先应以情动人,但立志"不为情语"②的蒋士铨从不以枯索的说教面貌示人,作品依然以情取胜,在感人至深的同时给予接受者思想的启迪。这与他驾驭语言的能力相关,曲词往往以奇丽清艳取胜,熠熠生辉,又切尽情理。其评《晋春秋》云:"余固知君于此道已三折肱,故能清辞丽句,如骊珠一串,迸落笔端,直欲合东篱、稗畦为一手,又何李老十种之足云?"③差可用来评定他自己的语言特色。尤为蒋士铨所独有者,乃真诚化育庶人的道德情怀。王昶谓其"遇忠孝节烈事,辄长歌以纪之,凄锵激楚,使人雪涕"④,即是对这一点的揭示。在他看来,无论怎样强调风教、教化,"情"永远是戏曲作品的灵魂与内核,是激发创作与衡估作品的基本前提。有关序跋多次凸显这一类信息。如《空谷香》写姚梦兰贞烈事。当南昌县令顾锡畅深情讲述爱妾二十九年的坎坷经历时,蒋士铨唏嘘不已,始终思考如何借助艺术的形式表达自己的感动。在随后的三年里,"当风霆雨雪、空斋兀坐时,堇念夙诺,心口间辄汩汩然欲有所吐"(自序)。这种如鲠在喉、欲罢不能的创作冲动,终于借助乾隆十九年寒舟独行中的风涛激荡,"度事势,揣声容",一气呵成。对他人戏曲创作的感悟也发端于此。乾隆十七年,"落第京华"的蒋士铨偶然读到《芝龛记》传奇,其时与作者董榕并不相识,只因作品中的一些片段令他"感触唏嘘",情不能抑,"因剪灯急书,题词数章",一口气完成了十二首诗作,并表示:"声足移人,会心不远,视未同之言当有别也。"⑤其他的戏曲诗词或序跋创作,也少有虚与委蛇的应酬之意,而表达了阅读戏曲作品时的真切感受。在他的意念中,"情"是人生的根本:"人苟无情,盗贼、禽兽之不若,虽生尤死。富贵寿考,曾何足云!"(《临川梦》第三出)而道德激情则是艺术的本质,没有"德"的涵濡与"情"的激发,任何一种艺术创作都将是无本之木、无源之水,根本不能产生激动人心、化育庶人的强大力量。

这种道德激情与蒋士铨独特的性情风貌至为相关。现实生活中的蒋士铨是一位至情至性的"血性丈夫",始终以志节自持,重视立身道德;金德瑛评价"生平无遗行,志节凛凛,以古丈夫自励"⑥,是对他个性的最好总结。"最称契洽"的友人张三礼这样描写他:

> 苕生太史气和而性烈,每与谈史事,目光射人,唏嘘壮激,声铮铮不可遏。龌龊之士辄避去,予弗敢厌也。……以至性写奇人,故宜如是。(《桂林霜》序)

蒋士铨曾不止一次地感慨"忠臣孝子出至性"⑦,而文学艺术之于他的审美感动也来自这一方面。《冬青树》自序云:"摭拾附会,连缀成文。慷慨悲歌,不自能已。"为唐英《芦花絮》题

---

① 蒋士铨:《晋春秋》序,蔡毅《中国古典戏曲序跋汇编》,第1984页,济南:齐鲁书社,1989年。

② 蒋士铨〔金缕曲〕《吴门张秀才传诗年少有隽才,游济南受知于金桧门先生。明日,以〈四雨庄吟卷〉质之先生,予诵而爱之,题二词于后》夹注云:"予年十七前有无题诗四百余首,辛酉秋一夕,忽有所悟,取而尽焚之。今不为情语者十二年。"《忠雅堂词集》卷上,第1834页,《忠雅堂集校笺》。

③ 蒋士铨:《晋春秋》序,蔡毅《中国古典戏曲序跋汇编》,第1984页。

④ 王昶:《湖海诗传》卷二十一,嘉庆八年青浦王氏刊本。

⑤ 蒋士铨:《董恒岩太守芝龛记题词》跋,《忠雅堂诗集》卷三,《忠雅堂集校笺》,第309页。

⑥ 金德瑛:《忠雅堂诗集》序,《忠雅堂集校笺》,第2496页。

⑦ 蒋士铨:《醉歌》,《忠雅堂诗集》卷一八,《忠雅堂集校笺》,第1223页。

诗时指出:"酸风血泪感人深,冷雨幽窗不忍吟。亲见红毹银烛底,周郎多少为沾襟。"①一旦进入创作,他总是激情澎湃,不能自已:"吾甫搦管时,若有不能遏抑者,洋洋浩浩,奔注笔端,乃一决而出焉。吾固不知孰为仙佛,孰为儿女子,而遂成吾《空谷香》之三十首矣。"(《空谷香》自序)他为自己的感动而创作,为一种真诚的道德激情而付出。友人吴玉纶曾表示:"夙稔吾兄至性至情,随处流溢。每与良辰高会,开筵观剧,忽出涕不自禁,或对客竟忘酬酢。……盖非触于儿女之情,而动以忠孝之性,往往然也。"②也就是说,基于深挚的人文情怀的"忠孝之性"是蒋士铨内心的真实景观,其一切创作均得益于这一感情的激荡与感发。推求蒋士铨坚持戏曲创作的原因,除了观念取向的因素,基于审美需要的情志需求也是一个最重要的维度,而这一点,与那些迂腐地解谈忠孝作品的生成绝不可同日而语。

二、角色、文体与题材自喻

序跋题词其实是戏曲文本的孪生体,往往完成于作品杀青后,基本要素不外乎说明缘起、抒发感慨、概述情节等;蒋士铨早期的序言多呈现为此种形态,偶有一二句景物和心境的修辞描写,为阅读者提供一些意在言外的遐想。比较特出的是,他的序文总是伴有相关的诗词作品,或与序文同时问世,或绵延若干年后生成,不断展示对序跋内容的补充、延伸与强化,以及重新阅读后的当下思考。以《空谷香》传奇为例,从酝酿到完成,经过了三年多的时间,先后自题诗十首、词六篇,乾隆二十三年,蒋士铨还自写词章,申明本意;而他人阅读作品产生的诗词亦不绝如缕,直至乾隆四十三年还有戏曲家张九钺的相关题词问世③。根据戏曲文本之不同,尽力让每一篇序文摇曳生姿,让每一首诗词意蕴深厚,是蒋士铨用心之所在;而一生绝大部分时间充任史官和教官,也为这种案头经营提供了时间上的充裕和角色上的自觉。

审视蒋士铨的戏曲创作,史官和教官的身份属性应该是一个非常有效的诠释视角。当他先后以这两个角色融入国家机体时,始终在进行着一种自我塑造。如果说,以翰林院编修之职先后担任武英殿纂修、《续文献通考》纂修官、国史馆纂修官等,为他梳理文献、认识历史、思考现实、总结人生经验等提供了机缘,那么连续多年担任蕺山、崇文、安定三个书院的山长,长期从事以儒家经典教书育人的工作,又为他的教化意识提供了责任与自觉。其所作诗歌,有"谈孝说忠犹耿耿,伤离感逝自沉沉"④的表白,也不断彰显着"愿书忠孝字,朝夕语侯芭"⑤的教化情怀。他说:"予昔总裁《南昌县志》,每撰忠节之传,必焚香再拜,而后为之;兹忝列史官,发潜德以植人伦,非其职与?"⑥其戏曲作品中强烈的教化意识与"发潜德以植人伦"的职务自觉显然密切相关。梳理这两个时期的戏曲序跋发现,关于剧作题旨的议论和辨析大幅增加,辩驳的激情和说教的口气相映成篇,更加集中地指向风教之目的。书院时期创作

① 蒋士铨:《芦花絮》题辞,《古柏堂戏曲集》,第46页。
② 吴玉纶:《致蒋心余太史书》,《香亭文稿》卷八,乾隆六十年刻本。
③ 张九钺:《紫岘山人诗集》卷十六,咸丰刻本。
④ 蒋士铨:《病中生日感作》,《忠雅堂文集》卷十七,《忠雅堂集校笺》,第1186页。
⑤ 蒋士铨:《蕺山书院》,《忠雅堂文集》卷十五,《忠雅堂集校笺》,第1105页。
⑥ 蒋士铨:《贞礼熊贤妇传略》,《忠雅堂文集》卷五,《忠雅堂集校笺》,第2166页。

的《临川梦》、《桂林霜》、《雪中人》、《四弦秋》等作品，仅从自序中即可领略创作之旨归。那些看似不经意的笔墨，往往泄露出作家的心理脉动、思想指向；而有些危言高论，又能在激发接受者连绵不断的遐思的同时，引发关于伦理、人生乃至国家命运的深刻思考。具体作品中，凡情节的设置、人物的塑造、细节的安排等皆服务于这一宗旨。如《桂林霜》借马氏一家忠义、合门尽节的故事提出了一个命题："为人臣者，可能一一如此！"（《副末开场》）而自序提供的答案是："国家教忠之典至隆，所以激扬风节，俾事人者洗革二心，益惇恭棐。"他认为，为人者，忠孝乃第一要义："人臣死厥职，妇死其夫，子死其父，奴死其主，同一食禄忠事之义。"（《桂林霜》书后）而马氏一家就是臣的榜样、士子的楷模、天下女性模仿的对象。其他几部作品，也在修复、更正历史事实的命意下注入了丰富的教化信息。如《四弦秋》杂剧着力标举白居易的"文章风节"（江春《四弦秋》序），《临川梦》传奇努力打造汤显祖为一位"忠孝完人"，《雪中人》则极力推崇吴六奇这位"奇男子"的"大丈夫"气概，等等。也就是说，蒋士铨从多种角度思考了作为臣子、朋友、妻妾、仆佣的责任与义务，分别让他们置身于动乱之际、平安之时、多事之秋，考虑他们的态度、价值选择以及行为原则，完成其作为典范人物的塑造。"我生不愿为公卿，但为循吏死亦足！"[①]无法成为"循吏"的蒋士铨，只有将自己的理想贯注于教职之中，借助于戏曲代言的艺术形式服务于他的现实人生理想。

史官、教官的角色为蒋士铨契合彼时的国家意志提供了平台。乾隆皇帝即位以后，气运隆盛，文物休明，对儒家道德的弘扬成为国家政治的重要内容，为此而采取了很多制度化的手段。不仅如此，还率先垂范，以自己的诗歌创作理念昭告天下，曾说："予向来吟咏，不为风云月露之辞，每有关政典之大者，必有诗记事，即游艺拈毫，亦必于小中见大，订讹析义，方之杜陵诗史，意有取焉。"[②]这深刻影响着一代文风，通过戏曲创作表达这一时代诉求则成为许多作家的自觉行为，蒋士铨亦不例外。其戏曲作品多以人际关系作为切入视角，注意从生命的存在状态角度来揭示伦理道德的价值与意义，既显示了思考的姿态、理解生活的方式，更成为一种文学趣味的审美表达，衍化为其个体文学创作的基本主题。时人与后人所获得的深刻印象也多落在其对义夫节妇、忠臣孝子的关注。如朱庭珍说："每遇节妇烈女、忠臣孝子，则行以古文传记之法，不惟叙述其事，并将姓氏、年月、地名之类，或顺或逆，或前或后，一一点出。其叙事既勃勃有生气，而点其世族、名字、居址、时地，又错综参差，具见手法。"[③]廖炳奎跋其文集云："每遇忠孝节烈事，表微阐幽，不遗余力，真不愧史笔。……先生之文，实有关于世道人心而非苟作也。"[④]以"忠""孝""节""义"作为个人道德的最高规范，并以歌颂之、阐释之作为不二职责，体现了蒋士铨作为一位封建士人的角色自觉。

也正因为如此，对于明清戏曲家惯常使用的自喻策略，他并不特别在意，很少刻意借助戏曲作品自喻。早期序文中，往往通过创作情境的白描来映照个人之情绪、心境。如自序《一片石》的写作心境是："淫雨溜檐，新藓上四壁，砚中尘薄若蒙縠，一灯荧荧然。乃起濡残墨，衍其事，为《一片石》杂剧。"以"淫雨"、"新藓"、"砚尘"、"一灯"渲染创作心境，当是以境写心的修辞需要，至少可以照应作者深沉的思考，表达对"弗播人口"即历史阙如的遗憾。再如

① 蒋士铨：《送张惕庵甄陶宰昆明》，《忠雅堂诗集》卷六，《忠雅堂集校笺》，第589页。

② 弘历：《惠山园八景》诗注，《御制诗余集》卷二，嘉庆刻本。

③ 朱庭珍：《筱园诗话》卷二，《清诗话续编》，第2368页，上海古籍出版社，1983年。

④ 廖炳奎：《忠雅堂文集》跋，《忠雅堂集校笺》，第2504页。

《空谷香》传奇，完成于“寒舟孑然，行洄飙涸渚中，历碌如旋床，疏棂四闭，一榻自欹”的情境中，孤独的寒舟、旋转的涡流与失望的旅程、枯索的心情相映照，内心的苦闷、纠结无处释放，迫切需要一位道德楷模为自己提供生命的活力与信念的源泉，于是“长歌当哭”，“纵笔抒之”（自序），塑造了这位足以成为晨钟暮鼓的“女中丈夫、人中侠客”（《空谷香》第三出）。

与序跋相比，诗词作品的题写与戏曲文本往往稍显疏离，以含蓄蕴藉为主，又可以直抒胸臆，最容易捕捉作者创作的个性化特征。叙事性较强的长篇传奇，更适合如此处理。如《空谷香》之自题诗：“低唱黄河古岸头，引商刻羽诉穷秋。寒风浩气同萧飒，愁绝归人上水舟。”通过黄河古渡口的荒凉、穷秋的意象、萧飒的寒风以及愁绝的归人等，揭示科举失意的尴尬落寞。一些自喻性较差的杂剧作品也通过诗词的增加表达作者的自我情志，如为《一片石》所作的《贺新凉》词。对作品本身几无涉及，而专就创作此剧的心情、情志立意，“我本是、伤心者”的倾诉，泄露了大才不偶、志意未酬的苦闷，与“南郭东方游戏惯，粉墨谁真谁假”的自白形成呼应，揭示了作者借戏曲创作抒发情志的信息。关于此词，陈廷焯云“非题传奇中事，只是写自己怀抱，明所以传奇之故”[①]，的确如此。

不过，在为他人作品题写序跋诗词时，蒋士铨并不讳言戏曲为个人情绪产物的观点。如《芦花絮》题诗：“哀哀苦语根天性，都是词人血泪痕。”[②]《江花梦》序指出作者龙燮“久困场屋，于是假填词之文，一发其郁懑幽忧之气，则《江花梦》院本所由作也”[③]。他自己的创作，虽与“久困场屋”无直接干系，然分别作于为官之前、仕途落寞之际，也与“困顿”相关。实际上，撰写此序的乾隆四十二年，蒋士铨正赋闲家居，怀才不遇的寂寞无比犀利地刺伤着他的心。故在次年写就的《珊瑚鞭》序文中也有类似的观点：“羌抑郁于谁语，载笑载言；不得志者所为，或歌或哭。”[④]不过，史官之职、教化之责以及风教意识的强烈，让他总是借助理性的力量完成对于人与事物的客观描写，尽量规避个人情感，完成有关风教的宏大叙事。因此，他的“抑郁”和“不得志”更多时直接投射于情节、人物的叙事安排上。如《空谷香》传奇，对于姚梦兰的节烈侠义行为，借算命人之口表示：“做人凛烈纲常，有勇有智，是一个女中丈夫，人中侠客。富贵不足动其心，死生不足夺其志。”（第三出《闺愁》）其实也是自喻或自我期待。《采樵图》安排了王阳明被迫归隐道山的情节，同时在序中揭示自己的心态：“终以阳明立功遭忌，学道名山，一唱三叹，惟解人知之耳。”含蓄蕴藉，意在言外，也是有意为他京官失意、招致嫉恨而不得不辞归故里的现实张目。对于适于抒写个人情志的杂剧文体如《四弦秋》、《采石矶》，“借酒浇重重块垒”[⑤]的用意日益鲜明，也显示出与彼时怀才不遇的心境的契合，而《一片石》、《第二碑》杂剧中，作者本人径自变身为剧中人薛天目，以一位历史见证者的身份参与情节的演进，其年华虚幻、功业无成的感叹与伤感正是蒋士铨彼时思想情志的艺术投射。

相比于前期创作，蒋士铨后期的作品更在意自喻性的强调。《临川梦》、《四弦秋》、《采石矶》等皆以历史上的著名诗人或戏曲家为主人公，兴奋点却放在其政治家的成就方面，表现

---

① 陈廷焯：《词则·放歌集》卷六，上海古籍出版社1984年影印手稿本。

② 蒋士铨：《芦花絮》序，唐英《古柏堂戏曲集》，第45页。

③ 蒋士铨：《江花乐府序》，陆林辑校《皖人戏曲选刊·龙燮卷》，第232页。

④ 蒋士铨：《珊瑚鞭》序，胡业宏《珊瑚鞭》卷首，乾隆刻本。

⑤ 张景宗：《四弦秋》序，《蒋士铨戏曲集》，第186页。

出较强的自喻倾向。如《临川梦》多次表达"唤作词人心骨痛"[①]的心声，剧中俞二姑评价汤显祖云："汤君哪汤君，你有这等性情了悟，岂是雕虫篆刻之辈。世上那些蠢才，看了此曲，不以为淫，必讥其艳，说你不过是一个词章之士，何异痴人说梦！哪里晓得你的文章，都是《国风》、《小雅》之变相来哟！"（第四出《想梦》）《四弦秋》自序放论白居易被贬之原因，借评点唐朝政局，将问题焦点集中于皇帝，剀切，犀利，合理。所谓的"青衫泪"，并非为"出之"本身而洒，难以释怀的真正原因在于"究不能释"的君王之心。他于此处再三强调"填词虽小道，偶连类而论次之"，即"琵琶老妓"这样一位过气佳丽不过是信笔为之的"借端"，而无论如何不能得到君王的赏识才是蒋士铨两度京官而无所作为的终惑所在，"人生仁宦升沉，固由数命"的命运写照才是真正令他感慨唏嘘之所在。江顺诒说："蒋心余先生云：'大凡人之性情气节，文字中再掩不住，词曲虽游戏之文，其中慷慨激昂，即是一个血性丈夫。'写情至死不变，正是借以自况。"[②]蒋士铨虽不刻意以戏曲抒发自我情志，但其作为"血性丈夫"的情怀、认知依旧埋伏于作品中，时露端倪，偶现心曲。吴山风《第二碑》题词云："史笔骚才两绝伦，一腔幽怨倩传神。"实际上早已捕捉到了蒋士铨与龙燮等戏曲家一样的不遇心态，这种创作情绪呈现在乾嘉时期的剧坛上并非稀见之象，一个关心之于国家大事选择态度和行为实践的时代，带给精神个体那种极具质感的压抑实际上与赋予他的责任一样难以摆脱。

三、史笔、小技与艺术建构

蒋士铨一贯以史官自居，对于经过科举正途而获得的这份国家认同保有更多的自豪。谈到戏曲创作，曾明确表示："安肯轻提南董笔，替人儿女写相思。"[③]强调以作史的态度来结撰题材，建构主题，塑造人物。他剧作的封面多标有"史院填词"四字，剧中自序的题款也不断出现"史笔"、"史官"、"扶植人伦"、"长歌当哭"等字样。以剧为史、以史为剧，是蒋士铨从事戏曲创作的前提。他自言"聊将史笔写家门"（《空谷香》剧末收场诗），以"家门"为载体，借助于"史笔"介入对现实政体的某种认知。而时人对他的接受也多从此立意，"史笔"、"范班笔"、"龙门"一类话语定格为蒋士铨戏曲的基本评价，如"重题一片韩陵石，七品归田老史官"[④]，"四座青衫有泪痕，堂堂史笔仰龙门"[⑤]，"协律今见夷夔才，传奇却借范班笔"[⑥]，"偷声减字，早笔夺龙门，补成唐史"[⑦]等等，可见其以"史笔写家门"获得的巨大成功和认同。

强烈的史官意识成为蒋士铨每一部戏曲作品的意义内核。补史之阙，乃其序跋题词中经常强调的一句话。如《一片石》自序："余时撰《南昌县志》，乃纪其事，参杂志中。以地属新建，故《祠墓》篇中例不得载，尚窃惧其弗播人口。"再如《桂林霜书后》："马氏世笃忠贞，备邀恩礼。惟同殉之子女奴婢等三十五人未叨矜恤。"所以"借词人特笔宣，教鹦歌慧舌言"（《桂

---

① 蒋士铨：《临川梦·提纲》，《蒋士铨戏曲集》，第218页。

② 江顺诒：《词学集成》附录，光绪七年刊本。此语来自《临川梦》第四出《想梦》俞二姑："大凡人之性情气节，文字中再掩不住。我看这本词曲，虽是他游戏之文，然其中感慨激昂，是一个有血性的丈夫。"

③ 蒋士铨：《中州愍烈记题词》，《忠雅堂诗集》卷四，《忠雅堂集校笺》，第390页。

④ 罗聘：《第二碑》题词，《蒋士铨戏曲集》，第382页。

⑤ 江春：《桂林霜》题词，《蒋士铨戏曲集》，第88页。

⑥ 王文治：《题蒋苕生前辈四弦秋新乐府》，《梦楼诗集》卷十二。

⑦ 陈文煜：《四弦秋》题词，《蒋士铨戏曲集》，第191页。

林霜·尾声》)[①]。正是为了补足历史，彰显其完整性，《一片石》完成二十六年后，他又创作了纪实性杂剧《第二碑》，接续之前的情节，使立碑识之后的修幽宅活动作为历史过程得到保存，娄妃之忠、义、烈也得到了进一步的彰显，王均认为此剧可"补《新建县志》'祠墓'之缺焉"(《第二碑》叙)。不仅如此，乾隆四十六年还创作《采樵图》，正面为娄妃立传，借以强调立石、修碑的必要性与历史意义。他补史的夙愿是如此真诚："予自衔恤后，捐弃笔研，阅月二十矣。今以夙愿得申，始一破涕，乃援祥琴礼例，作《后一片石》藉纪其微。"(《第二碑》自序)强烈的史官意识，让他的创作总是依据经过梳理、辨析的"信史"，甚至从家谱中钩沉史书所无，同时，注意通过作品细节达成一种真实与完美。如对于时间标示，甚至具体到月、日。《第二碑》第一出，阮剑彩问酒保壁上题诗的时间，酒保回答："算来有二十四五年了。"与现实中娄妃墓得到修缮的时间恰相一致。《桂林霜》第十一出《投辕》，马世济出场便云："我马世济四月初一日奉父亲之命赍本往京，同杨启祥改装星士模样，从地道连夜遁出，千辛万苦，九死一生。历遍广西、湖南深林密箐，得入江西界内，不觉五十二日矣。"如是，其剧作"事俱按实"，本事多斑斑可考，赢得"信史"的赞誉。吴梅说："观其自述本末，及历记考据各条，语语可作信史。自有传奇以来，能细按年月确考时地者，实自东塘为始。"[②]这段对《桃花扇》创作的评论，移用衡量蒋士铨之作，亦毫无扞格之处。

蒋士铨注重通过人物事迹切入历史，故其作品多通过为人立传的形式补阙。这符合戏曲作品以人为主体的叙事特征，与其代言体的艺术特征恰相契合。他关怀当下，刻意为现实人物立传，如《空谷香》传奇是为"性烈而侠，言行皆可传"[③]的普通女子姚爱兰立传，《青玉案·自题空谷香院本》明确表达了其作传的动议："只恐香名随骨冷，商声谱就，三贞九烈，淑女当思省。"好友张三礼感叹："余谓海内如顾姚之事者，不知凡几，不遇茗生，莫传姓氏。"(《空谷香》序)他更注重为古人立传，多将目光投注在桑梓前贤的忠义事迹上，笔下的许多人物都属江西，如文天祥、娄妃、汤显祖等。如《一片石》系列，主要是为前明宸王妃立传，故事展开所依托的众多现实人物也来自本土。关注故土及其人物，不仅表达了这位戏曲家深沉的桑梓之情，同时也与他纂修县志与长期担任史官的角色意识密切相关。《冬青树》结尾诗云："填词拟并表忠碑，桑梓前贤事迹垂。一点书生眼中泪，漫将长笛向人吹。"乡贤前辈给予他的自豪，是其行动的力量与信念的源泉，强化了其作为江右文人的历史责任。

乾隆二十九年后，戏曲创作所带来的声望日益构成了对蒋士铨身份的侵蚀，这令他无比纠结与困惑。当其时，不仅发生过裘曰修"荐予入景山为内伶填词，或可受上知"[④]的事情，致他最终奉母辞官；客居江南时期的戏曲创作更是风生水起，载誉海内外，以致有"高丽使臣尝饷墨四笏，求其乐府以归"[⑤]，也给他带来了再入仕途的艰难。一方面，他为自己的才华自诩，不间断地完成了思想与艺术更为成熟的戏曲作品；同时又时常产生郁闷，如："悲风昼卷铭旌

① 蒋士铨：《桂林霜》之《尾声》，《蒋士铨戏曲集》，第160页。

② 吴梅：《中国戏曲概论》，《吴梅戏曲论文集》，第180—181页，中国戏剧出版社，1983年。

③ 蒋士铨：《为南昌尹顾珊园悼亡姬姚氏，姚为旧家子，幼历患难，濒死而生者三，性烈而侠，言行皆可传，予为谱〈空谷香〉传奇吊之》，《忠雅堂词集》卷上，《忠雅堂集校笺》，第1824页。

④ 蒋士铨：《清容居士行年录》"二十九年甲申四十岁"条，《忠雅堂集校笺》，第2480页。

⑤ 李元度：《国朝先正事略》卷四二《蒋心余先生事略》，第1125页，长沙：岳麓书社，1991年。

字，题作诗人恨有余。”[①]又如：“丈夫生当飞食肉，小技文章何足道？”[②]甚至借助《临川梦》、《四弦秋》、《采石矶》等作品反复辨析，间接否认自己为“词人”的身份属性以及“小技”不足为意的文化认知。一句话，戏曲为“小技”，为“余事”，其不愿作为御用文人赢得皇帝的璧爱，而是想通过自己的政治才能参与治国平天下的实践。如是，相关戏曲序跋呈现出两种颇有意味的话语现象。一种是议论辨析多，反复强调或者示意作品的题旨所在。如《临川梦》自序，采用主客对话的形式，以较长篇幅论析汤显祖“为台谏……为经师，为循吏”而不当为“词人”，抒发了自己的悲观与绝望：“先生以生为梦，以死为醒，予则以生为死，以醒为梦。”另外，则是不断强调创作的时间节点。对于戏曲的来龙去脉包括时间交代清楚，似乎是乾嘉时期作家颇为在意的一点。蒋士铨的特出之处在于，其兴奋点多停留于创作过程所耗用的具体时间，如：

长夏病疟，百事俱废，疟止，辄采其事填词一篇，积两旬成《桂林霜》院本。（《桂林霜》自序）

明日，乃翦划诗中本义，分篇列目，更杂引《唐书》元和九年、十年时政，及《香山年谱》自序，排组成章，每夕挑灯填词一句，五日而毕。（《四弦秋》自序）

秋夜萧然，不能成寐，剪灯谱《冬青树》院本三十八首，三日而毕。摭拾附会，连缀成文。（《冬青树》自序）

除夜兀坐，意有所触，遂构局成篇，竟夕成一首，天已达曙。人事杂沓，暇即书之，越八日而脱稿矣。（《雪中人》自序）

这当然包含着炫耀才华的用意，然其深层动因或者也来自对“小道”的鄙视。联系蒋士铨一生不愿被视为“词人”的心理，以及他不断申明的“只文词伎俩斯其下”[③]的话语，应该包含着他并未用心于此的解释，戏曲创作对其而言不过为“余事”，他有足够的能力与时间完成与治国平天下相关的政治实践。

一方面以之为小道，一方面又不得不、不能不徘徊其中，来自于蒋士铨对戏曲艺术的热爱，也是其关于戏曲作为综合性文体的认知的必然结果：“文兼各体，综箴铭志传，互见剪裁；态合众情，极怒骂笑嬉，皆含美刺。”能够较好地驾驭这样的文体，非具多方面才能的“文章大手”不可，所谓“必待文章大手，乃能写万物之生；苟无仙佛灵光，难与拭千秋之鉴”[④]也。因此，他不仅刻意凸显一挥而就的创作特点，还借助文本极力彰显挥洒自如的创作才能，有关的序跋题词刻意揭示了这方面的信息。他十分注意叙事文本的艺术建构，凡风格、结构、虚实关系、人物设置等，皆深刻体味，细心观照。以结构为例，他擅长作品的谋篇布局，注意以神道设教结构作品。《一片石》自序如是揭示：“其间稍设神道附会，精诚所感，又何必不尔耶？”《桂林霜》自序亦云：“此篇以神道结之，人天感应，都无二致，因申论之。”有关文本结构清晰，铺排合理，颇合戏曲三昧。高文照评价《空谷香》云：“关摄钩连，如琐子骨节，无一闲词剩字，才大者心细如此。”（第三十出总评）完全可适用于对他作品的总体评价。阅读他人创

① 蒋士铨：《挽杨丈铎仲》，《忠雅堂诗集》卷二，《忠雅堂集校笺》，第234页。

② 蒋士铨：《答分宜严叙揆秀才》，《忠雅堂诗集》卷二，《忠雅堂集校笺》，第223页。

③ 蒋士铨：《贺新凉·自题〈一片石〉传奇》，《忠雅堂词集》卷上，《忠雅堂集校笺》，第1809页。

④ 蒋士铨：《珊瑚鞭》序，胡业宏《珊瑚鞭》卷首，乾隆刻本。

作时，蒋士铨也表现出对情节结构的特殊关注。如乾隆十三年对唐英《三元报》的充分认可：“制泪听歌托赏音，排场真假费探寻。天然组织无金粉，机杼当求作者心。”[①]时隔三十年他阅读蔡廷弼《晋春秋》传奇，对“其间虚实正反、离合浅深之法，各极其妙”的艺术探索亦给予高度赞赏：“读既讫，复加评定，将关目起伏、勾勒照应之处标出之。”[②]关注的兴奋点依旧落在结构的处理上。此际，他已完成了九种曲的创作，其中当含纳了对自己艺术经验的总结。再如人物设置，蒋士铨笔下的人物多栩栩如生。如写《雪中人》之主人公吴六奇：“颊上添毫，栩栩欲活。”[③]又如《桂林霜》第十八出《烈殉》，注意根据不同角色的身份、经历以及性格描写合门殉节的情态，一定程度上展现了人物的个性与心态，“以各样笔法写群贞，使各种心口情形活现，曲尽龙门能事”（张三礼眉批）。尤其是《空谷香》、《香祖楼》的创作，呈才炫情之意甚明。罗聘评价二作之异同及其与汤显祖《牡丹亭》之关系时赞叹：“玉茗先生写杜女离魂若彼矣，作者偏不畏其难，而一再撄其锋、犯其垒，弗以为苦。写梦兰之死，则达也；写俞娃之死，则恋也；写若兰之死，则恨也。皆非若丽娘死于情欲之感。”能够于相类的题材相似的人物身份中写出彼此不同的情感形态，如非具备高超的艺术功力，绝不敢如此涉足并取得不俗的成绩。故罗聘再三赞叹：“昔人以填词为俳优之文，不复经意，作者独以古文法律行之。‘搏兔用全力’，君子于其言无所苟而已矣，不信然乎。”[④]姑不论“以古文法律行之”之利弊，所谓“搏兔用全力”的比喻，形象地揭示出蒋士铨对于戏曲创作的用心、用力。

在以“史笔”介入一种艺术文本时，往往会因为纠结于历史真实而犯下一些违背艺术规律的错误。譬如强调信史便容易造成情节艺术修剪之不利，蒋士铨的戏曲作品也存在这样的情况。如《桂林霜》即因此常为人诟病：马雄镇一家殉国后，用长达四分之一（六出）的篇幅演绎马氏受到尊崇、旌表的过程，不免线索冗杂、情节拖沓之病。然相较于同时期的戏曲家如夏纶、董榕等，其作品属于瑕疵较少者，这同样得益于高超的艺术建构能力。即便对于历史题材作品，反对一味写实或者戏说、杜撰，而允许虚构，他多次表示处理题材时的“摭拾附会，连缀成文”（《冬青树》自序），评价唐英《三元报》如“夫事既足传，野志可参正史，倘曲劳多顾，妙词端赖通人。此《三元报》之所由作也”[⑤]。他的作品往往立足正史，兼采杂家，既体现了扎实丰富的历史知识，又借助虚实结合、错落有致，达成历史真实与艺术真实的完美统一。最为突出的是《临川梦》传奇，将历史人物、文学人物组构到一个新的戏剧场景，复杂惝恍，纷繁迷离，给人似梦如幻的感觉。自序云：“于是引先生既醒之身，复入于既死之梦。且令《四梦》中人，与先生周旋于梦外之身，不亦荒唐可乐乎？”用“荒唐”的表象揭示真实，是他刻意为之的结果。具有纪实性的《空谷香》、《一片石》、《第二碑》诸剧，作者也采用虚实参半的手段进行艺术表达，完成“观感劝惩，冀裨风教”的旨归。这表明，尽管以史为剧，对于历史真实十分偏爱，他对戏曲艺术个中三昧的理解还是颇为深切的。江春序《四弦秋》时赞云：“叹夫太史之才之大，征引不出本事，而闺房婉转、迁客羁愁，描摹镂刻，一一曲尽其妙。”蒋本人也对自己的艺术功力颇为自信，自题云：“廿载旁观笑与颦，凡情世态写来真。谁知灯下填词客，

---

① 蒋士铨：《三元报》题辞，唐英《古柏堂戏曲集》，第15页，上海古籍出版社，1987年。

② 蒋士铨：《晋春秋》序，蔡毅《中国古典戏曲序跋汇编》，第1984页，济南：齐鲁书社，1989年。

③ 梁廷楠：《曲话》卷三，《中国古典戏曲论著集成》第八册，第273页，中国戏剧出版社，1959年。

④ 罗聘：《香祖楼》“论文”，《蒋士铨戏曲集》，第549页。

⑤ 蒋士铨：《三元报》题辞，唐英《古柏堂戏曲集》，第15页。

原是诙谐郭舍人。”(《空谷香》题词)以戏曲创作勾连历史与现实,与古人与同道对话,这是他独有的方式、认真经营的方式,从这个意义上说,戏曲并非“小技”,而是一个人、一个时代的精神范本,具有“诗史”的意义。

小　结

蒋士铨一生致力于从生命的伦理存在角度揭示道德的价值与意义,或许他不会承认,但戏曲作品确实是表达其思想诉求的较为称意的艺术载体,与之关联密切的序跋题词则为解读文本、诠释其创作宗旨等提供了独特的角度。他重视戏曲序跋的撰写,不但自题诗词、写序,还请朋友撰写序跋诗词,有些戏曲作品的题词多达数十首,持续数十年。而参与其戏曲作品题写诗词的作者,不仅有同道知己、文坛才俊,还有当政官员、过境友人、闺秀诗人,从不同角度给予其创作评点。这是一个独特的接受群体,又构成了蒋士铨戏曲创作的有力回响。反观戏曲史,很少有作家如蒋士铨一样如此认真地经营自己的创作,将序跋诗词视为作品的有机组成部分,努力通过这些“文外之旨”达成自我与戏曲文本、自我与接受者的互动。如是之建构,促进了其戏曲作品的接受与传播,加强了与知音者的切磋交流,也为后人深入理解其戏曲创作的有关问题提供了审视的维度。在评价蒋士铨戏曲沟通曲本之效用时,其乡后辈李祖陶的言论最早面世:“传奇为才人末技,虽玉茗四梦亦不过自诩风流。惟先生《红雪楼》诸种,则皆表彰忠孝节义,有裨风教。笔墨亦极高秀。读其自序诸篇,可知其老手擅场,非俗下才人之可比矣。”[①]第一次从自作序跋的角度评定其创作之特色与优长,打开了一条通往蒋士铨戏曲创作内在世界的独特门径。借助丰富的序跋与题词,能够更深入地理解蒋士铨戏曲的个性建构、审美诉求、时代意义与深刻影响,准确推究其成为清代继洪、孔之后成就最为出色的作家的重要原因。

作者单位:黑龙江大学

[本文系国家社科基金一般项目《明清戏曲宗元研究》(11BZW061)、教育部新世纪优秀人才支持计划项目《清代杂剧文献与文学》(NCET-08-0673)的部分成果,刊载于《文艺理论研究》2011年第6期]

① 李祖陶:《空谷香题词自序》文末按语,蒋士铨《忠雅堂文录》卷一,道光刻《国朝文录》本。

求唐诗“神韵”以“肌理”

——王士禛、翁方纲唐诗接受思想合论

张　毅

与明代诗坛为宗唐风气所笼罩不同，清人常徘徊于宗唐与学宋之间，纠结于性情兴会与学问根柢合则双美的企盼中，这也反映在唐诗选评及诗学理论上。崇尚诗歌神韵是明代唐诗接受的审美归宿，至清初成为诗歌创作宗法唐人的流行主张。主掌清初诗坛数十年的王士禛是“神韵”诗论的倡导者，所编唐诗选本有《神韵集》、《十种唐诗选》、《唐贤三昧集》和《唐人万首绝句选》等。但以“神韵”说著名的王士禛并没有对神韵作过明确的理论阐释，他的神韵论多为即兴的片面表述，混合着对唐诗兴象、禅悟、文人画和诗家三昧的审美体验。受其影响的翁方纲则在理论上多有发挥，他在深究何为“唐诗三昧”的过程中提出“肌理”说，不仅有专门的《神韵论》，还有与之相关的《格调论》和《诗法论》，贯穿于这三论的主旨是“求神韵以肌理”，有“正本探原”之法和“穷形尽变”之法。由追求空灵神韵到主张“以质厚为本”的肌理说，原本宗唐的主张不经意间变成了替宋诗张目的说辞，其理由耐人寻味。

一、《神韵集》与“谈艺四言”

王士禛对“神韵”诗的爱好由来已久，早年即以“神韵”为名编过两种诗集。他在《感旧集》中说：“士正自九岁学为小诗，兄辄喜之，令抄唐诗中王、孟、韦、柳、常建、刘昚虚数公之作都为一卷，日夕吟讽。……先是士正尝集同时名辈诗为《神韵集》，兄剧爱其书，趣便成之，未及卒业。兹感念存殁，别次平生师友之作，为《感旧集》，而以《神韵集》所录旧本割什三以附益之。因抄兄篇什次于后。”[①]此《神韵集》所收为同时代的师友之作，题材和体式当不拘一格。但王士禛早年又曾以此书名编过唐诗选本，其《居易录》云：“广陵所刻唐诗七言律《神韵集》，是予三十年前在扬州，启涑兄弟初入家塾，暇日偶摘取唐律绝句五七言授之者，颇约而精。如皋冒丹书青若见而好之，手抄七律一卷携归。其后二十年，泰州缪肇甲、黄泰来刻之，非完书也。”[②]于此追忆可看出，从小吟诵王维、孟浩然和韦应物等人的诗歌，对王士禛偏爱“神韵”诗有潜移默化的影响，但他早年对诗之“神韵”的理解是比较宽泛的，并不限于唐诗，也不专以淡远清丽的模山范水之作为榜样。

王士禛对唐诗的兴趣和看法，与其受明代唐诗学的影响不无关系。他在《跋唐诗品汇》

---

① 王士禛：《感旧集》卷八，清康熙年间刻本。

② 王士禛：《带经堂诗话》，第98页，人民文学出版社，1963年。

中说："宋元论唐诗不甚分初盛中晚，故《三体》、《鼓吹》等集率详中晚而略初盛，揽之愦愦。杨仲弘《唐音》始稍区别，有正音、有余响，然犹未畅其说，间有舛谬。迨高廷礼《品汇》出，而所谓正始、正音、大家、名家、羽翼、接武、正变、余响皆井然矣。独七言古诗以李太白为正宗，杜子美为大家，王摩诘、高达夫、李东川为名家稍误。是三家者，皆当为正宗。李、杜均之为大家，岑嘉州而下为名家，则确然不可易矣。"①《唐诗品汇》的唐诗分期和审音辨体，对明前后七子的"诗必盛唐"的主张和格调说影响很大，也影响到了王士禛。如在言及唐诗近体和古体时，王士禛说："唐人七言律，以李东川、王右丞为正宗，杜工部为大家，刘文房为接武。高廷礼之论，确不可易。宋初学西昆，于唐却近。欧、苏、豫章始变西昆，去唐却远。"②他认为"沧溟先生论五言，谓唐无五言古诗，而有其古诗，此定论也。钱牧翁宗伯但截取上一句，以为沧溟罪案，沧溟不受也。要之唐五言古，固多妙绪，较诸《十九首》、陈思、陶、谢，自然区别。七言古若李太白、杜子美、韩退之三家，横绝万古，后之追风蹑景，惟苏长公一人耳。"③在言及自己的学诗经历时，王士禛说："家世习三百之言，束发以来不欲循塾师章句，辄思析其正变，通其比兴，思其悲愉哀乐之旨，以求得夫一唱三叹之遗音。……十年以来，下及汉魏六朝、初盛中晚四唐之作者，亦惟持斯义以进退之。"④正是在广泛学习前人作品的基础上，王士禛形成了自己宗唐的诗学主张。

在摘取唐律绝句五七言编《神韵集》之后三年，王士禛于《丙申诗序》里提出典、远、谐、丽的"谈艺四言"，认为诗歌创作的兴到神会须以学问为根柢。他对"四言"的解释是："六经、廿一史，其言有近于诗者，有远于诗者，然皆诗之渊海也；节而取之，十之四五，尰结谩谑之习，吾知免矣：一曰典。画潇湘洞庭，不必蹙山结水；李龙眠作《阳关图》，意不在渭城车马，而设钓者于水滨，忘形块坐，哀乐嗒然，此诗旨也：次曰远。诗三百五篇，吾夫子皆尝弦而歌之，故古无《乐经》。而《由庚》、《华黍》皆有声无词；土鼓、鞞铎、非所以披管弦叶丝肉也：次曰谐音律。昔人云，楚词、《世说》，诗中佳料，为其风藻神韵，去《风》、《雅》未遥；学者由此意而通之，摇荡性情，晖丽万有，皆是物也。次曰丽以则。"⑤这四条诗学标准，除了"一曰典"关乎学问，主张以经史为根柢外，其余三条皆与诗歌神韵有关，反映的是学问与性情兼备的诗学思想。

神韵多就诗之风神、风味而言，有点虚无缥缈，但它与实际的音律声调"不即而不离"，故须"谐音律"。神韵诗的空灵韵味还在于意境风格的淡远清丽，"远"是意中之远，如追求气韵生动的画家以淡墨写意而成无声之诗，令人看了产生丰富的联想。而摇荡性情的清词丽句也有一种悠然意远的情味在，符合"丽以则"的标准，所谓"凡诗之丽而失其则者，皆不能以轻清为体，而驰骛于鲜荣者耳"⑥。王士禛说："汾阳孔文谷云：'诗以达性，然须清远为尚。'薛西原论诗独取谢康乐、王摩诘、孟浩然、韦应物。言'白云抱幽石，绿筱媚清涟'，清也；'表灵物莫赏，蕴真谁为传'，远也；'何必丝与竹，山水有清音'，'景昃鸣禽集，水木湛清华'，清远兼之

① 王士禛：《带经堂集》卷九十一，清康熙年间刊本。

② 王士禛：《带经堂诗话》，第828页，人民文学出版社，1961年。

③ 王士禛：《带经堂诗话》，第826页。

④ 王士禛：《丙申诗旧序》，《蚕尾续集》卷三，《带经堂集》卷七十五。

⑤ 王士禛：《带经堂诗话》，第78页。

⑥ 王士禛：《师友诗传录》，《清诗话》，第142页，上海古籍出版社，1978年。

也。总其妙在神韵矣。‘神韵’二字，予向论诗，首为学人拈出，不知先见于此。”①其实，王士禛并非神韵论的首倡者，他的功绩在于通过编唐诗选集来标榜神韵。

在“谈艺四言”中，王士禛把“典”放在首位，主张化学问为性情而学为诗用，合诗人之诗和学人之诗为一，有兼取唐宋的倾向。这在他中年编选的《五七言古诗选》里有所体现。该诗选分“五言古诗”十七卷，收诗人作品至唐；“七言古诗”十五卷，收诗人作品至明代。王士禛在《七言诗凡例》中说：“明何大复《明月篇序》，谓初唐四子之作，往往可歌，反在少陵之上。说者以为有功于风雅，尟矣。然遂以此概七言之正变，则非也。二十年来，学诗者束书不观，但取王、杨、卢、骆数篇，转相仿效，肤词剩语，一唱百和，岂何氏之旨哉？今略取李峤以下气格颇高者，得四篇，以见六朝入唐源流之盖。”他认为“开元、大历诸作者，七言始盛，王、李、高、岑四家，篇什尤多。李太白驰骋笔力，自成一家。大抵嘉州之奇峭，供奉之豪放，更为创获。……诗至工部，集古今之大成，百代而下无异词者；七言大篇，尤为前所未有，后所莫及。盖天地元气之奥，至杜而始发之”。② 以杜诗为宗，是主宋诗者的学诗途径。就《七言古诗选》来看，王士禛并未表现出对唐人之作的过多青睐，他于宋元明人之诗也有所采选，没有明确反对宗宋而提倡唐诗。

以神韵论诗者多偏重于诗人性情而主张兴会神到，但王士禛也强调学有根柢的重要。他认为：“夫诗之道，有根柢焉，有兴会焉，二者率不可得兼。镜中之象，水中之月，相中之色，羚羊挂角，无迹可求，此兴会也。本之《风》、《雅》以导其源，溯之楚《骚》、汉魏乐府诗以达其流，博之九经、三史、诸子以穷其变，此根柢也。根柢源于学问，兴会发于性情。于斯二者兼之，又斡以风骨，润以丹青，谐以金石，故能衔华佩实，大放厥词，自名一家。”③当有人问做诗是否学力与性情必兼具而后愉快时，他回答说：“司空表圣云：‘不著一字，尽得风流。’此性情之说也；扬子云：‘读千赋则能赋。’此学问之说也。二者相辅而行，不可偏废。若无性情而侈言学问，则昔人有讥点鬼簿、獭祭鱼者矣。学力深始能见性情，此一语是造微破的之论。”④王士禛视学问为培养性灵的功夫，以为诗人要多读书以养其气，多历名山大川以扩大眼界，多交名师益友以充见识。

不过，在“五言古诗”的编选中，王士禛有意突显唐五古里继承陶、谢精神的古淡一派，对田园山水诗清远明秀的风韵情有独钟而偏重于以神韵论诗。他在《五言古诗凡例》中说：“唐五言古诗凡数变，约而举之：夺魏晋之风骨，变齐梁之俳优，陈伯玉之力最大，曲江公继之，太白又继之；《感寓》、《古风》诸篇可追嗣宗《咏怀》、景阳《杂诗》。贞元、元和间，韦苏州古澹、柳柳州峻洁。今辄取五家之作，附于汉魏六代作者之后。李诗篇目浩繁，厘取《古风》，未遑悉录。然四唐古诗之变，可以略睹焉。”⑤他以汉魏六朝的五古为正，而以唐五古为变，并按照源流的关系把唐代五古分为两大类：一类是具有魏晋风骨的诗风，继承了阮籍的《咏怀》、郭璞《杂诗》的慷慨多气，沿着陈子昂、张九龄和李白这样一条线发展变化；另一类是继承陶渊明和二谢的古淡、真淳和清远诗风，在唐五古里以韦应物和柳宗元为代表。王士禛说：“古人山

① 王士禛：《带经堂诗话》，第 73 页。
② 王士禛：《七言诗凡例》，《带经堂诗话》，第 95 页。
③ 王士禛：《带经堂诗话》，第 78 页。
④ 王士禛：《带经堂诗话》，第 822—823 页。
⑤ 王士禛：《五言诗凡例》，《带经堂诗话》，第 94 页。

水之作，莫如康乐、宣城，盛唐王、孟、李、杜及王昌龄、刘昚虚、常建、卢象、陶翰、韦应物诸公，搜抉灵奥，可谓至矣。”①他认为：“东坡谓柳柳州诗在陶彭泽下，韦苏州上。此言误矣。余更其语曰：韦诗在陶彭泽下，柳柳州上。余昔在扬州作《论诗绝句》有云：‘风怀澄澹推韦柳，佳句多从五字求。解识无声弦指妙，柳州那得并苏州？’又常谓陶如佛语，韦如菩萨语，王右丞如祖师语也。”②他称赞韦应物的五古可上接陶渊明，而唐人的山水诗则一以谢灵运为宗。所谓“汉魏间诗人之作，亦与山水了不相及。迨元嘉间谢康乐出，始创为刻画山水之词，务穷幽极渺，抉山谷水泉之情状，昔人所云‘庄老告退，而山水方滋’者也。宋齐以下，率以康乐为宗。至唐王摩诘、孟浩然、杜子美、韩退之、皮日休、陆龟蒙之流，正变互出，而山水之奇怪灵闷，刻露殆尽，若其滥觞于康乐，则一而已矣。”③在论五言古诗的源流正变时，王士禛有意突出陶、谢田园山水诗的意义，到了言唐诗神韵，遂与王、孟一派山水诗的清丽淡远风格划上等号，于是便有了后来《唐贤三昧集》等系列唐诗选本的出现。

二、《唐贤三昧集》与“神韵”说

《唐贤三昧集》、《十种唐诗选》和《唐人万首绝句选》是王士禛晚年编撰的唐诗选集，后两种就前人已有的成果加以整理，前一种则是他为扭转当时诗坛风气而专门选编的，最能反映其“神韵”说的论诗宗旨。他说：“《三昧》一集，偶然成书，妄欲令海内作者识取开元、天宝本来面目。又妄谓后世选唐人诗，较唐人自选终隔一尘，故又常取殷璠、高仲武诸家之选，各加删定，而益以韦庄《又玄》、姚铉《文粹》，通为《唐选十集》。”④由此可知他编选唐诗选集的目的，在于令世人识唐诗之“真面目”。只是《唐贤三昧集》重在让人识取开元、天宝的盛唐之真面目，而《十种唐诗选》意在通过唐人选唐诗的重刻，保留唐人自己的诗学取向，有助于后人了解唐诗的“本来面目”。其《唐贤三昧集》虽然成书晚于《十种唐诗选》，但因其篇目、卷数较少，故早于《十种唐诗选》以定稿示人。

《唐贤三昧集》分上、中、下三卷编选，上卷以王维领衔，选了 9 位诗人的 157 首作品，但仅王维一人就入选 111 首，占了全书总数的四分之一强。中卷以孟浩然为首，共选 39 位诗人的 155 首作品，其中孟浩然选录了 48 首。下卷选高适、岑参等 26 人的 131 首作品，其中岑参入选 37 首数量最多。有人问：“然则《三昧》之选，前不及‘初’，而后不及‘中’、‘晚’，是则何说？是非欲人但学盛唐，而不及‘中’、‘晚’之意乎？”王士禛的回答是：“不然，吾盖疾夫世之依附盛唐者，但知学为‘九天阊阖’、‘万国衣冠’之语，而自命高华，自矜为壮丽，按之其中，毫无生气。故有《三昧集》之选。要在剔出盛唐真面目与世人看，以见盛唐之诗，原非空壳子、大帽子话；其中蕴藉风流，包含万物，自足以兼前后诸公之口。彼世之但知学为‘九天阊阖’、‘万国衣冠’等语，果盛唐之真面目、真精神乎？”⑤具有言有尽而意无穷的诗之神韵，似乎才是王士禛所说的盛唐之真面目和真精神。他在《唐贤三昧集》的自序里说：“严沧浪论诗

① 王士禛：《带经堂诗话》，第 36—37 页。
② 王士禛：《带经堂诗话》，第 40 页。
③ 王士禛：《带经堂诗话》，第 115 页。
④ 王士禛：《答秦留仙宫谕二首》其一，《蚕尾文》三；《带经堂集》卷六十七。
⑤ 王士禛：《燃灯纪闻》，《清诗话》上册，第 122 页。

云:'盛唐诸人,唯在兴趣,羚羊挂角,无迹可求。透彻玲珑,不可凑泊,如空中之音,相中之色,水中之月,镜中之象,言有尽而意无穷。'司空表圣论诗亦云:'妙在酸咸之外。'康熙戊辰春杪,归自京师,居宸翰堂,日取开元、天宝诸公篇什读之,于二家之言,别有会心。录其尤隽永超诣者,自王右丞而下四十二人,为《唐贤三昧集》。"①他以王维、孟浩然的作品来揭示盛唐的真面目,而有意不录李、杜的诗歌,这在唐诗接受史上是非常出人意外的做法。即使是王维的诗歌,入选作品多为写归隐田园的山水诗和赠别友人的边塞诗,将其御制奉和之作排除在外。如王维《和贾舍人早朝大明宫之作》的"九天阊阖开宫殿,万国衣冠拜冕旒",被王士禛视为歌功颂德的空话和大话,不足以体现盛唐的真精神;而王维和裴迪唱和的《辋川集》组诗,写山水清音,在《唐贤三昧集》里选录了 26 首之多。这种编辑体例和选录标准,充分体现了去取一以神韵为宗的诗学思想。

《唐贤三昧集》的"三昧"出自佛典,意译是"定"或"禅定",可用来指诗人触景生情而兴会神到的灵感产生的刹那或瞬间。王士禛"神韵"说的一个突出方面,是强调诗歌创作兴到神会的"妙悟"之重要,倡诗禅相通之论。他说:"萧子显云:'登高极目,临水送归;早雁初莺,花开叶落。有来斯应,每不能已;须其自来,不以力构。'王士源序孟浩然诗云:'每有制作,伫兴而就。'余生平服膺此言,故未尝为人强作,亦不耐为和韵诗也。"②所谓"伫兴"相当于"兴会",其产生具有突发性。王士禛说:"南城陈伯玑允衡善论诗,昔在广陵评予诗,譬之昔人云'偶然欲书',此语最得诗文三昧。"③当然,最有说服力的还是王、孟的诗歌创作。"孟浩然《下赣石》诗:'暝帆何处泊? 遥指落星湾。'落星在南康府,去赣亦千余里,顺流乘风,即非一日可达。古人诗只取兴会超妙,不似后人章句,但作记里鼓也。""世谓王右丞画雪中芭蕉,其诗亦然。如'九江枫树几回青,一片扬州五湖白',下连用兰陵镇、富春郭、石头城诸地名,皆寥远不相属。大抵古人诗画,只取兴会神到,若刻舟缘木求之,失其指矣。"④他以为诗人作诗的兴会神到的妙句,同于禅家悬解时的活句。所谓"《林间录》载洞山语云:'语中有语,名为死句;语中无语,名为活句。'予尝举似学诗者。今日门人邓州彭太史直上来问予选《唐贤三昧集》之旨,因引洞山前语语之,退而笔记。"⑤活句靠妙悟,有悟尽为活句,无悟皆为死法。

神韵并不能以一种风格面貌、审美旨趣来概括,却可以通过特定的风神韵味体现出来,这是《唐贤三昧集》中所选王、孟诗派清丽淡远之作尤多的原因。王士禛说:"严沧浪以禅喻诗,余深契其说,而五言尤为近之,如王、裴辋川绝句,字字入禅。他如'雨中山果落。灯下草虫鸣','明月松间照,清泉石上流',以及太白'却下水精帘,玲珑望秋月',常建'松际露微月,清光犹为君',浩然'樵子暗相失,草虫寒不闻',刘眘虚'时有落花至,远随流水香',妙谛微言,与世尊拈花,迦叶微笑,等无差别。通其解者,可语上乘。"结论是:"舍筏登岸,禅家以为悟境,诗家以为化境,诗禅一致,等无差别。"⑥"唐人五言绝句,往往入禅,有得意忘言之妙,与净名默然,达磨得髓,同一关捩。观王、裴《辋川集》及祖咏《终南残雪》诗,虽钝根初机,亦能

① 王士禛:《唐贤三昧集序》,《带经堂集》卷三十九。

② 王士禛:《带经堂诗话》,第 67 页。

③ 王士禛:《带经堂诗话》,第 84 页。

④ 王士禛:《带经堂诗话》,第 68 页。

⑤ 王士禛:《带经堂诗话》,第 82 页

⑥ 王士禛:《带经堂诗话》,第 83 页

顿悟。"[1]以"妙悟"来把握盛唐诗，是建立在对盛唐诗"无迹可求"的认识之上的。"严沧浪《诗话》，借禅喻诗，归于妙悟。如谓盛唐诸家诗，如镜中之花，水中之月，镜中之象，如羚羊挂角，无迹可求，乃不易之论。而钱牧斋驳之，冯班《钝吟杂录》因极排诋，皆非也。"[2]王士禛通过《唐贤三昧集》所要让人识取的"盛唐真面目"，是无法靠因袭学习而得的，这就避免了学唐而得其假面目和空壳子。

与注重兴会妙悟相联系，神韵诗追求"不著一字，尽得风流"的空灵境界，与文人书画意在笔墨之外的逸格是一样的。王士禛以为盛唐诸诗人的作品，之所以超出初唐、中、晚者，只是格韵高妙。他说："严沧浪论诗，特拈'妙悟'二字，及所云'不涉理路，不落言筌'，又'镜中之象，水中之月，羚羊挂角，无迹可寻'云云，皆发前人未发之秘。"[3]"或问'不著一字，尽得风流'之说。答曰：太白诗'牛渚西江夜，青天无片云。登高望秋月，空忆谢将军。余亦能高咏，斯人不可闻。明朝挂帆去，枫叶落纷纷'。襄阳诗'挂席几千里，名山都未逢。泊舟浔阳郭，始见香炉峰。尝读远公传，永怀尘外踪。东林不可见，日暮空闻钟'。诗至此，色相俱空，政如羚羊挂角，无迹可求，画家所谓逸品是也。"[4]又谓："表圣论诗，有二十四品，予最喜'不著一字，尽得风流'八字。又云：'采采流水，蓬蓬远春。'二语形容诗境亦绝妙，正与戴容州'蓝田日暖，良玉生烟'八字同旨。"[5]王士禛于司空图《诗品》，最喜"冲淡"、"自然"和"清奇"三品，以为是诗品之最上者而与画境相通。他说："《新唐书》如近日许道宁辈画山水，是真画也。《史记》如郭忠恕画天外数峰，略有笔墨，然而使人见而心服者，在笔墨之外也。右王楙《野客丛书》中语，得诗文三昧，司空表圣所谓'不著一字，尽得风流'者也。"又说："予尝闻荆浩论山水而悟诗家三昧矣。其言曰：'远人无目，远水无波，远山无皴'。"[6]王士禛的宗侄王原祁是名画家，一日携画见过，"因极论画理，其义皆与诗文相通。大约谓始贵深入，既贵透出，又须沉著痛快。又谓画家之有董巨犹禅家之有南宗；董巨后嫡派，元唯黄子久、倪元镇，明唯董思白耳。予问倪董以闲远为工，与沉著痛快之说何居？曰：闲远中沉著痛快，唯解人知之"[7]。可用禅趣来贯通诗画，神韵诗和南宗画的关系就是这样建立起来的。

就体制而言，神韵诗多为含蓄蕴藉的"小诗"，即五七言绝句，诗体风格讲究冲淡清远，要言有尽而意无穷。这也是王士禛晚年还要删编《唐人万首绝句选》的缘由。他说："余旧撰盛唐诸公诗曰《三昧集》，又删唐人《英灵》、《间气》、《箧中》、《御览》、《国秀》、《极玄》、《又玄》、《搜玉》、《才调》九集，益以宋姚氏《唐文粹》乐府古歌诗为十集。唯宋洪氏《万首唐人绝句》，每欲删定，以其浩汗，辄尔中辍，后二十年始成，即此本是也。"[8]王士禛《万首绝句选凡例》论五言绝句云："初唐王勃独为擅场，盛唐王、裴辋川唱和，工力悉敌，刘须溪有意抑裴，谬论也；李白气体高妙，崔国辅源本齐梁；韦应物本出右丞，加以古淡。后之为五言者，于此数家求之，有余师矣。"他又论七言绝句说："初唐风调未谐。开元、天宝诸名家，无美不备，李白、王

① 王士禛：《带经堂诗话》，第69页
② 王士禛：《带经堂诗话》，第65页。
③ 王士禛：《带经堂诗话》，第65页。
④ 王士禛：《带经堂诗话》，第70—71页。
⑤ 王士禛：《带经堂诗话》，第72页。
⑥ 王士禛：《带经堂诗话》，第86页。
⑦ 王士禛：《带经堂诗话》，第85至86页。
⑧ 王士禛：《带经堂诗话》，第112页。

昌龄尤为擅场。昔李沧溟推'秦时明月汉时关'一首压卷，余以为未允。必求压卷，则王维之'渭城'，李白之'白帝'，王昌龄之'奉帚平明'，王之涣之'黄河远上'，其庶几乎！而终唐之世，绝句亦无出四章之右者矣。中唐之李益、刘禹锡，晚唐之杜牧、李商隐四家，亦不减盛唐作者云。"①虽也标举盛唐，但已不限于王维、孟浩然代表的山水诗一派，所举王维七绝的压卷之作属于赠别类的作品，与禅趣的空灵境界了无关系。

以《唐贤三昧集》所选的王维诗而言，也不尽是风格冲淡清远的入禅作品，其写边塞风光的"大漠孤烟直，长河落日圆"的《使至塞上》，以及《出塞作》、《陇头吟》、《老将行》、《夷门歌》、《少年行》之类的豪迈雄健风格的作品也不少，乃知古淡闲远中自有沉著痛快。王士禛在题友人的《丁丑诗》时说："自昔称诗者，尚雄浑则鲜风调，擅神韵则乏豪健，二者交讥；唯今太宰说严先生，能去其二短，而兼其两长。吾推先生仍诗三十余年，世之谈士皆以为定论而无异辞者以此。《丁丑》一卷公所自书，盖渐老渐熟之候，而书法圆美苍劲，姿态横生，适与其诗相称，真两绝也。"②这种神韵风调与雄浑气格兼备的审美理想，与王士禛早年学问根抵与性情兴会双合的主张异曲同调。如果说盛唐诸贤中不乏两种品格兼备的诗人的话，那么唐诗"三昧"与神韵和格调的关系，就可以从不同的方面加以解说，以至于盛唐的真面目和真精神究竟是什么，也当别有一番理论了。

三、由唐诗"三昧"下转语

《唐贤三昧集》是王士禛宣传神韵诗学的唐诗样本，一经问世就引起了巨大的反响，但人们的理解却各有不同。如翁方纲《渔洋先生精华录序》所言："在当时有谓先生祧唐祖宋者，固非矣；其谓专主唐音者，亦有所未尽也。谓先生师韦、柳者，似矣，顾何以选《三昧集》而不及韦、柳？又谓具体右丞，似矣，然又何以抄五言诗不及右丞？是皆未足以尽之也。"③翁方纲早年学诗于黄叔琳，而黄叔琳学诗于王士禛，故他每以王士禛的再传弟子自任。他在《彭门怀古四首并序》里说："诗家三昧要深论，真放精微是妙门。试向彭城拈一语，烟消日出见渔村。"④其《论诗家三昧十二首》有云："雅音叶律古无邪，识得根原正即葩。底事沧浪禅理喻，杜陵法本自儒家。"⑤在由唐诗"三昧"论诗之神理时，他有意将禅理转为儒家的义理和文理，试图在学王、孟与学杜之间下一转语。

翁方纲早年受王士禛神韵说影响极深，其《题新城王文简像二首》云："每爱王摩诘，侧想香炉峰。云何王、孟作，不与韦、柳同。五字律琴弦，三唐首射洪。先生言外意，测景吾何从。三昧悟至精，两端请折衷。"他在此诗的附言里说："尝谓渔洋品古今五言诗，以盛唐为宗，盛唐人五言，又以《三昧集》王、孟诸家为宗。然先生选五言诗于唐止，取五家乃有韦、柳而无王、孟诸家者何？请下一转语，方许拜先生像。"⑥他以为言唐诗三昧，不能仅限于一体，尽归

① 王士禛：《带经堂诗话》，第110—111页。

② 王士禛：《带经堂诗话》，第161页。

③ 翁方纲：《复初斋文集》卷三，道光十六年刻本。

④ 翁方纲：《复初斋外集》卷二十四，道光十六年刻本。

⑤ 翁方纲：《复初斋诗集》卷六十二，道光十六年刻本。

⑥ 翁方纲：《复初斋诗集》卷二十六，道光十六年刻本。

为一派。“窃谓一人自有一人神理，须略存其本相，不必尽以一概论也。阮亭《三昧》之旨，则以盛唐诸家，全入一片空澄澹泊中，而诸家各指其所之之处，转有不暇深究者。学人固当善会先生之意，而亦要细观古人之分寸，乃为两得耳。”①他认为“杜五言古诗，活于大谢，深于鲍照，盖尽有建安、黄初之实际，而并有王、孟诸公之虚神，不可执一以观之。”②翁方纲早年编的两个唐诗选本《唐人七律志彀集》和《唐五言诗钞》，专选唐人七律、五律，与其后来兼选唐宋有明显差别。他的宗唐思想首先体现在对唐代诗歌的整体认识上，认为初唐开启盛唐，盛唐(尤其是杜甫)代表唐诗最高成就，而中、晚唐诗格降体变气衰。对于杜甫之前的开元、天宝作家，翁方纲推许有加，而对于杜甫之后的中、晚唐诗人则贬语明显多于褒词。翁方纲在《唐人七律志彀集》中所推崇的盛唐，实际是以杜甫为主的盛唐，以杜律代表盛唐七律创作的最高成就。在《唐人七律志彀集》辑成后不久，翁方纲又辑《唐五律偶抄》。与对唐七律的看法一样，他在选五言律时也体现出对李、杜的重视，并称道盛唐五律高于中晚之处在于“气厚”。

诗之“三昧”贵在入神，这神可以是神韵，也可以是神理。王士禛所言神韵，与“神理”属于同一个层次的诗学范畴，他说：“善学古人者，学其神理。不善学者，必学其衣冠语言涕唾而已矣。”③其《唐贤三昧集》选诗“专以神韵为归”，不仅欣赏风格含蓄的作品，也注重气机流走的诗歌神理。翁方纲在《七言诗三昧举隅》中说：“渔洋于唐贤撰《三昧集》矣。其为《五七言诗抄》则皆三昧也；皆三昧，则皆举隅也，奚又择诸？……夫渔洋先生，既不得不以杜、韩、苏、黄为七言之正矣，因于初唐诸作，仅取数篇，曰：此其气格高者。夫所谓气格高者，以神乎？以貌乎？说者必曰以神，非以貌也。”④他在评王维的《陇头吟》时说：“平实叙事者，三昧也；空际振奇者，亦三昧也；浑涵汪茫千汇万状者，亦三昧也，此乃谓之万法归原也。若必专举寂寥冲淡者以为三昧，则何万法之有哉？渔洋之识力，无所不包；渔洋之心眼，抑别有在？”⑤翁方纲认为唐诗众美俱备，无所不包，李白诗皆神来、气来之作，故无一首不可作三昧观，杜诗亦然。他说：“义山云：‘李、杜操持事略齐，三才万象共端倪。’青莲、少陵所以齐名千古者，此二语道尽矣……至于渔洋所谓三昧，其说出于严沧浪，虽以此义言李、杜，亦无不可，而实未足以尽李、杜耳。”⑥王士禛《唐贤三昧集》不录李、杜诗，自云仿王安石《百家诗选》之例，翁方纲颇不以为然。他说：“先生平日极不喜介甫《百家诗选》，以为好恶拂人之性，焉有仿其例之理？以愚窃窥之，盖先生之意，有难以语人者，故不得已为此托词云尔。先生于唐贤独推右丞、少伯以下诸家得三昧之旨，盖专以冲和淡远为主，不欲以雄鸷奥博为宗。若选李、杜而不取其雄鸷奥博之作可乎？吾窥先生之意，固不得不以李、杜为诗家正轨也；而其沉思独往者，则独在冲和淡远一派，此固右丞之支裔，而非李、杜之嗣音矣！”⑦他指出杜诗的刻画体物之妙，真诗家三昧神境，又喜用经史语，“然至于‘丹青不知老将至，富贵于我如浮云’，则是水中著盐，点化之妙，正三昧神理也”⑧。诗家三昧可以不落言筌，也可以有神理可循。

① 翁方纲：《石洲诗话》，第34页，人民文学出版社，1981年。
② 翁方纲：《石洲诗话》，第42页。
③ 王士禛：《晴川集序》，《带经堂集》卷六十五。
④ 翁方纲：《七言诗三昧举隅》，《清诗话》上册，第285页。
⑤ 翁方纲：《七言诗三昧举隅》，《清诗话》上册，第287页。
⑥ 翁方纲：《七言诗三昧举隅》，《清诗话》上册，第289页。
⑦ 翁方纲：《七言诗三昧举隅》，《清诗话》上册，第290—291页。
⑧ 翁方纲：《七言诗三昧举隅》，《清诗话》上册，第292页。

同样是言唐诗三昧，王士禛以王、孟为宗，以神韵为说；而翁方纲则以李、杜为宗，以神理为要。他说自己编《唐人七律志彀集》有“志杜”的意向和企图，并认为这也是渔洋神韵诗学蕴而未发的内容。他曾辑王士禛的《杜诗话》一卷，又专门撰《渔洋评杜摘记》一卷，自称：“方纲自束发诵诗，所见杜诗古今注本，已三十余种。手录前人诸家之评，及自附评语，丹黄涂乙，亦三十三遍矣。大约注家于事实或有资以备考，于诗理则概未之有闻。……即以近日王渔洋标举‘神韵’，于古作家，实有会心。然诗至于杜，则微之系说，尚不满于遗山，后人更何从而措语乎？况渔洋于三唐虽通彻妙悟，而其精诣，实专在右丞、龙标间，若于杜则尚未敢以瓣香妄拟也。惟是诗理，古今无二，既知诗，岂有不知杜者？是以渔洋评杜之本，于诗理确亦得所津逮，非他家轻易下笔者比矣。”[①]在对王士禛评杜的再评点中，翁方纲多从字法、句法和音律等具体处入手，解说得很精细。如杜甫的《醉时歌》，王士禛的批语为：“相如二句可删。”“结似律，不甚健。”翁方纲评曰：“愚尝谓空同、沧溟以‘格调’论诗，而渔洋变其说，曰‘神韵’，‘神韵’者，‘格调’之别名耳。渔洋意中，盖纯以脱化超逸为主，而不知古作者各有实际，岂容一概相量乎？至此篇末‘生前相遇且衔杯’一句，必如此乃健，而何以反云‘似律不健’耶？且此句并不似律，试合上一句读之，若上句第二字仄起，而此收句‘生前’‘前’字平声，则似乎与律相近也。……况即使上句第二字用仄起，此收句第二字用平，亦必古诗内有音节逼到不得不然，而后以似律之句结之，亦必不可云‘结似律’也。”[②]再如翁方纲评杜甫的《望岳》诗云：“正恐新城（指王士禛）诗学，于‘岱宗’句，竟未之解耳。‘岱宗夫如何’五字，是杜公出神之笔，‘如何’二字虚，‘夫’字实，从来皆误解也。此一‘夫’字，实指岱宗言之。即下七句，全在此一‘夫’字内。盖少陵纵目遍齐、鲁二大邦，而其‘青未了’，所以不得不仰叹之。此‘夫’字，犹言‘不图为乐之至于斯’，‘斯’字神理，乃将‘造化神秀’、‘荡胸层云’诸句，皆摄入此一‘夫’字内，神光直叩真宰矣。岂得以虚活字妄拟之乎？”[③]如此解诗，更多注重杜诗的神理和法式，对音律字句的推敲极精密，自然与侈谈神韵或格调者有区别。

翁诗纲在接受王士禛神韵说的基础上，有意识的调和杜诗的沉郁顿挫与王士禛得于空音象外的诗之三昧，要求如杜诗一样，达到“自然”、“浑成”的完美结合。其《题渔洋先生戴笠像》云：“古今不善学杜者，无若空同、沧溟；空同、沧溟，貌皆似杜者也。古今善学杜者，无若义山、山谷；义山、山谷，貌皆不似杜者也。夫空同、沧溟所谓格调，其去渔洋所谓神韵者奚以异乎？夫貌为激昂壮浪者谓之袭取，貌为简淡高妙者独不谓之袭取乎！渔洋先生提倡唐贤三昧无迹可求之旨，其胸中超然标举，独自得于空音镜象之外者，而其一时友朋门弟子或未之尽知也。”[④]在处理王维、杜甫的关系上，翁方纲不以王维的诗歌为神韵典型，而视之为学杜的门径。他以为：“杜五律虽沉郁顿挫，然此外尚有太白一种暨盛唐诸公在。至七律则雄辟万古，前后无能步趋者，允为此体中独立之一人。”[⑤]“杜之魄力声音，皆万古所不再有。其魄力既大，故能于正位卓立铺写，而愈觉其超出；其声音既大，故能于寻常言语，皆作金钟大镛

① 翁方纲：《石洲诗话》，第229—330页。
② 翁方纲：《石洲诗话》，第205页。
③ 翁方纲：《石洲诗话》，第212—213页。
④ 翁方纲：《复初斋文集》卷三十四。
⑤ 翁方纲：《石洲诗话》，第49页。

之响。"[①]结论是："杜公之学，所见直是峻绝。其自命稷、契，欲因文扶树道教，全见于《偶题》一篇，所谓'法自儒家有'也。此乃羽翼经训，为《风》、《骚》之本，不但如后人第为绮丽而已。无如飞腾而入者，已让过前一辈人，不得不怀江左之逸、谢郎中之奇；而缘情绮靡，斯已降一格以相从矣。又无奈所遇不偶，迁流羁泊，并所谓缘情者，只用以慰漂荡，尤可慨也。"[②]对杜诗的推崇体现在其诗选和诗论的各个方面。

对唐诗三昧的"深论"，是为了消除"不涉理路，不落言筌"的神韵诗学的空虚，转而提倡杜甫"读书破万卷，下笔如有神"的实际。翁方纲《杜诗'精熟〈文选〉理'理字说》认为："自王新城究论唐贤三昧之所以然，学者渐由是得诗之正脉，而未免歧视理与词为二途者，则不善学者之过也。而矫之者又或直以理路为诗，遂蹈白沙定山一派，致启诗人之訾謷，则又不足以发明六义之奥，而徒事于纷争疑惑，皆所谓泥者也。必知此义，然后见少陵之贯彻上下，无所不该，学者稍偏于一隅，则皆不得其正。岂可以矜心躁气求之哉，但憾不能熟精而已矣。"[③]他不否定王士禛《唐贤三昧集》的神韵诗学，只是想对其偏于一隅的空虚做些补正。

四、用"肌理"充实"神韵"

王士禛早年的"谈艺四言"持学问和性情并重的观点，至晚年偏重于提倡兴到神会的妙悟，做诗也多风格冲淡清远的流连光景之作。翁方纲早年虽以神韵论诗，但已不限于对唐人空灵含蓄的冲淡风格的推崇，为补唐诗接受中"神韵论"意在言外的偏差，主张做诗应学习杜甫"以雄厚高浑之气，运以沉郁顿挫之妙"。对学杜的重视，使他逐渐由独尊唐诗转为宗唐祧宋，欲以讲究气格骨法的肌理充实神韵诗浮光掠影的虚响。这种诗学思想的转变，以《志言集》的编成为标志，并反映在《神韵论》、《格调论》和《诗法论》等系列诗歌专论里。

《志言集》是一部唐宋金元合选的诗抄，包括唐六家和宋金元五家，体现了出唐入宋而实之以肌理的诗学旨趣。翁方纲在这部晚年所编的诗歌选集里声称："为学必以考证为准，为诗必以肌理为准。"他认为："言者，心之声也。文辞之于言，又其精者，《诗》之于文辞，又其谐之声律者。然则在心为志，发言为诗，一衷诸理而已。理者，民之秉也，物之则也，事境之归也，声音律度之矩也。是故渊泉时出，察诸文理焉；金玉声振，集诸条理焉；畅于四支，发于事业，美诸通理焉。义理之理，即文理之理，即肌理之理也。"[④]刘勰《文心雕龙·序志》有"擘肌分理，唯务折衷"的说法，但翁方纲称其所言"肌理"出自杜甫《丽人行》里的诗句，即所谓"态浓意远淑且真，肌理细腻骨肉匀"。诗里的"肌理"指人体的肌肉纹理，被他用来指诗歌的义理和文理。其《杜诗'精熟〈文选〉理'理字说》云："理者，治玉也，字从玉，从里声，其在于人则肌理也，其在于乐则条理也。《易》曰：'君子以言有物'，理之本也；又曰'言有序'，理之经也。"[⑤]以"言有物"指义理，于诗当为神理；以"言有序"指文理，或指诗的格律法规，即诗法。翁方纲题扇诗云："分寸量黍尺，浩荡驰古今。""夫所谓'分寸黍尺'者，肌理针线之谓也。遗

① 翁方纲：《石洲诗话》，第42页。
② 翁方纲：《石洲诗话》，第48页。
③ 翁方纲：《复初斋文集》卷十。
④ 翁方纲：《志言集序》，《复初斋文集》卷四。
⑤ 翁方纲：《复初斋文集》卷十。

山之论诗曰：‘鸳鸯绣出从君看，不把金针度于人。’此不欲明言针线也。少陵则曰：‘美人细意熨贴平，裁缝灭尽针线迹。’善哉乎！究言之，长言之，又何尝不明言针线与？……昔李、何之徒空言格调，至渔洋乃言神韵。格调、神韵皆无可著手也，予故不得不近而指之曰‘肌理’。少陵曰：‘肌理细腻骨肉匀’，此盖系于骨与肉之间，而审乎人与天之合，微乎艰哉！”[①]以针线作比喻，表明企图以肌理说补充“格调”说与“神韵”说之不足的愿望。

翁方纲曾说元人学唐仅得一段丰致，明人直接就格调加以模拟，“渔洋先生所讲‘神韵’，则合丰致、格调为一而浑化之。此道至于先生，谓之集大成可也。”[②]但他又认为王士禛虽变格调为神韵，其实即格调耳。其《格调论》云：“诗之坏于格调也，自明李、何辈误之也。李、何、王、李之徒，泥于格调而伪体出焉，非格调之病也，泥格调者病之也。”“古之为诗者，皆具格调，皆不讲格调，格调非可口讲而笔授也。唐人之诗，未有执汉、魏、六朝之诗以目为格调者；宋之诗，未有执唐诗为格调；即至金、元诗，亦未有执唐、宋为格调者。独至明李、何辈，乃泥执《文选》体以为汉魏六朝之格调焉，泥执盛唐诸家以为唐格调焉。”[③]他认为李攀龙言古诗，纯以《选》体格调为准，故谓唐无五言古诗，不知唐人古诗正以不模仿《选》体为正。若“五言不效《选》体，则谓之唐无五言古诗。然则七古亦将必以盛唐为正矣，则何不云宋无七言古诗？而彼不敢也。是以渔洋代为下转语曰：苏诗七律不可学。……夫谓七律宜宗盛唐，则杜固居其正无疑也。然又谓五古宜宗《选》体，《选》体之说不能旁通也，故又变格调为神韵，而以王、孟、韦、柳当其正，则杜之五古又居其变。”[④]同一杜诗，不可能七言为正体，而五言却成了变体，此仍泥于格调所致。翁方纲在《赵秋谷所传声调谱》中说：“音节因乎格调，格调因乎家数，家数因乎风会，渊源品藻，万有不同，乌可执一时之体制，赅万世之绳墨乎？”[⑤]他在评黄庭坚的《听宋宗儒摘阮歌》时指出：“此于阮亭先生所讲三平正调之理之外，别辟洞天。诗家音节，必到此乃极其矫变，而此篇乃其最平正通达之作。其于仄韵不肯轻放出仄平仄之正调，则拗怒之中，转余圆劲，故录此以见七言之体段音节，必至苏、黄而极其致；而苏之圆折如意与黄之变转而不失其正，途虽殊而理则一也。”[⑥]也就是说，以音节言格调，则宋人诗未必就一定不如唐人。

尽管翁方纲一再说王士禛的“神韵”论与明人李、何等的“格调”说有相同处，但也注意到两者的区别。他说：“虽然，究竟言之，则格调实而神韵虚，格调呆而神韵活，格调有形而神韵无迹也。”[⑦]与谈唐诗三昧一样，翁方纲论神韵也尽量扩大其内涵，以为神韵乃自古诗家所共具，所谓“不著一字，尽得风流”，是涵盖万有而非坠于空寂。他说：“诗以神韵为心得之秘，此义非自渔洋始言之也，是乃自古诗家之要眇处，古人不言而渔洋始明著之也。神韵者，非风致情韵之谓也。吾谓神韵即格调者，特专就渔洋之承接李、何、王、李而言之耳。其实神韵无所不该，有于格调见神韵者，有于音节见神韵者，亦有于字句见神韵者，非可执一端以名之

---

① 翁方纲：《仿同学一首为乐生别》，《复初斋文集》卷十五。
② 翁方纲：《石洲诗话》，第120页。
③ 翁方纲：《格调论上》，《复初斋文集》卷八。
④ 翁方纲：《格调论中》，《复初斋文集》卷八。
⑤ 翁方纲：《赵秋谷所传声调谱》，《清诗话》上册，第246页。
⑥ 翁方纲：《七言诗平仄举隅》，《清诗话》上册，第282页。
⑦ 翁方纲：《七言诗三昧举隅》，《清诗话》上册，第285页。

也。有于实际见神韵者,亦有于虚处见神韵者,有于高古浑朴见神韵者,亦有于情致见神韵者,非可执一端以名之也。"[①]如果说以格调、音节和情致见神韵,属于王士禛讲的唐诗之三昧;那么求神韵于字句、实际和浑朴,则属于翁方纲的新理论了。翁方纲在其《神韵论》中说:"新城(指王士禛)以三昧标举盛唐诸家,盛唐诸家,其体盛大,貌其似者,固不能伤之,徒自蔽而已矣。矫其说者,一以澄夐淡远味之,亦不免坠一偏也。"他强调:"诗必能切己切时切事,一一具有实地,而后渐能几于化也。未有不有诸己,不充实诸己,而遽议神化者也。是故善教者必以规矩焉,必以彀率焉。神韵者以心声言之也,心声也者,谁之心声哉!吾故曰先于肌理求之也。"[②]对于以神韵求肌理,翁方纲是这么说的:"且杜云'读书破万卷,下笔如有神'。此神字即神韵也。杜云'精熟文选理',韩云'周诗三百篇,雅丽理训诰',杜牧谓'李贺诗使加之以理,奴仆命骚可矣'。此理字即神韵也。神韵者彻上彻下,无所不该,其谓'羚羊挂角,无迹可求',其谓'镜花水月,空中之象',亦皆即此神韵之正旨也,非堕入空寂之谓也。"[③]翁方纲的肌理说是建立在王士禛神韵说基础上的,其《格调论》与《神韵论》二文,从消解明七子、王士禛所讲的格调、神韵入手,以确立"肌理"说的合理性。他以为唐诗神韵从肌理实处入手才能求得,肌理与神韵为表里,若专以风神韵味为归,必至于舍本逐末的蹈虚流弊。

讲理、务实、求活法,是翁方纲针对格调、神韵之弊而提出的诗学主张,也是肌理说的主要内容。其《延晖阁集序》云:"诗必研诸肌理,而文必求其实际,夫非仅为空谈格韵者言也。持此足以定人品学问矣。"[④]他认为研诸肌理与讲求实际是联系在一起的,"夫理者,彻上彻下之谓,性道统絜之理,即密察条析之理,无二义也;义理之理,即文理、肌理、腠理之理,无二义也。其见于事,治玉治骨角之理,即理官理狱之理,无二义也;事理之理,而析理、整理之理,无二义也。"[⑤]理是万事万物的根本准则,故可于法上见。翁方纲《诗法论》说:"文成而法立。法之立也,有立乎其先、立乎其中者;此法之正本探原也。有立乎其节目、立乎其肌理界缝者:此法之穷形尽变也。杜云'法自儒家有',此法之立本者也。又曰'佳句法如何',此法之尽变者也。夫惟法之立本者,不自我始之,则先河后海,或原或委,必求诸古人也。夫惟法之尽变者,大而始终条理,细而一字之虚实单双,一音之低昂尺黍,其前后接笋,乘承转换,开合正变,必求诸古人也。乃知其悉准诸绳墨规矩,悉效诸六律五声,而我不得丝毫以己意与焉。故曰:禹之治水,行其所无事也。行乎所不得不行,止乎所不得不止。应有者尽有之,应无者尽无之。夫然后可以谓之诗,夫然后可以谓之法矣。"[⑥]他以为法有两种,一为探本正原之理法,一为穷形尽变的文法。前者是义理之理,后者是文理之理,而肌理则是二者的统一。

翁方纲的"肌理"说有以学问为诗的倾向,与其"诗主性情"和"以考据入诗"的诗学思想相表里。他论诗注重作者切己、切时、切地、切事的真实性,要求通过诗歌内容时、地与事、境的真实性,从各方面体现出诗人的真性情。他认为不同时、地与事、境下创作的诗歌应该是不同的,"以考据入诗"从写作内容上决定了诗歌表现出的不同风貌,自然可以避免貌袭、套

---

① 翁方纲:《神韵论下》,《复初斋文集》卷八。
② 翁方纲:《神韵论中》,《复初斋文集》卷八。
③ 翁方纲:《神韵论上》,《复初斋文集》卷八。
④ 翁方纲:《复初斋文集》卷四。
⑤ 翁方纲:《理说驳戴震作》,《复初斋文集》卷七。
⑥ 翁方纲:《复初斋文集》卷八。

语之弊。他举王士禛为例说:“渔洋之诗,虽非李、何之滞习,而尚有未尽化滞习者。如咏焦山鼎,只知铺陈钟鼎款识之料;如咏汉碑,只知叙说汉末事,此皆习作套语,所以事境偶有未能深切者,则未知铺陈排比之即连城玉璞也。”①认为若以套语入诗,不能深切事境,就失去了诗歌抒写诗人真性情的本质特征。其《诗法论》云:“诗中有我在也,法中有我以运之也。即其同一诗也,同一法也,我与若俱用此法,而用之之理、用之之趣各有不同者,不能使子面如吾面也。同一时、同一境、同一事之作,而其用法之所以然,父不能得之于子,师不能传之于弟;即同一在我之作,而今岁不能仿昨岁语,今日不能用昨日之语,况其隔时地、分古今,而强我以就古人之法,强执古人以定我之法。此则蔑古之尤者也,而可谓之效古哉?”②翁方纲从诗歌创作的个性化来分辨作诗的“活法”与“死法”,其目的在于主张表现诗人真性情的同时,强调诗歌创作要体现作者的真才实学。

肌理说是由宗唐转到宗唐祧宋的理论,是翁方纲诗学思想注重以“质厚为本”的结果,所谓质厚,当从实处入手,这与推崇清空淡远风格的王士禛神韵说有明显的不同。他想以学杜来济神韵之空,调和沉郁顿挫与含蓄蕴藉两种不同风格,故不脱神韵之痕迹,还带有讲究格调声律的倾向。但最符合其肌理说的是宋诗。翁方纲论唐、宋诗云:“唐诗妙境在虚处,宋诗妙境在实处。初唐之高者,如陈射洪、张曲江,皆开启盛唐者也。中、晚之高者,如韦苏州、柳柳州、韩文公、白香山、杜樊川,皆接武盛唐、变化盛唐者也。是有唐之作者,总归盛唐。而盛唐诸公,全在境象超诣,所以司空表圣《二十四品》及严仪卿以禅喻诗之说,诚为后人读唐诗之准的。若夫宋诗,则迟更二三百年,天地之精英,风月之态度,山川之气象,物类之神致,俱已为唐贤占尽,即有能者,不过次第翻新,无中生有,而其精诣,则固别有在者。宋人之学,全在研理日精,观书日富,因而论事日密。”③他以为诗则至宋而益加细密,“宋人精诣,全在刻抉入里,而皆从各自读书学古中来,所以不蹈袭唐人也。然此外亦更无留与后人再刻抉者,以故元人只剩得一段丰致而已。明人则直从格调为之。然而元人之丰致,非复唐人之丰致也;明人之格调,依然唐人之格调也。”④因鉴于明人拘泥唐诗格调而流于虚响之弊,以及偏于淡远的神韵诗之易于蹈空,翁方纲转而表彰宋诗的“妙境在实处”,其倡导宋诗“刻抉入里”的求“实”特征,正可与清乾嘉学派重考据的学风相呼应。

作者单位:南开大学

(该文已为《复旦学报》采用,刊于《复旦学报》2012 年第 6 期)

① 翁方纲:《神韵论下》,《复初斋文集》卷八。
② 翁方纲:《诗法论》,《复初斋文集》卷八。
③ 翁方纲:《石洲诗话》,第 122 页。
④ 翁方纲:《石洲诗话》,第 120 页。

袁枚性灵说与传统诗学的分歧和冲突

——从山左诗人性灵说接受态度谈起

石 玲

袁枚倡导的性灵诗说盛行于清中叶乾隆时期。这个时期，山左诗坛在走过顺治、康熙两朝“甲于天下”的极度辉煌之后趋于寥落，诗坛上比较有影响的是以“三李”为代表的寒士诗人群体高密派。伴随着创作重心的南移，诗歌的表现内容发生了很大变化。我们把袁枚性灵诗说与同时期山左诗人的诗歌主张加以比较后发现，两者不仅体现了传统诗学与性灵诗说的冲撞，而且在冲撞的表象背后还深藏着不同价值观念之间的冲突。性灵派以挑战传统的呼啸凌厉之势，标举个性，张扬自我，山左诗人如高密派则追求严格的人格修养与道德完善，遵循儒家“穷则独善其身”的古训。他们同处一个时代，却因地域的不同呈现了迥然不同的面貌。当然，冲撞之中也有融合，如山左黄立世的《柱山诗话》等。

盛行于江南地区的性灵思潮经由齐鲁传统文化屏障的阻隔，在山左诗坛的影响并不大。一些山左籍诗人与性灵派之间有着这样或者那样的关系，有的与性灵派领军人物袁枚有交往，如高密的李宪乔、德州的卢见曾、文登的陶悔庵等；有的则因为某种机缘间接了解到袁枚，如高密派创派人物李怀民是通过弟弟李宪乔而关注袁枚的；有的则受到性灵诗说的影响，比如即墨的黄立世，等等。其中，与袁枚交往比较多的卢见曾、李宪乔、陶悔庵等人都曾在南方做过官。卢见曾在扬州与袁枚诗作唱和、书信往来，过往密切；陶悔庵亦官于江南，王守训《登州诗话》载“陶悔庵方伯官江南，与袁子才有交，亦喜为诗。今其稿不传，只《山左诗续钞》录一首题为《遗诗轩》”[①]；袁枚《随园诗话》卷三也提到“陶悔庵方伯任衡阳时”云云[②]；李宪乔与袁枚相遇在他所供职的广西，黄立世在岭南做过官。也就是说，性灵诗说在齐鲁腹地的影响并不大，它所影响到的大多是宦游南方的山左籍诗人。

从总体上看，山左诗人对袁枚及其性灵说的态度抵触大于认同，其中李怀民的态度最为鲜明，他甚至以一种不屑的口吻痛斥袁枚“粗鄙村率”[③]。

乾隆时期的高密诗派是不满于王士禛神韵诗说、以纠神韵说之偏的姿态而崛起的，他们的许多观点直接是针对王士禛及其追随者的。他们认为神韵说的流弊在于“涂饰柔腻”，这一点，与袁枚有共同之处。袁枚对王士禛也是不满的，他批评王士禛“不主性情”、“一味修容

① 王守训：《登州诗话》，山东省博物馆藏清稿本。

② 袁枚撰，顾学颉校点：《随园诗话》卷三，第88页，人民文学出版社，1982年。

③ 李怀民等：《高密三李诗话底稿》，山东省博物馆藏清稿本。

饰貌”,“于气魄、性情,俱有所短”[①]。但即便如此,李怀民认为渔洋的诗格要比袁枚高:“吾乡渔洋先生诗驰名海内,特兴风韵一派。然其流弊遂成涂饰柔腻,故身后声名日减。南人沈确士力矫渔洋习气,今袁子才亦痛诋渔洋,所恶于渔洋者为其涂饰柔腻也。若子才之诗格未必高于渔洋,而粗鄙村率不值渔洋一笑云。”还有,李怀民本来对“渔洋好名,多为人延誉”是看不惯的,但在他看来渔洋在这方面也要比袁枚好得多:王士禛“其延誉也,必于谒者著述择取佳妙逢人说项,是以俗士苟有吟哦,经渔洋点定不失雅洁”,能认真对待拜谒者的诗作,赞美其妙处。“非独好名实心此道”,能够既享其名又副其实,“其在扬州及官京师,案头堆积朋友诗集如山,手批口诵日不暇给”;而袁枚就不同了:“今子才所至拜往酬应忙扰已极,有闻名投呈诗稿者卒不暇细检,使其丽人随意滥加圈点以悦作者。”[②]忙于拜访应酬,由其女弟子随意圈点,不过是敷衍而已(笔者在此需要指出的是,李怀民对袁枚的这一指责带有一定的片面性,他所了解的只是袁枚六十九岁游广西时的情形,其实从《随园诗话》中我们可以见出,袁枚并非一贯如此敷衍的);李怀民对袁枚食求美味、行由丽人相伴,所至投谒权贵、索取财物的行为非常反感:“子才游历江山,所至投谒大吏,以名猎取财贿,衣冠饮食穷奢极靡,耄而好色。”认为他于诗文创作上“矜才傲物”,沉不下心来:“其于诗文尝鉴矜才傲物都乏静气,非真正读书人本色,心窃疑之,及读其文集,盖少年时才华自喜者也。后又寄来赠子乔诗及游桂林近稿一本,言益芜杂。”[③]从袁枚诗品到人品都给予了否定。

山左诗人对袁枚的评价还见于王守训的《彩衣楼诗话》。《彩衣楼诗话》成书于清代光绪年间,距离袁枚、李怀民的时代已经过去了大约一个世纪,其评价也就显得客观平和:“袁子才以诗鸣乾嘉间,一时英俊少年皆从风而靡。身后訾议纷起,颇蒙指责。平心而论,其诗不少隽逸之句,而芜杂之失实不能免。洪稚存评其诗如通天老狐醉即见尾,未为苛论。”[④]既肯定袁枚诗歌的成就和影响,也指出其芜杂等不足。

在上述山左诗人中,与袁枚讨论诗歌问题最多的当属李宪乔——高密诗派中坚人物之一。李宪乔(1747—1796)字子乔,一字义堂,号少鹤,李怀民之弟。乾隆四十一年(1776)举人,官至归顺知州。著有《少鹤内集》、《鹤再南飞集》、《龙城集》、《宾山续集》等。

关于李宪乔与袁枚的交往,袁枚的《随园诗话》、《小仓山房诗集》、《小仓山房尺牍》,“三李”的《高密三李诗话底稿》中的李怀民《论袁子才诗》、李宪乔《凝寒斋诗话·与袁子才论诗教》等处都有记载。《随园诗话》卷十云:

> 李怀民与弟宪乔选唐人主客图,以张水部、贾长江两派为主,余人为客,遂号所咏为《二客吟》。怀民《赠人盆桂》云:“送花如嫁女,相看出门时。手为拂朝露,心愁摇远枝。”《送张明府》云:“在县常无事,还家只有身。随行一舟月,出送满城人。”宪乔《咏鹤》云:“纵教就平立,总有欲高心。”“不辞临水久,只觉近人难。”《历下厅》云:“马餐侵皂雪,吏扫过阶风。”《送流人》云:“再逢归梦是,数语此生分。”二人果有贾、张风味。[⑤]

---

① 袁枚撰,顾学颉校点:《随园诗话》卷四,第122页。

② 以上引文均见于《高密三李诗话底稿》。

③ 李怀民等:《高密三李诗话底稿》。

④ 王守训:《彩衣楼诗话》,山东省博物馆藏清稿本。

⑤ 袁枚撰,顾学颉校点:《随园诗话》卷十,第355—356页。

《随园诗话》卷六还记录了袁枚乾隆四十九年(1784)与李宪乔的交往:

> 余在粤,自东而西,常告人曰:"吾此行,得山西一人,山东一人。"山西者,普宁令折君遇兰,字霁山;山东者,岑溪令李君宪乔,字义堂。二人诗有风格,学有根柢:皆风尘中之麟凤也。……李君于余起行时,道送不及,到泉州后寄诗云:"岸边双树林,来对兀沉沉。挂席去已远,别醪空自斟。烟寒过客少,江色暮栖深。谁识此时际,寥寥千载心。"《湘上》云:"孤月无人处,扁舟先雁来。"皆高淡可喜。①

此外,袁枚为李宪乔父亲撰写的《巡视台湾监察御史李公墓志铭》中也提到了这段交往:"乾隆甲辰,余游广西,公第四子宪乔为岑溪令。读余文曰:'班、马俦也。愿以先人之状私于执事。'余重宪乔学行,而于公由为同馆后辈,贞石之文,所不敢辞。"②袁枚的《小仓山房诗集》中有《岑溪令李君义堂猥蒙佳赠兼索和章,舟中却寄》一诗,是他与李宪乔的唱和之作。从两人的交往来看,李宪乔对袁枚深怀敬仰之情,袁枚对李宪乔也很赏识,但他们于诗歌持论还是颇为不同的,我们从《高密三李诗话底稿》中李宪乔的《与袁子才论诗教》和袁枚《小仓山房尺牍》卷八、卷十所收的《答李少鹤书》、《再答李少鹤》等处,看到的更多是分歧与争论。

李宪乔于诗歌取法杜甫、韩愈,袁枚对此很不以为然,认为:"足下用力于杜、韩二家,以为取法乎上,仅得其中,此外可一切决舍。此是学究常谈,不可奉为定论。……今夫山,泰岳居五岳之首,一登可以小天下矣。然有人焉,终其身结茅篷于泰山之顶,而其余武夷山之幽深,罗浮之奥妙,至死不知,其得谓之善游山者乎? 仆道取法者,师之之意也。《尚书》云:'德无常师,主善为师。'"以"德无常师,主善为师",否定了高密诗派对杜甫、韩愈的偏执;李宪乔不喜康熙、雍正间的著名诗人查慎行,认为他山开卑靡之习,袁枚却说"此言又误":"足下不喜查他山,以为卑靡之习,自他山开之,此言又误矣! 夫他山以前诗之卑靡者,无万万数,不过不传于世,故足下未见耳,非自他山滥觞。他山是白描高手,一片性灵,痛洗阮亭敷衍之病,此境谈何容易!"③对查慎行推崇备至。他在《仿元遗山论诗》中写道:"他山书史腹便便,每到吟诗尽弃捐。一味白描神话现,画中谁似李龙眠?"

袁枚与高密派诗人李怀民、李宪乔等人的分歧看上去似乎只是具体的问题,但实际上却体现了诗歌观念的不同,进而为价值观念的不同。袁枚性灵说的核心是抒写性情,"诗者,人之性情也"④;而"性情"又带有强烈的个性特征:"诗写性情,惟吾所适。"⑤从袁枚对"性情"的层层界定中我们不难发现,他还非常强调一个"真"字,即未经理智与道德过滤的性情的本然状态:"诗难其真也,有性情而后真;否则敷衍成文矣。"⑥而"真"的东西不一定合乎道德规范,甚至可能会与传统的道德观念相抵触。可见,性灵说在很大程度上脱离了儒家诗教的伦理规范,淡化了诗歌的社会功用。

显而易见,袁枚的性灵诗说的自我意识非常强烈,"诗以言我之情也,故我欲为之则为

---

① 袁枚撰,顾学颉校点:《随园诗话》卷六,第 194 页。

② 袁枚撰:《小仓山房续文集》卷二十五,《袁枚全集》(贰),南京:江苏古籍出版社,1993 年。

③ 袁枚撰:《小仓山房尺牍》卷八,《袁枚全集》(伍)。

④ 袁枚撰,顾学颉校点:《随园诗话》卷六,第 196 页。

⑤ 袁枚撰,顾学颉校点:《随园诗话》卷一,第 3 页。

⑥ 袁枚撰,顾学颉校点:《随园诗话》卷七,第 234 页。

之,我不欲为则不为"[①],"我"是中心,"我"是诗歌表现的对象,"我"有享受生活的权利。在袁枚那里,几乎所有的活动都指向自我:文学创作,要"著我";营造随园,要"有我";日常生活,要"适我"。与此相联系,他在生活上非常讲究,"凡事不宜苟且,而于饮食尤甚"[②],追求舒适的物质生活,就像李宪乔二兄李怀民所批评的那样,"投谒大吏,以名猎取财贿,衣冠饮食穷奢极靡",七十老翁岁出游时还"伴行以年少丽人"。《小仓山房诗集》中的《接大司马庆树斋手书及貂冠等物赋诗报谢》、《谢奇方伯赐裘》、《除夕前一日蒙东浦方伯馈米、酒等物》等诗题,都是很好的例证。这种强烈的个性思想以及对物质生活的追求正是江南商品经济与商品意识浸染与影响的结果。

价值观念的不同直接导致行为的不同,袁枚的辞官归隐,教导儿子不必应科考,建园林、好美食等等,无不与江南商品经济与商品意识的盛行有关。

自康熙六年(1667)玄烨亲政以来,朝廷即采取了一系列与民休养生息的措施,社会经济得到了迅速发展,为十八世纪中国资本主义萌芽的恢复与生长提供了必要的土壤和条件,这在江浙一带的丝织业中表现得尤其典型。这一地区有着商品经济发展的肥厚土壤。早在明代中叶,江南一带的织造"机户"即争相崛起,仅苏州一地从事丝织业的人数就有近万名之多。在明清之际的动荡与战乱中,江浙地区的手工业遭受了重创。而自康熙中期以来,经过了一段时期的喘息与恢复,商品经济再度活跃。袁枚的精神活动正是在这样一种特定的经济、文化背景下展开的,这种文化心态与个性精神导致了人生、价值观念的改变。

与此相对照,恪守传统诗学的高密派则强调诗人的社会责任,在强调个人的人格修养的前提下,更着眼于士人在社会体系中的作用,维护的是道德规范,哪怕身为一介布衣,没有兼济天下的机会和能力,但最起码要做到独善其身,担当一份神圣的社会责任。他们之所以尊崇中晚唐时期的张籍、贾岛,是因为"窃见张贾门下诸贤,微论其才识高远,要之气骨棱棱,俱有不可一世壁立万仞之概","愿世之观吾主客图者,先求为古之豪杰,举凡世俗逢迎谄佞悭吝鄙啬龌龊种种之见一洗而空之,然后博为风诗以变浇风"[③],推重的是张、贾"才识高远"、"气骨棱棱"、是"古之豪杰"。就像李宪乔《再赠》一诗中所言:"大雅久衰歇,顽艳日袭盗。"诗坛大雅衰歇,自己有责无旁贷的神圣责任去纠正之。在他们那里,生活再贫寒也必须坚守古直的人格。李怀民有《子乔自县中来,言单书田先生贫至食木叶,邀叔白各赋一篇为赠》诗:"食尽门前树,先生空忍饥。只应到死日,始是不贫时。古性原无怨,高情独有诗。即令三日雪,坚卧又谁知?"[④]即使到了吃尽门前树叶的地步,仍然"高情独有诗"!

山左高密诗派极力倡导苦吟,恪守风雅传统,推崇朴实、平易、本色而不假雕饰的张籍,欣赏清寂冷落中带有几分傲骨的贾岛,以沉实苦吟来对抗诗坛"蹈空无著"、"涂饰柔腻"的风气,在诗歌创作上注重的是后天的修养和工夫,推崇贾岛式的苦吟推敲,走的是杜甫"语不惊人死不休"的路子,只有用心苦吟方能达到别人不能到达的冷僻之境,戒除人云亦云的熟俗。对此,袁枚也看得很清楚,他在《岑溪令李君义堂猥蒙佳赠兼索和章,舟中却寄》一诗中称李宪乔"裁骇杜陵闯入座,旋惊退之笑窥牖"、"自言追古如追敌,誓不生擒不放手"。而袁枚更

① 袁枚撰,顾学颉校点:《随园诗话》卷三,第73页。

② 袁枚撰:《随园食单》,《袁枚全集》(伍)。

③ 李怀民等:《高密三李诗话底稿》。

④ 李怀民等:《李氏三先生诗抄》,清光绪刻本。

强调"诗写性情，惟吾所适"，"村童牧竖，一言一笑，皆吾之师，善取之皆成佳句"[①]，强调的是表现真实的性情，并不主张在遣词造句布局上格外用心。

高密派诗人追求人格上的自律与完善，于诗歌创作则严守格律，措意遥深，创作态度非常严肃，很少游戏之笔，行为上恪守传统的道德伦理，李怀民《回帆集·自叙》有这样一番话：

> 怀民居岑五载，始地奉母北还，既喜还乡，又幸吾母年八十游万里炎荒，康强以归，于是心怀颇广，于路历山川名胜，船窗开览，兴发慨然。怀民之南游，以奉母也，母志在南，故不可以游而必游。母未厌南中，故不可以久而必久。其在途亦然。凡吾母所过则过之，所止则止之。否则虽名山胜迹不问也。是以过桂林未观栖霞洞，过永州未访西山南涧，衡州不登祝融峰，洞庭不上岳阳楼，过黄州不游赤壁，九江不寻匡庐。此数胜者皆非不凝情遐注，吾母不乐留，则亦不往观耳。在舟侍母之暇，必设几砚，即目所寓，靡不有诗。[②]

这段话叙述了自己陪同母亲在岑溪居住五年后奉母北还的情形。他自己对山川名胜不能不说是倾心向往，但其行为却服从于母亲的意志，把对母亲的孝顺放在游览名胜之前，并以此自我标榜，他特别在意的是我应该怎么做。

袁枚则更多表现为我想怎么做、我要怎么做。我们不妨看看他的爱好，他曾坦言自己"解爱长卿色，亦营陶朱财"(《秋夜杂诗》)，"好色不必讳"(《答杨笠湖》)。他在《所好轩记》一文索性对自己的爱好做了个汇总："袁子好味，好色，好葺屋，好游，好友，好花竹泉石……""好味"自然是讲求美食，他本人是一个不折不扣的美食家；"好色"不用多做解释；说到"好葺屋"，最典型的就是营造了连乾隆皇帝都有耳闻的随园；他一生好游，尤其在六十三岁生了儿子阿迟之后，一年中几乎有半年出游在外。这些爱好，皆出于自我意志的驱动。

从乾隆诗坛诗人构成情况来看，袁枚与高密诗派同属中下级官吏诗人群，高密派中寒士的成分更大。但两者的人生态度、价值观念、生活方式皆有巨大的差异。袁枚的性灵说与高密派的诗学主张相比，前者更强调自我，尊重个性；后者则更注重儒家传统观念，讲求耿介傲岸的人格及其外化于诗歌的"气骨"。

袁枚与高密诗派都生活在儒家思想居于主流的文化生态中，正如袁枚在《答李少鹤书》中所言："我辈坠地后，舍周、孔何归？"[③]读的都是圣贤之书。所不同的是，山左诗人恪守传统或曰正统，态度守成，中规中矩甚至亦步亦趋，依傍圣人训示，仰慕圣人人格，并忠实地身体力行。袁枚则充满怀疑精神，他在《答李少鹤书》中说："古来归周、孔者，荀、孟、程、朱俱有流弊，有习气，我不以为然。……至于佛、老二家，何尝无可取处？乃其习气更重，流弊更多，故不得不淡漠视之。"[④]对儒、释、道三家皆有所取，有所不取，表现出一种无所依傍的独立思考精神，在诗歌上则不专主一家一派或一种风格。

高密派在诗歌上讲究"体格"，寻找固定的效仿对象，"专学杜、韩，精进有得"，对此，袁枚明确提出了批评，他认为，"从古诗家，原无一定体格"，"自古名家诗，俱可诵读，独取精华"，

① 袁枚撰，顾学颉校点：《随园诗话》卷二，第34页。
② 李怀民等：《李氏三先生诗抄》，清光绪刻本。
③ 袁枚：《小仓山房尺牍》卷八，《袁枚全集》(伍)。
④ 袁枚：《小仓山房尺牍》卷八，《袁枚全集》(伍)。

"足下论诗,讲'体格'二字固佳;仆意'神韵'二字尤为要紧,体格是后天空架子,可仿而能;神韵是先天真性情,不可强而至"①。显而易见,高密派十分重视诗人的后天工夫,提倡贾岛式的苦吟,在遣词造句上呕心沥血,袁枚最强调的则是"先天真性情"。

如果说,高密派更多的是与性灵说的碰撞、交锋,那么,乾隆时期山左即墨诗人黄立世的《柱山诗话》则在一定程度上体现了与袁枚性灵诗说的交融。

黄立世字卓峰,号柱山,生卒年不详,山东即墨人。乾隆十九年(1754)会试副榜,官潮阳知县。著有《课余录》、《扬舲集》、《岭南集》及《四中阁诗钞》。薛辅世在《柱山诗话·叙》中云:"柱山先生以诗名久矣,……先生诗原本性情,刊尽浮华,其所以沁人心脾而移神志者,无论知与不知,固皆流连往复而不能已。"②由此可见他在当时的影响。

《柱山诗话》的传世本,笔者所见为山东省博物馆藏清钞本辨蟫居高氏写本《齐鲁遗书》卷十八所收录之本,署"即墨黄立世柱山",一卷,35 则。薛辅世的叙作于乾隆庚子(1780),据此大致可以推断诗话问世的时间。

笔者迄今尚未发现袁枚与黄立世交往或者黄立世受到袁枚诗学观点影响的文献记载,整部《柱山诗话》并没有直接涉及袁枚。我们之所以认为《柱山诗话》可能受袁枚性灵说的影响,是因为在薛辅世的《叙》及正文中不止一次用到"性情"、"性灵"的字眼,且《柱山诗话》问世的时间正是性灵说盛行的时期;还有一点,就是黄立世曾在广东潮阳做官,潮阳(今属广东汕头)位于今广东省东南部,从黄立世的家乡山左即墨(今属青岛)到岭南潮阳,以当时的交通条件,旅途颇费时日,途经性灵诗说流传广泛的地区,存在接触性灵诗说的可能。当然,"性情"并不是袁枚的专利,南朝齐梁时期钟嵘的《诗品》中就有"气之动物,物之感人,故摇荡性情(也作情性),行诸舞咏(也作歌咏)"的说法,后来有许多诗论家使用过"性情"一词,往近处说,康熙朝著名山左籍文学家孔尚任也特别重视"性情":"诗盖以道性情,更无他义"(《长留集》序),"而能写其性情者,即能传其诗","其不传之诗,必不能写自己之性情"(《焚余稿》序)。但即便如此,毕竟《柱山诗话》问世于袁枚性灵说的时代,而且多次使用了"性灵"的字眼,作者是山东人,将两者进行比较还是有意义的。

我们反复研读《柱山诗话》发现,它在某种程度上体现了性灵说与传统诗学的融合,换言之,性灵说在山左诗人那里,被打上了齐鲁文化深深的烙印,传统诗学的成分更多一些,具体表现如下:

其一,《柱山诗话》第一则开宗明义即说道:"诗以写情,而情本乎性,所谓喜怒哀乐之本也。作诗者必先淑其性情,而后清明广大,无背理伤道之言"③,前一层意思似受性灵说影响,认为诗歌本乎性情,极力强调性情在诗歌创作中的重要作用;而"作诗者必先淑其性情"、"无背理伤道之言",对性情进行一层道德的过滤,则又明显带有儒家诗教的色彩。

其二,《柱山诗话》推崇天趣所成之"天籁"与绝假纯真之"性灵"。如第七则云:"诗有先天,如'打起黄莺'等,冲口而出,绝不要作诗,而使人读之只觉悠然不尽,所谓天籁也。一涉词调,一用字眼,粉妆玉琢,那得复有冷韵。"第十五则云:"'明月松间照,清泉石上流','雨中

① 袁枚:《小仓山房尺牍》卷十,《袁枚全集》(伍)。

② 见黄立世《柱山诗话》,山东省博物馆藏清钞本。

③ 以下引文见于黄立世《柱山诗话》,山东省博物馆藏清钞本。

山果落，灯下草虫鸣’等句有何奇异？而指与物化，纯是天趣所成。”皆推崇“天籁”、“天趣”，这与袁枚“诗有天籁最妙”[①]有异曲同工之处；在反对雕琢、反对格律束缚、反对过分用典等方面，两人又不谋而合。《柱山诗话》云：“一涉词调，一用字眼，粉妆玉琢，那得复有冷韵。”袁枚则“以为诗写性情，惟吾所适。……何得一二韵约束为之？既约束，则不得不凑泊；既凑泊，安得有性情哉”[②]，与黄立世的观点如出一辙。

《柱山诗话》第二十一则云：“近世诗人矜言开宝，其实皆皮肤耳，夫为假唐诗何如真宋诗之犹见性灵也。”反对一味标举开元天宝盛唐之诗，认为假唐诗不如真宋诗见性灵，追求真“性灵”，而求“真”、“性灵”则是袁枚性灵说的关键要素。

其三，《柱山诗话》标举表现性情的同时又强调“涵养”、“道理”、“踏实”，如其第二则云“今人作诗往往不如古人，非尽天资之劣，总缘涵养未深，道理不熟耳”；第十一则云“诗中须有人在，诗外尚有事在，旨哉言乎”等语，而从对“妙悟”的阐发上也可以看出，黄立世所主张的是踏实基础上的羽化：“沧浪说诗最重妙悟，即秋谷‘要知秋色分明处，只在空山落照中’亦是此意，然尚嫌其语太玄虚，不便初学，不如步步踏实，久之自能羽化也。”这些更多体现了正统的传统诗学。

从上述山左诗人对袁枚性灵说的接受态度来看，总体上抵触大于认同。山左诗人多持传统的诗学观点，性灵说则标榜个性，张扬自我而挑战传统，在两相冲撞的表象背后深藏的是不同价值观念的冲突。

作者单位：山东师范大学

① 袁枚撰，顾学颉校点：《随园诗话补遗》卷五，第689页。
② 袁枚撰，顾学颉校点：《随园诗话》卷一，第3页。

《艺概·诗概》的诗歌叙事理论

——刘熙载叙事观探索之一

董乃斌

小 引

刘熙载(1813—1881)是清道光至光绪年间的一位儒师,热爱教育事业,终身从事教育工作,入仕后曾在宫廷为王者之师,后期则在民办书院为平民之师,其所教内容为儒学经典及诗文写作等。他既是一位学者,又从事文学创作和理论著述,用今天的术语来说,他是诗人、散文作家、语言学家、文艺批评家,乃至美学家等等。他的著作在生前曾编刻为《古桐书屋六种》,身后所刊《古桐书屋续刻三种》系由弟子编集。当代古籍整理者则将其汇编为《刘熙载集》或《刘熙载文集》,加以点校[①]。刘熙载著作中影响最大且与古文论关系最密切的,是《艺概》一书。此书因其时代晚近而又具总结性,在中国古代文论史上,被认为可与刘勰《文心雕龙》前后辉映,向来受到研究者的重视。近年来,从美学和文艺思想角度论述《艺概》内容与价值的论著(包括博、硕士论文),数量不少,成绩可观。但专门研究刘熙载的叙事思想,特别是把《艺概》所表现的叙事理论放到中国文学史两大传统的平台上进行分析的论文还很少见[②]。我在重读《艺概》时,发现其各《概》所论均不同程度地涉及文学叙事问题,与中国文学史的叙事传统,与叙事、抒情两大传统的联结溶渗颇有关系,不但反映了叙事传统的部分内涵,也颇有代表性地表现了中国文学叙事传统的某些优长和局限。这里拟先从《诗概》入手,就其所涉的诗歌叙事理论,对刘熙载的叙事观作一次探究。我深深感到,中国古代文论是个大宝藏大渊薮,尽管我们已经研究多年,有过不少收获,但当我们在学习和研究中持有了新观点,找到了新角度,它们当中可供挖掘和阐发的余地就还多得很。

《艺概·诗概》之叙事理论,以下三个方面比较突出而重要。

---

① 《刘熙载集》,刘立人、陈文和点校,华东师范大学出版社,1993 年。《刘熙载文集》,薛正兴点校,江苏古籍出版社,2001 年。另有《刘熙载论艺六种》,徐中玉、萧华荣编,巴蜀书社,1990 年。《艺概》的整理或注释本有多种,本文所引刘氏原文均出王国安标点本,上海古籍出版社,1978 年,下文不另出注。

② 关于中国文学史由抒情与叙事两条传统贯穿,而不是仅有一条抒情传统,请参拙文《论中国文学史抒情和叙事两大传统》,载《社会科学》2010 年第 3 期。

一、叙事、抒情对举的概念确认

这是刘熙载叙事观的基础，触及文艺学有关文学表现手法的根本问题，即：对众多表现手法如何综合归类？能否以叙事、抒情为文学表现手法的两大范畴，并以之对举？这对于认识和阐述中国文学叙事传统也是个带根本性的问题。

刘熙载论诗，基本上还是站在诗言志缘情，即诗歌主抒写情志的传统立场发言。《诗概》开篇对诗的定位，承袭"诗言志"（《尚书尧典》）、"诗者，天地之心"（《诗纬含神雾》）、"诗者，民之性情也"（王通《文中子》）之类的传统观念。他最重视的还是诗之"旨"、"义"和透过旨义看到的"其人之志与遇"，最津津乐道的则是诗的意趣、情韵、气骨、格法、声调等等，这些关键词显示刘熙载的诗学观念大抵不出传统诗学范围。然而，《诗概》也有不少关于诗歌叙事的论述，而且论得相当精彩，这却是我们以前注意得很不够的。本文特对此略作探讨。

首先要说的是，刘熙载在论诗时明确地使用了叙事和抒情两个概念，并将它们对举，作为文学表现手法归类的两大最基本概念。文学表现手法很多，将其概括为叙事和抒情两大范畴，而以其他种种归属之，这是我们从表现方式角度观察中国文学史的贯穿线并将其表述为"叙事和抒情两大传统"的前提。刘熙载《诗概》明确地谈到这个问题，对中国文学史的研究有重要意义，也可以说是对我们观点的有力支持。刘熙载之前之后的文论家们是否也有相同或近似的明确提法，我们将继续求索。下面，我们先来看看刘熙载是怎么说的。

《艺概·诗概》论作法部分说："伏应转接，夹叙夹议，开阖尽变，古诗之法。近体亦俱有之，惟古体波澜较为壮阔耳。"提到诗歌创作法则有"夹叙夹议"一条——叙是叙述描写，议是抒发感想和意见，实即理性的抒情，所谓夹叙夹议实乃夹叙夹抒，亦叙亦抒。这就触及诗歌表达无非是叙和抒二者不同比例的转结与变化的实质。下面说到乐府，则引《汉书艺文志》"代赵之讴，秦楚之风，皆感于哀乐，缘事而发"一节，从而把诗歌之叙述与民生百事联系了起来。进一步便有了这样的论述：

> 赋不歌而诵，乐府歌而不诵，诗兼歌诵，而以时出之。

这里涉及两类概念，一类是作为文体概念的赋、乐府和诗；一类是作为表现方法或表达特征的概念，即歌和诵。歌和诵是有区别的：歌应合乐歌唱，诵（亦作颂）则无需合乐，当然也无需歌唱，大致相当于朗诵。明白了这一点，赋、乐府和诗这三种相关文体的界限也就清楚了。赋，古代所谓"登（升）高能赋可以为大夫"（《诗·鄘风·定之方中》毛传），孔颖达《正义》曰："升高能赋者，谓升高有所见，能为诗赋其形状，铺陈其事势也。"这里所说的"赋诗"，并不配乐歌唱，实际就是一种与说话调子不同而又相近的吟诵，一种大声或带表演性的吟诵，用今天的话说就是朗诵，如果小声而自娱式的，便是吟哦，总之都可叫"赋"。正如《汉书艺文志·诗赋略论》引《毛传》所言："不歌而诵谓之赋"，把诵与歌做了区别。这样来看，赋、乐府和诗的渊源虽极为深切，"赋者古诗之流也"（班固《两都赋序》），而"诗与乐府者，自其本言之，竟无区别，凡诗无不可歌，则统谓之乐府可也"（黄侃《文心雕龙札记》），但其界限又是可以划清的：赋不必合乐而歌，仅朗诵即可；乐府必须合乐而歌，而不是用于朗诵的；诗则既可歌唱，亦可朗诵，看情形而定。上引刘熙载的话，说的就是这个意思。《诗概》还举《诗经》、

《楚辞》和李杜诗为例作出具体说明。我们之所以对这句话详加解释,因为分清“歌”与“诵”,与下面的分析有很大关系。

《诗概》接着又说了这样两句话:

> 诵显而歌微。故长篇诵,短篇歌;叙事诵,抒情歌。
>
> 诗以意法胜者宜诵,以声情胜者宜歌。古人之诗,疑若千支万派,然曾有出于歌、诵外者乎?

第一句进而说到“诵”与“歌”的功效不同,“诵显”而“歌微”。显与微,指的是意思的显豁和隐微,也就是说,朗诵出来的赋体诗,其用意往往比较明朗清晰,而歌唱出来的诗或乐府,其含意就比较曲折含蓄。在这个前提下,刘熙载指出:故长篇或叙事的诗,多用朗诵之法,因为与说话更为接近的朗诵便于清晰地表达比较繁复的事情和内容。短篇或抒情的诗,则多用歌唱之法,因为歌咏吟唱更便于舒泄感情。这里最值得注意的,是刘熙载提出了一组相对待的概念:诵与歌,长篇与短篇,叙事与抒情。我们最感兴趣的,当然是刘熙载明确地使用了叙事和抒情两个概念,并且将它们对举,视为诗歌表现方法的两个大范畴。

接下去的第二句话,刘熙载说到诗歌创作的艺术表现特征:“以意法胜者宜诵”。所谓“意法胜”,根据他的用语习惯大致是指思想内容丰富深刻而结构层次“格法”绵密之意,这类诗歌作品宜乎用近于说话的方式朗诵。这里虽未提及叙事成分的轻重问题,但可以设想若所叙事情复杂,则会同诗意丰富一样,即使反复唱叹也不如直接叙述来得明快清楚。而与此相对,“以声情胜者则宜歌”又是为什么呢?以声情胜者突出音乐效果,抒情色彩自然浓重,此类诗便更宜乎曼声吟哦,一唱三叹,借助歌咏的调子来感染听众。

刘熙载由此引出的结论可谓斩钉截铁,振聋发聩。他以反诘口吻表达对古诗非歌即诵的肯定:“古人之诗,疑若千支万派,然曾有出于歌、诵外者乎?”在他看来,古诗千千万万,但其表达方式归结起来却只有两种——不是歌,便是诵。前面既已说过“叙事诵,抒情歌”,那么刘熙载这句话岂不就等于是说:古诗千万非抒情即叙事?或者是说抒情和叙事可以涵盖全部古诗的表现方式,抒情和叙事是归纳一切诗歌表现手法的两个大概念,其他种种表现手法,不是可归属于抒情,便是可归属于叙事。这实在是非常简洁有力的概括,从这里再引申一步,把这一现象看成历时性的过程,不是很容易得出古代诗史贯穿着叙事和抒情两大传统(而不仅是一个传统)的观点吗?

《诗概》中可以证实上述论点的地方还多。如说“无一意一事不可入诗者,唐则子美,宋则苏、黄”,此实际上是说,诗之内容最根本的无非诗人主观的“意”(情、志)和客观外界的物态事状,“意”则写之,“情志”则抒之,而“事”自然是“叙”之。又说“长篇以叙事,短篇以写意”[①],显然还是认为诗歌无论长短非叙则抒,且将叙事与抒情对举,将叙事属诸宜诵的长篇,抒情属诸宜歌的短篇。这里的“写意”与“言志”乃至“议论”,都是以抒写诗人主观心灵(言志

---

① 夏敬观《刘融斋〈诗概〉诠说》对此有所修正:“长篇不止于叙事一种,亦有写意、写景、写情,或参错于其间,或专写意、写景、写情。短篇不止于写意一种,亦有用之叙事者,情、景二种尤多。”(转引自王气中《艺概笺注》附录,贵州人民出版社,1986年,第501页)夏说看似顾及复杂现象,较为圆通稳妥,其实其所谓“写情”即抒情,“写景”如就所写对象的客观性质论之,仍可归之于“叙”,唯所叙非事,而是景物之情状而已。刘熙载岂不知诗歌表现手段有如此种种(甚至还有更多)?而将其大分为叙事、抒情两类,乃是更高度的概括,更有利于我们观察和分析中国文学史的两大传统。

偏于感情,议论偏于理性)为主,因此"写意"、"言志"、"议论"本质实同于"抒情",而与描绘客观外界物态事状的"叙事"相异而且相对。所以刘熙载又有这样的设问:"诗偏于叙则掩意,偏于议则病格,此说亦辨意格者所不遗否?"明显地将"偏于叙"与"偏于议"对举,这里的"叙"主要指"叙事"①,而"议"则是指"议论"。这个问题实际上是问:诗的叙事成分过重会模糊作者想表达的意旨,议论(理性的抒情)成分过重则会因丧失诗味而贻害诗格,一个论诗讲究"意格"的人该如何对待这个问题②?刘熙载的回答是:"遗则不是,执则浅矣。"就是说应该适度地注意此点,弃而不顾是错的,过于固执也不对。他认为,诗无论是"偏于叙"还是"偏于议",都可能有好有坏,还是应该具体情况具体分析才对。

二、对咏史诗叙事成分的辨析

咏史是古代诗歌的一大品类,无论是以隐括史事为主的"传体",还是以感叹咏怀为主的"论体",都离不开对一定历史人物或事件的叙述。咏史诗的叙事可以极其简单概括,也可以有多种表现方式,如仅在题目上标出所咏史事而诗中并不具写,但咏史诗总不能一点史事也不涉及。当然,咏史诗多为有感而发,针对某些史事和历史人物又绝少不了褒贬评说、抒情议论。所以分析咏史诗往往能够清楚地看到它们都是叙事和抒情成分不同比例的组合和溶渗,若想方便地说明中国文学史两大传统的关系,咏史诗实在是挺合适的对象。刘熙载对咏史诗的细致辨析就很值得我们琢磨。

《诗概》谓:"左太冲《咏史》似论体,颜延年《五君咏》似传体。""颜延年《五君咏》,史家之言。"这里提到的左思和颜延年的诗均见于《文选》卷二十一的诗歌咏史类中,我们研读左、颜之诗,可以发现它们的同中之异,亦可藉此领会刘熙载对诗歌叙事辨析之细。

先看左、颜诗之同异。同者,它们的题材都与历史有关,或借吟咏古人古事寄托感情或为舒泄愤懑而涉及古人古事。应该说,这十三首诗(左思八首,颜延年五首)和其他属于咏史类的作品,都具有一定的"史性",也就多少都含有一些叙事成分。但刘熙载又单指颜氏之作为"史家之言",理由何在?

这就要从左、颜诗之相异来看了。所谓异者,作为"传体",颜诗每一首集中咏一位历史人物,《五君咏》分咏阮籍、嵇康、刘伶、阮咸、向秀五人,诗作以叙为主,很像是五篇诗体的人物小传,诗人的感慨和寄托透过叙事和很少的直接抒议加以表达。左诗八首不同,每首并不集中吟咏一位古人,往往是提及两个以上古人名字,却不集中咏叹他们的事迹,全诗的着力

① 叙是动作,是一种行为,所叙的可以是事,也可以不是事,比如叙述景致或物件之形状,这种叙述就是描写;也不妨叙述作者主观之情志或观点,这种叙述便是抒情、言志、写意、议论。人们说话或写作,归根到底都是在叙述,当叙述的是某一件事的时候,自是最严格意义上的"叙事"。但当区分文学表现手段的两大范畴时,则唯叙述诗人主观情感为"抒情",而叙述诗人主观情感以外的任何事物,都属于与抒情不同的"叙事"。如《诗概》说到"李陵赠苏武五言,但叙别愁,无一语及于事实"。这里提到"叙别愁"和未叙及事实的情况,意谓李陵赠苏武诗乃以抒主观之情(别愁)为主,而并未涉及二人间交往的客观事实,可见刘熙载视李陵赠苏武五言为叙事成分极少的纯抒情诗。

② "意格"是刘熙载论诗爱用的概念,如《诗概》中就有"意欲沉着,格欲高古。持此以等百家之诗,于杜陵乃无遗憾"的话。《诗概》中分论"意"、"格"之语比比皆是,如"陶诗有'贤哉回也'、'吾与点也'之意"、"江文通诗有凄凉日暮不可如何之意"、"学太白诗当学其体气高妙,不当袭其陈意"。如"诗格,一为品格之格,如人之有贤不肖也;一为格式之格,如人之有贫富贵贱也"、"言诗格者必及气"、"钟嵘谓越石诗出于王粲,以格言耳"等等。

点是诗人的感慨和议论,基本上是以恨叹世胄据位而才士沦落为主题。严格说来,这些诗更像是在感怀和讽兴,可是作者既将它们标为"咏史",也就只能承认它们是所谓"论体"。可见左、颜之作在"史性"多寡和"诗性"强弱上确有明显不同。从全诗总体看,二者虽都是有叙事有抒情,但在比例上却颇有差异,从而形成各自的艺术特色。颜诗客观叙事成分重,"史性"较显,故刘熙载评为"史家之言";左诗主观抒情色彩浓,"诗性"较强,虽然赞论也是史家的权力,但史著毕竟应以叙述事实为主,赞论只能处于次要位置,故刘熙载不说左诗是"史家之言",言下之意"似论体"的左诗倒是更近于"诗家之言"的。

为进一步说明刘熙载的观点,试对颜、左诗略作具体分析。

颜延年的五首诗,按沈约《宋书·颜延之传》记载,完全是有感、有为而作的。据云,因遭谗被"出为永嘉太守,延之甚怨愤,乃作《五君咏》以述竹林七贤,山涛、王戎以贵显被黜。咏嵇康曰'鸾翮有时铩,龙性谁能驯',咏阮籍曰'物故可不论,途穷能无恸',咏阮咸曰'屡荐不入官,一麾乃出守',咏刘伶曰'韬精日沉饮,谁知非荒宴',此四句,盖自序也"①。虽然创作动机如此,但颜延之采取的表现手法却不是直抒胸臆,而是致力于客观叙述。全诗如史家般用第三人称口吻出之,围绕着被咏主人公的事迹和个性特征展开,以叙为主,叙中带抒。试以咏嵇康的《嵇中散》一首为例。诗云:

> 中散不偶世,本自餐霞人。形解验默仙,吐论知凝神。立俗忤流议,寻山洽隐沦。鸾翮有时铩,龙性谁能驯!

其中开头二句是主观色彩很强的判断性叙述,表白了颜氏对嵇康的评价,用的是诗的语言,但在史著人物纪传的开头,也常用类似写法。接下去便叙述了嵇康的几则故事。"形解"二句讲了两件事,一是鲍靓告诉徐宁,嵇康被刑,其实并未死,而是尸解了,《广陵散》实未断绝,徐在某夜听到的静室琴声就是嵇康所弹奏;一是嵇康因写《养生论》出大名,向秀与他辩论,驳不倒他,京师洛阳的人们见到嵇康,皆视其为"神人"。"立俗"二句也讲了两件事,一是嵇康曾以"非汤武而薄周孔"的忤世之论挑战流议,一是嵇康和年已二百三十多岁的神仙王烈是情趣相投的好友,二人常一同入山游戏采药。这些嵇康故事有真有假,有的来自野史传说,颜氏用精炼的语言叙述出来,增添了诗的传记色彩。结尾以比喻和叹惜的口吻叙述嵇康的惨死,同时赞美了他孤高难驯的性格,犹如史传篇末的赞语。综观全诗,叙述故事构成了诗的主体,给人印象很深,因此刘熙载认为颜诗"似传体",是"史家之言"。

《五君咏》的其他几首也是如此。如咏阮籍的《阮步兵》,叙述他刻意隐瞒高明的识鉴,韬光"沦迹";不理政事,日日"沉醉";喜欢"长啸"和"寓辞托讽";行为放诞,嫂嫂归宁,阮籍出与相见告别,以致"越礼惊人";以及独驾出行,穷途恸哭而返等等典型事迹。如咏向秀的《向常侍》,叙述向秀个性"甘淡薄","探道好玄",鄙视章句之学,注释《庄子》超越众家,与嵇康、吕安交好同游,后二人"以事见法",被诬枉死,向秀作《思旧赋》怀之感人至深。其余两首情况相同。总之,诗不长,仅八句,几乎全都是叙事,而每句叙述又都饱含感情。在刘熙载心目中,史家的主要职志是记述史实,当然也可以有所赞论,但与记事、叙述相比还是应有主次之分。这或许便是他肯定《五君咏》为"史家之言",而不以此称左思《咏史》的原因。

---

① 沈约《宋书》,中华书局,1974年,1893页。

再看左诗。左思《咏史》八首,涉及的古人很多,如"弱冠弄柔翰"一首有"著论准《过秦》,作赋凌相如"和"畴昔览《穰苴》"之句,即咏到贾谊、司马相如和春秋时军事家田穰苴,以后诸首则咏到许由、孔子、段干木、鲁仲连、荆轲、高渐离、苏秦、李斯、陈平、主父偃、朱买臣、扬雄等人,然而左思的目的显然并不在于歌咏这些人的事迹和遭遇。就连提得最多的"金、张"也不例外。"金、张"见于"郁郁涧底松"和"济济京城内"两首。这里先看前一首:

郁郁涧底松,离离山上苗。以彼径寸茎,荫此百尺条。世胄蹑高位,英俊沉下僚。地势使之然,由来非一朝。金、张籍(藉)旧业,七叶珥汉貂。冯公岂不伟,白首不见招。

首二句用中国诗学术语说,是"兴而比也",显然来自古诗的通常写法。"以彼"二句就此景象联想,引出"世胄蹑高位,英俊沉下僚。地势使之然,由来非一朝"四句强烈感慨之词,诗的核心意思至此已和盘托出。下面所咏的史事只是用来证实这样感慨的根据而已。与"离离山上苗"和"世胄蹑高位"对应的是"七叶珥汉貂"的"金、张",即自汉武帝时代起迄宣帝、元帝时世代贵盛的金日磾、张汤两大家族,是汉代"亲近贵宠,比于外戚"的豪门代表。而形成鲜明对照的则是很有才识却因出身低微而"白首屈于郎署"(李善注引荀悦《汉纪》)的冯唐,"郁郁涧底松"、"英俊沉下僚",具体指的就是他,而扩大影指和暗喻的则是生活于晋代森严门阀制度下深受压抑的士人,包括左思自己。这首诗虽提到金、张家族和冯唐,但并没有展开描写他们。"济济京城内"一首有"朝集金、张馆,暮宿许、史庐"之句,许、史是汉宣帝时的外戚,与金、张同为豪门。诗中提及他们两家每天门庭若市,但未涉具体事件。这种写法固然有咏史意味,但也不妨说是借喻,甚至可说比较接近用典。诗的主旨是在揭示和谴责现实中的"世胄蹑高位,英俊沉下僚"和"寂寂扬子宅,门无卿相舆"的状况,抒发自己怀才不遇、报国无门的悲愤。所以刘熙载强调它们的论赞性质,把它们与"似传体"的咏史加以区别。由此可见刘熙载对诗歌的性质和叙事成分的辨析是很细致入微的。如果我们对这十三首诗一一作出分析,当能够更加证实上述论述,限于篇幅,这里只能举例而已。

三、对杜甫、白居易诗的叙事分析

刘熙载《诗概》对杜甫、白居易诗从叙事角度做了分析,其观点在古文论家中颇有代表性。这主要体现在两个方面:一方面,他对杜甫、白居易诗歌的叙事是充分肯定的;另一方面,当触及杜、白诗歌叙事之优劣时,则褒杜贬白。

先看第一方面。《诗概》云:

杜陵五七古叙事,节次波澜,离合断续,从《史记》得来。而苍莽雄直之气,亦逼近之。毕仲游但谓杜甫似司马迁而不系一辞,正欲使人自得耳。

代匹夫匹妇语最难,盖饥寒劳困之人,虽告人,人且不知,知之必物我无间者也。杜少陵、元次山、白香山不但如身入闾阎,目击其事,直与疾病之在身者无异。颂其诗,顾可不知其人乎?

这里第一句话承袭前人说法[①],把杜甫五七言诗的叙事与司马迁《史记》相提并论,并认

① 毕仲游说杜甫似司马迁,见苏轼《东坡志林》卷一一。

为《史记》是杜诗叙事的渊源和范本。我们从《艺概·文概》知道，刘熙载在论文章（散文）的叙事特质时，是以史文为主要考察对象，而在史文中又是以《左传》和《史记》为最高典范的[①]。所以这句话实乃对杜诗叙事的极高评价。我们试以杜甫的《北征》和《饮中八仙歌》为例略作说明，以便进一步理解刘氏观点的内涵。

《北征》以五古记述杜甫于唐肃宗至德二载（757）秋离开皇帝的行在凤翔（在今陕西）前往鄜州（今陕北富县）羌村家中的过程，既写了安史之乱的大势，又写了一路北行的经历和闻见，还写到与家人团聚的喜悦和辛酸，最后则对唐朝的处境和前景做了评议，表达了祈盼王朝中兴、国家人民平安的良愿。这首诗很长，140句，700个字，历来被赞为"诗史"，同时又是杜诗被称为"诗史"的主要依据。上引刘熙载所说的"节次波澜，离合断续"和"苍莽雄直之气"，正是对杜甫这类诗叙事特征和风格的一种概括和肯定，历代文论家诗评家的相类评述还有很多。历来都说中国古诗根本而言都是抒情诗，古人做诗主要是用来言志抒情写意的，其特长和优势均在这里。然而，从杜甫《北征》等诗，我们懂得了，诗是可以具有"史性"的，可以获得"史"之记事功能，不但可以用来"证史"，还能用来"补史"。不过，诗歌的"史性"不应是赤裸裸的，而是必须涵化在它的"诗性"之中。那么，若想让一首作品的"诗性"中含有"史性"，甚至成为二者融会的"诗史"，该怎么办呢？那就非得增添叙事成分不可，而在实际写作时还须处理好叙与抒的关系，做到抒不离叙，叙中有抒。杜甫《北征》就是这样做的典范。"皇帝二载秋，闰八月初吉。杜子将北征，苍茫问家室"，前三句虽纯是叙述，但语气庄重肃穆，第四句更显系叙中有抒，作者对时势、君国前景和家人现状忧虑伤怀的心情尽由"苍茫"二字曲曲透出。"夜深经战场，寒月照白骨。潼关百万师，往者散何卒！遂令半秦民，残害为异物"，主要成分是客观叙述，而对死者的同情和满腔悲愤的抒发，就渗透在叙述的口吻之中。"经年至茅屋，妻子衣百结。恸哭松声同，悲泉共幽咽"，前两句写实，简洁朴素之至，但后两句在写实中又含夸张描写，却给前两句也涂上了浓重的抒情色彩。劫后相逢，夫妻抱头痛哭，加上"平生所娇儿"的"见耶背面啼"，以及此后的一系列描写，无不于真实叙述的字里行间流露出复杂深沉的悲怆情感和作者对这种感情的自觉压抑和刻意消解。《北征》的抒情色彩是浓重的，但其抒情都建立在事实和遭遇的叙述之上，二者相辅相成，相得益彰。

《饮中八仙歌》也是"诗性"和"史性"结合得好的作品，只是它的"史性"表现与《北征》不同。它不是长篇画卷式的，而是一幅幅单个的人物画像，并且不是庙堂里那种庄严肃穆的标准像，可以说是笔触粗犷而灵动的人物速写或小品，但却格外富有生气，简直活灵活现，在描绘刻画这些人物，叙述他们的个性和故事时，诗人的话语充满崇敬甚至爱怜的感情，做到了叙事与抒情的密合无间。请看："知章骑马似乘船，眼花落井水底眠"，"汝阳三斗始朝天，道逢曲车口流涎"，"李白一斗诗百篇，长安市上酒家眠，天子呼来不上船，自称臣是酒中仙"，"张旭三杯草圣传，脱帽露顶王公前，挥毫落纸如云烟"，摄取的只是人物最具特色的身姿和动态，纯以白描手法写出，但透过这个特写镜头，读者不但看到鲜活的人物形象，而且能够感受到盛唐初期的某些历史氛围，若再经学者结合时代和人物背景进行讲析，则可借以了解更多的历史内容。

现在来看上引第二句话。这是从又一个角度，即诗歌代言的角度对杜甫、白居易诗作叙

---

① 关于这一点，笔者拟另文论述，在此不作具体征引和分析。

事分析。古诗中有代言体,真实作者隐身于被代言者背后,以被代言者的口吻说话,许多乐府诗,特别是文人的拟乐府诗就是这种代言体,故《诗概》中即有"乐府是代字诀"的说法。代言体诗既可用于抒情,亦可用于叙事,但刘熙载这句话所论的代言体诗是杜甫、白居易"代匹夫匹妇语"之作,应该是指像《兵车行》、三吏、三别和《新乐府》中某些篇章,如《卖炭翁》、《新丰折臂翁》、《缭绫》、《红线毯》那样的诗,即是一些揭示社会下层生活典型景象、触及现实矛盾因而具有一定故事性的作品。刘熙载肯定这些作品叙事的真实性和在叙事中流露的对民众"饥寒劳困之苦"的深切同情,认为诗人"不但如身入闾阎,目击其事,直与疾病之在身者无异。"也就是说,诗人不但深入了生活,而且简直做到了"己饥己溺"、"痌瘝在抱",用今天的话说竟是与民众共呼吸同感受了。所以他强调:"颂其诗,顾可不知其人乎?"提醒人们从知人论世的角度去研读和分析这些诗。刘熙载的论述使我们懂得,想用叙事手法写好一首反映民众生活的诗歌,做好他们的代言人,若不从心灵上贴近对象,是不行的——这与仅仅以自身生活为基础、致力于抒发个人主观情感大不相同。刘熙载的这个观点即在今天看来,也是很深刻的,对我们的诗人作家有很强的启发意义。

再来看第二个方面,对于杜甫、白居易二人的诗歌叙事,刘熙载又是分别高下的。当然,这不是他一个人的看法,发明权也不属于他。《诗概》中有这样一段话:

> 尊老杜者病香山,谓其"拙于纪事,寸步不移,犹恐失之",不及杜之"注坡蓦涧",似也。至《唐书白居易传赞》引杜牧语,谓其诗"纤艳不逞,非庄士雅人所为。流传人间,交口教授,入人肌骨不可去"。此文人相轻之言,未免失实。

这里刘熙载所谓的"尊老杜者",实指宋文学家苏辙,其所引之语出自苏辙《诗病五事》之二[①]。苏辙那段文字从《诗经·大雅·绵》说起,认为《绵》共九章,前七章颂周之太王迁豳、建都邑、营宫室之事,直到第八章"始及昆夷之怨",述及文王伐狄和昆夷的事,而至第九章便以周文王口吻宣布已达到内治外和的境地,这种跳跃性的叙述"事不接,文不属,如连山断岭,虽相去绝远,而气象联络,观者知其脉理之为一也。"即虽然叙述中省略了许多具体事件,但意脉一贯,读者不难理解,效果更好。于是引出一个结论:"盖附离不以凿枘,此最为文之高致耳。"意谓叙事不板滞不啰嗦,有所跳跃,但前后又不矛盾,而是一气贯注,这是好文章极重要的标准。苏辙正是如此要求诗文叙事的。接着他以杜甫《哀江头》为例,引毕全诗后称赞道:"予爱其词气如百金战马,注坡蓦涧,如履平地,得诗人之遗法。"随即以白居易为反面对照,道:"如白乐天诗,词虽工,然拙于纪事,寸步不遗,犹恐失之。此所以望老杜之藩垣而不及也。"刘熙载显然是基本上同意苏辙观点的。这可以说是诗歌叙事上的"杜优白劣"论。

我们不知道苏辙所说"拙于纪事"的白居易诗具体是指哪些,但看其"寸步不移,犹恐失之"的描述,似乎应以《长恨歌》、《琵琶行》之类最脱不了干系。再看下文刘熙载对杜牧批评白居易诗的话表示不同意,反过来推测,刘熙载似乎是把"拙于纪事"和"纤艳不逞"作了某种联系——纪事细碎不简练和内容纤巧浅薄,都犯了迎合普通读者的"俗气"之病,那么也是以《长恨歌》、《琵琶行》之类最应对号入座,这类诗都有一种市井人们所欢迎的"俗气",当然"非庄士雅人所为"。如果这样的理解大致不差,那么,杜牧、苏辙、刘熙载有一个共同之处,那就

① 苏辙《诗病五事》,见《栾城第三集》卷之八。见曾枣庄、马德富点校《栾城集》下册,1553页,上海古籍出版社,1987年。

是他们都认为诗文叙事应该尚简，而不应太细腻，否则就是背离古风的时俗之气，是很要不得的。当然刘熙载同意的是苏辙关于诗文叙事尚简的主张，却并不赞成杜牧对白居易诗的过分攻击，这又是一回事。

诗文叙事尚简是中国文学批评的传统，而且是很强势的一个传统，从《诗序》到《文心雕龙》，到刘知几《史通》，再到苏辙和刘熙载，都是如此主张，在诗歌叙事方面也总是举杜甫为高标，而对白居易式的细致描述和通俗作风，则总是有所压抑①。把叙事简洁与高雅、叙事详尽与俗气相联系乃至相等同，这是对中国文学叙事传统的发展产生过重要影响的批评现象，因而值得我们重视。尚简，一方面使诗文作家磨砺了文字锤炼功夫，使文学作品获得简洁精粹之美，获得以少胜多的效果，然而如若追求过分，如若不分文体，一概而论，则另一方面又会束缚思想，限制想象，不利于铺叙描写的施展，不利于虚构能力和说故事本领的提高，不利于某些文体（特别是小说）的成熟和发展。这里其实有个分寸问题，简洁可尚，但过犹不及，真理多走一步便成谬误。刘熙载《诗概》叙事观的贡献和局限，真切地反映了古代正统文论家对文学叙事的看法，给我们提供了思考中国古代叙事类文学何以较晚发达的思想资料。

毋庸讳言，诗学是中国古代文论的主体，至今仍占据着古典文学研究的主流位置。将古典诗歌仅视为一个抒情传统，而未认识到实际上还存在着一个与之并行的叙事传统，在中国诗学的当代研究中目前也还处于主流位置。这对全面深入理解中国文学史的性质与特征不利，应予修正和改变。在我们看来，刘熙载《诗概》对诗歌叙事、抒情的有关论述，对文学史贯穿线的理解提供了有力根据，说明前人对文学表达可概分为抒情、叙事两大范畴，因而文学史贯穿线也可表述为抒情和叙事两大传统，并非完全没有思考。也许刘熙载本人未必充分认识到其诗歌叙事观的重要意义，但却值得我们联系《艺概》的全部观点作深入的探讨和阐发。

作者单位：上海大学

① 这里还有对文学叙事类型混淆的问题，诗歌叙事至少有叙述自身经历和讲述他人故事两种类型，它们的叙事成分，即叙事在全诗中的比重是有区别的。杜甫与白居易诗的叙事即有此类型之别，《长恨歌》、《琵琶行》叙述的都是他人的故事，与《北征》是有区别的，应加分辨才是。

王文治批点本《灵岩山人诗集》谫论

杨　君

毕沅是乾嘉时期主持风雅的代表人物，舒位《乾嘉诗坛点将录》将其拟为“玉麒麟卢俊义”①，虽然只是一时兴到的游戏笔墨，但得以与师长辈的沈德潜（“托塔天王晁盖”）和袁枚（“及时雨宋江”）并列为“诗坛都头领”，形成三足鼎立之势，也足以证明他当日诗名的显赫。虽然仕至显贵，位高权重，毕沅却偏嗜风雅，不废吟咏，毕生诗作主要保存在《灵岩山人诗集》四十卷之中。

现存《灵岩山人诗集》有嘉庆四年毕氏经训堂刻本（以下简称刻本），据卷前所载王文治序云：

> 余束发即学为诗，在京师交游跌宕，靡所不至，而于诗独深自韬晦，故与山人昕夕聚首，亦未尝深言诗也。乾隆五十五年春正月，余访山人于武昌督署，始获受山人之诗而尽读之。……山人之以诗称，及余与山人交，皆三十年以前事。迄于今，年皆六十余矣，始能徐徐然尽出所为诗，以相质证。然则山人之所以自待，与所以待其友者何如？深且远耶！②

毕沅与王文治为乾隆二十五年（1760）同科进士，三十年来交谊深厚，相知至契，彼此酬赠的作品极多。因而在乾隆五十五年（1790）毕沅将诗作付梓之前，特地约请王文治对其诗作稿本加以评阅。王文治曾有《以素心蕙草一枝赠灵岩山人而系以诗》记其事云：“天街并马少年游，弹指之间两白头。相逢各出销魂句，花雨帘前对校雠。”（载《梦楼诗集》卷十九《后楚游草》）③王氏当日手批原本已佚，但存世有两种过录本，现略述如下。

第一种过录本现藏南京图书馆，分订上、下两册④，封面题“灵岩山人诗集上册（或下册）贞居藏”。上册扉页题“灵岩山人诗集　禹卿王太史朱笔原评　邑后学邵贞久珍藏”，下册扉页题“灵岩山人诗集　梦楼先生原评　邑后学邵贞久珍藏”，并均钤有“贞久欢喜”朱文印。下册卷末另有识语两条，其一云：“庚戌春正月廿二日读起，至三月晦日读竟。丹徒王文治记。”并钤有“文治”白文印；其二云：“宣统庚戌六月十九日邑后学周樾读。”上下册末均钤有

---

① 舒位《乾嘉诗坛点将录》，光绪二十九年叶德辉刊《双梅影闇丛书》本。

② 参见王文治《灵岩山人诗集序》，载《灵岩山人诗集》卷首，嘉庆四年毕氏经训堂刻本。本文引毕沅《灵岩山人诗集》刻本均据此本，以下不一一说明。

③ 本文引王文治《梦楼诗集》均据乾隆六十年食旧堂刻本，以下不一一说明。

④ 装订时上、下册封面在先后顺序上出现错置。

"邵贞久读书画记"朱文印。正文部分半页八行,行二十一字。版心下署"青箱书屋"。全书按集抄录,并不分卷,各集名称与后来的四十卷刊行本略有出入,上册为《青琐吟香集》、《阆风集》、《听雨楼存稿》、《萍心漫草》、《商弦写忆集》,下册为《商弦写忆集》、《华岳搴莲集》、《持节青门集》、《持节青门续集》、《梁园唫稿》、《江汉扣舷集》、《香草集》。行间及天头经朱笔圈点批注,详审字迹,似非出自王文治亲笔。不过卷末识语所述"庚戌春正月廿二日读起,至三月晦日读竟",与刻本卷首王氏序中所说"乾隆五十五年春正月,余访山人于武昌督署,始获受山人之诗而尽读之"云云完全吻合,可见此批点本非出伪托,而是后人由王氏手批原本转录而来。

第二种过录本由今人瞿冕良先生收藏,瞿氏曾撰《灵岩山人集外诗——记抄本王文治评〈灵岩山人诗集〉》予以介绍[①],现据该文略加说明。该本曾经瞿父重加装订为一册,并手题眉签,原貌如何已不可知。正文部分半页八行,行十六至十八字不等,版心下署"杏雨草堂"。全书按集抄录,各集名目与上述第一种过录本相同,而又增出《乐游联唱集》、《陇头吟》两集。书中亦有朱笔圈点,最末部分略有缺损。

从种种迹象来看,这两种批点本(以下简称"青箱书屋本"和"杏雨草堂本")似乎先后由同一人抄录完成:首先,两者版心所署"青箱书屋"与"杏雨草堂"自然成对,很有可能都是某一人的书斋名号;其次,两者录诗的内容及所过录的王文治批语全无重合之处,尤其是刻本卷二十四有《陆叔平写生花卉十首》,杏雨草堂本在抄录这组作品时阙其中《老少年》一首,而青箱书屋本则仅录《老少年》一首,题下并有小注:"陆叔平写生。"如果不是由同一人抄录,恐怕没有如此巧合的事情;最后,青箱书屋本中《祈雨纪事》诗"寿亭遗象肃禋祀"句有批语云:"'寿亭'误称,详见《玉泉山》诗。"[②]而此本中并无《玉泉山》一诗及相关批语,反倒是在杏雨草堂本中录有《玉泉山》诗,并有批语云:"'寿亭'改'关公'何如?'汉寿'地名,'亭侯'爵名,'寿亭'两字连称,乃《衍义》[③]之讹。"[④]两条批语彼此对应,唯一的可能应该就是抄录者先行在某一本中抄录了某一诗及其批语,后来发现漏抄了相关另一首诗及其批语,便在另一本中加以补抄。当然,这两种批点本之间究竟是何种关系?"青箱书屋"和"杏雨草堂"是否就是前面提及的邵贞久的书斋名号?这些问题还有待进一步考察[⑤]。不过将这两种抄本和后来刊刻的四十卷本《灵岩山人诗集》详加比对,对毕沅编订诗集的过程、修改诗作的情况都可以有较为直观的认识。

二

毕沅诗歌存稿最早始于乾隆九年(1744)其十五岁时,诗集中有《杨编修文叔绳武先生索

---

① 瞿冕良《灵岩山人集外诗——记抄本王文治评〈灵岩山人诗集〉》,载钱仲联主编、苏州大学中文系明清诗文研究室编《明清诗文研究资料集》第一辑,上海古籍出版社,1986年。

② 本文引青箱书屋本内容均据南京图书馆藏本,以下不一一说明。

③ "衍义"当即"演义",指《三国演义》。

④ 本文引杏雨草堂本内容均据瞿冕良《灵岩山人集外诗——记抄本王文治评〈灵岩山人诗集〉》一文,以下不一一说明。

⑤ 据杜泽逊《四库存目标注》(上海古籍出版社,2007年),上海图书馆藏明正德刻本《王文肃集》(《四库全书存目丛书》集部第36册有影印本)有"青箱书屋"等印记,两者是否为同一人书斋号,尚待详考。

观近制为评点奖借倍至即座赋呈》云:"绿衣隅侍最情亲,光霁襟期似饮醇。"又《删诗》云:"小坐严删旧日诗,个中得失寸心知。"《环香吟阁遣怀》云:"自改新诗编甲子。"可知其诗作不仅早就得到前辈文士的指点,自己也时常会加以润色和删订,并按时间先后予以编录。这些逐年编订的诗集很早就开始在不少师友之间流传,如袁枚曾提及毕沅"诗编三十二卷,曰《灵岩山人诗集》"[①]。另据嘉庆《直隶太仓州志》所述,曾有"《灵岩山人诗》三十六卷,门人嘉兴王复刻于偃师"[②]。但这些都因无实物留存,详情已无从查考。王文治在乾隆五十五年(1790)获读的毕氏诗集稿本应当也属于这一类型。

据毕沅自述,乾隆五十八年(1793),即在王文治批阅其诗集稿本三年之后,他又重新编订自己的作品[③],"搜箧中剩稿,编成《灵岩山人集》三十九卷,又《联句》一卷,共四十卷";乾隆五十九年(1794)时又将所作"续编一集,为《绘声漫稿》"(均见《再题一首并序》);之后另有《海岱骖鸾集》,两者合编为一卷,随即取代了原先的《联句》一卷,接续前三十九卷,成为现在所见到的四十卷本《灵岩山人诗集》[④]。不过原先提及的"《联句》一卷"在后来的四十卷定本中并未保留,其内容到底如何,颇令人猜疑。而这个问题,通过批点本就可以得到比较圆满的解答。

瞿冕良先生在其文中提到在杏雨草堂本所录诗中"还有一部分在刻本中是没有的,如其中《商弦写忆集》(据内容,系悼亡杂作)、《乐游联唱集》(均系与友朋即景联句之作),四十卷中既无此二种集名,其细目也基本上均未收载过(刻本中仅有《商弦写忆集》中的最后一首)。此外尚有《移居》、《宿愿》等三十题四十六首,也是刻本中未曾发表或被删掉的"[⑤]。此说略有失考之处,盖《乐游联唱集》并非毕氏集外散佚之作,而是他和诸多幕宾合撰的联句诗集,今存有乾隆四十七年(1782)西安节署单刻本,所收内容与瞿先生文中所列完全相同。不过从杏雨草堂本的录诗情况倒是可以推论王文治当日看到的毕沅诗集稿本是包括《乐游联唱集》一类联句诗的。毕沅最初在编辑诗集时所说的"《联句》一卷"应当就是指以《乐游联唱集》为主要内容的联句诗而言。他在最终定稿时将联句诗剔除在外,或许是因为《乐游联唱集》在之前已有单行本,其余的联句诗数量又不多(虽然毕氏联句诗并不仅仅限于《乐游联唱集》,但该集无疑是其中最主要的组成部分[⑥]),而且联句的性质和个人创作毕竟有别,所以才最终决定加以删除的。

虽然瞿冕良先生所述杏雨草堂本所存毕沅集外佚诗的数量并不完全准确,但统计两种批点本,仍然保留了不少四十卷本《灵岩山人诗集》未予收录的作品,共计四十五题七十五首。这些集外诗除了能更全面地展现毕沅的创作风貌,对于考察其编订诗集的过程也颇有帮助。

---

① 袁枚《随园诗话》卷十一,第370页,人民文学出版社,1982年。

② 王昶等纂修《直隶太仓州志》卷二十八《人物》,嘉庆七年刻本。

③ 参见毕沅《行年六十有四诗集编成因题长句并柬知音》:"陶铸江山泄秘奇,新编四十九年诗。"载《灵岩山人诗集》卷三十九。

④ 《清史稿》卷一百四十八《艺文志》集部别集类著录毕沅有《文集》四十卷、《诗集》二十卷,当有错讹。

⑤ 瞿冕良《灵岩山人集外诗——记抄本王文治评〈灵岩山人诗集〉》,载钱仲联主编、苏州大学中文系明清诗文研究室编《明清诗文研究资料集》第一辑,第226页。

⑥ 现存毕沅联句诗尚有《寿王述庵臬使六十联句》(见王昶辑《湖海诗传》卷二十二)及《秋日喜竹屿先生至大梁弇山夫子招集嵩阳吟馆联句并寄述庵先生即用其送行诗韵》(见王复《晚晴轩稿》卷五),均未收入《乐游联唱集》中。

恰如毕沅在《删诗》所说的那样："小坐严删旧日诗，个中得失寸心知。"在编订诗集过程中，他往往会对一些不太满意的作品加以删除。若非将批点本与刻本对勘，有些情况是很难发现的，例如杏雨草堂本录有《和童梧冈无题四首》，其中第三首云："吴山回首碧云流，十载心情半醉休。画舫红灯檀板月，梦魂何处伴牢愁？"这组诗后收入刻本卷十五，但这第三首却被删除了，为了避免前后矛盾，诗题也被修改为《和童梧冈无题三首》。

在删定过程中，毕沅也难免会偶有疏漏，乍读之下会令人困惑难解，但通过和批点本对照，就能发现个中原委。例如刻本卷三十九有《云涛表弟谒予武昌节院，出其世传〈清溪草堂重台桂〉画卷索题。抚今追昔，不胜风木人琴之感。因成绝句五章，聊写先世之情好，伫盼后起之重荣，亦风人长言不足之义。至诗字之工拙，不及再计矣》一诗，虽然诗题中明确提到"因成绝句五章"，但实际存诗仅为四首，颇有名实不符之嫌。而在杏雨草堂本中录有这组诗，共计五首，其三云："古桂如云绿影低，先慈曾此掩重闺。儿时常话平泉事，每到花时句屡题。（原注：天香书屋，余母初居于此，即开重台桂花处也。）"恰可补刻本之阙漏。究其原因，当是毕沅昔日删去此首之后，一时疏忽，未将诗题随之一并修改，以致诗题与内容未能契合。

二

如前所述，从王文治批阅毕沅诗集稿本到毕沅晚年删订诗集，前后相距达三年之久，在此期间，毕沅对诗作修订不辍，屡有增损。因此，若将现存的两种批点本与后来的刻本详加校核，就会对其创作经历和修订情况有更为真切的认识。批点本一方面保留了不少后来被刊落的诗人自注、自序，可供考察其当时的创作经历；另一方面则提供了大量和刊本不同的异文，从中可见其推敲斟酌时的细致严谨。

诗人在创作时写下的一些自注往往会在不经意间保留很多重要的信息，为我们了解其创作时的原初面貌提供了很好的切入口。仅以青箱书屋本为例，其中所录《闻蛩》（后收入刻本卷二十二）题下有小注云：

六月十六日。次日立秋。

又《七夕寄月尊》（后收入刻本卷三十，"月尊"改作"琴心"）"今夕天孙停翠辇，好祈长寿锡慈闱"句下有小注云：

时太夫人抱恙初愈。

又《题月尊倚梅图》（后收入刻本卷三十一，"月尊"改作"琴心"）"新图粉本重商确，玉井曾搴十丈莲"句下有小注云：

月尊昨游华岳甫归，意欲绘陟华图也。

这些注文在刻本中被悉数删落，其中原委颇难推究。或许在诗人看来此类小注无关宏旨而略显琐碎，但对读者了解诗人创作的时间、动机、本事而言都提供了重要的线索。

作品的自序对于了解诗人的创作动机具有极为重要的作用，青箱书屋本《送姜杏村同年之官蜀中十首》题下有自序云：

癸未小春之月，杏村明府出宰剑南。廿年旧雨，一旦分携。酌酒宵分，潸焉话别。

回忆金台把臂，芸谱联名。喜丹桂之同攀，幸芳兰之结契。陆机献赋，正当入洛之年；王粲怀归，遂有登楼之作。嗣后鳞羽阻修，萍篷飘泊。君则吴根越角，去访庭闱；我则药省梧垣，久羁供奉。嗟故人之远别，欣日下之重逢。复订盟言，更饶狂态。邀酒人于燕市，共载壶尊；结吟社于京华，重联裙屐。红牙按拍，则处处征歌；白练挥毫，则时时留句。于时知己二三，缠头百万。西园小部，郑樱桃色艺俱佳；南国新词，和学士风情不减。无如别易会难，星离雨散。秋风袅袅，愁深公子之行；暮雨潇潇，肠断吴娘之曲。未觉扬州之梦，红粉青楼；重寻茂苑之游，银灯画舫。已而郑虔竟作广文，潘岳旋膺花县。计偕北上，剖竹西行。奏风笛之凄清，怅仙凫之缥缈。日者寒漏沉沉，离情黯黯。明灯相对，旧人则惟有何戡；落月相思，远道则空悲杜甫。篷舠停棹，双江之春雪初消；剑栈盘云，三峡之清猿不断。到得金花桥畔，回首难堪；他年听雨楼头，对床何日？因成短句，用写中肠，即当《折柳》之篇，聊比《竹枝》之唱云尔。

此诗后见收于刻本卷十六，而这一大段自序却被删除殆尽。毕沅有《书听雨楼图后》一文，提及在京城时曾与诸多师友“比邻而居，望衡对宇，联为吟社”[1]，与上引序文对读，足见当日诗酒酬唱之盛。王文治也是诗社的成员之一，故于序中“到得金花桥畔，回首难堪；他年听雨楼头，对床何日”数句加圈，并借用李商隐的诗句批云：“此情可待成追忆，只是当时已惘然。”显然是因忆及往事而感慨系之。毕沅删去此注的动机不明，个中原委费人思量，但此序文对于了解其生平交游及创作本事却有着相当重要的作用。

除了删除一些自注、自序之外，毕沅还对旧作进行了极为细致的修改，具体情况相当复杂。有不少修改，可以确定是遵照了王文治的意见或是受其启发而来。例如青箱书屋本录有《寄友人塞上四首》，王氏批云：

此题或当另制，以深隐为佳。

认为题旨过于浅露，不够含蓄。在刻本卷二十中收录这组诗时，毕沅就改题为《题扇有寄四首》，较原题更为隽永，显然是接受了王文治的意见。又如青箱书屋本《后梅花十首并序》其二：“十年空如云踪杳。”王氏批云：

“如”字误。

认为“如”字置于此处当有讹误。刻本卷二十三收录此诗时便将此句改正为“十年空谷云踪杳”。再如青箱书屋本《遣兴》其二：“偶来花径游，须臾客迭至。因就松竹阴，石上陈弈戏。文士忽英雄，喜有用武地。居然一枰间，东帝与西帝。此怀囊括心，彼蓄席卷志。”王文治在“东帝与西帝”句旁施以圈点，并批云：

此句另换为佳。

认为此句置于诗中不妥，建议毕沅另作修改。这组诗后收于刻本卷十四（改题为《寓园遣兴四首同云松作》），“东帝与西帝”三句索性全被删除，而代之以“各怀席卷志”一句，显得更为简练精警。毕沅无疑是受到了王文治的启发，才对旧作加以删改修订的。

---

[1] 毕沅《书听雨楼图后》，载沈萃芬、黄人《国朝文汇》乙集卷三十，第112页，《续修四库全书》集部第1675册，影印宣统元年上海国学扶轮社石印本。

在杏雨草堂本中也不乏此类例证，如其中所录《题兰庆长夏读书图》开篇云："书堂畅南荣，乔木阴四野。中有老经师，正襟若垂钓。童子侍坐隅，横经甚年少。双瞳翦秋水，鹤骨颇戌峭……"王氏批云：

"野"字未详通韵否？

通韵即邻韵通押，由于韵宽，作者便可少受拘束。不过在创作时自当依循古人成例，不能任意为之。"野"字属麻部，"钓"、"少"、"峭"等字属萧部，两者并不能相通，用"野"字有出韵之嫌。此诗后收入刻本卷三十二，毕沅便将"野"字改为属于萧部的"罩"字。

诗人创作时有自己的初衷，修改时也有自己的主见，因而毕沅有时也并不完全依从王文治的意见来进行修改。例如杏雨草堂本《环香吟阁遣怀》中两联云："自改新诗编甲子，偶膺旧疾遣庚申。春山北苑虚中景，秋水南华悟后因。"王氏批云：

微嫌"甲子""庚申"、"南华""北苑"皆前人已经对过之句。

认为其对仗用语稍显熟套。按谢榛《四溟诗话》云："许用晦、释清塞皆以'甲子'、'庚申'为的对，予病其粗直，且非正格。"[①]已对这类属对方式深表不满。在明清诗人的作品中也确实可以发现大量相似的对句，如唐时升《紫筠居十首》其五："案上南华秋水，屏间北苑晓山。"[②]傅维鳞《即事偶成》："寄兴南华秋水句，醒眸北苑暮山图。"[③]陈文述《过周澹岩泰秋水堂》："画本居然摹北苑，仙书只合诵南华。"[④]足证王文治所言不虚。刻本第二十八卷收入此诗时，毕沅将此数句改为"自改新诗编甲子，偶膺旧疾遣庚申。潇湘北苑虚中景，笠屐东坡幻里身"，后一联虽然已按照王文治的意见有所改动，但前一联除改动一字外其余还是一仍其旧。

有时毕沅还会固执己见，毫不退让。例如青箱书屋本《景泰废陵》有句云："然其奠定功，千古不可易。"王氏批云：

"然"字有散文气，须易一字，方入诗格。

认为"然"字有碍诗格，应予修改。但刻本卷十八录此诗时并无任何改动。又青箱书屋本《行馆与蓬心夜话三用前韵》颔联云："主贤聊为留三宿，兄事应知长十年。"王批云：

第四应添注云：蓬心今年七十。

刻本卷三十八收录此诗时也并未照办。又杏雨草堂本有《宿花庄戏同行者》，王批云：

可弗存否？

建议毕沅将此诗删去，但刻本仍将此诗收入卷二十一，显然对王文治的意见并不以为然。

即便是王文治称赏不已的诗句，毕沅有时也会根据自己的想法重新进行润色修改。例如青箱书屋本《题董东山师所藏郭河阳〈关山行旅图〉》开篇有"笑予慷慨有大志，妻子田庐那注意。年年行旅绘为图，聊代生平作游记"四句，王批称赞说：

---

① 李庆立、孙慎之《诗家直说笺注》卷四，第421页，济南：齐鲁书社，1987年。

② 唐时升《三易集》卷六，明崇祯谢三宾刻、清康熙三十三年陆廷灿补修《嘉定四先生集》本。此诗又先后被钱谦益选入《列朝诗集》丁集卷十三上，被张豫章选入《四朝诗·明诗》卷一百十八。

③ 傅维鳞《四思堂文集》卷八，清康熙十七年刻本。

④ 陈文述《颐道堂诗选》卷二十八，清嘉庆二十二年刻、道光增修本。

起势崚嶒，疑从天降。

刻本卷二十收录此诗时，却将这四句删去，而代之以"书生本无经世志，奇服远游快幽意。袖底常携五岳图，偶向人间作游戏"四句。显然毕沅在修改旧作时有自己的考虑，并不因为得到友人的赞誉，就放弃了精益求精的追求。

除了上述这一类与王文治意见相关的修改之外，批点本还保存了大量异文，可供考察毕沅修改诗作的具体过程。全面检讨其修改情况，自然不是本文所能完成的任务，这里只能选取数例，以窥其一斑。

有时虽然只是个别字词的修改，改动后的诗意却有较大的变化。例如青箱书屋本《归次凤阳马上题寄在京诸友》云：

数声牧笛烟村晚，新月云端玉一钩。

刻本卷二十一收入此诗时改题为《晓行滁州道中题句寄都中旧友》，并将"晚"改作"晓"，又将"新"改作"残"。"晚"和"晓"时间相反，"新月"和"残月"更是差别极大。同样的情形在杏雨草堂本中也存在，例如该本所录《题陆葵沾先生吴淞归棹图》云：

甫里村，松陵渡，红蓼白苹春欲暮。

收入刻本后，"春欲暮"被改为"秋欲暮"。有时候虽然诗意并无多大变化，但从诗艺角度来看，修改之后更臻于完善。例如杏雨草堂本《中酒》有句云："正是春人新中酒，蛤蜊菰叶梦横塘。"在收入刻本卷十九时便改成了"新病酒"，"病酒"与"中酒"意思相同，但在用字方面却能避免与诗题重复，显得更为妥帖。

有时毕沅会从章法结构、起结承转、叙述铺陈等角度进行考虑，对大段内容加以删改增损。例如青箱书屋本《黑龙潭》云：

红暹逗朝旭，羲和绕危栏。鸟雀不敢近，魂魄愁飞翻。雷霆挟风雨，咫尺波澜间。……龙回人共仰，夭矫空中县。飞章奏朝廷，从此立庙坛。丰碑纪灵迹，万口为夸传。……

刻本卷十四收录此诗，将"鸟雀不敢近，魂魄愁飞翻"、"飞章奏朝廷，从此立庙坛"几句悉数删除，使得全诗结构更为劲健紧凑。又如青箱书屋本《景泰废陵》结尾数句云：

苍然吊荒陵，慨然思曩昔。夷犹下山丘，感喟发胸臆。暝昏落景斜，惨淡西风逼。明月出枯桑，饥鹰叫空碧。

刻本卷十八收入此诗时，将此数句改作"苍茫吊荒陵，夕照来暝色"。原作铺叙略显冗长拖沓，经过此番删改之后，戛然收束，意在言外。再如青箱书屋本《重游水木明瑟园》云：

畴昔过名园，胜处失遍览。拟题诗纪游，捉笔仍未敢。今晨重造门，风景不少减。

刻本卷二十一收入此诗，将此数句改为：

少卧研山堂，湖山归一览。名园旧游地，风景不少减。赋拟小长芦，提笔仍未敢。

"砚山堂"即毕沅青年时读书求学的砚山书堂。乾隆十三年春毕沅之父毕镛去世，入秋以后毕沅在母亲的敦促下"复理旧业，勉赴研山书堂"（刻本卷三《感秋九章序》）。"小长芦"指清初诗人朱彝尊，晚年别号“小长芦钓鱼师”，有《水木明瑟园赋》（见《曝书亭集》卷一），传诵一时。显而易见，修订后的定本一改原作的空泛，更能扣紧题意。

在修改某些作品时，毕沅甚至不惜大动干戈。例如青箱书屋本有《偶作》云：

书签亲整幔亲钩，客里归来拟暂休。落尽碧梧风不定，小窗无处更容秋。

刻本卷二十一有《山居偶作》云：

书签亲整幔亲钩，多谢山灵许暂休。何物安排款归客？万枝香雪一扁舟。

除了首句相同，其余三句全部改换，当是在修订时以旧作为基础重新写就的。又如青箱书屋本有《道中》云：

初冬柳已髡，策马向郊原。落日未沉岭，孤村早闭门。年丰酒价贱，市远古风存。安得抛尘世，移家筑短辕。

此诗在后来的刻本中并未保留，不过在刻本卷二十一有《句容道上》云：

春深花益丽，锦绣满郊原。酒店藏村坞，茶亭傍寺门。民饶米价贱，市远古风存。一抹栖霞色，遥青出短垣。

两诗相较，前者描写初冬景象，后者刻画暮春风光，并无丝毫关联，却有“市远古风存”一句完全一样，显然是毕沅对原作不甚满意，却又对该句不忍割舍，遂移花接木置入新作之中。

评价一位诗人的文学成就，自然应当尊重作者的意见，以其本人首肯的作品定本作为依据。不过有时候其作品在不同阶段的传本也保留了最终定本所无法提供的关键信息，而这些内容对于深入探讨诗人的创作经历和思想转变无疑有着至关重要的作用。毕沅对旧作进行不同程度的润色删改，自然是基于对诗艺的不懈追求，力求使自己的作品更臻于完美。但这些修订也在某种程度上也遮蔽了其创作时的真实面貌。若非有王文治批点本的留存，对于毕沅创作时的实际情况就很难有一个更为真切而准确的认识。通过对批点本的细致考察，可以引导我们对毕沅创作时的实际情况有一个更为真切的认识。

作者单位：华东师范大学

重九与夜起

——郑孝胥诗歌初探

张　煜

闽派诗人代表郑孝胥(1860—1938)是一位饱受争议的历史人物,其中最主要的原因,当然与他晚年出任伪满洲国总理直接相关。汪辟疆先生《光宣以来诗坛旁记·谈海藏楼》云:"孔子虽有不以人废言之训,而于其人出处大节,不可不以《春秋》之笔著之。不意甲子(1924)溥仪出走津沽,张园会议,海藏即主附倭以延残喘。辛未(1931),倭入沈阳,寝占东省,而海藏果奉溥仪托庇虏廷矣。殷顽犹可恕,托命外族不可恕,而身败名裂,至此益显。"①可谓酷评。文学即人学,要抛开一个人的人品出处,而对他的诗歌作一纯粹的评价,几乎是不可能的。但郑孝胥毕竟是当时享有盛名的一位诗人,而且自视甚高,本文拟从郑孝胥一向颇为自负的重九诗与夜起诗入手,对其人其诗之真面目再作一番探讨。

汪辟疆先生还录有陈甘簃(灨一)《记郑孝胥》文,其中称郑除了是一诗人、书法家外,同时还是一政客,所以日后才会不甘寂寞,低首扶桑②。这与陈宝琛所云"太夷功名之士,仪、衍之流,一生为英气所误",评价实同。这些,如果我们结合郑孝胥的诗歌、日记与生平,可以看得很清楚。1894年,郑孝胥使日期间,其咏樱花之作,即有"名花身世真堪羡,烈烈轰轰做一场"③之叹。中日甲午战争爆发,郑孝胥对于国事也非常关注,是坚决的主战派。如其1894年12月25日日记云:"太夷曰:朝廷能坚持力战,不过数月,倭必自困。纵多所丧失,即至突犯陵阙,乘舆播迁,而中国人心尚不至失,创深痛巨,时事或有可为也。"④1895年1月8日:"昨夜与爱苍等论及议和,余抵几而起曰:欧制亚,汉叛满,可立而待也。"同年4月日记又云:"入署,闻和议已成,割台湾及辽东,偿兵费三百兆,内地悉许贸易。……闻之心胆欲腐。举朝皆亡国之臣,天下事岂可复问,惨哉!""中国岂皆狗彘耶?遂为机上之肉!"(第482页)"观南皮谈论,意在明和战之害以悟上意,和则不可为国,战虽不胜,犹未至于不国。其意识度越诸辈。"(第486页)

1897年,郑孝胥应张之洞之招入鄂,其《南皮尚书急召入鄂雪中过芜湖》诗云:"绝海浮江短景催,浪花雪片斗清哀。冲寒不觉衣裘薄,为带忧时热泪来。"(卷第三)急于用世之心,

---

① 汪辟疆:《汪辟疆文集》,上海古籍出版社,1988年。

② "郑孝胥之得名也,不以书,复不以诗。世独以美书工诗称之,斯固然矣。而于清季政事之起伏,固数数预谋,实一政客也。""诗自是射雕手,然晚节不终,非惟不可与钤山堂并论,且下阮圆海、马瑶草一等矣。"同上,"谈海藏楼"条。

③ 郑孝胥:《海藏楼诗》卷第二《风雨花尽》,《海藏楼诗集》,上海古籍出版社,2003年,下同。

④ 郑孝胥:《郑孝胥日记》,中华书局,1993年。

跃然纸上。戊戌变法,郑孝胥在入京前,又作有《渡海》诗,其二云:"视海为吾地,方能守此州。可怜志士泪,空作接天流。吾语舟中人曰:'此水非海,乃豪杰之泪水耳。'"语颇豪迈,却不免虚矫。郑虽然对新派人物颇有微词,但在任总理衙门章京职期间,曾上折言练兵[①]。并在变法失败之后,"步至清慈寺哭暾谷、叔峤而返",作《哀林暾谷》诗[②]。由于郑孝胥参与戊戌变法并不深,并对变法诸子急于求成的做法始终抱怀疑态度,所以事后受到的冲击并不大。1903 年,郑孝胥以四品京堂充广西边防督办,开始了他自嘲的"穷塞主"的生涯。期间所作《世已乱身将老长歌当哭莫知我哀》:"驻颜却老竟无方,被发缨冠亦太狂。归死未甘同泯泯,言愁始欲对茫茫。"与《又一首》:"一落南荒忽至今,满腔幽恨独沈吟。乱山围绕真何益,难阻龙江北去心。"(卷第五)将他那种眼看大清皇朝日落西山,但又于心不甘的偏执性格表现得淋漓尽致。

1905 年底郑孝胥从广西任上归来,积极参与了预备立宪公会的筹备,后并任会长三年[③]。其 1909 年《哀五十诗》中有"声销影灭夕可死,万一不死能重来"(卷第六)之语。对于辛亥革命,郑持坚决的反对态度,诋毁不遗余力。如在 1911 年 12 月的日记中写到:"报言,革党在南京举临时大总统,备选者孙文、黎元洪、黄兴三人,孙文得十六票当选。皇室无人,被逼逊位,忠于清廷者不免愤痛。"(第 1376 页)其后数年,他隐居在上海海藏楼。他痛感清廷的覆灭,罪在慈禧:"节义岂无人,戊庚略可数。摧残及辛亥,士气久已沮。毒后憎诸贤,要领膏质斧。女戎真自灭,烈士首袁许。"[④]顽冥不化,以遗老自居:"排满实邪说,不义岂尊汉。斯民既趋利,倒戈复何惮。能发不能收,瓦解变愈幻。人人怀异志,所务在争篡。……夷狄犹有君,诸夏竟俱叛。行天揭日月,顺逆所必辨。……老夫虽遗民,未死火在炭。救民诚吾责,卫道待义战。"[⑤]

1923 年,郑孝胥由陈宝琛、庄士敦荐,入溥仪宫讲读。他踌躇满志,作有《孝胥以戊戌九月出京至庚戌七月入京凡十三年有诗纪之辛亥九月出京至癸亥七月入京亦十三年且出京皆以九月入京皆以七月悟而嗟叹自念生逢乱世穷老无所就复为此诗》:"世弃天留等可哀,黍离荆棘更能来。还从铜辇寻残梦,早向昆明辨劫灰。吞炭漆身殊未避,触山逐日漫相猜。两朝国士虚名在,骏骨聊堪比郭隗。"(卷第十)郑孝胥还有一件自鸣得意的事,那就是 1924 年冯玉祥赶溥仪出宫,是由郑护驾的。其《十一月初三日奉乘舆幸日本使馆》其一云:"乘回风兮载云旗,纵横无人神鬼驰。手持帝子出虎穴,青史茫茫无此奇。"殊不知他日后投靠日寇,正是在此迈出的第一步。此后郑孝胥的诗歌可以说越来越走火入魔。1928 年,他在给近卫文麿的诗中写到:"举世同污偶获全,与君握手叹余年。公卿重义应增气,衰朽投闲欲胜天。红叶正酣欲别酒,秋风适起放归船。申胥见比吾何敢,聊为披肝皎日前。"(卷第十一《近卫文麿公爵招宴星冈茶寮小田切万寿之助即席赠诗次其原韵》其二)真是奴颜婢膝,而又糊涂不堪。1931 年,溥仪在日本人的安排下,离开天津静园赴旅顺,为此陈宝琛与郑孝胥发生了激烈的

---

① 沈云龙主编:《近代中国史料丛刊》续编第三十二辑,《戊戌变法档案史料》,第 12 页。

② 《日记》第 686、690 页。

③ 详参徐临江:《郑孝胥前半生评传》第六章《在立宪运动中》,学林出版社,2003 年。

④ 《陈叔通求题袁爽秋许竹篔遗札》,《海藏楼诗》卷第九。

⑤ 《江阴赵焕文茂才殉节纪书后》,同上。

争执[①]。郑力主接受日本人的"帮助",从此走上了一条不归路。

作为一名诗人,郑孝胥在当时以善写重阳诗而著名。如《海藏楼诗》附《名流诗话》云:"公年年重九诗,练萧憀怆恨之气,以平淡语纡折出之,而自然深隽,宜一世人推'郑重九'也。"[②]叶参等《郑孝胥传》附《诗话》亦云:"(郑)戏语陈苍虬先生曰:'予每年九月九日,必有诗,他时当呼作郑重九。'苍虬先生遂赠以诗云:'诸天龙象表嶙峋,洞口苏龛寂寞身。绝代崎嵚郑重九,不应来作扫花人。'先生评曰:'那得便真唤,愧愧!'一时传为西湖佳话。"[③]现存《海藏楼诗》中最早的重阳诗作于1889年,是整个诗集的第三首。此年春夏间,郑孝胥考取内阁中书,座主为翁同龢。秋间,以中书改官同知,分发江南。其诗云:"科头直上翠微亭,吴甸诸峰向我青。新霁云归江浦暗,晓风浪入石头腥。忍饥方朔非真隐,避地梁鸿自客星。意气频年收拾尽,登高何事叩苍冥。"(卷第一《九日独登清凉山》)重阳登高赋诗,是传统的文学题材。郑这年正好三十岁,此诗以意气自负,充满了不甘沉沦下僚的用世之心。

1891年,郑孝胥东渡,出任驻日使馆书记官。驻日期间,郑孝胥作有两首颇富异国情调的重阳。其《九日爱宕山登高同秋樵袖海》云:"秋怀闭户兀嵯峨,都付登临眼底过。蛮菊那知佳节重,日本旧用中历,明治以来改用西历矣。霜林也傍醉颜酡。"[④]《九日大阪登高》:"未花蛮菊那足道,眼底正喜落日黄。登高聊欲去浊世,负手天际终旁皇。"(卷第二)则当时对于日本尚未一味倾倒,且有一些蔑视[⑤]。1894年,郑孝胥从日本归来,恰值中日甲午之战爆发,郑对时局充满了忧虑,但意见又无法上达天听。其《九日与胡康安同登北极阁》云:"雨霁秋高最萧洒,北城登临俯原野。海外归来多感伤,脉脉江山待来者。……吾侪未知所归处,复际中原动兵马。丈夫忘世乃大雅,谋国区区策殊下。"

所幸的是,郑孝胥以其通晓洋务,此后越来越受到两江总督张之洞的赏识,于1895年底被张延入幕府。其1896年在南京所作《杂诗》五云:"竖子终何成,时哉无好手。狂夫复登高,临江作重九。"(卷第三)虽投闲置散,仍不失狂奴故态。次年在上海又作有《九日五层楼登高》:"市楼便是登高地,我辈方随行路人。一醉不辞中酒病,九秋还斗百年身。书来兄弟颜俱瘦,愁里江山事更新。红紫打围须未老,可能摩眼向风尘?"以登楼代登山,但又仍是传统的重阳怀人兼言志主题,颇富意味。

1898年的重阳,郑孝胥是在北京度过的,当时正值戊戌变法失败、后党严酷镇压之际。其《九日虎坊桥新馆独坐偶成前一日乞假得允》云:"九日宣南昼闭门,幽花相对更无言。残秋去国人如醉,晚照横窗雀自喧。坐觉宫廷成怨府,仍愁江海有羁魂。孤臣泪眼摩还暗,争忍登高望帝阍。"诗意沉痛。1899年,郑孝胥任京汉铁路南段总办,兼办汉口铁路学堂,作有《九日风雨中子培自扬州来见示新作》(卷第四)。次年所作《九月初四日萱妹四十生日栗兄置酒作诗胥及柽弟作一律寄之》:"长兄置酒菊花黄,阿妹归来共一觞。物外年华才四十,眼前风景是重阳。"借重阳叙写兄妹之情,亦自感人。

1904年,郑孝胥在广西龙州任边防督办期间,又作有《九日小连城登高》:"峰罗四野翠

---

① 参溥仪:《我的前半生》第四章《在天津的活动》,同心出版社,2007年。

② 《海藏楼诗集》附录三"各家评论摘要",第564页。

③ 《民国丛书》第一编第88册,上海书店,1989年。

④ 《日记》第239页:"秋樵来坐,诵《重九》诗,谓颇生新,指'蛮菊'句以为蕴藉。"

⑤ 参杨晓波博士论文《郑孝胥诗歌研究》(2004年),第26页。

成堆，溪绕边州去又回。云树苍苍收百里，洞天郁郁起孤台。"（卷第五）次年《九日不出》云："此州乃井底，无处见天日。纵跻万山巅，犹在千丈窟。"《又》其一："九秋佳节去堂堂，无酒无花意欲狂。但使弃官仍济胜，登高何日不重阳。"写僻居边城的寂寞无聊，沈曾植曾称郑诗为"清奇僻苦主"[①]，大概正是指的这一类诗歌。

回到上海后，可能因为沪上无山，现存诗集中连续几年都不见重阳诗。夏敬观《学山诗话》云："苏堪自龙州还，终慈禧垂帘之日，遂不复出。于海上筑海藏楼，有终焉之志。"[②]直至1912年，在经历了民国的鼎革后，郑孝胥才作有《九日与鉴泉介庵同游徐园》："空将目力送归鸿，意气颓然一秃翁。辟世犹能作重九，污人终自厌西风。无山易败登高兴，得酒聊忘失路穷。霜菊名园堪徙倚，未妨同恋夕阳红。"（卷第八）次年又作有《九日病愈出游》："郁郁药炉经卷边，偶闻重九意萧然。国亡安用频伤世，病起犹思一仰天。几换园林吾亦老，休谈人物梦何年？菊前桂后秋光断，却负登高半日颠。"俨然以遗老自居。次年又作有《重九雨中作》："风雨重阳秋愈深，却因对雨废登临。楼居每觉诗为祟，腹疾翻愁酒见侵。东海可堪孤士蹈，神州遂付百年沉。等闲难遣黄昏后，起望残阳奈暮阴。"据说沈曾植在读到"楼居每觉诗为祟"时，大为赞赏，云："但愁对句难佳。"及见下句云"腹疾翻愁酒见侵"，为之倾倒不已。[③]

1916年，郑孝胥又作《重九》诗，由于他没有参加逸社的重九诗会活动，诗友陈曾寿来书询及。郑诗云："云敛旻天日愈凉，风生雁影气初霜。添衣犹觉楼难倚，入肆翻怜酒未尝。短发谁从蓝田客，放歌聊试接舆狂。栖迟自是违天者，莫为违人讶海藏。陈仁先自西湖寄书云：'闻九日逸社有高会，先生踽踽于何处登高耶？'杜有《九日蓝田崔氏庄诗》。"（卷第九）此年袁世凯称帝失败，郑心情郁闷，其后可以说一直抱着复辟的幻想。1919年，他在《六十感愤诗》中写到："微闻世人讥，舍灶反媚奥。亲交颇相闵，欲谏奈自暴。苍苍岂无意，留此时未到。廉颇得赵卒，妖孽犹可扫。"同年《九日》诗云："遂付虫沙期共灭，并疏文字但余哀。朋侪乱后凋零甚，怅望斜阳更不回。"

1922年，郑孝胥蛰居上海，又作有《九日》诗云："十年几见海扬尘，犹是登高北望人。霜菊有情全性命，夜楼何地数星辰？晚途莫问功名意，往事惟余梦寐亲。枉被人称郑重九，更无豪情压悲辛。"（卷第十）情绪低沉。1924年，北上的郑孝胥作有《重九日曹纕蘅向仲坚邀至灵光寺登高》："白日销沉兵气昏，漫持热泪洒中原。燕辽一战民应尽，江海横流溺岂援。"次年，郑在天津侍讲溥仪，又作有《九日天津公园登高复过李公祠》："疏林亦解纵秋声，堆阜填胸故未平。如此登高元失路，何须感事任孤行。"（卷第十一）可以看出仍是愤愤不平，期待有所作为。陈宝琛亦为作和诗[④]。1926年，作有《九日招客集李氏园登高》。次年《九日》诗云："亢龙用九曾何悔，旅雁随阳岂自谋。见说战场丛菊在，归心一放忽难收。"1928年，郑孝胥偕长子垂东渡日本，广泛接触日本政界，《九日雨中日光山湖楼》诗云："江户东超揭日光，泉飞枫醉及重阳。正从云里窥山态，却向峰头得水乡。"虽外示闲雅，其实正是从此一步步滑向错误的深渊。

1929年，《九日中原露台登高示同游诸子》："枉负刘郎一世豪，登临犹自怯醇醪。河流

---

① 《涛园诗集序》，钱仲联辑录《沈曾植海日楼佚序下》二六，《文献》1991年第1期。

② 《民国诗话丛编》三，上海书店出版社，2002年。

③ 叶参等《郑孝胥传》附《轶事》。

④ 《郑孝胥日记》，第2070页。

贯市潮痕上，夕照当楼朔气高。”（卷第十二）后面四句照例又是“忧国忧民”等。1932年，伪“满洲国”成立，是年郑孝胥《九日》诗云：“壮年犹记戍南荒，晚向空桐惜鬓霜。自窜岂甘作遗民，独醒谁与遣重阳？菊花未见秋无色，雁信常迟海已桑。定有遗黎思故主，登高试为叩苍苍。”林庚白《丽白楼诗话》上编批评“孝胥诗情感多虚伪，一以矜才使气震惊人”①，则此类诗歌多读确有令人生厌之处。除了词句重复无新意外，明明是自己热衷功利，却又伪托“遗黎思故主”，艺术水平的高低真可以不作评价了②。

1933年，郑孝胥作有《九日文教部登高》。1934年《九日》云：“天外飞翔莫计程，登高谁忆旧诗名。半生重九人空许，七十残年世共轻。晚倚无闾看禹域，端回绝漠作神京。探囊余智应将尽，却笑南归计未成。”（卷第十三）为虎作伥，却还搔首弄姿，洋洋自得，殊为可笑，令人不忍置评。1935年《重九》诗其一云：“登高还有壮心无？诗酒阑珊兴亦孤。付与闲人话《心史》，却收余论作《潜夫》。”其二云：“天倾西北漫仓皇，地缺东南孰主张。俯视中原三万里，不妨抱膝过重阳。”这应该也是郑孝胥一生传世的最后两首重阳诗。郑友人灵觃（叶玉麟）曾曰：“读《海藏楼诗》日久，如饮沆瀣，时有清景，置人胸膈间，触处便与神会。……乙丙岁居辽左，诵公‘俯视中原三万里，不妨抱膝过重阳’句，为之神王。”③此年郑孝胥辞“国务总理大臣”，感觉如释重负。其《四月十九日辞国务总理得允》诗称：“今朝得解官，快若碎玉斗。”（卷第十三）诗固然写得不错，然人终究已不值一提。

除了重阳诗以外，郑孝胥还喜作夜起诗，同样值得研究。据叶参等《郑孝胥传》附《轶事》：“先生生平，自奉简朴，其暮年生活，尤有规则，盖自追随行在移居津沽时，即开始夜起习惯，《夜起庵赋》，即作于此时，是为民国十四年秋间，先生年六十六岁。其序曰‘予戌而寝，丑而兴，岁一星矣。乙丑（1925）孟秋，赁宅依于行在，率其素而不懈，遂名之夜起庵’云云。以上略述其夜起之由来，所谓戌时（午后九时）就寝，丑时（午前三时）起床，盖纪实也。嗣后来满‘建国’以后，北地苦寒，且冬季天明甚迟，午前三时，犹在半夜中，而先生仍习之如常，老而弥坚，此亦习久成自然欤？”又据郑1933年6月日记：“吾自辛亥至今二十二年，半夜即起，坐以待旦，乃得练魄制魂之说。《孟子》所谓养心寡欲，《周易》所言无思无为，皆不外此。”④其实郑的夜起诗可以追溯到更早时期，以下便围绕此主题作一考察。

汪辟疆《光宣以来诗坛旁记·谈海藏楼》云：“吾尝见孝胥为其侄孙彦纶书箑一诗云：‘山如旗鼓开，舟自南塘下。海日生未生，有人起长夜。’此为其早年居福州南台山之作，凌厉无前，寄意深远。此诗未收入《海藏楼集》，盖不轻示人也。”现存《海藏楼诗》始自1889年，是由郑孝胥自己编定的。1890年，郑孝胥在北京充官学堂教习，九月出京，还抵福建，集中已经开始出现夜坐诗。如《官学雨中与陈笙陔夜坐》：“聊喜素心共今夕，忽惊浪迹近中年。清谈忍刺当时事，归梦贪寻自在眠。”（卷第一）《八月二十八日夜坐时将出都》：“生计坐怜秋一叶，归程冥想浪千层。寒心国事浑难料，堆眼官资信可憎。”及《听水楼偕伯潜夜坐》：“月黑忽惊

---

① 《民国诗话丛编》六。

② 溥仪《我的前半生》中，对于郑孝胥的热衷名利、勾结日本人，也有很多生动的记述。

③ 《海藏楼诗》附《名流诗话》，《海藏楼诗集》附录三“各家评论摘要”，第563—564页。

④ 《郑孝胥日记》，第2468页，“练魄制魂说”。

林突兀，泉枯惟对石嶕峣。宣南气类今难问，楼上诗魂我欲招。”[①]1895年，又作有《同季直夜坐吴氏草堂》：“一听秋堂雨，知君病渐苏。欲论十年事，庭树已模糊。”（卷第二）多是描写与友朋夜谈论诗，以及担忧国事，自伤沉沦下僚等。

1900年，义和团运动起，郑孝胥为张之洞筹划保全东南之策。其《夜起》云：“林杪春江月上时，楼中清影久参差。四更欲尽五更转，犹有幽人恋夜迟。”（卷第四）《四月二十日夜起》又云：“坐觉楼前江水深，江风收雨动高林。半规凉月通宵色，一枕劳生向晓心。故里欲归真自罔，幽忧为疾独难禁。好怀不惜销沉尽，那向人间罪陆沉。”1904年在连城，《月下作》云：“照眼溪山夜色新，不辞风露湿衣巾。千秋冷落龙州月，暂遣高楼作主人。”（卷第五）《四月廿二日晨起》云：“拔木破山风到处，翻江倒海雨来时。平生未尽飞腾意，只有虚帘铁马知。”皆借夜起以抒发平生志慨也。1908年，作《十月十四夜月下》其一云：“风从北来寒，吹此一街月。道人默倚楼，手理冲冠发。”（卷第六）1910年，作《六月二十一日夜起》：“草草随残劫，纷纷谁长雄？死棋聊插手，吾道若为东。”（卷第七）随着清王朝的日薄西山，夜起后来竟然成了郑孝胥的生活习惯，而他自己也乐意将之作为忧心国事的某种象征。

1911年，清王朝在辛亥革命的冲击下，走向土崩瓦解。郑孝胥夜起的次数也越来越频繁，这似乎意味着某种心境的变化[②]。如前所述，他自称这是为了“练魄制魂”、“养心寡欲”：“人生始化曰魄。既生魄，阳曰魂。不能练魄则多欲，不能制魂则多思。多欲多思则流荡忘返，良知本性皆汩没于多欲多思之中，永无见道之日矣。昔陶侃朝夕运甓，此练魄之术也。达磨面壁十年，此制魂之术也。”孟子曾有“夜气”之说，认为：“虽存乎人者，岂无仁义之心哉？其所以放其良心者，亦犹斧斤之于木也，旦旦而伐之，可以为美乎？其日夜之所息，平旦之气，其好恶与人相近也者几希，则其旦昼之所为，有梏亡之矣。梏之反复，则其夜气不足以存；夜气不足以存，则其违禽兽不远矣。人见其禽兽也，而以为未尝有才焉者，是岂人之情也哉？”[③]朱熹注曰：“言人之良心虽已放失，然其日夜之间，亦必有所生长。故平旦未与物接，其气清明之际，良心犹必有发见者。”孟子认为人在清晨的时候是最善良的，因为良心受到夜气的熏陶，未受戕害。郑孝胥的夜起，直接秉承了孟子的“夜气”说，但表达的却是忠于一姓的愚忠与顽冥不化。其《十月二十八日夜起》云：“楼前夜色暗屯兵，雨猛风饕正四更。呵壁问天终不测，枕戈待旦独难平。寇仇土芥成酬报，猿鹤虫沙孰重轻？剩约毗陵子陆子，阳狂被发送余生。陆炜士恶国人之不义，欲被发阳狂以终老。”正是这种思想的明证。

1918年，郑孝胥作《杂诗》云：“夙根殊未忘，闻鸡如有求。终年起残夜，哀思变明幽。”（卷第九）次年又作《石遗示早睡早起二诗》，其一云：“寐叟深言夜坐非，石遗极道晓行奇。海藏夜夜楼头坐，却是晨钟欲动时。”其二云：“闻鸡待旦已为常，早睡翻成减睡方。记与壶公论夜色，四时霜月抱冰堂。”有意思的是，郑孝胥晚年投靠日寇，多年的老友陈衍毅然与他绝交。并在《石语》中说：“清季国事日非，苏堪中宵即起，托词锻炼筋骨，备万一起用上阵，实就其妾宿也。为妻所破，诟谇之声，闻于户外。苏堪大言欺世，家之不齐，安能救国乎！”[④]而当1937

① 更早的还有郑孝胥1885年11月日记：“夜烛独坐，对占二绝。……‘鸿飞迷东西，爪泥迹故在。因风语爰居，何时向沧海？’”《日记》第77页。

② 参《郑孝胥日记》1911年12月。

③ 朱熹：《四书章句集注》，《孟子集注》卷十一，中华书局，1983年。

④ 《钱钟书集》之《写在人生边上·人生边上的边上·石语》，第494页，三联书店，2002年。

年陈衍去世时，郑孝胥也反唇相讥，作《石遗卒于福州》，其一云："奄然媚世靡不为，使我不忍与言诗。石遗已矣何所遗，平生好我私以悲。"[①]其二云："平生喜说诗，扬抑穷一世。所言或甚隽，所作苦不逮。乃知诗有骨，惟俗为难避。牧斋才非弱，无解骨之秽。"郑孝胥还把悼石遗诗拿给诗友陈曾寿看，连陈都觉得"太虐"[②]。

1924年，郑孝胥在京任内务府总理大臣，期间写有不少夜值诗。1925年，溥仪出居天津张园，郑奉命侍讲。《夜起庵赋》当即作于此时，此赋《海藏楼诗集》中未收，现据郑孝胥书法作品，录之如下（序言已见前引文）：

> 纳举世于斯夜，繄独寤乎一室。天沉沉而忽敛，日黯黯而焉入。山峨峨而霾云，水汤汤而暗激。兽何往而潜藏，鸟何归而戢翼。小人就阴而止，君子向晦而息。夜之象也则静，其德则旷。冶万物为本体，示造化之恒状。时惟大人，观乎物始。玩一气之消长，羌中夕而蹶起。清明兮在躬，屋漏兮相尔。制乎未发之原，操乎无形之里。非兹庵之可托，几何而不为南溟之徒？

落款为"癸酉(1933)冬至后二日录于柳下居"。通观全赋，其主体思想是在不利的大局下，注重个人品性存养，以自保全，蓄势待发。郑孝胥其实是热衷功名之人，却偏偏作一篇这样的赋来自我标榜。其年郑又作《十月初十日贵州丸舟中夜起》："海上有孤月，流光遍人寰。世人不知敬，谓月光以寒。独有爱月者，中宵起盘桓。愿从月入海，万顷轻波澜。"（卷第十一）外示闲暇，而内实尚欲有为也。

1926年《廿九夜四鼓作》云："冰簟银床暑未收，时看萤火坠高楼。明河尽向西南泻，一夜金风万斛秋。"其年又作《夜起庵杂诗十二月十六日》其二云："昧爽趋行在，二年如一日。我心非有求，吾道贯于一。持是将安穷，前途黑如漆。暗飞能自照，宵行亦奚失。"恓恓惶惶之心情，可见一斑。1928年，郑孝胥的夫人去世，郑夜不能寐，其中不乏情深真挚之作。如《廿五晓》："人亡月半规，今夕已下弦。碧天玉指甲，余恨何凄妍。阑干谁复倚，杳杳遂长眠。我为夜起翁，残宵独周旋。聊堪伴孤魂，莫言死相捐。"《初五晓》："回首相从五十年，真成一梦送华颠。他乡久客姑埋骨，苦调孤弹更断弦。此世人无胜天幸，未亡我乃让君先。谁知夜起庵中客，夜夜惊魂落月前。"

1929年，郑孝胥作《夜起庵》诗："一别高楼寄此庵，五年况味更谁谙？枕堪待旦天难晓，薪已将然卧岂酣。沧海径归真上策，旧京入梦奈空谈。丹青自写灵台状，莫信人夸蔗味甘。相者谓余当有晚遇。"（卷第十二）真可谓邪火攻心。赴东北后，他仍然夜起不断。1932年"伪满洲国"建立，其《十二月廿六日天未明》其二云："愚公欲移山，恃有子孙在。老夫当及身，移楼著人海。于收京后必更造海藏楼。"真是可笑而又可怜。其后还有不少夜起诗，包括其日记中多有作夜起庵图、修夜起庵匾、抄夜起庵赋等，但均已无关宏旨。

郑孝胥在晚清民国属于第一流的旧体诗人，《石遗室诗话》中，将其归为重要一类，所谓"前清诗学，道光以来一大关捩。略别两派。一派为清苍幽峭。自《古诗十九首》、苏、李、陶、谢、王、孟、韦、柳以下，逮贾岛、姚合，宋之陈师道、陈与义、陈傅良、赵师秀、徐照、徐玑、翁卷、

---

① 《海藏楼诗集》附录一《佚诗》。

② 1937年8月12日《日记》，第2682页。

严羽，元之范梈、揭傒斯，明之钟惺、谭元春之伦，洗练而熔铸之，体会渊微，出以精思健笔。蕲水陈太初《简学斋诗存》四卷、《白石山馆手稿》一卷，字皆人人能识之字，句皆人人能造之句，及积字成句，积句成韵，积韵成章，遂无前人已言之意、已写之景，又皆后人欲言之意、欲写之景，当时嗣响，颇乏其人。魏默深（源）之《清夜斋稿》稍足羽翼，而才气所溢，时出入于他派。此一派近日以郑海藏为魁垒，其源合也；而五言佐以东野，七言佐以宛陵、荆公、遗山，斯其异矣。后来之秀，效海藏者，直效海藏，未必效海藏所自出也。”[①]甚至有认为，他的诗学成就，要高于陈三立的：“近人如陈伯严诗，必不如郑苏戡，一太粗，一入微也。然郑诗境界太狭，无复雄博气象，则亦时代为之乎？”[②]而对于郑孝胥的批评也很多，除了前面提到的以外，比如《石语》中，陈衍即谓：“郑苏戡诗专作高腔，然有顿挫故佳。而亦少变化，更喜作宗社党语，极可厌。”[③]即以郑最擅长的重九与夜起诗而言，这两个有着深厚传统意韵的诗歌主题，在郑笔下确实不乏情景交融、感事言志的佳作。但由于郑的热衷功利、不甘寂寞与投靠倭寇，终于让他成为了同光体诗人中结局最可悲的一位，这当然直接影响到了对他文学成就的评价，以至于很多诗歌读来让人感觉虚伪，言不由衷。君子之于出处，可不慎乎？

作者单位：上海外国语大学

① 卷三，《陈衍诗论合集》上，福州：福建人民出版社，1999年。

② 惨佛：《醉余随笔》，《海藏楼诗集》附录三“各家评论摘要”，第560页。

③ 《钱钟书集》之《写在人生边上·人生边上的边上·石语》，第480页。

东云西雁两迟迟：狄葆贤《平等阁诗话》探析

郑雅尹

一、前言

> 《时报》当日还有“平等阁诗话”一栏，对于现代诗人的绍介，选择很精。诗话虽不如小说之风行，也很能引起许多人的文学兴趣。我关于现代中国诗的知识差不多都是先从这部诗话引起的。[①]

《平等阁诗话》作者狄葆贤（1872—1941），字楚卿，又作楚青，号平子，室名平等阁，自署平等阁主人，此外亦有其他名号如狄高、平情居士、平情外史、高平子、慈石等，又别署六根清静人、雅高平子。为清末民初著名的维新人士、诗人、文学批评家、报人、佛教学者、书画收藏家[②]。

狄氏为江苏溧阳人，幼生于江西。光绪二十年中举，光绪二十一年留学日本。追随康梁，主张变法维新，与梁启超则为莫逆，其交游均为当世名流。又郑逸梅谈及狄氏早年因留学日本，怀有革命思想[③]。戊戌政变作，亡命日本，与唐才常相识。光绪二十五年自日反国后，与《湘学报》主笔唐才常在上海组织“自立会”，狄葆贤为此鬻旧藏古书画以资军火。光绪二十六年（1900）参与汉口起义。起义失败后，唐才常等一干人被杀，狄葆贤遁走日本，改名换姓[④]。后事渐息，回到上海后，筹备开设时报馆，曾自言：“吾之办此报非为革新舆论，乃欲

---

① 胡适：《十七年之回顾》，《胡适学术文集》，第 91 页，中华书局，1993 年。

② 关于狄葆贤生平，详见罗石：《狄葆贤氏族的诗学传家与文学思想》，第 26—29 页，苏州大学中国古代文学硕士论文，2008 年。关于狄葆贤的卒年，说法不一，最普遍的讲法是狄葆贤卒于民国二十八年（1939），姜丹书《狄平子先生行略》即说：“民国二十八年间，年望古稀，卒于沪宅。”见《溧阳县志数据》，溧阳县地方志办公室，1984 年。此文是 1947 年写成。后笔者再考察了三笔资料，发觉姜文有误，一则资料是曾任职于《时报》的郑逸梅，在 1943 年《大上海》杂志中有一篇文章《海上新墨林：捉迷藏之狄平子》写狄葆贤为“去春逝世”，那么卒年为 1942 年。但据民国佛教刊物《觉有情半月刊》第 47 期（1941 年 9 月）“播音台”专栏云：“我国佛学前辈狄平子居士（楚青），于八月十四日逝世，寿七十岁。”1941 年 9 月 18 日的《申报》，亦刊登了一则狄葆贤逝世的新闻《悼狄平子先生：报界硕彦又弱一个》，新闻中亦写道狄葆贤于八月十四日“病故沪寓”。综合考察上述三笔数据，姜丹书与郑逸梅撰文时间皆距其所述狄葆贤逝世年份有一年以上，而《申报》、《觉有情半月刊》刊登此条讯息为 1941 年 9 月，尤以《申报》消息最实时，因此笔者推定狄葆贤卒年应为 1941 年。

③ 郑逸梅：《书报话旧》，第 217 页，学林出版社，1983 年。

④ 据包天笑：《钏影楼回忆录》言，狄葆贤遁走日本时改姓为高。见包天笑：《钏影楼回忆录》，第 503 页，台北：龙文出版社，1980 年。

革新代表舆论之报界耳。”[①]从早年投身政治、致力革新,到创办《时报》、有正书局后致力于文化事业,此语揭示了狄氏人生定位转型之轨迹。光绪三十年四月二十九日,于上海创《时报》,后又办《小说时报》、《妇女时报》、《佛学丛报》,并创办有正书局。

这样一位转型时期的知识分子,毕生结集出版的著作就是诗话与笔记,尤以《平等阁诗话》为研究中国近代诗的重要的参考著作,也是清末民初具有代表性的诗话之一。众所周知,诗话的发展到了晚清以后,有着新的传播出版历程,即透过报刊连载的形式出现,再结集成书。报刊这种新的传播媒体在晚清以后,显然承载着中国近代文学的发展。而诗话作为古老的诗论书写形式,又是古典诗学传递与发展的重要资源,那么到了晚清,诗话与报刊的关系所呈现的意义恐怕更为复杂,涉及的不再是纯粹文学思想的问题,还有晚清文学场域与文化互涉的问题:报刊的传播迅速、读者的开放性、诗人与报人的文学取向、传播所造成的权力支配、属于古典诗人文化社群网络的形成,甚至与民初新文学运动的拉锯激争,都可以从诗话与报刊的关系及影响来探讨[②],狄葆贤的《平等阁诗话》即是新式传播媒体介入后,与报刊关系相当密切的旧体文学作品,这样的作品在晚清并不少见,然而,在清末民初浩繁的诗话中,《平等阁诗话》却有几个值得进一步探索的问题:首先,为何新文学运动期间批判旧体诗不遗余力的胡适,公开的评价并推崇《平等阁诗话》(《平等阁诗话》是胡适唯一公开推崇并承认受其影响的诗话)?这背后是否牵涉到晚清以降文学权力在转换当中,新旧文学立场间的游移与暧昧?其次,胡适这段话应具代表性,那么在清末应当有更多受西学教育的知识分子,也是藉由这部诗话建立起对晚清民初旧体诗的认识,为何《平等阁诗话》能有这样的影响力?最后,狄葆贤《平等阁诗话》的传播过程及其内涵,在晚清诗话中的意义与特殊性又在哪里?

基于上述关怀,本文将以文学、文化、传播及知识社群间的联系关系,来处理分析《平等阁诗话》,试图厘清这部诗话所引发的上述重要的问题,希望尝试为晚清诗话的研究提供不同传统诗话研究的角度与方法。由此,本文首先探析诗话的版本情形与成书目的,其次梳理《平等阁诗话》与梁启超《饮冰室诗话》的文学联系,接着讨论狄葆贤诗话中的时代氛围及感觉结构,最后深入狄葆贤《平等阁诗话》里东西、新旧的文化视野中,展示这部诗话的时代意义与特殊性。

二、传播.怀旧与文化焦虑:《平等阁诗话》的版本情形及成书动机

(一) 1908 年“时报馆”版与 1910 年“有正书局”版比较

目前可知《平等阁诗话》一共出现至少两个版本[③]。如前所述,《平等阁诗话》起先于 1904 年陆续逐条刊登于《时报》中,后于 1908、1910 年先后结集出版成两卷本。两个版本在

---

① 戈公振:《中国报学史》,第 173 页,上海古籍出版社,2003 年。

② 笔者曾处理过晚清诗话结合报刊的代表性作品:陈衍的《石遗室诗话》,因而进一步分析晚清诗话藉由新式传播媒体而牵动文学场域变迁之问题。参见拙著:《文学·权力·传播的风景:从陈衍〈石遗室诗话〉内外看起》,《幽灵·风景·现代性:同光体个案研究》,第 29—63 页,埔里:暨南国际大学中国语文学系硕士论文,2007 年。

③ 1908 年“时报馆”版的《平等阁笔记》,蒙台湾大学中文系博士候选人陈建男同学告知此一版本并惠赠,谨致谢忱。

印刷形式上也有不同,1908 年为排印本,由时报馆出版,有正书局发行;1910 年则重新以古书版面排印装订,全由有正书局出版发行。有正书局是狄葆贤一手创立的书局,起初虽然为时报馆的附属机构,然而有正书局的贡献,最终成为狄葆贤一生文化事业的里程碑。有正书局最使人称道的专门印行珂罗版碑帖、书画,在当时颇享誉海内外[①]。为何狄葆贤会在时隔两年再出版诗话时,选择另一种印刷样式?据版权页来看,光绪三十四年的版本出版者为"时报馆",此书先在《时报》上连载,报馆自然会采取最方便快速的方式出版,因而有类似报纸版面的排版与装订(平装)方式。"有正书局"草创初期可能设备仍不精良,故须藉助"时报馆"的印刷设备,所以《平等阁诗话》才会由"时报馆"先印出。到了 1910 年,"有正书局"的出版物持续增加,质量精良,当时"有正书局"的出版品开始以书画碑帖为大宗,故必然注重出版品的版面与装帧。于是稍晚修订完成的《平等阁诗话》,便使用了古书版面排印、线装装订。而由此可知,狄葆贤对自撰诗话的出版有相当程度的要求与重视。虽然同样是二卷本,1910 年有正书局版增补了 47 条诗话,而时报馆版亦有 3 条未见于有正书局版。两个版本又间有异文及条目次序的差异,可知 1910 年狄葆贤以有正书局名义重新出版诗话时,是经过修改及损益的,狄葆贤对于《平等阁诗话》的看重,由此可见。

(二)怀旧与文化焦虑:《平等阁诗话》的撰作动机

狄葆贤在诗话卷首曾自言写作动机:

> 风人之咏,流派万变,不外感物而鸣。意有所触而成声,声之所荟而成句。世代递嬗,灵境日辟,标新树异,务屏陈言。义无悖乎古人,辞自推为作者。……余少耽诗,而尤耽今人之诗,追泝江上下,驰驱于燕赵之郊,所与游处,皆一时名贤豪俊及岩穴之奇,又类多能诗者……时遘阳九厄运,惊熛昼飞。戎马叩关车驾西狩而已。而天地清明,复我故都,念乱图治,聿新区宇。余亦倦游知返,栖息沪滨。抚序感物,悄然有怀旧之思,爰萃今人之作,上及往宿逸篇,猎其华而存其概,杂书为诗话。[②]

这篇序言透露了几个信息:首先,"流派万变,不外感物而鸣"预告了他的诗话在选诗上,不归于某家某派,皆本于对事物的感触,发而为诗而佳者,因此,在《平等阁诗话》中,没有所谓唐宋诗之争,诗法唐宋而佳者,他都欣赏,只要是他喜爱的诗作,一并选录。去除掉宋唐诗畛域偏见,收录的作品风格就广了,也使读者可以全面地认识近代的诗人与诗风,无怪乎其诗话会受到胡适"选择很精"的赞誉。狄葆贤选陈三立的诗作最多,陈三立是众所周知的宋

---

① 有正书局出版品常附有广告,即屡见强调自有之先进珂罗版印刷,而在技术上,亦积极的精进发展。如 1921 年以后的《有正书局目录》广告《中国第一:大珂罗版》,就强调技术上的突破:"珂罗版不与铅版印同……印出之口,其色泽之浓淡,无异于照相,毫不失原本之神趣,且不变色,较之网目版尤为精美。……经本局技师多方研究,能制出长四十七英寸、宽十英寸之版,在中国印刷界可谓首屈一指也。"见《有正书局目录》,第 445 页,收于《中国近代古籍出版发行史料丛刊续编》第 8 册,国家图书馆出版社 2008 年。又《承接印刷》广告说:"本局设立廿有余载,对于印刷各项,俱聘专门技师,悉心研究,故所出各品靡不精美,经南洋劝业会、巴拿马赛会、比利时赛会及日本赛会等处比赛,均推为印刷界之特色。九年,美国大文学家杜威博士,东游吾国,特至本局购买画册多种……大为赞许,诚为印刷界自来未有之荣誉。"第 446 页。又广告《美术家惠鉴》则强调五彩珂罗版为书局印刷之特色等。

② 狄葆贤:《平等阁诗话》卷一,第 1 页,有正书局,1910 年。

诗派诗人；次多的则是郑孝胥，狄葆贤评郑孝胥诗“直融会唐宋之界”[①]。八指头陀与狄葆贤交情甚深，狄氏评其诗“诗宗唐音，性好苦吟”而“酷爱其五律”[②]；对维新同人也是挚交的谭嗣同，评其五律“喜学唐贤高调，卓尔不群”[③]；评范当世诗“能奄有宋诸大家之胜”[④]；评刘裴村之作则谓其能“与明七子抗行”[⑤]。种种评论，皆可看出狄葆贤能欣赏兼容唐宋诗的佳妙处[⑥]。其二，今古同一，不厚古薄今或厚今薄古。狄葆贤的诗史观是较为平和允洽的。其三，诗话有着浓厚的怀旧情调。狄葆贤撰作诗话时值中国沦亡颠覆之时，序中“戎马叩关车驾西狩”指的是1900年八国联军入寇，慈禧太后携光绪帝逃至西安事。若将之与《平等阁笔记》的撰写动机对观，则诗话与笔记撰作的动机竟非常雷同。笔记卷首开头也述及这样的缘起：

> 庚子冬间，余由日本至朝鲜，凌冒冰雪，跋履辽沈，间关至京师，凡可悲之境，可愤之事，可悯之人，接于耳目，触于心者，一一随笔记录，以备遗忘。[⑦]

狄葆贤因是维新党人，与梁启超等共主其事，庚子夏参与唐才常自立会起义失败后逃往日本，是年冬由日本途经朝鲜返国，这已经是他第二次逃亡日本。第一次流亡日本是在戊戌变法失败后。晚清的政局，狄葆贤可说是涉入甚深。也因此，数年之间，变法、起义屡屡遭挫，维新同人谭嗣同、唐才常等相继牺牲，狄葆贤几次的流离与归返，使他感慨至深。再回到诗话撰作本身，则可知“怀旧之思”有一相当具体的生存与历史处境，也因此，感事伤时的诗作在诗话中屡屡可见，友朋网络在其诗话中体现亦不意外。然而，在清末敏感的政局下，诗话中几乎未见与康梁同人的交往踪迹，其中只有两处提及梁启超，隐隐透露出与梁启超之间的联系，康有为则从未出现在诗话中。反观梁启超约稍早发表于《新民丛报》的《饮冰室诗话》，提及狄葆贤之处总流露出热切的情谊，明显可见狄、梁两人深切的交情。

至于狄葆贤出版诗话则有另一个原因：

> 丁未春暮，遘祝融之灾，稿草烬焉，方谋从事搜辑。属有梦盦居士者，括其选录之编见归，且滕以书曰：“邦人摹效欧诗（谓欧洲人之诗），寖成风气，日即于西，而去古愈远，是宜执简以驭繁，好博而尚古，以是淑世，而上几于雅乐，其言博大而可循，选本亦简洁醰醰有味。虽间邻独断，然悉寓精思，则饩羊之存，其意在斯乎！其意在斯乎！”[⑧]

这部诗话之所以会出版，还来自于文化焦虑，焦虑于文学传统的消失，在这里“欧洲人之

① 狄葆贤：《平等阁诗话》卷一，第4页。

② 狄葆贤：《平等阁诗话》卷一，第12页。

③ 狄葆贤：《平等阁诗话》卷二，第45页。

④ 狄葆贤：《平等阁诗话》卷二，第42页。

⑤ 狄葆贤：《平等阁诗话》卷二，第24页。

⑥ 但若从观察其诗作风格的角度来看，狄葆贤擅绝句。梁启超在《饮冰室诗话》中曾转述狄葆贤自认为胜于诸作的的绝句“气韵幽逸，无烟火气”（见梁启超：《饮冰室诗话》，第65页，人民文学出版社1998年）。若梁氏所述属实，狄葆贤自己的诗歌风格，长于绝句喜禅意，又“温柔敦厚，芳馨悱恻”（《饮冰室诗话》，第37页），可能较近于唐诗韵味，或神韵派一路。狄葆贤在诗话中，也有一则花较多的笔墨谈唐诗，他说：“论唐诗胎息醇厚，融景入情，如悬河注水，令人酌之不竭，湖南人多效之。”（《平等阁诗话》卷二，第48页）这也是个值得留意的地域诗学观察。另，狄葆贤也曾谈到写《十国杂事诗》的饶智元，虽说他“尊唐黜宋，持之甚严”（《平等阁诗话》卷二，第19页），但狄氏自己并未做任何立场上的说明，因此，在狄葆贤的诗学观中，唐宋诗只是风格、诗法的不同，并无所谓的优劣。

⑦ 狄葆贤：《平等阁笔记》，第1页，有正书局，1932年。

⑧ 狄葆贤：《平等阁诗话》卷一，第1页。

诗"指的应该是经过翻译成中文而被阅读的西方诗作，如传教士出版物中的赞美诗，袁进先生指出这些翻译诗歌的语言特点："这些诗已经把古代诗的以单音节为主变为现代诗的双音节为主，不讲平仄，不讲古诗格律，它们数量众多，也有文言和古白话的气息，表现的又是西方文化。"[①]这种还带有旧诗痕迹，但已是新的语言节奏，袁进先生称之为"新型的书面语言"[②]，这样的新型书面语，直接冲击了中国旧有的书面语言，诗即是其中一种。因此，《平等阁诗话》的出版，体现了中、西，新、旧文学，文言，白话等语言的竞争与紧张关系，这在清末诗话出版所见的动机中，流露出对于语言变化而产生的文化消长的焦虑，的确是较为少见与特殊的。

（三）新旧两存，去取确当：《平等阁诗话》的评价及影响

至于《平等阁诗话》在当时的影响，前述已引胡适 1921 年所作《十七年之回顾》中的一段话作为代表。胡适对《平等阁诗话》的评价或有溢美之处，因为《十七年之回顾》一文，是《时报》为民国十年作纪念特刊而产生。刊登《平等阁诗话》的载体即为《时报》，不同于旬刊或月刊中的诗话连载，在日报中刊载诗话，所吸引到的读者群更为广大，自然也会造成较广泛的影响，钱仲联也说狄葆贤的诗话"自范当世以下，去取确当，新旧两存，其在当时，影响颇大"[③]。狄葆贤选诗不论宗派，亦不拘合律，喜大量抄录近人佳句，他在诗话中自言："余诗话之作，不无博采之嫌，未能悉中诗律，而名流佳句，又往往致憾遗珠。"[④]"博采"即是《平等阁诗话》的特色。诗话收录了上百位同时代人的作品，以专栏方式不定期的刊登于报纸上，也因此，当时作为少年读者的胡适，才能建立起对于中国近代诗的认识。

三、最难风雨子来前：与梁启超《饮冰室诗话》的精神联系

（一）《平等阁诗话》与《饮冰室诗话》的互涉

众所周知，从戊戌变法以至创办《时报》，狄葆贤都与康有为、梁启超等人关系密切，政治与文学理念上均属同人，狄氏与梁更为相知甚深的金石交。梁启超在诗话中自言："余故交中，复生、铁樵之外，惟平子最有密切之关系，相爱相念，无日能忘。"[⑤]据丁文江《梁启超年谱长编》所引述狄葆贤《任公先生事略》[⑥]，狄葆贤对梁启超戊戌之前的政治思想相当了解[⑦]。在庚子勤王事件中，狄葆贤与唐才常主持上海、汉口的实际运动，这段期间梁启超与狄葆贤、唐才常有密集的书信往来[⑧]，更遑论 1904 年康、梁将回沪办《时报》的重要任务交托给狄葆

---

① 袁进：《中国近代文学史》，第 140 页，台北：人间，2010 年。

② 袁进：《中国近代文学史》，第 142 页。

③ 钱仲联：《近百年诗坛点将录》，收录于杨扬辑校：《三百年来诗坛人物评点小传汇录》，第 170 页，河南：中州古籍出版社 1986 年。

④ 狄葆贤：《平等阁诗话》卷一，第 20—21 页。

⑤ 梁启超：《饮冰室诗话》，第 65 页。

⑥ 由于笔者识力所限，多番寻找未能找到全文，今仅据丁文江所节录的段落引述之。

⑦ 见丁文江：《梁启超年谱长编》，第 57—58 页，上海人民出版社 2009 年。

⑧ 见丁文江：《梁启超年谱长编》，第 130—160 页中所引述的书信资料。

贤,可知狄葆贤实为保皇党中的重要人物。1907年,狄葆贤因《时报》的营运,而与保皇党同人产生嫌隙,党内攻讦中伤狄氏之声四起,梁启超深知狄葆贤已与保皇党渐行渐远,仍然在给康有为的信中为其辩护:

尚有一事极难处置者,则《时报》问题是也。据君勉、党顿之说,则直指楚卿为叛党之人,谓其心叵测,君勉想早已有书寄先生处讦之矣。然弟子及孺博之意,则谓其尚不至是,但楚卿入世太深,趋避太熟,持盈保泰之心太多,恐本党累及《时报》,此诚有之。[①]

梁启超的确是相当了解狄葆贤的,也正因为狄葆贤让《时报》逐渐脱离了保皇党机关报的命运,才有了《时报》在清末民初的影响及成就。

梁启超在《新民丛报》中几次引述《平等阁诗话》,也多次提及狄葆贤。据学者统计,狄葆贤在《饮冰室诗话》中出现的次数有10次[②],仅次黄遵宪、康有为、谭嗣同及梁启超自己,出现的频率相当高。反观狄葆贤在诗话中,提到陈三立最多,其次则为郑孝胥[③],只有三条诗话直接或间接提及梁启超。由此可知梁启超撰作诗话目的与功能,与狄葆贤稍异其趣。梁启超撰作诗话相当重视文学社群、网络的建立与强化,以辅助诗界革命的主张;而狄葆贤虽被梁启超纳入诗界革命同人当中,他自身则未在诗话中建立诗派或诗学理论、也无明显的号召文学社群的企图。那么狄葆贤在诗话中与梁启超的文学联系,是从什么角度出发的呢?在《饮冰室诗话》中梁启超如何阅读狄葆贤,与在《平等阁诗话》中狄葆贤如何阅读梁启超,两者的异同何在,需要进一步参照比较,以下逐一梳理之。

狄葆贤在《平等阁诗话》中,直接或间接涉及梁启超的共有三处,先从第一则看起:

暇读《新民丛报》《余之死生观》一文中,畅言羯磨之义。因忆戊戌八月,余过西湖登灵隐寺正殿,凭栏独眺,偶见斜阳迢递,云树苍茫,百感交集,不能自已。于时口占四律,今祇记第三首云:"未来已去刚今日,宵月晨星各不知。曾信羯磨传慧业,可容以太渡相思。意中风雨谁能听,梦里人天独自疑。倚遍画栏寻旧路,东云西雁两迟迟。""羯磨"、"以太"两新名词当日无意中偶然拈合,可谓天然绝对。[④]

《余之死生观》一文为梁启超所著,发表于《新民丛报》第59、60号(1904年12月—1905年1月),文中梁启超阐释了佛教的羯磨义,他说:"佛说之羯磨,进化论之遗传性,吾皆欲名之曰'精神'。"[⑤]羯磨可以理解为"精神",羯磨是"因果连续"、"相续不断"的,因而有其不死者,由此进一步引申为个体之身有死期,但由个体之精神推衍相续成群体之精神,则精神可以不死,由此便以佛教"羯磨"义来提炼国民性。而"以太"一词是ether的音译,为一个西方物理概念,意指太空中的介质,光需仰赖其传递,这个概念在晚清的接受与转化是思想史的大命题,如谭嗣同在《仁学》中用"以太"来阐释中国"气"的问题,将之视为物质最小单位的生

① 梁启超:《与夫子大人书》(光绪三十三年九二月二十三日),转引自丁文江:《梁启超年谱长编》,第282页。

② 见林香伶:《重返现场:〈饮冰室诗话〉通行本与内在底蕴的示现》,收入吴彩娥等著:《诗话研究:诗学与文化》,第206页,彰化师大国文系,2009年。此统计未算入提到《平等阁诗话》的则数,若加入提及诗话的则数,应有12次。

③ 在这里采用"诗话与诗学、文化:清代篇"研读会,吴彩娥教授《〈平等阁诗话〉导读》的统计资料:http://www.wretch.cc/blog/newpoetry。

④ 狄葆贤:《平等阁诗话》卷一,第5页。

⑤ 梁启超:《余之死生观》,《饮冰室文集》卷十七,第5页。

灭之力[①]，康有为、严复也都有对"以太"进行阐释。那么在狄葆贤诗中，"羯磨"与"以太"的对举，体现了佛教思想与西方科学在中国古代思想的现代性诠释上的角力。耐人寻味的是，当梁启超畅言羯磨之义，眼光看向未来，狄葆贤却回想起戊戌变法失败后，他在西湖"百感交集、不能自已"的情状，回忆当初维新派同人，如何奔放的接受西方思想、致力佛学，亟欲融会西学、佛学而转化成中国自强的力量，却仍遭惨烈的失败。狄葆贤的诗在苍茫之感中，转而怀疑一切，进而逼显出一个被压抑的、暧昧且茫然的文化心态："倚遍画栏寻旧路，东云西雁两迟迟"，在东、西之间，不管是"中体西用"还是"全盘西化"，都是太理想的宣言，在晚清民国转型时期的知识分子，有多少正是游移、依违于"东云"与"西雁"之间，找不到或怀疑自身的文化定位呢？"寻旧路"是文化人的本能与乡愁，乡愁所在之处，既是到不了的地方，心灵无可依傍，举世无见用之处。狄葆贤的心态，恐怕正近于陈三立"来作神州袖手人"深沉的无奈与悲怆。"东云西雁两迟迟"，在笔者看来，或许是狄葆贤及其许多同时代人文化心态的写照。

第二则：

> 比岁以来，饱历艰危，颇注重宗教以振浇浴之说。客冬游须磨，晤饮冰主人，临别赠余二律云："'如此江山天不管，最难风雨子来前。暂乘健会酬诗债，颇惜多情误佛缘（注：君常有出世志）。铲地北风常飒飒，出山泉水始涓涓。伯牙未老成连在，肯为佳人理绝弦。''渡江急雨起劳歌，伫苦停辛意若何（注：君诗"急雨渡春江，狂风入秋海，辛苦总为君，可怜君不解'吾最赏之）。惯看九州泥滑滑，绝怜余子舞傞傞。兹行倘有图南翼，稍纵将成已逝波。怀此惊心各鞭影，未须惆怅别离多。'"盖择别即妄，成见即魔，此诗不第如清夜钟声，觉人迷误，而拳拳相勖，即周且挚，令人低回不能已已也。[②]

"最难风雨子来前"一语，最能体现梁启超与狄葆贤之间的患难交谊，也是两人共同经历过戊戌与庚子，同为劫余之人的同情共感。在佛教可以救国的观点上，两人的理念相同，"兹行倘有图南翼"则似乎在政治上所图谋。狄、梁两人对于佛学的兴趣都相当早，且早年与谭嗣同、唐才常、吴铁樵共同学佛。梁启超曾在诗话中自言："昔与平子及两浏阳、铁樵同学佛，日辄以'为一大事出世'之义相棒喝。比年以来，同学少年，死亡流落，余且饱经世态，沈汩外学，吾丧真吾久矣。平子相见，叩以近所得，且勖以毋忘旧业，不觉冷水浇背，如南泉闻雁声过去时也。"[③]这一则诗话发表于《新民丛报》光绪二十八年（1902）11月，第21号。这一年12月，梁启超便发表了《论佛教与群治之关系》（《新民丛报》第23号），1904年再发表前述《余之死生观》。如此看来，梁启超此时再提笔著述发扬佛学救国之理念，或与狄葆贤的砥砺有关。之后，诗话中再提到梁启超，则已迟至1910年，也就是有正书局版《平等阁诗话》的出版之年：

> 饮冰主人，亦号沧江，近著《国风报》，论议剀切详明，洵足为国人津导。今春余寄笺索书近什，君即于扇头书云：辱示索近作，兼使作佛语。频年耽俗学，心径荒茸，殆不可

---

① 对此，刘纪蕙教授有精辟的讨论，见刘纪蕙：《心之拓朴：1895事件后的伦理重构》，第192页，台北：行人文化实验室，2011年。

② 狄葆贤：《平等阁诗话》卷二，第29页。

③ 梁启超：《饮冰室诗话》，第36—37页。

> 理，深愧无以应明命，仅钞数月来所为古近体若干首，就斧大匠，以校少作，颇得咫近否，雅勿欲示人，惟思与公一商略耳。顷更拟为长歌，答公佛学丛书之约。第须索公一画相易，交换之期，限以今月云云。古体如秋风断藤曲，记述时事，哀丽微婉，堪称生平杰作，亦近世史中有数文字也。[①]

《国风报》为1910年2月在上海创刊，梁启超任主笔，狄葆贤此则诗话，显然有为梁启超的《国风报》抬轿之意。1908年前后，狄葆贤与保皇党渐生分歧，主因在于狄葆贤维护陈景韩（冷血）担任主笔，在立场上不肯为保皇党尽力，保皇党内部对狄葆贤的攻讦谤斥日益加深，逼使康有为去信给梁启超商量《时报》事，谋撤换主编。赖梁启超对狄葆贤多方维护，才免去这一场政治立场下的人事斗争，因此，这一则诗话也可见狄、梁二人在1907年《时报》纠纷之后，交情依然甚笃。此时狄葆贤已有办《佛学丛报》的构想，终于在1911年创办，成为近代中国第一份佛学刊物，此时期，相较于梁启超，狄葆贤则更耽于佛学，致力推广佛教了。

至于梁启超自己在《饮冰室诗话》中如何阅读狄葆贤，从他对狄葆贤的诗作评价看起：

> 平子不以诗名，偶有所作，温柔敦厚，芳馨悱恻，盖平子性情中人也。[②]
>
> 美人香草，寄托遥深，古今诗家一普通结习也。谈空说有，作口头禅，又唐宋以来诗家一普通结习也。狄楚卿之诗，殆兼此两种结习而和合之，每诗皆含有幽怨与解脱之两异原质，亦佳构也。[③]

又：

> 日俄战事初起时，楚卿适在东京，以所作感事四绝见示，余能为作郑笺也。[④]

能“为作郑笺”表现出梁启超对于狄葆贤诗有着相契的理解，也对狄葆贤的诗有着高度评价；此外，梁启超在诗话中，屡屡热切地传达出与狄葆贤的深厚情谊：

> 昔与平子及两浏阳、铁樵同学佛，日辄以“为一大事出世”之义相棒喝。[⑤]
>
> 余故交中复生、铁樵之外，惟平子最有切密之关系，相爱相念，无日能忘。[⑥]

（二）狄葆贤及其文学社群的互文性创作

承前所述，狄梁两人的政治立场在这一时期基本上是声气相通的，但文学主张上，狄葆贤并不利用《平等阁诗话》来鼓吹诗界革命，诗话中只有一次提到黄遵宪“为近来诗界三杰之冠”[⑦]，这个提法明显承继自梁启超《饮冰室诗话》[⑧]。除此之外，狄葆贤并未发展出与诗界革命相呼应的文学主张。在谈到黄遵宪、谭嗣同时，对于他们诗作的推崇，也不与“诗界革命”

① 狄葆贤：《平等阁诗话》卷二，第51页。
② 梁启超：《饮冰室诗话》，第37页。
③ 梁启超：《饮冰室诗话》，第80页。
④ 梁启超：《饮冰室诗话》，第39页。
⑤ 梁启超：《饮冰室诗话》，第36—37页。
⑥ 梁启超：《饮冰室诗话》，第65页。
⑦ 狄葆贤：《平等阁诗话》卷二，第1页。
⑧ 梁启超说：“吾尝推公度、穗卿、观云为近世诗家三杰。”《饮冰室诗话》，第30页。

缩合，反而以相当有情而感伤的笔触记下黄、谭的诗作，仿佛诗话在召唤故去的友人，如写到黄遵宪时，说：

> 黄公度京卿病没嘉应珂里，人亡国瘁，此恸何极，追思往事，率成短章五首，聊以当哭。[①]

黄遵宪逝世前的绝笔信"自顾弱质残躯，不堪为世用矣，负此身世，负我知交"，即载于《平等阁诗话》[②]，是黄遵宪寄给狄葆贤的尺牍，可见两人深切的交谊。提到谭嗣同时说："谭复生断句：'灞桥两岸萧萧柳，曾听贞元乐府来。'偶一诵之，真觉对此茫茫，百端交集。"流露更深沉的感伤。

在文学观念上，狄葆贤对妇女文学有更大的关注，认为文学应建立或召唤妇女的国民性[③]，在诗话中，亦几次收录女性感时伤乱的作品，或是记载因学习新学勇于冲撞封建观念的中国女性[④]。在《饮冰室诗话》中，梁启超对妇女文学及女权的关注，亦与狄葆贤有关。狄、梁两人在诗学理念上、诗话的言志抒情上，可以看到彼此有隐微的精神联系，但并不共享一致的文学观。反观小说理念，则是高度的声气相通。最为人所熟的，当为狄葆贤此期加入梁启超的小说界革命阵容中，在《新小说》第七号(1903 年)，发表重要的小说理论文章《论文学上小说之位置》，此文至今仍为近代小说理论中不可不读之作。此文在梁启超在《新小说》第一号(1902 年)所发表之《论小说与群治之关系》的基础上进一步发挥，以文学内部来重新定位小说的重要性，补充了梁启超小说理论之不足[⑤]。在狄葆贤发表《论文学上小说之位置》的同一期，梁启超也开辟《小说丛话》专栏，序语有言：

> 余今春航海时，箧中挟《桃花扇》一部，藉以消遣，偶有所触，缀笔记十余条。一昨平子、蜕庵……集余所，出示之，检曰："是小说丛话也，亦中国前此未有之作，盍多为数十条，成一帙焉。"谈次，因相与纵论小说，各述其所心得之微言大义，无一不足解颐者。……余曰："各笔之，便一帙。"……一夕得百数十条，新小说社次第刊之……

在《新小说》的文学社群中，狄葆贤有其重要地位，更遑论 1902 年梁启超在《新小说》第一期，刊登自己的政治小说《新中国未来记》，前三回眉批为狄葆贤所作，可知对梁启超而言，狄葆贤诚为其小说理论与实践上的知音。

更值得注意的是，梁启超与狄葆贤的文学联系，又带动了一个阅读群体的文学生产。羽衣女士《东欧女豪杰》的取材路径即是一个例子。梁启超 1902 年所发表的《饮冰室诗话》曾转引了狄葆贤《平等阁笔记》一条记载：

---

① 狄葆贤：《平等阁诗话》卷二，第 3 页。

② 狄葆贤：《平等阁诗话》卷二，第 3 页。

③ 这个观点出现在《新小说》时期，《小说丛话》连载于 1903—1904 年。《小说丛话》，收录于阿英编：《晚清文学丛钞》，第 316 页，台北新文丰出版公司，1989 年。狄葆贤有一则文字专谈几部通行妇女社会的小说。

④ 如收录曾广钧的侧室所作的《庚子落叶词》，并认为可入史乘，见《平等阁诗话》卷一，第 8 页。在诗话中记载一名为胡仿兰的女性"性嗜学，喜观新书阅报章，毅然放足，为邑人先导，致逢舅姑怒，迫其饮药死"事，见《平等阁诗话》卷二，第 18 页。

⑤ 狄葆贤《论文学上小说之位置》言："小说为文学之最上乘，亦有说乎？曰：彼具两种德、四种力，足以支配人道、左右群治者（笔者按：即梁启超《论小说与群治之关系》中的理论），时贤既已言之矣，至以文学之眼光观察之，则其妙谛犹不止此。"

高平子以所著《平等阁笔记》见寄,记述两年来都中近事,字字令人刿心怵目。中一条,其事甚韵而其人甚奇者,读之亦可见中国女权消息之一斑也。录其全文如下:"庚子仲冬,由日本西京偕日友数人,乘玄海丸返国,便途得游朝鲜及关东关外诸地。雨雪载途,寒风砭骨,哀鸿遍野,春燕无归,触目心伤,梦魂郁抑,余有诗云:'关山一任谁家物,触眼吾民百感伤。雪漫长空风满地,汽车载梦过辽阳'一日薄暮将投逆旅,适一女子,姿容倩雅,妆服澹素,冷月凝晖,寒山蹙翠,携一老一仆,匆匆更望北发,余心讶之,入旅店中,见壁间题诗数首,墨痕未干,字体秀逸……尚有一首字体潦草,不能辨认,噫嘻此何人也,问之逆旅主人,茫然不答。"①

此后,"逆旅女子题壁诗",从原本狄葆贤庚子年冬由关外回国见闻,召唤国民性(题壁诗有"无计能醒我国民"句),再到梁启超《饮冰室诗话》中召唤女权,成为了一个被讨论的文学话题。《选报》第13期(1902年)"国风集"栏也记载:

高平子《平等阁笔记》云:"庚子仲冬,余乘日本玄海丸返国,便途得游朝鲜及关东关外诸地。雨雪载途,寒风砭骨,一日薄暮,将投逆旅,适一女子,姿容雅淡,妆服澹素,冷月凝晖,寒山蹙翠,携一老一仆,匆匆更望北发,余心讶之,入旅店中,见壁间题诗数首,墨痕未干,字体秀逸,其一因字体潦草,不能辨识,记其三首如下……"②

而后更进一步开始了自身的文学生产。因为《新小说》从创刊号(光绪二十八年十月十五日,1902年11月14日)开始,连载了一部署名羽衣女士所作的《东欧女豪杰》。连载每期一回,至第5期共连载5回。第一回《雪三尺夜读自由书　电一通阴传专制令》即写道小说主角明卿读《平等阁笔记》中《逆旅女子题壁三绝》:

明卿围着炉,偶想起从前阅过那《平等阁笔记》里头,载有《逆旅女子题壁三绝》,不觉有所感触,因把它朗吟起来道:……又想道:"怎么这么簇新题壁的诗句,那高平子就把他第四章看不清楚呢?我道是平子扯谎。可惜!可惜!我少不免要补他一首来。③"

"我道是平子扯谎"为行间小字,疑是谈虎客(韩文举)作的行间批,点出了此事虚构的可能性。另,明卿和逆旅诗题壁诗,谈虎客眉批:"是逆旅女子语,是明卿女史语,是羽衣女士语。"这段眉批展现了一个文本当中三种介于真实与虚构的女性形象,而谈虎客与狄葆贤是同人关系,相识的可能性颇高,在批点中怀疑平子扯谎,小说作者、批点者俨然共同生产出一种后设写作。1903年,梁启超在《新小说》上连载的《新中国未来记》中,第四回"旅顺鸣琴名士合并　榆关题壁美人远游"④,又进行了一次文学生产,具体将逆旅女子建构成一个名为端云的女留学生形象,原本的题壁诗改成题壁词,显然承袭了《东欧女豪杰》对于"逆旅女子题

① 发表于《新民丛报》第4号(光绪二十八年二月十五日,1902年3月24日)"文苑"。见梁启超:《饮冰室诗话》,第3—4页。原本作"高平子",后诗话单独出版则改回"狄平子"。

② 题壁三首与《新民丛报》所载录相同,但记述由日本返国事及途遇逆旅女子事,文字与《新民丛报》所载录有异文,也有简省。

③ 题壁三首与《新民丛报》所载录相同。谈虎客(韩文举)在此页有批语:"此三诗见新民丛告第四号饮冰室诗话中"。"我道是平子扯谎"为行间小字,疑是谈虎客作之行间批。另,明卿和逆旅诗题壁诗,谈虎客眉批:"是逆旅女子语,是明卿女史语,是羽衣女士语。"

④ 《新中国未来记》第四回,发表于1903年《新小说》第三号,题壁词桥段在第103—104页。

壁"此一母题的改作。羽衣女士在1904年《女子世界》(第4期)中,再度发表了逆旅女子题壁诗的续作,见"文苑"栏,《因花集》:

《平等阁笔记》所载逆旅女子题壁三绝第四章字体潦草不能辨识因足成之(《东欧女豪杰》中作)

岭南羽衣女士。

江山谁主费商量,锦瑟华年枉断肠。忍说家园好风景,斜风无赖杂斜阳。

约1908年之后,狄葆贤开始搜辑《平等阁笔记》旧作以成书,也重提庚子冬见逆旅女子题壁诗事,此则后有小字曰:"此则本被焚,以《饮冰室诗话》转录得以留稿,附存于此。"[①]重新拿回这条记载的著作权与发言权。

从召唤国民到召唤女权,中间潜藏了一个将女性英雄化的线索。《东欧女豪杰》中的女英雄明卿,也可视为逆旅女子的投影。最后将此逆旅女子明确建构为国族英雄的,是徐天啸。徐天啸在《神州妇女史》(1913年)中说:

尝见某君笔记中有云:"庚子仲冬,由日本西京,偕日友数人……逆旅主人茫然不答"此女之雄魂毅魄,冒险进取,不亚于同璧,而其伤怀国事,别具热肠,至今读其诗,犹令人惊心动魄,则又非同璧所能及矣……惜其姓氏不传,而为无名之英雄,是亦吾女史之缺恨也。[②]

而陈东原在《中国妇女生活史》(1927年)中表示了对此则记录真实性的怀疑:

妇女之从事实际革命者,颇不乏人,徐天啸《神州女子新史》(民二神州书局出版)载某君笔记一则云……此中所说的女子果有其人呢还是只存在当时革命家理想之中?仅仅据此看来,很难断定。[③]

如此看来,陈东原直指此条记载为狄葆贤的虚构与想象,但不管如何,透过梁启超与狄葆贤的文学传播与联系,进而产生互文性的文学生产,晚清文学创作的取材路径,仍然值得仔细爬梳。

四、《平等阁诗话》中的时代氛围与感觉结构

诗话是一种可成一家之言亦可博采的体裁,内容博杂,亦可纵贯古今。而《平等阁诗话》的特点,在序言中已有点明:"抚序感物,悄然有怀旧之思,爰萃今人之作,上及往宿逸篇,猎其华而存其概。"以搜辑时人作品为主,正如蒋寅《清诗话考》所点出的:"作者所与皆当时名流,又主笔报章,谙熟时事,故书中于同、光名家囊括无遗……最关乎诗坛掌故,最善黄遵宪,

① 见狄葆贤:《平等阁笔记》卷一,第5页。此外,诗话第1则曰:"庚子冬间,羁旅北方,时则京师残破,关外沦为异域,居民流离,外人鞭策如羊豚,哀哀无告,触目伤心,辄偶一寄诸吟咏,同人见者,辗转抄写传播,乃知词章一道,感人深捷有不自知者。"可互为参看。

② 徐天啸:《神州女子新史·续编》,第57—58页,台北:食货,1978年。

③ 陈东原:《中国妇女生活史》,第352页,商务印书馆,1928年。

见其片纸断章必录之。”[①]因此,我们可以从诗话中,看到一种现时在场的、处于活跃状态、正相互关联的连续性的社会经验,也就是说,社会经验正在发生变化,发生变化的因素有其内部关系,可称之为结构,于是“作为感受的思想观念与作为思想观念的感受”便形成了,雷蒙得·威廉斯(Raymond Williams)将之称为“感觉结构”(structures of feeling),强调的是文化结构有其动态性变化,这个变化是现时在场的;雷蒙德又说:“感觉结构可以被理解为溶解流动中的社会经验”,感觉结构透过语义形象而被检视,而艺术和文学中这种语义形象,常常是新的感觉结构正在形成的首要标志[②]。“三千年来未有之变局”是晚清最大的时代感觉,在此之下,则有许许多多社会及文化的变化与流动,不管是仍在进行中的传统连续体,还是外来的西方与西学,都被晚清人以新的感觉结构所认识与描述。笔者认为,不管讨论晚清的传统还是现代性,面对晚清的文本,仔细爬梳并厘清其中的感觉结构,或能更加廓清晚清的精神史样貌,而诗话,则在知人论世的传统脉络中,蕴含了新的时代感觉。《平等阁诗话》持续发表于报刊,与现代性的关联便首先体现在被一种具现代感的、新式的文化空间所容纳。因为在报刊中更为强调时间感与实时性,因此对于“现时在场”有较高的敏感度。笔者试图从其诗话中找到清末的时代氛围与感觉结构,以下逐一述之。

(一)流离与行旅

晚清是一个移动的时代,也是旅行的时代,不管是内陆人口的移动,还是走向世界的旅行,移动的规模之大,恐怕前所未有。故晚清游记体写作非常兴盛,体现在诗歌中,也是记游诗作的高峰。然而,旅行背后有各式各样的动因与意义,狄葆贤诗话开篇便说:“庚子冬间,羁旅北方,时则京师残破,关外沦为异域,居民流离,外人鞭策如羊豚,哀哀无告,触目伤心,辄偶一寄诸吟咏,同人见者,辗转抄写传播,乃知词章一道,感人深捷有不自知者。”狄葆贤自况为“羁旅”,于是旅行的目光不在搜奇猎艳,旅行的情绪愁苦困闷,而所见家国残破更令人触目心伤,也正是因为如此,文学的力量得以展现。诗话中收录许多行旅诗,身体移动而心灵亦茫然无所依之感不时闪现于字里行间,梁启超在诗话中述及狄葆贤诗作时,也都着眼于他作为一个行旅者及见证者的眼光与心灵:

> 平子不以诗名,偶有所作,芳馨悱恻,盖平子性情中人也。余记其庚子秋东渡日本,舟中作四绝云:“急雨渡春江,狂风入秋海,辛苦总为君,可怜君不解。”……[③]
>
> 平等阁主人……余忆其泊长崎有感绝句二首云……以美人喻中、日两国,不著一字,感怆甚深,令读者心酸。[④]
>
> 日俄战事初起时,楚卿适在东京,以作感事四绝见示,余能为作郑笺也。[⑤]

---

① 蒋寅:《清诗话考》,第655页,中华书局2005年。“最善黄遵宪”一语或有待商榷。事实上狄葆贤最喜录陈三立、郑孝胥之诗,八指头陀则与他最有诗文之交,其文学往来亲密的程度,狄葆贤甚至能修改八指头陀的诗句,并得到八指头陀的欣赏。见《平等阁诗话》卷二,第50页。

② 雷蒙德·威廉斯(Raymond Williams)著,王尔勃、周莉译:《马克思主义与文学》,第136—144页,开封:河南大学出版社,2008年。

③ 梁启超:《饮冰室诗话》,第37页。

④ 梁启超:《饮冰室诗话》,第64页。

⑤ 梁启超:《饮冰室诗话》,第89页。

梁启超很喜爱狄葆贤的感事诗作，狄葆贤的此类诗作，不管是《感事》四绝、《舟中作》四绝或是《庚子乱后北京杂诗》，都是在异国旅程中或是中国兵荒马乱的流离处境下的体悟或感怀，狄葆贤在《平等阁诗话》与《平等阁笔记》一开头，都流露出一种流离者与见证者的诗学：

> 庚子冬间，羁旅北方，时则京师残破，关外沦为异域，居民流离，外人鞭策如羊豚，哀哀无告，触目伤心，辄偶一寄诸吟咏，同人见者，辗转抄写传播，乃知词章一道，感人深捷有不自知者。①
>
> 庚子冬间，余由日本至朝鲜，凌冒冰雪，跋履辽沈，间关至京师，凡可悲之境，可愤之事，可悯之人，接于耳目，触于心者，一一随笔记录，以备遗忘。②

晚清的旅行经验，是晚清文学感觉结构中很重要的一环，整个时代的流离与创伤，都在流亡、留学、逃难时的旅行经验中体现出来，尤其是异国的旅行经验，现代性的冲击、救国与启蒙思想，几乎都在异国体验时产生。也许是因为狄葆贤曾往游日本的缘故，他在诗话中所收录的异国行旅诗，都集中在日本，如收录曾习经《日本堀江桥旅馆》、张季直《卯夏游日本赠藤泽南岳》、吴汝纶《渡海诗》等，狄葆贤自己亦在流寓日本期间写下若干诗作，《平等阁诗话》并未收录这类己作，在梁启超《饮冰室诗话》中却可见好几首，语皆寄托，如《泊长崎有感》：

> 肠断如花彼美人，媚红娇绿为谁春？转怜小妹深闺坐，珍重明珠不字身。
>
> 雾鬓风鬟空掩映，柳腰莲步枉轻盈。浅山如黛波如镜，小小眉弯自画成。③

梁启超点评其诗："以美人喻中、日两国，不著一字，感怆甚深，令读者心酸。"④廖肇亨认为这首诗有值得注意之处：

> 然而此诗仍有几点值得注意。一是美人之喻，香草美人本即中国文学常见的政治修辞传统，然而此诗不同于传统的君臣之喻，在此诗中，中日两国已是国民国家。诗中以美人作为国族寓意的拟称仍不多见，前半深闺独坐，珍重不字之美人自是中国之拟，喻其不与外界接通，"肠断如花"、"为谁春"自是指领土的割裂与主权的失落；相形之下，后半的美人则充满活泼生机（柳腰莲步）、风姿万种。青山湛波，一方面是长崎的风景实写，一方面也見其自信自得之状。前半深闺独坐断肠，对比后半青春雀跃，此诗文字极其蕴藉，唯有放在当时的时空脉络之下，才能体会此诗何以"令读者心酸"。⑤

其论精当，以"断肠美人"来比喻当时的中国，以传统典故融铸成新的时代感觉，在晚清异国旅行诗作中，是普遍的现象。狄氏旅日时的诗作，据梁启超《饮冰室诗话》所录，就有东渡日本在舟中所作四绝、《泊长崎有感》七绝，以及日俄战事初起时，在东京写《感事》四绝

---

① 狄葆贤：《平等阁诗话》卷一，第 2 页。

② 狄葆贤：《平等阁笔记》卷一，第 5 页。

③ 梁启超：《饮冰室诗话》，第 64 页。

④ 梁启超：《饮冰室诗话》，第 64 页。

⑤ 廖肇亨：《琼浦曼陀罗：中国诗人在长崎》，收入黄应贵、王瑷玲编，《空间与文化场域：空间移动之文化诠释》，第 293—318 页，台北，汉学研究中心，2009 年。

等等。

（二）怀旧与历史创伤

晚清的知识分子，在理性思维中朝向现代性，然而心灵世界却充满怀旧氛围，怀旧与历史创伤是一体两面，如《平等阁诗话》中常引述有关戊戌政变及庚子事变的诗作：

大兴俞恪士观察（明震）……《戊戌九月和宋燕生作二首》云："谁持下界三千劫，众口悠悠祇自惊。别有性情求史隐，略通忧患著棋经。厌闻乱角随风转，坐送残阳看月生。歌哭未终人事改，古今同是百无成。""几人流涕谈新政，我自低徊谓子贤。哀乐尽时忘孔墨，国身通后见人天。微波脉脉归沧海，弃木森森得大年。倘为时艰求息壤，人间何处有桑田。"①

张季直……《戊戌赠寿伯茀编修》云："人才未觉九州空，天意宁教四海穷。坐阅飞沈吾已倦，禁当非笑子能雄。商量旧学成新语，感慨君恩有父风。但使骞腾犹等辈，要回鲁日更朝东。"②

两这首诗都说明了维新运动前后，知识分子从希望转向绝望，又努力从绝望挣脱的复杂情感，被绝望笼罩着的悲感始终弥漫，戊戌这一年俱足了所有的理想情怀，却也迅速地被湮灭摧折，似乎是狄葆贤这一代人记忆戊戌年的共同感受。至于庚子伤乱诗，就更常出现了：

别士先生于庚子乱后重入京师，台出津门南下，为药雨题扇诗……无限凄凉感慨，咸寓于不言中。③

余近于友人处觅得公度先生七律二首，乃庚子伤乱作也，亟录之……

北海郑叔问中翰（文焯）……昨以杨柳枝词见示，乃庚子之乱，感黍离麦秀而作于都门者……议余畴昔，行役燕郊，弥有满目西风之叹。诵是诗益令人怅触当时丽。④

王聘三观察（乃征）四川人。以翰林起家……近于友人处见其落叶七律四首……其言婉而挚，沈而姚，哀音激楚，有类变雅，盖咏庚子事也。⑤

庚子突出的不是知识分子的绝望，而是黍离麦秀的亡国之感，悲感则与戊戌年联系并层累起来，因为从戊戌到，庚子，知识分子眼见国家一步一步走向摧败。八国联军攻下紫禁城，慈禧、光绪的西走，乱离与亡国，同时交会在庚子诗作中，或许可以说，诗人笔下的"庚子"，是亡国的符码，虽然实际上清未真正亡，但在清末士人的心灵中，国家已走到末路。戊戌与庚子，是狄葆贤诗话中所突出的两个历史时间，在诗话中，以收录诗作的方式，反复回到这两个历史现场，在书写时对特定时间的回溯，关涉到作者的历史记忆是怎么被想象出来，也关涉

① 狄葆贤：《平等阁诗话》卷一，第12页。
② 狄葆贤：《平等阁诗话》卷一，第18页。
③ 狄葆贤：《平等阁诗话》卷二，第4页。
④ 狄葆贤：《平等阁诗话》卷二，第9页。
⑤ 狄葆贤：《平等阁诗话》卷一，第44页。

到一个时代的历史创伤，到底里头包含着多少复杂的情感①。

至于提及谭嗣同、黄遵宪时则流露出浓厚的悲感：

谭复生断句，灞桥两岸萧萧柳，曾听贞元乐府来，偶一诵之，真觉对此茫茫，百端交集。②

乙巳二月，黄公度京卿病没嘉应珂里……追思往事，率成短章五首……悲愤年年合问谁，空余血泪化新诗，微吟踏遍伤心地，不见黄龙上国旗。③

我们如何理解诗话中反复回到某个特定的历史现场？在晚清诗作中，仿佛可以见到诗人的心灵时间与现实时间的断开，狄葆贤有意或无意地频繁收录庚子述哀之诗作，一方面他也是这个历史现场的见证者，同时，诗话的作者、诗话中的诗作者以及读者共同再现了一个时代的历史创伤。

（三）东、西与新、旧的文化体验

晚清的知识分子，极欲融会东西，但是也时时可见东西、新旧间的紧张关系。在晚清诗中，东西、新旧并陈互观的文化感觉，是考察晚清诗歌的感觉结构很重要的角度。上文已讨论过狄葆贤的诗作中"倚遍画栏寻旧路，东云西雁两迟迟"的文化心态，狄葆贤在诗话中收录夏曾佑的一首诗，则呈现出东与西之间的紧张关系，背后有复杂的政治与文化纠缠：

方持文字作大狱，忽然境界皆为虚。教堂鸣钟拜磔鬼，壁虱列队如肥猪。秋风无奈犯破席，绳床兀臬如舆图。嗟乎我醒得非此，人生觉梦那不殊。嗟乎梦觉那不殊，然后孔丘代温（注：即达尔文）真吾徒。……北山楼主人君遂和作并序云……君如洪钟发巨响，我振螳臂思挡车。于今且莫论皇难，蔑弃礼乐焚诗书。百年尔我亦俄顷，乾坤毁后皆为虚。……圣人满街吾不识，纷纷藉藉咸有图。模糊醉眼看人世，笑则弥勒悲文殊。④

张季直亦有"海色西来满眼前"之感：

张季直……人才未觉九州空，天意宁教四海穷。坐阅飞沈吾已卷，禁当非笑子能雄。商量旧学成新语，感慨君恩有父风……卯夏游日本赠藤泽南岳云："海色西来满眼前，神山楼阁瞰吴船。谁知白发松窗下，犹抱遗经说孔传。"⑤

对于狄葆贤而言，他对西方文化的看法，则是有可资效法之处，但亦同时有传统礼教或文学沦亡的焦虑，上文所述出版《平等阁诗话》的动机即是如此。因此他又引申出"诗为心理学"的看法：

---

① 笔著曾讨论郑孝胥诗作，讨论其辛亥前后对戊戌历史记忆的变化，认为其辛亥之前，提到戊戌，总是流露黑暗与创伤，而辛亥之后，同样的回忆片段悄悄置换成历史较光亮的那一面，用来对举他所处的民国世界。记忆的本质就在于记取失落的那一部分，对郑孝胥而言，清朝随着清帝逊位，是永远失落了，而清亡前诗人所亲身参与的重要事件，也就成为其认同的对象。见拙著：《召唤幽灵与再现理性——郑孝胥的遗民叙事》，《幽灵·风景·现代性：同光体个案研究》，第90—91页。

② 狄葆贤：《平等阁诗话》卷二，第28页。

③ 狄葆贤：《平等阁诗话》卷二，第3页。

④ 狄葆贤：《平等阁诗话》卷一，第14—15页。

⑤ 狄葆贤：《平等阁诗话》卷一，第18页。

古诗有可转移风俗者……方今欧墨之人,綦重诗教。凡诗人之遗闻轶事,生卒年月,靡弗载焉。以其言有裨于民物,非仅为吟风弄月,惜夜伤春已也。余尝谓美术之进步,以绘画为滥觞,而书法不与焉;人心风俗之改良,以诗为向导,而法律不与焉。吾友王义门有言,诗为心理学,旨哉言乎,殊耐人绎味也。①

这是他引用自友人王义门的见解,为让诗产生社会动能的提法,当他提出"人心风俗之改良,以诗为向导,而法律不与焉",即承认了"诗"有其力量,可以改变社会风俗,起到启蒙的作用,此外,"诗为心理学",则将文学冠以科学面目,进而衍义出文学之"用"与科学不相悖,其效用反而更甚于科学,因为其意指法律只会压抑人的心灵,使人产生畏惧,而文学则能触动幽微的人心,进而成为改变风俗的力量。

五、结语:《平等阁诗话》所折射的文化图景

作者狄葆贤为一转型时期的知识分子,一生历经清末到民国,文化身份与位置复杂而多元,他是在中国传统教育下养成的士人,然其人生轨迹与所致力的事业,前后有极大转变,在清末最后几年,狄葆贤已投身于报刊出版等文化事业中,成为清末民初一个重要的"报人"。从知识分子的文化位置转变来看,一如同时代人潘飞声对狄氏的叙述:"曾作宰,今弃官为记者矣。"②,从曾为官、怀有政治责任的传统士人,转变为上海知名的报人,这中间有一个传统士人进入现代社会的复杂过程,也能让我们深入探索传统士人的现代性样貌,到底是什么样子。就某种意义来看,狄葆贤的"转型",看似从旧到新,实际上并非如此简单,新旧在他身上,可以依及生存处境、文化心态,产生不同的定位;他的文化立场,也与身为知识分子思考自己该站在什么样的文化位置,来看自己应该或可以实践的社会责任有关。因此,在《平等阁诗话》中可以发现:一方面狄葆贤主张文学可召唤国民性、爱古即爱国,甚或有"诗为心理学"之言论;另一方面其文学主张并不强调与梁启超互通声气,狄氏本人有其自身的文学关怀。《平等阁诗话》的意义,在于建立了当时广大读者群对当代旧体诗的认识;其所选近人诗作,又多感时述事,体现了强烈的时代心灵;诗话中也出现对晚清裂变与危机的时局,知识分子所激发出的文化观察;此外,《平等阁诗话》又与梁启超《饮冰室诗话》及梁氏所倡之诗界革命同人,有某种程度的精神联系,因而提供了我们观察晚清文学社群互文性的文学生产过程,提供检视晚清文学史较不同的观察角度。《平等阁诗话》在晚清诗话史中自有其地位与特殊性,最重要的是,诗话揭示了晚清知识分子群像里,在社会、政治、文学裂变中,"东云西雁两迟迟"的文化心理,以此一角度观察,方能更深切地从诗话看出其所折射的文化图景。

作者单位:台湾暨南国际大学

① 狄葆贤:《平等阁诗话》卷一,第21页。

② 潘飞声:《在山泉诗话》卷三,第1626页,扬州:江苏广陵古籍刻印社,1993年。

小说:作为戏剧传播的软媒介

朱崇志

一般而言,所谓媒介就是传播过程当中传受双方的中介物,是信息符号的物质载体。美国著名的传播学者威尔伯·施拉姆认为,媒介是“插在传播过程中,用以扩大并延伸信息传送的工具”①。这种工具如果单纯强调它的物质属性,则应具有大小、长短、轻重等物理特征。而事实上,在新的媒体形式和符号系统层出不穷的背景下,可传递信息的“工具”也随之发生了性质的变化。比如,上世纪五六十年代在香港流行一时的黄梅调电影,从戏曲艺术传播的角度看,电影符号体系也成为承载戏曲信息的传播工具,如此则不能简单地认定其传播媒介为影像放映设备,而是应该综合考虑其设备和电影符号两者的媒介作用;再如,九十年代以来,动画技术迅猛发展,将各种文化艺术内容嵌入动画的作品大量出现,就其中的文化艺术内容而言,动画符号体系同样成为传播中介,与动画播放所需要的物质设备如电视机、计算机等共同承担媒介功能。因此,就现代传播学而言,“媒介”的内涵存在修正的必要。简单来说,原来所指传递信息符号的物质载体可称之为“硬媒介”,而虽不具有物质实体、但实际上承担了信息传递功能的特定符号体系则可称之为“软媒介”。从戏剧传播的角度来说,凡是承载戏剧信息的诗词曲、小说、民间文学作品均可作为戏剧传播过程当中的“软媒介”。

作为戏剧传播“软媒介”的小说指文本内容中包含部分戏剧信息、在文本流传的过程中顺带实现戏剧信息传播功能的小说。通常所指的小说包括小说的物质文本(载体)、文字符号体系(编码形式)和意义结构,而小说中所承载的戏曲信息则凭借其载体,依托于其符号体系,辅助体现其意义指向,以此实现自身的传播需求。如《牡丹亭》中“如花美眷、似水流年”一句,附载于《红楼梦》第二十三回文本中,林黛玉偶然听到贾府家班演唱,“心动神摇”,有效地渲染了人物此时此地所体验到的凄美感受,同时,也成功地完成了信息本身的传播过程。

小说充当戏剧传播的“软媒介”有其先天的合理性。首先,小说和戏剧具有亲缘性。小说和戏剧作为两种主要的叙事文学体裁,其文学性质相近,特别是在中国传统传播环境中,小说和戏剧作为与雅文学相对立的俗文学体系中的主要构成,其创作群体、创作内容、接受对象都具有相当程度的一致性。很多作家往往两者兼作,如此一来,戏剧信息自然而然会在小说中有所体现,如戏剧作家李渔,其小说集即命名为《无声戏》,处处渗透以戏剧文化色彩;戏剧和小说存在大量互相改编的情况;其观阅群体的主体成分都是市民阶层等等,如此则不难理解戏剧信息藉小说文本以传播之事例为何非常之多。其次,小说所描写的是广阔的社

① 威尔伯·施拉姆著,李启、周立方译,《传播学概论》,新华出版社,1984年,第67页。

会内容和丰富的人情物态，与戏剧的创作指向相一致，故两者存在相互为用的可能，如《花月痕》小说实际是以戏剧文本片段收尾，以此更好地传达出对人生的悲怆体验。与之类似的还有《海上繁华梦》等。即便有些小说不作如此安排，但因为戏剧表演活动是影视艺术出现以前社会生活中主要的娱乐方式之一，所以小说在描写现实生活时不可避免地会涉及戏剧信息，如《金瓶梅》写饮宴则有艺人演剧侑酒，《水浒传》写市民生活则有女优卖艺为生等。另外，有些小说家本身即为戏剧爱好者，或藉小说为戏剧张目，如《品花宝鉴》、《梨园外史》等；或藉戏剧为小说增色，如《海上繁华梦》、《绘芳录》等，更属自觉将小说文本作为戏剧的传播载体。

以小说作为"软媒介"、以戏剧信息为其传播内容，则其传播过程可表示为：

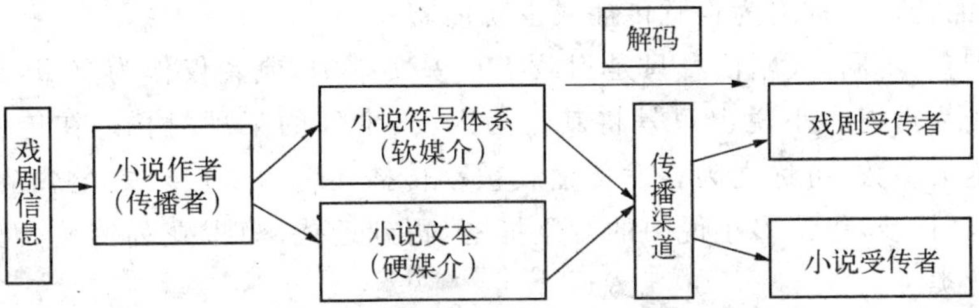

戏剧信息作为原始符号以各种形式、各种渠道为小说作者所接收，经小说作者的筛选、重新编码进入小说传播过程，在构建小说符号体系的过程中成为其有机成分，以文字固态化的形式承载于小说文本，通过印刷发行、口头传诵、文本手抄等各种传播渠道到达受传者。其中，每一个环节都存在相对复杂的情况。在小说作者作为戏剧信息受传者的传播过程中，戏剧信息本身即已存在被误读、错讹的可能。小说作者在构思情节时，必然会以小说符号体系的合理性为标准将戏剧信息重新编码，同时，小说符号体系以文字形式固态化的过程中如果存在集体历时传播（《水浒传》、《金瓶梅》）、反复增删（《红楼梦》）、不断扩编（《海上繁华梦》）的情形，则其戏剧信息必然会经历多次重新编码；在传播渠道环节，不同的渠道、不同的传播者会对小说文本中的戏剧信息视其信息有无、存量多少的必要性进行适度调节。在接收环节，受传者原初的期待视界是小说符号体系，戏剧信息的出现会引起三种反应：其一，因其不符合期待视界而视若无睹；其二，将其按照小说符号体系的解码规则进行解读；其三，按其戏剧信息的本原属性重新解码。其中，后二者构成了真正意义上的戏剧信息受传者。至此而论，戏剧信息在小说中的传播过程远较戏剧本体的创作传播或表演传播复杂，因而也就更具有解读和研究上的难度。

作为戏剧传播"软媒介"的小说大致有两种。一是以戏剧信息作为小说的主体内容，小说只是作为其外在表现形式，是为典型的戏剧小说，如《品花宝鉴》、《梨园外史》、《戏迷梦》之类。《梨园外史》一名《观剧生活素描》[①]，初版于 1925 年，1930 年再版时自十二回增为三十回，署名"吴县潘镜芙、安陆陈墨香"。其书"自咸同以及近岁，伶人佚事，靡弗纪录。又出以稗官体裁，排次联缀，一若身亲见之者"（《梨园外史·吴梅序》）。乃是传叙咸丰以后戏剧界历史、人物的长篇小说。时人常将《品花宝鉴》与其并论，因其内容多有相似："闲尝考章回小

① 潘静芙、陈墨香《梨园外史》，宝文堂书店，1989 年。

说，传述优伶，以常州陈少逸《品花宝鉴》为最著。然其中改易姓名，往往有削趾适履之弊。此则人名地名大半征实，故不务为深刻。《宝鉴》脱胎《红楼》，此书脱胎《金瓶》、《水浒》，蹊径各别。”（《梨园外史·李释戡序》）可见《品花宝鉴》亦可归入其类。《戏迷梦》[①]发表于1912年底的《小说月报》，共十回，署名“仓园”，以戏迷、戏名、戏剧表演评论贯串首尾，而以革命蜂起、清帝逊位为背景，乃属社会批判小说。与其相类的还有署名“冥飞”、发表于1914年底的“游戏小说”《新戏迷》[②]等。此种类型的特点是，小说文本几乎是纯粹的戏剧传播媒介，其符号体系与意义构成均与戏剧内容息息相关；同时，其所提供的戏剧信息丰富具体，较易达到戏剧传播的效果，如有人论及《梨园外史》时称“梨园则戏剧所从出，《外史》乃梨园所由传。斯编一出，当知其不胫而走，梨园后起览之亦不至数典忘祖矣”（《梨园外史序》）。因此，此类小说对于戏剧的传播可称之为自觉传播或主动传播。

第二种则与之不同，戏剧信息只是附载于小说文本中，或者仅作为点缀，或者作为意义生发的基点，较为重视的小说也只是将其作为人物、事件的某种衬托。在传播戏剧的小说中，此类占有绝大多数，可称之为自发传播或被动传播。自《水浒传》之记载杂剧演出，至明清《金瓶梅》、《红楼梦》等诸多小说中的戏剧描写，再到近代《海上花列传》、《九尾龟》等狎邪小说等，均属此类。

鉴于小说文体本身具有反映生活面广、符号信息量大、文本虚构性强的特质，小说中所传播的戏剧信息一般带有以下特点：丰富性、多样性、聚散性。

1. 丰富性。戏剧信息的内容丰富多彩，举凡剧目、文本、演员、作家、表演、评论等与戏剧作品相关的信息几乎都有可能出现在小说叙述中。最典型的是《花月痕》[③]，其第五十一回云：“荷生……编出十二出传奇，名为《花月痕》……第二出是个《菊宴》。”所云传奇当同为作者所写之小说同名作，惜未有传本留世，但其第五十二回中有完整一出戏曲文本，其内容恰好应为《菊宴》，则此折子戏全赖小说得以流传。与此相类的还有《绘芳录》[④]二十六回所录之《昙花影·续影·合影》传奇、《海上繁华梦》[⑤]第一百回《一本戏演出过来人》收录作者所撰《花花世界》剧本全四十六出的名目等。

2. 多样性。戏剧信息的体现方式多种多样，有可能出现在小说人物语言、行动、社交活动甚至家居装潢中，也有可能出现在小说文本的回目、插图中，是戏剧文化信息的全面传播。比如，小说在描写文人生活时常会提到酒令、猜谜一类的活动，则其中往往会带有戏剧信息。如《绘芳录》第十八回行酒令，其规则为“说四书一句，《西厢》一句，古诗一句”，《品花宝鉴》[⑥]第九回以戏名作灯谜谜底、三十七回以戏名作对子等，再如《海上繁华梦》第五回回目《奏新声七盏灯演剧》、第七回回目《新舞台演〈黑籍冤魂〉》，并且在清末报纸《图画日报》[⑦]连载时其所配插图即为演剧时之画面，观众、舞台、角色情状一应俱全。

① 仓园著《戏迷梦》，见于润琦主编《清末民初小说书系·社会卷》，中国文联出版公司，1997年。
② 冥飞《新戏迷》，《剧场月报》1914年第一卷第二号。
③ 魏安仁《花月痕》，人民文学出版社，1999年。
④ 西泠野樵《绘芳录》，江西人民出版社，1989年。
⑤ 海上漱石生《海上繁华梦》，上海古籍出版社，1991年，下同。
⑥ 陈森《品花宝鉴》，上海古籍出版社，1994年，下同。
⑦ 环球社编辑部编《图画日报》，上海古籍出版社，1999年。

3. 聚散性。所谓聚散性是指戏剧信息的集聚与分散,包括两种情况。其一,戏剧信息整体的聚散性。在相当一部分小说中,戏剧信息都有一定程度的集中展示,如《品花宝鉴》第四十一回华府家宴写家班、丫环、主人品评戏剧,涉及大量的戏剧文本;《九尾龟》[1]一百二十回戏园观剧,详细描述了剧目和扮演之情形等。但另一方面,对于某些被动传播戏剧信息的小说而言,由于重心不在于此,故其戏剧信息只是顺带提及而已,集中度较低。如《负曝闲谈》[2]整本小说不过谈及四个剧目,其他信息也寥寥无几。其二,戏剧信息类别的聚散性。有些小说因其作者的偏好、情节人物的需要而呈现出对某一类戏剧信息特别强调、比较集中的面貌,如《品花宝鉴》所叙及的一百三十多个出目中,百分之九十以上都是雅部传奇,很少花部乱弹,而《梨园外史》因主要描述京剧的发展则恰好相反。因此,在小说充当戏剧的"软媒介"时,其信息时而集聚、时而分散的状态是因书而异的。

研究戏剧信息在小说"软媒介"中的传播状况,可以关注其三个层面的内容。

其一,戏剧本体传播。戏剧的本体传播是指在传播媒介中直接针对戏剧作品或表演的传播。鉴于小说往往篇幅宏大、信息丰富的特点,有条件承载戏剧文本,也有可能详细描述戏剧表演的具体情形,因此,小说中的戏剧本体传播主要指两个方面:一是小说文本所附载的戏剧作品文本;二是小说所反映的戏剧本体传播的现象。前者既包括戏剧的剧出名目、文词零曲,也包括颇具完整性的戏剧片段,如《风月梦》[3]第五回妓女唱《西厢》中曲词,引用了"小姐小姐多风采"、"好叫我无端春兴倩谁排"两句;再如《花月痕》第六回藉小说情节将《长生殿·补恨》全出旦曲曲词用在书中。后者主要指戏剧表演的本体传播,鉴于技术设备的时代性,民国前的戏剧表演很难有实存资料,对于表演具体情状的形象化描述即已构成表演本体传播,小说所描写的戏剧表演本体传播大致有两个角度:一是相对客观的静态描述,一是较为主观的受传体验。如《九尾龟》第二十七回中写《武十回·挑帘》的表演:"小喜风和那扮西门庆的小生目挑眉语,卖弄风骚。那双眼睛就如一对流星,在场上滚去,四面关情。到了吃紧之际,又像那吸铁石和铁针一般,吸铁石刚刚一动,早把铁针吸了过来,并在一处。小喜凤的眼光四面飘来,那小生扮的西门庆,就随着他的眼光满场乱转。"描写细切生动,必先有实际观剧经历,才能有如此体验。

其二,戏剧文化传播。小说所描写的社会生活涵盖至广,小至个人命运、大至国家兴亡,均可备载细陈,因此,作为社会文化生活之一的戏剧文化,也在小说中得以全面呈现。单就《品花宝鉴》一书而言,就已经囊括曲运隆衰之变迁、优人戏班之遭际、酒令字谜之融入、家居自娱之品赏、文人优人之遇合、戏园剧场之哄闹、社交饮宴之嬉玩等各种与戏剧相关的文化生活内容,其他如北方之"相公"、江南之青楼、饰戏画于屏风、夹戏扮于社火、融戏名于联语等等诸种戏剧文化风习,皆可于各种小说阅读中不时邂逅,令人感叹戏剧文化积淀之深厚之广博。

其三,戏剧评议传播。在小说中,作者常会藉人物之口表达个人对戏剧艺术各方面的看法。有对于戏曲声腔板眼的感性比较,有对于戏曲曲文宾白的理性判析,有对于戏曲题

---

① 漱六山房《九尾龟》,上海古籍出版社,1994年。

② 蘧园《负曝闲谈》,江西人民出版社,1988年。

③ 邗上蒙人《风月梦》,上海古籍出版社,1993年。

材之批评，还有针对戏曲演员的论断，其中有些作者乃浸润已久、深得戏曲艺术三昧者，书中随言掇拾即为戏曲掌故和精到评说，如《海上繁华梦》、《品花宝鉴》、《梨园外史》之类，其言足可纳入戏曲批评文献而毫不逊色。如《品花宝鉴》第五十回论及表演中唱曲与说白之关系云：

> 春喜道：……（《焚香记·阳告》）依我要把第一段口白："奴家敫桂英，因王魁负义再娶，要到海神庙把昔日焚香设誓情由哭诉一番，求个报应。来此已是，不免径入。"把这一段说完进庙，再向大王爷案前哭诉，之后也只说"奴家敫桂英，与济宁王魁结为夫妻，谁想他负义又娶。妈妈逼奴必嫁，奴家不从，致遭殴辱，忿恨难伸，故到殿前把已往从前之事诉告一番，求大王爷早赐报应。当时那王魁呵"，再唱那《滚绣球》一只，文气便接。唱完之后，再说"定盟之时，神前设誓，誓同生死，若负此心，永堕地狱……"把他头一段口白分作三段，这就通身文气都接了。

在解释产生如此弊端的原因时又说："唱清曲的人，原不用口白，他来改正他做什么？唱戏曲的课师，教曲时总是先教曲文，后将口白接写一篇，挤在一处，没有分开段落，所以沿袭下来，总是这样。"其论切中时弊、发人深省，可与孔尚任在《桃花扇·凡例》中关于曲白之感慨互为发明。

当然，以小说作戏剧传播的"软媒介"并非没有局限性。小说的本质是虚构的情节，因此，在研究戏剧信息传播的时候，需要仔细甄别信息本身的真实程度。一是确认小说的成书过程，包括其出版年代、作者身份以及增补改编的状况，以此可以确定戏剧信息传播的大致年代和在小说文本中的流传过程。二是确认戏剧信息的来源，戏剧信息有可能以各种形式传播，小说作者作为受传者则具有接收多种传播渠道的可能，或者是阅读戏剧作品，或者是观看戏剧表演，或者是亲友议论，或者是道听途说，如此则戏剧信息本身存在真实、错位或者扭曲的状况，那么在传播过程中也会产生相应的效果。三是与戏剧文化环境相参照，在根据小说信息说明当时戏剧生态时，必须与更具有纪实色彩的戏剧文化文本或实物相对照，才能够有效证明戏剧信息传播的时代性。如小说《海上繁华梦》（出版时间在1903—1908年间）后集第十回《轧热闹梨园串戏》描述了妓女串戏的现象。串戏即为粉墨装扮、登台演剧，自演剧职业化之后，因其技术要求较高，近代妓女很少串戏，则此小说家言就需要相关文献加以验证。1909年出版的《图画日报》中《上海曲院之现象·我侬试舞尔侬看》（251号，第7页）记载："沪妓自林黛玉、花四宝等，以唱戏月得包银甚巨后，纷纷皆学串戏，冀步林妓等之后尘，于是胡家宅群仙女戏园每月必有客串登台奏技，虽生旦净丑不一，然究以生旦为多。"说明上海确实曾经一度有妓女串戏之风习。《上海鳞爪·翁梅倩沿街卖唱》亦云"三十年前，翁在安康里为妓……后在四马路胡家宅群仙髦儿戏馆唱戏，饰须生一角，颇得顾曲家赏识"①，亦可为之佐证。而林黛玉、花四宝、翁梅倩诸人恰好皆在小说此回书中提到，则可证小说所述具有相当程度的历史真实性。

综上所论，在戏剧传播学的理论构建中，小说作为戏剧信息传播的"软媒介"是戏剧传播媒介研究不可或缺的内容，它反映了具有文本和表演双重属性的戏剧作品参与传播活动的

① 郁慕侠《上海鳞爪》，沪报馆，1933年。

丰富性和复杂性,体现了戏剧信息充分融汇于小说符号体系的灵活性,也对戏剧受传者如何全面接收文化生活中的戏剧信息提出了更新更高的要求。

作者单位:同济大学

历史的论定:二十世纪词学传人

施议对

历史的论定,就是通常所说的盖棺论定。一般讲,棺未盖,论是不大好定的。比如,一九三〇年,龙榆生论"清季四大词人",断推王(鹏运)、文(廷式)、郑(文焯)、况(周颐)四子,为一代首领,而不包括朱祖谋,因朱祖谋当时仍健在,故不具于编。应当说,盖棺而后论定,这是极平常的一件事。不过,除此以外,另有两种情况亦曾出现。一种是,论了定而不能盖棺;另一种是,盖了棺而不能论定。论了定而不能盖棺,这一情况,大家知道吗?十几年前有个传说,陈独秀的墓,上面是敞开着的,一直没盖上。他家乡的老百姓,不愿意把棺盖上。老百姓对他另有论定。如果真的是这么个样子,那就是论定而不能盖棺。我没亲自去看过。这是一种情况。另一情况,盖棺而不能论定,或者盖棺而尚未论定。这一情况,可能较为普遍。总之,无论哪种情况,都是后来者的责任。后来者拖欠历史的一笔账。当然,事情也并不那么复杂。说得直接一些,无非就是对于以往的人和事,给个说法罢了。但包装起来,就叫论定。那么,究竟应当怎么论定呢?最为关键的问题是史识,就是历史的见识。要有历史的见识,才能有效把握对象,正确论定。

在座各位,正准备撰写硕、博学位论文,需要学会论定。有关研究对象,研究题目,怎么来选择呢?笼统地看,茫无边际。比如,唐、宋、元、明、清,这么下来,许多文体,许多个案,似颇难入手。当中的文体和个案,有的已经有了定论,有的还没有。究竟应当如何面对?

今天,我所讲的人和事,并不那么遥远,主要在二十世纪。而就词学范围讲,就是对于二十世纪五代传人的论定。看一看,五代词学传人在对待词与词学以及词学与词学学一系列问题上,各持怎样的态度,有何业绩,并且在词学发展史上,给予合适的评价及位置。希望能为大家的思考与写作,提供有益的参考。

一、分期分类与史的识见

为什么将注意力特别放在二十世纪呢?这是一个比较麻烦的世纪。在这之前,唐、宋、元、明、清,一路下来,清清楚楚。进入二十世纪,发生许多变化。辛亥革命之后,尤其是中华人民共和国成立之后,没有了王朝,既不用民国纪年,也不用共和纪年。真有点让人无所适从。特别是文学领域,几十年来,基本上没有自己的主意,也就是没有观念。一九九七年,黑龙江大学和北京《文学遗产》编辑部联合举办一个学术研讨会。主事者把我安排在开幕式上发言。我曾经这么说:我们的文学研究,到现在为止,还没有自己的观念。当时在座的一百多名代表,都是教授一级的专家学者。我这么说,等同于直接提出,在座各位都没有观念。那时也是够大胆的。事后,韩式鹏教授撰写会议综述,把我的这句话也写了进去。

二十世纪的文学研究,为什么没有观念呢?这是针对近代文学、现代文学、当代文学的划分而提出的。我以为:二十世纪的这一划分,所依据的不是文学事件,而是政治事件;所采用的观念,是政治学家的观念,历史学家的观念。文学研究者自身,没有自己的主意,没有自己的观念。比如,近代文学确立的时间,一八四〇年,这一年发生鸦片战争;现代文学,一九一九年,这一年,爆发"五四"新文化运动;当代文学,一九四九年,这一年,中华人民共和国诞生。三个年份所发生的事件,都是重大的政治历史事件,而不是文学事件。所以说,文学研究自身没有主意,没有观念。

一九九七年,已经过去十三年。现在,我们的文学研究有没有观念呢?从相关著述以及所采用的文学教科书看,可以说,现在还是没有观念。

文学研究没有观念,词学研究又如何呢?在当时的研讨会上,我说,词学研究有观念。指的是,我用一九〇八年作为分界线,将中国词学划分为二段。一九〇八年以前,为旧词学,古词学;一九〇八以后,为新词学,今词学。这就是一种观念,也可以说是一种看法。我的这一划分以什么为依据呢?以王国维发表《人间词话》为依据。这是个什么事件呢?是文学事件,不是政治事件。所以,词学研究有观念。这也就是说,有识见,是史识的一种表现。

为了说明识见问题,须要将视野进一步展开,说一说二十世纪世界的划分问题。二十世纪世界,一百年当中,有几个年份相当重要。比如,一九一四年至一九一八年,第一次世界大战;一九三九年至一九四五年,第二次世界大战。两次世界大战,是热战。第二次世界大战以后,热战变为冷战。一九八九年,柏林墙被推倒;一九九一年,苏联解体。苏联解体,冷战结束,进入另外一个时代。冷战、热战,不同的战争类别。斗争模式又怎么样呢?首先是你死我活。跟我们"文化大革命"的斗争模式一样。冷战结束,全球一体化,变而为你活我也活。即所谓双赢或多赢局面。二〇〇一年九月十一日,两座世贸大厦给炸毁。变而成为你死我也死。两种战争类别,三种斗争模式。这是对于二十世纪世界的划分及判断。我讲这一些的目的,在于说明,所谓史识,实际也很简单,就是你要懂得分期、分类。战争分成两种类别:冷战、热战。分期呢?就是几个关键年份的把握。做到这一步,就能够体现史识。当然,对于世界的看法及划分,这是政治学家的事情,历史学家的事情。美国哈佛大学有位教授叫萨缪尔·亨廷顿(Samuel P. Huntington),他的一部著作《文明的冲突》(*The clash of civilizations and the remaking of world order*)说及这一问题。我对于二十世纪世界的划分和判断,就是从他那里学习得来的。

总而言之,文学的划分和判断,词学的划分和判断,以及二十世纪世界的划分和判断,就是一种识见,一种历史的论定。这种划分和判断,看起来似乎有点复杂,不太容易把握,但拆开包装,就只有四个字:分期、分类。

分期、分类,就像盘古一样,开天辟地,是非常了不起的一件事。在各种学术研讨会上,我曾多次说过,二十世纪只有两位大学问家懂得分期、分类。一位王国维,一位胡适。王国维且不说,只说胡适。他将汉以后的中国文学划分为两大类别:死文学和活文学。又将中国一千年词的历史,划分为三个大时期,三段历史:词的"本身"的历史,词的"替身"的历史,词的"鬼"的历史。胡适的划分,究竟采用什么准则呢?是不是朝代?不完全是朝代。是人类的一种生成状态:死的,还是活的;本身,还是替身;已经“投胎再世”,或者还是孤魂野鬼。就是这么一些。这是我给他概括出来的。谓其为人类的一种生成状态。具体地说,自晚唐到元初,也就是赵宋王朝这一段历史,为词的自然演变时期。这一时期的词,是自然生成的词,相当于现在所说自然人。自元到明清之际,也就是金元和朱明,为曲子时期。这一时期的词,已经不是词的本身,而是替身,或者已另投胎。比如,已经变而为牛、羊,或者猪、狗。但这不一定带有贬义,只是说变而成为另外一种物类。至有清一代,为模仿填词的时期。这时候,所谓词的“鬼”的历史,说明已经不是自然的人,不是自然生成的词。这是胡适的划分。他的准则,不是政治事件,也不是以帝王将相为核心的朝代,而是生命生成的一种状态。人活着仍为其人,死后还有灵魂。有替身,亦可投胎再世。这是极普通的话题,大家都这么讲。胡适用以体现他的一种历史的见解。极普通,变得不普通。这就是识见。

胡适的划分和判断,究竟有没有道理呢?有的人也许不以为然。但无论有没有道理,到现在为止,还是没有人能够推翻他。所以,我就接着讲。他讲一千年,我讲一百年。我将一九〇八年以后一百年词学,划分为三个时期:第一个时期,一九〇八年至一九一八年,为开拓期;第二个时期,一九一九年至一九四八年,为创造期;第三个时期,一九四九年至一九九五年,为蜕变期。我的划分,尽管与现代文学的划分有点交叉,但我的判断,并不太一样。就词学的发展看,第一个时期,相对于以往的词学,是一个新的开拓。第二个时期,包括二十年代、三十年代及四十年代,也就是民国年代,情况就大不一样。这一时期,为中华词学创造了一代辉煌。而第三个时期,所谓龙蜕蛇变,说明已不是原来的样子。这是我对于一九〇八年以后一百年词学的总观感。

接下来,说二十世纪词学传人。看看一百年当中的人和事,究竟应当怎么进行规划。也就是说,每一代的开始与终结,应当如何断限。这也是一种分期与分类,同样牵涉到识见问题。

最近二三十年,学界出现多种词总集,不少仅依据作者姓氏笔画,将各人作品辑录在一起。这样的编排方法,和一般辞书并无两样,看不出编撰者有何特别的意思,也就是历史的见解。有一部以二十世纪为标榜的词总集,未曾发凡立例,但因题目已明白揭示,也就从一九〇〇年开始,依次进行编排。但是,当中领衔作者,出生于一八二〇年(清嘉庆二十五年),在二十世纪生活仅四年;压卷作者,出生于一九八二年,到二十世纪终结,尚未满二十岁。其起止的断限,似与常规不合。而且,笼统地以二十世纪作为一部总集的归属,也只是一个框架而已。在这个框架里面,相关人和事只有先后的区别,看不出各自的历史位置及职责,因而也就颇难体现编撰者个人的观点。

我说一百年中的五代词学传人,不依时下做法,从一九〇〇年开始,依次往下排列,直到一九九九年。而依《当代词综》断限进行规范,但其中略有变化。上世纪七八十年代,编纂《当代词综》,我曾通过发凡立例,提出个大当代概念。谓:“本编题为《当代词综》。名曰‘当代’,虽已超出一般意义上所谓‘当代’范围,例如编中作者最早出生于一八六二年(清同治元年),离清王朝灭亡还有整整半个世纪,似不宜以“当代”相概括,然以作者活动年代论,编中作者出生于清同治年间(一八六二年至一八七四年)者,部分进入二十世纪五十年代、六十年代,出生于清光绪年间(一八七五年至一九〇八年)者,许多人目前(一九八八年)仍健在。即,编中作者绝大多数都在一般意义上所谓当代社会中生活,其创作活动及词业建树均属于今天。因此名之为《当代词综》，正是为突出‘今天’，体现其时代精神”[1]。《当代词综》的编纂，以一八六二年（清同治元年）进行断限。自此以后出生作者，属于当代，此前则非当代。为表示“新”与“旧”的区别，此前出生作者，例如王鹏运、文廷式、郑文焯、朱祖谋、况周颐，他们的作品，概不阑入。参照《当代词综》的断限，我将二十世纪词学传人划分为五代。所谓代，相当于辈份。非一生、一世，或者一个时代。

作者的出生年份，非以单个人计，而是以代计。因此，一百年的五代，不是从一八六二年（清同治元年）起，而是从一八五五年（清咸丰五年）起。清季五大词人于这一年的稍前或者稍后出生。这是一代人的共同标志。一代二十年，就从这一年开始。编纂《当代词综》，将五大词人作为旧时代的人物而排除在外；叙说二十世纪词学传人，五大词人尽管仍然是旧时代的人物，却将其作为第一代的代表而列居榜首。因为二十世纪这一概念，与我所界定大当代的概念，并不完全相同。大当代的概念，着眼于“新”，二十世纪既是个“新”与“旧”互相交替的世纪，又是个“新”与“旧”并容的世纪。故此，叙说五代传人，必须从旧的一代开始。

以下是我对于二十世纪五代词学传人所作划分：

第一代，一八五五年（清咸丰五年）至一八七五年（清光绪元年）期间出生的作者。就单个作者而言，时间的起、止，十分明确；就一代人而言，开始的年份，则较难确定。比如，王鹏运、文廷式、郑文焯、朱祖谋、况周颐诸辈，就并非都出生于一八五五年（清咸丰五年）。但以代计，却必须说个整齐划一的年份，而后依次往下推算。这是须要特别说明的。因此，以下各代，亦当同样看待。这是第一代。第二代，一八七五年（清光绪元年）至一八九五年（清光绪二十一年）期间出生的作者；第三代，一八九五年（清光绪二十一年）至一九一五年期间出生的作者；第四代，一九一五年至一九三五年期间出生的作者；第五代，一九三五年至一九五五年期间出生的作者。

经过五代划分，明确时间断限，而后将各代表人物列居其中，便构成二十世纪词学传承图（见下图）。

第一代	第二代	第三代		第四代		第五代
朱孝臧	王国维	夏承焘	施蛰存	邱世友	叶嘉莹	
王鹏运	刘毓盘	顾随	宛敏灏	刘逸生	陶尔夫	
文廷式	冒广生	赵尊岳	胡云翼	罗慷烈	钱鸿瑛	
郑文焯	张尔田	张伯驹	吴世昌	陈邦炎	黄拔荆	
况周颐	夏敬观	沈轶刘	钱仲联	霍松林	邱燮友	
	吴眉孙	神田喜一郎	沈祖棻	顾易生	王水照	
	叶恭绰	冯沅君	盛配	马兴荣	严迪昌	
	吴梅	唐圭璋	万云骏	刘若愚	高友工	
	胡适	龙榆生	吴则虞	徐培均	吴熊和	
	刘永济	詹安泰	黄墨谷	村上哲见	（暂缺）	
	蔡嵩云	缪钺	饶宗颐	刘乃昌	谢桃坊	

① 施议对：《当代词综》（卷首），第1页，福州：海峡文艺出版社，2002年。

传承图所开列，计作者五十九名。包括中国大陆、香港、台湾作者、旅居北美的华人作者以及日本二位词学家。第五代暂未具名。

二、历史的位置与职责

以上说史识，如用四个字加以概括，就是分期、分类。这是第一个问题。第二个问题，说史迹。主要说二十世纪五代词学传人，看看他们在词学发展史上，各自占据何等位置，承担何种职责。具体地讲，即看其于所处年代，对于二十世纪的词与词学以及词学与词学学，究竟有何建树。

词与词学以及词学与词学学。三个关键词：词、词学、词学学。这是我们的研究对象。这里，着重说词与词学问题。词学与词学学，留待下文另行加以说明。

词，就是填词，指作品自身。而对于词的观念，包括认识与说明，则属于词学的范围。词学史上，最为重要的问题，究竟是什么呢？就是对于词体的论定。看看我们现在所说的词，究竟是个什么物事。

中国填词史上，第一位专业作家是温庭筠。《旧唐书·温庭筠传》谓其"能逐弦吹之音，为侧艳之词"。《旧唐书》是宋人修纂的，两句话代表宋人的观念。宋人对于词究竟是怎么看待的呢？很简单，就是两句话：既认同其为声学，亦认同其为艳科。这是一个问题的两个方面。非常明显，侧，就是不正，或者偏。比如，正门以外，还有侧门和偏门。温庭筠的词，被称为侧艳，说明并非正艳。孔夫子主张"思无邪"，用他的观点看，确实是偏了一点。是不是我们现在所说的邪艳、妖艳呢？有一点点这个意思，又不完全一样。那么，真正的艳又是怎么个样子呢？这就要返回"花间"，看看"花间"的时代，是怎么表述的。"花间"十八名作者之一欧阳炯撰写《花间集叙》，开篇二句即云："镂玉雕琼，拟化工而迥巧；裁花剪叶，夺春艳以争鲜。"两句话既概括花间集所有内容，也为词为艳科之所谓"艳"正名。其曰"夺春艳以争鲜"，明白指出，他所说的"艳"是春天的艳。春天的艳有什么特点呢？鲜艳。像春天一样鲜艳好不好呢？好的。那就太好了，太美了。这就是花间词。所以说，一部花间集，它所呈现的就是一艳字。这是在宋之前所提出的观念。这是鲜艳的艳，既包括温庭筠的侧艳，又不完全等同于侧艳。这是问题的一个方面。另一方面，对于声学，又当如何论定呢？《旧唐书》的两句话，同样为此提供答案。即其所谓"逐"与"为"者，已为温庭筠之如何以文辞的词，追逐乐曲的音，作了明确的表述。文辞的词，就是语言文字的字，或者词汇。温庭筠以之追逐弦吹之音，即将音乐转移到语言文字。令声律与音律联系在一起。或者说，由音律过渡到声律①。这就是词为声学的全部内容。两个方面合在一起，艳科和声学，就是完整的词学。这是对于词与词学的最初认识，也就是本来面目。

上述所提出观念，词为声学以及词为艳科，声学与艳科并重。就今天的立场上看，这一观念，既是立论的前提，也是判断是否获得真传的重要依据。两个方面，何者为轻，何者为重，表现在认识上以及具体的创作和研究的实践过程，向来存在着较大的差距，但这一问题，

① 施议对：《词与音乐——以柳、苏〈八声甘州〉为例》，《词学》第二十四辑，第34—35页，华东师范大学出版社，2010年。

却是历代倚声家所共同关注的问题。进入二十世纪,亦复如此。

依据我对于词体的把握以及有关千年词史、百年词学史的初步认识,对于二十世纪词学传人在词学史上的位置及职责,且作描述如下:

第一代,出生于一八五五年(清咸丰五年)以后。代表人物,包括王鹏运、文廷式、郑文焯、朱祖谋、况周颐。五位作者,合称清季五大词人。就"新"与"旧"的划分讲,仍属于"旧"的那一边。其中,朱祖谋乃核心人物。论者谓其"集清季词学之大成","为词学之一大结穴"(叶恭绰《广箧中词》),可作定论,但未见相关论述。如从声学与艳科的立场看,所谓集大成及结穴,应当就是重、拙、大三个字。这是五人治词的共同目标。那么,对于重、拙、大,究竟应当怎样加以诠释呢?我在《中国词学文化学的奠基人——民国四大词人之四:詹安泰(四)》一文,曾探讨过这一问题。我以为:重、拙、大,或者轻、巧、小,都是一个整体,不能将其分割开来,逐一进行评判。如追溯其渊源,可以这么说,李清照所说典重与情致,是重拙大;张炎所说骚雅与清空,是重拙大;周济所说浑化或浑厚,是重拙大。反之,就是轻巧小。这也就是说,重、拙、大三个字,其实只是讲了一个意思。由此,亦可证实,五大词人对于词体的认识,尚未曾有所偏废。其职责在于秉承复兴词业的宗旨,试图将词提高到与诗同等的位置之上,仍偏向于继往。

第二代,出生于一八七五年(清光绪元年)以后。上述传承图列举十一名,包括王国维、胡适以及吴梅、刘永济诸辈。这是过渡的一代。由"旧"到"新"的过渡。说得时髦一点,就是由古典向现代化的推进。其间,王国维发表《人间词话》,创导境界说,为新词学之一重大标志。所谓"词以境界为最上",既将词划分为两个类别,最上和最下,其对于声学与艳科的理解,亦有所偏重。胡适提倡"诗人的词",主张用词体作新诗(《词选序》),更将声学排在次要位置。王国维与胡适,偏重意境,偏重思想内容,即偏重艳科,在一定程度上,其对于词体的认识,已向左倾斜。而吴梅仍坚持传统词学本色论。声学与艳科并重。其于强调发意的同时,兼顾用字。既求其高,亦讲究其协。他将沈义父《乐府指迷》中的四句话,即:"音律欲其协,不协,则成长短之诗。下字欲其雅,不雅,则近乎缠令之体。用字不可太露,露,则直突而无深长之味。发意不可太高,高,则狂怪而失柔婉之意。"推尊为词学之指南(吴梅《词学通论》)。总的看来,这一代,"新"与"旧"交汇在一起。所谓过渡,或者说,由古典向现代化的推进,虽已起步,但传统的势力仍然深深地植根于整个词学园地。

第三代,一八九五年(清光绪二十一年)以后。百年词业之中坚力量。代表作者,二十二人。这一代,处于百年词学的创造期。这是出大师的年代。其职责,主要是对于词学观念以及词学批评模式的修正与改造。相关业绩,主要体现在民国四大词人身上。民国四大词人——夏承焘、唐圭璋、龙榆生、詹安泰,出生于庚子年间,与世纪同龄。并于上世纪三十年代,先后登上词坛,代表二十世纪词学研究的总成就。四大词人之首夏承焘,世称一代词宗,亦一代词的综合。在词的创作、词学考订以及词学论述几个方面,皆建造卓著业绩。二十世纪,讲词与词学,夏承焘一个人全都可以包括。其余三位,唐圭璋、龙榆生、詹安泰,则于中国词学文献学、中国词学学以及中国词学文化学几个方面,均具开创之功,为百年词业建设,发挥奠基作用。以四大词人为中心,这一代倚声家,已突破"新"与"旧"的种种局限,为中华词学创造了一代辉煌。其间,两位领袖人物,夏承焘与施蛰存,夏氏的地位,早已确定,而施氏则未也。但作为词学的传人,施蛰存继龙榆生之后,创办《词学》刊物,并主持全国规模的词学讨论会，却于词学蜕变期，发挥特殊的组织、领导作用。所谓挽狂澜于既倒，扶大厦之将倾，词界应不会忘记。这是须要特别加以说明的。

第四代，一九一五年以后。百年词学发展的第二次过渡。代表作者，也是二十二人。和第一次过渡相比较，第二次过渡究竟有何特别之处？我在《百年词学通论》一文，曾指出：第一次过渡，是传统文化的现代化；第二次过渡，是现代文化的传统化。取向各不相同。这是一种总体描述。必欲落到实处，似乎亦非易事。比如，第一次过渡，王国维将西方哲思中国化，可以落实到叔本华的"欲"，谓将其引进，放入一定的疆界，将其中国化，令成为意境。这是构建境界说之一重要步骤。但第二次过渡，尽管亦讲引进，什么符号学、阐释学，却很难找到具体的例证。大多只是闻其声，而未见其影。这是就中西文化大背景所进行的观察。如果将着眼点，集中在对于词体的认识上，这一代作者，对于百年词学的发展演变，其所谓过渡，应当还包含由正到变的转换。这就是说，百年词学之由第三代传到第四代，其对于声学与艳科的把握，已出现偏颇。在词的创作、词学考订以及词学论述三个方面，这一代作者，较为突出的贡献，主要是词学考订。进入词学蜕变期，由于观念之误以及文风之误，其相关论述，大多停留在词体的外部，尤其是对于豪放、婉约"二分法"的推广及流行，这一代作者，负有一定历史责任。这一点，在许多问题上，可由第五代作者为提供例证。两位领袖人物，邱世友和叶嘉莹，着力于论述与评赏。过渡期间，其正和变，导向并不完全一致，读者宜细察之。

第五代，一九三五年以后。其代表作者及座次，以上传承图未作编排。这一代作者，崛起于上世纪之最后二十年。是共和国自己培养的一代。依据对于之前几代作者所作论定，这应当是出大师的一代。不过，我在《百年词学通论》中曾提出："在一定程度上讲，因先天不足，后天补救不得力，或者不得法，这一代，也可能让人感到失望，或者困惑。既是大有作为的一代，亦可能是垮掉的一代。"

先天不足，指的是师承问题。后天补救，主要是观念问题和文风问题。有关种种，留待新一代作者给予论定。

以上是我对于二十世纪五代词学传人有关词学史位置及职责的初步描述。说得贴近一些，我和刘敬圻教授都属于第五代。陶尔夫教授属于第四代，叶嘉莹教授也是第四代。我的老师夏承焘、吴世昌教授是第三代。这是二十世纪的事情。至胡元翎教授，则已经是二十一世纪的第一代。这是一九五五年以后出生的作者。这一代，就是新世纪的王（鹏运）、郑（文焯）、朱（祖谋）、况（周颐）。二十一世纪的第二代，一九七五年以后出生。在座的可能都是这一代，实时下所说七〇后和八〇后。至于一九九五年，此后所出生，乃属于二十一世纪的第三代。这将又是出大师的一代，希望大家一起努力。

三、词学观念与方法问题

词学观念，指的是对于词体的认识，包括对于声学与艳科的把握。方法问题，指的是一种入门的途径，有关词学真传的入门途径。二者所涉及范围都较为广泛，内容也较为抽象，颇难在一次讲话中说得明白、说得透彻。这里，拟就以下三个问题，试加探测，看看对于观念与方法，能否得以较为切实的了解。

(一) 关于二十世纪词学传承图问题

上文所说分期、分类,从观念上看,是识见的一种体现;而就方法论,则为一种具体的时间断限。二十世纪词学传承图,五代传人,其起始年份断自一八五五年(清咸丰五年)。乃以生年计,而非卒年。这是一条重要的断限原则。唐圭璋编纂《全宋词》,其所立条例云:"凡宋亡时年满二十者,俱以为宋人;仅入元仕为高官如赵孟頫等者除外。"[①]这是易代之际的朝代断限。于条例之内,亦以生年计算。时贤论说词学现代化进程,或以一九三一年为分界线,即于此前及此后,将中国词学划分为古典时期和现代时期两个片段。其依据是,这一年,朱祖谋离世。朱祖谋之作为过去一个时代的集大成者,他的离世,代表一个时代的终结,似亦言之成理。然以之作为另一时代的开始,却难以自圆其说。因朱祖谋离世,终年七十四。如再活十年、二十年,不过才八十、九十。但中国词学的现代化进程,能不能因为朱祖谋仍健在,而推后一二十年呢?相比之下,两种断限方法,应当还是以生年为妥。这是有关时间断限的确立问题。

时间断限确立之后,五代传人当中,五十九名作者的划分与排列,同样也是识见的一种体现。用现代的话语讲,就是一种观念的体现。因此,在具体操作上,我不取"点将录"的序列方法,以之比附于天罡、地煞星座,而用篮球队与足球队的组合方式,对其加以编排。这一抉择,不取,而用,是经过一番考虑的。近代以来,汪辟疆、钱仲联诸辈,均有"点将录"之作,朱祖谋亦以觉谛山人名义,撰著《清词坛点将录》,但因时过境迁,在目前情况下,后之效颦者,似当亦有难处。此事,钱仲联生前曾说及。我在《百年词学通论》中,也已作了交待。二十世纪词学传承图,依篮球队与足球队的组合方式,编排座次。第一代,五名作者。一支篮球队。队长朱祖谋。第二代,十一名作者。一支足球队。队长是王国维。第三代,二十二名作者。两支足球队,甲队和乙队。甲队队长夏承焘,乙队队长施蛰存。第四代,二十二名作者。两支足球队,甲队和乙队。甲队队长邱世友,乙队队长叶嘉莹。第五代,暂未编排。图中作者,称词学传人,不称词学大师,亦不称词人,这是对于单个作者的历史定位。每一代的领衔作者称队长,乃每一代的标志人物。

传承图的制作,和"点将录"一样,尽管也是一种游戏笔墨(钱仲联语),未必当真,却并非信口开河,喜欢谁就抬举谁。正如词界某友好所说,各人有各人心目中的队长,无论采用什么方式及方法,对于相关人和事进行划分与判断,都必须获得认同,经得起检验。

(二) 关于从诗歌到哲学的提升问题

在关于二十世纪词学传人历史位置及职责的描述中,说及词与词学问题,词学与词学学,还来不及加以说明。词与词学,包括两个方面,学词与词学,也就是做与说的问题。单就词而论,指的是词的文本,或者文本的提供。笼统地说,就是词的创作。单就词学讲,指的是对于词的文本的研究,也就是词的创作的研究。笼统地说,就是词学论述。而词学与词学学,于"学"之上再加个"学",说明是一种研究之研究,亦即词学之学。民国四大词人之一龙榆生,上世纪三十年代发表《研究词学之商榷》一文,为填词及词学确立义界,并为词学专门

---

① 唐圭璋:《全宋词》(卷首),第11页,中华书局,1980年。

学科的创设开列事项。填词及词学，也就是学词与词学。前者属于做，后者是说。胡云翼将二者分割开来，谓只要词学而不要学词(填词)；龙榆生兼顾二者，做与说并重，学词与词学同等看待。龙榆生并具十分明确的学科意识。他将前辈治词业绩，归纳为五事：图谱之学、词乐之学、词韵之学、词史之学、校勘之学。并在这一基础之上，增添三事。曰：声调之学、批评之学、目录之学。合为词学八事。我在《百年词学通论》一文中指出：经过龙榆生的总结归纳，原来零零散散的信息，便成为有系统的专门之学。这就是说，在中国倚声填词的发展历史上，词学之独立成科，乃始自龙榆生。此后，赵尊岳叙说词中六艺，将龙榆生的八事，归结为六事，唐圭璋列述历代词学，又将八事增添为十事，所谓词学，其基础即更加坚实。就哲学的意义上讲，这是从"多"到"一"的归纳与提升；而就词学自身的发展、演变看，这是自觉学科意识的一种体现[①]。在民国四大词人中，我将其推尊为中国词学学的奠基人，主要依据就在于此。

二十世纪词学，尤其是进入蜕变期的词学，我说误区，所谓观念之误以及学风之误，如从词与词学的层面讲，似应包括由说与做所引申的两种状况，只说不做，或者只做不说两种状况；而从词学与词学学的层面讲，则应包括有词无学及有学无词两种状况。相关状况，体现在学科建设上，就是一种盲目的行为。见到什么做什么，没有一个明确的目标，难以构成系列，或者体系。体现于方法论，则往往表现为一种数量的堆砌。比如，对于某个朝代或者某个时期相关人和事的评论，只是作平面的描述，包括生平事迹介绍、主要著作介绍，而未作纵深的探究，没有一个明确的判断。两个方面的体现，学科建设上的问题以及方法论的问题，用一句较为普通的哲学话语讲，就是一种"多"的堆砌，没有"一"的归纳与提升。

吴宓说，他要将平生经验教给学生。他的经验，就是这种归纳和提升。从"多"到"一"的归纳和提升。吴宓称之为，从诗歌到哲学的提升。研究词学，作为一代词学传人，同样应当承担起这一责任。

(三) 关于读书阅人问题

二十世纪词学，五代传人，代表五个不同的年代或者辈份。相关人物，尤其是第四代的大部分，以及第三代的个别作者，至今仍健在。给予论定，似乎不太方便。不过，就时间推移看，千年词业，到二十世纪，已告一段落；二十世纪的词学传人，从第一代到第五代，其开始与终结，也已构成一完整过程。这也就是说，随着时间推移，相关人物之所属年代或者辈份，实际已经终结。在这一意义上讲，可以说，时代的棺已盖上，论定的条件具备。这应当也是本文立论的依据。

中华词学，千秋功业，并非任何一代，包括二十世纪的五代，可以完成。进入新世纪，所谓论定，既是经验总结，也是学术上的承接。上文所列举，分期、分类以及从诗歌到哲学的提升，两条经验，对于体现识见，进行形上之思，相信仍可以为借镜。

我在《新四家词说》的视频演讲中，第一句话即指出：思想不能复制，经验可以复制。以下谨以个人的两条意见，为复制经验提供参考，并为本文作结。

第一，回归文本，认认真真，从学词开始。

---

① 施议对：《百年词学通论》，《文学评论》2009年第2期，第27—36页。

回归文本,读原料书,这是吴世昌先生所提出的。上世纪四十年代,在《论词的读法》中,吴世昌说:"读书的最彻底办法是读原料书,直接与作者办交涉。最好少读或不读选集和别人对于某集的讨论之类。"谓唯有如此,才不至于上当受骗。只有回归文本,用死工夫,自己去摸索,非待人嚼饭而哺,才能尝到真实滋味,因而,也才能登堂入室。

第二,读书阅人,通过具代表性的人物,展示词学入门途径。

我说民国四大词人,就词学研究领域看,四大词人,代表百年词学的最高成就,是二十世纪的四部大书。四部大书,逐一披览,展现领域,进入其世界,方才有希望,再创一代辉煌。中国当代词学的三大块,创作一块,可暂且搁置勿论,误不误,就看考订和论述。考订不必多说,比如词籍整理、词学资料校核及汇编等等,较少有所谓误不误问题,也搁置一边。我所说误区,主要指词学论述,有时候,作品鉴赏也包括在内。《百年词学通论》中,我说误区之误,曾为揭示两个方面的表现:观念之误与门径之误,以及文风之误与学风之误。观念与门径之误,指的是对于词体认识所出现的偏差以及方法上的失误。比如,只是将歌词当艳科看待,忽略声学。并且,对于相关问题的处理,亦未能得其要领。而文风与学风之误,是个态度问题。一般所见,比如避难就易,只是于词体的外部用工夫,未作深入细致探研,等等。具体事例,文中已为举证,此不赘述。误区的出现,误人误己。

二十世纪词学传人,我将其划分为五代。其中第三代,出生于一八九五年以后,生当世纪词学的创作期,为世纪词学的中坚力量,曾为中华词学创作一代辉煌。

于第三代的稍前及稍后,世纪词学出现两次过渡。第一次,由古到今的过渡;第二次,由正到变的过渡。中华词学的现代化进程,从第二代开始;世纪词学的蜕变,从第四代开始。误区的出现,与第四代的误导,颇有牵连;在一定程度上讲,第五代的推波助澜,也摆脱不了干系。

传承上的问题,迷途知返,新世纪的第一代、第二代,一九五五年以后及一九七五年以后出生的新一代传人,生当这么一个时代,究竟应当如何抉择?从整体上讲,应当跨越第五代、第四代,直接第三代;从个体上讲,应当返回民国四大词人,夏承焘、唐圭璋、龙榆生和詹安泰,承接他们的事业,进一步加以发扬光大。中华填词与词学之有无未来,就看新一代的王(鹏运)、郑(文焯)、朱(祖谋)、况(周颐)以及夏(承焘)、唐(圭璋)、龙(榆生)、詹(安泰)。这是我的个人意见,不妥之处,敬请批评指正。

作者单位:澳门大学

(本文系作者在黑龙江大学文学院演讲,金春媛整理,原载上海《词学》第二十六辑)

论中国传统词学的现代化进程

朱惠国

中国词学有无传统与现代之分？最近几年这个问题已经开始引起不少词学研究者与现代词人的兴趣，有关的争论也由此而起。有人以为，词学只有是非之分，而无传统与现代之分；也有人以为，中国词的创作传统一直没有中断，从晚清词人到民国词人，一直延续到当下，因此无所谓传统与现代。笔者认为，这些观点都有一定的道理，但也有明显的缺陷。要回答中国词学有无传统与现代之分的问题，首先必须作两种区分：创作与理论的区分；传统研究方法与现代研究方法的区分。只有搞清了这两点，才能看清问题的实质，并作出相应的回答。

一、传统的词与现代的词学

中国词的现代化与中国词学的现代化是两个不同的概念，就词的创作而言，确如一些专家所言，并不存在所谓现代化的问题。从十九世纪中叶到上世纪三四十年代的近百年，词的创作呈现出一种超稳定状态，如果将十九世纪中叶的词作与龙榆生时期甚至再晚一些时间的词作相比，在用词、句法、表现手法甚至思想内容上变化都不很大。民国以后的创作稍有不同，但我们认为这种不同并非词本身的变化，而是整体创作水准下降导致的创作失范。从这个意义上讲，尽管中国社会在最近百年发生根本性变化，但词的创作除了内容与作者群体有些变化外，基本上变化不大，因此的确不存在现代化的问题。

词的稳定性在中国传统文学样式中可以说是一个特例。无论是诗，还是小说、戏曲，在中国近代社会的演变过程中，尤其是在“五四”新文学运动中，都受到强烈冲击，产生蜕变，而词是所有传统文学样式中唯一受到冲击较小的品种，至少我们没有发现“五四”前与“五四”后的词在创作上有明显的变化。究其原因，我们认为主要有三点。其一，在西方文学样式中找不到词的对应文体。新文学的建立受西方文学的影响巨大，在这场文学革命中，要摧毁的对象，如传统的诗歌、散文、戏剧等都与西方的对应样式在观念或形式上有较大的距离，而重建的参照物也往往是西方的对应样式。包括小说也是一样，这场文学革命尽管对传统的白话小说是极力加以肯定的，但在创作实践上又将传统的小说作了有意、无意的改造，加上了比较多的西方小说的手法和观念。只有词，因为在西方文学样式中找不到合适的对应样式，也就失去了参照系统，既无从摧毁，也无从重建，这事实上就使“五四”文学的倡导者一时难以对词的创作进行有效的革命。其二，在当时所有文学形式中，词的社会影响力偏小。这种社会影响力的偏小可以从两方面来理解：一是词的传统功能定位影响了词的影响力，一般人的观念中，词的功能主要是表达一种私人化的感情，所谓“诗言志，词言情”就是这种观点的通俗说法，在清朝中晚期，尽管常州词派力图改变这种状况，提高词的社会功能，但遗憾的是，常州词派的提倡主要局限在理论的层面上，并没有在实际创作中根本性地扭转局面。二是词的作者人数也偏少，而且有私人化的倾向，加上传播媒介的局限，作词、赏词往往成了一部分人的清雅之举，往往游离于激烈动荡的时代之外。事实上，词在当时已开始退出主流文学样式的行列，社会作用与社会关注度逐渐趋弱，这就使“五四”文学革命的倡导者们忽视了它，或者说一时顾不上它，而把主要的视线放在小说、诗歌、散文、戏剧等这些社会作用较大的文学样式上。其三，词的作者群体相对年龄偏大，其中不少人是属于所谓遗老遗少一类的人物，一般思想比较保守，文艺观也往往滞后于社会的潮流，因此在这场轰轰烈烈的新文化运动中，他们或者游离于运动之外，或者本身就是运动的对立面，因此新文化的冲击波没有改变他们的词学观念。事实上，当时传统词坛的领军人物，如朱祖谋等都是以遗老自居的，他们的创作和词学观念都没有因“五四”文学革命而有丝毫的改变，而另一方面，他们的词学观以及词学活动又代表了这一时期词学的主流。上述三点中，第一点，即西方文学样式中没有对应物最为关键，是根本原因。

但词学的情况有所不同。所谓词学，最早是指词章之学，明清时比较多地是指填词，也即我们现在所说的词的创作，只有到了近代，才理解为一种对词进行研究的专门学问。1934年4月，龙榆生在《词学季刊》第一卷第4号上发表《研究词学之商榷》一文，对词学作了界定：“推求各曲调表情之缓急悲欢，与词体之渊源流变，乃至各作者利病得失之所由，谓之词学。”此概念虽然尚不完备与严密，但大致指出了词学的性质与研究范围。在此基础上，他又将词学具体细分为几个方面：图谱之学、音律之学、词韵之学、词史之学、校勘之学、声调之学、批评之学、目录之学等等。这八个方面，有些属于技术性的研究，如图谱之学、音律之学、词韵之学、校勘之学、声调之学、目录之学等，这些学问虽然在近代也有一些变化，但总体上看，变化不是最大，传统的成分比较多。但是这期间对词的艺术性研究，即对词家、词派的研究以及对历代词论、词评的重新评价等一系列工作，却无论在学术观念、视角还是在研究手段上都发生了很大的变化，基本完成了由传统到现代的转换。转换的标志：直观看，现代词学研究成果表现为专著与系统的文章，而张惠言、周济时代的传统词学则以选本、点评、序跋、词话为主体；深一层看，现代的词学研究以融合西学的现代文艺学为理论基础，以现代科学方法为主要研究手段。

研究这种转换的动因、过程，梳理词学质变的基本轨迹，不仅有助于我们客观地把握这一时期的词学思想，而且还有助于我们更准确地考察中国传统学术研究手段和学术思想在生存环境发生巨大变化时自身发展变化的规律，在此基础上，又可总结出一些中西方文化冲突中中国传统文化如何应变的经验与教训。这是一件很有意义的工作。但遗憾的是，迄今少有学者在此领域开拓。究其原因，大致受如下两方面的局限：其一，由于习惯上以“五四”为界，将中国文学史划分为近代和现代两部分，因此传统的词学研究一般到王国维结束，而现代文学的研究又往往将词学归入传统文学的研究范围而不加关注，因此二三十年代的词学几乎成了近代、现代文学都不管的研究盲点；其二，以往的词学研究一般对单个词学家研究较多，对词学家之间的联系关注较少，也即点状的研究多，线状的研究少，不利于对中国词学思想发展演化方向作宏观的研究和把握。鉴于此，我们必须打通近、现代的隔阂，勾画出中国传统词学“转换”的基本线索，分析其利弊得失。

二、近代社会形态变化与词学的蜕变

中国传统词学的现代化转型与中国近代社会的形态变化密切相关。具体来说，鸦片战争后西学东渐的社会思潮与“五四”新文化运动是中国传统词学蜕变的社会政治、文化背景，也是其主要推力。因此，中国的词学在传统向现代的转换过程中，也大致经历了相应的两个阶段：前一阶段是草创时期，以引入西方文艺观为主；后一阶段是中国现代词学的确立期，对引入的新观念开始重新加以审视，并将这些西方的文艺观与中国词的自身特点结合起来，此阶段作风更务实、观念更成熟。

前一时期的主要人物是梁启超和王国维。两人词学观是传统词学的延续，但已开始蜕变，更多地融入了时代色彩，表现出词学从传统到现代过渡的基本特征。两人都直接引进西方的美学、哲学观念和社会学观念，在西方文学体系的参照下，跳出传统词学在观念上的束缚，在纯文学和社会文艺学两个方向上企图建立新的词学观，尽管两人的观点都有所偏颇，但毕竟为现代词学的确立做了可贵的尝试，代表了这一时期词学的新的发展方向。

以下试对两人在中国传统词学现代化进程中的作用分别叙之。

梁启超的词学思想呈现出一种中西融合的态势，明显地带有他所处时代的特征——较深厚的传统文化根基和西方文艺学的新鲜气息。从西学的角度来看，梁启超强调以文艺开启民智，改造国民品质，并将社会价值作为评判文学作品的主要标准；在传统方面，梁启超的词学思想继承了儒家诗教的基本精神，强调以诗词言志，并要求诗词担负起“美教化、移风俗、正人伦”的社会责任。而就西方文艺思想而言，其实也存在多种的倾向和流派。梁启超取其社会价值标准，与当时中国的社会现状和他融政治家、思想家、文学家为一体的特殊身份有关。

梁启超的思想体系中，以开启民智、改造国家为一以贯之的主导思想，词学思想只是其中很微小的一部分，因此这微小的一部分也不是他思想主体以外的。在这一微小部分中，传统诗教和西方文艺思想中的文艺启蒙思想找到了一个很好的结合点，这就是强调诗词的社会功能。两者之所以能够很好地结合，除了它们在客观上的确有许多相同外，更重要的一点就是梁启超本人思想中也表现出了，由旧向新转变时期中传统文化与外来文化的并存状态。

但梁启超词学思想中新旧并存的状态并非是静止的，新的要素经历了一个从无到有、从少到多的增量过程，这个过程也就是以经学为基本支撑点的传统词学，向以西方文学理论为基础的现代词学逐渐转换的过程。这具体地呈现为两个方面的变化。首先，以点评为主的传统词话形式向结构完整、严密的文艺专论形式过渡。因此，梁启超的词学论著大致可以分成两类，一类以《饮冰室词话》、《饮冰室诗话》为代表，采用的是传统的词话、诗话、题跋等形式，一般以片言居要式的点评为主；另一类以《中国韵文里头所表现的情感》、《中国之美文及其历史》等为代表，采用的是篇幅较长、结构较完整的文艺专论形式。两类同时存在，但总体表现出由前者向后者转换的态势。其次，在内容上由点滴的个人感受向系统的理性思索过渡。这一点与上一点密切相连，换言之是一个问题的两个侧面。因为是个人的点滴感受，不要求完整、严密，也不要求论证，所以只能是片言只语；而如果是理性思索，就要求严密、完整，成系统，同时还需要以科学的手段加以充分的证明，这样一个过程用片言只语是不可能完成的，因此只适宜于篇幅较长的文艺专论形式。传统的谈个人感受的方法固然有其优点，只言片语能使人豁然开朗。但由于是作者个人的感受，感性的东西较多，科学性有时就显得不够。理性思索虽然也很难完全除去主观性的因素，但由于经过严密的论证，一般说来科学性要强于个人的感受。梁启超词论中以理性思索为主的文艺专论的大量存在，表现出其词论中现代要素的明显增强。

梁启超的词论总体呈现一种中西结合、传统与现代并存的状态。在中国传统词学理论向现代的转型过程中，他既是一个过渡性的人物，又是一个奠基人，他为中国现代词学理论系统的建立做出了巨大的贡献。

王国维是中国传统词学向现代词学的转换过程中，能比较全面、系统地运用西方文艺观点和美学思想来研究中国词学的第一人。《人间词话》是他词学思想的较为集中地体现。该著作虽然采用中国传统词学的形式，如片言只语，不强调系统等，但骨子里却渗透着西方文艺思想，是中西合璧的产物，表现出现代词学的基本特征。王国维是中国词学由传统到现代转换中里程碑式的人物。

严格地说，王国维并不是一个纯粹的、专业的词学家，他只是喜好词，对词亦有所见解，断断续续地写下了一些有关词的论述，但是这些对词的论述却建立在一种以西方哲学、文艺学为基础的，有别于中国传统词学观的词学思想之上，不仅令传统词学家的耳目一新，而且对中国词学由传统向现代化的转化也产生积极意义。主要表现在以下两个方面：

首先将西方的文艺观念引入到传统的词学批评中，为传统词学的现代化转换注入了新的造血机能。这种引入，就显性而言，是用西方文艺观来直接评价中国的传统词作，如《人间词话》；就隐性而言，则是他的总体文学观对传统词学观念的影响。显性的方面易见，此处不再赘述。所谓隐性，是指王国维虽然没有就词的功能定位等涉及到观念性的问题直接发表过意见，但他的总体文学观、美学观却又间接地对这些问题产生了影响。在传统的词学观中，对词的功能定位主要有两种意见：一种是从词最初的自然功能延伸下来的，或将其定位在娱乐为主的小歌词，或稍进一步，主要将其用来表达儿女之情；另一种则将其视作一种特殊形式的抒情诗，也要求它承担“美教化、正人伦、移风俗”的社会政教功能。期间虽有不断的反复，但就清代而言，后一种反而是主流。浙派早期词家强调骚雅，其本质还是赋予词一定的社会功能，以后常州词派的讲词史，尊词体，其关键更是如此。王国维完全跳出了传统词学观的窠臼，既没有将词定位在纯粹言情或娱乐的功能上，更没有将词纳入到传统的儒家诗教或梁启超式的社会学诗歌的范畴内，他把词视作一种独立的抒情美文，要求表达一种对宇宙人生的真实感受，体现其独立的美学价值。

这一词学思想是他总体的文艺观的具体体现。王国维的文艺观基本上来源于西方社会，十分强调文学、哲学、美术等的独立地位，因而，他对我国历来以政治统摄一切，哲学、文学、艺术等难以独立，甚至成为社会政治之附庸的做法十分反感，他强调哲学家、美术家，自然也包括文学家要坚持自己的独立地位，意识到自己所从事事业的独立价值。他认为：“且政治上之势力有形的也，及身的也；而哲学美术上之势力，无形的也，身后的也。”①今天看来，

① 王国维：《论哲学家与美术家之天职》，《王国维文学美学论著集》，第36页，太原：北岳文艺出版社，1987年。

王国维的观点不无偏颇。实际上，无论在中国还是在西方国家，文学、艺术要彻底摆脱现实政治，做到真正意义上的独立是不可能的，但关键的是在当时的条件下，王国维的观点却有一定的意义。因为当时词坛有两种较有影响的观点，一是常州词派的观点，这是当时的主流词学，影响相当大，其观点就是传统儒家诗教在词学里的延伸。另一种则是以梁启超为代表的社会学词学观，即将词的创作和评价纳入到改造社会、开启民智或者拯救国危的方向上去，这种观点在西力东侵、国家危急的背景下也产生一定的影响力。这一词学观的产生有一定的合理性，事实上在我国的发展进程中也起过一定的作用，只是这种词学观究其实质，仍然未能跳出传统词学思想的基本框架，其特点就是将词与社会政治过分紧密地联系在一起，只不过传统的词学观是要求词为维护封建政治服务，而这种词学观是要求词为当时的现实政治服务。这两种观点的共同点在于以不同的理由来弱化，甚至取消词本身的独立性。而在观点上主要来源于西方文艺观的王国维，则基本上摆脱了传统文艺思想的束缚，他强调文学的独立性，虽在当时的社会背景下不太现实，但这种矫枉过正的思想不仅可以起到纠偏的作用，而且可以使中国包括词学在内的文学观更加全面，更加丰富。

其次是摆脱了浙西、常州两词派的纠缠，着眼于新词学观的建构，为传统词学的现代化转换奠定了良好的环境基础。纵观整个清代词坛，基本上都为浙西、常州两词派牢笼，清前期、中期是浙派的天下，清后期则有常州词派称雄，词学家的词学观也大都非此即彼，跳不出两派的圈子，即使有不倚门户者，也往往是综合两家而已，很难说真正不受其影响。究其原因，就在于人们没有摆脱传统观念的束缚，视野比较窄。王国维则不同，他虽然在某些手法甚或观点上也受浙西、常州词派的影响，但从总体看，其词学观以西方的美学思想为基础，起点较高，因此思维方法、看问题的视角等都与传统的词学观有差异，真正跳出了浙西、常州两派的纠缠，以一种全新的观念、方法来评论、研究词。这一点，只需通读《人间词话》就可了解王国维对浙西词派、常州词派的基本态度。

王国维并未刻意地否定两家，毕竟两家在一些具体的方法和观点上也有其合理性，在有些手法和观点上甚至也有与两家一致的地方，但从总体上看，王国维对整个清代的词学研究并不是很以为然。他曾说："明季国初诸老之论词，大似袁简斋之论诗，其失也，纤小而轻薄。竹垞以降之论词者，大似沈归愚，其失也，枯槁而庸陋。"[①]尤其是对张惠言"胶柱鼓瑟"的说词方法不满，他说："固哉，皋文之为词也！飞卿《菩萨蛮》、永叔《蝶恋花》、子瞻《卜算子》，皆兴到之作，有何命意？皆被皋文深文罗织。"[②]从这两段话中，大体可以看出王国维对清代词学以及对浙西、常州两家的一些态度。由于王国维已经跳过两家，着手以西方的文艺观念为基点来评价中国传统的词，这事实上在清以后的词坛上不仅引进了一种新方法、新视角，而且还开创了一种新的学术风气。

三、词学研究格局的重新整合与中国现代词学的确立

以倡导"白话"文为标志的"五四"新文学运动，以前所未有的力度与旧文学彻底决裂，中

---

① 况周颐、王国维：《蕙风词话、人间词话》，第242页，人民文学出版社，1960年。

② 况周颐、王国维：《蕙风词话、人间词话》，第233—234页，人民文学出版社，1960年。

国文学就此翻开崭新的一页。如上所述，在这波澜壮阔的“新文学”大潮中，词的创作所受影响并不太大，但以词为研究对象的词学却无论在观念上还是在研究方法上都受到一定程度的冲击。胡适将传统的词学放到“新文学”的视野中加以观察和研究，表现了“新文学”运动倡导者对传统词学的基本看法与要求。

虽然胡适并非一个专业的词家，但由于他的学识、才气以及社会地位和学术号召力，使他的词学思想在相当时间、相当范围内产生影响力。如他对吴文英的反感，对苏辛一派的肯定，以及他宏观的词史观等，都对词坛产生重大影响。现代词学家龙榆生先生并不赞同胡适的词学观，但对这种影响力却又作了比较客观的描述与评价。他说：“近人胡适辑《词选》，独标白话，而以唐、宋诸贤制作，划为三期：一曰‘歌者之词’，二曰‘诗人之词’，三曰‘词匠之词’。其在现代文学界中，影响颇大。”[①]又说：“自胡适之先生《词选》出，而中等学校学生，始稍稍注意于词；学校中之教授词学者，亦几全奉此书为圭臬；其权威之大，殆驾任何词选而上之。”[②]当然，胡适的词学影响在一定程度上也是借助于他的社会地位和在新文学运动中的声望，因此这种影响更多的是在普及的层面。至于在专业的词学研究领域里，胡适的影响也有，但明显不如在普及层面上这么大。

如何评价？应该说，胡适词学观的关键有两点：一是文学进化论（他提出新文学样式生于民间、死于文人的循环说，倡导白话词等，都可以归到这一点）；一是推崇苏辛，强调词的社会功能。事实上这两种词学观，除传统文艺观的影响、胡适个人性格的偏爱外，也是时代的产物。鸦片战争后的中国社会一直处于一种动荡之中，社会矛盾十分尖锐，即便“五四”前后也是如此，这样的社会状况往往需要一种质实的文学，担负起拯救民族，改造社会的部分责任。因此，注重词的社会功能的词人，如苏、辛等容易被人接受，他们的作品也容易引起人们情感上的共鸣。此外，“五四”文学革命也对这种词学思想的产生起了直接的作用。“五四”文学革命主要提倡两条：一是要求建设人的文学，也就是有关痛痒的文学；一是建设活的文学，也就是白话文学。前一条如上所述，与整个社会背景相关，而后一条的主要根据就是文学进化论。而重视民间文学，建设平民文学等的理论倡导又与上述两点都相关。胡适的词学观可以视作社会现实与“五四”文学革命对词学的双重要求。反过来讲，胡适的词学观也可以认作是一种遵命词学观、社会词学观。前面已经说过，胡适和梁启超一样，并不是一个纯粹的词人，他首先是个社会活动家、学术活动家，有着较强的社会意识，这就使他的词学研究显得不很透彻，至少在对个别词家（如吴文英、姜夔）的微观研究中是这样。他说了许多过头的话，他说这些过头话自有他的理由，除了年壮气盛外，矫枉过正也是一种解释，在当时词学研究比较传统、也比较沉闷的情况下，非“过分”不足以引起人们的关注，自然也起不到开风气之先的作用，其实“五四”提出“打倒孔家店”的口号，提出“选学妖孽，桐城谬种”的口号不同样也是一种过头话吗？这是当时形势的需要。就像今天要历史地看待“五四”的文学主张一样，也应历史地、科学地对待胡适的词学观，不能以现在的标准来评判当时的胡适词学观，更何况胡适对中国词学宏观的研究是经得起相当一段时间的检验的。

此外，胡适的词学研究在手段和视角上也有独到之处，他注重宏观研究，以社会进化论

---

① 龙榆生：《研究词学之商榷》，《龙榆生词学论文集》，第 99 页，上海古籍出版社，1997 年。

② 龙榆生：《论贺方回词质胡适之先生》，《龙榆生词学论文集》，第 304 页，上海古籍出版社，1997 年。

的观点来观照词的发展演变，在具体的论证过程中又往往采用分析、实证的方法，这些对中国传统词学向现代词学的转化，起到了直接的推动作用。

确切地说，胡适的词学研究实质上是新文学运动在词学研究领域的延伸，只不过这种延伸更多地表现为胡适的业余性质——并没有用全力，加上当时词的创作仍然固守传统，就很难一下子改变当时词学的整体面貌。但尽管如此，随着现代出版业的飞快发展，词的传播媒介的变化以及现代教育体制和文化消费方式的改变，词学研究的基本格局发生了很大的变化：一部分文人仍然用一种传统的方式来创作词、研究词、传播词，这部分人主要以遗老遗少为主，如朱祖谋、况周颐等；一部分文人在继承传统的基础上开始接受现代词学观念和现代研究手段，这批人的身份以大学教师为主，新的、不同于传统的研究环境很容易使他们向现代词学靠拢，他们尽管在词学观念上仍然以传统为主，但在研究手段和传播方式上更接近于现代。他们是当时词学研究的中坚，尽管他们的号召力尚不如朱祖谋等人，但他们的成长和向现代词学的渐变决定了中国现代词学只能在他们手上产生；一部分文人则基本以"五四"新文学的眼光来批评和研究词学，用社会学的标准来看待词学。于第三部分文人而言，传统的词学观在他们身上几乎很少体现，因此他们的观点虽也有独到之处，甚至也有特定的价值，但从传统的、专业的角度看来，他们往往容易被认为是外行和圈外人。一方面，他们的词学能够在社会上产生较大的影响，但另一方面，他们的观点又往往被专业词家不屑一顾，因此也很难改变词学的面貌。这是"五四"文学革命以后词学研究的基本格局。

但这种格局并没有维持多久，随着朱祖谋等老一辈词学家的去世，这一基本格局又有了一些微调，清晰地表现出三种走向。其一，传统词学家，姑且称之为"由内而内"的词学家。他们持传统的词学观点，孜孜不倦地研究着词的创作规律，心无旁骛。他们是纯粹的词学家，非常值得尊敬，但遗憾的是他们没有从传统词学中走出来，因此尽管在词学研究上硕果累累，却难以承担起创立现代词学的重任。其二，以胡适先生为代表的新型词学家，不妨称之为"由外而内"的词学家，对于这类词学家前文已有分析。从本质上来讲，他们不算是纯粹的词学家，如胡适，但由于他们的身份和影响力，加上过人的才气，往往使他们的观点有独到之处。胡适曾在给沈尹默的信中讲了一段颇有意思的话："我读了你的旧式诗词，觉得我完全是一个门外汉，不配'赞一词'；至于拣选去留，那更不用说了。但是我是一个最爱说话的人，又是一个最爱说'外行话'的人，我以为有许多事，'内行'见惯了的，反不去寻思里面的意味，倒是'门外汉'伸头向里一望，有时还能找出一点意义。这是我于今敢来说外行话的理由。"①胡适说自己是外行，自然是客气。他以非专业词家的眼光去看词，尤其是以"五四"文学革命主将的身份去论词倒的确能带来一种意想不到的效果。他们为词坛带来一种新鲜的空气，为中国现代词学的产生起了推波助澜的作用，但由于他们毕竟不是专业的词人，自然也难以独立承担创立现代词学的重任。其三，以夏承焘、唐圭璋、龙榆生为代表的现代词学家，可称之为内外兼治的词学家。他们继承了传统，有相当扎实的词学功底，却又不拘泥于传统，有不断接受新观念、创造新事物的欲望和能力。如龙榆生，他既是词家朱祖谋的衣钵传承人，又是现代词学传播媒体的创始人和主持人；他既能熟练运用传统词学的考证方法和点评方法，又能以现代的分析方法和实证方法来研究词。他们是带着传统词学精华冲出旧

① 胡适：《读沈尹默的旧诗词》，《胡适古典文学研究论集》，第451页，上海古籍出版社，1988年。

的营垒去创建新的阵地的新一代词家，中国现代词学在他们手上得以确立是必然的。

需要补充的是，传统词学向现代词学的转换，主要表现在文学观念、研究视角、研究手段和成果形式等方面的改变，除此之外，词学传播媒体的变化也是相当重要的一环。传统的词学传播媒介主要是纸质书籍，而现代的词学传播媒介除书籍以外，还有各种专门的词学刊物和其他的刊物、报纸。这些刊物事实上已经成了词学研究的中心，对形成新的词学研究风气，推动现代词学的确立都起了相当重要的作用。龙榆生先生创立并主持了《词学季刊》等刊物，是词学传播媒体变化后最为关键的人物，他为现代词学的最后形成做出了杰出的贡献。

四、余论

词学从传统到现代的转换过程中有几个大的关节点：王国维的词学思想明显受西方哲学、美学的影响，但他所采用的词话形式仍是传统的；梁启超用社会批评的方法来研究词，其思维方法偏于西式，缺憾是对词本身的特性关注不够。他和王国维的词学观都明显带有西方的色彩，但一个重艺术性，一个重社会性，正好代表了两个相反的倾向。胡适是"五四"新文学运动的领袖人物，他将词学放到新文化的视野中去观察，尽管在对词的宏观研究中取得重大突破，产生相当大的影响，但他与梁启超一样，不太注重对词的艺术本体的研究，因此很难被专业词家所认同。夏承焘、唐圭璋、龙榆生既有深厚的传统词学功底，又不乏现代思想意识，中国现代词学在他们手中得以确立，并非偶然。另外龙榆生所创立、主持的现代词学刊物，也为现代词学提供了最有效的传播媒介。龙榆生、夏承焘、唐圭璋等为代表的现代词学家标志着现代主流词学的正式形成。

作者单位：华东师范大学

（原载《贵州社会科学》2011 年第 3 期）

文之奥窔，萃于此编

——读姚永朴《文学研究法》

严寿澄

桐城姚永朴(1862—1939)，字仲实，晚号蜕私老人，为惜抱(鼐)世父姜坞(范)五世孙。清光绪二十年甲午，举顺天乡试，年已三十三。不乐仕进，一意殚精学术。初治诗古文辞，后专治经，熟于注疏及诸家经说，更旁及子、史、小学、音韵。历主广东、山东、安徽、北京各书院及大学讲席。民国初，出任清史馆纂修。南归后，历主东南大学、安徽大学等讲席，成才甚众。所著有《尚书谊略》、《蜕私轩易说》暨《诗说》、《论语解注合编》、《史学研究法》、《文学研究法》、《惜抱轩诗训纂》、《旧闻随笔》、《蜕私轩集》暨《续集》等，都数百余卷[①]。钱子泉(基博)以为，仲实"为文不矜奇奥，为诗自然清遒，恪守姚氏家法，顾不以桐城张门户"[②]，所论甚谛。

《文学研究法》一书，凡二十六目，厘为四卷，自文学之起源、根本、运会、派别，至性情、神理、刚柔、奇正，阐发精详，首尾一贯，可谓古文家之《文心雕龙》。钱子泉以为："其发凡起例，盖仿之刘勰《文心雕龙》，而自上古有书契以来，论文要旨，略备于是焉！"[③]又列出近代作者，凡十三家，其中集部两家，一为刘熙载《艺概》，一即此书。认为此书"明文章之利钝，搜录古今作家论文之言，采摭极博，而出以组织，有剖析，有综合，洞明得失，极有经纬"，故"读一书可通千万书"。称誉可谓备至[④]。兹不揣浅陋，提要钩玄，分为五项，略作阐释，以就教于世之治中国文学者。

一、文学义界与纲领

中国昔时所谓文学，实即文章、文辞之学，与今日自西方转手而来的"文学"，概念颇有差异。仲实指出，文字基于言语，言语发于声音，声音则根于知觉。人"自堕地以来，即呱呱而泣，盖已有所欲矣；继而解笑，又继而解言；至能言而思无不达、求无不遂矣。故不惟一己之欲可以表示，且人与人之欲，亦可以相为感通"。然而能面对面感通者，究竟无由"推之于万

---

① 见王蘧常《桐城姚仲实教授传》，载许振轩校点《文学研究法》(合肥：黄山书社，1989年)，卷首，第1—2页。

② 钱基博《现代中国文学史(增订本)》(台北：明伦出版社，1972年影印1936年原刊本)，第163页。

③ 同上。

④ 引自吴孟复《桐城文派述论》(合肥：安徽教育出版社2001年)，第180页。钱氏所列其余十一家如下：经部：皮锡瑞《经学历史》、陈澧《东塾读书记》；史部：梁启超《中国历史研究法》、赵翼《廿二史札记》；子部：陈钟凡《诸子通谊》。其他六家为：章学诚《文史通义》、张尔田《史微》、章炳麟《国故论衡》、叶德辉《书林清话》、叶昌炽《语石》、康有为《广艺舟双楫》。

里”，是谓“行于近而隔于远”；“能著之于一旦者”，终究“不能求之于百年”，此乃“通于暂而滞于久”。于是便有文字的出现，使人与人的相互感通，能不隔于远近，无间于久暂。故曰：“天地之元音发于人声，人声之形象寄于点画，点画之联属而字成，字之联属而句成，句之联属而篇成。”文学的起源，即在于此。文章既是由字逐层而上联属而成，因此“欲文章之工，未有可不用力于小学者”。[①]

清末民初之时，颇有人以为，“当今时事孔亟，所应讨论者至多”，岂有余暇研讨及于文字之事？仲实对此说道，须知“国于天地，必有与立”：

> 盖文字之于国，上可以溯诸古昔而知建立所由来，中可以合大群而激发其爱国之念，下可以贻万世而宣其德化政治于无穷。关系之重如此，是以英吉利人因其国语言文字之力能及全球，时以自诩；吾国人反举国文蔑视之，殊不可解。夫武卫者，保国之形式也；文教者，保国之精神也。故不知方者，不可与言有勇。且语言发于天籁，文字根于语言，则亦天籁也。既为中国人，举凡各种科学，非得有中国文字阐明之，乌能遍行于二十二行省？是故欲教育普及，必以文学为先；欲教育之有精神，尤必以文字为要。此理之必不可易者也。

然而仲实心目中文字之极致，乃是精深的古文，如何可能普及？回答是：将文学之事分为普通学与专门学。“但求其明白晓畅，足以作书疏应社会之用”，此乃“普通学”。旨在韩退之所谓“将蕲至于古之立言者”，是谓“专门学”。中小学以及其他专科的学生，“能有普通文学，已为至善”。“若以中国文学为专科”，则岂能自我设限而不求达于最上一层[②]？其要旨在于：必须重视自己的语言文字，否则不但科学难以普及，国家的精神亦势必萎靡不振。

民国七年，太仓唐蔚芝（文治）作《中学国文新读本序》，认为“汉唐以来，文化盛则国治，文化微则国衰。故无论古今中外，罔不以保存文化为兢兢。乃今世之士，淘汰文化惟恐不速，或用鄙陋俚俗之教书，自诩为新法。虽聪明才智之士，亦强侪诸村夫牧竖之流，知识日短，志气日卑”。长此以往，必致文化陵夷，自主精神丧失，“国家将无用人之人，而惟有为人所用之人”。须知国货是“国民之命脉”，国文则是“国民之精神”，“国货滞则命脉塞，国文敝则精神亡。爱国者既爱国货，先当维持国文”。维持国文乃复兴文化的必要条件，惟有如此，中国始能“底于治平”[③]。又指出：“生民之类，自弃其国学，未有不亡者也。子独不观夫欧洲诸国乎？其竞进于文明者，则其国家、其人类强焉，存焉；反是，则其国家、其人类弱焉，息焉，灭焉。我国文字，自书契之造，以迄孔子，数千年来，绵绵延延，人类之所以常存者，胥由文焉作之纲维，综其要端。”日本师法德国，“艺成而立”，并不以德国语言“授其徒也”。美国学习意大利、法国，“程功而返”，仍是用自己的英语“教其国”。“吾国国学之精者，倘师其意，则所谓普及，所谓通俗，庶几其有济”[④]。与仲实声应气求，可谓有识者所见略同。

仲实对文学的界定，与当时新旧两派之说，皆有所不同。新派遵奉西说，如刘鉴泉（咸

---

① 《文学研究法》（以下简称《文学》），第 1—2 页，5（卷一，《起原》）。

② 同上，第 5—6 页。

③ 载所著《茹经堂文集二编》，沈云龙主编《近代中国史料丛刊》，第 4 辑，第 32 种（台北：文海出版社，1974 年），页 800—02（原刊本，卷五，页三五上—三六下）。

④ 《工业学校国文成绩录序》，载《茹经堂文集二编》，页 804—805，808（原刊本，卷五，页三七下—三八上，三九下）。

炘)所指出,“以抒情感人有艺术者为主,诗歌、剧曲、小说为纯文学,史传、论文为杂文学”[①]。旧派的章太炎,则以文字为重,云:“文学者,以有文字著于竹帛,故谓之文。……命其形质曰文,状其华美曰彣,指其起止曰章,道其素绚曰彰。凡彣者必皆成文,凡成文者不皆彣。是故搉论文学,以文字为准,不以彣彰为准。”[②]仲实则指出所谓文,本有广狭二义。《论语·公冶长》:“夫子之文章,可得而闻也。”《泰伯》:“焕乎其有文章。”凡言语、威仪、事业等“著于外者”,一切文字之著于竹帛者,皆可称为“文”。《汉书·艺文志》所列六艺、诸子、诗赋、兵书、术数、方伎,“何一不在文学之中”?其中最著者是诗赋,发展而成后世的集部,“遂专为历代文章之总汇”。是为狭义之“文”[③]。要言之,他所谓狭义的文学,正是旧日所谓辞章之学,文学与非文学的根本区别,在于是否有文采,有美感。如吕诚之先生所指出,若明此理,便知“把应用文和美术文分开,根本是没有懂得文学”,“最为荒唐”,因为“文章是变相的说话,文章做得好,就是话说得好,天下有哪一种说话,能完全和实用离开的?又有哪一种说话,完全不须说得好的?……无论何种文学,苟其是好的,一定是有美的性质,其美的程度的高下,即以所含美的成分的多少为衡,绝不与其文字的内容相涉”[④]。按:此论最为明快,可与仲实之说相参。

依仲实之见,辞章或文章之学的纲领,在于“义法”二字。此语出自《史记·十二诸侯年表》论孔子撰次《春秋》,所谓“上记隐,下至哀公之获麟,约其文辞,治其繁重,以制义法,王道备,人事浃”。方望溪(苞)以此论古文,云:“《春秋》之制义法,自太史公发之,而后之深于文者亦具焉。必义以为经,而法纬之,然后为成体之文。”[⑤]方孝岳指出,望溪在《左传义法举要》中,“差不多是替‘义法’二字下了一个简明的解释”,即“古人叙事,或顺或逆,或前或后,皆义之所不得不然”。“这‘义之所不得不然’一句话,不特确实解释‘义法’二字的意思,实在又可以扫除文学批评界里的无限葛藤”[⑥]。所言甚谛。仲实亦有一个简明扼要的解释:“所谓义者,有归宿之谓;所谓法者,有起、有结、有呼、有应、有提掇、有过脉、有顿挫、有勾勒之谓。”[⑦]亦即一篇文字所以能入于文学之林,在于:(一)有中心思想,(二)讲究篇章结构(更须知篇章结构等等,如方孝岳所揭示者,必须服务于表述中心思想的需要,此即“义之所不得不然”)。可见仲实所主张的“文学”,不为抒情所限,亦不仅是《文选序》所谓翰藻,与刘鉴泉为同调(鉴泉批评当时论中国文学史者,全依西人之说为准绳,“专主艺术”,不异于齐梁人之见,域于“抒情之旧疆”,实不可从[⑧])。

所谓文学家,就是注重如何为文,故其“别出于诸家者”有四项。一是“异于性理家”:所谓性理家,讲求的是“性命身心”与“伦常日用”,“其学以德行为主,而不甚措意于词章”。宋

---

① 见刘咸炘《文学述林》卷一《文学正名》,收入黄曙辉编校《刘咸炘学术论集·文学讲义编》,桂林:广西师范大学出版社,2007年,第3页。

② 《国故论衡》,上海古籍出版社,2006年,中卷,《文学总略》,第38—39页。

③ 同上,第15—16页(卷一,《范围》)。

④ 《论基本国文》,载《吕思勉论学丛稿》,上海古籍出版社,2006年,第553页。

⑤ 《文学》,页22(卷一,《纲领》)。

⑥ 方孝岳《中国文学批评》,台北:清流出版社,1971年,重印1930年代本,第145页。

⑦ 《文学》,第84页(卷二,《记载》)。

⑧ 《文学述林》卷一《文学正名》,收入黄曙辉编校《刘咸炘学术论集·文学讲义编》,桂林:广西师范大学出版社,2007年,第6—7页。

代理学家中，虽亦有擅文字如朱子者，然而其中大部分人的文字，则是“域于语录之中而不能自拔”；诗则往往以邵康节（雍）《击壤集》为宗，索然寡味（康节之诗，非无佳者，“然而无意为诗”，“偶与风雅之旨合，不过出于性灵”，“故妙者极妙，俗者极俗”，奉以为圭臬，流弊滋多）。二是“异于考据家”：考据家有两类，“在经学者为注疏家”，“在史学者为典制家”。注疏家中，如王辅嗣（弼）、郑康成（玄）诸人，固是“词旨简约”，然而后世诸家，多“务碎义逃难，便辞巧说”，“至于疏家，尤为冗蔓”。典制家中，“如杜君卿（佑）《通典》，马贵与（端临）《文献通考》，各门总序，元元本本，殚见洽闻”，然而就大体而论，则“多采掇群书，加以论断，与文学家实分道扬镳”。三是“异于政治家”：“政治家宗旨，主于事功”。上古的《典》、《谟》、《诰》、《誓》、《命》，春秋、战国时期士大夫的词令，“最为典雅”，“秦汉以迄魏晋，犹有遗意”，“南北朝乃伤绮靡”，唐宋以降，则可观者少。原因在于政治家意在适用，不在文字[①]。四是“异于小说家”：《汉书・艺文志》摈小说家于九流之外，以为小说家乃是“街谈巷语，道听途说者之所造”，虽曰小道，仍有其可观之处。虽是如此，仲实秉承桐城家法，认为其弊自不可掩：“情钟儿女，入于邪淫；事托鬼狐，邻于诞妄。又其甚者，以恩怨爱憎之故，而以忠为奸，以佞为圣，谀之则颂功德，诋之则发阴私，伤风败俗，为害甚大。且其辞纵新颖可喜，而终不免纤佻”。凡此种种，皆不可入于文家笔端[②]。按：时已清末民初，还是如此排斥小说家，在今人看来，实是冥顽不灵。然而须知，如此看法，有其深层的原因。首先，中国传统中本有两种书面语，一是文言，成形于西周；一是白话文，成形于唐代后期（从敦煌俗文学到近代的小说传统，大体是这一种书面语言）。所谓雅俗之分，说到底，就是文与语的区别。中国历史上的文化大传统，是以“文”为中心的文字传统；亦即：文字——文学——文化，一以贯之，中心在“文”。民间文学则是以“语”为中心的口语传统。胡适等人“文学革命”的目的，是以后一传统打倒前一传统，造成以“语”为中心的新正统，从而达致所谓全盘西化。[③] 仲实所恪守的，乃是前一种传统，排斥口语传统的小说，也就无足怪了。其次，他所要研究的，是正式的“古文”。而所谓古文，如吕诚之所指出，“其所叙述，都是依天然的条理，述客观的事实”，“而有意做作，超过如实叙述的程度的，则落入小说的科臼”。“古文而带有小说气”，历来的作者“均视为大戒”，原因正在于此[④]。

二、文学门类与功效

文学义界既明，即可辨其门类了。门是纲，类是目。姚惜抱《古文辞类纂》辨别体裁，分为十三类：论辨、序跋、奏议、书说、赠序、诏令、传状、碑志、杂记、箴铭、赞颂、词赋、哀祭。曾涤生（国藩）《经史百家杂钞》则分三门：一为著述门凡三类，曰论著、词赋、序跋；二为告语门凡四类，曰诏令、奏议、书牍、哀祭；三为记载门凡四类，曰传志、叙记、典志、杂记[⑤]。仲实斟酌

① 《文学》，第 17—20 页（卷一，《范围》）。

② 同上，第 20—21 页。

③ 按：胡适等人的白话文，仍不离中国的口语传统。到了鲁迅等人，则大力提倡文字的欧化，于是形成了一种新白话。这一新白话，大量借用西文语法，和汉语口语的差别，在许多方面甚至大于文言和口语的差别。

④ 《〈古史家传记文选〉导言》，载《吕思勉论学丛稿》，第 574—575 页。

⑤ 《文学》，第 29 页（卷一，《门类》）。

于两者之间，将著述门分为四类："其无韵者曰论辨；而有韵者曰词赋，曰箴铭；至自述著作之意，或述他人所作者，曰序跋。大抵论辨、箴铭，毗于说理与事者为多，词赋则毗于述情者为多，序跋兼而有之。"各类体例不一，"然其命意、布局、行气、遣词则一"。所忌者是平铺直叙，"须有反正，有开合，有宾主，凡题之正面，不宜絮衍，盖所谓反与开与宾，无非托出正面也"。"又有恐意不明而用譬喻者"，"其短者一两句，不嫌于短；而长者数行或十数行，亦不觉烦"，所贵者在新颖亲切，"惟新颖乃有趣，惟亲切乃能使读者当下豁然"①。告语门之文，分为五类："其上告下者曰诏令，下告上者曰奏议，同辈相告者曰书牍，曰赠序，人告于鬼神者曰哀祭。前四类毗于说理说事者多，而述情亦存乎其中；后一类毗于述情者多，而理与事亦存乎中。"大抵而论，其体裁与论著不同，"而所同者，则开合、呼应、操纵、顿挫之法也"②。记载门尤重义法："无论所录者，或关一代，或系一人，而事必有首尾，人必有精神，倘不知所剪裁，何由首尾昭融、精神发越乎？"分为六类，即典志、叙记、杂记、纪传、碑志、赞颂。归震川（有光）《史记总评》有云："作文如画，全用界画。"姚惜抱则曰："作文如小儿放纸鸢，愈放愈高，止在手中线牢耳。"方植之（东树）《昭昧詹言》则说，凡作文，"于题面题绪及作旨归宿，必交代清楚"，"譬名家作画，无不交代蹊径道路明白者"，然而"有忌太分明"。凡此都是记载门之所重③。

仲实分门类，较曾氏多出诗歌一门。诗歌本是著述门之一类，"但古今作者既多，而境之变化又多，大抵文中或论道，或叙事，或状物态，或抒性情，诗皆有之"，于是不得不别分一类。其论诗主张，折中于王渔洋（士禛）《古诗选》、姚惜抱《今体诗钞》之间，对于叙事措语、篇章结构特为重视，不局限于今人所乐道的"抒情传统"④。

文学既不为抒情及翰藻所限，其功效于是远较所谓纯文学或美文为广，大端可分为六项。一是论学：所谓学，乃是"本己之所得，以救世之所失者也"。张横渠（载）《西铭》所谓"为天地立心，为生民立命，为往圣继绝学，为万世开太平"，"意正指此"。然而若是"文章不工"，"虽有此志此学，何由宣其所见，以觉当世而诏来兹？"故程子以为无张子厚之笔力，此意"发不出"⑤。

二是匡时："圣贤经典，无不与政治有关，是以为文章者，必有陈古讽今之思，本其心之沈郁，而达以笔之委婉，乃可以动人，可以救世。"诗人"因所遭之时，或颂其美，或刺其失；当王泽寖衰，犹思匡而正之，追而复之，近救一时，远救万世，斯又文章之功效也"。杜少陵之所以为古今诗人之首者，以此⑥。

三是纪事："夫立乎千百世之后，而追溯千百世以前，其为时也远矣，乃举凡贤君相之丰功骏业，名儒之至德要道，莫不可以穷原竟委，历历言之，非有高文为之叙述，何以臻此？"⑦

四是达情：人之有情，所以灵于万物。故昔人云："未免有情，谁能遣此？"《文心雕龙·物

① 《文学》第65、71页（卷二，《著述》）。
② 同上，第72、77页。
③ 同上，第78、84页。
④ 《文学》，第85—93页（卷二，《诗歌》）。
⑤ 《文学》，第39页（卷一，《功效》）。按："以救世之所失"，原文作"以救之世所失"，显为排印之误，兹径予改正。
⑥ 《文学》，第40—41页（卷一，《功效》）。
⑦ 同上，第41—42页。

色》篇因此说：“春秋代序，阴阳惨舒，物色之动，心亦摇焉。……若夫圭璋挺其惠心，英华秀其清气，物色相召，人谁或安？”可见“古人性情，未有不见于文字者”。故《文赋》云：“思涉乐其必笑，方言哀而已叹。”韩退之《送孟东野序》云：“其歌也有思，其哭也有怀。”凡此只是就一己之情而言。“若夫由己及人，而使彼此之间，洞然无阂”，可以类推。“情之所及，无论近远，放之皆准，感而遂通”，正是文章的功效[①]。

五是观人：“人之性情、才气、志操、学业，固各有所宜。惟然，故观其文可以知其人也。”善于伪装者可以欺人于一时，但是“心术隐微，必有流露于字里行间而不能掩者”。韩退之之文，“莫不奇崛”，而其《祭十二郎文》、《韩滂墓志铭》等，“乃至性缠绵，读之令人涕下”；欧阳永叔之文，“莫不深婉”，而其与范司谏（仲淹）、高司谏（若讷）两书，“乃凛然有不可犯之色”。“此正见文章可以得人之真相与全量也。”“夫人藏其心，不可测度也；然而观其所言，即可以知其所蕴，斯又文章之功效也。”[②]按：明末阮大铖，所作诗多为山水清音，然而如钱默存所揭示，“其诗格矜涩纤仄，望可知为深心密虑，非真闲适人，寄意于诗者”；“听其言则淡泊宁静，得天机而造自然；观其态则挤眉弄眼，龋齿折腰，通身不安详自在”[③]。文章可以观人，此为一佳例。

六是博物：屈原、宋玉、扬雄、司马相如之词赋，皆可视为博物之书。故《文心雕龙·物色》篇云：“诗人感物，联类不穷；流连万象之际，沈吟视听之区，写气图貌，既随物以宛转；属采附声，亦与心而徘徊。”韩退之“更以诗赋所长，入于散体文中”，所谓“大之为河海，高之为山岳，明之为日月，幽之为鬼神，纤之为珠玑华实，变之为雷霆风雨，奇辞奥旨，靡不通晓”（《上兵部李侍郎书》）散体文如此，古近体诗亦然。叶少蕴（梦得）《石林诗话》云：“老杜‘细雨鱼儿出，微风燕子斜’，此十字殆无一字虚设。细雨着水而为沤，鱼常上浮而淰；若大雨则伏而不出。燕体轻盈，风猛则不能胜，惟微风乃受以为势。至‘穿花蛱蝶深深见，点水蜻蜓款款飞’，‘深深’字若无‘穿’字，‘款款’字若无‘点’字，皆无以见。”仲实就此说道：“其精微如此，诚如《文赋》所谓‘笼天地于形内，挫万物于笔端’者，斯又文章之功效也。”更总结此六端，说道：“自今以往，世局日新，人事日多，而所以助文章而生其波澜者日广，则其功效必日著。是在有志兹学者扩而充之，神而明之耳。”[④]对于文言文说理、纪事、述情、状物的功能，表示了充分的信心。

三、性情与文章状态

孔子云：“质胜文则野，文胜质则史。文质彬彬，然后君子。”（《论语·雍也》）《礼记·礼器》则曰：“无本不立，无文不行。”仲实即此指出：“是文与本固相须为用也，而本为尤要。”“为文章者，苟欲根本盛大，枝叶扶疏，首在于明道。”因此，“吾辈苟从事兹学，必先涵养胸趣。盖胸趣果异乎流俗，然后其心静；心静则识明而气自生。然后可以商量修、齐、治、平之学，以见

① 《文学》，第 42—43 页（卷一，《功效》）。

② 同上，第 43—45 页。

③ 钱钟书《谈艺录》（中华书局，1984 年），第 163、504 页。

④ 《文学》，第 45—47 页（卷一，《功效》）。

诸文字，措诸事业”[①]。依儒家之说，道非外铄，而是本乎天而存于人的性。如《白虎通》所谓，“始起先有太初，然后有太始，形兆既成，名曰太素。混沌相连，视之不见，听之不闻，然后判。清浊既分，精曜出布，庶物施生，精者为三光，号者为五行。五行生情性，情性生汁中，汁中生神明，神明生道德，道德生文章”[②]。同书《性情》篇则曰：“性者阳之施，情者阴之化也。人禀阴阳气而生，故内怀五性六情。情者，静也。性者，生也。此人所禀六气以生者也。”又云：“五性者何谓？仁义礼智信也。……六情者何谓也？喜怒哀乐爱恶也谓六情。所以扶成五性。”[③]仲实解释说：“夫人性内函，而外著为情。其同焉者，性也；其不同焉者，情也。惟情有不同，斯感物而动。性亦不能不有所偏。故刚柔缓急，胥于文章见之。苟不能见性情，虽有文章，伪焉而已，奚望不朽哉？”[④]易言之，性本于天，人人所同；情则因感物而起，故人各不同，从而影响及于性，以致各有所偏[⑤]。

文章乃是“立言”之事，与“立德”、“立功”并称三不朽。真能当“立言”之称者，必须如韩退之《答刘正夫书》所谓“能自树立，不因循者”；或是如黄山谷（庭坚）《以右军书赠邱十四》所谓“随人作计终后人，自成一家始逼真”。惟有如此，“其性情乃可著之天下后世”。原因是：“盖既为文学家，必独有资禀，独有遭际，独有时世，著之于辞，彼此必不能相似。”《文心雕龙·体性》论文有八体，列举贾谊以下共十二人，指出各人资禀不同，其文章的表现因而各有特点，彼此不能相似。韩退之作《送孟东野序》，“谓东野与李翱、张籍之鸣信善”，然而究竟是以和雅之声“鸣国家之盛”，还是因穷愁潦倒“自鸣其不幸”，那就全仗天意了。人生遭际有穷达之异，“文章之体”亦“因之而分”。至于“时世之异，与文章更有莫大之关系。凡切于时世者，其文乃为不可少之文；若不切者，虽工亦可不作”；亦即立言必须“当乎其时”。要而言之，“文章必根乎性情”[⑥]。

姚惜抱《与翁学士书》有曰：“文字者，犹人之言语也。有气以充之，则观其文也，虽百世而后，如立其人而与言于此；无气，则积字焉而已。”[⑦]所谓文字有气以充之，亦即文如其人，可见其性情，如吕诚之所谓，“文章是有个性的，天下断没有两个人的个性是相同的，因亦没有两个人的语言是相同的。文章就是语言，自然各个人的文章神气各不相同了”。神气有好有坏，有显著有隐晦，“大抵好的文章，其神气总是特别显著”[⑧]。神气表现于文字，文章就有了各自的状态，各自的境界，故“昔人每因之品藻古今鸿篇巨制”。韩退之《答尉迟生书》云：“行峻而言厉，心醇而气和，昭晰者无疑，优游者有余。”仲实以为，“古人文境之妙，不出此数语”[⑨]。然而终究不如刘海峰（大櫆）《论文偶记》之完备，列举“贵奇”、“贵高”、“贵大”、“贵

① 《文学》，第 8、9、14 页（卷一，《根本》）。

② 陈立《白虎通疏证》（中华书局，1994 年），第 420 页（卷九，《天地》章）。

③ 上书，第 381—382 页（卷九，性情）。

④ 《文学》，第 95 页（卷三，《性情》）。按：仲实引《白虎通》原文，有删节，兹据原书补。又，“夫人性内函”以下，《文学》校点者误以为《白虎通》原文，兹改正。

⑤ 《文学》，第 95 页（卷三，《性情》）。

⑥ 同上，第 96—98 页。

⑦ 刘季高点校《惜抱轩诗文集》（上海古籍出版社，1992 年），第 84 页（卷六）。

⑧ 《论基本国文》，第 555 页。

⑨ 《文学》，第 102 页（卷三，《状态》）。

远”、“贵简”、“贵疏”、“贵变”、“贵瘦”、“贵华”、“贵参差”诸目，不一而足[①]。正所谓文学家“独有资禀，独有遭际，独有时世”，“彼此必不能相似”也。

文章之状态，因人因时因地而异，可谓千变而不穷。桐城派古文家所津津乐道的气味、声色、刚柔、奇正云云，正是由此而生发。各个人的文章神气各不相同，于是有“气味”之说。吕诚之对此，有精辟之论，以为判定文字的文学价值，“其最重要的条件为神气”。若是“但知分析字法、句法、篇法以求之，而不能领会其神气，则必致走入歧途。因为文学是活物。正如说话然，会说话的人，固然字句都有斟酌，次序亦排列的极好，然决非单是如此，话就可以说得好的。我们要学，必须体会其于此之外，更包括姿势、声调、心理状态等种种条件的一个总相，此即所谓神气”[②]。仲实的看法，正是如此，说道：“夫人之气，言语其著焉者也。文章又言语之精也，故以气为重。”故孟子曰：“我善养吾浩然之气。”《文心雕龙》则有《养气》之篇。刘海峰《论文偶记》云：“古人行文至不可阻处，便是他气盛。”方植之《昭昧詹言》曰：“诗文者，生气也。若纸满如剪彩雕刻，无生气，乃应试馆阁体耳，于作家无分。”仲实即此说道：“据此可知无论诗文，未有气不盛而能工者也。”气之最上者称为“元气”，最为难得。后世文章家据王厚斋（应麟）《困学纪闻》云：“李义山谓昌黎文若元气，王荆公谓少陵诗与元气侔。惟杜、韩足以当之。其他或为敦厚之气，或为严凝之气，虽不能无偏，要皆真气也，生气也。所忌者为客气。盖客气非伪即滑。”[③]言语发于真性情，其气必盛，“气盛则言之长短与声之高下者皆宜”（韩昌黎《答李翊书》），是为古文家所祈向之境。

《说文》云：“味，滋味也。”又谓：滋，益也。故仲实曰：“盖有味乃含咀靡尽。文章无气无以行之，无味无以永之。此二者之分也。”又指出：“文章之有味，其本原有二：一在积理，一在阅事。苟积理多，阅事多，自然醰醰有味。”以陶渊明、柳子厚（宗元）二家诗为例，如苏东坡所指出，乃是“外枯而中膏，似淡而实美”。仲实又申述说：“且夫味之为说，亦非一二言所能尽矣。孔子曰：‘人莫不饮食，鲜能知味也。’（《中庸》）正以其难领会耳。是故古人有曰‘厚味’者，以其腴也。斯之谓有‘意味’，亦曰有‘义味’，如《孟子》‘舜往于田’以下数章之论孝，‘富岁子弟多赖’、‘牛山之木’、‘鱼我所欲’各章之论心，《荀子·劝学》之论学，《韩非子》《孤愤》、《五蠹》各篇之论事，沈挚痛快，此其一也。又曰有‘深味’者，以其永也。斯之谓有‘风味’，亦曰有‘韵味’。此其妙惟《诗》之《风》、《雅》得之为多。”[④]

以神气论文，必然要涉及声音。古文家对此，尤为重视。仲实引《曾文正公日记》云：“读韩文《柳州罗池庙碑》，觉情韵不匮，声调铿锵，乃文章中第一妙境。情以生文，文亦以生情；文以引声，声亦以引文。循环互发，油然不能自已，庶渐渐可入佳境。”《日记》又谓“古人文章所以与天地不敝者，实赖气以昌之，声以永之，故读书不能求之声气二者之间，徒糟粕耳”。故曰“作文以声调为本”[⑤]。按：此论最为有见。如吕诚之所指出，

> 何谓音调？音调就是说话的调儿，文章虽与说话分离，然在根本上始终是一种说话，所以亦有其调儿。我们通常阅读文字，自己以为没有念，其实无不默诵的；不过其声

① 《文学》，第104—107页。

② 《论大学国文系散文教学之法》，载《吕思勉论学丛稿》，第624页。

③ 《文学》，第117—120页（卷三，《气味》）。

④ 同上，第120—121页。

⑤ 同上，第132—133页（卷三，《声色》）。

至微，连自己也不觉得罢了。惟其如此，所以写在纸上的文章，不能没有调儿，如其没有，则大之可以不通，即使人不知其意，小之亦可以不顺，使人欲了解其意非常困难，而且多少有些扞格，此系音调所需的最小限度。若扩而充之，则文章的美术性，要以音调一端最为高尚。①

至于色，则用以“助文之光采，而与声相辅而行”者。“其要有三：一曰炼字，二曰造句，三曰隶事”。总之，正如《论文偶记》所说，神气是“文之最精处”，音节是“稍粗处”，字句则是“文之最粗处”。然而“论文而至于字句，则文之能事尽矣”。原因是：音节为“神气之迹”，字句则是“音节之矩”。“神气不可见，于音节见之；音节无可准，以字句准之。”张廉卿（裕钊）告仲实云：“古人论文，要情韵不匮。夫所谓‘不匮’者，以旁支多也。如花卉，必枝叶掩映，风韵乃可人；若去枝叶惟存花，亦不足观矣。考《说文》于‘文’字云：‘错画也，象交文。’然则文固以交错为义，惟交错斯采色生焉。夫词藻之于采色，特一端耳，何足以尽其妙！”亦即仅有词藻而无真气，则如归震川《与沈敬甫书》所谓，只是“剪纸染采之花”，非“树上天生花也”②。

世间万物，可用阴阳或刚柔两端概括，文章状态亦然。故姚惜抱云：“鼐闻天地之道，阴阳、刚柔而已。文者，天地之精英，而阴阳、刚柔之发也。”（《答鲁絜非书》）仲实申述其意，强调两者相辅相成，不可“以犷悍为阳刚，以靡弱不振为阴柔也”。又曰：“盖阳刚、阴柔之分，亦言其大概而已。必刚柔相错而为文。故阳刚之文，亦具阴柔之美，特不胜其阳刚之致而已。阴柔亦然。止可偏胜，而不可以绝无。《礼记·乐记》云：‘刚气不怒，柔气不慑。’正以此。”③《曾文正公日记》论文境之妙，有曰：“阳刚之美，莫要于‘雄’、‘直’、‘怪’、‘丽’四字。阴柔之美，莫要于‘茹’、‘远’、‘洁’、‘适’四字。”以为古今文家得阳刚之美者，为庄子、扬雄、韩愈、柳宗元，得阴柔之美者，则是司马迁、刘向、欧阳修、曾巩（见《曾文正公尺牍》）。仲实指出，“光明俊伟，乃阳刚之胜境”，“忧危谦谨”则是“阴柔之胜境”④。

然而世人所重视的，毕竟在于阳刚而非阴柔，其故何在？仲实引管异之（同）曰：“圣贤论人，重刚而不重柔，取宏毅而不取巽顺。夫为文之道，岂异于此乎？古来文人陈义吐辞徐婉不失态度，历代多有；至若骏桀廉悍称雄才而足号为刚者，千百年而后一遇焉。甚矣，阳之足贵也。然仆以为是有天焉，有人焉。得天之刚，世亦无几，其余必进之以学。”⑤吕诚之先生对此阴阳刚柔之境，别有阐释，云：

> 孔子曰：“道二，仁与不仁而已矣。”斯言也，实评判一切事物之标准也。……论文之美者，莫如姚姬传分为阴阳刚柔二端之善。然文之美何以分此二端？姬传未尝言之也。盖人之于人也，有其欣然欲乐利之无穷之心；而人之性质不同，其所处之地位亦异。处乎得为之位，若其性质勇往直前者，则发为事业，大有补于斯民。古来圣君、贤相、名将、良吏、师儒皆是。是为积极之仁。处乎不得为之位，若其性质狷介，不能与世同流者，则退然自处，但以所谓不合作者，减杀世界之共业，而冀世人之一悟焉。是为消极之仁。

---

① 《论基本国文》，第553页。

② 《文学》，第140—143页（卷三，《声色》）。

③ 《文学》，第145—146页（卷四，《刚柔》）。

④ 同上，第147—148页。

⑤ 同上，第149页。

凡高人隐士，无闻于时，无称于后者属之。两者，其所以为仁者不同，而其为仁则一。以是性质发为文章，则分为阴阳、刚柔两端。贾、晁之文，属于前者；王、孟之诗，属于后者。举此一隅，余可三反。[①]

按：此论至为精辟，足可为仲实之说作补充。

凡有阳刚之气者，不会安于庸常，其所为文，于是常有奇气。仲实引韩退之《答刘正夫书》云："夫百物朝夕所见者，人皆不注视也；及观其异者，则共观而言之。夫文岂异于是乎！是故为文章者，说平实之理，载庸常之行，最难制胜。必力去陈言，标新领异，然后为佳。"以为"古今文人好奇，其原因盖在于此"。同时又指出："此种文字虽极可喜，然非根本深，魄力厚，而以鸷悍之气，喷薄之势，诙诡之趣，倔强之笔，浓郁之辞，铿锵之调行之，必不能窥其奥窔。使初学而骤希乎此，其流弊可胜言乎！"苏东坡因此说："凡人文章，当务使平和至足之余，溢为怪奇，盖出于不得已也。"仲实以为，"东坡言'不得已'三字，形容最妙"。故其《与谢民师推官书》云："文章之境，如行云流水，初无定质。但常行于所当行，止于不可不止，文理自然姿态横生也。"此即《庄子·天下》篇所谓"充实不可以已"。总之，所谓奇，切不可有意为之，以致"文章日流险辟，而不能造乎自然"[②]。"奇"与"正"，本是相辅相成。奇不是"险僻"，必须有法；正也不是"肤庸"，须有其"葩"。方密之（以智）《通雅》引吴立夫（莱）云："作文如用兵，有正有奇。正者，文之法；奇者，不为法缚，千变万化，坐作击刺，一时俱起者也。及正部还伍，则肃然未尝乱。"故曰："奇怪乃文章胜境，而未可一蹴几也。"[③]

四、神理与格律

姚惜抱《古文辞类纂·序目》曰："凡文之体类十三，而所以为文者八，曰神、理、气、味、声、色、格律。神理气味者，文之精也；格律声色者，文之粗也。"仲实指出，所谓神，如《易·说卦传》所谓，乃是"妙万物而言者"。《孟子·尽心》篇则云："君子所过者化，所存者神。"又云："大而化之之谓圣，圣而不可知之谓神。"故神化者，文章最妙之境也。然而须知："大抵神妙神化之境，非可一蹴几，是有本原焉，有工力焉。"《易·系辞传》云："精义入神，以致用也；利用安身，以崇德也。"《礼记·孔子闲居》云："清明在躬，气志如神。"仲实就此说道："此虽不专就文章言，而文章本原所在，故如是矣。"易言之，神化之境，不期然而然，非可著力，然而亦非不可学而至。《庄子·达生》所谓"用志不分，乃凝于神"，即此之谓也。韩退之《送高闲上人序》云："苟可以寓其巧智，是机应于心，不挫于气，则神完而守固，虽外物至，不胶于心。"姚惜抱《古文辞类纂》评曰："机应于心，故物不胶于心；不挫于气，故神完守固。韩公此言，本自状所得于文事者；然以之论道亦然。"《曾文正公日记》对此更进一解，云："机应于心，熟极之候也，《庄子·养生主》之说也；不挫于物，自慊之候也，《孟子》'养气'章之说也。不挫于物者，体也，道也，本也；机应于心者，用也，技也，末也。韩子之于文，技也，进乎道矣。"曾氏又认为，"机者，无心遇之，偶然触之"；至于'神'，则是"人功与天机相凑泊"；神当为气之主。故刘

---

① 《文学批评之标准》，载《吕思勉论学丛稿》，第533—534页。

② 《文学》，第152—154页（卷四，《奇正》）。

③ 同上，第156—157页。

海峰《论文偶记》云："行文之道，神为主，气辅之，气随神转。"又云："文章最要气盛；然无神以主之，则气无附，荡乎不知其所归矣。"又云："神者气之主，气者神之用。"既然气随神转，故"古人精神兴会之到，往往意在笔先"[①]。

《易·系辞传》云："神无方而易无体。"又云："阴阳不测之谓神。"可见"神必俟功候之足、兴会之到，而后臻焉，非可以著力为之"。至于理，则可以著力，故《说卦传》云："穷理尽性以至于命。"此乃二者之分[②]。理本是普天下公共之物，"见于事，寓于物"，"皆赖文以明之"。因此，"积理固文学家要务也"。《曾文正公日记》就此说道：

> 凡作诗文，有情极真挚，不得不一倾吐之时。然亦须平日积理既富，不假思索，左右逢源，其所言之理，足以达胸中之至真至正之情。作文时无镌刻字句之苦，文成后无郁塞不吐之情，皆平日读书积理之功也。若平日酝酿不深，则虽有真情欲吐，而理不足以达之，不得不临时寻思义理；义理非一时所可取办，则不得不求工于字句。至于雕饰字句，则巧言取悦，作伪日拙。所谓"修辞立诚"者，荡然失其本旨矣。

欲积理，固不可以不多读书，然而必须为我所用，否则理自理，我自我，两不相涉。所以说，"理虽积之于书，而意则摄之于我。既有意矣，又必有术以行之，然后能执简御繁，化腐为奇"[③]。

有理有意，尚须有"术"。此所谓术，正是指文章的法度或格律。仲实引曾文正《笔记》云："凡木之两枝相交而午错者，谓之格。以其枝条交互，故有相交之义焉；以其两枝禁架，故有相拒之义焉；以其长条直畅疏密成理，故又有规制整齐之义焉。是三者皆从本义引伸之者也。"就此第三义而言，"枝格相交，长短合度，疏密停匀，俨然若有规矩，木工为窗格，即取象于此。故《家语》、《礼记注》并训'格'为'法'"。至于"律"字，仲实引《说文》"律，均布也"，说道："今由'均布'二字思之，如曰'音律'，曰'纪律'，曰'刑律'，总之皆'均布'也，皆'法'也。"然而二字虽同训，仍有其区别，即"'格'者导之如此，'律'者戒之不得如彼"。大体而言，一类文章有一类之"格"，如曹丕《典论》所谓"奏议宜雅，书论宜理，铭诔尚实，诗赋欲丽"[④]。此所谓格，就文章的体裁而言。每一体裁有其法，有其戒，此即"格律"。同时，每一篇文章又有"一篇之格"，"盖欲谋篇，必制局；欲制局，必立格"。故《曾文正日记》云："古文之道，谋篇布势，是一段最大工夫。"亦即凡为文，不可不讲求章法[⑤]。所谓章法，有两点须加注意。一是"有归宿"："大抵文章无论为议论，为叙事，必有归宿之处。既有归宿，则首尾一线，岂容支离之义，冗赘之辞，措于其间？"[⑥]二是"紧"：仲实引其先人端恪公（名文然，为姚惜抱高祖）《答方塄受斯书》谓："古人运笔如刀，下句如石。无他，要一个'紧'字而已。古人论织曰'紧满'，论地曰'紧要'。紧则满，满则不松，美锦是也。紧则要，要则不涣，关隘是也。"[⑦]

文章除章法外，尚须注意戒律。例如：《易·系辞传》云："将叛者其辞惭，中心疑者其辞

① 《文学》，第110—112页（卷三，《神理》）。
② 《文学》，第110页（卷三，《神理》）。
③ 同上，第110、114—116页。
④ 《文学》，第123页（卷三，《格律》）。
⑤ 同上，第127—128页。
⑥ 《文学》，第167页（卷四，《繁简》）。
⑦ 《文学》，第103页（卷三，《状态》）。

枝，吉人之辞寡，躁人之辞多，诬善之人其辞游，失其守者其辞屈。”此为“孔子之戒律”。《论语·泰伯》篇云：“出辞气，斯远鄙倍矣。”此为“曾子之戒律”。《朱子语类》论文，有忌意凡思缓，忌软弱，忌没紧要，忌不仔细，忌辞意一无余，忌浮浅，忌不稳，忌絮，忌巧，忌昧晦，忌不足，忌轻，忌薄，忌冗等。诸如此类，为文必须避忌。更有一事不可苟且，即“文之当作与否”。例如：“好为人作序”，“好为古人文集序”，必加三思。因为此等事，或“佛头著粪”，或“妄为优劣之辨”，或无关紧要，或妄许非人而有累名声，所谓“斯言之玷，驷马难追”。凡此种种，“皆谈戒律所不可不知者”[①]。

文章戒律的中心，在于雅俗之辨。孔子“恶郑声之乱雅乐”（《论语·阳货》）；所谓淫，意谓“过”。仲实以为：“大抵文之过于生者，为怪僻，为直率，为粗硬；过于熟者，为滑易，为轻靡，为纤弱；皆淫也，即皆俗也。”[②]吕诚之先生对此精当的解释：

> 所谓雅，即向来的文学家，公认为可以使用的语言，此亦当兼字法、句法、章法三者言之。有等字眼，有等句子，有等说话的顺序，为文学家所公认为不能使用的，则即入于俗之范围，作文学作品时，即不许使用，可用与不可用的标准，固然大体以古不古为主，然古实非其第一标准，因为并非凡古即可用，而新者亦在时时创造。文以达意为主，所以合于实际与否，总是第一个条件。

此即前人所谓“谨严”，乃“将有累于美之物，严格排除之谓”。如此的文字，即是“雅”[③]。文字求雅，即所谓“修词之功”。韩退之“汲汲于去陈言”，正是为此。桐城徐椒存（宗亮）更指出：“文之不洁，非但在字句间也。陈义太尽，无含蓄之致；造句虽新，多习见之意；皆不洁也。无意于模仿，而不觉举笔辄见者是矣。”[④]易言之，若是俗中肠胃，即便在字句间用破工夫，亦必欲雅而不能。

职此之故，在“本原”处用功，绝不可少，其要则在于“绩学”。上述种种戒律，非学无从知晓。但是本原之中，“尤有本原焉，则洗心之谓也”。要言之，“雅俗全在人品上分别，人品全在心源上分别”。苏东坡诵老杜诗“王侯与蝼蚁，同尽随丘墟，愿闻第一义，回向心地初”，以为“此老诗外尚有事在”，即此之谓也。潘彦辅（德舆）《养一斋诗话》申说道：“夫所谓雅者，非第词之雅驯而已；其作诗之由，必脱弃势利，而后谓之雅也。今种种斗靡骋妍之诗，皆趋势弋利之心所流露也。词纵雅而心不雅矣，心不雅则词不能掩矣。”[⑤]按：此即陆象山所谓“学者须是打叠田地净洁，然后令他奋发植立”；若“田地不净洁”而读书，则犹如“假寇兵，资盗粮”[⑥]。下笔之时，其心不雅而强作雅驯之词，则必将如阮大铖之闲适语，愈显其俗而已。

五、学文工夫

为文之先，必须洗心、立意、绩学，是为文之质。质既立，便可以论作文的工夫。文章因

① 《文学》，第128—130页（卷三，《格律》）。
② 《文学》，第157页（卷四，《雅俗》）。
③ 《论基本国文》，第557页。
④ 《文学》，第160—161页（卷四，《雅俗》）。
⑤ 同上，第158—160页。
⑥ 《陆九渊集》（中华书局，1980年），第463页（《象山先生全集》卷三五，《语录》下）。

功用之殊，而有种种的体式，其难易因人而异。明于其间的甘苦，心手相应，则是文学家工夫之所在[①]。仲实以为，“古人虽博览群籍，而其所得力者，莫不可屈指而数”，亦即“专心致志读几部紧要书”。其下手方法，正如苏东坡所谓，“惟勤读书而多为之”。姚惜抱《与陈硕士书》云：“学文之法无他，多读多为，以待其一日之成就，非可以人力速之也。”又云：“大抵文字须熟乃妙，熟则利病自明，手之所至，随意生态，常语滞义，不遣而自去矣。”又云：“文家有意佳处，可以著力；无意佳处，不可著力。功深听其自至可也。”又云：“凡学诗文之事，观览不可不泛博；若其熟读精思效法者，则欲其少，不欲其多。”开示后学，最为亲切[②]。

大致说来，“读文作文，有用选本与专集两法”。“选本之佳者，既分撮其英华，又合论其同异，故于初学为便。然不阅专集，终不能窥全豹，譬如尝鼎一脔，安能自诩知味？”更须知“彼操选政者，亦自阅专集而来”；若“但知选本，而不求诸专集”，终究难以“浃洽贯串”。《朱子语类》云：“作诗先须看李、杜，如士人治本经，本既立，次第方可看苏黄诸家诗。”仲实指出：“此教人看诗集法，文集可依此推之。自周、秦、两汉文章外，当以唐、宋人大家为先，而后及其余。并引其先人姜坞（姚范）语，以为切不可如明人，“浏览多，爰浸淫于后代文集而不自振”[③]。吕诚之亦持相同看法，认为“近数十年来的学校教育，他科尚可，惟国文一科，则走了错误之路”。原因是：“别一科的教材，务求其新，国文科的教材，则非至文学界发生大变动时，不能移易。”因此，“把看来还好的文字，一概拉来，作为教材”，实为不适当。学习国文，应当以散文为重点；散文之中，“亦不能诸家平列，看得一样轻重”。而“近来的学校，则将各体文字平列，每一体之中，又将诸家平列，意欲是学者先作一鸟瞰，再行自择所宜，实则不知本源者，于枝流都难了解，遂至在鸟瞰之中，一无所得，除天分极高的人外，终身隔膜，不得其门而入”。学习语体文，亦当以《水浒传》、《红楼梦》、《儒林外史》为重心，较之“杂取多种语体文者”，必将更为有益[④]。按：今日编国文教材者，于此义似仍懵然。

仲实进而指出，读文章“犹有三法”。一是“分段落”。“盖不先将段落分清，何由寻古人线索，而得其精神？惜抱先生于文之深古者，每注明各段大意，曾文正读书，尤详于分段，皆以此。”《诗·小雅·正月》有“有伦有脊”之语，陈兰甫（澧）以为，此即作文之法。“凡读古人之文，每篇必求其主意而标志之，寻其伦次而分画之”，此即“有伦有脊”也。二是“观古人评点”。如姚惜抱《答徐季雅书》所说，“文章之事，有可言喻者，有不可言喻者”。对于不可言喻者，“则在乎久为之自得而已”。“圈点最为有益，有愈于解说”，归震川有圈点本《史记》，“可借一部临之，熟读必觉有大胜处”。可见为文必当有导师，但是“宜知所抉择”，因为“古今评点极多，苟非善者，或反害初学而乱人意”。三是“观古人注释”。其益处有三项：“一在知年月。”“必如此乃可知才力早晚强弱深浅之不同。”“二在知典故。”古人文章中，“多有稽故事述旧章之处，能考其根据，则晓然于运用及援引之法”。“三在知命意。”因为“古人立言，多因时而发”，若非于此详辨，便不能知人论世，但是决不可“穿凿为说”[⑤]。

凡此种种，都是为文的法度。文章之有法，犹如“室之有户”，“谁能出不由户，而文顾可

① 见《文学》，第178—181页（卷四，《工夫》）。
② 见《文学》，第183—185页（卷四，《工夫》）。
③ 同上，第185页。
④ 《论大学国文系散文教学之法》，第625页。
⑤ 《文学》，第185—186页（卷四，《工夫》）。

无法哉？”然而法必须善用，否则“或反为所拘”；“拘则迫，迫则崽，崽则气馁，气馁则笔呆滞而不活，其病亦巨”。总之，必须“善学”，而后“闻古人之说，必相悦以解”；“若不善学，虽师友穷日夜之力，旁征曲喻，而只如扶醉人，持左则倾右，持右则倾左”，又何能“相与赏奇析疑”乎[①]？

所谓善学，必须是实有体会，实有心得，不可随人脚跟，依样画葫芦，不知自立自主。仲实于末篇《结论》中，于此三致意焉。申述说：“大抵昔人论文，皆本其所阅历者告人，欲人目前依之用力，则将来得力较为直捷耳。若但袭其语以为谈助，遂居之不疑，谓‘真诀吾已得之’，是道听途说也。夫天下岂有道听途说而可以收实效者？”因此，“非有真悟不可”。引姚惜抱《与陈硕士书》云：“文家之事，大似禅悟，观人评论圈点，皆是借径。一旦豁然有悟，呵佛骂祖，无不可者。此中自有真实境地，必不疑于狂肆妄言，未证伪证也。”总之，“真悟必出于真知，真知必出于真学也”。程伊川有谈虎之喻，“以为中惟一人闻之色变，盖曾为虎所伤，故深知之”。又如程明道对塔说相轮之喻：对十三级塔上相轮，说道如此如此，虽“极是分明”，终究不是真知。“必直入寻之，辛苦登攀，逦迤而上，直至十二级时，虽犹未见，然却实在塔中，去之渐近，要之须可以至也。”此即真学真知真悟也。“始必有人指示途辙，然后知所以用力；终必自己依所指示者而实行之，然后有得力处。不然，非眼高手生，即转为深细之律所束缚而格格不吐。”若欲免此二弊，必须如姚惜抱所说，“熟读”、“深思”及“久为之”。“熟读”、“精思”，“则能即古人之文，印之于心”；“久为之”，“又能以所得于古人者，验之于手”。此即仲实孜孜诲人的学文工夫。“工夫果足，何患不与诸大家并驾齐驱！”[②]

工夫既足，下笔为文，必能妙造自然。张廉卿《答吴挚甫书》云：“盖曰意、曰辞、曰气、曰法，之数者，非判然自为一事；常乘乎其机，而绲同以凝于一，惟其妙之一出于自然而已。自然者，无意于是，而莫不备至，动皆中乎其节，而莫或知其然，日星之布列，山川之流峙，是也。宁惟日星山川，凡天地之间之物之生而成文者，皆未尝有见其营度而位置之者也，而莫不蔚然以炳，而秩然以从。夫文之至者，亦若是焉而已。”[③]此即文章最妙之境，所谓神化也。

作者单位：新加坡南洋理工大学

① 见《文学》，第24—26页（卷一，《纲领》）。

② 《文学》，第189—190页（卷四，《结论》）。

③ 《文学》，第28页（卷一，《纲领》）。

唐文治古文批评探要

邓国光

前言

唐文治(1865—1954)于近代中国教育贡献至巨,其学术海涵地负,仪表一代,是经师而兼人师。经学固然是唐先生学术的标志,文章之学即古文批评,也同是先生庞大学术系统的重要组成部分,体现先生复苏传统学术的愿力,值得重视。本文管窥文化巨人的成就,彰显先生文章学之精神,抛砖引玉,盼大雅君子垂教。

唐先生一代学术宗师,身历百年的政治嬗递,其事功、学术与文章,宜传国史。今谨录唐先生门人周邦道所撰《唐文治传略》,所以传信;知人论世,或有资焉。

唐文治,字蔚芝,晚号茹经,江苏太仓人。清同治四年(1865)乙丑十月十六日生。六岁,祖父学韩口授诸经;七岁,夜随月光读书,目力伤,为日后失明种因。十六岁,入太仓州学;十七岁,从名儒王祖畬游;十八岁,即光绪八年壬午,捷南宫。二十八岁,第进士,分发户部主事,座师翁同龢延教其子弟,后传补"总理各国衙门章京"。二十七年辛丑,随专使那桐,谢罪东邦。壬寅,随载振贺英皇加冕,游比、法、美、日诸国,代编《英轺日记》。癸卯,擢商部右丞,旋迁左丞。丙午,改设农工商部,以左侍郎署尚书,会丁内忧免。

三十三年丁未,邮传部成立,尚书陈璧,昔为商部左丞,雅重文治,特奏为高等实业学堂监督,此为上海徐家汇南洋公学、交通部工业专门学校,亦即交通大学之前身也。文治自此绝意仕宦,专致力教育事业。戊申,当选江苏教育总会会长,隐执东南文化牛耳。民国成立,蝉联长校。苦于目眚,迭辞;迨九年庚申,交通部将此校及唐山、北平二校,统改组为交通大学,始奉准去职。门弟子凌鸿勋等,为崇报其十四年辛勚,于交大辟建堂宇,榜曰"文治",永资纪念。平生除总持交大外,尝创办北京实业学堂、吴淞商船学堂、无锡国学专修馆,而于"专修馆"尤鞠躬尽瘁,生死以之焉。

文治以国事诪张,学潮澎湃,嫉邪说暴行之充塞仁义,思藉传经讲道,以正垂溺之人心,而为国族绵延命脉;故独树一帜,设立"无锡国学专修馆",亲主讲席。中更名"国学专门学院",后定称"国学专修学校"。其敷教也,以躬行实践、明体达用为鹄的;必求喜怒哀乐之中节,视听言动之合礼,长幼有序,尊卑循分。尝谓:"学者一日之志,天下治乱之源,生人忧乐之本也。志在道义,则天下蒙其福;志在货利,则生人被其害"。以是,及门率多蹈仁履义,清粹端美之士。同里至友朱文熊叔子,精于考据义理,古文词赋,同负作人重责。无锡钱基博子泉，课授经史，一度主持教务。章炳麟太炎，于姑苏创“章氏国学讲习会”，陈衍石遗寓苏葑门，就近延请讲学。太湖“茹经堂”落成，余杭赠联云：“光风霁月之怀，何止吞三万顷；鹿洞鹅湖而后，于今又五百年。”可谓推尚备至矣。抗战军兴，校迁桂林，文治返沪休养。门生长冯振振心代理校长，复学北流，延聘黄际遇、梁漱溟等讲学，胜利还抵锡山；恳款忠诚，不负师教，亦难能也。

文治治学，以经籍为主，而雅好词章，称朴学大师。于经文背诵如流，即注疏亦未尝有一字误，记忆力之充强，令人叹为观止已。著述夥颐沉沉，关于经学者，有《曾子》、《论语》、《孟子》、《大学》、《中庸》、《尚书》、《洪范》、《诗经》、《礼记》、《周易消息》等“大义”十种；关于性理学者，有《周子》、《程子》、《朱子》、《张子》、《性理学》等“大义”五种及《紫阳学》、《阳明学发微》；关于文学者，有《国文阴阳刚柔》、《国文经纬贯通》、《古人论文》、《国文》等“大义”四种；关于政治学者，有《政治学大义》。此外，有《茹经堂文集》六编，都四十五卷，《奏议》三卷，及《自定义年谱》若干卷。又尝精研文章读法，缘情发声，因声达意，引吭朗诵，低徊讽咏，尽抑扬顿挫之美；盖私淑湘乡，而得其真传。早岁灌音制片，惜今成广陵散矣。

文治昔将搜罗《十三经》善本，精编为《十三经读本》，弁以《提纲》，附以《大义》。复辑宋明清苏、谢、钟、孙、方、刘、姚、曾诸家之说，及自撰诸经评点札记，裒焉成帙。于辛酉开雕，甲子梓成，线装都一百二十巨册。（中略）闻茹经老人于1954年甲午某月日，在沪怛化，寿臻九十云[①]。

本　论

一、唐文治先生文章学之结撰

先生一生笃好古文辞章，推揖湘乡曾国藩，就正桐城吴汝纶，文章学的心得，具见所撰《桐城吴挚甫先生〈文评〉手迹跋》（1930年）[②]。文中追记吴汝纶训示文章之道，戒“理气太重”，提点桐城姚鼐阴阳刚柔之说、因声求义之道。先生所编次文章学著述，皆因吴汝纶启导，申述曾国藩的主张。

先生编辑的古文著作之事，具载于先生自撰的年谱中，条陈如下：

壬寅（1902），三十八岁。

桐城吴挚甫先生名汝纶，考察学务，适在日本，不期而遇，至为欢洽。屡次相约夜谈，论古文源流，并曾文正行谊宗旨甚晰。

己酉（1909），四十五岁。

冬，编《国文大义》成。先是余上课苦无国文教授善本，爰随讲随编，普论大义，分才性、理气等，凡二十余门。书成，分二卷。

辛亥（1911），四十七岁。

① 唐文治：《国文经纬贯通大义》，附录，第285—287页，台北：文史哲出版社，1982年。

② 唐文治：《茹经堂文集》三编，卷五，《茹经堂丛书》，第1382—1385页，台北：中国文献出版社，1970年。

冬，编《古人论文大义》成。自韩退之始，至吴挚甫止，凡三十家，共分二卷。助余搜辑者，李生颂韩之力为多。

壬子(1912)，四十八岁。

冬，编《国文阴阳刚柔大义》成。本曾文正《古文四象》，发挥其义；又别选古人文以广大之，颇为详尽。

乙丑(1925)，六十一岁。

九月编辑《国文经纬贯通大义》。余初编读文法，次第推广为四十四法，命名“经纬贯通大义”，口授诸生熟读之，盖余向主道德教育，迨阅历世变，始悟性情教育为尤急。《论语·阳货篇》详论人心风俗之本，第二章特言“性相近”，其后即言“闻弦歌之声，命小子学《诗》”、“伯鱼为《周南》、《召南》”，又答“宰我问三年之丧”，皆性情教育也。厥后，子思子作《中庸》，孟子作七篇，皆本此意。故居今之世，教授国学，必须选择文章之可歌可泣，足以感发人之性情者，方有益于世道也。

癸酉(1933)，六十九岁。

适庆诒等为余购天如先生《汉魏百三家集》一百册，读其题辞，门径厘然，文气亦醇厚有味。旋又作先师福建《林燮轩先生墓表》，并同乡《毕君枕梅传》，因悟文章变化，法全在承、转、提、顿处，有令人不测之妙。爰编《茹经堂论文》一卷示诸生[①]。

壬寅(1902)先生跟随载振代表清政府祝贺英皇加冕，游比、法、美、日诸国，代编《英轺日记》。在日本与考察学务并处理留学生风潮的桐城吴汝纶相遇，先生与其长谈三日，其详具述于《桐城吴挚甫先生〈文评〉手迹跋》(1930年)，忆述了近三十年的谈话内容，显示这次交流对唐先生影响之深刻。吴汝纶的点拨，对先生文章学之开展意义重大。

与吴汝纶相晤六年之后，戊申(1908)先生编《国文大义》二卷，论大义，分才性、理气等，凡二十余门。此稿乃先生南归教学时的教材。先一年丁未(1907)，先生丁母忧回籍，适邮传部成立，尚书陈璧推先生为高等实业学堂监督。此为上海徐家汇南洋公学、交通部工业专门学校，亦即交通大学之前身。先生自此专志教育。戊申之年，当选江苏教育总会会长。先生南归之后，既主持校务，亦讲学无间，亲自教授古文。因为缺乏适合的教材，先生于是随讲随编。

1911年辛亥革命，唐先生联署呼吁清室退位通牒。是年冬天，编《古人论文大义》二卷，选录韩愈至吴汝纶凡三十家古文论述。合前年所编《国文大义》二卷为一，题为《高等国文读本》四卷。

壬子(1912)，先生编《国文阴阳刚柔大义》八卷，发挥曾国藩《古文四象》论，别选古人文以证明，颇为自信。先生门人冯振记述：

> 阴阳刚柔之说，创于姚姬传氏，曾文正继其说而大昌之，先生则综二家之说论之，而更进焉曰：“凡人之情性、气质，毗于阳者，阴亦寓焉；毗于阴者，阳亦寓焉。天地之道，阴阳之气常相胜而相争，惟明于消息之故，于其偏而调剂之，且因其偏而善用之。善验古

① 唐文治：《茹经先生自定义年谱》，《茹经堂丛书》，第43—2623页。

人文之神与气，亦若是而已。”所编《国文阴阳刚柔大义》八卷，选《周易》、《尚书》、《诗经》、《论语》、《孟子》、《国策》、《庄子》、贾生、董生、司马子长、扬子云、班孟坚、韩退之之文，而分注阴阳各名于其下。陈石遗先生撰先生全书总叙，称为论文之至精而无弊者也。[①]

先生以《国文阴阳刚柔大义》为教本，于上海交通大学以及无锡国学专修学校，亲自教授。累积凡十三年，至乙丑(1925)，先生六十一岁，编成《国文经纬贯通大义》八卷，突出古文笔法四十四条，寓教于文，并且亲撰文章示范，是先生古文批评的成熟作品。世乱之故，直至1982年始得台北文史哲出版社梓行，庆幸圈点仍存。2007年上海复旦大学出版王水照先生主编《历代文话》，也收录先生文章学论著三种，是为《国文大义》上下二卷、《国文经纬贯通大义》八卷、《文学讲义》一卷，基于体例，唯录文章之总批，不及文选及其中圈点，殊为可惜。因唐先生极重视圈点，以圈点引导门生诵读文本。

《历代文话》所收一卷本的《文学讲义》，其中唯《国策・苏代约燕昭王书》外，其余九篇俱互见于《国文经纬贯通大义》。选者张海鸥教授认为是先生弃稿，可从。先生年谱还自记于癸酉(1933)六十九岁之年，读《汉魏百三家集》的题辞，认同张溥的评论，指出文章门径，题辞的文气亦醇厚有味。之后因为写其先师福建林燮轩的墓表，及乡人《毕君枕梅传》，在写作过程中，感悟文章的变化，“全在承、转、提、顿处”，这种笔法的变化，有“令人不测之妙”的好处，于是先生编《茹经堂论文》一卷示范于门人。此一卷本《茹经堂论文》，冯振《茹经先生著作年表》云“未见梓行”。

刘声木《苌楚斋随笔》推许唐先生的《古人论文大义》，谓：

近世出版国文读本，当以太仓唐蔚芝侍郎文治编辑之《高等国文读本》四卷较有条理。其三、四二卷，搜集唐宋以来论文之语，名《古人论文大义》二卷。虽遗漏尚多，然初学读此，不致迷入歧途，终身不返，甚有益于学生。原本为文明书局排印本，未几，长沙湘鄂印刷公司专印《古人论文大义》二卷，亦可见人心好恶之同，非予之私言也。[②]

《古人论文大义》二卷所载三十家古人总论古文的言论，其实是先生门人李颂韩搜辑的，功夫不在这两卷。《国文大义》二卷方才是先生古文批评深造有得的第一部成果。唐先生于“例言”推崇曾国藩《古文四象》“阴阳刚柔”之说，视为古文家“登峰造极”之论[③]。与先生为晚辈的刘声木(1878—1959)，虽表扬先生编辑之《高等国文读本》四卷，称为当时出版之国文读本为“较有条理”[④]。这只是客套的门面语。先生极度推崇曾国藩，许以“登峰造极”。刘声木《苌楚斋随笔》则议论说：

湘乡曾文正公国藩工古文学，在国朝人中，自不能不算一家。无奈后人尊之者太过，尤以湘人及其门生故吏为尤甚，言过其实，迹近标榜，亦非曾文正公本意。实则曾文正公古文，气势有余，酝酿不足，未能成为大家。亦以夺于兵事吏事，不能专心一志，致

① 唐文治:《茹经先生自定义年谱》,《茹经堂丛书》,第2572页。

② 刘声木:《苌楚斋随笔》卷六“唐文治国文读本”条,第123页,中华书局,1998年。

③ 唐文治:《国文大义》例言,王水照主编:《历代文话》第九册,第8193页,上海:复旦大学出版社,2007年。

④ 刘声木:《苌楚斋随笔》卷六“唐文治国文读本”条,第123页。

力于文,亦势所必至,理有固然,亦不必曲为之讳也。[①]

从两人交谊观察,刘氏的批评,实非无的放矢。但先生性情真挚,喜怒直抒,知人论世,处于其时,彰显先正,亦无可厚非。有所坚持,远胜看风使舵的乡愿。而刘声木于《高等国文读本》仅提其中收集古人意见的《古人论文大义》,才是公论,而于先生《国文大义》不置一辞,其中的关键,便是在曾国藩评定上的深层差异。

今可断言,唐先生的文章学著述,以1908年时所编《国文大义》二卷,及1925年先生行年六十一时所刊行的《国文经纬贯通大义》二种为代表,而后者更是先生最措意的著述,以故年谱中详自交代缘起。

二、醇之又醇:立文的人格与心术

唐先生意存淑世,丁忧居上海,课上海南洋公学学子,深忧时局。在国是日非之际,痛心政治投机,以为一切败坏皆由此负面精神而起。爱之深而责之切,强烈道德感体现于文章讲论之中,期望透过文章讲习,强化年轻学子的道德感,重新树立正面的人生态度,处乱局之中,依然能够洁身自爱,浩然风骨,以收拨乱反正之功。当时文章学的眼界,斤斤于文辞笔法,徒惑于表象,于人格道义的层面难免生疏,支离人品。以故先生因文章以立人道的精神,谙而不彰。

先生手编《国文大义》,终章特显立文"戒律",义同立身的大节。此非常大义,征引如下,庶省读者翻揭之劳。

> 柳子厚云:"吾每为文章,未尝敢以轻心掉之,怠心易之。未尝敢以昏气出之,矜气作之。"轻心怠心、昏气矜气,是为戒律之第一。凡文之浮夸无当者,轻心怠心为之也;晦涩多疵者,昏气矜气为之也。治轻心怠心之法,莫如主恭敬;治昏气矜气之法,莫如节嗜欲。主恭敬,则其心廓然而大公,节嗜欲则其气清明而不杂。
>
> 吾辈为文章,原将以信今而传后,此作史之所以有取于三长也。然纵具三长,而或以私意参乎其间,则是非毁誉,即不免有失实之处。是非毁誉失实,尤为律之所必戒。孔子曰:"谁毁谁誉。如有所誉,其有所试。斯民也,三代之所以直道而行也。"自来惟直道而行之人,其文斯能行远。(中略)诸生异日非特负修史修志之责,宜字字谨慎也。即寻常毁誉之间,务宜守孔门直道而行之旨。亦非特论今之人宜语语谨慎也,即论古人,亦宜守孔门"其言也讱"之箴。
>
> 尤有进者,曰砭俗。孔子曰:"恶郑声,恐其乱雅乐也。"雅、郑之分,于文律中尤为竞竞。(中略)
>
> 尤有进者,曰针伪。言伪行伪,《王制》所禁。故为人而行伪,为法律所不容;为文而饰伪,为文律之大戒。(中略)
>
> 此外更有宜慎者,若首尾横决,杂乱无章,是谓无序。无序者宜戒。若有头无尾,结处毫无精神,更为大忌。或空疏娉浅,漫衍而鲜理,是谓无物。无物者宜戒。(中略)

---

① 刘声木:《苌楚斋随笔续编》卷六"论曾国藩文"条,第355页。

由前所陈，戒律大端已具。（中略）诸生如为本原之计，惟有多读古书，日以明理而养气。读书既富，理气既充，则一切锢习，不距自远。譬人身正气既充，外感自无由而乘。韩文公言："荀与扬，大醇而小疵。"夫文家之有疵丝，亦文律所宜禁也，荀与扬且不免，况我辈乎？醇之又醇，是在有志文学者。[①]

唐先生以"醇之又醇"训勉，立意正大。"醇之又醇"，拒绝了人间一切的恶行与邪念，一意成就真善美与圣，是文心的澄净境界，既是文品，也是心术人格。端正心术，在乎平日的锻炼工夫，多读书而明义理，善养气而歪念去，义存公道，辞皆直致，宣心述意，一往情深。则一身"正气"，发为文章，自必堂堂乎大义凛然，而感天动地。作文所以立言，立言如此，一如立德，先生《国文大义》开卷"论文之根源"即云：

诸生学作文，先从立品始。立品先从忠孝二字始。能忠孝则人有爱情。有爱情，则文之至情，涵结于中，而流露于外矣。[②]

晶莹通透的"醇"，皆从淬砺心志开始。此乃文学根本大义。《国文大义》上卷承论文章之"气"、"情"、"才"、"志意与理"、"烦简"、"奇正变化"，下卷论文章之"声"、"色"、"味"、"神"，乃有条不紊的一套完整的文章学论述，皆于作者人格的道义自觉之上，然后开拓立文的动力。唐先生身体力行，自身经验树立典范。徐复观先生提出：

文学创造的基本条件，及其成就的浅深大小，乃来自作者在具体生活中的感发及其感发的浅深大小，再加上表现的能力。一个作者，只要有高洁的情操，深厚的同情心，便能有高洁深厚的感发，以形成创作的动机，写出伟大的作品。此时的儒、道乃至其他一切思想，只不过是一种可有可无的外缘。[③]

唐先生文学与道德相修的主张，乃深得文章的三昧。

三、炼意：文气的根基

文气是中国传统文章学的根本观念，读写古文，都不能绕过。唐先生既服膺桐城，文章学理渊源有自，有取于姚鼐于《古文辞类纂》标榜的"凡文之体类十三，而所以为文者八，曰：神理气味格律声色是也。神理气味者，文之精也；格律声色者，文之粗也"，皆先生自觉继承与发展。但服膺并非承袭不变。先生《国文大义》上卷论气、情、才、志意与理、烦简、奇正变化，下卷论声、色、味、神，此中安排，自出心裁，非蹈袭所能。论文以气为先，则是吴汝纶的主张。吴汝纶《与杨伯衡论方刘二集书》谓"夫文章以气为主。才由气见者也。而要必由其学之浅深，以觇其才之厚薄"，进而主张"醇厚"气象[④]。先生心折吴汝纶，坚持"醇"，进一步以风骨道义为文章的起点，则"气"自必归于正义，是为"正气"。"正气"乃是先生立意所在。先生

① 唐文治：《国文大义》（下卷），《历代文话》，第8233—8235页。

② 唐文治：《国文大义》（上卷），《历代文话》，第8195页。

③ 徐复观：《儒道两家思想在文学中的人格修养问题》，《中国文学论集续篇》，第16页，台北：学生书局，1981年。

④ 黄霖：《近代文学批评史》指出吴汝纶提出"醇厚"，意在"纠偏"曾国藩国际视野之不足，第205页，上海古籍出版社，1993年。

《国文大义》强调：

凡学作文，先从养气始。养气先以正直始。[1]

正直人格所培养的文气，是为"正气"。拈出正气一词，自然涵具文天祥《正气歌》的精神意义。先生于写定《国文大义》前半年，便撰写了《重印文文山先生集序》(1909)[2]，唐先生说正气，乃为国事而发，不是顺手拈来的闲议论。先生一再强调培养正气，端正道德人格，循序而上。先生谆谆善诱说：

养气之功尚矣，诸生不能骤几也，则下而求之于炼气。炼气之法尚矣，诸生不能骤几也，则下而求之于运气。先儒论运气之法，当一笔数十行下，亦诸生不能骤几也，则下而求之于一笔十数行下，或一笔数行下。然作文之时，所以能运气者，要在读文之时，先能运气。运与练者，乃繁与简之别，纵与敛之别，粗与精之别。[3]

先生指示培养正气的途径，以及自我检验进步与否的标准，皆于临文之际的写读结合的自然流露。读文"运气"，是基础工夫。运气之说，近源于曾国藩。曾国藩《与张廉卿书》以"阴阳刚柔"评古文，"柔和渊懿之中，必有坚劲之质、雄直之气运乎其中，乃有以自立"。先生承用其意，而立足基础训练的诵读，因声求义，主张运气诵读，讲究诵读的声音变化，此后人羡称的"唐调"，是其别开生面之处。先生强调运气是入门功夫，然后便是练气。练气之后方能养气。于先生的经验，"气"不是抽象的观念，都在说明透过学习而把握。这是出于教育家的淑世关怀，大有别于文士游谈的虚论。唐先生《〈读文法〉笺注序》(1930)一再强调读与写之间的内在关系：

天地之道，阴阳刚柔而已矣。作文者不能外乎是，读文者亦莫能外乎是。(中略)夫读文岂有他道哉！因乎人心而合乎天籁，因乎情性以达乎声音，因乎声之激烈也而矫其气质之刚，因乎声之息缓也而矫其气质之柔，由是品行文章，交修并进。始条理者，所以成智。终条理者，所以成圣。即以为淑人心、端风俗之具可矣。[4]

立德与立言同步，因文气而变化气质，皆所以成就圣德，唐先生的文气论，绝非儿戏。唐先生在《国文经纬贯通大义·跋》表明此意，谓：

欲以孟子养气之法施之于文，何如？曰：难言也。约而语之，当从跌宕顿挫四字悟入。(中略)《易传》曰："一阖一辟谓之变，往来不穷谓之通"，人身一呼一吸之气，与天地一阖一辟、清明广大之气相接，无形而不可见，惟圣人善养之。故其文章之跌宕顿挫、抑扬徐疾，合乎人心之喜怒哀乐，而悉得其中。并吾世者，赖吾文而传；后吾世者，取吾文为法。《易传》曰："圣人感人心而天下和平"，此精神教育之旨，即人心教育之本原也。(中略)然斯诣也，必本于修德凝道、穷理尽性之功。人格愈高，善气愈深，浩然之气愈盛，而文章之程度乃愈进。[5]

---

① 唐文治：《国文大义》(上卷)，《历代文话》，第8197页。

② 冯振：《茹经先生著作年表》，附录于《茹经先生自定义年谱》之后。

③ 唐文治：《国文大义》(上卷)，《历代文话》，第8197页。

④ 唐文治：《茹经堂文集》一编，卷四，《茹经堂丛书》，第350—353页。

⑤ 唐文治：《国文经纬贯通大义》跋，第283页。

唐先生自作《释气》(1914)长文,收录入《国文经纬贯通大义》"洸洋诙诡法"之中,原原本本,罗列了政治家、道学家、气节家、养生家、天文家、地学家、文学家的观点,然后转出自己的主张,突出"善气"与"恶气",说:

> 吾人修身之要旨,辨气之善恶而已。"鸡鸣而起,孳孳为善者,舜之徒也",舜之徒善气何如也?"孳孳为利者,跖之徒也",跖之徒恶气何如也?"积善之家,必有余庆。积不善之家,必有余殃",岂造物者都省记之与?善之气有余而百庆应之也,人见其庆,而不知其为善气也;积不善之气有余而百殃应之也,人见其殃也,而不知其为恶气也。是故一身有善气,一家一国有善气,天下感之,皆有善气;一身有恶气,一家一国有恶气,天下感之,皆有恶气。"一家仁,一国兴仁",一人贪利,一国作乱,其机如此,其气如此也。(中略)意者音也,察其人之心音而善恶可知也。气者"气"也,审其人之口"气"而善恶可知也。(中略)刚者为清为断为严毅为干固,气之善者也;为猛为隘为骄为傲为强梁,气之恶者也。柔者为慈为和为顺为巽,气之善者也;为伪为懦为弱为庸暗为畏葸为邪佞,气之恶者也。夫反诸己者亦济其阴阳刚柔之偏而已矣。出辞气而无倍也,持志气而无暴也,居一室千里之外应之。①

唐先生对举意与气,解释气为生理自然的"气",实实在在,从自身呼吸过程中便体会到。对此,气可以理解为自然的气性,声音是显示的管道。审音而知气性,因气性而知善恶。传统解"气"有刚柔,而先生点出刚柔之气各具善恶,皆透露于声音之中,虚伪不得。这是唐先生因声求义论的独到心得,所以也极自信,自评其文说:

> 放恣横纵,惟意所适。牢笼万有,驰骋百家。学者熟读之,可得炼气之法。②

审知气性善恶,是"炼气"之道。知所取择,不论气质如何,皆足以积善成德,进一步培养出"正气"。因此,炼气是一种道德意识的自觉,其基础在"运气",此第一步工夫,称之为"炼意"。唐先生《国文大义》提醒读者说:

> 要知炼气之先,尤贵炼意。盖气者意之辅,意者气之主也。故《孟子》曰:"志至焉,气次焉。"(志与意相为维系,此系因作文而溯及于养心,诸生不可误会,以为圣贤之言,为作文而发。)炼意当奈何?曰:凡人意之浅者,我宜炼之使深。凡人意之旧者,我宜炼之使新。凡人意之平者,我宜炼之使高。必用意能比人深一层、新一层、高一层,而后我之文乃能吐弃一切、包扫一切。韩文公云"惟陈言之务去",要知去陈意,乃能去陈言。此为学文之命根,诸生宜第一注意。③

讲文气,首先点拨文意。唐先生为韩愈"陈言务去"的主张转入更深的层次,认为去陈意是去陈言的先决条件,这是非常精到的心得。唐先生《释气》说"意者音也,察其人之心音而善恶可知也。气者'气'也,审其人之口'气'而善恶可知也",先意而及气。炼意而运气到炼气,从练气至养气,事实是不断自我提升的过程,要求的是更深更新更高的地步,追求"醇之

---

① 唐文治:《国文经纬贯通大义》卷七,第 228—229 页。

② 唐文治:《国文经纬贯通大义》卷七,第 230 页。

③ 唐文治:《国文大义》(上卷),《历代文话》,第 8203 页。

又醇”、精益求精的境界。一切新陈代谢，都是从炼意开始，由此而超越平庸。“正气”，乃意上的工夫。如此，必然张开整个传统认知语境中的感情意志等心神问题，而结穴于向善的自我转化与提升。徐复观先生洞悉人格与文学的内在关系，谓：

> “心”与“道德”是一体，则由道德而来的仁心与勇气，加深扩大了感发的对象与动机，能见人之所不及见，感人之所不能感，言人之所不敢言，这便只有提高，开拓文学作品的素质与疆宇，有何束缚可言。古今中外真正古典地、伟大地作品，不挂道德规范的招牌，但其中必然有某种深刻地道德意味以作其鼓动地生命力。[①]

徐先生精深的洞察力，足以说明唐文治先生古文主张的合理性。文气锁定于正气，正是基于深层关怀的伦理意识而提出，其中显示强烈的历史和现实交织的痛苦经验和情怀。事实上，唐、宋、元、明、清，以至民国期间的成熟古文主张，都是与时代息息相关，不是顺从流俗而下堕，而是刻意对治不同时代下堕的风气，在不同的历史条件下，不断建立古文所能显示的精神超越性。因此，古文盛衰一直是唐、宋以来国运顺逆的标志。同是艺术文学，谈诗说词或可以自娱自乐，充分表现个人的喜好得失，但古文这种文体，却必须承受时代的重压，兼且不能畏缩退避。这种知其不可为而为的精神，以悲怆形容，实不为过。

结　论

唐先生的古文批评，洞悉文艺与人格互通的关系。他的整个学术，以及对古文的种种主张，莫不围绕于救国救民的神圣用心。但这不表示唐先生是一个泛道德者，他对古文自身的特色，认识非常通透，因声求义，以乐论文，其心神对中国古代的文学传统契合无间。

声音是音乐的元素，音乐乃文学艺术的根源[②]。唐先生从声音论文章，于《〈读文法〉笺注序》(1930)总结自己论文的义理向度，谓“吾尝以论乐之道，推之于读文”[③]，强调“可歌可泣”，是极当行的探本之论。还值得注意的是，唐先生对桐城古文的尊重、继承，与发展。1937年先生《答高君二适书》云：“姚姬传先生精古文，以为义理、考据、词章三者，不可偏废。洵如尊论所谓文章家之义理，未是厕理学家之列。”[④]桐城古文的传统重视文章的声调感，突出辞章自身的特性。而先生更进一步于作者自身主体的情意层面上，阐释文气所以表现的音乐性，揭示其中所起的通感作用。先生重视笔法与诵读，并非在工具性层面上故弄玄虚，而是诱导后学如何厚培心志与文学的音乐感，乃张开古文独具的艺术特征，把并列于义理与考据的辞章之学，推向更高的艺术境界与生命投入，显见先生古文批评中深厚的人文关怀与深邃的慧识。陈柱弘扬师门，称先生“以古文为天下倡，性情文章，均近欧阳修。著有《茹经堂文集》、《茹经堂奏稿》。今讲学于无锡，老而弥劬云”[⑤]，隐然以先生为一代文宗。于先生古文批评而言，实非过誉。

---

① 徐复观：《儒道两家思想在文学中的人格修养问题》，《中国文学论集续篇》，第18—19页。

② 徐复观：《中国艺术精神》，第1—44页，台北：学生书店，1993年。

③ 唐文治：《茹经堂文集》四编，卷五，第351页。

④ 唐文治：《茹经堂文集》四编，卷五，第1675页。

⑤ 陈柱：《中国散文史》，第244页，南京：江苏文艺出版社，2008年。

本文所论述唐先生的古文批评，基本是中年回籍江南之后，方才开始从事。先生从事古文的教学，示范诵读范文的技巧，一切起、承、转、合的微妙变化，都是透过反复又反复的诵读过程中理解。学者在不断的学习过程中，不自觉澄清了自己的限制与混浊，以古文养心，以诵读养情，以醇心为极致，至此成就顶天立地的人格，而文章以至情而发，足以通感天人，经纬天地。

在二十世纪前期的学术处境之中，唐文治本着强烈淑世的意念，开拓古文发展的方向，期望透过古文学习，尤其是诵读优秀的古文篇章，以培养中国典型的道德人格，谋求透过文章与德行相修的方向，解放长久压抑下来的民族生命力。提升人格与培养文章表达能力，表面是两种不同的方向，但唐文治有效地会通两者，如指归于“心乐心声”的文学音律性。试图透过古文抑扬顿挫，而且“不测之妙”的强烈音乐感，并强化读者的人格道义。此道义不是抽象空谈，而是对现实社会的实在思考和真切的关怀。

唐先生古文批评的堂庑极宏伟，本文门外观瞻，其中富丽，尚待通人。

作者单位：澳门大学

论钱基博、钱钟书对王国维文学研究的批评

李　庆

今年是辛亥革命一百周年。百年风云变幻，中国的文学批评从传统文论中走出，走过了百年的独特道路。

在这过程中，钱基博先生、钱钟书先生的文学批评，时隐时现，有着比较特殊的位置。虽说近年对他们已有不少论说，似还有研究的余地。故以钱氏父子对王国维文学研究的批评为对象，就有关诸问题，略作论说，以期抛砖引玉，深入探讨。

（一）钱基博、钱钟书对王国维文学批评的主要内容

从二十世纪三十年代开始，到八十年代，钱基博、钱钟书对于王国维文学研究的批评论说，断断续续，延续了半个世纪。这些评论散布在他们的著述之中。但是，无论是王国维的研究者，还是中国文学批评史的研究者，专门讨论这一问题的，尚不多见。因此，有必要先简单地介绍一下他们评论的主要内容。

钱基博对王国维文学研究的评论，可见1932年出版的《现代中国文学史》[①]，而他此书的写作，“始民国六年，积十余岁”方成[②]。对王国维的评论，有如下一些方面：

第一，对王国维生平的介绍。

从王国维的出生、就学开始，到被罗振玉提携，就学于东方学社。随即从事翻译，前往日本留学。回国后，致力于哲学和思想史方面的研究；到南通的师范学院，从事文学研究。以评《红楼梦》、出版《静庵文集》、《人间词话》、《宋元戏曲史》等著作，为学界所重。清亡后，再随罗振玉东渡日本，转而致力古代历史、西域出土文物等国学研究。以上这些方面的内容，虽说大致不出当时赵万里《王静安先生年谱》等的有关资料，但钱基博也有独到的介绍。如：在日本留学期间和罗振玉通信中所谈的留学生之事，王国维曰“诸生骛于血气，如燎方扬，不可遏止”，“万一果发难，国是不料其将来”等等，《年谱》未载[③]。

第二，对王国维主要成果的介绍、评论。

钱基博认为，王国维学术有三变：由古文辞而哲学，由哲学而文学（《人间词话》、《宋元戏

---

① 钱基博的《现代中国文学史》，先后四版，第四版和第一版之间，有较多改动。见钱基博《四版增订识语》。本文所引文字，主要根据第四版。上海书店重印本，2004年。

② 见《现代中国文学史跋》，《现代中国文学史》第404页。

③ 赵万里《王静安先生年谱》，见《国学论丛》第一卷第3号，1928年。钱基博的上述介绍文字，见《现代中国文学》，第216页，《年谱》未载，恐别有据。

曲史》),"所殚心者尤在剧曲"[①],三变为考证文物。在前人的基础上,进一步对王国维的文学研究成就做了重点论说[②]。

首先指出,王国维强调文学的重要性。钱基博引述的王国维论说要点如下:

王国维认为:中国没有纯文学,没有悲剧。

历史上的文人,如杜甫、韩愈、陆游等所主张的"致君尧舜上"、"坐令四海如虞唐"、"驱驰犹望两河平"是我国人的"金科玉律","美术之无独立之价值也久矣"。"此无怪历代诗人多托于忠君爱国,劝善惩恶之意以自解免,而纯粹美术上之著述,往往受世之迫害而无人为之昭雪者也"。所以他"辟奇论以砭往古,树新义而诏后生"[③]。

其次介绍、评论王国维的一些主要文学研究成果和基本看法。

他这样介绍王国维评《红楼梦》的观点:

> "我国之文学中,其具厌世解脱之精神者,仅有《桃花扇》与《红楼梦》耳。"但"《桃花扇》,政治的也、国民的也、历史的也;《红楼梦》,哲学的也、宇宙的也、文学的也。此《红楼梦》之所以大背于我国人之精神,而其价值亦即存乎此。"[④]

介绍王国维研究宋祠、元曲的研究成果。指出:王国维研究宋词的成果有《人间词话》,而他主要成就是在元曲领域,成果有《宋元戏曲史》等。

认为:"国维沉思于宋元以来通俗文学者,先后不逾三年,盖未若治哲学之久也,而所获则远过之。国维治哲学,未尝溺新说而废旧闻,其治通俗文学,亦未尝尊俚辞而播雅故。"[⑤]

介绍王国维对于中国文学发展总体的看法,指出,王国维提出了"凡一代有一代之文学"(引《宋元戏曲史自序》),"识者信其言之匪夸"[⑥]。对这样的看法,表示出肯定的倾向。

第三,从历史展开和文明冲突的角度,对王国维的思想观念,加以论说。

钱基博指出:王国维"都十五六年,生平治学,盖以考证学为至劬且久云。而处心积虑,而欲号于天下人人者,又志不在此"。他的学问,建筑在对中国文明、对自己人生认识的基础之上。并详细引用王国维的话,做了比较具体的介绍。要点如下:

王国维以为:"原西说之所以风靡一世者,以其国家之富强也。"然自欧战之后,欧洲暴露了各种社会弊端,中国也如此。"尝求其故,盖有二焉:西人以权利为天赋,以富强为国是,以竞争为当然,以进取为能事",结果是:"国与国相争,上与下相争,贫与富相争,凡昔之所以致富强者,今适为其自毙之具,此皆由贪之一字误之。此说西说之害,根于心术者一也。"

具体的治国方略上,王国维尊崇中国的孔孟学说,认为:"以此治民,是意可矣。"并将此与欧洲学说比较。

在政治上,中国有君主制,"西人以是为不足,于是有立宪焉,有共和焉。然试问立宪、共和之国,其政治果出于多数国民之公意乎,抑出于少数党人之意乎?民之不能自治,无中外

---

① 《现代中国文学史》第219页。

② 关于最后这一部分,王国维对经史的研究,尤其是西北地理和考古学方面的成就,1928年前后,王国维的弟子吴其昌有过概括的介绍,见吴其昌《先师王观堂先生学述》(载《国学论丛》第一卷第3号,1928年)。

③ 《现代中国文学史》第216页。

④ 《现代中国文学史》第217页。

⑤ 《现代中国文学史》第225页。

⑥ 《现代中国文学史》第225页。

一也。所异者,以党魁代君主,且多一贿赂奔走之弊而已”。

经济上,中国有井田制等,“西人则以是为不足,于是有社会主义焉,有共产主义焉。然此均产之事,将使国人共均之乎,抑委托少数人使均之乎?均产以后,将合全国之人而管理乎,抑委托少数人使代理乎?由前之说,则万万无此理。由后之说,则不均之事俄顷即见矣”。

思想文化上:“夫科学之所能驭者,空间也,时间也,物质也,人类与动植物之躯体也。”“至于人心之灵,及人类所构成之社会、国家,则有民族之特性,数千年之历史与其周围之一切境遇,万不能以科学之法治之。”认为:“西人兼并之烈,与工资之争,皆由科学为之羽翼。”

总之,在王国维看来:“盖与民休息之术,莫尚于黄、老,而长治久安之道,莫备于周、孔”,对于当时社会的动荡,“乃见他人之落阱而辄追逐其后,争民施夺,处士横议,以共和始者,必以共产终”①。

笔者寡闻,未见钱基博和王国维直接交往的资料。钱基博在《现代中国文学史》中的论说,可以说是在王国维1927年去世以后,从文学史角度,对王国维文学研究最早的全面性评价②。尽管今天看来,他的介绍和评论多有可商讨的地方,但在王国维研究历史上,在中国文学批评史上,都有不可替代的价值。

钱钟书对王国维文学的评论,主要见于《谈艺录》③。该书最早有1948年版。1984年北京中华书局的新版,作了很多补充。

钱钟书对王国维的评论,主要有如下一些方面:

第一,对王国维的诗歌创作,从诗歌的内容、风格、体裁、修辞方法等方面进行了评说。

他认为,就思想内容而言:“老辈惟王静安,少作时时流露西学义谛,庶几水中盐味,而非眼里之金屑。”“确本义理,发为声诗。”“古诗不足道:七律多二字标题,比兴以寄天人之玄感,申悲智之胜义,是治西洋哲学人本色。”④

关于王国维诗歌的风格题材,他认为:“其《观堂丙午以前诗》甚有诗情作意,惜笔弱词靡,不免王仲宣‘文秀质羸’之讥。”⑤

又说:“丙午以前诗中有《题友人小像》云:‘差喜平生同一癖,深宵爱读剑南诗。’今观所作,平易流畅,固得放翁之一体。制题宽泛,亦近放翁。”⑥那么,钱钟书如何评价陆游呢?曰:“放翁多文为富,而意境实少变化。古来大家,心思句法,复出重见,无如渠之多者。”⑦可见对放翁诗有批评。对观堂之作殆也如是。

---

① 上述各节引文,见《现代中国文学史》第226—228页。

② 王国维投湖自尽以后,多有感叹和惋惜者,罗振玉对王国维的生平有所介绍。后赵万里先生有《年谱》见《国学论丛》第一卷第三号,姚名达有《年表》,载《国学月报》“王静安先生专辑”。见台湾版《王观堂先生全集》第十六册,台湾文华出版公司,1968年。但是专门从文学史的角度进行论说的,钱基博先生堪称先行者。

③ 钱钟书《谈艺录》,本文所引,乃1984年北京中华书局的新版本。

④ 《谈艺录》第25、24页。

⑤ 王仲宣,三国时王粲。《三国志·魏书·王粲传》:粲“性善算,作算术,略尽其理。善作文,举笔便成,无所改定,时人常以为宿构,然正复精意覃思,亦不能加也”。他的文章被称为“(建安)七子之冠冕”。但躯体羸弱,始不为人所重。钟嵘《诗品》上,评王粲曰:“文秀而质羸。”钱钟书乃以王粲比喻观堂诗歌。

⑥ 《谈艺录》第25页。

⑦ 《谈艺录》第125—126页。

对于王国维诗歌的修辞技巧，词语和格调，钱钟书指出："修辞时有疵累。""静安语迹近杂凑，属对不免偏枯。"诗歌的格律："静安三十五以前，诗律尚不细如此。"①

这是在1948年以前的论说。尽管钱钟书这时的评论中，不免如吴宓（雨僧）所言："'新学而稍知存古'，亦大佳事，子持论无乃太苛乎？"②有点"苛刻"，但是，他关注了王国维的诗歌创作，探讨了这个在当时似尚不太被人重视的问题，不能不说是独具慧眼。

过了近半个世纪，钱钟书的态度有所缓和：在《谈艺录》的《补遗》中，他说："余称王静庵以西方义理入诗，公度无是，非谓静庵优于公度，三峡水固不与九溪十八涧争幽蒨清冷也。"③可见颇显平和，多了肯定的意向。

第二，对于王国维用叔本华等哲学评论《红楼梦》，批评较严厉。认为有"作法自弊"、"抱梁溺水"之嫌④。

钱钟书尖锐地指出："静安论述西方哲学，本色当行，弁冕时辈。""然似于叔本华之道未尽，于其理未彻也。苟尽其道彻其理，则当知木石因缘，侥幸成就，喜将变忧佳耦始者或以怨耦终"⑤。

"王氏附会叔本华以阐释《红楼梦》，不免作法自弊也。盖自叔本华哲学言之，《红楼梦》未能穷理窟而抉道根；而自《红楼梦》小说言之，叔本华空扫万家敛归一律，尝滴水而知海味，而不屑观海之澜。夫《红楼梦》，佳著也，叔本华哲学，玄谛也；利导则两美可以相得，强合则两贤则必至相厄。此非《红楼梦》与叔本华哲学为然也。"⑥

认为王国维对于叔本华哲学和《红楼梦》的理解都有欠缺。

这样评价的当否，自然还可以讨论。王国维在《静安文集自序》中，曾曰："所作《红楼梦评论》，其立论虽全在叔氏之立脚地，然于第四章内已提出绝大之疑问。旋悟叔氏之说，半出于其主观的气质，而无关于客观的知识，此意于《叔本华与尼采》一文中，始畅发之。"⑦表示自己在《红楼梦评论》中，已包含对叔本华哲学的某种反思。因此，能不能把《红楼梦评论》的思想，全归之于叔本华哲学呢？可以再讨论。

但这里可以感觉到钱钟书的评论，建立在对《红楼梦》和叔本华哲学的深入分析、思考和理解基础之上，挑筋剔骨，毫不含糊，绝非笼统地谈论"西学"。

第三，对"一代有一代文学"之说的评论。

在钱钟书的评论中，对当时被认为由王国维提出的"一代有一代文学"之说（至今的文学史研究者中也多有持此说者），提出了批评。

在《谈艺录》中，钱钟书先列出了清代焦循（理堂）《雕菰集》卷十四《与欧阳制美论诗书》中所云："诗亡于宋而遁于词，词亡于元而遁于曲。"

接着引述宋代郑樵《通志》卷四十九《乐府总序》等处所主的"古之诗，今只词曲也"。金

① 《谈艺录》第25—26页。

② 《谈艺录》第347页。

③ 《谈艺录》第347—348页。

④ 《谈艺录》第351—352页。

⑤ 《谈艺录》第348—349页。

⑥ 《谈艺录》第351页。

⑦ 《静安文集自序》引文，见赵万里《王静安先生年谱》"（光绪）三十年甲辰二十八岁"条下。台湾版《王观堂先生全集》第十六册，台湾文华出版公司，1968年。

刘祁连《归潜志》卷十三的"唐以前诗在诗，至宋则多在长短句，今之诗在俗间俚曲"，明代曹安《谰言长语言》卷上的"汉文、唐诗、宋性理、元词曲"等说法，还有明代李梦阳《空同集》、何大复《何大复集》、胡应麟《诗薮》、郎瑛《七修类稿》、陈继儒《太平清话》、王肯堂《郁冈斋笔麈》、清代陈弘绪《寒夜录》等的论述资料，指出："理堂宗旨实承渔仲(按:郑樵)，而议论殊悠缪。""理堂诗亡云云，又拾明人唾余。"①对此说的起源进行了追溯，并对清代焦循的观点进行批判。

钱钟书一直关注着此问题。五十年后，在新版《谈艺录》中，对此又加订补，列举元代孔齐(字见素)《至正直记》卷三所载虞集之说："一代之兴，必有一代之绝艺，足称于后世者。汉之文章、唐之律诗、宋之道学、国朝之今乐府，亦关于气数。"再加上明代叶子奇《草木子》，李开先《闲居集》，李贽《焚书》，袁宏道《锦帆集》、《潇碧堂集》，清初孔尚任《湖海集》等的有关资料，再次指出"此说非昉自明"②。

他强调："诗、词、曲三者，始皆与乐一体。而由浑之划，初合终离。凡是皆率然，安容独外。""夫文体递变，非必如物体之有新陈代谢，后继则须前仆。"③

这里虽然没有直接提到王国维的名字，所论是从对清代焦循所持"不能弦诵者，即非诗"、"晚唐以后""诗之本失矣"等论说的评论展开的，但是从他所引文字和有关论说中，可以看到，他对于"一代有一代文学"之说针锋相对的批评，至少是有相当的保留。

以上是钱钟书对王国维的批评，都是从文学的角度展开的。他的这些评论，在中国文学批评史上，颇具特色。

综上所述可见，钱基博、钱钟书的评论，在王国维的研究中，在现、当代的文学批评史中，都应有相当的位置，而研究者似乎还没有给以应有重视。

(二) 钱基博、钱钟书对王国维文学批评的异同

钱钟书重视比较的研究方法，认为：比较的方法，"埋养在自古至今中国谈艺者的意识田地里，飘散在自古到今中国谈艺的著作里，各宗各派各时代的批评家都多少利用过"④。还说过"邻壁之光，堪借照焉"⑤。可见，比较和对照，不仅表现为中外文学作品思想的对照，也表现在不同体裁的作品和不同作者之间作品和观点的比较。因而，在此试对钱基博、钱钟书二人的王国维研究，加以比较，或可以更清晰地看清一些问题。

1. 研究的立场和意识

钱基博、钱钟书，他们都站在随着时代进步的立场上来进行研究，都具有发展眼光，注意观测新的文学现象。他们的文学观中，都具有明显的现代意识。

钱基博的《中国文学史》中，明确地区分了古代的"文学"和现代"文学"概念的区别，指出，"文学"的观念是变化的，至少有"狭义的文学"、"六朝以前的文学"(或者说中国古代传统

---

① 焦循文见《谈艺录》第27页。这里所涉诸人之说，文长不录。见《谈艺录》第27—28页。

② 见《谈艺录》第352—353页。

③ 《谈艺录》第27—28页。

④ 钱钟书《中国固有的文学批评的一个特点》，朱光潜等主编《文学杂志》第一卷第4期，1937年。

⑤ 《管锥编》卷一，第166页，中华书局1979年。

意义的文学)、“今之所谓文学”之分,明确自己乃是以现今的文学观念来进行研究的[①]。

在《现代中国文学史》的《编首·近代》中指出:“明历古文学,始可与语近代;知近代文学,乃可与语现代。既穷其源,将竟其流。”[②]

钱钟书曾引用莱布尼茨的话,“现在怀着未来的身孕,压着过去的负担”[③]。

又在《谈艺录》再版的《引言》中说:“自维少日轻心,浅尝易足,臆见矜高,即亿而偶中,终言之成理而未澈,持之有故而未周。”“壮悔滋深,藏拙为幸。”并引僧肇《物不迁论》“吾犹昔人,非昔人也”之说,称再版之书“犹昔书,非昔书也”[④],来说明自身的心境。

这些都显现出一种随着时代迁移,自身也不断变化的观念。把钱基博的《现代文学史》等著作和稍前的刘师培、胡适、胡蕴玉等的文学论著相比[⑤],从他所增加的新的内容,明显地可看到这一点。钱钟书文学观念的现代性,自不用说,而他对王国维评价前后微妙的不同,反映了他自身观念的变化。

正因为他们自觉地抱有跟随时代前进的立场和态度(当然实际做到怎样的程度是另一回事),他们才能以发展的眼光看新旧事物交替,看待世界变化,才能在王国维身上,敏锐地发现了新的因素、新的特色,并加以介绍、评论、分析、研究。

也正因如此,他们才都脱出了传统“文学”的藩篱,脱出了在当时被舆论框定的、认为是代表“现代文学”的“白话文”、“新文学大系”等框架,独具慧眼地把视线投向了更广阔的“现代”文化田野,做了更深入的开拓耕耘。

他们的基本立场和观念虽说基本相同,但是,由于时代和各自知识结构、生活境遇的不同,在文学批评上,显现出差异。

钱基博的时代,面临着救亡图存的现实,新学方兴,从国体到政治倾向,社会上论争激烈,社会思潮的主旋律是雄壮的。钱基博在引用和评论王国维的文字中,更带有一种个人的情感色彩,有着那个时代的急切感。他对传统文化的眷恋的同时,更表现出对新思想观念的追求。在他的长衫之下,不难感觉到他和现实切切相关的脉搏跳跃,批判社会弊病的尖锐直切,以及企图抗争救亡、随着时代大潮冲涌的热血。

钱钟书的时代,尤其是20世纪40—50年代以后,自由论争的社会环境渐渐改变。对外的抗日战争,以后的国共内战,激荡的时代浪潮,把一切缠绵细腻,推到的社会舞台的边缘。从30年代后,在隆隆的枪炮声中“一个政党一个领袖”的主张,到1949年以后对知识分子的严厉政策,知识分子或欢欣鼓舞、或心不情愿、或心惊胆战地接受改造。即使有冷静的思考和疑问的声音,有孤傲浪漫的独奏,也都隐没在雄浑的时代进行曲之中,丧失了表演的场所。

钱钟书处于这样的大潮中。他的行动和研究,有时是自觉的,有时是无奈的。他的西装和中山装之下,与钱基博相比,更多一些从世界文明的角度观察社会的明智和淡定,一种置

---

① 见《中国文学史自序》,曹毓英选编《钱基博学术论著选》,第456—458页,华中师范大学出版社,1997年。

② 钱基博《现代中国文学史》,第34页。

③ 钱钟书《读拉奥孔》,《七缀集》,第54页(三联书店,2001年)。

④ 《谈艺录》,第1页。

⑤ 如刘师培《论近世文学之变迁》、胡适《五十年来之中国文学》、胡蕴玉《中国文学史》、谭正璧《中国文学进化史》。这一时期和稍后的文学研究、文学评论著作,如:黄山书社1986年版陈玉堂所编《中国文学史书目提要》所记载的:陈炳堃《最近三十年中国文学史》、李一鸣的《中国新文学讲话》等著作;还有后来比较有影响的,如赵家璧编《新文学大系》、郑振铎《插图本通俗文学史》、郭绍虞《中国文学批评史》、陆侃如的《中国诗史》、赵景琛的《中国文学小史》等等。

身于文学殿堂的肆洋和孤傲，还有用舶来的解剖刀剖析对象时的深邃和冷峻。

2. 研究的内容和见解

钱氏父子对王国维文学的评论中，在研究的内容和具体问题的见解上，也有所不同。

就研究的内容而言，钱基博对王国维的文学评论，所瞩目的，是过去传统文学中不被重视的戏曲。在《现代文学史》中有关王国维文学成就的评介，主要篇幅用在元曲上。他在看到文学作品的内容、形式之外，还对王国维的深层思想、文化观念等进行了探讨。

钱钟书则主要关注王国维的诗歌创作和小说评论。尤其对王国维前期的作品，做了重点的分析，更多地分析王国维的哲学思想和文学创作。

在具体问题的见解上，有如下几点不同：

从钱钟书对《红楼梦》的评论中可看到，他对王国维关于《红楼梦》主旨的理解，对王国维研究《红楼梦》的研究方法，持批评态度。但是，钱基博对此，未多加论说。

钱基博在对王国维"一个时代有一个时代的文学"观念的介绍中，指出："识者信其言之匪夸。"多少带有肯定的意味。钱钟书对此说则颇多批判。除了上文已经列出的以外，他还在不同的场合，从文学的特性加以分析，对简单地区划文学时代的做法加以批评。

如《谈艺录》开头的第一条中，谈唐宋诗，就是针对"区分"说的："诗分唐宋，唐诗复分初盛中晚，乃谈艺者之常言。而力持异议，颇不乏人。"但是"有古人而为今之诗者，有今人而为古之诗者，且有一人之身搀合今古者"[①]。指出，无法简单地仅从诗的古今体式，断然区划。

在谈论清代的袁枚时又曰："随园论诗，深非分朝代、创时期之说，重言申明。"即使反对他的潘德舆(彦辅)也"称到此论，以为不可废"[②]。

要之，钱钟书认为，文学的发展是一个复杂的过程，不可能一下子"吐故纳新"，不断的"前仆后继"[③]。这和钱基博不同[④]。

3. 研究的方法

钱基博、钱钟书二人对王国维的文学所取的研究方法，更是明显不同。

钱基博是从文学发展，从文学史的角度来进行研究的。他主要介绍评论王国维的文学研究，然而并没有局限于文学的领域，还从更广泛的文化角度进行论说。在注意王国维的生平、学问以外，还论说了他学问的形成过程和来源、师承关系、政治态度等。在论说中讲求"辨章学术，考镜源流"，注重学术渊源和师承关系。

钱基博指出："国维之知学问途辙以自发闻名家，皆振玉有以启之也。"具体而言，王国维先欲为古文辞，读《汉学师承记》，振玉要其学顾亭林[⑤]。王国维从罗振玉东渡，"振玉乃劝之专研国学"，并与其论"疑古"说之非。"而国维之学于是为三变矣"[⑥]。

---

① 《谈艺录》，第1—3页。

② 《谈艺录》，第214页。

③ 《谈艺录》，第28页。

④ 钱基博在《现代中国文学史》的《编首总论》中，也曾指出过"一代有一代文学"的观点，焦循已经说过。但未展开，不如钱钟书详尽。

⑤ 《现代中国文学史》，第215页。

⑥ 《现代中国文学史》，第225—226页。

又指出：王国维后受日本学者藤田丰八影响，研究哲学[①]。

进而推究其学术的根源："国维之学，于让清二百余年中，最近歙县程瑶田易畴及吴县吴大澂窓斋。""国维识力不亚程氏，而步吴氏之轨躅，又当古文字、古器物大出之世，故其规模大于程而精博则过吴，能由文字声韵以考古代之制度、文物，并其立制之所以然。其术在由博而反约，由疑而得信，务在不悖不惑，当于理而止。"[②]

要之，他的论说是综合的，涂抹出宏观的画面，在其中标识着研究对象的位置。这样的研究，意在构筑一个整体的框架，勾画一个总的画面。

钱基博的《现代中国文学史》本身的论述体例和产生的根源，就整体而言，也正是清末以后，新的文学史写作浪潮的产物。他基本按此模式进行，也是可以想象的了。

钱钟书的研究——或者说他的基本方法，则主要从文学评论的角度，对具体问题的探讨。

钱钟书说过："我想探讨的，只是历史上具体的文学鉴赏和评判。"[③]

钱钟书对王国维《红楼梦评论》的思想和评论方法的批评，对王国维诗歌的内容、体裁、韵律、修辞等的分析，都可以看出，更带有文学的专门色彩。是单纯的文学思想的探讨，是一种对具体作品的鉴赏分析。

钱钟书曾说过有这样一类人物："他们觉得看书的目的，并不是为了写批评或介绍，他们不慌不忙地浏览。每到有什么意见，他们随手在书边的空白上写几个字，写一个问号或感叹号，这种零星的随想，并非他们对于整部书的结论。"[④]这或可以作为对他研究方式理解的参考。

他采用的形式，是"essays"，而不是"thesis"。正如他自己所赞成的《管锥编》的英文翻译：Limited Views：Essays On Ideas And Letters（有限的观察：关于观念与文学的札记）所示[⑤]，他写的不是"论文"和"史"，而是随笔，或札记。

他注重的是由一点切入，进行深入细腻的分析。

还有，钱基博着重于王国维文学评论本身的分析研究。钱钟书则更带有文学比较的方法，从中外文学的比较分析方法研究王国维。这一点，有关论说已经所在多有，不必赘述了。

4. 对王国维文学研究的评价

钱基博认为：王国维乃由新入旧，元曲的研究，"国维详其历史，未若吴梅之发其条例，国维赏其文学，未若吴梅之析其声律"，不如吴梅"集其大成"[⑥]。但是，对王国维总体评价很高："自来说诸经大义，未有如国维之贯串者。"[⑦]"世人不果所言，则见以为迂远而阔于事情。犹称其考古之学为前无古人，后无来者。然征文考献，有裨文学。厥推阐扬元剧，开其筚路之

---

① 关于这一点，钱氏或仅据当时所见资料，略可补充。参见拙文《王国维的一封信——兼谈王国维和藤田丰八关系中的几个问题》，载《中国典籍与文化》2010年第4期；又拙著《日本汉学史》第二部，上海人民出版社，2010年。

② 《现代中国文学史》第226页。

③ 钱钟书《中国诗与中国画》，《七缀集》第8页。

④ 钱钟书《写在人生边上序》，上海开明书店，1941年初版。转引自陆文虎《围城内外——钱钟书的文学世界》，10页，解放军文艺出版社1992年。

⑤ 参见陆文虎《围城内外——钱钟书的文学世界》，第30页。

⑥ 《现代中国文学史》第228页。

⑦ 《现代中国文学史》第226页。

功也”,“使不即死,所造未可量也”[①]。

钱钟书对王国维的评价前后稍见变化。前期,多指出他作品和评论的不足。当然,也认为在当时乃是出于时辈之上的。后期的评介更高一些。但是,关于王国维对当时政治、对中国文化与西方文化的比较、对于他的生平和政治观念等,则多不涉及。和钱基博显然不同。

总之,可以说,对于王国维的文学研究,钱基博带有较多肯定的热情。而钱钟书更多地带有批评的冷峻。而这是由他们所处的社会环境以及他们自身不同的生活经历、知识结构造成的。

(三) 进一步思考的问题

以上对钱基博、钱钟书父子对王国维的文学批评的异同,做了简要的论说。之所以要关注他们对王国维文学研究的评论,是因为笔者觉得,在这一现象的深层,存在值得进一步思考的因素,涉及文学研究领域带有普遍性的一些问题,值得进行一些探讨。

第一,如何看待现代文学中的“新”和“旧”?

在近百年间,推陈出新的浪潮,一浪高过一浪。今日为新,明日便为旧;刚刚才“新”的,又被“更新”的盖没。争相以“新”为时髦,以“新”为自豪。所谓:方把新的尸体抬出门,为抬尸者抬尸的人业已入门。

钱基博的《现代中国文学史》,采用的是当时正时兴的,刚“引进”的“文学史”的形式。他在王国维旧的文学形式和话语之中,发现了新的文学因素。他把王国维列于“旧文学”之中。在对王国维文学的评论中,列举并赞赏了新的思想。

钱钟书的《谈艺录》,采取的是比较传统的“札记”的方式。关注的对象是王国维的旧体诗,在论说中,则多剔抉王国维新观点之中的误解和不足。

钱氏父子二人,尽管他们都主张随时代前进,他们都认为自己进行的文学研究和传统的旧文学不同,钱基博甚至可以说是中国“现代文学史”观念的先行者。钱钟书在中国现代比较文学研究中的地位,无须笔者置喙。但是,奇怪的是:他们的著作,相当长的时期内,却无人问津。

与此相类,章太炎、吴宓、章士钊、林琴南、梅光迪、胡先骕、辜鸿铭、金天翮、柳亚子、梁实秋、傅斯年、谭正璧、吴文祺、陈子展等等(当然不止这些)的文学作品或论说,或因所用的语言,或因表述的形式,或因政治因素,在相当长时期内,也都被封没于历史黑暗之中,被摒置于“新”文学园地之外,被视为守旧派、保守派或反动派。

这就不能不令人思考在文学评论领域中,现代文学中“新”、“旧”文学区分的原则究竟是什么?

近现代的“新文学”是否应该仅仅局限于在用“白话”形式创作的作品或撰写的评论之中?局限在挂着“新文学”招牌的文学,在不同时期被判为“进步”的那些作者或作品上?

任何一种文学形式产生,都会有一个漫长的蕴积、孕生过程。在文学研究中,分析新旧因素,不仅要看文字、体裁,表现手法、文学样式,要看到具体的内容,还要看到作者和作品反映出来的思想观念。新和旧,不仅表现在包装形式的新旧——这当然是应当重视的,同时还

---

① 《现代中国文学史》第228页。

应当关注的是内容，更应看到在表面现象下隐存的深层的精神。钱基博父子文学批评的情况，是否正是如此？

中国文化的发展，没有绝对的界限和断裂[①]。就我国现代社会的发展而言，上述诸人的作用，各有不同；在近代中国社会发展中，他们每个人的人生态度和升沉起伏，也多有不同。然而，就文学的发展来说，我们不应简单地把目光局限在打着"新"旗帜的阵地（当然要区分其中滥竽充数，浑水摸鱼的角色）、注意在呐喊呼号、冲锋陷阵的斗士；也应该看到因各种原因，在变化、在思考的那些人们的追求和努力。还应把因为社会变动或政治理念的差异而分道扬镳，隐没在公共视野之外的人士的有关作品和意见，也作为研究的对象——文学形式、文学观念和政治态度不是完全等同的。其中也可能有新文学得以产生的基础和土壤，有着新的萌芽。

否则，我们的视野就会越来越狭隘，我们的园地就会越来越缩小，最后落到近百年"新"文学的仅有孤零零一两个人的苍白境地。

质言之，"新"的文学，是多层次多方面的。我们的研究，不仅要关注装酒的瓶子是不是新瓶，还要关注瓶中的酒的新旧，而且更应关注的是这酒的制作和酿造原理、工艺是否有新的突破。如果我们不把自己的思维框死在既定的观念之中，我们的文学批评和文学批评研究，可能就会有更新的局面。

第二，如何对待文学研究中的外来因素？

也就是如何对待所谓的"中"和"西"的问题。

钱基博和钱钟书都对于外来的文化采取了吸收的态度，也都对生吞活剥的"吸收"方法进行了批判。

钱基博比较概括地说"西学"，包括王国维对"西说"的理解。钱钟书则具体地进行了分析。钱钟书关于王国维对马相伯"哲学课程"中关于"特嘉儿"（笛卡尔）评论的批评[②]，对《红楼梦评论》运用叔本华哲学关于欲望的观念来分析的方法提出的批评[③]，此外，钱钟书批评晚清文人，多比较严峻，如指黄遵宪诗"有新事物，而无新理致"[④]，指苏曼殊的诗中，对欧洲诗人乱加比喻等[⑤]，都切实具体，切肤见骨。

这说明对于国外学说理解的深化。时代提出了更高的标准。对外来文化不断深化的现象，值得我们思考。

首先，如何接受外来文化？我们在接触外来文化时，总有过程：由部分到整体，由浅入深，由表及里。表象的导入应该是深化的先河。没有最初的浅显，就不会有后来的深刻。过分的理想主义，或许会封杀先行者的探索。吴宓对钱钟书的忠告也罢，批评也罢，就是强调了这一点。

其次，是进行文化研究时的思维框架问题。

① "文化断裂论"在我国的当代文化思想界中，曾就是一种很大的声音，笔者对此曾提出不同意见。参见拙文《文化断裂之我见》，《复旦学报》1988年第5期。

② 《谈艺录》第348页。

③ 《谈艺录》第348页。

④ 《谈艺录》第24页。

⑤ 《谈艺录》第50页。

钱钟书对王国维以及晚清其他一些人物的批评，实际指出了这样一个问题：对于外来文化，不能只满足于一个表面的总体概念，随意取来便作为工具，而要深入分析，具体选择。

同样是“西方”，欧洲的英法德之间不同，欧洲和美国更不同。时代在变化，同样是德国，十八世纪的康德(Immanuel Kant，1724—1804)和二十世纪的加达墨尔(Hans-Georg Gadamer，1900—2002)的文学评论，不会相同；同样是法国，指责英法列强对中国侵略的雨果(Victor Hugo，1802—1885)和讲求“知识考古”的福柯(Michel Foucault，1926—1984)，观念迥异；同为近年美国的学者，鼓吹文明冲突的亨廷顿(Samuel Phillips Huntington，1927—2008)和对“美国的逻辑”加以鞭笞的乔姆斯基(Noam Chomsky，1928—　)，更不能一锅煮。

“西方”，或者说国外的学术是具体的。如果说在一二百年前，刚接受外来思想时，接触有限，对外来的文化处于朦胧状态，概括地用“西学”这样的概念来表述，或尚有可原。随着时代的前进，在世界各国交流日益密切，信息由互联网迅速传播的今天，我们如还停留在百年前、乃至数百年前的水平，满足于搬用自己想象中的“东方”、“西学”的笼统框架，这就像国外人士还停留在马可波罗《东方游记》的水平来分析今天的中国，那就应当考虑了。

有的朋友在今日提出要用“西学”来阐释、构建现代的中国文学评论，这种主张，值得商榷[①]。且不说在日益变化的世界上，没有什么抽象的“西学”和西方文学模式，就算是有，想简单地用“西方”模式来“阐释”“构建”中国文学，就像要用“国际象棋”的规则来阐述、构筑中国象棋或围棋的规则，行得通吗？王元化先生在他的《思辨随笔》中，曾引述余英时先生的见解：“治中国思想史永远立足于中国传统及其原始典籍内部所呈现的脉络，而不是任何外部的‘理论框架’。”[②]我想，这值得我们今天的文学研究、思想研究乃至整个社会倾听。

第三，如何认识文学和社会的关系？

钱基博引王国维所说：“生百政治家，不如生一大文学家。”[③]钱基博、钱钟书父子，对于王国维的主张，强调纯文学重要价值的观念，在某种程度上是共鸣的。

钱基博说：“余文质无底，抱朴杜门，论治不缘政党，谈艺不入文社。”[④]钱钟书在相当程度上，采取了一种专注于文学的生活道路。他自称是个“Retired person(比较闭门不管天下事的人)”，杨绛先生说：他“不开宗立派，不传授弟子”，毕生“做做学问”[⑤]。

他们不是那种呼号着的斗士，基本上没有进入文坛中的派社团体，没有站立在某种政治大旗之下呐喊。而是在自己的世界里思索，探求。这反映了这个时代中，相当部分知识分子的生活态度和价值取向。这是一个方面。

---

① 关于简单地把世界文化划成“东方”、“西方”的两分模式和研究方法，现代美国的学者早就提出过批评，见美国的柯保安(Paul A. Cohen)著，李荣泰等译《美国的中国近代史研究》第一章《中国反应西方的问题》。(台北：经联出版事业公司，1992年)又见美国康拉德·托特曼(Conrad Totman)所著《日本史》(*A History of Japan*)。该书中文译本的拙文：《康拉德·托特曼〈日本史〉中译本序言》(王毅译，上海人民出版社，2008年)。

② 王元化《思辨随笔》第101页(上海文艺出版社，1994年)。

③ 《现代中国文学史》第216页。这一点，在当时，梁启超也已经指出过。参见拙文《梁启超的老子研究》(新加坡《新世纪学刊》第5期，斯雅舍，2005年9月)。

④ 钱基博《现代中国文学史跋》。

⑤ 《围城内外——钱钟书的文学世界》，第53页。又杨绛《钱钟书对〈钱钟书集〉的态度》，《七缀集》代序。见《七缀集》。

正如王国维也有着“五十之年，只欠一死”[①]的愤懑和悲怆一样，钱基博和钱钟书也生活在现实的社会里，也经受着社会的动荡，有着自己的感受。钱基博曾说：“古人以忧患动心忍性，今人以忧患幸生丧志。平日侈谈之学问经济，文章道德，一旦大难临头，未有片言只字镇得心住，振得气壮。”“以迄于今，寇深国危，土崩鱼烂，人民死亡奴虏以数千万。”“几见有明耻教战，引以己任，视曰分内？”[②]他在五卅惨案时，大声疾呼，支持学生罢课的行动，都说明他人生和思想的另外一面[③]。

钱钟书在《谈艺录序》中说：“《谈艺录》一卷，虽赏析之作，而实忧患之书也。”此外，在谈到《宋诗选》再版时的那些看似淡然，却令人回味无穷的表述：“这部选本不很好；由于种种的缘由，我以为可选的诗往往不能选进去，而我以为不必选的诗倒选进去了。”[④]

由此，是否也可窥见他人生和思想的另一方面呢？钱氏父子对王国维的评论固然值得我们思考。而他们各自的生活样式和本身的际遇，是否更值得我们思考和回味？

无论相当长的时期内，钱基博、钱钟书的著述被冷遇，还是前一时期的“钱钟书热”与因此带起的对钱基博的关注，都不影响他们主张的文学独立性和人格存在。值得我们深思的，与其说是钱氏父子的生活际遇，不如说，更应该是判断文学和社会关系的价值标准。在社会舆论强调某一个方面时，作为研究者，是否应随时保持关注另一方面的冷静呢？

关于文学的社会作用，文学的价值和个人的关系，是贯穿在近代中国文学领域乃至整个文化研究领域中的一个重要问题，也可以说是这近百年间我国文学思潮论争的主旋律。强调文学独立和文学家人格，与强调文学的社会改造功能、文学的党性原则，在不同的历史时期，在社会中占据着不同位置。这是一个已经引起过，并会继续引起学者们不断思考探索的课题，有待更深入的探索。这个大问题，远非本文所堪任——就此打住。

作者单位：日本金泽大学

① 王国维《遗书》，见赵万里《王静安先生年谱》。

② 《钱基博学术论著选》，第153页。

③ 参见《国学网》2005年12月25日所载《钱基博》。

④ 《模糊的铜镜》，见《人民日报》，1988年3月24日。

胡适的"科学情结"与新红学的"科学方法"

——论新红学的价值取向及其得失

陈文新

胡适是新红学当之无愧的开山祖师。关于新红学的宗旨，这位开山祖师一再强调，《红楼梦》研究中只有作者问题和本子问题才有价值，其他方面不值得花费精力。1921年，他在"新红学"的奠基之作《红楼梦考证》中三次强调了这个意思。一次是在文章的开头：

> 《红楼梦》的考证是不容易做的，一来因为材料太少，二来因为向来研究这部书的人都走错了道路。他们怎样走错了道路呢？他们不去搜求那些可以考定《红楼梦》的著者，时代，版本等等的材料，却去搜罗许多不相干的零碎史事来附会《红楼梦》里的情节。他们并不曾做《红楼梦》的考证，其实只做了许多《红楼梦》的附会！①

一次是在文章第二部分的开头：

> 其实做《红楼梦》的考证，尽可以不用那种附会的法子。我们只须根据可靠的版本与可靠的材料，考定这书的著者究竟是谁，著者的事迹家世，著书的时代，这书曾有何种不同的本子，这些本子的来历如何。这些问题乃是《红楼梦》考证的正当范围。②

一次是在文章的结尾：

> 以上是我对于《红楼梦》的"著者"和"本子"两个问题的答案。我觉得我们做《红楼梦》的考证，只能在这两个问题上着手；只能运用我们力所能搜集到的材料，参考互证，然后抽出一些比较的最近情理的结论。这是考证学的方法。我在这篇文章里，处处想撇开一切先入的成见；处处存一个搜求证据的目的；处处尊重证据，让证据做向导，引我到相当的结论上去。我的许多结论也许有错误的——自从我第一次发表这《考证》以来，我已经改正了无数大错误了——也许有将来发现新证据后即须改正的。但我自信：这种考证的方法，除了《董小宛考》之外，是向来研究《红楼梦》的人不曾用过的。我希望我这一点小贡献，能引起大家研究《红楼梦》的兴趣，能把将来的《红楼梦》研究引上正当的轨道去：打破从前种种穿凿附会的"红学"；创造科学方法的《红楼梦》研究！③

这三段话谈的都是"《红楼梦》的考证"，而不是"《红楼梦》的研究"，一部分读者也许会得

---

① 胡适：《胡适文存》(卷三)，第185页，上海书店，1989年。

② 胡适：《胡适文存》(卷三)，第200页，上海书店，1989年。

③ 胡适：《胡适文存》(卷三)，第245—246页，上海书店，1989年。

出下述结论:“《红楼梦》的考证”限于作者问题和本子问题,而“《红楼梦》的研究”并不限于作者问题和本子问题,我们不能据此断言胡适反对或轻视《红楼梦》思想和艺术的研究。其实不然。在胡适那里,“考证”的意思几乎就等于“研究”;非“考证”的成果是不能算“研究”的。唯其如此,他才会在《答李孤帆书》中说:

> 你不妨重读我的《红楼梦考证》,看我如何处理这个纷乱的问题。我在那时(四十年前)指出“《红楼梦》的新研究”只有两个方面可以发展:一是作者问题,一是本子问题,四十年来“新红学”的发展,还只是这两个问题的新的资料的增加而已。(一九六一,六,五)[①]

从1921年到1961年,整整四十年,在《红楼梦》研究中,除了有关作者问题和本子问题的成果外,对《红楼梦》思想、艺术的阐释,也成果甚丰,只是胡适不承认那是“红学”成果而已。基于这一立场,他对李孤帆搜集相关评论文字颇为不满,在同一封信中,他说:

> 有许多文章是不值得收集的,如李辰冬、林语堂、赵冈、苏雪林……诸人的文字。“集评”一名,似也不甚妥。因为“集评”一名词不能包括这四十年中出来的原料,如故宫发现的曹寅父子三人一百多件密折及朱批——曹寅之妻李氏是李煦之妹——如周汝昌的《楝亭图》四大卷的资料,如近年出现的曹雪芹的朋友的诗文集,如敦诚、敦敏诸人的诗之类,“集评”一名也不能包括四十年来出现的红楼本子,如我的“甲戌本”之类。[②]

胡适对“集评”的不满,一是“集评”把与作者问题、本子问题有关的资料拒之门外,二是“集评”偏重收集在胡适看来不值得收集的阐释《红楼梦》思想艺术的文字,落实下来,胡适所认可的,依然是围绕作者问题、本子问题的考证。

1961年10月4日,胡适在《答苏雪林书》里谈到红学家赵冈,感慨说:

> 赵冈先生是一位学经济的,他在几年前偶然对《红楼梦》发生兴趣,写了无数文字,越写越走上了一个牛角尖里去了。我也曾托人劝过他,他虽然不肯听,但他却真发愤搜集材料,搜集版本。他是很有耐心的,故能细心比较文字,有时有很可注意的发现。你在这里小住的时候,我本想请你看看我的书房里现有的《红楼梦》版本:
>
> 甲戌脂本　　存十六回
>
> 庚辰脂本　　八十回本
>
> 戚蓼生本　　八十回本
>
> 俞平伯的《红楼梦》八十回校本这是一部最好的“汇校本”,单是“校字记”就有六百九十多页![③]

说来说去,还是一个意思:在《红楼梦》研究中,只有作者问题、本子问题的考证才被胡适认为是正宗的,其他讨论概归钻牛角尖或无意义之列。胡适如此划定“新红学”范围,这是一个不能忽略的事实。

---

① 胡颂平:《胡适之先生年谱长编初稿》,第3627页,台北:联经出版事业公司,1984年。

② 胡颂平:《胡适之先生年谱长编初稿》,第3627页,台北:联经出版事业公司,1984年。

③ 胡颂平:《胡适之先生年谱长编初稿》,第3748页,台北:联经出版事业公司,1984年。

胡适何以仅仅关注《红楼梦》的作者问题和本子问题？最直接的原因是：胡适怀有根深蒂固的“科学”情结。换句话说，胡适考证《红楼梦》的初衷，是借这部名著的影响力推广他的“科学方法”。这个方法，他自己概括为“大胆的假设，小心的求证”。

1952年12月1日，胡适在台湾大学讲《治学方法》第一讲《引言》，他说：

我在做《红楼梦》考证那三十年中，曾经写了十几篇关于小说的考证，如《水浒传》、《儒林外史》、《三国演义》、《西游记》、《老残游记》、《三侠五义》等书的考证。而我费了最大力量的，是一部讲怕老婆的故事的书，叫做《醒世姻缘》，约有一百万字。我整整花了五年功夫，做了五万字的考证。也许有人要问，胡适这个人是不是发了疯呢？天下可做学问很多，而且是学农的，为什么不做一点物理化学有关科学方面的学问呢？为什么花多少年的工夫来考证《红楼梦》、《醒世姻缘》呢？我现在做一个坦白的自白，就是：我想用偷关漏税的方法来提倡一种科学的治学方法。我所有的小说考证，都是用人人都知道的材料，用偷关漏税的方法，来讲做学问的方法的。譬如讲《红楼梦》，至少我对于研究《红楼梦》问题，我对它的态度的谨严，自己批评的严格，方法的自觉，同我考据研究《水经注》是一样的。我对于小说材料，看做同化学问题的药品材料一样，都是材料。我拿《水浒传》、《醒世姻缘》、《水经注》等书做学问的材料。拿一种人人都知道的材料用偷关漏税的方法，要人家不自觉的养成一种“大胆的假设，小心的求证”的方法。

假设是人人可以提的。譬如有人提出骇人听闻的假设也无妨。假说是愈大胆愈好。但是提出一个假设，要想法子证实它。因此我们有了大胆的假设以后，还不要忘了小心的求证。比如我考证《红楼梦》的时候，我得到许多朋友的帮助，我找到许多材料。我已经印出的本子，是已经改了多少次的本子。我先要考出曹雪芹于《红楼梦》以外有没有其他著作？他的朋友和他同时代的人有没有什么关于他的著作？他的父亲、叔父们有没有什么关于他的记载？关于他一家四代五个人，尤其是关于他的祖父曹寅，有多少材料可以知道他那时候的地位？家里有多少钱？多么阔？是不是真正不能够招待皇帝到四次？我把这些有关的证据都想法找了来，加以详密的分析，结果才得到一个比较认为满意的假设，认定曹雪芹写《红楼梦》并不是什么微言大义，只是一部平淡无奇的自传——曹家的历史。我得到这一家四代五个人的历史，就可以帮助说明。当然，我的假设并不是就完全正确；但至少可以在这里证明“小心求证”这个工夫是很重要的。

……

我所以举这些例，把这些小说当成待解的问题看，目的不过是要拿这些人人都知道的材料，来灌输介绍一种做学问的方法。这个方法的要点，就是方才我说的两句话：“大胆的假设，小心的求证。”如果一个有知识有学问有经验的人遇到这个问题，当然要提出假设，假定的解决方法。最要紧的是还要经过一番小心的证实，或者否证它。如果你认为证据不充分，就宁肯悬而不决，不去下判断，再去找材料。所以小心的求证很重要。①

1952年12月6日，胡适在台湾大学讲《治学方法》第三讲《方法与研究》，他又提到了他的《红楼梦》考证：

---

① 胡适：《治学方法》，《胡适文集·胡适演讲集》，134—137页，北京大学出版社，1998年。

今天我还要和诸位说一说，我用来考证小说的方法，我觉得还算是经过改善的，是一种“大胆的假设，小心的求证”的方法。我可以引以自慰的，就是我做二十多年的小说考证，也替中国文学史家与研究中国文学史的人扩充了无数的新材料。只拿找材料做标准来批评，我二十几年来以科学的方法考证旧小说，也替中国文学史上扩充了无数的新证据。

……

我所以举《红楼梦》的研究为例，是说明如果没有这些新的材料，我们的考证就没有成绩。我研究这部书，因为所用的方法比较谨严，比较肯去上天下地动手动脚找材料，所以找到一个最早的脂砚斋抄本——曹雪芹自己批的本子，和一个完全的八十回的抄本，以及无疑的最早的印本——活字本，再加上曹家几代的传记材料。因为有这些新材料，所以我们的研究才能有点成绩。但是亦因为研究，我们得以扩张材料，这一点是我们可以安慰自己的。①

胡适对科学方法的提倡与热衷，可以说是终生不渝。胡适如此，他的弟子如顾颉刚等亦然。1923年3月5日，顾颉刚为俞平伯的《红楼梦辨》作序，序的结尾部分表示三个愿望，而第一个愿望即旨在强调《红楼梦考证》所确立的“研究的方法”即“科学方法”的重要：

第一，红学研究了近一百年，没有什么成绩；适之先生做了《红楼梦考证》之后，不过一年，就有这一部系统完备的著作：这并不是从前人特别糊涂，我们特别聪颖，只是研究的方法改过来了。从前人的研究方法，不注重于实际的材料而注重于猜度力的敏锐，所以他们专欢喜用冥想去求解释。猜度力的敏锐固然是好事体，但没有实际的材料供它的运用，也徒然成了神经过敏的病症；病症一天深似一天，眼睛里只看见憧憧往来的幻象，反自以为实际的事物，这不是自欺欺人吗！这种研究的不能算做研究，正如海市蜃楼的不能算做建筑一样。所以红学的成立虽然有了很久的历史，究竟支持不起理性上的攻击。我们处处把实际的材料做前导，虽是知道的事实很不完备，但这些事实总是极确实的，别人打不掉的。我希望大家看著这旧红学的打倒，新红学的成立，从此悟得一个研究学问的方法，知道从前人做学问，所谓方法实不成为方法，所以根基不坚，为之百年而不足者，毁之一旦而有余。现在既有正确的科学方法可以应用了，比了古人真不知便宜了多少；我们正应当善保这一点便宜，赶紧把旧方法丢了，用新方法去驾驭实际的材料，使得嘘气结成的仙山楼阁换做了砖石砌成的奇伟建筑。

第二，《红楼梦》是极普及的小说，但大家以为看小说是消闲的，所谓学问，必然另有一种严肃的态度，和小说是无关的。这样看小说，很容易养成一种玩世的态度。他们不知道学问原没有限界，只要会做，无所往而不是学问；况且一个人若是肯定人生的，必然随处把学问的态度应用到行事上，所以这一点态度是不可少的。这部书出版之后，希望大家为了好读《红楼梦》而连带读它；为了连带读它而能感受到一点学问气息，知道小说中作者的品性、文字的异同、版本的先后，都是可以仔细研究的东西。无形之中，养成了他们的历史观念和科学方法。他们若是因为对于《红楼梦》有了正当的了解，引申出来，

① 胡适：《治学方法》，《胡适文集·胡适演讲集》，第161—163页，北京大学出版社，1998年。

对于别种小说以至别种书，以至别种事物，都有了这种态度了，于是一切“知其当然”的智识都要使它变成“知其所以然”的智识了，他们再不肯留下模糊的影像，做出盲从的行为：这是何等可喜的事！[①]

1957年7月23日，胡适作《俞平伯的〈红楼梦辨〉》，曾就顾颉刚的这一段话评议说：

颉刚此段实在说的不清楚，但最可以表示当时我的“徒弟们”对于“研究方法改过来了”这一件事实，确曾感觉很大的兴奋。颉刚在此一段说到“正确的科学方法”，他在下一段又说到“希望大家……（读这部《红楼梦辨》）而能感受到一点学问气息，知道小说中作者的品性，文字的异同，版本的先后，都是可以仔细研究的东西，无形之中养成了他的历史观念和科学方法。……”[②]

胡适及其弟子重视《红楼梦》考证，更重视《红楼梦》考证所承载的“科学方法”，这是一个显而易见的事实。需要追问的是，胡适何以有如此浓重的“科学”情结？

科学与民主是现代中国从西方引入的两大“法宝”，以主张“全盘西化”著称的胡适，他对科学与民主一向抱着虔诚的心态。在回忆五四新文化运动时，胡适有这样一段表白：“在这一〔文化〕运动已经进行了好几年之后，当然有人想把他的意义确定下来。1919年初《新青年》的编辑陈独秀先生便写了一篇文章。在这文章里他倒没有替运动下个定义；他只是把我们这杂志的‘罪案’作了个承诺。在那时以北大为中心的很多保守派或反动派，对这一文学运动批评至多。陈独秀认为‘两大罪案’有承认之必要。他说，‘第一我们拥护赛因斯（科学）先生；第二，我们拥护德莫克拉西先生（民治主义）。’因为我们拥护德先生，我们必须反对儒教——反对旧家庭传统、旧的贞操观念、旧的道德和旧的政治。因为我们拥护赛先生，我们一定要提倡新文学、新艺术和宗教。正因为我们要拥护德、赛二先生，我们只有去反对所谓‘国粹主义’。”[③]抽掉民主与科学，五四新文化运动就成了一个空壳子。作为新文化运动的领袖，胡适钟情于科学与民主是顺理成章，且几乎是天经地义的。

问题在于胡适思考问题的方式过于简单而粗糙。胡适长于演讲，他对问题的思考也以是否宜于讲演作为重要前提。而一个不能忽视的事实是：讲演之于思考，有正面的帮助，也有负面的影响。就其正面的帮助而言，胡适的一段回忆已足以尽之。他说：“在我当学生时代我便一直认为公开讲演对我大有裨益。我发现公开讲演常时强迫我对一个讲题作有系统的和合乎逻辑的构想，然后再作系统的又合乎逻辑和文化气味的陈述。……公开讲演也是个最好的机会，让一个人去训练他自己的写作；训练他作笔记的系统化。这些种不同形式的表达方法可以强迫一个人，对一项命题去组织他的感想、观念和知识，这样可使他以写作的方式，对他要表达的题目了解得更清楚。”[④]就讲演的负面影响而言，陈平原《有声的中国——“演说”与近现代中国文章变革》中的一段议论可供参考。他指出：“演说不同于专业著述，突

① 顾颉刚：《红楼梦辨序》，俞平伯：《红楼梦辨》，第6—7页，人民文学出版社，1973年。

② 胡适：《俞平伯的〈红楼梦辨〉》，《胡适文集·胡适集外学术文集》，第93—94页，北京大学出版社，1998年。

③ 唐德刚：《胡适口述自传》第八章《从文学革命到文艺复兴》，《胡适文集·胡适口述自传》，第341—342页，北京大学出版社，1998年。

④ 唐德刚：《胡适口述自传》第四章《青年期的政治训练》，《胡适文集·胡适口述自传》，第226—227页，北京大学出版社，1998年。

出的是大思路,需要的是急智、幽默、语出惊人。如果用最简要的语言来描述,'演说'的特点大致是这样的:表达口语化,故倾向于畅快淋漓;说理表演化,故追求语不惊人死不休;追求现场效果,故受制于听众的趣味与能力;蔑视理论体系,需要的是丰富的高等常识;忌讳'掉书袋',故不能过于深奥,更不能诘屈聱牙。而所有这些,都将影响文坛乃至学界的风气。""'演说'一旦入文,酿成了现代中国文章的两大趋势,一是条理日渐清晰,二是情绪趋于极端。"①而过分清晰的条理和趋于极端的情绪是可以使当事人丧失理性和稳健的。事实上,缺少理性和稳健正是胡适这一代启蒙先锋的弱点,或者说,这正是他们具有号召力的原因之一。一个人总是说:"毫无疑问的,我告诉你……"他的话是有人乐于听,并且乐于信的。一个人总是说:"此亦一是非,彼亦一是非……"尽管他说得有道理,也很难有众多的追随者。胡适是懂得这一点的,所以他的思想的特点,一直是明晰而趋于极端的。他因此而成为文化领袖,他也因此而不能成为一流的学者。

且说一个具体的例子。在我们看来,世界分为两个真实的领域,一是自然,一是人事。科学讲究理性分析,确实可以提供进入自然宝库的钥匙,但却无力解决人事领域的问题,因为后者需要的是同情、理解和体悟。而在胡适看来,科学不仅告诉人类关于自然界的真知,而且还可以指示人生的价值与社会前途。科学在自然界和人类社会具有同等的权威。胡适是20世纪20年代"科玄论战"("科学与人生观"的论战)中"科学"派的健将之一,回顾那一场论战中"科学"派与"玄学"派的分歧,也许有助于我们了解胡适这一批启蒙先锋的"科学"情结和缺少"理性"的理论风格。换句话说,他们因执著于"科学",考虑问题反而不"科学"了。

"科玄论战"中"玄学"派的代表人物是张君劢。1923年初,张君劢在清华大学发表了题为"人生观"的演讲。他在演讲中就人生观与科学加以比较,指出两者间存在明显区别:

第一,科学为客观的,人生观为主观的;

第二,科学为论理的方法所支配,而人生观则起于直觉;

第三,科学可以以分析方法下手,而人生观则为综合的;

第四,科学为因果律所支配,而人生观则为自由意志的;

第五,科学起于对象之相同现象,而人生观起于人格之单一性。

根据以上五点,张君劢的结论是:"故科学无论如何发达,而人生观问题之解决,绝非科学所能为力,惟赖之人类之自身而已。"②张君劢的结论无疑是通达、合理的。1943年初,林语堂著《啼笑皆非》,其《化物篇第二十》曾以嬉笑调侃的笔调嘲笑"科学主义"在人文学科的横行霸道:"原来人研究物质太成功,自己也变成了物质的一部分。人性的观念,已经变了。'思想'的力量已为历史所否认。瓦片的研究,已替代了历史上爱憎仇恨人情幻变的研究。我们量了特洛国时代的破砖石的尺寸,便觉得增进了解或考核荷马的程度。历史家研究埃及女皇的宫房夜壶,兴趣大于研究她们的宫闱秘史。收集事实,考核事实,这两项工作一直继续下去。一个历史学教授可以一手拿了一只破古罐,得意忘形叫道:'我们懂得历史了。'""搜寻考证事实的工作继续不断。历史家测量瓦片,教育家测量人的智力,犯罪学家测量人

① 陈平原:《有声的中国——"演说"与近现代中国文章变革》,《文学评论》2007年第3期,第15页。

② 张君劢:《人生观》,《科学与人生观》,第35页,沈阳:辽宁教育出版社,1998年。

类的脑壳，心理学家测量我们的感情反应，地理学家测量雨水的寸数，地略政治家测量高加索的油量。如果瓦片能够解释，历史亦可立足；如果知识的单位仔细地测量，教育便成功；如果脑壳、下颚、耳朵测量过，犯人便可像一架洗衣机般为我们了解；如果感情反应研究得法，人类的灵魂、智力、想象力、意气、欲望、癖好，都可明白；如果雨量算出，文明之盛衰便有解释；如果油源在握，胜利必属吾人！"[①]"科学主义"横行的结果，是取消人文，是把人变成物质或事实。在十九世纪的西方，历史曾被视为艺术与科学之间的中介。相对于科学，历史学家对历史的描述是：历史从未要求纯科学的地位，它依靠分析方法，也同样依靠直觉，因此，不应该用仅在数学和实验科学里正常使用的批评标准来评价历史研究。相对于艺术，历史学家对历史的描述是：历史毕竟是一门半科学，历史数据是不能经受"自由的"艺术操纵的，而历史叙事的形式也不是选择的问题，而是历史资料本身的性质所要求的。二十世纪科学主义的盛行，它所造成的显著变化是：一些历史学家试图将历史变成不折不扣的科学，试图"压制自己"，并从文献记载中设法获得"纯粹事实"。历史学家的职能被认为是表现全部事实并且只表现事实。这种在英语世界占主导地位的历史观也席卷了中国，并成为人文学科的一种理念。于是，人文被科学吞并就是自然的了。在这种背景下，张君劢强调人文的特殊性，这是合理的，却又是不合时宜的。

"科玄论战"中"科学"派的代表人物是张君劢的好友丁文江。针对张君劢的《人生观》，丁文江在 1923 年 4 月的《努力周刊》上发表《玄学与科学》一文，锋芒所向，毫无掩饰："玄学真是个无赖鬼——在欧洲鬼混了二千多年，到近年渐渐没有地方混饭吃，忽然装起假幌子，挂起新招牌，大摇大摆地跑到中国来招摇撞骗，你要不相信，请你看看张君劢的《人生观》！张君劢是作者的朋友，玄学却是科学的对头。玄学的鬼附在张君劢的身上，我们学科学的人不能不去打他。"[②]丁文江断言：人生观与科学是不能分家的，"科学的万能，科学的普遍，科学的贯通，不在他的材料，在他的方法"[③]。针对丁文江的指责，张君劢立即著长文《再论人生观与科学并答丁在君》予以回应。

张君劢和丁文江没有料到，两位朋友之间的争论很快演变成为现代思想文化史上一场影响深远的论战。胡适、吴稚晖等支持丁文江，形成"科学"派，梁启超等支持张君劢，形成"玄学"派。陈独秀、瞿秋白等不久也加入论战，立场鲜明地支持"科学"而反对"玄学"。"玄学"派明显处于下风。这样一种态势是可以理解的，"科学主义的精神、态度、方法，更适合于当时中国年轻人的选择"，"处在个体命运与社会前途休戚攸关的危机时代，倾向于信仰一种有规律可循、有因果可循从而可以具体指导自己行动的宇宙——历史——人生观，是容易理解的事"[④]。

1923 年 11 月 29 日，胡适为《科学与人生观》作序，特别提到了"科学"派为"科学"辩护的动机：

> 这三十年来，有一个名词在国内几乎做到了无上尊严的地位；无论懂与不懂的人，

---

① 林语堂：《啼笑皆非》，《林语堂名著全集》第 23 卷，第 163—164 页，长春：东北师范大学出版社，1994 年。

② 丁文江：《玄学与科学》，《科学与人生观》，第 38 页，沈阳：辽宁教育出版社，1998 年。

③ 丁文江：《玄学与科学》，《科学与人生观》，第 49 页，沈阳：辽宁教育出版社，1998 年。

④ 李泽厚：《中国现代思想史论》，第 59 页，北京：东方出版社，1987 年。

无论守旧和维新的人,都不敢公然对他表示轻视或戏侮的态度。那个名词就是“科学”。这样几乎全国一致的崇信,究竟有无价值,那是另一问题。我们至少可以说,自从中国讲变法维新以来,没有一个自命为新人物的人敢公然毁谤“科学”的。直到民国八九年间梁任公先生发表他的《欧游心影录》,“科学”方才在中国文字里正式受了“破产”的宣告。……

我们要知道,欧洲的科学已到了根深蒂固的地位,不怕玄学鬼来攻击了。几个反动的哲学家,平素饱餍了科学的滋味,偶尔对科学发几句牢骚话,就像富贵人家吃厌了鱼肉,常想尝尝咸菜豆腐的风味,这种反动并没有什么大危险。那光焰万丈的科学,决不是这几个玄学鬼摇撼得动的。一到中国,便不同了。中国此时还不曾享著科学的赐福,更谈不到科学带来的“灾难”。我们试睁开眼看看:这遍地的乩坛道院,这遍地的仙方鬼照相,这样不发达的交通,这样不发达的实业,——我们那里配排斥科学?至于“人生观”,我们只有做官发财的人生观,只有靠天吃饭的人生观,只有求神问卜的人生观,只有《安士全书》的人生观,只有《太上感应篇》的人生观,——中国人的人生观还不曾和科学行见面礼呢!我们当这个时候,正苦科学的提倡不够,正苦科学的教育不发达,正苦科学的势力还不能扫除那迷漫全国的乌烟瘴气,——不料还有名流学者出来高唱“欧洲科学破产”的喊声,出来把欧洲文化破产的罪名归到科学身上,出来菲薄科学,历数科学家的人生观的罪状,不要科学在人生观上发生影响!信仰科学的人看了这种现状,能不发愁吗?能不大声疾呼出来替科学辩护吗?①

由此可见,胡适钟情于“科学”并不是一种孤立的现象,而是与现代文化潮流息息相关。这是一个具有时代特征的选择。而我们关心的是,当胡适用“科学方法”来研究《红楼梦》时,他将如何贯彻他的文化主张和学术理念?

胡适果断地将其“科学方法”的使用范围限定在作者问题和本子问题上。胡适或许意识到了,一旦涉及思想和艺术的阐释,“科学方法”就难以有其用武之地。20世纪50年代,美国红学家周策纵先生曾与胡适讨论过《红楼梦》是否可以算做“自叙传”的问题,颇耐人寻味。周策纵提出,小说本是虚构文学,《红楼梦》和历史不同,是否可以叫做“自叙传”?胡适的答复是:

我相信文学作品都有作者的经验做底子,我在《尝试集》里那首《梦与诗》就表示了这个看法。所以广泛一点说,本来可说:一切文学作品都是作者的自叙传。不过《红楼梦》的作者曹雪芹在书前早就说过:这书是“只按自己的事体情理”,是记载“我这半世亲见亲闻的”;并且我考证出书中的确记有曹家的事。所以我强调说是“一部隐去真事的自叙”。其实我既然已承认隐去了真事,就必然有虚构的部分了。况且我后来也曾经指出过:大观园本不是实有其地,贾元春做皇妃并没有这个人,省亲也不是实事。《红楼梦》里自然有许多虚构的情节;不过我以为这些都不能否定主要故事是写曹家的。

我的研究,只是要指出《红楼梦》描写的故事和人物,不完全是假的,许多是有事实做根据的,《红楼梦》是一部写实的小说,虽然也有许多虚构的部分,但实人实事才是最

① 胡适:《〈科学与人生观〉序》,《胡适文集·胡适文存二集》,第153—154页,北京大学出版社,1998年。

基本的主体。当然，我如果说《红楼梦》是一个自传性质的小说，不单单说是自传，也许就不会引起许多误会了。不过我说是自传，那是从主要部分来说的。[①]

周策纵《胡适的新红学及其得失》一文记下了胡适先生的这两段回答，其评价是："胡适所强调的'不完全是假'，就考据家的立场和《红楼梦》的本质说，的确已抓住了一些要点；但就整个小说评论说来，当然也有以偏概全之失；尤其是引发了后来别人的许多错误。"[②]这一评价是中肯的。所谓"以偏概全"，即忽略了《红楼梦》的虚构内容，忽略了《红楼梦》的思想、艺术；所谓"引发了后来别人的许多错误"，即由探佚走向以"自传说"为基础的索隐。这里我们要特别指出的一个事实是：胡适并非不知道《红楼梦》中存在着虚构。他批评"太虚幻境"的设计，批评贾宝玉含玉而生的情节，都表明他注意到了这一类情形。胡适强调《红楼梦》是曹雪芹的自传，并不是说所有的内容都是曾发生于曹家的事情，而是说：《红楼梦》中只有那些曾发生于曹家的事情才有考证的价值；考证的目的，就是要弄清真实的曹家历史以及《红楼梦》所写出的曹家的真实历史。这是"科学"的考证，所以是有价值的。研究那些"虚构"的东西，能与"科学"搭边吗？

胡适注重本子问题，也可以从这一角度索解。将各种脂本汇集起来，一字一字地比对，是为了进一步阐发《红楼梦》内涵的深厚和艺术表达的卓越吗？非也。因为胡适对《红楼梦》的"思想"、"艺术"总体评价甚低。那么，这一工作何以又值得做呢？在于它可以训练一种科学研究的方法，培养一种实事求是的精神。

研究《红楼梦》的作者问题和本子问题，不是为了进一步研究《红楼梦》的"思想"、"艺术"，而是借此向广大的中国人输入科学精神、科学方法。这就是胡适的目的。这就是胡适的"科学"情结。他所谓"用偷关漏税的方法来提倡一种科学的研究方法"，其含义是：如果直接从事自然科学的研究，并将这种科学研究的方法向社会推广，难度是非常大的，也难以引起社会的关注；相反，借考证《红楼梦》来推广这种科学方法，既容易被接受，又容易产生影响，因为《红楼梦》是中国人特别关注的一部名著。利用国人对《红楼梦》的关注来推广科学方法，这就是所谓的"偷关漏税"。

为了推广科学方法，所以胡适只关心那些可以考证的内容，即曹家的历史和版本的历史。他对于《红楼梦》的核心——大观园，这个显然是虚构出来的世界，不是不知道，却总是避而不谈。不能用科学方法来研究的对象，在胡适看来是没有讨论价值的。而在我们看来，假如没有了虚构出来的大观园，《红楼梦》还剩下多少值得关注的内容？在我们与胡适之间，在"人文"与"科学"之间，差异之大，真能用"不可以道里计"来形容了。

也许有必要指出：胡适所谓"科学方法"，事实上是我国校勘学和考据学的老方法，而直接引导胡适对"科学方法"产生崇拜心理的则是美国学者约翰·杜威。1915年9月，胡适注册进入哥伦比亚大学哲学研究部，其后一共读了两年。在这两年间，杜威的《思维术》对胡适影响尤深。"杜威对有系统思想的分析帮助了我对一般科学研究的基本步骤的了解。他也帮助我对我国近千年来——尤其是近三百年来——古典学术和史学家治学的方法，诸如'考据学'、'考证学'等等。〔这些传统的治学方法〕我把它们英译为 evidential investigation（有

① 周策纵：《胡适的新红学及其得失》，《红楼梦学刊》1997年第4辑，第251—252页。

② 周策纵：《胡适的新红学及其得失》，《红楼梦学刊》1997年第4辑，第253页。

证据的探讨），也就是根据证据的探讨，〔无征不信。〕在那个时候，很少人（甚至根本没有人）曾想到现代的科学法则和我国古代的考据学、考证学，在方法上有其相通之处。我是第一个说这句话的人；我之所以能说出这话来，实得之于杜威有关思想的理论。"①"近几十年来我总欢喜把科学法则说成'大胆的假设；小心的求证'。我总是一直承认我对一切科学研究法则中所共有的重要程序的理解，是得力于杜威的教导。"②

胡适热心推介了几十年的"科学方法"，其实是有很大局限性的。杜威说过一句著名的话：

> 那种（形式逻辑——三段论式的逻辑）便是用一般真理去支持那些没有它支持就站不住的事物。③

"这是什么意思呢？杜威认为亚里斯多德的形式逻辑之所以能在中古欧洲更完满地复振的道理，就是因为教会正需要形式逻辑来支持一种信仰体系。这一思想体系如无形式逻辑的支持，便要支离破碎，根基动摇。"④形式逻辑的核心是"三段论"，"三段论"必须有一个"大前提"，即"一般真理"。这个"一般真理"的权威性类似于"上帝"。文艺复兴以后，"上帝"的宝座动摇了，从培根开始了一股反形式逻辑的新潮流。杜威是这股潮流中的一朵浪花，胡适则在这朵浪花上起舞。由此看来，胡适所热心提倡的"科学方法"实际上是"科学"初级阶段的产物，其核心是不断实验，不断发现。唐德刚为《胡适口述自传》作注，第五章注〔15〕感慨万千地说："胡（胡适）、郭（郭沫若）二公在思想体系形成的过程中，有相同的'大不幸也'。那便是二人都是'少年得志'。在学术界一辈子都骑在人民头上，睥睨群贤，目空当世；认为在学问上，只有人家学他的。至于他们自己，则总以'山东无足问者'了。加以誉满天下，谤亦随之。为著全誉却谤，一辈子抱着自己的思想，不肯分毫让人，因而他们再也不能安静下来，把自己来解剖了。七八十岁所搞的还是二十岁所学的东西，一个人怎么有进步？这就是所有启蒙大师的悲哀啊！"⑤第六章注〔2〕也强调："胡适之先生求学时期，虽然受了浦斯格和杜威等人的影响，他底'治学方法'则只是集中西'传统'方法之大成。他始终没有跳出中国'乾嘉学派'和西洋中古僧侣所搞的'圣经学'（Biblical Scholarship）的窠臼。""在现代社会科学发展的对照之下，适之先生的治学方法只能算是现代学术中的一种'辅助纪律'（auxiliary diseipline）。适之先生之所以乐此不疲者，实在是因为他幼而习，长而行，考据成癖。"⑥胡适用考据学、校勘学的方法包办整个人文学科，其褊狭、浅陋是显而易见的。"新红学"的褊狭

---

① 唐德刚译注：《胡适口述自传》第五章《哥伦比亚大学和杜威》，《胡适文集·胡适口述自传》，第 268 页，北京大学出版社，1998 年。

② 唐德刚译注：《胡适口述自传》第五章《哥伦比亚大学和杜威》，《胡适文集·胡适口述自传》，第 269 页，北京大学出版社，1998 年。

③ 唐德刚译注：《胡适口述自传》第五章《哥伦比亚大学和杜威》，《胡适文集·胡适口述自传》，第 266 页，北京大学出版社，1998 年。

④ 唐德刚译注：《胡适口述自传》第五章《哥伦比亚大学和杜威》，《胡适文集·胡适口述自传》，第 266 页，北京大学出版社，1998 年。

⑤ 唐德刚译注：《胡适口述自传》第五章《哥伦比亚大学和杜威》，《胡适文集·胡适口述自传》，第 278 页，北京大学出版社，1998 年。

⑥ 唐德刚译注：《胡适口述自传》第六章《青年期逐渐领悟的治学方法》，《胡适文集·胡适口述自传》，第 304 页，北京大学出版社，1998 年。

亦由此可见。

1960年8月18日，在纽约胡适公寓，晚年的胡适曾严肃地对美籍华裔史家何炳棣说过一番话："炳棣，我多年来也有对你不起的地方。你记得你曾对我说过好几次，傅孟真办史语所，不但承继了清代朴学的传统，并且把欧洲的语言、哲学、心理，甚至比较宗教等工具都向所里输入了；但是他却未曾注意到西洋史学观点、选题、综合、方法和社会科学工具的重要。你每次说，我每次把你搪塞住，总是说这事谈何容易……今天我非要向你讲实话不可：你必须了解，我在康奈尔头两年是念农科的，后两年才改文科，在哥大研究院念哲学也不过只有两年；我根本就不懂多少西洋史和社会科学，我自己都做不到的事，怎能要求史语所做到？"①胡适先生坦然说出他不懂的东西，曾使何炳棣"肃然起敬"，"深深感觉到胡先生这人物要比我平素所想象的还要'大'"②，我们读了，也同样对胡适先生敬慕有加。但由此也可以知道，胡适先生所说的"科学"是不包括"社会科学"在内的，这严重地限制了他的学术视野，也使他的"科学方法"其实不够"科学"。1980年，何炳棣曾就三十年代的清华历史系的学术风格作了如下概括："当时陈寅恪先生最精于考据，雷海宗先生注重大的综合，系主任蒋廷黻先生专攻中国近代外交史，考据与综合并重，更偏重综合。蒋先生认为治史必须兼通基本的社会科学，所以鼓励历史系的学生同时修读经济学概论、社会学原理、近代政治制度等课程。在历史的大领域中，他主张先读西洋史，采取西方史学观点和方法的长处，然后再分析综合中国历史上的大课题。回想起来，在三十年代的中国，只有清华的历史系，才是历史与社会科学并重；历史之中西方与中国史并重；中国史内考据与综合并重。清华历史系的方针虽然比较高瞻远瞩，不急于求功，可是当时同学中并非人人都走这条大路。我自问是一直真正走这条道路的。"③以雷海宗为例，"他强调真正的史学不是烦琐的考证或事实的堆砌，于事实之外须求道理，要对历史作深刻透彻的了解。有价值的史学著作应为科学、哲学和艺术的统一，要作审查、鉴别与整理材料的分析工作；以一贯的概念与理论来贯穿说明史实的综合工作；用艺术的手段以叙述历史的表现工作。三者之间，分析是必要的历史基础，综合为史学的主体，艺术则是装饰"④。以胡适先生的"科学"方法与雷海宗先生等人的"考据与综合并重"的方法相比，其偏颇也是显而易见的。在历史研究中排斥"社会科学"而一味向"自然科学"认同，胡适先生的基本立足点就是错的。

如果我们要替胡适先生辩护，或许可以说，他的错误不是孤立的个案，而是具有标本性质。很长一段时间，19世纪德国史家利奥波德·冯·兰克(Leopold von Ranke)被视为将历史学建立成客观科学的先驱，被尊为"科学的历史之父"(the father of scientific history)。在欧洲大陆，所有学科的系统知识都属于科学，所以兰克的"历史科学"是不排斥优美的文笔和哲学思考的。"然而在英美以及中国，'科学'一般都作自然科学解，因而傅斯年才会有要把'历史学建设得和生物学、地质学同样'的心愿。中国史学在近代学院化与专业化之后，所产生的史学论文与专书，莫不以'科学报告'为尚，以撰述是否具有科学性作为评鉴严谨的标

① 何炳棣：《读史阅世六十年》，第321页，桂林：广西师范大学出版社2005年。
② 何炳棣：《读史阅世六十年》，第321页，桂林：广西师范大学出版社2005年。
③ 何炳棣：《读史阅世六十年》，第68页，桂林：广西师范大学出版社2005年。
④ 何炳棣：《读史阅世六十年》，第107页，桂林：广西师范大学出版社2005年。

准，历史研究也就成了科研工作。”[①]误解兰克史学并受到这种误解的影响，在20世纪前半叶的中国史学界是一个相当重要的事实。而这一事实所造成的深远后果，至今还能感受得到，尤其是在“新红学”领域。

作者单位：武汉大学

① 汪荣祖：《史学九章》，第28页，生活·读书·新知三联书店，2006年。

郭绍虞与西方文学思潮

——《中国文学批评史》研究范例论析

闫月珍

二卷本的《中国文学批评史》(上册完成于1934年,下册完成于1947年)因其系统性奠定了自二十世纪三十年代以来郭绍虞在文学批评史学科的开创地位。但对于郭绍虞撰写批评史著作的内在架构,学术界并没有一个透彻的分析,这也是导致相关评价不够到位的根本原因。本文试图以二卷本《中国文学批评史》为对象,剖析郭绍虞组织架构文学批评史的内在理路,以期为文学批评史的写作与评价寻找一条可供借鉴的道路。

清代《四库全书》总目"诗文评"提要大体勾勒了中国文学批评的发展脉络:

> 文章莫盛于两汉,浑浑灏灏,文成法立,无格律之可拘。建安黄初,体裁渐备,故论文之说出焉,《典论》其首也。其勒为一书,传于今者,则断自刘勰、钟嵘。勰究文体之源流,而评其工拙;嵘第作者之甲乙,而溯厥师承,为例各殊。至皎然《诗式》,备陈法律;孟棨《本事诗》,旁探故实;刘攽《中山诗话》、欧阳修《六一诗话》,又体兼说部。后所论著,不出此五种中矣。

在《诗文评》提要看来,文学体裁的逐渐齐备为论文之作的出现提供了基础。一,曹丕的《典论·论文》能够成为文学批评上具有划时代意义的作品,正在于其对奏议、书论、铭诔、诗赋诸类文体的评价。二,专著类的文学批评著作,则始自刘勰、钟嵘。刘勰的《文心雕龙》以文体论为纲对当时的各种文体的历史进行了清理;皎然的《诗式》对五言诗诗人的等级、五言诗的源流进行了追溯。上述的论文著作,或备陈法律,或旁探故实,或体兼说部,大体上已经囊括了中国诗文评著作的几种主要形态。

《四库全书》总目提要所录毕竟只是目录学意义上的诗文评著作。这些诗文评著作虽被分类于集部,有着共同的归属领域,但它们之间却缺乏现代学科意义上的有机联系。《四库全书》集部之诗文评虽然辑录了古代的文学批评著作,但其目录学性质决定了其远非现代意义上的文学批评史。这些彼此独立成体的论文和著作如何能够有机地联系起来,重新言说文学批评的历史,是超出于总目的编撰设想的。

郭绍虞撰写中国文学批评史,做有两方面的工作。一方面是材料的搜集。除《四库全书》诗文评类外,他还广罗史书中的文苑传、艺文志、选集别集中的序跋评注、诗话词话、书牍传志等,甚至笔记、评点、论诗诗也尽力网罗。因而能够"在古人的理论中间,保存古人的面目";另一方面是批评史观的建立,即以一种新的价值观念重评和重构传统诗文评,并以一种新的历史观念使史的连缀成为可能。郭绍虞在《我怎样研究中国文学批评史》中提到时人

"大都受西学影响,懂得一些科学方法,能把旧学讲得系统化,这对我治学就很有帮助"①。这两方面的工作,正如朱自清所言:"现在写中国文学批评史有两大困难。第一,这完全是件新工作,差不多要白手起家,得自己向那浩如烟海的书籍里披沙拣金去。第二,得让大家相信文学批评是一门独立的学问,并非无根的游谈。换句话说,得建立起一个新的系统来。这比第一件实在还困难。"②而如何成就中国文学批评史的系统,其切入点正在于郭绍虞所言"科学方法"。它包含有写作架构和价值取向两个方面,这里拟对其进行分别论析。

一、纯文学与杂文学

中国传统意义上的文学内容广博,郭绍虞之所以能够披荆斩棘,以两卷本的著作提纲挈领地完成对中国文学批评的历史概括,正得益于纯文学观念的介入。郭绍虞以"纯文学"与"杂文学"之别作为筛选文学批评材料的尺度和驾驭文学批评史的纲领。

"文学"一词,学界往往以为是传自日本,但据意大利学者马西尼的考证:"早在19世纪此词已以'literature'之意来使用了,所以不应该把它看成是日语借词,西方来华人士最早以现代意义的'literature'使用过'文学'这一概念。"③伊格尔顿在考察西方文学概念的发展历程时指出,"只有在所谓'浪漫主义时期'开始之后,我们对于文学的总概念才开始有所发展。'文学'一词的现代意义只有到了十九世纪才真正开始流行"④。浪漫主义运动赋予了想象和情感以无可比拟的优越性,以想象和情感为文学的特质是近代西方浪漫主义运动的直接后果。早期中国文学史、文学批评史正是在"纯文学"观念的笼罩下书写的。"纯文学"观念对传统文学观念进行了彻底的颠覆。

如果以这个标准去界定,则在中国古代能称之为"文学"的只有诗、词、曲、小说。而20世纪20年代"中国文学批评"这一称谓的确定也正是建立在上述文类基础之上的。早期中国文学批评史的开创者从陈钟凡到郭绍虞,一直对"纯文学"情有独钟。即便是采取了"折中义的文学"的罗根泽先生,虽然考虑到了中国文学文体的特殊性,但他所取也限于"文章"一类。他们正是运用现代意义的"文学"观念对中国固有的文学观念进行抽绎的,这也正是"纯文学"观念之于中国学界的可取之处。

如检讨"中国文学史"的由来,它大半是受西学纯文学观念的影响而产生的。从民国时期的一批著作可以看出这种观念影响之深入,王国维的《宋元戏曲史》、梁启超的《中国之美文及其历史》、刘经庵的《中国纯文学史纲》、罗根泽的《乐府文学史》、王易的《词曲史》、刘麟生的《中国骈文史》、鲁迅的《中国小说史略》、李维的《诗史》、陈柱的《中国散文史》等等,都是现代学者对于纯文学观念从史的建构方面的支持。在现代学者的视野中,中国古书关于文学的编撰是鱼龙混杂的,它总是处于文献分类之一种,又常常列于经、史、子之后。它尾随于经学、史学、子学强大的阵容,且又以骚、总集、别集的形式出现。这种分类不能满足他们对

① 郭绍虞:《我怎样研究中国文学批评史》,《书林》1980年第1期。

② 朱自清:《评郭绍虞〈中国文学批评史〉上卷》,《清华学报》1934年第9卷第4期。

③ 〔意〕马西尼:《现代汉语词汇的形成——十九世纪汉语外来词研究》,黄河清译,第250页,汉语大词典出版社,1997年。

④ [英]特雷·伊格尔顿:《二十世纪西方文学理论》,第21页,陕西师范大学出版社,1986年。

于“文学”的期盼。于是从文体入手,对诗、赋、词、曲乃至小说的历史演进进行勾勒成为了他们重建中国文学文献形态的措施。这种重建的结果是把上述“纯文学”从文献中剥离出来,并以历史进化的观念使它们得以贯穿。朱自清曾注意到了纯文学和杂文学这两个概念在中国古代文学中的特殊性,他说:“所谓纯文学包括诗歌小说戏剧而言。中国小说戏剧发达得很晚;宋以前得称为纯文学的只有诗歌,幅员未免过窄。”①

中国文学批评史的建构在文体上与文学史的建构相一致。于是在文学批评史著作中看到的便是关于上述纯文学文体的理论论述。这不仅体现为文学批评史中所谓“文学”与传统的“文学”概念已大相径庭,更体现为对诗、词、曲、小说诸文体理论的解读成为了文学批评史撰写中的头等大事。早期文学批评史的撰写者是以“纯文学”作为文学观念演化的正确导向的。如陈钟凡几乎原封不动地接受了美国亨德对文学的定义“文学者,藉想象,感情,及趣味以表现思想之文字也”;傅庚生在其《中国文学批评通论》更以感情、想象、思想和形式作为其《中国文学批评通论》的构架。

与这一历史气候相应,郭绍虞的《中国文学批评史》是以纯文学与杂文学的分野立论的:“盖文学批评所由形成之主要的关系,不外两方面:一是文学的关系,即是对于文学之自觉,二是思想的关系,即是所以佐其批评的根据。由前者言,文学批评常与文学发生相互联带的关系。易言之,即文学批评的转变,恒随着文学上的演变为转移;而有时文学上的演化,又每因文学批评之影响而改变。”②文学批评与文学的关系,实质上就是文学批评与纯文学和杂文学的关系。而文学批评的自觉,实有赖于纯文学观念的形成。朱光潜在谈文学批评学科的建立时言:“我们第一步工作应该是把诸家批评学说从书牍札记、诗话及其他著作中摘出。如《论语》中孔子论诗、《荀子·赋篇》、《礼记·乐记》、子夏《诗序》之类,搜集起来成一种批评论文丛书,于是再研究各时代各作者对于文学见解之重要倾向如何,其影响创作如何,成一种中国文学批评史。”③相比而言,晚清的章太炎谓“凡著于竹帛者谓文”,这还是大文学的观念,不足以引出现代意义的中国文学批评史的写作。文学批评史的写作最初是建立在对传统文学观念突破的基础上的。郭绍虞将文学批评学说从众多著作中抽绎出来,正是以纯文学观作为材料取舍标准的。

基于纯文学和杂文学之别,《中国文学批评史》主要择取儒家和道家两条线索行文:

> 中国文学批评史中的主要问题,不是乌烟瘴气闹什么“文以载道”的说法,便是玄而又玄玩一些论神论气的把戏,前者是儒家思想的发挥,后者是道家思想之影响。这两家思想在中国文学批评史上竟发生了这样大的影响。

以纯文学为正宗,郭绍虞这样看待“文学之自觉”:

> 迨至魏、晋,始有专门论文之作,而且所论也有专重在纯文学者,盖已进至自觉的

---

① 朱自清:《评郭绍虞〈中国文学批评史〉上卷》,《清华学报》1934年第9卷第4期。

② 郭绍虞:《中国文学批评史》,第1页,商务印书馆,1934年。

③ 朱光潜:《中国文学上未开辟的领土》,《东方杂志》1926年第23卷第11号。

时期。[①]

以纯文学为正宗，郭绍虞以“情感”鉴定文学的内质。正如他在论述南朝文学时说：“热情腾涌而喷薄出之以流露于文字间者，当时的批评家往往称之为性情或性灵。这是文学内质的要素之一——情感。”[②]但对于情感之于中国文学之特殊性，郭绍虞没有作进一步的说明[③]。

首先，如果以情感作为纯文学的要素，庄子并不符合这个意义。《庄子·德充符》借仲尼之口曰：“审乎无假而不与物迁，命物之化而守其宗也。”“是非吾所谓情也。吾所谓无情者，言人之不以好恶内伤其身，常因自然而不益生也。”《庄子·大宗师》曰：“若然者，其心忘，其容寂，其颡頯；凄然似秋，暖然似春，喜怒通四时，与物有宜而莫知其极。”庄子向往的是去除心机和欲望的自然之情[④]。郭绍虞认为道家思想“成为纯文学发展之助力”，显然这与他所谓纯文学的情感特质是矛盾的。

其次，郭绍虞评价曹丕曰：“盖丕、植一方面在创作上沿袭古典文学的旧型，以开六朝淫靡之风气；一方面在批评上不脱儒家传统的论调，以致不能导创作入正轨，转开后世文人主张文以明道或致用的先声。”[⑤]这里，郭氏并不认为曹丕已经脱离了儒家文以致用的传统；但他又说：“迨至魏、晋，始有专门论文之作，而且所论也有专重在纯文学者，盖已进至自觉的时期。”郭绍虞一面指出曹丕、曹植文学批评文以致用的观点，一方面又指出其纯文学的倾向。前者倾向于文学工具论，后者倾向于文学审美论，这两者之间显然有一个需要弥合的距离[⑥]。

二、先天之知与经验之知

20世纪前三十年，德国启蒙思想家康德在中国思想界的影响颇大，对康德原著的翻译、康德思想的译介成为新文化运动中的热潮，梁启超、王国维、蔡元培等学者均对康德的哲学、伦理学和美学进行了研究和阐释。康德哲学传播科学、理性、自由、民主的精神，顺应了中国学者进行社会改造和文化重建的愿望，对于长期受封建专制统治的中国文化而言，如黑暗中

① 郭绍虞：《中国文学批评史》，第74页，商务印书馆，1934年。按，中国“文学的自觉”一说，始于日本学者铃木虎雄《中国古代文艺论史》，其后为中国学者所沿袭。见拙文《文学的自觉：一个命题的预设与衍异》，《华南师范大学学报》2005年第1期。

② 郭绍虞：《中国文学批评史》，第120页，商务印书馆，1934年。

③ 朱自清在评价郭绍虞的《中国文学批评史》中纯文学与杂文学之分时说：“中国小说戏剧发达得很晚；宋以前称为纯文学的，只有诗歌，幅员未免过窄。而且这里还有一个问题，汉赋算不算纯文学呢？再则，书中说南北朝以后‘文’‘笔’不分（一四一面），那么，纯与杂又将何所附丽呢？书中明说各时代文学观念不同，最好各还其本来面目，才能得到亲切的了解；以纯文学、杂文学的观念介乎其间，反多一番纠葛。又书中以魏、晋、南北朝的文学观念与我们的相同（三面），称为‘离开传统思想而趋于正确’（八面）。这里前半截没有什么问题，后半截以我们自己的标准衡量古人，似乎不大公道。各时代的环境决定各时代的正确标准，我们也是各还其本来面目的好”（朱自清：《评郭绍虞〈中国文学批评史〉上卷》，《清华学报》1934年第9卷第4期。）

④ “自然情感”之论，援引自张节末教授，他称庄子的情感观念为“自然情感论”。他说“自然情感论的最早代表是庄子，他鉴于人类为种种情欲所困扰而变得自私、贪婪、奸诈和虚伪，倡无情论，要求去除其性质为道德的或是物欲的喜、怒、哀、惧、爱、恶、欲、悲诸情感。”（张节末：《中国古代审美情感原论》，《天津社会科学》1998年第1期）

⑤ 郭绍虞：《中国文学批评史》，第75页，商务印书馆，1934年。

⑥ 二十世纪初，刘大杰、郭绍虞和罗根泽等学者都以纯文学的“情感”或“形式”要素鉴定“文学的自觉”与否。

的一缕阳光。康德哲学关于审美判断的超功利性、无目的而又合目的性的思想，也与中国学者对文学之独立性和审美性的想象合拍，如蔡元培就据康德推出“以美育代宗教”，强调美学在社会生活中的作用，体现了“五四”前后中国文化界的启蒙追求。

郭绍虞对道家的阐释，在相当程度上受到康德的影响。

首先，他用“先天之知”阐释庄子所谓“神遇”，他说：

> 至其暗示给批评家之方法者即在于鉴赏艺术也要取神遇的态度。这个和他的名学有关，因为他的知识论立言高远，富于神秘的色彩。他所重的知识是性知，是先天之知。这先天之知，是不用经验，不以触受想思知的。①

其次，他还用“直觉”阐释所谓“听之以气”，他说：

> 听以耳的是感觉，听以心的是思虑，这我们都能明白；至于不听以耳，不听以心，而听以气的性知，未免玄之又玄了。庄子所谓听以气云者，即是直觉。盖庄子之所欲探讨而认识者，即庄子之所谓“道”。道是宇宙的本体而非宇宙的现象。明宇宙的现象须后天的经验之知，故是常识所能辨别的；明宇宙的本体贵先天的性知，所以是超常识的。②

郭氏以先天的性知与后天的经验之知作为本体与现象的分别；先天的性知是绝对和独立的，是排斥经验的。在郭氏看来，“神遇”正是超越了耳听目视的感觉而与道合一的境界。

这涉及到郭绍虞对康德的理解。第一，是如何看待康德所谓先验之知与经验之知。郭绍虞一面认为庄子所重是先天之知，另一面又认为“庄子所谓听之以气即直觉”。显然，先天之知，是不用经验，不以触受想思知的。而“直觉”(集中在经验层面上的概念)和“先天之知”(集中在先验层面上的概念)是否是一个层面的东西，直觉如何能够进入先天性知的层次，郭绍虞并没有进行阐述。

庄子是否排斥经验而求先天呢？这就涉及到他对“道”的看法。《庄子》说道是神秘的，又说道是可经验的。庄子以道为无所不在，而不以之为超越，要人于蝼蚁稊稗中见生天地之原理。因此，道是否是先验之知，值得疑问。

康德拒绝任何既不是在经验中被给予又不是与经验有关的知识。根据康德，所有知识毫无疑问都是从经验开始的，正如他所言，一切思维都与直观相关，都与感性相关，对象与思维的关系由此发生。其中感觉与对象相关之直观，名为经验的直观(empirical intuition)。除去经验直观之表象，先天地存于心中的感知方式，即空间与时间，称为纯粹直观(intuition)。康德既承认了经验直接性，又预设了时空之先验性，一定意义上，他是一个经验主义者，更是一个先验主义者(transcendental)。

第二，是如何看待直觉。现代汉语语境中的直觉，指不经由理性分析而直接了悟的心理状态和观照方式。它具有“无概念”、“无功利”的特点，对于把握超验的世界，洞察事物的底蕴乃至达到自由之境，比理性更直接。

郭绍虞以直觉作为先天性知与经验之知的分别，显然是在超验的层面理解直觉。王国维说：“夫‘intuition’者，谓吾心直觉五官之感觉，故听嗅尝触，苟于五官之作用外加以心之作

① 郭绍虞：《中国文学批评史》，第37页，商务印书馆，1934年。
② 郭绍虞：《中国文学批评史》，第37—38页，商务印书馆，1934年。

用,皆谓之'intuition',不独目之所观而已。……'intuition'之语,源出于拉丁之'in'及'tuitus'二语。'tuitus'者,观之意味也,盖观之作用,于五官中为最要,故悉取由他官之知觉,而以其最要之名名之也。"①intuition 意味着五官感受与心理作用的协调,一方面包含着耳听目视,另一方面包含着心理作用。从词源上看,直觉并非只与先天性知相关,它也与经验之知相关。

在康德看来,受时间、空间和偶然性的限制,人并不能把握自然本身,人们所把握的只是自然的现象(appearance)。康德区分了对象的两个领域:一是所显现出来的方面,即现象;另一是不显现出来但是先验地存在着的方面,即物自身或本体。正如我们看到的雪花不是雪本身而只是表象,这是因为雪本身并非直接地在经验里出现而只是通过表象而显现的。经验的直观之对象泛称为现象。

但即便如此,并不意味着康德所谓现象是幻象而不真实的,康德所谓 phenomenon 或 appearance 是经验地为真实的(empirically real),这就不同于柏拉图所谓虚妄的现象。康德之意在于经验其实绝非只具有感性之方面,其实已有"超验"之理解与直觉参与。经验一方面是感性的,另一方面也是直观(直觉)。所以康德并没有把直觉和经验对立起来。

第三,是如何看待所谓神遇。欲达到这种神化妙境,在郭绍虞看来不外三端:其一,这完全是天才和环境的关系;其二这完全更是工夫的关系;其三,这完全更是感兴的关系②。康德认为自然通过天才替艺术制定规则,天才具有独创性、典范性和自然性,美是合乎自然的内在法规的创造,是"无法而法,乃为至法"的自由境界。而艺术的显著特点就是直觉性以及有限与无限的统一。艺术不同于技术,前者是自由和愉快的,而后者是劳动且是痛苦的。纯粹美(不同于依存美)不涉及利害计较、目的概念和道德观念,这是康德为审美之独立所开辟的一块净土。

郭绍虞以康德哲学阐释庄子,他更欲彰显庄子"神"的超越、自然和自由精神。郭绍虞肯定了"道家之于中国文学批评有着独特贡献"③。他说:

> 儒家尚用,道家不主用;儒家论道近于学,道家论道近于艺;所以儒家虽多论文之语而意旨切实,不离于杂文学的性质;道家虽不论文而其精微之处却转能攫得纯文艺的神秘性。故其所谓"神"的观念,精微处却与文艺的神秘性息息相通,成为纯文学发展之助力。④

由对纯文学的肯定,进而对道家思想之于文学的意义有着肯定,这是郭绍虞不同于当时其他文学批评史写作者的显著之处。

郭绍虞以康德思想为解剖刀而发现了庄子的精神实质。郭绍虞对庄子"透彻而微妙"之处的领会,显然暗合于康德"纯粹美"之见解。正如他所言:"故所谓'神'的观念,由儒家言是

---

① 王国维:《王国维文集》(三),第 42 页,中国文史出版社,1997 年。

② 郭绍虞:《儒道二家论"神"与文学批评之关系》,《燕京学报》1928 年第 4 期。

③ 罗根泽《中国文学批评史》也肯定了庄子思想的文学意义,但他并没有以"纯文学"为参照评价庄子。他说,庄子"各种言论,都不是为文学而发。但后世言文学者,每斟酌其意趣,挹取其论旨,由是在文学理论上,遂有了不可磨灭的价值"(罗根泽:《中国文学批评史》,第 76 页,商务印书馆,1947 年)。

④ 郭绍虞:《儒道二家论"神"与文学批评之关系》,《燕京学报》1928 年第 4 期。

其文学批评上的问题,由道家言则否;但论其在文学批评上的价值和影响,则道家所论固胜于儒家”[①]。他的《中国文学批评史》认为周、秦时期的文学批评,唯儒家思想最为重要,因儒家偏尚实用,其文学观不免有文道合一的倾向,仅足为杂文学张目,不足为纯文学发展之助力[②]。纯粹美不受限于目的和内容,这与道家所谓“神”超越利欲和形体的精神是一致的。

三、复古与演进

19世纪末以来,严复的译著《天演论》流传甚广。严复诠释的进化论蕴含强烈的生存竞争思想,这与近代中国救亡图存的历史使命相契合。《天演论》受到中国知识分子的热烈欢迎,是由于它满足了他们解释中国社会困境和寻找民族复兴出路的需要。王国维在1904年撰写的《论近年之学术界》中称:“近七八年前,侯官严氏(复)所译之赫胥黎《天演论》出,一新世人之耳目。比之佛典,其殆摄摩腾之四十二章经乎!嗣是以后,达尔文、斯宾塞之名腾于众人之口,‘物竞天择’之语见于通俗之文。”[③]1905年,王国维在《论新学语之输入》说:“严氏造语之工者固多,而其不当者亦复不少。”[④]王国维认为“Evolution”译为“天演”值得思考,“进化”与“天演”实有不同。将“进化”译为“天演”,可以看出严复将“进化”神圣化和自然化了。大势所趋,进化论的思想逐渐蔓延到了社会科学领域,如梁启超1922年在南京科学社生物研究所所作的《生物学在学术界之位置》,就高度肯定了进化主义对整个社会现实的影响,他说:“一种学问出来能影响于一切学问而且改变全社会一般人心,我想自有学问以来,能够比得上生物学的再没有第二种。”胡适的《中国哲学史大纲》解读《庄子》认为它有生物进化论的大旨,有关于“物种由来”的溯源。

文学界对于莫尔顿(R. G. Moulton)的文学进化思想多有译介和借鉴。1922年,陈钟凡就发表论文《中国文学演进之趋势》,依据莫尔顿《文学之近代研究》对中国古代文学文体演进进行宏观描述,开创了运用进化史观分析中国文学的先河。陈钟凡说:“晚近言文学者莫不谓:世界文学之演进,率由讴谣进为诗歌,由诗歌而为散文。今征诸夏文演进之趋势,其历程亦有可得而言者。爰征其流变之迹,著之于篇。”其结论是:“诸夏文学,原于风谣,进为诗歌,更进而为散体。斯固世界文学演进之趋势,无间瀛海内外,莫能外是例也。爰列表于次,著其流变之迹焉。”[⑤]1926年,郑振铎主编的《小说月报》第十七卷第一号刊登了莫尔顿的《文学之近代研究》,莫尔顿开篇即言“本书的目的是在讨论文学的研究,即文学的研究若想在近代最居前列的各种学问中维持他的地位时应该怎样”。他提出:第一,“是文学的统一,是健全的文学研究的第一根本义”,强调将“一种文学和别种文学或近代文学和古代文学沟通一气”;第二,是归纳的观察和进化的观念,强调“一切事物都只是一个进程中的各阶段”,文学并非是静止的。1927年,《小说月报》第十八卷分四期刊登了莫尔顿的《文学进化论》(傅东华译),将古希腊及罗马文学以来诗和散文的分化及荷马史诗以来史诗的分化(Differentiation)进

① 郭绍虞:《儒道二家论“神”与文学批评之关系》,《燕京学报》1928年第4期。

② 郭绍虞:《中国文学批评史》,第7页,商务印书馆,1934年。

③ 王国维:《王国维文集》(三),第37页,中国文史出版社1997年。

④ 王国维:《王国维文集》(三),第41页,中国文史出版社1997年。

⑤ 陈中凡:《中国文学演进之趋势》,《文哲学报》1922年第1期。

行了清理。

当时明确提出要将进化观应用于中国文学研究的学者是郑振铎。1927年，郑振铎发表《研究中国文学的新途径》，指出自《文赋》中国文学批评就没有走上过正确的轨迹，而研究中国文学要有新途径与新观念，要建立在“近代的文学研究的精神”的基础之上，即莫尔顿在《文学的近代研究》中所说“文学的统一研究”、“归纳的考察”和“进化的观念”。“文学的统一研究”即文学研究要以文学为单位，不应以“国”或“时代”为单位；“归纳的考察”即要用证据证实结论，“进化的观念”即时代的观念。郑振铎认为，进化观的最大启发就是对贵古贱今思想的清醒从而肯定文学的发展，“文学史上的许多错误，自把进化的观念引到文学的研究上以后，不知更正了多少。达尔文的进化论，竟不意的会在基本上改革了人类的种种谬误的思想”，“所谓‘进化’者，本不完全是多进化而益上的意思。他乃是把事物的真相显示出来，使人有了时代的正确观念，使人明白每件东西都是时时随了环境之变异而在变动，有时是‘进化’，有时也许是在‘退化’，文学与别的东西也是一样，自有他的进化的曲线，有时而高，有时而低，不过在大体上看来，总是向高处走”[①]。

本于美国莫尔顿的《文学之近代研究》，1925年郭绍虞发表了《中国文学演化概述》，郭绍虞认为中国文学演进的趋势是自由化、散文化、语体化。中国文学起源于早期歌谣，歌谣分化为叙事诗、抒情诗和剧诗：由语言的质素以演成史诗（即叙事诗），由音乐的质素以演成乐诗（或抒情诗），更由动作的质素以演成舞诗（或剧诗）[②]。1927年郭绍虞又发表《中国文学演进之趋势》，接续《中国文学演化概述》一文，郭绍虞认为叙事诗演进为历史、序跋、传记、小说；抒情诗分化为诗和赋，赋演进为骚赋、辞赋、骈赋、律赋、文赋，诗则分化为乐府和古诗，古诗演进为近体和词曲；剧诗，由乐语大曲的没落到民间诸宫调的兴起，再到元人杂剧、明人传奇，越来越自由。“近人所提倡的新体诗，其动机固是受外来文学的影响，其风格却仍有其历史上的渊源。新体诗的演进，其初期即是语体的自由诗，一方面采用古诗之没有音律的束缚，一方面采用词曲之没有句调的限制，所以正亦不妨视为诗体自然的演进”[③]。此文中，郭绍虞还说明：“由于西洋各国韵文演进的先后而言，最早是叙事诗，次戏剧诗；但在中国最初的文学而言，抒情诗较多佳构，叙事诗极少流传，所以几疑中国文学演进的先后，独成为例外。”采用进化论历史观对中国文学发展趋势的描述，郭绍虞试图梳理出新文学与传统旧文学之间一脉相承的关系。

1934年完成的《中国文学批评史》专设《中国文学批评演变概述》一章，认为中国文学批评分为三个时期，一是文学观念演进期，一是文学观念复古期，一是文学批评完成期：

> 自周、秦以迄南北朝，为文学观念演进期。自隋、唐以迄北宋，为文学观念复古期。南宋、金、元以后直至现代，庶几成为文学批评之完成期。[④]

批评史的发展是“正—反—合”的进化，从文学观念演进期到文学观念复古期，再到文学观念完成期，这是郭绍虞对中国文学批评史发展脉络的总体认识。

---

① 郑振铎：《研究中国文学的新途径》，《中国文学研究》上卷（《小说月报》1927年第17卷号外），商务印书馆。

② 郭绍虞：《中国文学演化概述》，《文艺》1925年第1卷第2期。

③ 郭绍虞：《中国文学演进之趋势》，《中国文学研究》上卷（《小说月报》1927年第17卷号外），商务印书馆。

④ 郭绍虞：《中国文学批评史》，第2页，商务印书馆，1934年。

关于中国文学批评的复古期，郭绍虞认为："演进期固然是演变，复古期也未尝不是演变。所不同者，演变的方式和倾向而已。"[①]因复古而进化，这是郭绍虞的进化观。他认为"自古代以至北宋，恰恰成为文学批评之分途发展期。在此分途发展期中的前一时期，一自周、秦至南北朝，是文学观念由混而析的时期；而其后一时期，一自隋、唐以至北宋，却又成为文学观念由析而返于混的时期。所以自表面看来，似乎一个是演进而一个是复古"[②]。

郭绍虞写作《中国文学批评史》，进化观是和纯文学观有机融合在一起的，即以纯文学观作为中国文学批评演化的内在尺度，以进化观作为中国文学批评演变的内在线索，对纯文学观念的肯定与对演进历史的乐观得以并行不悖。以纯文学观念为尺度，那么文学批评史的顶峰如他所言当在自周、秦以迄南北朝[③]；而以进化观为线索，则文学批评史的顶峰如他所言当在南宋、金、元以后直至现代。显然，郭绍虞对上述两者有所融汇，以复古为演进，认为实则"历史上的事实终究是进化的。作家虽受复古说的影响，无论如何终不会恢复古来的面目，维持古来的作风。非惟如此，作家因受这种影响，反足以变更当时的作风，反因复古而进化"[④]。对中国文学批评史所作的正—反—合式的描述，其核心还是进化观。

四、纯艺术批评与现实主义批评

1917年11月7日，以列宁为首的俄国布尔什维克党成功地进行了社会主义革命，推翻了资产阶级临时政府，在世界历史上首次建立了新式的苏维埃政权。俄国革命对东方国家的民族解放运动具有重要的启示和示范，"走俄国人的道路"成为了一种历史选择。1919年"五四"运动爆发，中国青年在俄国革命和马克思主义、资产阶级民主科学思潮的影响下进行了反帝反封建的爱国主义运动。这一时期，《新青年》、《每周评论》(月刊)、北京《晨报》副刊[⑤]、《解放与改造》、《新潮》等，成为了宣传十月革命与马克思社会主义学说的重要刊物。知识分子充满激情和抱负，试图通过向国人传播新思想，唤起民众的觉醒，号召他们起来争取自身自由、平等与民主的权利，以达到改造旧社会、建立新社会的目的。

在这样风云变幻的历史时期，郭绍虞积极撰述，介绍俄国文艺思想。1919年，郭绍虞到五四运动的策源地北京，担任北京《晨报》副刊的特约撰稿人，发表著译颇多，如编撰《马克思年表》，介绍了马克思的生平[⑥]。郭绍虞翻译了日人高山林次郎的《近世美学》[⑦]；他还曾为《解放与改造》杂志撰写《社会改造家列传》，译介了欧文、圣西门、傅立页、萨士比亚、别林斯

---

① 郭绍虞：《中国文学批评史》，自序，第2页，商务印书馆，1934年。

② 郭绍虞：《中国文学批评史》，自序，第1—2页，商务印书馆，1934年。

③ 正如郭绍虞以纯文学观念解释魏、晋、南北朝文学观念时说："至魏、晋、南北朝，论思想则道家之外益以释家，论学术则两汉经生孜孜致力之训诂章句诸学又皆中止，此实是儒家学术思想最为消沉的时期。因此文学方面亦尽可不为传统的卫道观念所支配，而纯文学的进行遂得以绝无阻碍，文学观念亦得离开传统思想而趋于正确。"(《中国文学批评史》，第8页)

④ 郭绍虞：《中国文学批评史》自序，第2页，商务印书馆，1934年。

⑤ 1919年5月5日北京《晨报》副刊增设了《马克思研究专栏》。

⑥ 郭绍虞：《马克思年表》，《晨报》副刊，1919年12月1日。

⑦ 高山林次郎：《近世美学》，郭绍虞译，《学灯》(上海《时事新报》副刊)，1920年3月2日至4月29日；《晨报》副刊，1920年2月26日至6月29日。

基等外国思想家的传记，表达他对于文学和社会光明未来的向往。

1919 年，郭绍虞加入北大“新潮社”。1920 年，他在社团刊物《新潮》(*the Renaissance*)上发表了《从艺术上企图社会的改造》。此文中，他向往由苏俄倡导的社会主义制度，认为社会改造不仅是物质上的改善，同时需要精神上的充分改造；而要使艺术获得发展，必要改造贫富不均的社会制度。郭绍虞从艺术的发展上说明改造社会制度的必要，认为真正的艺术家要想自由发展他的艺术，必然要谋求社会的改造：

> 吾人要怎样改良艺术的土地，使荒瘠变成肥沃？便不可不打破现时的社会制度，改造完善的社会，使人人没有衣食的忧虑，才可充分发展精神的生活；这个意思，很近于无强权主义派的主张了。[①]

郭绍虞认为：“从艺术本身上着想要维持艺术的独立，不可不废除拘牵、羁束艺术的桎梏。”[②]郭绍虞具体分析了改造社会的两个理由。首先，从艺术与经济的关系看，“艺术的发展，与社会的境遇——情形——恰成正比例；社会的境遇是适当，艺术的发展亦便利，否则假使多数者贫，少数者富，于这种境遇下面，要得到高尚的艺术便很为障碍了”；其次，从艺术与阶级的关系看，“艺术家中抱平等观念的益发没有不图改造社会的思想；因为美术的目的，是公共的，不是个人的，若得成功，是为社会而成功，不应为富人而成功，这是社会主义者的意见，实亦为艺术家的意见”。这正是“五四”新文化运动时期青年知识界所主张的批判旧制度、旧文化，建设新制度、新文化的声音。

此文中郭绍虞借鉴康德纯粹美与依附美之分强调艺术以美为标准[③]，他说：

> 讲到艺术，不论是依附艺术与自由艺术，总不外以美为标准。[④]

但郭绍虞反对唯美派极端的艺术独立论，他说：

> 唯美派极端的独立论，和现在的社会制度，显而易见是冲突的。[⑤]

郭绍虞“从艺术发展上企图社会的改造”的理想与苏俄的现实主义文学主张是一致的。即使钻进“象牙塔里”、“故纸堆中”，个人与时代和社会仍有着共同的律动。

1921 年元旦，郭绍虞先生与沈雁冰、郑振铎、叶圣陶等人共同发起成立“文学研究会”，文学研究会刊物《小说月报》宣布“以研究介绍世界文学、整理中国旧文学、创造新文学为宗旨”。为了建设“为人生”的现实主义新文学，文学研究会注重译介十九世纪俄罗斯文学和苏联文学，赞扬列宁领导下的苏维埃政权，反映了社会主义思想对新文学阵营的影响日益深化，也反映了新文学家向俄国、苏联文学寻找精神力量的迫切心情。知识分子们从俄国十月革命看到了中国社会和中国文学应该走的道路。1921 年，《小说月报》专辟 12 卷号外《俄国

---

① 郭绍虞：《从艺术上企图社会的改造》，《新潮》1920 年第 2 卷 4 号。

② 郭绍虞：《从艺术上企图社会的改造》，《新潮》1920 年第 2 卷 4 号。

③ 康德将美分为纯粹美与依附美。前者是静观的，后者是理性的；前者是无关利害的，后者是有关道德的。

④ 郭绍虞：《从艺术上企图社会的改造》，《新潮》1920 年第 2 卷 4 号。

⑤ 郭绍虞：《从艺术上企图社会的改造》，《新潮》1920 年第 2 卷 4 号。

文学研究》，郭绍虞在此专号发表《俄国美论与其文艺》[①]，对19世纪俄罗斯由裴林斯基的纯艺术批评到车尔尼雪夫斯基和杜勃留波夫的革命民主义者的现实主义艺术论进行了评介。[②③] 首先是对裴林斯基的评价，郭绍虞称"裴林斯基为俄国批评界的嚆矢。当时俄国的文艺差不多随其思想为转移。"郭绍虞说斐林斯基的思想发展分为三个阶段："最初是鲜霖哲学的思想，次为黑格尔哲学的思想，最后为黑革尔哲学左派的思想。其前二时期都为纯艺术的主张，最后始有人生的倾向。"[④]郭绍虞详细描述了裴林斯基文学思想由纯艺术论趋于写实主义的转变过程，评价其写实主义"艺术观念比较的近于醇正"。郭绍虞进一步引用麦可夫关于文学与科学之别的论说，总结道：

> 艺术家是再现现实，不变其形，而以移之于人类感兴的世界——诗的世界；而艺术的领域亦不限于美的一方面而普遍于人生的各方面了。

第二是对车尔尼雪夫斯基的评价。他评价车尔尼雪夫斯基："使审美思想复演于俄国，以其哲学上的学说，至引起文学美术上的极端的写实主义。对于裴林斯基理想派的纯艺术观适趋于反对的方向。这种反动于十年后更达极点，甚至全然蔑视艺术，这又成为虚无主义文学的起源了。"郭绍虞译述了车氏"美是生命"的定义，同时批评了其美论"筑于写实的基础上面"，但"把自然美的位置抬高于艺术美之上"，"于是艺术批评的任务不必论其艺术的作品有合于美学的理论与否，只须视其描写人生是真实与否"，"这种的批评主义，于其末流，甚至完全否定艺术美的问题，所以他的思想是排斥以前抽象哲学的思想，而使变成科学的实证的世界观。这一种的审美态度遂成为近世俄国文学的中心主张"。第三是对杜勃留波夫的"现实批评"的评价，称其"与其称为文艺批评家不如称为社会评论家"，"标榜此种主张，卒至成为艺术破坏者——文艺否定者"。郭绍虞总结俄罗斯十九世纪的文学和美论："以俄国阴森、黑暗、残酷的社会，遂以酿成人生的文艺，而因于人生的文艺卒至创造新俄罗斯，可见文艺与社会的相互规定有如此。"卒章显其志，郭绍虞说：

> 这一篇的意旨即在说明社会的改善，文学亦肩其责任，而文学的发达，又不仅在创作一方面更须赖有正确忠实的批评者。吾人一想到中国文学正在筚路蓝缕之时，创作方面固须注重，批评方面亦不可忽。为中国文学的前途计，对于光明的指导者，其渴仰的希望为何如！

从对裴林斯基、车尔尼雪夫斯基和杜勃留波夫的评述可以看出，郭绍虞强调艺术之"感兴"和"人生"两方面，对纯艺术论和纯现实批评都有所批评。从郭绍虞对社会制度与文学批评关系的思考，我们可以窥见其建设文学的主张、参与时事的热情和改造社会的理想。

---

① 《俄国文学专号》刊有鲁迅和文学研究会的骨干沈雁冰、郑振铎、耿济之、瞿秋白、沈泽民、王统照、周建人、陈望道等人的文章。

② 郭绍虞：《俄国美论与其文艺》，《俄国文学研究》（《小说月报》1921年第12卷号外），商务印书馆。

③ 陈建华、田金全《俄苏文论在中国》（《文艺理论研究》2008年第5期）一文认为此篇为中国第一篇论述别、车、杜等人文艺思想的论文。但若细考，本文前述《社会改造家列传》、《从艺术上企图社会的改造》对于俄国文艺思想亦多有译介。

④ 郭绍虞：《俄国美论与其文艺》，《俄国文学研究》（《小说月报》1921年第12卷号外），商务印书馆。

五、结语

大凡写作，往往必受限于时代和历史的需要，所谓“文章合为时而著”。如果我们从现代阐释的角度进行比照，会发现以西方文学思想解读中国文学批评，固然是五四的一个时代动向，但处于历史洪流中的郭绍虞，其写作理念与现实处境正处于一种互相激荡又互相抵牾的状态。

首先，郭绍虞的文学批评史写作有着内在理路，纯文学与杂文学、先验之知与经验之知、复古与演进三条线索担负着作品本身的架构，使之成为了一个有机整体①。可以说，没有上述两条线索，就没有郭绍虞版本的文学批评史。倾向于纯文学，是对文学自身审美性和独立性的确认；倾向于演进，是对文学和社会未来态势的乐观向往；倾向于先验之知，是对审美超越性的确认。

再者，郭绍虞受俄国文学思潮影响，提倡文学改造社会之用，但于文学批评史写作中却推崇“纯文学”之无用和无欲；郭绍虞向往文学进化之积极结果，对文学之乐观期待显然又与“纯文学”无待于“知”和“用”的理念相违。郭绍虞要发掘中国文学思想所蕴含的现代性意义，但这种研究不是静止和出世的。身处“五四”之际，任何一个有理想有抱负的青年都不可避免地会投身于历史的潮流，而自觉担负起改造社会、启迪民智的历史使命。郭绍虞将改造人生和社会的希望寄寓于文学批评史写作，这正是郭绍虞“整理中国旧文学”之学术使命和历史背景。

第三，从西方拿来道理和见解分析中国的诗文评，并自觉形成中国文学批评史的系统表述，这一内化程序正是由甄别和筛选到接受和创构的过程。将纯文学与杂文学、纯粹之知与经验之知、复古与演进、纯艺术批评与现实批评这四对本身带有正反性质的理论合于一体写作批评史，虽然可以达到最终协调，但却是以突出一个主导而隐蔽其他而达成的，这正是上述理论矛盾的最终解决；而在更高的层面上，将本土和上述外来不同语境的理论归于一个体系，必然引起多元的价值取向，其中有相逆但也有融合之处。

就在郭绍虞的《中国文学批评史》出版之际，1934 年 10 月 17 日钱钟书撰写《论复古》一文对其提出两点讨论：第一，“郭先生以为文学要从‘外形’来‘认识’，所以，魏晋南北朝的文学观念是‘正确’的观念；同时郭先生又主张‘纯文学’才是‘正确’的文学观念……我不知道‘内质’、‘外形’的绝然分划有没有美学上的根据，我只觉得至少郭先生说话上前后有些矛盾，尽许他意思中间是始终一贯的”。第二，“郭先生以为历史上的‘事实总是进化的’……‘文学进化’是否就等于‘事实进化’？‘事实进化’只指着由简而繁，从单纯而变到错综，像斯宾塞尔所说。‘文学进化’似乎在‘事实’描写外更包含一个价值判断……‘后来居上’这句话至少在价值论里是难说的……‘进化’包含着目标，除非我们能确定知道事物所趋向的最后

---

① 董乃斌教授认为，《中国文学批评史》采用了“以问题为纲”的编写体例，从而将各个文学批评问题与整个时代的思想联系起来，从而理清了各个问题的来龙去脉。这样的编写体例“可以看出当时各种派别各种主张之异同”（董乃斌：《郭绍虞先生中国文学批评史研究的成就与贡献》，《文学遗产》1992 年第 1 期）。郭绍虞的《中国文学批评史》在表述形式上“以问题为纲”，但其下潜藏着的写作架构却是纯文学之文类基础，进化论之历史观念。

目标，我们不能仓猝地把一切转变认为‘进化’”①。钱钟书从折中的角度批评了郭绍虞《文学批评史》推崇纯文学和进化论之价值取向，并言：

> 在无穷尽、难捉摸的历史演变里，依照自己的好恶来定“顺流”、“逆流”的标准——这也许是顶好的个人主义，不过，无论如何，不能算是历史观。②

一周后此，郭绍虞《谈复古》一文对此予以回应③。首先，郭绍虞评价自己提出“纯文学”与“杂文学”之分，并无褒贬之意，他说：“我是主张魏晋文学观念吗？我自问又觉得未必如此。从周秦到南北朝，由当时一般人对于文学的认识而言，实在不能不承认是演进；而自唐至宋恰又是正走了相反的倾向。曰顺流，曰逆流，初无褒贬的意思，不过取其容易表示这两种相反的倾向而已。”“所谓外形内质问题，也不过谓魏晋六朝的文学与文学批评较重在外形方面，而唐宋则较重在内质方面而已。”④再者，郭绍虞评价自己提出“复古”与“演进”之别，也无褒贬之意，他说：“所以道学家之讥古文家为倒学者，我为古文家辩护；近人之讥道学家言载道者，我又为道学家辩护。我只看到各人各种理论之长，绝不欲吹毛而求他的疵。……何曾悬着尺度，依着自己的好恶来定标准呢？”又说：

> 复古的结果，正可以创造一种新文学……这种话，固然说不上“不甚许可复古”，然而却也不是古典主义的信徒，只是就事论事而已。⑤

虽然郭绍虞强调其中立原则，但纯文学与杂文学、复古与演进之分，不仅成为《中国文学批评史》隐含着的写作架构，更成为了进行材料取舍和判断文学价值的标准。

其实早在1934年郭绍虞写作文学批评史之际，他就曾强调试图还原古人理论的本来面目，其《自序》说：

> 我总想力避主观的成分，减少武断的论调。所以对于古人的文学理论，重在说明而不重在批评。即使对于昔人之说，未能惬怀，也总想平心静气地说明他的主张，和所以致此的缘故。因为，是叙述而不是表彰，是文学批评史而不是文学批评。总之，我想在古人的理论中间，保存古人的面目。⑥

虽然郭绍虞申明其著述是对古人文学理论的“叙述”和“保存”，但其文学批评史著述无论是架构理念和价值取向，都受五四时期西方文学思潮之熏染。而文学思潮正构成了任何一种解读的视阈，古代经典正是在这个视阈中实现了其在不同时代的意义增殖。个人与文学思潮之间的关系，正如郑振铎说：“中国的文学曾因与印度的文学的接触，而生了一个大时代。现在却是与西方文学相接触了，这个伟大的接触，一定会有一个新的更伟大的时代出现

---

① 钱钟书：《论复古》，《大公报·文艺副刊》第111期，1934年10月17日。

② 钱钟书：《论复古》，《大公报·文艺副刊》第111期，1934年10月17日。

③ 《朱自清日记》1934年10月20日曾对此作过记录：“郭绍虞来访，给我看一篇他回答钱钟书批评的短文，颇感情用事。我为之删去一些有伤感情的词句。有一点得注意，钱在选择批评的例子时是抱有成见的，这些例子或多或少曲解了作者的本意。”（《朱自清全集》第9卷，江苏教育出版社1998年版）

④ 郭绍虞：《谈复古》，《大公报·文艺副刊》第112期，1934年10月24日。

⑤ 郭绍虞：《谈复古》，《大公报·文艺副刊》第112期，1934年10月24日。

⑥ 郭绍虞：《中国文学批评史》自序，第2页，商务印书馆，1934年。

的。文艺复兴的预示,即隐隐的现于桃红色天空的云端了。”[①]《中国文学批评史》正体现了郭绍虞一代知识分子的社会理想和“中国文艺复兴”的梦想。

郭绍虞能够领时代潮流之先进行开创性的工作,其扎实的国学功底固然起了直接作用,但如果没有外来思潮的触发,其工作也只能停留在考订、校勘和辑佚的层面。文学批评能从旧时的诗文评汇集转变成为一门专业的学问,与近代以来西学东渐的影响有着直接关系,正是知识谱系的转换与融合促进了新的文学批评学科的诞生。1918 年,蔡元培曾为胡适《中国哲学史大纲》作序言:“我们今日要编中国古代哲学史.有两层难处。第一是材料问题……第二是形式问题:中国古代学术从没有编成系统的记载……我们要编成系统,古人的著作没有可依傍的,不能不依傍西洋人的哲学史。所以非研究过西洋哲学史的人,不能构成适当的形式。”[②]整理中国文学批评史的资料,也不得不借用西洋的思想,作切入问题的方式和解释叙述的工具。现代意义的文学批评史需要把中国传统学术纳入现代西方体系的框架中进行估价和解释,将传统的诗文评材料进行学科意义上的取舍和连缀,从而将其联结成为一部系统的专著。分析《中国文学批评史》之写作架构和价值倾向,正可以看出中国文学批评史作为一种现代意识形态的塑造过程,个人的价值尺度与社会思潮的浸染之间的关联。

作者单位:暨南大学

(原刊于《文学评论》2010 年第 1 期)

① 郑振铎:《研究中国文学的新途径》,《中国文学研究》上卷(《小说月报》1927 年第 17 卷号外),商务印书馆。

② 蔡元培:《中国哲学史大纲》序,第 1 页,商务印书馆,1919 年。

台刊中国文学史的体例与史观之研究

李腾渊

一、引言

19世纪末，在西欧、日本出现具备近代体制的中国文学史之后，黄人、林传甲等中国学者自撰的中国文学史也接着问世了①。从辛亥革命前后到五四运动前夕的十年间出现了十几种通史体文学史，五四运动后十年间各类通史、断代史、文体史已达到数十种，可见在新文学运动的影响之下撰写文学史已成为越来越被重视的热门工作。30年代，文学史的撰写不仅在数量上而且在质量方面都远远超过前20年间的成果，可说是中国文学史撰写史上的第一次高潮。40年代，因抗日战争等时代因素，文学史编写基本处于停顿状态，数量显然减少了。出刊的文学通史只有几种，但对后人影响甚深的刘大杰先生的《中国文学发展史》上、下卷便是产生于此一时期。从1950年代以来，无论在大陆还是台湾，陆续出现了很多种中国文学史。1949年中华人民共和国成立以后，内地多数学者依据唯物史观和马克思主义文艺史观来进行研究，古典文学史编写方面也出现了新局面，开始积极运用马克思主义、毛泽东思想来重编文学史，其体例和史观上出现了走极端的种种问题。50年代以来在台湾出刊的绝大多数文学史，在与史观有密切关系的意识形态方面，与大陆相比，未有明显的提示或适用态度。有些编者的文学史序文或者在有关研讨会上的议论中偶尔探讨反对唯物史观而提倡民生史观的说法，然将之具体地用到实际文学史编写工作中的情况则非常少。综观这些文学史内容都有明显的史观差异，值得我们深入比较研究。

据目前的资料统计，在20世纪一百年间陆续出版了包括通史、断代史、分类史等各种文学史一千多种。分析其主要原因时，我们不得不注意到这些中国文学史大都是用来作学校教材用的；中国地大人众，每个学校按各自需求随时编写、出版文学史教材，就造成了文学史

---

① 由19世纪末至20世纪初外国人写的文学史，一般认为日本有古城贞吉的《支那文学史》(1897)和笹川种郎的《支那文学史》(1898)等十来种，西方有英国嘉尔斯(Giles)的《A History of Chinese Literature》(1901)，德国葛鲁贝(Grube)的《Geschichte der Chinesis chen Literatur》(1902)等，可见日本人编写时间比较早，数量上也最多。具体情况，可参考黄霖《日本最早的中国文学史著作》(《文汇读书周报》1999年3月27日)。但最早的中国文学史著作应以俄国人瓦西里耶夫(1818——1900)的《中国文学纲要》(1880)为最先。请参考李福清《中国古典文学研究在苏联》(台北：学生书局，1991年，第3—4页)；钟优民《文学史方法论》(长春：时代文艺出版社1996年，第19页)；赵春梅《简论瓦西里耶夫的〈中国文学史纲要〉》(《西北大学学报(哲学社会科学版)》，2005年9月，第35卷第5期，第163页)等。

种类和数量的急增现象。但这些教材型文学史大部分都大同小异、千篇一律,很难找出作者独特的见解和想法。结果,在20世纪一百年间出现的中国文学史虽然在数量上是空前繁多,但是在质量上很明显地缺乏史观,而且还有相互抄袭的现象。在总结20世纪中国文学史编纂史过程中出现的这种"缺乏史观"的现象,反而证实了树立某种文学史理论的艰难性。教材用文学史,到底需不需要探索并采用任何文学史观?排列有关数据后,附加一些"说明、解释"是否就可以?数据的解释只属于说明"客观事实"的工作,因此相互抄袭的方式是否合理?

不管是为学校教材专用的文学史,还是为专家学者讨论的文学史,还是为一般大众读者普及版的文学史,一言以蔽之,它就是讨论"文学的历史",因此理论和史观是必备的。如果是在回避理论探索和规定的前提下编纂成的文学史,即使命名为文学史,然而那也只不过是数据的汇编而已。随着教材用、专家用、大众用所设定的读者不同,在体裁的规模大小以及叙述方式方面皆稍微有些差异,但这不可能成为缺乏理论的合理依据。

有鉴于此,本人从1990年代初陆续发表过十几篇分析在中外出刊的中国文学史的编写体例和史观问题的论文,已分析过在韩国、中国大陆与欧美出刊的中国文学史的主要特征①。本文则以1950年代以来在台湾地区出刊的主要文学史为讨论对象,来具体指出其编写体例与论述观点之特点。本稿论述的方式,与本人以往的论文相同,先比较从1950年代以来在台湾出刊的数十种"通史体"文学史的体例之异同,然后选定主要的几种文学史,具体分析这几种文学史的主要特色。笔者认为:在20世纪进行的中国文学史编写工作上,姑不论对个别作家、作品、流派和理论之评价问题,仅从整体角度看,最重要的讨论焦点就是"雅俗兼容"②和"古

---

① 例如:《关于(韩国)国内中国文学史类论著对"小说"文类叙述内容和观点》,《中国人文科学》第12辑(韩国光州:中国人文科学研究会编,1993年);《分析主要中国文学史对"小说"文类的叙述观点:以初创期中国文学史二种为主》,《中国语文论丛》第15辑(韩国首尔:中国语文研究会编,1998年);《主要中国小说史的叙述观点分析:鲁迅〈中国小说史略〉的视角检讨》,《中国小说论丛》第15辑(韩国首尔:韩国中国小说学会编,1998年);《分析主要中国文学批评史对"小说批评论"的叙述观点》,《中语中文学》第26辑(韩国首尔:韩国中语中文学会编,2000年);《1950—60年代主要中国文学史叙述视角检讨》,《外国文学研究》第8号(韩国首尔:韩国外国语大学校外国文学研究所,2001年);《关于20世纪前半期中国文学史编写体例的演变:以考察雅俗兼容和古今结合问题为中心》,《古代文论研究的回顾与前瞻:复旦大学2000年国际学术会议论文集》(复旦大学出版社:上海,2002年);《试论在西方出刊的主要中国文学史之叙述体例和视角》,《中国人文科学》第32辑(韩国光州:中国人文学会编,2005年);《中国文学史的雅俗议论》,《国际中国学研究》第8辑(韩国首尔:韩国中国学会编,2005年),《1980年代主要中国文学史叙述视角与"重写文学史"论议》,《中国人文科学》第35辑(韩国光州:中国人文学会编,2007年);《试论"重写文学史"论议在1990年代主要中国文学史编写过程上的反映情况》,《中国人文科学》第39辑(韩国光州:中国人文学会编,2008年);《析论中国文学史分期问题的论议过程》,《中国人文科学》第40辑(韩国光州:中国人文学会编,2008年)等等。

② 由于传统文学观完全以诗、文为主,排斥小说、戏曲等通俗文学,到20世纪初林传甲编纂中国文学史时仍然固守这种传统文学观,除了诗、文以外,不谈小说、戏曲。同时期黄人的文学史则与此不同,不排斥通俗文学,可见当时已有了超越传统文学观的新变化。五四前后的"文学革命"运动以后,文学观有了新的变化。在此之后的新文化运动,尤其是在白话文运动的影响之下,大部分文学史已无一不论通俗文学,但其中通俗文学的地位和篇幅等又有不同,从这些安排情况,可把握编纂者的视角。所以,雅俗兼容问题,事实上是一种属于文学史编纂者的"文学观"问题。参见拙稿《关于20世纪前半期中国文学史编写体例的演变:以考察雅俗兼容和古今结合问题为中心》,《古代文论研究的回顾与前瞻:复旦大学2000年国际学术会议论文集》(上海:复旦大学出版社,2002年)第187页。

今结合”[①]方式的问题。这其中,文学史的分期方式更属于关键性的问题。文学史的叙述,是通过选择通史、断代史、分类史、文体史等体裁形式,选定、评价特定作家和作品,探索文体和思潮的生成与变迁过程,探究时代变迁过程中可归纳出的某种法则性等多种渠道来进行的。在这段过程中,把对象按照一定的基准所进行的划分,即“时代区分”的问题,就是为客观地了解文学活动所展开的整体性历史特征,设定某种同构型所持续的单位段落,来探索该时期的主要特征,因此必然与“史观”发生直接的关系[②]。

本研究依据上述论题,探析从1950年代以来在台湾出刊的文学史著作,研究过程中,按照讨论目的,划定其对象范畴方法,即从1950年代以来在台湾出刊的几十种中国文学史中,仅以“通史体”为例,且能把握其具体目录及内容者为主。因为分析对象是只限定于台湾学者在台湾本土出版的“文学通史”,不包含重刊1950年前民国时期出版的文学史[③],和1950年以后在大陆或香港出版而在台湾重刊的[④];亦不包含不是“通史体”的断代史、文体史(文类史)[⑤]、文学概论、作家类举文学史[⑥]等。从广义上看,断代史、文体史(文类史)、文学概论、作家类举文学史也是文学史的一类,但之所以限定以古今贯通的“通史体”为主,是因为分析过程中,考察文学史和古今文学的变迁是怎样连接起来的是本工作的重点。

二、在台湾出刊(1950—2010)的主要文学史之体例简析

国民党政府迁台之后,不久出现了王集丛编《中国文学史问答》(帕米尔书店,1951年8月初版,102页)一书。此书采用“问答体”的形式,全书共分八章,自周秦文学写至文学革命,依时代为序,各章再细分为有韵文、无韵文两部分,就所立之主题,拟订若干问题,再一一回答。篇幅也只有102页,内容非常简单,只是供中学生参考的常识性书籍而已。

姜渭水《中国文学史》(台北:和平出版社,1954,160页),本书所论上自周代,下迄清代的文学,凡十二章,依朝代为序,论述各朝的文学现象、特色及相关论题。其中又时而穿插

① 古今结合问题可以说是属于编纂者的“文学史观”问题。也许受古代史官文化之影响,从林传甲、黄人以来有一些撰写文学史的学者只谈古代,不谈现代,古代和现代就分门别户、分庭抗礼了。所谓“一些”的撰写者,意思是还是有讲到五四运动前后及当代文学的。写文学史论不论今,是当时文学史显然不同于今天的特点。无论如何,这是一个需要具体讨论的论题。

② 纵观20世纪中国文学史编纂史过程,再从分期问题的角度鸟瞰,不难发现两种特点:第一,绝大多数的文学史都以王朝交替为基准的方式;第二,有的则以文学的外部要因为基准,例如以特定社会意识形态等等来分期,有的则努力摆脱这种文学外部的基准方式。

③ 最具代表性的是刘大杰的《中国文学发展史》,此书在1956年由台湾中华书局重刊时删去卷首序文,修改一些内容,改名为《中国文学发达史》,一直有不少大学中文系用来做为课本。

④ 在香港出刊的,例如:柳存仁《中国文学史》(香港:大公书局,1956年;台湾:东方书店,1958年),易君左《中国文学史》(香港:自由出版社,1959年;台北:海燕出版社,1964年)等等;在大陆出刊的,例如:林庚《中国文学史》(上海文艺联合出版社,1954年),北京大学中文系文学专业1955级集体编著《中国文学史》(人民文学出版社,1958年;台湾:文复图书出版社,1983年。编著者改作为中国文学史研究委员会以及许仁图,书名改作《新编中国文学史》)。

⑤ 例如:李白刚《中国文学史(简本)》(台北:胜利出版社,1951年12月初版)。书名虽题为《中国文学史》,内容概述周秦至现代的各种文学,依文体分为文章、辞赋、诗歌、词曲、戏剧、小说等六大类,属于“概要”、“略说”性质的文体史。类似的有高明《中国文学》(台北:复兴书局,1956年),谷世荣《中国文学简述》(台北:台湾中华书局,1963年初版)等等。

⑥ 例如:褚柏思《中国文学史话》(台北:东方出版社1973年),全书从孔子——文艺之祖写起,至“五四”以后的梁寒操——国际诗人止,凡六十二位作家,各篇先示该作家的传略,再选列其部分代表作,最后是一段评论。

“中国哲学大纲”、“中国语言文字学大纲”、“宋明理学大纲”等章节，并附有许多相关的图表，实已超乎“文学”的领域，“故有前后章节无法连贯之感。由章节之安排而言，不容易看出作者的文学观，也难以对中国文学有系统性的认识”(黄:21)[①]。

赵海金《中国文学史》(台南:兴文斋书局，1956年，122页)，全书共分十章，在第一章总论中先言及文学的广狭二义和文学史的范畴，强调“文学是时代的反映，所以一时代有一时代的文学”之观念。以下九章则依朝代为序，在第十章特别谈及现代文学，论述旧文学的没落和新文学的诞生。

易苏民《中国文学史初稿》(台北:昌言出版社，1965年，804页)，全书共分十章，除首章概述中国文学之定义、起源与体类之外，以下九章则依朝代为序。但第一章中国文学及其史底认识，第二章北方诗歌总集底三百篇，第三章南方文学主流的楚辞，第四章先秦散文的兴起，第五章汉代诗赋与散文，第六章魏晋南北朝的文学递变，此后第七章近体诗的兴盛，第八章词的黄金时代，第九章唐宋古文运动，第十章宋四六与清骈文之复兴，专谈诗文之外，完全排除小说、戏曲等文体，可见作者是彻底袭用传统的文学观来叙述文学史的流变。“作者尝于首章之末附注声明:‘本稿为便于学者记忆及代板书之劳而赶写，仅属资料性质，有待整理，故不得对外发表。’则不需以中国文学史专著论之。”(黄:26)

叶庆炳《中国文学史》(台北:作者自印本上册1965年，下册1966年，共609页)[②]，本书之编撰目的，是作为大学授课之教材，因此比给一般读者阅读的文学史较富学术性，如介绍作家生平，作者都尽量引用相关的传记资料原文，并注明出处，而不加以改写。对作家所做的评论，作者也常列举前人之意见，即使前人之意见不同，亦一一列出比较，如潘岳、陆机、陶渊明等人之评价皆是。另外有些涉及考证之问题，作者亦以学术严谨之态度，不惮其烦提供论证数据。尤其作者对魏晋南北朝小说素有研究，所以这一部分的论述特别详尽，为其他文学史所不及。“虽然本书早期印行时，难免有许多参考刘大杰《中国文学发展史》的地方，但经过作者增订之后，加入许多现代人的研究成果，及作者自己的意见，已经有一番新面貌。而作者处理文学发展的观点也比较持平，不像刘大杰偏重唯物史观。当然作为一般读者阅读的话，本书用文言文写成，恐怕不如刘大杰《中国文学发展史》的深入浅出，明白晓畅，但作为大学教材，本书确有其过人之处，它能成为台湾地区目前最通行的中国文学史教材之一。”(黄:28)

华仲麐《中国文学史论》(台北:台湾开明书店，1965年，467页)，全书以朝代为序，上自先秦，下迄清代，共十一章，凡四十五节，每节再依相关专题，简要地叙述各时代的重要文学体裁、代表作家及作品，对于各期的学术思想、社会因素、政治背景、生活状况等，也有具体论述。书前有洪陆东序和作者叙例各一篇，书末并有后语一篇，做为全书之总结。“作者立论力求客观，首尾一贯，凡叙事，必征信史，所举范例，不好奇异，且标明出处，以备检查。”

---

① 本文简介各文学史的体例或叙述特点时多参考了黄文吉《台湾出版中国文学史书目提要(1949—1994)》(台北:万卷楼，1996年)一书的有关内容。关于评价该文学史的长短部分，注明页码，例如“黄:(页码)”，但参考全部体例的说明部分则未加注明。又，该书简介各种文学史时，除了主编黄文吉以外，还有连文萍、黄惠菁、张惠淑、林明珠、孙秀玲等人共同撰稿，但本文没有分别举出这几位笔者的个别姓名，还是全以“黄:页码”的形式做了简单的标记。

② 此书有1968年修订再版，1971年四版(台北:作者自印本609页)；1978年增订本二册(台北:台湾学生书局，上册499页，下册434页)。

(黄:30)

李鼎彝《中国文学史》(台北:文星书店,1966 年,二册,384 页),全书以朝代为序,上溯邃古,下迄明代,共十四篇,每篇又分章、节、目,组织颇为细密。作者认为:"历史的责任,是明因知变,它的因与变,或者在各作家的口供中,就可以找得出。"故上、下两册,俱以时代为轴,列举最具代表性的作家,简要地叙述其生平、文学主张、作品的特色及其影响,并于各篇、各章之下,略论该时期文学发展的概况,但词与戏曲等史,则不在论述之列。"作者以有限的篇幅,介绍历朝文学变迁之势,故文句相当精简,然因受限于以作家为点,再铺叙成数千年的文学发展史,故仅能表现出作家个别的特色,至于文体的兴替,各家各派之文学主张,前后期之文学现象等,其彼此之间的互动关系,均未能顾及,是本书最大的缺憾。"(黄:31)

黄公伟《中国文学史》(台北:帕米尔书店,1967 年,713 页),本书内容包括《绪说》在内,共分八篇,二十二章,分远古、上古、中古、近古、近世、近代六时代,叙述其思想背景、文学风尚、作家与作品之特色。本书取材以纯文学为范围,凡有关诗歌、乐府、辞赋、诗词、戏曲、小说、骈文、笔记、杂文、应用文,无不罗举在内,详而无冗,精而不略,仅其目录就有 37 页之多。除每章附列参考书以明取材之由来而外,并于重要部分各附图表,以为综合贯通了解之便利。每篇末又各附"文学年表",对每一阶段之重要作家的先后关系,可一目了然。作者在"自序"里先谈论中外古今有关文学观念的异同,然后表明:有鉴于早期的中国文学史著述,其立论或含有唯物的偏激观念,或态度暧昧不明,故欲藉本书之完成,重申中国学术文化的严正立场。

刘必劲《中国文学史纲》(台北:环球书局,1970 年,二册,686 页),本书共分十六章,六十四节,起自邃古文学,终至五四运动以后的白话文学。无论散文、韵文、小说、戏剧,作者由各文体的兴起写起直至近代的文学革命,使其均自成完整体系;然而,于篇章的安排上,仍依时代为序,分列各种文体,并别立若干目,概述起源、背景、特质、代表作家、作品等相关论题。"作者以精简的文句纲要式地叙述中国数千年来的文学进程,搜罗的范围超乎其他文学史著作,《文学革命》一章尤为其他同类书籍所鲜见,故为本书的一大特色。"(黄:35)作者在第一章文史导论里详谈文字、文学,和文史(文学史)的定义问题,此亦为其他同类书籍所鲜见,值得瞩目。

苏雪林《中国文学史》(台中:光启出版社,1970 年,276 页),本书内容可分为四编,共三十章,记述自甲金文至现代文学。书前《自序》中作者表明,自清代以降,论及中国文学史者,多以焦循"一代文学有一代之所胜"式的文学观为金科玉律,仅论其所胜,如唐以诗为胜,则弃其他文学之发展;宋代则以宋词代表有宋一代文学,将宋诗完全屏弃不论。作者有鉴于此,力图建立起一套完整而正确的文学史观,兼顾一切文学体制以及文学现状。再如,作者表明对于历代作家的作品并不直接引证,预留给读者一处更开阔的学习空间,彻底打破'代表作'式的主观认定,"足见作者用心之深。更值得一提的,是作者累积长期的创作经验,以及对现代文坛的深刻了解,简要地记录清代以后,中国文学史上种种强烈的转型,及其前因后果,此部分往往为通史性的文学史专著所忽略。本书具体而微地涵括中国数千年的文学发展,其著作之初衷,可谓影响深远,然所论博而不精,广而不深,却也在所难免。"(黄:37)

张迅齐《中国文坛四千年》(台北:康乃馨出版社,1972 年,180 页),全书凡四篇十六节,记唐虞三代至清代之文学,通篇以浅近文言文写成,节次虽繁,"内容却极简略,或受限于取

材较狭，致论述不丰，且未引录名家作品，无法给读者较直接的印证，甚为可惜。”（黄，40）

李宝位《中国文学史略》（台北：大圣书局，1972年，334页），作者书前《序》里表明：文学史以政治时代划分，虽嫌勉强；以文体划分，则更感扞格，因文学与政治实有至为密切之关系，故本书以朝代为经，以文学各部门的发展为纬，分述主流，兼及旁支。书共分八章三十四节，对各种文体的渊源流变，与时代背景、文学思潮，均有所论述；对作家的评价，或详或略，乃视其在当时文坛的地位与对后世的影响为断。

蔡慕陶《中国文学发展史》（台北：帕米尔书店，1972年，382页），全书共分十三章三十四节，始于周秦，迄于清代，列举历代文学家及其重要著述，间或指出各时代的文风及其特色。然而，“作者于内容的安排上，似乎未能全面地反映出各代文学的风貌。如首章先秦文学部分，仅列示《诗经》与《楚辞》二书，虽可分别代表北方与南方的文学特质，却只是先秦文学的一环，先秦散文的发达，亦不容忽视，其地位应与诗歌文学并驾齐驱。再则作者虽重视‘史观’的陈述，于各文体的兴衰，各代文风之承转及影响等，均缺乏解释性，仅有少数的章节，如汉代、南北朝及明代，曾粗略地介绍当代的文学现象。然尚未能提示一可循的发展脉络。”（黄：42）

宋海屏《中国文学史》（台北：中国美术出版社，1972年，466页），全书分为上、下篇，共三十章，上篇含首章至第十五章，叙述先秦至五代十国的文学，下篇含第十六章至末章，叙述赵宋至清各代的文学。至于民国以降的“现在文学”，则不在论述之列。“可惜作者在撰述时，引文过多，分析说明太少，缺乏自己的见解，尤其在引用资料时，未详加考辨，故疏漏之处甚多。”（黄：44）

孟瑶《中国文学史》（台北：大中国图书公司，1974年，763页），全书按朝代划分为八章，各章再分述各种文体的起源、分类、特色、影响及评价。书前《前言》中依据编写中国文学史的史识，将以往的文学史归纳为保守的、传统的与躁进的、偏激的两大类。前者以为中国文学的内容，除诗与散文以外，他无足论；后者以为一切文学皆来自民间，只有民间文学才有其真生命、真内容。因两者皆有偏颇性，笔者表明皆不敢取，自己则希望兼顾文学的内容与形式相互消长的现状。“但于作品的优劣与作家的成就之论，却又每每失之于主观；于论点之阐述，喜见作者多有创新，可惜于成说往往略而不论，如论词的长成，元曲的兴起等，皆有言之未尽的缺憾。故于各文体产生的原因，及其彼此间的关联性，以至于文学与时代、环境的关系，均可再做更深入的阐释。”（黄：47）

王忠林等《中国文学史初稿》（台北：石门图书公司，1978年，1290页）[①]，本书自上古三代写至清代，共分八编四十六章，简要地叙述历朝各种文体之发展轨迹。文中多以分期的方式介绍当代的重要作家及作品，并分析各种文学现象，进而探索其背景与导因。在内容上，本书确能于既有之基础更加扩充，如“中国神话不发达的原因”、“敦煌变文”等，均可补其他文学史著作之不足。在体例上，多依该时期所发展之各种文体为主，别立成章，顺序论列，前后一贯，堪称完备。在编写工作上，因采个人执笔、集体讨论的方式完成，故能力排主观之失；又文中常列举标题，颇利于读者对全文重点之掌握。“全书以通俗流畅的语言，极简要地记

① 此书在1983年5月增订再版（台北，福记文化图书公司，1290页），1985年5月修订三版时，书名改作为《增订中国文学史初稿》。

述我国文学发展的进程，为八位专研中国文学史学者之结晶，故常被各大学援为‘中国文学史’教材之用，影响深远。”(黄:52)

“中华文化复兴运动推行委员会”、“国家文艺基金管理委员会”主编《中国文学讲话》(台北:巨流图书公司，1982 年，10 册，分别为 610、532、489、546、537、565、537、629、467、669 页)，全套书共分十册，五十篇，每篇之下再细分若干目。每一目均由一位教授担任主讲，经录音笔记整理成章后，交予教授寓目，再编辑、出版。全书除首册为概说之外，以下依时代为序，记述自周代以迄清代的文学，将各类文体于各朝代的发展情形及其成就、影响，一一别立专章论述。至于“文学价值”的部分，则统合于首章论述。本书采取广义的文学观，故无论经、史、子、集，皆属于中国文学的范畴，是以本书收罗宏富，且各章均延请学有专精的教授负责讲授，则章章皆为精辟、独到之论文。但由于授者的析解各有其法，整理人的文体各有其风格、标准，故在文章的章法、范式上，难免有风格殊异的情形。本书之内容除概述中国文学之外，仍有部分篇章是属于研究性质的专论，如《研究中国文学的几个层面》及《佛教对中国文学的影响》等。“又于第八册收有《诗文吟诵例说》一文，亦非中国文学史的范围，但由于本书系依该研究班所开列的课程内容整理而成，故不得不然也。基于此项限制，也使本套书在章节的安排上，迥异于其他的文学通史，而有所偏废。然而，藉由本书之出版，可提供一般社会大众认识中国文学，其影响也必然更甚于学术性的专论，故其贡献不容忽视。”(黄:57)

吴复生《中国文学史纲》(台北，文史哲出版社，1994，467 页)，全书共分十章，第一至三章为基础篇，包括文学起源，基础理论及文学批评之梗概。第四、五两章为古典篇，包括周秦两汉文学，以叙述古典文学与杂文学阶段之流衍。第六至九章为演进篇，包括魏晋以下至民国之前的文学流变，以纯文学为主要的叙述而并重说理文学的取材。第四至九章均以人物为经，文学创作为纬，叙述历代作家之背景、文体、格律、文论及其代表作，以见各期文学家承传流衍之事实。第十章则以民国新文学为主，而以戊戌、辛亥为序幕，以见新旧文学之代谢及五四至今的脉络。“但其中也有一些疏陋之处，如第六章介绍魏晋六朝诗，标题却作‘近体诗’；又如第七章介绍唐宋诗词时，所举张志和的《渔歌子》，竟将两首合并为一首，其他所举词人的作品，分片之间皆无空格；另外介绍元曲时，只述戏曲，散曲作家及作品却无一道及等等，都需要再加订正补充。”(黄:70)

江增庆《中国文学史》(台北:五南图书出版公司，1995 年)，全书自第一章绪论至第十四章中国现代文学史，按朝代划分为十四章，各章再分述各种文体的起源、分类等概况以及影响评价。书前《例言》中特别强调:最后一章定名为《中国现代文学史》，以别于一般中国文学史；自称本书之内容，信能涵盖中国文学历史，架构完整，标题明确，编排有序。编写过程中，以文学之发展演进为主，旁及作家作品之评鉴及其影响，断代划分，以醒眉目。在第一章绪论里言及中国文学的意义、中国文学的特质、文学史的意义及其分类等诸范畴问题:作者将中国的文学观念归纳为经学、学术的附庸、人生的表现和批判等三个层次，来比较古今观念之变化；将中国文学的特质，归纳为表达民族精神的最高成就、中国文字单音和孤立运用的灵活、文学形式的多彩多姿、深受外国文学的影响等四个方面；对于文学史的意义，表明文学本身亦有其不得不变者，故研究各时代文学演变的学问，即为文学史，且将其分为通史、断代史、分类史等三种。但以上叙述内容，其实大部分是从别人著作中抄袭整理来的，不算是一家之言。

台静农《中国文学史》(台北:台大出版中心,2004 年,包含附录共 748 页),全书自第一篇先秦篇至第七篇金元篇共有七篇,篇末有附录《中国文学史方法论》。作者民国三十四年渡海住台,任教于台湾大学中国文学系,授课时以中国文学史与楚辞为主,此时开始撰写《中国文学史》,后因种种政治事件等之影响,该书之撰述工作,遂止于金元。其内容多年来亦仅以稿本与抄本形态在少数学生间传阅。因此书的内容依据台静农先生的这些讲演稿以及有关原稿加以整理出版的,所以内容中无不有大学者的独特观点,但全书体例详简不同,视角隐现不一,此亦为难免之事,不可苛求。

王国瓔《中国文学史新讲》(台北:联经出版事业股份有限公司,2006 年,上下二册,1228 页),除了《总绪》以外,自第一编中国文学的源头——先秦文学至第十二编明清长篇章回小说发展历程,共有十二编,各编里又分为数篇章节,篇幅非常庞大。其编章题目,大部分如第一编中国文学的源头——先秦文学,其中第三章为第一部诗歌总集《诗经》,第四章为作家文学的开端《楚辞》等等,举示各时代及作品、作家时,同时点清其主要特征来提示该时期、作品、作家的特色。在达到 20 页之多的《总绪》里作者意欲表明:此书乃是针对中国文学作品自先秦至晚晴,亦即民国之前,其演变过程与发展面貌的历史回顾。主要是,论述分析各种不同体式的文学类型,诸如诗歌、文章(包括散体古文与骈俪之文)、戏曲、小说诸文类之发展演变大势,并介绍不同时代之文坛现象,以及探讨各时代重要作家作品于文风流变中之承前与开拓,期使在历史进展过程中,掌握中国文学各种体式文类之时代风貌及演变轨迹。先回顾之前出现的主要中国文学史的成果,分期问题后,提出作者自身的编写观点。在第一节中国文学的传统特征中,举出历史悠久传统持续、文学范围杂而不纯、作品反映现实人生、抒情诗是文学主流、政教伦理色彩浓厚、含蓄委婉韵味为高等六大特点;在第二节中国文学的发展大势里,将中国文学发展演变趋势分为形成期(先秦两汉)、成熟期(魏晋南北朝隋唐)、蜕变期(宋元明清)三阶段;在第三节中国文学的作者类型里,举出古代中国文学的作者遍布各阶层现象、文人士子为主干、集体创作之普遍、女性作者非主流等现象;在第四节中国文学的场域背景里,归纳为朝廷庙堂、山林田园、市井乡镇、闺中院内等等。

龚鹏程《中国文学史》(台北:里仁书局,上下二册,上册 2009 年,501 页;下册 2010 年,580 页),除了《自序》与《导论:文学史的研究》以外,上册自《壹、诗经的文籍化与诗篇的发展》至《伍十、被扭曲的说唱史》共 50 篇,下册自《伍十壹、句图与格例》至《壹佰、革命》共 50 篇,总一百篇。作者在〈自序〉里简单回顾以往的中国文学史 1600 部里佳作寥寥的现象,其最大原因应归于“缘附于课程的先天因素”。作者有鉴于此,写作此书时不是依课堂讲义方式写,故是一部独立的文学之史,说明文学这门艺术在历史上如何出现、如何完善、如何发展、其内部形成了哪些典范,又都存在哪些问题与争论,包括历代人的文学史观念和谱系如何建构等等。文学的观念史、创作史、批评史,兼摄于其中,因此此书与历来之中国文学史著作完全不同。全书完全打破以朝代划分时代的分期方式,也不以名家名作来标题,最注重文学观念之变化来设定标题,深有独特之观点。但虽说创新,其具体内容较偏重文学观念和批评标准方面,更接近于一种文学批评史;正因为如此,探讨的主要内容以诗文为主,偶而言及戏曲、小说文类,相比之下其比重显然不同,难免又回归于传统文学观之嫌。

三、台刊中国文学史的主要特征

以上笔者简析了在台湾出刊(1950—2010)诸种文学史的体例特征,下面拟对以上文学通史的主要共同特征做如下评析:

第一,20世纪后半期台湾出刊之主要文学史,不论编纂者自己明示与否,绝大多数都是教材型文学史。陈平原在《小说史:理论与实践》中,考虑根据撰写文学史之态度和拟想主要读者可将文学史分为研究型、教科书型、普及型三种不同类型。在他看来,“目前中国学界最需要的,是研究型文学史,而不是另外两类”。因为从20世纪初中国文学史问世以来,绝大多数文学史作为大学和中学教科书,这些教科书型文学史“首先考虑的是课堂讲授,而不是学术探讨”。研究型和教科书型有如下的不同差异:第一,研究者的叙述策略,前者取“对话”,后者取“演讲”;第二,在立论方面,前者主独断,后者主平稳;第三,前者重分析,后者重叙述;第四,在著述形式上,前者重小题大做,后者大题小做①。他的这些指摘可能就是针对由草创期至今的文学史体制、视角、内容和论议的大同小异,并提出如何超越以往的千篇一律性的问题。如上述,台湾出刊的主要文学史,各有特色,但总体来说,仍未超越这些既存“教科书型”的界限。只有龚鹏程《中国文学史》(2009)一书,把以往的中国文学史1600部里佳作寥寥的现象之最大原因应归于“缘附于课程的先天因素”,作者试图要打破这种课堂讲义式的体例,姑且不论其实际叙述内容的得失,仅就写作方式而言,与以往绝大多数教科书型文学史的写作方式大大不同,可算是一种“研究型文学史”的模式,值得我们关注。

第二,在叙述时期与范围方面,台湾出刊的主要文学史大部分都是由原始文学而至清末,几部文学史偶尔包含新文学部分在内,例如:刘必劲《中国文学史纲》(1970)、苏雪林《中国文学史》(1970)、江增庆《中国文学史》(1995)等等。所谓“中国文学史”,顾名思义,叙述从古至今的文学演变之史,不论任何形式应“古今结合”才算名实相符。自从草创期黄人和林传甲只写“以前的文学”而仍然取《中国文学史》之名之后,虽然在20、30年代不少文学史试图运用“古今结合”的观点,但是经过40年代以来,几乎没有出现这样的努力,结果“古”和“今”完全分了家。目前有关中国文学的史,一般以《中国文学史》、《中国现代文学史》或者《中国当代文学史》来取名,似不尽合乎情理。如果不得不分古、今来撰写文学史,将《中国文学史》分成《中国古代(古典)文学史》。《中国现代文学史》和《中国当代文学史》,似乎更合理。这种矛盾的取名习惯就在20世纪后半期一直延续下来,值得反思。上举几种文学史不踪前人之因袭,试图古今结合,虽然其结合内容不甚明显,但仍有值得评价之意义。

与此有关的分期问题,台刊绝大多数文学史依据朝代变换来分期,其根据就是文学与时代有甚密切关系。对此,叶庆炳虽在自己的《中国文学史》里仍然依据朝代分期,在《撰写中国文学史的相关问题》一文里又指出:“文学发展的时期与政治上的朝代的脱节现象”,虽然如此,文学史作者“完全按文学发展的时代来划分章节”事实上存在困难,所以“一般中国文

① 陈平原:《小说史:理论与实践》,《陈平原小说史论集·下》(河北人民出版社,1997),第1201—1208页。

学史仍拿事实上和文学发展脱节的政治上的朝代来划分章节，是有其迁就现实的不得已考虑。”①上述龚鹏程《中国文学史》(2009)一书，对此问题也突破惯习，完全要以“文学观念的演变过程”来进行叙述，表现出与以往绝大多数文学史写作方式不同的特征。

第三，在20世纪初草创期文学史里引起争论的“雅俗兼容”问题，随着时代变迁，逐渐不再成为问题，但在这一过程中又会随着各编纂者的视角不同，所安排的篇幅也有所不同，主观性色彩较为明显。还必须要指出的是内容与体例的兼容并不等于思想观念上兼容。雅与俗应是各个时期文学的两个不同的层面，因此对这一问题的认识必须贯穿到文学史的各个时期，而不应只是上半部讲诗、文，下半期讲戏剧、小说。上析在台湾出刊的文学通史大部已综合诗文和小说、戏曲文类的演变情况，但仍然有例外，如李鼎彝《中国文学史》(1966)对于词与戏曲等文类，则不在论述之列。最近出刊的龚鹏程《中国文学史》(2009)，注重传统诗文之体的各种演变，有关小说、戏曲文类的内容则比诗文更简略，亦有比重不同之感。

第四，文学的范围问题。在20年代，郑宾于在其所著《中国文学流变史》的题语和前言中谈论“文学的定义(界说)及文学史的范围”，曾批判当时流通的许多文学史“都是包罗万象，无奇不有”，“若称之为《国学史》或《国故史》，恐怕较还要恰当些”，他将自己的文学史与这相较，说：“象谢无量、曾毅……等辈所著一类的《文学史》，有许多人都笑其名曰‘广义的’；反之，则如我的《文学流变史》便是狭义的了。然而我终于认定：惟有这‘狭义的文学史’才是真正的文学史；所以，便毅然决然地照此做去。至于那广义的，我只好称之曰‘杂董’。”到了30年代，胡云翼在其所著《新著中国文学史》的自序中也谈“文学的定义及文学史的范围”问题，先列举由谢无量至胡小石的二十种文学史，说“实有多数不能会令我们充分的满意”。其原因是：如谢无量、顾实、葛遵礼、王梦曾、张之纯、汪剑如、蒋鉴璋、欧阳溥存诸人所编的初期的几个文学史则“都缺乏明确的文学概念，都误认文学的范畴加以概括一切学术”，“至于最近几年的文学史著作，其对于文学观念之明了，自较前大有进步”。接着，他提出文学向有广狭二义，狭义的文学“才是现代的进化的正确的文学观念”，本此观念为准则，认定“诗歌、辞赋、词曲、小说、及一部美的散文和游记等，才是纯粹的文学”②。从两人对既存文学史的批评趣旨看，主要议论焦点可归纳为“文学概念之广、狭”问题和“编述者之客观的或独创的观点”问题。经过了几十年之后，在台湾出刊的有些文学史里仍然出现类似的问题，例如姜渭水《中国文学史》(1954)里随时穿插“中国哲学大纲”、“中国语言文字学大纲”、“宋明理学大纲”等章节，并附有许多相关的图表，实已超乎“文学”的领域，也值得反思。

第五，文学史观与时代以及意识形态的问题。有的文学史如赵海金《中国文学史》(1956)，说明自己编写文学史的立场时强调“文学是时代的反映，所以一时代有一时代的文学”之观念；华仲麐《中国文学史论》(1965)在“第一章《绪论》第四节‘时代背景与文学特征’”中说：“总之，文学是时代的产物，不同的时代背景，便有不同的文学特征，无论是体制与风格，皆各有其时代的特色。如周代初期中期诗经，晚期之楚辞，汉之辞赋，魏晋之五言诗，六朝之骈俪文，唐人的诗，宋代的词，元朝的曲，以至明、清的南曲、小说，近代的白话文、新诗

① 叶庆炳：《撰写中国文学史的相关问题》，“中央研究院”中国文哲研究所《中国文哲研究通信》第一卷第一期(1991年3月)，第18—19页。

② 胡云翼：《新著中国文学史》(北新书局，1932年)，第1—3页。

等，都是顾亭林所谓‘诗文之所以大变，有不得不变者’，其势是必然的。”然亦有批评这种观点的，如苏雪林《中国文学史》(1970)的自序中指出清代焦循所提出的“一代文学有一代之所胜”的观点，有优劣的两方面，优点是能看出中国文学发展的趋势，缺点则过于忽略了文学的传统性，蹈轻重不分之弊。“前人尊唐黜宋，倡‘宋无诗’之说，实为盲瞽，我们又安可听焦氏之论，而绝宋诗于中国文学园地之外？”叶庆炳《中国文学史》(1965)则在“第一讲绪论”中，一方面举《毛诗序》“治世之音安以乐，其政和；乱世之音怨以怒，其政乖；亡国之音哀以思，其民困”的内容，来指出“时代对文学之影响，一时代有一时代之文学。”接着，又举出顾炎武《日知录》和王国维《人间词话》中的有关内容，来强调“又可见文学本身之演变。”之后，总结为“故研究各时代文学演进情形之学问，即为文学史。”有保持兼顾两者的客观态度。

由于1950年代以来国民党统治台湾时一直坚持反共定策，这种意识形态的问题也在有些文学史里出现：姜渭水《中国文学史》(1954)在作者《序》里指出“今天我们反共抗俄，是为了自由中国当前的需要，然则我们研究中国文学史，又何尝不能觅取这些需要呢？”黄公伟《中国文学史》(1967)在“自序”里亦积极表明编写该书的目的之一，就是有“鉴于迄今犹在流传之若干早期著述，其立论或含有唯物的偏激观念，或态度暧昧不明，不能不以民族精神，特申中国学术文化正统之严正立场，予以澄清，使善恶美丑之判断，无所颠倒”。还有，有些学者在有关研讨会上提出批判唯物史观而强调民生史观的观点，例如邱燮友指出“台湾地区在民国三十八年以后，大学里所用的文学史课本大约百分之九十以上都用刘大杰的《中国文学发展史》”，但“刘氏的书采取经济影响文学的发展(即经济的繁荣直接影响到文学的繁荣)，文学受经济的支配的看法，此即为唯物史观的论点。我在大学担任中国文学史的课程有年，有感于此，于是邀请八位教文学史的同仁用民生史观的观点合撰《中国文学史初稿》，希望取代用唯物史观的刘氏的文学史。”王文进亦批判“刘大杰的文学史受制于五四、三十年代以来的思潮的限制，出现的第一个现象是他把文学史的主流隶属于民间文学……过度强调平民文学，会导致文学史的解释出现错误。……在他把当时三十年代的进化论用进来……因此过度强调进化论，再解释文学就被绑住了……无法真正全面准确地发掘我们文学史发生过的每一个文学作品金刚钻一般不因时间而改变的价值。……文学史的叙述过程里面，不能只知道强调经济的问题、社会的背景而忽略了文学本身内在的发展与诗人和文字搏斗的苦心”①。

如上所述，在台湾50年代以来刘大杰的《中国文学发展史》一直是最流行的文学史教材，其次就要属叶庆炳《中国文学史》了②。邱燮友比较此两书之不同时说：“刘氏的意识论很强，但被伪装看不出来；叶庆炳的文学史比较客观，同时也比较接近民生史观，他不是从阶级斗争来谈，这从措辞可以看得出来。”那么，他自己参与撰写的《中国文学史初稿》和叶庆炳《中国文学史》所采取的所谓“民生史观”的涵义又是怎样的呢？他说“经济影响文学及以民间文学为主导而忽略贵族文学，是刘大杰的《中国文学发展史》的重点所在。唯物史观者认为经济领导文学，例如刘大杰认为文学起源于劳动，意识论很强烈。事实上，文学不一定要

---

① 邱燮友、王文进、尉天骢(讨论会报告)，《两种通行本中国文学史的检讨》，“中央研究院”中国文哲研究所《中国文哲研究通信》第一卷第一期(1991年3月)，第75—95页。

② 王基伦，《台湾各大学中国文学史教材之分析》，《文讯》2009年1月号，第55页。

起源于劳动，文学可能起源于游戏或祭祀，或起源于人类一体生活的活动，这就是民生史观的思潮。"[①]可是我们仅从这些对比说明看，其具体概念还是不甚明显，理解上比较困难。要之，有些在台湾撰写文学史的学者针对大陆文学史的唯物史观，来提出自身的民生史观，但其具体的理论架构是未有充分展开，实际适用状况亦不明显，也算是值得关注的现象。

四、小结

1950 年代以来，大陆和台湾两岸的政治状况大有不同，两地所编写的文学史，其史观亦不能不受到各自政治体制和意识形态的影响。总体来说，在大陆于 1950 年代、60 年代引起争论的现实主义中心论与民间文学主流论等以唯物史观为基础的文学史观，深入地影响到了文学史的编纂工作；后来至 1980 年代中期所出现的"重写文学史"思潮，反思以往以政治标准来评价文学的现象，提出应根据文学本身内在的变化来编写文学史，如章培恒主编的《中国文学史》和袁行霈主编的《中国文学史》等便是要积极实践这一想法，取得了新的成就，但在基本的体例和分期方式等方面还是没有完全脱离以往的惯习。如上所述，50 年代以来在台湾出刊的绝大多数文学史，其体例和史观基本上因袭"传统的"文学史叙述方式，大都依据王朝分期，随时强调"一代有一代之文学"等。在与史观有密切关系的意识形态方面，与大陆相比，未有明显的提示或适用态度。有些编者的文学史序文或者在有关研讨会上的议论中偶尔提出反对唯物史观而提唱民生史观的说法，然将之具体的用到实际文学史编写工作的情况则非常少，这是我们值得关注的现象。与政治立场非常明显的大陆不同，这种现象可以说是一种"消极的"反拨形式，即不要展开、标榜与大陆普遍强调的唯物史观所对立的某种意识形态，例如民生史观等，来积极对立，而采取仅排除或否定任何意识形态干涉文学史叙述之"消极方式"。近来如龚鹏程的《中国文学史》等试图依据新的史观和体制编写的文学史，姑且不论其具体得失，在要克服以往百年文学史的种种病弊这一意图上无不有一定的积极意义。但只为了克服既存病弊而采取全新的、与之前不同方面时，又难免会产生"矫角杀牛"式的极端病弊，此点亦是不可忽视的问题。文学史的编写，依据读者对象，如大学学生与专门研究者或者一般读者的不同其叙述体制与内容水平也应不同，教材型文学史占据绝大多数之目前现实中，当然需要更多研究型文学史的出现，然问题不在"新"，仍然在史观的客观性和独创性方面。所以，我们可以说，批判既往文学史的种种问题，来重写更客观的、独创的文学史，仍是"现在进行时"的重大论题。

作者单位：韩国全南大学

（此研究得到台湾"教育部""台湾研究访问学者计划"资助）

① 邱燮友、王文进、尉天骢（讨论会报告），《两种通行本中国文学史的检讨》，"中央研究院"中国文哲研究所《中国文哲研究通信》第一卷第一期（1991 年 3 月），第 75—95 页。

日本五山诗论发微

——绝海中津的“性情之正”与“物化之元”

海村惟一

一、序言

“五山文论”(包括五山诗论)是五山文学的一个组成部分。但是,五山文论作为学术研究的专用名词、即学术研究的“关键词”登上学术研究的平台,这恐怕还是第二次①,成功与否尚且未知。故拙文想尝试着以日本临济宗佛光派广照国师绝海中津禅师《蕉坚稿》为例把日中携手扶植的“绝海诗论”即“五山诗论”②送上学术研究的平台,并欲以此为今后的研究课题。

绝海中津(1336—1405)就禅宗而言,乃日本临济宗破庵派、佛鉴派、佛光派、佛国派、梦窗派、霊松门派祖、京都五山第二相国寺第六世住持、临济宗佛光派国师,其生活主体是为了探究禅理、护持国家、诱掖后进等佛教的实际利益,《绝海和尚语录》便是其兼济性文集;就日本汉文学而言,则是五山文学隆盛期中期留学(1368—1377 年留学明朝)的重要诗僧、五山文学的双璧之一③,其

---

① 所谓第一次的“五山文论”见拙论:《五山文论发微——以日本临济宗圣一派本觉国师虎关师炼禅师〈济北集〉为例》,第 455 页,北京:中国文联出版社,2006 年。

② 《蕉坚稿》有明代著名诗僧僧录司左善世道衍之序。左善世乃僧录司之最高官位。《增集续传灯录》卷五,《觉原慧昙禅师之章》曰:“洪武元年戊申春。开善世院诏师(道衍)。领院事。令服紫衣及金襕方袍。”以此可知道衍于 1368 年“领院事”。《释氏要览》、《僧史略》等曰:“唐文宗开成中,初立左右僧录,即端甫法师为初。云云。掌内殿之法义,录左街僧事。”“僧录司乃取缔寺院之官。始于唐代,明代洪武十五年立僧录司、置左右善世、左右阐教、左右讲经、左右觉义等的官,掌有关佛教之事务。清朝置此官于礼部。道衍乃北京,顺天府,庆寿独庵道衍禅师,其诗文之才乃过人。”《续稽古略》卷三曰:“僧道衍乃苏州的长洲人。在相城妙智庵初祝发为僧。法名乃道衍,字斯道。时相城灵应观之道士书应真者,读书学道法,兼通兵机。道衍以其为师,尽得其术,云云。或人荐道衍之文武异才于燕王,云云。靖难之图实起于道衍。燕王密问道衍:‘人心之所向如何?’对曰:‘天之所造、何论民心。’自是遂以道衍为军师。”又曰:“擢道衍为左善世,为太子之少师,始复其姚姓,赐名为广孝。上自是称为姚少师云云。”道衍之事迹亦可参见林建福。陈鸣:《文苑佛光——中国文僧》第 226—247 页(《中国佛教文化丛书》之六),华文出版社,1997 年。拙论所引《蕉坚稿》乃室町初期版“五山版”国立国会图书馆所藏鹦轩文库本。关于此序之笺注请参阅俞慰慈:《扶桑五山文学原典笺注系列第一种:绝海中津〈蕉坚稿〉笺注Ⅰ》,《中国关系论说资料》,论说资料保存会刊行,1999 年第 41 号。

③ 参阅拙著(笔名:俞慰慈):《五山文学研究》133 页,东京:汲古书院,2004 年。

在日本汉文学史上留下了不可磨灭的足迹①，江户初期的汉学泰斗林罗山在《五山文编序》里言及了绝海中津的独善性诗文集《蕉坚稿》②。

二、绝海诗论："性情之正"酿"清峭之风"

——以《蕉坚稿》"诗集序"为例

《蕉坚稿》是绝海中津自选诗文，再由其高弟鄂隐慧奯(1357—1425，其中1386—1395在明朝留学)编辑而成的③。在编辑成书之后，由鄂隐慧奯的师弟龙溪等闻随遣明正使明室梵亮带至中国④，请明代著名诗僧道衍和如兰分别题序作跋。其目的乃欲获得绝海中津的中国老师的首肯，这是当时日本禅林的一种风尚。我们通过同时代的中国禅僧的评价来考察"五山诗论"。因为这是第一手资料，故不惜篇幅引其全文，由此，既可全面地理解中国禅僧对绝海中津的评价，又可以此来窥视日明文化交流史之一斑。

明代著名诗僧僧录司左善世道衍(1325—1418)⑤在其晚年为绝海中津的独善性诗文集

① 室町时代五山文学一大诗僧绝海四代甥孙相国寺第七十九世住持横川景三学僧(1429—1493，乃绝海之同门梦窗派慈济门派四世，历任日本五山第二相国寺第七十九世住持、日本五山之上南禅寺第二百三十九世住持。遗世著作有：《补庵集》、《小补东游集》(前、后、续三集)、《补庵京华集》(前、后、续、别、新、外六集)、《檜卜集》(《东土萝卜集》)、《百人一首》、《闺门集》)。于《〈琴叔趣首座诗稿〉序》(琴叔趣？—1507，梦窗派胜定门派。南禅寺第二百五十一世住持。精于儒学。著有《琴叔趣首座诗稿》，乃五山文学重要作家)谓："前僧录北禅翁。曾跋予拙稿。有谓曰。昔时洛社全盛。人物如林。为诗祖师者唱于上。而为诗弟子者和于下。……诗祖师谓蕉坚老师也。诗弟子汝师养源与双桂诸老也。"此文乃因袭绝海的甥弟子相国寺第四十二世住持瑞溪周凤学僧(1391—1473，乃绝海之同门梦窗派大慈门派二世，历任日本五山第二相国寺第四十二世住持、相国寺鹿苑院塔主。遗世著作有：《卧云日件录》、《卧云梦语集》、《坡诗脞说》(《脞说》)、《卧云稿》、《瑞溪疏》、《刻楮》、《人东记》、《温泉行记》、《善邻国宝记》。其诗作被收入《百人一首》、《花上集》等)的"因绝海是诗之祖师、故其时乃洛社之全盛期"之说，进而在《次韵正甫少年试笔诗并叙》曰："苟从事斯文者。一游其门(绝海)。即以为登龙。"(见于玉村竹二编《五山文学新集》第一卷《横川景三集》)由此我们透悉到绝海中津以后的日本五山诗坛，连其重镇瑞溪周凤亦以其为"诗之祖师"；到横川景三的时代便有了"一游其门(绝海)，即以为登龙"的时尚。横川进而在《百人一首》里置绝海〈应制三山〉于卷头，而绝海的师兄五山文圣义堂周信的七绝则置于其后，这便显示了绝海中津在五山诗坛上的地位。此举对后世的日本汉文学史产生的影响极大。至日本中世为止，五山诗僧在"诗集序"、"诗前序"敷衍的只是一种"诗叙述"：如"洛社全盛，人物如林"、"诗祖师"、"诗弟子"、"一游其门(绝海)，即以为登龙"等。江户初期与五山禅林多少有点渊缘的日本朱子学创始者林罗山(1583—1657)亲自编集了《五山文编》，并辑入绝海中津的《蕉坚稿》。其子林鹅峰(1618—1680)亦秉承父意，在其所著的《续本朝通鉴》卷一百五十五里，声称"津绝海能诗文。与义堂齐名"。

② 《林罗山文集〈五山文编序〉》(卷第五十)："余阅经子史集之暇，偶见本朝诗人、文人及五山禅林之遗稿。若'菅家文章'已论于前。至禅家，则虎关《济北集》、雪村《岷峨集》、绝海《蕉坚稿》、义堂《空华集》、梦岩《旱霖集》……"参照《林罗山文集》(下卷)，587页(大正七年平安考古学会版，昭和五年弘文社版的覆刻本)，培利勘社发行，1979年，第一刷。

③ 参阅拙著(笔名：俞慰慈)：《五山文学研究》，405—407页。

④ 1403年足利义满命绝海中津同门梦窗派寿宁门派二世日本五山第三建仁寺七十四世住持明室梵亮禅师为遣明正使，渡海赴明，龙溪等闻禅师随之渡海为绝海中津《蕉坚稿》、《绝海和尚语录》两著求序跋。

⑤ 左善世乃僧录司之最高官位。《增集续传灯录》卷五，《觉原慧昙禅师之章》曰："洪武元年戊申春。开善世院诏师(道衍)。领院事。令服紫衣及金襕方袍。"以此可知道衍于一三六八年"领院事"。《释氏要览》、《僧史略》等曰："唐文宗开成中，初立左右僧录，即端甫法师为初。云云。掌内殿之法义，录左街僧事""僧录司乃取缔寺院之官。始于唐代，明代洪武十五年立僧录司、置左右善世、左右阐教、左右讲经、左右觉义等的官，掌有关佛教之事务。清朝置此官于礼部。道衍乃北京，顺天府，庆寿独庵道衍禅师，其诗文之才乃过人。"《续稽古略》卷三曰："僧道衍乃苏州的长洲人。在相城妙智庵初祝发为僧。法名乃道衍，字斯道。时相城灵应观之道士韦应真者，读书学道法，兼通兵机。道衍以其为师，尽得其术，云云。或人荐道衍之文武异才于燕王，云云。靖难之图实起于道衍。燕王密问道衍：'人心之所向如何？'对曰：'天之所造、何论民心。'自是遂以道衍为军师。"又曰："擢道衍为左善世，为太子之少师，始复其姚姓，赐名为广孝。上自是称为姚少师云云。"道衍之事迹亦可参见林建福、陈鸣著《文苑佛光—中国文僧》(1997年《中国佛教文化丛书》之六，华文出版社)第226—247页。

《蕉坚稿》写了序文，全文如下：

诗之去道不远也。盖其系风俗。关教化。兴亡治乱足以有征。劝善惩恶足以有诫。故闾巷思妇之赋。田野小子之作。其言出于性情之正者。而孔子亦取焉。况夫郊庙朝廷会盟燕享赞颂功德。被之于弦歌。奏之于金石者哉。

以斯论之。诗者其可以末技少之而已耶。故汉魏六朝之下。至于唐宋以来。大夫士之尚于诗者特盛。然有一以风云月露之吟。华竹丘园之咏。留连光景。取快于一时。无补于世教。是亦玩物之一端也。

吾浮图氏之于诗尚之者犹众。晋之汤休。唐之灵彻、皎然、道标、齐已。宋之惠勤、道潜。皆尚之而善鸣者也。然其处山林草泽之间。烟霞泉石之上。幽闲夷旷。以道自乐。故其言也出乎性情之正。而不坠于庸俗。诵之读之使人清耳目。而畅心志也。盖亦可羡矣。

日本绝海禅师之于诗。亦善鸣者也。自壮岁挟囊乘艘泛沧溟来中国。客于杭之千岁岩。依全室翁以求道。暇则讲乎诗文。故禅师得诗之体裁。清婉峭雅。出于性情之正。虽晋唐休彻之辈。亦弗能过之也。禅师平生所为诗。凡若干篇。其徒等闻。聚为一帙。题曰《蕉坚稿》。来求余序其卷首。

余谓禅师三住名刹。据大床座。以直指之道开示学者。望重于海内。禅师之视于诗犹土苴耳。况夫以蕉坚拟之。奚肯沈泥于吟咏者哉。无非游戏三味而已也。

噫。为禅师之后。有尚于诗者。当以禅师为法。慎毋效留连光景。取快于一时则去道远矣。去道远矣。无非玩物丧志。亦何益之有哉。

故余序于篇端使学者观之。盖亦有所警焉。

永乐元年苍龙癸未十一月既望。僧录司左善世道衍序。①

考此序，便可知中国禅林之诗论乃奉行儒家“诗之去道不远也”。道衍之序便是以此为基准来评论东瀛禅僧绝海中津的诗文，以告诫绝海之外的东瀛禅僧。若要其旨，则绝海诗乃以《诗经》“思无邪”发自然之性情，故“性情之正”。“性情之正”酿“清婉峭雅”之风，就连中国古代著名诗僧汤休、灵彻、皎然、道标等均无法与绝海相比。同时并告诫东瀛禅僧：“噫。为禅师之后。有尚于诗者。当以禅师为法。慎毋效留连光景。取快于一时，则去道远矣。去道远矣。无非玩物丧志。亦何益之有哉。”尽管道衍之序三鸣“性情之正”，但事与愿反，纵观绝海禅师之后的日本五山禅林，“有尚于诗者”都非“以禅师为法”，均“效留连光景、取快于一时”，所以成了三、四流的诗僧，五山汉诗最终亦走上了“玩物丧志”之道。“性情之正”可谓日本五山诗论之精髓。惟“性情之正”才能酝酿“清婉峭雅”之风。

① 引自《蕉坚稿》(室町初期版“五山版”国立国会图书馆所藏鹦轩文库本)。关于此序文之笺注请参阅拙文(笔名：俞慰慈)：《扶桑五山文学原典笺注系列第一种》绝海中津《蕉坚稿》笺注Ⅰ(《中国关系论说资料》1999年第41号，论说资料保存会刊行)。

三、绝海诗论:"物化之元"陶冶"猿云之趣"

——以《蕉坚稿》"诗集跋"为例

"序"固然重要,日本五山禅林更视"跋"为诗文集的镇宅之宝。自然《蕉坚稿》的价值就在于"跋"为何人所作,果然明代文僧重镇为之执笔,如兰[①]应邀为《蕉坚稿》写了"书蕉坚稿后"跋,其全文如下:

> 余闻薤室以文章振世。其所传皆以文字禅广第一义。至于广智一变山林蔬笋之气。而为馆阁其学之者逮遍寰宇。及全室则遭遇明时。其道愈显。真教门之木铎也。
>
> 今观蕉坚稿。乃知绝海得益于全室为多。其游于中州也。睹山水之壮丽。人物之繁盛。登高俯深。感今怀古。及与硕师唱和一寓于诗。虽吾中州之士老于文学者不是过也。且无日东语言气习。而深得全室之所传也。信矣。其疏语绝类蒲室之体裁。其文缜密简净。尤得一家之所传。诚为海东之魁。想无出其右者。况其自叙曰时逢山水幽胜之处。披衣散策而陶冶于猿鸟云树之趣。悠然如游乎物化之元。此皆乐道之至言。岂可与诗人流连光景。玩物丧志比拟哉。
>
> 兰也尝与全室往来乎钱塘金陵之都会。相知颇久若宿契。然今观绝海之著作、则旧游风景俱在目前。其徒等闻上人又为之请。辄赘语于卷末云。
>
> 大明永乐元年癸未腊月天竺如兰[②]

此"书蕉坚稿后"比道衍禅师的序仅晚了一个月,由此可见,龙溪等闻等欲速刊此书的心情是何等的紧迫。也许绝海晚年健康状况是促使《蕉坚稿》刊行于翌年(1404)的一个重要因素。

道衍禅师的序以评诗为主,而如兰禅师的跋则以评文为主。因如兰禅师与绝海中津有师缘关系,故跋文便从这条法系上来展开了。"薤室"乃中国五山第一径山兴圣万寿寺第二十八世住持佛照德光(1121—1203)的法嗣、中国五山第四南山净慈报恩光孝寺第三十七世住持北磵居简(1121—1203)的室号,字敬叟,敬叟居简禅师有声振中日禅林的名著《北磵文集》遗世,故如兰禅师有"薤室以文章振世,其所传皆以文字禅广第一义"之言。"广智"是笑隐大欣禅师之号,笑隐大欣禅师乃中国五山之上的大龙翔集庆寺(天历元年,1328,元文宗捐金陵潜邸而开山为五山之上)的开山兼第一世住持,其有遗世之作《蒲室集》驰名中日禅林诗文坛,故如兰禅师有"至于广智一变山林蔬笋之气,而为馆阁其学之者逮遍寰宇"之说。"全室"乃绝海中津之恩师,其遗世之作《全室外集》亦远名日本五山禅林诗文坛,故如兰禅师有"及全室则遭遇明时,其道愈显真教门之木铎也"之论。整理一下绝海中津的承传法系、便能明了其接纳中国的禅林文学观的因由,及影响东瀛之途径。其承传法系为[③]:

(虎丘派)密庵咸杰(1118—1186,径25世)——→破庵祖先(1136—1211)——→无准师

---

① 如兰禅师乃绝海中津尝留学过的天竺寺的当时的住持和尚。如兰禅师亦是绝海之师全室(季潭)禅师的同参,即笑隐禅师之法嗣,当时的大德之士。

② 引自《蕉坚稿》(室町初期版"五山版"国立国会图书馆所藏鹗轩文库本)。

③ 绝海中津就禅学而言,承传了中国两大禅宗门派虎丘派、大慧派之精华;就外学而言,亦深得中国两大禅宗门派的硕学无学祖元、笑隐大欣之嫡传。

范(1178—1249,径34世)——→无学祖元(1226—1286,归化诗僧)——→高峰显日(1241—1316,日本诗僧)——→梦窗疏石(1275—1351,日本诗僧)

大慧派:佛照德光(1121—1203,径28世)——→敬叟居简(1164—1246,净37世)——→物初大观(1201—1268,育44世)——→晦机元熙(1238—1319,径46世)——→笑隐大欣(1284—1344)——→全室宗泐(1318—1391)——→绝海中津(1336—1405)

上述之跋引有曲线的部分乃如兰对绝海文学的评价,概括而言,即绝海中津率直地接受了恩师全室宗泐之教诲;其诗毫无日本诗人多有的缺陷——所谓的“和臭”;其文才已到达了与中国著名文人同等的程度,故绝海中津作为日本诗人而言,诚可谓“海东之魁”。

总而言之,道衍禅师之序主绝海中津的“性情之正”;而如兰禅师之跋重绝海中津的“物化之元”。故“物化之元”亦可谓日本五山诗论之精髓。惟“物化之元”才能陶冶“猿鸟云树”之趣。

四、绝海诗论:“以硕师为师”及“以自然为师”

——以《蕉坚稿》“诗前序”为例

《蕉坚稿》里有明代高僧清远怀渭禅师(1316—1375)[①]的一首次韵于绝海之诗,诗前序曰:

> 绝海藏主。力究本参。禅燕之余。间事吟咏。吐语辄奇。予归老真寂。特枉存慰将游江东。留诗为别。有曰:流水寒山路、深云古寺钟。气格音韵。居然玄胜。当不愧作者。予老矣。无能为也。不觉有愧后生之叹。遂次韵用答。诚所谓珠玉在侧。不自知其形秽也。洪武六年、岁在癸丑、冬十二月二十日、书真寂山中。

这位曾经是绝海中津留学中国时的启蒙恩师,亦有“不觉有愧后生之叹”的激赏。绝海的诗品也好人品也好,都有难能可贵之处是不言而喻的。清远怀渭禅师谓:“遂次韵用答。诚所谓珠玉在侧。不自知其形秽也。”是否有过褒之音,为了证实这个问题,把二诗并列如下作一比较:

绝海呈真寂竹庵和尚	清远次韵用答
不堪长仰止,	三韩辞海国,
渚上寄高踪。	五竺访灵踪。
◎流水寒山路,	◎洗钵龙河水,
◎深云古寺钟。	◎烧香鹫岭钟。
香花严法会,	安居全道力,
冰雪老禅容。	段食长斋容。
重获沾真乐,	特枉留诗别,
多生庆此逢。	何时定再逢。

---

① 绍兴府宝相寺清远怀渭禅师号竹庵。南昌魏氏之子。乃笑隐(广智全悟,全室之师)的外甥,并嗣其法。按绝海年谱:“应安元年戊申,师(绝海)三十三岁时,渡大明,于杭州中竺寺,师事于全室禅师。师(绝海中津)曾自云:‘余渡大明,最初师事于清远,命侍者之役而辞退,遂依中竺寺季潭和尚。’”《续稽古略》卷二亦有清远怀渭禅师之传记。

相比之下，诚如清远怀渭禅师自己所说的，绝海诗的颔联确实高于清远的颔联，“气格音韵，居然玄胜”的评价可谓贴切也。同次此诗之韵的明代高僧易道夷简禅师[①]的和诗前序曰：

绝海藏主。尝依今龙河全室宗主于中天竺室中。参究禅学。暇则工于为诗。又得楷法于西丘竹庵禅师(清远怀渭禅师)。故出语下笔。俱有准度。将游上国。观人物衣冠之盛。与夫吾宗硕德禅林之众。有诗留别竹庵。庵喜而和之。兹承见示、复征于予。遂次韵一首。奉答雅意云。(《蕉坚稿》)

易道夷简禅师指出绝海诗才之源乃参究于全室、得法于竹庵，故“出语下笔，俱有准度”。此亦可谓：青出于蓝而胜于蓝。

这里以“诗前序”为主，结合“序”、“跋”，作详细的缕析。在上述的“诗前序”以及“序”、“跋”的引用文里，有引线的乃是诸家所记述绝海在中国的留学情况；有引线的乃是诸家之评价部分。下面对此进行归纳分析。

1. 把引线部分的言辞表现按写作时间的先后作一整理配列，以此探究绝海的所谓“青出于蓝而胜于蓝”的原因。清远的言辞表现为①，易道的言辞表现为②，道衍的言辞表现为③，如兰的言辞表现为④。

① a.“间事吟咏”；b.“将游江东”。

② a.“暇则工于为诗”；b.“将游上国、观人物衣冠之盛、与夫吾宗硕德禅林之众”。

③ a.“暇则讲乎诗文”。

④ a.“及与硕师唱和一寓于诗”；b.“其游于中州也。觏山水之壮丽。人物之繁盛”。

上述所示①②④都有 a、b 的二个部分，而③只有 a 一个部分。a 所表述的乃是参禅之余而工诗文，①②③④均有 a 的表述，亦可认为“主修禅暇习诗文”的行为在中国禅林亦是容允的。这里特别要注意的是，④“与硕师唱和”，即“以硕师为师”；b 所表述的乃是绝海领略江南之风土人情之事，①②④有 b 的表述，即“以自然为师”。由此，可以确认绝海“青出于蓝而胜于蓝”的原因，在于 a 的“以硕师为师”和 b 的“以自然为师”的有机融合。由此可见，“以硕师为师”和“以自然为师”的有机融合是中国“五山诗论”的重要议题之一。

2. 有引线的乃是诸家评价绝海的部分。亦把它按写作时间的先后作一整理配列，考察中国诗僧是如何评价绝海的。数字的顺序如 1。

① a.“吐语辄奇”；b.“气格音韵。居然玄胜”；c.“当不愧作者”。

② a.“故出语下笔。俱有准度”。

③ a.“得诗之体裁”；b.“出于性情之正。清婉峭雅”；c.“虽晋唐休彻之辈。亦弗能过之也”。

④ a.“且无日东语言气习”；b.“其文缜密简净”；c.“虽吾中州之士老于文学者不是过也。诚为海东之魁，想无出其右者”；d.“深得全室之所传”，“其疏语绝类蒲室之体裁”，“尤得一家之所传”。

关于 a 的部分，①②③④都有 a，a 所表述的是用语和体裁的问题，尤为重要的是④“且无日东语言气习”的表述，这在近代日本汉学界里称之为“和臭”的问题，并以有否“和臭”来

① 夷简乃天界寺易道夷简禅师。其法系为：无准师范⇒雪岩祖钦⇒及庵宗信⇒平山处林⇒易道夷简。参照梁慧皎等撰《高僧传合集》(1991 年 12 月第一刷，上海古籍出版社刊，《新续高僧传》四卷第五十二)第 924 页。

评定日本汉诗文之优劣上下，恐怕如兰的表述乃开近代日本汉学界“和臭”问题之先河。关于“和臭”问题另撰文讨论。但是，①a“吐语辄奇”；②a“故出语下笔。俱有准度”；③a“得诗之体裁”亦可谓中国“五山诗论”的重要议题之一。

关于b的部分，①③④都有b，b所表述的是诗风问题，其中的③“清婉峭雅”的表述，在我细读了《蕉坚稿》之后，尤感妥帖至极（16）。绝海中津的诗风被道衍一言道白，乃“清、婉、峭、雅”四个字。此诗风正是源于“性情之正”

关于c的部分，①③④亦都有c，c所表述的是对绝海诗的总合评价，①“当不愧作者”的总合评价诚为妥当，③的“虽晋唐休彻之辈。亦弗能过之也”和④的“虽吾中州之士老于文学者不是过也”似有过誉之感，实则未过，④的“诚为海东之魁，想无出其右者”的总合评价亦可谓的中要害，在如兰的时代，就说至今为止在日本，除了江户末期的广濑旭庄之外确实无有“出其右者”。此“出其右者”成为日后日本“五山诗论”评论绝海文学的源头①。

关于d的部分，只有④才有的d，其所表述的乃是绝海文学的承传问题，绝海诗“深得全室之所传”；绝海的“疏语绝类蒲室之体裁”；总之，绝海文学“尤得一家之所传”。如此入髓之评，唯有师叔如兰才能胜任。

综上所述，通过对《蕉坚稿》“诗集序”、“诗前序”、“诗集跋”的考察，明代中国禅林高僧道衍、如兰、清远、夷简等四人对于绝海诗文的评价，不言而喻，明确地展现了中国“五山诗论”的风采。他们四人都是禅林诗僧，其文学观亦只能立脚于禅宗，故并非完全以诗作为自然地表现人之性情的纯粹文学来考虑的；其中亦可以感到：有读其诗便令人清心，并由此来酿成佛心的置根柢于佛教伦理性实利主义来评价的倾向②。这就是中国“五山诗论”的理论基点。

五、《蕉坚稿》集外的邦人“绝海诗论”

《蕉坚稿》集内的“诗集序”、“诗前序”、“诗集跋”给日本汉文学界带来了“绝海诗论”即“五山诗论”的评论和实践典范。我们在这里钩沉《蕉坚稿》集外的历代邦人的“绝海诗论”即“五山诗论”的发展和实践的历程。

江户中期著名汉文学者江村北海（1713—1788）在《日本诗史》里对绝海中津的诗作了如下评论：

> 绝海、义堂。世多并称。以为敌手。余尝读蕉坚稿。又读空华集。审二禅壁垒。论学殖即义堂似胜绝海。如诗才即义堂非绝海敌也。绝海诗非但古昔、中世无敌手也。虽近时诸名家。恐弃甲宵遁。何则古昔朝绅咏言。非无佳句警联。然疵病杂陈。全篇伽者甚稀。偶有佳作。亦唯我邦之诗耳。较之于华人之诗。殊隔径蹊。虽近时诸名家。以余观之。亦唯我邦之诗。往往难免俗习。如绝海则不然也。今录集中佳句

---

① 参照拙文（笔名：俞慰慈）：《绝海中津〈蕉坚稿〉笺注Ⅰ、Ⅱ、Ⅲ、Ⅳ、Ⅴ、Ⅵ》（日中文化交流史的基础研究《扶桑五山文学原典笺注系列》第一种，《中国关系论说资料》1999年第41号，2000年第42号，2001年第43号，2002年第44号，论说资料保存会刊行）。

② 参阅拙文（笔名：俞慰慈）：《留明诗僧绝海中津〈蕉坚稿〉之论考》，《九州岛岛学林》2003年冬季一卷二期，第210页，香港：香港城市大学中国文化中心。本文所用原典数据及部分观点与拙文《留明诗僧绝海中津〈蕉坚稿〉之论考》及拙著《五山文学研究》所共有，在此声明。但是，本文的视点是“五山诗论”。

若干。

五言：

(1) 流水寒山路，深云古寺钟。(3) 夜宿中峰寺，朝寻三泖船。

(3) 青山回首处，白鸟去帆前。(5) 山暮秋声早，楼虚水气深。

(7) 鸟下金绳雪，童烧石室香。(10) 风物皇畿内，江山霸国余。

(11) 千峰收宿雨，万象弄春晖。(13) 渔篝残近渚，僧磬彻寒芜。

(13) 寒烟人未爨，野树鸟相呼。(18) 寒雨黄沙暮，凄风白草秋。

(19) 孤馆啼猿树，四郊戎马尘。

七言：

(23) 古殿重寻芳草合，诸陵何在断云孤。(23) 父老何心悲往事，英雄有怨满平湖。

(28) 一径松花山雨后，数声溪鸟石堂前。(30) 绝域林泉淹□杖，大江风雨起鱼龙。

(31) 百万已收燕北马，频繁休督海南兵。(33) 久雨南山荒紫豆，清秋北渚落红莲。

(34) 溪獭祭鱼青箬里，杉鸡引子白云中。(34) 霜后年年收芋栗，春前日日属参苓。

(34) 听经龙去云归洞，观瀑僧回云满瓶。(34) 瑶草似云铺满地，琪花如雪照幽崖。

(34) 绿萝窗外三竿日，黄鸟声中一觉眠。(38) 忠臣甘受属镂剑，诸将愁看姑蔑旗。

等。有工绝者。有秀朗者。优柔静远。瑰奇赡丽。靡所不有。①

江村北海以绝海诗的对偶佳句来具体证实"绝海诗非但古昔。中世无敌手也。虽近时诸名家。恐弃甲宵遁"。以这种实证方式来赞颂绝海汉诗的乃始于江村北海。以绝海之名句来实证绝海之"工绝"、"秀朗"、"优柔"、"静远"、"瑰奇"、"赡丽"的诗风，可谓"五山诗论"之滥觞。至于"如诗才即义堂非绝海敌也"之评价，江村北海亦是用实证方式来论证的，其曰：

义堂视绝海。骨力有加。而才藻不及。且多禅语。又涉议论。温雅流丽者。集中无几。如绝句则有佳者。《怀旧作》(《空华集》卷二〈对花懷昔〉)云："纷纷世事乱如麻，旧恨新愁只自嗟。春梦醒来人不见，暮檐雨洒紫荆花。"《送人归京》(《空华集》卷二〈次韵送僧归京〉)曰："辇下招提西又东，因君归去思重重。孤云海国三年梦，落月长安几夜钟"。②

义堂周信的《空华集》载有七言绝句一千零三首，七言律诗四百五十首，但是，被江村认为"骨力有加"且"温雅流丽"者仅有上引的二首七言绝句而已；而绝海中津的《蕉坚稿》仅有七言绝句五十二首，七言律诗六十七首，但是，被江村认为无敌于天下的佳句，五十二首的七言绝句里就有十一联被引为佳句，六十七首的七言律诗里就有十二联被引为佳句。由此相比，其结果是不言而喻的。

江户后期的大学者赖山阳(1780—1832)的《山阳书后题跋》卷下《书五刹诗钞后》曰：

---

① 对偶句前的号码是本文作者添加的，参照俞慰慈注《绝海中津〈蕉坚稿〉笺注Ⅰ、Ⅱ、Ⅲ、Ⅳ、Ⅴ、Ⅵ》(日中文化交流史的基础研究《扶桑五山文学原典笺注系列》第一种，《中国关系论说资料》1999年第41号，2000年第42号，2001年第43号，2002年第44号，论说资料保存会刊行)。

② 参照江村北海《日本诗史》卷之二，七页(清水茂、揖斐高、大谷雅夫等校注《新日本古典文学大系65》，1991年8月30日第一刷发行，岩波书店刊)487页。

五山僧侣颇为瘦硬绝句。其中巨擘若义堂、绝海颇雄奇。有台阁儒绅不及之处。[1]

与江村北海相比，赖山阳的评价显得颇为简略，并承林鹅峰之说，把绝海与义堂并论，但是，赖山阳亦指出了其"有台阁儒绅不及"之"雄奇"。日本近世的文人骚客们在"诗集序"、"诗前序"、"诗叙"、"诗跋"里表达的却是一种"诗论词"：如"工绝"、"秀朗"、"优柔"、"静远"、"瑰奇"、"赡丽"、"骨力有加"、"温雅流丽"、"瘦硬"、"雄奇"等。

明治时代的汉文学家冈田正之博士（1864—1927）在《日本汉文学史》里，对绝海作了如下的评价：

义堂乃道仪高古，严格操守；绝海则神秀超迈，怀抱旷达。义堂有学者的态度，绝海则带诗人的性情。故义堂有讲学论道，孜孜导人之风；绝海则有放朗山水，悠然自得之趣。绝海以诗出类拔萃于五山学僧之中，无非诗人的性格之所然也。[2]

蕉坚稿中，专律诗，阙古诗。未得见纵横奔放之致，乃余所聊感遗憾之处。至于其体裁之整，格力之雄，乃不可不为五山诗僧之冠冕户。[3]

冈田正之博士把绝海中津与义堂周信作了比较之后，概括出绝海的性格，并认为其出类拔萃的诗才乃其"诗人的性格之所然也"。还激赏其为"五山诗僧之冠冕户"。

明治时代的小说家、英文学者夏目漱石（1867—1916）在其逝世的前一年大正四年所咏的《题自画》诗曰：

机上蕉坚稿，门前碧玉竿。吃茶三碗后，云影入窗寒。[4]

由此可知，绝海的《蕉坚稿》乃夏目漱石的终身爱读之书，并对夏目漱石的汉诗有很明显的影响。

亘于明治、大正、昭和时代的学僧清潭在"名诗评释·王朝五山"一书里，对绝海的诗作了如此的评论：

绝海的诗骨子。我认为七绝多得于杜牧。五律七律则多得于许浑。总之，处晚唐之境域。不到中唐、盛唐。何况魏、汉则更远。然而，娇娇晚唐之气魄不得已日薄西山。诗宗之根本乃在于独立。其他的五山法师，无所据处。较其纷纷抹香，绝海便处于别有天地之境界。伟哉伟哉。[5]

虽同门之清潭却能从纯文学的角度来认识绝海诗，并更具体地指出了绝海诗的源头。并且客观地评价了绝海诗的艺术价值。

活跃于明治、大正、昭和三大时代的硕学豹轩老人（1878—1963）在《绝海和尚之文藻》的论文里如此论及：

---

① 参照赖山阳《山阳书后题跋》（《赖山阳全书·文集》1931年10月1日发行，广岛县厅内赖山阳先生遗迹显彰会刊）。

② 参照冈田正之《日本汉文学史》，1929年12月10日发行，吉川弘文馆刊567页。

③ 参照冈田正之《日本汉文学史》，1929年12月10日发行，吉川弘文馆刊574页。

④ 参照小村定吉《新译漱石诗选》，1982年4月7日发行，冲积舍刊111页。

⑤ 参照释清潭《名诗注释·王朝五山》，《汉诗·名诗注释集成/下》（昭和五十六年七月二十日改题复刻版一刷发行名著普及会刊），《王朝五山》144页。

绝海之作，如道衍所评乃清婉峭雅，与义堂共拔群于五山。非独五山，至德川时代之正德、享保(1711—1736)起，本邦(日本)汉文、汉诗斐然而起，伍于其间，亦独树一帜。德川时代之作，从其繁荣时，便学明代的流行作品，务以似之，有所谓"沐猴之衣冠"之气味，装束华丽但有缺乏精神之憾。绝海之作乃贯于绝海之精神。关于此点诚须用力学习绝海之作。①

日本汉学界至今为止还盛行着日本汉学史的两大高峰之说，即平安时代的汉文学和江户时代的汉文学。然而，拙文所立之论与日本汉学界的通说不同，即亘于这两大高峰之间的并略高于这两大高峰乃是五山汉文学。关于此说，笔者已经在一九九三年所著的《日本五山文学的比较文学的研究》(藏于日本久留米大学图书馆，全六卷)里以绝海中津为例作了详细的论证。在此，拙文则以日本历代硕学泰斗的研究成果，从正面来辅正拙说。上面已列据的：江村北海以绝海诗的具体的对偶佳句来证实"绝海诗非但古昔，中世无敌手也，虽近时诸名家，恐弃甲宵遁"；赖山阳亦指出了"有台阁儒绅不及"的"雄奇"。加上，豹轩老人所得出的"德川时代之作，……有所谓'沐猴之衣冠'之气味，装束华丽但有缺乏精神之憾"之结论，这些都证明了拙说有坚实的立论素材。

驰名于大正、昭和二大时代的中国学泰斗神田喜一郎博士在《五山的文艺》一文中说：

极五山文学之隆盛，乃于南北朝(1331—1392)。以此为界，其前期之代表有虎关师炼、雪村友梅、中岩圆月三人。后期之代表则有义堂周信和绝海中津二人并出，共优于诗文。特别是义堂周信长于文，绝海中津长于诗。义堂周信之文，绝海中津之诗，恐怕是五山文学之最高峰。至于(绝海的)《多景楼》诗，恐怕是自我国(日本)有汉诗以来之绝唱，我以为此言并非过褒。②

神田喜一郎在此不仅指出了"绝海中津之诗、恐怕是五山文学之最高峰"，而且，还认为"绝海的《多景楼》诗，恐怕是自我国(日本)有汉诗以来之绝唱"。从此，便有"绝海诗乃日本汉诗之绝唱"的说法行世。

驰名于昭和、平成二大时代的中国学泰斗入矢义高博士(1910—1998)在其编注的《五山文学集》里明言：

这次的编集，是以绝海中津为轴。因我想他作为一位五山文学者所取得的成绩应置于其最高的地位。③

现代的日本文学者安良冈康作亦在《关于中世文艺史中的五山文学》里说：

中世文艺史之顶点，可认为在室町初期的应永、永享时代(1394～1441)这一时代。这个时代的代表作家，于能则世阿弥，于五山文学则绝海中津。④

进入近现代后的日本七位硕学泰斗，他们不仅从各种视角，高度赞扬绝海中津的《蕉坚

---

① 参照豹轩老人《绝海和尚之文藻》，《禅文化》第4、5期，1956年3月刊。

② 参照神田喜一郎《五山的文艺》，《书道全集二十/日本八南北朝·室町·桃山》，1966年7月20日发行，平凡社刊。

③ 参照入矢义高《五山文学集》，《新·日本古典文学大系48》，1990年7月30日第一刷发行，岩波书店刊。

④ 参照安良冈康作《关于中世文艺史的五山文学》，《新·日本古典文学大系48》附录月报18，1990年，岩波书店刊。

稿》的"五山诗学"的诗学性，还从各自的角度来深入浅出地理论地分析研究《蕉坚稿》，并指出了其在日本汉文学史乃至于日本文学史上的重要地位。

这日本七位硕学泰斗的评价，除了禅宗的这一立场之外，与中国明代诗僧亦有看法一致之处。亦可以说他们从明代诗僧的评价里寻到了他们的立论的可能性。总之，要论绝海汉诗之诗风，则以中国诗僧道衍的"清、婉、峭、雅"的四个字为准；要论绝海汉诗之地位，则有日本汉学者神田喜一郎博士的"日本汉诗之绝唱"的七个字为凭。

六、结语

笔者曾以日本临济宗圣一派本觉国师虎关师炼禅师《济北集》为例对"五山文论"进行考察、分析、归纳，揭示出虎关师炼禅师的文学思想("虎关文论")的本质为"文者惟理"，其审美意识的核心为"圆美浑醇"。尽管如此，作为研究对象的关键词来说"五山文论"(包括五山诗论)还没有登上学术研究的平台，所以，拙文再以日本临济宗佛光派广照国师绝海中津禅师《蕉坚稿》为例，从中国和日本两大视角对"五山诗论"进行考察、分析、归纳，揭示出绝海中津禅师的诗学思想的本质为"性情之正"、"物化之元"。作了为今后的中心研究课题，放入"日本文论"的框架结构里来进行研究。五山文论(包括"绝海诗论"即五山诗论)是五山文学的一个组成部分。

作者单位：日本福冈国际大学

(本文的"诗集序"、"诗前序"、"诗集跋"的提法是受到畏友北京师范大学韩格平教授的启示，在此谨表感谢)

朝鲜女性诗学理论的重要载体

——明清文人所编朝鲜女性汉诗文献简论

刘　婧

一、引言

朝鲜女性的汉文学创作历史悠久，自汉代朝鲜津卒霍里子高妻丽玉的《箜篌引》，一直到晚清时期的最后一位朝鲜汉诗大家吴孝媛（1889—?），朝鲜女性的文学活动可谓贯穿了韩国古代文学创作的整个历程。然而朝鲜女性的诗文流传至今者数量较少，如果与中国明清时期的女性诗文数量相比，更可看出其文献资料的匮乏。朝鲜女性诗文存世稀少的最主要的原因，一是朝鲜性理学对女性教育的限制，一般的女性很少得到受教育的机会；二是即使士大夫家庭的女性，以及妓女等阶层的女性得到受教育的机会并创作了一些诗文作品，但这些作品能得以刊刻行世的机会也微乎其微。某些女性诗集以手抄本形式在历经战乱的朝鲜半岛保存至今，弥足珍贵。

基于以上原因，收集和整理朝鲜女性诗文文献并对这些文献进行系统深入的研究是很有必要的，然而，已有的研究成果仍然不多。迄今为止，对朝鲜女性汉诗的研究主要集中在对个别作家和作品的分析研究上，比如对许兰雪轩（1563—1589）及其《兰雪轩集》、金浩然斋（1681—1722）及其《浩然斋集》与《联珠录》等的研究。另外对朝鲜女性诗文的整体整理也有初步的成效，如有韩国学者闵丙寿《朝鲜历代女流文集》[①]，许米子编撰《韩国女性诗文全集》[②]以及金智勇编译的《韩国历代女流汉诗文选》[③]，近有中国学者张伯伟编撰的《朝鲜时代女性诗文集全编》[④]。以上几种朝鲜女性的诗文文献只是局限于韩国所藏文献的发掘和整理，对韩国区域以外所流传的朝鲜女性的汉诗文献，笔者曾在《19世纪—20世纪初清人编撰朝鲜汉诗文献研究》[⑤]中有一章专门对19世纪清人编撰的朝鲜女性诗文专门做了系统的文献整理以及对朝鲜女性诗文传入中国的渊源和过程进行了考察。以上对朝鲜女性诗学的研究，主要集中在对文献的发掘和整理上，而对这些文献的整理和发掘也预示着对朝鲜女性文

---

① 闵丙秀：《朝鲜历代女流文集》，汉城乙酉文化社，1950年。

② 许米子：《韩国女性诗文全集》（1—4册），汉城国学资料院，2003年。

③ 金智勇：《韩国历代女流汉诗文选》（上下），首尔明文堂，2005年。

④ 张伯伟：《朝鲜时代女性诗文集全编》，凤凰出版社，2011年。

⑤ 拙稿《19世纪—20世纪初清人编撰朝鲜汉诗文献研究》，韩国延世大学国语国文系博士论文，2011年。

学史及女性文学理论系统的建构研究提上了日程。

现阶段对朝鲜女性个别作家和作品理论的分析研究较为集中，对朝鲜历代女性的诗文理论的考察则不多，现有文姬顺的《诗话中体现的士大夫对女性汉诗的美学特质》[①]一文可做为典型来看，此研究试图从史学的角度来系统分析朝鲜历代女性诗文的美学特点。在研究过程中研究者对朝鲜历代诗话，主要是赵钟业所编《韩国诗话丛编》[②]中抽列出四十五部诗话中对五十余名朝鲜女性汉诗的评论，分别从"性情"、"清新"、"豪气"、"敦厚"、"绝妙"的诗风格调用语对朝鲜女性汉诗进行了归纳整理。研究者试图通过这种研究来达到认识朝鲜女性汉诗美学的意愿，并通过以上的研究为以后书写朝鲜女性汉诗文学史奠定文献基础并寻求理论依据。

鉴于以上的研究采用的文献多局限在本地，忽略了朝鲜女性文学批评体系得以发生和成立的基础和渊源，即中国明清时期所编撰的有关朝鲜女性汉诗的选本和诗话。本文拟对明清两代所编有关朝鲜女性诗文选本和诗话做一个整体描述，从而阐明这些选本和诗话对朝鲜女性诗学理论构建的重要作用。

二、明清时期编撰朝鲜女性汉诗文献概观

明代是中国女性作品创作繁盛的时期。胡文楷在其《历代妇女著作考》总集部分的女性作品目录中列出了三十多种明代诗选，从这儿可以看出当时女性文学创作的兴盛以及出版商业化增强的趋势。特别是明代中后期的17世纪晚期，女性作品的增长速度可以说达到了前代相比无法估量的程度。明代文人季娴(1614—1683)在她编撰的《闺秀集》凡例中叙述了女性创作的历史以及规模：

> 自景泰、正德以后，风雅一道浸遍闺阁，至万历而盛矣。天启、崇祯以来，继起不绝。[③]

这一时期，不只是男性文人热衷于收集和编撰女性诗文，一部分女性诗人也投入到编撰女性诗文集的行列中来。

另外，16世纪晚期正是对同时代或相近时代的作品兴趣增长的时期。思想上的进步和不同文化间的交流，以及印刷和出版技术的发展都可以成为更全面、更广泛地把握当代的欲望的推动力[④]。这一时期朝鲜女性诗文的传入，正符合明代文人对当代女性诗文的阅读兴趣，而作为外邦的朝鲜女性的汉诗，对明人来说应该更能满足他们的求全、猎奇的心理。

16世纪末期日本发动大规模的侵略朝鲜战争，朝鲜史上称之为"壬辰倭乱"(1592)。这一时期明朝派往朝鲜的明军将领中，有一部分文士开始关注朝鲜的汉诗文并掀起了收集和整理这些文献的热潮，其中以吴明济[⑤]编撰的《朝鲜诗选》[⑥](1600年编)引起了当代人士的广

---

① 文姬顺《诗话中体现的士大夫对女性汉诗的美学特质》，《韩国言语文学》第62辑，2007年。

② 赵钟业《韩国诗话丛编》(1—12册)，韩国：东西文化院，1989年。

③ 《闺秀集》"闺秀集选例"，《四库全书存目丛书》集部，414：331。

④ 方秀洁，《论晚明女性诗歌选本的特征》，http://www.17net.net/class26/13818.html.

⑤ 吴明济，字子鱼，号玄圃山人，会稽(今浙江绍兴)人。

⑥ 吴明济的《朝鲜诗选》为七卷本，现有北京国家图书馆藏本，后有祁庆富校注《朝鲜诗选校注》(辽宁出版社，1996年)本。

泛关注。《朝鲜诗选》中共收有诗文339首，其中以许兰雪轩[①]为首的朝鲜女性的汉诗有70首之多，占17%（许兰雪轩58首，其他女诗人李淑媛、海月[②]等人的诗12首）。这部诗选集中所选朝鲜女性的诗文，可以说是朝鲜女性诗文第一次大规模地被中国文人选编并传入中国，从而开创了中国明清两代持续编撰和收集朝鲜女性诗文的先河。

这一时期还应值得注意的是朝鲜女诗人许兰雪轩诗集《兰雪轩诗》在朝鲜的刊行以及传入中国，也是得益于明代使臣的出使朝鲜。当时朝鲜才女许兰雪轩之弟许筠正整理许氏遗留诗文，为了扩大许氏诗文的影响，许筠求得明朝正使朱之藩和梁有年的序文。《兰雪轩诗》刊行后在中朝两国反响很大，明末大学者钱谦益说："金陵状元奉使东国，得其集以归，遂盛传于中夏。"[③]这部女性诗文集和吴明济所编《朝鲜诗选》一起，为以后中国明清时期出现的一些选本或诗话中的女性诗文，提供了重要的数据源。

明清两代所编有关朝鲜女性诗文文献种类繁多，其中最重要的还是选本和诗话。这些选本和诗话的编撰和传承关系，用《朝鲜女性汉诗中国传承略图》[④]可概括如下：

朝鲜女性汉诗中国传承略图

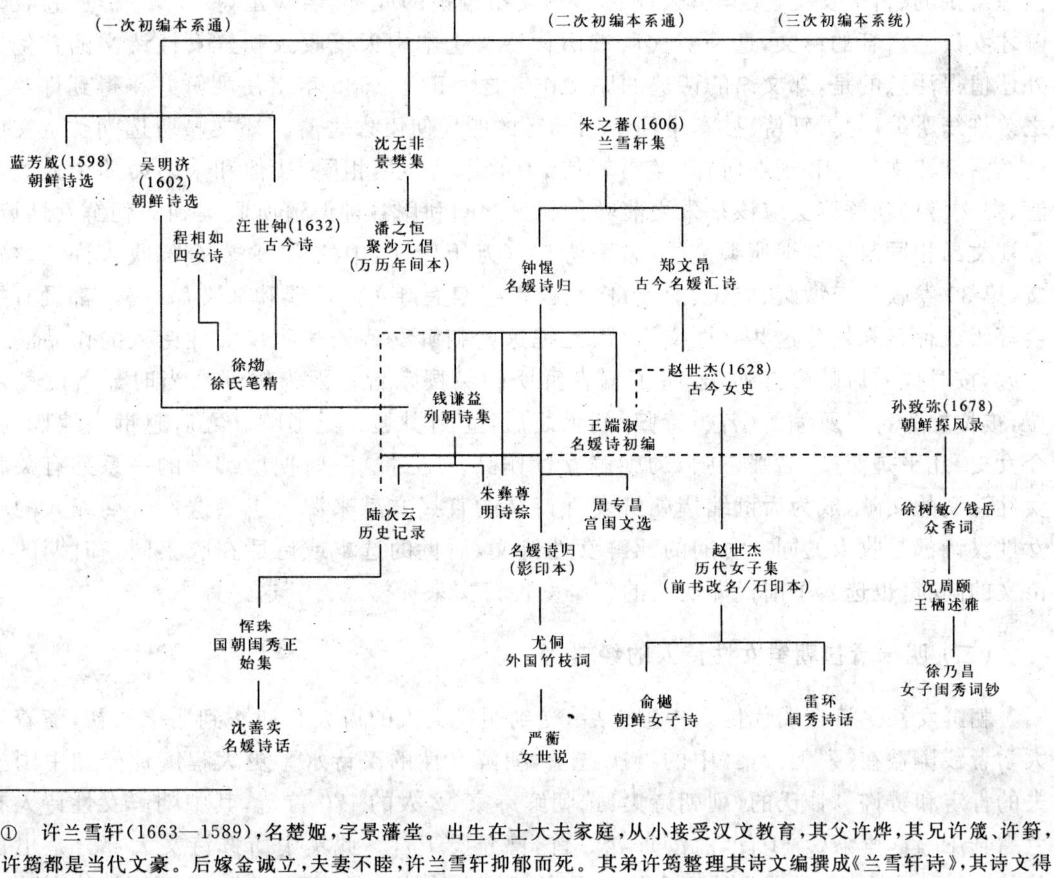

① 许兰雪轩(1663—1589)，名楚姬，字景藩堂。出生在士大夫家庭，从小接受汉文教育，其父许烨，其兄许筬、许篈，其弟许筠都是当代文豪。后嫁金诚立，夫妻不睦，许兰雪轩抑郁而死。其弟许筠整理其诗文编撰成《兰雪轩诗》，其诗文得力于许筠传入中国，得到中国文人的赞誉，从而确立了其一代才女的地位。

② 李淑媛，号玉峰，生卒年不详，为朝鲜士大夫赵瑗(1544—1595)的小室。李淑媛是16世纪朝鲜后期的女诗人，有《玉峰集》。海月，号林碧堂，是朝鲜士大夫俞汝舟(1480—?)的小妾，有《林碧堂遗集》。

③ 钱谦益：《列朝诗集》闰集第六，许妹氏小传。《续修四库全书》1622—1624，上海古籍出版社，1995年。

④ 拙稿《19—20世纪初清人编撰朝鲜汉诗文献研究》，韩国延世大学大学院博士论文，2011年。参照185面。

从上图可以看出，明清两代所编有关朝鲜女性诗文文献种类繁多。不只是诗文选集，诗话也占有相当的比例。如果从时间和规模来看这些文献整个的编撰过程，则可以大致分为如下三个阶段。

（一）明代中后期朝鲜女性诗文的传入和各类选本的编撰风潮

这一时期，即16世纪末期和17世纪早期所编撰的《朝鲜诗选》之类。这一时期编撰的《朝鲜诗选》继吴明济之后还有蓝芳威的《朝鲜诗选全集》（八卷）①，又有汪世钟《朝鲜诗》（四卷），程相如的《四女诗》。汪世钟的《朝鲜诗》和程相如的《四女诗》迄今为止还未被发现，只是可以根据明人徐(𤊹)《笔精》（卷五）来略知这两部诗文的编撰状况。不过从明人所编的以上几种专选朝鲜诗人的选本中所选女性诗文的数量和评价来看，当时朝鲜女性的诗文与明代女性诗文相比也具有突出的地位。

这一时期还值得注意的是明人专选历代中国女性诗文的选本中所编入的大量朝鲜女性诗文，其中郑文昂编撰的《古今名媛汇诗》（1620），钟惺（1574—1624）编撰的《名媛诗归》，赵世杰编撰的《古今女史》尤其引人注目。郑文昂编撰的此部"名媛汇诗"中，专辟一卷收录朝鲜才女许兰雪轩的诗文，这是明代所编历代诗文选本中大量收录朝鲜女性诗文的首例。另外还值得注意的是，郑文昂的诗选的序文作者之一正是1606年出使朝鲜并将得到许兰雪轩之弟许筠所编《兰雪轩诗》抄本带回中国刊行的明代使臣朱之蕃。郑文昂所选朝鲜诗文中的许兰雪轩诗文虽然和现在所存《兰雪轩诗》中的作品不尽相同，从他和朱之蕃的个人关系来看，郑文昂的朝鲜诗文应该是朱之蕃驻使朝鲜期间利用各种渠道所收集到的朝鲜女性诗文。和郑文昂相同时期钟惺所编撰的《名媛诗归》（万历后期）中的第29卷全部收入许兰雪轩诗文，第30卷收入李淑媛、成氏、俞汝舟妻、权贵妃四人诗文。钟惺和郑文昂一样，都没有按社会等级或种族来划分这些女性文人，而是把这些朝鲜女诗人和明代女性诗人的作品混排入一起，按时代先后顺序排列，表明了编者鲜明的编撰宗旨。因为钟惺在当时显著的学术地位，被称之为钟惺所编的《名媛诗归》问世之后，立刻引起广泛影响。之后赵世杰编撰的《古今女史》几乎是照搬《名媛诗归》的朝鲜女性作品。不过这一时期所编撰的一系列有关朝鲜女性诗文的文献，成为后世编撰朝鲜女性诗文的直接文献来源。当然这一时期编入的朝鲜女性汉诗都是收入的同一时期的朝鲜女性诗文，后世的选本或诗话在收集同一时期的女性诗文的同时，也选入了前代即明代的朝鲜女性诗文来标榜"历代"这一标志。

（二）明末清初朝鲜女性诗人的经典化

朝鲜女性汉诗在明代传入中国以后，受到明代文人的极大欢迎。到明末清初，随着当代大学者钱谦益在《列朝诗集》中的再次选录，朝鲜女性的汉诗水平更大程度地受到中国士大夫的肯定和赞许。钱氏的《列朝诗集》选朝鲜诗家42人的170首诗，其中朝鲜女性诗人有许兰雪轩19首，李淑媛11首，俞汝舟妻3首，德介氏1首。此集中所选诗文大部分是出自明代的各类选本中，不过因为钱氏和柳如是对朝鲜女性诗文的褒贬评议，反而使朝鲜女性汉诗的影响更为深远。之后朝鲜士大夫对女性诗文的评议，常常引用钱柳二人的褒贬来对女性

① 有美国伯克莱大学图书馆藏本。

诗文进行批评。朱彝尊编撰的《明诗综》中也收有朝鲜诗人 91 家，选诗 132 首，其中女诗人许兰雪轩 5 首，李淑媛 2 首，成氏 1 首，俞汝舟妻 1 首。明末清初的这两部极具权威性的诗歌选集中所收朝鲜女性的诗文，使朝鲜女性汉诗名声大振，一直到康熙年间陆次云编的《译史记余》[①]都没能超出明代所编诗选中所载朝鲜女性诗文的范围。

（三）清代后期朝鲜女性诗文编撰的鼎盛

清代后期不只是男性文人热衷于收集和整理女性的诗文，就连女性文人也开始加入了编选女性诗选的行列，她们编选的女性诗文选集中也收录了朝鲜女性的汉诗，这一时期是朝鲜女性的诗文文献编撰最为兴盛的时期。这一时期影响比较大的女性诗文选集有周寿昌（1814—1884）的《宫闺文选》，徐乃昌（1868—1936）的《女士闺秀词抄》。女性所编诗选的有恽珠编撰的《国朝闺秀正始集》、张缙英（1792—?）编撰《国朝列女诗录》。以上诗选所选朝鲜女性诗文一部分是选自明代传入的朝鲜前期的女性作品，另也有一部分是同时期的女性诗文。其中有些清代文人也为收集朝鲜女性的诗文做出了很大的努力，例如张缙英就通过其弟张曜孙（1808—1863）向朝鲜驿官文人李尚迪（1803—1865）索求朝鲜女性诗文。迄今为止《国朝列女诗录》还未见行于世，不过张曜孙通过朝鲜文人收集朝鲜女性诗文的过程可以看出清代女性对朝鲜女性汉诗的关注以及为收集和整理所做出的努力[②]。

另外，这一时期清人编撰的诗话中也收录了一些朝鲜女性的诗文加以评论。其中沈善宝（1808—1862）编撰的《名媛诗话》、严衡（1826—1854）的《女世说》、戴文选（1834—?）编撰的《吟林缀语》、雷瑨（1871—1941）的《闺秀诗话》、俞樾（1821—1907）的《茶香室丛钞》都收录有朝鲜女性诗文并加以批评。

从以上《朝鲜女性汉诗中国传承略图》中我们不但可以归纳出明清时期传入中国的朝鲜女性诗文以及中国文人所编选的各种选本和诗话历史发展进程，从上图还可以看出中国明清文人所编撰的有关朝鲜女性诗文的三大编撰系统。第一系统是明人吴明济、蓝芳威编撰的《朝鲜诗选》系统；第二系统是朱之蕃编撰的《兰雪轩集》(也有其他朝鲜女性诗文作品的可能性)系统；第三系统是清代孙致弥编撰的《朝鲜采风录》(1678 年前后编撰)；第三系统孙致弥编撰的《朝鲜采风录》，迄今为止还没有发现原书，但是根据后人徐树敏编撰的《众香词》、况周颐编撰《玉栖述雅》中所引用《朝鲜采风录》中的关朝鲜女性诗文，可以了解孙致弥编撰的《朝鲜采风录》所收录朝鲜女性汉诗的大致情况。

通过明清两代各个时期中国文人所编选的朝鲜女性诗文选本和诗话，以及经过这三大系统在中国明清两代的传承，可以看出这些选本和诗话，不只是保存了大量现今韩国所没有流传并保存下来的朝鲜女性汉诗文献，这些选本和诗话本身亦是构建朝鲜女性汉诗理论批评的重要载体。

---

① 陆次云所编《译史记余》中收录朝鲜许兰雪轩、李淑媛、成氏、俞汝舟妻、德介氏诗文，共 20 首。

② 张曜孙通过朝鲜文人李尚迪收集朝鲜女性诗文的过程，可参见拙稿《19—20 世纪初清人编撰朝鲜女性汉诗文献研究》(韩国延世大学博士论文，2011 年)第 150 至 154 面。

三、明清两代所编朝鲜女性汉诗文献对其诗学理论构建的重要性

所有学术的理论构建都离不开文献这块基石。对于诗学理论来说，诗文选本和诗话对诗学理论、诗学批评意义更为重大。朝鲜女性的诗文创作因为受儒家思想的束缚，其汉诗文创作并不兴盛，在朝鲜历代流传下来的诗文集和选本更是数量不多。另外，因为朝鲜时期的出版业不发达，能刊印诗文集行世的也只是士大夫阶层的特权。16世纪之前的朝鲜女性诗文都是以零章散篇出现的。相对于朝鲜女性的诗文编撰刊印来说，有关专选女性诗文的选本直到19世纪后期才出现。而中国明清时期，即从16世纪末一直到19世纪末都有编撰朝鲜女性诗文的选本和诗话刊行，从历史的角度来考察这些选本和诗话文献，对朝鲜女性汉诗理论的构建具有重要且深远的价值。明清两代所编朝鲜女性汉诗文献对其诗学理论构建的重要性主要体现在以下几点。

第一，明清两代所编朝鲜女性诗文文献中选本的数量占有绝大比重，这些选本是朝鲜女性诗学批评的重要形式之一。中韩两国的汉文学批评，历来都很重视选本的批评效应。鲁迅在曾经强调选本的重要性时说："凡选本，往往能比所选名家的全集或选家自己的文集更流行，更有作用……凡是对于文术，自有主张的作家，他所赖以发表和流布自己的主张的手段，倒并不在作文心，诗品，诗话，而在选本。"[①]方孝岳在《中国文学批评》[②]中指出："从势力影响上来讲，总集的势力，又远在诗文评专书之上。"张伯伟在《中国古代文学批评方法研究》[③]中也专门另列一章《选本论》来讨论选本和批评的关系。

明清两代编朝鲜女性汉诗的选本不仅具有汇辑作品的功能，其最大的特点是选诗内容丰富，诗人之下往往编有诗人小传，足可以资考证。很多选本中亦带有对诗文的评点和注释，可以窥见朝鲜汉诗和中国诗学的渊源。例如钟惺的《名媛诗归》和钱谦益的《列朝诗集》两部影响很大的诗歌选集中都为对朝鲜女性诗人立有小传。其中钱氏不仅对朝鲜女诗人许兰雪轩的生平进行详细描写，在传中还引用大量柳如是(1616—1664)对许兰雪轩剽窃诗文的评议。许兰雪轩的诗文是否具有剽窃之嫌暂且不论，通过从这些批评中可以发现朝鲜女性诗文创作的模拟之风，了解当时朝鲜诗坛的诗文创作走向，进而把握一代诗学的理论体系。

第二，清代所编女性诗话中的朝鲜诗话，虽是对朝鲜女性诗文批评的零章残什，略显散漫且并无系统性，但是这些评论却是对朝鲜女性诗文的最独到的见解，是构建朝鲜女性诗学理论体系的重要环节。例如沈善宝在《名媛诗话》中评论许兰雪轩的诗风为"诗极雄健"，雷瑨在《闺秀诗话》中对许兰雪轩的诗评则是"均绮丽芊绵，不厌百读"，十分贴切地归纳出许兰雪轩诗学中的美学特质。在朝鲜时代从早期金万重(1637—1692)的《西浦漫笔》，到朝鲜后期李德懋(1741—1793)的《清脾录》，再到文坛大家朴趾源(1737—1805)的《热河日记》中都有对许兰雪轩生平的叙述，也有对女性诗文创作的褒贬评议，却没有一人真正地对许兰雪轩

---

① 鲁迅:《鲁迅全集》(第七卷)，人民文学出版社，1981年。
② 方孝岳:《中国文学批评》，生活·读书·新知三联书店，1986年。
③ 张伯伟:《中国古代文学批评方法研究》，中华书局，2000年。

诗文的风格和特点做过归纳总结。所以从这些现象也可以看出,明清文人对朝鲜女性诗文的简短批评,其实也已经归纳出朝鲜女性诗文的美学特色,这对朝鲜个别女性诗文的理论研究以及整体的女性诗文理论研究都是不可缺少的素材。

第三,韩中两国的女性诗文文献只有进行整体汇集并系统化,才能构建整个朝鲜女性的文学发展史,也只有这样才能建立真正意义上的朝鲜女性诗学理论体系。

张伯伟曾在《朝鲜时代女性诗文集编撰流传的文化史考察》[①]中详细论述了朝鲜女性诗文集得以编撰的历史进程,其中特别谈到"明末清初文学选本对朝鲜女性诗文编撰的刺激作用"。从这一点也可以肯定,明清两代的历代选本和诗话中所收朝鲜女性诗文,不仅自身具有理论批评的作用,同时也加速了朝鲜女性诗文创作的步伐,特别是对于女性诗文集的编撰和流传起到一定的催化剂的效应。例如朝鲜女性诗人李淑媛的诗文集《玉峰集》即是其玄孙赵正万(1656—1739)在康熙四十三年(1704)编成。赵氏在序文中明确指出:"中朝人亦奇其诗,重其节,采其所作录于《列朝诗集》中,称之以闺秀玉峰李氏。"并明确标明此集中有十一首出自《列朝诗集》。从以上也可以看出,李淑媛后人正是受到明清选本的刺激,才着手编撰《玉峰集》使之流传后世。所以在研究李淑媛的诗文和诗学理论时,如果脱离中国明清的选本中所选李淑媛诗文以及对李淑媛诗文的评价,是不能深入了解李淑媛文学的创作和传播细节的,也不能系统把握这一女性诗人的诗学理论。

四、结语

朝鲜女性诗学理论的构建,首先应基于对女性诗文文献的整理和研究。中国明清两代所编选的朝鲜女性诗文的选本和诗话种类繁多,目前中韩两国的学者对这一研究还处于初始阶段。本文尝试依据明清两代编撰的有关朝鲜女性诗文的选本和诗话,整理明清两代编撰朝鲜女性诗文文献的规模和特色,来阐明中国明清两代所编选本和诗话对朝鲜女性诗学体系建设的重要性。

本文所讨论的内容,从更深一层的用意来说,则是想通过对朝鲜女性文学的考察,把东亚汉文学的研究放到更加广阔的视野中去认知。研究一国的文学只是局限在一个国家或区域内,肯定是行不通的。东亚女性诗学的研究,只有真正把握各国女性文学的区域特征和整体联系,才能做深入的比较研究。朝鲜女性诗学理论的构建,也必须用综合的方法从更广泛的范围来加以研究。

作者单位:韩国梨花女子大学

① 张伯伟:《朝鲜时代女性诗文集编撰流传的文化史考察》,《第10届韩国语文学国际学术会议》论文集,2010年10月。

高丽词接受中国词的情况考察

——以金九容词为中心

金贤珠　金瑛美

一、绪论

词这个体裁，在韩国的汉文诗歌中是处于特殊地位的，它被置于一般诗歌以外。词在中国风靡一时之际，韩国也正是不断地着力于试作中国词，但从高丽初到朝鲜末的千年之间，词在韩国的数量并不多[①]。词的创作在语言技巧上的难度较大，要求较高，词的写作难度比诗为大。清代的陈廷焯说："不工词者可以工诗，不工诗者断不能工词。若于诗未有立足处，遽欲学词，吾未见合者。"[②]它每句长短不一，音律要求较复杂，所含的口语成分比齐言体诗为多。这一切，对于习惯于汉文书面语言和齐言体（五、七言绝句，律诗等）的韩国文人，无疑是相当困难的。所以徐居正（142—1492）《东人诗话》里说："乐府句句字字，皆协音律，古之能诗者难之。吾东方语言，与中国不同，李相国猊山牧隐李大谏，皆以雄文大手，未尝措手。"

例如崔致远（857—?）在中国留学时，正处于唐代末叶，其时词的创作已经开始了，但他的诗文集中，却没有词作。还有高丽文人词人当中，李奎报（1164—1241）作过少量词，他的文集《东国李相国集》中记载的词只有十一篇。这些词与两千多首古律诗夹杂，也不容易发现。由此可见作词对韩国文人是较难的。由于流入高丽的词言情比言志强，不登大雅之堂，让高丽文人文集上只有几首词。还有词的格律比作诗更复杂，因此填词的人数有限。但从高丽到朝鲜末近八百年间，词文学连续不断地被创作。这说明中国文学传到韩国，经过本土化过程成为韩国汉文学一部分[③]。随词流入高丽，最初的词传抄以后，填词在王室、官吏、文人、僧侣等各阶层开始盛行。《历代韩国词总集》整理了朝鲜时代的171名词作者的1250首作品[④]，其中

---

① 出版于2006年的柳己洙的《历代韩国词总集》记载着从高丽到朝鲜时代的词作家171名和词作品1250首，但按照最近他的研究调查（《关于朝鲜的朱熹词接受样相研究》，《中国学研究》2011年第57集，第5页），词人成为300多名，词作品也超过2000首，而这个数值以后更会增加。

② 〔清〕陈廷焯：《白雨斋词话》卷7，第179页，北京：人民文学出版社，2001年。

③ 柳己洙：《高丽时代的词人及词文学的发展背景考察》，《中国学研究》2005年第29集，第139页。

④ 该书只收录金克己的4首词中的3首。其中31人111首只留有词牌名。

高丽时代的词人、词作共为20名、156首[①]，仅存词牌名的为1首。

目前为止，韩国以车柱环为首的很多学者不断地介绍了高丽、朝鲜词人和作品，而且收集与整理韩国词作品。但是对高丽词的研究主要集中在作品数量较多且词创作上最有代表性的人物，即李齐贤（1288—1367）与最早留下词集的李奎报的作品，韩国词文学对于两人以外的其他词人和作品的研究不够活跃[②]。因此2007年韩国外国语大学BK21事业团古典文学组在《中国词文学流入高丽时期及其接受融合情况》的前提之下，分析了高丽时代各词人和他们的作品，发表了三篇论文[③]。本稿也属于同样的主题，通过一个高丽词人金九容（1338—1384）与他的作品分析，进行韩国与中国的词文学比较，进而考察高丽词如何接受中国词。

二、金九容的生平与时代情况

《孟子·万章下》里说："颂其诗，读其书，不知其人，可乎？是以论其世也。"[④]首先探讨金九容在世的高丽时代的情况及他的生平。

金九容在官职时期正处于高丽恭愍王（1351—1374在位）、还有禑王（1374—1388在位）治世时期。这个时期正处于红巾贼及倭寇跋扈、因元明更迭而发生了许多外交问题，需要面对的困境。金九容作为一个知识分子，在这些国内外发生的难题若要圆满解决而必需改革的时代，是比任何人都深深苦恼的。

金九容字敬之，古讳齐闵，号惕若斋，所居堂曰六友，安东人也。外孙金敬之生长于及庵闵思评之家及志学的年龄，又学习于及庵，得以亲炙从益斋李齐贤和愚谷郑子厚。

金九容恭愍王二年（1353）16岁时，宋天奉主管的监试中举子科及格了。1355年登第除授德宁府主簿，1363年任正言调献纳。1368年任典校副令，1371年任民部议郎兼成均直讲，同年秋天任江陵道按廉使。次年，调总部议郎，八月圣节日作为书状官使行中国，下一年七月回国。

1375年（禑王一年）除授三司右尹，七月因为言事流放竹州。搬故乡骊兴郡闲居七年。1381年除授左司议大夫，次年春天任成均大司成。1384年正月十五日去以行礼使辽东，因为从本国高丽迟缓献马，所以流放到大理，路途中到四川南边境界，即在泸州水宁县江门站，7月11日在宿所病死。他只活了47岁，比较短命，但他的作品当时已经让世人瞩目，所有认

---

① 但需要注意的是，像成石璘（1338—1423）、李詹（1345—1405）、权近（1352—1409）、权遇（1363—1419）、安鲁生（14世纪前后）、李原（1368—1430）等留有作品的高丽末期及朝鲜初期的词人，根据不同观点可分类为高丽词人或朝鲜词人。

② 徐镜普：《益斋词小考》，《论文集》第3集，1960年；池荣在：《益斋长短的成立》，《中国文学报》第4号，1980年；车柱环：《益斋词考释》，《中国词文学论考》，1982年；柳己洙：《李益斋及其词之研究》，香港大学博士学位论文，1991年。此外更多的论文及关于其他词人的研究情况可以参考李承梅的书（《韩国词文学通论》，第18—22页，首尔：成均馆大学校出版部，2006年）。

③ 金贤珠、尹慧智：《高丽时期中国词文学的流入及其接受融合情况——李榖词为主》，《中国研究》第42卷；金贤珠《高丽时期中国词文学的流入及其接受融合情况》，《韩中言语文化研究》第15辑；金贤珠，韩周暻：《高丽时期中国词文学的流入及其接受融合情况——李奎报外四人的赠答词为主》，《中国研究》第42卷。

④ 杨伯峻译注：《孟子译注》，第251页，北京：中华书局，2007年。

识他的人都不胜赞叹而表扬了金九容的诗作品。

李穑(1328—1396)提到金九容的诗法绝对类似及庵[①]。还有郑道传(1342—1398)说道："敬之外祖及庵闵公善词学,尤长于唐律,与益斋愚谷诸公相唱和,敬之朝夕侍侧,耳濡目染,观感开发而自得为尤多。"[②]又云："道传尝见敬之作诗,其思之也漠然若无所营,其得之也充然若自乐,其下笔也翻翻然如云行鸟逝,其为诗也清新雅丽,殊类其为人,敬之之于诗道,可谓成矣。"[③]李崇仁(1349—1392)也在《重九感怀》上表现了"敬之下笔横云烟"。许筠(1569—1618)也认同李崇仁的赞赏。[④]

他的词比诗显得数量不多,但他的七首词中三首[⑤]词替别人作词,由此可看,他的作品已受到别人的认可了。如此金九容善词章,有《惕若斋集》,行于世。

金九容一生被流放到两次,第一次他不让北元遣使入朝,就引起言事的冲突[⑥]。

> 辛禑元年(1375),拜三司左尹。時北元遣使来曰:"伯颜帖木儿王,背我归明,故赦儿国弑王之罪。"李仁任、池奫,欲迎之,九容与李崇仁、郑道传、权近等,上书都堂曰:"若迎此使,一国臣民,皆陷乱贼之罪,他日何面目,见玄陵于地下乎?"庆复兴、仁任,却其书不受,谏官李詹、全伯英等,论仁任罪请诛之。仁任杖流谏官,又以九容、崇仁等谋害己,并流之。九容窜竹州,寻移骊兴,放迹江湖,日以诗酒自娱,扁其所居曰六友堂。[⑦]

金九容因此事而在故乡骊兴过着安逸的生活,后来在他的作品当中他数次提到骊兴自己的家,或者扁舟,可见骊兴是给他带来精神安慰的地方。此可知 7 首的词作品中 4 首词有关丽江。

1384 年,金九容因奉使明而第二次被流放。

> 初,义州千户曹桂龙至辽东,都指挥梅义等给曰:"我于儿国事,每尽心行之,儿国何不致谢耶?"十年,[⑧]以九容为行礼使,奉书兼、白金百两、细苎、麻布各五十匹以行。至辽东,总兵潘敬、叶旺与义等曰:"人臣义无私交,何得乃儿?"遂执归京师,帝命流大理卫。行至泸州永宁县,病卒,年四十七。后禑追治桂龙误传义言,流之。[⑨]

据《高丽史》的记录可知,金九容奉命以行礼使去辽东,因私下与梅义交流,押送至明朝的首都(现南京),流放到大理途中病死。但是问题不那么简单。这里还涉及国内政治势力之间的权利斗争。许筠在《惺叟诗话》如下说：

> 尝以回礼使,致弊于辽东,都司潘奎,执送京师,其咨文,马五十匹误填以五千匹,高

---

① 成范重:《惕若斋金九容的文学世界》,蔚山:蔚山大学出版部,1997 年。

② 金九容:《惕若斋学吟集·惕若斋学吟集序》(《韩国文集丛刊》第 6 卷)第 4 页,首尔:民族文化推进会,1990 年。

③ 同上。

④ "金惕若九容,诗甚清赡,牧老所称,敬之下笔如云烟者是已。"许筠:《国译惺所覆瓿稿·惺叟诗话》第 200 页,首尔:民族文化推进会,1981 年。

⑤ 《画堂春》、《卜算子》、《长相思》。

⑥ 关于金九容的生平及家系,在他次子金明理写的《先君惕若斋世系行事要略》(《惕若斋学吟集》)上比较详细说明的。

⑦ 《高丽史》卷 104,《列传》卷第 17。

⑧ 1384 年,禑王十年。

⑨ 《高丽史》卷 104,《列传》卷第 17。

皇帝怒其私交，且曰：'五千匹至，当放还也。'时李广平当国，素不喜公辈，迄不进马，帝流公大理。

由此可见金九容流放于云南的原因，既有作为弱小国家在外交上的问题，而且陷入国内政治的漩涡。金九容企踵以待从祖国高丽送来马五千匹，但未送来，中国不得不流放他到云南大理。

金九容有作品集即文集，《惕若斋学吟集》（《韩国文集丛刊》六）里记载汉诗401首、题537首、词7首、杖铭1首。他人的文集，例如李集《遁村杂咏》、《遁村遗稿》，郑梦周《圃隐集》，朴宜中《贞斋逸稿》等记载的词与金九容的文集作品重复的，还有记载于《东文选》、《新增东国舆地胜览》的作品除1首词外，都和他的文集作品一样。

高丽词人中大部分文人将词归入诗的类别，而以词或词的别称作为文集的篇目的情况不多见。但李齐贤使用了别称"长短句"，而李穀和金九容在个人文集里另设"词"篇目，并各收录3调10首和7调7首作品。这代表他们已经认识到诗和词的区别而从事创作的。

金九容与郑梦周、李崇仁、李存吾、郑道传、河仑等友谊尤笃，互相朝夕讲论，切磋不少怠，高丽理义之学，尽由数公倡之也。他在成均馆任直讲教学生，也潜心儒学，特别重视《大学》。作为实践的儒学者形象，更清楚地表现于白文宝写的《惕若斋说》：

即成均直讲，金君伯誾，取易乾九三爻，惕若二字，扁其斋而属予说，予何足发易之微意合乎君子所以名斋者也。凡居斋或以游息，或以嗜乐，以至乎物色之尚皆是也。君独以惕若为戒者岂无谓欤！①

三、金九容词的内容与形式分析

金九容的词收录在他的文集《惕若斋集》下卷，有七调7篇的词。即《画堂春》、《卜算子》、《长相思》、《巫山一段云》、《鹧鸪天》、《少年游》、《朝中措》。

首先看看《画堂春·代人》。

画堂春·代人

绿杨堤畔杏花香。马头旌旆尽，闯街朱翠更奔忙。争睹檀郎。　却恨春宵苦短，锦衾才展鸳鸯。娇饶总是汉宫妆，暗断肠。

这首词表现出以女性话者的心情，对郎君不照顾自己悲哀的感情。就说传统社会里，歌咏女人的恨。

《画堂春》此词牌在秦观的词集《淮海集》上最早出现②。即咏画堂春色，取其意为调名。仄韵调也叫《万峰攒翠》。双调，前、后段各个四句，共四十七字。前段各个句和后段2、3、4句均用平声韵。《惕若斋学吟集》里没有□，但整个字数不到四十七字，只有四十五字。据《钦定词谱》，《画堂春》前段7、6、7、4，后段6、6、7、4，要用韵字，前段第二句末和后段里补充

---

① 白文宝：《惕若斋说》。

② 《钦定词谱》，第405页，北京：中国书店，1983年影印康熙刻本。秦观《淮海集·画堂春》："落红铺径平池，弄晴小雨霏霏。杏园憔悴杜鹃啼，无奈春归。　柳外画楼独上，凭阑手捻花枝。放花无度对斜晖，此恨谁知。"

一个字。这词牌也被叫《画堂春令》、《画楼春》、《万峰攒翠》。所以这首词也该写如下：

绿杨堤畔杏花香。马头旌旆尽□，闾街朱翠更奔忙。争睹檀郎。　　却恨春宵苦短，锦衾才展鸳鸯。娇饶总是汉宫妆，□暗断肠。

这首词都押平声阳韵，可说合适于词牌《画堂春》的形式。

卜算子·同前

倚户望斜阳，正在孤村树。泪眼昏昏鸟远飞，京国知何处。　　一别似千秋，此恨凭谁语。极目千山又万山。底是郎归路。

《卜算子》也叫《楚天遥》，《百尺楼》，《眉峰碧》，《黄鹤洞中山》，《缺月挂疏桐》，《卜算子》这名称出于黄庭坚的词"似挟着，卖卜散"句。双调，前、后段各个四句，共四十四句。前后段2、4句都用仄声韵。

这首词也表现出对郎君去京国离别的怨恨与思念。

此词模拟中国人写作方式。所拟宋朝无名氏的词《卜算子》原作如下：

曾约再来时，花暗春风树。今日人来花未开，春未知人处。　　坐客有疏狂，彩笔题新语。浑为玉人颓玉山，忘了阳关路。

还有北宋的徐俯《卜算子》原作如下：

胸中千种愁，挂在斜阳树。绿叶阴阴自得春，草满莺啼处。　　不见凌波步，空想如簧语。门外重重叠叠山，遮不断，愁来路。

此词后段加衬字，四十五字句。

这两首词都押仄声遇、御、语韵，而且所有韵字的前后顺序完全一致。

长相思·同前

松山青。胜山青。两地相望知几程。难堪送别情。　　独归京。未归京。别后伤心梦不成。满窗寒月明。

这首词也是惜离别的心情的作品。前段说明郎君去的地方，即开城的松岳山与话者现在居住的丽州松山都青，但难堪别情。后段表现因为离别夜不成寐的心思，但对比女人的心情，以无心的月亮更明，凸显离别情恨。

《长相思》是原来唐教坊曲名，后来成为词调名。《长相思》这名出于南朝乐府"上言长相思，下言久离别"句节。这首词也叫《相思令》、《长相思令》、《青山相迎送》、《长思仙》、《山渐青》、《吴山青》、《越山青》、《双红豆》、《忆多娇》、《叶落秋窗》。双调，前、后段各个四句，共三十六句，每句均押平声韵，前、后段第二句再用起句，或者再用末二字。

巫山一段云·送李直门下出按西海

药砌吟诗句，薇垣[1]倒酒杯。一年无事好开怀。送别恨难裁。　　擘辔匡时略，埋轮济世材。风流盐海莫徘徊。恐有铁肠摧。

---

① 薇垣：中书省的别称。中国唐代时，在中书省栽种紫薇，玄宗时把中书省改称为紫薇省。

此词表现出与人物向西海按廉[①]的离别情感和对那人的嘱托之语。此词后段引用中国后汉时期范滂与张纲的故事，以强调出按，希望作为按廉实现抱负而警惕陶醉于灯红酒绿，因为西海是风流蛮多的地方。

词牌《巫山一段云》是在韩国最多使用的词牌，高丽到朝鲜共34名词人作有250首词。为什么发生这样的结果呢？《巫山一段云》双调44字，以前、后段各四句三平韵，5、5、7、5、5、5、7、5形式，对于善于作五言诗或者七言诗的韩国文人，没什么负担可以填词，而且像'潇湘八景'、'蔚州八景'、'宁海十二景'联章体写景词基本作品数量多，还有文人之间有互相唱和的风气，可以成为韩国历代词的主流[②]。此体占有李齐贤53首长短句中31首，还有占有郑誧、李穀长短句的大部分。

鹧鸪天·送节廉使

持节郎官出凤城。□满城花柳雨晴。先声已逐春光遍，到处歌谣咏太平。　山缭绕，水澄清。骊江楼上最多情。夜深人静阑干外，一叶扁舟载月明。

此词从内容上看好像作家在凤城(现庆北奉化)作的作品。词的上阕叙述了郎官所到之处歌谣咏太平即颂德，而下阕叙述的是山水任何一个地方都好看，可丽江更好看，所以说明月下乘船游玩儿。

此调又名《于中好》、《思佳客》、《思越人》、《剪朝霞》、《醉梅花》、《骊歌一叠》。唐、五代词中无此调。调始见于北宋宋祁之作，至晏几道填此词独多。此调为双调。前片四句，后片五句，共五十五字。前片第1、2、4句和后片第2、3、5句押韵，均用平声韵。《惕若斋学吟集》里没有□，但整个字数不到五十五字，只有五十四字。《鹧鸪天》前段要7、7、7、7句所以第二句首段补充一个字。该调前段3、4句要对句及比较近于七言律诗，对韩国文人来说是比较容易作的词体[③]。

少年行·骊江

黄骊[④]古县最风流。江上有高楼。水绿山青，柳阴深处，总日系兰舟。　纤歌一曲行云遏，芳草恨悠悠。十二阑干，三行粉面，明月满汀洲。

此词牌可能是《少年游》的误记。此调也叫《少阑干》、《玉蜡梅枝》，见北宋晏殊的《珠玉词》，因词有"长似少年时"句，取以为名。双调，前后段各个五句，共五十字。前段1、2、5句和后段2、5句用平声韵押韵。此词都押平声尤韵。

像上述，金九容一生先后流放到自己家乡骊州、中国大理。创作时期未详，它描写的是丽江周围美丽的风景、扁舟与高楼上的风流。丽江是金九容出生的地方、在外家的地方，而且是他流放的地方。九容对丽江的热爱和自豪感，是贯穿于他的诗作品主要情调。李穑为怀念他，曾作《丽江四绝有怀渔父金敬之》[⑤]，可说丽江象征金九容。特别是黄骊江的扁舟和

① 按廉使：高丽时代在各道被派的地方官吏，他们巡逻道内的州、县，纠察地方官吏即守令的任务。高丽时代科举及第的话，首先派出以地方官吏要纠察地方民生的生活、治安、风俗等。

② 柳己洙：《关于韩国历代词的词牌运用考察》，《中国研究》2007年第40卷，第101页。

③ 车柱环：《中国词文学论考》第266页，首尔：首尔大学出版部，1997年。

④ 骊州的古称。李奎报通过作诗指出骊州地名的由来："双马权奇出水涯，县名从此的黄骊。"

⑤ 李穑：《牧隐稿·牧隐诗稿卷之九》(《牧隐先生文集》二)第257—258页，首尔：景仁文化社，1994年。

月亮的形象是支配他想归去来的意识。

金九容的《朝中措》在押韵方面模拟中国宋代的欧阳修的作品，并此类作品完全依照欧阳修的《朝中措》，虽然金九容并未加以说明，但通过比较，也可以断定属于次韵的作品。如金九容的《朝中措》(同前)。

人间万事到头空。春梦百年中。一卧江堧无赖。相从明月清风。 采山钓水，鲜美满案，贤圣[①]盈钟。独酌独吟终日，平生甘作村翁。

所模拟的欧阳修《朝中措》原作如下：

平山阑槛倚晴空。山色有无中。手种堂前垂柳。别来几度春风。 文章太守，挥毫万字，一饮千钟。行乐直须年少，尊前看取衰翁。

这两首词都押平声东、冬(后段第三句)韵，而且所用韵字的前后顺序完全一致。但内容、形式方面上没有模仿的痕迹。

四、金九容词对中国词的接受

金九容的词虽然七调七首，但他所有词上都运用别的词牌。韩国历代词中词人个人单独填词的词牌是六十九个，占 158 个词牌的 44%[②]。僻调的占有率相当高的原因，既有词还没大众化，而且也有可能文人要夸耀自己的笔力或博学故意使用僻调[③]。虽然文人要夸耀自己的创作能力，我们不得不承认词作上他们的水平。金九容填词七首七调，特别是词牌《长相思》、《画堂春》、《卜算子》、《少年游》，他在韩国第一次试用的词牌。还有《朝中措》[④]是他的外公闵思平第一次试用的词牌。金九容在外祖父闵思平家长大，高丽的优秀人物李齐贤直接向他学了词创作。他填词的过程当中如何接受中国词，要考察分为内容风格及形式结构两个部分。

(一) 内容风格

金九容的词共七首，其中三首，即《长相思》、《画堂春》、《卜算子》都是咏离别情恨。词的风格上来说，这些词带有婉约、安静的女性倾向。

这三首词都是替别人填词的。这些词类似唐五代词的艳情词，很明显是站在女性的视角，来抒发一个女性的抒情主人公的离别愁苦，歌咏的空间也限定于闺房。

还有《巫山一段云》、《鹧鸪天》也是表现送别的，但与上面的三首词区别的部分，不是一个女性的抒情主人公来抒发离别愁苦，而是给除授官职人物嘱托。

《少年游》、《朝中措》由副题知，都是吟咏丽江。欧阳修的《朝中措》这首词标志着疏宕明快的风格。与一般标志着清神婉曲的风格不一样，这首词的具体内容看，没有接触到美人的

---

① 李白《月下独酌》，以清酒喻圣人，以浊酒喻贤人："已闻清比圣，复道浊日线。"

② 柳己洙：《关于韩国历代词的词牌运用考察》，第 102 页。

③ 同上。

④ 闵思平送给李齐贤的词《朝中措·奉和益斋》3 首。

芳草，没有关涉到儿女私情，没有运用比兴象征一类的表现手法，写景色，写物象，写生活，写感想，坦率说出，毫无假借，直起直落，大开大阖，尤其是这词的特色①。金九容也在《少年游》，《朝中措》的内容风格上与其他5首词稍微不同，直接表现出自己的感情、思想。

（二）形式结构

金九容以填七首词用七个词牌。这些部分据龙榆生的《唐宋词格律》，考察金九容用的词牌、押韵、平仄、字句等在形式上的一般情况。

词牌	字数	押韵	韵部	字句
画堂春	47字	前段 4 平韵，后段 3 平韵	第二部（七阳）	7。6。7。4。◎ 6,6。7。4。
卜算子	44字	前后段各个2仄韵	第四部（六御，七遇）	5,5。7,5。◎ 5,5。7,5。
长相思	36字	前后段各个4平韵	第十一部（八庚，九青）	3。3。7。5。◎ 3。3。7。5。
巫山一段云	44字	前后段各个3平韵	第三部（十灰），第五部（九佳，十灰）	5,5。7。5。◎ 5,5。7。5。
鹧鸪天	55字	前后段各个3平韵	第十一部（八庚）	7。7。7,7。◎ 3,3。7。7,7。
少年游	50字	前段 3 平韵，后段 2 平韵	第十二部（十一尤）	7。5。4,4,5。◎ 7,5。4,4,5。
朝中措	48字	前段3平韵，后段2平韵	第一部（一东，二冬）	7。5。6,6。◎ 4,4,4。6,6。

金九容使用的词牌大概是以将五言律诗或七言律诗加以变形的58字以内的小令为主。他主要用的字句就是《卜算子》、《巫山一段云》的5、5、7、5◎5、5、7、5字句还有《鹧鸪天》的7、7、7、7◎3、3、7、7、7字句等，可说善于作五、七言诗的韩国文人，没什么负担可以填词。

在文学创作过程中模拟前人作品的现象较为普遍。随着唐乐流入，接触到词文学的高丽文人，接受中国词过程中自然而然地模拟中国人的作品。高丽文人大概主要是从形式、内容等方面去模拟中国词人。在接受中国词的韩国文人当中模拟中国文人的作品的现象也很普遍。当然金九容也模拟中国人写作的方式。

明代徐师曾在《文体明辨》里说如下：

按和韵诗有三体：一曰依韵，谓同在一韵中而不必用其字也。二曰次韵，谓和其原

---

① 詹安泰著，詹伯慧编：《詹安泰词学论集》，第378—379页，汕头：汕头大学出版社，1999年。

韵而先后次第皆因之也。三曰用韵，谓用其韵而先后不必次也。[①]

他说的虽然是和韵诗，但可以适用于和韵词。如适用于金九容用的词牌，可说他的词所次韵类的。金九容在两个词牌即《卜算子》、《朝中措》里各个次韵无名氏的《卜算子》，欧阳修的《朝中措》。虽然以次韵模拟中国人写作的方式，但在形式和内容方面直接表现出对丽江的思念与关心。

他了解音律，虽然可以找到部分错误，但可以自由自在地使用韩国词人中还没使用过的词牌。

五、结论

以上本稿通过金九容及他的词作品，考察了中国词流入韩国词及接受融合情况。词于高丽文宗（1047—1082在位）后半叶首次从北宋传入，而高丽史上最早词的创作从宣宗（1083—1094在位）时期才开始的。以宣宗为首高丽的王室、文人等填词，但因词与音乐关系，填词对韩国文人不可避免困难。还有高丽词人中大部分文人将词归入诗的类别，但李穀和金九容在个人文集里另设"词"篇目，表明文人已经认识到诗和词的区别而从事创作。金九容的7首词作品当中，替人作3首词，而且用没有人试用的词牌填词4首。由此可见，他同样在诗创作方面认定自己的创作能力，并相当善于词学、音律等方面。

他每首词都各用别的词牌，首次试用新的词牌而创作，还有他次韵欧阳修的《朝中措》填作自己的《朝中措》，不但次韵，而且接受欧阳修词的疏宕明快的风格，直接表现出对于自己的故乡感怀。

通过对金九容词的初步介绍和探讨，可以发现他除了诗创作外，还有对高丽词坛产生的影响。为了对韩国词文学有正确的了解，今后对于个别词人和词作品的研究要走在前面。

作者单位：韩国外国语大学

① 〔明〕徐师曾著；罗根泽校点：《文体明辨序说》第109页，北京：人民文学出版社，1998年。

复旦大学第三届中国文论国际学术研讨会综述

孙　超

2011年12月27—30日，复旦大学第三届中国文论国际学术研讨会在上海举行，海外30余位著名学者和大陆百余位中国文论研究名家济济一堂，探索中国文论研究的新视角、新领域。会议收到学术论文120余篇，探讨中国文论的古今通变、文学的理解与阐释、评点与选本，以及中国文论在海外的传播与接受等问题，具有较强的问题意识和创新性，深度广度均有突破，反映了海内外研究中国文论的新格局、新水平。复旦大学是中国文学批评史学科的重镇，先后于2000、2005年召开过两届中国文论国际学术研讨会，为海内外学者交流和对话建立了高层次的学术平台，产生了广泛的学术影响。

西方文论的借鉴与本土化

阿伯拉姆斯(Abrams)在《镜与灯》里提出作品、作者、宇宙和读者的艺术四维坐标，在英美学术界引起轰动。自上世纪六十年代末，英美汉学界引用或参考这种分析方法来研究中国文学理论，最著名的是刘若愚先生1975年出版的《中国文学理论》，有多种汉译本。近年来，随着对“以西释中”模式的警觉和反思，学界对刘若愚的这种学术方式提出了批评。会上，王靖宇先生(美国斯坦福大学)指出，在比较不同文学时，比如考虑到彼此所具有的不同文化背景，文学因时地和文化背景而异，但也有其所以为文学的共同(通)性。适用于分析西方文学的方法，并非绝对不能用在中国文学的分析上。

王润华先生(台湾元智大学)则为我们描述了一位被遗忘的芝加哥学派批评家卢飞白。这位批评家之所以被重新提起，因为他曾试图以精湛、丰富的西方文论学养，及诗人敏锐的文学感受力来展开中西文论的对话，这一点，从他发表的论著里可以看到，在其研究计划里亦可见出。但，他的早逝使之中止。我们后辈学者应该继续这一方向。

李春青先生(北京师范大学)基于上世纪八十年代在美国兴起的文化诗学与中国传统的文学阐释学之间所存在的相通性，强调这种方法对中国古代文论的借鉴意义。其借鉴的重要前提是需要经过“本土化”之过程，也就是将文化诗学与中国固有文论方法与路向结合起来，以适用于中国的研究对象，从而建构起中国的文化诗学。

徐志啸先生(复旦大学)主要考察了美籍华裔学者叶维廉寻求中西文学汇通的相关论述，分析了他对中国诗学和中西文学比较独到的研究路径。叶维廉认为中西方文学中存在共同的“模子”，这种“模子”是文学结构行为的一种力量，通过它可以找到人类共同的文学规律。

这方面的文章虽并不多，但发表者均是国内外相关领域的著名学者，其启示意义是重大的。正如评议人王先霈先生（华中师范大学）所说，中西文学有其共通的一面，文学思想可以发生在相对封闭的区域，其发展却必然要在交流、碰撞中实现。我们要有一种开放的心态，恰当分析运用西方文艺理论，也当向世界介绍我们自己的文论，使西方学界从我们的理论中吸取可借鉴的东西。

评点汇辑之文论价值

评点是一种富有中国特色的文学批评样式。自南宋吕祖谦开始，各体评点渐渐蔚为大观，且出现了清代金圣叹这样的大评点家，出现了将各种评点汇集一起的汇评。这些评点、汇评的文论价值如何呢？这成为与会代表讨论的又一热点。

黄霖先生（复旦大学）以大量难得的文学批评史料为基础，充分论证了文学名著汇评本的文论价值。他认为汇评的优势之一是能汇集各家之说于一处，充分显示百家争鸣的特点。如，将同一篇作品截然相反或尽人一致的评价汇集一处就形成这种特色。其价值还表现为在理论上丰富与发展了中国古代的文学批评内涵。他以我国古代叙事理论中的“文法论”为例进行了说明，并特别拈出了古代文论中的“态”、“恰”等范畴加以实证。

王基伦先生（台湾师范大学）切入评点学的角度是其中的“笔法”。他详细探讨了南宋至清初古文评点与小说评点较适合讲求“笔法”的原因，借此阐明各种“笔法”被提出来的重要性。期盼经由宏观的视野进入微观的细读文本的批评与讨论，以使评点学之“笔法”的重要性凸显出来。

马卫中先生（苏州大学）则对清人辑选清诗总集评点做了较为翔实的考论。他认为总集不仅是作品的总汇，还具有文学批评功能。他从圈点批注、诗话以及宛如读者沙龙的诸多读者汇评等方面分析了清诗总集评点的不同形式，论述了它们对于研究清代诗学的文献价值。

这一类的文章还有杨绪容先生（上海大学）的《朱石津校订〈西厢记〉：又一个“前元旧本”的批点本》，罗剑波先生（复旦大学）的《陈深及其〈楚辞〉评点的价值》，杨秀礼先生（上海大学）的《刘辰翁〈道德经〉评点研究》，杨焄先生的《言为心声？言违心声？——以王文治批点本〈灵岩山人诗集〉为例》，房瑞丽先生（浙江大学）的《明代〈韩诗外传〉评点论略》，李卫军先生（商丘师范学院）的《浅谈〈左传〉评点的文章学价值》，等等。这些论文对重新认识评点、汇评的文本性质，发掘其中的文论价值很有意义。诚如评议人张高评先生（台湾成功大学）所说，评点本、汇评本的确给读者提供了方便，增强了阅读兴趣，对其进行系统性的研究还有相当大的空间。

文论经典再解读

文论经典像其他学科的经典著述一样始终是中国文论研究的中心文本。无论是《文心雕龙》、《诗品》、《文选》，还是《沧浪诗话》、《艺概》等均是如此。这次会议上，它们再次成为一些学者的关注焦点，涌现出不少富有启示的新识见。

王先霈先生(华中师范大学)针对《文心雕龙·史传》篇关于"传体"的论述,指出了"史传"的"传体"并非"经传"的"传体",明确了"传体"的书写原则。随后,重点剖析了"传体"的重要特征是"原始要终",并指出其所包含的叙事学思想。在现代叙事学的观照下,指出《史传》篇乃是从理论上总结古代历史叙事的经验,它对于后世的小说,尤其是长篇小说创作,具有直接的指导作用。

董乃斌先生(上海大学)则另辟蹊径,探讨学界较少关注的刘熙载《艺概·诗概》中的诗歌叙事观。他认为中国诗歌有两大传统,除了被广泛强调的抒情传统之外,还有一个叙事的传统,我们应该加强对这一传统的研究。他从《诗概》中将叙事、抒情对举的概念确认、对咏史诗叙事成分的辨析及杜甫、白居易诗歌叙事性的讨论三个方面揭示了刘熙载诗歌叙事观对于深入理解中国文学叙事传统的重大意义。

甲斐胜二先生(日本福冈大学)以孔颖达的"诗人"观为中心考察了《毛诗正义》对中国文论的贡献。他认为《毛诗正义》在文论方面最大的贡献是详细说明了"诗经诗文"的发生和其"诗经诗文"的效果,给当时士人阶级提供了"诗人"在社会上的作用,在经学理论上确立了当时"作诗人"在社会思想上的地位。

刘卫林先生(香港城市大学)对严羽《沧浪诗话》提出的妙悟说进行了新的解读。他从阐述严羽妙悟说的诗禅观念入手,追溯佛学上妙悟观念的具体含义,由此说明严羽妙悟说理论架构的建立,及这套诗禅学说与宗杲禅学妙悟观念之所以相异的具体成因,亦由此阐明严羽的妙悟说与皎然的取境说在诗禅观念上彼此契合的所在。

卢盛江先生(南开大学)结合对诗学史押韵形式发展过程的具体考察,探讨了《文镜秘府论》天卷中《八种韵》的相关情况。他认为《八种韵》是盛中唐之际诗学的重要文献。我们既需要从诗学史来认识八种韵,又可以从八种韵来认识诗学史。

葛云波先生(人民文学出版社)从细读《文选序》入手,结合萧统思想的考察,以及诸多史料语例的分析,对"事出"二句的意义作了新的诠释,指出其祖述儒家五经的特征,以及"事出"四句与杜预《春秋左氏传序》的关联,并指出"事出"二句是《文选》大部分文章选录的标准。

这类文章还有戴景贤先生(台湾中山大学)的《论刘勰〈文心雕龙〉之文学本质论及其玄学基础》、力之先生(广西师范大学)的《据于儒经与面对文学——论〈文心雕龙〉"剖情析采"与其"文之枢纽"的价值取向之差异问题》、欧阳艳华先生(澳门大学)的《神理与物色:〈文心雕龙〉体道思想渊源》、归青先生(华东师范大学)《〈文心雕龙·征圣〉"正言"解》、胡耀震先生(江西师范大学)《刘勰论陶渊明和〈文心雕龙·隐秀〉补文真伪新证》、梁临川先生(上海大学)《〈诗品〉原貌再考》、汪习波先生(复旦大学)《〈典论·论文〉"齐气"新诠》、雷恩海先生(兰州大学)《〈唐诗鼓吹〉的批评标准》,等等。这些文章或从文献考证入手,或就哲思背景溯源,或对某些经典论述进行再探讨,内容非常丰富,提出了不少新见,有很大的启示作用。

古代文论范畴、命题、审美关系、艺术思维新探讨

中国文论中的范畴、命题最能体现华夏民族的审美特点,它们植根于中国古人特有的艺术思维方式。这次会议有关这一方面的发言多富有创见,令人耳目一新的同时,的确能引人

远思。

陈伯海先生(上海社科院)为了给古典诗学中“意象”这一概念正名,首先梳理了“意象”概念的源流变迁,认为“意象”即“表意之象”,但不能等同于诗中名物。因为构建“意象”的不仅是“物象”,还有“事象”、“情象”与“理象”。“意象”是艺术家的诗性生命体验的对象化显现,“意境”则超越了“象”的层面,它由“象”所生发和建构。

兴膳宏先生(日本京都大学)通过对《汉书》、《后汉书》、《三国志》、《晋书》、《世说新语》、《文心雕龙》、《诗品》等文献中“清”字用例的考察,梳理了东汉至魏晋南北朝时期“清”在人物和文学评论中诸多概念的发展变化。

詹杭伦先生(香港大学)选取“文如其人”、“文无常体”、“文章本色”和“文章之妙”等四个文章理论命题展开讨论。他认为对“文如其人”的考察可以启人思考“文不如其人”的现象;“文无常体”,但以有体为常,必须辩证地看待文体通变的趋势;“文章本色”含义甚广,需具体情况作具体分析;“文章之妙”是对文章创作与欣赏中虚实关系的把握。

张晶先生(中国传媒大学)认为中国古代文艺理论在论述审美关系方面的独特性最能体现中西方美学的不同形态特征。体现为:一,“感兴”是对审美主客体关系最为独特的理论范畴;二,“意象”是对审美主客体相互作用之结果的独特理论范畴;三,中国古代文艺理论对审美主体与客体的独特品格皆有深刻揭示。

蔡宗齐先生(美国伊利诺大学)采用所谓概念导向的源头研究方式,通过梳理早期哲学文本中诸如“意”、“象”、“言”及其相关术语所表达的多重概念,来判别陆机、刘勰使用这些术语的概念导向,以此探讨他们文学创作论的哲学思想基础。

张毅先生(南开大学)认为以“神韵”说著称于世的王士禛以神韵论诗多为即兴的片段表述,混合着对唐诗兴象、禅悟、文人画和言外之旨的审美体验。将“神韵”理论化的是其再传门人翁方纲,他不仅有专门的《神韵论》,还有与之相关的《格调论》和《师法论》。翁氏论诗的主旨是“求‘神韵’以‘肌理’”,这就使原本宗唐的主张演变为替宋诗张目的说辞。

袁济喜先生(中国人民大学)则提供了一个新颖的研究视角,即从风俗批评到审美批评。他认为一个时代的文化精神,既沉潜在精英文化之中,又浸润于社会风俗之中。他以东汉应劭的《风俗通义》为解读文本,具体说明了这一全新角度的实践路径。

许建平先生(上海交通大学)从汉字的特点切入,考察汉语言的独特性及其所表现出的中原民族象会与意会的意象思维的特点,在此基础上形成汉民族意象叙事所具有的体验性、模糊与空灵性、场景化与抒情性、独立性与跳跃性和对称循环性的民族叙事风格。

另外,吴建民先生(徐州师范大学)提出了“命题”与古代文论之建构的问题,强调重视“命题”研究;陈允锋先生(中央民族大学)对中国古代诗学语境中的风骨观进行了述论;刘培先生(山东大学)探析了理学对南宋后期辞赋文学精神的规范与重塑;徐艳先生(复旦大学)对司空图提出的“象外之象、景外之景”的内涵进行了重新阐释;李翰先生(上海大学)对魏晋六朝用典论及沈约“三易”说的批评史意义进行了评估;邓新华先生(三峡大学)对“妙悟”与“活参”进行了探讨;黄鸣先生(中央民族大学)讨论了《周易》易象对《礼记·乐记》乐论的影响。

文体学谱系与建构

中国古代的文体理论非常发达，但过去古文论研究侧重于观念论，文体学研究较为孤寂，近年来在西方文体学的启悟下，中国文体学研究得到了重视。本次会议提交的论文有些就是对文体学相关问题的探索。

李建中先生（武汉大学）从时下网络上流行的所谓“课题体”幽默地分析了“文体”所包蕴的一些特征。随后，在汉语辞源学与原始儒学的滥觞处，追溯中国古代文体学之起源与本原。他认为这样做，可以建构起以“用”为华实，以“言”为主干，以“体”为根柢的中国古代文体学的理论谱系。

吴承学先生（中山大学）重点围绕《古今图书集成》中的《文学典》的基本内容、“文学”观念、文体分类和“辨体”观念展开分析，较为全面地彰显了其中涉及文学批评、文学史和文体学的史料价值。

王钟陵先生（苏州大学）回顾了我们文体学研究的背景，指出四体划分框架不是单纯西方的舶来品，而是在中国社会的现代转型中形成的。他认为，对于文体本质特征的探究，是必须要汇通中西古今，才能有所深入的。

这一方面的文章还有李小兰先生（东华理工大学）的《古代批评文体的分类研究》、汪泓先生（江西师范大学）的《中国传统文化语境中文学“典型”批评的文体学意义》、赵厚均先生（华东师范大学）的《序文析义及其源流、体制略论》、渠晓云先生（绍兴文理学院）的《陆机〈文赋〉的文学观点及其散文创作的文体意义》、梅军先生（暨南大学）的《殷商西周“诰”文源流考论》，等等。

各文体理论研究的新视角与新方法

这次会议提交的各文体理论研究的论文无论是诗词论方面，还是文章论、戏曲小说论领域都涌现出了不少运用新方法、采用新视角的佳作。

诗词论

邬国平先生（复旦大学）认为同一部文学作品，因阅读目的不同而解读到的结果不同，中国古代文字狱中对于诗歌作品的解读就是一种特殊的释义方式，而这一释义方式与文论史上如比兴说、美刺说等有着密切的关系，这是一个颇有意思的话题。刘志伟先生（郑州大学）从发生学的角度探讨了赋从表现方式独立成为一种文体的过程中与建构国家意识形态的关系，认为它的产生是对“赋”《诗》的一种突破，是直接干预现实，是《诗》的讽谏功能的延续。孙蓉蓉先生（南京大学）提出了一个有趣的论题，全面考察了以“童谣”为表现形式的“诗妖”说，认为它是谶纬诗学中的一个典型理论。周兴陆先生（复旦大学）探讨了在以心性为旨归的宋学背景下，宋代诗歌鉴赏理论出现的两大转向。樊宝英先生（浙江外国语学院）以《周易》为个案讨论了古代的规范化诗学思想。其他讨论诗学问题比较有新意的文章还有徐正英先生（中国人民大学）的《上博简〈孔子诗论〉对〈关雎〉一组诗的评论》、蔡镇楚先生（湖南师范大学)的《中国诗话与文学批评》、曹建国先生(武汉大学)的《〈诗〉本事的文学价值》、查屏球先生(复旦大学)的《唐音的回声:元明“和唐诗风”源流考析》、张海沙先生(暨南大学)的《〈坛经〉传法机缘与宋诗机趣》、李定广先生(上海师范大学)的《论唐诗的体裁系统及其艺术优越性》、丁进先生(安徽财经大学)的《先秦礼乐诗学浅论》、李瑞卿先生(北京第二外国语学院)的《吴澄太极体用动静论及其诗论中“我”心的哲学根源》,等等。

施议对先生(澳门大学)首先介绍了他依据词学事件划分的词学历史分期,然后站在历史的高度论定了二十世纪里的五代词学传人。朱惠国先生(华东师范大学)在区别了词的现代化与词学的现代化之后,着重考察了传统词学蜕变与中国近代社会形态变化的关系,以及如梁启超、王国维、胡适等人在词学现代化进程中的特殊作用。丁放先生(安徽师范大学)则专门探析了词集笺注、评点这两种传统批评样式的演变及功能。

戏曲小说论

张高评先生(台湾成功大学)指出金圣叹批第六才子书《西厢记》注重文学技巧、艺术手法,此中有金氏创作观、鉴赏论、批评论具体而微的体现,而金批《西厢记》的笔法尤与《左传》的叙事艺术相通,这是应该加以重视的现象。王瑷玲先生(台湾“中研院”文哲所)主要探讨乾隆时期的董榕,在“以曲为史”风气的熏染下,如何在《芝龛记》这部传奇中演史、评史与诠史的。陈维昭先生(复旦大学)介绍了何良俊戏曲批评中提出或涉及的四大命题,并着重探究在这些命题展开中所涉及的叙事修辞层面和音乐层面的“本色”和“入弦索”两大审美尺度问题。杜桂萍先生(黑龙江大学)认为借助对有关序跋题词的分析阐释,可以深入理解蒋士铨的戏曲观念,推究其创作心态与艺术追求。另外,唐明生先生(襄樊学院)对戏曲序跋体批评的文化语境进行了分析;吴冠文先生(复旦大学)对徐渭的戏曲评点与明代文学思想的新变之关系进行了探讨。

徐志平先生(台湾嘉义大学)认为《三国演义》与《水浒传》风格之所以不同,乃是因为“叙事者”性质不同的缘故。李桂奎先生(上海财经大学)从多个层面揭示了中国传统小说写人理论具有的“跨界批评”的特质。朱崇志先生(同济大学)对小说与戏剧进行了交叉研究,指出小说是戏剧传播的软媒介。吕玉华先生(山东大学)则对中国古代“小说”概念的演化进行了全面系统的梳理。

文章论

陈引驰先生(复旦大学)从口头文学向书面文学演化、古人诗乐一体观谈起,引出了研究文章学的新视角——“文”学的声音。他以大量的例子论证了古人作文重声音的现象,并详细剖解了桐城诸家的文章声音论。郑利华先生(复旦大学)对后七子“修辞”说与文章观进行了讨论,指出他们标示文章“修辞”的重要性,强调言辞修饰高度的艺术化和纯美化,显示了他们对于文章本体艺术的重视态度。刘再华先生(湖南大学)对李慈铭的骈文理论与批评进行了探讨,指出其骈文思想与崇尚汉学、不废宋学的经学观念存在着异质同构的对应关系。陈水云先生(武汉大学)对清初金沙派的代表作家王步青的八股文批评进行了考察,分析了他的基本主张、批评活动以及追求的境界等。曲景毅先生(新加坡南洋理工大学)以“大手笔”作家为视角探讨了唐代文章的演进,个中涉及骈散文之争等诸多复杂问题。

文论家生平、著述、影响研究

孟子主张知人论世。对于文论家生平、著作及其相互间影响的研究历来能引起学者们的极大兴味。这次会议上发表的这类文章也特别多,从古代以迄近现代,谈到的话题与人物新鲜而有趣。

杨明先生(复旦大学)在细读汤用彤先生的《魏晋玄学与文学理论》一文时产生了一些疑问,提出来供与会者讨论。并在此基础上提出,考察一个时代哲学对文学的影响,应关注这种影响表现在哪些问题上,其影响的范围和程度如何等,对此要有实事求是的估量,要立足于文学本身来看待二者之间的关系。

李庆先生(日本金泽大学)对钱基博、钱钟书父子有关王国维文学研究的批评展开了探讨。他围绕钱氏父子对王氏文学研究之批评的主要内容和异同,作了系统的勾勒,并提出了如何看待现代文学中的“新”与“旧”、如何对待文学研究中的外来因素、如何认识文学和社会的关系等问题。

朱晓海先生(台湾清华大学)打破萧绎重视文学的常规看法,认为他在儒家“三不朽”问题上,上愿为立功,其次是立德,最末才是立言,文学更是等而下之。他结合较为翔实的文献材料,分析了萧绎文学思想的基本特征,得出萧绎并不懂文学之真谛的结论。

陈文新先生(武汉大学)对胡适的“科学情结”与新红学的“科学方法”及其得失发表了意见。他认为胡适研究《红楼梦》的作者和本子问题,目的是向国人输入科学精神与科学方法。因此,他对《红楼梦》中虚构出来的大观园并不予重视。

严寿澄先生(新加坡南洋理工大学)对姚永朴的《文学研究法》展开细读,称其可谓古文家之《文心雕龙》。邓国光先生(澳门大学)对唐文治的古文批评进行了探讨,目的是彰显一代宗师文章学之精神。彭玉平先生(中山大学)考察了王国维与胡适的学缘关系,认为他们不仅大致有从倾慕西学到回归中国古典的经历,而且前后次第相接,共同构成了中国新文学与新文化进程中的重要关节。汪春泓先生(香港科技大学)对司马迁外孙杨恽的遭际、思想心态等作了较为深细的考察;并指出《史记》中的《太史公自序》及“太史公曰”、《报任安书》等均由杨恽代笔;“发愤著书”则是他对外祖史学之总结。关爱和先生(河南大学)着眼于对龚自珍文学思想和诗文创作的解析,指出其剑气箫心的精神特质是中国近代知识阶层行为情感的凭藉和范型。陈福康先生(上海外国语大学)认为郑思肖的文论和诗论在宋末独张一帜,对王夫之、黄宗羲等人的文论和诗论都有影响,应给予重视。孙琴安先生(上海社科院)从时空到区域的重心转移的角度对中国古代文学流派的命名变化及其成因做了探讨。王小舒先生(山东大学)主要考察了王氏兄弟的诗歌风貌、神韵说的发展历程和美学价值。胡传志先生(安徽师范大学)细致比较了元好问《论诗三十首》和戴复古《论诗十绝》的异同及各自特点。

其他,诸如阮国华先生(广东技术师范学院)的《唐寅魅力的思想渊源》、郑雅尹先生(暨南国际大学)的《东云西雁两迟迟:狄葆贤〈平等阁诗话〉中的文化图景》、石玲先生(山东师范大学)的《袁枚性灵说与传统诗学的分歧和冲突》、闫月珍先生(暨南大学)的《郭绍虞与西方文学思潮》、萧水顺先生(台湾明道大学)的《王维画论“空间布局”在〈辋川集〉之实践》、刘畅先生（南开大学）的《从刘勰与“时流”的社会距离观其文学思想的形成》、饶龙隼先生（上海大学）的《解困皇明文治及明初文学境遇》、李舜华先生（华东师范大学）的《从诗学到曲学：陈铎与明代成弘以来文学复古思潮的滥觞》、张万民先生（香港城市大学）的《朱熹“兴”论的思想背景》、杨鉴生先生（华东师范大学）的《王弼“得意忘言”观探略》、张锡坤先生（吉林大学）的《郭象“独化”哲学中俯仰与虚静的整合》、朱丽霞先生（上海财经大学）的《陆深的诗文观及诠释系统》、邱奎先生（上海大学）的《〈黄侃日记〉论诗语辑》等都是这方面的力作。

中国文论在海外的传播与接受

这次会议另一个比较集中的议题是有关中国文论在海外的传播与接受，来自日本、韩国的多位专家就此介绍了各自国家的情况，发表了研究心得。

陈翀先生（日本九州岛大学）通过对相关文献记录的仔细清理和考述，推断传为《文镜秘府论》节要本的《文笔眼心抄》古抄本属日本明治初期古书画伪作大家西村兼文所制的古抄赝本。顾春芳先生（日本大阪府立大学）介绍了近年来日本在《文镜秘府论》研究方面的现状，并提出关于《文镜秘府论》对日本后世文学批评的影响是一个值得引起重视的问题。静永健先生（日本九州岛大学）探讨了十世纪日本唐诗选集《千载佳句》的文献价值。海村惟一先生（日本福冈国际大学）以日本绝海中津禅师《蕉坚稿》为例对中日携手扶植的“五山诗论”进行了研究。

金贤珠先生（韩国外语大学）以金九容词为中心对高丽词接受中国词的情况进行了考察。刘婧先生（韩国延世大学）认为明清时期中国文人编著的朝鲜女性汉诗文献是朝鲜女性诗学理论的重要载体，在当时乃至后世对朝鲜女性诗文的创作与批评都产生了重大影响。姜慧宗先生（韩国延世大学）对礼乐论和感动之问题进行了探析。

传统文论的继承与转型

如何继承传统文论，如何使之完成现代转型，如何将中国文论推向世界文论大舞台，始终是近年来学者们关注的重要话题。

代讯先生（西南大学）指出进入现代社会以来，中国传统文论面临深刻危机，发生了剧烈变革，其中一个关键性环节是话语方式的变革。积极推动已经展开，但尚未完成的中国文论话语方式的现代转型，对于提升中国文论在多元文化语境中的生存能力以及向异质文化的辐射能力，具有重大学术价值和现实意义。黄念然先生（华中师范大学）对中国文学批评观念的现代转型问题做了学理分析，他认为中国传统“诗文评”向现代文学批评的转化与迈进，并非完全是西方强势文论强制同化的结果，更是中国本土文学批评在同化与顺应的文化与文论运演结构中自我调整的产物。黄仁生先生（复旦大学）则基于文学古今演变的视角，对古代文论中“通变说”形成的思想基础、《文心雕龙》对“通变”理论的建构，以及文学通变理论在后世的发展影响做了细致深入的考察。

经过几天紧张而热烈的发言和评议，与会学者各抒己见、精彩观点迭出，对于中国文论的历史与现状、宏观与微观的诸多方面议题广泛而深入地交换了意见，进行了研讨，给我们提出了许多新视角、新方法，拓展了我们的视野，极大丰富了我们的思考，展现了中国文论研究广阔繁荣的前景。

闭幕式上，复旦大学中国古代文学研究中心主任、中国古代文学学科带头人黄霖先生动情地回顾了复旦大学中国文学批评史学科的发展历程和三届“复旦中国文论国际学术研讨会”的举办情况。黄霖先生认为，过去总体上是西方文论话语处于强势地位，不断消解着中国固有文论；现在越来越多的学者摆脱了以西律中的心态，注意进行平等的中西文论对话与交融，这是发扬光大中国文论的大好时机。我们应该抓住这个时机，将复旦、中国，乃至全世界的中国文论研究，生生不息地深入发展下去。

作者单位：上海政法学院